黄金海岸 _上

潮生万物

李师江 著

北京出版集团
北京十月文艺出版社

有史诗的故乡

不会消亡

——题记

目　录

后记：山海血脉

上部：潮生万物

第一回：神断

一方水土，总有人用命运守望。念力如金刚者，生死如一。

闽地福建，自古北人难以逾越。天地造就山深林密，处处猛兽毒虫，沿海则有台风、海啸之灾，生存不易，因而对神明十分信仰依赖。闽越人是万物有灵论者，万物皆神。见树有洞则立碑点烛敬为树神，见青蛙打盹则尊为青蛤大夫，见山如虎形则建卧虎寺，而有异人死后，则建庙供奉，感念功绩，拜为将军。随后入闽的北方汉人，未能移风易俗，反而迷上了巫觋文化，古木奇石、山精水怪、瘟神厉鬼有了更多的信众。村郊荒野，小庙幽幽，便是在城里，也是百步一宫，转角一庙，香烟袅袅，信众不绝。

与台湾遥遥相对的海峡西岸，福建中部，俗称闽东，为海西之地。从空中俯瞰，海岸线弯弯曲曲，形成湾、形成澳、形成洋，使得福建成为全国海岸线最曲折的省份。此地沿海平原狭小，若是城市，则是山海之间的小城；其余滨海村落，则散布水边，多是靠海吃海。村民或在滩涂种植养护贝类鱼虾，或行船出海。沿海渔民，主要的守护神为妈祖，陆地的妈祖庙里供奉的除了主神妈祖外，还会配祀有观音、注生娘娘、福德正神、文昌帝君等。出海的渔船，也有神龛，除了妈祖，还配祀有灶王爷、龙王、晏公、陈文龙、水仙尊王以及各种护境神等。也有船只出海，挂有红色的佛旗，佛旗上书诸多神灵，首位是玉皇大帝，接下来依次是天上圣母娘娘、玄天上帝、关圣夫子、佛祖、三王府等诸位将官，佛旗上书"顺风得利"，以得庇佑。

此间村民，有今生之难之惑之悲之苦，全靠神明；来生之福，后人之运，亲人之嘱，密友之托，亦靠神佑。人附神魄，神借人身，人即是神，神说人语，人界神界命运交融。佛界、仙界、鬼界三界相通，眼花缭乱，但神鬼自循天理，并显神迹，以示众生，故而风水先生、命理术士，遍布城乡。

旧时，算命先生屈指数来头一号的，数宁德城关南门街一先生，诨号"白目算"，双目失明，眼白满目，但远近闻名，也成为南门街的一个传奇。增坂村人李元丰，壮年时，有一次经过南门街，瞅见白目算白须飘飘，无目而有神，瞅了半天，白目算正闲坐桌前，用无墨毛笔在写字，笑问："算命？"李元丰惊觉，道："不算命，讨口水喝。"白目算指了指里间厨房，待李元丰抹了嘴出来，笑道："你是前半生把自己弄下地狱，后半生忙着爬出来呀。"李元丰定住，心中一跳，狡辩道："人生岂不都是如此？！"白目算呵呵笑道："草不可自拔，人可自度的，去吧，去吧。"李元丰不再顶嘴，倒退出来，不敢出气。

古稀之年，白目算的箴言依然回荡在李元丰脑海。虽然白目算早已成鬼仙，魂魄不知所往。

滨海方圆，神光笼罩，各人命数之神奇，咱从李元丰一家三代说起。

一九八○年夏秋之际，李元丰自感余生不多，这一日走到后院白枣树下，从土里挖出一个纹饰的金属匣子，趁着四下无人，打开端详。匣中有物，金光反射。确定无恙之后，元丰把匣子放回土里，把青砖盖上，砖面铺土，土上又盖了一层草皮，手拄膝盖，从白枣树下吃力站起，扫视一番，丝毫不露端倪。每年，他都再挖出来看看，那玩意儿还在不在，似乎关乎生死。

一阵大得不得了的风卷过，人随时要拔地而起，饶是白枣树叶子稀薄，树干粗大，也被吹得羊痫风似的，一身雀斑的残果直往下掉。老汉抬头看了看天，云越积越厚，只怕要掉下来了。一群孩子呼啸着穿过巷子，兴冲冲的，大风来临，孩子们总是有值得兴奋的事。

元丰在风中咳嗽一声，吐出一口白痰，几点痰沫子沾在白胡子上，他也没发觉，急匆匆走出荒芜的后园。

先是一阵激烈的群狗叫声，接着是锣声，锣声重重地敲了三响，草鞋三破着嗓门喊道："今夜呀，有台风呀，破厝的人呀，躲到好厝去呀！"

因有腔调，又似吟唱。因有督促，又似警告。一年到头，这声音在街巷回荡。

草鞋三身材粗短，黑胡楂邋遢，穿着一件八百年没洗的油黑褂子，不是善相。他嗓门大，专职给大队敲锣传达通知。因长年吃狗肉，身上散发着狗的腥味儿，狗儿一瞅见他，便汪声四起，跃跃欲试。草鞋三长得比狗还凶，狗也不敢近身，只是跟随纠缠。草鞋三火力壮，原来只穿草鞋，现在连草鞋都不穿，光着脚丫。

台风天，又有儿子在门峡岛上打石，元丰不免心惊肉跳，叫住了草鞋三，问道："台风来了，大队有通知围堤的人回来吗？"

"围堤是革命工作，哪能说回来就回来！"草鞋三鼻孔里出气儿道。

草鞋三在村支部只负责传消息，因为嗓门大嘛。但耳濡目染，也学了几句官话。

"这气候，只怕人被吹海里去。"元丰忧心忡忡道。

"你那是老思想，现在是人定胜天。"

草鞋三因为自己说出这么高级的话颇为得意，脸上皱纹依次开放如一朵菊花。就在这静下来的工夫，三只狗叫嚣着近身。虽说会叫的狗不咬人，但跃跃欲试的样子也怪凶的。草鞋三蹲下身子，作势要捡石头，狗比人精得多，后臀一撅，骂咧咧转头散开。

"老黑，回来。"元丰叫住自家的狗。老黑一下子恢复温驯，摇着尾巴嗅着主人的裤脚。

老黑是一只九岁的狗，全身乌黑，两肋间有几处受伤痕迹，露出红皮，不太美观，但身材修长，倒是如一匹马。这狗养熟了，好使唤着哩。

船仔从院子里出来，一头撞上元丰，叫了声"爷爷"。

"你爹回来了吗？"元丰问道。

"没见着。"船仔叫道。

"你去码头，问问人家看看你爹回来没。"

"我没得闲。"船仔急匆匆答着，瘸着脚跑开了。

船仔九岁了，眉清目秀的，小时候一场高烧，烧成瘸子，走起路来一高一低，让人怪心疼的。他急着去干啥，一转眼就跑个没影。老黑转头要跟船仔走，老黑跟船仔同岁，喜欢跟孩子在一块，被元丰喝住了。老黑悻悻地回来。

村子是南北向，南边靠山，北边临海。元丰和老黑穿过石板路的巷子，到达村口码头。潮水退了一半，船几乎都靠岸，系在条石上，只是风大浪大，哐当哐当互相打架。岸边两棵百年的老榕树，被吹得翻滚着身子，个把羸弱的枝条已被撕开，唰啦啦乱作一片，有如十万天兵天将潜伏其上。这架势，要翻天覆地了。每次台风来，村庄必然都要被作践一次。

有一只小船从风浪中刚刚泊在码头，一群人惊魂未定从石阶走上来，急急忙忙往家走。长得矮壮的李伢累走在前头，像一只矮脚牛犊。元丰忙问道："看见兆文回了吗？"伢累瓮声瓮气道："应该死了吧！"元丰道："胡说八道！"伢累梗着脖子道："兆文他们的船跟在我们船后面，过斗门头的时候，被一阵大风吹跑，我们回头一看，早就没影子了。那艘船如果还在，该跟着我们屁股后面上岸了。"

元丰脸色大变，看江上，水势滔滔，一浪高过一浪，迷茫一片，哪有船的影子。

村前隔海对望的蹈屿岛，狭长，状如奔马，与陆地之间互相环抱，围成一个西陂塘。留下两个水口与外洋相连，东面是斗门头，西面是门峡头。斗门头很窄，两山包夹，其上有桥，桥下水大风急，历来是惊险之地。门峡头长八百七十米，历代在此拦海造田，鲜有成功，但留下础基。

早在一九七〇年，全国的动乱局势刚刚有所平息，抓革命、促生产被提上日程，一九七〇年元旦，"两报一刊"的社论："随着斗、批、改的深入发展，一个工农业生产的新高潮正在出现。"各地提出各自生产期间"翻番"、大幅度"跃进"的口号，沿海省份拦海造田、洗盐种稻、加大稻米的生产量的农业运动，在全国轰轰烈烈展开。县里先是在一九七八年建成金马海堤，成功合龙，围下千亩东湖塘，接下来的大工程，便是县城东北的西陂塘。

自从省里拦海造田的批示下来，县里筹备了一年，之后动工，动员了七都、金涵、漳湾等受益公社，数千劳力，开石运土。每日里，眺望门峡头两岸，人群如蚂蚁忙忙碌碌。各村各户，最大的谈资要闻，也是关于西陂塘的事。人们既以自家有劳力在围塘堤而自豪，又为其是否能成功而质疑。

西陂塘环岸有十个村庄，隔江可见，日暮可见炊烟，只比哪一个村子更加兴旺。潮涨的时候，满湖平水，在落日熔金的光照下，变成一池红水，一面铜镜，所以又称为赤鉴湖。潮落时分，露出滩涂高岗，只留下一条条港汊中的白水，又如莲花盛开。此时，讨小海和海中劳作的农民星星点点，所谓靠海吃海。让西陂塘成为田地，可是从宋代以来主治官员的梦想。

围堤的民工，挖土的、挑土的、打石的、船运的，如蚂蚁搬家，首尾衔接，各司其职。兆文是在门峡岛上打石，石头船运到堤坝，作为基础。如此说来，他们是赶在台风到来之前，从门峡岛上坐船回来。必经之地斗门头，连接西陂塘和五里洋，两边是丘陵岛屿夹压，中间一孔海桥。台风天，从桥上经过，须得趴在地上爬过桥面，稍有不慎，便被吹到桥下不知所终。桥下急流，声如兽群，让人心惊胆战。翻船之事，并非稀罕。

元丰心中一阵宿命般的颤抖。老黑也觉察到主人的不安，摇着尾巴，站在元丰脚边，惶惶张望。元丰看着江上，似乎想看出一点东西出来。

"嘿，坤金。"一艘乌篷船上探出一个身子，被元丰认了出来，元丰像找到救命稻草，"兆文掉江上了，你去找找！"

坤金是船仔的寄名干爹。这个说来有点话长，船仔身子骨弱，那次烧瘸了腿之后，家人都觉得这孩子难养活，就找了坤金认了干爹。坤金是渔民，住连家船，当地称之为"曲蹄"——长年累月住船上，特别是盘腿而坐，腿脚都是弯的，贱称"曲蹄"。曲蹄是贱民。孩子认其为干爹，且号称是从船上抱来的，可以命大。

坤金愣了一下，头摇得像拨浪鼓，道："这时候开出去，会死人的。”

"说不准兆文在水里等着救命呢……"

"我也没办法，我这小船，遭不住这风浪！"

坤金老实温顺，头脑简单，平日里叫他干什么，无不点头答应。可是，这么大的风浪，他最晓得风险，顽固地拒绝了元丰。坤金顽固起来的时候，像个木头疙瘩。

"坤金，把船借我？"

"那也不成，谁出去谁都死！"

风越来越大，海上一片滔天迷蒙，风吹得眼睛都睁不开。元丰突然跪了下来，双手合十，对着江面喃喃自语，似乎在向哪个神灵祈求。

雨下来的时候，船仔哭哭啼啼回来了。

坂尾有棵村里最大的荔枝树，树龄只怕比主人的老宅还老。主人用荆棘把树干围了起来，孩子们休想上树偷偷采摘。偶尔有顽劣的孩子见左右无人，捡起一块石头扔上去，便会掉下几个果子。老厝的主人若听到动静，便会骂骂咧咧大声吆喝，小屁孩便一溜烟躲起来了。荔枝熟的红红，未熟的绿绿，一串串挂在叶间，在夏季左右都是诱惑，旺年时光能摘个五六担果子。

台风一来，荔枝挂不住，沉甸甸往下掉，那熟透的，一落地便裂开一道，果肉果汁往外挤，诱人得很。这个时候来捡荔枝，谁捡到便可以名正言顺往嘴里塞。一阵风吹来，树枝狂摆，啪啦一声，一群眼巴巴的孩子便扑上去。船仔跟其他孩子因为抢荔枝而扭在一起，船仔总是打败仗，一把鼻涕一把泪地回来了。

"妈妈，他们又打我了，还骂我瘸子。"船仔哭道。

母亲月明在台风前赶了一趟小海回来，捡了一篓子钉螺，蹲在木盆边清洗。她站起来，用袖子擦了擦船仔的鼻涕和眼泪，道："哪里被打了？"

船仔指了指脖颈，有几丝被指甲抓过的痕迹，并无大碍。月明道："告诉你别跟人打架了，你腿都这样了怎么打得过人家。"

"他先动手的。"船仔止住眼泪，"妈，你叫哥哥替我报仇。"

船仔有两个哥哥。老二在家，清清秀秀，沉默寡言的，船仔几次请二哥出头，二哥置之不理。大哥在部队参军，有照片寄回来，极其威武，还有枪。船仔一贯用大哥来吓唬伙伴，基本上没能吓住。

"好，等你大哥回来吧。"月明哄道，"叫你别吃荔枝了，你还去捡，去年脸烧得跟苹果一样忘了吗！"

荔枝容易上火，大人都不让小孩多吃。火关在身体里，食欲不振，冬天脸蛋烧得红红的，人很快就消瘦下去，个头长不大。去年船仔吃荔枝上火后，夜里都睡不好觉，脸滚烫滚烫的，吃了许多草药不管用。后来爷爷用干荔枝壳给他炖水喝，才把火气消掉。

"我没有吃绿色的，都是吃红色的。"船仔争辩道。

吃未成熟的绿色的荔枝，火气最大。绿荔枝与狗肉，小孩子吃了，个头就蹿不起来了。

"红的也不能吃，知道不？腿都这样了你就消停点儿。"

"我把荔枝壳都带回来了。"船仔从口袋里掏出吃剩的壳，晾到窗台上。

元丰从门口进来，他的手脚其实是软的，但是硬撑。这个家，兆文不在的时候，他得脑子灵光。船仔还不知道兆文的情况，叫道："爹回来不？"元丰张了张口，说不出话来，指了指天。

"兆文今天应该回来呀，船还没到吗？！"月明看着元丰，疑惑地自言自语。显然，她还不晓得，斗门头已经疾风肆虐，酿下大灾。

"船上都有神明，应有分晓。"元丰心中不安，也不忍说出真相，只得把脸别过，扶着颤颤巍巍的木梯扶手，上了二楼房间。他一生经历沉浮，不管世事如何运转，沉住气，虔诚地拽住最后一点希望，是他最后的原则。台风来临，乃是天灾，兆文海上遇难是一回事，即便在家里的，也须得有勇气扛过今夜。

月明也开始警觉起来。这种台风天，兆文在岛上工棚是待不住的，但若回家，这时候也该有声音了。

真正的台风来临，是八点多的时候。仿佛天降一个看不见的巨人，在人间疯狂作乱，你不明白他闹哪门子脾气。风夹着暴雨，呼啸声一阵紧接一阵，一阵比一阵恐怖，你不知道哪一阵会把整个村子掀起来。到处是哐当的巨响，分不清风挟着哪个巨物砸中了哪里，哪一栋破房子已然倒塌，风里的世界乱糟糟的，能保命就算满足，总而言之，不知道老天要糟蹋到什么地步。

李兆文依旧没有影子。月明虽然焦急，但是在台风的肆虐中，她也只能是先顾眼前了。两口子生有三个儿子，一个小女儿。老大师海十八岁了，在部队当兵。老二师湖十六岁，已经成人，这时候不晓得躲到哪里去了。老三船仔十岁，小女儿出生时重六斤，所以也就称呼六斤，八岁，月明带着船仔和六斤躲在邻居的大厝。那是一座民国老宅，一人高条石墙基，青砖大墙完好，连骑马墙也无残缺，与主人年年修缮有关。来躲台风的不止一家，大伙就大厅角落靠着，互相宽慰壮胆。若是听着外面崩塌的声音，就互相猜测该谁家的房子塌了。

黑暗中，鸡公婶突然提到，有一只船在斗门头被风吹跑了，一船的人没一个回来。六斤正窝在月明怀里，一耳朵听到，叫道："爹会不会在那只船上？"月明心慌，捂住六斤的嘴道："不会，不会，你爹还要给你买话梅糖呢。"兆文是最喜欢六斤的，每次回来，都是先跟六斤逗闹一番，然后从怀里摸出一个话梅糖。六斤就会惊喜地尖叫，因为话梅糖是世界上最好吃的零食。六斤咕哝道："可是他怎么还不回来呢！"月明粗鲁道："小孩子别乱操心，你爹就没让你失望过。"六斤也困了，靠在月明的怀里迷糊睡去。月明小声问鸡公婶："有说船上都有谁吗？"鸡公婶道："我也就街上听一耳朵，你家兆文还没回来？"月明心惊胆战，自我安慰道："他呀，应该不会那么蠢，台风起了还敢过斗门头。"月明想起白天元丰进门时一脸阴沉，心像突然被针刺了一样，抽痛了一下。她拥着两个孩子，一夜无眠。

本来叫元丰去大厝躲台风，元丰死活不肯离开自己的家。他躲在阁楼的卧房，生死与共，并做最后的挽救。

房子是比较小的老宅，元丰一家三代住在老宅的前院，有两层，二层木楼。元丰沿着木楼梯上去，木梯倒还结实，不过经年使用，已经黑得不像话，台阶磨出凹痕。在木梯右侧拐角，有个家神的牌位。元丰点了三支香。风大得很，香烟颤颤的。

家神为"三兄弟"，同为一尊神，却是三个人。据说早年间三兄弟出海打鱼，遇上风浪，船翻之后，只有海中一根木头，仅够一人攀缘，三兄弟互相推让，结果全部淹死。因其兄弟情深，死后为神。元丰的父亲一代，因要出海打鱼，把三兄弟尊为船神，以得庇佑。到了元丰这一代，不打鱼了，传过三兄弟的牌位供奉在家，以为家神。虽住处几经迁移，神牌不落。

屋顶摇晃，木楼咿呀作响，楼顶瓦片被什么击中，一片哗啦声。雨水顺着房梁往下滴，漏下床尾，元丰便把罐子摆上，滴答作响。又一阵风像十万只狮子跑过，怒吼声可怕，房梁发出沉重的紧涩的咿呀声，只要松开哪根弦，整座楼房就会溃散。

神牌前的三支香早已熄灭，元丰颤巍巍又点了三支香，嘴里念念有词，意即儿子在海上飘摇有难，三兄弟有灵，该去救援。此后世代供奉献牲。说罢祈文，深深鞠躬，把香插在炉上，心下稍安。在元丰意念中，家人与神是同为一体的。只要家神有力量，定会帮助儿子脱险。有一阵风从墙缝间吹来，三股烟合为一股，袅然飘上房梁，逶迤而去。

次日早晨，兆文到家。一船八个人，回来了五个。

说起来风轻云淡，似乎生死乃是自然而然，命中注定的。船被掀到岭后山，夹在一棵古槐树枝丫上。这是一棵被雷烧劈过的古槐，下部斑驳如枯树，上部长有新枝。船上的人醒来之后，才晓得还活着，顶着大风，摸黑进了岭后村的哪吒庙，强撑躲风。天蒙蒙亮的时候，台风已然过境，风势稍弱，众人在岸边搜寻，三人不见踪迹：怀球、大眼、大妹哥。

过斗门头的船被吹到岭后山，这是头一遭。不用说，这是神仙护佑。这一带，本是异常之地，比如说村民李细目，从外塘滩涂回来过斗门头桥，就在桥头树下被雷劈死。一行七八人，就他被劈死，后来人们了解才晓得，李细目对老娘不孝，老娘吃饭从来不能上桌，只能蹲灶坑边上，吃的都是残羹剩饭，就没有饱过。又比如说，塘下村一人过桥时曾被风吹了下去，后来晓得塘上村请神时经过塘下村，引发阻挠，此人对神像泼粪。因果相报、生死相依，乃是村民猜度无常的原则。

据兆文说：他第一个醒来，睁开眼睛，看见神人正在往众人脸上吹一口气，并行退去，与夜色融为一体。说得神乎其神，村人都觉得兆文有一个光环。

兆文中等身材，古铜色的脸瘦削，散布点点麻子，小时候出天花留下的，不过总是洋溢着秘密的快乐，似乎每时每刻都有什么好事要说给人家听。有时候其实什么事也没有，只不过他总想把每桩鸡毛蒜皮的事都说得神乎其神而已。

元丰见兆文回来，心里一块石头落地，到"三兄弟"牌位前，斟了一杯米酒酬谢。家中有神，方能保平安。劫后余生，一家人无比亲热。

风已经停了，整个村庄被暴力清洗一遍，既干净，又脏乱，又静得可怕。码头水面上漂浮着垃圾、木头和残破家私。曲蹄船打捞着从河里冲下来的垃圾，每一件都是宝贝玩意儿。也有人在岸边捡拾搁浅物事，即便是一截小木头，也是不可多得的火材。

村子里，地上湿漉漉的，空气清新，有甜味。树下的枝叶与树上一样多。

兆文一回来就爬上屋顶。整个村庄的屋顶都留下了风肆虐的痕迹，家家都在屋顶整理瓦片，把压瓦砖重新归位。不厚实的屋顶，整个开了天窗，得叫瓦匠重做了。兆文叫老二打下手，老二不知道跑哪里去了，他在屋顶上骂骂咧咧了一个上午。去年备下的瓦片派上用场。屋上的残瓦也被元丰收拾好，码在厅堂角落。

堂弟兆庆叫他过去帮忙。兆庆住在老厝的边房，房顶被掀了不说，一面土墙已经被雨水浸透，发糕一样。

"你要换住处了。"兆文道，"再住这儿，下次台风来，要死人的。"

兆庆愁眉苦脸。大部分村人都住在老厝里，挤得满满当当。

"哪有闲出来的屋头呀？"兆庆道。

"去山头找块地，自己盖两间，总比这担惊受怕的好。"兆文满不在乎道。

村子里，靠海的一头叫下边，靠山的一边叫山头。因为怕台风，一般人建新房，是往山头的方向。

"哥你说得容易，饭都吃不饱，想着盖厝，你是笑话我吧！"兆庆迟疑地盯着兆文，想知道他说的是真还是假。

"你个榆木脑袋，你得想法子呀，不想可就一点念想都没有啦。"兆文道，"你现在没啥事比住厝更重要。"

兆庆听罢，眨了眨眼，顿悟道："对呀，只要想法子，就会有法子呀，是这意思吧，哥？"

兆庆脑子比较迟钝，但认准的事就是十头牛也拉不回来。

村里一下子又损失三个人，这是不祥之兆，给村里留下一个启示：在西陂塘拦海造地，可能是个错误的举动，是老天爷的警告。这一桩消息的流传，给怠工情绪带来了佐证，给村委的工作带来巨大的阻碍。

村里老人会决定，全村吃素三天。

与此同时，一场关于西陂塘的讨论正在祖厅的队部办公室展开。

码头上两棵百年榕树，亭亭如盖。两棵榕树中间往里，便是祖厅，俗称"第三窟地"，风水极好。祖厅建于嘉庆十八年（1813），砖木结构，硬山顶，穿斗式木构架，四面风火墙。门前有石头旗杆夹，只不过好多年没有竖旗了。青石门楣门柱，门楣额上刻"鉴水澜廻"四字，意即门前赤鉴湖之风水源源不绝；门联刻石"陇右文章绵世泽，延平理学绍家声"，上联说的是唐人李白，下联述宋代理学家李侗，以昭李氏文化渊源。厅内有戏台、回廊、大殿、厢房、前后天井、神龛，是全村议事、祭祀和社戏之场所。

祖厅正中供奉的是梨花洞主的神位，此神不同寻常，村中大事，均靠他裁决。洞主来自葛洪山。葛洪山是霞浦县东冲半岛上的海上仙山，东入福宁湾，西入东吾洋，因其第三峰的山岩上有一个"平"字，古称高平山。后东晋葛洪来此炼丹，为民治病，后人建葛洪仙宫，改名葛洪山。梨花洞在葛洪炼丹处，洞中有石屏、石几、棋局，上有篆文六字，人不能识。洞中泉眼通海，深不可测，曾有人拿一根扁担抛入洞中，与岩石碰撞当当作响许久，后来这根扁担在官井洋海上重现。梨花洞主，神像威严，红面黑须，双眼炯炯，梨花洞主到村中已有几世代，村人颇为信服。

在神像背面，也就是后厅的排楼，是村支部。二楼一溜四个房间，紧挨着神像隔板，木廊连接，直面后厅天井。开会的时候，人多，走来走去，楼板各种震动，咿咿呀呀，有时连杉木大柱都要摇晃，实际上稳当得很。

村支书兆清见时间到了，队长们也来了七八成了，示意村主任安城会议可以开始。安城清了清嗓子，把嘈杂声摁了下去，说了会议的目的：还是动员大伙，继续苦干半年，不要怕任何天灾人祸，西陂塘围堤按照计划竣工。

话音一落，大伙儿鸡一嘴鸭一嘴提起各种意见，一个没说完另一个声音盖过一头，转眼间吵吵嚷嚷，像菜市场，那些说急的人，面红耳赤，又似街头打架，实在是不像话。

兆清是特派员出身，老革命，临老了发挥余热，主持这个大村的工作，自有一套规范。他啪的一声拍了桌案，叫道："酒醉，你来总结一下。"

酒醉喜欢做村民话事人，身材宽大，满面红光，一件白衬衫把人穿得斯斯文文的。他到塘堤下工，不挑土不挑沙，跟监工干部打得火热，上报民情，下达指令，偶尔还有烟抽，拿着斗笠给自己扇风，亦是一通天人物。

酒醉口才极好，似乎也有预备自己将做总结发言，把一根"鹭江"烟蒂重重吸了一口，丢在地上，道："主要有几点，一是上工时间太长，体力过劳，伙食吃不饱；太阳那么大，是吧，中暑的每天都有；还有蠓虫咬，乌蒙蒙一堆缠着你，一咬就是一肚子血，是吧，哪有那么多血喂它们；再就是溃堤，会死人的，难保大伙都不怕，大伙都有这个恐惧心。"

开工一年了，人心不稳，这样的动员会开了不下十几次了，当然也解决了一些实际的问题。对于这样的场面，兆清已是习以为常，云淡风轻道："这些困难的情况，我会一一向上汇报，现场解决。总而言之，这些困难是可以克服的，大家只要想想，一旦围堤成功，我们门前有一万亩耕田，我们世世代代都能吃上白米饭，咱们还有什么苦不能吃呢？"

兆清一开口，有板有眼，抑扬顿挫，带着煽动力。酒醉带头鼓掌，掌声稀稀落落，待掌声落下，酒醉面带微笑，颇有深意道："是呀，万亩耕田，那也得活命才能享受呀。现如今村人损失惨重，要是死了可咋办，兆文，你来说说，兆武的事儿，有赔偿吗？"

兆武是兆文的弟弟。去年口门下游木框护坦破坏严重，坡脚砌石护面损坏，坡面下沉，七月十五遇退潮巨浪，水流奔腾咆哮，顷刻间溃堤，缺口达到八十米。兆武在堤上，顷刻间就没了影子。兆文借了条曲蹄船，找了三天一根毛都没找到。元丰得知兆武落海的消息，静默了一个晚上，似乎预料到此事。后来又流了三夜的眼泪，把眼泪都流干了。元丰用兆武的衣服，包了木炭以作尸骨，瓮葬莲花山。

此事过去了一年，兆文尽量在父亲面前也不提有关情景，好似兆武只是一条鱼，游向了大海。

旧事重提，兆文心中不免慨叹。再看兆清书记，面露愠色。酒醉这个人，口才好，但心思难捉摸，只知道喜欢牵制各方，好让自己干系重大。

"干革命工作嘛，都会有流血牺牲，我弟走了，我更要迎头赶上，做出更大的成绩，才对得起我弟弟，这是我的风格。"兆文很淡定道。

众人都愣了，兆清赞许地看了一眼兆文。酒醉依旧笑眯眯道：

"你弟认你当哥可真是白瞎了。"

众人哄然笑了。

兆清再拍一下桌子，道："你们不要乱笑，兆文同志的态度值得你们学习，我没有想到他的觉悟这么高，跟受过教育一样。弟弟走了，谁也悲痛，我们要把悲痛转化成力量，这是革命精神的真髓。"

众人默然。对他们来说，这话有点过于文绉绉，似懂非懂，只知道现在兆清书记和兆文是一个立场的。

兆清道："还有一个好消息，西陂塘若是围塘成功，跟东湖塘一样洗盐成田，很有可能这片田地会实行'大包干'，分到各家各户手上去。为什么呢，今年五月三十一日，邓小平同志在讲话中肯定了安徽凤阳小岗村大包干的做法，说明什么呢，农村的改革势在必行，所以你们要用政治眼光来看问题，你们这不仅是帮公社干，更是给自己干！"

兆清是极有政策觉悟的。大伙听了这话，眼睛就亮了。分产到户，这个太诱人了，好比说以前的稻谷收割下来，是挑到大队；以后就是挑到自己粮仓，怎不叫人兴奋！

溯源，还得说到一九七八年十一月二十四日晚上，安徽省凤阳县凤梨公社小岗村西头严立华家低矮残破的茅屋里挤满了十八位农民。关系全村命运的一次秘密会议此刻正在这里召开。这次会议的直接成果是诞生了一份不到百字的包干保证书。其中最主要的内容有三条：一是分田到户；二是不再伸手向国家要钱要粮；

三是如果干部坐牢，社员保证把他们的小孩养活到十八岁。在会上，队长严俊昌特别强调："我们分田到户，瞒上不瞒下，不准向任何人透露。"一九七八年，这个举动是冒天下之大不韪，也是一个勇敢的甚至是伟大的壮举。

一九七九年十月，小岗村打谷场上一片金黄，经计量，当年粮食总产量六十六吨，相当于全队一九六六年到一九七〇年五年粮食产量的总和。

从一九五八年人民公社化以来，在关于农村的文字中，"包产到户"是个出现频率很高的词汇，也是常被质疑和批判的。即使在小岗村获得丰收的一九七九年，批评"包产到户"的声音也是不绝于耳。

现在，"包产到户"这个词，在意味上似乎发生了翻天覆地的变化，充满了诱惑与希望。

"能包产到户，当然是好事，现在最关键的，是大伙儿不相信西陂塘能围成，昨儿塘堤又塌了——谁不想吃白米饭，可谁愿意年复一年做无用功呢？"酒醉祭出关键的一刀。

确实，不信任，这是村人最要命的心障。围塘至今，冲垮数次，越到合龙处，水流冲力越大，昨儿台风一过，闻说又塌陷几处，极大地动摇了信心。

"东湖塘能围成，我们西陂塘凭什么就不能围成！"兆清再次拍案。

东湖塘在前三年成功合龙，也是倾尽了全县之力。

"自古就有'神仙难围西陂塘'之说，这是天注定，神仙说了算的事，干部说能也没用呀。"酒醉就如说相声一般，获得相当的好评，"不说去年的事故，就几天前，又损失三人，说明围塘对我们村是极不利的，再围下去，损失人口，你们干部能负责吗？"

酒醉祭出最现实的利器。西陂塘自从动工起，村中就有两股势力，一种就是不信能围成。每一次事故，每一次溃堤，都成为否定派的证据。

"都什么年代了，你们还相信这种鬼话。以前围不成，以前有这么多人吗？以前有水泥吗？以前能调动这么多的船只吗？所以不要信鬼神，要相信政府！"兆清如神上身，站上了椅子，他知道要是不把否定派的气焰压下去，后果难料。

"村民不信神吗，那供这么多神干吗？有谁把县长县委书记供起来的？"酒醉妙语如珠，赢得阵阵喝彩，不是干部，拥护胜似干部。

对村民而言，把这一大片海变成良田，是一个梦一样的事。梦可以一遍遍地做，但心里有一百个不相信。

兆清看了看安城，安城似乎也想不出什么招了。人心涣散，今天这个会，算是开砸了。兆清把目光转向兆文，觉得他的觉悟颇高，又因为前几天亲历事故，更有说服力，道："兆文，你来说说，损失人口跟围塘有没有关系吧？"

其实兆文原本在村中相当让人瞧不起，原因呢，后面再提。现在兆文看见书记这么信得过自己，瞬间情绪高昂起来，道："其实这几天大伙都明白了，怀球、大眼、大妹哥三个人为什么神仙不保佑呢？这是他们自己的原因，因为他们三家'破四旧'的时候，早就得罪神仙了。"

这三人为什么遭罪，村民溯源，才发觉怀球、大眼和大妹哥的爹，在"破四旧"的时候，是积极分子，祖厅小庙神像让他们砸了不少。此次变故，便归结于此，对村民而言，颇具说服力。侥幸得救的五人，有的认为是妈祖的功劳，到岐后的妈祖庙献牲拜谢；也有的认为是槐树神保佑，朝着树洞烧香敬酒回礼。月明讲究，把妈祖、临水娘娘、洞主都谢了一遍。那晚她未合眼，在心中向这些神都祈祷一遍。神仙越多，越有希望。牺牲的三人，家属也到处求神，以保佑他们魂灵不得受苦报应。

"兆文，这么说来，修不修西陂塘，你可以做得了主？再死人你负责？"酒醉揪住兆文发难道。

"我可不敢做主，但我来出个主意，神仙的事，让神仙来说。"兆文胸有成竹叫道。

众人像看戏一样齐刷刷看去，因为兆文从来没这么引人注目过。

蜜山坐在祖厅太师椅上，身上还沾着水草和泥巴，旁边烟雾缭绕。他刚在清理沟渠，被急急叫了过来。身板瘦巴巴的，太师椅太宽，就像笼子里关着一只猴子，周围围满了看客。大概有两三年了，洞主的真身一直落在蜜山身上。

财金点了香烛，嘴里念念有词，执笔在供案上画了一张符。那符未干，便被火柴点燃，财金手腕灵活挥动，火苗在蜜山的头上翻滚。请符，就用烧符念咒，把神从洞府请到供奉之地。蜜山紧闭眼睛，凝神静气，静等神魄降落。

符烧完了，蜜山没啥动静。围观人群嘘了一口气，略表失望。洞主的香火一直在祖厅正中，是庇佑全村的村神，每次请降上身，必有大事要问，村民闻讯大多会赶来。

醉酒大笑道："这事洞主也没解，他不来了。"

财金斥责道："你别胡说，洞主就是没解，也会来说一声。日前台风那么大，各处遭灾，只怕洞主到别处去解救了。"

财金点了一根烟给蜜山，劝慰道："你抽根烟，缓一缓再来。"

蜜山看了看烟盒，居然是"大前门"，大抵是最贵的，便贪婪深吸一口，闭目养神。

酒醉道："洞主有六个兄弟，多忙也会派一个来。你这是无事请神，神都懒得应酬了。"

酒醉声音洪亮，口才美妙，说得引人注目。财金家传雕刻神像，请符作法，专做神事的，觉得醉酒的话十分刺耳，大为不敬，驳斥道："酒醉呀，你回去喝酒，神明就会来了，神明厌烦你这种人在场的。"

"我回去，那可不行，我要亲自跟洞主讲话呢。"酒醉笑道。在人越多的场合，他越加兴奋放肆，俨如登上舞台。

兆文劝道："酒醉，你不回去，也静一静。神明要来，不能喧哗的。"

蜜山抽掉半支烟，烟一扔，紧闭双目，身上微微颤抖，大口喘气，右手缓缓举起，停在半空，姿势甚是英武。蓦然睁开眼睛，眼珠转动头不动，环顾四周，似从沉睡中刚刚醒来。

财金叫道："洞主来了，点炮。"

天井上鞭炮炸开，噼啪作响，烟雾升腾。村民里三层外三层围成一个圈，紧盯蜜山。蜜山微微一笑，笑声傲然，似对人群致敬。

财金连忙再点根烟敬上，道："洞主，您先抽根烟。"

那洞主降临蜜山身上，蜜山的神态气质已经判若两人。洞主接住烟，只长抽了两口，一根烟已燃尽，烟蒂一扔，气势逼人。

财金温软着口气问道："敢问洞主，您是哪一个将军？"

梨花洞主一共有六个，据说是六兄弟，敬称六将军。各地都有香火供奉，每次上身，来的将军并不一样。

洞主跳上太师椅，半蹲着，伸出五个手指，显然端坐着不合他的脾性。众人明白他是五将军。

洞主长吐一口气，哑着嗓子叫道："有事问事！"

兆文连忙凑近道："西陂塘动工两年多了，大堤也围了十之七八，还有子弟心里打鼓，问能否把滩涂变成良田。请洞主来神算一把，成与不成，解开全村子弟的疙瘩。"说罢，合掌朝洞主拜了拜。

洞主听罢，俯首沉思，以手挠头。

酒醉上前一步，道："洞主呀，这个塘围了两年，塌也塌了几次，人也死了几个，不是好兆头。历代围垦都没有围成，难不成我们就能成？如果就是个无用功，你就明说，别叫子弟们再去卖命了。那个苦呀，一言难尽，你们神仙一定知道的。"

财金把酒醉一把拉到后面，道："洞主已经知道意思，到那半空中去眺望了。就你，没挑过一把土，也敢说苦，神仙都知道你偷懒耍滑的。"

"你懂个尿，我是指挥。"酒醉道，"这个围塘的情况，我跟洞主交代一下，没毛病！"

洞主沉思半晌，微微睁开眼睛，嘶哑道："难！"

酒醉沉醉一笑。兆文急问道："难在何处？"

洞主摇头道："难在合龙！"

兆文道："可有办法？"

洞主道："办法是有，看能否得到神人帮助。"

兆文道："神人在哪？"

洞主摇头道："得去找。"

"那成不成功？"

"找到就能成！"

酒醉忙插话道："有老话说'神仙难围西陵塘'，难道不灵？"

洞主神色黯然，摇头道："那是古话，今非昔比！"

洞主断事，说得认真细致，众人皆服。一时间鞭炮又起，有人在天井烧了纸钱元宝。又有一个妇人趁着洞主还未退身，来问儿子的病情。洞主竟沉住气，一一详答，妇人心中笃定。事毕，洞主喝了一杯糖茶，退身而去。蜜山被上身一次，元气耗了许多，走路不稳，众人连忙扶他回家躺去。

祖厅上烟雾弥漫，地上满是鞭炮渣，空气中弥漫着硫黄的香味儿。众人像过节一样，谈天说地，关于洞主的意见，将成为这一段时间的热门谈资。

兆清在家中来回踱步，兆文过来汇报情况。兆清跳了起来，拍了拍兆文肩膀道："兆文呀，没想到你还有点真本事，他们叫你'死人站'，都觉得过分了。"

兆文的绰号叫"死人站"。意思是喜欢说大话，能把死人说得站起来。大概是年轻的时候，因为家里的变故，他受尽了村人的鄙视，后来一直想挽回颜面，自卑的人反而喜欢风头，说话行事就一直有点夸大其词。

兆文得意道："嘻，没有眼光的人，都诋毁我，我有什么办法？"

兆清道："你怎么知道洞主说能行？"

兆文道："你看我们这个工程是县委书记亲自领导的，洞主呢，是山上的一个将军，职位肯定没有县委书记大，他总不至于说县委书记办不成吧！"

兆清是老革命，不相信迷信这一套，对这一套也不能亲近，不去现场的。他摸着脑袋瓜道："你这个逻辑呀，我听得脑仁子就疼。不过呢，不管用什么法子，能把老百姓的精力转移到工程建设上面来，就是好样的，符合当下的政策，我知道了，你是个人才！"

兆文得意地笑了。平时他因为说话浮夸，被人笑话，但并不放心上。他知道自己早年的有些事，被人落下口实，是根深蒂固的。但他相信，总有一天，村人会对他刮目相看的。今天为书记解围，算是扳回一城，乃是平生少有的得意之作，心中不禁自矜，说话也多了几分跋扈。

兆文道："书记，以后有这种事还得找我，我想给村里出力呢！"

兆文此时也许能觉察到，他的这股出风头劲儿，已将自己的余生与增坂村兴衰荣辱紧紧挂钩。

第二回：家道

可以说，是月明撑起了这个家。

自从她嫁到李家，生下三男一女，每日像车轱辘一样不停运转：讨小海、洗衣做饭、喂猪、伺候老人小孩，总之，为了一口饭吃，生生不息，习以为常，也不知疲倦。因为忙碌，身体小病倦怠也顾不上，怀老二的时候，四个月依然没有觉察，得了邻家老人提醒，她才发现有身孕。在她的世界里，人生就是忙碌，一旦停歇，就不正常了。

月明添了最后一把柴进了灶膛，火光把她的脸照得红通通的。她在妇女中身材偏矮，可能是从小挑水压的。有一张偏圆的脸，整个人显得柔和，这张脸蛋遗传给了船仔。她闻到了地瓜米饭熟了的气味，对船仔道："吃饭了，去叫你哥回来。"

船仔盯着墙上，懒得去，叫道："我可不晓得他在哪里！"

船仔搜集了许多香烟纸壳，贴在饭桌之上的墙壁上，有"大前门""牡丹""鹭江""飞马""红梅"，等等，那是厨房里最漂亮的地方。每天，船仔都要细细看一遍，念一遍名字，这既是他的娱乐，也是他的财富。

六斤跟在妈妈身边缠来走去，突然对船仔道："你听。"

是一阵二胡的声音，咿呀咿呀地传来。只有后院的老蛇家，才有二胡。

船仔明白六斤的意思，道："你怎么知道是二哥拉的？"

"二哥拉的声音像哭，老蛇叔拉的像笑。"六斤稚声稚语道。

船仔睁大眼睛仔细听着乐声，道："咦，你讲得也有道理哟。"

似乎为了证明妹妹说得有没有道理，船仔像一匹小癞马，一溜烟跑到后院。果不其然，老二正把二胡抱在怀里，像抱着一个刚出生的婴儿。船仔道："吃饭了，否则爹又要骂你了。"

早饭和中饭，每个人的劳作时间不同，各吃各的，月明一般最后吃，晚饭一家聚在一块，是最温馨的时刻。今天主菜是蛏子，两大缸水煮蛏子，只不过这时候的蛏子瘦，壳大肉少，但汤还是鲜美的。

吃饭的时候，兆文是先动筷子的。他没吃饭，先吃了七八个蛏子，似乎要把吃饭的味道先培养起来。月明道："蛏子呀，螺蛳呀，感觉不如以前多了。"

"如果围了堤，西陂塘是没有小海讨了。"兆文道。

潮来潮去，潮水带来了鱼虾螺蟹，西陂塘相当于村里的菜市场。只不过这个菜市场不用钱，需要的是勤劳，是技巧，退潮时分，讨小海妇女们就集结出动，卷起裤腿，深一脚浅一脚踩着滩涂而去，桌上菜肴全指着它。

船仔带着老二进来。兆文见了老二，气不打一处来，道："干活的时候人就跑没影了，吃饭的时候倒懂得回来！"

老二身材瘦长，长得白净，五官分明清秀，一看就知道干不了什么活的。在兆文眼里，他是好吃懒做，难堪大用。老二被父亲说中痛处，一声不吭。

月明把地瓜米饭一一盛了，麻利儿搁在桌沿，对兆文道："你别一回来就骂孩子，好好的孩子都被你骂坏了。"

"你瞧他那把懒骨头，有什么用，别的孩子这么大，顶得上一个成人劳力了。你跟豆芽似的，整天佝偻着身子，贼头贼脑，逃避干活，你能干什么，你说呀。"兆文对着老二咄咄逼人。

老二不想说话的，被逼得没办法，只好道："我不说。"

船仔和六斤看见哥哥被挤对，得意地挤眉弄眼。

"你别把孩子当犯人一样审问，明儿跟我一起讨小海，慢慢儿锻炼不是？"哪个孩子都是手心的肉，月明自然心疼，道，"不过，老二呀，以后你可别上老蛇家，他那媳妇，走路扭着个屁股，口风不好的，咱们家别受牵连。"

一锅子番薯米饭，中间埋着一个小圆筒，其实是开水瓶的小铁皮盖，大概一个茶杯那么大，炖了浅浅的一筒白米饭。月明把白米饭端上桌子，道："一半给爷爷，一半给六斤。"

增坂村耕地极少，全在后山，后山是沿海可见的小丘陵，海拔不到两百米，山地都拿来种红薯了，有一点点的山中梯田，每家分不到一两分，种的稻米是用来解馋的。生产队按照人头分，口粮根本不够吃，吃个六七分饱罢了。番薯米，则是把红薯擦成丝，然后泡在大水桶里，薯浆沉淀，分离出来，晒干，变成番薯脑，也就是淀粉。红薯丝晒干，变成番薯米。红薯做的番薯米有点甜，白薯做的就不甜了，如果是被虫子吃过的番薯，做成的番薯米则有点苦。长年累月吃番薯米，再吃吃米饭，那真是香得不得了。谁家生活水平高，是以能不能吃上白米饭为标准的。

船仔瞪着圆眼睛，看着妈妈把白米饭分到爷爷和妹妹的碗里，突然间鼓足勇气大叫一声："我也要吃。"

"你是男孩子，跟妹妹争？"兆文笑道。

一般家庭都重男轻女，但兆文家里相反，男孩多女孩少，六斤最宝贝，爸爸也最疼她。

船仔没等开口眼泪就下来了，哭道："我是个瘸子，我走路比妹妹都困难，我有资格吃。"

"别人一说你瘸子你就生气，现在自己说自己倒不生气。"月明没好气道。僧多粥少，就那一口米饭，再分都没法吃了。

"我就是瘸子嘛，我要是有米饭吃就不会瘸了。"船仔越说越伤心，小手儿把脸抹来抹去。

元丰把自己的碗端起来，道："我吃了有什么用？给孩子吃。"

兆文摁住元丰的手，道："你别惯着孩子，要不然临老了一口米饭都没的吃。"

只有在最孝顺的人家里，老人才有白米饭吃。

月明拿块毛巾给船仔擦了眼泪，兆文教训道："你如果靠哭能吃到白米饭的话，你这辈子就会一直哭下去，成为别人的笑料。白米饭本来就是给最老和最小的人吃的，这规矩你又不是不懂。"

船仔的泪倒是止住了，但还是抽泣着，道："可是，按这规矩，我一辈子都吃不上白米饭。"

"我告诉你个好消息呀，船仔，中秋节不是快到了吗？到时候我们全家吃糯米饭，我们家有两斤糯米，到时候不要去买肉，就买一个猪耳朵，咯吱咯吱的脆，全家都有吃。"

糯米饭比较奢侈，一般是在稻谷丰收或者节日里才吃。糯米饭炒上猪油、瘦肉，香而且极有嚼头。

兆文绘声绘色地说着，船仔完全被眼前一幅色香味俱全的画面给吸引住了，他已经下定了决心，道："我不想你的白米饭了，你吃吧。中秋节那天我指定要吃满当当的一碗糯米饭，吃不到的话我真的会哭死的。"

老二默默无语，似乎这一切跟他没什么关系。他快速把一碗番薯米饭吃完，默默把碗一丢，就出去了。他总是满腹心事，融不到其乐融融的家庭氛围中。

元丰细细嚼着，大米是有香味的，嚼出味道了吞下，才能对得起子孙的那份孝心。番薯米是空心的，吸油，不经饿，大米瓷实，吞一口是一口。临老能吃上一口白米饭，这是福气。

几口米饭下去，心中笃定，元丰觉得又到了说心事的时候了，看着后山方向，开口道："兆文呀，你看，从寨顶下来，有一条龙脉，从山脊自东向西，绕过整个楮林……"

"知道呀，从楮林西侧下来，直通村中八角井。"兆文接口道。

"你说的这一脉是土龙，保佑全村的；从寨顶往下到莲花山，到下坂山，最后在下坂与岭后之间入西陂塘，这一脉是水龙。所经之地，都有风水。在莲花山有一块大白石，那里就是很多人想找的莲花心，真正的风水宝地。石头下面有一块地，是四队的，朝向匹配丁未，对我是最好不过……"

元丰大概在中年的时候，就得了哮喘，不能劳作。为了活命，自己尝试各种草药偏方，最后发现枇杷叶煎水能够平喘。用刷子把枇杷叶上的绒毛刷去，洗干净了，放在窗台上晾干，时不时煎两片当茶喝，这是船仔经常见到的场面。村里有几棵枇杷树，都被撸得像脱毛的鸡。主人家得知元丰用药，也不责怪。元丰不干重活，养得颇有点仙风道骨，越发不像农人。有后生仔不了解内情，艳羡道："元丰伯，你这命好呀，不干活也活得好好的。"元丰笑道："你来生病，我来干活，咱俩换一换，看谁活得舒坦。"元丰无师自通，学会寻龙，又会解签，也是半吊子，便时刻盯着前海后山，为自己寻一块好地。生子，造厝，做墓，人生三大事，元丰挂心最后一件了。

"爹，这话小孩子们听不懂，您打住先。"兆文明白元丰的心病，但他自己有苦衷，不是很想提及。

"我不是说给孩子听的，是说给你听的。"元丰对兆文逃避话题颇为不满。

"您爱说，就继续。"

"这一条水龙，神气活现，与鳓屿山隔水相望，鳓屿山号称七秀之地，深藏虎狼，形似笔架，作为玉案是极有力的。这水龙龙头在岭后入海，吃的是西陂塘的水，那水每日从斗门头进出，活水，可保子孙万年昌盛，绵绵不绝。莲花山的大白石是龙爪附着之地，若是被别人看中，捷足先登，必然错失良机。"

元丰的意思相当明白，拿下这块地势在必行。

"可是西陂塘围堤行将成功，围垦之后，赤鉴湖变成良田，这一塘水势必枯竭，哪谈得上风水？"兆文皱眉道。

元丰把筷子一拍，啪的一声，众人吓了一跳。

"胡说，西陂塘千万年来，潮涨潮落，既是村中的风水大池，也是全村生计的来源，能围起来？笑话。没听说过'神仙难围西陂塘'？你们比神仙还厉害？"元丰面露鄙夷之色。在他看来，全县结集数千劳力，数万资金，日夜劳作，只是一个笑话。

西陂塘自宋代起，其后主要在清代与民国，都有过拦海造田之举，每次功败垂成，留下残破的础石。"神仙难围西陂塘"，这是千百年此地人的慨叹，亦是历史的结论。

"爹，今非昔比，你看不懂这个时代。县委书记都带头了，还带来专家，大家都很有信心。"

"大炼钢，把山头楮林全砍光了，你看，二十年过去，现在被砍光的楮林又长成那么高了，还是蛤蟆形状，可是，钢在哪里呢？炼钢炉哪里去了呢？风水它在这里，它变不了，政策来了又走，是不牢靠的东西：昨儿想大跃进，今儿又想拦海造田，我看懂了，这些都是折腾。西陂塘千年万年就这样了，村庄吃它的风水，你想它围成田地，这就成了？不成，就是人同意了，神也不同意。西陂塘的水干了，增坂村也就衰了，这么多神都看在眼里。"

兆文也不想跟爹争了。一门子老脑筋，振振有词的，信心百倍，说也不顶用。一万句归一句，他就是想找块墓地，占尽风水。

"国家的事呢，你也别到处乱说。你的意思我明白，但也急不得，是大事，一步一步来。"兆文从不肯嘴上承认自己的无能。但做墓这种事，钱走在前头，没有钱，说啥都是屁。

"我也不逼你。"元丰道，"只不过我也不知道哪一天就走了，见不到墓，我是不瞑目的。"

船仔一边扒饭，贼耳朵却在倾听大人的话头，似懂非懂，眨着眼睛问道："爷爷，塘前的水干了，增坂村也就是衰了，意思是不是人也就死了？"

"山上死一棵树，村里就要死一个人；塘里水散了，人也就散了。"元丰兴致勃勃给孙子说道。

船仔好像在听故事，举一反三道："那是不是林子有一棵树病了，村子里面就有一个人病了？我见过有棵大树，被虫子吃了一半，那棵树就是爷爷你吧，你老咳嗽不是？"

元丰对船仔赞赏道："就是这个理呀，人与山林树木、海地潮水息息相关，你看连孩子都懂，就你还在帮着做无用功！"

在元丰看来，西陂塘是拦不成的。就跟历年的运动一样，一阵风过去，山还是山，水还是水，苦难还是苦难，人还是艰难地活着。

说说老二这个格格不入的奇葩。正在发育，身子瘦长，一颗喉结突兀地立着，虽是一副吃不饱的样子，但不耽误体内某种力量的觉醒。

他的脑子里飘浮着咿呀咿呀的声音，魂儿都被这声音勾走了。他把一碗地瓜米扒进嘴里，咕嘟咕嘟喝了几口汤，急急离开家。家好像是一个客栈，或者说，是个他迫不得已要回来的地方。他和家里的人是陌生的。当然，他和同龄的人也是陌生的。他觉得周围的人是如此无趣，如何能不格格不入。这么多年了，他终于找到一个妙不可言的朋友，脑子里全被这妙处给占据了。

他在后院的厢房，靠着门叫了一声，里面没人。那间厢房是厨房，只有灶台上的一个小窗穴，从土墙高处斜斜凿进来，整个厨房是幽暗的，弥漫着清凉的幽深气息。

有一条木梯沿着木板墙通往二楼。枝丫听见了动静，在楼梯下方探了个头，叫道："谁？"话一出口，她就看见老二。光从外面射进来，她看不清面容，但一眼瞅见少年清晰的秀丽轮廓。

"老二，上来。"她欣喜叫道。

枝丫正在整理屋顶上的花儿。她喜欢摆弄花草，瓦莲、月季、茉莉、坛罐破碗，摆满了瓦片，刚好可以压瓦。台风一来，被吹得七零八落，有的不知道滚到什么地方去了，只有一仙人球蹲在瓦片凹处，纹丝不动。

"在我老家，房前屋后都是花，我见不到花，眼睛就难受。"枝丫说。

老二上来跟她一起弄，把碎花罐的花重新移栽到碗里。

"又被你爹骂了，是不是？"枝丫抿着嘴笑。

"你咋知道？"

"我到前院找把柴火，听见的。"

"他那嘴巴除了吃饭，就是用来骂我。"

"你娘骂你不？"

"她不骂，不过，她不让我上你这儿。"

"为啥？"

"说你什么……说你长得太好看了。"老二沉默寡言的，不过到了枝丫这里，都能打开话匣子，说话也颇有分寸。

"这什么理由呀！"枝丫大笑起来，"嘿，你觉得我好看不？"

"嗯，还算好看吧。"老二有点不好意思，怪自己引了一个尴尬的话题。

"怎么好看呢？"枝丫继续逗他。

"这……我可说不出来，你别逼我了。"老二有点害羞了。

枝丫呢，五官长得柔和，眼睛里有水，这一点让老二总是避开她的目光。皮肤白净，晒不黑，关键是，她走起路来，腰一扭一扭的，屁股摆的幅度大，这一点在乡村可不是什么好事，被人诟病，说是蛇精变的。

"那，你怎么还来我这呢？"枝丫似乎对这个话题很感兴趣。

"我想再拉会儿二胡。"老二不好意思道，"哎，我真想抱着它睡觉。"

"拉二胡是没问题。"枝丫道，"不过，你如果说来这只是为了拉二胡，我可就不高兴了。"

"那……我也喜欢跟你聊天。"老二找补道，"我跟你说的话，比跟我全家人说的话还多得多。"

枝丫的声音天生婉转，带着山里的口音。老二对声音有种与生俱来的审美。

枝丫水盈盈瞪了一眼老二，道："别看你平时不说话，一说起来都怪让人心动的。"那一眼窝的水荡起涟漪，吓得老二赶紧转头，眼光逃之不及。

楼下传来一阵孩子的哭声。枝丫的孩子睡醒了，两人慌忙下楼。

宁德东面靠海，一出滩涂，西面就是山。枝丫的家在西乡的三望村，一座很高的山村，翻过一座山望一望对面的山头，一共望三望就到了。海边的小贩挑了海货去山村里转，枝丫在十六岁那年吃到一次腌海蛎，她哭了。她从来没尝过这么好吃的东西，那种腥香在她舌尖上挥之不去，做梦都被自己的咂摸吵得醒来。她拒绝了山里小伙的几次求亲，一定要嫁到海边去。她懂得自己肤白貌美，跟其他因为常年干活黑不溜秋的女孩不一样，她有这个资本。终于在十八岁那年嫁给了老蛇。老蛇经过媒人的引荐，吭哧吭哧地爬上三望，喘着气儿去"看子弟"，意思让女方看看男方，男方也看看女方，双方满意与否。他们家人看了看老蛇，说才二十四岁，怎么那么显老。媒人道，有一类人长得就这样，二十岁长得跟四十岁似的，四十岁的人了也还跟二十岁似的。男人嘛，长得怎么样不重要，他家有两间大厢房在等着当新房呢，一间当厨房，一间当卧室，生七八个孩子都宽敞得很。枝丫看老蛇，跟心中期待相去甚远，不过她满脑子被海蛎味儿占据，其他方面都可以将就，况且山里人要嫁出去总是艰难的，于是一咬牙，成了。

老蛇那年运气也好，自家的蛏埕上蛏苗聚集，一看那密密麻麻的小孔，老蛇一块石头落地：娶媳妇有着落了。他洗蛏苗洗了一百多块钱，领着诸后生抬了两扇猪后腿、两大篮子猪肉喜饼上去，把枝丫带回家。

老蛇走路佝偻着腰，像一只虾蛄，干活不是行家里手，半是农人半是闲人，在邻近大村，找不着媳妇的。好的人家，看子弟看得门儿清，老蛇的家底儿、人样儿，都经不起看。

孩子两岁的时候，枝丫才晓得，老蛇当年不是二十四岁，而是三十四岁。

村里没人可怜枝丫，只为老蛇侥幸。对村里的媳妇，看门户，是周边大村大镇的，高看一头，都晓得娘家是谁人，门丁如何，威望又如何，亲戚有哪些。小山村里来的媳妇，已然先低看一等，说也不晓得是哪个山窝窝的，口气鄙夷。沿海农村，视曲蹄和山民都为贱民，与曲蹄绝不通婚。

村人鄙夷枝丫的屁股，鄙夷枝丫水汪汪的眼睛，鄙夷枝丫的白皙，鄙夷枝丫的山里的口音。明里客气，暗暗作为笑料，怎一个骚字了得。

枝丫把孩子抱起来喂奶。粮食太少了，孩子一般吃奶吃到三四岁的都有。老二抓住墙上的二胡，咿呀咿呀地拉起来。世间有这样能妥帖地表达情感的乐声，如泣如诉，如哭如笑，如悲如喜，惟妙惟肖，这样的乐器太神奇了。更主要的是，老二对此物无师自通。本来他觉得笛子已经是好听得不得了了，但二胡的世界更为幽深。

第一根弦明显松了，老二调紧，试调，猛然间嘣的一声，弦断了。

老二慌了，他不知道琴弦断了是多大的事，应该很大，因为二胡太珍贵了。

"怎么办？"他站在枝丫面前，脑子一片空白。

枝丫坐在楼梯的第三级喂奶，那级台阶经常坐，木板磨得又光又白。枝丫把衣襟拉下来一点，遮住奶子的绝大部分。

"你的脸色这么难看呀！"枝丫问道。

"弦断了！"老二抱着二胡，就像枝丫抱着孩子。

"我问你脸怎么这么难看，是不是病了？"

老二把断了的弦拉到枝丫眼前。在老二眼里，是一个细小而神秘的精灵已经死去。

"怎么办？我这个要赔多少？"

枝丫拿手抹了一下老二的额头，湿了，尽是冷汗。

"断就断了呗，断了倒好。"

"老蛇叔会很生气的，我指定要赔呀。"

枝丫用一只手把二胡接过来，道："你回家，泡杯红糖水喝，知道不，没有红糖白糖也行。"

在家里时，枝丫有一次挑柴回来，突然间冷汗直冒，几欲昏倒。农村没什么药，她娘只给她喝了红糖水，慢慢儿就恢复过来了。枝丫晓得，红糖水能治好多病。

老二虽然不安，但如释重负。他回到前院，在楼梯上坐了许久，叮的一声琴弦崩断的场面在他脑海中不断重现。他蓦然感到一阵心痛。

潮水无声无息退去。港汊与低洼处，是白的水面，高处露出黑色的巨大的滩涂，间杂绿色的红树林，黄色的芦苇荡，好像有一只看不见的手在画着这一切，时时更替，日日循环。沿岸的石缝里，蟛蜞和小螃蟹进进出出，忙碌得很。近岸边的滩涂上，布满密密麻麻的小孔，藏着千军万马的小蟹小鱼，在洞穴旁边活动。跳跳鱼躲在淤泥里，两只乌溜溜的凸起的眼睛虎视眈眈。调皮的伢仔扔一块石头下去，小蟹小鱼受到惊吓，齐刷刷窜进洞，仿佛有人在指挥。片刻，没有动静了，它们便探头探脑出来觅食。

咸湿的腥味被风一吹，钻进树丛，钻进百家千户。每个人晒在外面的衣服，都有一股腥味。阴湿天地，整个村子被腌了起来。

正是中秋这一天，兆文回来过节，早间趁着退潮，便带着老

二、船仔和六斤去收"鱼壑"。从坂尾池塘边下岸，沿着滩涂下海，兆文背一只箩筐走在前面开路。六斤闹着去，赤脚在滩涂中走了几步，两只小脚陷入泥里拔不出来，着急得大叫。兆文回头一看，笑了，把六斤直接放进竹筐里，道："叫你别来你硬要跟着，这路没那么好走。"船仔见六斤被背着，叫道："我也想坐在筐里。"兆文道："跟你说了一百次了，别跟妹妹争风吃醋，你耳朵是聋了吗！"船仔顿时闭了嘴巴，默默无语。显然，跟妹妹争宠已经成为他的习惯，甚至是条件反射。老二在一旁抿嘴笑，船仔反击道："你笑什么，爹骂你比骂我多！"

四人走在滩面上，深一脚浅一脚，像蹒跚的螃蟹。滩涂上散布着各样的螃蟹。这是一个收获的日子。

兆文四个孩子，老大和老二，算是成人了。老大参军去了，那是全家的骄傲，老二本可以成为务农一把好手，却为人懒散，为兆文所不齿。老三船仔正是比上不足比下有余的半大孩子，喜欢上下争宠，却往往不得。其实在老二和老三之间，本来有一个男孩子，出生不久就夭折了。兆文心想，总得有个女儿吧。于是，六斤出生了，他算是圆满了。

环西陂塘的滩涂，潮起潮落，鱼蟹生生不绝，是口粮不足的村落的重要补给。每个村庄，在村前的滩涂潮间带，总会挖筑一个个池塘，是为了储水存鱼蟹的，俗称"鱼壑"。鱼壑的诀窍是在低处有个涵洞，平时堵上，收壑时打开，放水捉鱼，不费吹灰之力。涨潮时，鱼壑被海水淹没，很多鱼蟹就会到壑里做窝，潮涨潮落，做窝打洞的鱼蟹会越来越多。壑有大有小，大的为几户人合作共有，小的为独有。每年清明节前，会将壑清淤一遍，加高加固壑堤，此时天气回暖，鱼蟹来到滩涂高处生活，留在壑中，自投罗网。到了端午节、中元节、中秋节收壑三次，大壑在九月重阳节还可以收一次。此后天气转冷，壑小水浅，鱼蟹就待不住了。收壑是孩子们最开心的时候，大人与小孩其乐融融，享受潮水的赐予。

正是退潮时间，自家的壑里满满一池水，池中水花荡漾，就知道存有不少好货。兆文熟门熟路，把涵洞打开，一股浑浊的水流往低处去了，越来越浅的水面上，水花越来越多，那是沉不住气的小杂鱼。船仔和六斤迫不及待进去，被一只大鲈鱼的尾巴一甩，泥水四溅，已成花脸。水只剩下几寸的时候，鱼蟹都露出真容，不安地躁动，觉察已经进入人类的陷阱了。

兆文手脚麻利儿，抄手就是一个，跟捡豆子一样把鱼蟹往竹筐里扔。三个孩子各背个小竹篓，跟鱼蟹捉迷藏或者搏斗，不亦乐乎。老二还是默不言声，裤脚挽得高高的，生怕脏了。船仔和六斤早已是一身泥，像两只小弹涂鱼。

"你也不读书了，得学点做海的活儿，在村子里，不会做海，还算男人吗！"兆文少有地边干活边教导老二。这是他最温和的态度。大概是中秋节，他的心情不错。

老二抓住一只咸鳗鱼，那玩意儿贼滑，一缩，进了洞。老二没办法，找邻近讨海的人借了一把木锄，死命挖洞。兆文叫道："东西多了去了，你非跟一只鳗鱼较劲干吗？"

老二道："大得很呢，一定要搞到！"

兆文一听就来气，道："脑子长哪里去了，要了芝麻丢了西瓜！"

这父子俩就是这样，张口没两句就一言不合。

原来枝丫晓得老二要去收罂，早已口水荡漾，道："如果有章鱼或者鳗鱼给我一只，最好不过。"枝丫到了海滨村庄数年，虽然温饱不足，但过足了海鲜的瘾，嘴巴也越来越刁。章鱼和咸鳗都是滩涂上难得的好货，她倒是识得妙处，加点酒，加点姜，炖了，又滋补，嘴里几日都是香味。老蛇家没有做罂，枝丫只能讨别人的鲜。

老二把二胡的琴弦弄断了，是枝丫背的锅。枝丫说是自己弄断了，老蛇本来大发雷霆，但也没辙。老蛇不务正业，一把二胡拉得出神入化，如泣如诉。左邻右舍听了，直摇头，别人在地里干活，跟这男人只能喝西北风呢。老二心里惴惴不安，后来偷偷玩老蛇的二胡时，心里也战战兢兢，生怕断弦。老二欠着枝丫的一份情，拼了命也要把这只咸水鳗挖出来。

六斤突然哇的一声，撕心裂肺地哭起来。兆文回头一看，一只小巴掌大的蟳（锯缘青蟹）夹住她的小手指，那小蟳也是执念，任六斤怎么甩手也不松开。兆文跨了两步过来，一只手把小蟳定住，另一只手把钳子掰断，把小蟳扔进六斤的竹篓里。断钳虽然不松开，但毕竟无力了。兆文道："别哭了，想抓蟳哪有不被夹的！"船仔道："我也被蟳夹住，都没哭过。"六斤用手腕抹着眼泪道："胡说，我看见你哭过。"

六斤遭此一役，不敢再将手在淤泥中试探，站在垫堤边，把小竹篓里蜷缩的小蟳拿出来，放在脚下，想把断钳接上。这只是一厢情愿，覆水难收。六斤对着小蟳喃喃道："如果你不咬我，就不会被掰断了，你应该很疼吧。你走吧，我不吃你了。"船仔笑道："你说啥呀，蟳听不见的。"六斤道："它听得见，它的眼睛在动呢。"

小蟳把眼睛竖起，泛着细小的泡沫。它试着慢慢爬了几步，观察敌人是不是还在关注它。见平安无事，便拖着一个钳子，快速往泥地里跑。六斤转头跟船仔说话的片刻，转头一看，那断了钳的青蟹便跑得没了踪影。

忙活一个多小时，把垫底的鱼蟹拾掇得差不多了，满载而归。船仔和六斤玩个没够，还恋恋不舍。兆文道："快走，等下潮水涨了，港汊过不去了。"

"要不要把垫再增高一下？"船仔建议道。

每次来收垫，都会把底部淤泥清理一下，堤坝增高，退潮时可以蓄积更多池水与鱼蟹。

"不用了，西陂塘很快就围成了，明年不会再有涨潮退潮了。"兆文道。

赶海人们在滩涂上碰见，互相查看对方的收获，彼此赞叹。海水来来去去，带来源源不断的收获，这种日子很快就会消失，他们大多数人并没有意识到。

酒醉在堤岸上等候，看见兆文满载而归，探头看了看筐里，赞叹道："好东西，这条鲈鱼漂亮，赶紧让给我，我家的客人都在流口水了。"

酒醉双脚不沾泥的，自己没有挖蜇，又好美食，专在码头等处拦截别人的鱼蟹。他说买，其实是肉包子打狗，吃到肚子里就忘了。兆文拦住他的手道："鲈鱼给孩子们过节，不能拿。"酒醉的手甚是灵活，一招猴子摘桃，探进去取了一只母蜇，道："鲈鱼不给蜇也要给一只，要不然跟客人交代不过去。"

一家人在水塘里手脚洗干净了，六斤说累了，便骑在兆文肩上回家。

六斤出生的时候，兆文很高兴，出来一个女儿，金贵得很，拿去称了称，不多不少六斤，好兆头，便叫六斤了。村里人都是重男轻女的，兆文不知怎么搞的，见了六斤，只当成宝贝。六斤提出啥，只要能满足的，他都一一应承，搞得船仔有吃不完的醋。

把筐里篓里的货倒在木桶里，满当当的，以蜇为主，它们最喜欢在蜇里挖洞做窝，还有虾蛄、濑尿虾、弹涂鱼、黄甲、沙钻、白鱼等，在自个儿堆的小山上互相踩踏，叽喳作响，带着海泥的腥味弥漫四周。兆文叫道："老二跑哪儿去了？"老二闻声，从后院钻了出来把自己篓里的东西倒出来。兆文道："你刚才不是捉了一只咸鳗，哪去了？"老二支支吾吾："跑了。"兆文骂道："拾到篓子里的东西还能跑了，你个废物。"

老二被他骂一顿，默默待一边去，心里却有一种莫名的甜蜜。

这种甜蜜有点怪怪的，像糖，又像糖里裹着某种恐惧。多年后老二才明白，有种甜蜜，就是裹着砒霜的糖。

畲婆阿采挑了柴火与山货，在街头过路亭卖了一个上午，进院子讨口水喝，对月明道："我这还剩两只兔子，寄在你家，谁要的话，帮我卖出去。"月明道："若是不动的，还好，你这是兔子，要是跑了死了，我跟哪儿说理去？"山里人脑子耿直，一听也有道理，犯了愁。

畲婆阿采从金贝山上下来，平日里主要是挑柴火下山，天不亮就出来，走不到两个小时，到了村里太阳还刚刚晒屁股呢。增坂村后山不高，一小块巴掌地都得种粮食，荒地着实没有，只有岩壁上、溪流边、不能开荒的陡峭之处、阴森的坟墓周边，长了一些杂乱荒草，是村人的砍柴的资源。山上槠树林是禁山，每一两个月开禁一次，允许村民上山打扫枯枝落叶。再加上山田里一些稻秆，有的人可以开船去江山收割芦苇。而烧火做饭是一日三餐的事，总而言之，燃料缺口很大，不得不靠外地的增援。畲婆卖的是山上的铁芒萁，烧起来噼啪作响，火焰金黄金黄的，极好的燃料。村人喜欢买半把放在灶门口，稻秆太潮点不着火的时候，加一把铁芒萁，整个灶膛都亮了。畲婆的柴火一到，便会被人瓜分，这个几份，那个几份，半个小时就卖光了，畲婆便会换了盐巴、光饼、腌带鱼或者螃蟹酱回去，赶在正午之前到家。

阿采出门都要穿民族服饰，黑色为底红色为边的对襟上衣，宽口黑裤，边上有极为富丽的花纹，走在人群中引人注目。她的皮肤接近褐色，长年的劳作使其脸上皱纹纵横，像雕刻的似的，她四十来岁，但看上去像六十来岁。她在自己山村说的是畲语，但是能和海边的人进行简短的沟通，她常年出来卖山货，必须学会"外交"语言。

船仔和六斤看见了筐里的两只小兔子，一只是灰色的，一只是白色的，惊叫起来。小兔子躲闪而委屈的样子让孩子们难以自控。

"我要。"船仔道。

"我也要，我要那只灰的。"六斤也跟着说。

阿采瞧见了两个孩子的样子，有了主意，指了指兆文。两个孩子眼珠一转，凑到爹身边，叫道："爹，把兔子买了吧。"兆文正在清理海货，杂鱼归杂鱼，螃蟹归螃蟹，道："买了谁养呀？"船仔道："我养，我天天去拔草。"六斤道："我也去。"兆文摇头道："柴火都没钱买，哪有闲钱买兔子。"

两个孩子的热情被当头浇了下来。船仔不泄气，咬着六斤的耳朵嘀咕了两句，六斤转头对着兆文哭了起来，先是假模假样的，眼泪都挤不出来，随后就入戏了，泪汪汪的。

阿采道："孩子都哭成这样了，你就要了吧。"

兆文腾出手来，把六斤抱在怀里，擦了擦她的鼻涕，道："大姐，你看我这屋里头，哪样东西能换你兔子，你就拿去。"

阿采瞧一桶海鲜早瞧了半天，口水都咽了几次，指着桶里道：

"这个行不？你家孩子爱兔子，我家孩子最爱吃这个。"

兆文利索道："除了这条鲈鱼，是给我小女子吃的，其他的，你喜欢啥，拣两三斤去，都成。"

阿采迅速伸手道："成了，你拿秤仔去。"

即便在海边，鲈鱼也是难得的，鲈鱼跑到壑里，更是难得。虽然在十年前的时候，都有海豚跑到壑里，把一壑鱼都吃光了，但近年这种海况不复存在。鲈鱼是咸淡水鱼类，味道鲜美，而且滋补，小孩子吃了，体格好。

阿采收拾三斤蟳和虾子，又觉得意犹未尽，问道："你们上次那个蟛蜞酱还有吗？"月明明白其意，道："有，我掏一罐给你。"

蟛蜞酱是把蟛蜞在石臼上捣碎了，撒上盐巴，腌在瓮里，入味了就可以吃。讲究点的，再加点酒糟，要吃了，掏出一碗，做饭时搁在锅边，蒸熟了，极能下饭。但也是海边最普通最便宜的海品。

月明找了一个罐头瓶子，从瓮里挖了一瓶蟛蜞酱，盖好，递给阿采。阿采欢天喜地，握着月明的手道："那好东西是给孩子吃的，我舍不得吃，我自己吃这个。"月明道："晓得，你吃没了来我这，这蟛蜞酱贱，管够。"阿采道："下次来我给你带一根乌笋，我不能白要你的。"山里人实诚，又讲情义，你给他一寸，他还你一尺。

船仔和六斤兴奋得屁滚尿流，到处给兔子找窝。兔子喜欢阴暗，兆文在楼梯底下沿墙根砌了一条长槽，上面用瓦片和木板盖了。投食的时候，把木板掀起来，把草扔进去。船仔和六斤不停地掀开盖子，看看兔子如何。月明道："你俩消停一下，让兔子安生片刻，它们受惊吓，就会生病。"两个孩子这才忍住。

灰的兔子被六斤认领，叫花手帕；白兔被船仔认领，叫薄荷糖。

孩子与动物，是天然的朋友。但两个孩子不知道，这两只小玩意儿，从此就像宿命一样与他们的人生紧紧相依了。

李怀风是下午回来的。

李怀风是弃儿。村里的弃儿并不鲜见，多是父母在大跃进期间被饿死，"文革"期间被批斗死，或者父死母嫁，靠着接济顽强存活。但李怀风并不一样。

李怀风穿着白衬衫，下面是海军蓝的裤子，一条黑褐色的皮带，皮带头是一块银光闪闪的金属，神采奕奕。手上提着一个黑色皮革拉链的公文包。他面色白皙，脸上可见颧骨，峥嵘而有英气。他身子瘦高，扎在裤子里的衬衫显得宽大。一身干净的气息显得鹤立鸡群。一看就知道是城里人。

他进了院子，先见了兆文、月明，叫了声："爹，娘。"语气亲热中有点生疏。

月明道："噢，怀风回来了，这一身行头，太精神了，差点不认得。"

兆文狐疑地看了一眼，没有应声。那眼神，好似母鸡看着自己孵出的小鸡，转头一眼变成小鹰。

这眼神里的故事，包含着五味杂陈的辛酸苦辣，不足为外人言道。

怀风不是兆文生的，却是兆文养大的。这且称为养子吧。但是，收留这个养子，也不是兆文心甘情愿，而是阴差阳错，迫不得已。

怀风的亲爷爷，解放前村里的头号大地主，解放时被枪毙了。怀风的父亲兆镜，一九六六年"破四旧"，打杀地、富、反、坏、右"黑五类"运动前夕，一看形势不妙，有难逃一劫之感，联系了特务的海上船只，从东冲口出逃往台湾去了。留下孤儿寡母，当时的怀风是四岁。

是兆文划着小舢板，趁着月黑风高，把兆镜从西陂塘送出去。兆镜有言："我这逃出去，生死难卜，但好歹不会重走我爹的老路。我爹当年也有出走的机会，就是心存侥幸给耽误了。他要是在天有灵，也会同意我出走，保佑我渡过海峡的。可怜的是怀风和他娘，不知道能不能活下去，这点希望我就全指着你了。"兆文虽然心中忐忑，但也只能点头。自己一家生计也难保，但说保护母子俩，也就是凭着过往的关系，仗义应承。兆镜道："我也不会空口托孤，我有一个宝贝，存在你父亲手里，日后形势转好，就当是我托付的代价。我再说一遍，怀风是我唯一的骨肉，就交付你手上了，你若是同意了，就在这里给我许个诺，我是死是活都安心了。"其时海上风大浪急，耳边呼呼响着，兆文一边摇着橹，一边把话听进去了，道："我答应你就是。高天大海做证，如果我不照顾好他们母子，就让海里的鱼蟹吃了我吧！"

兆镜走后，妻子淑珍被批斗数次，惨死于病床上，怀风自然落到兆文家里，这是承诺。但是可气的是，兆文问起元丰，兆镜有什么宝贝在他手上，元丰却一问三不知，坦言不知此事。兆文这才晓得，被兆镜给骗了。憋着一肚子气，却也不能把怀风给丢了，这拉扯大，也是一番别扭，几度纠结。好在怀风与自己的大儿子师海同岁，半饥半饱，倒是容易成人。村人也晓得他可怜，不时也叫道："怀风，饭没吃饱吧，来我这里添一口。"

怀风寡言沉默，心酸比别的孩子要多，心事也多，争了一口气念书，断断续续，居然把书给读了下去，考上了农业技术学校，刚刚分在兽医站工作。有了工作，譬如虎归林中，精神状态迥然不同。

船仔见了怀风，大喜，一瘸一拐扑过去，叫道："哥哥，哥哥！"怀风从包里掏出月饼分给船仔和六斤，家里每人都有一块，两人如获至宝。月明道："你还花钱买这，多贵呀。"怀风笑道："单位发的，年节都有发礼品。"怀风的口气带着一种自矜，以及脱离了旧的生活、开始一种崭新生活所带来的满意，一扫过去畏畏缩缩的气质。

月明对怀风，像自己的亲儿子一样，没什么成见，见他出人头地，自是欢欣，道："公家就是好。船仔、六斤，要等到晚上月亮出来了再吃，懂不！"

兆文斜看了怀风一眼，老觉得不得劲儿。是的，怀风前后的反差，让他很不舒服。

爷爷在楼上，怀风咚咚咚几步上去，他觉得自己崭新的气质也许只有爷爷能懂。爷爷上下看了他一眼，点了点头，道："不用晒日头了吧？"怀风兴奋地点了点头。

在元丰他们这一代人眼里，人类可以分为两种，一种是要在日头下流汗赚口饭吃；一种是不用晒太阳就得到伙食。前者劳力，后者劳心，对农民而言，后者脱离苦海，已然成仙。

怀风把一块油纸包的月饼拿出来，道："这是我特意给你留的，肉馅，香得很，农村里吃不到的，你先咬一口。"

元丰听话地咬了一口，好吃到舍不得嚼。怀风道："是都没吃过吧！"

元丰点头道："皇帝吃的也就是这么好吃了。"他抓着怀风的手，继续道："找个时间到你爷爷坟前烧把纸，告诉他你是公家人了。"

怀风自己的爷爷，解放之初被枪毙后，倒是允许收拾骸骨，在莲花山有一座平头坟。

怀风脸色瞬间黯淡，道："他死的时候我还没出生，连个影子都没有。"

元丰叹道："他什么事都知道，魂儿一直在村子里，他是被枪毙的，死后一直叫脑子疼。"

怀风似乎不愿提及这一茬，道："这是迷信。"

"你一定要和他说一声，这样他的脑子疼会好受点儿。"元丰与大多乡亲一样，是有灵论者，觉察到怀风的变化，道，"你虽然吃公家饭了，但别忘了根在这里，爷爷的魂，都留在滨海乡间。"

元丰自顾自唠叨，怀风内心不爽，他一直想忘记的事，元丰老是提及。地主的孙子，这顶帽子，他可不想一直戴在头上。

兆文在楼下叫唤怀风。上半年养了一只猪，两个月发病死了。后来不得不又买一只猪崽，活蹦乱跳，每天吃的都不够。

兆文道："来，我给你搭把手，你把猪卵割了。"

怀风赔笑道："爹，我不是割猪卵的，我是国家干部。"

兆文道："兽医站，不会割猪卵，那你干啥的？"

"我们指导兽医工作，讲清楚各种原理，具体由村里兽医去做。"怀风解释道。

村里的猪一般是由兽医行超来阉的，价格不菲，还得先打了招呼，再等数日，哪日行超心血来潮，跑到你家来，人和猪都猝不及防。所以阉猪是一件大事。

怀风文绉绉的，把兆文激怒了，道："你是不是从这个家里出来的？家里叫割个猪卵，你推三托四的，以后最好别喊我爹了。"

月明见兆文发怒了，劝道："怀风，如果行的话，你就割一次吧，叫行超割一次要五角钱呢。"

五角可不是个小数目。

怀风上楼，默默地脱了衣服和裤子，换了一套兆文的劳动衣裤。磨了一把刀片，用火消毒。两人一块到猪圈了，拎起猪崽的两只后蹄，猪崽没命地叫了起来。船仔和六斤跑过来凑热闹，怀风厉声喝道："走开，小孩不能看。"

很快，猪崽撕心裂肺地叫了几声，兆文抓了一把锅底灰撒在创口上，齐活。猪崽劫后余生，跑去猪圈里哼哼唧唧，自艾自怜。

兆文擦了把汗，得意道："你看，多利索，割卵都不会，读那么多书干啥！"兆文把猪卵捡了，洗一洗，准备晚上放在糯米饭上蒸熟。

怀风脸色苍白，刚回来时的兴致已经没有了，好像刚才骗的不是猪崽，而是他自己。他打了盆水，把自己洗干净，重新换上整洁的衣裤，拎起包，就要告辞。月明道："你吃个晚饭再回嘛，晚上吃糯米饭。"怀风婉言拒绝了，说本来就没准备回来吃饭，吃了回城就来不及了。

兆文看怀风走远，笑道："他已经不用吃咱家的饭了。"月明道："你别对他阴阳怪气的，他长大成人了，有自己的脾性。"兆文笑道："我早就看出来了，他脑后有反骨，不是自己亲生的，就不会是自己孩子。"

兆文把他从四岁抚养到大，跟这孩子就是一直不对付。

月明把两斤糯米浸了半小时，放在木桶里蒸熟。糯米有油性，蒸得一粒粒白嫩饱满，色泽如玉雕，紧实又有黏性，香味扑鼻。船仔和六斤早围在灶边，不断地吸着鼻子。月明道："你们滚一边去，别在灶台前晃来晃去。"

船仔道："熟了你可要尽快叫我们，我要吃第一碗，这也是我等了一辈子的。"

"呸，胡说八道。"月明觉得孩子讲了不吉利的话，纠正道，"你一辈子才刚刚开始呢。"

"反正我从出生就开始等了。"船仔道，"六斤，你呢？"

"我从下午开始等。"六斤懵懂道。

两个孩子嘴里咂摸着，高高兴兴到后厅去。厨房实在是又窄又暗，人一多就转不过身来。

忙来忙去，天色就暗了下来，厨房里早就黑乎乎的。恰巧停电了，村里的电线定是哪里又被风刮掉，或者总保险丝又断了，三天两头断电。月明不得不把煤油灯点起来，放在灶神的神龛里。早前去街上买猪耳朵，没买着，买了一根猪尾巴代替，剁成小块，用来炒糯米饭。两者在锅里互相搅和，让肉的油味渗入米中，又让米的香气渗入肉中，把锅盖盖上，往灶膛添了一把火，水汽从锅盖边冒出来，香气四溢。

月明叫道："船仔，六斤，可以吃饭了。"船仔、六斤闻言迫不及待杀了进来，像小狗一样吸着鼻子吐着舌头。中午虽然说吃了一大锅鱼蟹，但是海味对于孩子来说，乃是寻常的味道。多少海味也不能解决肚子的饱、实，也不能代替猪肉的油香。猪肉，才是菜中的翘楚，一等一的，一年难得遇到几次的美味。

船仔在灶台边抬头，月明伸一边手把他的头拨开，道："不怕烫呀！"用右手掀起锅盖，啪的一声，碰到灶台神龛上的煤油灯，煤油灯掉进锅里。月明眼前一黑，叫了起来。黑暗中在锅里捞煤油灯，摸不准，那煤油灯滚了几滚，捞起来时已是覆水难收。一灯肚煤油均匀洒在饭里，香味很快被煤油的腥味替代了。

一家子人进来商量对策。重新点亮煤油灯，灯光下，船仔都快哭了，这是他等了许久的一顿饭，就这么毁了，简直是当头一棒。糯米饭看上去没啥问题，一粒粒油滚滚的，可是这么呛人的味道实在是难以入口。再说了，谁也不知道煤油能不能吃。左也不是，右也不是，兆文皱着眉头，用筷子夹了一口，皱着眉头咬了半天，还是吐了出来，道："实在是吞不下去，再说了，要是把孩子吃出个三长两短，得不偿失。"

船仔永远忘不了这个中秋之夜，月亮圆得不像话，好像是故意的，照得地上如白昼一样。他和六斤围在猪圈的石栏上，将糯米饭一团一团地丢给猪崽。刚被阉割的猪崽有点懒洋洋的，但是闻到糯米的香味利索站起，津津有味地嚼着，哼唧哼唧，吃完一口便抬头继续哼哼。它才不在乎煤油的气味，它觉得这是它应得的，它白天挨了一刀，需要补补身子。

六斤跑到兆文怀里哼哼唧唧："爹，你爱猪不爱我，给猪吃不给我吃。"兆文道："傻女子，爹爱你才不让你吃。"月明毁了一锅好饭，自责得直叹气。

船仔扒在猪圈沿上，看得眼泪汪汪，嘴巴随着猪崽的嘴巴咂摸着，好像猪在代替他吃。

他的苦涩日后时常回想起：幸福近在咫尺，却不属于自己。

小学是旧祠堂改建的，在村西头，山脚下。因此小学生上学，也叫上祠堂。大条青石的门楣门柱，因年代久远，青石更青了，像活着一样。夏天把红扑扑的脸往青石板上一贴，别提多凉快。

四周青砖结构，骑马墙，前后天井被打通了，长石条地板，作为学生活动场所，两边厢房一共十间作为教室，相当敞亮，并不像一般的祠堂那么阴沉。祠堂依地势而建，后厅比前厅要高出一米，前厅有两层木楼，作为老师的宿舍和办公室。老师们上上下下，总是响起咯吱咯吱的声音。若是咚咚咚的响声，则是有人在楼上跑来跑去。后厅有一口井，井水清冽，井后的墙上留着几个宋体白灰大字：世上无难事，只要肯登攀。

中秋节放假，除了家属住院的老师，其他老师基本走光了。学校的门半掩着，李怀风钻了进去，校园里静悄悄的，直接到了二楼。海燕在房间里忐忑看着窗外，见怀风进来，一下子跳了起来，道："还以为你不来了呢。"怀风把包往床上一扔，默然不语。海燕这才发现怀风的脸色不对。

"怎么啦，脸那么臭！"海燕问道。

怀风脸对着窗户，窗外是菜园子。一阵凉风吹来，海燕发现他的眼角湿了，似乎有无尽委屈。

怀风抽噎着，道："他把我当成阉猪的。"

"谁呀？"

"我爹。"这句话从怀风嘴里出来，并不亲热，只是一个客观的名词。

"唉，那也没啥，农民嘛，觉悟低。"

"你知道我奋斗了多少年，吃了多少苦，有了县城户口，我他妈的就想让他尊重我，他居然一见我就让我阉猪，他是故意羞辱我的。"

怀风之前憋着一肚子气，不敢发作，现在的委屈像开闸的洪水。

"我觉得吧，你有点大题小做。你是兽医站的，他让你阉猪，这也是专业对口呀。"海燕笑道。

海燕的家在县城西郊，父亲是农机站的技术工人，母亲是家庭妇女，忙里忙外，在家门外种了好些蔬菜。海燕受其影响，也在学校窗外的菜园子里种了一些菜，早晨起来，一边梳头一边看着窗外的菜园，或者下去浇浇水，傍晚的时候到菜园子里看看书。一开始她觉得孤寂，待不住，后来越来越习惯了。怀风是来学校怀旧的时候跟她认识的。他们互相难得遇见可以聊的年轻人，确定了恋爱关系。她对怀风的身世也颇为感慨，了解其作为养子的身份的尴尬，怀风平日里沉默寡言，倾诉欲在这里得到释放。

"你也觉得我是阉猪的？"怀风睁大眼睛，他一直以为海燕会同情他的遭遇。

"我意思是说，阉猪是你的技能之一。再说了，阉猪这活儿多重要，家家户户哪有不求他的，你自己又怎能看轻阉猪匠呢？"

怀风想了半天，最后似乎下了决心，道："我一定不能让人觉得我跟阉猪有关，特别是你。"

海燕哄道："你是个优秀青年，知识分子，是吧，要不我怎么会喜欢你呢？"

怀风转忧为喜道："这句听得才舒服。走，我们进城过中秋去。"

海燕道："进城干啥，我不回家就是想过个清净的中秋节，回城了不得回到我妈的魔爪下。"

妈妈一方面极爱海燕，吃个饭都要给她夹菜；另一方面又极爱管束，连裙子该什么颜色、出门该怎么走路都要理论一番。十六岁的时候，海燕觉得要是再听妈妈的话，就会活成另一个妈妈了，整天围绕着小利益动脑筋。她开始叛逆，争取自己的自由空间。特别是参加了工作后，感觉自顾自的日子实在惬意。这不，她就想过个不一样的中秋节，在乡村里看看月亮。

"村子里晚上安静得连鬼都待不住，咱们耗着干啥？要不这样，你刚好带我回家，我备些礼品，去见见你父母。"

他们相恋快一年了吧，但还属于秘密状态。

"开什么玩笑，你会被我妈拿着扫帚赶出来的。"大概想起妈妈见了怀风时的样子，海燕忍不住大笑起来。

"我有那么逊？"怀风相当惊愕。他刚刚参加工作，意气风发，觉得跟海燕是门当户对。

"你没明白我的意思。倘若我妈知道我私下恋爱了，不管对象是谁，她都会让他滚蛋。"

"那么，你妈希望你找什么样的对象？"

"大概是从头到脚都挑不出毛病的吧，我估计世界上也没有这样的人。"海燕笑道。

怀风皱了皱眉头："那我们什么时候让她知道？"

"一想这我就头疼。"海燕道，"我们还是把这个中秋节好好过完再说吧。"

怀风想进城去，海燕想在这里过，两人僵持一会儿，海燕还是占了上风。年年在家里过节，老人小孩亲戚一堆的，海燕觉得闹得慌。而怀风喜欢过个热热闹闹的节日。

"要是在这里过的话，晚上我可就只能睡你房间了。"怀风道。

"你不回去睡？"海燕问道。

"家里挤挤挨挨的，早没有我的地儿了。"怀风道，"再说，我跟爹说回城了。"

"那也不行，我给你找一间宿舍。"

海燕在这方面比较严肃。尽管她喜欢怀风，但是除了拉拉手，她绝对不让他再进半步。这来自她妈妈严格的道德家教。

海燕带着怀风看她种的豆荚。都到秋天了，豆荚还有饱满的一串串，靠墙攀缘，被海燕用荆棘围了起来，防止孩子们捣乱。

"你看，这豆荚在阳台中，基本上长两茬就没了，在这里不停地长，你知道什么原因吗？"海燕问道。

"看来你有心得？"

"种在地里呢，接地气呀。"海燕道。

海燕拉开荆棘，让怀风帮着拔去杂草。怀风拒绝了，道："我干脏活干了那么多年，好不容易吃上公家饭了，你还让我拔草，我可不想把衣服搞脏了。"

海燕道："想不到你一个农村出来的人会这么不爱劳动。"

怀风道："谁说我不爱劳动，我整天都在动脑子，那才是正经的劳动。"

海燕摘了一些豆荚，两个人去食堂的灶台上做几道菜，算是中秋的盛宴了。因为停电，便出来散步。小路被月光晒得白白的，一直通往后山黑乎乎的楮林。海燕在月光下，多了一份妩媚。她叹道："从来没有过过这么安静的中秋节，真是太美了。"

怀风道："我以前是最怕过中秋节的。"

"为什么？"

"一到中秋节，就觉得特别孤单。"

两人并排在水渠堤上坐着，海燕把怀风的头揽在自己怀里。她理解，他的心中有太多的缺失了。

"我一直有个预感，你在学校里不安全。"怀风道。

"为什么？"

"你气质如此出众，在这个村子里，我能感觉到总有人觊觎你。我怀疑，有一天你会被这里的某个人抢走。"怀风道。

"你太没有安全感了。"海燕笑道。

在海燕看来，这个靠海的村庄是个世外桃源，可以躲开一切的骚扰，让自己脑子清醒，安排自己的人生。

"一定要想办法，尽快调进县城。"怀风忧心忡忡道。

第三回：祖产

西陂塘的围垦，从宋代开始。县志记载，宋朝元祐四年（1089），骝屿村开基始祖林圭与圣泉寺寺僧，纠集百余农家，筑堤作堰，设二石头斗门，历时十三年，垦田七百四十八顷，载粮四千石，使得近村丰衣足食。由于疏于管理，受益八十三年后，于南宋淳熙十二年（1185），终因海潮冲击，堤堰崩毁，良田淹没，复归于海。从此海堤成为遗迹，潮起淹没，潮退复出，望洋兴叹。

周边村庄位于山海之间，耕地着实不足，西陂塘始终是一块肥肉。后宋元明清四代，历经七百年，民众实不甘心，先后有五次围堤，屡战屡败，均以崩塌告终，未能围成，留下慨叹：神仙难围西陂塘。

到了二十世纪四十年代，国民党政府县长谭慕向省政府报告，提请围垦西陂塘。一九四六年九月动工，由于工程层层转包，费用损失重大，民工工粮时时不继，工程断断续续，到了一九四八年七月，因时局变化，物资难以供应。遂告停工。抛掷的石块，被潮水进出流冲，日久渐空，西陂塘依然如旧。

解放后，百废待兴，农田水利工程次第兴举，一九五八年县委曾做长期规划，指出宁德沿海滩涂辽阔，养活一代又一代人，堪比黄金地带，而可以围垦的东湖塘、西陂塘和大南塘，倘若能围垦成功，必成鱼米之乡。西陂塘在"文革"期间的一九七四年开始动议，县革委会责成水利局开始勘测设计。

这次的围垦计划，一九七七年正式开始主攻主体北堤工程。北堤全长八百七十米，深水石堤部分占六百八十米。堤线虽不太长，但港底情况十分复杂。堤线位置被东西两个港道分割成三大块，东港宽三百米；西港，便是国民党政府一九四八年修堤时冲决的决口，宽六十米。东西港之间是一块小高地，宽二百五十米，是历代修堤留下的残基，表面为乱石所覆盖，底部地质条件极差，属于高灵敏度淤泥，表面覆盖着小动物壳体组成的钙物质沉积层。

预定的施工方案认为：中间小高地露出程度高，且是历代筑堤残基，预压年代已久，由于团结作用，抗剪程度必定大为增强，决定选这一段为合龙口。召集漳湾、七都、金涵三个公社民工技工三千九百人，使用经过改装的自动抛石长槽船六十四艘，汽车、大型拖拉机四十辆，堤上海面三路进石，人员三班轮番，昼夜不停，经过一年多奋战，封堵了东西两港，如期达到第一阶段施工之目的。

七日凌晨三时许，施工人员发现口门下游木框护坦破坏严重，坡脚砌石湖面长度达四十米，损坏地段渗透水泥很大，坡面明显下沉。虽然立马组织抢救，已无济于事。到了下午二时三十分退潮时，塘内外水位差达到一米六八，一股巨大的浑浊水流奔腾咆哮，块石滚动如同闷雷，顷刻之间决口扩大到八十八米，底部最深处被冲击达到负二十七米。可见水流之急，水势之猛。大伙亲眼看到磨盘大巨石、几吨重的集装竹笼被冲出数百米之外，此情此景，惊天动地，永生难忘，一部分人更相信"神仙难围西陂塘"属实了。此后人心涣散，逃回家的很多，有的人在退潮之时，想沿着滩涂跑到对岸逃走，走到半路，遇到涨潮，退也不是，进也不是，活活被冲走。

很显然，定为合龙口的小高地地质状况，原来的勘测判断有误，资料失真。

第一次合龙失利后，指挥部绞尽脑汁，开始做三件事。第一，请海军潜水员，潜下水底摸清合龙口的地质状况，查清第一次合龙时抛下的集装石竹笼、铁丝笼被流冲的情形；第二，是八十八米口门决战时的流速、流量的科学数据；第三，截流体应该是多大的集装个体才能制服湍急、咆哮的潮水。

根据海军潜水员的潜水报告：合龙口下是坚硬的硬土，软土基本被冲刷干净。原来抛下的一千多个石头集装竹笼大部分流走，留下少量大块石。这说明截流体必须是大块石、大竹笼，具体需要大到什么地步，得根据流速来计算。

为了计算口门在平堵过程中的落差、流速和扩散指数，以便有针对性地抛投石料，指挥部决定派工程师求助华东水利学院。

当时全国仅有华水计算机室有运算程序能够计算，这台机器，足足有两间教室大。工程师与水利系的教授用了三十多个小时，待在计算机室里啃完八块面包，喝干两瓶白开水，终于得到了一卷阿拉伯数字排列的数据，很像后来用的卫生纸。把数据拿回来，又用了几天最终译成成果。数据显示，当口门平台到负九米时，水里条件恶化，内外落差会达到两米二，流速达到每秒八米。这不说是一般的石料，就是大竹笼、铁丝笼集装石料都镇不住。更大的人工块体，如混凝土四面体，不具备制作条件，而且制作出来也没有大型设备运到口门抛投。

大概这就是千古难题，神仙也无法抵抗这样的流速。

兢兢业业、誓死完成任务的工程师最终研究出这样的决策：采用木框浮运沉放方案。

一组木框长四十五米，宽九米，高三米，能装下的石头足以镇住最急潮流。先将木框浮运到口门，再往下抛掷石笼。

石笼第一次制作成圆筒形，装石之后，圆筒变形，不能装满，未告成功。第二次采用"包饺子"方法，先摊开铁丝网，装满大石头之后，扭合紧固。每个铁笼装石九吨。为了运石笼，把艨艟改装成"蝴蝶船"，左右均衡负荷两个铁丝笼，船经过预定海域，开启制动装置，快速抛入水下。

凌晨，海面上布满装满铁笼的船队，东西两端堤岸上，装载大石的手推车纵队排列，公路上汽车、拖拉机队，石料场备石如山和环列的装车队浩浩荡荡，每个岗位上的信号员站在电话机旁，一切准备就绪，各就各位。千古一战，在此一举。

上午七点整，潮水最低，一声号令，海面船队，首尾相接，鱼贯驶过铁门，准点抛下铁笼。一共使用六个大木框。实施海面平堵。东西两侧手推车成二路纵队冲临口门，往下倒石，形成立堵。此时此地，红旗招展，号声四起，车队人流，来往穿梭，壮丽的歌声回荡海空。水越急而志更坚。总共四千劳力，奋战三十个小时，投下六万方石头，到次日中午十二时，口门合龙，把口门抬高到水平线上。鞭炮齐鸣，欢声雷动。

其后迎来八月十五，当年的最大潮汛。合龙口必须顶住几个大潮流的冲击，下个小潮汛将展开闭气大合龙。夜半时分，大潮来时，震耳欲聋的激流咆哮，令人惊心动魄。口门扛过大潮汛，两千五百劳力日夜兼班，开始闭气工程。奋战将近三年，工程结束。自此，历史改变。

清代乾隆四十六年（1781），《宁德县志》编纂者张君宾在编写西陂塘时，感于历代围垦失败，有句寄托之语："有俟于其时乎，有俟于其人乎？"即围垦西陂塘，将来有没有很好的时机，有没有能人，能促成此事？围垦成功，与张君宾期待之语，相差两百年。

增坂村的滩涂众多，主要分两块，以斗门头为界，斗门头以西，即西陂塘内，称之为门内；斗门头以东，包括下塘、鸟屿岛、官沪岛村前的广大滩涂，称为门外。西陂塘围垦成功后，门内滩涂消失，也标志着增坂村出门就能讨小海的时代宣告完结。常年讨小海的妇女们，就必须徒步近一小时，往门外的滩涂中要海鲜了。

留在门外的广大滩涂，有一个特点，都是在别人的村庄前，管理比较困难。门外的滩涂，是先祖分别于康熙五十一年（1713）、五十四年（1715）和五十六年（1717）间，花了四十七两银子向他姓购买。滩涂主要生产蟟蛏和海瓜子。闽东一带的蛏子，有剑蛏、竹蛏、牛角蛏、指甲蛏多种，增坂滩涂只产蟟蛏。蟟蛏，顾名思义，就是蛏子的壳上有一道像被绳子勒过的勒痕。蛏子长在港汊的缓坡上，有一层软软的淤泥，那就是蛏埕。蛏埕涨潮时被水漫过，退潮时露出水面。港汊之上的滩涂，只有十分之一的斜坡适合养蛏。

秋分白露之后，肥大的蛏子从蛏脚的生殖腔里吐出亿万蛏卵，如白沫倾泻水中，俗称"吐花"。吐花之后的蛏子，尽失精华，蛏肉绵软空虚，它已完成传宗接代的任务。万千子孙，弥漫在海水中，自在漂流，寻找可以附着成长的蛏床。漳湾滩涂海域，因在三都澳之内，四面环岛，只有一个小小的东冲口供潮水进出，所以涨潮退潮，基本上风平浪静，水好像从地底冒出，从港汊缓缓升起。这样的地利，容易形成有软泥的蛏埕，配合缓缓降落的退潮，让蛏卵着床。三都澳之外，比如南至连江、罗源、福清、莆田，他们虽然也养蛏，但其海湾风浪偏大，滩涂中只有偏硬的土骨，难以让蛏卵附着，所以没有蛏苗。那里的养蛏户，每年需要过来买蛏苗，运回去养殖。

为了让蛏卵着床，农民在冬至前必须锄蛏埕，那是一项繁重的体力活。旧的蛏埕经过一年的海水积淀，比较脏，还有其他螃蟹鱼类等的繁殖，不利于繁殖蛏苗，农民会将高处的旧海泥推向港汊，让海水冲走，露出新的海泥。且将新的海泥揉碎，抹光，软如婴儿吃的面糊，平如镜子。蛏卵游荡在海水中，退潮时待海水慢慢消退，蛏卵附着在软软的蛏埕上，便可着床，留在海泥里。此时，退潮之后，没有太阳暴晒，蛏苗在海泥表层就可以存活，只是人眼不能看见。等待春节前后，蛏埕上出现一个个极小的孔，海泥状如柚子皮，就预示着蛏苗要丰产了。

蛏卵着床之后，便会钻进软泥，长成蛏苗，一般生活在五厘米深处。一畦蛏埕，长宽数米，蛏苗分布稀疏，不利于收获，于是要进行"涂蛏苗"这项费力的劳动。涂蛏苗的时间选在大潮水天，因为小潮水天日照时间长，不利于蛏苗存活。将含有蛏苗的海泥用手捧起来，深度大概十厘米，覆盖到更小的区域。如此，涂两三次后，五米宽的蛏埕便集中为一米宽，而蛏苗的密度更大了。到了洗蛏苗的日子，便将这一集缩的蛏苗土捧到筛篮中，拖到海水里洗去海泥，筛篮里便留下或米粒大或筷子头大的蛏苗，密密挨挨，极为可爱。不同大小的蛏苗价格不同。预订的外地客人蜂拥而来，或船运走，或车输出，紧赶着到别处滩涂种蛏去了。

村民的滩涂收入，主要是洗蛏仔、卖蛏苗。蛏卵浮在海水里，能否着床成活，视海水的质量、气候的配合而定，需要自然的造化。民国年间，不知道什么原因，蛏苗在此地海域绝收，几年看不到蛏子。先祖只好去别处买了蛏苗种上，日后才年复一年，皆有收获。有的时候，靠着某种不明所以的水流，天时地利，某人的蛏埕上，蛏苗会特别厚，一把蛏泥，堪比黄金，洗上几水，还源源不绝，导致一家暴富。

洗完蛏苗后，尚有取不尽的蛏苗留下，叫留埕蛏。此蛏待在原地靠潮起潮落，吸食水中藻类养分，渐至于长大。户主会在夏至与立秋来掏取，或者食用，或者贩售，也是一笔收入。

秋分这一日，上午天儿好好的，下午起了闷雷。眼见着要下一场大雨，却又不下。草鞋三来唤兆文，说大伙纷纷议论你呢，快去祖厅支部一趟。兆文嘀咕着，我今儿没干什么惊天动地的事，到底是啥。草鞋三倒懂得卖关子，道："三房长等你，你去就是了，反正不是什么好事。"

明代永乐年间，增坂村始祖榕波公从古田杉洋迁居于此，生有三男，繁衍生息下来，故分三房。每房年纪最大的，为房长。族内大事，均由族长与三位房长定夺。若因房长无力过问，则委托六十岁以上的老人组成的"老人会"，共同管理宗族事宜。

三房长"塌鼻"在祖厅支部，和颜悦色道："兆文，你的蛏埕怎么是碗屿的人在耕锄？"

塌鼻的鼻子残了一边，黑乎乎的，村人见惯了，不细看并不觉得样貌有何特殊。塌鼻被人叫一辈子了，也不觉得不敬。他与元丰交好，对兆文算是相熟相知。

兆文莫名其妙，道："我虽然还没去锄，但也不至于让外人锄的，这是哪里的消息？"

蛏埕是祖上留传下来的，按照家中男丁人头来分，女丁不论。每年自有添丁人口，故而每五年重分一次。不论怎么分，都是分在姓李的头上，不传外姓的。今有外村人染指，这是天大的事。

消息的来源是伢累。伢累从猪头港锄蛏埕回来，一路上逢人就播报一遍，消息很快就传出去了。伢累道："猪头港墩头往东，第三畦，是你的吗？"

港，指的是滩涂中最低处的沟渠，蛏埕都在沟渠的斜坡上，一大片蛏埕都以港来命名。

兆文道："我是第四畦，第三畦是兆庆的。"

塌鼻道："兆庆的蛏埕怎么给外人做了，你知道咋回事？"

兆文一无所知，道："兆庆还指着今天洗蛏苗起房子呢，不可能给人。"

塌鼻指示叫兆庆来问个究竟。草鞋三脚快，一溜烟就下楼。大队每个月给他三块钱，他勤快得很，生怕这差使被别人占了。

不一会儿，草鞋三急急忙忙来报："就就就是他。"塌鼻道："把舌头捋直，慢点说。"草鞋三喘口气，道："是兆庆卖给碗屿人池根水了。"

在支部等待消息的人哦了一声。塌鼻骂道："这糊涂虫，蛏埕是祖业，没人敢卖的。人呢？"

"我叫他过来受训，他死活不肯，跟水牛一样倔，我也抱不过来呀。"草鞋三委屈道。

"兆文，那块地是你们二队的，兆庆也是你二队的，还是你跑一趟吧。"塌鼻道。

"包在我身上。"兆文胸脯拍得砰砰响，道，"他这人平时就愚钝，啥事都要我给他点拨，没想到蠢到这个地步。"

雨就要掉下来，却又见不到雨滴，行人急匆匆的。兆文大踏步走到兆庆家，经历台风之后，兆庆家的北面土墙被削了一半，屋顶上七补八垫，岌岌可危。灶台上热气腾腾，兆庆媳妇九仙正在做饭，三岁的孩子臭头在脚边绕来绕去。

兆庆一见兆文，道："哥，我正找你呢。我把蛏埕卖了，在山头买块地，就在老蟹家后头；大舅哥答应给我攒木料，新料旧料都有……哥，你怎么啦？"

兆庆见兆文双手胸前交叉，虎视眈眈，表情冷峻，觉得有异，停了下来。

"继续说。"兆文冷着脸道。

"六都的打石师傅是我丈人的好友，答应工钱可以后算，现在要紧是买瓦和筑墙用度，缺口还挺大，正要找你商量。"兆庆平时嘴笨，说起盖房子的事倒是挺溜，显然在脑子里都想熟了。

"后面的事先别提，你说说把蛏埕卖了，是怎么回事？"

"哎呀，前两月我讨过年蛏回来，刚上岸，碰见碗屿的池根水，就是开碗窑的那个，他抱怨自己家在滩涂边，却没有一块蛏埕，我脱口说你要的话我卖一块给你，我赶着买厝基地。也是有缘，就这样一拍即合，到镇上请人做先生字据，卖了九十块钱，跟自己的钱凑了一百二，刚够厝基地。"兆庆一张蛤蟆嘴荡漾着喜悦，因为憧憬中的新房而跃跃欲试。

"无知，无知，无知到这个地步！"兆文皱着眉严厉道，"蛏埕是祖产，只能在本村人之间交换或者租种，不能跟外村人买卖，这个规矩你没听过？"

"没人跟我说这规矩呀，再说了我急着用钱呢。"兆庆摸着脑门委屈道，"这盖新房的事，是你跟我提的主意呀，我还以为你跟我站同一条道上呢。"

"我叫你盖新房，可没叫你卖蛏埕盖新房。你这话要是传出去，人还以为我也多无知。"兆文生气道，"这事不能干，走，你跟我上支部一趟。"

兆文说罢就来拉兆庆的手。兆庆身子一缩，道："我不去，去了你们就整我。"

"不去哪行，你不去，我威信都没了！"

"威信又不当饭吃，有啥用。"兆庆像一截木头，并且就地生根，埋怨道，"兆武死了，你也不替他鸣冤两句，还当积极分子；现在我还指望你帮我说话，你又跑我对头去了，你这是光要威信不要兄弟哥了。"

"你你你……真是没有觉悟，怪不得当年毛主席语录一句都背不上，被人笑掉牙。兄弟是兄弟，规矩是规矩，没有集体精神，光顾个人主义，我这队长还怎么当！"

兆文气得都结巴了。

两个人如在拔河，个人主义与集体主义僵持着，谁也不肯让半步。

三岁的臭头晃着碎步过来，用小拳头擂打兆文的膝盖，还挺起劲的。

兆文道："臭头，你干啥打伯伯？"

臭头叫道："不要抓我爹，我爹要给我盖新房。"

兆文放了兆庆的手，喘着气道："好，你不给我面子——我告诉你这事你敷衍不过去的。"

兆庆嘀咕道："我这屋里头多待一天都提心吊胆的，你都不想想，净想没用的。"

兆文知道兆庆的觉悟低，宗族规矩他不认，就当耳边风，你就拿他没辙。那臭脾气，倔起来油盐不进，九头牛也拉不走。

支部里集合了更多的人，纷纷来探听信息，凑个立场。在云中积了多时的雨终于来了，兜头倒了下来，把差几步就到支部的兆文浇了个落汤鸡，头发湿漉漉的。他并不在意，若有所思地进来，塌鼻道："哎哟，你这是从水里捞出来吗，快把头上擦干了说话。"

兆文把衣服脱了，擦了擦头，露出一身褐色的筋骨，长年劳作让身子骨结结实实的。

"兆庆没来？"塌鼻问。

"草鞋三不是叫不来吗？我去问了究竟，拉不出来。他呀，脑子里装一坨屎，不认什么祖产，就认他自己的蛏埕。"兆文道。

"他捅了娄子，他不来，这事还怎么判？"塌鼻道。

众人是过来看兆庆的，都纷纷道："叫他来呗。"

"他不吃道理，还死猪不怕开水烫，你说叫过来不是添堵嘛。"兆文道，"我看现在的问题不仅仅是兆庆的问题，更重要是增坂村与碗屿村的问题。"

众人都被兆文的论调吸引了。自从上次降请洞主说西陂塘围堤事件后，兆文的"死人站"的绰号就少了很多讽刺意味了。

他们纷纷伸长脖子，看看这次能人有什么大招。

碗屿村在骝屿岛上，地处海边，全村东西长两里，人口不到一千。后背高山，前临内海，农地极少。村后尽是烧碗的窑场。碗屿村前就是广阔的滩涂，但村民并无蛏埕可分。究其原因，其先民在此开基建村，已是清后期，门前滩涂已经有主。原村民主业是烧窑，临海生计方面，第一只能是讨小海，其次是在远处荒芜滩涂上开荒一些蛏埕，不成样子。

要说呢，碗屿村与增坂村也是"冤家"。碗屿村的村前是增坂村的滩涂海产，村民出入期间，不免有顺手牵羊之举，在增坂村看来，都是手贱之辈，"贼仔"之嫌，语气厌恶鄙夷。增坂人在碗屿人看来，也是恶霸，仗着村大势大，飞扬跋扈。

池根水是烧窑的。他晓得好土会枯竭，烧窑的营生也是此时兴彼时衰。如果自家门前有一块蛏埕，每年洗几水蛏苗，那是源源不绝的收入。只要潮起潮落，还可代代相传。正因为有这个心思，那日与李兆庆一碰见，三言两语不谋而合，果断买了这块蛏埕。

池根水得到这块蛏埕，颇有些祖上开基建业的喜悦。既然能买一块，将来有钱了，就可以买第二块、第三块，总而言之，可以开创有滩涂领土的历史。想一想，这里的滩涂，先民垦荒出来之后，也是给增坂村的祖上买走，才得以留传子孙。如果这种事能在自己手上走一遭，千秋万代，功莫大焉。

开创基业的幻觉充盈了头脑，他说什么也没想到，买下这块蛏埕，麻烦刚刚开始。

正是小潮水，港汊的潮水退得还没胸呢，池根水就蹚了过去，紧着蛏埕锄平，等着在海水中孕育的蛏卵着床。三只鹭鸶立在刚露水的滩涂上，一动不动，紧盯水花。蠓子像一团移动的芝麻，在池根水的头上盘旋。他不得不偶尔停下来，给自己脸上两巴掌，脸上便留下点点的血迹。那些生活在咸江中的蠓子，平日里吸吮草汁，如今可以吸食人血，便是一动不动，把自己吸成一个血球，也是不肯拔出吸管的。在海水退去，黑色为底白色为面的偌大滩涂，静静的，犹如一个巨大的梦想。除了蠓子，以及偶尔从眉毛渗透到眼睛的汗水，没有什么能够影响池根水专心的劳作。

"这是增坂村的蛏埕，你锄什么?!"兆文的喊声传来。

潮水已经从港汊几乎见底了。露出更多的滩涂埕面，更多的人星布其中，远看，他们也像海里的某种生物。池根水根本没有发觉这些，等他抬起头来时，发现自己身边是四个增坂人。

"我花钱买的。"池根水解释道。

"那不管用，村里的祖产，你是买不走的。"兆文就在自己的蛏埕上不耐烦警告道，"赶紧走吧。"

池根水感觉事态重大，但是他舍不得这一块被自己抹得滑滑的滩涂，犹疑着。兆文后面跟着伢累等三人，一步步蹚过来，夺过池根水的木锄，扔到港汊里。

池根水面对四人，不敢动手，无法发作，争辩道："我是有文书的。"

"文书也不管用。今天我们代表的是增坂村，祖上村产，寸土必守，你别不服气！"兆文有力警告道。

那天兆文在支部提出意见，认为现在不仅是这一块蛏埕的问题，在增坂村广阔的滩涂上，处处都有被别村零星垦荒的。如果不杀鸡儆猴的话，未来的烂摊子还很大。兆文的意见得到首肯。

池根水咬着牙，拾起木锄，走了。

池根水并不甘心。他到码头洗了脚，在石阶上抽了一包旱烟，平复了一下情绪。一场海地的争夺战显然势在必行，但自己完全处于下风：论村众，增坂村四千人口，自己村里不足一千，不足以对抗；论道理，自己有买卖文书，但对方有祖产不卖外人的公约，各占各的。想来想去，还是找救兵吧。

池根水把老人头池三炮请到家里。池三炮一身赤色皮肤，胳膊大腿都圆滚滚，一圈蓬乱的头发把秃脑门圈了起来，头皮也是赤色的，像一头刚从锅里捞出来的螃蟹。池三炮好酒，请他喝了地瓜烧，也没什么菜，就是讨小海的两只脱壳蟹，软趴趴的。二两下肚，池三炮喝得脸红耳赤，拍着胸脯道："干，跟他娘的干一仗算了。"

"老人头"就是负责村里宗族的事。村里的大事，由老人头决定。

"干一仗……这个也解决不了问题呀。"池根水考虑得比较深。倘若因自己这件事，两个村子干起来，干系重大，况且碗屿的实力，哪能迎战。

"咱们村，处处受人欺负，只有狠狠干一仗，才能把村威树起来，外人不敢小看。"池三炮把一个大蟹钳放在桌角，一拳砸下去，红壳崩裂，汁水四射。

碗屿村的祖先来自闽南，村内至今说闽南方言，被其他村人蔑称"闽南疯"。百年以来，村人与外人格格不入，交道打得甚是憋屈。

"增坂村那么蛮横，怎么干得过？"池根水道，"要干，也要选一个实力相当的村子。"

"不，就是搞大村子，才能干出动静。干呢，不但要干赢，还要干出我们的志气，让其他村子都刮目相看。"池三炮恨恨道。

"怎么打赢呢？"

"怎么打，滩涂就在我们家门口，他敢来做蛏埕，我们就敢打，打到他们不敢来。根水，你做了件好事，你让他们知道我们家门口的滩涂，我们也有份！"三炮说到激动处，一巴掌拍桌子拍了个空，直接倒了下去。扶起来的时候，已经打起呼噜了，根水只好高一脚低一脚背他回去。

次日再议。三炮道："这个事，捅不得娄子，你就认栽吧。"

根水道："昨儿你不是说要干一仗嘛！"

三炮道："我也想呀。可是我跟你说，我酒醒后说的话，总是比酒醉时有道理，你听我的，这事无解。"

"总得帮我讨个说法嘛！"

"增坂人多蛮横，你讨说法就是找打，我们村出头，就是自取横祸。唉，不是我说你呀根水，你也没生个带把儿的，整那么个千秋万代的事干啥，你当务之急不在这儿。"

根水被说到痛处，脸上的皱纹拢起来，成了一个苦瓜。他有四个女儿，再没生一个儿子。也奇了怪了，后面就生不出来了。

"听我说，急事缓做，蛏埕的事你先搁一边，该是你的将来一定是你的。"三炮献计道，"先到那罗寺，去挖一颗石头，懂不？灵得很！"

第四回：香火

　　根水背着行囊，在凌晨四点出发。天没有亮，只能模糊地看见眼前的路。即便稍远的村庄与海地，也模糊一片。过斗门桥的时候，一阵海风吹来，他差点被吹落桥下。

　　沿着西陂塘岸线，过了岭后、下坂，悄悄穿过增坂、郑岐，到了四都的时候，天色大亮，开始走山路。天气晴好，登山回头看海，一重江一重山岛，逶迤而去。一小时后登上石后村，满山湿雾，竟然把山路遮得严严实实，倘若对面走来一头猛虎，也会一头撞上。快到岭头，眼前一片清亮，云雾尽散。回头一看，人已在云雾之上，宛如神仙。

　　到了西乡，根水在路边小店续了一壶热水，穿过街道继续前行。中午到了一个三岔口，应该是一条往屏南一条往虎贝，根水不确定走哪一条，便坐下来等人问路，把一串光饼掏出来充饥。也是有运气，恰好山边一条羊肠小道的草丛中影影绰绰，便叫道："是人还是鬼？是人出来下。"声音清亮，回荡山中。一个干瘦的女人提着柴刀走了出来，背上还兜了个娃儿。

"那罗寺往哪条路？"

干瘦女人似乎有点耳背，再加上语言有点隔，走近了才明白意思，指了指右边的向山小道。根水收拾地上物什要走，女人背上的娃儿突然大哭起来，手脚奋力挣扎。根水忙问究竟，干瘦女人道："她看见你的光饼了，你那光饼有没有坏掉的，匀她一点？"根水道："昨儿刚出炉的，怎么会坏？"根水解开绳子，掏出一个，递过来，问道："这娃儿是男孩还是女孩？"女人道："女娃。"根水把手缩回去，把光饼掰了一半递过来，道："女娃一半就够了。"那女娃得到光饼，塞进嘴巴，哭声荡然无存。

那罗寺求子之灵，远近闻名。只是路途遥远，来一趟极不容易，没有诚心毅力，往往空手而归。

过了虎贝，山路更加陡峭，又问了两次路，沿着山涧边上偏狭小径，到达那罗寺。那罗寺就在溪涧边上。自古神工开天，溪边留下一面巨大石壁。那石头属于风化石，一层一层的宛如鱼鳞，容易剥落，被风雨乃至岁月蚀成一面弧形石窟。那罗寺就建在石窟之下，木质榫卯结构，不大，就一大殿，供了三尊菩萨，两边厢房。由于石窟庇护，并无雨水淋漓，虽陈旧但并不破败。

根水一进矮个墙山门，一口气松了下来，只觉得双腿发软，跪拜扑倒到蒲团上。心里有千言万语跟菩萨倒了一遍，想起身，居然双腿发软，如瘫痪了一般，便叫了起来。山寺僻静，只有山风水流，片刻厨房的厢房走出一个皂衣老汉，六十来岁，一脸干巴皱纹，倒是跟石窟壁上的纹路相得益彰。他是个居士，在这里做饭呢，告知庙中师父下山去了。他不动声色道："你就在蒲团上歇息，菩萨不会怪罪，哪个人跑这么高的山，腿都会软的。"根水问他姓名，他摇头笑着："都忘了，在这里用不着姓名。"

根水歇了会儿，果然好转，从侧面绕到佛像背后，是一面斑驳的弧形石壁，坑坑洼洼。天光从窟顶斜照，此处或明或暗，气息清幽。这正是那罗寺的闻名之处：石壁左边是求子石，右边是求财石。

根水在左侧石壁，这里摇一摇，那里动一动，那些石壁纹丝不动。想来那些松动的，都已被前人挖走了。他是第一次来，心想这么求石，石头哪里求得回去！便找到厢房，问无名居士有没有榔头。无名居士笑道："你用榔头求来的石头哪有灵验，必须用手的。"根水道："我也是这么想，可是石头没有任何松动，只怕用手也是徒劳。"无名居士道："这里的石头和别处不一样，你看它连成一体，其实里面是各自成块的，你有缘分，就能摇下石卵。"根水道："我大老远过来，没有缘分也要有缘分的。"无名居士道："菩萨清鉴。"

根水找了一块露出较多的石头，左右摇晃，开始纹丝不动。摇了许久，嵌在里面的部分似乎脱离了石壁，感觉到这一块是独立的了。根水这才感到神奇，虽然又累又饿，干劲却足了。

那罗寺是极有来历的，被佛家誉为"震旦佛窟"，始建于宋朝开宝六年（973），到元朝至元十六年（1279）重建。"那罗延"

在梵语中是天上大力神的意思，是佛国里的"护法神"。其建址的峭壁石窟，成为"狮口"。相隔几里，有个辟支寺，位于"狮尾"，与其相应相对。善男信女慕名来要求子石卵，若摇下一颗，便预示能求得男女，便要用红绸布包好，放在贴身的衣袋里。等到子女十六岁时，将石卵还回寺中，且摆上佳肴敬谢菩萨。

　　根水摇到天黑，石块已是大动，就是不出来。无名居士道："明天再摇吧，是你的就是你的。"根水道："我感觉石卵脱落了，加把劲就能出来。"无名居士给长明灯加了油，四处漆黑，只有一灯如豆。根水大叫一声，有了。无名居士替他高兴，举了灯前去照看，道："这块石卵是长条的，保你能生个女娃。"

　　根水扑通一声跪倒到菩萨面前，俯首叫道："菩萨，我已经有四个女儿，来这儿是求个男娃，你这玩笑我开不起呀。"说罢眼泪汪汪哭起来了。

　　求子石，方圆形是男娃，长条形是女娃。这是一贯的说法。自然，求子的多，求女的少。根水费尽心机，想不到第五个还要生女儿，不仅悲从心起，号啕大哭。无名居士道："你这哭声怪瘆人，是要把野兽给招来了。菩萨让你生女娃是有原因的，你有委屈，就说给菩萨听听，看看有没有转机。"

　　池根水当即长歌当哭，凄凄切切，对着菩萨也对着无名居士，从祖上说起来。

　　池家祖上是一个从闽南南安过来的剃头匠。剃头匠得知闽东有许多老乡，便乘船到此地谋生，借助老乡的接引，在碗屿开了一家理发馆。生意平淡，能混一口饭吃，至于娶妻生子，那就是奢望了。有一天，理发店里遇到一个码头来的客人，闲聊之中，客人道："我的首领也是闽南来的池家，对乡亲很热情，日后你有机会去拜会他，向他认个亲，不会吃亏的。"这个客人的首领是池坚，是个大海盗，也叫反军，有九十九只双帆大木船，士兵数千人，驻守沿海浮鹰、四澳、马祖等岛屿。过了半年，池首领来到碗屿，客人告知理发匠，理发匠当即备好全猪节酒以及果品向首领认亲。首领相当惬意，收下礼品。时过数月，首领想起乡亲送礼一事，便命令士兵，将当年所劫商船的贵重货物搬进营房，剩余的数十捆科藤运到碗屿给池某。

池某收到科藤，并不在意。过几天，有罗源小贩来买两捆，到家打开后，发现科藤中夹有银圆若干，便连夜赶来再买。池某疑心顿起，觉得一定是科藤贱卖了，就把客人留下来过夜。夜里打开科藤，想每捆抽出几条，结果发现银圆，将计就计，把银圆统统取出，就此发家。

池家靠海盗赠送银圆致富，开窑烧瓷，瓷碗随着运送茶叶的"压舱"商品，北上至浙江、上海乃至辽宁，这是"大北碗"。而销往浙江、江苏、台湾等地的，叫"小北碗"。碗屿村此时繁华一时，数十年内，大木厝也建了四十余座，房子上挂起"贡元"大牌。村中富户也置几千亩地，在漳湾、六都、七都等地，最大的一户，田租有一千多担。甲午海战之后，日本人切断航线，碗业一直衰败。由于衰败时间过长，田地逐年卖出，到解放时几乎卖光，因此评地主成分的很少。单说姓池的这一家，起起落落，人口竟无法开枝散叶。池根水这一支，三代单传，到了池根水这一辈，竟连单传的希望都渺茫。

池根水忆祖先昔日荣光，自己竟然不能延续香火，自然是悲痛。另一方面，由于家无男丁，在村中也是颇受冷眼，成为他人的笑料，也是心头一处隐痛。

池根水说罢，两眼看着无名居士，在幽幽的灯光中，譬如一双觅食的狼眼。无名居士道："既是不义之财发的家，单传也是可以理解。"

池根水辩道："可是到了我和父亲这一代，家产早已败光，贫农出身，白手起家，每日里莫不是起早贪黑，一天干到头。你看看可有法子，让我再求求菩萨，回心转意吧。"

无名居士笑道："办法倒有，也有人试过，就看菩萨肯不肯怜你。不过这种办法也算人意强扭天意，对你自己是有损的。"

"只要给我一个儿子，什么损我都愿意承担！"池根水抓住无名居士的手，双眼殷切，似乎抓住一根救命稻草。

已经深夜的佛寺，四周寂寥，如有万般玄机在运作。

老大李师海从部队复员回来了。

加上怀风，李兆文算是有四个儿子。但在李兆文自己心里，是三个儿子，老大李师海最中他的意。李师海有一张国字脸，浓眉大眼，说起话来极有威风，特别是从部队回来之后，多了一种英武威严，这一点深得兆文赞赏。师海与怀风同龄，如果说师海像一棵松树，怀风则像一棵柳树。

师海穿着白衬衫，下摆扎进绿色军裤，英气逼人，在村子里绕了一圈，让全村都观瞻了其风采，跟一些德高望重的人聊聊天，谈谈外面的世界。这就是师海的排场。

师海复员回来的消息，也就传开了。

晚上，兆文让月明到街上赊了一块五花肉，挑了一碗麦螺肉，兆庆刚好下土弄了几只章鱼回来，也被兆文拿了两只过来，弄了两斤米酒，请了兆清书记等人到家庆贺。元丰不上桌，兆清道："你不上桌，我们怎么敢吃？"元丰道："我老了，说话也没人听了，不用的。"兆清道："谁说的，是儿子还是孙子不听你的，你尽管说，我们替你做主。"

元丰颤巍巍上桌，兆清反客为主，给他倒了一杯酒，指着师海道："你看你这孙子，雄赳赳气昂昂，多有出息劲。今天借接风的名义，先让你说话，你有什么心事，我们评判评判。"师海举起酒杯，拍着胸脯，道："爷，你先喝口酒，慢慢儿说，没有我们解决不了的事。"兆清夸奖道："你看，这气派，不愧是部队培养出来的。"安城附和赞许。兆文看了微微一笑，甚是心满意足。

元丰抿了一口酒，皱着眉头，又难受又享受的样子。他年轻时能喝酒，得气喘病后烟酒都戒了，再加上饭都吃不饱，哪里还有酒来供应。元丰咂了一下舌头，道："莲花心那块地，是龙凤之地……"

兆文打断了他的话，道："爹，这一茬你就别在这聊了，不合适。"

兆清道："说吧说吧，老人家有老人家的心事，没啥不合适的。"

兆文道："你原来说这一块龙脉，都是吃西陂塘的风水。现在西陂塘围干了，哪有风水可言。"

元丰道："西陂塘干了，整个后山的风水，都是差了，但是斗门头还有一潭活水，也够这一条龙脉吃的了。兆武托梦给我了，他现在是无主之鬼，孤苦伶仃，要找一个好地方，把他安放了，他才能还罪托生呀。"

元丰希望建一坛好墓，把兆武的炭骨放进去，将来自己也是用这坛墓，父子在阴间是可以重逢的。此地习俗，墓是夫妻合葬，但是元丰的境况特殊，将来父子合葬也是未尝不可。另外，兆武暴死，习俗的说法是非正常死亡的都是有罪的，须得在阴间赎罪之后，才能投胎。

兆文并非反感此事。不过目前他要养活这几个孩子，钱也没有什么门路，他就是头疼。

"爷，我知道了，就是钱的事。"师海大声说道，"钱的事都是小事，您等我干一番，给您整个四十担洋灰，这事不就成了。"

做墓呢，主要是一个洋灰、沙子。工呢，乡亲们可以帮工。

"唉。"元丰叹了口气道，"你说话这气势，倒是跟你爹一个模子，就是不知道你比你爹能务实几分。"

兆清道："孩子有志气，有孝心，你就相信他吧，这已经是你的福气了。"

元丰道："兆清呀，你是书记，我难得跟你说上话，今天在这里，有句话不知该不该讲。"

兆清道："书记是书记，你跟我爹是同辈，我也不能跟你面前拍桌子，有什么话不能说的？"

元丰道："西陂塘围塘成功，你们都欢喜着呢。我说句不中听的话，这是罪过呀。"

"这话怎么说？"

"祖上榕波公迁居此处，数百年繁衍四千人口，靠的是门前有塘，门后有林，塘水起起落落，子孙生生不息。现在塘水干涸，子孙前景堪忧呀。"

兆清笑道："这种说法有人提起，也是说得没得验的。等西陂塘退碱完毕，等于有了万亩良田，这是实实在在的福利。"

西陂塘围塘成功后，西侧闸门留一条水路，形成一条大港，供四周淡水汇入大海，进行退碱。东侧斗门头闸口同样留一条水路，在闸口附近形成一个深不可测的大潭。

"唉，你们好事不信，我就说一说旧事。一九五五年我随漳湾的瓜对船仔去官井洋捕鱼，'掌连'（打鱼的总指挥）得力，当时一网目测有四五十担。鱼团密集，我站到渔网上，鱼团把我托起。你猜这时我看到什么，一只天大的海牛，盯着我，那不是海牛，那就是神牛，有这个房间么大，那眼神是警告我。我一下子就呆了，知道事儿不成。那一网是白鳓，拉上来，居然空了。那只神牛是龙王派来保佑整个三都澳的。"

"网怎么空的？"

"网被白鱲的鳍活生生割断。这事我如果不是亲眼见到，别人说我听，我也是不信的。"

"你是说神牛不让捕鱼？"

"不是，当时捕鱼用敲竹棒的法子，刚从广东传过来的方法，大小通吃，神牛不允许这种灭绝的捕鱼方法。"

石首科的鱼，如大小黄鱼，脑袋里都长有白石。渔民通过在船上敲竹棒，声音与白石产生共振，导致鱼群脑部震荡，眩晕疯狂中冲出水面，全部入网。这是一种灭绝性的捕捞方法。

"那又如何？"

"我是说，这里的每片海水，都有神牛在看管。现在你把西陂塘变成田地了，神牛自有报应你们的手段，也许是十年，或是五十年，你们现在是看不见喽。"

元丰说得历历在目，神乎其神，大伙只把它当成老人的讲古，并不以为意。兆清道："如果有这只海牛，迟早也会被捕鱼船捞上来。"

"我就知道你们会当成笑话听。唉，你们是没见过那双牛眼。反正你们参加过围堤的，出海都注意了，海枯了，人必定受到惩罚。兆武呀，我是不知道做了什么坏事，就是被挑中殉葬的。"元丰说起伤心事，眼神瞬间黯淡，饶是过往来，什么都经历过，随即劝道，"我们住的滨海之乡，黄金海岸，就是一块棋盘，我们每个人都是棋子。兆清呀，你是书记，觉悟高，也是一颗棋子，每个棋子活着要有活法，死了要有死法，才能对得起整个棋局。如今这个局面，我看不成！"

兆文道："今天是开心的日子，你别说这么扫兴的话。"

兆清趁着酒兴，笑道："丰叔，有一件事我问一下，村里传闻，解放初怀风的爷爷有一只金蛤蟆，当初交到你手上了，这件事可是真的？"

元丰变了脸色，突然严厉起来，似乎因生气而说不出话，站起来喘着气支吾道："你你你……这简直胡说嘛！"

解放前，怀风的爷爷李加禄是村里最大的地主，住六进大院，元丰在他家做差使，深得李加禄的信任。据说，解放后评成分，李加禄在被枪毙之前遣散家财，曾经把一个金蛤蟆托付给元丰。元丰死不承认。这事成一道公案。

兆清连忙稳住他，歉意笑道："你别生气，我也知道这是瞎传的话，要是有金蛤蟆，你们现在哪至于这么穷。我只不过是好奇，这个话是怎么传出来的。"

元丰气呼呼道："我怎么知道，有好东西也是给抄家的人取了。我吃饱了，我下去。"

元丰抹了抹嘴巴，下席。

正说着喝着，酒过三巡，酒醉突然闯了进来，一见此景，大笑一声道："瞧瞧，这种场面，怎么把我漏了呢？师海侄儿从部队回来，这么大的事，我不来，岂不是怪我不礼貌！"说罢拍拍师海的肩膀，极是亲热。

兆文连忙给他加了一张凳子，加了一双筷子，化解尴尬道："你这大忙人，谁知道你今儿闲着。"

"不管多忙，只要喝酒，我都有闲。"酒醉意气风发，看了看酒壶，反客为主道，"这些酒哪里够喝，月明，再去玉树那里要三斤，记我账上。"

兆文道："到我家喝酒，哪能记你账上，月明，去，就记在我们家账上。"

师海给酒醉斟酒道："你们都别争了，我过两天要去县里领一笔复员费，没多少钱，但今晚管够你们喝！"

酒醉眼睛发亮，道："海呀，就你这气魄，将来绝对成大事的，我看好你，绝不走眼！"

月明默默拿着壶赊酒去了。船仔和六斤看见大人热闹，跑进来，磨蹭在师海两边，道："大哥，你这裤子好新呀，跟刚做出来一样。"

师海给一人夹了一块肉，放进他们嘴里，道："大人在这里谈事，你们到厅堂玩去。"

船仔带着六斤蹦蹦跳跳出了厨房，道："我们把肉放在嘴里，不咬，这样就可以吃很久。"

六斤道："可是我已经咬了。"

船仔道："那我就吃得比你久了。"

老二不知何时，在灶台边扒了一碗地瓜米饭，悄悄溜走。他跟家里总是处于游离状态。老黑在桌脚下蜷缩着，等着有吃剩的骨头丢下来。

酒醉来到，气氛又活跃了一层。头顶上那个粘着蜘蛛丝的灯泡，似乎也亮堂许多。兆文怕大伙喝高了，把正事忘提了，便道："书记，我有一想法，师海回来呢，也不是块务农的料子，不知能否到支部锻炼，给他一个小职。"

安城问道："部队回来，没有安排吗？"

师海道："我是兵役兵，复员了自己找下落，志愿兵才有转业的。"

兆清喝了口酒，边嚼着肉边淡然道："师海是个好苗子，只不过现在村部呢，每个坑都有萝卜，你得看孩子有什么具体想法，我才好安排呢。"

兆文道："我是说先锻炼锻炼，当当通信员之类，将来有机会呢，民兵队长那个位置，还是适合他的。"

民兵队长现在是安民在干。安民也是部队出来的，颇为威风。

"民兵队长现在安民干得好好的，你也不知道他什么时候退。"兆清道，"我看这事别急，等看时机吧。况且，孩子的志向是什么，你得问他呢。"

师海道："爹，这事你也该跟我打打招呼呀。我是不想在村里待，我指定要进城干一番事业的。"

众人振奋起来。兆清道："你看，人孩子见过世面，志向大着呢。"酒醉道："我绝对支持，我觉得城里才够你闯。"

兆文道："怀风能进城，是因为他有文凭，有分配。你进城靠啥呢？"

师海道："他能进我就能进，外面世界很大，我去找找，总是有门路的。"

酒醉道："我有一个妙计，包你有门路，你要不要听？"

"有妙计当然好，问题是你自认为妙还是真的妙。"兆清调侃道。

"你看，你不相信我，在孩子面前影响我的威信了。"酒醉道，"绝对是妙计，再加一道菜，我把妙计说出来。"

兆文道："月明，酒还有，菜少了，你把楼上一斤豌豆拿来炒了。"

月明皱眉道："那一斤豌豆是种子呀。"

酒醉拍手道："种子最好了，粒粒瓷实，咬起来更筋道！"

次日师海进城找怀风，两兄弟哥见面，分外亲热。师海比怀风大几个月，不论从年龄还是气质上，都是以哥自居。一块长大，师海大大咧咧，处处要强，怀风敏感坚韧，三思后行，性格上倒是互补。上一次见面，师海还是农村青年，怀风还是个苦苦支撑的学生，如今相聚，一个从部队熔炉里淬了火，一个已经成为青年干部，自然是熟悉又陌生。

两人在办公室里诉了一会儿衷肠，转头下班，便转到单位后面的宿舍楼。怀风分了套单身宿舍，特别小，厅只够摆一张麻将桌大小的桌子，但麻雀虽小五脏俱全，一个人住绰绰有余。师海环顾左右，赞叹不已，在厨房水龙头里喝了几口自来水，啧啧有声。怀风道："等我烧点开水嘛，喝什么自来水。"师海道："不用，自来水最甜了。"怀风道："有细菌，会闹肚子。"师海道："我这身子，喝多少自来水都没事。"怀风摇头道："没知识。"

师海从窗户眺望出去，一排白玉兰树，一排整齐的楼房，来往的干部与家属，秩序井然，一切与农村生态迥乎不同。师海叹道："你这单位太棒了。"

怀风正在用一个铁壶烧开水，漫不经心道："我不喜欢我们单位，正在筹划换一个。"

"怎么不喜欢了？这不用风吹日晒，打交道都是文化人，我求都求不来。"师海道。

"跟这兽医站吧，村里人都叫我阉猪的，就连爹，我刚一回去，就叫我割猪卵，你说我倒霉不倒霉。我他妈咬牙读书这么多年，都差点扛不下去，为了啥，就是让人家高看我一头，别拿过去那眼光瞧我，结果呢，偏偏给他们落下这个口实！"怀风怨声载道，想来受这窝囊气不是一两天了。

"那你想换个什么单位？"

"正在运作中，就暂不透露了，等落实了，你自然第一个知道。"怀风谨慎道。

"英雄所见略同。我今天过来，不单是跟你叙旧，我也是来想找个单位的。"师海赶上了话题，兴致陡然高了。

"你找单位？"怀风愕然道，"没有文凭，怎么找？"

"没有文凭有关系嘛！"师海不服气道，"再说了，你瞧我这身板，多结实呀，在部队射击连队第二，投手榴弹是标兵，这方面不比你强多了。"

怀风哭笑不得。但是如果跟师海辩论的话，他怎么着都是下风的，只好道："好吧，你有你的优势，只不过怎么找？"

"本来嘛，是准备让你帮我想想门路的。不过，昨天酒醉叔倒是给我一条妙计，你来合计合计。"

酒醉给的妙计，说起来简单，就是找李怀准。

李怀准的父亲是国民党的军官，一九四九年的时候驻守海岛，其时国民党大溃败，形势危急，上头一声令下，即刻带领部队撤往台湾，留下母子二人在村里，孤苦伶仃。那时李怀准十几岁，正在城里念中学，是当时村里学历最高的孩子。族里念其聪颖，决定资助其成才。其时滩涂海瓜子丰产，每个队出一担，换成钱，供其继续上学。如今李怀准在县委办工作，是村里最大的官。

怀风听了，扑哧一声笑道："这才是英雄所见略同。我的事，也是找怀准帮忙的。他待我们族人都很好，你从他那儿找门路，我倒是觉得有谱了。"

师海一听越兴奋了，道："我寻思着，拜访他的话带什么礼物呢？"

"不用，他那人，不喜欢这一套的。"怀风道。

"你个书呆子脑筋，现在社会上办事，哪能不送礼的，岂不是没了规矩。"

"你那是不良风气，人家怀准哥是正派人，对我们村族的事，向来热心，你这样他反而见外了。"

因为是同辈，虽然怀准的年纪大，可以叫叔伯了，但他们俩都只能称为哥。

"热心是最好了，我这样不是客气嘛，加一层保险有啥不好的。"

两人争了半天，怀风退让道："行，你的事听你的，你去置办礼物呗。"

"我跟你白话半天，就是要听你意见，他喜欢啥？"师海表现出少有的谦虚。

"要不你回家，看看谁家讨小海，整点下土货，章鱼、蟳、土丁或者咸鳗，都是好东西。"

"嘻，农民送礼才会送这些，哪里上得了档次。"师海撇嘴道，"至少要烟酒之类的，才拿得出手。"

"他不喝酒，烟呢，我看他抽'大前门'。"

"既然抽'大前门'，送就得送'牡丹'，送一条牡丹，再加点水果，过得去。"

"多贵呀，我告诉你其实就是浪费。"

"这点小钱算啥，舍不得孩子套不得狼嘛。对了你得先帮我垫一下，我得拿到复员费再给你。"

两人商量半天，喝了茶，肚子也饿了。师海道："屋里有什么，弄点吃的。"

怀风道："哪能呀，怎么着也得给你接个风，到楼下吃小炒去。"

"你这兄弟没白当！"

两人到楼下，有一家福安人开的小馆子，点了拿手的鸭母汤，叫了两个小菜，就着米酒，吃得那叫一个爽。两人商量好，去李怀准的单位不好谈，还是周末去他家，先由李怀风约好了，一切妥妥的。

周六如期，李怀准在家等候，对于年轻人的造访，他十分欢迎。他清瘦，斯文，陈旧的狭窄的两居室，到处都是书橱。师海之前并没有跟他打过交道，算是初次见面。他一见师海，一个神清气爽的棒小伙，当即表露欣赏之情，虽然不知道这小伙的来意。他看见两人提了水果和烟进门，立马道："一会儿水果可以留下，烟带走，知道不，收本家人的礼，不知道村里人会嚼我什么舌头。"

怀风得意地瞅了师海一眼。

师海打哈哈道："我是只听说过您没见过您，于年龄来说，我是晚辈了，表示尊敬而已。"

怀准道："怀风知道我的脾性，从来不收本家人的东西。有时候拗不过，收一些自家的下土货，算是乡里乡情。你这要花钱买的，一律拒收，这是原则。"

怀准跟怀风投缘，大概是身世略有些相通，都是靠自己奋发读书，走出农村。怀准很喜欢谈论他们刻苦攻读的往事，但是他不喜欢谈族里出资供他念书的事，这个负担太重，被人提到他已经不想承受的地步。

怀风把师海的情况介绍了一遍，特别是部队里面的一系列成绩，最后表示师海想进城闯荡一番的意愿。怀准坐在旧藤椅上，边翻报纸边听着怀风娓娓道来，时而颔首，表示赞许。听罢，道："村里就需要你们这种有志气的年轻人，出来闯荡我是绝对支持的。现在是改革开放呀，邓小平同志说，不论白猫黑猫，能捉老鼠的都是好猫。到处都在变化，都需要文化人才，这是你们年轻人有机会的一个时代。你们有什么需要，但凡我能做到的，必然是不遗余力。怀风的事呢，有眉目了，但是不要着急，欲速则不达。"

怀风一听，喜上眉梢，赶紧趁热打铁道："师海这一次拜访呢，其实主要是让你看看，有没有什么门路，推荐一下适合他的位子。随便给他一个位子就行，他有干劲，自己就能往上爬。"

师海目光炯炯，满含殷切。

怀准沉吟道："以我的关系来说，当然，机会是很多的，重点是要看你的能耐。你的文凭是？"

师海眼睛一下子黯然，文凭是他的软肋，道："文凭我倒是没有什么文凭，小学毕业我就帮家里干活了。但是对自己的能力，我是有自信的，不是说能捉老鼠的都是好猫吗，捉老鼠我是没问题的。"

怀准赞许笑道："厉害厉害，你们这一代，比我这一代，是有魄力多了，还能活学活用，不得了。"

怀准把手里的报纸递给师海，指着头版新闻，道："这条新闻你读一遍。"

师海拿过报纸，有点磕巴但是大声地念了出来，声若洪钟。

怀准把报纸取了回去，重新扫视一遍，道："你看，这两百来字的文章，你念错了八个字。我们这个时代需要的是有文化的知识青年，不是文盲，我把你推荐到哪个部门，都是在丢我的脸。"

师海脸色煞白，道："念报纸不是我的长项，但是……"

怀准站起来，厉声道："知识改变命运。你要是尊重我的话，先记着这句话，不要狡辩！"

怀准虽然文弱，但严厉起来，却有一种凛然的威风，恰似一尊瘦瘦的神。

怀风从未见过怀准如此严肃，不由得也站了起来。师海一时间手足无措，明亮的客厅在他眼前顿时黯淡了。

第五回：海韵

老二吃得不多，但身体像瘦竹一样噌噌拔高，一颗喉结挂在细长的脖颈上，吃饭时上下滚动。兆文看着他的身子骨直叹气：风一吹就倒；拿一把锄头，可能会被锄头带跑。

对于自己弄断了琴弦，老二一直耿耿于怀。那一天老二见老蛇扛着两把明晃晃的杀猪刀回来了，便从后院走上前去，靠在门框上，叫了声："老蛇哥。"

老蛇把杀猪刀挂在墙壁的刀架上，道："什么事，你们家猪要杀了？"

"没，还是小猪郎呢。"老二低头道，"上次二胡的一弦，是我搞断的。"

老蛇哦的一声，放在刀把上的手停顿住了。上次枝丫说是她弄断的，老蛇半信半疑，因为她从不折腾这玩意儿，但老蛇也不深究。

"多少钱，我想我还是要赔你的。"老二支吾道。

老蛇的屋里一年四季都是幽暗的。枝丫背着孩子出去割猪草了，屋子里特别寂静。寂静中，好像有什么事要发生。

老蛇沉吟片刻，把刀把上的手移动到二胡上，把二胡取了下来，坐在板凳上，用腿夹住二胡，试了试音，道："老二，你说枝丫到我家这么久了，为什么对我一点都不亲。"

老二怯生生说道："可能是你太老了吧。"

老蛇这两年特别老相，枝丫看起来像他女儿。老二从枝丫平时的口气中，就觉察到这一点，直话直说。

"是呀，我太老了，话也跟她接不上。"老蛇无奈道，"难怪她跟你倒是掏心。"

"琴弦多少钱，我管我娘要。"老二专注琴弦的事。

"那倒不用，就两分钱，麻烦的是必须跑到镇上去买，不过我顺带买了块松香回来。"老蛇道，"这把二胡跟了我好多年，心里没着没落的时候，拉上一曲儿，神就回来了。"

老二兴奋道："嘿，我也一样，我爹臭骂我一顿，我拉一拉曲儿，就忘了。"

老蛇道："你比我好多了，你还有你爹臭骂你，我是没人疼也没人骂，饥一顿饱一顿，活得跟木头似的。有一次跟我叔叔去给主家卖猪肉，在铜镜村的水井边，一个干枯的老头在拉琴，我一听，魂魄就酥了，身心活泛过来，走不动了。老头说，伢仔你听啥，我是拉曲儿充饥呢，骗肚子。我说，阿伯，这玩意儿这么神奇呢，我整个人都活过来，我有悲喜了。老头说，那用二胡换你块肉行不。我央求叔叔，拉住他不放，我觉得错过这把二胡，就把我的命给丢了。叔叔骂骂咧咧地切了一块后臀肉给老头。老头说，再给一点猪油脂呗，吃了这块肉，我就差不多要死了，死也瞑目。叔叔恶狠狠地割了一块猪油脂，骂道：他娘了，杀猪还杀出赔本生意，以后你自个儿杀猪去。我左手拿了一把刀，右手拿了一把琴，一个像我爹，一个像我娘，踏踏实实回来了。老二呀，有爹骂你，其实好得不得了。爹妈都指不上，我就指着二胡，这把二胡陪我的时间比谁都长。本来我指望有了媳妇，能不指着这把二胡了，你看这还是不成。"

老蛇唠唠叨叨起来，跟平时闷声杀猪的气质大相径庭。他是个孤儿，父母在大跃进年代吃烧焦的谷子撑死了，死后也不知道是饿死鬼还是饱死鬼。他吃百家饭勉强成活，后来跟着叔叔学会了杀猪。

老二听得入神，不由自主道："枝丫嫂子说你骗了她。"

"不骗她便娶不了她，我该选择哪样？"老蛇振振有词。

"娶了也不得她心，她的心其实很细的。"老二道。

老蛇定定地看着老二，忽然跷起大拇哥道："老二，没想到你心性这么高，他们都小瞧你了。我知道，枝丫对我肯定是有怨的，她大不了你几岁，估计她喜欢跟你谈心，你多开导开导。"

老二点了点头。

屋里更加幽暗。那一条从灶台上斜射进来的光柱，笔直如神光，千万颗灰尘在其间起舞。两个男人的谈心，更显隐幽。俄而二胡声起,幽幽怨怨,盘旋而上,继而昂然,如大江大河,回流不止,最后复归平静。轮到老二再拉,略显生涩,但韵味犹在,如马驹过河,拉拉杂杂逶迤而去。

得到老蛇的钦准,老二可以自由自在地过来拉二胡了。老蛇说,难怪我都觉得过几天琴弦就松了,以为是风吹的,原来是你这小子。你也迷上这个,怎么不早说,村子里的人都粗糙得很,没有一个能知道这咿咿呀呀里有一个乾坤。

老二一抽空就过来,琴艺飞速长进,进退自如,如痴如醉,这一点得益于老蛇的指点一二。

"老二,你娘不让你靠近我,你怎么这么喜欢溜过来。"枝丫问道。

"我爱去哪儿就去哪儿,她管不着。"

"你是不是爱跟我说话?"

"那可不,我跟你说过的话比全村人说过的都多。"

"别看你一副木讷的样子,说的话还怪叫人心颤的。"

"我说的是真话,左邻右舍都说你这说你那,我看就是忌妒你好看。"

"老二也懂我好看?"

"我又不瞎。"

"难怪老二给我好东西吃。咸鳗炖酒,好吃,还浑身有劲儿,奶水还多,老二真是男子汉,懂得疼人。"

老二被夸得有点不好意思。两人在幽幽的屋子里聊天,聊得来，能交心，有时就聊到天际，回过神来，恍然觉得那不是正常的聊天。

枝丫抱着孩子喂奶，奶水实在太足了，叫道："老二你过来，帮我把这边的奶水吸了。"

娃喝的是左边的奶头，而右边的奶汁，已经把衣衫濡湿了。枝丫撩起襟摆，把奶子举到老二跟前。一颗像过熟的杨梅一样的乳头，嵌在低垂的白得耀眼的奶子上，老二的眼前恍如一道霹雳闪过，脑子嗡的一声，接着闻到一股腥味儿。

眩晕中老二抬头看见了墙上的杀猪刀，走过去拔下来，道："蛇哥叫我给他磨刀，我都忘了。"取了刀径直往屋檐下的磨刀石走去。

枝丫急切叫道："老二，过来吸口奶，你叫我干啥事都行。"

"我要磨刀，没闲呢。"

老二往刀刃上蘸了积存的雨水，在光滑的弧形石面上使劲儿用力，额头上渗出的汗珠，又细又密。

"老二你怎么这么不听话呢。"枝丫几乎带着哀求。

"我明儿挖章鱼给你炖酒吃……你的奶水全给娃吃吧。"老二喘着气儿，艰难地说出每个字，因极度紧张而几乎哭了。

夜里，老二艰难地闭上眼睛，眼前竟明晃晃出现一轮月亮，不，是枝丫白晃晃的奶子。一闭眼就闪出来。

老二在黑暗中坐了起来。他大口喘着气，嗓子里有一种杏仁味的苦涩。

立秋前夕，老二跟着安香等一伙半大孩子去看守蛏子。这时候蛏子已然成熟，若是丰年，等着小潮水一茬茬讨去售卖，或者直接贩给小贩，是一笔重要的收入。若是薄年，也可自产自吃，或者晒成蛏干。因蛏埕离村子很远，蛏子长大成熟，邻近村落比如碗屿村，有村民讨小海经过，见无人看守，随手讨取片刻，便损失惨重。因此每个队里出几个人丁，日夜看护，等到自家讨取，大功告成。

棚楼建在堤上，几根粗木架起来，像一个硕大的鸟窝。沿着简陋的木梯上去，进了小门，里面是一个窝棚，角落里放了一席稻草垫和一张破旧凉席。为了防止透风，木头边墙糊了报纸，大的缝隙甚至用海泥堵住。老二懒得巡逻，一头上了棚楼，掏出一根横笛，吹了起来。棚楼的一个小窗子，面对滩涂，可以俯瞰。潮水退去，讨小海或者讨蛏子的人星星点点；鹭鸶与海鸥翩飞之处，便是鱼虾露水云集之地，它们讨食比人更勤力。冒着热气的海风吹来，淤泥中腐败的淡臭沁人心脾。老二的笛声在棚楼上是清脆的，传到海上，被风分解成丝丝缕缕，像血丝渗透于海水。

安香等人押着一个讨小海的姑娘，走上棚楼，充满成就感地叫道："抓住一个偷蛏的母贼，老二，你负责审讯她，我们还有很多贼要处理。"说罢，把她的篓子搁在楼板上，道："把这些统统没收了。"正是十六七岁的年纪，安香等沿着堤岸看护长长的滩涂，既当主家，又当警察，威风凛凛。看见讨小海的靠近蛏埕，便大声吆喝，警告驱赶；看见在蛏埕里偷摸的，便极力追拿，追不到人也要把篓子追到，直到对方落荒而逃不再造次，干的正是少年英雄的勾当。一伙人下楼而去，早把守护本村的滩涂，当成本职伟业，何等荣耀风光。

老二把一曲吹完，低头看了一眼女孩。是个瘦姑娘，个子却蛮高的，腰身长长的，短袖衬衫都遮不住，露出白白的一截。她的手被桂草绑着，蹲在地上，面露愧色，不敢抬头，刘海遮住了整个面庞，只能看到红扑扑的面颊。老二见她没有言语，便继续吹，女孩扛不住，怯生生抬头道："你要把我怎样？"

她该有十七八岁了，面容颇为秀丽，眼含惧色却颇为生动，如有一汪水在流转，小嘴唇如两瓣桃花欲言又止。老二看了一眼，不敢直视，俯身把她手腕上的桂草解开，道："你坐着别动，等他们回来处理。"

姑娘想说话，老二止住，道："别影响我练曲儿，懂不？"

姑娘不知道老二是何方神圣，更不知他有几斤几两，把嘴闭住。

老二继续练曲儿。老二会用各种叶子当乐器，竹叶、荔枝叶、芦苇叶，卷巴卷巴，还有各种瓶子管子，拿住了就往嘴唇上放，弄出各种奇奇怪怪的声音，乐此不疲。而他真正拥有的乐器，着实无几。这根横笛是偷了三次月明口袋里的零用钱，凑在一起到镇上买的。他偷得很有技巧，让月明误以为是自己记错了，没有东窗事发。这件事让老二相信，自己在瞒天过海上，具有非比寻常的天赋。

"是《牡丹之歌》吧？"一曲完毕，姑娘已经站了起来，靠着小窗边问道，显然是想打破他们之间的无言对峙。

老二咦的一声，道："你也知道？"

"露天电影开始之前，老是播放这首歌，我都会唱了。"

"那么，我吹得怎么样？"老二无意间发现一个知音，眼睛亮了。

"中间有一段，吹得有点模糊，不是很准确。"姑娘道，"我没有偷摸你们的蛏子，他们冤枉我的。"

老二若有所思道："确实，中间'啊——牡丹'吞了两个音，你会什么乐器？"

姑娘摇了摇头，道："他们冤枉我的，所以你应该放我走。"

姑娘从对话中感觉到老二不是什么心狠手辣之辈。

"说说怎么回事。"老二在姑娘的一再坚持下，终于回过神来。

"我掏蛏子的蛏埕，是我爹花钱买的，只不过你们村人不让种，上面长了野蛏子，我有权利掏的。"姑娘振振有词。

池根水被驱逐后，兆庆也没有跟他商讨退还之策，这块蛏埕现在是一桩无头公案。这些来龙去脉，大多数村人都知晓，老二也不例外。

"你说得有道理，虽然这块蛏埕的归属暂时没有说法，但是今年长的蛏子可以算是你们家的，你怎么不早说！"

"你不让我开口的。"

老二把竹篓拿起来看了看，里面是半篓子蛏子，还有一些螺蛳鱼蟹。他把竹篓递给她，道："你明天可以继续掏那块蛏埕，我帮你做主——这几天我都在这里看蛏。"

姑娘松了一口气，道："你比那些人明理多了，他们太凶了，我还以为要把我吃了。"

老二把头往外探了探，潮水渐渐起来，港汊奔流滚滚，如一匹匹小马驹欢快跑动。老二看到恢复正常状态的姑娘，眼睛里的一汪清泉婉转流动，显然是颇有内心世界的。她个头很高，就比老二低半个头，站起来靠在窗边时，有一种风吹柳枝的韵致。老二对美特别敏感，姑娘的这一点令老二刮目相看。

"他们就喜欢打打杀杀，我跟他们不一样。"老二道，"我喜欢讲道理，所以他们把我当成废物。你明天过来掏蛏，我会罩着你的，不用怕的。"

姑娘再次看了老二一眼，饱含感激，老二在电光火石之间突然想起枝丫的眼神。这两种眼神在瞬间突然交错，令老二头晕目眩。

"对了，你能不能再听一遍，看看我吹得对路吗？"看到姑娘即将走下棚楼，老二迅速发问。

姑娘停住脚步。

老二舔了舔嘴唇，极为认真地吹了一遍，节奏舒展，每个音都十分清晰。吹到后半部的时候，姑娘情不自禁哼起歌词。

"全吹出来了。"一曲听罢，姑娘急忙告辞道，"我得走了，要不然那伙人来了，我都不一定走得脱。"

老二点了点头。姑娘从小门闪了一处，下到台阶，头一矮，就从屋里消失了。老二走到门边，叫唤道："我知道你爹叫池根水，你叫什么？"

"我叫池巧云。你呢？"

"他们都叫我老二。"老二怅然地目送。这是第一个跟他讨论音乐的陌生人。

一个下塘人在钓弹涂鱼，眼里光顾着长长的甩竿，没顾着脚下，踩着蛏埕了。安香、老七一路叫嚣着追过去，要他赔偿。那人寡不敌众，慌里慌张顺着港汊的水往下漂流，一路叫骂回去。安香缴获他的篓子，雄赳赳回来。

对于老二处理池巧云一事，安香表示不满。老二道："增坂的滩涂这么广阔，我们靠盯着，管不过来，我们要讲道理，哪个行，哪个不行，让他们明白道理，他们就知道自己该做什么了。"安香笑道："你说你这个软脚蟹，如果讲道理的话，滩涂早就不姓李了，他们的歪理一大堆，最大的歪理就是：这滩涂搁我们家门前，我们怎么就不能掏了？自古以来，我们祖上就是靠拳头守住的，不信你去问问你爹你爷。你连一个母贼都管不住，还好意思说来看护蛏埕。"

五六个半大孩子哄笑了起来。老二跟他们格格不入，把老二当成笑料，也是他们的一大乐趣。

老二并不在意别人的嘲笑，道："我也有拳头，可是拳头能对准姑娘吗？要打也是跟那些强行占便宜的壮汉干一架那才算本事。"

村里滩涂离得远，管理起来确实困难，一谈起来不外乎摩拳擦掌的路数，这是传统方法。

安香嘲笑道："老二你是卖了乖还当好人。你说女人不能打，他们就天天派女人来，你退一步，他们进三步。我告诉你，这件事很简单，男女平等，谁侵犯谁挨揍。事儿闹大了，有村里负责，我们既然来看护，绝对不能把我们的霸气丢了，懂不？"

十六七岁的后生仔，讲起道理，跟大人一样，一套套门儿清，还霸气外露，一副职责在身的样子。

老二道："我不跟你扯那么多，咱们就事论事，就那块蛏埕，我叔没还给他们钱，她是有权利掏蛏的。"

"行行，你装好人，明儿其他村的人看见这姑娘可以来增坂村的蛏埕里掏蛏，然后都来了。到时候我们跟村里说，这是老二的主意，好不好？"安香叫道。

"好呀，老二讲道理，看看讲出什么后果，到时候可有好戏看了。"老七附和道。

"老二是不是跟姑娘好上了？"安香突发奇想，叫了起来。

"有可能，他就是为了讨好姑娘。明天如果那姑娘还来，我去揍她一顿，看看老二会不会跟我拼命，会的话，这事准有猫腻！"

众人哈哈大笑，七嘴八舌嘲讽了一顿老二，然后到滩涂上玩"滑坡"游戏。在猪头港西头，有一片滩涂特别干净，不长水草，淤泥特别细腻，没有垃圾杂质。孩子们坐在木板或者木橇上，另一个孩子往背后一推，人便沿着斜坡滑出去，在淤泥中越来越快，在快乐中尖叫呼啸，风在耳边掠过，最后一头滑入港汊水沟，溅起水花，身体分毫不损。

老二感觉自己的身心有了微妙的变化。对于异性，他感到了美。

次日，巧云在棚楼下叫道："老二。"

老二心里雀跃起来，慌慌张张出来。当他看到巧云的那双眼睛时，觉得眼前一亮。

巧云两脚都是泥，裤子挽到膝盖上，皮肤与泥巴黑白分明。肩上扛着一个木锄，腰间系着一个蟹篓，那腰就更细了，像住着一只蛇。老二看了一眼她的眼，又看到了一汪水。他觉得巧云最美的是那双眼睛。

"我爹让我今天不去掏蛏了，怕闹出事，他说你们增坂人都是土匪，惹不得。"巧云道。

"那我不是吧？"老二反问道。

"你是唯一讲道理的吧。"

老二走下木梯，往巧云的篓子里瞅了瞅，是几只弹涂鱼，道："你今天挖弹涂鱼？"

巧云道："对呀，我爹说掘点弹涂鱼，熏成鱼干，回头招待客人。我不会钓，只会一个洞一个洞挖，刚才这么一溜过来，就挖了这几只。"

弹涂鱼也叫跳跳鱼，是滩涂上味道最美的鱼类，俗云：弹涂虽乌，味素最好。又有谚云：清明一到，滩涂开洞。清明开始，天气回暖，弹涂鱼趁着阳光和煦，退潮之时，从滩涂洞中钻出，身似泥鳅，头似龙虎，鼓起胸鳍，扬起背鳍，瞪着凸出的眼睛，大张旗鼓，溜来滑去。或者跃跃欲试比武，两鱼相撞，互相攻击，譬如斗牛，几个回合之后，败者灰溜溜逃走，胜者扬鳍鼓鳃，以尾巴拍打泥水，发出噼啪声，告知自己得胜的消息；或者互相比较跳跃，气温越高，劲头越足，一会儿跳到东，一会儿跳到西，打个照面的，用头比画着互相打招呼，直到累了，慢悠悠溜回洞口，还舍不得休息，在洞口东张西望，生怕错过什么好戏。与弹涂鱼一起玩耍的，还有白蛴、长丁、跳鲋等，滩涂就像下课后的操场。

钓弹涂鱼可是个绝活，没有几年的工夫下不来。钓竿大概是三米长的小竹竿，竿尾系着也是三米长的钓绳，绳尾系着小坠钩。钓者找到弹涂鱼密集玩耍的场地，拉开五六米的距离，手握竹竿，全神贯注，一声不响慢步前进，其间瞄准一只，迅速把坠钩甩出去，然后两手合并，紧握竿把，用力朝右转动，让坠钩在半空中旋转一周，呼的一声，坠钩从半空俯冲到地面，以迅雷不及掩耳之势，准确钩住弹涂鱼。同时凭借转力，把弹涂鱼垂到胸前，抄手脱钩，装入篓中，如此反复。钓鱼好手，一潮水都钓到三五斤，喜滋滋回家。这种技艺是讨小海的绝顶技艺，平常人是不敢尝试的。想学的人，要请有经验的人传授技艺，经过长期的训练，互相切磋，才能掌握纯熟的本领。

巧云用的是笨功夫，掘弹涂鱼。弹涂鱼一见人过来，就钻入洞中，巧云在淤泥中辨认洞口，用木锄沿着洞口掘下去，掘出三四十厘米深的窟，窟里可以看见弹涂鱼洞流出的水比较清澈，用脚从洞后面用力踩踏，一会儿弹涂鱼就会和泥水一起流到窟里。这是最原始的办法。

老二挤着眼睛道："你这么掘，掘不到几只的，我倒是有一个办法。"

巧云道："你帮我吗？"

老二道："就是呀。"

巧云道："为什么要帮我？"

老二摸了摸头，道："因为……你跟我一样白，我们可能是一个人种。"

讨小海的人，风吹日晒的，都是黑得跟泥鳅似的。海风吹得皮肤黑，似乎把黑色素渗入皮肤，有一种天然黑之感，跟陆地上的黑不一样。而巧云在讨小海的人群中，可谓"鸥立鸦群"。在太阳底下，她的脸总是红扑扑的，两鬓下挂着汗珠。

巧云对于老二的赞许，有点害羞，转移话题道："你用什么法子抓鱼呢？"

老二道："我也只是听说过，还没试过，今儿来一遭看看。"

两人找了一块弹涂鱼密集的滩涂，港汊的水正在满涨，水声哗然，弹涂鱼兴奋地在水面上跳跃，争相嬉戏，在与水流的互动中其乐无穷。老二悄悄地在离开潮水一米的滩涂，用脚印踩出一排泥坑。老二跨过港汊，从对面往水面上猛扔泥巴，泥块发出扑通声响，弹涂鱼受惊，急忙逃离水面，往洞口逃去，在慌不择路中，许多窜入泥坑中躲藏。巧云随后沿着脚印泥坑，逐个捞摸，把藏在陷坑中的弹涂鱼逮住。虽然并非每个坑里都有，但比起挨个洞里挖掘，效率提高很多。这样，两人配合，直到潮水满涨滩涂才回归，收获不小。

"明天还来吗？"老二问道。

"我反正不是下土（讨小海），就是上山砍柴，天天都这样。"巧云答道，似乎不知道生活中还有别的什么事可干。

"你还会唱歌呀。"

"那是看电影时候学的，可不是每天都有电影。"

"明天你要是来的话，我还有另一种办法，可以捉到更多弹涂鱼。"

"我倒是相信。可是你为什么老是帮我？"

"这么说吧。以前我只觉得唱歌是美的，现在觉得你也很美。"老二似乎换了个人，嘴巴利索起来，甚至有油嘴滑舌之倾向。

"你说话真奇怪。"巧云害羞起来。

"是呀，他们都把我当成废物，可是我说的是真实的话。"

潮水涨起来了，起起伏伏的滩面被水覆盖，万千景致只变成滔滔一种。

"不过我觉得你说的话怪好听的。"巧云道。

她背着篓子回去了。回头的时候，又看了一眼老二。老二心里一动，惆怅起来。

老二的心思被某些东西扰乱，不再只专注于吹横笛了。他的眼前不时出现幻觉，白色的炫目的东西，那是枝丫的奶子。他努力不去想，眼前又出现巧云的红扑扑的脸蛋和水汪汪的眼睛。老二确定自己被女人迷住了。每当他被一种事物迷住的时候，便如痴如醉，心里就没有其他的了。

老二还会一种诱捕弹涂鱼的方法，也是在其他村比较流行的方法，就是用竹筒。用百来个小竹筒，能放得进指头的，插在弹涂鱼洞旁边，只露出筒口。一路布置过去，弹涂鱼等人走开，便出洞嬉戏。捕者返回，扔泥块驱赶，弹涂鱼慌不择路，慌张中会误入竹筒洞口，转身不得，因而有俗话叫"弹涂落筒，不知后退"，比喻人进入困境，没有退路。

老二借了竹筒，如法炮制，收获比前一日又多。老二把筒子收得差不多了，港汊里的水流也越来越大，突然间惊叫一声，被水流卷走。巧云连忙放下篓子，去追赶老二，可是老二像一根油条一样泡在水里，顺水漂流，不知道是不是被呛晕了。巧云顺水游着，加快速度，慢慢接近。海边的女孩子，总是有水性的，这时候派上了用场。港汊流到一片红树林，老二被灌木挂住，巧云追游上去，把老二抱住，拍着他的脸，叫道："你怎么啦？"老二闭着眼睛，没了呼吸，把巧云吓得哭了起来。滩涂上劳作的人，暴露在日晒下，有时候会中暑或者发痧，是要掐人中，或者抓脖子的。巧云坐在岸边滩涂，把老二的头抱在胸前，掐他的人中。

片刻，老二的喉结一阵滚动，眼睛睁开，似乎如梦初醒。巧云松了一口气，道："你怎么啦？"老二道："我睡了一觉，你把我这么抱着真是舒服。"巧云一把将他推开，生气道："你是故意的？"老二哈哈大笑："不故意你怎么会抱着我呢？"原来老二的水性好得不得了，泡在水里一天也淹不死，在水里装死是他的绝活。

巧云气得用泥巴抹他的脸，抹得像个包公，还委屈得要抹眼泪。老二笑道："我想试一试，会不会有人关心我的死活，终于找到一个人啦。"巧云道："下次你淹死我也不管你。"老二笑道："淹死我是不可能，我那些伙伴都说，我是鱼精转世的。"老二又劝慰巧云半天，她才把眼泪收回去。两人徒步回到捕鱼处，那篓子已经倒了下来，弹涂鱼跳出去一多半。巧云怪罪道："都怪你，这一整天都白忙了。"老二道："怕什么，它们跑不掉，明天再来呗。"巧云把篓子扎在腰上，道："明天不来了，明天有人来看亲。"

老二瞬间呆住了。

"你想嫁出去了？"老二问道。

"家里人安排的，我也不知道自己想不想。"巧云道。

"你自己不想就别嫁呗。"老二酸溜溜道。

"我每天不是上山，就是下土，不是给人找吃的，就是给猪找吃的。如果说嫁出去有什么好处的话，我就想看看生活会不会有什么改变。"

"一点变化都没有。就是生孩子，奶孩子，喂猪，做饭，比现在还不如。"老二信誓旦旦道。

"你怎么知道？"

"我邻居有新媳妇，我亲眼看见的。"老二道，"另外呢，有的新郎三十五岁冒充二十五岁，把新娘骗到家，这一点你可要小心。"

"这应该看得出来吧，我又不是傻子。"巧云道，"不过我在家待腻了，每天干这干那，我爹也不把我们女子当人，出去兴许还自由些。"

"我敢打包票，嫁出去一点都不自由。"

"那什么才算自由？"

"每天出来，我帮你一起讨小海，最自由。"

"你是个骗子。"巧云被逗乐了，哈哈大笑，海风把笑声传得稀稀的，远远的。

老二没来由的一阵伤感，像风带来的一样。

一条从篓子里逃窜出来的弹涂鱼，瞪着眼珠子在一个洞口旁看着老二，眼里既有死里逃生的侥幸，亦有难消的恨意。

媒人是远近闻名的，叫春花嫂，五十来岁，白胖，提着一把油纸伞，腕上拴着一个方布袋，总是面带微笑，行色匆匆，逢人就打招呼，十里八村没有她不熟的。

池根水有四个女儿，分别是池巧容、池巧云、池巧清、池巧月。春花嫂给二十岁的池巧容做媒，男方是麒麟埕陈武功，在村里有头有面的人物，膝下有三个儿子，陈立春、陈立夏、陈立秋，都是响当当的角色，配亲的是二十一岁的陈立春，一表人才。池根水听了，眼睛发亮。春花嫂送来陈立春的生辰庚帖，并且要了池巧容的生月。池根水道："把巧云的生月给拿去，万一巧容不配呢，巧云也该到出嫁的年龄了。"春花嫂笑道："要得，双保险，看来你是十分满意的。"根水道："跟麒麟埯结姻亲，是我们的福分，陈武功我也是知道的，是一个叫得响的人物。"春花嫂道："是呀，大村大户，多难得。"

依照习俗，男女双方的生辰八字请算命先生摆配后，合适，便将写着女方生辰的红纸放在灶神的神龛里，点香三天，男方家中一切如旧，没发生什么不吉事，则算通过。几日后，春花嫂腋下夹着油纸伞，像一只鸭母扭着屁股进来道："两个女子都合，看来这门亲事是板上钉钉了。"池根水连忙叫媳妇雪来给泡了糖茶，喜滋滋坐下，商定往后一切事宜。

那一日，池巧云正要下土，池根水道："云，后日十八是陈家来看子弟，这两天下土捉些弹涂鱼待客。十八日那天，你穿个好衣裳，在家待着别动。"看子弟，就是生辰八字对了后，男方来女方家走一趟，互相看看满意不，满意了就商定正式订婚日期。

巧云道："是我姐看亲，我穿个好衣裳干啥。"

"你也看亲呀，陈家来看你姐和你，相中哪个就哪个。"根水乐呵呵道。

"我不干，那我成什么啦，他要是看不中我姐就拉倒呗。"

"那不成，这么好的人家，又不嫌弃咱们小村，哪能拉倒，你给我听话，不行我打断你腿。"

"那要是看中我了，怎么办？"

"那就你先嫁出去呀，这又不是什么稀奇事。"根水道，"再说了，你也到适婚年龄了，也不能老跟家吃下去。"

巧云没有说话，一肚子闷气出来了。走到村头巷子里，心思一转，也把气消了。如果嫁了也好，省得在家每天各种使唤，还被说吃白食。这样想着，又开心起来，不管如何，生活总是有点变化才好。

根水因为生了四个女儿，被人瞧不起，第一，有重男轻女之风；第二，把别人对自己的鄙视转移到女儿头上。大女儿池巧容还好，她性格比较直爽单纯，每日里像驴一样忙来忙去，没把父亲的言行放在心上；另外两个妹妹还小，不晓得这个利害关系；只有巧云，心思敏感，又有自我，对父亲的轻贱看得清楚，满肚子不服气，自然过得不爽。

看亲那一天，陈武功带着陈立春来了。陈武功身材高大，一脸褶子，但人却很威严，目光深沉，三思而言，显然是个有头脑的人。陈立春一身卡其布蓝装，领子熨得挺挺的，胸前口袋上插着一支钢笔，脸上继承了陈武功的威严又不失文气，真是一表人才。这父子俩的装扮气质，一看就知道是有底气的人家。一到大门口，一串鞭炮就响了，冒起一阵烟，两人神仙腾云驾雾般地进来，被迎上座，奉茶交谈。

池根水叫了三炮过来陪坐，也让见识下亲家的威风。寒暄罢，三炮见陈立春一身清爽，啧啧称赞，道："后生仔精神，像吃公家

饭的。"陈立春道:"哪里是像,将来迟早要吃公家饭的。"三炮
竖起大拇哥,指着他胸前的钢笔:"识得一箩筐字?"立春点了点
头:"这就是我的锄头。"

陈武功见立春说话一脸骄气,忙在他脚上狠狠踩了一道。立
春吸了一口凉气,并不敢发作。

三炮说好话道:"根水,这女婿,顶得上一个儿子。"根水呵
呵笑,道:"托你吉言。不过我那婆娘也是老母鸡终于要咕咕叫,
这回该来个儿子了。"又叫道:"雪来,你过来。"雪来从厨房里出来,
仔细看果然是肚子有模有样。根水对着亲家和三炮骄傲道:"五个
月了,这个孩子是那罗寺求来的,这回跑不掉了。"又冲雪来道:
"你别在厨房乱动,动了胎气,小心我打断你的腿。"雪来道:"是
巧容在干,我打打下手。"说罢挺了挺肚子,又回厨房了。

陈武功轻声道:"那罗寺求来的?"根水从怀里掏出红布包,
解开,掏出里面的石头,道:"你看,求的是这个。"陈武功看那
一块石头,方方正正,道:"这是男孩无疑。"三炮道:"还是我
叫他去求的,这一趟没白跑。"根水道:"也是好事多磨,这块石头,
也是硬求的,还不知道菩萨是不是真的怜我。"

"怎么个硬法?"陈武功谨慎问道。

池根水便把缘由说了一遍。他好不容易摇出一个石头,结果
却是一块长条,代表生的是女儿,怎肯罢休。无名居士便出了主
意,道:"大殿门槛外有一块大石,你拿求来的石头上去磨,若
菩萨怜惜你的苦心,便能将长石磨成方石。"根水如得了救命稻草,

磨了一夜,一边嘴上嘀咕嘀咕跟菩萨说了无数的可怜话,功夫不负有心人,长石变方,而那块青石,也被磨出一个凹痕,可见其用心用力。次日,他便用水壶接了一壶寺中泉水,与无名居士告别,带回来给雪来喝。

三炮笃定道:"既是菩萨同意的,那一定是男孩,等着喝喜酒吧!"

陈武功比较谨慎,道:"菩萨应该自有主意。倘若以后办什么大事,叫一声,我三个儿子都可以来的。"

在乡村,人丁兴旺是第一,办什么大事,有几个响当当的汉子,别人才会敬你服你。这也是根水的软肋。

根水喜道:"炮叔,你说我这门亲家,找得不赖吧!"

三炮盯着厨房,酒虫钻得厉害,口水都快下来了,道:"不赖不赖。那谁,手脚利落儿,紧着给亲家上菜上酒。"

根水这才进入正题,介绍道:"厨房里忙碌的,是我大闺女巧容,在卧房待着的,是我二闺女巧云。"言下之意,其实媒人已经交代清楚,姑爷看上哪个,便选哪个。

他们坐在前厅,既可以斜看到厨房,也可以看到厢房卧室。

巧容是家里的里外一把手。她身材高大敦实,上山砍柴,下田挑谷,灶头猪圈,重活轻活都不含糊。长期的劳动使她胳膊粗壮,腰臀都结实得很,不论是感官上还是力气上,都可以当男人使。她知道今儿自己是看亲的主角,依然跟平时没啥两样,把准备的酒菜给弄齐了,只不过上菜的时候看了一眼陈立春,礼貌地一笑，似乎立春长得人头马面并不在意，看亲只是一道程序而已。

巧云穿着一身碎花衣裳，坐在卧房心情比较复杂。因为自己是替补，尴尬的角色，故而扭捏不安。她与姐姐的身材相反，看上去弱得像一根细竹，虽然摇曳多姿，但干活方面跟姐姐没法比，她索性就在房间里装作做针线，其实什么也没干。她还是忍不住抬头看了一眼陈立春，只看见一个俊朗的面部轮廓，自然有一种青春男子气息，心中一动。当她看第二眼时，立春也看了过来。两人的眼光对了一下。她看见立春朝她笑了一下，心中咚的一声，感觉自己半边脸都烧起来了。这次她看清楚了立春，脸上的线条颇有男性的魅力，比普通的农家子弟又多一分干净儒雅。而且，她能感觉到立春对她的兴趣，至少是有善意的。

此时她突然生出一分勇气：父亲让自己当替补，自己偏不。跟姐姐相比，她很明白自己身上的优势，更有女人味。从立春不时朝自己偷偷瞄过来的状况，显然他更关注自己，他是个注重风情的人。她觉得自己应该更主动，算是对父亲的一种报复，或者是多年来被轻视的一种自我宣言。她借故上厕所，从卧房里走出来，在穿鞋子的时候，她低着头从刘海中瞄了一眼立春，立春似乎在关注她的身材。确实，之前她在房间坐着，只能看见面容而见不到身姿。

她走在路上的时候，偶尔会有后生仔扭头看她，眼里是一种奇怪的神色。她能感觉到自己的身姿有一点魔力。有时候后生仔开她玩笑：别把你的腰扭断了。

她穿好鞋子，抬起头，走过厅前，特别扭了一下腰，以便让立春看清自己的全貌。立春貌似在关注他们的聊天，实际上眼神在关注自己。她在即将走出前厅出门的一瞬间，大胆地回眸看了立春。这次他们的目光都从容地接上了，并不急着躲闪，眼里流露出对彼此的欣赏，确定无疑。

走出门的时候，她心里已经笃定：立春的人长得没毛病，立春的态度没毛病，嫁给这个人，总比跟家待着舒服。虽然如老二说的，嫁出去之后，不外乎奶孩子喂猪，但会有一个男人欣赏自己，甚至疼爱自己，不比整天被爹喊着"打断你的腿"来得痛快？

在厕所木栏上坐了片刻，除了放一个屁，并没拉出什么玩意儿。她索然无味地站起来，穿好裤子，回来的时候，巧容正在上菜。而立春只是礼貌性地与巧容点头，中间还回头看了自己一眼，两种风情大相径庭。女人和孩子是不能上桌的，巧云继续回到卧房，内心有一种惊惶的甜蜜。

麒麟埕有人口七八千，主要住陈、林两姓，是镇上最大的村庄。大村就如大国，有大村的优越感。到碗屿村看亲，陈立春不免顾盼自雄。又是二选一的选亲，譬如选妃，百年一遇，立春感受到大村大家的荣耀。巧容待人礼貌和顺，大大咧咧，没心机，是个好姑娘；但跟巧云那水汪汪的眼睛一比，又少了趣味。立春在巧云身上感受到了一个世界，来之前不能预料到的幽幽世界。这个世界里有男女的一些秘密，一些情趣，自己虽然不知道是个什么玩意儿，但已能感受到乐趣：一种情感的交流，暧昧的流转，这是人间的乐趣。立春已经被这种世界吸引，这是姻亲之外的意外收获。

喝到微醺，父子俩心满意足而归。立春礼貌地与姐妹告别，眼神自然有不同意味。根水看到父子俩的态度，知道这事差不多成了，只等媒人来吩咐。

看亲，俗称"暗定"，又称为小定，表示在生庚和人才上都通过了。接下来是媒人来通知"明定"的日子，也称为大定。大定则要将认定的聘金、衣料、猪肉、线面、礼饼，用楹筐抬往女方家，同时送来迎娶的日子单，因此，大定又称为送日子。

巧云在满月的时候，巧容两岁，厅堂里有人放了一桶鱼，巧容就在桶里摸鱼玩耍，玩够了就满身腥味跑到房间里看妹妹，用手拨拉着玩。巧云就这样病了，两眼闭着，昏昏沉沉，奶也吃不进去，张大嘴巴哭也哭不出来。根水把她放在篮子里，篮子挂在前厅墙上，只等咽气了，便提到山上埋了。有一个草药蔡婆婆过来，看见婴儿，便问怎么回事。根水说了情况，说不知道什么时候咽气。蔡婆婆把篮子取下来，把婴儿眼皮扒开看一看，道："可能是被鱼腥冲了，我来试一试。"她把婴儿放在床上，用指甲掐婴儿的指关节，每个指关节都掐过去，刺激她的血液神经。良久，婴儿终于哇地哭了出来，又服了几服解冲的小儿中草药，终于把小命捡回来了。

这件事巧云是长大后无意间听娘说的，听得后背发凉。她特意去问了还没有故去的蔡婆婆。蔡婆婆笑道："是呀，你那小命是我捡回来的，没我去你家一趟，你爹就拎你上山了。"没等蔡婆婆说完，她惊叫一声逃了出来。从那以后，她总感觉，待在这个家是危险的。

春花嫂次日便送来大定的日子单。正好一家人在吃饭，雪来招呼春花嫂也上桌来，春花嫂道："不了不了，吃过了。"伸手夹住桌上的炙弹涂鱼，尝了一只，道："做得地道！"春花嫂把日子单往桌上一放，道："就下个月，你看，大户人家做事，就是一茬紧一茬，分分钟都不耽误。"

根水接过单子，道："还没说相中哪一个咧。"

巧云正好吃一口饭，听了这话，低下头。

"那还用说。"春花嫂笑道，"当然是大姑娘巧容，是你多此一举，添了一个二姑娘让人选，人家就看中大姑娘嘞。"

"哦。"根水松了口气，道，"原来是多此一举。"

巧云抬起头来，脸色苍白道："春花嫂你没记错吧？"

"哈哈哈，我干了二十年，牵手的新人排队能排到斗门头了，能把这记错？"春花嫂笑道，"你看你那么瘦，多吃饭菜，整胖点，我给你说个好主儿去。"

巧云再也吞不下饭了。她觉得不舒服，回了房间。当天晚上就病倒了。

当天晚上烧得迷迷糊糊。她梦见自己又成了一个小婴儿，病婴，躺在篮子里，被人提着在山上找地方埋葬。她发现提着篮子的人好像陈立春。

第六回：姻缘

李师海回到家，闷头躺了三天，也没有生病，就是提不起劲儿，一扫蓬勃之气。李兆文觉得是李怀准搞的鬼。酒醉得知情况，大骂李怀准忘恩负义，不提携后生。本来他是准备来讨杯庆功酒的，现在这酒没了，怎不气急败坏。

李师海从来都是朝气蓬勃，信心满满，李兆文喜欢他这个样子，这样有劲头儿的才是自己的儿子。现在他觉得师海病了，病不在身体，在心，他十分担忧，道："海呀，怀准就是个书呆子，你不要在他面前吃了闭门羹，就把自己当成软壳蟹。"软壳蟹就是刚刚换壳的螃蟹，全身精华尽失，吃起来无肉，尽是水分，大抵是无用的意思。

师海道："我没事，我在思考而已。"

兆文道："你这个说干就干的人居然思考起来，这下可完了。"

三天后，李师海起了床，把头面洗干净，依然不说话，跑到大队支部去看报纸。支部里有《福建日报》，还有存留的《毛主席语录》之类的书。李师海把报纸翻过来翻过去，不知道看懂了没有。

李怀风得知情况，下来劝慰。他在支部里找到师海，师海正闷头看报纸。李怀风一看，果然是憔悴了好些，还好精神已然不错。支部里平时没什么人，门开着，供人聊天。

"哎哟，被怀准哥打击一下，就蔫儿了，这可不像你的性格呀。"李怀风打趣道。

"你觉得我是被他打击的？"师海反问道。

"还嘴硬，听说都睡了三天起不来。"

"跟别人说可能不信。实话跟你说吧，我是被自己打倒的。"

"此话怎讲？"

"很简单，我没有想到自己是一个连报纸都念不全的人。"李师海道。

"我记得你小学都没念完，当时你在教室里，屁股就跟着了火一样，念不完报纸很正常。难道你不自知？"怀风呵呵乐了。

"我能说会道，见多识广，见过世面，忽略了自己大字不识几个的短处。"师海反省道，"怀准还是厉害，一下子就抓到我的要害。"

怀风释然笑道："那是当然，你能服他，那还是有救的。"

"我服他的见解，并不服他的人，一肚子学究气，不是大气之人。"

怀风拿起报纸，问道："现在，看报纸还吃力吗？"

"蛮吃力的，拦路虎还有不少，意思呢，大概其也懂，就是理解得比较浅，含含糊糊。"

"你如果是为这个犯愁的话，找我算是找对了。"怀风道，"走，你先跟我去一个地方，好好吃一顿，然后我把识字的妙法告诉你。"

师海跟着怀风下楼，道："进城吗？"

"不，去你想不到的地方。"

进城的话，则由祖厅往码头走，然后沿着廉坑塘堤往廉坑走，穿过了廉坑到了村口，就是 104 国道，在那儿上车。但是怀风带着师海往后山方向走，神神秘秘。师海忍不住了，道："到哪儿你说，装神弄鬼的，我可不走。"怀风嘻嘻笑道："反正要让你知道，说给你听无妨，我们村小学里，有个最好看的老师，是谁你知道不？"师海摇了摇头，他参军刚回来，对学校状况不太懂。

"最好看的老师叫林海燕，我在跟她处朋友。"怀风低低道，"可别告诉别人。"

"好呀，我们一两年没见，你这好工作也捞上了，女朋友也处上了，把我大踏步甩在后面了，真是小瞧你了。"

"知识就是力量嘛！"怀风嘻嘻笑了，少有的意气风发。确实，以往的他，是个郁郁寡欢的人。在师海面前，不论做什么事，都是受气包的角色。现在，有点风水轮流转的意思了。

到了学校，快放学了。林海燕没课，正在办公室批改作业。林海燕老是听怀风说起师海，虽然第一次见，也不觉得陌生。怀风说海燕是学校里最好看的老师，师海特意认真审视了两眼。

怀风对海燕道："你上街买点肉菜，今天我们开个小灶，专门安抚下师海。"说罢掏出钱包，取了一张纸币。

师海道："怎么能让林老师去，还是我们自己去吧。"

"没事，海燕听我的。"怀风把钱塞给海燕。

学校食堂里有一口灶，老师们是可以自己做菜的。

海燕犹豫之际，师海道："街上买菜老师哪能熟，还是我去，省得被小贩宰。"

师海抢过钱咚咚咚下楼了。

海燕翘着嘴唇道："你看，还是师海比你勤快。"

怀风笑道："你知道他为什么尊重你吗？他是不怎么识字，现在才懂得尊重老师。"

"那以前呢？"

"以前呀，上小学的时候，就跟老师干仗，干出一个半文盲，现在可悔了。"

怀风讲了一些师海的旧事，以前如今的窘况，两人觉得可气又可笑，还有点心酸。

师海买了半斤五花肉，半斤海瓜子肉，一个洋葱，一瓶子散装啤酒。海燕在菜地里摘了小白菜，在井边洗了，炒了几个小菜。师海为了证明自己在部队里艺多不压身，抢着下厨，落个十八般武艺样样皆通，道："我这手艺不赖吧。"怀风尝了一口，道："可惜你又不想做厨师，一点鸟用都没有。"

三人把饭菜搬回宿舍里。啤酒是个时髦的玩意儿，师海和怀风倒是适口，海燕在劝说之下喝了一口，赶紧吐到窗外，道："跟泔水一个味，是不是坏了？"怀风笑道："这玩意儿就是泔水味，没有泔水味的，绝对称不上啤酒。"师海道："那不是泔水味，是啤酒花的味道，在部队的时候，我跟战友们出来开小灶，是一桶一桶地喝。"怀风道："说到吃的，你倒是在行。"师海笑道："吃要是不在行，还能干啥？"

增坂小学晚上设有夜班，也就是扫盲班。那些十几二十岁的姑娘小伙，错过了上学年龄，可以来夜班识字。而林海燕也是扫盲班的老师。怀风的意思是，让师海也来扫盲班学习。

师海一口啤酒差点喷出来，道："扫盲班是从'上中下人口手'开始学的，大部分的字我都认识，就是一些生僻字不认识而已，你可别真的当我是文盲呀。况且，我去扫盲班从头学起，别人怎么看我？我不但丢自己的脸，而且部队的脸都让我丢光了。"

怀风摇头道："面子看得这么紧，啥能学到呀。当年我为了学习，什么贱都犯过，否则哪有今天。"

"当年你还小嘛，现在我可是代表军人，总不能让人以为是个文盲。"

"你一退役，就是普通老百姓，你再说军人就是冒充军人了，属于犯罪行为。"

"一日为军人，终身要报国的，你没当过兵，不懂这种情怀。"

两个人互相不服，怼了半天，林海燕道："你们别争了，我有一个办法，你去买本《新华字典》不就好了。我这里的字典每天都要用，要不然都可以送你。"

两人一听，哑然失笑。怀风道："行，我给你买，算是送你一个老师。"

　　师海趁着酒兴道："林老师，你看我这弟弟真不错，将来你可享福了。他啥都替我着想，亏得我以前没有白疼他。"

　　怀风道："不是没有白疼我，而是没有白揍我。"

　　师海道："对对对，也揍过你，打是亲，骂是爱，别人我还不揍呢。"

　　林海燕看着这哥儿俩亲密的样子，也颇觉温馨，笑道："怀风对我可没这么好。"

　　"那是你没揍他。"师海道。

　　林海燕道："他那副瘦弱的样子，我可舍不得揍。"

　　跟师海相比，怀风确实是瘦弱了。

　　师海道："哎哟，你看，在我面前这么恩爱，这不是欺负我没有女朋友吗？"

　　"海燕，别让他吃醋了，他要是发起情来，回头我还得给他找一个。"怀风说了一半，突然严肃起来，道，"海，我跟海燕的事是秘密的，在村里不能乱说。自由恋爱这事，虽然在城里没什么，可是在农村，是跟要流氓混为一谈的，可得要谨慎。"

　　后山的风从窗户里吹来，旁边农户家里炊烟袅袅，偶尔会吹一些烟味进来，那是人间烟火的味道。而窗外菜园子经过的人，会停下来听一听楼上年轻而爽朗的笑声。

　　"认好字后，你是不是再去找怀准哥？"李怀风问道。

师海摇摇头，撇嘴道："不去了，吃一次闭门羹够了。"

"没信心？"

"我看他小家子气的样子，不是我的引路人。"

"那谁是你的引路人？"

"不知道，总会碰上的。"师海道，"你看，我觉得我什么都不错，就剩下文化不够，文化学好以后，看得懂报纸了，你知道吗，报纸是个很大的世界，比李怀准要厉害得多。"

怀风与海燕看师海认真的样子，忍不住大笑起来。

饭毕，两人出了学校，天已擦黑儿。师海要怀风回去跟自己凑合睡一晚，怀风坚决不从。自从毕业后，他每次回家，就没有超过两个小时的。偶尔有经过，主要是看看爷爷，逗逗船仔和六斤。师海便送怀风去廉坑搭车。两人趁着一点酒意，在堤上走着，海风吹来，咸湿的，两人衣襟飘逸，自有一番年轻的盛气。多年以后，他们还会想起兄弟情深的难得一幕。

"海燕是老师里最好看的，我没骗你吧?！"怀风炫耀道。

师海摇了摇头，不屑道："你看学校里，陈老师、关老师、于老师，都是拖家带口的，年轻姑娘就她一个，跟谁比呀？还不如说你是和尚里头发长得最长的。"

"你就是妒忌。"

"我告诉你，村里都有姑娘比她漂亮。你那是怎么说，什么嘴里出西施？"

"情人眼里出西施，一说点有文化的话就露馅。以后你就娶个村里姑娘，看看谁好看。"

"我绝对娶个比海燕好看的，字没你识得多，老婆还能娶得比你差？"

过了郑岐，就看见廉坑村了。这条路是交通要道，天黑了，打着手电筒的人还影影绰绰。打照面时，手电筒往对方脸上照一照，看看是人是鬼，是男是女。如果是熟悉的，便打声招呼，问候几句，黑暗中散发着人情味儿。

师海虽然有了字典，但字典毕竟是不会开口的老师。字认得，可是字与字组成的词儿未必全明白，词儿明白，句子的立意未必全通。师海这才发觉，原来就没什么根基，后来又不看书，把所学的都还给老师了。知识这个东西，是日积月累的，并非临时抱佛脚把字认全就行的。

师海没事的时候，也跑到夜校，远远地坐在最后一排。毕竟来上课的，几乎是半大姑娘，师海不好意思凑前面来。林海燕在讲台上，看着师海安安静静坐着，二十来岁的个儿，十来岁孩子的专注，觉得可笑而可爱。师海本来就想来看看，因为这些字什么的，他全认识，但是老师说起来又饶有兴致。这时候他才觉得听课是一件颇有意思的事。可是为什么上学的时候，一听课就脑仁子疼呢？

其他学生问道："你也来听课？"

李师海笑道："我需要听什么课，我是来维持一下秩序。"

下课后，他就把自己看得不太明白的报纸内容询问海燕。出于老师的本能，海燕耐心给他解释，李师海觉得每次问答以后，都有进步。文化这东西，正在自己身上生根发芽。

有一天民兵队长李安民探头进来，看见师海在里面，把他叫出来，问道："你干吗呢？"

师海道："我维持下秩序，防止有人捣乱。"

安民道："这个活儿是我干的。我看你如果不在这儿，秩序倒是会好些。"

师海不悦道："瞧你说的什么话，我们都是部队出来的，哪能素质这么差。实话告诉你，我呢，顺便也来听听课，老师讲课还是有内容的。"

"原来你也是大字不识？！"

"谁说的。"师海把报纸拿出来，道，"你看，这张报纸上的字我全认识，你行吗！"

"你既然识字，又整夜在这里坐着，肯定有别的目的。我告诉你，这学校的治安，是我重点负责的，以后你最好别来。"安民仪表堂堂，常年穿着绿色的制式服装，跟人说话都是居高临下。

民兵队长有学校大门的钥匙，学校里有什么事儿确实是由他负责的。

师海懒得理他趾高气扬的样子，觉得他在摆谱，仍然进教室静静听课。

过了数日，海燕告诉师海，夜里她似乎听见有人偷偷上楼，然后脚步声停在她的门口。她害怕，不敢开门，吓得一动也不敢动。她报告给校长，校长也没有什么好办法，只是警告她千万别开门。

师海咬了咬牙，道："你且放心，这事我来解决。"

让海燕担惊受怕的事终于出现了。有一天上夜课，海燕觉得疲惫，又因晚餐吃了海蛎，肚子偶尔咕咕叫，不太舒服，洗漱完毕就睡了。不知入眠多久，突然被一阵敲门声惊醒，不由心口一跳，似乎不祥的预感就要成真了。外面一个男子的声音压着嗓门道："快开门，我搜贼仔呢。"海燕一听就知道是安民的声音，她平日里胆儿还挺大的，这会儿完全现形，胆怯道："我屋里没人，你走吧。"安民狠狠道："有没有都要打开，不开我撞进来啦！"房间的墙是木板墙，门是小木门，门扣也只是一小块木头，一个大男人要撞进来不是难事。由于恐惧，海燕觉得大脑已经不听自己使唤，哆嗦着摘下门扣。安民扑了进来，一把抱住海燕就往床上扑，其热切程度，想来觊觎已久，不是一两天了。海燕哭着刚要叫喊，脖子被一把摁住，安民叫道："信不信我掐死你都没人管。这个村子里没有我不能干的事，你要识相点。"

海燕绝望了，她觉得世界上最安静最安全的地方，实际上是最危险的地方。

猛然间，海燕觉得身上一松，安民突然站了起来。再细看，原来师海不知何时已经出现，一把将安民拽了起来。安民和师海的个子差不多，但师海单薄，安民身板要厚实强壮不少。安民很快镇定下来，一把推开师海道："原来贼仔在这里呀，我找你半天了。"师海走到海燕面前，护着海燕道："贼喊捉贼，要理论给我出去理论！"

师海一把将安民推了出去，回头对海燕道："你把门关上睡觉去，谁进来也不开！"

海燕惊魂未定，见师海把门关上，急忙下了门扣，扑在床上哭了起来。

老二有一天梦见自己吹着横笛，一个姑娘在和着节奏伴唱，旋律一个个落到心坎上。海风吹来，又把一个个音符都吹散，在空中爆开，星星闪闪。如痴如醉的时候，老二恍然发现自己是举着姑娘纤细的腰，对着姑娘的嘴吹。是的，那音符，是他们嘴对嘴吹出来的。这种美妙的事情，并非凭空想象，老二对着一片叶子，一个空酒瓶，甚至对着聚拢的手掌，都能吹出旋律。

她是枝丫吗？还是巧云？老二分不清楚，在梦中是迷糊的。甚至，他觉得是枝丫和巧云的合体。总之，梦是如此的自由，以至于梦醒之后的失魂落魄无可名状。

他受不了二胡的诱惑了，就会到枝丫家拉上一通。不过都是选择老蛇在的时候去，老蛇教他一些闽剧名段。老二领悟得快，老蛇也乐得有个知音。枝丫忙起来的时候，会把孩子放在老二怀里待会儿，把老二当自己人。

老二不合群，他更喜欢去海边，看滩涂上密密麻麻的蝤蛑和招潮蟹在嬉戏，而他吹出的旋律，似乎在指挥着万千的生物。

巧云在棚楼外叫他，声音怯生生的，道："老二。"

老二细长的脖子伸出门外，看见巧云一脸怅怅，道："生病了？"

"没，好了。"巧云道。

"那，有事吗？"

"没有，就是来看看你有没有在。"

巧云说罢，腰上扎个篓子就走了。

老二今天要讨蛏子，准备等潮水退完后再下土。他目送巧云在滩涂留下一个个脚印，歪歪扭扭，她的脚步有气无力。老二感觉到有一种不对劲的情愫从心头涌上来。对，就是这种不对劲的玩意儿，困扰了他的生活。

"嘿，你应该有事吧？"老二追下去问道。

巧云转头，眼泪在眼眶里打转道："我相亲不成了。"

"为什么？"

"我，我看不上他。"巧云的声音带着哭腔。

老二在心里笑了。这种自欺欺人的话，骗不过敏感的老二。老二窃笑，像一个找到窍门的小偷。

"你跟我一块讨蛏子吧，我那蛏埕里多得讨不完。"老二叫道。

巧云回头看了老二一眼，点了点头，擦了一把脸上的泪痕。

"别伤心，唱首歌吧，唱完眼泪就没了。"老二因为开心而诙谐起来。

"你怎么知道我伤心。"

"你的伤心挂在脸上呢，我又不是瞎子。"

"我一伤心你为什么就那么开心？"

"是吗，我也不知道呀。"老二嬉皮笑脸道，"所以你还是唱首歌，跟我一样开心嘛，你的声音好听得不得了呢。"

"谁说的，骗人。"

"这还不相信我，什么声音好听我最清楚。我们村敲锣的草鞋三的声音，像老鸹，我一听就想捂住耳朵；我爹的声音像狼嚎，那种想吃人的感觉；我爷爷的声音好奇怪，不像任何一种动物，也不像一个人发出的，好像神的感叹；我弟弟船仔的声音，像鼠崽的声音，虽然好听但是嘈嘈杂杂……"

"那我的声音呢？"

"你的声音就不得了了，像滴滴鸟叫的声音，它每一句都是有乐音的。你平常说话的时候，好像是琵琶之类的弹拨乐器发出的声音；当你笑的时候，好像是二胡之类的拉弦乐器高亢的声音；你伤心的时候呢，好像葫芦丝一样的吹奏乐器。虽然说我不愿意你伤心，但是你一边伤心一边说话的声音，真是好听极了，有好多种器乐在里面呢。当然，你要是唱起歌来，就是最好听了，这乡村野外真没有人能唱歌的。"

滴滴鸟是一种筑巢在苇草之间的小小鸟，个子极小，飞的时候尾巴一翘一翘的，受惊的时候滴滴地叫着，那声音又细又碎又尖，且又短促，惊鸿一瞥，还没回味，声音已绝。

巧云被老二说得又哭又笑，道："真是贼耳朵。你懂那么多全用来胡说八道，好像我身上藏着百十把乐器。我可唱了，不好听你也别说我。"

他们俩蹚过港汊。巧云一边从泥巴里拔出腿来，一边艰难地唱了一首《泉水叮咚》，那也是耳熟能详的一首歌。老二傻傻地盯着，像一个流着鼻涕聚精会神地吮吸着糖果的农村孩子。

"孩子到年龄，就懂事了，老二现在多勤快，以后你可别对他骂骂咧咧的。"月明给老二盛了一碗番薯米，眼里流露出疼爱，跟兆文说道。

兆文像嫌弃狗屎一样嫌弃老二。月明希望父子俩能够冰释前嫌。

"看着死气沉沉的样子，不像懂事了。"兆文喜欢朝气蓬勃、乐观向上的孩子，他对师海就极其满意，即便师海现在在家吃闲饭，也不知道下一步该怎么走。

"现在滩涂里的活不是他在干吗，怎么还叫不懂事？"月明愤愤不平道，"总不能他不爱说话，你就认为他是哑巴。"

"好，懂事的话，冬天就帮我把蛏埕都涂了。"

涂蛏埕是个技术活，又是体力活。一个能涂蛏埕的孩子，就是个干活的行家里手了。

"那你好好教他，老二这么聪明，只怕比谁都干得好。"

老二的转变使得月明大为惊喜，并抱有很大期待。这一家子都能和睦相处的话，即便饭都吃不饱，也是美妙不过的事。

老二无动于衷，好似父母谈论的话题与己无关。爷爷慢慢地嚼着饭，看了老二一眼，意味深长。

饭后，爷爷左手挎起一个虎口竹筐，右手攥了一把长柄粪刀，慢悠悠踱出门。在门口的时候叫了声："老二，跟我一块出去。"

老二理了理自己的衬衫，他是个爱洁净的孩子，补丁累累的服装，也要穿得齐整。老二犹豫道："我都多大了，还让我跟着拾粪。"

爷爷能干的活儿，就是拾粪，多是叫船仔跟着，久而久之，船仔也是一把拾粪能手，牛粪猪粪鸡屎羊屎，老远就能闻见。老二觉得自己长大成人，不屑于拾粪这种行当。

"你不拾粪，我有话跟你说。"爷爷严肃道。

爷爷手里的粪刀是一把生锈的柴刀改制的，手柄很长，不管什么动物的粪便，爷爷都能精准地刮进筐里而不沾上过多泥土。

草鞋三迎面走过，见了爷爷道："我刚见到坂尾池塘路口有一坨牛粪，新鲜得很，赶过去还捞得着。"

爷爷慌忙疾步走，老二在后面跟着，不耐烦道："爷，你有什么话跟我说？"

爷爷边赶路边没好气道："把牛粪拾了才有闲说。你这败家子，不尊重粪便便罢了，还把屎往别人家粪池里拉。"

庄稼一枝花，全靠粪当家。当时极少有化肥，自家的地里，主要是自家的粪坑，勤俭的人家，不论多远屎尿急了，也要赶回自己的粪池里拉。爷爷曾看见老二蹲在别人家的粪池里拉屎，气坏了，对此一直耿耿于怀。

果然，草鞋三之言不虚，有一坨新鲜的牛粪挡在路中间，甚至能见到热气。爷爷露出我见犹怜的眼神，摘了几片野芋叶垫在筐底，把牛粪一勺一勺淘进来。珍爱之情，溢于言表。

"老二，你中了邪吧。"爷爷因牛粪带来的满足感，口气柔和了许多，但声音依然是沙哑的，让老二觉得爷爷颇为神秘。

老二心里一惊，表情却依然平淡，道："谁说的，我正常得很。"

"你是一把懒骨头，现在却勤快得不像话，绝对有鬼哩。"爷爷慢条斯理道。

"我娘说我懂事了，勤快了，你没听见吗？"

"三岁看大七岁看老，我知道你的德行。你娘宠你溺你，愿意往好里看，你们几兄弟，我还看不出是牛是马！"

"那你要我怎么的？"

"你要是有鬼，得把鬼放出来，若把小鬼养成大鬼，就要出大事啦。"

"你咋知道我心里有鬼？"

"活到爷爷这把岁数，看人不看面，专看心呢，你已经心不在焉，神不守舍，爷爷能瞧不出？"

元丰终于把整堆牛粪淘到筐里，分毫不剩。过于专注，额头上起了细密的汗珠，他用袖子拭了一把，坐在路边的石阶上，从衣袋里拔出旱烟枪，爽爽地吸了一口。伢累扛着锄头卷着裤管经过，睁着两只牛眼叫道："这坨牛粪，只怕能长出十来斤红薯。"

爷爷吐了口烟，爽朗道："那可不。"

"指定是我家的牛拉的，到时可别忘了分我红薯。"伢累粗声粗气道。

"你长了一颗贪心，连屎都会说成自家的。"爷爷笑道，"你家那头牛瘦得跟狗似的，只怕吃得都没你多，要拉这么一大坨屎，想都别想。"

伢累撇着嘴愤愤不平道："瘦牛拉大屎就不能吗，太小瞧牛了！"不服气地走了。

老二隔着牛粪三尺，欲言又止道："爷，我没鬼的，就是喜欢去江上吹吹横笛，自在，我就不喜欢混在人群里闹心。"

元丰抽了几口咽，叹了口气道："你这孩子，明明是扛锄头的命，却喜欢吹拉弹唱，你这是自个儿跟自个儿的命较劲呢。"

"那我走了。"老二巴不得完结。

"你可记住了，心里有鬼的话，得把鬼放出来。"元丰哑着嗓子叫道，最后几乎听不见。

下了一场十来天的雨。老二躲在二楼的屋檐下看雨，心里都长毛了。麻雀也躲在屋檐下避雨，在房梁间翘着尾巴，或者窃窃私语，或者听着老二的笛声入神，在木梁下留下白色的屎斑。老二摸了摸自己的下巴，发现绒毛硬了。

冬至后的第三天，久违的太阳出来了，阳光像婴儿拉出的屎，黄黄的，薄薄地摊在地上。地上的水痕不多久就干了，空气中滞留许久的霉潮味也人间蒸发，取而代之的是阳光的香味儿。村里响起了鞭炮的声音，今儿是个好日子呀。

阳光下的潮涨潮落，亲切又悠远。冬日的滩涂颇为寥落，但这么耀眼的阳光下，螃蟹、弹涂鱼、跳鲌等还是从深洞里赶出来，在泥土上纵横嬉戏。巧云从远处走过来的时候，老二觉得心里像一朵花渐次开放，越开越大。他从未有过如此心跳的感觉。

这么长久的分别和想念，使得他们明白了一个道理，他们的心都被对方占据了。

棚楼里，稻草的潮气被太阳一晒，氤氲弥漫，并且有一种热乎乎的稻草香。老二搂着巧云，在暖洋洋的稻草垫上亲了一个下午，舌头都麻了。

这是老二的初恋，来得突然而不知所措。他用略有硬度的唇毛摩挲着巧云的脸蛋，使得巧云也如痴如醉。即便如此，这已经是石破天惊的举止了，巨大的叛逆感和莫名的恐惧，让他们久久地依偎沉默。倘若被任何一个人看见，都是有失伦俗、大逆不道的行为。滩涂上潮水早已经上来，除了江边的鹭鸶，并无他人。高处露出水面的红树林和芦苇，与江水缠绵晃动。而远处的岛屿，似乎也浮在江上。

日落的时候，处于昏迷状态的巧云复活了。她害羞地探出手，从老二的胸口摸了进去，摸到老二一排叮咚作响的肋骨，喘着气儿继续往下。她像一座沉睡已久的冰山，在涌动的春意中，冰山从内部融化，潺潺的流水抑制不住地流淌。她十八岁了，比老二显得成熟。

老二心中经历了冰火撞击，在馟人的甜蜜之后，涌起淡淡的苦涩——他初次发觉自己的心原来可以如此敏感。他突然一把搌住巧云的手，闷声道："你该回家了吧？"

"不，不回。"巧云喘气道，"我要一直跟你在一起。"

老二一阵心颤，一把将巧云推开，道："我不能。"

巧云惊愕，本来如沉浸在甜蜜中的一朵花，蓦然间一阵簌簌抖动，道："为什么？"

"本来我不想说的。"老二痛苦地揉着自己的头发，似乎喘不过气，道，"但是不说我骗不过自己，如若那样，也是无趣的。"

"你心里有别人？"巧云情窦初开，但亦有女人天生的敏感。

老二似乎被心结堵住，不论是呼吸还是说话，都显得困难。他不情愿地摇了摇头。

"不是有别人，是心里有鬼。"老二道，"你想我说出来吗？"

巧云犹豫片刻，流泪道："不管你说什么，我都是爱你的。"

"不，你是在骗自己，也是在骗我。"老二严肃道，"你记得吗，当你说你要回去相亲，那副喜悦的样子，你不知道我多么失落，甚至痛心，觉得自己身上失去了一块肉。你后来喜欢我，是因为你相亲不成，把我当成心目中的那个人，我只是个替代品，是不是？"

老二一脸郑重，显然，在他心中，这个问题极为严肃，巧云愣住，她想争辩，但张口无言，嘴巴张开一半，突然放声大哭，哭了两声，才道："你不要我，就直接说吧——呜呜……"

她跑了出去，挂着眼泪，茫然无助，在堤上望向四处，暮色苍茫，村里传来鞭炮声。她双腿像被鬼拖住一样，一步步下了土堤，往江上走去。海水涨堤了，轻轻涌动，散发着热气，岸边偶有浪花。巧云一下水，像一只水母一样漂走了。

老二急了，连滚带爬下了棚楼，扑通跳进水里，像青蛙一样蹬了几下长腿，一把抓住巧云的手往岸上拉。巧云还在挣扎，老二昂头叫道："你再折腾，连我一块都淹死。"巧云也是无力了，顺着海浪被老二揪到岸边，两人喘着气，打着哆嗦，慢慢儿搀扶进棚楼。风吹在湿透的衣服上，实在太冷了。

巧云蜷缩着在稻草垫上，湿淋淋的，像个刚出锅的人肉粽子。老二道："把湿衣衫脱了，要不然冻出病来。"

巧云赌气道："我不脱。"

"你不脱我可脱了。"

老二把衣裤脱了，拧干，挂在窗户上，风一吹突突响动。只剩下一条裤衩，瘦长的身材倒像一只站立的虾蛄。老二看巧云发冷，拥住她道："我爷爷说，心里有鬼，就要说出来，要不然小鬼变成大鬼，可就要命了。可是我说出来，也还是差点要了你的命，真不知道如何是好。"

"你胡说八道。"巧云泪汪汪地斥责道，"我说要看亲的时候，连个人都没见，心里哪有那个人。我只是气我爹，他怕人家看不上我姐，把我做了替补。我心里憋屈，赌着气想让自己早点离开家，我想换个地方生活。"

老二心中一宽，喜道："原来这样，那后来你姐是相上了？"

"说实话，看亲那天，我看他还蛮顺眼的。我想反正迟早要被我爹嫁出去的，他才不管对方是不是缺胳膊少腿，反正就像泼出去的水，只管泼出去就是了，也许这个还算是不错的选择。心里有这个念想，但谈不上爱不爱的。可是后来，他选中的是我姐。"

巧云说着，已经泣不成声了，伏在老二胸前，两行热泪烫着老二的心胸。

老二叹了口气，命运有时是一笔糊涂账，谁又能算个精准呢。

"我错怪你了，那你爱我必定是真实的了。"老二轻轻叹息，但还是略带了一点儿疑问。他多疑和敏感到如此地步，亦是在初涉情场之后才有自知。

"谁知道你那么小心眼。"巧云吸了口鼻子，悲伤逐渐平息，道，"我在家就是一件干活的工具，即便是看个露天电影，哼几句歌儿，我爹都会说，女孩子这么骚，以后谁肯要的，好像我是一件不能脱手的旧家私。只有你说我说话又好听，唱歌又好听，举手投足都能瞅出个花样，我想我就死在你手里算了。"

老二拥着巧云，并且把她的衣服生生地剥下来，拧干，晾在窗上。两人因冷而团抱在一起，像两只不带壳的蜗牛。毕竟是两个少年，身子刀片一样，互相硌得疼，在疼痛中挥霍着孤独带来的深情。天色越来越暗，只有江上来的风有一点点暖意，村庄里星星点点的灯火闪烁不定。

"你爱我吗？"巧云哆嗦着问道。

"我都没法说怎么爱了。"老二凑着她的耳朵道，"我怕你冻坏了，你的衣服半干了，回去吧。"

"不，我想陪你。"

"村里还有炮仗声，恐怕是哪家在办喜事，你去混点东西吃吧。"老二又冷又饿，感觉身上没有一丝的能量了。

"是我姐大定的日子，我绝对不回去的。"巧云愤愤道，"我们就在这儿过夜。"

巧云极端的叛逆让老二着迷，这也是老二体内潜伏的东西。他们俩都觉得自己不属于村庄，他们的未来应该在别处。

大定的日子选在年前，结婚的日子选在年后，这门亲事就紧凑了。有条件的人，总是把婚事做紧凑，一来早抱上儿孙，二来也是节约之计。没条件的人家，订了婚，迟迟不娶，光是端午、中秋、春节三节的送礼，猪后腿是必备的，外加粽子、月饼等，使人不堪重负，但礼数是不能省的。

大定这天，陈武功这边备足聘金、衣料、猪肉、线面、礼饼，八个榀杠十六杠夫，场面颇足，一路引起不少人侧目。那路人一见这阵势，便知道是家道殷实的人家，有面儿的，评头论足，眼神多了几分艳羡。陈立春穿着蓝色呢子中山装，尽显精气神，也多了一分成熟，脸上的表情，喜庆之中却又有一分阴郁。

到了池家，鞭炮等候，叭啦啦一阵炸响，将八榀杠定礼迎了进去，摆在厅堂。定礼中的礼饼与糖果，即刻被分发给左邻右舍；猪肉和线面，则分给舅、姑、姨家。春花嫂把男方送来的两只公鸡递给雪来，雪来收了一只，将备好的一只未下过蛋的小母鸡递给媒人。媒人将两只鸡的脚上扎上红绳，俗称红线羁脚，寓意处男处女从此缔结连理。新人才有资格用红线，若是续弦或者再嫁，则是菖藤。小孩子纷纷拥来捡鞭炮，左邻右舍趁机过来看定礼，啧啧赞叹，其实是来看准新郎，斜眼偷瞟，嘴上闭着，心中早议论开来。有的忍不住，偷偷地跟巧容说了些什么，心好的直夸这子弟俊朗，心窄的就会说几句闲话，说此人面相阴郁，以后少不得拌嘴，得悠着点儿。今儿巧容虽是主角，但她还是不改勤快的本色，作为一家之主妇忙来忙去。母亲雪来正怀着孕呢，父亲将她当宝贝一样，不让妄动，巧容相当于代替了母亲的角色。左邻右舍能干的妇女们早已拥来，泡茶的、洗菜的、帮厨的，叽叽喳喳，准备着宴席，一派繁忙的喜庆。

抬杠的男子，都被女方家称"舅舅"，陈立春与舅舅们端坐品茶，一个个谈笑风生。根水陪坐，眼见着陈立春变成女婿，算是半个儿子了，不由得喜笑颜开，谈问着家里有几亩田，多少滩涂，年产多少之类的话题。陈立春心不在焉，瞅来瞅去，四个姐妹里就巧云不见了影子，心里多少有点忐忑，又不好问。主家开始招呼客人上座了，终于忍不住，问道："今天这个日子，巧云妹妹怎么没见，要不要叫她来吃席？"

根水道："一上午就不见影子。昨儿还跟她说了，今天大日子，要帮活呢，她偏偏就来跟你作对，女儿不中用呀。"

陈立春心中一动，问道："莫不是生谁的气了？"

"她有什么气可生，吃家的，喝家的，什么都不管，还倔起来了。"

"上次看亲，她做了替补，可是生这个气？"

"那有什么可生气的，我是很重视跟你的这门亲事，便做了安排。"

"她会觉得……总不是滋味吧。"

"哎，我生她养她，这么安排她，没毛病。"

宾客入座，菜以肉、海鲜为主，猪脚冻、大块肉、章鱼、芹菜海蛎、蛏肉爆蛋、菜花等，酒是米酒，摆了四桌。根水坐在主座，给宾客敬酒，陈立春一口喝下，一种苦涩从舌根弥漫开来。

他心里有种不祥的预感：巧云会去哪里？

与巧容相比，巧云的形象深入他心。巧容是大大咧咧，忙于家务，但是巧云有一双会说话的眼睛。看亲的时候，虽然他没有跟巧云说过半句话，但觉得眼神已经交流颇多，心里也笃定了，就是巧云了。那一时间，他觉得命运对自己太眷顾了。生在一个殷实的家庭，挟带大村的威望，获得如此的待遇，真是人生意想不到的。古代大概只有皇子，才有选妃的资格。他跟父亲陈武功从碗屿村出来，与来时已经心情不同。来看亲的时候是忐忑的，自己如一个少年去远方，既有兴奋亦有不安；回去之时，心里已经揣着一个女人，感觉自己已然长大，是个有女人的男人了，那种底气和要成家立业的感觉自是非比寻常。

"满意吧？"陈武功问道。

"嗯。"陈立春点了点头。

父子俩走到斗门桥，海风在此处聚拢，特别凌厉，说话都要提高嗓门。

"成的话就把这事给定了，我手头备有你娶媳妇的钱，明年开春结了婚，你分家去，了了我一桩事。"陈武功道，"我看那姑娘里外都是一把好手，能给你整出个新家来。"

陈立春心中一惊，道："爹，你相中的是哪个呀？"

"那还用说，大姑娘巧容呀。"陈武功道。

陈立春慌了，舌头都不利索，道："爹，你搞错了，我相中的是二姑娘巧云。"

陈武功长得孔武威严，两眼瞪了儿子一眼，鼻孔像牛一样出了一口气，道："胡说八道，二女儿长得跟水草似的，一看就知道是根病秧子，那能要吗！巧容多壮实，又勤快，你看她就没闲过，娶过来只怕比你能干多了，这才是我们要的儿媳妇。"

立春被说得哑口无言，嘀咕道："可是，我喜欢的是巧云。"

"你说得可轻巧，娶媳妇，花那么大钱，得娶管用的。你说你喜欢，喜欢能当饭吃吗？娶回来，干活不利索，持家不利索，管鸟用。我瞅着那二姑娘了，缩在房间里，扭扭捏捏，手没抬一下动一根稻秆，全是她姐在忙活，这种姑娘恐怕只能娶回家吃白饭。"陈武功还算耐心，胸有成竹地说起道理，"我是过来人，知道娶什么样的媳妇不后悔，这事你就听我的，别折腾。"

陈立春知道父亲的脾气，这样再争论下去也无意义。他这才意识到，自己以为看亲是看中一个喜欢的女人，父亲的意思却是找一个能干的女人。

立春闷闷不乐地回来，心中着实不甘。他心想，早知如此，还不如不要二选一。

与巧云那几下眼神的交流，不断地在他脑海里出现，他心中五味杂陈。家里人和左邻右舍都晓得他看亲回来，齐声祝贺，立春嘴里像刚吞进去蜜包着的屎。

过了几日，立春再次怯生生地跟父亲道："爹，我还是想跟巧云结婚。"

陈武功冷冷道："没想到过这么几天了，你还没想通。没门了，我已经跟媒人说了，要的是巧容，这是不容改变的。"

"这样的话，我就不结了。"陈立春低着头，说出这样的话，掌心里都冒出水了。

"那好呀，你准备当一辈子光棍的话，我还省了这笔钱。"陈武功冷笑道，"把你养这么大，没让你干什么重活，现在却懂得爬我头上拉屎了。"

这场冷战持续不久，便知是胳膊扭大腿的战斗，以立春的屈服而告终。这一役，也使得他明白，自己之前很大程度上生活在一个假象之中。自己的优越感、自由感，在村中受到的尊重，完全来自于父亲的威望。在自己离开这个家之前，一切都掌控在父亲的意志中。自己敢与父亲决裂的话，落个一辈子光棍倒是有可能。

他努力忘掉自己与巧云的那些眉来眼去，就当作没有发生一样。但是很显然，对于自己的选择，巧云会怎么想呢？会不会伤害她呢？这一天巧云的失踪，证实了自己的判断。这个大定的日子，他心中纠结不已。

过了春节，风水先生掐指能数出的好日子，都在下半年。对于陈家来说，这不连贯。便找了一个最近的好日子，是三月十八，仅仅是春节过后一个月。这一气呵成的婚嫁仪式代表一种霸气。巧容对于这门好亲事宠辱不惊，忙活着好像是别人结婚似的，到了临近婚期，才去学了两天哭嫁歌。临嫁那日，新娘梳妆打扮整齐，躲进闺房不出门，在房中哭房；临出发，便唱哭嫁歌。歌的内容是旧时流传下来的，十分凄婉，哭诉父母年老、弟妹尚幼，养育之恩未报，此去生死离别，又将男方骂得一文不值，声调悲惨，闻者落泪。

哭嫁完毕，鞭炮声响，便由伴娘们打伞相陪，跟着男方派来的迎亲队伍，一路逶迤而去。伴娘也叫"姨"，是由自己的姐妹和闺密担当。按理来说，池家的三个妹妹，都要陪姐姐去的。老四巧月太小，走不了那么长的路，送到村口便可以回来。而老二巧云和老三巧清是要送的。临了，却找巧云不着，大伙急得到处叫喊，愣是不见人影。巧容哭道："我大定的日子你不见影子，现在又给我躲起来，我这是欠了你多大的债呀。"刚刚哭完的眼泪又渗出来，自是伤心不已。时辰已到，迎亲的队伍已经开始走动，前头人在催促。三妹巧清恨恨道："她不想来就算了，不是有我给你撑伞吗！"巧容道："她平时闹什么脾气我都不见怪，今天是我的好日子，一辈子就这一遭，她给我来这一出，我能不伤心吗？"巧清脆生生道："那是她的不对，你也犯不着伤心，回头爹总是会教训她的。"众人也都催促上路，说你先走，我们找着就赶来。巧容不得已，回头看了看，泪眼涟涟地被众多姑娘拥簇着走了。

新娘一走，家里顿时安静许多。一些远道来的亲戚，围在灯下嗑瓜子说闲话。舅妈到楼上房中收拾床铺，突然发现巧云正埋在被窝里，对楼下叫道："巧云在这里睡着呢。"根水和雪来赶紧上来，雪来道："你姐应该就到村口，你赶紧赶过去。"巧云把自己蜷缩成一团，道："我不去，我生病了。"根水一听就生气，道："一整天都没事，怎么说病就病了，明明是有心做鬼，快给我赶去送亲。"巧云把头埋进被窝，赌气道："你就打死我吧，我也不去。"根水气得要挥拳，雪来挡住，用手摸了摸巧云的额头，道："我见她一整天闷闷不乐，兴许是真的病了，不送便罢了，让她睡一睡吧。"根水恨不过，道："你越顺她，她就越装神弄鬼的。"巧云把全身埋进被窝，像一只乌龟，躲进厚厚的壳里。

次日，雪来叫巧云起来干活。巧容出门了，家里还有客人，虽然还有邻家的帮忙，但巧云也得干起活来。巧云懒懒地起身，还是一副病恹恹的样子。雪来道："你若是真病了，就去吴先生那里看看，这样病恹恹的可不行。"巧云不愿意去，还是被雪来拉到吴先生的小诊所里。吴先生是赤脚医生起家的，"大跃进"时期用羊屎当药丸治浮肿，资历相当深的。吴先生的诊所很小，柜台里整了一排老掉牙的中药柜子，更加拥挤。但柜台外放了一条长凳，供老少们一边闻着中药味一边唠嗑，也算一处繁华之地。

吴医生给巧云把了把脉，问了年龄。雪来道："她体质本来就弱，我看是受了风寒了，整天跟瘟鸡一样，开服风寒的药。"吴先生皱着眉头道："你能看病了，还找我干啥？"雪来不吭声了。吴先生最怕有人损他的权威。

他望闻问切一番，皱着眉头，在方子上写了两味药名，叹了一口气，又涂掉，重新写方子。写了六七味中药，称好，匀了三服，包好。雪来忍不住问道："治哪个病的？"吴先生道："莫问莫问，跟你讲也不明白，服了再说。"一旁坐着的闲人也帮腔道："先生的秘诀，我们听了也是不懂的。"

雪来撇了撇嘴，对吴先生的神秘莫测显然不满，挺着肚子拿了药，牵着巧云出来。那巧云大概是闻着药味不适，蹙着眉头走到门口，干呕了一声，扶着门框，并没有东西吐出来。

吴先生愣了一下，似乎顿悟，叫道："回来。"

巧云痛苦地扭头转身，吴先生摇了摇头，指着雪来。雪来像只企鹅踱回吴先生的柜台，吴先生从柜台里探出身子，附着雪来的耳朵悄声道："有可能是喜脉。"

雪来瞪眼驳斥道："胡说，她可是黄花闺女。"

像一颗鞭炮在水里炸开，坐在长凳上的老头老太们都竖起耳朵，在封闭的生活中求得一点波澜。

第七回：拳斗

　　陈武功巡视大厝，一派繁忙景象。前后大厅摆了八桌，远远不够，把邻厝也摆满了。主灶设在自家天井，帮厨的人忙忙碌碌，洗菜的，杀鸡鸭的，洗猪肉的，洗海鲜的，湿漉漉，热腾腾。上得了台面，让人津津乐道的酒席，炒海参、炒鱿鱼、鱼皮酸辣汤、对半蟹、芙蓉肚、炒干贝、炒虾仁、炖鸡汤、什锦果、红枣桂圆甜汤等必不可少。陈武功在菜肴上也是豁出去，必须周全。喝喜酒的亲朋好友陆续到来，小孩们遇上这种大喜的日子最是欢快，有得吃，有得玩，到处都是他们的声音。城里的亲戚也不少，衣着斯文光鲜，甚是给酒席添彩。陈武功突然想起一人：要不要找人叫他呢？寻思片刻，想想不妥，还是算了。待喜事办完，自己进城，给送几块喜饼，礼节也够。

　　帮厨的精瘦汉子老七举着一只赤裸裸的鸭子叫道："没水了没水了，挑水的紧着点。"挑水的鹭鸶嫂刚把两桶水倒进缸里，就被众人舀得差不多了，道："排个队一个小时，你让我怎么赶紧呢。"

老七道："要是这样的话，今晚的开席够呛，是吧，大师傅。"大师傅正在锅里烫肉皮，一手拿着长勺，嘴里叼根烟，眯着眼睛道："我在周边十里八村做厨，都是怕食材不够，一到你们麒麟埒就怕没水。大东家，你得想想办法，要不我看便饭都得挪到开席去了。"

婚宴席得六点多新娘到了开始，席前亲戚朋友还要吃一顿便饭，说是便饭，也要荤素齐整，不省事，不过菜价比正席便宜得多。

陈武功道："师傅你别操心，水的事我自然会应付。"

今天负责挑水的是鹭鸶嫂和蠢货，陈武功自己也挑两个桶，带着两人来到井边。村头四角井是村里唯一的一口井，井边石条围四角，井边磨出百年的磨痕，地面石块铺设，洁净古朴。十来个挑水的人正在排队。井中并无泉眼，而是依靠水泥管引水，从井边流入井中。也就是说，四角井其实是一个蓄水井。

在海岸村庄中，麒麟埒的形成比较特殊，沿海村庄要么是岛屿，要么是靠山临海的坡地，称坂，但是麒麟埒所在之地，原来是茫茫大海，有一条深水港，称为南港。在洋流与时间的作用下，慢慢地淤积成浅滩，高处成为土墩，面积在不断变化。元末明初时，陈姓祖先从对岸的王坑搬到这片辽阔的浅滩上谋生，在海水淹不到的土墩上劈草搭寮为居。从山顶往下看，譬如一匹麒麟卧于屋里洋上，故称麒麟屿。先民在此处讨小海以及捕鱼极为方便，靠鱼虾换取粮食度日。人口发展到二十来户的时候，就围海造田种植番薯、水稻和蔬菜，围塘养鱼。其后在清朝的数百年间，特别是康乾时代，不断增高的数千亩沃土上，吸引了诸多大户商贾前来围垦，使得麒麟埂向四面发展，与岸边王坑村相连起来，不再孤零零漂浮海上了。

麒麟埂四面环海，又无高山，自然无淡水。先祖采用竹排到王坑运泉水，潮起潮落，度过数百年。到了明朝景泰年间，达到八十户，三百六十余人，其时，詹姓祖母从王坑嫁到麒麟埂，娘家为大户，陪嫁为一口泉水井，在王坑村边，王坑人不得用。麒麟村人决定，选用毛竹三百六十根，打通竹节，首尾相连，引水至麒麟屿。麒麟屿中打一口蓄水井，即四角井，这才告别了竹排运水的生涯。但是毛竹经过烈日曝晒，风吹雨打，断裂、漏水时有发生，经常停水、缺水。且毛竹风化后，流经的水变了味道，外地的亲戚喝了，直叫难喝。清朝乃至民国以降，人口增长很快，饮用水一年比一年缺乏，其苦难言。特别是碰到干旱的双抢季节，用水量大，流水量变小，争水打架时有发生。井边白天黑夜，都是挑水的排队长龙，很多人家需要透夜不眠，才挑得两桶水回家。自古有云："有女不嫁麒麟埂，没柴没水现世穷。"在麒麟埂，借水要还，借盐无还。

为了适应缺水的日常生活，各家各户都备有大水缸一个或者两个，每家大木桶两个，家家把木桶吊起来，桶底不及地，保持洁净。在用水上，也有节水的方式，比如洗澡不用井水，用池塘的水，下雨时，用桶缸盛水待急用。洗脸完毕，洗脸水不倒掉，用于洗脚与洗头一遍衣裤。

排队等水，是最热闹的场面。但是如果看见陌生客人来挑水，便会让客人先来一桶（不是两桶），算是待客之道。因此，来得熟的客人，往往一到主家，便挑起桶去四角井取水一趟。

竹筒流水直到六十年代，实在是影响生活，村中按照人口分摊出钱，加上政府补贴，抽调劳力，制作水泥管道三百五十六条，每条四米，代替毛竹。水量增大，但排队等水依然存在，而且水量依然紧缺。

七十年代，有民众带头出面，各户筹款，准备从仙艮半山腰引水，再建一井。仙艮山这边是王坑、麒麟屿，那一头即是增坂村，顶上叫仙顶，有一棵巨大的榕树。在资金、材料备好的情况下，老人权威出来干预，威胁道："祖上有交代，四角井不能加深，不能扩建，更不能新建水井。倘若违反祖规，导致村中不太平，谁出主意谁要负责。"由于族规家教严峻，村民又十分信奉，导致无人敢向前一步，好事多磨，就此烟消云散。

陈武功带着两人，来到井边，排队的队伍，多是妇女居多，便清了清嗓门道："各位自家人，今天我儿陈立春大婚，摆了十八桌，做席用水厉害，家里断水了，请各位看在我的面上，能让我先挑三担回去，我谢谢各位了！"

陈武功说着客气话，一脸威严，队中的人看他脸面，即便心中不情愿，嘴上也不敢言语，诺诺地让他。陈家三兄弟，在村里算是厉害人物，一般人不敢不给面子。队中有一个少年，叫陈石头，瘦得跟麻秆一样，裤子上只剩两颗扣子，头发乱乱的，却一脸桀骜，看见众人退后给陈武功让道，径直挑担上前道："陈立春结婚重要，我娘在家饿着肚子等着做饭更重要，我是不想让你的。"

石头是他的绰号，意思就是性子倔得很，直来直去，跟石头一样硬。

陈武功当众被驳了面子，十分不悦，道："石头，我家办喜事，你就不能随心让一下吗？"

"办喜事跟我有什么关系，我娘饿着肚子等我挑水做饭，那才是天大的事。"

石头不加理会，便直接上前落桶下井，丝毫不顾情面。

陈武功心中有怒道："好，各位让着先的，我都记在心上了。石头，有你的，以后别把短处落在我手上了。"

石头翻着白眼撇嘴道："我又不怕死，你吓唬我干吗。"

众人哗地笑了起来。石头让他合情，不让他合理，没啥可说的。陈武功无语，不过心中暗暗生气。

石头的父亲在"文革"中搞迷信活动，被干部绑到祖厅批斗，被乱棍打死了，就娘儿俩一块生活。这石头，说不懂事，那是天不怕地不怕，什么事都敢干，什么人都敢得罪；说懂事，倒是挺能干，种菜讨鱼，挑水割稻，侍奉母亲，一点都不含糊。这样的人，陈武功一时也是没有办法，让他先挑了水，自己三个人这才接上，急急回去解燃眉之急。挑水事小，损害权威事大，石头的账，陈武功可是算在心头上了。

五点，送亲队伍到路口。一个小时的路程走了近两个小时，走在送亲队伍前头的是神汉陈五妹，沿途路过大小宫庙，均由他点香祷告，祈求神灵保佑新人平安。房前路口有三个小男孩，分别是立秋、庆回和庆鱼，打了灯笼，拿着铜锣和炮仗，见着新娘，赶紧放炮、敲锣，并回家报告新人到来。家里鞭炮爆响，唱班人员坐在厅堂两侧，得知时辰到了，鼓乐齐鸣。大门两边聚集着看新娘的人，人头攒动，仿佛鲫鱼争食。新娘由两个青年女子搀扶，身着"好命娘"（指的是已经当了祖母、本人夫妻健在，家中儿孙三代同堂的女人）穿过的连襟黑棉袄和红丝帕，并用红丝帕将剪刀、木尺、老皇历、铜镜这些物品捆扎，挂在胸前，另用五色线连缝衣针穿一串桂干挂在胸前，迈进门口。好命娘在厅堂往天井撒五米，口称"人未到缘先到"，众人齐声附和，热闹喜庆之气，溢满乾坤。待新娘走到厅堂，好命娘将米筛罩在新娘头上，同时脱去新娘身上的黑棉袄。众人移香案于堂前，一对新人跪了三拜，即是拜天地；再移香案于厅堂正中，跪拜祖宗，最后再拜父母。此地风俗，并无夫妻对拜的形式。行礼完毕，新娘被送入洞房，坐在新床床前，身后放一盏斗灯，两旁放两盘"黄金树"，由两位小姑娘陪着。不一会儿，好命娘进来，给新娘吃豆腐煮红糖"开口"。媒人提早带来的新娘马桶里，放着两颗橘子和一个红包，一个亲戚小男孩被叫了过来，当众往马桶里撒尿，红包与橘子则归男童所有。与此同时，新郎在厅堂上，接过好命娘传来的新娘钥匙，当众开柜，柜子里有一个红包和柚子，看热闹的众人哄抢。这些仪式完毕，随即摆桌上菜，喜宴开始，红光满堂，一片沸腾。

今天的排场，着实是令陈武功满意的。酒席不仅是吃的，更是用来谈论的，桌数和菜品，都代表着一个家族的实力与威望，可以让人津津乐道。酒过三巡，他带着病恹恹的妻子与众人敬酒道谢。妻子仙香先天气血虚，每月崩漏，瘦成一棵竹子，平时恹恹无力，重活更是干不了，今天穿了新装，略显精神。另一方面，陈武功对于娶进的这一门儿媳妇，着实满意，增添几分兴奋，十八桌一一敬过去，颇有些醉意了。酒是上半年就已经酿了四坛，其中两坛还是重酿，喝到嘴里，余味醇，后劲大，会品酒的宾客赞叹不已。

宴毕，宾主尽欢，连夜赶路回去的人，与主人告别，在主人的挽留声中，搭伴举着手电筒而去，一路上聒聒噪噪，说着半醉不醉的话。留宿的妇女和孩子，也各自挤在安排的通铺里，吵闹不已。一伙立春的朋友，酒足饭饱，在猜了"大发"拳之后，拥到新房里闹洞房，变了法子为难新娘新郎。陈可法是这一伙后生仔的头，喝得面红耳赤，舌头都打结了，叫新郎新娘亲嘴。那巧容比较腼腆，坚决不肯在众人面前献丑，扭捏着不干，陈可法一把按住巧容的脖子，让他们脸贴脸。巧容手劲儿大，一抬手反撩陈可法，陈可法醉晕晕一个趔趄，直接扑在床上，肚子顶到床沿，哦的一声，把崭新的红被子吐了一床，酒臭熏人。众人大叫"吐了吐了"，掩着鼻子叫人拿水进来拾掇。

立夏站在门口瞅得仔细，过去一把将陈可法半扛着出来，道：

"我送你回去吧。"陈可法趔趔趄趄扶着立夏的肩膀，半醉半醒，嘟哝道："洞房才开始闹的，我不走。"立夏道："不闹了，再闹下去新郎新娘没床睡了。"

陈可法不情愿地被拖出去。穿过两条巷子后，陈可法被放了下来，坐在石板路上，靠着砖墙，四周黑暗，但有隐约的星光。陈可法道："我自己走吧，我又不是废物。"立夏一阵拳头砸了下来，陈可法蒙了，软塌着身子起不来，用手臂遮住头部，哭爹喊娘道："你干啥打我呀？"立夏本来歇下来了，听了他的哭号，又怒了，道："连为什么打你都不知道，是他妈没打够。"又是一顿乱拳，叫道："还不知道？"陈可法叫道："知道了，知道了。"立夏踹了他一脚，不声不响地走了。

立夏回到家里，帮助清理了下残局，回到楼上卧房里。本来是和立秋一块睡楼板地铺的，现在睡了好几个小孩，横七竖八，跟小猪一样刚刚入睡呢。立夏用脚扫出一块地方，脱了衣服，当作枕头，长嘘一口气，躺在立秋旁边。

"你又揍谁了吧？"立秋睁开眼睛问道。

"你怎么知道。"立夏瓮声瓮气道。

"看你一副满意的口气。"立秋笑道。

"把陈可法揍了一顿，天黑，揍得不过瘾。"

"没揍死吧？"

"死不了。"

立夏长得黝黑粗壮，像一头黑熊；立秋长得跟母亲一样瘦弱白净，比立夏小四岁，眼睛骨碌碌转，一副伶俐相。

"死了可就不好玩了。"立秋道。

"不过跟死了差不多。"立夏说罢，钻进立秋的被窝里，片刻就响起均匀的呼吸。

次日，天刚麻亮，贵妃就扯着嗓子在楼下叫骂。贵妃是陈可法的娘。原来陈可法被立夏一顿烂揍后，走了两步就缩在墙角睡着了，冻了一夜，次日才被挑水的人发现。而贵妃一夜不见陈可法回来，以为喝了酒，借宿在哪个伙伴家里。陈可法被拖回去，脸上被打得青紫，冻得哆嗦，衣领上沾着鼻涕和呕吐物，一个晚上好像瘦了一圈，不成人样。陈可法父亲陈玉贵是村支书，家里兄弟四个，也是村中的鼎鼎大户。贵妃晓得原委，把可法扶到床上，心疼得不得了，沉不住气，忍不住过来一顿臭骂，说你们家是不是土匪窝呀，人家来这里喝喜酒，你把人家打得鼻青脸肿。几个早起的亲戚出来，把贵妃劝住，说一定是个误会，和气生财，回头好好商谈解决。贵妃发泄了怒气，又挂心儿子，警告了他们，骂骂咧咧走了。

不多时，又来了三个十几岁的年轻人，两个分别是陈可法的弟弟陈可告和陈可宗，另一个是陈可法的堂弟陈可阳。三人从大门进来，在天井前面大喊："立夏，你给我出来。"立夏和立秋都醒了，从窗户看出去，正看见三个人张牙舞爪地叫嚣，要为陈可法出气。

立秋把被子披在身上，道："他们三个人围攻你，我觉得你打不过。"

立夏把衣服穿上，道："我也觉得打不过。"

"那就先跑吧，从后门出去。"

"可是我从来没有一个人打三个人，拳头好痒呀。"立夏眼里流露出一种兴奋的光。

"可是你指定失败呀。"

"我想试试。"

"打不过就跑，懂吗？"立秋提醒道。

"我要是不懂得跑，早就被爹打死了。"立夏不服气道。

立夏穿了衣服走下楼梯，从厅里像豹子一样冲了出去。三个人一愣，立刻迎住，扭打在一起。立夏势头很猛，直接扑向可告，把他压在大门板上，就要挥拳，无奈手很快就被后面两人扭住，拳头从后面砸来。饶是立夏扛打，也禁不住如雨点一样的拳头。立秋在窗户里叫道："傻瓜，快跑。"立夏虽然迷恋战斗过程，但感觉真的是施展不开手脚，只好用脚使劲儿踹，稍微拉开距离后，夺门而逃。

立夏穿过狭长的巷子，路上有一堆海蛎壳，他抓起一把往后扬起，后面三人躲了一下，放慢速度。他们看到立夏跑得太快了，在犹豫着要不要继续追。立夏见他们踌躇，喊道："快追呀，鬼仔！"三人被激怒，拔腿又追。立夏穿过充满腥味的大街，穿过惊愕的小贩，一直跑到码头。早上的码头，相当忙碌，海鲜鱼货在此进出，地上湿漉漉的，空气里弥漫着咸湿的气息。粗糙的石条靠着水边，被潮水浸出一道明显的水痕，上面系着一条条并排的舢板。立夏跳上一艘无人的小船,拿着一个竹篙,对着三人叫嚣道:"来呀,有种就过来呀!"

立夏十二三岁的时候,在学校里不读书,光闹腾。据他自己说,一听到老师讲课就脑仁子疼,比紧箍咒还灵。他就在课上跟老师较劲,干扰课堂。老师向家长反映多次,陈武功教训多次无果,最后一怒之下,把他扔进池塘。立夏像狗一样在池塘里扑腾,扑腾到岸边的时候就被陈武功一脚踹下去。如此反复,最后立夏抓住水草,哀求道:"我再也不敢啦,我回去上课。"由于立夏的莽撞惹事,在陈武功眼里跟一堆狗屎一样,陈武功本来不准备要这个孩子了,要死也是自己亲自把他溺死,现在看他眼里有悔意,看得出几分人样,便把他拉了上来。立夏回到学校,并无悔意,依然是搞得鸡犬不宁。老师联名要开除他,否则老师们就罢课。陈武功的面子丢大了,提起立夏就走。立夏叫道:"你扔我到池塘也没用,我已经不怕水了。"陈武功把他扔在池塘里,他就不见了。许久,看见他已经上了对岸,逃之夭夭。陈武功对他上学的事就彻底死心了,是牛是马,自个儿成活去。

立秋亲眼见到哥哥被扔到水里,呛到翻白眼。他问道:"呛水的感觉怎么样?"立夏没好气道:"就是要死的感觉,但总比听课要好受些。"

立夏站在船头,面对三个人的追击,显得有恃无恐,叫道:"来呀,来呀。"三个人追到码头,已经疲惫不堪,见了立夏的姿势,晓得他的用意,立夏是希望把人扭打到水里。如果在水里,他就不怕了，他的水性好得跟牛似的，指不定被他摁住活活淹死。况且这大冬天，他们仨谁也不愿意到水里去较量，便道："你有种就上来。"

"要是单挑，我早就来了。你们仨对我一个，孬种！"立夏道。

三人觉得理亏，叫道："现在不跟你计较，迟早要找你算账。"

立夏道："我要是被你们三个撞到，活该我倒霉；你们当中要是有一个碰到我，我也绝不放过的。"

干了一会儿嘴炮，三人占不到什么便宜，摩拳擦掌，悻悻而回。

陈武功宿醉，次日醒来已经日上三竿。陈可法被立夏暴打的事，已经传得沸沸扬扬了。有的说，那陈可法真该打，把人洞房闹得乌烟瘴气。有人说立夏几天没打架就手痒，陈可法是刚好撞枪口上。还有部分客人没有回去，厨师办了三桌流水席。陈武功洗漱完毕，从竹饭甑里盛了一碗香喷喷的米饭，上桌大口大口地吃，平日里哪有这么好的饭菜呢。仙香皱着眉头，坐在一边支吾道："可法好像伤得挺重的，早上几个孩子还打上门来了……你得过去道个歉吧。"陈武功津津有味地咀嚼着每一颗米粒，似乎在回味从播种到收割的整个过程，他睁开眯着的眼睛，回道："道歉？打架事小，面子事大，这点事还要我出面道歉！"

仙香提醒道："陈玉贵是书记，他们也是家大业大的，可不敢得罪。"

陈武功冷笑道："书记家就不能打啦，谁规定的！"

"这事我看消停不了，你不出面的话会闹大的，怎么讲咱们都是没道理的。"

"这种事还轮不到我出面。"陈武功不耐烦道，"我这脑子想的事，比这要大得多。"

"这事你不处理，就是大事呀。"

"立夏惹出来的祸，还少吗？我都去擦屁股，也擦不完呀。"陈武功道，"你让立春去找可法，给他送几服青草药。"

"唉，我看没这么容易打发。"仙香叹道。

她是个整日里都有事操心的女人。

过了洞房之夜，立春也起得迟。昨晚被可法一顿呕吐，颇有些扰乱情趣，换了被子不吉利，几个妇女取水进来擦拭，勉强把酒气驱逐，闹洞房也便结束。圆房之后，立春嘘出一口长气，仰面躺着，趁着酒意望着天花板道："巧云怎么没来？"巧容沉浸在圆房的眩晕中，被子包住头，被问得急了，不悦回道："今天是什么日子，你惦记她干什么！"立春解释道："不是惦记，我总觉得她被伤了，要出事。看亲的时候，不该让她也候着。"巧容道："要是你选的是她，不知道你会不会当心我被伤着了。"立春长叹一声，无语入睡。

立春吃了饭，出门穿过两条巷子，径直往陈可法家。陈可法家是个砖墙大宅子，前后院住着六户人家，包括陈玉贵的三兄弟，是村中的大户。立春径直往陈可法的房间，可法正闷头哼哼唧唧呢。见了立春，诉苦道："那个立夏，简直是土匪出身。"立春道："那可不是，从小就是个祸害，只差没被我爹淹死。你感觉怎样？"

可法嘟囔道："你看看我，哪有被人这么揍过，还得亏你们家的重酿酒好，我想还个手，可连胳膊都抬不起来。"可法的脸上有瘀青，鼻子里呼吸浓重，乡医来看过，头部和身上有皮外伤。一夜受凉，受了风寒，头晕脑涨，开了伤寒的青草药。

陈玉贵进来，端了一碗草药。立春忙起身致歉，道："叔叔，我爹叫我来看望可法，真是对可法不住。回头草药费什么的，我们要赔的。"

陈玉贵面色红润，唇有棱角，长得颇有威严。

"可法跟你这样的年龄，还禁打，就是多重的伤也能恢复。草药费什么的都是小事，你们不出我也不会强自计较。"陈玉贵呵呵笑着，话锋一转，道，"但是门面是大事。你想想吧，我陈玉贵的儿子，没头没脑就被人一顿揍，啥事也没有，那算什么事？那以后谁都可以打了。换作你们家，你们会同意吗？"

立春被一顿抢白，脸上都挂不住，尴尬道："那是，我们要来郑重道歉的。"

陈玉贵道："我看你这孩子，还实诚，跟可法也玩得来，就耐心跟你说两句。这事现在不是立夏打了可法那么简单，是陈武功的孩子打了陈玉贵的孩子，所以你怎么做都不算，你爹做了才算，懂不？"

立春这才彻底明了。陈玉贵既是支书，又是村中望族，权威不容挑战；陈武功兄弟三人，下一辈男丁八九，人丁兴旺，也是顾盼自雄，处处立威，不容小觑。这一点纷争，自然意味深长。

乡俗中，上门赔礼道歉，比较高的规格，是提着猪后腿等礼物，上门低声下气乞求对方，以示以下犯上，着实大错，赔礼之后还是要尊重对方。

立春道："叔，我知道了，叫我爹来处理就是。"

立春回来，跟爹娘说了状况。陈武功笑道："玉贵想得倒是美。他早就想找个碴儿，让我在他面前伏低做小，现在是要称他心愿了。"

立春道："爹，提个礼物，道个歉，不是为难的事吧。可法被打成那样，也是应该的。"陈武功道："你懂个屁。你去道歉了，该赔钱就赔钱，还不够。我去说好话，以后我在村里怎么抬得起头？"

立春想不通父亲的头颅为什么要抬得那么高，不再说话了。仙香劝道："你还是去吧，玉贵家惹不起。"陈武功倒是来了劲，笑道："嘿嘿，我倒要看看，惹了惹不起的人，到底会咋样！"

隔了一日，两个镇上派出所民警登门，把立夏叫了出来，问了两句，确定其人其事，便拿起手铐径直铐走了。立夏也目瞪口呆，一反往常，没做多少反抗，乖乖走了。倒是左邻右舍见了，心惊胆战。那时候农村人少见到戴大盖帽的，总觉得其代表国家，至高无上，一旦犯事被抓，总是要受到很大的惩罚。阶级斗争刚刚结束没有几年，人们余悸还在，都觉得立夏凶多吉少。另一方面，又纷纷赞叹陈玉贵真是能耐很大，邻里斗殴居然能动用警察，近于神人。

仙香也被警察给吓蒙了。其时，制服、警察，代表着无上的权威与权力，这也使仙香产生一种预感，立夏这回闯的祸可能会要他的命。她那羸弱的身子，最大的贡献就是为陈家生了三个孩子，她也以此自矜，每一个都是她的命。她苦苦哀求陈武功，去求救陈玉贵。倘若陈玉贵能撤诉，立夏自然可以幸免。

陈武功一直皱着眉头，围着天井上的石条长案走来走去。长案上放着各种花盆，兰花、瓦莲花、昙花，肃穆优雅，幽香淡淡，是这座大厝的象征。陈武功似乎被闹得烦心不过，叫道："你别催了，我去就是。"

陈武功披上一件深蓝呢子大衣，穿上皮鞋，已经感觉不像个农民。这套行头是专门为立春的婚礼而定制的。仙香道："衣服穿那么齐整有啥用，得带个赔罪手礼吧。"陈武功鼻孔出气，道："赔罪？真是妇道人家！"

陈玉贵看见陈武功走进自家院子，一身气宇轩昂，居然气势不凡，愣了一下，正色道："哎哟，哪阵风能把你吹来了，这一身打扮，我以为是什么领导上门了。"

陈武功镇定笑道："虽然都是泥腿子，但人靠衣装马靠鞍，有些重要时刻必须拾掇拾掇。"

两人都是村里的头面人物，心中谁也没服气谁，平日里少打交道，有王不见王的意思。两人都比普通农民有见识，有城府，说起话来，自然也是拿腔捏调。

陈玉贵把陈武功迎进屋里，递给他一支烟，陈武功拦住，从自己的口袋里掏出"大前门"，递给陈玉贵，道："抽这个，立春的喜烟。"

陈玉贵也不客气，接过来点上，吐出一口烟后，袅袅烟雾透过木窗棂飘到天井，问道："看来你是有要紧的事。"

陈武功点点头，道："我记得几年前，有人提议村里新打一口井，牵头的可是你？"

"那可不是，材料都准备好了，活生生被阻断，现在还有些材料放在大队呢。"陈玉贵不无遗憾道，"这事村里人人知道，独独就你不知？"

想当年，陈武功可能对陈玉贵牵头的事不太上心，也不支持，导致陈玉贵反唇相讥。陈武功尴尬道："知道是知道，但内情并不是很了解。这事后来卡在谁那里了？"

"卡在林眉老人手里。具体的话，一言难尽。你今天旧事重提，这是卖哪个葫芦里的药？"

麒麟埕祖上主要有四姓在此定居繁衍，陈、林、阮、谢。在历代繁衍中，陈、林两姓人口蓬勃发展，阮、谢逐渐衰弱，因此麒麟埕根据异姓居住状况，分为陈眉和林眉两部分，村中的大祠堂亦有陈、林两座。发展到目前，林姓的人口稍多，两千五百多口，为全村第一大姓。这个很重要，代表着种姓在村中的福分与地位。陈姓也达到两千口以上，可以说不分伯仲，但依然是老二的位置。其他种姓人口几百，总共人口达到五千以上，为镇上第一大村。

七十年代，陈玉贵提出修建第二口井，遭到林姓老人的阻挠反对，原因有二，一是詹姓祖母嫁给林姓祖先时，陪嫁的一口井，祖训有记，四角井蓄水得神保佑，永保子孙用水，不得扩建改建，更不得见异思迁建新井；其二，林姓人口繁衍全埕第一，引以为傲，乃是祖上风水庇佑，倘若建新井，破坏了风水，引邪入村，也怕风水轮转，将来失去第一姓的地位。

陈武功道："我想重建一口井，要不然咱们就毁在吃水上了。"

因排队吃水搞得邻里纠纷，村人不睦，这是长久的积习。更重要的是，它占据了太多的人力，限制了发展。

"你能搞定？"陈玉贵先是一惊，继而语带讽刺。当年功亏一篑，记忆犹新。

"我既然来找你，就是想一块儿搞嘛！"

陈玉贵摇摇头，叹道："太难了。"

这短短三个字，也只有经历过的人，才明白其含义。当年都要开始施工了，有人来阻挠，导致无法行动，最后气也被磨平了。

"今非昔比，你就说要不要一起搞，你不搞我也要搞。"

"不以大队组织的名义，你怎么搞？筹款，要求上头拨款补助，这些都得大队去做，不是你们吃喝着就行的。关键问题是，你怎么搞定林厝的老人会，他们一直认为四角井是他们的圣地，水也不能动。"

"当然，第一件就是搞定他们。林厝一直压着陈厝，说一不二，这一回我看要白话白话了。"

多建一口水井，自然是陈玉贵的夙愿，而且是未完成的夙愿，这个活计，他自然是要牵头的。而对陈武功来说，从大局出发，立下宏志，但没有大队的参与，师出无名。两人几个回合，就说到一处去了，决定从长计议，继续寻找村中牵头人物。

合计完毕，临走之时，陈玉贵终于忍不住，问道："听说立夏被抓走了是吧？"

陈武功正要出门，回头道："你不说我还忘了这一茬，这还得谢谢你。立夏那孩子，比牲口还凶，我根本管不住，托你的福，这回让派出所管一管，看能不能成人。"

"托我什么福呀，这是派出所执法，该抓谁就抓谁，跟我可没一点儿关系。"陈玉贵笑道。

"没有你，派出所也不会这么勤快吧。"陈武功也笑道，"那什么，可法的伤呀，草药费呀，回头立春会给你们。"

陈武功笔挺的身影在门口一闪，带着一阵风出去了。

一回到家，仙香马上问情况如何。陈武功不答，道："给我盛口饭，我要上镇上一趟。"

仙香立马把饭盛了，端上来，道："玉贵他答应了吗？你求求他，他指定能放立夏一马。"

陈武功瞪了仙香一眼，道："你当他是谁呀？他能让警察抓人就抓人，让警察放人就放人？他有关系，我就没关系？我这就去镇上找人，降他一头呢！"

仙香喜道："这就好。不管你怎么不待见立夏，毕竟是自己的骨肉。"

第八回：创业

安民入侵事件后，海燕处于怔忪之中，夜晚不时惊醒。次日师海告诉她，这件事已经解决了，不会再出这样的事情。海燕依旧不安，夜里噩梦连连，自个儿被自个儿尖叫惊醒。怀风下来，得知此事，亦没有办法。安民人凶悍，又有枪，掌管村里的治安，监守自盗，谁也没办法。怀风只能安慰海燕，尽快将她做工作调动。

海燕问师海，那天晚上是如何知道安民会入侵的。师海道："你说晚上有人敲门骚扰，我想八九不离十是安民。第一，他有学校的钥匙；第二，他家有耍流氓的传统，他爹当年就欺负了不少女知青。我跟踪他，他进了校门，就把门反锁了，我只好找了个教室的破窗户爬进去，险些他就得逞了。"海燕担心道："他要是再来怎么办？"师海道："你怎么不相信我的话呢，他不会再来了。"为了增强安全感，师海给她的房间加了一道铁门。

海燕虽然相信师海的话，但时不时心惊肉跳。晚上一有老鼠或者小鸟的动静，便吓得开灯不敢睡。再加上师海不知道哪里摔了，把左边手臂摔骨折了，吊着布条草药呢。安民再来骚扰，他这独臂侠也不能英雄救美了。

海燕道："我怎么老提心吊胆，一点儿动静就心里怦怦跳。"师海道："你是因为受了惊吓。大概八九岁的时候，我有一回从墙头翻到祖厅去玩，突然看见祖厅里吊死一个人，眼睛睁得老大，舌头吐出来，我吓得不轻，鬼哭狼嚎跑出去，回来连睡觉都不敢闭眼睛。后来我娘给我吃了几天汤药，心悸的药，你看我现在胆子比熊胆还大。"师海回去问了药方，弄了几个银戒指和鸭蛋。在食堂土灶上，把鸭蛋打进水里，戒指也放入其中，待熟了，把戒指取出，鸡蛋和汤一起吞下。海燕半信半疑道："这到底是迷信还是科学？"师海道："不管是什么，管用就行。你先喝下，知道这戒指来得多不容易吗？"这戒指是找了村子里好几户人家借的，用完了得还给人家。如果是小孩受惊，用两个戒指就可以；大人的话，要四五个。

次日，便觉得心脏舒服许多，有种安然的感觉。师海道："继续吃两天，好了我还要归还人戒指呢。"

再过两日，果然痊愈。海燕不再恐惧，关键是，人也乐观起来了，对着师海雀跃道："没想到民间偏方这么管用，看来我来农村是来对了。"师海道："有些偏方有科学在里面，但有些鬼画符，你也不能信，我是部队出来的，还是相信科学。"

为了感谢师海，海燕决定做一顿饭酬劳他。师海也乐得往海燕这里跑，顺便跟她讨教各种报纸上的字词。两人在食堂里做了三个菜，端到宿舍里吃，师海还打了一大瓶散装啤酒。原来海燕嫌啤酒泔水味，现在倒是适应了，也能喝一点，不过酒量极小。两人干了一杯，海燕惋惜道："可惜怀风不在，否则让他陪你喝个够。"

师海吃了几口菜，若有所思，突然问道："我提个问题，你一定要回答我。你跟怀风的恋爱关系，发展到什么地步？"

海燕咀嚼的嘴停了下来："什么意思？"

"我是说，你们是手拉手呢，还是亲嘴过，还是一块睡过觉？"

海燕脸一下子红了，道："你怎么不正经起来了！"

师海正色道："我现在可是很正经地问你，这个问题很重要。看在我治好你心悸的分上，你就告诉我吧。"

海燕盯着师海片刻，好像一下子明白过来，道："哦，我知道了，你肯定也想找女朋友了。告诉你吧，我跟怀风就拉拉手，更亲密的动作我可做不出来。"

师海一下子兴奋起来，雀跃道："那说明恋爱还很浅。我觉得你还是别跟怀风了，他配不上你。"

"你什么意思？"海燕觉得师海今天神神道道的。

师海已经喝了一牙杯啤酒下去，又倒了一牙杯，面色泛红，道："他保护不了你呀，一个男人保护不了这个女人，有什么资格娶她呢？"

"你可是他哥，说这话不合适吧，哪有这样挑拨人家的。"

"我才不管什么挑拨不挑拨。"师海站起来，挥起他能动的右臂朗声道，"我今天是要跟你宣布，从今天开始，我要追求你，跟怀风公平竞争！"

海燕愣住了，呆呆地看着师海，道："你是不是疯了，哪有这样的，怀风听见你这话，你们兄弟还有的做吗？"

师海激动道："我没疯，你这么优秀的女人，就该配优秀的男人，怀风他真的配不上。"

海燕冷笑道："你意思是你比怀风优秀？"

"那当然，怀风那小子什么德行我还不知道，除了字比我多认几个，什么都不如我。我肯定是要干大事的，你要是跟着我，把我文化提高一点，我指定能干成。"

师海把自己说得天花乱坠，海燕哭笑不得，又气又怒，道："我虽然跟怀风只是拉拉手，但我已经死心塌地当他女朋友了。你再要说这话，吃完赶紧走，以后别过来看我了。"

"今天只是开始，我并没有要你答应。你知道吗，海燕，在你教我识字的过程中，我发觉我已经爱上你了。以后你会明白，我需要你，你也会需要我的。"

海燕忍不住站了起来，道："你赶紧走，再待下去我就跳进黄河也洗不清了。从来没见过你这么恶心的人。"

师海站了起来，道："我走可以。但是今天我说的每句话，都是真的，你千万别以为是开玩笑。"

师海吃了一半，起身走人。留下海燕愣愣地看着没吃完的菜，她胸口起伏，显然被气坏了。

周末怀风下来的时候，海燕用玩笑的方式告知此事。她知道怀风的脾气，有点多疑敏感，倘若不是自己告知，而是他从别的渠道知道此事，自己是裤裆里沾黄泥，不是屎也是屎。当然，此事可能会让兄弟间有嫌隙，即便自己不透露，以师海的作风，这对兄弟恐怕也不会有之前的情感了。

怀风听了，怔了片刻，随即哈哈大笑，道："他说我除了识字多，其他都不如他，真是太好笑了，说明什么，说明他现在相当自卑。也难怪，我带他去求怀准哥找工作，他碰了一鼻子灰，现在一筹莫展，在家吃老本，只能自吹自擂了。"

"如果是这样，那你就别刺激他了。"海燕道，"真不知道他怎么会想出这一出，我都怕他回头跟你说点什么不三不四的话，让你误会了。"

"当然，这也是他一贯的作风，凡是我的东西，他觉得好的都想要，甚至他觉得我的东西就是他的。"怀风道，"以前呢，我不跟他争，什么都让着他，倒把他脾性给惯成这样。以后你别理他就是。"

"他一说这话，我就赶他走了。"海燕解释道，"只是不提这一茬，他还是蛮正常的一个人，最近在看养殖方面的书，看得一知半解，老是找我问七问八。"

"我觉得你在这里好危险。"怀风沉吟道，"我该紧着点张罗调动了，我们俩都得离开这里，不要跟农村有任何瓜葛。不过他这人脸皮厚，有时候你赶他走，他都走不了。"

海燕道："你别担心了。反正他要是再说这件事,我就把他当成一个笑话。"

怀风的眼睛望着窗外,若有所思。这里可以看到村庄上黑压压的屋顶,那些沉重的瓦片。台风过后,大家都会把屋顶再收拾一遍,压上厚重的青砖,更加沉闷。瓦上炊烟升起,典型的农耕生活。怀风对这样的风物颇为厌倦,多少年来,他一心想逃离,城里的高楼令他赏心悦目。不论是在自己宿舍,还是在办公室,光线良好,古旧的办公桌,他有一种脱胎换骨的感觉。海燕是他远离乡村生活的最后一个门槛。

"你要不要叫师海过来吃饭?"海燕问道。

平日里周末下来,怀风总是叫师海过来一起吃,喝点啤酒,三人的生活盎然生趣,成为校园一景。欢笑声从屋里传出来,戴着眼镜的干瘦的校长经过,总要屏息听一会儿。

"他都对我这样了,我还叫他。"怀风来气道,"这就是所谓的引狼入室。"

话音未落,师海就踩着木楼梯咚咚地上来了,横梁和楼板都被震得咿呀作响。他手里提着一袋食物,推开房门,见了怀风,道:"我就知道你来了,来,今天我带了好菜!"

怀风和海燕面面相觑,颇有些尴尬又无语。

师海指着袋子道:"来,半斤螺蛳肉,炒个洋葱,配酒极好,谁来下厨?"

还是海燕化解了尴尬道:"一块下去吧,我去楼下摘点菜。"

三个人下去，忙活了半个多钟头，把几道菜端了上来。师海道："我每周都盼你下来，跟你们吃饭就是特别香，感觉在家都是忍饥挨饿。"

　　但是现在气氛已经不像原来其乐融融了。怀风有心事，忍不住道："对你而言，不只是吃个饭那么简单，应该还有别的目的。"

　　海燕见怀风阴阳怪气的，知道他使性子了，用脚踩了踩怀风的鞋子。

　　师海倒没那么敏感，说道："就是呀，我过来还有目的就是学习，每天学一点，现在长进不少。今天我带了个问题想问你们，浓度为百分之三四的盐水，到底是多少水多少盐？"

　　怀风埋头不语。海燕眨了眨眼睛，道："这个，我还真算不出来，怀风行吗？"

　　怀风本想摇头，突然觉得推托其实是丢自己面子，拿过一张纸，算了一下道："大概是一吨水，放三四十公斤盐吧！"

　　师海用写着"为人民服务"的搪瓷缸碰了一下怀风的杯子，道："还是读过书的厉害，我想了一个下午想破头也没想出来。"

　　怀风冷笑道："你不是说我除了比你多识几个字，什么都不如你吗？"

　　师海看了一眼怀风，又看了一眼海燕，才想起怀风是话中有话。海燕倒是尴尬了，责怪怀风道："你胡说什么呀，都多大了两兄弟还比来比去。"

　　师海愣了片刻，终于把来龙去脉想出来了，对怀风道："看来你也知道我要追求海燕这件事了，正好，我也不用告诉你了，咱俩现在站在同一起跑线上。"

怀风气得嘴唇发抖，道："你不觉得这样很无耻吗？你也不撒泡尿照照镜子！我告诉你，你抢我别的东西我就算了，这事你要是当真，我会跟你拼命的。"

师海看怀风生气了，忙搋住他肩膀，道："你看看，我就知道你一定急，急得都不讲道理了。"

怀风道："嘿，你倒是有理了，你倒是给我摆一摆道理！"

海燕见他们两个嗓门越来越大，只怕把其他老师吸引过来，慌忙摆手道："你们能小声点胡说八道吗！"

师海压低声音道："如果你懂道理，我就摆一摆。世上没有一样东西天生就属于某个人，即便是皇太子，也未必将来就拥有皇位，一切都要抢夺的。海燕这么优秀的姑娘，不能说你早些时间认识，就属于你，即便没有我，也会有其他人来竞争，是不是？我的意思是，每个人都有追求的权利，这应该是公平的道理吧。"

怀风鼻孔里出气，因为压住愤怒，而只剩下不屑，道："是很有道理，我看只有不要脸的畜生才能想出这个道理。凡是我拥有的东西，你眼红的，一定也想拥有，从小到大你一直这样，这才是你的道理吧。"

海燕急道："你们能不能闭上嘴巴，把饭吃完。"

师海倒是不慌不忙道："你那么说也可以，好东西呢，人人都想要，好女人也一样。我承认，我对你拥有的，确实会眼红，这就是我的性格。但我不会偷你抢你的，我要凭真本事获得，如果我没本事，得不到，我也认了，但如果你输了，你也要认，不认就不是个男人。"

"你意思是在这场战役中，我会输给你？"怀风被师海的奇思妙论逼得走投无路，只能用鄙视来攻击。

"谁笑到最后，得到最后才知道。"师海道。

海燕面对这种局面，一面怕他们俩发生冲突，闹出动静；一面作为被追逐的中心，又感到害羞，只是自我解嘲道："如果你们不停下来，我就当这是一个玩笑。"

"你现在连一份工作都没有，不像农民，不像干部，你拿什么追海燕呀！"怀风踢师海软肋。

"你可太小看我了。我现在要干的事，大得很！"师海指了指西陂塘的方向，踌躇满志道。

西陂塘经过两年的退碱，土壤淡化了不少。人类从大海身上割下的数百亩土地，变得苍茫茫，譬如水泊平原。原先的港汊，变成水洼与河流，高处则长满比人高的芦苇，栖息着无数的群起群飞的水鸟。土壤里，不时夹杂着海鱼和螃蟹的尸体，咸湿中夹杂着臭味。咸水鱼退到闸门以外去了，淡水鱼渐渐侵入河流。早前，也有农民迫不及待地在靠近岸边的地方种水稻，但并未成功，咸土把禾苗烧死了。倒是在溪流冲刷的一两块地里，境况好一些，能成活一两片。

县里开始组织机耕队来平整土地。土黄色的耕土机轰隆隆开进来，农民眼前一亮，一种全新的生活即将开始。各队派出劳力，在耕土机完成主要的修整后，用人工夯实抹平。耕土机整出主干道，高处平为田地，原来的大港汊，或者修成池塘，或者就是通往入海口的水路。干道边上用石方和水泥做出沟渠，是主要的灌溉用水。水是从马坂水渠引进的。七十年代，倾几个公社之力，在七都溪中游马坂，建了一条引水渠，称为马坂水渠，或者凿山开沟，或者修建隧道，环绕了西陂塘沿岸由西到南的几个村庄，最后在斗门入海。马坂水渠的水来自上游水库，水质好，沁凉，全年不干。只不过在灌溉繁忙的夏季，只有等上游的人用足了，下游才有水。田地在灌溉渠尾部的人，在插秧之后，必须等水等到半夜，夜晚天上星星点点，田埂之间农民叼着烟，借着烟头的火光相互知道位置，或者一边唠嗑等水，或者拔些杂草烧一股烟来熏蚊子。从前只能种在山田里的稻子，现在有平地水田可以种了，农民终归是欢欣的。

此时分产到户的措施正在施行，山地由大队平分到户，大伙儿热火朝天。本来是按照现有的人头分，不论男女，这是明白的理。但村人又有道理中的道理，有的说正在肚子里的孩子马上要出来，也要分，你看能胎动能踢腿，活生生的，能不当人吗？还有的说自己的媳妇，两个月就过门了，也要分，不分的话，我就等过门了再说。天大的法律条文，在村里都不太好使。书记主任忙得一团糟，每日队部里吵吵嚷嚷，跟炸了窝似的。

不管如何，这还只是内部的矛盾，最后由各队自个儿张罗去。还有外部的矛盾：围塘动用了七个公社的劳力，以及农业局等单位的资金，这些土地就平摊分偿给劳力资金。按照人口，增坂村也仅仅分到人均不到两分。族里觉得这样分法欠妥，只计劳力都不计原来滩涂的养殖权，不太公平。头人便跟村支部反映情况。兆清道："你们不要闹，我们写个文件上去汇报。"每个队都签字，由支书递交上去。那地都分得差不多了，这边迟迟还不见回复。催促了，也是和稀泥。

本来这种事由族长主持商议，但是族长年岁已高，把权力下放给老人会。"老人会"是村里六十岁以上的老人组织，负责村里的公众大事以及财务收支。老人会的会长叫老人头，是李怀礼。怀礼听了众人主意，道："阎王好办，小鬼难缠，咱们直接找李怀准去。"

怀准在县委方志办，虽然没有什么实权，但格局高，有门道，不是农民的见识可以比得上的。怀礼带了三人到家拜访，道："这事关系到全村的利益，祖上的基业，怀准哥你得出个主意。"将来龙去脉说了一遍，且加强了事情意义的重大。这种情景并非少见，毕竟怀准是村里和外界的一个出口，公众的事没少麻烦他。事关宗族的，即便是芝麻大的事，也是大事，谁也不敢在这上面掉链子。怀准听了，摇摇头，露出苦笑，半天不语。怀礼吃惊，问道："怎么，难住了？"怀准道："你们是把好事办砸了。"

怀礼大吃一惊，道："此话怎讲？"

怀准举起茶杯，喝了一口绿茶，吸了一口气，右手在空中做手势道："镇里压了不少意见，都是从村里来的，每个镇都是这种情况。但是我告诉你，很多都是无理要求，你增坂村说分得少了，别人还提意见说你分多了呢。筑堤的时候，增坂村人说不来就不来了，后来还是请了神，才把人都叫回来的，你这么不积极，凭什么分得跟我一样多呢？还有的村子说，别的村死的人没有我们村的多，我们要多一份。什么要求都有，你要是一一照顾，还真照顾不过来，索性呢，有理没理，用文件压住，把地按照标准条件分了，分完大伙就没话说了——这下你知道问题在哪里了吧？"

怀礼一听，挠头道："哎哟，骚他娘的，当初我就说我们带一队老人，直接到县里说清楚。是支书兆清拦住，说什么按规矩来汇报，越级上访要出问题，看来事情就砸在他手里了。"

怀准笑道："兆清毕竟是村干部，虽然有觉悟，但手段还是落后的，没有策略，没有前瞻性。"

"那可不是，他那水平跟你比可差多了，要不怎么说你是我们村第一个大学生？"怀礼道，"那你说，这事该不会就没转机了吧？"

"既然来了，这肯定要反映上去的，往哪里呢，直接往分田的工作组。我有一个同学在工作组里当主任，明儿呢，我领你们去，把文件一送，情况呢你们自己反映，我就当个引路人。"怀准想得比较周到。

"要不要送点礼做点工作呢？老人会里还是有钱的。"怀礼问道。滩涂上的蛏埕是村产，每年投标卖掉，是一笔不小的收入，都在老人会的户头上。

"如果要送礼，这事就跟我没关系。"怀准斩钉截铁道，"我的原则是公对公，行就行，不行就拉倒，我也没办法，最多人家卖我一面子。"

"那是，公对公，最好！"

这事老人会折腾了几次，取得了成效。增坂村正中间原来码头停船的位置，是一条很大的港汊，这里依次被围成三个大池塘，每个池塘是五六十亩。前两个池塘是归生产队的，后面的三号池塘，要分给林业局的，在老人会的呼吁下，最后变成增坂村的公产，收入归村产——算是政府对原先滩涂使用权的一个赔偿。

老人会将鱼塘进行招标寻租，由老人头怀礼主持。其时村里很少人手上有钱，投标的人不多，六队以一个组织的名义，和师海竞争。师海以三百五十二元中标。师海一路屁颠地回来，嘴巴都笑咧了，回来一家人正好围桌吃饭。师海兴奋道："我中标了，三号池是我的了。"师海之前并没有跟家里商量，兆文一听，问道："标的多少？"

"三百五十二。"师海手一扬，似乎打下了一场硬仗。

这是一笔大数目，相当于一个干部一年的工资。对于农民来说，那更是没见过。

月明惊得筷子都掉了下来，道："哎哟，我的儿，我们家哪有这么一大笔钱呀！"

兆文被师海的自信感染了，满怀期望，道："你怕什么，师海指定有法子的。"

师海道："我也没什么法子，只不过我不去投标，三号池就被六队给标走了，那多可惜。钱的事，先睡一觉，明儿再说吧。"

月明道："哎哟，你这拿了个烫手山芋，怎么还睡得着。"

"哎，你个妇道人家，尽说丧气话。"兆文道，"师海有魄力，肯定也有办法，你就别操心了。"

"你们爷儿俩都是嘴上说得满满的，我不操心是最好了。"月明道。

次日，日头已上三竿，师海才打着哈欠起床下楼。月明干了一番做饭、割草煮猪食、喂猪的活儿了，一头细汗，问道："你这一个晚上想出法子了否？"

师海摸了摸头，道："昨儿只顾着睡，倒忘了去想。"

月明叹道："唉，你们两个都是有口无心。我看如果筹不到钱，就把池塘给退了，省得耽误了养鱼的时机，退不回去！"

师海灵光一闪，拍了一下脑袋，道："我有法子了，娘，你还是给我做一场'会'，拿会钱做事业最合适不过。"

"会"也叫互助会，是福建的沿海地区活跃在民间的经济活动。互助会的组织者叫"会头"，会员叫"会咖"。互助会一般来说一个月标一次，也有半个月的。说说互助会的玩法。当时条件下，一般是标的为五块钱的会，会头组织了五十个会咖加入，每个月标一次，要五十个月，也就是四年零两个月才标完。第一个月每个会咖出五元，整个二百五十元给会头，会头以后可以每个月还五块，无利息。从第二个月开始，会咖开始竞标。互助会有标高和标低两种玩法，标高的会，假如一个急需用钱的会咖以五块钱中标，那么回头从四十九个会咖和会头那里收集二百五十块钱给他，而他从下个月开始，每个月还五块五角，还到最后一次。也就是说，他中标的五角标的是利息。

总体而言，早期标到的人要付出利息，而后期标到的人会得到利息，中间时段标到的人可能会不亏不赚，但不管什么时候标到，都能够把零钱化成整钱。早期的互助会，极有好处，普通人建房子、结婚、做生意要本钱，往往标一两场会就能搞定，以后每个月慢慢还，就能把家庭大事给做成了。

师海的意思，是让月明去做个会头，组织会咖，然后可以集资一笔钱，以后每个月还一点，几年还完。会头一般都是由妇女来做，第一要说服别人来当会咖，第二要每个月到家家户户去收钱，各种烦琐耐心，男人干不了这种活。

做会头这事，也是有风险的，月明心中忐忑，但看着师海巴巴的眼神，心就软了，嘴里怪道："你们还说不用我管，看看，最终还是落我头上了。"

师海道："娘，你就帮我一把。这个机会我必须抓住，不抓住我会废掉的。"

中午兆文从地里回来，听闻这个主意，叫道："不错，就这么干。"月明道："你动嘴巴倒是在行，还得我来动手。"兆文道："我们都鼓动鼓动，争取会咖多一点。这事我跟师海在后面撑着，你放胆去做就是，莫再啰唆了。"

月明花了老大劲，磨破嘴皮，凑了三十个会咖。第一次以会头的名义，集资了一百五十块钱。离目标还差一半多，师海却已经得意得不得了，摸着一摞钞票，去廉坑看鱼苗了。月明道："还是先给怀礼叔交个定金吧？"师海道："他没跟我要钱，我们着什么急。钱握在自己手里，多踏实！"

廉坑王家有几户，祖上几代就是专门做淡水鱼鱼苗的，包括草鱼、鲢鱼、青鱼等。传统上，清明节在鄱阳湖一带，青鱼自然孵化，廉坑人用瓮形水桶跋山涉水挑回来，在池塘里暂养半年乃至一年，成为成品鱼苗，出售给养殖户。成品鱼苗有十到二十厘米，在二月惊蛰放养。养殖户三月在外海割咸草喂鱼，春天时节咸草丰茂且鲜嫩；到了六月至九月，则割海瓜子喂鱼。大多数鱼塘临海，塘堤为泥土，台风季节容易崩塌决口，既要十分呵护修补，又要祈请妈祖保佑。八月台风季节过去，塘主心安，会做一次大典庆祝。养鱼是乡村里极重要的大投入大产出项目，时间长，养殖程序复杂，一半靠天吃饭，极有魄力的人才做得起。

师海预订了鱼苗，并吩咐要用百分之三四的盐水消毒二十分钟才能出栏。鱼苗师傅道："我孵鱼苗这么多年，没听说过要消毒的！"师海道："你那是传统养殖，我这是科学养殖，你听我的就是。"师傅道："要消毒还是你自己消毒吧，要是把鱼毒死了我可不赔。"师海道："罢了罢了，我自己来吧，跟你没文化的人真说不清楚。"

接着用石灰给鱼塘消毒之后，不过几日，便引入溪水，从师傅那里买了数百苗鱼先试试环境。一塘池水，被风吹起，波涛荡漾，涌动堤岸，噼啪有声。塘外是百里稻田与番薯，相映成趣，师海便觉得自己拥有一个江湖了，怎一个心潮澎湃了得！

刚放鱼完毕，回到码头榕树下，正遇见李怀礼，师海低着头，只想躲过。李怀礼在榕树下抽着旱烟，一眼就瞅见了，叫道："师海，过来过来。"师海只好抬起头，赔着笑脸迎上来。

"我说，你这塘租还没交呢，鱼怎么就养上了？"李怀礼道。

七七八八，会钱已经花了小半了，买鱼苗还要花大钱呢。一提到塘租，师海就头疼，能躲就躲。

"怀礼伯呀，能缓缓吗，最近花钱的口比较多。"师海道。

"村产，不论是蛏埕还是池塘历来都是先交租的，你凭什么能破规矩呀。"李怀礼一脸威严道，"明儿紧着给我交上，不交的话，你就把塘给六队，人家正怀疑你凭什么能个人养塘呢！"

榕树下也有其他的老人，正攀谈呢，齐声附和。

"好嘞，好嘞，我这就去，明儿给你送来。"师海点头哈腰道。回来后，他默不作声，一口气吃了两大碗饭，连迟来吃饭的船仔都没饭吃了。他有一个习惯，心里烦躁的时候就会跟饭过不去。

巧云怀孕的消息很快就传了出来，肚子里怀的是老二的孩子。根水气得吃不下饭。他家里出现了最滑稽的事，母女俩肚子都怀着孩子，一个是大肚婆，一个是看不出来。最要命的，女儿怀上的是名不正言不顺的种。村人都在议论：这个姑娘平时羞羞答答，不显山不露水，原来骨子里这么浪。根水的面子算是丢尽了。

烂摊子总还是要收拾的。根水气咻咻道："把孩子打了，以后赶她出门，随她自生自灭去。"雪来道："打了算什么事，只怕以后是嫁不出去了，我看解铃还须系铃人，通知对方家里，娶回去，也算是一门正事。"根水道："这么丢人的事我也不想理会，你就跟泼水一样把她泼出去，我眼不见为净。"

消息是老二传回来的。老二支支吾吾，当然是先告诉月明。生米已经造成熟饭，老二是希望能把巧云娶回家，这是最好的归宿，也是巧云母女的意愿，但自己才十八岁，又觉得着实渺茫。月明是惊中有喜有忧，叹道："我的儿呀，你什么都不急这事倒是急了。"

兆文从外头回来，放下锄头才得知此事。他板着脸，拔出一根"鹭江"烟，狠狠地抽了几口。老二愣着不说话，他知道这是暴风雨之前的平静。烟雾缭绕之中，兆文突然命令道："船仔和六斤，你们出去玩，别跟家待着了。"船仔和六斤见父亲严肃的样子，不敢不听，两人知趣地出了院子，却不走远，他们知道肯定有一出好戏。兆文顺手捡起地上的一截笛子粗的竹棍子，跟老二道："过来！"老二犹豫着不敢上前。月明道："去吧，躲不过的。"老二向前靠近一步，兆文的竹棍子照着屁股和后背抽来，老二用胳膊来挡，反而吃痛，顿时鬼哭狼嚎。月明道："忍着点儿，让你爹消消气。"老二便不敢逃走,号叫声音变成呜咽,眼泪却滚滚而出。

元丰坐在楼梯上,两手抓着竹编火笼取暖,冷冷看着这一切,终于忍不住道:"是你自己生的儿子,下手别那么狠!"似乎被打麻木了,老二甚至连叫声也没有。

枝丫的身影在后厅晃了一下,似乎被叫声吸引,瞥了一眼又回去了。

船仔和六斤在门外偷听,不时把头探进来看一下。六斤偷偷道:"爹打得这么重,二哥是不是偷钱了?"船仔摇头道:"肯定不是,偷钱不会打这么重,我觉得是比钱重要的东西。上次我把碗打碎了,爹才用棍子打我。"六斤道:"我也打碎过,可是爹没有打我呀。"船仔道:"你还不知道吗,你是女的,所以爹最疼你。"六斤很得意道:"谁让你不是女的呢。"船仔反驳道:"当女的也没那么好,女的没有鸡鸡,拉小便都不能站着拉!"

打了一顿后,兆文似乎神清气爽,把竹棍子扔在一边,继续把那根"鹭江"抽完。雪来道:"打也打了,你该给孩子出个主意吧。"兆文恶狠狠道:"出什么主意,他自己出去!"月明道:"那边母女的意思是,既然木已成舟,就找个人过去求亲,把坏事变好事。"兆文撇嘴道:"前灶没滚后灶先滚,师海还没动静呢,你倒想得美了。再说了,这么放浪的女子,能要吗!"月明道:"你得想想人家肚子里的孩子,那是老二的骨肉呀,是不是?"兆文把烟蒂一扔,道:"你别跟我胡搅蛮缠了,自己种下的苦果自己吃,我不会给他擦屁股的。"

老二从父母的聊天中瞅见无望，不由把目光投向爷爷。元丰朝老二招了招手，把老二带到自己的屋里，用干巴巴的手掌擦拭他脸上的泪痕，使他看上去不那么悲凉，像冬季里唯一一个挂在树上的柿子。

元丰道："我就知道你心里有鬼，万万没想到这个鬼是女人，色字头上一把刀，你尝一口就停不下来了。"

"爷爷你帮帮我吧。如果这事发生在师海身上，他指定会同意的，他就是恨我，所以完全不管我。"

"你是真想娶她？"

"是的，如果不能跟她在一起，我会死的。"老二迫切道，"还有，她现在处境比我更糟，更煎熬。"

"说什么胡话，轻易就谈生死。"元丰叹道，"不过你这年龄，就是干糊里糊涂的事呀。"

"爷爷你一定要帮我，帮我救救她。"

"你下去吧。爷爷心里也不好受，让我捋一捋，跟你爹计较计较。"

老二有了一丝希望，下了楼，来到后厅。枝丫从自己屋里看见老二，招了招手，低声道："打得跟杀猪一样，我可心疼了，我看看。"她掀开老二的衣服，看见背上一条一条红色的肿痕，啧啧叹道："唉，这哪是自家生的孩子，我就是死也舍不得这么打孩子。"她让老二稍等片刻，就在墙外荒芜处拔了些去伤草，冲了下水，放在嘴里咀嚼，片刻便咀嚼成糊状，抹在老二背上。老二浑身便弥漫着一股青草的气息。

"我该怎么办？"老二忐忑道。

"这事儿不可怜。年纪这么小，对女人的事上瘾，女人你又不是没见过。"枝丫一脸严肃地责怪，说了两句突然哀伤起来，道，"老二，你瞎了眼了，你管不住身子可以冲我来，别糟蹋那黄花闺女呀。"

"我知道我错了，你能有法子帮帮我吗？"

"我帮不了，我要给孩子喂奶了。"枝丫抹了一把眼泪，把孩子叫到身边，肿胀的奶子塞进嘴里，道，"你就是傻，傻到我帮不了。"

老二愣愣地看着枝丫，觉得她说话颠来倒去，有点疯癫的感觉。

元丰的一顿饭只吃十三口，多一口少一口都不行，他算得清清楚楚，他坚信这里面有他想要的规矩。他把筷子一丢，用手抹了抹嘴，对兆文道："你过我屋里来一下。"兆文道："有什么话你就在这里说呗。"元丰道："有些话孩子不能听的。"

天色已经暗淡，元丰的房间里从不点灯，怕费电。但他有一把磨出包浆的手电筒，晚上起夜的时候用。屋里，可看见的是父子俩黑色的剪影。

"兆文呀，你都这么大年纪了，我平常也不说你，说你有啥用呢，人养成了，树长成了，都拗不过来。今次我想说说你，可能也算是最后一次说说，就当我遗言吧。"元丰嘶哑着嗓子，但话音却清晰，道，"你这人，我把你养得人高马大的，啥都不缺，就缺点东西。你娘生下你和兆武，就被屏南人带走了，我当时也是心灰意冷，后来想，有你兄弟二人，我也是够完满的了。我不求你什么光宗耀祖，只求兄弟和睦，把这一脉传下去。可是，兆武围塘被海浪冲走，你却说得风轻云淡，跟陌生人似的，你知道吗，你这人就缺一个'情'字。无情无义，活着跟死了有什么两样……"

说到此处，元丰一阵咳嗽，打断了话题。父子俩在黑暗中静默了片刻，兆文突然点了一根烟，送到元丰嘴里。元丰道："我抽水烟，不抽香烟。"兆文突然道："你就抽一根，闭上嘴，让我说说话。"

元丰接过烟，黑暗中一道红色的火光画了一条弧线。

"兆武被海浪冲走的时候，我就在不远处，他叫了我的名字，我记得清清楚楚。那一时辰，我明白，他最指得上的人是我。我甚至想下去救他，我只迈出一步，就停住了，谁都知道无济于事。风大得很，浪更大，溃堤的部分像被野兽吞没，一眨眼就没了。人，人的性命，在那种场面，根本算不上什么，跟蚂蚁没有两样。很多次，我脑海中回想起兆武惨叫我的名字，我能体味到他的恐惧，我也能想到那是我弟弟，心肝就跟被撕开一样。我从来不把这种感觉告诉别人，任何人。"兆文边说边喘气，道，"特别是，我不能告诉你，爹，因为他是你儿子。"

"可你说起来，不像这么有感触的。"

"我不想提起来，轻描淡写，是不想回忆当时的场景。"兆文低声道，"再说了，拦海造田学大寨，提倡的是集体主义，我怕强调这些弟兄私情，什么时候又被打倒。"

外面一阵风吹过，瓦顶又响了一声，这屋子总是不牢靠的。

"你活着太在乎别人的看法，在乎集体，我都看不穿了。"元丰道，"不过你这么一提，我倒是心里落定些。兆武死得冤，还没结婚，到了那边只怕不好过。我当初想呀，这是海的报应，那只神牛，在三都澳里守护，你拦海造田，它必然要拖人下去当祭品。可能是怪我造了什么孽，连累到兆武了。"

"嘻，哪有什么神牛。现在看来，台风来了，就不应该护堤，跟台风干，就得死人，人定胜天，这话说太满了。"

黑暗中，气氛放松了一些，两人淹没在黑暗中似乎两个精灵，凭借彼此的口气相互摸索。

"既然你有兄弟情义，就不必那么吝惜话语，至少对自己人要说。我也不知道能活几年，好歹到了那边，可以跟兆武说，你哥是有心的，只是无力，他的冤魂也会舒心。"元丰可能很多年没有说这么长的话了，声音越来越嘶哑，显然喉咙都说干了，"今儿我要说的不是兆武，是老二，老二是你儿子，他的这件事，怎么着你得担起来，替儿子顶着。"

"你不懂，你动动嘴巴就行，我是他爹，他乳臭未干的伢仔，以后不得闯下多少祸，我能一一替他擦屁股，宠惯着他？"

"他已经十八岁的人，不是小孩了，你应该把他当成人看。虽然说这件事他很冒失，但是也能把坏事变成好事，你应该做决定——那女孩怀的是我们家的种。"

"他整天游手好闲，没把自己当一个劳力，我怎么当他是成人，还想这么早娶妻生子。"

"兆文，做一个父亲，应该在孩子最需要帮助的时候，扶他一把，这样的事我没能做到，你应该能做的，老二是个有心的孩子，会懂事的。"

兆文在黑暗中摇摇头，道："不，我没法说服自己。"

"老二究竟做错了什么，让你不能把他当儿子看待呢。他懒，他像个蜗牛，但也是你的骨肉呀，将来还不是要结婚生子，你不要当他是十八岁，就当他是二十八岁，有何不可！"元丰力图说服。

"爹，你不知道，你知道对方家庭是什么人吗，是我们的对头，他的姻亲是麒麟屿的，我们能跟这样的家族联姻吗？绝对不会的。"

"原来你的疙瘩在这里。我看根本就没什么问题，村族怨恨，世代都有，姻亲化解，何乐不为。"

"这种未婚先孕的姻缘，这种跟对头村庄结亲的姻缘，我不知道村里人会怎么看，反正打死我也不会点头的。"

"好，你满脑子成见，说白了，还是不把老二当儿子，不把老二的种当孙子。行，这事你不做主，我来做，我把老二当孙子，我来拿主意！"

"你做主也没用，现在哪有钱办这事呀，师海那边还亏空个大缺口呢，有这笔钱我不先给你做墓了！”

兆文说罢，站起身，他觉得没必要再谈下去了。

“这不是钱的事，这是态度的事。二十年前，饭都没的吃，该结的婚不是也要结嘛！”

元丰说的是“大跃进”的年代。

元丰下决心这件事为老二做主。

第九回：神偷

　　巧云用一块头巾遮住面部，与村人擦肩而过，便会低下头，急匆匆走出村外。现在她最想做的一件事便是离开这个家，离开这个村庄，乃至离开她生活了十几年的这个世界。她不知道未来的世界会怎样，但未知的，总比这备受折磨的世界会好。她离开村庄，离开人群，有时候在棚楼等待老二。这是他们现在相依为命的地点。

　　李家传来消息，如果池家允许的话，可以叫个媒人上门，把日子什么定了，仪式从简，在孩子临产前把巧云娶过来，可算是把丑事化为喜事。

　　池家也只有母亲雪来支持，而根水不置可否，而且气性上头，懒得做决定。日复一日，巧云不知道这一道坎如何迈过，见了老二，心中焦躁，摸着自己稍微有点显形状的肚子，道："我现在只想把他生出来，每天看着他，爱他，这可能是我最幸福的事。"老二道："哦，没想到你这么爱小孩。"巧云道："因为当我是婴儿的时候，就没人爱我了，我要补偿给他。"老二听了似懂非懂，道："我最爱你的，难道你不知道？"巧云道："傻瓜，那种爱跟这种爱不一样，没有那种爱，人活着就跟弃婴一样，不知要去哪里。"老二道："谁说我不知道那种爱，我知道的。"两人有一搭没一搭地聊着，巧云伏在老二怀里，一面贪恋处子欢爱，天雷地裂，一面觉得火中取栗，悲喜参半。只有来去潮水，无悲无喜，目睹一切。

元丰对月明道："既然事态胶着了，对方肯定有踌躇。可是最苦的是巧云，得想个法子，定定她的心，至少表明我们的态度。"月明将心比心，甚觉有理，到房间里，挪出一个红木箱子，开了蝴蝶铜锁，箱子里尽是衣服，她在底部掏半天，掏出一个红袋子，袋里掏出一个银坠子。坠子是椭圆形，正面是雏凤纹饰，背面是林字印章，有林家风水背靠凤林山之典故，做工精细，乃是清末民国的制式。月明对老二道："这个银坠子是你奶奶给我的，你拿去给巧云，让她知道我们是有心接纳她的。"

巧云拿到银坠子，稍微心安，道："如果你不带我走，我就不想活了。"老二道："别说这不吉利的话，过完年，应该就有说法。"过完年，根水终于下定了决心。

机缘来源于陈武功的来访。陈家早已听闻巧云怀孕的来龙去脉，巧容与立春听了，面面相觑，各怀心事，或者偶尔互相探究其受孕的时间。陈武功不言语，只是暗自庆幸自己正确的选择，倘若把这种不声不响却暗自骚情的女子娶回家，回头能闹出什么事来也说不准。后来根水托人来，道是如果亲家有空了，请来一趟，有事相商。年关，陈武功自家的鱼塘清了，便提了两只大鲢鱼，鱼鳃上贴上红纸，作为年货一路送来。根水备了酒菜招待，十分尊重，并问关于巧云之事的对策。陈武功两杯酒下肚，朗声道："本来是宁拆一座庙，不破一家亲，但是这一门亲事却要三思而行。增坂村与碗屿是死对头，凶狠恶霸是远近闻名，他们滩涂就在你们村口，连你们村讨个小海，都能发生纠纷，李兆文与你为敌，明明你买了蛏埕又被他驱逐，还是一桩无头债，这梁子都结下了，你还能把女儿送他们家去，岂不让人低看一等。别说你们村，便是我们麒麟垾，与增坂村也是不对付，其匪名远近闻名。好比三国，我们是孙刘联盟，他是曹魏奸贼，哪能同流？"

根水一拍脑门道："难得亲家有如此学问，真没白请你过来。你这一说，我是豁然开朗，要不然我也总是觉得不对劲，又说不清哪里不对劲。我若是把女儿嫁给他，只怕以后全村人对增坂的怨气都发到我们家了。只不过，唉，现在全村都知道这事了，巧云肚子里又有他的东西，真不知如何是好。"

"事已至此，如果将错就错，只怕酿下大错，依我来看，把肚子里的东西去掉，以后将巧云远远地嫁出去，也就大事化小，小事化无了。"

"哎，真是旁观者清，这么一分析，你要是不来指点一番，我可就犯大错了。"

这一出让根水豁然开朗，也让他内心笃定。雪来再来催促巧云的婚事，他便指着雪来的大肚子道："我自有主意了，你还是关照你自己的大肚子，要有个三长两短，打折你的腿！"

春节后的某一天，艳阳高照。根水少有地对巧云和颜悦色道："你跟我来。"巧云从未见根水如此郑重其事地对待自己，心中荡漾起一丝感动，那感动渐渐扩大，竟觉得浑身都暖和了，默默地跟在根水后面，横穿过一条机耕道，直往后山。片刻，便走到自己的窑场。

烧窑是祖上流传下来的手艺，瓷器出口都已是昔日辉煌了，如今式微，碗是不烧了，窑里就一年烧几次瓮缸。卖得最好的叫骸瓮，是装死人骨头的。此地风俗，死后下葬三年，要从棺材里把骸骨取出，装在瓮里，才算入土为安，名曰"补葬"。补葬风俗维持着窑场运营。

窑场遍布破碎的陶罐瓷片，踩在上面当当作响。根水把巧云带到窑面上，指着窑炉的底部，冷冷道："从这里给我跳下来，直到把你肚子里的东西跳出来。"

巧云的脸色都变了。她原以为父亲会给她一条生路的。

"不，我不想。"巧云斩钉截铁道。

"你想留下这孩子，知不知道这样你一辈子就毁了？现在弄下来，你还有救。"

"可是你都不问问我的主意吗？"巧云反驳道，甚至有点愤怒。

"你有主意？你有主意，就不会干出这么丢人的事了。"根水嗤之以鼻。

"我要是不跳呢？"巧云质问道。

"要么肚子里的野种去死，要么你去死，别给我再丢人现眼，两种你自己选择。"

"你是不是从来就不把我当人看？从我出生开始？"巧云哭了出来，那些耿耿于怀的往事，一块儿在脑子里翻滚。

根水把窑场上排列着的骸瓮的残块拖了出来，扔在一边，道："人呢，我还是把你当人的，要不然你又不能光喝水就长大。只不过，你妈如果不能生出个男孩，满树都是花，就是没有果子，我要这些花有何用！"

"我也可以结婚生子，将来你老了，我也可以养你照顾你，为什么我就没用呢！"巧云几乎是号叫着，似乎是压抑了多年的问题。

"哈哈，哈哈。"根水突然很悲凉地笑了起来，笑得阴阳怪气，"我老了让女儿养？你这话不是安慰我，是笑话我！我不想这辈子活成这样的笑话。一百个女儿，也不如一个带把儿的！"

"那我刚生下来的时候，你为什么不掐死我，让我活到现在。"

"是呀，我为什么不掐死你，让你现在给我丢脸，我是该后悔呢！"

根水说罢，往巧云背后一推，巧云一声惊叫，便掉进一米五深的窑底。

师海提着一个袋子，趁着夜色，走出家门。大概是七点多，暗淡的路灯照得石子路影影绰绰，天下了点小雨，路上贼光闪闪。

但是年轻人并不在乎凹凸不平，似乎脚步能把凸起的石头踏平。他推开大门，走进李怀礼的院子，院子里住着多户人家。问了，径直推开李怀礼卧房的门，问道："怀礼伯，这么早就睡啦？"

李怀礼正脱掉棉袄，准备上床，见了师海，又把棉袄穿上，道："那可不，年纪大了，天黑就睡，哪像你们年轻人黑里还闹腾。"

师海把鞋子脱了，踏进楼板，房间还蛮洁净，一张古旧的红漆木桌，铜锁，桌上堆了一些古旧的账本。房间里弥漫着木头潮湿的气息。

"塘租的话，我想先交一部分，剩下的等收成的时候再交，这事我想跟你商量下。"师海坐在桌前的凳子上，给怀礼递上一根烟，语气颇显犹豫，但开门见山。

"那怎么行？"怀礼坐在床沿，美美地抽了一口，口气不容置疑，道，"村产公开出租，还没有这样的先例。要不是信任你，投标当天你就得交钱了。"

"我知道按规矩是不行的，但我是来求你的。"师海从口袋里掏出五十元，放在桌子上，道，"我先交十分之一，你知道这年头叫谁也出不了一大笔钱，况且我还要买鱼苗呢。"

"你开玩笑吧。"怀礼慢条斯理道。

师海从袋里掏出一条牡丹烟，这是当时的极品烟，摆在桌子上，自顾自道："这是我孝敬你的，牡丹烟，我特地从城里买来的。"

"呵呵，还贿赂我呢。"怀礼嘿嘿冷笑，"没用的，明天我这么跟老人们说，他们只会让鱼塘易主。"

"谁要抢走我的鱼塘，我就死在鱼塘里。"师海蛮横道。

"你有什么理由让他们同意呢？"怀礼退后一步道。

"有呀，我是部队回来的，退伍军人应该有优待政策，你要是不信的话，我可以去公社打证明。军人在老山前线，躲在猫耳洞里打仗，我们付出生命的代价，才有老百姓的和平生活，不应该受到照顾吗？这么一点事都不通融，还有天理吗？"

怀礼摆摆手，道："你都把我说晕了，你到底上没上过前线？"

"当然了，你看，一颗子弹从我耳边飞过去，只差一厘米，现在站在你面前的就是鬼而不是人了。我就当我死过一次，所以我什么都不怕，谁跟我抢塘，我跟他拼命。"师海口沫横飞。

怀礼听了半晌，似懂非懂，道："行了，我扯不过你。我做不了主，就帮你传达意见就是。"

"不，你是老人头，你要先同意，你要从政治思想的高度，同意对一个军人的优待政策。你成了，别人觉得有道理，就跟着同意了，是不是？"

"唉，你要我怎么说我就怎么说，成不成看你的命了。"怀礼把那条烟拿到鼻子前闻一闻，道，"不过你这小子还算礼貌，我给老人会干义务不是一年两年了，没有一个人感恩过我，也没一个小子孝敬我，你倒是头一个。"

"我对有能力的人一向是尊敬的。"师海道，"你是我们村头一个。等我养鱼成功，下次孝敬您的就不是一条烟了，至少要一个猪后腿。"

怀礼从未享受过特权，这一招还真叫他暖心，也感受到权力的妙处，呵呵笑道："行了小子，我看好你，等你猪后腿。不过明儿这事成不成我不敢打包票，不管如何，这条烟我是先收下了。"

师海舒了一口气，道："有你顶着，我的心就落定了。"

师海走了出来，外面的雨丝大了，变成毛毛细雨，头部一片清凉，师海却浑身冒着热气，他穿行在村道中，挥发自己的兴奋。他最兴奋的并非说服了怀礼，因为明天老人会商议的结果也未可知；而是自己走投无路下的一顿乱拳居然奏效。任何事情，不管有没有把握，只要行动，就会有回响，这点心得使他有顿悟之感。

次日，怀礼在老人会里以其退伍军人的资格，提起要求，申明地方上有这个政策。老人们听得云里雾里，虽然不太支持，但并不激烈。此后，师海以及兆文，一个一个地跟几个头人求情。一家姓的村庄有这个好处，大伙儿都是同祖同宗下来，会来会去都是亲戚，既然软言相求，最后都算妥协，谁也不想冒头得罪师海。塘租的事经过一番活动，勉强平息。

怀风兴冲冲地提着一截猪后腿下来，白晃晃红嫩嫩，煞是鲜活。他脸上兴冲冲，一派神秘，似乎干了什么见不得人的坏事而得意。

"你好像吃了什么药了？"一进房门，海燕便觉得他不对劲。

"比吃药还带劲呀。"怀风把猪腿砸在桌子上，道，"我调动成功啦，你说什么药比这灵呀。"

在怀准的帮助下，怀风暂时借调公安局，因他字写得好，文字能力不错，做文书方面的工作。怀风高兴地要抱住海燕，海燕惊叫着躲开，叫道："别乱来，你这双手油腻腻的。"

怀风抱怨道："这么开心的时候，还不让我亲热下。"

海燕道："你开心可以，但也不用买一个猪腿庆贺。"

"哪里是买的，是麒麟屿……那谁送的，农村人嘛，觉得这是最大的礼节。"

"那也用不着提一个下来。"

"我现在都吃食堂，也不开伙，你这里吃不完，可以放在井水里。"

"放井水里也会发臭呀，你还是弄一半给你爹吧。"

"不，臭了也不给他们吃呀。"

"你可别这么说，毕竟你是他养大的，这一点毋庸置疑。"

怀风撇嘴道："是哟，说起来是这样的。实际上，如果不是我自己咬紧牙关，一步步扛到现在，估摸着早不是饿死就是气死了。"

"你这一肚子怨气，什么时候才能消掉呀。"海燕不耐烦道，"做人嘛，要往好的地方看。至少呢，你也应该给爷爷拿一半过去。前几天，我在路上看见他在拾粪，手腕干巴巴的，像蛇皮一样，给他补补身子不挺好的嘛！"

在海燕的婉言相劝下，怀风切了一半猪腿，提着过家来。一进门，就被船仔瞅见了，船仔惊喜道："怀风哥，你也养猪呀。"怀风道："养猪的人才吃不上猪肉呢，猪肉都是给不养猪的人吃的。"船仔一瘸一拐眼巴巴跟在后面，他是个见了肉就眼睛发亮的孩子。

爷爷正在磨刀石上削篾片，每年一家人拉屎要费不少篾片，都是爷爷一根根削出来的，爷爷削的篾片，可以把屎刮得很干净。

"爷爷，给你送了块猪腿。"怀风把猪肉递到爷爷面前，让他看到白里透红的成色。

"干吗费这钱？"元丰惋惜道。

"我调到公安局了，这是人家送礼祝贺的。"怀风道。

"怀风，有出息啦，以后你爹再也不会让你阉猪了。"爷爷还是没有停下手中的活儿，在他看来，擦屁股是一件极为神圣的事，他招呼道，"船仔，你把猪肉提到厨房去，让你娘给做成猪蹄冻。"

船仔兴高采烈地抱住，像抱住一个新娘。

"师海呢？"怀风问道。

"他呀，有了池塘之后，整天都在那里忙呢，我看他是离不开池塘了。"爷爷道。

话音未落，就见师海挑两个箩筐进来，箩筐上面沾着青草。

"师海，我借调到公安局了，现在我是公安人员了。"怀风挺起胸脯，兴奋地宣告。

师海愣了片刻，一脸茫然，看不出此事对他是好消息，还是坏消息。怀风看出这是对师海奋力一击，心中相当得意，师海像猛然醒悟，放下箩筐，拉起怀风道："太好了，你跟我走一趟！"

两个人穿过村巷，来到码头，现在码头下已经变成大路和池塘，池塘周边是田地了。昔日的渔船停靠的场面一去不返，倒是两棵百年榕树宠辱不惊，依旧亭亭如盖，翼护其下。两人沿着崭新的机耕路走向三号池塘，刚好六队的队长李福生正领着几个人向池塘走来。

原来，六队的人不死心，得知师海在塘租一事上打马虎，挺不服气，便来池塘要求转让，他们可以赔偿师海的前期投入，否则，便恐吓要将池塘开闸，重新开标。师海哪里肯从，跟他们吵了一个下午，公说公有理，婆说婆有理，只不过谁也不服谁。

师海走到他们面前，威风凛凛道："我弟弟怀风，现在是公安警察，你们以后谁再敢来池塘闹事，哪怕是踢掉一块土疙瘩，分分钟我让你们吃牢饭！"

李福生惊愕之间，反应过来，道："怀风不是管阉猪工作的吗？"

师海道："刚刚调到公安局，你们不信的话自己打听，以后跟我说话你们都要承担法律责任的！"

怀风不满地对李福生道："我原来也不是管阉猪的，以后别再这么说我了。"

公安局对村民来说，是一头大象，当然谁也不敢吭声了。

怀风这才晓得师海是要借他敲山震虎，心中有点不悦。但是看到自己的身份有如此的震慑力，也有几分得意，自己的调动方向是极正确的——他在村里丢了二十年的尊严，终于找回来了。

海燕已经做了丰盛的几道肉菜，祝贺怀风的心想事成，还把焖肉分给其他老师。两人到了学校，刚好接上吃饭的茬，三人欢快小饮。怀风一扫往日阴郁作风，兴致颇高，挑起话题道："你们知道我这次为什么能借调吗？"

海燕与师海面面相觑，他们才不懂城里的事。

"托严打的风。"怀风侃侃而谈，"中央号召严打运动，任务重，可是下面的警力不够，不得不从其他单位借调。我不是文笔还不错吗，相当受重视，以后恐怕不少案件都要我来记录。"

"借调不等于调动吧，以后能真正调过去吗？"师海抓住问题的关键问道。

"只要不犯错，表现得好，甚至立个功，正式调动是水到渠成的事。我不会放过这个机会的。"怀风道，"现在有多严你们知道吗？昨天我记录一个案件口供，有一个十八岁的男孩，农村的，在黄坑，邻居的一个妇女，老公出门跑海，跟男孩子勾搭成奸。她老公回来后，发现了猫腻，就打那个女人，要那个女人说是男孩子强奸她，妇女就说了，现在这个男孩子被判枪毙了，月底到体育场就集体执行了。"

师海听了，道："这严打是不是太严了？"

"社会这么乱，到处都是斗殴滋事，不严打不行呀。别说这了。"怀风吃着肉道，"你知道我为什么提这一茬吗？"

海燕与师海均摇头。今天怀风成了名副其实的主角。

"以后谁要是再敢骚扰海燕，说什么爱她呀，嘿，我告他一个流氓罪，你们说这个办法妙不妙！"怀风说着得意地盯着师海。

师海意识到话中有话，盯着怀风。而怀风的目光也紧紧盯着师海，甚至带着一丝挑衅。他现在已经不是一个处处都在下风的弟弟了。

海燕猛然觉察到兄弟对峙的异样气氛，叫道："你们怎么啦，疯了吗？"

每年春节，麒麟埯的大宫里，唱戏长达半个月，"有停锣，没停鼓"，戏文连本大套，昼夜不停。从水路来看戏的外乡人，只在码头上便听见锣鼓喧闹；陆路来的，没进村便也能听鞭炮声响，热闹非凡，尽显大村风范。附近村庄的小贩，也蜂拥而至，带着糖糕水果，驻扎数日，是一笔极兴旺的生意。

大宫乃是一座古老的古庙，宫门一副石刻对联"地缠沧桑环玉带，神依德泽并金峰"，另有左右小门的对联"北岸群星朝海国，东皋半月映云门""云屿麒麟呈瑞气，江心龙马献奇观"，从中可见本地的地貌风情。大宫曾遭倭寇焚毁，又几经修复，有些烧裂的石条旧迹仍然可见。

大宫敬奉的是当地土主孙圣公。村中大事，都在此焚香问卜。若是海上平安，则是另有妈祖庙问祈。

戏台在位于宫大门入口处，面朝天井和大殿。戏台宽深达到五米，台顶有八角藻井，工艺繁复。戏台中间的木板可以拆开，变成一条一米八的游神通道，实用自如。麒麟埯原来四面临海，风大雨多，为了保证酬神的演出风雨无阻，天井被加盖了屋顶。天井的屋盖又和高出四周廊台的瓦片交错覆盖，既能防雨，又有利于空气的流通、烟雾的扩散和光线的斜逸。来麒麟屿埕看戏，雨天也可站在天井里，足以为外人赞叹。而麒麟屿村也以此为豪。

连轴唱戏，这里也成为孩子们的天堂。立秋、伏棉、软壳蟹等三五个孩子在天井人群里窜来窜去，十来岁的孩子，看不懂戏文，只晓得嬉闹。大人不胜厌烦，有的怒斥道："不看戏就到外面玩，跟泥鳅似的。"几个孩子便窜到回廊二楼，看见下面卖米糕的，软壳蟹嘴巴馋，道："那小贩睡着了，我们去偷一点吃。"小贩是个别村的妇女，趁着人多在此日夜摆摊，大概困极，竟然靠着柱子在打盹。立秋道："那不是好办法，看我的，我去叫我哥来。"他晓得立夏正在门口看赌博，便过去叫唤。

立夏被派出所抓走，只到了夜半，便回来了。村人都听闻是陈武功到镇上去走了关系，佩服他手眼通天，可以与书记陈玉贵相抗衡了。立秋好奇立夏所遇，问其详情，立夏道："我是趁上厕所的工夫，掰掉一根窗户上的钢筋，从窗户上跳下来，窗户下刚好有一堆肥土堆，我从二楼跳到土堆上，人没受伤，倒是鞋子裤子都脏了。"肥土堆是农民在下水沟里把肥土堆成锥状，慢慢风干，有点肥力，权且做肥料。

"那人怎么说是爹去走关系让你出来的？"立秋问道。

"我哪知道，兴许爹吹牛呢。"立夏实话实说。

立秋点子多，比立夏聪明，因此立夏倒是对其言听计从。立夏不知道从哪里弄来一根绳子，绳子一头用铁线做了一个钩，从二楼廊上垂下来，钩住装米糕的篮筐，慢慢地拉上去。那妇人瞌睡很香，竟无半分察觉。旁边的人在认真看戏，有几个人看见了，面带微笑，也不吱声，一是怕立夏蛮横，二是本村的调皮孩子捉弄外地的小贩，这是常事，见怪不怪，亦是本村人的优越感所致。

几个孩子掩嘴笑着，到手之后，立夏悄声道："走吧。"立秋道："你们先走，到白将军庙里，我再捉弄她一下。"立秋从廊上吐一口痰，第一次没吐中，第二次吐在妇人耳边，流到脸上，那妇人以为是蛾蝇作怪，拍了自己一脸，醒了过来，却发觉自己看守的米糕不见了，慌忙打听。立秋见状，感觉大功告成，笑着跑下去了。

白将军庙是离大宫数百米的一个小庙，在榕树底下，比较偏僻。几个人聚在此处享用，是怕大人撞见。立秋最后一个到，把妇人的狼狈之状模仿一遍，几个孩童大乐。软壳蟹实在忍不住，伸手往篮子里拿米糕，被立秋一巴掌把手拍住。立秋道："你，上次跟我玩黄瓜石，赢了我一大把，是不是？"

黄瓜石是黄瓜鱼头部的石头，白色晶体，鱼肉被吃完后鱼石被留下来当成孩子们的玩具。

软壳蟹道："是赢了你，可是跟吃米糕有什么关系？"

软壳蟹从小就浑身发白，透明的那种白，特别是脸上，看着跟白化病似的，也像刚蜕去一层皮，因此得此诨号，也是伙伴们欺负的对象。那螃蟹，蜕皮之后，也是浑身软塌塌，半透明。

"想吃的话，以后不准赢我，知道不？"立秋训斥道。

软壳蟹虽然觉得没道理，但现在要吃嘴软，也没办法，唯唯诺诺道："好呀，可是万一赢了怎么办？"

"赢了可以还给我呀。"立秋道,"不论是黄瓜石,还是玩铁片,以后你都不准赢我。"

立秋把每个小孩都警告一顿,然后让立夏分米糕。这米糕做得地道,又硬又脆,咬得咯吱咯吱响。偷来的东西吃得特别香甜,小庙里笑语不断。

陈石头拿起一块石头,站在高处,往陈庆该的屋顶上砸去,叫道:"过大年,给你吃一顿石肉丸。"哗啦一声,石头砸在屋顶上,把瓦片震碎,随着倾斜面滚下来。屋里的人没有一点声响。石头继续用各种脏话挑衅,屋子里始终静得如坟墓一般。

"破四旧"期间,石头的父亲陈庆祝一直把临水夫人的木像藏在自己的米缸里。临水夫人俗称奶娘,是闽东保佑生育的女神。奶娘像设计精巧,木头是活动的,手、脚、头都可以卸下来,在米缸里藏了许久,直到石头出生后,不知怎的,被人告发,木像连头带脚被焚。陈庆祝被批斗的时候,妻子劝他要借几条棉袄棉裤穿上。批斗的主要环节,是在祖厅被吊打。但是陈庆祝认为自有神灵保佑,不必棉袄护体。先被游街,后在祖厅吊在横梁上,被陈庆该打了一个小时,哼也没哼几声,众人以为有神灵护体,不觉疼痛,后来解下来一看,已然断气。

从十二岁开始,过年的时候,陈石头每年都要给陈庆该屋顶喂一顿石头。

陈石头见得不到回应,该骂的脏话也骂了,便去往锣鼓喧天的祖厅。他不看戏，只是看热闹。在他父亲当年被吊打致死的地方，如今摆满了长凳，是看戏最舒服的所在。石头的娘叫碧娥，石头爹死的时候，她才二十四岁，此后她再也没有进入祖厅。她瘦成一个人干，衣服穿在身上飘荡着，活像一个魂儿，且整天会说些匪夷所思的话，村人都说她得了癔症。

石头在祖厅门口，看见立夏提着一篮子米糕出来，跟着几个乐呵呵的小孩。他眉头一皱，便知道来路不正。立夏朝他得意地哼了一声。他们是村里天不怕地不怕的后生仔，但两人并不对付。

半个小时后，石头在前厅天井里看人赌博，一个瘦得像刀片一样的女人走过来，哭丧着脸问道："我的米糕被人偷了，你们看见了吗？"赌博的人都无暇理会，她不断重复地哀叫，仿佛那米糕是她的命根子。陈石头盯着她半天，叫道："我知道是谁拿了，他们往那边去了。"瘦妇人也不知那边是哪里，像抓住救命稻草一样拉着石头的衣襟。石头道："是一伙野孩子，可能偷了你的米糕躲哪里吃去了，不过你找到他们也没用，他们不会赔你的，你就认了，回去吧。"妇人哭道："不，我要找回米糕才回去的。"石头道："冤有头债有主，要不这样，我带你去他家里，跟他家人要。"妇人便跟在石头后面，边流泪边唠唠叨叨道："那是最好不过。我今天运气这么好，碰到你这么好心的后生仔，你叫什么名字呀？"石头道："他们都叫我石头。"妇人道："真是一块好石头。"

石头把妇人带到陈武功家门口，一指道："就是这一家了，偷你米糕的孩子叫立夏，打起架来不要命，你还是找他爹。"说罢便走了。妇人便怯生生地进来，恰好陈武功在给天井石台的盆景浇花，妇人便说了经过。正是过年，大厝里闲人多，全围过来听了。陈武功道："你是哪里人家，姓甚名甚？"妇人道："我是汤湾的，人叫我黄连，米糕是祖传的手艺，趁着麒麟埕大戏，指着做两天好生意呢。"陈武功当着众人面道："你也不用着急，且在家等着，我去把立夏找来问问。"陈武功出去打听一圈，不久，便提着一个篮子进来，只不过那米糕被几个孩子吃得只剩几块不成形状的，像被老鼠啃过，谁也不知道那几个败家子为何要这里啃一口那里掰一块，跟猴子吃蟠桃似的。陈武功道："可是这个？"黄连惊喜又失望，道："你可真是包青天，一下子就找到了，可惜被吃得差不多了。"陈武功笑道："我自己的孩子能找不着？你剩余的米糕，可卖多少钱？"黄连道："应该能卖一块四五，我指着今晚卖完连夜回去的。"陈武功将剩下的米糕啃了一口，咯吱一声，甚是香脆，道："你的米糕，确实与众不同，现在也是饭点了，就跟我们家吃完饭走。"黄连道："吃饭就不必了，要是能赔我一点米糕的钱，我这就回去。"陈武功道："那是自然，你吃个饭，我有事跟你相商。"

巧容手脚利索，忙活一阵子，一桌子的过年饭菜已然上桌。有鱼块冻，有肉块冻，有菜花，有咸鱼干，有下酒的螺蛳，还有螃蟹酱，满满当当。黄连两眼盯着桌子，眼睛溜来溜去，道："你们家过的是神仙日子呀。"陈武功颇为得意，道："我家刚娶的儿媳妇，做得一手好菜，你上桌来多尝尝。"米饭是地瓜米掺白米。众人上桌，黄连觉得颇为不好意思，禁不住陈武功苦劝，要了一碗饭，只埋头吃，却不夹菜。陈武功道："你别客气，我们家不是小气人，你要是不信，上村里问问，我陈武功是什么样的人。"黄连眼睛盯着那黄澄澄的肉冻，却只夹了一条咸鱼干一小口一小口地咀嚼。陈武功劝她吃肉菜，黄连道："那可不敢，好菜把嘴巴养刁了，以后苦日子可过不下去。"陈武功粗鲁地夹了一块肉到她碗里，道："吃一次又有何妨，好日子苦日子都得过。"黄连犹豫半晌，又把肉块夹了回来，道："这么香的肉，我家孩子都没吃过，我不能吃。"

陈武功叹道："你那米糕做得确实有一手，以后呢，你直接送米糕到我店里来，按批发价给我就是。"

陈武功在街头有一家杂货铺，由立春和他娘轮流看管。立春对农活是嫌弃的，除了有时候帮助陈武功浇菜、逛逛池塘，平时就跟店里看着。那店里有人闲坐，天南地北地聊，立春是聊天的一把好手。

黄连惊得筷子都掉下来了，道："那是最好不过了，最好不过。"陈武功道："被孩子们吃掉的，我也按批发价，给你钱就是。"黄连腿脚哆嗦，几乎下跪了，道："今儿是什么黄道吉日，只怕我的孩子以后也能吃上肉了。"陈武功把她扶起来，道："做人做名气，我一向对你们小村小户的人是不吝啬的，就这么说定了。"批发价大概其是零售价的一半。陈武功给黄连付了钱款，天色已黑，留她过夜，黄连道："不留了，我得回家报喜讯去。"陈武功道："这一路十八弯，你一个女人夜里只怕吃不消。"原来汤湾在麒麟埂以里，山路弯弯曲曲，在山丘、池塘、坟堆之间绕来绕去，白天也需要走个半天，何况晚上。黄连道："不碍事，我是夜路走惯了，怕人不怕鬼的。"陈武功道："天太黑。"黄连道："一路鬼火亮着呢。"提着篮子，喜滋滋走了。临了又回头道："那个叫石头的孩子家在哪，我得跟他道声谢呢。"

立夏和立秋，等到天黑了才回来。立夏被一顿胖揍，饶是他能扛揍，也被陈武功的柴火棍打得哼哼唧唧，不服叫道："戏场里每天都有人偷东西吃，凭啥打我？"陈武功道："你净给我丢脸。"立夏回复道："上次你说是你到派出所说情让我回来的，我跟人说是我自己跳窗回来，你就说我丢脸；现在我凭本事偷米糕吃，你又说我丢脸，你的脸怎的那么大。"陈武功下了重手道："你还敢理论，人都追上门讨钱了，你还说有本事！"立夏挨揍从来不躲避，咬紧牙关闷哼一顿了事。立秋回来死不承认自己参与此事，免了一顿教训。睡觉的时候，立秋掀起衣服看看立夏瘀青的皮肤，问道："哥，疼吗？"立夏咬牙道："也就跟蚊子咬了一样。"立秋道："要不是陈石头告密，我们这顿米糕就能白吃了。"

石头挑了两担水，刚经过街角，就被候在那里的立夏拦住。立夏往前桶一踢，水桶晃悠，桶面的水就泼了出去，石头赶忙放下担子，让水平静下来。

立夏歪着头，鼻孔出气，叫道："你老跟我家作对，是不是骨头特别痒呀！"石头喘了口气，倒是冷静，回道："我做人有规矩，对谁家都一样，不针对你家。"立夏道："别的我不说，就说米糕的事，你为何帮助那妇女来害我？"石头道："我没想害你，只不过她跟我娘一样瘦，我瞅着挺亲切的，帮她一把。"立夏道："就别啰唆了，我们干一架吧，要不然我憋不下这口气。"

石头瞅了瞅立夏，一身黝黑的肉，壮得像个小牛犊，而自己虽然个头比他高，但太廋了，摆摆手道："恐怕不行。"

"你尿了？"立夏道，"如果是怕我的话，就乖乖磕个头，以后听我使唤。"

"我真没怕过谁。"石头坦然道，"我只不过担心缺了胳膊少了腿，不能给我娘干活了。"

"纯粹是借口。"

"那你到八角亭等我吧，我得先把水挑回去。"石头犹豫了一下，答应道。

八角亭是街头的一个古亭，是路人过往歇息的地方，也是村里议事说书之地。俗语云，有理没理，到八角亭评评理。

石头挑水回家，揭开水缸盖，倒在水缸里。母亲碧娥把水舀进锅里，再把地瓜米放进去。她年轻的时候，是出名的漂亮，在石头小的时候，也有人劝她改嫁。但她拒绝了。她说她夜里经常听见陈庆祝回来的声音。她一直声称陈庆祝没有真正死去，他因为尊重神灵，被派去阴间当差，下班了，就会回来。她渐渐消瘦，浑身无力，但她说自己的力气长到石头身上了，这让她欣慰。碧娥看见地瓜米长虫子了，道："我儿，你眼神好，把虫子拣出来。"石头道："娘，虫子也是可以吃的，吃了可以长气力。"碧娥道："好呀，你爹当年也是这么说的。"石头往灶膛里点了一把火，灶膛瞬间就亮了，还把整个厨房照得暖暖的。石头道："娘，你继续生火，我去去就回来。"碧娥道："紧着点回来吃饭，饭凉了就没营养了。"

大概是半个小时后，石头回来了，脸颊有点肿，右胳膊垂着。碧娥并无觉察，叫石头自己盛饭。石头道："我胳膊断了，娘，你帮我盛一碗。"碧娥愣住了，她抓住石头垂着的胳膊，石头痛得叫了起来。

"又是谁把你打了？"碧娥又哀伤起来，觉得全村人都在欺负石头，道，"到底是谁呀？"

"说出来又有什么用。"

"说出来，让我告诉你爹，让你爹去教训一顿。"

"娘，爹已经死了，帮不了我的忙。"

"不，他经常回来的，半夜三更，有时候会在你床前看你。"

"不用爹，我能照顾好我自己。他被我打得更惨。"

两人在八角亭搏斗的情景，据说多人围观，难分伯仲，相当惨烈，被很多人争相谈论。

碧娥端详着石头的脸，一口一口给石头喂饭。石头不喜欢这样，但是没有办法，现在他的右胳膊废了，左手又不习惯做任何事。

"娘，只怕我干不了活了。"石头道。

"我都干得了，以后每天娘都给你喂饭。"碧娥眼神中的怨恨，此刻突然变成一种柔情，看着石头就像看着三岁的小孩一样，道，

"断了也好，娘很久没有给你喂饭了。"

门突然打开了，陈武功走了进来，目睹此景。石头不愿被看到喂饭的情景，左手拦住母亲的手。陈武功柔声对石头道："我没别的意思，过来看看你哪儿受伤了。"

碧娥两眼盯着陈武功，突然张开两手，拦住他，道："你别过来，你会害我儿子的。"

第十回：情劫

大潮水的时候，碗屿码头的石板与水面持平，甚至潮水漫过石板，白条鱼在石上游走，螃蟹爬上榕树根，跳鲋在石缝间探头探脑。村人对此习以为常，鱼虾受到惊吓纯属自作多情。退潮之后，出现滩涂沟壑，水流汹涌，赫然有声。

巧云只留两只鞋和一件外衣在码头，人已经无踪影。村里用了五条船在附近洋面搜索，没有找到任何尸首的信息。

那双鞋是灰色布鞋，原来是雪来穿的，后来巧云的脚长了，便给巧云。巧云嫌其过于单调，便在脚眼下各绣两朵红花，就是农村瓦片上常见的瓦莲，玫瑰色，这下子走起路来，生动不少。衣服是桃红色的一件外衣，她最喜欢的一件衣服，想来是舍不得一同被江水冲走。

山区的妇人自尽，用绳子，用老鼠药；海边的女人只消往码头下一跳，随流而去，万事皆了，不费半分的本钱。

其实事有预兆。事发前一天，巧云抱着肚子道："娘，以后我不能给你使唤了。"雪来大着肚子，正往灶膛里添柴火，听一耳朵，并不往心里去，意识中只想是女孩丧气娇情的话。其实，雪来心里计较另一件事：根水想要巧云把肚子里的孩子堕了，雪来并不同意，怀胎数月，只有女人方知道其中的痛苦与甜蜜，即便名不正言不顺，也不至于要了胎儿性命的。但她在家里又无权威，劝说肯定是说不动根水，只是觉得不妥，脑子里打架呢，无心理会巧云的话。雪来木然站在码头上，手上抱着女儿的遗物，眼泪已经流干，眼巴巴望着辽阔的洋面。不知道女儿那薄薄的身躯，此刻漂流在哪一个洋面上。女儿做了这样的决定，自己浑然不觉，这是一个母亲最痛心的。倘若自己有心，多问女儿一句，只怕女儿就能消了这个念头，这是最悔的。她现在眼泪流干了，声音也哭哑了，像一只鸭子伸着脖子干号，力气全丢了。根水走到她身边，一把拉住她回家道："哭有啥用，也哭不回来，要是把肚子里孩子哭坏了，那怎么办？"雪来挣扎了几下，还是被他拉回去。

洋面上搜索了三天，没有找到尸首，也就罢了。海那么大，一个人陷在某个港汊的淤泥里，或者埋身在海草树林丛中，被鱼蟹啃噬，乃至消失，不足为奇。

池家的亲友男丁有十几人，成群结队，一路叫嚣，开往增坂村。池三炮走在前头，凡遇路人，大声控诉："李家后生把池家女儿糟蹋了，导致跳江，丧尽天良，这就给讨个说法去。"路人晓得原委，无不唏嘘，并予道义的支持，一路宣传，消息早已跑到队伍前面去了。

本是传话过去，叫立春过来做个头人，女婿也算半个儿子，关键时刻该出头了。立春得知消息，皱着眉头道："哎哟，正头疼呢，去不得了。"巧容不满道："早上见你还好好的，怎么就头疼呢。"立春支吾道："就是刚刚……听到这事脑子就嗡的一声，跟炸了马蜂窝一样。"巧容道："这种事你还不去站个场面，人怎么说我没用？"立春便王顾左右而言他了。

巧容晓得公公是有主张的，便跟陈武功诉苦。陈武功听了，轻蔑冷笑道："你晓得立春是真的头疼还是假的头疼？"巧容道："我也不知。"陈武功笑道："立春就那胆子，一听这种事，就尿了，我看叫立夏去更合适。"立夏闻言，拳头就发痒了，不说二话就答应了。立秋也要跟着去，陈武功道："到时候乱糟糟的，只怕你吃不了兜着走。"立夏道："有我在，怕什么。"陈武功见立秋苦苦哀求，便道："行，去见见世面也好，只不过要保护好自己。"立夏和立秋动身碗屿，加入队伍。

人群闹哄哄开进村子，径直往李兆文家。李兆文一家早先闻讯，已经撤逃，家里空荡荡的，只有元丰坐在楼梯中间。在厅堂里，众人闹哄哄地吆喝，叫李家把儿子交出来偿命，一派喧嚣。池根水喊道："李兆文，你不是很牛气，怎么跑了，理屈了当缩头乌龟吗！"很快前后门口围拢来看热闹的人，道："李兆文不在家，就老爷子在，你要讲道理就跟他说，可别动老人家。"李元丰见满厅闹哄哄的人，也只是手指比画着，却说不出话。池三炮道：

"老人家没啥好动,先去把前后灶给捅了。"立夏手疾眼快,捡起一块石头,直冲厨房,当的一声巨响,前锅被砸出一个大洞。立秋跟在后面,道:"后锅给我来。"捡起石头,朝后锅砸去,立秋爆发出一阵爽朗的笑声。碗屿的人见了,都觉得爽快——把人家的锅砸掉,是一种彻底的冒犯。

元丰坐在楼梯上,嘶哑的声音叫道:"莫要砸了,莫要砸了。"

立秋从厨房出来,看看厅堂,对立夏道:"看看还有什么东西可以砸的,要不便宜了他。"立夏道:"分头找找。"

家徒四壁,厅堂里只有一张桌子,几张凳子。池根水大骂李兆文的嚣张,在滩涂上对他的欺负,说几句便捶一下桌子,搞得饭桌摇摇欲坠。围观的人倾听着,便知这是新仇旧恨的瓜葛,感觉一场大戏正在上演,人越来越多,堪比围观一场婚嫁。池三炮叫道:"我们大老远过来算账,也没人给我们备饭,这哪里是待客之道?砸!"元丰心中有愧,不敢呵斥。

李兆文先一步得知消息,大难来临,不敢怠慢,三十六计走为上。师海一早就出海割咸草去了,老二早已晓得风声,这几日也不知去向。兆文带着元丰、妻子、船仔、六斤出去躲风头。元丰不走,坚持要守家,兆文也无奈,带着妻儿四人躲在书记兆清家中。兆清道:"这事儿老二干得不在理,先躲躲风头,也没其他办法。"便让他们躲在二楼。陆续有人来传消息:"锅灶已经被砸,桌椅已烂,元丰守住楼梯口,人还不敢往楼上走。"

船仔和六斤是小孩,不明白事情的来龙去脉,倒是不怕。船仔道:"不知道薄荷糖和花手帕怎么样了,咱们回去看看?"六斤也担心兔子遭遇不测,便跟着船仔偷偷回来。家里闹哄哄的,两人从围观者的大腿探出头,看见楼梯下的兔子窝并不引人注意,也没有被糟蹋的痕迹。黑狗老黑见这么多人围在自己家,倒是惶然缩在家门外,摇着尾巴,一副不知所措的样子。

立夏正琢磨着什么东西砸一通便回家,立秋进来叫道:"过来过来,有猪。"猪圈在屋外,立秋的意思是把猪捆绑回家,立夏也不知道该怎么办,只是跑进猪圈,抓住猪尾巴,那猪就尖声叫了起来,四处乱窜。立秋道:"看来抓不回去,那也要杀死了。"立夏便跳了出来,去厨房找刀具。

船仔和六斤在厅里,听见屋外传来猪叫声,慌忙赶到猪圈。立秋守着猪圈,一副势在必行的样子,六斤连忙站在门口用手拦住,道:"我家的猪,不准赶走。"立秋见六斤比自己矮小一头,窃笑道:"我不赶走,只想杀了它。"六斤拦着手:"也不准杀它。"立秋道:"你拦得住我吗?"六斤道:"哥哥,你也来。"船仔瘸着腿,怯生生站在六斤旁边,一齐挡住猪圈门口。立秋道:"哈,来了一个瘸子,哈哈,瘸子!"船仔被嘲笑得脸都涨红了,只是生气,狠狠地盯着立秋。立夏不知从哪里找到一把柴刀,走过来,虎视眈眈站在两个孩子面前。立秋要挟道:"你们要是不走开,小心先砍着你们。"船仔胆小,想退让,却看见六斤丝毫不退缩,只好跟着妹妹站在一起,瑟瑟发抖。立夏不耐烦,便上前用手拨拉两个小孩,想冲进猪圈。船仔见了刀,吓得大哭。

李兆庆不知何时瞅见，抄了一把扁担冲过来，道："你们要动小孩，我可不客气。"立夏见兆庆也是五大三粗，一脸蛮横，有所忌惮，道："你让他们走开，我要的是猪。"六斤见有堂叔壮胆，牢牢把住猪圈的门，道："猪是我的，不能杀。"李兆庆也嘟哝道："你要砸家不都砸了嘛，这事跟猪也没啥关系呀。"立夏道："人都死了，赔一头猪算什么！"

僵持着，人也凑热闹，越来越多。根水发觉这里有动静，过来一看，是兆庆，所谓仇人相见，分外眼红，道："你跟我旧账还没算呢。"

兆庆的蛏埕卖给根水，但是耕作时被兆文等人打跑了，这件事还悬而未决。兆庆急用钱建新房，钱已经花出去了，也无还钱的打算；而根水呢，只是退钱又觉得亏了，心里还掂量那块蛏埕，也不催促钱，只是跟兆庆打过招呼，让他思量方案。此事根水跟陈武功谈过，陈武功道："这个事不着急退钱，埋个梗，以后可以唱大戏嘞！"

兆庆见了根水，自然有点惭愧，道："我也不晓得怎么算，反正当初卖地的时候，我是诚心实意卖你的。"

根水道："那件事我当然跟你没完。不过咱们今天不说这事，今天你把兆文叫出来，我要把新账旧账一块跟他算算。"

兆庆支吾道："我也不知道。"

立夏道："少跟他啰唆，既然他做缩头乌龟，这头猪就搞回去。"

猪养了几个月，也有近百斤了，是家里的一笔财富。

根水问兆庆道："如果你不想插手，最好走开。"

兆庆紧紧攥着扁担，道："是不想插手，我只是不准你们伤害孩子。"六斤有叔叔撑腰，小手紧紧抓住猪栏，船仔也紧张地抓住妹妹的手。而猪也在里头哼哼抬头想看，似乎在看一场人类的大戏。

碗屿的人也围了过来，主人已经跑了，现在大家的目标就是这一头猪了。立夏见有这么多人助阵，陡然生了豪气，道："我要杀了这头猪，你要不怕被刀闪着，就拦着吧。"碗屿的人也一齐为立夏助威。

兆庆面对诸多敌人，倒是被激起了倔劲儿，他索性把船仔和六斤依次提起，放进猪圈，两手把扁担横在身前，准备谁过来就给他一扁担，并且叫道："增坂人没那么怕死！"

围观者顿时给予喝彩。剑拔弩张，兆庆准备搏命死守猪圈了。

一个尖锐的女孩子的声音从里三层外三层的人群中传了进来："爹，爹！"根水听得出是三女儿巧清的声音。巧清并没有跟队伍而来，怎么会在这里出现？根水拨开人群。巧清一头汗水，鬓边细小的发丝湿漉漉地贴在脸上，看见根水，上气不接下气道："爹，娘生了！"

根水眼里露出鹰看见猎物一样的饥渴，急问："是男娃还是女娃？"

"娘说，是弟弟！"巧清稚嫩的声音特别清脆。

根水瞬间蒙了，他像一头蠢驴直直地跪下，土地上响起清脆的骨骼撞击声，他双手合十，含泪道："天哪……命哪……"

人群中安静下来，一场即将而来的大战被另一种肃穆的仪式制止了。根水起身，擦了一把眼泪，叫道："回去！"

增坂的后山不高，海拔两百米，因古代有盗贼在山上结寨，故称寨顶山。寨顶山西接郑岐山，东接下坂山，形成一片逶迤的丘陵带，把西陂塘和五里洋分割开来。寨顶山南边是增坂村，北边山脚则是王坑村，王坑村往洋里延伸则是麒麟埕，山地相邻，时有纠纷。

寨顶山南侧，有一片浩大楮林，李家祖上种的，从山脚到山头，呈三角形，又似一只意欲跳往海里的蛤蟆。山中水量充分，泉眼四季如常，须得仰赖这一方树林。楮林尽头，山顶上有一棵榕树，论年头，跟村口码头的那两棵有的一拼，但不似那般枝繁叶茂，一是山顶土壤养分毕竟稀薄，二是风头，故而长得有点稀疏。饶是如此，村人在下仰头一望，便清晰可见，成为一个辨认山地的坐标。

榕树边有个小庙，花岗石头砌成，才抵挡住四面来风。小庙称为马施罗庙，供三个仙姑，个头不大，彩塑器宇轩昂。

正月过后，在村里再设赌场，便有警方来抓赌。原因是村里总有赌徒，赔得一干二净了，还蹲在赌窝，乐不思蜀，老婆孩子都没米下锅了，债主无可奈何，自然要跑去报案。春节之后，派出所也乐意到各村抓赌，当时管理不是很严，抓赌受益颇大，缴获赌资，把车开到村口，大家一分，于公于私都受益匪浅。

增坂村的赌场这时候就移往马施罗庙，若是好天气，则在庙外空地，塑料纸一铺，太阳照得暖烘烘的；或者碰上阴雨，则在庙里，在三个神仙注视之下，愿赌服输。

赌头是塌鼻爷的儿子儿媳老肥夫妇。老肥是塌鼻的四儿子，从小就宠着大的，没怎么受苦，扁担粪勺都没摸过，吃得一身圆滚滚、抖颤颤的肥肉，极为富态。他从七岁开始就混赌场，对赌术极为痴迷，媳妇也是在赌场里认识的，人称三眼，真名倒是被人忘了。夫妇俩珠联璧合，孩子出生的前一天还在赌场坐头，肚子大得蹲不下来了。人劝："生完孩子再来吧，钱又跑不掉。"三眼道："怀孕手气最好，你是怕输钱吧！"

老肥和三眼在山头设赌场，从未被抓过。一是天时地利，警方不论从哪里上来都能看得清楚，逃窜的路也是四通八达，东西南北各有下山的路；二是每次开赌，都会给马施罗献上供果，自然得其保佑。

老肥联合拜把子阿七坐庄，招了附近村落的赌徒，十余人如火如荼，三眼当了庄家赌手，手脚利落，阿七做二把手，老肥倒是在边上逡巡。楮树林里延伸出来是一条土黄的路，很是醒目，一个男子正往上走。老肥警惕，再定睛一看，是师海。老肥叫道："师海，你一个人吗？"师海抬头看了一下道："放心，我一个人。"

"你来干什么呢？"师海是不赌博的，老肥相当疑心。

"上这还能干什么，捧你的场呗。"

老肥半信半疑，观察了一下师海的身后，确实无人。

"以前没见你赌呀。"走近了，老肥问道。要是熟客，老肥指定不这么多嘴。

"万事总有开头嘛。"师海漫不经心道，"其实我小时候就会了，后来没工夫玩，手艺一直在。"

老肥对师海不甚了解，但因为爷辈父辈元丰与塌鼻是至交，也算是沾点亲近气。

"那可不是，吃喝嫖赌哪样都不会，也枉了个七尺男儿身。"老肥附和道，算是对师海的考核通过。

师海从人圈中挤个缝隙进去，蹲着，开始押几角、一块钱试手，渐渐熟了。赌的是比点数，两个牌九点数相加，特别刺激干脆。等到一把牌庄家即将开牌，师海便以手插自己的口袋叫道："加一百二。"

一百二可是大赌注。

三眼把牌九攥手上引而不发，道："下注呀。"

师海的手还在裤兜里掏，道："出牌吧，跑不了。"其他赌客也在催促："出吧！"

三眼亮出头牌，是五点，师海眼睛一眨不眨地盯着三眼的手，便知道所有的希望都寄托在后牌，三眼亮出后牌，八点，师海的眼神便呆滞了。阿七顺手掀开各家的牌，师海的是五点和七点，正好被吃。阿七叫道："一百二。"师海无奈地把手从裤兜里伸出来，道："可能在上山路上丢了，我去找找。"意欲拔腿回身。

三眼本来就狐疑的目光顿时坚决起来,厉声道:"叫空注呀!"

空注被视为大忌,你口袋里没那么多钱,却空口叫注,赢了就拿庄家的钱,输了就找借口,这是庄家最痛恨的了。

师海纵身就按照原路往山下跑。老肥一个冲刺没有抓住,叫道:"你跑什么呀,我还抓不着你吗?兔崽子居然来闹我的场子,没见增坂村还有胆子这么大的。"

老肥坐庄多年,什么样的搅场都见过,自然而然,每一桩都要算账算清楚,威严要是不在了,这场子以后就也没法开了。

当下由阿七独立操盘,老肥和三眼追下去。老肥个头大却跑得慢,三眼倒是轻盈,已经追到师海身后两百米处,紧追不舍。比起老肥,三眼的赌瘾更甚,对赌业更加痴迷而执着,师海的搅场,绝对是犯了她的大忌,惹她怒火冲天,一路追一路聒噪,只怕要把师海剥皮了。

楮林的下方正是学校。师海沿着墙根跑了一圈,就消失不见。三眼和老肥断定,他躲在学校里,便进来挨个儿到教室搜索,一边骂骂咧咧。学生们放学了,教室空空荡荡,只有几个孩子在天井里弹珠子。

安民正巧路过,听了动静,过来问个究竟。老肥在村里设赌场,安民经常报信给派出所的,毕竟安民是负责村里治安的。两人杠上多次,后来随着老肥的世故成熟,他改变了策略,让安民当巡场,并给安民抽成,两人关系转为和好,互为狼狈。

安民道:"既然跑进学校,我知道他藏哪儿。"

三个人噌噌噌地上楼，楼板发出不堪重负的咿呀声，咚咚咚的脚步声也气势汹汹。安民一把推开海燕的房门，叫道："师海呢！"

屋子里海燕正坐在桌前，桌上是一沓正在批改的作业。海燕脸色苍白，显然受惊，道："我……我不知道。"

"不在？"安民探头看了一眼，心中疑惑，道，"你男朋友都诈赌了，你都不知道，瞎眼了。"

"啊，他不是我男朋友。"海燕的脸红了。

"这时候懂得害臊了。"安民趁机数落了一番，见师海不在，便领着两人在楼上其他隐蔽处找了一遍。三人商量，师海可能在这里虚晃一枪，溜回家了。老肥和三眼便跑师海家去算账，此事不解决，他们必不停手。

直到校园归于安静了，师海才从海燕的床底爬出来，并让海燕上了门闩。他确实是走投无路，从窗外爬进学校，径直躲到海燕房中。又听得众人上楼的声音，便蜷缩到床底下，两人都把心提到嗓子眼。

"吓死我了。"海燕抚着胸口道，"赶紧躲别的地儿去。"

"现在哪儿也没有这里安全，你就让我待着。"师海压低声音道，"要是被三眼逮住，不被她剥皮，也被她口水淹死。"

师海赖着不走，海燕也赶不走他，只好到食堂打了饭菜，两人躲在房间里吃了，天色越来越暗。师海还是不走，说老肥绝对派人在家守着，自己回家是自投罗网。

"那总不能睡在我这儿吧？"海燕道。

"没有什么不能的，我就睡床底下，不影响你，我觉得床底下也蛮舒服。"师海大大咧咧道。

"那怎么行！"海燕脸都红了。

"老鼠都能睡你床底，我还不能睡？"师海不由分说，钻到床底下，还拿了几本书当枕头，高枕无忧的样子。海燕拿起扫帚，赶他出去。哪知师海挨着扫帚，直叫舒服。海燕问怎么个舒服法。师海道："比起被三眼厮打怒骂，你这如春风拂面，最好多来两下。"海燕又气又笑，却又无奈。

海燕自己困了，只好拉灯，和衣躺下。窗外有冬虫在叫，也有几声犬吠，愈显得寂静。海燕翻来覆去，木床咿呀地响，心事重重。师海在黑暗中道："你就把我当成老鼠，好生睡着。"

"你怎么会堕落到这个地步。"海燕突然叹道。

"堕落？"

"对呀，赌博还不堕落吗？还不守信被人追得满山跑，我觉得你不该这样。"

"迫不得已，我也是脑子一热，想了这一招。"师海也不由感叹，今天的事，重想了一遍，也是不可思议。

钱钱钱，他满脑子都是钱。鱼塘的鱼苗还不够，廉坑人那里订了货，就是必须一手交钱一手交货。其次，每个月还要还"会钱"，割草租船也是一笔费用。如果不解决的话，以现在的密度，池塘养到年底绝对是亏的。

走投无路，他曾经跑去悄悄问元丰："村人说你以前藏了地主家的一只金蛤蟆，爷爷你把金蛤蟆借我先用用。"元丰愕然，道："风言风语，你也信？"师海道："以前是不信，但是现在太缺钱了，自然信了。"元丰叹道："你这孩子，被钱都迷了本性。告诉你，即便有这金蛤蟆，也不能给你呀。"

"为啥呀。我是你孙子呀，我赚了钱，我会给你修坟墓的，我打包票。"师海把胸脯敲得山响。

"便是有，你也要不得。"元丰道，"地主家的东西就是地主家的，跟我们没关系。"

连这种子虚乌有的传言都心存侥幸，可见师海对钱的迫切，已经丧心病狂，最后决定到赌场铤而走险一把，也不为过。

海燕转而担忧起师海的处境。当然，像诈赌这种不靠谱的事，师海都能干得出来，海燕又觉得他身上有流氓习气，暗暗替他惋惜。

"按我说，当初应该跟怀风商量下，再央求怀准，找个稳定的工作，不至于现在这么狼狈。"海燕道，"现在政策对军人都是有优待的。"

师海躺在床底，对于海燕的话若有所思，良久道："以我的个性，如果我想要一份工作的话我会罢手吗？"

"是你不想？"

"对，我在想，即便自己走了狗屎运，找到一份工作，像怀风怀准一样，整天躲在办公室里，我想我会疯掉的。"

"为什么？大多数人不都是梦寐以求能够躲在办公室上班，不用再晒日头。"

"我也不知道，总之我想到自己一天八小时封闭在一个空间里，我就会疯掉，不要也罢。"

海燕听了，在黑暗中静默片刻，突然道："我知道什么原因了。"

"我洗耳恭听。"

"有文化的人呢，就喜欢坐办公室，动脑子来工作；你文化不够，脑子不好使，就喜欢行动，是吧？"

"反正你比我聪明，你分析得肯定比我有道理。"

"即便你在我这儿躲一个晚上，明天还不是照样要应付？"海燕问道。

"哎呀，本来我想忘掉这一茬，美美睡一觉再说，你这是存心让我睡不着了。"师海笑道。

"你这是掩耳盗铃，自欺欺人呀。"

"睡上一觉再说，总不至于天塌下来。如果连觉都睡不好，岂不是更难受？看来你今天是存心要陪我聊天了。"

窗帘并没有拉上，清冷的月光居然透进来，两人有一搭没一搭地说着话，竟然有一种别样的亲切感。

"小时候，我躺在床上睡不着，我爸爸就跟我说，再不睡，床底下的小偷就来捉你了。我就默不作声，想象床底下藏着一个小偷，吓得不敢动了。没想到现在床底下真的藏了一个人。"

"现在怕吗？"

"倒不是怕，是一种亲切的感觉，爸爸现在再也不会逗我了，我们已经几个月没有说话了。"

"为什么？"

"他想安排我的生活，一点一滴都听他的，我只有要么决裂，要么听他安排，没有中间路线可走。"

"主要是不同意你跟怀风恋爱吧？"

"是呀，他希望找个门当户对、家教良好的，满脑子封建思想。"

"我觉得你爸是对的，怀风跟你不适合。"

"此话怎讲？"

"怀风他配不上你，也保护不了你，你像个孤儿，自己都照顾不了自己。我呢，父母双全，倒是跟你门当户对，你跟我在一块，保证你爸爸满意的。"

"简直是胡说八道。我可告诉你，你可不能跟任何人说在我床下躲了一夜，这话要是传出去，我就是裤裆里沾上泥巴，不是屎也是屎了。"

"说那么难听，我不是泥巴，也不是屎，我是一个堂堂正正的男人。"

"我就是打个比喻罢了，总之，你要是说出去，以后我就不理你了。"

一会儿，床底响起了师海的呼吸声。海燕却无法入睡了，只觉得床底的呼吸声能穿透自己的五脏六腑，不得安宁。

海燕怕此事走漏风声，引起不必要的误会。但是到了周末，她却主动告知了怀风。原因有二，一是海燕心里藏不住事；二是她认为坦诚比隐瞒更好，特别是在恋人之间。

怀风本来充满笑意的脸顿时僵住了，身体也像瞬间被雷劈了。

"你……你怎么能这样？"怀风惊得连话都结巴了。

"他是来避难的，我总不能赶他走。"海燕倒是轻描淡写道，"我觉得这件事，说明白了就没什么事，我就当他是一只躲在床底的老鼠，你别小题大做了。"

"你说得轻巧。"怀风把舌头捋直了，怒道，"他这是往我头上拉屎，你倒是惯着他了。就他那张嘴，明天保不齐跟谁说，我跟海燕都一块睡过啦，你让我怎么做人。上次安民不是认为你的男朋友是师海吗？保不齐就是师海造的谣。"

怀风喘着气儿，像一只受伤的豹子，连海燕都没有想到他的反应这么强烈。

"行，算我的错，看把你气成河豚了都。"海燕打趣着安慰怀风。

河豚在海边常见，小孩拳头大小，被抓起来的时候肚子膨胀，像个气球。味道鲜美，但处理不干净，毒死人的事常有。

"以后，师海不能再进入这个房间。"怀风斩钉截铁道。

"他要是自己来，我可赶不走他。"海燕为难道。

"你就不会跟他撕破脸吗？他是一个赌徒、无赖，还信口开河，一个低等的生物，有必要对他彬彬有礼吗？"

"不管他是什么样的人，他可是你哥哥。尽管他文化素质很低，但也不能说他是低等生物，人人都是平等的。"

"跟这种人谈平等，他就往你头上爬，往我头上拉屎——总而言之，如果他还进这个门，我就不进这个门了，你自己选。"怀风下了最后的通牒。

"你怎么跟我爸妈似的，喜欢上纲上线，不是西风压倒东风，就是东风压倒西风，我最不喜欢你们这一套。"海燕似乎也被激起了一丝愤慨。

怀风见得不到回应，拎起桌上的皮革黑包，臭着脸就往楼下走。海燕在后面叫唤，他头也不回，走出学校，径直往回城的路上扬长而去。这是他们自恋爱以来，第一次发生这么大的冲突。这个本该甜蜜的周末就泡汤了。

两天后，海燕终于按捺不住，回了一趟城里。她先回家一趟，父母亲见她回家，颇为诧异，但也不主动开口。因为爱情的问题，海燕跟爸妈的冷战，以脱离母女关系为界限，持续了近一年，哪一方也不先表示屈服。当然，谁先屈服，也就意味着谁先让步。对海燕而言，要么与父母其乐融融，要么与怀风享受孤独的甜蜜，两者只能选其一。

海燕的哥哥海军，倒是服帖，部队回来后，父母亲安排，娶了一个棉纺厂的车间管理女工，父母以为典范。儿子都从了，女儿倒是叛逆起来，这让老两口憋着一口气，他们不相信女儿会不服从。

海燕多么怀念妈妈帮她收拾衣服，念叨着出门后吃喝拉撒睡要注意一二三四五的那种日子，可惜一去不复返了。当然，她希望父母主动跟她唠叨，那就意味着父母认可怀风了。但是，母亲看了她一眼，欲言又止，她就知道，母亲在等她先开口。她回自己的房间，取了几件衣物，还有一小盆在窗台上的瓦莲花，由于没人浇灌，长势不太好。出了房门，母亲也是看她一眼，并没有叫她吃饭。她心中一酸，眼中一热，慌忙走出门外，走出巷子之后，她就一边提着行李一边抹着眼泪，再也忍不住抽泣了。

她知道，走出家门的这一瞬间，自己就像那只从石头里蹦出来的猴子，无父无母，即便是以后大闹天宫，也没有父母罩着了，一切听凭命运去吧。她也不知道，为何自己不能像那些乖乖女，听从父母安排；骨子里长着一种向往自由的桀骜，爱花花草草，爱乡下的风，爱乡下的孩子，爱无拘无束的日子，远离家长里短的世故的碎碎念。这居然是没法更改的脾性。

她走到怀风的宿舍，怀风并没有回家。怀风虽然暂借公安局了，但宿舍还是原单位的。她把泪痕抹干净了，探头从玻璃窗户里看进去，床上放着凌乱的衣服，可能是没有洗的。桌子上烟灰缸里放着烟蒂与果皮，而地上则有些垃圾。她心里一阵酸楚：怀风还没有学会收拾自己的家。他是一个长期没有家的人。

后来她睡着了，就坐在怀风房间的门口，头靠在膝盖上，甚至做了一个战战兢兢的梦。怀风回来的时候，天已经黑了，现在公安的工作特别忙，加班加点是常有的事。怀风见了海燕，又惊又喜，但依然板着脸，他不能忘记在爱情的阵地上自己坚决捍卫的那片领土。

海燕揉揉眼睛，把行李和瓦莲花盆带了进来，她感觉自己的眼睛有点湿。

"我跟家里是彻底掰了，现在我只有你一个亲人了。"海燕揉着眼睛道，"这盆瓦莲，放在你这儿养吧。"

怀风看了一眼，冷淡道："我忙得跟什么似的，哪有心思伺候花花草草，放在我这儿，只怕自生自灭。"

"你还在生我气吗？"海燕能感受到怀风说话的口气，道，"为了你，我已经放弃了父母给我安排的一切，甚至放弃了父母，你觉得这样还不够吗？"

怀风的口气随之缓和下来，他两手放在海燕的肩膀上，盯着她的眼睛，道："其实我气的是师海，他就是个强盗，你让着他，他就得寸进尺，所以，你必须跟他断绝。"

海燕流着泪，抽噎道："你说什么我都答应你。"

怀风抱住了海燕的头，狠狠地吻她。那一瞬间，他感觉自己是个强者，他战胜了一直骑在他头上的人。

海燕以前一直是拒绝怀风的亲热动作的。这一次，她主动地伸出舌头。她从未有过这样依赖自己爱的男人。

"我还没吃饭呢。"一阵激情的热吻之后，海燕的肚子里传来咕咕声。

"我下去给你弄点好吃的。"怀风特别殷勤，神神秘秘道。

楼下有一个师傅做肉丝炒面，家传的手艺，还可以根据客人的口味微调，一直是怀风最爱的美食。怀风觉得自己爱吃的，海燕也是爱吃的。

那一晚，海燕就在怀风的宿舍里睡了。这是他们恋爱以来的第一次同居，亦使得恋爱有了实质性的进展。这一夜怀风踌躇满志，他预感到自己的爱情与未来终于都掌握在自己手上了。

凌晨，海燕提着那盆瓦莲花，从怀风宿舍里出来，坐上了第一班公交车，在廉坑下车，再徒步四公里穿过两个村庄回到学校，正赶上上午的课。

躲过初一，躲不过十五。师海在海燕床底躲过一晚，次日还是不敢回家里。老肥已经闯进家里两次，放出警告，师海不出面不还钱，后果自负。兆文不在理，也不敢反驳，只求老肥原谅他年轻。老肥道："这怎么能原谅，我设赌场十来年，只有阿七和师海敢来诈赌，阿七现在断了一根手指，师海呢，你看着办。你师海能在我赌场里乱来，啥事也没有，以后阿猫阿狗都来搅局，这是存心断我前程！"

元丰不言语，他知道这事的严重性。他拄着拐棍走了出去。

塌鼻的水粉厂原来是六队的队部，属于公产，租了两年生产水粉之后，他花了六百块买了下来。青石基，黄土墙，墙的高处被凿出洞，住着几窝麻雀，白日里老是叽叽喳喳。晚上厂里热闹，磨米粉、压米汤、出粉，都是人声和劳作声，这时候麻雀倒是安静了，偶尔受惊啼叫一两声，其余时间安然产卵孵子，生生不息。有一回老肥心血来潮，叫了两个哥们儿，搭了梯子，用网兜兜住洞口，手电筒往里探照，麻雀受惊，飞了出来，便纷纷落网。一个晚上抓了几十只麻雀，炒了米粉做夜宵。但旧的麻雀被抓走，新的麻雀又来，与人相安，浑然不在意被捉的危险。

元丰拄着拐杖到了水粉厂，太阳刚照到墙面高处。忙活了一夜，水粉制作完成，正浸在清水里，微微游荡，像活的一样。塌鼻心满意足，正在吞吐着水烟，他的左鼻孔缺了一半，黑黑的，乃是破相之处；烟从那里冒出来，甚是怪异。但塌鼻并不以为意，看惯了半个鼻孔出烟气，如看残山剩水，倒觉得意味无穷。

来帮忙的蜜山和伙计水包吃粉，叽里咕噜响，虾干煮着水粉，吃得那叫一个爽。塌鼻有四个儿子，但儿子一结婚，便跟他们分家，独自过活。塌鼻有手艺，不愁吃喝，早年到镇上开饭馆，现在老了，做水粉，也是风风火火。但他老了，干不动活了，水粉厂甚至只有一个小伙计水包，是看宫庙人留下的孤儿，他留在身边使唤。水包佝偻着腰，重活干不动，最重要的是能挑水，挑得比别人少，但勤快，能供应水粉厂的用水。晚上开始磨米，塌鼻便叫水包去找帮手，常来的是蜜山。为啥？蜜山夜里不用睡觉，你便是不叫他，他也半夜三更在街头游荡，看到哪一家家里有灯火，便进去攀谈，直到人家熄灯为止。蜜山偶尔也会睡觉，睡一小会儿，坐着就可以。从来不像别人那样一夜长睡。村人传言，其实蜜山是在阴间当差的人，夜里的时候，他的魂儿到阴间去当班了，肉身坐着就可以。蜜山到水粉厂，夜里又可以干活又可以聊天，酬劳是早上可以吃一大碗虾干水粉，然后提一大桶粉汤回去，粉汤是极有营养的，加点糠，喂猪的话，猪吃得不亦乐乎，噌噌噌生长。

塌鼻见元丰进来，鼻子里喷出一股烟，妖风四起，道："水包，舀一碗水粉给你元丰叔。"

水包反应比常人慢半拍，他把埋在碗里的头抬起来，瞅了元丰半晌，身子不动，极像一只树懒。

塌鼻又催了一句："水包，快去呀。"

元丰在塌鼻咖啡色的竹椅子上坐下来，道："不是来吃粉的，找你聊事。"

塌鼻继续吞云吐雾，道："什么事比吃还要紧呢，吃了再说。"

吃一大碗虾干水粉，是极奢侈的事，塌鼻阔气，叫你吃一碗是极看重你。水包去厨房里取了一碗出来，搁在桌子上。

"师海跟老肥的事，你听说了吗？"元丰问道。

塌鼻不置可否，指着水粉道："吃了再说，我还不知道，你跟家都吃不饱的。"

元丰不再客气，坐在蜜山对面，捡起筷子就要吃。银钗从厨房里出来，见了元丰，眼睛一亮，叫道："我道是谁，原来是你呀。我刚舀了一碗准备给狗吃，结果是你来吃了。"

元丰停住了筷子，一时间尴尬了，吃也不是，不吃也不是，脸上的表情也是僵住的。片刻，元丰放下筷子，道："还是给狗吃吧。"

银钗又道："给你吃给狗吃都一样了。"

银钗是塌鼻的妻子，年纪虽大，却白净富态，根本不像农妇，爱干净，整天洗洗涮涮，衣衫发髻都收拾得清清楚楚。

妻子这般羞辱元丰，塌鼻也不动怒，只是朗声道："你莫要唇枪舌剑的，到屋头给蜜山倒一桶粉汤去，他这一宿干得瓷实。"

银钗看元丰无可争辩，心满意足地提了木桶走了。

蜜山愣愣地盯着元丰，似乎等待元丰发作。塌鼻大大咧咧道："别跟妇人一般见识，踏踏实实吃吧。"元丰突然道："我确实是猪狗不如，换了现在，我也不会这么做了。"塌鼻道："行，算是为我背了锅。"

元丰吃完粉，再不提尴尬往事，开门见山，问起师海跟老肥的事，向塌鼻讨教。老肥虽然已经分家，但毕竟是塌鼻最疼爱的小儿子。

"这事再简单不过，欠债还钱，赌输的钱也是钱呀。老肥是清楚人，你还他钱，保管没事。"塌鼻大声道。

"有钱早就还了，可是没钱嘛，一百可是大数目呀，一时哪能筹得来？"元丰反驳道。

"师海这后生胆儿也肥，裤兜空空也敢去惹老肥。"塌鼻笑道，"我去说道也没用呀，老肥是认钱不认爹的。"

"看来找你也白找了，我还指着你当爹的分上，让他放师海一条生路呢。"元丰失望道。

水粉厂里水汽弥漫，阳光从屋顶的透光孔里照进来，灰尘与水汽在其间舞蹈，一缕烟穿过光照，瞬息万变。

元丰起身要走，塌鼻道："年轻人的事，让他自个儿折腾去，你一把年纪了操心啥呢。"

"师海是个好后生，就是心大，想做成事，他惹上老肥也是被鱼塘逼的，倒不是他嗜赌。"元丰叹道，"老肥手段狠辣，我真怕师海有个三长两短。"

"那可不是，只有老肥欺负别人，没有别人欺负老肥的份。"塌鼻一说起老肥，就一副心满意足的模样，似乎老肥是天底下再令人满意不过的儿子。

元丰就要出门，塌鼻叫住他，带到自己的房间，里面有一条老硬木桌子，三个抽屉，他用一把铜钥匙打开最外面的一个抽屉，从里面点了一百块钱，递给元丰，道："算是借给师海，师海要是有出息自然会还我。"

元丰忙道："一定会还，师海底子不错，没有变坏的。只不过数目这么大，我还真不敢收。"

塌鼻把钱放在元丰手上，道："我把钱看得最重，也看得最轻。你呢，受我老婆子一辈子指桑骂槐，算是补偿。女人嘛，心眼小，你要知道她终归跟男人不一样的。"

元丰把钱攥进手里，放进怀里。他明白，年轻时犯下的错，有时候需要一辈子来偿还。

塌鼻让他先别走，坐在竹椅子上抽根烟唠嗑。有人陆续进来买水粉，水包懂得称，但不懂算钱，钱在塌鼻这里结算。塌鼻漫不经心，可以边聊天边找钱，丝毫无错。他这辈子打交道最多的是钱，对钱了如指掌。

塌鼻抽的是水烟，元丰抽的是旱烟，一个呼噜呼噜，一个吧嗒吧嗒，两股烟雾缭绕交缠。

"老肥八岁就开始混赌场，后来连我也没法让他收手。原来指望他结了婚，能回头，没想到我那儿媳妇三眼，赌瘾更甚，两公婆都合伙上了。"塌鼻虽然在谈有心事，但口气是云淡风轻的，"自古嗜赌没有好下场，我只怕他们这个家迟早被赌完的。"

"他们俩是赌星下凡，命定的事。"元丰道，"这种忧虑，只怕要问陈先生，他前世今生都在行，法子还多。"

陈先生是一个算命先生，住在城里，白白胖胖，是个瞎子（兴许是弱视），戴着墨镜，每年都会挂着盲人杖下来走村串巷。据说，他是当年南门"白目算"的弟子。

"那行，我等陈先生来问问，他道行是深得很。"塌鼻道。

元丰与塌鼻自小交好。塌鼻为人豪爽，又聪明，能学手艺，一等一的人才，百般皆好，唯有一样，因鼻子塌了，娶不上媳妇。别的方面，媒婆可以说得天花乱坠，单到看亲这一环节，必败无疑。塌鼻央求元丰便道："你那一表人才，放着无用，不如借我一遭。"元丰年轻时，确实是面皮白净，长得一副聪慧样。那也是年少轻狂的时候，被夸几句，血往上涌，拍着胸脯答应了。塌鼻说了门亲事，便由元丰代为看亲，女方正是银钗。银钗看了元丰，与家人有了七八分满意。及至到了新婚之夜，揭下头巾，灯下一看，吓了一跳，方晓得受骗。大哭道："爹娘，我着了道了！"叫天不应叫地不灵。塌鼻连求带哄，好生安顿。时值民国，伦常如旧，乡村之中，过了洞房花烛夜，嫁鸡随鸡嫁狗随狗。塌鼻死皮赖脸，成了这门亲事。虽然后来，银钗跟着塌鼻，有吃有喝，貌似嫁得比普通女子还好，但她跟元丰的这个梁子，是结下了。她把所有的恨、冤、屈，都算在元丰身上。

此后元丰也为此悔恨不已。

元丰回来，把钱交给兆文，兆文则替师海把赌债还了。老肥钱到手，倒是满意了，但三眼却不乐意，道："欠债还钱，那是本分；可他来我们赌场上搅局，必须上门道歉！"

老肥是个硬茬，但是娶了三眼之后，他就听三眼的了。

师海还了钱，气也硬了，气宇轩昂走到老肥屋里头。老肥一家正在吃晚饭，一桌飘香。三眼虽然沉溺于赌桌，但是手艺并不落后，一碗五花肉焖豆浆让屋里屋外都弥漫着醇香。师海瞅了一眼，吸了一口气道："你们这日子，过得才他妈的算日子呀。"

老肥喝半斤米酒，脸红眼迷离，接茬道："那可不是，我们一年忙到头，图的就是要吃得好。"

三眼倒是清醒，道："你是过来赔礼的吗，也不捎带两斤猪腿，没见到诚意呀。"

师海指了指自己的心，道："诚意都在这里。我今儿来，是要给你们一份大礼。"

老肥得意了起来，让师海坐下，加个小杯给倒了酒，道："你小子除了在赌桌上不地道，孝心还是有的。什么大礼，说道说道。"

师海也不客气，喝了起来，道："我那池塘现在的鱼呀，长得可好了，每天早晨我去看鱼呀，那一排排，嘴巴浮上水面嘬食，跟婴儿一样，可爱得不得了。这是一本万利的生意。我池塘不是大吗，现在再投个几千尾进来，都不碍事。我掰指头数了数村上的有钱人，你算是头一号，你要是肯投钱进来，算是投资或者借我钱，都可以，保管到年底，钱生钱。"

"现在都是两年鱼，年底不行吧？"老肥疑惑道。

人工喂草，草鱼一般一年长到两斤，四五斤的鱼，必须是隔年。

"对呀，隔年也行，包赚不赔的生意。"师海道。

"我这快钱赚惯了，赚这慢钱，不得劲。"老肥摇摇头。

"我这不耽误你赌钱，你照样开赌，另外投点稳当的生意，快慢结合，万一哪天赌博赔了老底，鱼塘里还有一份保障，是不？"

师海不晓得爷爷从哪里弄来一笔钱，不管是哪里的钱，还给老肥，终究让他不甘；其次，他现在着急用钱，所以百般游说，希望老肥借钱给他。老肥被说得有点动心，毕竟他手上的钱来得快去得快，投资一点其他方面，也是在理。

"你是按股份给我还是利息给我？"老肥红着脸问道。

"你说了算，怎么都行，只要给钱，包你妥妥地赚。"师海大言不惭。

三眼在一旁听得仔细，抄起一把扫帚，怒目圆睁道："你敢怂恿老肥不走正道，滚滚滚！"

师海站起身道："肥叔，你可要想好，别被妇人之见耽误了。"

三眼的扫帚落到师海身上，叫道："你年纪轻轻就不学好，前次是骗赌，这次是骗钱，部队里就培养你这种骗子吗，我要到派出所告你去……"

师海且躲且退，出门的那一瞬间还在鼓动老肥，身上已经挨了竹扫帚。回到家来，才发觉手腕都破了，搞得手上衣服上都是血迹，忙撒了一泡尿给伤口消毒。

三眼得理不饶人，骂师海骂了两天，方圆一角都晓得师海是个骗子。师海落了个不好的名声，但是祸福相依，这一场大骂，也让师海迎来了绝处逢生的转机。

第十一回：死生

陈石头的右手看起来是脱臼了，如一条垂死的蛇，他的脸苍白，涂上了蜡似的，特别是嘴唇。陈武功把他的手抬起来，他叫了一声，但很快就冷静了。

"如果相信我的话，我这么一甩，接起来，没啥事了。"陈武功道。

陈石头不知道该不该信任，不置可否。他把眼神投向母亲。

"他会害你的。"母亲道。自从石头的父亲被害死之后，她觉得全村的男人都不是好东西。

石头在犹疑。他受到母亲的影响，不信任任何人，特别是与之有过嫌隙的人。不接受陈武功的帮助，他就这样像个活死人一样躺下去；如果接受呢，陈武功有可能借机把他的胳膊废了，报其嫌隙。

"你会接骨吗？"陈石头试探问道，"这可是跌打大夫的活计呀。"

陈武功松了一口气，起码石头没有完全排斥他。

"我当后生仔的时候，也跟你一样，逞强好胜，到处打架，脱臼什么是常有的事。有话叫久病成医，接骨、治跌打、清瘀化肿，这些活计，我跟着师傅就学会了。"陈武功道，"你要是不信我的话，也没关系，我给你叫接骨大夫来。"

"你为什么要帮我？"陈石头再一次问道，他在进一步排除狐疑。

这个问题对于陈武功来说，有点复杂。陈武功自己也说不清楚。原来他很想教训石头一顿，因为石头实在是冒犯他的权威了。但作为过来人，每件事他都想到过后果，他改变了主意，一半是石头的不怕死的性格，另一半是他已经形成运筹帷幄的格局。

"因为你是个没父亲的孩子。"陈武功道。

陈石头闭上眼睛，动了一下手，把胳膊交给陈武功。陈武功熟练地抬起来，咔嚓一声，石头痛得尖叫一声。而他妈妈也跟着叫了起来。

"我欠你一个情。"陈石头轻轻地甩动着胳膊，尝试着重新运转自如的感觉，干脆道，"跟立夏的这道梁子，还没完。"

陈武功笑道："没见过你这么倔的后生！"

他母亲跟着过来，摸着石头已经自如的手臂，道："好了吗？真的好了吗？我不用给你喂饭了吗？"

陈石头安抚母亲，道："好了好了，我什么活都可以干了。"

陈武功知道，驯服一匹野马，不可能一步到位。摸清石头的脾性，事情就好办了。

"石头呀，你这浑身是刺，跟谁都动手，就是千手千脚也忙不过来，后生仔有劲，也不能乱使。你要知道，立夏其实不是你真正的敌人，你不用跟着较死劲。"陈武功劝导。

"那谁是我真正的敌人？"

"这个你自己心里明白。不明白你自己也要想明白，做个懂是非的人。"

石头盯着陈武功，他不知道自己找过碴的人，为什么对自己如此温和。

陈武功操心的事可不少。

立秋在楼上的柴草堆里发现了一窝小老鼠，红通通的，还没开眼呢。他小脑袋瓜一转，有了主意，他的脑袋瓜整天想点稀奇古怪的玩意儿。他叫了软壳蟹当帮手，要他把这几只老鼠拿到学校。软壳蟹胆子小，见了小老鼠手都抖了，被立秋臭骂了一顿无用。立秋自己用纸盒装起来，到了学校，正是中午，老师们都在午睡。他踮着脚尖，悄悄上了老师的宿舍楼。木质的宿舍楼，老师们为了洁净，把鞋子脱在门外。立秋把小老鼠放在语文老师黄艳的鞋子里。

黄艳老师个子小小的，从城里下来，看上去比孩子大不了多少。偏偏上课又认真，立秋往往不做作业，被她点名批评。批评是批评了，但拿立秋也没有办法。立秋倒是对她怀恨在心，又欺负她个子比自己大不了多少，没少捉弄她。

立秋布置完毕，与软壳蟹互相窃笑，吆喝命令：赶紧叫人来看。这件事软壳蟹在行，很快叫了一群孩子，呼啦啦围在对面教学楼的走廊上观看。

黄艳小巧的身子从房间里出来，一手扶着门框，背朝外用脚探试鞋子。接着她发出一声惊叫，叫声非常尖锐，尖锐到好似她的心脏从身子飞了出来。对面楼道里一阵哄堂大笑，学校里似乎从未有过这般惊心动魄的游戏。

黄艳就这样坐在楼道上哭，哭了一个下午。她的脚上沾着小奶鼠的血，自己看一眼就哭一场。后来高个子马校长过来，分了几次擦干净，又把黄老师的鞋子拿去处理，看着都瘆人。

陈武功被叫到学校。黄艳老师的要求很简单，要么立秋退学，要么她就不干了。她列举了陈立秋的种种劣迹，上课用粉笔扔老师后脑勺，把毛毛虫放在讲台上，更别提时不时翘课，不做作业的小事了。她实在是不能忍受了，哭起来就是受了委屈的一个小女孩。

三个儿子，陈立春实在是考不上，学了一肚子的字，现在极像是一个乡村秀才，当不上官，也懒于农活，两头不靠；立夏实在不是一个读书的料子，就别提这一茬了。立秋机灵，脑子好使，陈武功认为，三个里头就指着这个能有点文化了，却不料这般顽劣。

陈武功当即把立秋从课堂叫来，希望当面求得老师的谅解。

黄老师见了立秋，倒是跟见了老虎似的，使劲儿躲开他，也许是被小奶鼠惊吓的恐惧犹在。

那立秋低着头，知道捅了大娄子。陈武功决定在校长和老师面前痛打他一顿，换得一个保证，让立秋继续学业。他巡视周边，在办公室角落找到一个废弃的凳脚，叫立秋把屁股翘起来。立秋知道逃不过，乖乖地翘起屁股。陈武功道："黄老师，今天我好好教训他一顿，让你消消气，我要让他保证以后再不敢跟你捣乱。"

陈武功刚抬起凳脚，立秋道："爹，鼠崽不是我放的。"

陈武功停下，道："这么说是冤枉你了，不是你是谁放的？"

"是软壳蟹。"立秋笃定道。

"那学生怎么说是你？"校长站起来质问。

"他们根本没看见，就以为是我。不信你去叫软壳蟹来。"

很快软壳蟹被叫了上来，立秋狠狠瞅着他，眨着眼睛道："软壳蟹，你要是不承认，我今天就要被我爹打死了。我只能保护你到这里了。"

软壳蟹平日里被立秋使唤，听命于他，又常常从立秋那里得到吃零食的好处，知道此刻如果不背这个锅，立秋决计饶不了他。又看陈武功手里的凳脚，知道立秋的用意了。

软壳蟹点了点头。立秋松了一口气。

尽管如此，立秋还是被陈武功臭骂一顿，并在老师面前做了保证。比起一顿木凳脚，这样的惩罚可以忽略不计。

软壳蟹可就倒了霉了。

立秋躲过一劫，非但不后怕，还颇为自得，晚上睡觉时，扬扬得意地告知立夏。立夏道："软壳蟹看起来挺尿，关键时刻还是蛮肝胆，要不然这一顿揍够你受的。"立夏多次尝过被陈武功一顿胖揍的滋味，夜里睡觉都哼哼唧唧。立秋不屑道："我觉得还是我自己的功劳，你知道对付人，最厉害的招数是什么吗？"

"我只知道拳头。"

"不，是说谎。"立秋意味深长且得意道。

立夏听了，在黑暗中愣了半晌，还是没搞懂，倒是瞅出黑暗中有一个更黑的洞，似乎有吸力，要将兄弟俩吸进去。立夏惊道："你看见黑洞了吗？"立秋摇摇头："我什么也没看见——你倒是胆子越来越小了。"

黄连送米糕来，告知：村中有一单身老汉，名叫妹坨，六十来岁了，身患重病，家中有一头水牛，正是壮年，想要出手卖了，换钱治病。陈武功听了，直觉是一笔好生意，午饭后，便往汤湾而来。立秋听说，便要跟去，又是周六没课，陈武功便让他跟着。

"立秋呀，咱祖上是在省城当过官的，还是个武状元什么的，神气得很，可是自我爷爷起，我能看见的，几代都是大字不识几个的农户。你明年就上初中了，能不能争口气，让咱家也出个有出息的文化人。"陈武功头一次这么认真跟立秋说道。

父子俩走在乡间土路上，路边有早春的黄花，走了一段路身上就燥了，立秋脱下了外衣。

"我已经很聪明了，不用读那么多书的。"立秋稚气而自信地回道。

"哦，你有多聪明？"

"反正比你聪明，这是肯定的。"立秋道。

立秋认为撒谎就是聪明，他已经能把父亲骗过去了，自然比父亲聪明。

"比我聪明没用，还要读更多的书，才能进城当个官什么的。"陈武功道，"原来寄希望于你大哥，但是他脑子不够用。"

"要不我就当个村里的官吧，城里太复杂了。"

"村里的官哪里算官，我要当都可以当得上。"

"读书太苦了，我想小学毕业后就帮你干活，种菜呀，放牛呀，什么都行。"

"就你这出息劲儿。我可是白疼你了——告诉你，你现在不懂事，怎么着都得给我往上读。"

父子俩一路聊着，倒是不觉得路程多远，只觉得不多时就到了，村子不大，很快就问到妹坨家。妹坨正坐在西墙边，借助太阳取暖，地上吐满斑驳的绿痰，浓稠如一块块翡翠。

妹坨道："牛是好牛，这两年都租给人家犁地，好使得很。作价四百，要的话你就直接牵走，我等钱看病去。"

陈武功到屋后看了看牛，肌肉壮实，毛色鲜亮，一走动地板都发颤，确实是好牛。立秋见了，就要爬上去，牛转动身子，不让他靠近。

"我看三百能行的话，可以要了。"陈武功讨价道。

"唉，我要是能走得动，牵到城关屠宰场，五百以上是拿得到手的。这跟你讲实诚价，你又不信。"

陈武功转身就走。立秋舍不得，叫道："爹，我要牛。"陈武功道："走吧，买不起的。"

妹坨一阵咳嗽，又吐出一口痰，稍息叫道："回来，你有钱你说了算，我也不指着它发财。"

陈武功料到此处，转身正色道："谁也不是有钱人，价格有商有量。我这一时也备不齐那么多钱，带了两百，你要是愿意的话，我给你写个欠条，有钱了再给你。我叫陈武功，你到麒麟埕问一声人都知道，跑不掉的。至于我为人怎么样，黄连也晓得。"

妹坨道："黄连说过你，是个慷慨人，我信得过。谁让我用钱用得急，就按你说的吧。"

陈武功行事利索，当下写了一百的欠条，与钱一并给了妹坨，便去屋后牵牛。他认识的几个字都是在生产队跟会计学的，写张歪歪扭扭的欠条倒是有余。那牛紧跟着走了几步，看似要离开妹坨，却是不舍，停住脚步，似乎知道被卖了，盯着妹坨，拉也拉不走。

陈武功道："这牛好生恋家，怎么办？"

妹坨道："你叫它名字，它便跟着你了，它跟我同名。"

陈武功便叫道："妹坨，妹坨。"

牛便转头看了陈武功两眼，扬起尾巴甩了两甩，跟着踱步走了。妹坨远远叫道："这头牛有灵性，你好好对它，会有好报的。"

陈武功应声附和。立秋一直想坐到牛背上，那牛一直不让，后来陈武功轻声叫着妹坨，捋着牛毛，直到安静了，便把立秋抱上去。因为廉价买了一头好牛，陈武功自然满心欢喜，而立秋在牛背上也甚是得意，顾盼自雄。

过了不到半个月，黄连又捎来口信，说妹坨病重得厉害，要陈武功去一趟。陈武功心想就是要还钱的，不过手头没钱，便拿了一瓶鸭梨罐头，决定去看他。

恰好又被立秋看见，立秋正在骑牛吃草呢，见爹要去汤湾，从牛背上滚下来，喊着一起去。陈武功道："爹去谈事，你别跟着了。"立秋道："那正好，我帮你谈呢，省得我的聪明都浪费了。"陈武功被他说得啼笑皆非，只觉得小子是可爱至极，不忍拒绝，叫道："那也得把妹坨拴上。"妹坨已然吃饱了，被立秋系在榕树下，慢慢坐了下来。立秋回头看了一眼，道："爹，你看妹坨流泪了。"只见偌大的牛眼里滚下泪珠，正顺着眼角下来。陈武功看不出什么名堂，道："许是它困了，畜生哪会流泪！"

父子俩步行到了汤湾，妹坨正躺在病床上，说话都困难，只会叫疼，比起上次的状态，确实是大不如前了。妹坨示意陈武功把他扶起来，斜躺在枕头和棉衣垫的一堆上，顺了两口气，喘着道："去看了大夫，大夫说我是绝症，没的治，我信，我早知道身子半截埋土了，我没有买药，买了棺材，死后总得有个地方，是吧。"

说罢，一阵猛烈的咳嗽。

陈武功给他拍了拍胸，正色道："没想到这么急，来的时候我也没凑够钱，来这一趟是想跟你商量。这么着吧，你再扛着一阵，想吃什么，我给你去办，死是迟早的事，不着急。立秋，你把罐头拿过来，我给爷爷喂几口。"

立秋把放在桌上的罐头拿过来。妹坨轻轻摇头，示意别打开，道："什么都吃不下，一吃就喘得厉害，我叫你来，不是让你还钱——现在钱给我，还有什么用！"

"是什么？"

"把——我——弄——死。"妹坨喘气道，"你知道生不如死的滋味吗，浑身痛，痛到不想做人，只想做鬼，气喘不上，脚肿得像被人勒住，早一天走赚一天舒服呀。我叫了三个人，都不肯帮我，你去给我弄点什么药，我吃下去，就醒不来了，咱们的债就两清了，我把欠条还你。"

陈武功侧耳倾听，就连立秋也睁大眼睛，听着妹坨一个字一个字地说出来。陈武功的心乱了，他拔出一根烟点上，脑子上还是捋不清楚，他起身走到屋外吞云吐雾，力图把这桩交易想得周全。作为一个精明人，陈武功一耳朵就听出这是一笔好买卖，好到一本万利，这种交易不做，一辈子都会后悔。但他总觉得哪里不对劲，他无法一口成交，可是哪里不对劲，他又想不出来。他想自己的脑子被这巨大的利益冲击晕了。

等他抽完一根烟进来，看到了惊人的一幕：立秋的手臂正勒住妹坨的脖子，身子半跪在床前，姿势颇为熟练。这一招，正是孩子们在学校里打架时最狠的一招，勒住对方的脖子，直至对方面红耳赤，跪地臣服。

"立秋，你干什么！"陈武功惊叫。

立秋回过头来，手臂的裸绞姿势松了，妹坨的头垂了下去。立秋兴奋道："爹，他死了！"

陈武功两步走上前去，见到妹坨舌头抵着嘴唇，双眼微凸，用手指在他鼻子下一探，已无气息。

"怎么能这样？"陈武功质问道。

"把他弄死，我们的钱就不用还了，这是他自己说的。"立秋的口气还意欲邀功。

此事容不得耽搁，陈武功当机立断，叫道："赶紧走。"

立秋抓起罐头，被陈武功拽着走出房门。在离开房门的瞬间，陈武功似有所悟，他回身来到妹坨床边。他记得当初妹坨是把欠条放在棉衣的内袋里，一掏，果然在，除了欠条，还有几块零钱。他把欠条拿回来，松了口气，屋里特别安静，陈武功环顾左右，想把一切收拾妥当，但并没有什么东西需要收拾了，只要他离开，这个屋里将一切恢复如初。

父子俩走出村口，沿着大道急急行走，走不多远，立秋回头喊道："快跑快跑，妹坨追来了。"陈武功道："胡说，死了怎么还追。你听着，这事跟谁都不能提起，懂不？"立秋懂事地点了点头，接着得意道："爹，我替你赚了一百！"陈武功掩住立秋的嘴巴，道："有罪呀！"

春寒料峭的山野上，有一阵阵轻烟袅袅升起。

结婚三个月后，巧容的肚子还没有动静，邻居们有了闲言碎语。陈武功有了主意，他要把自己的"大梦床"给立春夫妻俩。大梦床是祖上传下来的，檀木制作，木质硬实，床体宽大，三面护栏，中有木刻雕花，福禄寿图。孩子小的时候，跟父母亲一块睡，喜欢在幽暗的大梦床里打滚，做梦也香甜。

立春有点不悦，道："那么老旧的床，你们睡完扔掉就是。"陈武功道："放屁，漆是老一点，这老物件质材传了几代，比你那杂木的新床值钱不知多少。我跟你妈在这里生出你们三个孩子，传给你，我就不信你生不出来！"立春毕竟年轻，认识不到老物件的价值，只知道新旧，嘴巴还是嘟嘟哝哝，老大不乐意。仙香也站在立春一边，道："大梦床我们睡了一辈子，现在给孩子睡，这有点不像话吧。"陈武功颇有些恼羞成怒，道："这大梦床就是适合生孩子的，难道你还想继续生孩子吗！我得让立春赶紧生孩子，生了就分家，他才能成家立业的。"

费了老大劲，大梦床被换到新房。立春觉得床上尽是父亲的气息，里外擦拭，夜里还是闻到他的烟味和汗味。那些味道可能已经深入木头的纹理中了。立春问巧容："你没感觉到不舒服吗？"巧容道："我感觉挺舒服的，这床结实多了。"

立春气咻咻道："我很小的时候，就跟爹娘睡在这张床上，他们以为我睡着了，半夜爬起来行房，我都亲眼目睹了弟弟是怎生出来的。我对这张床说不上是恐惧还是恶心，总之是反感。"

巧容听了，也只是冷笑，道："自己不行，就不要怪七怪八。"昏黄的灯光下，她用手摸了一块丢掉一朵梅花的镂空木雕，问道："这个是你掰断的吧？"

"我掰的早就被打断腿了，是我爹掰的，哎，他连睡觉的事都管着我。"

巧容用手指在木雕孔洞中摩挲，道："你有能耐的话，咱们生个儿子，分了家，他还管得着你吗！"

农村习俗，立春要是生了孩子，满月了，就跟父母分家了。

对立春而言，生孩子并非易事。

结婚那一夜，他跟巧容圆房，巧容身子壮实，腰际不分明，立春脑子偏执，偏偏认为女人不该长成那样，胸口发闷。他闭上眼睛，脑子里想的是巧云婀娜多姿的身影，慢慢得劲，嘴里喊出"巧云"。巧容甚是直爽，一巴掌打到立春脸上，道："这都能搞错！"这一巴掌把立春从幻想打到现实，也把立春打软了，新婚之夜，折腾许久，未遂，不欢而睡。此后，立春行房时时不济，完全不像青春后生。此事又难以开口，两人年轻，也不知采取什么办法，只是一味闷在鼓里。

到底是女人敏感，仙香觉察出动静，但跟儿子不好开口，便让陈武功问问是否房事有碍。陈武功追问详情，立春支吾了半天，道："巧容那么粗壮，生孩子哪有那么容易？"陈武功道："这是什么话，她那身板，最适合生孩子，你妈一身骨头一身病，还生出你们哥儿仨呢，怀不上指定怪你。"

立春急了，一脸红道："她像个男人，怎么生孩子。"

陈武功不明所以，只是急道："花了老本给你娶个媳妇，还说七道八，她即便是一棵树，一朵花，你也得给我弄出个儿子来，我没工夫搭理你，我得整大事呢。"

立春知道，陈武功嘴里的大事，即是村里开井的事。

从小到大，立春无数次听陈武功唠叨曾爷爷的壮举："你知道我爷爷当年干过什么功业吗？民国十一年（1922），和增坂村争滩涂，海上械斗，你爷爷拳术好，打死一人，被官府通缉，跑到福州逃难。三年后，案件和解，回到村里，全村人到村口迎接，鸣锣放炮，众望所归，响当当一条英雄汉子，后来被推为族长，何等风光。"

而曾爷爷的壮举，便是父亲的梦想。每当这个时候，他觉得父亲像一个孩子。

雪来产下一子，池根水喘着气儿到家，托起鼠崽一样红通通的婴儿，身上还沾着血迹呢，掰开两根筷子般的小细腿，看到蚕豆般的小鸡鸡，确确切切的肉疙瘩。他盯了许久，叫道："菩萨开眼了。"他朝西北边跪下，结结实实地磕了三个响头，眼中含泪——那是那罗寺的方向。

根水把孩子取名来宝。

习俗而言，女人坐月子，习惯吃公鸡。公鸡性热，一来进补，二来能把湿气寒气从体内驱逐，不留月子病。雪来吃了一只公鸡后，元气恢复，池根水看着小家伙可劲儿吸奶，心满意足，恨不得见他呼啦啦随风而长。三炮的地笼网网了一只三斤鲈鱼，活蹦乱跳，根水炖了一锅白花花浓汤，给产妇养身，又能产奶，实际上是给小家伙增加营养。汤端到床前，雪来一闻味儿，一巴掌就把汤扫了下来，汁水四溅，碗在泥地上打滚，道："你用这玩意儿腥我，让我一辈子做腥人！"月子里吃鱼的女人，一辈子嘴里都有腥味。这一点根水不懂，好心讨个没趣，道："我只知道鲈鱼是养奶水的，你也用不着发这么大火，跟吃了枪药似的，我看你生个儿子都生疯了。"

雪来原来性情极为温顺，逆来顺受，根水都不把她当人看。到现在脾气见长了，要换作平时，根水不得一顿暴揍，现在根水一举手，雪来就抱起来宝，根水就下不去手了。

拳头没落到雪来身上，雪来就泪眼汪汪了，道："你打呀，继续打呀，把我跟来宝一块打死算了。这么多年受你的打还不够，索性把一辈子的拳头都落下来算了。"

根水哪里下得了手，哭笑不得，叫道："行，你行，现在你给我添了男丁，骑在我头上都可以了。"

巧容出嫁，巧云投水而死，家里一下子失去两个劳力。巧清十三岁，虽然也能顶用，但刚刚上初中，每周镇上寄宿，周末才回来，而巧月更小，读小学四年级，家务不顶用。坐月子期间，根水不得不把自己当女人使，为了来宝，不得不伺候起雪来。雪来连续吃了七只鸡，还小意儿作态，处处挟来宝以号令。

"以前你坐月子，一只鸡都能应付过去。"根水埋怨道。

"是呀，还不够塞牙缝，你让我吃够了吗？食补不够，落下腰疼，一落雨我叫两声，你就说我多事，生不出娃还闹娇气。现在我要补回来。"雪来抱着来宝，说话的时候哑着声音声嘶力竭，似乎来宝是她的胆。

雪来的娘家在官扈岛，从骝屿岛行船要一个多小时，在沿岸最远的岛屿。虽然在三都澳的怀抱之中，但比起岸边村落，风浪颇大。雪来是家中长女，风风光光嫁到岸上，开头想念岛上生活，时有坐渔船回去，后来生了几个女儿，越来越不耐人家嘴巴问，问了脸也没处搁，索性也极少回家，人也渐渐低落，在根水面前也拿不起初来时的架子，似乎没有魂魄了。如今来宝一生下来，不知道触了哪根筋，整个人性情突变。

根水觉得老婆疯了。

根水使出吃奶的力气，满月酒办了八桌，两边的亲戚，加上村中不出五服的宗亲，家里从来没这么热闹过。水路的客人从码头赶过来，陆路的从村中北口进来，一进入巷子，鞭炮便起，风中弥漫着硝烟，附近的飞鸟都纷纷离树。根水道："厢房里还有一箱鞭炮，可劲儿放，不管谁来都放。"

雪来穿着新衣，把来宝抱在怀里，亲人们过来观看逗趣，说着吉利话，又说迟早就知道，雪来的肚子会争气的。雪来在道贺声中，从未受到这般礼遇，喜极而泣，不停地抹眼睛，把一条手帕都湿透了。情到深处，突然哭着唱起丧歌来，原来是想起巧云，不禁怀念。众人劝，劝不住，唱得抑扬顿挫，悲从心起，既唱巧云的不幸，也唱自己二十年来的悲苦。根水嫌她晦气，叫了几个妇女，连拉带劝进房间，以免坏了气氛。

　　既然巧云的话题已被提起，众人也多有议论，根水在厅堂席间站起身来，朗声解释道："我在那罗寺摸了一块石头，是长石，是生女之象，幸得寺中高人指点，花了三天工夫，把长石磨成方石，并在菩萨面前百般祈求，今天才如愿生下来宝，一失一得，也是天意。巧云也是菩萨要带她走的，来宝是我从菩萨那里求来的。"众人唏嘘，感叹灵验。

　　雪来在房间里听得清楚，冲出来道："放屁放屁，哪有这么不开眼的菩萨，会当我巧云不是人呀。"又被众人摁了回去。

　　席间有一族兄，名叫池一龙，读过书识得字，会卜卦算命，道："回头把来宝生辰八字给我，我回去算一卦，若是菩萨送子，卦象必然显示将来要成大器的。"众人道："不用回头，你就现在来算。"池一龙被惹得兴致来了，回家取了龟甲、卦条，在方桌上腾出一块地方，叫人取来一盆水，沐手静心，先算了来宝的生辰，道："来宝的命，将来要做出非凡之事，虽然不知道是什么，但决意是震惊世人的。"池根水咧开嘴笑，似乎在意料之中，菩萨送子，自然非比寻常。众人也纷纷称奇，又道："准不准，算一算巧云的。"池一龙又算了巧云的生辰八字，摇摇头道："卦象显示，她是漂泊之命，如水中浮萍，果然命定如此。"众人想起巧云横尸江海，被潮水带到不知所终之处，都感叹命被注定，造物主之神奇。

又有客人报上生辰，要求一龙算命，一龙道："今天到此为止，想卜卦算命，改日上我家中来。"

客人道："到你家中，又要收钱的。"

"算命不收钱，算了也白算，客人是要减寿的。今天给来宝算一卦，算是助兴。"

席毕，客人道别，池根水留下池一龙单独喝两盅。池一龙算出巧云的宿命，也给池根水一个台阶，命定如此，而不是他逼死的，自然心中也有一块石头落定。根水叹道："一龙你是识字人，晓得道理，你说雪来生了来宝，一下子变得又娇气又疯癫，活也干不了，还要好吃好喝，有时候真的是很想揍一顿，她拿来宝当挡箭牌，我真是下不得手，你说这事怎么办？"

"你可别把女人不当人哟。先前她给你生了四个女儿，你说她肚子不争气，她把气都忍了，几十年的气呀，积郁体内，气虽无形，也是肝郁之物，生成肝火，熊熊燃烧；如今生下来宝，这些气喷薄而出，身体如何受得了？时而清爽，时而癫狂，都是你造的，你得忍着。来宝是你的宝贝，但来宝也须她哺乳伺候，你对她动粗，她气发在来宝身上，你又能奈何？万万不可动粗，须得也当她是个宝贝。"这样的酒局难得，一龙边喝得一脸红润，边慢条斯理地解析，"等来宝长大，你再揍她，便可肆无忌惮了。"

喜宴完毕，根水扬眉吐气，神清气爽，对今后的日子，也盘算得清楚了。他把巧清叫过来，郑重道："学你就别上了，以后你妈要带来宝，你得讨小海，也得把家撑一撑了。”

每家必须有一个人讨小海，桌上才有菜。巧云走了，现在只能指着巧清。

巧清急了，道："不能呀，我才上几年，学得还不够，要不我周末回来讨小海。"

"读一肚子书将来嫁出去，还不是给人生孩子做饭，书烂在肚子里。"根水道，"我已经让你读这么多年，该过瘾了，跟家讨小海，还得学着家务，帮着带来宝，这些都是女人该干的，事儿多着呢。"

巧容和巧云年纪大了点，那时家境也不好，也就没怎么读书。巧清好学，常睁着水灵灵的大眼睛，看着村里每一个新奇的玩意儿，在她自己的坚持下，读完了小学。本来根水想，女孩子能读完小学，都到头了，正好能帮家里干活了，再读下去又费钱费粮。但是巧清央求继续读中学，还搬来老师鼓动。那小学老师也说，巧清聪明，成绩又好，继续读下去，兴许家里还能出个女秀才呢。根水那时候家里人手多，巧容、巧云把里里外外的活都能包了，又禁不住老师的规劝，便让巧清去了，只不过每周背一袋米和带几角钱去，让他怪心疼的。今非昔比，他觉得巧清读书的日子是该到头了。

巧清哭了起来，她晓得这事的严重性，两只眼睛都哭肿了。但她知道再怎么央求也没用，根水在家里的独断，孩子们是心知肚明的。她转而去求雪来，眼睛红红的，雪来叹道："谁让你是女娃呢！"

"你去求求爹，让我继续上下去，还有好多知识没学呢。"

"在这个家，我说话要是管用，也不至于现在气血攻心，这个气一上来，心就疼。"雪来抚心道，"听娘说，书读多读少问题不大，命好不好，关键在于能不能碰上好男人，你就多长点心眼。"

"可是我好想读下去。娘，每天做作业好爽快的，比吃肉还爽快。"巧清的鼻涕和眼泪一起挂在半空。

雪来摇了摇头，道："如果巧云在，你可以读的，现在不行了，这个家也需要你撑一下。"

"我可以周末回来干活，不停地干，白天干到晚上。"巧清急切地表白。

"你没读的书，将来让来宝帮你读吧。"来宝又哭了，雪来把奶头塞进他嘴里。

巧清水肿着眼睛走出门外，小小的微微区别于男孩子的胸部一起一伏，她无法平复绝望的情绪，不得不走到樟树下透着大气，然后忍不住大声地哭出来，不过眼泪已经流得差不多了。碗屿的整个村子是一块坡地，房子一级级依次向水面靠近。从樟树下目光透过屋顶和江水，可以看到对岸的漳湾镇，一大坨错落的房子。第九中学虽然看不见，但她知道大概的位置。从江面上过去，其实也就两三公里，但她必须每周背着米袋，从岸上绕一圈，并且穿过镇子的大街，一两个小时。穿过镇上的大街，也是兴致盎然的一件事，街边总有好奇的东西吸引她的目光。特别街道中段的电影院，有海报贴在青砖墙上，她会趴着看很久。不认识的字，她会借字典查询，其乐无穷。在学校里，她成绩好，被老师喜欢，长得也好看，在宿舍里总有些早熟的男生若有若无地搭讪，她似懂非懂，但喜欢这种被注目的感觉，也很享受，有时候也懂得利用喜欢使唤下男生。学校的生活让她有家中不曾感受的充实。但这一切，将结束。

傍晚的时候，她看见巧月在门前与小伙伴玩铁片游戏，巧月小三岁，开开心心，显然还不懂太多人情世故。她灵光一动，把巧月拉过来，问道："姐姐对你好不好？"巧月莫名其妙，睁着大眼睛，点了点头。巧清好为人师，经常回来教巧月做作业，顺便体验下老师的感觉。

巧清把自己的处境告知巧月，道："听姐说，你如果辍了学，姐姐也能教你。你去跟爹说，你来帮娘做家务，让我把初中念完，好不？"巧月愣了半晌，终于明白了姐姐的意思，傻乎乎地答应了。巧清道："你得趁爹高兴的时候跟他说，懂不，姐姐就靠你了。"

晚间，巧月见爹在抽水烟，便像小狗一般伏在他腿边，叫道："爹，我给你捶捶腿。"根水惬意地享受着，赞叹道："四个姐妹，你最小，就你最孝顺。"巧月眉开眼笑，道："爹，我不想退学，还想上几年学。"根水道："没叫你退学呀。"巧月皱眉道："巧清想让我退学，帮忙做家务，她把初中读完，可是我不想。"根水道："胡扯淡，你还太小，讨不了小海，你想念就念，巧清是念不成了。"巧月眯着眼睛，身子紧紧贴着根水："爹，以后我天天给你捶腿。"

第十二回：超度

天擦黑，草鞋三敲着锣，哑着嗓子叫道："明天呀，每户派人呀，到祠堂呀，学拳头呀！"锣声息处，犬声沸腾。

拳师是酒醉到霍童请的，称为霍童师傅。学的是南拳，乃是明朝年间，少林寺和尚流落至此，传授当地人而流传下来。实际上，棍棒刀枪样样皆行，而师傅请来传授的，主要是棍和枪，但笼统称为学拳头。增坂村滩涂辽阔，而且分布在别的村落岛屿周边，村势稍微孱弱，便有被他村蚕食的危险，所以习武之风不敢怠慢。传统上，每隔一两年，都要请师傅来教授武术，青壮年人人须得学习。族中派发武器，家家都有铁枪铁钩，有的年代久远，都已生锈。倘若村中有事，锣声一响，都得持枪出门。

兆文一家正在灯下吃饭，兆文便问师海："师海你可去？"师海傲然道："我在部队学的还用得着去？那师傅是不是我对手还不知道。"兆文道："那也是，你忙你的去。"师海有了池塘，便跟宝贝似的，日日操劳为之搏命，也是没有一点儿闲工夫。

本来老二这个年龄，血气方刚，该是老二去的。自从巧云投水事件后，老二逃亡，不知所终。月明日夜担忧，也到处打听。兆文倒是落个轻松，道："这个灾星，他哪里还有脸回来！"后来打听得，是躲在镇上码头，在坤金的连家船里帮活，赚口饭吃。坤金的船本来在增坂码头，后来西陂塘围起来后，他投靠漳湾码头去了。月明这才放心，自我安慰道："好歹知道学点营生。"

船仔跃跃欲试道："我去，我去。"

兆文道："你还小，个头都没有枪高，使不得。学拳头是保卫村土的大事，敷衍不得，还是我去学一趟，学完再去锄田。"

饭后兆文把木柄铁头的枪取了出来，枪都生锈了，兆文点了蜡烛，将它在磨刀石上磨到四面闪光，威风凛凛，这才罢手。

次日，祠堂（小学）大门前的操场，嘈嘈杂杂，百来号男丁提着枪，舞着棍，举着钩，声势颇为浩大。操场原来是祠堂门前的半月池，种了荷花，在"破四旧"的时候被填埋了，冒出个偌大的场地。师傅指挥人群排成队列，按照把式演练枪棒，一声吆喝，一个把式，阵容齐整，声势雄壮，一看便知道有训练功底的。民兵队长安民，则在队列边上，拿着枪与手榴弹（模型）在自顾自演练。兆文见前面的人不卖力，便喊道："大声点吆喝，有客人观看！"

每年演武教武，观摩的客人来自沿海各村，都是增坂村里的亲戚朋友，比如麒麟埕的陈庆官，是伢累的姐夫；碗屿的池一龙，是酒醉的江湖朋友；下塘的苏一打、官扈的余细奶，等等，七八村的人。增坂的滩涂或在这些村落周边，或与之相邻，时而为友，时而为敌。请其观摩，乃是展示增坂尚武之风、守土之心，颇有示威之意。这些客人由各个亲戚联络，住个几日，村里会给主家补贴。回去之后，自会在村里播报详情，增坂村威得以风传。

客人会被让到主台观看，茶水伺候，李怀礼等老人陪坐，肃穆相待。客人看武，各怀心事，一套把式过后，吆喝落定，众人停下休息，一片寂静。万江媳妇过来给客人添茶，头上戴着头帕，腰上系着围裙，袅袅娜娜，提着开水瓶子，从陈庆官身边过来。那陈庆官观看演武本来就漫不经心，烦闷得不行，见了女子，玩心上来了，巧嘴叫道："四角娇娇，兰带缚腰，潭里洗身，岸上剥皮，这是什么呀，小妹？"

万江媳妇恼怒，道："你这不是说我吗？客人好没有礼数。"

陈庆官笑道："就知道你会猜错。我这是实打实给你猜谜，你猜不出便罢了，求我解题就是，你却说我没礼数，这不是大村姿态呀，是不是呀，老人头？"

陈庆官直接逼问李怀礼，显然深有其意，是两个村的对峙。麒麟垾是镇上最大的村庄，自然没把增坂村放在眼里，陈庆官观看演武心中颇不在意，又不耐烦，便用这一招挑衅。而庆官本人，则是麒麟垾巧思快嘴的能人偏才。

李怀礼深知，当着几村客人的面，庆官是想给一个下马威，当即开门见山道："你这是要文斗，来，去叫'两个嘴'过来。"

两个嘴亦是增坂村的偏才，在家务农，闲时出去说书，一本《三侠五义》，说得滚瓜烂熟。听众评价：两个嘴的评书说得有滋味，能肥能瘦。什么意思，就是也可以把情节说得开枝散叶，妙趣横生；也可以说得简单利落，干净收官。去别的村里说书，倘若每晚收入颇丰，便把书说肥了，撑七八个晚上；若是听众不多，收入寡淡，也可以三四个晚上便终结全本。

李怀礼当下差两个嘴儿子去，把两个嘴从田里拉过来。事关村子荣誉，两个嘴不敢怠慢，挽着两只裤脚，小腿带着泥巴，一路赶来，端端正正地坐了。顾不上喝茶，听陈庆官说了谜面，道："这个简单，是粽子。礼尚往来，我也给客人来一道：粽粽粽，外面硬，当中软，是哪一样？"

村人毕竟没读过什么书，"文斗"不会是诗词歌赋，只不过是比猜谜，比"临时窍"，看谁脑子活络嘴巴灵巧。

陈庆官道："这个鸡蛋可对得过。我来一道，蛋蛋蛋，满厝碰，这是哪一样？"

两个嘴道："这个不难，是影（即厝内天井的水将日光影子反射到屋顶墙壁，风动水动，影子摇晃，乃是厝中常见一景）。影影影，有嘴不会讲，这是哪一样？"

"布袋可应也。布袋布袋，两面敲打，这是哪一样？"

"鼓。鼓鼓鼓，发霉又长毛。"

"这是漂（浮萍）。漂漂漂，满街摇。"

"这是拨浪鼓……"

池一龙见没个输赢，道："这些谜，想来平日里你们也见多了，是小儿科，不如打个口仗让我们开开眼界。"

两个嘴道："客人为先。"

陈庆官道："那我就不客气，随口来个简单的。树顶什么叫？"

"树顶鸣蝉叫。"

"鸣蝉为啥才会叫？"

"鸣蝉腹下有响钱，故此才会叫。"

"螃蟹腹下有响钱，怎讲不会叫？"

"螃蟹土里爬水里钻，故此不会叫。"

"水蛙也是土里爬水里钻，怎讲又会叫？"

"水蛙嘴阔腹像球，故此才会叫。"

"水缸也是嘴阔腹像球，怎讲不会叫？"

"水缸伊是土做的，水烧的，故此不会叫。"

"水箫也是土做的，水烧的，怎讲又会叫？"

"水箫伊有六个孔，故此才会叫。"

"铜勺伊有好多孔，怎讲不会叫？"

"铜勺伊是铜做的，故此不会叫。"

"铜钹也是铜做的，怎讲又会叫？"

"铜钹两面拍，故此才会叫。"

"手掌也是两面拍，怎讲不会叫？"

"手掌手上没物什，故此不会叫。"

…………

两人斗了几十回合，口干舌燥，谁也没说服谁。那厢边，武拳师傅手把手教把式，这厢边，围了一圈看斗嘴，吆喝四起，好不热闹。

庆官见自己有备而来，却还镇不住场面，打住道："这口仗村谜都是小儿科，我来出个对子，你能接出来，算我输吧。'龟圆鳖扁蟹横行，三家有壳'，你能对否？"

两个嘴寻思片刻，道："我这刚从田里来，肚子叽咕叽咕叫，今儿咱谁也别说服谁，旗鼓相当作罢。"

庆官笑道："你对不出便认输呗。"

两个嘴道："认输是不成的，等我改日到麒麟埕说书，吃得饱饱的，再跟你约一场文斗，就从对这个对子开始，不见不散。"

庆官见碰上对手，之前的狂傲也消减了，道："行行行，到时一决输赢。"

李怀礼自得道："文武我们增坂都有人呢。你看这演武场面如何？"

庆官道："场面热闹，不过要是认为这有多了不起，就是眼窝子浅了，你到麒麟埕看看，演武场面比这还大呢。"

庆官所言不虚，麒麟埕人口比增坂村多三四千，那阵容更庞大。

"人多是多，可是听说你们都没得水喝，恐怕打起拳来也没啥气力吧！"李怀礼抓住麒麟埕的软肋反讥。

客人们观摩完毕，有的或逗留一两天，也就散了。拳师会逗留一个月，虽然练武的人会越来越少，但那些痴迷者或者有心人呢，会跟师傅纠缠不休，希望得到绝学。

船仔偷偷看了一天练武，心潮澎湃，晚间放学后一瘸一拐地找到师傅。那师傅落宿在学校旁边的万江家，饮食皆由其提供。师傅练了一天，正在打坐休憩，双腿盘缠，在椅子上闭目养神。船仔正要问话，万江媳妇道："别打扰师傅！"师傅睁开眼睛，看见一个瘸腿小孩进来，倒是和蔼，便问何事。船仔指了指自己的脚，问道："我这样的人，可以练武吗？"师傅道："你走两步我瞧瞧。"船仔走了两步。师傅又道："踢踢腿看看。"船仔又踢了踢腿。师傅道："不碍事，好着哩。练武呢，重要的是讲武德，讲初心，你学武是为了什么？"

船仔指着自己的瘸腿，道："你看到它了吗？不知道为什么别人都好好的，我的脚就瘸了。所有的同学、老师都瞧不上它。就是因为我有这只脚，他们也瞧不上我，觉得我是个怪物，比狗还不如，因为他们有时候还是喜欢狗的。他们索性叫我瘸脚，好像我的脚就是我，我身体的其他部位都不存在了。每天被人叫瘸脚，每天心里都难受。我想让他们住嘴，可是没有办法。我想如果我会拳头，他们就不敢这样了，他们很怕拳头好的人。"

师傅听船仔竹筒倒豆子一般噼里啪啦说了一通，颇以为然，道："这样的话确实气人，你若学了拳头，就要狠狠地打一个欺负你的人，最好把他牙齿打掉几颗，满嘴满脸都是血，只有这样，别人才会尊重你。"

这简直太棒了，这么多年来，就师傅这句话，让船仔扬眉吐气。

"那要几天可以学到那么好的拳头？"

"几天可不行，至少要三四年才有基础，到时候，三四个人都不是你对手。"

船仔兴奋劲刚起来，又迅速低落，怅然若失道："那等我小学毕业了找你学？"

"随时来，你在霍童镇，提起麻桂师傅，人都知道。不过记得要带拜师礼，没有诚意我是不会收的。"

船仔总算落着一个希望，似乎能看见自己身怀绝学的样子。他开心地去水渠边割草，那里一年四季总有嫩草，到了家里，他塞进楼梯下的兔子窝。花手帕和薄荷糖探出头来，用鼻子闻了闻草香，闻得出鲜草，张嘴细嚼慢咽。两只兔子已经长大了一倍，除了有一次，船仔割了带露珠的草，兔子们吃了拉肚子，之后都被伺候得好好的。两个可爱的玩意儿似乎认识船仔兄妹俩，一听到声音就支起耳朵。

当天夜里，睡到半夜，黑狗老黑突然大叫，还一边呜咽。月明被惊醒，道："莫不是来了贼仔，你去看看。"兆文下楼看了，老黑见了兆文，倒是凑上去，呜呜不成声。兆文拍了拍它的头，借着天光看厅堂里没什么值钱的东西，只把一件蓑衣带到楼上，自行睡去。次日，发现两只兔子被贼仔偷走。同时邻里被偷的，还有下蛋的母鸡、渔网等家禽农具。

船仔和六斤伤心坏了，哭了一整天，大骂老黑无用，客人来了叫唤得厉害，贼来了就知道呜呜地躲闪。老黑颇通人性，被骂得很无趣，摇着尾巴胆怯地盯着主人，眼睛都湿了。

长期被认为思想不开放、商品观念差的闽东农民，如今敢于到海南经济特区闯荡。一九八○年，古田一批农民，在生产队长的带领下，在改革开放政策鼓励下，自费到海南考察后，很快在海南安营扎寨，办起农场，自力更生发展橡胶、杧果等热带经济作物。看准门路后，越来越多的农民来到海南的偏僻乡村，承包土地，开办农场，走上致富之路。

　　这是《福建日报》的一则报道，题为"开放政策引新路　艰苦奋斗创新业——闽东数千农民闯海南，办场资产价值达百万"。师海看了后，默默无语。不过心中既是激情翻涌，也有不服：古田人都能出去闯荡，我们海西人还能干不出来？

　　说来古田是山县，出一趟门都得山路十八弯才能出来。除了种蘑菇，县城没有什么产业，常常往外谋生路。海西资源丰富，去往外省闯荡的，倒是不成气候。

　　不服有什么用，还不是得把自己手上的问题解决，才能迈开第一步。

　　解开师海燃眉之急的是李福生，六队的队长。这得拜三眼所赐。三眼大骂师海想讹诈老肥的钱给池塘补鱼，骂了两天，无异于做了广告。骂者无心，听者有意，传到李福生耳朵里。但李福生原来想把池塘弄过来给自己队里养，未遂，现在转念一想，不如投钱进去与师海合股，也是不错的选择。师海等米下锅，也是无法，只好同意李福生投了同样的钱进来，补了鱼苗，将来受益平分。此后两人一块割鱼草，割海瓜子喂鱼。那李福生是养鱼的一把好手，做起来样样在行，师海也没那么累了。但是师海并不开心，他隐隐觉得自己心上的肉被人割了一块。

忙了些时日，师海抽空又到村部来看报纸。托海燕的福，现在他看报纸比以前利索了，首先是大部分字能看懂，因为新闻报道也少用生僻字；其次呢，理解力强了很多，即便有个别看不懂的字，但根据前后文，也能意会，猜个八九不离十。看报纸让他看到外面的世界，日新月异，社会的变化对他而言，是新奇的，也是令他向往的。报纸像一扇窗口，他像个好奇的孩子，努力探头向外张望。

他看到一条经济新闻，跟自己的事业息息相关："广东汕头种草养鱼，效益成倍增长。"他看了半天，十分兴奋，但是怎么种草，还是没看明白。拿着报纸，兴冲冲来找海燕，一见海燕在房里，他便要进去。海燕拦住道："有事外面说，你不能进来！"师海奇怪道："怎么啦，我又不是细菌。"海燕道："跟细菌没关系，你要再踩进我房间，怀风就要炸了，知道不？"

师海转头一想，全明白了，道："这小子就这点小心思，没出息。今天我不白话感情的事，我是跟你请教大事的。"

海燕走出房间，到门廊上看了新闻，道："这条新闻重点是报道种草养鱼的效益，本来两年养的鱼，一年就可以养成，是新技术新模式，顺应改革的大势，前景良好。但是种草的技术，并没有过多提及，只知道是把草种在池塘里，并没有具体地说怎么种。"

两人讨论了一会儿，连猜带想，还是没有讨论出结果。

海燕道："这是新技术，人家也是边摸索边发现。你要是想用这个技术，最好去实地考察，这样理论才能联系实际。种草到底怎么种，中间会遇到什么问题，有过实践的人已经付出代价了，你去取经，就不用交学费了，这叫磨刀不误砍柴工。"

师海啧啧啧赞叹道："没想到你这么有见识。我还踌躇要不要去实地考察呢，你这么一说，那是绝对得去了，就算把路费当成学费，划算得很。"

海燕笑道："你别这么夸我，这是基本常识好不好。理论联系实际，是毛主席说的。"

说得高兴，师海即刻就要出发，脑子一转，又碰上难题，路费在哪里呀。每个月，师海都被还"会钱"搞得焦头烂额了，平时难得有身上有钱的时候。海燕道："你别为难了，我借你路费吧。你赌博什么的，我不会借你的，但这件事，是正道，我支持你。"

师海高兴得跳起来，道："太好了，我指定不负使命。不过如果我养鱼养砸了，还不了你钱了，怎么办？"

"那有什么，就算我送你一点学费呗，也没什么了不起。失败是成功之母，失败一次，你还会继续干下去，直到成功，我相信你的韧性！"

师海叹道："哇，我要是能娶到你，那该多好呀，指定成功的。"

海燕变了脸色，道："你再这么说话，我就不理你了。你是非得破坏我跟怀风的爱情吗？我告诉你，我都和爸妈决裂跟着他了。"

师海道："别生气，真实想法都不能说吗，闷在心里多难受。行，你钱给我，我就走，不打扰你了。"

李福生得知师海要出门考察些许日子，埋怨道："你还是懒，有我操持池塘，你就当甩手掌柜，到处游荡去了，以后不可造次。"师海道："你对我有成见，等我满载收获回来，指定不会这么说我了。"

怀风与海燕的关系颠倒了一下，现在周末是海燕进城看望怀风。一是怀风借调到公安局，确实忙了许多，周末突击加班是常有的事。第二，感情关系当中，怀风占了上风，海燕对他的依赖性增强。虽然回了城，但海燕并不回家。除了有一天父母捎带消息过来：回来吧，我答应你们的婚事了。

海燕告知拒绝师海进房门的事，怀风甚是满意。师海是癞蛤蟆想吃天鹅肉，因为海燕斯文礼貌而不知深浅，现在晓得分寸了，这让怀风出了一口长气。在他与师海的对峙中，这一仗赢得干脆利落。

海燕口快，随之告诉师海去广东考察，自己还借了盘缠给他。怀风的脸顿时拉了下来，闷声道："你这是非常错误的做法，原则的错误！"

"为什么？"

"如果是我这么窘迫，你会这样慷慨吗？"

"那还用说。我这人是很讲原则的，上次他诈赌追逃，我就不搭理他，怎么可能帮他呢，这次是干正事，帮他一把，说不准就起来了，怎么说是你兄弟。"

"错了。在这场情感关系中，他是我的敌人，有我无他的敌人；而你资助他，这给他多大的信心，长了他多大的痴心，懂吗？"怀风由于借调到公安局的原因，现在说话的口气也随之转变，充满了政治气息和领导风范。

"嘻，我心眼哪有那么多呀，我就是想，他没有正式工作，为了做点事业，被人追得满山跑，每个月被人逼债到处躲，没有人能帮他，村里人叫他赌徒的、骗子的，什么难听的话都有，这像我街上见到一个乞丐一样，快饿死了，你也不给他一口吃的！"海燕解释道。

"乞丐？看到兄弟的女朋友漂亮，他就痴心过来抢，有这样的乞丐吗？你太小看他了。废话少说，我现在跟你约法三章，以后不能再理他，更不能再发生资助路费诸如此类的事情，否则，我们的关系玩完！"怀风斩钉截铁道。

"怀风，你别这样规定七规定八的，这样搞得我好难受。"

"其他事情我不规定你，就师海的事，必须这样。你一定要遵守，我可会去其他老师那里调查的。"

"嘻，搞得我跟做贼似的。"

"防火防盗防师海，必须这么严谨。对了，我告诉你，我已经跟公安局的领导谈过意愿了，他们对我的表现是满意的，说等适当的机会，比如立个什么功之类的，就把我调进来。所以呢，我现在以公安人员的敏锐，来防止师海。"

"有点小题大做了，你应该把精力多花在工作上。"

"对了，你调动的事，我也提上日程了，等我好消息。"

"我不太想，我觉得在乡村挺好的。"

"那哪能行，那里是无赖横行的地方，我们必须远离。"

怀风处处给自己拿定主意，海燕虽然觉得不爽，但心里有爱，也想这是怀风对师海过于敏感，便作罢，以后再劝劝他这种狭隘。

师海去了一周有余，一脸憔悴地回来，精神头却十足，一进村马上兴冲冲跑学校来。海燕依旧把他拒之门外，道："怎么样，大有收获吧？"师海边摇着头，边啧啧叹道："哎哟，他娘的，太了不起了，广东有一种洋房，就是小说里叫'别野'的，特意翻墙进去看了一下，那才叫人住的地方，每块地板都可以拿来睡觉……"

"那叫别墅。"

"哦，不管叫什么，如果你肯嫁给我，我将来一定建一栋让你住。"

"闭嘴，以后你别再来找我了。"海燕下了通牒。

师海连连摆手道歉了："好了好了，我不说了，我这人一高兴就管不住嘴巴。"

海燕觉得又好气又好笑，抿着嘴道："高兴啥呀，好像去了一趟，就把别墅的钱给挣了一样。"

"那也不远了。"师海拍拍胸脯道，"我把养鱼的门道全搞清楚了。"

"什么门道，你倒是说出来，正事不说，不正经的事啰唆一堆。"

"简单地说，就是把池塘四周泥土堆高，不同高度，把水放低，种上草籽。等草长高，放水漫上来，直接让鱼吃草。关键的问题在哪里知道吗？就是种草养鱼的话，鱼一天二十四小时都在吃草，也就是都在生长；而人工割草的话，就算很勤快，每天鱼吃草时间不会超过八个小时，更别提没有草料的日子。因此，种草养的鱼的生长速度，是割草的三倍以上，两年养的鱼，一年就有收成了。"师海侃侃而谈。

"这么神奇，那就等你大功告成了。"看见师海取得真经，海燕也替他高兴，关键是，她对养鱼这事也颇为好奇。

师海见海燕兴致不错，便得寸进尺道："我刚回村，就奔你这儿来了，几天都没吃好饭，给口饭吃呗。"

海燕急忙拒绝道："那可不成，你要是跟这儿吃饭，我跟怀风真的就掰了，现在怀风情绪很严重的。你紧着回家吃吧，多干活，少往我这儿跑。"

师海失望地摇摇头，道："唉，还真是想念跟你们一起喝啤酒的日子，在火车上的时候，就想着回来喝着啤酒，吃你炒的菜，美美地满足一顿。"

师海转身欲走，海燕不忍，到房里取了几块饼干出来，道："看来你是真饿了，先填下肚子。"

师海把饼干放在鼻子上闻一闻，再轻轻地咬一口，边咀嚼边道：

"人间美味呀——我整整啃了一周馒头了。"

师海夸张地细细品味，转身下楼，海燕在楼上喊道："等你把水草种出来，我也去看看，加油！"

师海没有想到最大的阻力来自李福生。

师海在池坝下方，准备开闸放水。李福生远远地跑过来，边跑边叫道："别动，你别干傻事。"

之前他们已经整整辩论了一个晚上。师海提出种草养鱼的方案，李福生坚决反对。他不相信这种方法，他有十几年养鱼的经验，认为只有割的草，扔在水面上，鱼才会吃，要不然河里那么多水草，从来没见过被鱼吃掉。这只是师海为偷懒而想出的办法。其次，鱼苗金贵，你放水堆泥，惹出那么大动静，只怕鱼苗会呛土而死。各有各的理，争论无果。

李福生匆匆走来，道："我就知道你要动手。听我说，你还没出生的时候，我开始给生产队养鱼了，这些草鱼哪些日子，该长多大，我心里一清二楚。以后你不要插手养鱼的事，你就割割草，其他的防病呀，水质呀，我来负责，好不？"

师海被阻挡，一脸不耐烦，道："说了一个晚上你还不明白，你那是老一套，我是新技术，老一套不顶用了，你还拿来当本钱，早知道你这么固执，我就不让你入股了。"

李福生被说得动气了，道："好呀，你把偷懒当本事。现在一塘鱼苗，你这放水动泥，你能保证鱼苗没有问题？你能保证种下的草能成活？你能保证鱼会听你的话，吃你种的草？"

"我不能保证，我也没做过。但是，改革嘛，摸着石头过河嘛，总是要尝试的，不尝试怎么知道行不行呢！况且人家广东有过成功的经验，种出好多万元户了。当然，这话不是我说，是邓小平说的，你敢不听邓小平的话？"

"你别拿邓小平压我。他是国家领导人，跟咱们养鱼没啥关系，我就知道养鱼，肯定比你强，鱼塘的事，必须听我的，明年年底妥妥分钱。"

还是争执不下。李福生养了十几年的鱼塘，但没有养过这么大的，准备施展自己的经验，让草鱼跟着自己预定的节奏，步步为营；师海则对新的技术痴迷，一心成就，自然不相让。一着急，在堤坝上扭打起来，只想压过对方一头。周围干农活的人纷纷注目，目睹两人滚进池塘，上前捞了起来，湿淋淋如两只落汤鸡。

李福生崴了脚，一瘸一拐地回家。他老婆细妹气不过，跑过来找师海讲理，道："他出钱给你养鱼，你还把他打瘸了，哪有你这么横的人。"师海不言语，懒得纠缠口角，让女人骂爽了回去。

这事还没完了，叫了村主任安城来解决，几个人一齐聚在村部。安城是个和事佬，道："师海，福生是你长辈，吃过的盐巴多过你吃的饭，你就听他的，行不？"师海道："不成，我绝对要种草的。"安城道："李福生，师海从部队回来，也见过世面，他摸着石头过河，兴许能成功呢，你就听他的？"李福生拍拍胸脯道："我对鱼比爹娘都熟，一肚子养鱼经，还要听一个后生瞎倒腾，那没法干。"安城摊手道："既然这样，我就没辙了，你们有干劲，以后就天天闹，啥也别养了。"

不得不请书记兆清出马。兆清抽了一口烟，吞云吐雾道："你们这是新旧势力的斗争，改革派与守旧派的斗争，水火不能相容的。我也不偏哪一方，解决之道，你们要有一方退出来，谁愿意退出来？"师海道："池塘是我出租的，我豁出命也不退出去。"兆清看看福生，福生迟疑不决。细妹道："那我们退出，不退出下次还不把脚都给打断了。但你钱必须马上还给我们，我们也是七凑八借的。"

兆清书记问道："福生，细妹说话能算吗？"

福生无奈地点了点头。他看到师海的态度，心想要是不退出也是无解了。

兆清麻利儿道："师海，那你就把钱退还给福生，这事就这么了了，以后你爱种啥就种啥。"

师海不语，既不表示同意，也不否认。兆清要其表态，师海坦然道："实不相瞒，你退出，我是欢迎，但钱呢，我现在是拿不出来的。"

细妹大声嚷嚷起来，道："你看，别人说他是骗子，我还不信呢，现在当着干部的面，大家都清楚了吧。当初我就说，他口碑不好，长点心，你脑门子一热，就上了，这下摊子怎么收拾。"

师海闭着眼睛，蹲在地上，手按脑门，似乎在苦思。俄而，他站了起来，道："闲话少说，我有一个方案，你退出去，算是借我钱；等我干出名堂，双倍还你。"

这个建议把大伙都惊住了。如果按照利息，或者投资回报，百分百的收益，当然是合算的交易。

福生与细妹对看了一眼，两人均快速在心里算了一笔账，利润没毛病，但对师海的人品，两人均有担忧。

福生道："成是成，如果书记能担保，我就答应。"

师海看了一眼书记。兆清毕竟是见过世面的，气魄大，道："师海，我就相信你，帮你担一回责，渔获了，第一笔钱是还给福生的。"

乱麻快刀，当下写了欠条，担保人签字，即刻办妥。细妹又担心又有点不甘，狠狠地瞪了师海一眼，道："一屁股债，看你怎么还。"

兆清道："三起三落过一生，年轻人总归有成功的时候，不要低看了他。"

细妹道："别的正经人还可以指望，他呀，我看就是躲一时是一时，回头你可得做主呀书记。"

陈武功走访每个队的队长，劝说和签名，为了给引井增加筹码。村民的争议还在于祖训风水，但是迫于排队挑水的苦楚，还是容易被说服的。陈武功已经签了十几个队，乐此不疲，众人对其乐于公众事业也是有口皆碑。

这一日，书记陈玉贵登门，陈武功颇有预感，还是装作惊讶道："哎哟，书记上门，巧容，赶紧泡茶。"

陈玉贵坐下，脸色始终不舒展，正色道："武功，关于引井的事，你不要再插手了，这事责任在我，我来搞。"

"这是头等重要的众事，每人都该出力，我出点力又何妨。"陈武功陪坐在桌边道。

巧容泡了茶上来，飘着热气。陈玉贵边沉思边吹了吹气，抿了一口后，朗声道："具体来说，就是你不要再以村支部的名义去游说签名，毕竟书记是我。"

"当初我跟你说这事的时候，你可是让我放手去做的，没有这不行那不行的。"陈武功盯着玉贵，他晓得玉贵的心思发生了变化。

"我就是说，你没必要一家一户去做工作，我把每个队队长召集开会，说明这个事，不就更简单吗？"

"陈庆该当书记的时候想引井，不就是用这手段吗？怎么没成？你开个会，那些人面上答应了，实际上还是两面派，等到关键时刻，被老人头鼓动一下风水，又怕惹灾又怕对子孙不利，还不是回到十年前的老路子上去！"

被陈武功一顿抢白，陈玉贵颇有些乱了阵脚，他再喝口茶，稳定了一下情绪，道："你说得有道理，工作要做细，做到实处，但是这个工作还是由村部来做，村主任、妇联主任、民兵队长，都能做。你来做呢，影响不好，村民以为干部都上哪儿去了！"

陈武功呵呵笑了，道："这一出，应该不是你想出来的，你脑子想不出来的。"

"那……那还有谁，我一书记不得有点政治觉悟吗？"

"当然是陈庆该了，这是他一贯的思路，斗争为纲嘛。"陈武功道，"你们这一届村干部，响应政策方面，我不知道，但是对村事呢，就是无为而治，要不然引井喝水这事，还轮得到我提出来吗？"

"哎哟，你把陈庆该都提出来，他都老了，不关他事。"陈玉贵有点虚了。

长期以来，陈庆该都是村里的一把手，经历过各种运动，政治嗅觉十分敏锐，在各种斗争中处处为先。陈玉贵和陈武功都是他手下能干的年轻人，重点培养对象。在"破四旧"运动中，陈庆该响应号召，对村里的宫庙旧物进行焚毁，陈玉贵作为积极分子，唯其马首是瞻；陈武功听了母亲的建议，持不同意见，认为不该把临水娘娘和壁画破坏，不参与。于是分道扬镳，走上了不同的路线。后来在陈庆该的培养下，陈玉贵继续当村里的一把手。

"既然说到这里了，今天就把事情挑明了。"陈武功道，"陈庆该怕我活动，怕村民拥护我，怕我取代你，是不？总之，他是怕我起来。告诉你吧，我想当的不是村支书，我要做的，是一个改变麒麟埕的人。我知道你做不到，你们村委也做不到，我才动手。如果你们能做到，告诉我，有什么办法可以对付老人头吗？"

陈玉贵半天答不出话来，支吾道："他，他老了，总是要死的嘛。"

"那倒是好办法，可惜他死不了。回头等可法结婚，你看看，就知道水不够用是什么滋味了，喜事都能办成丑事。"

陈玉贵点了一支烟，眉头成了一个川字。

"那你有办法吗？"陈玉贵道。

"办法不是说的，办法是要去做。"陈武功道，"我们世家就这样，做事就要做得实，做得轰轰烈烈。"

陈玉贵使劲地吸烟，半截烟灰倔强地停留在半空。

陈可法的看亲对象在城关，说城关是好听，其实在城关西郊南际村。可法的相亲叫选亲，是家境富庶的子弟的福利，媒人将村中三户女儿集中在一块，可法选中哪个，就哪个来配生辰八字。可法让立春一块去，说立春有经验，帮助选个漂亮的。去年，下塘有户人家，让可法去相亲，可法见人家不够漂亮，直接给回绝了。

立春道："选来有什么用，你能做主吗？"

"当然，只要我选中，我爹管娶回家。"

立春半推半就地被拉走。在一户大宅院里，中午吃茶的光景，两个人被迎坐大厅喝茶，三个姑娘在天井的美人靠上吃糖，互相嬉闹，眼睛时不时瞟过来。媒人叫道："姑娘们瞅准了，穿西装的俊后生是正主儿，穿中山装的是陪伴，可别选错了。"明明是可法选姑娘，她偏说成是姑娘们选可法，这就叫说"好听话"。可法穿着西装，跟他爹一样长得天方地圆，双目有神，英气勃勃，真是一表人才。立春瘦削脸，跟他一比，就比较老成了。

那三个姑娘，在天井的光照下，眉清目秀，各有姿色，虽然胖瘦有别，但真分不出伯仲。原来是南际村水质极好，一条大溪流从南峰直贯下来，几处瀑布，到了山脚从石间漫流出来，冲击成一块小平原，是个水土丰饶的美人窝。可法喜欢这个的丰腴，又喜欢那个的素雅，眼花心慌，取舍不下，道："如果能把三个都娶回去，可就省心了。"立春心中有莫名的滋味，冷笑道："那就跟你爹说一声，娶三个吧，反正你家娶得起。"可法舔着嘴唇道："都改革开放了，恐怕不行吧？"

立春道："什么叫恐怕，肯定不行嘛。重婚罪、流氓罪，要枪毙的，你懂不懂？都不看报纸。"

把可法一顿吓唬，堵着的心通畅了不少。

可法道："我选着心疼，你帮我选一个吧。"立春道："各有各的看头，选哪个都配得上你。你得有个标准，我好取舍。"可法眨了眨眼睛，道："我想选一个，二十岁也这么漂亮，三十岁也漂亮，四十岁还漂亮，一辈子都是个美人。"立春笑道："你可把我当成算命的了。以我有限的经验，黄色衣服的先淘汰了，她现在丰腴，过几年长开了有可能膀大腰圆。剩下两个身材都是苗条的，婀娜多姿，这样的身形不容易走样，脸蛋嘛，都怪漂亮的，你自己选一个。"可法总算被捋出头绪，道："有道理，没有白叫你来。剩下两个，我也分不出谁好，你就看看哪个更白。"立春仔细盯了片刻，道："差不多白，这里的美人窝，名不虚传。"可法道："世上没有一模一样白的，总有差别的，你上前仔细瞅瞅。"立春拿起茶杯，上前走了半圈，道："绿衣裳更白，白得不像人，像瓷器。"可法道："那就她了，娶个瓷器一样的姑娘，全村独一份。"

可法选亲成功，去了纠结，心情大好，吃了中饭喝了酒，喝得微醺，到了县城游逛。可法熟门熟路，道："我带你去一个好去处。"走到西门街，径直往巷子里去，过了城隍庙，宽巷拐进小巷，两排老楼，摇摇欲坠，全有人住，只见有女子，形迹可疑，在幽暗巷子里影影绰绰。立春饶是少进城，却也知道这地方，道："来这里干啥？"

原来西门街，是城关著名的风月场所。解放前这里繁华一时，臭名远扬，正经人家一提及，躲避唯恐不及。解放后妓女被改造了，消失了多年，六十年代偶尔出现了暗娼，比较隐蔽地交易。不管外面什么运动，这个顽强的行业总如暗根野草，绵绵不绝。特别是到了"文革"后期，暗娼复苏，又有些恢复了名气，附近的人也见怪不怪，毕竟是传统行业。虽然中间有被打击，甚至有老鸨被枪毙，但皮肉一行气数不绝。

可法眯着眼睛道："我快要结婚了，总不能什么都不知道，过来学一学床上本事，才能对得起我那么漂亮的老婆。你呢，也尝尝鲜，算我谢你。"

立春初次到这里，不知所措，被可法拉进一间屋子。但是，小小的阁楼，两层。两人还未适应屋里的阴暗光线，一阵脂粉香气扑来，一声莺啼软语："两个这么俊的后生仔，新郎官一般，难怪昨夜我梦见花开并蒂。"立春定睛看，是一个四十来岁的女子，穿着淡蓝绸布衣衫，脸上敷着薄粉，笑脸盈盈，猛看似戏台上的人，近看却活生生艳丽娼妇。

可法憨实地道："你说对了，我快当新郎官，是来学一点本事；他已经结婚了，来消遣的。"立春急忙摆手道："我不……"妇人把柴门掩上，喜滋滋道："学习要紧，先来；你跟这歇着，定定神。"引着可法，踩着颤悠的楼板上了二楼。

立春坐在楼下，一片静谧，这片娼楼是个闹中取静的地儿。阳光从楼板缝隙间投进来，如神秘的眼神。立春感觉到自己心在跳，他只想等可法完事了，一走了之。一是他晓得自己这方面不行，家丑不可外扬；其次呢，第一次涉及风月场所，于心不安。不多时，可法笑吟吟地下来了，叫道："上去吧。"立春道："算了，我还是回去吧。"可法急道："你什么意思，这不是说我不肝胆吗？"

哥儿俩争执的瞬间，暗娼如一阵风下楼，拉手笑道："别扭捏了，管保舒服到下次还想来。"立春正想摆脱，一阵脂香扑入脑海，瞬间恶从胆边生，心道：就让我大逆不道一回，看看又能如何。这想法一出来，似乎把压抑在胸的魔鬼释放，一阵畅快，道："我……我也是学习的。"娼妇依旧是如魔法般的绵软声音，道："行呀，想学什么就教你什么！"立春脸色苍白，低声哽咽道："其实我不会……"娼妇道："男人哪有不会的，是不用心。"

两个人从小巷子里出来，只拐到了城隍庙，便进入喧嚣地界，阳光晒了一脸，恍如做了一梦醒来。可法眉开眼笑道："爽快吧？"

立春心满意足，文绉绉点头道："学海无涯，古人诚不欺我。"可法道："我问你爽快不爽快呢。"立春陷入自己的迷思，道："主要还在学有所用。"可法道："答非所问，嫖一次都嫖傻了。走，吃碗福安腰子去。"

城隍庙边有福安人开的小吃店，捞得一手好米粉，炖罐香味飘鼻。两人要了米粉和猪腰炖罐，狼吞虎咽一番，精神头又起来。立春道："有一个问题，你对这地方怎么这么熟？"

可法道："有一年，十来岁吧，跟我爹进城，我爹带我来过，他叫我在楼下等，他忙完了下来。我那时候还不解，以为他们是谈什么要事。随着年龄的增长，我逐渐了解，这个地方一直浮在脑子里，像一个梦境，不来一趟都不行。这也是我第一次。"

两人游玩到天黑回来。巧容在家忙活一天，又做家务又照看店里，见了立春道："人家看亲，你跟着去了一天到黑，把自己当闲人瞎忙的！"立春喜滋滋道："谁说瞎忙，进城见见世面，收获不小呢。"巧容道："不跟你瞎扯，说个正经事。我娘呢，梦见巧云了，大着肚子在江上漂呀漂，喊救命呢，家里要请个和尚做法事，把她魂魄超度了，明天我得回娘家忙活去，店里家里呀，明天你跟着关照。女人的活，你又不是不能干。"

立春泡了一杯茶，热腾腾地吹着，撇嘴道："封建迷信，瞎折腾。"

"迷信？你跟你娘一起去跪临水娘娘，点香火烧纸钱，许重愿，都不是迷信了。"巧容反唇相讥。

"那是我娘逼的。"立春舒心道,"现在我是不信鬼,不靠神,只相信科学。"

　　和尚是斗门头雪峰寺请的,来了两个,大和尚会念经,小和尚打杂。超度道场位于大厅,把巧云留下的衣服和鞋子放在桌上,小和尚四周点烛,天井插香,俄而大和尚摇磬,口中念念有词。雪来怀中抱着来宝,坐在厅边长凳上,睹物思人,眼睛红了,张嘴又要哭。根水道:"你又来了。"雪来哽咽道:"五个儿女,每个都是我身上长了十个月的肉,割了,你不心疼,我能不心疼吗!"根水道:"她要撇下我们,又有什么办法,你又不能把她哭回来。"

　　一阵湿热的风从天井穿进来,那是海上的风,香烟一阵袅娜。雪来斥责根水道:"你还不跪下,求巧云原谅。"根水道:"什么规矩,我还要跟女儿下跪,成何体统!"雪来道:"巧云魂魄不散,就是你逼的,她是奈何不了你,倘若她把气撒在来宝身上,我看你种的祸根。"根水一惊,不情愿地跪下来,嘴里默念。雪来道:"你说出来呀。你逼了她几次,在窑里跳下去,她肚子的骨肉,哪舍得丢出来呀,你这没良心的。"根水不耐烦道:"你这么号哭,师父怎么念经呀!"雪来这才小了声。

　　巧容在天井里烧纸钱,一沓沓厚厚的纸钱摊开,火焰左右跳跃。巧容边烧边道:"你舍得狠心抛下爹娘,抛下弟妹,不管受了什么委屈,终归是你的不对。我订婚你也跑出去,我结婚你也跑出来，不知道姐姐哪里得罪你了，你有冤有苦，就来梦里跟姐姐哭吧。请来师父超度你，好好修行去吧，不要跟家里置气了。"念罢，也是泣不成声。

巧月在一旁观看，只觉得神秘，很好奇，问巧清道："二姐真的会回来？"巧清摇摇头，表示无可奉告，也抹着眼泪用一根木棒搅动板结的纸钱，火星闪烁，道："我倒是希望你真的有魂魄呀，你可倒好，一走了之，害得我没书念了。如果你真的是鬼，就想个主意，让我再去上学吧，鬼肯定比人厉害的。"

一家人各怀心事，只当是巧云已经回家了，念想的念想，抱怨的抱怨。大和尚吃了几次茶，直念到正午，磬重重地响一声，道："念了七七四十九遍，已到极乐世界了。"

第十三回：情劫

一条白黄的小道从山外进来，弯曲起伏，像一根带子甩了个跌宕。从山下到三望村口，坡度不小，有旧石台阶进来。那四百八十级石阶，是民国时村里富户捐建，否则若是雨天想爬到三望村，不摔十来个跟头不济事。村虽小，路也小，却重要，后面连接扶摇、水际、宝贝等小村，前面连接咸村大村，如一根藤穿起大小不一的葡萄果儿。

巧云从村口一步步走出来，肚大腰细，像抱着一块石头，走起路来，迈着八字步，俨然一个木偶。她斜靠在坡顶的歇脚石上，俯瞰而下，弯弯曲曲的山路，从脚下到另一道山坡上消失，没有见到一个人影。她一阵失望，摸了摸肚子，如果多坐一会儿，肚子里的胎儿就会踢肚皮，如果走起来，宝宝就安静了。在最孤寂的日子里，她只能跟胎儿说话，互动，体会做母亲的感觉。

对面山坡道上有个人影晃动，很快就拐进被竹林淹没的路中。巧云有点激动了。不知道是不是老二，不管如何，在这个寂静的山村，有人进来，都是一种希望的诞生。

巧云有时候会怀念海边乡村的生活。喧嚣的潮水，天际线上的远方的岛屿，散布在滩涂上的讨小海的人，视野那么宽阔，与之相比，山村的生活实在是太狭隘太寂静了。但是她没有办法，她必须在这寂静中等待孩子的出生。寂静的好处是有安全感，离开了那个逼迫的世界。

来了有五个月了吧。来的时候，有四个人，枝丫背着孩子，老二一手提着一串蟳，一手扶着巧云，生怕肚子里的孩子有个三长两短。这一趟远走，这个去处，是老二央求枝丫求出来的。闽东山海交接，四人碰头，只走了不到一个小时，便进入金溪大山峡谷的小道，山中清寂，只是偶尔被山涧瀑布声喧闹一把。在一个山坳口巧云回头看了一眼，马上就要甩掉视野中的洋面了，她一阵轻松，感觉从一个世界进入另一个世界。她知道再也不能回头。

"他们会找到我吗？"巧云问了一句，其实她自己应该知道答案，只不过不确定。

"放心吧，在他们眼里，你已经死了。"老二笃定道，"况且，你的死活，没有人在乎的。"

伎俩是老二想出的。老二觉得，只有这样，才能斩断纠缠不清的乱麻。

他们在一个路口歇了下来。老二坐在一棵刺松下，巧云靠着老二，闭上眼睛，要打个盹。她实在太累了，心累，而此刻一下子从紧张的状态中放松下来，困倦像一匹饿狼扑了上来。

"老二，以后你的担子可重了呀。"枝丫提醒道。

"我能扛，办法总是有的。"老二坚定地道。庇护的力量支撑着他，他在一瞬间似乎长大成人。

"巧云，你的命真好呀。"枝丫不无艳羡道。

"姐，你是笑话我吧。"巧云闭着眼睛迷迷糊糊道。

"是笑话还是真话，每个女人心里头，都有自己的一杆秤吧。"枝丫幽幽道，毕竟她比巧云年长数岁，自然意味深长了些。

巧云迷瞪瞪被叫醒赶路，只觉得胸口有什么抖抖索索，解开衣服，却见一只滴滴鸟扑棱棱从里面飞出来，落到松枝上翘了翘尾巴，叫了两声，向山涧长空飞了去。巧云看了，满脸迷茫，以及艳羡，道："不知道它在我身上窝了多久。"

接近日暮，进了三望村口。见是客人来，可稀奇了，几个孩子叽喳叫着，指手画脚。这倒不奇怪，奇怪的是有一个瘦长男子，人倒斯文，穿着破棉袄，哆哆嗦嗦跟在老二身后，走了一路。老二停下来问道："你有何事？"男子的眼睛一直盯着老二的手上，躲闪着眼神道："我老父亲病倒床上，只剩一口气了，只叫要吃一口腥味（海鲜），能不能给我一个青蟹壳，我去煮汤让他尝尝，死得瞑目。"

对于海边村庄，海鲜乃是平常之物，日日都能吃到；对于山村，可是稀罕之物，难得美味。人之将死，往往会想吃自己最稀罕的那一口味，这是常情。

枝丫直冲着老二眨眼睛，老二不解其意，对男子道："一个青蟹壳哪能煮出什么味道，我送你一只便是。"说罢解了一只出来。那男子跪下接住，道："我老父有福，碰到善人，死得畅快了。"拿着螃蟹，如获至宝，头也不回地跑走了。

枝丫道："哎，我给你使眼色，叫你别理他。他是村里的懒汉，人称'没裤穿'。"

老二道："他说的可是实话？"

枝丫道："有一个老父倒是实情，说的事是不是实在，就不知道了，反正他好吃懒做，说话虚实莫辨呢。"

老二道："既然这么稀罕，以后我来了多带着青蟹就是。万一他说的是真的，让他爹得其所愿，也是好事。"

枝丫有两个哥哥，都已经分家，不过还是跟父母住一栋老木楼里。对于巧云与老二的处境，枝丫只提到两人私奔，要寄住在这里生完孩子，再找出路。父母年老，并不多问，只把楼上杂物间腾出来，在木板上铺了铺盖，作为巧云的窝身之地。

老二只待了一天，便和枝丫下山了。虽然不舍，但是下面跟捅了马蜂窝一样，他无法逃避。或者说，他一块逃避，则更有被发现的可能性。当然，更重要的是，他必须谋生，为了巧云的生活，他不能跟以前一样懒洋洋地过日子了。

他也不敢回家，跑到了镇上码头，住到漳湾镇码头的坤金的连家船上。数年前，坤金的船在增坂码头，便招呼闲杂无事的老二，上船跟他一起拉网。老二那时候不干，觉得陆地上比船上好玩多了。

巧云整整待了五个月。老二去过几次，前面去得勤快，有时候没钱，就带些海鲜过来，或者一路叫卖。每次老二要走，巧云总是千交代万交代，一定要尽快再来。但是，巧云的肚子越来越大，老二去得越来越少了，他说希望能赚一笔大钱，为分娩之后的后路做打算。

巧云寄人篱下，度日如年。早先肚子不大的时候，还帮助老人在烟草地里拔草，施肥，家里做饭；后来肚子大了后，越来越不灵活了。等待是最折磨人的，心中产生了一万个想法，有时候甚至怀疑老二是不是还活着。

住在三望村肯定不是长久之计。等自己生完孩子后，老二会带自己去哪里呢？肯定是不能回到沿海乡村了，肯定要去远方，没有熟人，没有亲人，开辟崭新的生活。她有时候呆呆地想：十年之后，我会在哪里？

人影从竹林掩映中走出，小如奶狗，蹦蹦跳跳，再走近些，才看得出是人挑着担子。巧云想，不会是老二挑一担海鲜上来吧。若是这样，自己的日子还好过些。那人走得越近，便越失望，到了近身，才发现是挑担子的货郎，沿村叫卖。

货郎晃悠悠挑上坡来，卸下担子，坐在歇脚石上擦汗，打量了巧云，道："快生了吧，给孩子买双虎头鞋呗。"巧云看那虎头鞋，黄澄澄的，着实可爱，道："倒是想买，就是口袋里没一个子儿。"货郎道："口袋里没子儿怕什么，有老公呢。"巧云往山外望了一眼，一脸委屈，道："老公啥时候来都不知道呢。"货郎道："原来是老公去了外头，是去做生意了吗？"巧云不想回答，转移话题道："师傅，你打从多远的地方来？"货郎道："我从福鼎来，要说多远，穿村过店走了三天，边玩边看边挣钱。"巧云好奇道："比福鼎更远的是什么地方？"货郎道："比福鼎更远是浙江，那里吃穿用不完。"巧云道："世界好大呀。"货郎道："世界多大我不管，只当我的小货郎。"

货郎看见巧云拿着虎头鞋爱不释手，便道："你要喜欢就拿走，等有钱了再给我，我反正个把月都会来一趟，跑了和尚跑不了庙。"巧云道："这村里有来卖鲜货的，有来收烟叶的，就没见过一个你这么大方的。"货郎道："我这生意，就是哄女人小孩高兴，你们高兴了，我就有饭吃。"

今年的年景近乎十年不遇，蛏苗异乎寻常丰厚，引得连江、福清的客人络绎不绝。兆清等人做"蛏头"，客人到他这里订购，头天约下数量，次日他便分派农户如数讨蛏苗。客户被兆清安排在家喝酒、抽烟、打牌，过着神仙的日子；农户把蛏苗挑到天井，过秤，到会计那里取现钱，心满意足。次日，这些蛏苗会运往码头，上船，驶出东冲口，开往连江一带。

若是要问，为何连江、福清等地，不能自己培育蛏苗？原来连江、福清等地，滩涂靠近外海，风浪大，滩涂极薄，甚至多数是沙滩，沙滩以下才是泥滩，蛏卵无法着床，乃至培育不出蛏苗。

只有蛏苗米粒大甚至是小拇指头大的时候，运输过去种在泥滩上，此时的蛏苗才有能力钻进泥中，不会被浪冲走。而三都澳里的涨潮几乎没有浪头，成为蛏卵着床的最佳场所。而其中，又数增坂村的蛏埕最为适宜长蛏子和海瓜子，这是老天爷的赏赐。

这一年的蛏苗在以后多年被人津津乐道，谈论的核心当然是万江。万江的蛏埕里，蛏苗洗了一埕又长一埕，绵绵不绝，别人是洗蛏苗，他是在洗钱。几埕下来，他洗了一千出头，那可是一笔花不完的大财呀。十里八村，都在说增坂村出了一个洗蛏苗洗出千元户的人。有外村的人特意过来参观，看看此人长得是不是跟常人一样，五官有没有多出一个；也有人过来看他们家的房子以及祖坟，看看风水。对此地的人而言，家中有大喜，都是祖坟风水的功劳。但万江被人谈论几十年，成为故事，成为笑谈，并不仅仅是赚大钱，而是后来的遭遇。这是后话。

既是丰年，每户都有丰收，虽说不如万江一般暴富。师海修整完池塘，跟着兆文洗了几回，收获也有两三百。师海的缺口大得很，多少钱都可以砸进来。元丰道："师海，蛏苗的钱要是有富余，先把塌鼻爷爷的钱给还了。"师海道："他的钱着急什么，他那粉厂每天都有收入，最不缺钱的，好钢用在刀刃上。"元丰听了便不语了，他也不知道哪里是师海的刀刃。

有了钱，师海顿时精神起来，进了一趟城，给自己换了一身新装，陡然就跟换了个人似的。从廉坑下了车，就来到学校。海燕正在房间边吃饭边看书，听见敲门，打开一看，师海一身蓝色的西装西裤，跟假人似的，笑道："你这是怎么啦，当新郎还是当模特！"师海昂首挺胸，得意道："你看，我这人气质还是可以的嘛。"海燕道："弄得我以为是什么干部下乡了，也不知道你要搞哪一出。"师海道："先要打扮成有钱人的样子，然后才能赚大钱。"

他从口袋里掏出钱，还给海燕。海燕道："不着急呀。"师海道："欠女人的钱，不是我的风格。"说着，得意地从口袋里掏出一块表，道："给你的，上海表。"上海表可是最奢侈的时髦货，阔气一品。海燕拿过来一看，沉甸甸，亮澄澄，道："是真的呀。"师海道："假的哪里敢给你！"

海燕冷笑道："自己欠了一屁股债，还买这么贵的东西给我，你肯定是脑子抽风了。"师海淡然一笑，自我解嘲："谁不是欠着一屁股债，世界上根本就没有不欠债的人。我这是一码归一码，还得起的债都不算债，只是有个缓急轻重，有些债现在不还以后就还不起了。"

海燕放在耳边听了两声嘀嘀嗒嗒，看了两眼，递过来道："这么贵重的东西，怀风都没给我买过，怎么敢收你的，你自己戴吧。"师海道："这是女式的，你配得上，你别当回事，就当我感谢你的，行了吧。"

上海表可不是一般的礼物，有文化人的人当定亲的礼品，戴一块在身上，人都是多了三分气力，七分精神。海燕道："我不会收的。怀风要是知道了，还以为出什么事了呢。"

师海道："就一块小小的手表，想那么多，我总不能拿一袋红薯来谢你吧，那是我这种身份的人能拿出手的吗！”

乡村里，家长们为了感谢老师，经常会送红薯、芋头等特产，乃是寻常礼物。

海燕塞过来，师海推过去，来回几个回合，师海怒了，道："你要是还我，我就把它摔下楼去，你别不信！”

海燕毕竟是女人，知道师海的脾气里有一股倔劲儿，这一上气头，说摔就摔，一番好意变成坏事；再说了，女人毕竟比男人惜物，锃亮的物什看着心就软了，道："行，那我先帮你收着，等你定亲了，还你做礼。”

师海心满意足，知道海燕不会叫他吃饭，得意地下楼，在楼下仰头道："等你对我没成见了，就戴起来，这么精致的手表，全世界只有你配得上它。”

师海的声音很大，海燕怕被人听见引出麻烦，又气又急道："你再大声，我摔下来了。”举起手表，做欲摔状，金属表壳反射出一道闪光，甚是炫目。

师海举手作揖，笑着求饶道："好好，不说了，你收起来，我闭嘴走路还不行吗！”

海燕道："你得意什么，我根本就不会戴它。”

海燕把手表用手帕包了，放在抽屉，又觉得不妥当，想了想，放在衣柜的底部。这样，小偷也难找到，怀风也不容易发现。

似乎感觉到了危险的逼近，怀风加紧了海燕的调动，把它排在自己的调动之前。关于从哪里作为突破口，他自然请教怀准，他已经将怀准作为导师。每一两周，他必须来怀准家里坐一坐，喝一喝茶，他相当享受一家其乐融融的感觉，也享受怀准对他的教导。这时候，他与怀准相谈甚欢，恍惚间会觉得怀准就是他的父亲。或者说，他心目中的父亲，就是怀准这个样子——有学识，有文化，有经验，每每答疑解惑，就如给他服下定心丸。

就海燕调动的事，怀准的意见是怀风自己先调动，在公安系统坐稳之后，再考虑海燕调动的事，这样别人也会买账。但怀准并不知道海燕的处境。

"她在农村相当不安全。"怀风道，"也有当地的青年追求她。"

怀风不说出是师海，这样会引起尴尬。

"你这是杞人忧天。"怀准呵呵笑道，"海燕是个有文化的人，怎么可能会接受农村青年的求爱呢，她不会那么没脑子，你放一百个心。"

"不怕一万，就怕万一嘛。"怀风道，"有时候我也摸不着她的心思，老觉得她会犯傻，调上来我的心就落定了。"

怀准呵呵笑道："如果她有那么傻，那就不配做你的对象了。以前讲究门当户对，现在讲究文化程度相当，你可得睁大眼睛。"

怀风还是坚持要先给她换工作，在怀准的搭桥牵线下，他找到了方向。刚刚工作两年，城市的生活，官场的人际，对于怀风来说，还是一个陌生的世界，现在他正满怀好奇地打开这个世界，之后登堂入室，融入这个世界。

工作进行得有条不紊，突破点在县教育局负责小学部的高副局长身上。本来怀风意思是往局长身上使劲，怀准认为县官不如现管。局长工作做通了，还得高副局长来执行，到时候还得落高副手上。现在城里老师资源缺乏，高副局长拿得了主意。最主要的是，高副局长帮人办事，在熟人圈里颇有口碑。在几次试探性的拜访之后，怀风心里落定了主意。

周六，海燕被怀风叫了上来，要一起去拜访高副局长，一锤定音。海燕对于这种事不来劲，道："你要去你去，拉上我干什么？"怀风道："要调动的是你，你还不让人照个面，我还要让你看看，为了你，我可是费了老大劲了。"海燕嘟嘴道："我又没叫你调动，都是你一厢情愿。"怀风道："这时候了还在说气话，多少人想回城，搞了几年都没搞出名堂呢，咱们现在有了眉目，机不可失，得一鼓作气。"

怀风左手提了一袋章鱼，右手拉着海燕，只怕她不情愿半路飞了。敲了敲门，开门的是高夫人，五十岁左右，珠圆玉润，颇为富态，叫道："哎哟，是小李呀，进来。"

听声音，跟怀风是很熟的。原来怀风来拜访过，都是高夫人接待的。

怀风深深地鞠了一躬，介绍了海燕，赶紧把礼物放到卫生间，道："阿姨，这几只章鱼我就放水桶里了，炖酒，给高副局长补补身子。"高夫人道："小李你太客气了，我就没见过你这么通情达理的小伙子，老高，你还躺着干什么？出来。"

老高喜欢看书，周末没事就躺在床上看，这时候正沉浸在《故事会》里。怀风拘谨地坐在沙发上，看见老高懒洋洋出来，急忙起身，点头哈腰上前握手。老高平时被人求惯了，只是稍微地伸出手，怀风双手握住，有点像人民群众握住领袖的手，殷勤赔笑道："局长，对您我是久闻其名，今天能够见到您，荣幸得很。"老高眼睛一闭，嘴角微微一笑，不知道是享受这种奉承，还是鄙视，坐下来，道："客套话咱就不说了，哦，有事说事。"

高夫人在茶几上泡上了茶，道："小李可是好青年，他的事，我大概其跟你说过了，你可别不放心上。"

怀风便简明扼要地把海燕的事说了一遍。大概在家训练过，说得极有条理。

高副局长看了海燕一眼，点点头，道："这事还是有难度的，既然你阿姨这么说了，我给争取争取，成不成再说。"

怀风点头道："有您这句话，我就放心了。您的好心在圈里是有口皆碑的。"

怀风寒暄几句，起身告辞的时候，从口袋里掏出一个盒子，对高夫人道："阿姨，我给您带了个小礼物，您别嫌弃。"

高夫人理所当然接过，并不当场看，道："我就说，我们对你好是应该的，下次可别这么破费呀。"

海燕已经领先一步走了出来，她不太适应这种气氛，只想尽快出来。怀风与他们热情道别后，随后出来。下了楼，怀风叫道："搁这儿待会儿。"大概待了五分钟，似乎在等待什么，但也没有什么动静，怀风兴奋道："走。"

见海燕不言不语，怀风意气风发道："怎么闷闷不乐的？"海燕道："我也不知道怎么啦，总觉得不对劲。"怀风笑道："我告诉你，你应该来劲，因为这事差不多成了！"

"你有那么大把握？"海燕好奇道。

"我送了一个重礼，他们收下，就代表这事八九不离十。如果没把握，是不敢收下的。"怀风有一种机智道。

"就是送给他老婆的那个盒子？"

"对呀，我了解过了，他惧内，枕头风更管用。"

"你从哪里晓得这些乱七八糟的东西！"

"什么乱七八糟，这是社会经验，是怀准叔叔手把手教我的。这种求人的事，以后还多着呢，算一门本事，不得不学，学不会，你就不能融入社会。"怀风侃侃而谈。

"这算什么本事，只怕学多了，人不像人。"海燕嗤之以鼻。

"你在乡下，越待越没见识了，以后上来了，你就会慢慢理解我，也理解城市的生活的。"

怀风高兴，带着海燕要去喝点酒庆贺，找了一家小馆子，点了几道海鲜小菜。菜一上来，热气腾腾，海燕闻到腥味，突然一阵恶心，差点呕吐出来，赶紧进了洗手间。出来的时候面色苍白，怀风的脑子转得快，道："会不会是有了？"海燕羞红了脸，压低声音怒斥道："你想歪了，我今天一天都很恶心的。"怀风嘻嘻笑道："有了就是这种感觉，虽然我不是女人，但还是能了解一点的。

如果有了，我就紧着跟你爸妈提亲去，我都想好了，叫怀准叔叔帮我牵头，绝对够面子。"海燕道："你想美了，我是说我们今天干的事，都让我恶心。"

高副局长果然名不虚传，不久就传来消息，让海燕到教育局办理调动证明。怀风得到消息的当天，下了班兴冲冲下来，见了海燕，神秘兮兮道："今天我下来，是给你一个大大的礼物。"海燕有点惊喜，疑道："多大呀？平时我也没见你舍得花钱给我买什么。"怀风道："那些花钱的礼物，都是不值钱的，我这个礼物，是改变你命运的——告诉你吧，在我的催促下，你的调动批准下来了，调到县城四小，今天你就跟我上去，明天去办理调动手续。"

海燕略显失望，道："我还以为什么呢，这事太急啦，我脑子都没想好呢。"怀风道："别的老师盼都盼不来呢，你就偷着乐吧，走，赶紧办了，免得夜长梦多。"

怀风的意思，把调动手续、本校证明和四小的接收证明明天一块办了，赶紧离开。海燕道："我真的没想好调不调动，你别逼我——想到离开，我真的舍不得这里的学生，这里的一草一木。"

怀风张大嘴，睁大眼，仿佛眼前站着的，是一个史前怪物。

"我花了血本，费了老大劲，好不容易才有了眉目，你居然说还没想好。你可知道，为了你这事，我给高夫人送了什么？"

"我怎么知道。"

"我送了她一块上海表，连我自己都没有戴过。要不是这么重的礼物,她能这么好说话吗!"

海燕一怔,胸中一把火冒了出来,那是从未有过的感觉,发作道:"我才不稀罕什么调动到城里去,要去你自己去。"

怀风乘兴而来,被一盆冷水泼得,别说自己的一番好意,就是男子汉的自尊,也荡然无存,不由怒道:"好,你有种,你这次不听我的,咱们就真算完了!"

说罢气冲冲下楼走了,下楼的时候他还放慢脚步,希望海燕服软,拖他回去。但海燕情绪激动,突然掩面而哭。怀风拂袖而去,他知道如果这次不硬气,治住这个女人,且不说调动的心思白费了,只怕以后日子的麻烦还多呢。海燕的任性,不懂人情世故,在婚前必须改造完毕。

两人又一次开始冷战。对于这样的冷战,怀风胸有成竹,女人虽然任性,但终归不如男人能扛。

镇上码头,是最繁忙的地方。地板湿漉漉的,脏兮兮,靠水的石阶上,挂着灰白的海蛎壳、藤壶,一年四季咸湿的腥味。码头上一排排的连家船、渡船、船队的大渔船,涨潮的时候在水里晃荡,退潮的时候,静静地趴在泥滩上,江面一下子显得寂寥。不远处则是造船厂,与江面相连,搭着黑棚,散发着樟木香味,一天到晚乒乒乓乓作响不绝。

坤金小小的连家船在码头毫不显眼,在水中微微摇晃,偶尔响起咿呀的声音。坤金在做饭,一个小锅架在小铁架上,烧的是木柴，烟把竹棚都熏得乌黑了。正是涨潮的时候，船边的蠢鱼集结在水面嘬食，之所以叫蠢鱼，是因为不怕人而得名。坤金稍稍把船摇晃几下，蠢鱼因兴奋而跳跃上船，蹦跶不已，坤金拣了几只个头大的，有小拇指那么大，扔进锅里，合着米粿条、年糕片，加上菜叶，做成猫饭吃。

每年春节后，连家船上的疍民，俗称"曲蹄"，提着篮筐，都会成群结队去村里讨食。村民会拿一块年糕，或者米粿，或者肉丸，扔在他们篮子里。有太阳的日子，曲蹄们把这些食物放在船篷上晒干，储存，雨季的时候放在锅里煮软，简单方便，也是一道美味主食。

坤金捞一碗糊糊猫饭，呼噜呼噜地吃。船上吃饭不讲究，动静大，显得有滋味。老二不知道什么时候已经到岸上，呼喊要上船，坤金放下碗筷，拉着缆绳靠到岸边。船头碰到岩石上的海蛎壳，发出咯吱的破碎声。

老二跳了上来。他在坤金的船上住了几个月了，一起打鱼，拿到市场去卖个好价钱。坤金不愿意到岸上去，曲蹄到了岸上，会受鄙视，人们会当面叫他"曲蹄骨"，听了不是滋味。如果需要的话，他希望时刻都待在船上。

坤金盛了一碗猫饭给老二。老二吃了一口，道："腥。下次放蠢鱼下锅，你要加片姜。"

坤金摇了摇头，他在船上长大，吃的用的没有不腥的，反而不知道什么叫腥了。

"出事了。"坤金边扒拉饭边闷声道。他很少说话，口齿不清楚，声音含混，嘴里像嚼着糖。

"哦？"老二抬起头。

"枕头下的钱丢了。"坤金舌头捋不直，喉结打转，道，"细弟要结婚，缺钱；仙旺要修船，缺钱；假鱼想吃猪肘子，缺钱；我想来想去，三个人都有可能。"

坤金说的，都是平时有来往的曲蹄。船并船靠岸的时候，偶尔过来抽水烟聊天，彼此有所了解。否则，坤金自从他爹走后，一个人在船上，极少有朋友。

老二把一碗猫饭呼噜两下吃完，道："你就没怀疑过别人？"

"还有谁呢？"

"我呢。"老二用手擦了擦嘴巴。

"你？"坤金摇了摇头，坚信道，"你是自己人，不会的。"

"就是我拿的。"老二道，"相信我，不要怀疑别人了。"

坤金愣了片刻，确定老二说的乃是事实，便直通通伸出手，道："还我！"

老二摇头："花光了。"

坤金伸出胳膊，抓住老二的胳膊，一甩手，老二就被丢下了船，扑通一声，水花四射。老二穿着衬衫，水还没有到适宜游泳的温度。老二从水里冒出头，刚想说话，坤金取出竹篙照头打下去，老二不得不潜入船底。坤金用竹篙拍打水花，发泄他的怒气。

假鱼从对面船上探出头，道："坤金，是干啥呢？"

坤金道："我要打死这个贼仔，你帮我一起打他！"

假鱼道："什么贼仔呀，我没丢东西。"

老二水性好得很。过了一会儿，从不远处冒出头来，喘了几口气，叫道："别打了，让我上去，我会还你的。"

坤金停了下来，捂着脸呜呜地哭了。他以前从来没存过钱，干一天活吃一天，同他爹在一起，日子就是这样。后来老二来了，打的鱼老二拿出去卖，能卖点好价钱，赚的钱平分。他开始懂得攒钱，攒了五六块钱，放在枕头下，每天睡前看一趟。他也没想好攒来干什么用，只不过对这笔钱很上心。

船晃了几晃，老二费劲儿爬了上来，脱下衣服，边拧干边道："坤金，你别伤心，我算是借你的钱，以后会还你的。你想想呀，如果我不想还你，怎么会告诉你呢？"

坤金蹲在船上，想了一想，也有道理，仰头道："那你怎么事先不告诉我？"

老二道："你那么小气，那几块钱跟命似的，我跟你借肯定借不来，先斩后奏，也是迫不得已。"

坤金问道："你是拿去赌博？"

"不，比赌博重要多了。"

"娶老婆？"

"那几个钱怎么能娶到老婆！"

坤金眼神像被钉住一样呆了会儿，问道："娶老婆要几多钱？"

老二道："我也没娶过，不知道。你这么生气原来是想娶老婆。"

坤金恼羞成怒，狠狠地盯着老二，好像有不共戴天之仇。坤金是他爹捡来的孩子，没怎么到过岸上，所以对世事也不懂，只知道日子一天一天过下去，尽量让自己吃饱。现在他也思量到了娶媳妇的事，什么时候开的窍也不知道。

坤金知道，打死老二也没用。他蹲着，抹着眼泪，只顾生闷气。老二拍了拍坤金的肩膀，道："坤金，你别生我气了，我要不是迫不得已，也不会用你的钱。"

坤金抬头，质问道："别人把我当傻子，你也把我当傻子，根本就没把我当人，我原来以为只有你不要曲蹄呢。"

老二拍了胸脯，指着天道："我要是有半点当你是傻子，回头就叫我淹死在江上。"

坤金斜眼道："你水性那么好，谁能让你淹死呀，发假誓。"

"实话告诉你吧，坤金，我是为了一个姑娘，如果没有钱给她，她就会饿死，这样你总可以理解了吧。"

坤金一脸惊愕地看着老二："是你的女人？"

老二点了点头："是呀，我答应过，要一辈子保护她的。"

坤金的眼睛迷离了，一下子对老二刮目相看，也似乎陷入一种很深的思考。老二道："你现在理解我了吧？"

坤金似乎从梦境中醒过来，木然道："我也想要一个老婆。"

坤金三十好几了，脸上沧桑得像一个四十多的人，猛一瞧第一印象是个拖家带口的人，实际上连女人都没碰过。

乡村的夜，入得早，家家都舍不得费灯。一片静谧，只有后院荒草里有虫子断断续续，伴着卧房里的呼吸声。喵——喵——喵，传来三声整齐的猫叫。老蛇的鼾声被打断了。他翻了一下身，听见隔壁床的枝丫起身，他警觉起来，嘟囔道："又干啥去？"

　　枝丫提上裤腰带道："解个手都叫，你是三岁娃？"

　　老蛇默不作声。

　　枝丫起身，从卧房转到门廊，到了后院园子里，果不其然，老二正坐在桑树底下。那株桑树有两人高，娃儿们为了偷桑叶，把土墙砸了个口子，从石板路边就可以猫着身子钻进来。

　　老二站了起来，右手从裤兜里掏出一把零碎的票子递给枝丫。

　　"只有一块多，也得劳你了。"老二道。

　　老二生怕巧云受了委屈，但凡有一块多，都要送过来。他不能常去三望村，只能借枝丫探亲的机会送去。

　　枝丫不接钱，握住老二的手腕，道："你这手腕，越来越细了。"

　　老二左手左边裤兜里又摸了两下，摸出两个硬币，道："还有两分。"

　　枝丫突然道："你都不顾自己死活了。"

　　老二笑道："船上饿不死，晃一晃船，鱼都跳到锅里来。"

　　黑夜，但不是全黑，两人面对面，反而在影影绰绰中，对方的表情却更加清晰。老二猛然发现枝丫的眼角有泪光，黑色的泪光，越发沉甸甸的。枝丫张着嘴，似乎想说话又说不出来。老二道："你哭了？"

枝丫一口气顺了出来，哽咽道："她到底做了什么，你对她那么好？"

老二瞬间也明白了她的心境，也不知道该说什么，一时语塞。枝丫握着老二的双手，道："老二你说句良心话，我对你咋样，你一点都不放心上。"

老二一时语塞，身体也僵住，嘴巴张开了，话却吐不出来。

"以前，你知道我喜欢吃海鲜，从滩涂回来，总给我带来惊喜；现在见我，没我一丁点事，老二，你说呀。"枝丫愈加谴责，这些话显然已经在她心底埋藏许久。

追问之下，老二结结巴巴说了实话，道："我的心已经满了，脑子里满当当都是她，对不起。"

老二能明显感觉到枝丫身体一震，瞬间他后悔说出了实话。

枝丫的口气变得有些冷漠，她松了抓住老二的手，道："我都做错了。"

老二一下子慌了，牵住枝丫的手，道："不是这样的。姐，看在她肚子里孩子的分上，帮帮我们。"

"如果不是看在孩子的分上，我能帮你做这么大的局吗？我是自作孽呀，一刀一刀往自己胸口扎，老二，我的心在滴血。"

枝丫挣脱了老二的手，当然，也不接他手上的钱。她气咻咻地坐在桑树对面的茅坑栏上，吱吱有声地小解，因生气而不顾节操了。天黑，老二看得清枝丫的剪影，但看不清表情，更多的是听见吱吱的声音。他犹豫着，不晓得这一泡尿能否消了她的火气。

枝丫提上裤子，径直往卧房里去了。老二惊慌失措，轻声叫道："求求你。"但枝丫这回是真绝情了。

老二立在桑树底下，心里一阵空落落。枝丫从未这般绝情，至少在他面前，总是柔着性子的。他知道把她得罪了，但不知道关键点在哪里，令她如此绝望。他不禁重新审视起枝丫来。老实说，他对枝丫，原来也有一种梦幻般的亲密感，但他终归是理智的，老蛇的那把杀猪刀明晃晃挂在墙上。他突然意识到，自己对巧云的狂热之爱，是不是从枝丫那里得到压抑的释放？自己有没有爱过枝丫？这个问题让他茫然了。

如果枝丫不帮自己的忙，巧云的问题就很大了。上次见巧云，巧云说了寄人篱下的种种积郁，他只得劝巧云暂时忍着，等生下孩子再说。他心里之所以有底，是因为有枝丫在帮自己。

倘若枝丫甩手，自己显然失去主心骨。

他又学了三声猫叫。由于失魂落魄，学得都走样了，连自己都想笑。枝丫没有出来，倒是把老黑引出来了，汪汪叫了几声。老二嘴里噜噜噜地招呼老黑，老黑倒是敏感，晓得是老二的声音，亲昵地摇着尾巴靠近。晚上颇有凉意，老二抓了一把稻草垫在石头上，抱着老黑取暖。

枝丫躺在床上，呼吸沉重，听外面的断续的猫叫声，并无睡意，翻来覆去。老蛇也是醒着，叫道："哪来的野猫，让我去给它一刀。"说罢便要起身。枝丫叫道："你站住，该发飙不发飙，却跟一只猫较劲，丢死人。"老蛇只好忍住。睡到凌晨，外面有些微的天光，枝丫突然醒来，脑子里一片澄明。她再次起身出去小解，屁股还没落在茅坑栏上，眼睛却定睛往桑树上睃巡。见老二偎着黑狗，坐在稻草垫子上，像冻僵了。

老二听见声响，抬起头来，他看见枝丫睃巡的眼神，觉得机会来了。没等枝丫脱下裤子，他上前一把跪下，抱住枝丫的双腿，叫道："姐，我求你了！"

枝丫浑身一颤，叫道："你起来。"

老二乖乖地起来，泪汪汪眼巴巴地看着她。枝丫道："抱我。"

老二惶惑地张开双臂，怯生生环抱枝丫。枝丫反手抱住老二，老二连忙把口袋里的钱再次塞到枝丫手里。枝丫接过，道："唉，我这心怎么又软了。"

老二道："天快亮了，我得走了。"

枝丫道："你以后都不想回家吗？"

"我没把这当我家的。"老二道。

月明到漳湾码头的时候，正在退潮，渔船陆续上岸，搁浅在露出一半的滩涂上。疍民带着渔获，搭条船板上岸。码头上一些老顾客，探头探脑，看看这个篓子，看看那个篮筐，碰到中意的鲜货，便会把价格压得低低的。疍民会贱卖自己的渔获，紧着拿去换取盐巴和番薯米，因此老顾客能买到又新鲜又便宜的海货。

月明扫视蟶壳一般的连家船，并没有看见坤金的。坤金的连家船上破了一个洞，来岸上求救，月明在棕树上剥了几片棕皮给补上，因此还好认。那边船上假鱼卖了渔获，心里畅快，一边烧水一边唱疍民歌谣：

> 一只小船挂破网，长年累月逐风浪；
>
> 斤两鱼虾换糠菜，祖孙三代睡一舱。

月明喊道："可晓得坤金回来没？"

假鱼道："坤金和老二勤快，会最迟回来。"

月明手搭凉棚眺望江山，风把浪吹得一波未平，一波又起，带来阵阵海的腥味。远处的船只能看到麻雀那么大，摇摇晃晃地往回赶。

她曾经催兆文来叫老二回去。她认为老二不敢回家，就是怕兆文。兆文跟老二不对付，无所谓他回不回来，只要晓得他不会饿死，才不在乎跟谁过呢，还省得在眼前晃荡。

不多时，坤金和老二摇着橹回来了。老二见到月明，十分警惕，口风谨慎。

"你是不是傻了，见了娘也不懂得叫。"月明跨上船头，把了把老二的手腕，道，"唉，都瘦成柴火秆了。"

"什么事呀？"

"这么多天了，该回家了。"

"哦，我还没告诉你，以后我想自个儿生活。"老二底气不足，低着头，又觉得这话说得太直接，抬头看了一眼月明，"我是说，我能独立生活了。"

"独立不独立，也得一家人在一起。我可不允许有个儿子跟野狗一样孤零零地过。"月明坚决道。

老二感觉到月明的坚决，有点麻烦，道："娘，村里我是待不下了，你别劝我。"

"那事都过去了，有什么待不下的。你哥不是在村里闹得鸡飞狗跳的，照样开开心心的，男孩子惹是生非也是正常的。"月明劝慰道。

"我是说，我们家没有我，也挺完整的，你就别劝我了。"

"你这是赌气。我生下来的孩子，就该在一起，一起吃饭，一起吃苦，没一个是多余的。"月明道，"你今天就跟我回去。"

老二摇了摇头，他决定不跟母亲讨论这个问题。他把渔获归拢在篮子里，道："我要去街上卖鱼了。"

街上的价格，比码头上要高。坤金呢，不会跟人打交道，更不会做生意，以前的海鲜，都是在码头上贱卖，价格十分低廉。老二来了后，懂得拿到街上了，而且还结识老熟客，更容易脱手。

"你还没吃饭吧。"月明在老二身后叫道。

"卖完再吃饭。"老二道，"你以后不要再管我这些小事了。"

老二动作娴熟地走过码头，穿过榕树下的石桥。桥底下是个深潭，直通海上，涨潮时漩涡汹涌，甚是骇人，闲人扒着石栏看漩涡拍打岸边，又惊又怕。过了石桥，就到了街头，而摆摊的市场在街中，人民影院对面。

老二见月明还跟着，叫道："娘，你别跟着我了，人以为我还没断奶呢。"

月明慌了，一瞬间觉得老二已经像风筝断了线。她恍然记得自己的包袱中有光饼，慌忙递了一个上去，叫道："那你别饿坏了肚子。"

老二皱着眉头，接过光饼，道："我出了门，就能自力更生，总比在家好吃懒做要好，你担心什么呀？"

"我就是觉得一家人必须住一块儿，要不然家就散了嘛。在家，不管怎样，我都不会让你饿肚子，在外面，你这饿过头了，身体就会垮下去的。"

"你别唠叨了，我还有很重要的事情要做。"老二最后下了通牒。

老二的眼神让月明再不敢过桥跟下去了。她看见老二的背影，觉得又熟悉又陌生，瘦高瘦高的，虽然伶仃，却有些大人的影子了。挎着篮子，肩胛骨一耸一耸的，月明看了，忍不住有点心酸，叫道："一定要吃饱。"

老二回头看了一眼，咬了一口光饼。

到了街中市场，老二把渔获归类摆着，鲈鱼马鲛归一类，杂鱼细虾归一类，让顾客一目了然。熟客来了，老二便会熟络地招呼，他性格本来孤僻木讷，但是在这些时候，会装出生意人的一种人来熟，这是学来的。闲暇的片刻，他就出神，想起巧云此刻在干什么。在那个深山的小山村，大着个肚子，爱她的人却在几十里外的海边。

　　他有一种紧迫感。这种紧迫感来自枝丫。枝丫反复的性格，已经不值得信任，巧云也不能长久地待在三望村里，但一切必须在生完孩子之后再做决定。自己能带她去哪里呢？他一片茫然。唯一能做的，就是要攒钱，攒更多的钱。

　　老二第一次进入务实的人生。

第十四回：谋生

虽然处于冷战期，但怀风却有一丝甜蜜。那天在小馆子里，海燕呕吐的情景一直在他脑海里。以他有限的妇科知识，他怀疑甚至相信这是怀孕的征兆。他有一点惊慌，又有一种甜蜜，甚至有一种操纵的快感——感觉到自己作为一个男人，第一次驾驭了一个女人。

借调到公安系统，他如鱼得水。公安系统这两年打击车匪路霸、打击海上走私两个专项行动，犯人多得抓不过来。局里作风雷厉风行，这种经历像一种荷尔蒙，弥补了怀风性格中懦弱的部分，使得他更有男子汉的决断力，或者说，一种藐视一切的大男子主义。

大概过了一周，海燕托人捎来消息，叫他下去一趟。他嘴角露出一丝自信的微笑，女人还是比男人心软，还好自己没有先屈服示弱，否则将来都不好治住她的小脾气。

怀风过了一天才下去。他想这一次要把海燕调动的问题都搞定，之后谈婚论嫁。从小他就寄人篱下，从未有过家的感觉，看见别人家父母孩子其乐融融的景象，不由自主生出一种莫名其妙的情愫，那是一种夹杂着艳羡、忌妒又渴望的心态，难以言状。每当他想起自己即将建立一个家时，心中就荡起一层涟漪，温情弥漫。

打了个招呼提前下了班，下去，走了一个多小时，出了一身细汗。学校里已经放学，几个学生还不回去，在石板上玩纸青蛙，稚气的吆喝吵闹声此起彼伏，勾起了怀风对童年的回忆，顿觉这场面也是温馨无比。海燕在房间里，听见开门声，回头一看是怀风，表情顿时僵住，她似乎想控制某种情绪，而这种情绪恰如岩浆在体内汹涌，她的表情无法控制，咬着嘴唇，眼圈红了，很快泪滴就溢满眼眶，似乎受了无限的委屈。

怀风虽然心中一热，但脸上还是保持镇定，身体保持不动，像一棵松树一样，不为风雨所动。他不能再是一个多愁善感的家伙了。

海燕向前走了一步，哽咽道："你不知道，这几天我心里像刀割一样。"

怀风心中一暖。是的，刀割的感觉，他感同身受，在以往闹别扭的时候，他也是这样，甚至这一次，在某一瞬间，他也出现一种心痛的伤感的感觉。要不是对这一段爱胸有成竹，他的情绪也会失去控制的。

怀风双手捧住海燕的脸庞，用手指拭擦泪痕，柔声道："只要你以后听我话，不要再闹别扭，我保证不会出现这样的事。"

海燕抓住怀风的双手，从自己脸上取下来，更加泣不成声，哽咽道："不，我难受是因为我做了一个决定——我们分手！"

怀风像胸口被大锤敲了一下，把被海燕抓住的双手再次挪到她的脸上，捧起脸庞，有点歇斯底里地叫道："你怎么能开这种玩笑！"

"不是玩笑，是真的，我几天几夜没睡做出的决定。"海燕哭着几乎喊了出来，纠结之情溢于言表。

怀风瞬间冷静下来，男人的尊严亦使他不得不直面这个问题。

"为什么？"怀风问道。

"你不要问了，我们不合适。"

"不合适，那怎么不早说？"

"我这几天才想通的。"话说开后，海燕的情绪平复下来，但依然悲伤得不能自已。

怀风凝视着海燕，觉得她有点陌生，不像自己日夜思念的那个女人。他再次质疑道："你是不是中了蛊了，过几天你又会反悔，说自己脑子抽了。"

海燕退到窗前，隔开一段距离，正色道："这是我想了多日做出的决定，不是脑子一热。我叫你下来就是告诉你，从今天起，你不要再找我了。"

怀风蹲下来抓住自己头发，目光游离，他在艰难地消化这一事实。海燕也把头埋在桌子上，不忍心面对这个场面。

"我们相爱这么多年，你真的一点都不可惜吗？你的心没这么硬的。"怀风再次质疑。

"我是爱你的，这是事实，但我并非没有自己想法的人。你想一想，为了自由，我连父母都断绝关系了。"

怀风心里又是一咯噔，一下子感觉到海燕的决绝，不寒而栗——其实她是个外圆内方的姑娘，可惜自己知道得太迟了。

怀风才发现真正软弱的是自己，能做决定性抉择的，却是海燕。他的尊严在瞬间崩塌，一下子感觉到自己还是一只无所依靠的狗。

"海燕，求求你再给我一次机会，看在你肚子里孩子的分上。"怀风哀求道。

"胡说，哪有孩子？"

"那天我看见你吐了，又没生病，肯定是怀上了。"怀风斩钉截铁道。

"你还说呢，那天我是想起你奴颜婢膝的样子才吐了，我想和我一辈子生活的男人应该是个男子汉，不是可怜虫。"

"可我那是为了你呀！"

"你就是一厢情愿为了我，毫不尊重我的意愿，我才下定决心跟你分手的。"海燕说着已经泣不成声。

怀风跪下来，抱着海燕的双腿，道："我不会放弃你的，我会改正，改成你喜欢的那个人。"

海燕扒开怀风的双手，道："不要这样了，我是经过深思熟虑的，已经下定决心，你就走吧。"

"即便今天我走了，我还是会来找你的，我们不可能就这么结束。"

"怀风，我跟你说实话，我们观念相差太大，真的没法过下去，好聚好散，你也别在一棵树上吊死，好吗？"

怀风眼里闪过一道狐疑，道："你是不是喜欢上师海，才抛弃我的？"

海燕道："你又来这一套了，我喜欢不喜欢别人都是我的自由，跟你没什么关系。"

"好，果然没有逃脱我的预感，我就是死也要死个明白。你告诉我，你真的喜欢上师海，我就死心，否则的话，我还会卷土重来的。"怀风眼里闪着挑衅的光。

海燕眼里盯着怀风，她看到怀风有一种复杂的情感，是的，他的矛头全指向师海了。

"是的，我喜欢的是师海。"海燕点了点头。

怀风笑了，道："不可能，你就是演苦肉计，你的心里还是我。他是一个农民，还没文化，没工作，欠一屁股债，说大话，凭什么你会喜欢他，他凭什么有资格跟我竞争，绝对不可能。"

海燕没有说话，弯腰从床底下取出衣箱子，打开，从箱子底部取出一块亮铮铮的手表，道："这是师海送给我的上海表——这下你死心了吧。"

怀风眼皮一跳，眼前一片模糊。他永远记得这番景象，那窗户进来的光，好像被收回去了，窗台上的瓦莲花变得模糊。海燕那绝情的姿态让他内心极度荒凉，他努力让自己不会摔倒。他晓得，现在自己又变成一只孤零零的狗了，再也没有人呵护了，就是瘸着脚也要靠自个儿拐回去。

学校旁边有一条自西向东的小溪，流的是山上的泉水，夏天里常有学生在溪中消暑。溪里石缝里面，一群大孩子发现了一窝胡子鱼，他们用米糠做诱饵，正在可劲儿诱捕呢。旁边有一群孩子围观，船仔就在围观的孩子之间。船仔心里暗暗祈祷：胡子鱼呀，快躲到洞里去，他们是骗你的。

船仔突然看见怀风从校门口出来，佝偻着身子，像一张纸片在行走，只要风一吹，似乎就要倒下。他从人群中走出来，叫道："怀风哥！"怀风似乎聋了，没听见，脚步蹒跚着往前走。船仔警惕起来，小跑跟了上去，拉了拉怀风的手。怀风回头看了一眼，视若无睹，依旧往前走，面容悲戚，一副失魂落魄的样子。船仔又叫了几声，怀风还是不理会，继续前行。船仔跟着，几乎要哭了。

船仔跟师海、老二都比较疏离，唯一跟怀风，却是最亲密的。或者是怀风敏感、细腻，又有文化，能够重视并且回答船仔的疑问。而现在，怀风像个行尸走肉，确实把船仔吓坏了。

沿着堤坝趔趄地走了一段，怀风身子一晃，晃到水渠里去了。他的身子像一截木头滑了下去，水漫到膝盖下，呆靠着，像死了一样。船仔趴在地上，抓住他的头发，哭道："你上来呀，你上来呀。"怀风似乎被抓痛了，这才有点清醒，爬了上来，抱住船仔道："船仔，这世上只剩下你还认我是亲人呀！"不由得号啕大哭起来，哭了一气，才有了点精气神。

"你怎么啦？"船仔扑闪着泪眼问道。

"我死了。"

"你没死，跟我回家吧。"

"不，我走了，你自己回家吧。"

"为什么？"

"我已经死了，我要把我自己给埋了。"

怀风拖着湿淋淋的裤脚，一深一浅往城里走。船仔在身后呆呆地看着，直到怀风的影子消失在郑岐村口，他赶紧跑回家。

天黑的时候，师海赶来问个知晓，看见海燕的门掩着，并无人影。师海毕竟对海燕了解，沿着后山的小路，在山脚孤零零的元帅庙里找到她。

她发觉自己并没有想象的那么理性与果敢。她坐在庙门口，对于周围黑黢黢的山林，无惧无怕；而山蚊子像劫匪一样咬她的脸和手脚，她也不在意。以前她自己上山，都是白天，只不过是享受风景、享受自在。

"我肯定做错了，对他对我而言，都太残忍。"海燕喃喃自语道。

"你不是没脑子的人，你一定有你的理由。"师海试探道。

"他搞错了，他想摆布我的生活，他不知道，自由平等对我而言，跟生命一样重要。我觉得不尊重我意愿的人，我是无法跟他生活一辈子的。特别是，他为了安排调动，一副点头哈腰的样子，太让我崩溃……但是，我应该给他一次机会。"

"下山吧，想不通的事情就先别想，我估计你都没吃饭。"

"师海，我心痛得厉害，我该怎么办？"

"长痛不如短痛，你这就是短痛，换我呢，睡一觉就好了。"

师海把海燕劝了下来，否则，不知道她在庙里，会待到什么时候。海燕的胃口不好，什么也吃不下，师海还是弄了点粥，好歹喂了两口。

回去的时候，师海有一种莫名的窃喜。他感觉到，情况都在向着自己的意愿偏移。自信与乐观，似乎是一种无形的力量，左右着生活中的一切。他决定每天都去看望海燕，把她从情感的低谷中拉起来。

次日，他忙完活，把家里蒸熟的几只螃蟹和濑尿虾送过来。海燕情绪虽然平复了一些，但胃口终究还是不好，脸憔悴得就像大病一场。

"你别这么照顾我了，省得人家误会。"海燕道。

"什么叫误会，你一个没婚没嫁的姑娘，我怎么就不能对你好了？这是天经地义嘛！"

海燕可不想跟师海掰扯这些，她叹了一口气，道："你知道吗，最让我难以释怀的，是我用你的上海表骗了他，以便让他死心。这一点，我想是太残忍了。"

师海不想继续这个话题，道："你如果整天想这个，是过不了这一关的。这样，明天就是周末了，我明天不干活了，陪你去散散心。"

次日是周六，上午海燕还有课，下午师海便陪她上后山山林去逛。楮林在一九五八年大炼钢时被砍平之后，现在长了二十来年，再生林郁郁葱葱。山林禁止砍伐，有自卫队巡林守护，每一个月才放禁一次，允许村民前来扫枯枝落叶，乃是重要燃料。林间黄土小路，光溜溜的，光线从树梢之上透进来，林间充满教堂一般的洁净。一边聊点童年趣事，一边漫步，不知不觉，走到山顶，海燕的心情似乎好了许多，热爱自然的人，心境总能在乡野之间受到感染。这也是师海的初衷。

出了林子，在树林与庄稼地之间的林荫荒地，野草中长着紫色的野果，结成一串串，煞是可爱。师海摘了一串，放在嘴上，细细咀嚼。海燕道："好吃吗？我也吃一个。"

师海摇摇头，道："味道倒是不错，酸甜可口，但你不能吃。"

"为什么？"

"有毒呀。"

"那你还吃？"

"唉，我是想尝尝当年的滋味。"师海道，"这里面有我和怀风小时候的一个故事，你想听吗？"

"说吧。"

他们在马施罗庙旁边的阴影下坐了下来，山风掠过，吹拂微微的汗津，甚是爽快。他们的眼前，是村庄与一览无余的滩涂、江面和岛屿。

"大概不到十岁吧，我跟怀风上来砍柴，人小，在草丛里砍柴，会碰到蛇呀什么的，那时候山上还有过豹子，所以要一块来，有个照应。吃得没什么油水，别说油水了，就是地瓜米，都吃不到饱。怀风个子比我小，但是个饿死鬼投胎，又不是我爹的亲生儿子，在我家过得拘谨些，一天到晚肚子都喊饿。我们在草窝里发现了一窝这个果子，好多，俗称尼尼菇，怀风尝了尝，说又酸又甜，好吃。我们俩饿着肚子，就把一窝全吃了，我怕酸，吃得不多，怀风喜欢吃，还说如果再找到，就摘回去吃。我们吃得嘴唇、牙齿全是紫色的，活像个妖怪。下山后，脑子里晕乎乎的，回到家里，喝了一瓢水，我们俩倒地，口吐白沫，昏死过去了。大人赶过来，看了，说是中了尼尼菇的毒了。这玩意儿不能吃呀。赤脚医生叫来了，他看了看怀风，说已经死了，快点埋掉吧。我还有一口气，也许可以明天再埋，但是要救活是不可能的，一点办法都没有。我们这里的风俗，小孩子死了，就得赶紧埋了，否则他的灵魂会被孤魂野鬼带走。我爹就找了几块板子，给他钉了一口薄薄的棺材，其实就是个简陋透风的木箱子，把他抬到山脚下埋了……"

"天哪，真的埋了？"海燕似乎在听一个恐怖故事，紧紧抓住师海的胳膊。

"当然，那还有假。我爹连夜又钉一口棺材，决定第二天把我埋了。因为村中诸如此类的事件并非罕见，比如说小孩子游泳被水淹死啦，吃了有毒的蘑菇死啦，所以也习以为常了。我命大，次日居然气息加粗，赤脚医生擂了人中之后醒了过来。医生说，看来这尼尼菇的毒性不强，更多的是麻醉作用，麻醉劲儿过后，人就有可能挺过来。我爹赶紧找人去后山把薄土挖开，打开箱子，怀风就跟睡了一觉似的，刚刚能睁开眼睛，嘴里喊饿。"

这一切，师海讲述起来，风轻云淡。海燕紧紧依偎着师海，听到动情处，似乎想起了什么，不禁悲恸难忍，吸着鼻子道："师海，你能答应我一件事吗？"

"我能办的事，那还不是一句话的事。"

"你去找怀风一趟，告诉他，我跟你恋爱的事是假的，收了你上海表的事也是假的。"

"为什么？"师海睁大眼睛。

"因为我想再给他一次机会——我的心一直像堵了一块石头，我现在知道为什么了，我不能这么残忍对他，他已经够可怜了。"海燕抹着眼泪道，"求求你，只有你去，他才能相信！"

师海感觉后脖子一热，用手一摸，原来是一摊鸟屎从槐树上砸了下来，全是水。

刘慈雄穿着呢子风衣，站在码头上，朝着坤金叫道："呆头，过来。"坤金正在修网，赶紧把船摇了几步，靠近码头。刘慈雄一伸脚跳了上去，船像抽风一样晃荡起来。老二从水里冒出来，道："坤金你疯了，我还在水里呢。"老二在水里用石灰麻绳修补船后的缝隙，船移动了，他只好在水里打了几个滚，又附在船屁股上修补。

刘慈雄看见湿漉漉的老二，道："那水鬼是谁？"坤金道："我搭档，增坂村的老二。"刘慈雄道："水性怪好的，怕是鱼精变的。"

刘慈雄递了根烟给坤金，坤金唯唯诺诺接过，放在鼻子下闻了一下，道："好贵吧！"刘慈雄道："我老刘抽的烟，贵不贵都是上等货。"他点了一根火柴给坤金，坤金却把烟藏兜里，道："先不抽，等晚上睡不着抽。"

刘慈雄自个儿点起火，道："叫几个曲蹄过来。"

刘慈雄是镇上有名的船头，有两艘五吨的福船，镇里第一座水泥平台房子，就是他家盖的。虽然六十了，但是身子十分硬朗，声如洪钟。

坤金叫来细弟、仙旺和假鱼。众人听说刘慈雄叫唤，都毕恭毕敬。

刘慈雄给他们递了烟，他们小心地吸着。刘慈雄爽朗道："细弟呀，你娶了媳妇了吧，怎么没请我喝喜酒。"粗壮的细弟咧开嘴笑了："订了，还没娶呢，还缺礼金。"刘慈雄道："那赶紧挣钱，把媳妇娶了，晚上就踏实了。仙旺你也该相一门亲啦。"仙旺二十岁，嘴边还有茸毛，道："娶媳妇还远着呢，就是我家那船都要散了，紧着弄艘新船才是。"假鱼笑道："仙旺还想买机动船呢！"仙旺解嘲道："哪里敢想，机船哪是我们敢开的。"刘天水道："机船也没什么了不起嘛，假鱼，你是要娶媳妇呢还是开新船呢？"假鱼道："我哪也不想，我只想唱着歌，吃个猪肘子，万事都足了。"刘天水道："假鱼实在，日子过好了，才是真的好！"

假鱼道："你给我们抽这么好的烟，有事吧？"

刘慈雄道："无事我来你们船上干啥,今年我准备出'黄瓜对',赚一笔大钱,还缺几个人手,你们且跟我发财去。"

出"黄瓜对",指的是开对船出海,到官井洋捕捞黄瓜鱼。一般是需母子船两艘,成一对,母船大概载重四五吨,子船吨余即可。

假鱼道："黄瓜鱼群都绝迹了吧!"

刘慈雄道："现在鱼群是绝少,但并非没有,老福说有,就不会骗人。物以稀为贵,现在一担,相当于前些年四五担,可了不得。"

每年四五月,立夏季节,黄瓜鱼从东海深水逆流而至官井,是捕鱼的好时节,其他季度无鱼可捕。位于三都澳的官井洋,西面在青山脚下,覆鼎屿前,东延伸至霞浦的溪南、东安,与东吾洋交界,北面是福安的籁尾,海西的灶屿和长腰岛,南到霞浦的东冲口、斗帽岛。这几十公里的海域地带,气候温和湿润,水流缓慢,岛屿星罗棋布,有地面淡水的流入,海水盐度低,适应海上浮游生物的繁殖与成长,是黄瓜鱼洄游、产卵、繁殖的好场所。六七十年代,捕鱼的黄金时代,黄瓜鱼汛到来,官井洋临边五县,包括海西、福安、霞浦、罗源、连江的海边村庄,渔民蜂拥而至,海上热闹翻腾,甚至吸引浮店船(海上商店)和观光船前来,盛况空前。到了七十年代大概是捕捞过度,黄瓜鱼渐渐绝少。如今虽然有人去碰运气,但是两手空空的风险也很大。

老福是有名的"掌连",即一艘渔船上的总指挥。掌连有特技,能够判断哪里有鱼群,一次出海有没有渔获,寄托在掌连身上。

刘慈雄鼓动坤金四人,假鱼等听得又有工资,又有渔获分成,均被说服。坤金却摇头道："我不去。"刘慈雄道："坤金，你这般不勤力？"坤金摇头道："怕有人偷我船上东西。"刘天水道："你这破船上的几件脏家当，恐怕贼都嫌弃吧。"众人哈哈笑了起来。

老二从水里爬上船来，想来船缝已经补好。坤金指了指老二，意即老二会偷他的东西，众人一起看着老二。老二急了，道："坤金，我那是借你的钱，你要我怎么说才能明白。"坤金嘟囔道："借钱哪有不打招呼的。"老二忙向大家解释。

刘慈雄道："老二你去不？"老二摇摇头，道："没干过，干不了。"刘天水道："船上的活哪有干不了的，说说就会了。"老二道："大洋大浪的，没去过。"刘天水叹道："你们这俩怕死鬼，没有一个想发财的。"

老二心中一动，道："发财？"刘慈雄道："这次出海，不但给你们工资，还有分成，现在一担黄瓜鱼顶得上前十年的十担，你们说是不是发财的机会？"

老二眼前一亮，他似乎看到了巧云对他鼓励的眼神。这一决定，几乎改变了他的一生。

刘慈雄道："坤金，老二去了，你还不去吗？"坤金摇了摇头，道："我要看我的船。"

"夏在洋无鱼赏，夏在厝鱼起厝"，说的是立夏遇大潮，而黄瓜鱼大发，若是小潮，则犯冲，打不到鱼。

立夏日，凌晨两点，刘慈雄相当兴奋，在岸边摆开案桌，摆上福礼祭品，斟酒燃香，祭拜海神。母船内，掌连老福点完船上物件，叫道："伙计们，该我们开吃呀。"众人早已闻到酒味，叫道："老二，去把菜肴拿进来。"老二在船上是贴扒桨，专事炊事，闻到香味也忍不住了，出去端菜，被刘慈雄看见，怒斥道："神明还没吃完，着急什么。"老二灰溜溜跑进来。

众人看老二空手而归，都骂他无用。老二行船是首次，不懂规矩，嘟囔道："船主的话，我又不能不听。"老福道："有脑子，才有饭吃，看我的。"老福出去，见刘慈雄正在烧纸祈祷，道："潮不等船，要打牙祭了。"不由刘慈雄分说，便端了祭品上船。刘慈雄道："神明在吃呢。"老福道："有神明的话，早该吃完了。"

老福是掌连，船主都要听他的，刘慈雄也不敢得罪他，只道："一群饿死鬼。"老福开了头，众人尾随出来，把酒菜端进去，有生菜也有熟菜，吆喝道："老二，赶紧热菜去。"老二闻了一下菜，道："还有热气，神明真的未吃完。"祭神的祭品，要热气全散去，才算被神笑纳。老福道："你别多事，把热的凉的菜，全热一遍，酒给烫了，喝烫酒有力气行船。"

母船有七人，除了船主和掌连，还有五把桨，第一把桨细弟，负责抛锚起碇。二把桨仙旺，负责扔头索到子船。三把桨大梦，负责放网，这个技术很重要，倘若放网不均，稍有纠结，网口张不开则前功尽弃。三把桨也是撑船前进的主力，必须是好角色，工资高。四把桨假鱼，兼管罩篷揭篷，洗刷整理等事务。五把桨就是老二，也叫贴扒桨，专事炊事。子船三人，包括老大刘细母、扒船刘汉鼎、把舵刘登雀。

出海前的会餐叫"吃鱼对瞑"，一是要酒饱饭足，到海上拼命去；二是讨吉利。老二把酒肉都热了，众人就在船上喝开。先给船主敬酒，刘慈雄是个豪爽人，一口干下，酒气冲天道："你们给我吃饱喝饱，到了海上，不发财就不回来了！"众人干了，叫道："鱼到财到！"又敬掌连老福，能不能有渔获，全指着老福。老福吆喝道："你们放心吧，我这次出海，是要挣棺材本，没有渔获，不回来！"老福找了块人生好地，四个寻龙先生看过，都竖起大拇哥，老福决定在自己六十岁之前把墓地修了，有子有厝有墓，那是极完满的。细弟举起碗，道："老福叔，我敬你一碗，我要娶媳妇呢，全指望你。"假鱼道："你指望老福叔给你娶媳妇，这是几个意思？"众人大笑。老福道："好，我让你娶上媳妇，你给我当干儿子。"细弟道："求之不得咧，你是响当当的人物，我沾光呢。"假鱼道："先磕头认了，这渔获就实了。"老福道："那不能，我得让他婚日给我磕头，这干爹才做得实。"

仙旺也敬酒道："老福叔，我的新船也指着你呢。"假鱼道："你这一碗那一碗，把老福叔灌醉了，明儿怎么听得到鱼群？"老福道："米酒薄，不碍事，我跟喝水似的。假鱼，你是想有新船呢，还是娶媳妇？"假鱼道："我不想那么多，我就想如果来钱了，我天天吃肉。"老福道："这是皇帝过的日子。老二，你过来喝酒！"老二把菜全都下锅一遍，忙完才过来，躲在角落里夹菜吃。老二劝住道："我不会喝酒。"老福道："男人哪有不会喝酒的，来一口。

你呢，有啥想头？"老二架不住劝，喝了一口，皱着眉头道："我跟他们都不一样。"大梦道："我也不一样，这次要是赚了，就让我老婆去医院看一次。"原来他老婆肚子胀痛，像怀孕似的，扛了好多年了，一直没狠心上医院看过。

子船的刘细母、刘汉鼎、刘登雀，是叔侄关系，他们虽然寡言，但众人晓得他们家是准备起大厝的，对此次行船寄予厚望。

官井洋，半年粮。意即出海一次，黄瓜鱼丰收，抵得上半年的生计。是故寄予厚望。

又有亲戚送了蛋面过来，祝贺行船得胜。刘慈雄便邀请一起喝酒。将来回船，会以渔获回礼。

船中马灯闪烁，众人吃喝高兴，便叫假鱼唱歌。假鱼平日里喜欢吟唱詈歌作乐，并不推辞，饮进半碗酒，扬起脖子，正要引吭高歌，突然道："老二，你把横笛举起来，给我奏乐。"原来老二不论去在哪里，裤腰带上总是插着横笛。老二道："你唱什么曲儿，我又不晓得调子，怎么奏乐？"假鱼喷着酒气道："我不管，你给我吹出调调就行，凭什么戏台上唱曲儿的就有后台，我就不能有？"众人哄劝道："老二，你给他当后台，让他唱爽了。"老二拔出横笛，试了试，道："你唱吧，我跟着附和。"假鱼站了起来，双手像被捆绑的螃蟹脚一般摇晃，扯起嗓子唱道：

> 讨海人，一碗糜，一碗水，龟身曝甲乌鬼鬼。
> 讨海人，天作被，海作床，找个月娘入船舱。

讨海人，天苍苍，海茫茫，风高浪急见孤帆。

讨海人，举神牌，带令纸，三分命内去趁吃。

讨海人，龟身曝甲乌彤彤，堵风劈浪去掠鱼，莫惊海水乌泱泱。

讨海人，咸水泼头面，有通吃，无通剩。

讨海人，放尿溅水面，有通吃，无通穿。

老二倒是伶俐，伴着疍歌的节奏，应和得甚是和谐，跟排练过似的。众人行船，哪里听过这么美妙的唱和，齐齐振奋起来，大声叫好。老二行船是初哥，本来怯生生的，听得众人喝彩，这才感觉得到了认可，方觉得是行船一员。有敬酒的，也才放开喝了几口。

老福是著名的老把式，行船多年，也学了好多疍歌，叫道："我也来一个，老二，你给应和好了。"把嘴里的酒菜吞咽干净，扯开嗓子唱道：

老代（注：指船主）是金生，

出海（注：指水手长）叫木兴，

白蚁黑豆作新灯（注：指会计出纳）。

家私（注：指渔具）备办真齐整。

出家讨海过台湾，

风泳飘摇千苦心。

346

满载荣归喜盈盈，一担鲂鱼值七千。

鱼行老板“合利盛”，

大银排甲满桌顶。拿到船上没一半，

分到手头更伤心。

老福唱得投入，仿佛自己就是过台湾的老代，一阵喝彩。刘慈雄道：“我也来一支，给大伙壮行。”众人道：“老大唱歌，必有吉兆。”刘慈雄嗓门本来就大，声若洪钟，底气十足，这一开腔，更是把潮水声都压下去了：

一鲳二红鲹，三鲳四马鲛，五鮸六佳腊。

巴浪好吃不分尪。

鰳鱼煮菜脯，好吃不分某。

拉仑好吃不分孙。

鯎鳍、鰗喉、佳腊目。

白鱼吃软肚，鲳鱼吃鼻脑鼓。

鳗鱼治疗头风，鳗尾四两参。

墨贼炒酒菜，不食是痴呆。

巴浪煮米粉，肉鱼煮线面，一人吃，众人夸。

鲨钻黄瓜钻，白鲳马鲛羹，常吃就常思。

乌术墨贼卵，鲨肝狗母肚，好吃连舌吞。

一鲂二鯱三沙莫四臭肚五鯎六斑鲳七蟳八蛤九虾蛄。

几曲下来，老二俨然成为船中不可或缺的伙计，心里多了一份笃定。刘慈雄道："酒喝差不多了，把肚子填饱，有力行船。"众人从煮饭甑里盛香喷喷白乎乎的大米饭，填鸭子一般往自己喉咙里塞。老二把笛子别在腰间，也学着大口大口地吃饭，大伙儿都知道这米饭就是力气，不撑足可不行。凌晨四点左右，天边出现鱼肚白。母船本来停在滩涂上，这时也被潮水托浮起来了，摇摇荡荡。老福大声吆喝："开船，各个把各个的桨，给我使出拉屎的力；懈怠人等，腿打断没的讲！开船莫讲话，子船跟紧，看我手势！"

别看船仔岸边闹得欢腾，一开船，就要有船上的规矩。比如睡眠不能俯卧，因为溺水者的死相，不吉利；吃鱼不能翻鱼身，其代表翻船；吃饭的筷子不能搁在碗面上，其代表危险；船上应该少说话，必须讲时，也得轻声细语，大喊大叫也代表危险。诸如此类，是出海之禁忌，掌连为一船之总指挥，对此很看重。

酒足饭饱，众人喊起口号，"哟嚯——哟嚯——"，母船行离港口，借风而行，越来越快。驶出门峡，洋面渐渐宽阔。老二出了汗，脱了一件衣衫。日即出山，云霞满天，海水是黏稠的，也像一匹飘着的绸布，托举起船只。而周遭的山屿环绕，海似乎是一个巨大的摇篮。船上划桨的男人们发出的呼吸吆喝，充满了力量，置身其中，也感觉自己成为真正的男人了。老二此刻想，要是巧云知道自己在海面上劳作，是不是也觉得欣慰。对了，等自己下次上山，该把这一次行程当成故事给她讲述。

俗话说，好样男儿上官井洋，好吃女儿去生产（生孩子）。此情此景，极是恰当。

　　过了青山岛，到达官井洋，各县的渔船零星汇集洋面，仿佛此处有宝藏。老福在船尾远眺，此情此景，却只能用寥落来形容。五十年代，他就随船参加鱼汛，当时可谓千船万桨来闹海，最繁荣时，光是母子对船就有两千多艘，下船一万余人。再加上各县的大黄鱼收购船和收购人员，观光船和游客，浮店船，穿梭于官井洋海面，桨声、人声、螺号声，喧嚣一片，何等壮观。到了晚上，瓜对船躲进青山岛斗姆岛的避风港过夜，渔船成排，人声鼎沸，那种繁华，如今已成传说。现在的零星渔船，与往昔相比，可知黄瓜鱼汛已经没落，只剩下点希望。

　　母船是漳湾艋艚船，即水密水舱福船。这船颇有讲究，下层船舱各自隔开，一个舱进水并不影响全船。作为黄瓜对母船的时候，被卸下后舵，改用椿木做的尾橹。这椿木尾橹颇有讲究，被老福控制在手上，伸入水中，一呢，是掌握船的方向，二呢，老福时而将耳朵贴在尾橹上，可以辨听鱼群的声音。

　　黄瓜鱼鳔的两侧长有声肌，声肌收缩时压迫内脏，鱼鳔随之共振发出声音。田汝成在《西湖浏览志》中就写道："石首鱼，每岁孟夏来自海洋，绵亘数里，其声如雷……渔人行以竹筒探水底，闻其声，乃下网截流取之。"台州玉环的《黄鱼谣》道："春雨贵如油，谷雨在春后。点滴启渔汛，鱼对赶潮流……过了桃花汛，黄鱼叫咕咕"，是指农历四五月份，每逢鱼汛，到处听得到大黄鱼产卵时发出的咕咕咕的叫声。

掌连的首要本事就是辨听鱼群，全凭经验，判断鱼群的远近与多少。一旦发现有鱼群，便用敲梆法令鱼群浮出水面。这是一种从广东传过来的捕鱼法，渔民们一起用木棒敲击船帮或竹筒，那响亮持久的敲击声波，与大黄鱼头盖骨中的鱼耳石产生谐振，震得大黄鱼晕头转向，从深海浮到海面。

老福指挥船只，以群岛为坐标，辨别洋流，在洋流中寻找鱼群踪迹。今非昔比，若是前几年，即便自己找不到鱼群，也会听到其他各处鱼群的讯息，附近的鱼对船一拥而上，也能分一杯羹。现在在洋面上晃来晃去，也不见消息。整整一天，也许是老福对自己的听觉产生了质疑，指挥放网两次，想碰碰运气，均没有捞到黄瓜鱼，网里只有少量马鲛、白鳓、鲈鱼。渔获倒在筐里，腥味随风飘散，引来海鸟随行，贼鸥强盗一般强行突袭，但船上的人无暇理会。

并无预料所获，晚间行船回到青山岛虎头湾过夜。此处可以避风，各处瓜对船并排停泊，互相打探，虽然有零散地捕获黄瓜鱼，但未有获得鱼群的消息。众人哀叹，这黄瓜鱼群一年比一年稀少，真的要绝迹了。又有人大骂，说被日本人害了。当地有一种说法，说是日本人在洋流中放了一种电子鱼，利用电子鱼发出的声波，把黄瓜鱼群带往北海道渔场。据说霞浦的渔民捕捞过电子鱼，有鼻子有眼，但传播者都没看到实物。

船上的妈祖牌位在中部，一条褪色的红绸扎在牌位上头。刘慈雄点上三根香，鞠躬祷告，插在牌位前，嘴里骂道："今年黄瓜不知好歹，躲到什么暗礁去了，妈祖你派遣天兵天将赶它出来，我指定供一猪头敬你。"交代完毕，朝老二叫道："老二，把鲈鱼做了，今晚让伙计们吃饱，明儿要玩命了。"黄瓜对的渔获，若是黄瓜鱼，每个人都有份；倘若其他的鱼，都归船主。船主没有命令，其他人是不敢动这些渔获的。大伙儿有点颓了，见刘慈雄信心十足，又生出了些许豪气，道："吃饱吃饱，明天有力气'得金'。"网里有鱼群，可见到金色，收网称为"得金"。若是捕不着鱼，便叫"乌艋"，空网即是乌色，骂掌连无能，称为乌鸦。

老福闷闷不乐，他一直沉浸在遐想之中。三都澳的几条洋流布局在他脑海中盘旋。涨潮之际，海水东冲半岛与鉴江半岛的中间夹江涌入，谓之东冲口，只有二点六公里，是澳里唯一与外海接壤的通道。潮水势如奔马，咆哮之声震耳欲聋，大风之日，人站在东冲半岛，几乎不能站住。激流勇进，遭遇三都、青山、斗冒、白匏、鸡公山五个单岛，与十四座屿，十七处礁，被长春半岛分割成两处洋，东面东吾洋、西面官井洋。又遇见三都澳周围七条大河冲击，洋流转向。古书记载，官井洋中有地下淡水涌出，海水盐分低于大洋，为黄瓜鱼产卵繁衍喜爱之地。从远处眺望，其被群山岛屿围绕，恰如一口海井，所以叫官井洋。自古以来，掌连们口耳相传黄瓜鱼群的分布路线，洄游规律，撒网时机，但是说得容易做得难，有时东边发鱼，西边也发鱼，繁盛之时，两头螺号叫售之声不绝，几百条渔船蜂拥乱窜，此情此景，老福想起来都心潮起伏。连声掌连不少，但名声在外的掌连，少之又少。而老福，在镇上，如果他敢称第二，没人敢称第一。对于鱼群的判断，实在是个伤神的活儿，老福的烦恼，还不在于自己的判断有误，他怕的是另外一个更加可怕的事实。

老二倒不心急，好像这次出海，他是来锻炼自己的人生，而不在乎渔获多少。虽然他的目的是赚一笔，让自己和巧云有个奔头，但是出海的新鲜感稀释了欲望，况且，能不能出鱼，不在自己的经验范畴，无可建议，自己只要把饭菜做好。他发现自己做菜的本事，跟自己对乐器的才能一样，与生俱来。要说有点师承，酒醉倒是一个好厨师，有时候过来吃酒，常念叨鱼要葱姜蒜，蟹要煮黄膏，鲜要清蒸味要醋，老二想起点滴，活学活用，全都很在理，着实是船上满意的伙头。老二甚至想，倘若以后跟巧云、孩子生活在一起，天天给他们做好吃的，倒是妙事。这样想着，心里就觉得温暖，又对未来有了憧憬，不似在岸上那般焦虑了。

老二做了两条鲈鱼，又用酒炖了一只海鳗，船舱里香气四溢。大伙儿端个碗，有的坐在船舷上，有的蹲在甲板上，有的围着炉火，满船尽是吧唧嘴的声音。假鱼吃饱了饭，坐在船舷上，有了力气，对着茫茫海水，开始唱道：

掌连掌连，眼睛红炎。

番薯未插，草生岩前。

田也未播，无米过年。

十三开船，十四试连。

十五无鱼，十六吃盐。

人放流中，你放流乾。

人得一千八百，你得无钱。

主海算账，烟盒储钱。

回家老母骂，老婆又嫌。

这潮无鱼，再看下潮。

今年失败，再等明年。

　　这一首是《掌连苦吟》，唱的是运气不好的掌连的处境，流传甚广。老福听了窝火，叫道："别唱了，运气都被你唱没了。"假鱼不搭理，努着劲儿唱完，似乎在发泄今天的一无所获。老福也是一肚子闷气没地儿发，假鱼嘴里还含着一个尾音，被他一脚踹进水里。假鱼从水里冒出头，扑腾着水花叫道："没本事就拿我出气，还是一等一的掌连呢！"老福气得抄起竹竿扎下去，假鱼在水里东躲西躲，嘴巴还硬，说老福徒有虚名。船上本就无聊，众人倒还能看热闹。只不过片刻，假鱼便体力不支了，大声讨饶，老福道："你把晦气话收回去，我便让你上来。"

　　假鱼道："你明天能找到鱼群了，我便把晦气话收回。"老福较劲道："你不收回去，我怎么找到鱼群，运气都让你这讨嫌鬼弄走了。"假鱼道："我收回，当我放屁，收回了明儿再不发鱼，就算你没本事了。"说罢腾出一只手来掌自己的嘴。老福这才饶了他，道："再要放屁，要你的小命。"行船三分命，对于掌连而言，在船上说话极为忌讳。

次日，顺着大潮往东，在东冲半岛西安洋流中寻觅，"咕咕"的声音再无传来。有时候老福怀疑自己耳朵有问题，又特意跟伙计聊了几句。显然，他的耳朵没有问题。两天下来，他们在官井洋绕了一圈，并无所获。五县赶来碰运气的瓜对船一哄而散，令他们铩羽而归的不是耐心耗尽，而是一个可怕的结论：黄瓜鱼群在官井洋已经绝迹了。

船经过青山岛，如果急速前行，天黑的时候，应该可以回到镇上。黄瓜对，坐着一船灰心丧气的伙计。可以想象，上岸之后，空手灰溜溜到家，父母妻儿兴冲冲地出来迎接，一见到手中空空，失望便浮现在脸上。而亲戚们闻讯，也带着面和鸡蛋来贺喜，意图回礼几斤黄瓜鱼伴手礼回去，失望而回，到了门外就骂骂咧咧嘲弄了。正如《掌连苦吟》所唱，回家老母骂老婆嫌，今年失败，再等明年。可是，这一遭空手回去，之后再也不会有机会了。

老福猛然叫道："停！"大伙把木桨都停了下来。老福对刘慈雄道："我想再来一天，我不信没鱼了。"多嘴的假鱼早就不满，道："你当我们都是傻子呀，你就是掌连没的做了，心里不甘吧。"众伙计都附和。两天在海上的奔波，一无所获的失意，等待的焦躁，众人的情绪都到了顶点了。刘慈雄看着茫茫海洋，洋面上早就看不到船只的影子了，他心存疑惑，要的是老福说出信服的理由。

老福恍若从梦境中走过来，两手压了压，道："你们都记得我师傅刘一年吧，他当年说过，敲梆子的捕鱼法，以后只怕官井洋会绝鱼的，果然被他说中……"

"那不就结了，还瞎耽误工夫干啥？"仙旺道，"我是没指着有钱补船了。"

"就是嘛。"细弟道，"我得紧着回去跟没过门的媳妇说，怪天不怪我。"

老福的师傅刘一年，一九〇一年出生，名字也不用取了，就叫一年。他是著名的掌连，历经黄瓜鱼的盛况与衰弱，对黄瓜鱼的习性，比儿子都熟。

"我师傅呢，传了我一本《官井鱼书》，我这两天脑海中都在想这本书……"老福一字一句道。

假鱼打断了他的话，道："你又说瞎话了，你不识字谁都知道，又看懂了什么书？不是大海找针——无影的事吗！"

面对众人的指责，老福也颇为无奈，完全没有了掌连的权威，说话也如鱼饮水，吞吞吐吐，道："我不识字是实，但我们学书不看字，是师傅口授。官井洋内暗礁位置，以及鱼群早晚随着潮汐进退，可是讲得一清二楚。师傅曾说，敲梆法传进来后，黄瓜鱼捕捉量大增，但恐怕也有灭绝之灾，当初是没人相信的，现在是落实了。师傅说，黄瓜鱼是有灵性的，敲梆法让它头晕脑涨，那些逃脱的鱼，是有记性的，倘若官井洋内无鱼，则只有一个洋流，可能是它的最后藏身之所。"

黄瓜鱼苗，隔年就可以长到七八两，就可以排卵，而且一年有春秋两季排卵，可以说是靠繁育来延续种族的鱼群。可即便如此，也经不起敲杮法的捕捞——那是大小通吃，连鱼苗都一网打尽的捕捞法。

这次的出海，是老福听说连江人在官井洋捕获了十几斤重的大黄瓜鱼。这说明，母鱼是在的，可能会带动鱼群出没，这是他的一个基本判断。在无果之后，他想到了师傅的秘诀，这才突然想最后一搏。要不然，他的掌连生涯是以一次失败结束的。对他而言，绝对是一种耻辱。

"在哪里？"众人问道。

"鸡公山口。"老福道。

"哎，那不是鬼门关吗，讨口饭吃不用那么卖命吧！"假鱼叫道。

外海潮水从东冲口涌入之后，迎面遇见的第一个障碍，就是鸡公山岛，如一只金鸡独立，岛上石头长年被强风侵蚀，异常嶙峋。海潮在这里分成两股，又遇海底暗礁密布，回旋宛转，险情密布，就连行船都要忌讳三分，更别提撒网了。

有过行船经验的，深知鸡公山口的危险，均表示不能胜任，当然，另一方面，也对老福的判断失去了信心。刘慈雄本是当机立断的人，但是这个问题实在令他踌躇，他权衡两边的意见，寻思片刻，斩钉截铁道："回去吧，这次瓜对船的损失我认了，以后就没有黄瓜对这回事了。"

老福满心期待化为尘埃，似乎在意于他的权威在此刻化为乌有，他突然悲愤叫道："好，你们都不去，我一个人去！"

话音未落，老福纵身一跃，像一只青蛙手脚张开，跳向海面。

第十五回：海难

　　一九六六年,陈石头还在他妈的肚子里。村里开始"破四旧",陈庆该任书记,在公社开了会,连夜回来召集队长布置任务。第一,把村道上的一道石牌坊拆了,因为上面有古代花鸟人物浮雕,属于"破四旧"对象;第二,把祖厅和宫庙里的神像全部砸了;第三,几家大宅院的壁画、古画窗棂、牌匾,全都或拆或封掉,把家里的古物都交出来,集中销毁。

　　陈武功是第二生产队队长。他提出异议,道:"别的神砸掉也就砸了,但是奶娘的像不能砸,她要是砸了,以后村子的人丁怎么办?"奶娘就是临水宫娘娘,几乎每个村子都有,掌管生育,事关村庄的人丁是否繁衍。陈庆该正色道:"武功,亏你还是个党员呢,毛主席的话你不听,听哪个神的,什么神有毛主席英明?你这是要犯路线错误的。"陈武功听到路线就心里一哆嗦。陈玉贵道:"就是,什么奶娘呀,没有毛主席,我们都饿死了,还谈什么人丁?"陈庆该道:"玉贵,这事就你盯着,当个积极分子比什么都强。"

次日，陈玉贵带人开始行动，却独独发现奶娘像失踪了。这就怀疑到陈武功了。陈武功倒也不惧，嘿嘿冷笑，道："玉贵呀，那是奶娘有灵，自己跑了，你干这种事，可得摸摸自己的良心呀。"

陈玉贵政治正确，有恃无恐，道："你这是跟毛主席对着干，我看你负得起责任不。"

陈武功道："你当积极分子也得有证据呀，你就看看，你要了毛主席不要奶娘，我就看你好戏。"

陈武功死守奶娘像，还有一个原因，这个奶娘木像是他爷爷从临水宫偷来的。

临水宫位于古田县大桥镇中村，是一座仿唐代建筑，明清两代扩建，里面供奉的是"顺天圣母"陈靖姑。据史料记载，陈靖姑生于福州下渡，其夫刘杞系古田人氏。相传陈靖姑曾赴闾山学法，能降妖伏魔，扶危济难，年方二十四就毅然施法祈雨抗旱，为民除害而殒身于古田大桥临水。死后英灵得道，成为"救产护胎佑民"的女神，民间称为奶娘。邑人感其恩德，建殿崇祀，信众甚广，被称为"陆上妈祖"。

陈武功的爷爷陈细究挑着海瓜子肉到古田叫卖，到了临水宫，恰碰见临水娘娘供奉日，祭桌上摆着猪头、山珍，却没有海味，盆上装的鱼，却是用木头雕的，倒是细致，也不知道奶娘吃得着不。陈细究看奶娘像，眉目慈祥，双眼有神，平升双手，似乎在接纳朝拜供奉，越看越喜爱，啧啧赞叹。旁有一本土香客多嘴，道："我们奶娘像是活动的，手脚皆可拆卸，转动自如，供奉完毕，手便可垂下。"言者无心，听者有意。陈细究跪下，心中默念："奶娘呢，你若有心，我带你到麒麟垤去，供奉你的鱼虾海货都是真的。"夜半，陈细究偷偷进宫，把奶娘木像拆下，放进筐里，用杂草遮盖，急匆匆往海西回来。古田往海西的老路，是著名的弯弯曲曲，一路慌张，都不知道自己走到哪里了。到了早晨，过了大甲桥，只听见后面呼喊声，知道追兵来了，人也走得筋疲力尽，只怕束手就擒，只好将奶娘像取出来，立在路上，磕头跪拜道："奶娘有灵，你若有意跟我去麒麟垤，则令桥断；若无意，则让我死在他们手里。"话音刚落，只见木桥断裂，坠崖而下，而赶到对岸的人，面面相觑，知道这是天意，悻悻而去。从此，麒麟垤的奶娘以临水宫真身而傲视十里八乡，有的人自己本村的奶娘不敬，而到麒麟垤来求子。麒麟垤成为本镇人口第一大村。而陈细究，因偷神而成为村中功臣。

至于断桥之哏，则是陈细究自己的口述，有人信也有人疑。但是说到本村奶娘的出处，则必须言明，以证明奶娘降临的本意真心。

要砸奶娘像，别说陈武功不愿意，村民也是一百个不愿意。陈庆该发动积极分子寻找线索，根据群众举报，陈石头的父亲陈庆祝有作案嫌疑。陈庆祝夫妻在奶娘像前曾许愿，若能保佑怀孕生子，则许娘娘烧元宝三万。果不其然，这下怀了六个月了，还不知道是儿是女呢。奶娘如此有灵，他怎肯放手不管。

陈玉贵带人上陈庆祝家寻找，不费什么劲，在粮仓里找到奶娘像，被拆卸成几件，藏在番薯米里头。陈玉贵当场把奶娘像砸烂，并且通知陈庆祝，晚上到大队接受批斗。

石头娘要去借棉裤棉袄，陈庆祝道："不必了，奶娘有灵保佑，他们打不死我的。"当晚大队部灯火通明，陈庆祝被吊在横梁上，天井里是围观的群众。几棒子抽下去后，陈庆该对群众叫道："这就是阻碍'破四旧'，反对革命的下场，你们千万不能效仿。"陈庆祝哼哼叫了几声后，喊叫道："革命也要讲道理，奶娘有什么错要砸掉，奶娘砸掉，村里就不要后代啦。我在这里告诉你们，奶娘佑我，你打不死我的！"陈庆该道："好，我看看是奶娘厉害还是革命的手段厉害。"下面的出手就狠了，陈庆祝先是怒声叫唤，而后来声音就小了，直到变成一摊面团。抬走的时候，嘴角有血流出来，还能睁开眼睛，众人还想有奶娘的保佑能活过来，到了家里，最后的一丝力气是抬手摸了摸妻子的肚子，就长眠不醒了。

陈庆祝死后，村民们都知道，革命比神明厉害，于是运动就轰轰烈烈了。

"你爹是一条汉子，不怕死。"陈武功道，"我送了一条棉裤到你家，但他没有穿。我抬他回去的时候，还嘀咕，怎么不穿裤子呢，奶娘佑得了你的命，佑不了你的身体呀。他还安慰我，说不会死，他不怕痛。他到死前都相信自己不会死。后来我想清楚了，他就是不怕死，这一点，跟你一样。"

石头的眼睛红了。他抹了抹，不愿意让眼泪掉下来。之前，只有他娘说过，爹是给陈庆该迫害死的。具体缘由，从来没有如此细致地听过。

"你爹跟我，不算交好，但是在保护奶娘这件事上，跟我走到一块了。我呢，当时想得多，被运动搞怕了，他胆儿比我肥，敢干。倘若我们能够想到一处，把奶娘藏得隐蔽一些，也不至于如此下场。你爹死后，你娘得了癔症，谁靠近，就怪罪谁，搞得邻里都不敢帮手，我也一样。唉，本来呢我是该把你当自家孩子的。还好现在你长大了，该让你知道这些了，你如果不嫌弃，什么话可以跟我说。"陈武功叨叨唠唠，算是对石头推心置腹了。

"我爹的命，我一定会讨个说法的。"石头冷冷道。

几天后，石头到陈庆该家里，坐在他家的厅堂上，问道："你打死我爹的时候，没有想过他还有一个没出生的孩子吗？"

陈庆该老了，还是那一副干部的腔调，道："那是革命形势需要……"

"我不懂革命，我只懂得我爹是被你打死的。"陈石头道，"你要是不给我一个说法，我就会给你一个说法。"

陈石头扔下这句话，就出来了。他想起他爹死的时候，肯定是不瞑目的：因为还不知道生下的是儿子还是女儿，也还没来得及给奶娘还愿。

麒麟埕又请了三天戏，算是迎接拳师勤茂师傅。锣鼓喧天引来各村的看客、赌徒、小贩，孩子们也逃课在戏台下乱串。一些看戏有瘾的村民，也把锄头撂下，歇个一两天，犒劳一下自己。

戏围开台，后台先唱。祖厅上摆了一桌大席，老人头林德光主持，宾客有增坂的两个嘴、碗屿的池一龙等各村代表，陪坐有陈庆该、陈武功、陈玉贵、陈庆官等村中话事人。勤茂师傅穿着短襟，居主客之位，话不多，两眼闪着精光，一看就知道身手不凡。酒过三巡，陈庆官挑衅道："两个嘴兄，上次在增坂村文斗，我出个对子你还没对出来呢，这是认栽了吧。"林德光笑呵呵道："我可听说，陈庆官单枪匹马，凭着一张利嘴，得胜回来，是有这事？"麒麟埕晒武，其实是针对增坂村，乃因为两村世有嫌隙，所以都喜好逞能得胜。

两个嘴道："我就知道你提这一茬。咱们村夫，比不上文人，斗个顺口溜，那还凑合，你要是当面对对子，那哪里成，我有那能耐，不直接去考状元了。不过呀，我来之前呢，为了不让你留下口实，也是费了一番脑子，只是不知道这对子能不能让你满意。"

林德光道："嘿，看来有好戏了。庆官，你说说你的对子。"

陈庆官得意道："'龟圆鳖扁蟹横行，三家有壳'。这个对子呀，有人对过，不三不四勉强的，比如'水柔火刚木土稳，五行缺金'，但没有对得工整让人信服的。"

两个嘴朗声道："'鳝长鳅短鳗直翔，一串无鳞'。这一对如何？"

两个嘴来之前，一直在家里琢磨这个对子，对不上，那可就丢了村里的大脸了。好在对水中物类熟悉，关于鱼虾蟹鳖的顺口溜，也是不少，直接借用，倒不是难事。

众人品味一番，都是水中物类，挑不出什么毛病，都击掌赞叹说："没毛病，不愧是有人物的村子。"陈庆官道："这一关算你过了，你来出对子，我来对！"

两个嘴道："今儿菜肴这么丰盛，我可不想把嘴费在话头上，还要留着吃菜呢。文无第一，若论拳头，那一定能分出一二来，我倒是想问问勤茂师傅，我们增坂请的麻桂师傅，与您相比，哪个要强些？"

勤茂师傅微微一笑，并不言语，似乎无意回答这个问题。林德光道："师傅吝惜口舌，我来回答吧。霍童麻桂师傅，赤溪勤茂师傅，都是鼎鼎有名的南拳师傅，但我们也不是听着名气就请来的。我就单说一件事，麻桂师傅呢，有一回决定到屏南去教馆，走到竹篙岭，在过路亭歇息，碰着一个穿着粗布褂子的先生。此人问道：'师傅你这是去哪里？'麻桂回答：'因生计无奈，打算在屏南教拳头馆。'那位先生便伸出左手的食指和中指，张开成剪刀状，道：'你把我两个手指抓合一下试试。'麻桂心想，犁田的铁耙齿被我一抓，都合在一起，你这两个手指我还不行！便用了五分气力，但两个手指却比铁耙还硬，于是再加力，仍然无济于事，麻桂的脸就红了。那位先生也不好意思，收起手来，道：'连我这样的功夫，在屏南、古田都赚不来饭吃，我劝你还是不去为好。'麻桂这才打消决心，只在沿海周边教拳。这位先生呢，远在天边，近在眼前，就是我们的勤茂师傅！"

众人一听，纷纷击节赞叹，给勤茂敬酒。勤茂的脸都红了。两个嘴道："勤茂师傅，这说的有几分是真？"勤茂朗声道："习武之人，拳脚上见高低，本不应在嘴皮上褒贬对方。这事虚实，我说了不算，你想讨个究竟，便问麻桂就是，我和他，如今也是常来常往的朋友了。"

林德光道："所以说，师傅请得对，徒儿学不累，我们请勤茂师傅，是有这个讲究的。回去跟你们村里说，别的不论，光师傅，就有个高低了。"

两个嘴笑道："师傅好，徒弟未必高，修行还在个人，有机会让徒弟一比高低，那才有分晓。"

两个嘴代表增坂村，自然不甘示弱，饮酒谈笑间，也有刀光剑影，未见下风。

碗屿池一龙举杯敬了大伙，道："你们两个大村，各有千秋，我们小村呢，就等着看好戏了。我这吃饱了，先到村里看看，看看大村气象。"

池一龙打着饱嗝，摸着肚子，晃晃悠悠地出去了。

陈庆该已经老了，说话也含糊了，即便是凑着陈玉贵的耳朵说话，陈玉贵也是听得不太清楚。他哑着嗓子道："石头一直来找事，你得想个法子制住呀。"

陈玉贵低声道："我也找他几次了，跟他说那是历史遗留问题，跟个人无关，他脑子拧不过来，他不怕死，就是走法律渠道，也奈何不了他。"

"那就无解了，唉，玉贵，我培养你这么多年，这一点事都解决不了。"陈庆该边说话边喘气。

陈玉贵道："办法也有呀，就是不知道你想不想得开呀。"便附在陈庆该的耳朵上嘀咕。

陈武功看着他俩嘀咕，嘴角流露一丝惯有的冷笑。

虽各怀心事，但酒还是吃得尽兴。狗儿们桌下舔舐骨头菜渣，孩子们拿着凳子，摆在天井和大厅上占位置，只等下午开戏。小贩们有的把甘蔗靠在墙角上，有的把糖果挂在立柱上，均占好有利位置。地上布满了甘蔗渣、鞭炮屑，红红绿绿，孩子们嬉戏玩闹，将它们踩得实实的，倒是斑斓耀眼。靠近神龛的后厅，两局赌场，人围着密密实实，像是两个蜂窝，不时传来喧哗之声。

突然间，一个赌场像炸开了锅，嗡的一下，人群四散，一个人从人群中狗一样蹿了出来，疾步逃脱，没跑出数米，就一个趔趄趴在地上，被追赶着蜂拥揪住，劈头就打。当头一个半大小伙，十八岁的模样，圆脸愣头，满目怒气，挥手叫道："增坂人出老千，打断他的脚！"陈玉贵扭头看，道："又是谁惹着歆头了？"原来，那后生绰号歆头。

两个嘴听说是增坂人，赶忙起身过去，看那人抱着头，被一群人痛揍，原来是老肥。旁边有人说，老肥口袋里藏着牌，偷换的时候被逮住了。两个嘴上前劝架道："该赔则赔，不要伤了人。"

大伙又把老肥押回赌桌上，老肥像一只要被上架的猪。当中有人道："先别打了，有人做和头了，怎么赔呀？"

老肥抬起头，道："赌桌上的钱，袋子里的钱，我全掏出来，你们放我走。"

大家又哄堂大骂，道："你想得倒美，挑断脚筋的事，你想这么便宜！"

出老千是极为忌讳的，比小偷小摸还要重，代表着你对规则的一种挑战。特别是你到别的村里还干这事，简直是一种挑衅。

两个嘴看这架势，自己的面子也不好使，连忙请旁边的陈武功道："你给说说，他们要赔多少，我去通个信。"

陈武功道："其他人可能还好说，歆头的事，得他自己开口吧。"转身对歆头道："歆头，客人愿意和解，你给说个数呀。"

别看歆头十八来岁，那可是不好惹的角色。从小跟人打架，打到必须有一方倒下，打完后，不管有理没理，他的头都斜着，脸臭着，油盐不进，被人叫歆头。

"拿一万来，一手交钱，一手放人！"歆头绷着脸，也不看谁，语气坚决道。

人群中哦的一声。万元户只听说过，没见过，你开口就一万，这不是明摆着拒绝和解吗！

老肥听了直翻白眼，低声下气道："两个嘴叔，你跟他们多说几句，全指望你了。"

两个嘴看这架势，敌众我寡，又不占理，且在他人的地头上，忙赔着笑脸对道："这个后生兄弟，你火别那么大，一万块钱，我听了耳朵都花，把十个老肥卖了都不值那钱。咱们商量商量，来个拿得起的数，惩罚惩罚他，让他以后再不敢摸您的虎须……"

敧头歪着头道："哦，那就是出不起了，那我就没话说了。"说罢走出人群，不愿再掺和这事。

两个嘴与押解老肥的赌徒商量道："这么着吧，把老肥袋子的钱拿出来，我给他家人回去通个信，凑个八百一千的，这事就算做个了结。老肥，这个能行吧？"老肥连连点头："可以可以，你回去找我老婆，她晓得钱在哪里。"

八百一千，都可以在村里买一块起大厝的地皮了。老肥也算做了亏心事，满心害怕，破财求命了。

几个人面面相觑，觉得这个数字还不赖，点了点头，但敧头没回来，也是不置可否。两个嘴看到希望，道："你们同意了，那就这么定了，我筹钱去，你们先别委屈他。"

话音未落，敧头钻了出来，抓住老肥的手摊在桌上，一刀砍下。老肥撕心裂肺大喊一声，一截小指已经掉落。原来方才敧头去借甘蔗刀了。

众人被一串迅雷不及掩耳的动作惊呆，两个嘴的嘴巴张开，也来不及合拢，心都快跳出来了。

敧头威风凛凛，道："你是增坂人，来我们麒麟埕闹事，没见红是说不过去。我也是敬你胆子大，单枪匹马敢来搅事，所以不挑你脚筋，就要你一截手指，好生记得！"

老肥疼得在地上打滚。人神皆惊，奔走相告，敧头手里提着滴血的刀，脸带笑意，面对蜂拥进来的人群，像一个英雄，接受四方朝拜。

两个嘴心都凉了，闻到一股铁锈的腥味，那是一种剑拔弩张的兵器的味道。

师海能感觉到自己的脚伸了出去，蹁到床板上，醒了过来，脚跟隐隐生痛。他做了一个梦，自己在河边，一只金黄的大鲤鱼朝自己游过来。他探身去捉，那鱼似乎跟他心有灵犀，并不躲避，在离他手指不远处吞吐水花。他听到后面传来海燕的声音："捉住鱼！"他一听就更有兴致了，把身子探出来，却咕咚掉进水里，手抓脚蹬，醒了，手脚还在动。

他喘着气儿，回味梦中的一幕，虽然心中有一丝甜蜜，但哭笑不得。他很少做梦，很少心神不宁，这个梦，有种温暖的意味，因为有海燕的声音。他有点后悔自己没有回头看看，海燕在梦中是啥样。

想起海燕，心头又冒出烦心事。海燕催他去跟怀风报个消息，说上海表定情是假的。他明白，就是打死自己，也不会去干这事。本来呢，海燕与怀风分手，正是给自己机会的，心中不免窃喜，俄而海燕又后悔了，还要自己当中间人，不免失望。唉，女孩的心思，真是一日三变。

他在床上寻思片刻，恍如一个思春的姑娘，而阳光已然从门缝里透进来了。他有点羞愧，一个鲤鱼打挺爬了起来。在部队的时候，连长曾经训话：你们战士，没有资格睡懒觉，一个年轻人睡懒觉，就已经死了。他觉得这句话很有道理，每天一睁开眼睛，就从床上蹦了起来，久而久之，既是习惯，亦是自勉之道。

他决定忙碌几天，以忙碌为名避开海燕的催促，到鱼塘里干活。现在，除了海燕，鱼塘就是另一个占据他心头的物事，既是一项活儿，又是一个心头好，每天不过来一两趟，心里就有点空落落的。塘堤上若有一处小小坍塌，他便精心修补，就如修补自己的衣服。看到池面一尾尾张嘴的鱼苗，又觉得那像自己的孩子。

忙活一天，倒也过得快，到了晚上天擦黑，心里又空落落的，寻思起海燕。海燕还在等他消息呢，是不是焦急得不行了？是不是见他没来，心中暗生抱怨了？是不是觉察师海不乐意干这事，她就自己跑去找怀风倾诉了？想到此处，几分不安，一身冷汗，赶紧屁颠屁颠往学校来。

果不其然，海燕见了他，便跟找到救星似的，急急忙忙问他去了没有。师海道："快给我倒杯水，我在家吃的咸带鱼死鵙的。"海燕给倒了杯开水，师海喝了两口，缓过神，道："我觉得你现在脑子不清楚，一会儿是风，一会儿是雨，我只怕给你帮倒忙，所以过来帮你参谋参谋。你想想呀，如果怀风爱你，应该是他来找你，怎么会你去找他？你把热脸贴他冷屁股上，回头他拿起架子，你岂不是更尴尬了。"海燕想一想，道："你说的也有一点道理，不过我知道他是骄傲、自尊心重，爱面子，况且是我提出的分手，他是一个特别容易被打击的人，现在可能已经病倒了，自己在舔舐伤口……"师海打断了她的话，道："什么骄傲、倔强，说白了不就是不爱你吗？退一万步来说，就是不够爱你。如果是我，你哪怕给我一点点机会，我也会全力以赴，那不是骄傲不骄傲，不是脸皮厚，那是实实在在的爱。"

"可是，我还是爱他的。"海燕喃喃道。

师海的话使得海燕更加迷乱，惴惴不安。师海不愿意重复这个话题，道："你不是想看我种草养鱼吗？我带你去看看。"海燕道："这么快就长出来啦？"师海道："那可不是，咸草，贱得很，撒籽在土上，见风就长，我瞅着，那亲切呀，就跟我生出来一样。"海燕被逗乐了，道："这天都黑了，能瞧见什么，明儿去。"师海神秘道："你不知道，就是在夜里，才有东西瞧，我可是天天去看，可神了。"

海燕被说得好奇，正也是初夏凉风习习的天气，出去吹吹风总比屋里干焦灼是好。两人一前一后出了校门，正巧被安民看见。安民道："还真是。"师海回道："以后学校的治安，我来管。"安民不吭声，点了根烟在黑暗中闪着幽光。

走了老远，海燕问道："安民说的啥意思？"师海道："没啥意思，总之他以后不敢骚扰你了。"

两人走到村口，巨大的榕树下，几个村民坐着聊天，嘴上的烟斗忽明忽暗。从前这里是码头，脚下有潮水拍打石岸的声音，风大的时候，浪沫都能打到鼻子上，咸湿咸湿的。有的人聊着聊着，突然一声尖叫，脚底下冒出一只招潮蟹，想吃脚趾呢；现在西陂塘变成了稻田，青青的禾苗正在抽条，晚风带来沁人心脾的禾苗的味道。虫鸣不绝，以田鸡的声音最为响亮，这边一呼，那边一应，似乎在联络极秘密的事情。孩子们在榕树下嬉戏玩闹，打扰了大人的闲谈，引起一顿臭骂。白天活跃在湖泊河流的白鹭，晚上聚集在榕树上，晃晃荡荡，见树下的人们扰它清梦，偶尔尖叫一两声，毫不客气地屙屎下来，不知砸在哪人头上，骂骂咧咧。树下斑斑点点，全拜白将军所赐。见有一男一女影影绰绰下了机耕路，都互相打听是谁。

海燕走到机耕路，乡野的植物气息拂面，也把愁闷吹扫一空。对于大自然，她是发自内心的热爱，一草一木的愉悦，即能驱除蹙眉的烦恼，换来一颦一笑。师海打着手电筒，蠓子在光圈里飞舞，蛙声此起彼伏，路边草丛偶尔有虫豸蹿过，唰啦啦一声，海燕尖叫一声，师海便拉她的手，俄而感觉不妥，被她甩掉。到了池塘边，师海叫海燕蹲在塘边，不要说话。池边都被师海种上咸草，池水漫过，底部的草有一半浸在水里。师海把手电筒照在塘面上，过了片刻，动静已过，万籁俱寂，草鱼灰黑的背就如潜水艇般浮上来，嘴一张一合，把嫩草咬住，卷起，掐断，就如吃春卷一样，�哑有声。

"看见了吗？"师海悄悄道。

"太可爱了。"海燕见到这种场景，极为生动，"你是怎么发现它们晚上不睡觉，还吃草？"

"草长出来后，我每天晚上都来看，心里美滋滋的。"师海道，"这样看来，鱼是二十四小时都在吃草，生长速度至少是原来的三倍，养两三年的鱼，一年就够了。"

"你别老那么务实，你说它们可爱不可爱。"海燕悄悄笑道。

"那可不，我感觉它们就跟婴儿一样，好像我养了那么多的孩子。"

"我也觉得鱼跟人好像呀，你看它们吃草的表情，像不像我们吃粽子？"海燕是第一次如此近距离看到自然的奥秘，十分稀罕又亲切。

两个人为了看得更真切，都趴到草地上，恨不得跟鱼接上吻。

"以后心情不舒服了，就来看看鱼。"师海看见海燕开心的样子，趁机建议。

"说得不错，不知道我上辈子是一只什么动物，只要一看见鱼呀鸟呀花呀草呀，心情就好了。"

师海一愣，心中窃喜，凑近海燕的耳边道："太好了，其实，我才是可以给你一辈子快乐的人。"

海燕把师海的嘴巴推开，道："嘿，怎么这么臭美了。"

"你想想呀，我一辈子养鱼，你每天都可以看到鱼，不是什么烦恼都没有了吗？你说，跟我一起，是不是最幸福的？"

"嘻，给你点颜色，你倒以为是开染坊了。"

海燕拍打自己的脚踝，小腿肚。他们聊得不亦乐乎，蚊虫却在裸露部分发起围攻。塘面的花蚊子，平时只能吮吸草汁，偶尔见了人肉，会不管不顾地扎进去。等海燕发觉，她的小腿已经红红点点地花了，痒得不行。

师海道："你别抓，皮肤抓花了多破相，我有法子。"

师海从兜里掏出黄金油，已经用了一大半了，抹了点在手指上，帮海燕拭擦。海燕道："想不到你这么细心，这个都有带。"

师海咽了一口口水，道："我每天晚上来看鱼，要是不带这个，早被蚊子抬走了。"

师海第一次这样给海燕细细伺候，只觉得好激动，神思飞扬，甚至臆想如果有缘跟海燕一起，将来帮她洗洗脚，也是极幸福的一件事。想着，手不由得往小腿肚上摩挲。海燕觉察有点不对劲，道："我自己来吧。"沾了一点，在有红疙瘩的地方摩挲，止住了痒，觉得爽快许多。

师海手里拿着手电筒，时不时照下海燕的面孔。这静谧之夜，天地野外，海燕白皙的脸庞流露妩媚，一点点的酒窝恰似星星。师海叹了一口气。

海燕道："你叹什么？"

师海支支吾吾还没回答，海燕用手去抹眼皮上的汗水，突然眼睛一辣，叫了起来，原来把黄金油沾在眼睛里去了。师海道："你别动。"他定住海燕的头，用袖子把她眼窝的汗水和泪水拭擦干净，减少黄金油的刺激。

"好点了吗？"师海问道。

海燕试着睁开眼睛，没那么辣，但还是不舒服。师海再一次拭擦一遍，用嘴往她眼皮里吹气，让她舒服点儿。这时他们靠得很近，师海的脸能感受到海燕呼吸的气息，她头发中的清香味儿，也一股儿扑进他的鼻子里。师海脑海中一阵迷糊，他再也忍不住，体内的一只小兽跳跃而出，他吻上海燕的唇。海燕怔了一下，那一瞬间，师海以为海燕是配合了。但是仅仅一两秒，海燕开始挣扎。师海体内沉睡已久的猛兽醒了，四野无人，张牙舞爪地咆哮，哪再能忍住。海燕挣扎片刻，似乎被师海的疯狂征服，不再抵抗，只是嘴里嘀咕"不要这样"，手抓住师海的胳膊，因紧张指甲都深嵌入肉里。那手电筒，不知道什么时候丢了下来，咕噜噜滚着，竟滚到水里。先前那光还在水里亮着，像薄雾笼罩的月光，后来就渐渐暗了。池塘上除了鱼啃噬草叶的声音，便是起伏的喘息声。

一阵沉寂之后，海燕似乎从狂涛骇浪的梦中惊醒，突然挣脱师海的怀抱，整理好衣服，抽泣起来。师海还沉浸在一种征服的满足和欣喜中，问道："哭什么？"海燕道："我怎么能这样，我对不起怀风。"

师海以为海燕早就回心转意，接受了自己的爱，没想到海燕说这样的话，忙争辩道："你搞错了，你只是可怜他，不是爱他，你爱的是我。"

海燕道："你胡说，我不听。"站起来就走，循着幽微的天光，边哭边跑到机耕路来。师海找不到手电筒了，追在后面，无所适从。一直跑到学校，海燕红着眼睛，一进房间，就把门关上。师海敲门道："海燕，你怎么啦？让我进来。"海燕哽咽道："你走开，以后别再来找我。"师海怕她出事，继续敲门道："你让我进去，我跟你解释清楚。"海燕道："你快走，我讨厌你。我会告诉怀风的，他会让你坐牢的。"

师海像从天堂掉到地狱，他也分不清楚这一夜发生了什么。他担心海燕出事，于是他绕到宿舍窗口下，坐在菜地间。只要上面一有动静，他立马看那窗口。窗户里，是另一个世界。

麒麟埕出演三天戏，吸引四周各村看客，锣鼓喧天。晚上散场，外村的人照着手电筒照路回去，或者聊戏，或者聊麒麟埕的拳师演武，声音起起落落，手电筒光柱晃荡，偶尔引起狗声大作。

戏班结束，祠堂坪上演武正式开始。勤茂师傅手持棒子，穿着扎腰的皂色武服，对襟布扣，面带微笑，站立如松，只等人马到齐。坪上陆陆续续会聚，手里抄着家伙，有的已经忍不住在一旁比画。本来要下地的老农也在路边放下锄头，静静地抽根烟，希望看到威风凛凛的一幕再走。

少林从池边巷出来，手里拿着一根棍子，用棍子点地，身子倚棍飞跃，若风车般滚过来，在坪中间立定，翻转手中棍子，如孙悟空舞金箍棒一般，嚯嚯有声。旁边有人叫好，道："细赖，身手这么好，你就不用学了。"少林一个把式，把棍子收住，道："我叫少林，别叫我细赖，否则跟你不客气！"

少林见这么多人围观自己，颇感满意，朝勤茂师傅道："师傅，你有本事教拳，须得过我这一关。"勤茂师傅拢了过来，抱拳道："你有什么指教。"少林道："我名叫少林，少林寺的少林，你得跟我比一比，赢了我，才能教，输了的话，我就不客气了，这些人让我来教。"勤茂师傅见一个十六岁左右的少年来踢馆，见怪不怪，微微一笑，道："怎么个比法？"少林道："我舞棍，打到七八人不敢近身，棍术在十里八村是一等一；拳头最好，曾经打三个后生到满地找牙，劈砖能劈两块脆生生断，你是客人，你来选。"勤茂退身一步道："我们比试，分个高低就行，棍棒无眼，我们就拳头上见功夫。"

少林把棍子递给一边的人，凛然道："帮我拿住，让我先抻抻筋骨。"

少林长得虎头圆脑，身子也圆滚滚，比一般的孩子要壮实。他原名陈细赖，从小喜欢舞拳弄棍，去年在镇上看了电影《少林寺》后，回来就疯了。先是给自己改名叫少林，谁再叫细赖就拳脚招呼。半夜下床，迷迷瞪瞪打了一趟拳再继续睡觉，第二天家人问他记不记得，浑然不觉，才知道是梦游。跟他爹说要去少林寺学拳，他爹不应，于是偷了两块钱自己偷偷出发，出走三四天后饿着肚子回了。他以为不远，到了县城，再坐趟车就到少林寺，没想到是在更远的地方，盘缠根本不够，准备备足盘缠再去。他爹怕他再干出什么傻事，从远亲那里打听到一个拳师，送去学了几个月，尽兴而归，房梁上挂个沙袋，每天打沙袋，舞棍，跟人各种切磋，出去跟孩子们试斗，乐此不疲。

勤茂师傅道："你拳打来，能打中我算我输。"

少林活动了手脚，做足架势，虎目圆睁，使足劲儿出拳，呼呼有声，被勤茂师傅一一躲过。又一右拳出来时，被勤茂抓住，左拳跟上，又被勤茂抓住手腕，单腿轻轻一扫，少林应声倒地。勤茂跨步将他扶起。少林道："我大意了，再来一次。"勤茂轻轻道："点到为止，不必重复，还有谁怀疑我拳头的？"

围观的人群中，歙头正在中间，悍然道："过了少林一关，也得过我这一关。"歙头前两天剁手老肥，成为街头巷尾的谈资，名气正盛，这种事他不能不掺和。

勤茂问道："你学过拳？"歙头道："学是没学过，不过我打架没输过。"

勤茂见人头攒动，跃跃欲试，晓得这个村子名不虚传，各色人等不服颇多，又问道："还有谁想试一试的？"这边石头应和，那边立夏也在举手，各自愣头愣脑，一脸杀气的。勤茂退后一步道："你们四个人，来攻我一个，只能用拳脚，不能抱腿缠身，谁倒地谁输。"

四个小伙子分立四方，如狼似虎打了进去，勤茂左右腾挪，尽量不贴身，几个回合过去后，两个被他扫堂腿打趴地上，后两个又被放倒。勤茂举拳道："失礼失礼，不把你们放倒，恐怕你们都不服，今天就作罢。"

旁人皆服，掌声雷动。只有四人还不太服气，歙头道："师傅，我们得学多久，才能打得过你？"勤茂道："打得过我很难的，我在滨海村庄，没有碰过对手。但我会老，你迟早打得过的。"

众人都服气，勤茂这才站住脚跟，开始为期一个月的教馆。先是兵器，而后拳术、近身技能，那些好学之徒，开了小灶，受益匪浅。

　　不及年龄学拳的小孩，便在一旁观看玩耍，或者模拟，好斗之习，蔚然成风。祠堂坪旁边，是池塘、草地与大树，妹坨春耕已然结束，或者吃草，或者在池塘里喝水。立秋带着孩子们一来，便把妹坨当成坐骑，端坐其上，威风凛凛观看校场，神气得不得了。那软壳蟹见立秋如此威风，便要求也坐在牛背上解解馋。立秋道："你那样子，哪像个将军，坐不得。"软壳蟹央求道："屁股着实痒，就让骑一下。"立秋小眼珠滴溜溜转了一下，道："好，看你听话的分上，给你尝尝当将军的味道，不过，若是掉下来，可别怪我。"软壳蟹道："不会不会，你坐得住，我也坐得住。"把牛牵到石阶边上，立秋下来，软壳蟹上去，小心翼翼地骑着，先是不敢动，而后抓住牛毛，坐直身子，精气神都上来了，学着立秋，摆出顾盼天下的样子。立秋嫌不够刺激，跑到祠堂里，到神像祭桌前拿了串鞭炮仔，抿着嘴偷偷溜到身后，绑在牛尾巴上。软壳蟹发觉有点异样，道："立秋，你在做什么？"立秋道："没事没事，你骑好就是。"悄悄点着鞭炮，突然爆响，噼啪有声，颇为密集。妹坨受惊，朝着练武校场冲了过去，又发觉是屁股着火，便上下跳跃，原地转圈。软壳蟹惊叫着，伏在牛背上，抓住牛毛，摇摇晃晃，终于被妹坨甩了下来。妹坨在原地绕圈子，勤茂师傅眼疾脚快，一个跨步把软壳蟹抄了出来，否则脑袋瓜被牛蹄踩上，小命不保。众人嘘的一声，松了口气，知道软壳蟹的小命是被师傅给捞回来了。软壳蟹又惊又怕，缩成一团，鼻涕眼泪早已糊成面团盖在脸上。

妹坨冲进人群，习武的人纷纷躲闪，跌跌撞撞，有的直接摔倒跌伤，整齐有序，一下子被冲得稀烂。立秋看到妹坨如此生猛，觉得刺激极了，后见到闯了祸，偷偷溜了。

鞭炮停了，妹坨还在跳跃，地上被刨得坑坑洼洼，后来疲了，才停歇下来，也被吓得眼泪汪汪的，神情呆滞。后来人去牵它，看它眼神都不正常了，老人叫道："指定是被逼疯了，赶紧拴到树边去！"

习武是一件大事，也是一件讲究天时地利人和之事，发生了水牛冲撞事件，老人头觉得不吉利，便在祠堂里祭神祈福。

追究原因，晓得是立秋搞的鬼，便跟陈武功说了，要他追着教训。立秋鬼精鬼精的，争辩道："我只是想练练水牛的杀敌本领，万一打阵仗，不就可以派上用场了。"陈武功听了，哭笑不得，又觉得孩子的想法亦是有理有趣。三个孩子中，他是最疼立秋，觉得最聪明伶俐，不忍打骂，便不再追究。立秋见父亲被自己说服，又颇有几分得意自己的聪明应变。

老肥断指而归，惊动增坂村，都晓得这是一个下马威。由于断指带来的伤痛，他的脸更加浮肿，像装着水的袋子。至亲的邻里送来粘着菱形红纸的鸡蛋，给他压惊，顺便想看看断指如何。他那断指还裹着纱布，谁也瞅不见。

酒醉过来看望，三眼备了酒菜，向酒醉诉苦。酒醉喝了小酒，义气上头，打抱不平道："他这不是砍你一个人的手指，砍的是增坂村的手指，必须讨个说法。"喝到高处，乘着醉意去找李怀礼，要老人会去出头。李怀礼对此事并不以为耻，轻轻挡了回去。酒醉又到老肥处，大骂怀礼只懂得捞钱，不为村子的尊严办事，明日必到支部书记那里去讨个说法。酒醉来回申诉几次，挣了几顿酒之外，并无所获。出老千被砍手，这是天经地义的，村里要出头，师出无名。书记兆清说了，等你抓住麒麟埕的把柄，也狠狠治他们就是，现在这是愿赌服输的事。

塌鼻闻说老肥被切了手指，倒是一阵侥幸，道："好事呀，去了一根手指，保住一条命，这才应该知道惜命了。"塌鼻是爱自己的儿子，但走南闯北见多识广，晓得以老肥的秉性，在赌场里跑，迟早要出事的。一根手指如果能买到教训，那是大大的便宜事。

正巧城里算命的陈先生到来。那陈先生，身材白胖，长相斯文，瞎子，穿得整整齐齐，戴着墨镜，一条拐杖在身前试探移动，就这样走村过巷，大概每年来一次。他当当当地点了拐杖进来，拐杖点到了厅堂的猪身上。那猪也不跑，只是哼哼地叫着，似乎很享受拐杖的抓痒。陈先生道："谁家的猪呀，长得这么肥。"

一家子正在吃饭，兆文道："陈先生来啦，请坐请坐，是我的猪，猪栏里待不住，喜欢在厅堂里睡觉。"

这只猪，原来被六斤从立夏刀下救了回来，一毛不损，后来倒是长得厉害。有一天从猪栏里跑出来，也不到处乱跑，就跑到厅堂里躺着，喜欢听人聊天，喜欢看孩子们跑来耍去，倒也相安无事。只有三餐猪食跑到栏里吃，屎在猪栏里拉，这么懂事，便猪栏也不关了。

陈先生坐下，接了一碗水，喝了一口道："兆文，这猪不是你的。"

兆文反驳道："陈先生你这话说得奇怪，这头猪崽是我买的，猪食每天不落，就差身上刻上我名字了，怎么能说不是我的。"

陈先生道："这猪死过一次，死里逃生，命里如此，不能强求。"

兆文笑道："先生你看人是准，有口皆碑，看猪的话，就信口开河了，我还指着这头猪过个好年呢。"

元丰道："先生讲的必定有他的道理，你反驳作甚。陈先生，塌鼻一直等你来，我带你去。"

元丰要牵着他，陈先生道："不必，你在前面走，我跟着便是。"

塌鼻见陈先生来了，开怀大笑，道："太好了，银钗，给先生来盛一碗虾干水粉。"

陈先生道："不客气，我在郑岐村吃过饭了。"

塌鼻大嗓门道："吃没吃过都吃，到我这边不吃一碗水粉，就是看不起我。"

陈先生拗不过，低声道："这么客气的话，给我来小半碗，你手艺远近闻名，我尝尝味道，盛多了吃不下。"

"给陈先生来一大碗，吃不下没关系，猪等着呢。"塌鼻阔气道。

对塌鼻来说，请吃水粉是对客人最大的尊重。银钗端了一碗热气腾腾的水粉，搁在桌子上。陈先生倒不客气，循着香味摸索着筷子，细嚼慢咽起来。银钗看见元丰，鼻子哼出一口气，恨恨回去。塌鼻道："女人就是小心眼。"把旱烟杆递给元丰，元丰接过，道："不怪她小心眼。"

陈先生说吃不进去，但真吃起来，把一大碗水粉舔得干干净净。只是他本来鼓鼓囊囊的肚子更鼓了，不得不把皮带解开。元丰吸了几口旱烟，道："陈先生，塌鼻的儿子老肥，吃的是赌博饭，这条贱命，你给算算。"

陈先生要了生辰八字，凝神掐指算了，开口道："果然是刀口上舔血、险象丛生的命，一旦流年不利，各种血光之灾呀。他这辈子赌星下凡，赌途是一路走到黑了。"

塌鼻道："嗜，我就是不懂得算命，凭我江湖经验，也知道他这是不安生的命。这不，刚断了一根手指回来，我都觉得是庆幸。陈先生，我听说你改命格也是有名的，要求你的是这个。"

陈先生叹道："改命改运，我已经多年不做了，这是要折寿的。"

"先生，我没有别的法子，你再破戒帮我一回，红包我指定厚厚地给你。"塌鼻央求道。他性子爽朗，为人阔气，似乎一辈子也没求过人什么。

塌鼻求起人来，也是暴风骤雨的，硬是弄了一个鼓鼓囊囊的红包，塞到陈先生手里，道："你是行不行都给我改了，以后老肥的命，我就算扔给你，生死都交你了。"

陈先生是斯文人，捏了捏红包，掂量了一下，道："我给你改，但是红包太厚，贪财也是折寿，你就按照我标准的费用给。"

他把红包放在桌上，伸手到自己的皮包里拿出黄纸，又拿出笔，摩挲着在上面写字，居然写得不差，嘴里念念有词。许久，问塌鼻道："改命改运，让他变好，并非凭空所得。有一样，世间万物，这边潮起那边潮落，他若从你身上得运，你便会折寿折福，你可愿意？"

塌鼻毫不犹豫道："那有何不可。他就是我生养的，我再给些福分，让他平安，是我心愿，你尽管改便是——我便是快几年到那边，也是一条好汉的！"

陈先生又问："你的墓做了吗？"

"墓是做了几年了，我这身子骨，也不像是急着去住的。"

陈先生道："你备骰子四个，放在一个盅里，每个骰子六点朝上，连着盅埋在墓顶的土里。把这张纸烧了，纸灰撒在土里，可保其赌路顺风。"

塌鼻得法，心上石头落定，给了改运钱，要留陈先生喝茶。陈先生道："我得继续赶路，过下坂、岭后，晚上借宿镇上，后会有期。"

塌鼻送其出门外，寻思着找个先生讨个吉日，把这事妥妥办了。

师海从学校走向郑岐，到廉坑去乘车。这条堤坝，是进城的路，走了多次；和怀风也一起走了多次，两人兴冲冲地进城，在路上谈外界的奇闻，谈未来的憧憬，谈迪斯科、喇叭裤、收音机、蛤蟆镜，那种时光，想起来总是令人回味。师海想起来，苦笑一声。

中午的时间，到了城里，直接到怀风宿舍。城里人有午睡的习惯，八成都在床上。师海敲门，果然，怀风穿着四角短裤，开了个门缝，大概以为是邻居来讨开水什么的。见是师海，他脸僵住了，既没有把门打开也没有关门，大概是心里既有愤怒又有疑惑，当然还有一点希望。师海是从增坂来的，多多少少会带来海燕的消息。

"放我进去，想跟你谈谈。"师海沉声道。

怀风怔了一下，虽然说他在心里恨了师海一万遍，但在眼前的时候，那种恨意却变得理智，无法爆发。他开了门，师海进来，巡视了一下房间，自顾自坐在桌前的木椅上。而桌子上，则是放着很多材料，想来怀风的工作不轻松。

"你是来羞辱我的吧。"怀风坐在床上。他不能显示出愤怒，那样自己会显得更加不堪一击。至少，在气度上，要不输于他。

"要说我是来跟你道歉，也不对，其实感情上的事，强求不得。"师海斟词酌句道，"最好的说法，是来谈谈心吧，毕竟咱们是兄弟。"

"兄弟。"怀风冷笑道，"兄弟，就是我的东西最后都是你的，你的东西永远是你的。"

"你说得貌似有理，但道理不是这么说的。"师海道，"海燕的事，归根结底是海燕的选择，其实，她一直放不下你……"

怀风盯着师海的眼睛，摸不清楚师海的意图。

昨晚师海在窗下待了一夜。清晨的时候，一盆水泼了下来，惊叫一声被泼醒，海燕也吓了一跳。师海见海燕醒了，慌忙湿漉漉地跑上去。海燕红着眼睛，怔怔地盯着同样浮肿着眼睛的师海，显然都没怎么睡好。

"干吗待在下面？"海燕冷冰冰地问。

"怕你想不开，要是从窗户跳下来，我好给垫着。"师海可怜巴巴地盯着海燕。

此时的海燕的表情，比昨晚冷静多了，恰如骤雨之后清爽的天空，干净透彻，不再有任何的荫翳。她取了一条干净的毛巾，拭擦他淋湿的肩部衣服，慢慢地揉一下，又一下，似乎不是在擦拭，而是在思考。师海屏息静气，静静地揣摩她的动作，是的，每一个动作，每一种力道，都在告诉他什么。

"你想通了？"他小心翼翼问道。

海燕没有回答，手上的动作还在继续，但是沉默代表了一种态度。

"我就知道你会想通我说的话的。"师海瞬间自信就上来了，道，"你只是身在其中，一时间脑子里迷糊。"

师海坐在椅子上，海燕动作突然停了下来，支吾道："可是，可是我觉得，自己不该这样，就像一个坏女人。"

师海站了起来，眼睛盯着海燕的眼睛，两人的眼里都流露出氤氲的湿气，接壤成一片葱郁的地带。

"不是坏女人，敢于面对内心的选择，只能是勇敢的女人。"

师海说着，一把将海燕拥到怀里。这次海燕没有拒绝，默默地体会师海身体的温度与力量。两人就这样拥着，也不知道过了多久，就像一对刚刚在一起的恋人。

"我得去找怀风一趟。"后来师海说道。

"干什么？"

"我得告诉他，我们每个人都得开始新的生活了。"师海说罢，捋了捋自己衬衫上的褶皱，他发现衣服已经干了。

现在师海面对怀风，他想尽量选择平缓的叙述，使得尘埃落定。

"海燕放心不下你，是怕你受到太大的打击，她知道你相当脆弱。"师海慢慢道，"但是我让她明白了，她对你是同情多于爱，你们俩在一起，是不合适的。"

"跟你合适？"

"这是毋庸置疑的。我们俩夜里一起去池塘看鱼，你不知道她有多快乐，一个男人，不懂得让女人快乐，就不懂怎么爱她。"

怀风吃惊地抬头看他，忍不住爆粗口道："你他妈是从哪里学来这些理论，没见你认几个字呀。"

"我不用看这些书，生活、人本身就是书，而且比书更实在，这你应该多学学。"

"你就是来教我这些吗？"

"我哪敢教你。我说这些的目的，是告诉你，一切都落定了，我们都要接受现实，开始新的生活。"

"好的，我接受，我只有一个要求，以后别再认我是兄弟，我们就这样，好吧！"

"一码归一码，兄弟这是改变不了的！"

"你还要抢我多少东西，才会跟我断绝关系。"怀风忍不住咆哮，指着门外，道，"你给我滚！"

怀风的气势确实把师海镇住了，再不走，只怕怀风要砸家伙了。师海觉得该说的话也说了，走出门，顺便把门轻轻带上，俄而又打开，探头进来道："作为兄长，我是要告诉你，其实，这世界上，很多东西，你不要认为它天生就是你的。钱在银行，姑娘在闺房，都要努力争取才能得到，如果你认为它就该是你的，你就只能失败。兄弟，努力，争取，你理解了这个，就不会恨我了。"

怀风抄起了床上的一本书，师海没等他砸过来，就关上房门，走了。怀风只觉得空气中到处都是嘤嘤嗡嗡的声音。

窗外，粗大斑驳的梧桐树上长满了青青的叶子，风吹过，沙啦啦地响。怀风盯着摇摆的粗枝大叶，苦涩的记忆嵌在这勃勃生机中。

十七日，宁渔0124号冲向鸡公山岛，此时，官井洋的洋面上，渔船寂寥，洋面黄瓜鱼群灭绝的消息已经传遍五县。

老二肚子咕噜噜一阵响，下腹坠痛，叫道："掌连，我拉肚子了。"行船之中，船上的一举一动皆由掌连指挥，老福停下桨，皱眉道："快去厕屎，厕干净了，靠近鸡公山，就不能再停船了。"

大概是昨儿吃东西吃坏了，老二嘀嘀咕咕地走到底舱，在底舱船尾，留一个长方形的木板洞，就是船上的粪坑。厕屎的人，被灶台和灶具挡着避羞。老二蹲了片刻，想起来，又觉得屙不尽。老福在上面叫道："老二，你是屙屎还是绣花呀，快点上来。"老二从缝隙往上看，众人都停下桨来等他呢，慌张擦了屁股，提着裤子上来，道："吃坏肚子了。"

仙旺好心，道："我口袋里有'鱼肚鱼'，你吃一点。"

老二张开嘴，仙旺从随身的小瓶子里倒了些粉末，扑到老二的嘴里，恶臭难闻。老二满脸痛苦，几乎想吐掉。仙旺道："别吐，吞下去，喝口水就好。"

"鱼肚鱼"是疍民一种自制药，就是捕到大鱼，把肚子里未消化的带鳞的小鱼取出，晒干，研磨成粉，治疗肠胃不舒服颇有效果。

老福见老二到位，道："开船，现在有屎，你就屙在裤裆里。"越靠近鸡公山，浪越急，洋流复杂，每把桨都要尽心尽力，没有屙屎的余地。

老福昨日跳海相逼，被众人捞起。刘慈雄道："即便是空手回去，被人嘲弄，也不用拿命来争，真不知道你怎么想的。你说出一个理由，说服了，便依你；不服，就回。"

老福像个落汤鸡，头上的水滴下来，顾不得擦拭，整个人像根点着的蜡烛，道："我师傅说，黄瓜鱼一年比一年少，一是捕捞过度，二怕是被敲梆给敲怕了，不敢进洋。如若有最后一批黄瓜鱼群，必定在鸡公山洋流，徘徊不进。黄瓜鱼在深海，洋流虽然面上急，下面却缓，暗礁丛生，是鱼群觅食产卵的好场所，这一趟可能是我这辈子最后一次了，不去尝试我死不瞑目。"刘慈雄道："如果这样，倒是可以一试，只是潮流很大，船禁得住不？"老福道："我当年进出过几趟，有经验，你们听我的便是。"于是决定次日进军鸡公山，做最后一搏。

靠近鸡公山弯，涨潮时分，海流汹涌，呼啸有声。恰如有人打开栅栏，放出一万匹奔马，拥挤不堪。而这些奔马是疯狂的，在绕过鸡公山岛之后，四下奔突，不着方向。老福一边听着椿木掌舵，一边指挥逆流而进，不至于让船颠簸翻转。各把桨都凝神用力，使得船只与水流保持胶着状态，不至于松垮。老福突然兴奋叫道："有了，把住桨，敲起来。"带头用竹篙敲击船舷，众人也腾出手来，齐声敲响。咚咚咚的聒噪声，嗡嗡嗡的回音，穿透风浪的声音，在水下水上轰鸣。俄而，前方海水一阵涌动，突然变成金色，像一件巨大的金黄的袈裟在海面浮起，又沉下去。众人亲眼瞅见，欢声雷动。老福道："母船、子船注意，准备下网。"

二把桨把网索扔给小船，子船上刘细母接过，同时把小船撑开。三把桨把网张开，两船拉网呈倒八字，逆着潮水，两船桨手使尽吃奶力气，掌连老福用脚跟在堵板上狠踩，吼道："用力荡呀，用力荡！"几乎要把堵板踩塌。那渔网随着网坠下沉，俄而，渔网渐渐浮上来，里面是金黄涌动的黄瓜鱼，像一团巨大的黄金牲畜在水面滚动。老二头一次目睹此景，目瞪口呆。

老福令一把桨抛锚把船定住。老福和刘慈雄各持一根撬杠，想把鱼团撬上船。饶是两人合力，根本撬不动。老福道："大着网了，怕是有五六十担，先开网吧。"老福跳了下去，站在网面鱼群中，居然不沉。他用刀子把网割开一道口子，刘慈雄紧接着跳下来，伙计们递下"鱼撇"，两人用鱼撇从网口里捞鱼。鱼撇即是竹篾鱼筐，有眼，一撇能装六十到八十斤。两船踏在海面作业，以鱼为地，虽然左摇右晃，却有条不紊，不愧是练了几十年的老把式。老福因为兴奋，边撇鱼，边骂道："麻利点，是不是吃干饭的，有鱼捞不珍惜，没鱼捞，饿扁你！"一撇一撇地递上船，递了三十来撇后，鱼团变小了。老福把网用绳子系上，上得船来，两人用撬杠把鱼团撬了上来，堆在船舱，金光闪闪。黄瓜鱼是深水鱼，一出水，蹦跳两下，不一刻便断气。

老福上船，颐指气使，道："你们这些没良心的，昨日若不听我的，今天哪有这般收获。""官井洋，半年粮"，有如此五六十担的收获，一个个脸上已经笑开了花，哪顾得上老福的数落，一个个只能赞叹："名不虚传！"老福喘了口气，道："这是落户官井洋的最后一个鱼群，以后不会再有这个运气，必须赶尽杀绝，还有一个漏网的小群。"老福带头，又敲起竹篙，咚咚咚嗡嗡嗡，仿佛洋面上的战鼓，只见侧面又一堆黄金卷起，众人叹道："老福神算！"于是抄起备用网，如法炮制。这次鱼发漩涡处，撬起鱼团时，配合的子船突然失衡，被一个卷浪打翻了。刘细母等三人掉落水中，好在三人水性颇好，被众人用竹篙接了上来。可怜鱼团浮在海上，如一口棺材，无计可施。好在渔获大得多，只好弃了。

若是退后五年十年，这么大的渔获，周围的黄瓜对也赶来分一杯羹，贩鱼船也赶来交易，但是现在茫茫海上，船若晨星。千船竞帆海上如市的时代，一去不返了。

渔获既满，则得迅速找到贩鱼船，可得新鲜出售。众人划桨，满载的船只，直往三都澳方向挺进。昨日的沮丧之气一扫而空，刘慈雄压抑不住兴奋，闲不住嘴叫道："细弟呀，这一趟收获，够你娶两个媳妇了？"疍民娶媳妇不如农民烦琐，几乎不要什么彩礼之类，只要做几套衣服，把自家的船修理一新便是。细弟喘气道："够是够了，娶两个，小舢板装不下。"众人笑了。假鱼道："娶两个是你做梦，老福叔修墓，肯定是有着落了。"老福扬眉吐气道："原来我准备修五十担石灰，已经是一等一的好墓，这回我准备八十担石灰，全镇没有第二个。"仙旺道："那做鬼也很风光。"老福道："那可不是！仙旺，你这回修了船，还有富余。"仙旺道："富余不了什么，我那船，别说船底，上面篷都坏了，老漏雨，得重新做。听说有一种叫塑料布的东西，风吹不进，雨打不进，比油布都好，要是能披上一层，台风都不怕了。"刘慈雄道："细母，你们房子这回可要建出个样子，让人瞅瞅，上官井洋黄瓜对的人，就是阔气！"刘细母道："我们叔侄一块合建，合计建平台屋，用的是水泥钢筋。"刘慈雄道："我看行，水泥钢筋的平台屋，不漏雨，还有城里的气派，配得上咱们！"

假鱼道："你们干这干那的，只有我跟老二最轻松，吃吃喝喝，这是钱的最大用途，是不是呀老二？"老二微微一笑，默默不语。

远处有一艘大船，刘慈雄见状，吹起了螺号。按照惯例，螺号就是代表有鱼出售。那只船上有人朝这边招招手，刘慈雄见状，心中有数，道："是贩鱼船，太好了，如果是台湾船，鱼价会高。"近年来黄瓜鱼渐至稀少，有台湾船过来贩鱼，把价格都抬高了。

两船相靠，刘慈雄一跃对方大船，切磋片刻，喜笑颜开地下来，道："好价钱，都到两块了，来，抛锚过船！"众人一阵欢呼雀跃。五六十年代，黄瓜鱼都在四五角，高的时候也在一块以下，到了七十年代，有台湾人过来收鱼，才到一块。如今物以稀为贵，达到两块，确实是个了不得的价格，说这条船是发财船，并不夸张。

众人都放下桨，准备将鱼过船过秤。老二一放松，肚子里早已受不了，把桨一扔，自顾叫道："我又得屙屎去了。"众人兴奋，没人理会，全去抬鱼了。老二走到底舱下，隔着灶台，再一次享受一泻千里的感觉。吃了鱼肚鱼可能有点用，至少在划桨的时候没有屙到裤子里，但毕竟没有治好拉肚子，所以一直憋着，或者说，捕捞的紧张让他忽略了下腹的坠胀。虽然屎意绵绵不绝，他在暂时的轻松之后，心里也占满收成的快乐。这次个人的收入，跟渔获的总量是挂钩的，想来能得到不菲的一笔。这样，就有底气去看巧云了。这个时间，没有生也差不多要生了。想到马上就能组成一个家，享受三个人在一起的幸福，他有点不相信这是真的，虽然前途漫漫，不知所终，但这一份幸福是真实的。这样神思飞扬，又想解下腰间的横笛来吹一曲，表达海上辛苦三天获得的愉悦，但显然，这还不是吹拉弹唱的时候。

不知过了多久，只觉得腿蹲酸了，站了起来，抬起头，透过洗碗面盆的缝隙，他看到堵板上一个汉子举起一把刀，朝老福的头上砍去。老福倒地就再也没有起来了。那个粗黑胖的汉子，腮边有颗黑痣，黑痣上长着几根长长的毛，嘴里恶狠狠地喊着老二听不懂的方言。船板上是呵斥声，以及自己人的求饶声。那一瞬间，心里一咯噔：碰上海盗了。

船板上的形势，他不用想就知道了。他腿一软，蹲了下来，恐惧淹没头顶，本能地，他瘦瘦的身板一滑，从蹲坑中滑了下去。到了水里，温暖没过头顶，反而觉得有了逃生的侥幸。他就让自己头顶着船底，潜伏着，不敢出头透气。他不知道头顶上的悲剧何时结束，他在等待。船在摇晃，在响动，他就不能浮出水面。后来，他整个人贴在船底，取出腰间的笛子，摁住孔，探出水面出气。

不知过了多久，他看见水面有一团团黑烟，他悄悄地探出头，一股热气扑来，能够见到船上的火光。而海岛的那艘船，已经离开，也正在东冲口方向。老二不敢大意，绕着船的北边，浮到水面，避开海盗船的视线，叫唤船上的人，但没有回音。他抹了一把鼻子，闻到强烈的煤油的味道，还可以听见噼啪的燃烧声。

这是老二第一次经历生死。先前还对生活充满憧憬的一船人，现在已经没有生命的迹象了，他们的遗体将被燃烧，或者落到海上，成为鱼群的食物，消去最后实物证据。在海上，杀人越货，焚尸灭迹，是一件极为轻松的事。大海不会为你留下任何证据，潮生万物，潮也会消化一切。如果不是自己的一泡屎，小命难保。

茫茫海上，无枝可依。他朝最近的岸边游，说是最近，其实是遥远的绿色的海岸线，能看得见，但分不清远近。你游了很远，它还是一样，像是近在眼前，又遥不可及。终于，他累了，疲惫至极，他想放弃，就这样一头躺在海面上，沉沉睡去，划桨、游水、受惊、拉肚子等耗去了他过多的精力，现在最舒服的事情就是放弃，不要再折腾身体。但脑袋里好像有另一个声音在提醒他：别放弃，你不能死，你没有资格死！

天上的太阳像白炽灯烤着他的脑袋。此刻，他脑子澄明，想起了巧云，他想亲口告诉巧云，如果时光可以倒流，他愿意守在她身边，一步也不离开，一起等待孩子的出生，一起陪她痛苦，陪她快乐。巧云，巧云，他默默地念着。有神吗？如果有的话，请把我的灵魂带回那个小山村。

第十六回：追凶

公社来了通知：贼仔抓到了，各家各户去认领失物。

月明一早得知消息，便去公社，到了中午，领了一只兔子回来，是花手帕。

贼仔是碗屿村的池一龙。他到了一个村，先把一担笼筐放在山脚草丛中，白天到村中踩点，深夜里，便潜进各家各户，将所得禽畜放在笼筐里，凑了一担趁夜回去。也是疏忽，他把两只兔子捉回笼筐时，那只白色的薄荷糖突然从手中挣脱，兀自往山上草丛里逃窜。池一龙将所得赃物，低价卖给邻里，于是公社干部带着，挨家挨户领了回来。

池一龙这一次是在麒麟埕行窃，挑着一担回去时，天已经蒙蒙亮，在路上被早起挑水的麒麟埕人发现了。

六斤见自己的薄荷糖逃脱，更是伤心。船仔道："要不然花手帕算我们俩的？"六斤抹着眼睛道："可是，薄荷糖会不会被野狸给吃了？"后山风水林子里，生长着野狸，身长头尖，猖狂的

395

时候会到村里偷鸡吃。晚上若是有谁家孩子哭闹，便会吓唬："再说，野狸就来了。"船仔安慰妹妹道："薄荷糖那么聪明，会挖个洞把自己藏起来的。"尽管如此，六斤还是耿耿于怀。两人把花手帕放在怀里玩了一个下午，再放窝里。六斤隔一会儿就去看一遍，生怕出什么意外。

恰好次日是风水林开禁日。月明早早上山，扫了两箩筐枯叶回来，倒在灶门前，又赶着上山。林子里热闹非凡，到处都是人声。妇女们扫落叶的沙沙声，后生仔爬到树上踩断枯枝的咔咔声，小孩子在林间找果子的叫唤声，树梢的鸟儿也被人群惊扰的惊叫声，平日里寂静的林间，如今宛若闹市。孩子们拖着一捆捆枯树枝，唱着破曲儿，走在路上，会被人问到山上是否还有落叶。

大概一两个月，楮林会开禁一次，安民带着自卫队员守在路口，你若是扫了枯枝落叶回去，便放走，若是伐了活木，便会受到惩罚。每次的山林开禁，能缓解村中柴草的危机，这一天就如节日一般。

油盐酱醋、柴草这些是女人最关心的，月明第三次拖了一捆枯枝到家，已经中午，汗都来不及擦，做了饭，给老人孩子们端上桌，准备要去采蘑菇。过了禁山日，封山的时候，就不准任何人到林子里去了。船仔和六斤听说，兴高采烈要逃课跟着去，月明惯着他们，也不觉得上课是多重要的事，便答应了。

下午，林子里落叶已经绝少，只剩下干净的黄土路。楮林下极少有什么灌木，只有密密麻麻地长着红果子的野蕉树，喜阴，烂木头、树皮在野蕉树丛中腐烂，长出蘑菇、木耳，也给野蕉生机勃勃的肥力。月明走在前头，身体在野蕉林中忽立忽没，她对蘑菇极为熟稔，哪种能吃，哪种不能吃，一目了然，所以采得得心应手。船仔和六斤跟在旁边，被各种蘑菇吸引，不时嬉笑和赞叹。偶尔又碰到野狸洞，两人看着黑乎乎的洞口又稀奇又怕，探头探脑，用木棍往里面搅和，看看有没有动物。对孩子来说，树林永远是一个神秘的趣味的世界。

月明采了大半篮子，挎在手上沉甸甸的，她直起身，觉得膝盖已经酸麻，猛然间发现身边没了两个孩子叽叽喳喳的声音，回头一看，影子也没有，叫了几声，矮树丛中并无响应。月明有点慌，采蘑菇走的都是树丛的缝隙，没有路的，孩子可能跟丢了。现在自己身处树林的边缘，孩子们有可能跟岔了，走到中间去了，便一路往中间走，一路问询路人。下午，林间已经不像上午那么闹哄哄的，零散的人要么采蘑菇，要么还在寻找残余的枯枝，显得寂寥。从林子东头找到西头，并无一点痕迹。正碰上万江媳妇，出主意道："孩子找不到你，可能就回家了，你莫急。"

月明赶紧从原路下山，回到家，四下叫唤，也不见人，也不见篮子，便晓得是没有回家。兆文去田里摸草拔稗子了，师海也出去了，只剩下元丰和老黑在家。元丰道："勿要慌，我去问一下元帅，有没有叫坏物带走，你去叫兆文回来。"坏物指的是野鬼。山中野兽吃人什么的，倒都是民国的事了，现在有一些小野兽，还不至于吃人。孩子失踪，最怕的是被野鬼带走。十里八村，有小孩溺亡或者猝死，去问迷信，十有八九都是被野鬼带走，以求脱生。因此，孩子走丢，大人对其危险性都是心照不宣。

元丰拄着拐杖，走到离家最近的小庙玄坛祠，里面供着黑脸神像，乃是玄坛元帅赵公明，点了香烛，跪下念念有词，抽了一签，又复了一签。元丰粗一看，晓得是中上签，心下稍安。回家来，正碰上兆文回来，道："签是好签，不用慌张，找财金解个法子去。"兆文两腿还沾着泥，老黑见了他，十分亲切，往腿上靠蹭，嘴里亲热地呜呜叫，好似孩子见了爹。兆文心中焦急，一脚踢开它道："走开，哪有工夫跟你亲热。"老黑被他赤脚踢到一边，心中委屈，仰着头，呜呜地吸着鼻子，眼巴巴湿漉漉看着主人。见兆文急着往外走，老黑早忘了委屈，跟着出去。

财金在供销社对面开了一家神像的店，神像彩绘，栩栩如生，兼着解签、画符等各种神事，村中闲人常在此聊天讲古，趣味盎然。店里充满了樟木味，加上众人抽烟的烟味，敬香的香味儿，颇似一个神仙世界。财金听了原委，道："这签无障，有惊无险，天快黑了，去找就是。"月明先前到家，由于慌张，腿都有点软了，后来元丰出主意去问赵公明，有神救助，心中稍定，腿上才有力，现在听得财金亲口说无碍，一颗怦怦的心这才落定。无碍，即是没有鬼物方面的干扰，纯属人为事件。月明道："可是我林子里都叫唤一遍了，元帅有说怎么找吗？"财金抽出一副解签本，戴上老花镜，一副老学究的样子，道："这签的诗事，乃是跃马檀溪之事，说的是三国刘皇叔刘备被蔡瑁追杀，到了檀溪，过不去，身下的马匹，叫的卢，前蹄陷在水中，刘备大叫'的卢的卢，今日妨吾'。的卢突然纵身跃起数丈，跳到对岸。签眼就是，险峻时刻，找到的卢，就能救主。"

财金说得摇头晃脑，跟评书一般，沉浸在典故之中。月明听了半晌，似懂非懂，张开手掌道："我这里还有一条哪吒的签，你给解解。"原来月明在找兆文的路上，经过哪吒庙，忙里抽空抽了一签，用熄灭的香灰写在掌上。财金取过哪吒的签本，翻开看了片刻，摇头道："这一签是海底捞月，下下签，没戏。"

月明顿时傻了，不可置信道："两个神怎么说得不一样呢？我原来合计问两个神，只会更踏实。"财金撇嘴笑道："这叫神仙打架，错不在神，在你。你既然去问了这个神，又问那个神，说明你不信任，况且呢，赵公明和哪吒本来就不和，这里有一根是罚签，故意说错，来惩罚你。"

兆文责怪道："你这女人，多事，神都不耐烦。"月明急得要哭了，问道："哪个是罚签？"财金道："那得问神仙了，我们凡人，哪敢胡乱猜测。"月明掌着自己的脸道，道："算我错，算我错，我还是信元帅的，元帅还是没有教怎么做？"财金道："元帅的意思就是让你去找，临到头了，就有办法，你不去找，元帅也没办法呀！"兆文倒是利索，道："元帅既然说能找到，必然能帮助我们，我们找就是。"

两人又从原路上山，天色已经渐渐暗下来，林间更是暗得快，那是一种很压抑的暗。月明带路，一边叫唤一边东张西望。老黑跟在后面，学着主人偶尔叫几声，给自己也给主人壮胆。到了丢失处，月明道："就是这儿看不见，我又往中间找了一趟。"兆文想，既然林间找过，那么也有可能往林边去的，便闪到林边。树林边缘与庄稼地相间的，是一条深陷下去的黄土路，由于被人踩踏、雨水冲刷、树枝拖擦，有的地方露出石脊，光溜溜的，倒是干净。与其说是一条山路，更不如说是一条干涸的溪床。兆文突然灵光一闪，想起跃马檀溪的签解，这不是溪吗！

月明看见天色昏暗，山风在耳边呼啸，心想这两个孩子不知流落何处，肯定又惊又怕，怎一个惶恐了得，心中不忍，鼻子一酸，就哭了起来。兆文道："莫哭，跨过土路，往南边找，有戏。"一跨步跳到红薯地里，径直前行。老黑出了林子，胆子壮了，居然跑到主人前面。月明跟在后面，喊叫的声音已经成了哭声，风又大，喊声一出嘴边，便被吹散了，连自己都听不清。

老黑吼了几声，突然停了下来，站直身子，抖耳细听。兆文见状，觉得有异，也停下来倾听，却听不出什么异样。老黑蓦地回身，汪汪大叫几声，便朝前蹿去。兆文、月明跟在后面，跌跌撞撞，过了一片红薯地，花生地，便到贝头坑。老黑在坑沿停住，往底下狂吠。贝头坑是一条山溪流经此处，造成塌陷，呈一个葫芦状的塌陷，周边斜坡杂草丛生，底部溪水淙淙。兆文朝下叫了一声："船仔，六斤！"底部果然传来孩子细细的呼唤，原来孩子的叫声被溪水覆盖，要不是狗耳朵，稍远一些人是听不到的。兆文顺着草丛滑了下去，月明和老黑也跟着滑了下去，两个孩子确实在溪底，可怜兮兮地在岩石上坐着。月明一瞅见，整个人活了过来。老黑也摇着尾巴舔舔六斤，舔舔船仔，又跑到兆文脚边呜呜叫。

六斤在采蘑菇时，突然看见一只兔子的身影，她感觉是薄荷糖，一直往前追。船仔一瘸一拐跟在后面。兔子的魔力让两个孩子着了魔，离开树林，到了贝头坑，船仔一脚踩空，摔了下去，脚都摔肿了。六斤哭着滑下来救哥哥，可是船仔走不动了，她又爬不上去，顺溪流往下走也不知道什么地方，又不敢离开哥哥，两人便被困在此处，嗓子叫哑了，也没人听见，便依偎着睡了。天色黑下来的时候，两人睁开眼睛，心慌得不得了，突然似乎听见老黑的叫声，便回应了几声，果然把老黑招来了。

沿着溪底，兆文把船仔背回来，两只解放鞋都湿透了。六斤的手里还提着两篮子蘑菇。月明捣了一点草药，把船仔崴肿的脚脖子包了起来。

船仔原来一只脚是瘸的，现在两只脚都瘸了，走起路来像个马猴。六斤笑道："你现在走路比猪笨多了。"船仔生气了，道："我要把你的秘密告诉妈妈。"他跑到厨房，告诉妈妈六斤改天还想去找薄荷糖。月明把六斤训斥一顿，六斤就哭诉着找兆文去了，说哥哥欺负她。兆文是最疼她的，得知她还要找薄荷糖，便道："等阿采来了，叫她再带一只兔子便是，以后不能上山乱跑了。"六斤道："我不是要兔子，我是想薄荷糖，我真的看见它在山上。"月明道："这孩子，是痴迷了，我回头去财金那里请一张太平符。"

兆文道："财金那里呢，回头给他买包烟，元帅也帮了大忙，给他烧个三千元宝。"月明道："平日里，我敬神，你好似没这么信的。"兆文道："不能不信呀。"

托神保佑，两个孩子化险为夷，月明心中荡漾着受惊之后的甜蜜。一家人和和美美，于她是最重要的事。吃完饭她教孩子们分拣采的蘑菇。有毒的放一边，能食用的放一边，道："你看，这灰红菇、紫色的可以吃，这个金黄色、粉红色的，有毒。"船仔辨别道："好看的有毒，不好看的没毒。"六斤道："这些有毒的蘑菇都会粘手，没毒的都干干的。"船仔拣了一种酱紫色的伞菇，道："这个应该可以吃吧？"月明道："这是'去阴菇'，吃了魂魄会去阴间，也不能吃的。"船仔好奇道："那去了能回来吗？"月明道："大人去了还能回来，小孩去了可能就回不来了，因为小孩容易被鬼带走，可不能吃。"两个孩子啧啧赞叹，把去阴菇扔到有毒的蘑菇里。六斤道："妈妈，你怎么知道去阴菇真的能去阴间？"月明道："妈妈吃过。那一年，妈妈想起你们死去的外婆了，就吃了去阴菇，唉，就是可惜没找到你外婆，遇见了村里的其他死去的人，他们说你外婆去捡垃圾吃了。唉，她是一九六〇年被饿死的，死后还在找吃的，可怜哪！"

月明说阴间的世界，譬如家常。两个孩子听了，眼睛滚圆滚圆的，第一次觉得妈妈如此神奇。

夜幕降临的时候，碗屿教堂的钟声响了，那是晚课念经的时间。吃完饭的天主教徒，陆续聚集到教堂里。

教堂是民国的，灰砖建筑，外墙斑驳。碗屿村分为上村和下村，上村信天主教，简称崇教；下村信神信佛，简称崇佛。在三都澳滨海乡村中，岭后、门下、瓜园等村庄，当年传教士布道的地方，都是崇教村，唯有碗屿一半是崇教一半崇佛，两教人群并不分得十分清楚，好多些是杂居。

巧清上午去讨了小海，女孩子家，瘦瘦的，讨不到什么好东西，抓了一篓子蟛蜞、招潮蟹。回到家，把蟛蜞倒在石臼里，捣烂。力气太小，抄起石锤，小脸涨得通红。池三炮嘴里叼着一根烟蒂经过，道："看你费劲的，我来给你砸几锤吧！"巧清臭着脸，不理会，自己跟自己较劲。三炮悻悻道："年纪小小，脾气却是蚶开肚——死臭。"

把蟛蜞酱用纱布滤了渣，倒进沸水里，结成一块块的豆腐脑似的蟛蜞膏。蟛蜞膏容易下奶，也是普通易得之物，雪来须得常常吃，可以保证来宝的奶水。

直到晚间一家吃了饭，根水逗弄了一会儿来宝，让雪来哄去睡觉。巧清把碗洗了，又把一家子衣服裤子洗了，晒在晾衣杆上的时候，已经是繁星满天。

碗屿村是前低后高，阶梯状，巧清沿着石阶的小巷，走到教堂前面的圣堂坪，呆立了片刻，然后哭了起来。先是无声地流泪，然后哭了出来，止不住地哭。很多年后，巧清才明白自己为什么会跑到这个地方来哭。不是因为有多么安静，多么惬意，而是这块高处越过屋顶，越过江面，能看到镇上的学校，当然，在江上没有雾气的时候，也仅能看见火柴盒那么大。夜里偶尔能见到灯火，在巧清眼里如香烛。

姑姑悄悄走了过来。

天主堂由一个修女住持，五十来岁，全程负责领诵《圣经》、告解、洗礼诸事，全村老少都叫她姑姑。姑姑只有在教堂的时候穿修女服，平常穿着斜襟布扣的褂子，相当普通，只比普通的妇女要洁净许多。姑姑说话声总是细细的，柔柔的，但耳朵很尖，她能听见村子里众人嘴中发出的细微的声音。

"你是根水家的姑娘吧，你叫什么？你们家姐妹那么多，我是没法分清的。"姑姑夜色中像一只蝙蝠飘了过来，她的声音很像一阵和风。

巧清没有理会，她不想理任何人。她哼的一声，眼里全是凶光，似乎世上的人都欠着她。姑姑看见她的眼神，那不该是一个姑娘的眼神。

姑姑手掌抚摩了巧清的头发，道："可怜的姑娘，那么多的心事藏在心里，多难受。"

在指尖碰到头发的一瞬间，巧清感到一阵温暖的爱意笼罩，身体像触电，内心的某个开关突然松了，她哽咽了一下，身体抽搐起来。

"我是……巧清。"巧清因伤心而上气不接下气道。

"哦，巧清，多么好听的名字，肯定会是一个圣洁的姑娘。"

姑姑道，"来吧，去告解亭，把心事说出来。"

"不，我不能去，会让我爹打死的。"

告解亭在天主堂内。崇教的人有心事，会去告解亭告知姑姑；崇佛的人有疑问，会去求神抽签，井水不犯河水。崇佛的人不会让孩子去教堂，怕神怪罪；崇教的人也不会让孩子去宫庙里玩耍，参与祭祀活动。

"天黑得很，主就在天上听着，跟告解亭没有区别。说出来吧，姑娘。"姑姑握着巧清的小手，小手冰凉。

巧清身子哆嗦了一下。

"我妹妹欺骗我，和我睡觉的时候，我忍不住把她踹到床下。"巧清嘀咕道。

"哦，那小小的魔鬼，现在从你心里走出来了。"姑姑喃喃道。

"我弟弟出生后，我就没有办法读书了，我的生活全毁了，我想掐死他。"巧清咬牙切齿道。

姑姑顿了一下，劝解道："孩子，愿圣光照耀你的心，使你诚心诚意告罪。主在天上看着你，把魔鬼从心里放出来。"

姑姑用臂膀环绕着她瘦长的身子，能感到她的骨头咯吱作响。姑姑用体温与触摸传达一些说不清道不明的东西，在无声中持续长久，只有一只蚯蚓的声音在土壤里附和。姑姑知道，如果两个人不是亲人却能够拥抱中传递爱意，那么这种爱会很有力量的。

巧清的眼睛慢慢湿润了。

"姑姑，我想要的却得不到，应该怎么办，主有办法吗？"

"主不会帮你拿到你想要的，但是主会让你不要忘记。"

巧清觉得姑姑的说话确实不一样，不像其他人那么俗气，有可能她传达的，确实是主的意思。

姑姑也告诉她，她的职责，不会泄露任何人的秘密。巧清把和姑姑的对话，当成一个秘密。

一只夜鸟扑棱棱地展翅，从树上脱逃，也许是受了老鼠的偷袭。黑夜里一阵惊惶，姑姑视若无睹。

"姑姑，为什么告罪？"

"如果不告罪不忏悔，心中的魔鬼就会长大，整个人都会变成魔鬼。"

"如果这样的话，我变成一个魔鬼也好，魔鬼能做自己想做的事，不怕别人阻挠。"

"啊，没有人爱过的孩子，你这是有多可怜呀。"

怀风把头往床架的棱角上撞，头皮一阵钻心的刺痛，这样子就好受多了。一闭上眼睛，脑海中浮现与海燕的亲密点滴，比如他跟海燕倾诉年少的辛酸遭遇，海燕把他的头埋在胸前抚慰，诸如此类，他的心就跟放在盐巴里腌一样。以肉体的疼痛减轻心灵的疼痛，这是他的心得。当然，主要是他恨自己的脑袋。一切都过去，为什么还会想起这些呢。他已经用忘我的工作来避免脑子里的胡思乱想，但在夜深人静的时候，他躺下床，脑子就不听话了。他不得不用撞头来惩罚脑袋。

九岁那年，关于死而复生的事，他记得不全，只记得自己吃尼尼菇吃得心满意足，心想，以后又多了一样糊口的东西了。后面的事他一概不记得，都是听别人说的。想到自己曾经被埋进土里，后来又侥幸被掘了出来，他内心深处有一种恐慌。就像自己的爱情一样，自以为获得快乐，痛苦便接踵而来，难道这是自己的宿命？是命运之神对自己的玩弄？他突然发出笑声，很舒坦，继续发出狂笑，在夜里如鸮叫。他不确定自己有没有疯。

宁渔0124号惨案救了他。一艘船上八个人葬身渔船，陡然吸引了他的全部精力。

渔船失事或者海上走私、争端火并的案件，比较常有，但这么多人被海盗袭击船毁人亡，以前听说过，但这十来年，还是没有见过的。原来也以为是海上失事，直到老二回来，才晓得是着了海盗的道了。

老二在海上已经筋疲力尽了，他连眼皮子都懒得睁开，他决定最后看一眼太阳，就陷入无边的黑暗，最后一刻他发现了一艘勘探船，绿色铁船，他吸了一口气，在水里放松片刻，然后向勘探船游去。得救以后，他在船上睡了六个小时，被送到岸上。

老二的口供，只提供了两个信息：第一，对方是外县口音，不是本县的，当然，也不知道是南腔，还是福州腔，也就是说，不知道是来自台湾地界，还是南部福州地界；第二，只认得一个凶手，是嘴边有一颗痣，痣上有毛，脸色黑，风吹日晒的，面相凶恶。

老二在家休整数日，月明给他喝了受惊的汤药，又烧了受惊符，他才从恍惚状态中活了过来。每天不是警方来问话，就是遇难家属来又哭又问，一惊一跳。枝丫也按照礼俗，送了六个红纸鸡蛋过来看望。老二面色苍白，斜躺在床上，对枝丫悄悄道："也不知道巧云生了没有，想来她应该过得苦，你若上去，告知她，我筹点钱，能脱身了，就上去带她走。"枝丫问道："带她去哪里？"老二道："也不知道，反正也总不能待你那儿，哪儿有活路就走哪儿。这次捡回一条命，以后就是饿死，也得跟巧云在一块了。"枝丫道："看你有气无力，还说这么起落的话，你还是先把自己身子骨弄好吧，我这一两天就上去一趟。"老二忍不住抓住枝丫的手，道："你太好了，真是我命中福星。"枝丫手不动，左右看了一眼，道："说过的话，你可得记住了。"

老二精神不堪重负，躲到坤金船上去。月明不肯，怕他再出事，老二道："很多人来看我，实际上是想听船上的事，可是我不能再想呀，一想心都裂了，坤金的船上多舒坦。"月明被说服了。

坤金见到老二，愣了，也不知道他是侥幸自己没有出海，还是被那么多伙伴的惨痛遭遇吓蒙了。老二摇了摇头，抱了一下坤金，道："能再见到你是我命大。"他徒步走了过来，再也没有力气，躺在狭窄的板子铺面上，面对近在鼻尖上的船篷，才觉得安全一点。他必须攒足气力。

"坤金，你还有钱吗？"老二问道。

坤金惶恐地看了他一眼，道："没有。你不能再偷我钱了。"

"坤金，如果你的钱能救一条命，你愿意拿出来吗？"

"那……当然愿意。但我知道你又要骗我了。"

"唉。"老二叹了口气，闭上眼睛。

怀风来村里找老二的时候，老二前脚刚走。

案子已经风传到整个县城。虽然经过这些年的严打运动，大家对于公开刑事案件、现场枪毙等见怪不怪，但这种大规模的海上杀人灭迹，还是耸人听闻。公安系统也面临着很大压力。关键还在于，案子多，警察少，不得不想各种办法借用人才。因为案子属于自己老家的镇上，情况熟悉，怀风请求局长让自己负责统筹调查，但是局长说，你现在还属于借调的，只能协助调查。怀风心里空落落的，但他明白，破解这个二十年来最大的海上谋杀案，自己是有先天优势的，而且是难得的机会。

怀风提了两罐枇杷罐头，到了坤金船上。老二从板铺上翻身起来，眼睛都直了。罐头是妙不可言的奢侈品。

"是给我的吗？"老二问道。

"那可不是，甜得很，给你压压惊。"怀风轻松道，"坤金，给拿把刀撬一撬。"

老二一把将罐头搂过来，道："别撬，我留着有用。你这个哥，可比师海强多了。"

"把我跟他比？他就不是一个人。"

"你的眼里有人情，他的眼里只有他的鱼，他的钱，我都这样了，也没一句好话，唉，用时髦话来说，他就是冷血动物。"

"那也不一定，有女人抢的话，他倒是热血沸腾的。"

哥儿俩同病相怜，把师海贬了一顿，心里都舒服了。

"老二，我跟你说个正事。这个案子呢，绝对必须一定要从我手上破，你呢，要帮我一个忙。"

"唉，能帮什么忙，船都烧没了，死人也不见踪影了，怎么破呀？"

"海上的案件呢，没有留下证据，所以要不是你逃回一条命，这就只能算海上失事，立案都不能。现在只剩下你一个人证，解铃还须系铃人，你得跟我走一趟。"

"去哪里？"

"去失事的地方，我们去找你看见的那个凶手，嘴边有一颗痣的。"怀风眼里闪烁着破案的急切。

"你就是现在把我扔下船淹死，我也不会再去那个地方，真的，死也不会去。"老二斩钉截铁道。

怀风盯着老二坚决的眼神，许久，再没说话，悻悻而归。

第二天，怀风又提了两罐罐头，道："老二，昨天你舍不得吃罐头，我知道你别有用途。今天这两罐你和坤金吃了吧，别舍不得。"

坤金连忙把杀鱼刀拿过来，撬开，两人饿死鬼一样呼噜噜狼吞虎咽，老二吃得嘴边的茸毛都是黄的，嘴巴像镀了金。

"老二，你也知道，我现在以公安人员的身份，要求你以证人的身份，跟我一起去查找凶手，你是有这个义务的。"怀风严肃道。

老二风卷残云，很快吃完，舔了舔嘴角，道："什么身份也没用，你就是把我抓到牢里，我也不会去的。"

怀风道："坤金，你愿意跟我去吗？"

怀风手里拎着黑色的公文包，拉链闪闪发光，短袖制服上金属扣子亦有分量，公家人的派头，对坤金而言，还是极具威慑力的。坤金道："老二去，我去。"

怀风盯了老二许久，又走了。

第三天，怀风又来了，还是带来两罐罐头。

老二舔了舔嘴唇，道："今天不吃你罐头了，吃了还不起情。"

"坤金，你吃吧。"

坤金倒是听话，自己撬开战战兢兢地吃了，好像在执行一项命令。

"老二，跟你一同出海的人，你都记得他们的名字吗？"怀风坐在船头踏板上，脚落到船舱里，叼了一根烟，准备点火，一副持久战的样子。

"不记得。"老二扭过头去。

怀风气得把火柴一丢，骂道："你他娘的才冷血！"

"刘慈雄、老福、细弟、仙旺、假鱼、刘细母、刘汉鼎、刘登雀。"老二闭着眼睛，艰难地念出这些名字。

"他们这一趟卖命，该都有自己的打算吧？"

"老福呀，最不服输，想给自己修八十担石灰的大墓，细弟就要娶媳妇了，仙旺想把旧船修成新船，刘细母叔侄三人，想建水

411

泥的平台屋。"老二倒是如数家珍。

"是呀，他们一心想过好日子，可是日子就不让他们过了，他们这是死不瞑目呀，现在船也没有，尸骨也没有，你就希望他们这样白白地死掉？"

"可是我有什么办法！"老二的声音都带着哽咽了。

坤金吃完了一个罐头，又问怀风："这一罐还要吃吗？"

老二没好气道："吃那么多，不怕拉肚子吗？给我吃。"

老二撬起罐头，边抽泣边吃，以甜蜜对抗无奈。

"老二呀，我从小在你们家长大，本来是没有条件读书了，但是我为了自己能过上有尊严的生活，生生从一条缝隙中开辟了一条道路，做到自力更生，有一份国家公职，心想不用再看别人眼色行事了，不要再求人了。这件事我为什么要这样求你呢？我想学你那冷血的哥哥，他总是把不可能的事做成了可能，他行我怎么不行呢！我哪一点输给他了！你的恐惧我可以理解，但是这么多条命，而且是我们这么近的父老乡亲，我作为公安人员，为什么不能挑起大梁为他们复仇呢！你呢，什么都别干，就帮我去认人，行不？"

"你想当英雄，我知道，但是，我没有勇气，真的，我一想起那艘孤零零的船只冒起黑烟，在海里渐渐消失，我的魂都要飞了。"

"跟我一块，当个英雄，好吧！"

"不想当英雄，我只想跟……跟坤金老老实实打鱼。再说了，你自己可以去找，那个凶手嘴边一颗黑痣，很好认的。"

"好认个屁，嘴边有痣的男人，我就见过好几个，刑侦工作要是这么马虎，我们还干个屁！"

"反正，我是吓破胆了。"

怀风气得用拳头捶打船板，道："你这个胆小鬼，难怪爹说你孬种，没用的东西，一辈子都扶不起。我告诉你，但凡换一个人活着回来，都会自告奋勇做这件事。真不该是你回来。"

老二吃到一半，被狂风骤雨臭骂一顿，骂得眼泪汪汪，也没心思吃了。但有什么办法呢，一朝被蛇咬，十年怕井绳。

怀风骂得筋疲力尽，他站了起来，吹了吹海风，咆哮道："你帮不帮我，我都要去找，努力，争取，把不可能变成可能！"

老二用手抹了眼泪，偷偷睁开一条线看他。他已经对老二失望，皮鞋踩着船板，笃笃笃走到船头，就要跳上岸边的刹那，他再次回头，声嘶力竭道："老二，你想过你为什么会活着回来吗？是因为他们每个人都爱你，都护着你，只要有一个跑到船舱，或者吭一声，你就活不成！"

怀风发泄完之后，走上湿漉漉的码头。繁华的集镇，是他小时候来一趟都雀跃的地方，如今依稀还有那种风味，但心中更多的是惆怅。本来是吃饭的时间，他得去石桥那边的杂食店吃一碗海鲜炒米粉，但是现在肚子气饱了，根本没有吃饭的意思。他想，还是先去派出所一趟吧。

"怀风哥！"

他走到石桥的时候，身后传来了老二的叫声。他陡然升起一种惊喜。

根据老二的最后所见，海盗船劫货之后，便往东冲口开去，可见海盗最可能来自南边福州地区滨海一带，或者台湾诸岛，但后者可能性较小。

海上作案是不留痕迹的，而且海上很难实施抓捕，海盗会毫无忌讳，重新到这些海域作案。首先，小船必须在原来的洋面上再走一遍。

船先开往青山岛，但凡在鱼季，这里的渔船之多是整个三都澳之最。

老二虽然被激发起勇气，但心中还是忐忑的，他和怀风执左右桨，坤金在后头把舵。舢板在码头还算是一艘船，开出海后，在茫茫海水中，就成了一片叶子了。那是一种特别孤单的感觉。

怀风借了一件旧的褂子，把头发揉乱，脏手在脸上抹了几把，显出几分沧桑。他脸上有一种坚毅的表情，豁出去的执拗劲儿，与平日的温文尔雅、喜爱洁净判若两人。总而言之，在老二看来，这是一个陌生的哥哥，四不像的怀风。

"你就不怕吗？"老二问道。在他看来，怀风跟自己一样是敏感的、内向的，如今却带领他们孤船入贼窝，不像是他的作风。

"当然，我也有点……忐忑。但是老二，我告诉你，如果你不敢干让自己害怕的事，你就永远得不到你想要的，而且，属于你的也有可能被别人抢走。"怀风像个哲学家。

老二若有所思地点了点头，道："你别忘了，事成之后，你得给我钱。"

老二是有条件的，他答应出这趟差，但怀风必须给他二十元，不小的一笔收入。

"老二，我跟师海的区别，就在于我说话算话，不会少你一分。你还是想想那些死去的船员吧。"

老二听了，默默无语。一提到船员，那个惨不忍睹的场景就会浮上心头。船到青山岛，老二往出事海域眺望，水面茫茫，海鸟翻飞，散落渔舟，安详宁静。潮起潮落，早把一切的罪恶、屈辱都洗刷干净，不见踪影。目睹此景，老二眼前一片虚空。

三人以买卖渔获或者问路的借口，上各个船只寻找凶手，并无所获。吃足了饭，一路往南走，逢船必看，逢港口必停。第三日，出了东冲口，便到三都澳外海，沿着海岸线南下，抵达罗源湾。在罗源湾里绕了一圈，又是三天，见过的船员不少，但别说痣，就是一根毛也没发现。

老二颇不耐烦，不相信这种海底捞针的方式能找到。第七日，到了连江的小埕镇，船靠码头，已经是日暮。老二劝怀风结束此行。怀风道："你懂什么，侦查工作就是这么排查的，我就不信这一艘船，会从这片海域消失。"

老二发现怀风进入一种疯狂状态，全心全意，不顾一切，似乎找不到凶手绝不回头。他停不下来，似乎也不想停下来。

老二反驳道："你为了你的工作，可把我们都搭上了，这算怎么回事？"

"老二，你要想清楚，当时船员都不说出你，肯定是想让你逃走，替他们申冤报仇的，他们现在是海上的孤魂野鬼，都眼巴巴等着你呢，这一点良心你得有。"怀风晓之以理。

老二呆呆地看着海面，数日的希望与失望交替的生活，已经令其麻木，道："报仇了又怎样，不报仇又怎样？天灾人祸呜呼哀哉，我们每天捕那么多鱼，捕到鱼儿断子绝孙，鱼又去哪里报仇？人的命又能比鱼的命贵多少？"

"你这是消极主义的思想，非常不利于工作的。"

"我没有消极。我只是觉得生死无常，由不得自己，我更应该把精力花在好好生活上。"

"是呀，这份工作就是生活的一部分，找到凶手，立个大功，全城皆知，我们三个人都有份，谁还想再小瞧咱们。这个机会就是留给我们的，只有我们能够做到，必须牢牢把握。老二呀，有些重要的东西，没有把握住，机会稍纵即逝，一辈子都找不到这种机会了。我比你大几岁，吃过的亏比你多，听我这句话，比什么都强。"

老二若有所思，形似梦游，突然像从梦游中惊醒一样，道："道理是对的，但有一样，你必须把酬劳先给我，我才能跟你干下去。"

怀风道："你要是不信任我，行，我钱先给你，但你一样，你得跟我奉陪到底。"

怀风从口袋里掏出二十元，老二接过。坤金的眼睛都看直了。

怀风道："坤金，老二是特殊情况，我会到局里申请补偿你的辛苦费，但是我们必须成功。"

老二自告奋勇上岸去买米面补给。

怀风也疲惫至极，躺到铺上睡了一觉，一觉醒来，天已经全黑了。他做了一个梦，梦见船一直在开，天上乌云密布，海上昏暗无比，船完全在黑暗中前行，一不小心就可能触礁。他十分渴望光，渴望乌云散去，亮光再起。突然，一道闪电从乌云之间劈开，响起巨大的炸裂的声音，船晃了一下，他感觉船被劈成两半了。在他醒来的瞬间，浑身一阵抽搐。

"老二呢？"怀风觉得不对劲。船上静悄悄的，也不见开伙，坤金一个人缩在角落。

坤金嘟囔道："几个小时都没回来，肯定从陆路跑了。你给他钱的时候，我就觉得他想跑了。"

怀风倒吸一口凉气，闭上眼睛，一阵眩晕。脑海中一条金光大道瞬间就模糊了。

第十七回：赏花

　　李兆庆的新屋建在山头笼，也就是村子靠山的所在，槠林之下，是村里地势最高的一座小房子。为什么不建在地势更开阔的坂尾？因为坂尾更靠海，是台风来临的前哨站，往往被爆头。新屋简单，分左右两半，一半是厨房饭厅，一半是卧房，土墙木梁，这是最经济的方式。人来串门，兆庆常常自嘲："我这不叫什么房子，叫雀崽窝。"即便如此，总算有一个不淋雨的地方，老婆孩子睡得安心，又是自己劳心劳力所建，兆庆脸上还是洋溢着不曾有过的满足。

　　第一场台风来临，其实不是正面台风，而是台风的尾巴扫过，屋瓦就一扫而空，露出崭新的椽子，像一排空落落的鱼骨。奇怪的是，整个村子别的房屋并无破坏，最多的只是瓦片走位，稍作修补便可。有人道：兆庆，你是瓦片没压实的。于是，邻舍亲人帮忙，重新铺了一遍黑瓦，用砖块和石头压实了。

　　时隔不到一个月，第二场台风尾巴扫过，如出一辙。全村的房子基本平安，兆庆的瓦片又被掀了。全村哗然，议论纷纷。

天大的事，必须得问签忠平王林公。兆庆媳妇去抽了签，十七签，夫妇俩一块去问财金。财金皱眉道："田园价贯好商量，事到公庭彼此伤；纵使机关图得胜，定为后世子孙殃。这件事有碍，说的是做事只要依本分，循理而行，自然会得圆满的结果。反之，如果硬要图巧取胜，纵然目前获得一些小利益，将来会给子孙留下无穷祸因的。你这建的房子呀，有些东西是不该得的，你得了就有后患。"

夫妻俩面面相觑，顿觉天道难以欺瞒。建房的钱，是卖给池根水蛏埕的钱，可是村里又不让卖祖地滩涂，根水也不能收获，此事就僵着。兆庆着急房子，也不解决此事，把钱先花了。既是烫手的钱，自然心中有鬼，没想到被林公一语道破。

"签中有何解法？"兆庆问道。

"这一签，如是问疾病，心善可解；如是问纠纷，宜让步和解，莫贪求，把不该的东西交让，可保安康。"

估摸着神意，是要把这笔钱还给池根水，兆庆颇不服气，道："林公这胳膊也是往外拐哩，我跟根水一手交钱，一手交契，这钱来路是清楚的。后面的事，也由不得我，责任却要赖我头上，没有道理的。"

媳妇忙捂住他的嘴，道："呸呸呸，莫胡说八道，神仙哪有不讲道理的？"

财金笑道："林公凭的是天理，你凭的是人理，天理自然要高一筹的。要想子孙平安，就不要逆天了。"

兆庆回家闷闷不乐，只觉得一口气咽不下，想要筹钱，哪有这般容易。媳妇见有天意，倒是豁然开朗，道："我去娘家看看。"去了娘家，说了神的旨意，纷纷称奇，一个月余，借了两场会，再从亲朋好友圈里搜罗一番，居然凑够了数。这也神奇，平日里要是借钱的话，以兆庆家的门面，是借不着的。这次既说是让林公给道出缘由，众人倒是踊跃，倒像是为林公解忧。或者说，兆庆这一次是沾了林公的光了。

事不宜迟，这一日顶着烈日，揣了一包用皮筋扎起来的纸币，来到碗屿村。池根水正在家歇暑，在厅堂门槛上架了一块木板，斜斜躺着，鼾声缭绕。听得叫声，睁开眼睛，见是兆庆，惊得一骨碌起身，背上尽是木板的纹理。

兆庆站着，瓮声瓮气地说明来意，掏出钱来，希望根水把契约拿来交换。根水听了，先是诧异，想不到天意微妙，贪心难饶，继而微微一笑，道："从来我要给你契约，把钱退回，你是装聋作哑，百般不饶；现在有难了，就主动来退钱，我能接受吗？我碗屿村虽是小村，但我也是顶天立地的一号人物，不能随你摆布。"兆庆本以为这事水到渠成，没想到还节外生枝，道："你留着那蛏埕，我村里也不让你涂苗，也是浪费，你拿着何用？"根水哈哈大笑，道："我不为钱，也不为蛏，就为一口气。你之前怎么顶我，唉，现在知道是自己顶自己了吧。"

两个大男人粗声粗气，把邻舍都惊动了，前后厅围了些男男女女观看。根水见有人观瞻，更是有恃无恐。

兆庆自知没有道理，口气软了，求道："我也是因为没厝，心急着给老婆孩子弄个厝仔，晚上睡觉安稳些，没想到犯了天意，你就大人不计小人过，算是帮我一回，行不？"

根水顾盼群雄，让人尽情欣赏兆庆在他跟前的低声下气，豪迈地笑了一声，道："你求我也无用，这笔钱我是不会收的。我池根水有一块蛏埕，在你们李家的蛏埕里，即便不能耕种，那也是我池根水的，这是我的本事。千秋万代，等待我的子孙强盛了，那块蛏埕，自然就活了。不必多说，你回去吧。"

围观者叽叽喳喳，也觉得沾了光，一扫之前小村的窝囊劲儿，七嘴八舌或者帮腔，或者附和。

池根水有这底气，完全是得到亲家陈武功的面授机宜，陈武功曾经说过，这张契约留着，将来大有文章可做，把眼光放长远了。

兆庆是木讷人，能做到服软，已是极限，见了池根水的嚣张态度，甚是愤懑，额头布满汗水，青筋凸出，但也无法忍耐，只是哼的一声，直挺挺回家，倒头就在床上生闷气。媳妇儿把情况跟村人陈述，大伙儿愤愤不平，道："碗屿村的人都敢欺负咱们了！"说归说，也是没有办法的。

第三场台风来的时候，媳妇与孩子早已躲到别人家去了。兆庆神情冷峻，躲在家里，目光充满警惕和愤怒，听风声的呼啸。正是下午时分，风从洋面上来，像一个无形的巨人跨过村庄，楮树林被风头掠过，林子顶部绿浪翻滚。被林子挡住的风回旋，穿堂过巷，发出尖锐的哨声。兆庆感觉到一股浮力把瓦片齐齐托起，又落下，瓦片就错开。风透进来后，就更厉害了，发出嗷嗷叫。雨也跟着泼了进来。兆庆抄起一把已经生锈的红缨枪，冲了出去，到后屋风口对风疾刺，叫嚣道："妖风，你出来，跟我决个生死吧！"

风发出各种声音，呼呼如兵马过境，嘘嘘如长哨发令，奕奕如恶鬼夜行。雷公电母，风神雨神，民间万物皆有主宰。

哗啦哗啦，瓦片又被掀下来了，跟大批人马在房顶揭开一样。兆庆艰难地爬上屋顶，站在梁上，声嘶力竭，左右冲突，只道是风神在房上作怪，恨不得面对面斗个你死我活。风戏弄他，将他从梁上刮倒，滚了下来。兆庆浑身泥浆，看见巷子里木桶被吹得呼啦啦响动，又道风神在那里，上前吆喝冲刺。风头带着呼啸，直冲街道，一路肆虐。兆庆举枪一路追杀，宛如追杀活物。披着雨衣的路人被台风驱逐，逃命地往家里跑，一边叫道："兆庆疯了！"

师海冒着台风检查池塘有没有决口，从坂尾上来，看见兆庆在风中舞着枪棒，吼叫连连，哪里风急便往哪里追杀，时而被风吹得一阵趔趄，时而掉进水坑摔一跤又爬起。师海大叫："叔，你杀谁呢？"兆庆目不斜视，道："我要杀死风神！"师海道："哪有风神！"兆庆道："没有风神，怎会去掀我瓦屋，跟我作对，它姥姥的，它没有道理，不敢现身！"

师海上前要拖住兆庆，一近身才发现兆庆力大无穷，又处于痴迷状态，根本拉不住，只好在一旁看着，兆庆在偌大的坂尾坪上迎风战斗。这里的风最大，挟着雨从海面上一阵阵呼啸而来，兆庆像只落汤鸡，被越来越厚的雨包围着，越来越渺小，又像一个人在演一出癫狂的舞蹈。

兆庆原来坐船去涂蛏埕，每个人都带着铁盒盛饭，当中午饭。兆庆胃口大，一上船就饿了，吃了两口，再吃两口，船到靠岸，饭已经吃完。人劝："兆庆，吃完了没中饭吃，下午扛不住。"兆庆道："我顶得住，吃到我肚子里，又不是吃到别人肚子里，早点晚点还不一样。"结果大伙看到他没的中饭吃，谁让他一口他也不干，一声不吭，扛到傍晚回来，脸都绿了。人说兆庆的脾性，叫"疯牛拱"。

师海跟在兆庆后面，抓也抓不住，疯子气力特别大，上杀天下杀地，中间杀空气。师海宛如见到一头畜生，是的，那确实像是一头畜生的莽撞！

石头娘给盛好饭，把咸带鱼的头和尾巴夹断，放在一个小碟里，给自己吃。石头刚挑了水回来，喘着气儿冒着汗，早上这顿饭是最要紧的，一天的气力都在这儿开始，他坐在凳子上狼吞虎咽地先扒了两口入肚，缓了一口气道："娘，你也吃鱼身子。"石头娘道："不吃，你吃了就比我吃还更让我有滋味。"石头娘从来只吃鱼头和鱼尾，一个鱼眼珠子能吃两餐。她其他事情疯疯癫癫，唯独让石头吃饱吃好这件事，十几年来一丝不苟。

石头娘扒了一口饭，嘴里吮吸着鱼头刺，间或把刺吐出来，道："昨儿又梦见你爹了，你爹回来，说仇人跑啦，你和石头说一声呀。我说，死鬼子，你死了让儿子给你报仇，当初你怎么不听我的，听我的，就能留一条命啦，其他被批斗的人，还不都是穿了棉衣棉裤活下来的。他就不说话了。这死鬼子，自己不认错，就知道为难儿子。"

石头愣了一下，停住，道："这可是真的？"

"什么真不真，他这死鬼子就没离开过这个家，只是他变成鬼了，啥也帮不上忙，家里的农活，还不都是你来撑着？"

石头也知道娘说话颠来倒去，虚虚实实，不可全信。但是这件事却让他心中一动，陷入沉思。

他知道陈庆该已经搬到镇上去了。对于石头的报复，也没有办法，为了安度晚年，三十六计走为上。他的女儿在镇上，有条件到镇上颐养天年的。

石头上午在地里锄草的时候心神不定。父亲他从来没有见过，当然更别提照片什么的，总之在他脑海里一片模糊，反正是一个高大的散发着旱烟味儿的男人，但又觉得无时无刻不在身边。自己一个人在地里干活，寂寞的时候他也会感觉到父亲就在一旁观看，抽着旱烟，与自己心领神会。自己跑去跟人打架的时候，他也会感觉到父亲在后面注视、加油。由于母亲的念念叨叨，他觉得父亲就跟他们生活在一起，倒是清明节或者中元节时，才恍然醒悟父亲在另一个世界。他想起母亲的梦，那确确实实是父亲的魂灵？

他扔下锄头，沿着堤坝走到镇上，不远，半个小时就能走到。整个镇是长条形的，被街道分割为两个部分，一部分靠山，一部分靠海，还有一条机耕公路从山后绕了一圈。在街头忠心电影院对面，一座砖墙的老房子，房子上有个侧门对准山的方向，出了侧门是菜地，一级一级往山上走。石头从巷子里进来，站在墙角，站了很久。对面的电影院有彩色海报，配上喇叭的歌声，有喜庆之感。他对这一带很熟，看过多次电影，但没有一次买过票，都是从墙上爬到二楼的窗户，再从二楼到一楼。全镇极少人敢这么干，敢了也不能。

陈庆该从小门出来，脚步颤颤巍巍，他在瞬间就老了。他扭头看了石头一眼，只那么一瞥，似乎装作没看见，走到菜地上，手哆哆嗦嗦，拨拉裤洞，撒起尿来。他注视着自己的小便，嘴里重复嘀咕着："听毛主席的话，哪里有错……"他的尿线相当无力，颤颤巍巍直接溅到裤子上。虽然他眼睛盯着，但毫无觉察，直到裤子湿了一片，收起蔫不唧的老二，嘴巴还在嘀咕，哆哆嗦嗦地钻进门去。

石头专注地看完全程，没有动弹，后来在砖墙上打了一拳，手关节上渗出点血丝，便回来了。他回到地里，拿着藏在叶片下的锄头，不知不觉，走到陈武功家里。陈武功也正从地里回来，正在一盆洗过菜的水里洗手。见石头扛着锄头过来，亲热道："石头，过来洗洗手，这水还干净。"

石头摇了摇头，道："洗了回去，我娘还会抓着我手再洗一遍，多此一举。"石头娘有洁癖，吃饭前都要看着石头洗过手，保证他肚子里不长蛔虫。

"眉头皱着，有啥愁事？"陈武功问道。

"陈庆该搬漳湾去了，我想去教训他一顿，给我爹一个交代，但是……"

"哦，碰上谁了？"

"我看见他老了，老得不像话了，撒了一泡尿，全撒在裤子上。我想我也是一个汉子，没法对这样的老头下手，所以我没动，但是，不知道我爹会不会原谅我。"石头踌躇道。

陈武功用毛巾拭擦手，道："你爹在世，也会让你这么干的。陈庆该已经被你吓到尿裤子，也是受了罚了。"

"真的吗？"

"你信我，你爹原来就是个孤傲之人，也是不屑做这种事的。庆该这种老货，风烛残年，你要是动他一下，搭上半条命，那可不值当。你那一身本事，我告诉你，有大事让你施展呢。"

石头听了入耳了，还是有点不放心，道："我爹都托梦给我娘了，他未必能明白我的心思，我要不要上炷香跟他念叨念叨？"

"中元节吧，现在鬼都关在地府，哪里出得来。"

石头若有所思地点头，他在其他事情上都雷厉风行，唯独此事踌躇得像个姑娘。

立夏正放牛回来，他把牛系在池塘边了，手上带着一把镰刀。镰刀是他放牛期间，割草给鱼吃的。他看了陈武功和石头一眼，并不说话，搞不清这两个人为何这般投缘。立夏与石头，都是好斗之恶名远扬的后生，同一路货色，不知道为什么父亲对于自己，是嫌弃，而对石头，显得过分关心了。

"搁我这吃饭吧。"陈武功客气道。

"不了，我娘每顿都做我的饭。"石头说罢，扛着锄头走了，"关于这件事，绝对不能跟我娘说的，她会成天唠叨的。"

"你倒想得仔细。你爹是条汉子，你也是。"陈武功赞许道。

天井的长石台，一排的花儿，有建兰、蕙兰、君子兰、蟹爪兰、鹅掌红等，中间一盆是偌大的昙花。花已经很老了，应该是跟这座大厝一样老，花盘、石台上的青苔，斑驳黯淡，陈武功觉得自己小时候就是这样，现在也是这样。下雨的时候，屋檐的水，滴滴答答，在石台上溅起水花，滴水穿石，一排时光之痕，若有若无。花开的时候，走过前厅，花香扑鼻，农人视若无睹。陈武功想起自己还小的时候，下雨天，大人们被困在家里，父亲抽着旱烟，盯着花树，若有所思。

这一排花树，亦使得这座大厝，威严中有了雅趣。

下午，陈武功便让巧容备好瓜子、灶神糖、烟丝、茶叶。到了晚间，厅上摆开八仙桌、椅子，一派待客的排场。昙花长出六七朵花苞，洁白的，被肉红的花萼紧拥，花枝下垂而上翘，庄重而随意，像含而不露的太极推手。陈武功背着手，细细端详，若有所思。俄而，他抬起头，眼睛扫视到厅壁左上的祭祖牌上，那上面挂着他爷爷的画像，威严的眼睛倒是画得传神。

天色渐渐暗淡，先是来了陈玉贵，进了门，递给陈武功一根烟。陈武功手上还有半截子没抽完，便别在耳朵上，用自己的半根烟给陈玉贵续上火。

陈玉贵吐了口烟，扫视了一眼花坛，道："今夜会开吗？"

陈武功摇头道："这倒不担心。"

"林德光会来？"陈玉贵又问道。

"我安排的事，都是有底的。"陈武功显然对陈玉贵的质疑有点不满，"哪件事我做得不实在？"

陈玉贵自我解嘲道："不是不信你，这么重要的事，我也得提点醒嘛！"

陈玉贵与陈武功，多年以来，他们比任何人都了解对方。两人就像这块地盘上的两只老虎，不管面上或亲或疏，心底都较劲着一根弦。

陆陆续续，陈庆官剔着牙来了，他能说会道，热闹场面少不了。接着是村主任林挺勤，半秃头，头皮晒得跟肤色一样黑，几根曲里拐弯的头发像警惕的山羊立在崖上，舍不得理掉。麒麟埕为林、陈两大姓，若是陈家当书记，主任必须是林家，反之亦然，已成传统。陈武功递了根"大前门"过去，林挺勤慌忙接住，叫道："好烟！"

"老人头没打招呼？"陈武功装作漫不经心道。

老人头是对林德光的尊称，也是戏称。这种称呼很微妙，如果你是有资历的人，这么叫就很恰当，包含着熟稔、尊敬，并能显示自己的地位。当然，如果是没有分量的人，这么称呼，就很不尊重了。

"哎哟，我以为他先我一步到了，我这就去看看。"林挺勤的办事特点就是脑子快、嘴快、动作快。

邻里也有妇人抱着孩子过来凑热闹。在大厝看昙花，是一年一度的风雅之事，围者甚众。她们只能站在旁边，而围坐八仙桌的，必然是有头有脸的贵客。

门口一阵骚动，有人低声道："老人头来了。"却见拥着林德光，后面跟着陈氏的老人头陈长富。陈武功等人忙站起来，把林德光迎了进来。林德光七十有六了，面色红润，神清气爽，走路自有威严，道："昙花，还没开吧？"陈武功殷勤笑道："你没来，它怎敢开。"

此时的昙花苞，比起傍晚时分，又松散了些，跃跃欲试。

林德光自带气场，一落座，便把目光与话题都集中到自己身上。作为林姓的老人头，他主宰林姓宗祠老人事务十余年，村里大小事都得经他点头，才算定论，威望可知。陈长富负责陈姓宗祠事务，六十来岁，勤勉，但威望不能与林德光相提并论。村中若提到老人头，不指名道姓，指的就是林德光。林德光自己有兄弟三人，皆是村中殷实大户，膝下四个儿子，有文有武，林德光走到哪里，都有一身家族气魄。

八仙桌周围，也被邻舍挤得满当当。与其说是来看昙花，不如说是来听林德光摆龙门阵。林德光抽的都是好烟，身上长年带着烟味香气，他吞云吐雾，虽然动作迟缓了，但自有风度。他嗓音有点嘶哑，但一开口，别人必能侧耳恭听，就连陈庆官，也只有捧哏的份。林德光讲的，有从当年当公社干部的政坛见闻，说到村里风水典故，思维活跃，知无不言。陈武功作为主家，递烟加水，矜持有度。一些妇女怀里的孩子睡着了，也有一些人过足了听瘾，站着的人渐渐散去。

不到九点，第一朵昙花缓缓张开，似乎挣脱了某种束缚，又如一个婴儿从子宫里爬出来，伸胳膊踢腿，浑身是劲，傲然开放，清新脱俗。众人凑近，若有若无的香味，也闻得七荤八素，连连叫好。其他的花朵，也在渐次抖擞，如在蛋壳中挣扎的湿淋淋毛茸茸的小鸡儿。

昙花一现，在大厝赏花，为村中雅事，也是吉事，见者有幸。众人复回桌上，林德光道："今夜要开八朵，真是吉利。"陈武功候着老人头兴致不错，便道："今年是吉年，村中该有喜事。上次庆官逮到一条鲤鱼，剖开腹中，居然有一条布条，上写有字，这件事你有否听闻？"林德光听罢，头部静止，脸上轻松的表情瞬间凝固。连旁观者陈玉贵，表情都警觉起来。林德光继而微微一笑道："这件事，全村都传得神乎其神，我怎会没听一耳朵。你把话继续说下去。"

陈武功觉察林德光的不悦，箭在弦上，不得不发，抿了口茶，道："那布条上的字，乃是鱼血染成的井字。村人传言，这是神谕，于是达成共识：需要村中再建一井。但这事呢，还得听听您的主意！"

陈庆官咽了咽口水。全场的目光都集中到林德光身上，头上那盏四十瓦的灯都暗淡了。林德光闭了下眼睛，长叹一口气，道："既然是达成共识了，你问我又有何用！"

陈武功心中一喜，道："以你的威望，那也得表个态，这事才落定呀。"

关于打口新井，十年前就有动议，阻挠的就是林姓老人头。麒麟埕发展数百年，成为全镇第一大村，仰赖风水。而林姓人口优于陈姓，亦是林姓之骄傲。

林德光用手在桌上轻轻一拍，道："你今天请我来，是看昙花呢，还是鸿门宴？"

既被点破，陈武功倒也不含糊其词了，道："昙花是真看，新井呢，也得要你点头。"

林德光长长呼吸了一口，似乎是一种无奈的妥协。他盯着桌面，伸手要了一根烟，陈武功连忙给火。灯光把他们手上的动作投影在桌面上，像猫儿狗儿在厮打扭曲。

林德光叹道："武功呀，你们想做点大事，我也能理解。但是呢，一定要走正道。这全村哪，都是神，都看我们做事呢，骗得了人骗不了神，神要是晓得了，好事就变成坏事了。"

陈武功不晓得林德光葫芦里卖的什么药，道："您说得都对，咱们光说新井这事儿，全村都没意见，就等您表个态。"

"武功呀，你们现在是年富力强，能整事，我老了，但也不是白老的，至少吃过的饭比你们多吧。前些年，莲花寺在旧址要扩建，没有资金，方丈找我商量，这是好事呀。后来半山村有人做梦，寺中地下有菩萨显灵闪光，便在前院掘地三尺，挖到一尊石菩萨，此后风传开来，各村各乡乃至县城，香客纷纷慷慨解囊，寺庙落成。今天我就给你们透个底，这个局，是我做的。做善事嘛，也需要用脑子，菩萨也会保佑。你们玩儿的把戏，我怎么会不晓得，我是看破不说破，你懂我意思吧，庆官。"

庆官被点破，赤着脖子道："这……这这这……"

陈武功慌忙圆场道："这个就不说了。但说新井这件事，也是为了村里的营生，跟建庙供佛一样，是大好事。"

林德光叹道："你是真不知，还是假不知？族谱有训，村中一口方井，四时敬供，源远流长，不可加井，不可废井，这是祖训，哪一个有脑子的人不晓得。违背祖训，村子有难，谁担当得起？武功，你爷爷、你父亲都是能人，这我知道，你想当能人，得往好里带，不能往沟里带。"

林德光讲的话，句句都是有分量的，如一记记重锤击在胸口，陈武功脸一阵红，一阵白，一阵冷，一阵热。方才谈笑风生的赏花雅事，已然风云突变，对峙在所难免。

陈武功见玉贵、庆官等虽是同盟，却也没有言语，当下吸了一口气，站稳脚跟，道："祖训我倒是晓得，但是那是一百多年前的事了，那时候一口井够吃；现在人口增多，已然不足，此一时彼一时，做事要看形势呀。"

林德光哈哈大笑道："好一个此一时彼一时。时间长了，祖训就可以丢掉，武功，你爷爷离开也有几十年了，你能把他这牌位拆掉吗！"

振振有声，理正词严，舌战群儒且当仁不让。如果说老人头把持宗族大政十余年有人不服的话，在座的肯定是服了。

陈玉贵作为书记，也不算强势的人，更多的是倾听别人意见，然后高瞻远瞩地做总结，当下打圆场道："今天就不提这事了，继续赏花，继续赏花嘛！"

"对对对，还有七朵昙花没开呢！"庆官附和道。

陈武功没有想到林德光不但顽固，而且门儿清，看来自己是对他低估了。他踌躇着，精心规划的赏花会，难道以一败涂地而告终？

"你们今天是合计好了，以赏花为名要吃了我吧！还赏花，不给个说法，我能赏得下去花吗？"林德光开始发飙了。他不咆哮，但有咆哮的力量，似乎可以看见几万只雄狮在他胸中怒吼。年轻时，麒麟埠与别村火并，林德光一呼百应，身上有一种领袖的魔力，如今老了，但是那种威风犹在，而且越发炉火纯青，似乎举手投足之间，隐含着雷霆闪电。也难怪，他的家族，在村里没人能惹得起。

众人面面相觑，摸了虎须触了虎威，谁也不知道如何收场。

第二朵昙花正在伸着懒腰，蓄积力气，进行最后的绽放。微风拂来，自然有清幽之气，使得整个厅堂颇有古意。陈武功自幼在此长大，遇到家中大事，祖父在此训话，颇有一家之严，将厅堂、家族和权威连为一体，让人心中有神圣雄心。林德光嘴唇抖动，蓝色的衣领笔挺，眉宇间隐含咄咄逼人之气，都如祖父再现。陈武功血往上涌，突然沉声道："好，你要说法是吗？你敢跟我到一处，听听大伙的说法？"

陈武功今夜里一直和气，林德光以为他会给个台阶，没想到话赶话，都戗上了，这气下不来呀，呵呵冷笑道："哪个地方有我不敢说的理呀！"

陈武功二话不说，拉着林德光出门，众人也无心赏花了，如鱼群般拥簇而去。

第十八回：动心

翻过蜈蚣岭，远远就可以看见三望村。山外青山，连绵不绝，也如大海一般波澜起伏，但对于从海中逃生的老二而言，身处群山之中的笃定、踏实，乃是对生命最好的保障。坚实的土地，即便多么贫乏，也是可以稳稳当当生存的。两相对比，老二对于未来，有了极大的信心。至于带着巧云和孩子，是就地生活，还是远走他乡寻找活路，他还没有想法，唯一的想法就是，不会再到海上去讨生活了。可怕的海！

再下坡，一条黄黄的土路，走在其上，鼻子里有尘土味。一个光着上身露出琴键般的肋骨的老农正在给花生锄草。老二走得渴了，上去讨口水喝。老农指着西边道："拐个弯进去，有泉水，管喝个够。"

老二放下篮子，拐过去，果然有个破碗搁在一块岩石上，底下正是泉眼，喝了个饱，却也累了，在地头坐了下来。老农见篮子里有罐头，也有咸鱼，道："你既口渴，怎么不吃自己的罐头？"

"给我女人和孩子吃。"老二乐呵呵道。

"嘿，看你嘴上没毛，娶上媳妇生上小孩了，好命哪。听你口音，不像是这儿的，你哪个村？"

"我是海边来的，媳妇孩子在三望村。想在这儿讨一条活路，你有主意吗？"

老农惊愕地看了看，停下锄头，道："海边好讨营生，你却跑山里来，你是开玩笑吧！"

"不，海里风浪大，山里生活踏实，我是真心的。"

"踏实倒是踏实，就是不来钱。除了土里刨食，就是烧炭、编筐、染箐这些细活能换几个子儿，想富裕是不可能的。"

老二心中默想，自己农活是不行，如果干些杂事营生，日子也是可以过的，当下心中有底，与老农道谢告别。老农看着老二篮子里的货物，舔了舔嘴唇道："其实你从海边弄点东西上来卖一卖，也是好营生呀。"

老二一听，豁然开朗，心中激动，连忙从篮子里拣出两条咸鱼，作为道谢。老农毫不犹豫接过，似乎怕下一秒老二后悔，把咸鱼攥在手里，叫道："不是这鱼这么香，我还想不出这好营生呢。"山里人，见了海货，都如猫闻到腥。

老二再赶一程，赶在落日之前抵达。破败的二层小楼出现在眼前时，他无法抑制住快要跳出来的心，只有经历过生离死别，才能珍惜重逢的喜悦。屋顶上升起炊烟，烟火气令人迷醉。

"巧云呢？"老二兴冲冲闯进屋里头，叫了两声，没人回应，便闪入厨房问枝丫的母亲。

阿婆正在做饭，火光映着她的脸，红通通的，眼里说不清是汗水还是泪水，湿淋淋的。她睁开浑浊的眼睛，打量了老二，无动于衷，摇了摇头。显然，各方面都迟钝了。

"我的媳妇，巧云跑哪里去了？"老二再次问道。

"哦。"阿婆指了指门外，含混道，"去了。"

老二觉得跟她交流太困难了，不如自己出去找一圈，看看巧云在村中哪里。出来走了几步，便碰上没裤穿畏畏缩缩蹲在墙角，穿着一件破极了的旧蓝衬衫，便问道："可见我的巧云去哪了？"

没裤穿精神陡涨，眼露精光，霍地站了起来，道："晓得晓得……您这次带了什么海货上来？"

老二见他说话扭捏，晓得意思，道："上次不是给你一只螃蟹了吗？"

"对对对，上次是给我爹了，他吃了就笑眯眯死了。这次呢，还有的话给点问询费，给我……"

老二有点生气，觉得没裤穿真是没良心，但他卖关子也没办法，急忙回屋捧了一捧鱼干，没裤穿接过，拿了一条在嘴里咂摸着，如饿死鬼投胎的。

"巧云她走了，大概走了有小半个月了吧，村人猜测是买卖的货郎带走的，因为那一天刚好是牛歇节，这一路村庄都很热闹。"没裤穿道。

老二脸都绿了，道："她为什么走，为什么不等我？"

"枝丫说你已经死了，在海里淹死了。"没裤穿边说边盯着老二，突然眼露恐惧，"你现在不是鬼吧?!"

老二猛吸一口凉气，埋伏着的隐忧，突然间水落石出了，没有想到是以这种方式。一种刺骨的冷在心底泛起，那种曾经温暖过的冷会让你整个心都凉了，而且夹杂着恐惧与愤怒。

老汉扛着锄头回来了，看见老二，也分不清是人是鬼，吓了一大跳。还好老汉神志还好，问了究竟，得知：巧云生了个女孩，月子都没坐好，就这样不辞而别了。想问些具体的，也无力再问，寄人篱下，没有依靠，想来必定过得不好。

老二望着莽莽群山，人如蚂蚁，心如刀割，一切的期待从身体中被抽空，灵魂仿佛在茫茫海上命悬一线。他无法接受这样的事实，但事实却已经发生，后悔、愤怒、痛心，交杂的情绪使之犹如困兽，他大叫一声，突然抄起罐头砸到墙上，罐头发出清脆的破裂声，淋漓四溅。

巧清看见一个青年男子从教堂里出来。他穿着白色短袖，宽松的海军裤，一条结实的皮带把腰的轮廓勒出来，干净、整洁，浓密的乌云发型，遮住半边脸，但可以看见他蹙着眉头，满腹心事。他站在巧清站立的石头平台上，点起一根烟，眺望远方。

巧清看呆了。她从未见过沉思的男子，如同她一样郁郁寡欢。

他的样子不像是外地人，如果是本地人的话，巧清又没什么印象。

不多久，他扔下烟蒂，走了。他浓密的黑发下有一张苍白的脸，五官清晰，轮廓鲜明，一颗喉结滚动了一下，分外醒目。

巧清像一只猫，悄无声息地走到平台上，捡起了烟蒂，那是一截土黄色的过滤嘴烟蒂，还保留着男子的口水。她细细地端详着，像看一件稀奇的宝贝，并放在鼻子下，品味那种独特的醇香。

她记得有一天，家里来了个公社干部，挎着个黑色皮革包，嘴里叼着过滤嘴香烟，一院子的男人都跟见了爷似的点头哈腰，特别是他爹，盯着过滤嘴，啧啧赞叹。农村人抽的烟，一般是"鹭江"，蓝色的烟壳，没有锡纸包装，一盒才一角来钱。有过滤嘴的烟，很华丽，内包装必有金闪闪的锡纸，一包至少五毛。那个场面，给巧清留下一个印象，过滤嘴烟是高贵的象征，非富即贵，特别是，能让她爹跟狗一样服服帖帖。

姑姑从教堂侧门走了出来，在日光下拍了拍衣服的褶皱，一出门，她必定要保持洁净端庄。

"姑姑，刚才那个哥哥是做告解吗？"巧清扑闪着眼睛问道。

"是呀，天主的圣光会照耀每个人的心。"

"他告解什么？"

"教友的告解，我不能告知他人。你也一样。"姑姑慈爱道。

"他是我们村的人吗？"

"是呀，他刚从外地回来，带回满腹的烦恼。只要相信主，就会得到无私的帮助。"

再一次见到他，巧清已知道他的名字，他叫池玉喜。他站在码头下，还是一副魂儿被鬼带走的样子，呆呆地看着潮水，脸苍白得不行。潮水涨得很高了，动静倒是不大，像吃草的羊群。巧清正在岸边石阶洗青苔，这是海边的猪每日的主食，青苔里会夹着枯枝泥巴，挑拣出来后，青苔就如丝绸了。巧清手在忙碌，眼睛却盯着玉喜，许久，她终于鼓起勇气走了过去。他们大概隔了三十来米。

"你是想跳海吗？"巧清怯怯的，细声问道。

玉喜吓了一跳，转过身，看见一个半大的女孩，你说她未成年，却有成年人一样的认真，身段轮廓也有半大姑娘的样子；你说她成年，却是有稚嫩的脸孔。

"你……怎么知道？"

"我姐就是跳海死了，想来她也跟你一样，在这里想了许久。"巧清胆子大了起来，神色更加认真。

"我不会跳的，跳海是女人的死法。"

"不跳就好，跳了就回不来了。不过我知道，你有心事。"

"你怎么知道？"

"因为我也有心事。"池巧清道，"有心事的人，是开心不起来的。姑姑说，心事是魔鬼，如果关在心里，自己就也会变成魔鬼。"

"你的心事是什么？"玉喜沉闷的情绪被打破了，觉得不可思议。

"我家的猪在等着吃青苔了，我得赶紧回去。"巧清道，"如果你想知道，可以到教堂边上等我。"

巧清跑回码头中间，仿佛不是着急回家，而是慌张，她把箩筐的绳子勒在肩上，往家里跑，远远叫道："池玉喜，晚饭后我在教堂等你。"

池玉喜还没恍过神来，她已经溜了。他从未遇到过这么神奇的小姑娘。

他们第三次见面在教堂边，榕树下的平台上。天已经暗下来了，池玉喜就在那里站着，巧清远远就能感觉到，她感到自己的心在扑通扑通地跳。她没有想到他会那么听话，真的会在那里等她。正常的情况，他觉得她是个小孩，古灵精怪，大可不必理会。

"你怎么不抽烟？"她一见面便问道。

"女孩子应该都不喜欢闻到烟味吧？"玉喜谨慎道。

"不，我喜欢闻到烟味，特别是过滤嘴的烟，你就抽一根吧。"

玉喜掏出烟盒，双手避风，点了一根。巧清极细致地看，如观看一场马戏演出。

"说说你的心事吧。"玉喜道，似乎饶有兴致。

巧清突然笑了起来，道："我现在好开心，都把心事忘了，不如说说你的。"

"我的心事，你还不懂。"玉喜苦笑着摇头，不过他已经不是一副死气沉沉的样子了，道，"等你长大了，我再告诉你。"

"其实我已经长大了。"巧清不服道，"那我问你一个问题，你可以每天不干活，就晃来晃去吗？"

"我现在什么也不想干，我就是不知道你为什么这么问。"

"人不是每天都要忙来忙去吗？"

"那也未必，我想干什么就干什么，反正也没有人管我。"

巧清啧啧赞叹，道："想不到人也可以这样过。"

"你也可以呀，想干什么就干什么。"

"我以为每个人都要辛苦一辈子的，我做不到。"巧清道，"那你一定很有钱？"

"何以见得？"

"你能抽得起过滤嘴的香烟，而且衣裳也是城里人穿的，这都是有钱人的行头。"

"那得看跟谁比了。"池玉喜笑道，"跟每天讨小海过日子的村民比，应该算是有点钱吧，你为什么有兴趣问这个？"

"我觉得有钱的人特别好看。"

这一夜，他们聊得入港，巧清晓得池玉喜父母双亡，寄居在叔叔家，三年前跟着人去广东烧砖，这次突然回来，倒是无有牵挂。

池玉喜比巧清大十岁。池玉喜说不清楚，自己居然会跟一个小十岁的姑娘聊得起劲，精神也陡然高涨了。

对巧清来说，池玉喜的生活更是一个神奇的存在，似乎在自己绝望而沉闷的生活里看见了一道闪电，但不知道闪电照亮了什么。她跟他谈起姐姐的跳海、弟弟的出生，让玉喜惊诧于一个小小的身体里，竟然藏着这么多事。

巧清让玉喜不停地抽烟，她把过滤嘴的烟蒂收集起来，藏在兜里。她说她喜欢这种香味。玉喜略微惊奇地笑了笑，不知道这小姑娘葫芦里卖的什么药，只是觉得挺有意思。

夜里她心满意足地回来，心中像被塞满了糖果，齁甜齁甜的。到了厨房接了盆水洗漱擦汗，昏黄的灯光下，她才发现小腿上全是血迹。她怔了怔，突然间笑了，发自内心的笑。她记得自记事以来，从未有过这么畅快淋漓的夜晚，就连被蚊子全程围攻，也浑然不觉，只是无意识地拍打，连手掌都是血迹。

巧清有一件淡绿花纹的短袖衣衫，大概是她衣服中最艳丽最漂亮的一件。她一直没穿，因为那件衣衫原来是巧云的。巧云走了，自然就变成她的了。但她心有忌讳，既爱它的色彩，又不愿意披上伤心之物。这一日她犹豫良久，最终还是穿上了，她站在盘子大的圆镜前左照右照，只能看见局部，但应该是最好看的衣裳了。不免又端详自己的脸，清秀的脸，还有一点小孩的稚嫩，如果不笑的话，酒窝露不出来，就会成熟些。她深感奇怪，从未如此在意自己的容貌，当然，也无暇甚至无心。这一切的发生，都是猝不及防，像是身体被触动了一个开关。

池玉喜的家在村上头一座破败的院子，院子以大厅为轴，分为左右偏房，玉喜住在右偏房前屋，阴暗楼下有一间厨房和卧室，楼上有一间储藏间。玉喜喜欢睡楼上，把储藏间变成地铺卧房。正是正午时分，巧清像一只猫一样上了楼梯，屋子大开木门，池玉喜正在午睡，吓了一跳，从地铺上弹起来，恍如惊梦。巧清也被吓了一跳。

"你怎么啦？"池玉喜穿着白背心，睡眼蒙眬道。

巧清挺直了胸，侧着身子，踮起脚跟，问道："我……好看不？"

池玉喜看着她一副认真的样子，少女装扮成成年女人硬生生的骚气，心里忍不住暗暗发笑，道："好看好看。"

"真的吗？"

"真的真的。"

"这么说来，你是会喜欢我了？"

"你这是什么意思？"

"既然好看，你一定会喜欢了，我想嫁给你！"巧清憋红了脸，一口气说出心里的话，因为紧张，眼泪都快掉下来了。

元丰挂着木杖，穿过街道，在供销社路口沿着黄土坡往山头走。台风过后几天，阳光把路面早晒干了，但是土路下部仍是松弛的。路面上还有枝叶，电线上挂着带絮状垃圾，塌陷一半的土墙兀自立着，残破瓦砾亦没来得及收拾。

元丰听说了兆庆疯掉的事，颇为忧心。哪一个正常的人会跟台风搏斗呢，还把自己斗得躺床呢！一定是失心疯。当然也有人说是有神上身的。但元丰知道，这只是一种讹传，但凡有脑子的神，都不会上在倔脾气的兆庆身上。

喘着气儿，他终于走近兆庆的房子。这可能是村中最高的房子，与楮树林相距不远。一阵风吹来，他咳嗽起来，便躲到屋内墙角。抬头看，瓦片全被风拉下来，房梁屋脊赤裸裸面对天空，很像老天爷开的一个玩笑。虽然土墙墙角有点受损，室内一片狼藉，房屋主体倒是没受伤害。一场台风铺一次瓦，这么折腾肯定是不行的。

元丰抬起头来，他觉得这赤裸裸的屋顶有点不对劲，哪里不对劲呢，却说不出来。对于风水，他有一种直觉。他出前门看了看，左边是树林，右边是一道山梁，形如一张蛤蟆嘴。他摇了摇头，再次进屋，抬头仰望，直盯着那房梁，一个念想闪现。

兆庆借住在兆清的大厝，在二楼过道角落搭了一张床暂住。他被人抬回来后，就神志不清，躺着不吃不喝，但凡有点力气，就破口大骂。人劝去请个郎中看看，媳妇金眉便去请怀拳先生，怀拳先生说随后就来。过了一个时辰，还是不见，金眉又去叫了一次，怀拳先生道不着急，我该来自然会来。又等到吃完饭，还不见，金眉便抱怨怀拳先生这么难请。楼下妇人听见，道："你花彩（处方费）不给，他便不会动脚。"金眉又请了一次，给了花彩，怀拳先生便前后脚来了。看了看兆庆的脸色，把了脉，道："好家伙，这是气火攻心，肝气郁结，脸都快成猪肝色了。古人说被气死，我还不信，看来真有此事。"留了一服药方，飘然而去。金眉借助楼下的处方熬了药汤上来，正碰上元丰上楼来看。兆庆躺着，双眼紧闭，元丰摸了摸他的脸颊，道："兆庆呀，你醒醒，问你点事。"兆庆睁开眼睛，猛坐起来，道："风神在哪里，我要斗个你死我活。"元丰大声道："兆庆，你可认得我，我问你重要事呢。"兆庆双眼盯着前方，犹如见鬼，不看元丰。

金眉道："伯，他这时听不进人话，好了再问吧。"元丰叹道："问的事顶重要嘞。"金眉吹了吹药汤，决定给他喂药，"你有啥事问我吧！"

"你新家的房梁我看是旧料，且大，原来必定不是房梁，你可知道出处？"

金眉道："那是我哥买的，我去问问便知道，这有什么蹊跷？"

"你且快速去问了，问个仔细，我再告诉你缘由，事关这房子以后还能不能住。"

金眉次日专程问了一趟，回来向元丰汇报："那木料确实是慈化寺的房梁，慈化寺在'文革'中被捣毁，但屋梁还在，只是前两年被人拆了，当作旧料转卖，正巧经过二哥手上。"

元丰叹道："果不其然，寺庙乃是伽蓝之地，一砖一瓦一草一木都不能家用，更何况这样一根大梁，台风不吹你这房子，还吹什么！"

金眉疑惑道："这么说来，跟钱没什么关系。"

"这个我能断定，与钱无关。你去问签，签上也说了不该用的东西，肯定不是钱，是寺庙之物。我活了这一辈子，见过人用不义之财起厝，也是稳当当的，但是屋梁有碍，就是出事。"

"若是这样的话，那比还钱简单多了。"金眉豁然开朗，道，"我这就跟兆庆说去。"

"还有一件事，我看你那个房子，风水也够呛，前面是蛤蟆嘴，犯煞，你们得紧着植一排树，门前右角竖一条石敢当，把煞气挡住，否则也是麻烦不断的。"

冬季，凌晨三四点，麒麟埕的村民就摸黑起来挑水。讲究的，会在扁担上挂个气死风灯，或者摸个手电筒。到了夏天，一整夜都有人排队挑水。人从不同方向来，怕别人赶在自己前面，眼尖的远远就叫道："那谁，我排你后面，位置可定了。"

陈武功带着林德光，径直走到井前。排队的村民看见村中两个能人夜半光临，眼里都透着好奇。陈武功指着排队的队伍道："你瞅瞅，这大半夜，为了一担水在这儿费工夫——你自己是该有多少年没挑过水了吧！"

林德光晓得若不把陈武功治住，他就爬上头来了，清清嗓子道："祖祖辈辈都是这么过来的，你又哪来这么多意见。照你这么说，咱们祖上都做得不对？"

陈武功制止了打水的人，登上井台，朗声叫道："乡亲们，大多数人都是希望再增加一口井，现在只有老人头一伙阻拦。今儿我们到这里讲理，目的是什么，要不要加口井，挑水的人最知道。不用说，我一提出来，老人头就说祖训呀、破坏风水这一套。风水是有的说没的会的事，我陈武功在这里担保，若有风水引起的问题，我来承担责任。今天我们俩在这里，两种不同意见，让你们批斗。反对我的，可以往我身上泼水，吐口水，反对老人头的，可以批斗他，直到我俩有一个屈服！"

陈武功这一招，把对峙转向民意。林德光在幽幽夜色中宛如老松，沉声喝道："我看你们谁敢，对我不敬，就是对祖上不敬。"

挑水的多是妇女，也有一小半的男人，大伙儿面面相觑，不知道这一出是真是假。

陈武功怒了，道："平时你们嚷嚷没水喝，排队排得鸡飞狗跳，现在给你们机会选择，你们就怂了？难道你们祖祖辈辈都要耗在这里排队吗？祖祖辈辈都洗完脸，再洗菜，再洗衣服，多喝口水都觉得心疼吗？把你们的怨气，往我们身上泼。"

井边队伍已经打散，人群都围过来了。井边放着两桶水，有一个林姓的妇女，怯生生舀了一瓢水，朝陈武功泼过去，浇了陈武功一脸。林德光笑了，他感觉自己的威望还是充盈天地。

陈武功抹了一头一脸的水，叫道："对了，就是这样，如果你们全都泼我，就是反对新井，我也就认了。来，拿出批斗的干劲，今天做出选择，以后就不要瞎唠叨了。"

这些都是经历过六七十年代的人，听说"批斗"两个字，感觉上来，攘攘上前，水泼，痰吐。后面的人见前面的人动手，便也壮了胆，纷纷跟上，恰如群鸦聒噪，甚至扔土块垃圾。当年的批斗，砸的是"五类分子"，现在是两个长者能人，更是来劲。

关于加一口新井，全村人大部分是支持的，主要原因是多年受缺水之困扰。当然，相信风水不能动的也有，但是两害相权取其轻。林德光先被浇了水还嚷嚷，后来泼的人多了，全身湿透，犹如拔了毛的公鸡，已经叫不出来。陈武功也被浇，但明显浇得不多，他声嘶力竭地叫道："今天你们就拿出大鸣大放的干劲，使劲儿整，直到有个了断！"

挑水变成一场顶热闹的戏，平日里叽叽喳喳的四角井，成为一个喧嚣之地。人群越聚越多，也加入了该不该加井的争论。

陈武功道："德光叔，今天你看到大家的意见了吧，尊重了民意，大家还是敬重你的，你就不要扛了吧！"

林德光声嘶力竭，道："随你怎么整我，就是死，我也不会同意！"无论在什么场合，他都不能是输家，这是他个人的底线，也是林家的底线。

整个计划，陈玉贵是知道的，但是到四角井接受批斗这个事儿，已经超出计划范畴，纯属陈武功的临时起意。按道理，陈玉贵是不支持这种行动的，而且他晓得林德光的能量。虽是夏天，但他看到林德光一副狼狈的样子，知道这样下去，出了事，责任不小。他拨开人群上前朗声道："今天就到此为止，大家心知肚明，新井的事，日后再议。我们送老人头回去！"他上前制止了继续泼水的人，护着老人头走出人群。陈武功叫道："玉贵，你搅和什么？"陈玉贵道："武功，不能蛮干，要有思想觉悟。"

次日，林德光四个儿子杀上门来，讨个说法。人未进门，声势已到，立春正跷着二郎腿在看一份报纸，抬头见一阵杀气冲来，已经知道怎么回事，赶紧溜进厢房。四人在厅里嚷嚷，叫陈武功赶紧出来。巧容正在厨房，听得乌泱泱的叫骂声，大着肚子出来，面不改色道："我爹没有在家，你们有事回头再说吧！"林家老三叫道："你们家男人是不是死绝了，叫一个大肚婆出头算什么！"立春听了，赶紧出来，不看那四兄弟，只把巧容一把拉进卧室，关上门悄声道："你出什么头，简直给我们家丢面子。"

"我不去挡一挡，万一他们在家里乱来呢。你也真是，按理说，出头的该是你。"

"你傻呀，他们四个我一个，就是猪，也知道好汉不吃眼前亏。"

"我看他们就是一个，你也不敢！"

"妇人之见，打打杀杀算什么本事，对于这种野蛮人，这种事避开风头就行了，用不着理会。"

正说说，只听见外面一阵乒乒乓乓，声如裂帛，应该是什么东西被砸得稀巴烂了。巧容要冲出去，被立春死死抱住，道："千万别出去，肚子里孩子要紧！"

"那你出去看看？"

"我不出去，我要守住这个门。"

"你到底是不是男人呀！"

"保护自己的老婆和孩子，怎么不算男人了，你别大声，引狼入室。"

立春紧紧地把住房门。

喧嚣过后，一派寂静，倒是有人从外面进来探头探脑，看看究竟。立春先打开一条门缝，四兄弟确实走了，石台上的花盆被打得七零八落，昨夜众星捧月的昙花，已经倒卧在地，花盆裂成几瓣，立春回头道："行了，可以出来了。"

巧容出来，目睹狼藉之状，道："现在出来管什么用，爹回来不得气坏了。"

五点多，陈武功和立夏闻讯从池塘回来，虽然巧容已经收拾了一遍，但可见当时嚣张之状。陈武功脸色阴沉，这一溜盆花，自祖上以来，就摆在这里，花有换过，盆从未换过，已经变成这座大厝的精华了，这是首次被人糟蹋得如此狼狈。另一方面，自己与林德光之争，本是众事，现在已经变成私仇了。厝里不时有人进来查看，名是关切，实则想看这一出大戏如何演下去。陈家所受的奇耻大辱，历历在目了，围观者皆观察陈武功的脸色。他喘着大气，尽量压抑自己的情绪，他知道，越是动怒，则越是无能，而他在村子里，是以谋略自矜的。

立夏进了厨房，在灶门口找了一遍，抄到了一把加厚的直身柴刀，平日用来劈木柴的。陈武功见立夏抄了柴刀要出去，叫道："站住，干什么？"立夏道："砍他去呀，难道有仇不报吗？"陈武功一把将柴刀夺过来，道："砍人是报不了仇的，只会把自己砍进班房，你已经进去一次了，还不够吗！做事情动点脑子！"立夏委屈道："那你就能忍这口气？"陈武功道："我们陈家是有恩必还，有仇必报，我要寻思个有把握的法子，不要逞一时之勇。你要是能动点脑筋，就能帮大忙，别老给我乱上加乱。"立夏嘟囔道："我哪有那么没脑子，砍人也要动脑子好不好！"

他被父亲阻拦了，又被收了柴刀，自然不能再放肆，心中那口恶心又不能释放，站在院中像牛一样呼呼地喷气。

立秋骑着水牛妹坨从大门进来，神气活现。他每日放学，便从池塘把妹坨牵回家，锻炼骑术，除了有一次妹坨在下一个坎的时候把他甩下来，其他倒是相安无事，久而久之，他骑得越来越熟练，妹坨倒是真的成了坐骑，让别的孩子都艳羡不已。立秋把牛拴进棚里，看见立夏跟一只河豚一样气鼓鼓的，便问究竟。立夏说了原委，气咻咻道："他们敢砸我们家，我就杀上门去，这道理直来直去的，需要什么脑子！"

立秋见发生这么大的事儿，心生欢喜，道："动脑子这事，我最拿手，你应该问我。"

立夏道："那该怎么办？"

"你怕不怕死？"

"我什么时候怕死过？"

"不怕死那就好办了。你一个人杀他家里去，把他家里人统统杀光，你一条命，换他们全家的命，即便杀不全，也要把那四个家伙杀掉，这很合算的。"立秋掐着手指，为自己想出主意兴高采烈。

立夏听了一愣，道："你是怎么想出来的？"

"我在学校也是用这一招的，我们一伙跟木瓜他们打架，被老师发现了，我这边就叫软壳蟹一人去顶罪，木瓜一伙人全部受到惩罚，我们赚翻了！"

立夏听了，沉吟半晌。立秋道："你是不是不敢？"

"谁说不敢，只是爹说要动动脑子，我又不是没脑子！"

天刚黑下来的时候，立夏空着手，进了林德光的屋里。林德光躺在床上，床头凳上放着一碗冒着热气的伤寒汤，人倒是无恙，就是有点疲惫。他见立夏悄无声息地走来，吓了一跳，一骨碌坐起来，直盯着立夏。谁都知道立夏是个狠角色，越是不作声越有威胁。

立夏见林德光警惕的样子，嘴角露出微笑，他的微笑有点狰狞。林德光一阵恐惧，有点恨儿子们怎么没有在家，让立夏长驱直入了。立夏道："你儿子在我家干的事，你肯定知道的。我今天就告诉你一件事，如果你不主动解决的话，我决定用一条命换你儿子四条命，我说到做到，给你三天时间。"

立夏说完，就跟没事一样走出房间。林德光待他走出房间，朝背影嚷嚷道："你吓唬谁，我活了七十多岁了，什么人没见过！"

体育场坐落在县城南门外，与南门电影院一路之隔。旧时连着城墙与郊外，叫南校场，是古代处决犯人的地方，解放后设为体育场，被两米高的白石条围成一圈，设了主席台和四百米煤渣跑道。平日里操场上荒草这里一丛，那里一片，台风天的时候，海水倒灌，把附近池塘里的鱼冲到体育场，水退之后，体育场里都是捉鱼的人，给市民带来无限乐趣。不过每个学校都会在这里开运动会，运动会的时候，体育场最干净，一派生机勃勃。

天公作美，三天雨天之后，终于天晴了。虽然天气热，太阳直晒，操场上还是满当当的人群，很多人戴着草帽，也有用手帕遮住头，或者就地取材，摘一片芭蕉叶遮挡。前面几排的人群坐着，后面站着，由低而高的层次倒是与主席台映衬。主席台高处，挂着一个大横幅：宁0124号渔船命案公审。主席台上的水泥长桌，用浅蓝布铺上，显得洁净。长桌后坐着两排审判人员，大部分穿着警服，大盖帽，红色的肩章特别耀眼。八个犯人，一并压在主席台前，两只胳膊被五花大绑，像几只倔强的螃蟹。这个案子影响太大，听到公审的消息，临建县城的市民都坐长途车来观看。喇叭声音很响，在公审之前维持秩序，气氛又极像节日庆典。

严打之后，体育场成为一个充满传奇色彩的地方，有时候在这里公审罪犯，也有在这里枪毙罪犯的。总之，最耸人听闻的消息，都会从这里开始。

李怀风坐在主席台上，身着白衬衫，戴着草帽，准备书记员的工作。从主席台上俯瞰人群，自然心境不同，不由自主有在上之感，这是惬意的。唯一感到不足的是，怀风没有穿着警服，威风还是欠缺。他向局长要求过，穿着警服一脸严肃地坐在主席台上，那是他梦寐以求的。但是局长说，迟早要穿上的，着急什么，手续还是要的。

几个像螃蟹般的嫌疑犯人，可以说是自己的收获了。他嘴角露出一点微笑，人有歹运，亦有好运，而在小埕镇的那一幕，该是命运对自己的一次回报吧。

船到连江小埕镇，老二拿了怀风的钱，临阵脱逃。从陆路回去，要翻山越岭，路还不熟，老二找了家小客栈住下去，决定等怀风走了，再坐船回去。在小客栈里睡了一觉，醒来时天黑了，肚子咕咕叫，便起身下去找吃的。小埕镇虽小，却是个港口小镇，南来北往客人多，夜幕下竟然更加热闹，灯光闪闪，所谓麻雀虽小、五脏俱全。他不敢走远，怕被怀风找着，贼头贼脑走进旁边一个饭馆，在角落里一张桌子坐下，要了一碗海鲜卤面。旁边小包厢里，传来吵吵嚷嚷的喝酒猜拳声，他莫名感到惴惴不安。他匆匆吃完面，正要放下筷子，却发现小包厢里出来一个人，他吓了一跳：这人嘴角有颗痣，痣上有毛，脸被太阳晒成酱色，沟壑极深。他脑子里轰的一声，不知是恐惧还是激动，好似一片空白。一阵眩晕过后，他才回过神来：方才自己听到的小包厢里的口音，正跟船上听到的异曲同工。

等他出门了，老二还是跟了出去，手在颤抖，脚在颤抖，心也颤抖，整个人像个震颤的弹簧，是虚的。黑痣走出门口，拐到右侧巷子里，一副开裆撒尿的样子。饭馆的楼梯下有小小的厕所，老二很奇怪他为什么要跑出来，想来是撒野尿撒惯了。

黑痣拉完尿又回了包厢，他一点也没注意到老二。老二重坐回桌子上，心中忐忑，很想跑到码头上叫怀风来，又怕黑痣跑掉。他眼前冒出一幕船上黑痣砍人的模样，突然一阵恶心，几步跨到门口，方才吃的面吐了一地。一个端盘的大姐跑出来，问怎么回事，老二只说是中暑了。他付了钱，蹲在门口的阴影里，双手掩脸，身体里翻江倒海，遇难者的一张张脸在他眼前浮现。

酒足饭饱，黑痣和一伙人终于出来。老二打起精神，跟在后面，巧得很，他们晃晃荡荡，也是回到码头的船上。

怀风在老二跑路之后，非常失望，决定次日归航，因为没有目击证人，只凭一个外貌描述，是不可能找到凶手的。没有想到老二半夜杀了个回马枪，怀风从梦中醒来，得知消息，真是冰火两重天。他朝夜空仰望，西边有一颗星在颤动，他知道自己的转机正在来临。

以船舶牌号为突破口，警方锁定在海岛连江浪岐。此处是一个渔村，村民性情彪悍，与周围村庄不和，传言是个海盗村。在连江警方的帮助下，经过数月的侦查，一举擒获疑犯。

回想起几个月来的经历，怀风坐在高高的审判台上，看着一窝疑犯，突然想起了师海的一句话：这个世界上没有什么注定是你的，也没有什么注定不是你的。

公审进行得顺利，在审判员清晰的审问下，黑痣等人倒是爽快，一五一十交代作案的具体细节。在船主刘慈雄被斧头砍杀之后，其他人害怕，束手就擒，以为能够换回一命，然而每一个都被绑起来，然后乖乖受死，跟船只一起烧掉。这伙海盗，作案并不止一起，以前多掠烧台湾船，以及过路商船。

残忍的细节，让怀风记录的时候，都难以下笔。

审判程序之后，很快，海盗们被执行死刑。他们被押上刑车，蓝色的军用皮卡，车头贴着"刑车"两个字，前面警用摩托车开道，游街一圈。街上人山人海，看着雄赳赳的警察押着犯人，犯人胸前挂着"杀人犯"的牌子，在后车斗上万众瞩目，其震慑作用可想而知。从国道进入南门，再到东门，再到西门，全程过年一般热闹，最后开往单石碑刑场。

海燕发现自己怀孕的时候，已经是两个月了。她虽然聪明，但是在这一方面，却是很糊涂的，一则呢，是第一次，没有什么经验；其次，她一贯身体不错，有一点点难受也没放在心上，总觉得是吃了什么不舒服的东西，或者着凉啦，自然而然会好。

海燕又羞又急，师海倒是跟捡了宝贝一样，两眼放光，悄声道："那正常，不如咱把婚结了。"海燕道："你倒想得美，我还没考虑要不要嫁给你呢。"师海正色道："你这说什么话，世上哪有比我更合适的男人，我敢打包票，嫁给我绝对没错。"海燕笑道："如果不是昏了头，你这话谁信。再说了，大着肚子结婚，多荒唐。"

师海道："这个太正常了，光我知道的亲戚朋友，都有五六个就是大着肚子结婚的，别人说归说，其实心里美得很。你这不叫荒唐，叫入乡随俗。"

师海这话倒是真的，农村里避孕意识措施薄弱，奉子成婚倒是成为公开的秘密，见怪不怪。

海燕其实在踌躇之中，表面上犹豫不决，潜意识却在期待师海拿主意。当下正色道："结婚不是你同意我同意就了事，终归是要经过我爸妈那一关的，难！"

师海道："你同意了最关键，你同意了我就上门提亲，有何不可！"

海燕道："我爸妈连怀风都没看在眼里，你更是不行了。"

"怀风怎么能跟我比，他一副畏畏缩缩的样子，是我我也看不上，我呢，这气场，他们能看上的。"

"哎呀，你这自信过头了，他们看的不是什么气场，唉，我跟你说不清楚。"

"行，如果你爸妈同意了，那你就愿意嫁给我了，不许反悔哟！"

"结婚又不是过家家，我可没这么说。"海燕笑了，脸上却露出幸福的样子。

尽管师海也知道很难，但还是要尽快行动。他道："反正迟早要过你父母这一关的，不去一趟怎么知道过不过得了。"按照习俗，应该是先叫一个媒人前去说亲，但这一方案很快就被师海自己否决了，师海觉得，必须自己亲自出马，况且自己手里是有撒手锏的。师海信心满满，但是海燕却是悲观的。

师海提了几斤青蟹，又提着烟酒，不像是提亲，倒像是送礼，独自上门，有点勇闯龙潭的意思。当时海燕的父母在家，一开始以为是送礼的，听了师海的来意，母亲郑阿姨便把脸拉下来。她问师海什么学历，干什么工作的。师海支支吾吾，说自己将来一定会赚大钱的，好好对待海燕。郑阿姨本来就不悦，再一看是个靠嘴巴的家伙，便礼貌地让师海提了礼物离开。师海已经料到这一波进攻不利，便发了大招，说海燕已经怀上了，生米早成熟饭，此事只宜早不宜迟。言外之意，就是不用谈同意不同意的事，这事大局已定，你们接受事实吧。郑阿姨血往上涌，环顾四周，屋里有一杆大秤，抄起来狠狠朝师海扫去。师海吃痛，跳了起来，商量余地肯定是没有了，吃了几竿，夺门落荒而逃。刚下了楼，只见郑阿姨把礼物从窗户上砸了下来，要不是躲得快，砸个半身不遂都有可能。

这一仗完败倒是把师海的信心打垮了。回到海燕这边，让海燕看看战果：大腿一块肿了，脖颈处一块紫了，眼眶不知道被什么撞了，变成一只熊猫眼。海燕给他涂跌打药的时候，他疼得像小猪一样嗷嗷叫，叫道："我现在晓得你妈的厉害了，根本不讲道理嘛！"

海燕道："哼，你只是见识一次，我可是扛了二十来年了。"

"那怎么办？"师海露出无助的样子。

"怎么啦，你认输啦？"海燕逗笑道，"这可是我第一次见到你服输的样子。"

"唉，但凡我能发力的地方，我都会努力的，她见了我就跟瘟神一样，我找不到入口呀！"

"那你就打退堂鼓吧。"海燕道。

"海燕，你等等，你不会真的不想嫁给我吧！"

"结婚的事，又不是儿戏，我现在脑子也乱，做不了决定。"

师海苦苦哀求海燕不要打掉胎儿，也得不到承诺，闷闷不乐。显然，两人皆对前途莫衷一是。

平日呢，师海像是上紧的发条，浑身有发泄不完的精力，像这样低沉的时候就绝少的。到底是母亲的直觉敏锐，月明见师海吃个饭提不起劲儿，好似没什么胃口，便问道："是不是发病了？"

师海放下饭碗，把月明叫到一边，道："娘，你给我去问问神明，看看我今年有没有姻缘。"

师海原来想把缘由告知母亲，让她出出主意，但转念一想，自己对郑阿姨没有办法，母亲更是没有，说出来，徒增家里烦恼。此事没有头绪，心头茫茫，不如问问神明。

月明大抵知道师海一直往学校女老师那里跑，有点意思，但想农家的孩子，想求上吃公家饭的女教师，有点痴心妄想，况且一看家里的经济情势，更轮不到谈婚论嫁的时辰，便也没多问，见师海问起姻缘，便起疑团，道："平日里你不信鬼不信神，今儿怎么主动求神了？"

"本来就不信，但是现在没有主心骨，问一问嘛，心里有个着落。"师海道。

"那可不成，你要是不信，可就不能问，问了神明只会给罚签。没听说过心诚则灵吗！"

"我信，我信，我自己没有自信了，只能信神！"师海着急道，"这件事对我很重要，我要神保佑我。"

"那也要明早去。"月明道，"神灵一般都是上午在，下午出去玩了，上午抽的签灵。"

"不，我这心乱成一团麻，神嘛，只要点香，他分分钟就回来了。"

月明拗不过，收拾了碗筷，便上灵翠宫去求临水夫人签，婚姻、求子之类，临水夫人更准。又到财金那里解签，财金看了签本，念念有词道："炎炎烈火焰烧天，焰里还生一朵莲，到底永成根不坏，依然枝叶色新鲜。这一签是吕纯阳重生梓树，中中签吧，阻力重重，但是火中生莲，终归是有根基的，但须努力就是。"

月明听了，更是喜出望外，连忙到安城家里，支取了一元织网的钱，去买了三千元宝纸钱。妇女们在家织网，安城统一收购，卖给打鱼人，此为女人们私房钱来源。月明将三千元宝在临水夫人前烧了，许愿，若是助力姻缘成功，必然再烧五千元宝，进献猪头一个。

师海听了，心中自然有了慰藉，寻思道：我都想不到的辙，神明都能想到，到底窍门在何处？

那一日郑阿姨下到村里，径直上学校寻海燕，杀了海燕个措手不及。她来过两次，这次是第三次。郑阿姨绷着脸，先问海燕怀孕是不是真的。海燕虽然忐忑，但这事也没什么好隐瞒的，利利索索承认了。母女俩本来就有心结，都置着气呢，郑阿姨一下子就炸了，她没想到女儿堕落到这个地步：叛逆，跟父母断绝关系，乱交男友而且还是农民，未婚先孕，一个坏女孩能干的事全占齐。她把积压多时的愤怒一起发泄出来，把海燕骂了个狗血喷头。海燕骂不还口，坐着抹眼泪，眼泪一茬又一茬，手绢都湿透了。郑阿姨骂到筋疲力尽，留下通牒，赶紧把肚子里的东西解决了，回家请求父母谅解，否则就当自己没生过这个女儿。说罢，跟脚被烫了似的，片刻也待不住，喘着气儿走了。她被女儿气得几乎失去了理智。

海燕一直哭哭啼啼，持续了三天，师海劝来劝去全不管用。一是面临人生的重大选择，二也是些许的妊娠反应，海燕每天早上醒来，脸就瘦下去一圈。第三日的时候，海燕突然止住，抹了眼泪，问道："你是真的想娶我吗？"

"如果你愿意的话，可以剖开我的心看看。"师海手指像鸡啄米一样指着胸口。

"那你向我求婚吧！"海燕道。

"你想通啦？！"师海又惊又疑。

"摆在我面前的是两条道路，一是把孩子打了，回去认错，以后什么都听我妈的，由她摆布生活；还有一条，就是叛逆到底，无父无母，自己做主。没有中间路线。虽然很难做出选择，但我还是要做出选择。"

海燕咬着牙，说出每一个字，过于悲壮，眼泪又出来了。

师海站着，紧紧握住海燕的手，这巨大的反转，亦让他猝不及防，脑子一片空白。片刻，他摸了摸身上的兜里，突然醒悟，道："你等我。"

他像个孩子一样冲出门去，砰砰砰下楼，几乎要把楼梯蹬垮了。跑到校门右边，突然看见海燕在窗户里朝他招手叫唤，他又返了回去。往返一通，他像牛一样喘气。

"你去干吗？"海燕问道。

"买戒指呀，没有戒指求什么婚！"看来师海还是有点心眼。

"你有钱吗？"

师海愣住了，这正是他的难题。他摇摇头，道："我得跑回去想办法，我一定能搞到。"

海燕把眼泪抹掉，红着眼睛道："你这傻瓜，这时候你跑掉，就不怕我反悔吗？"

"怕怕怕，实在是怕极了。"师海道，"不过没有戒指的求婚，求得不瓷实吧！"

海燕指着角落里自己的衣箱子，道："你打开！"师海把箱子打开，依着海燕的指挥，手在衣服堆里摸索，手指一凉，摸出一块上海表——正是自己送给海燕的那一块。

"戒指是一定要的，要订好的金戒指。不过，现在用这个，够了！"海燕道。

师海一阵狂喜，他扑通一声跪下，把上海表戴在海燕的腕上，眼睛看着海燕的眼睛。

"海燕，能娶你，是我这辈子最大的荣幸，答应我，嫁给我！"师海诚心道。

海燕突然抱住师海，哭得更厉害了，抽抽噎噎道："你给我上海表的那一次，我就被你打动了。我不是贪图物质的人，可是哪有女人对贵重礼物不心动呢，更何况那是在你没钱的时候买的！"

两人号啕大哭，抱得紧紧的，互相传递身体的颤抖，乃至心的颤抖。说不出感动还是决绝的泪水在肆意流淌，都湿透了，无人目睹。窗台上开放着的瓦莲花，静静见证这一幕。从楮林飘荡过来清凉的风，若有若无地吹进窗来。

一切快得跟梦一样。日子也是让先生挑最近的，不过下半年好日子多，先生一给就给三个。婚礼按照最简单的方式。本来月明还想按照程序，给海燕家里发帖子，被师海制止了。按照海燕的说法，这是她自个儿把自个儿嫁出去，跟家里没什么关系，别声张，速战速决。月明担心道："这结婚对方家长都不知道，我就担心这婚结得不实。"师海道："实不实我不管，我就管娶到我家里，就是我的媳妇，生的孩子就是我的孩子，这个实的，就成。"兆文附和道："你就按师海说的办，越快越好，人娶回来就好，别夜长梦多了。"月明道："你说得轻巧，结婚这么大的事，钱在哪？"

师海因为养池塘，欠了一大屁股债，要不是兆文随时从滩涂里随季弄点东西变现，每月的会钱都还不回去，收入实在是太有限了。

"唉，钱的事，不算大事，重要的是儿子要成家了。"兆文打马虎道。

"是不是大事，总得添置呀，摆酒呀，怎么弄你说呀。"

"那……先放出风声，把礼金收一收吧。"兆文轻松道。

"这种没脸皮的事该你出头呀。"

兆文觉得话题接不下去，便避开了，到三角街理发店，说起师海即将来临的婚事，便显得很有精神，一味强调儿子要娶一个有工资的教师，那是何等的了不起。可是好事不出门，坏事传千里，有人便道："听说那海燕老师原来跟怀风好的，后来被师海抢走了，这可是真的？"兆文道："胡说八道，海燕老师怎么看得上怀风。"

人道："怀风吃公家饭的，怎么着也比师海强！"兆文道："吃公家饭也没啥了不起的，师海部队转业，本来也是吃公家饭的，不吃，他就这气性！"说得自我陶醉，并不理会旁人白眼。

女人就是当家的行家，七拼八凑，左挪右借，再加上海燕是那种自己花钱把自己嫁出去的好主儿，月明是把这桩婚事硬撑起来了。尽管海燕那边没有任何亲朋好友来，酒席也还是摆了十几桌。

客人有的早一天就来了，吃喜酒是小孩的节日，在屋里屋外追逐嬉戏，或者被鞭炮吓得哭哭啼啼，一派热闹。农人活一世，图的就是几番喜庆，客人各自招呼，寒暄长短。点一根烟，聊起家常农事，邻里亲戚，怪热和的，或者窃窃私语，或者哄堂大笑，整个厅堂宛如要开蟠桃会。师海穿着白色的衬衫，西裤，皮鞋，头发也油里油气，在厅前迎宾。蓦地见怀风进来，吓了一跳。怀风穿着一件白色制服短袖，没有肩章，腋下夹着一个公文包。

两人曾经商量要不要请怀风，主意还真不好定，最后师海拍板，托人送去请柬，来不来，是他的事。本以为这也就是个程序，怀风指定负气不来，所以师海倒是惊了一跳。

"我还以为你不会来呢。"师海不懂怀风来意，殷勤而谨慎道。

"海燕的婚礼，我不来能行吗？"怀风就像没事一样，漫不经心，但师海分不清他是释然了还是心底埋着东西，"不过也不必让海燕知道，免得她心情不好。"

师海不知道怀风的话什么意思，直言道："吃酒席怎么瞒得过，我们还要每桌敬酒呢。"

怀风定睛看了师海一眼，道："这身打扮，跟小丑似的。"

"全按规矩穿，我也怪不舒服的。"

师海讪笑着，给怀风递烟，比起昔日，两个人之间的气氛有点生疏，乃至尴尬，似乎空气中有个僵硬的东西横亘其间。

"我正式调到公安局了，你知道不？"怀风点上烟，吐了一口气。

"哦，你立功的事我知道，调查应该差不离了。"

"其实，调动程序还在做，但是板上钉钉的事了。"环顾左右，破旧的前后厅摆着八仙桌，有的地方因地不平，桌子还是摇晃的，怀风撇嘴道，"太寒碜了。"

师海道："条件有限，好在海燕不苛责，反而要求一切从简。"

怀风在厅上抽了一根烟，发觉客人们都拿异样的眼光看着他，顿觉无趣。他上了楼，到了元丰的房间。因为下面闹腾，一天也见了不少客人，颇为疲倦，元丰正独自闭目养神。见了怀风，也是惊诧，道："孩子，你可以不来的。"

原来连元丰也知道其中的微妙了，心疼怀风，感觉没必要来受这口气。

"如果我不来，就证明我尿了。"怀风道。

"你可别恨师海。"元丰担心道。

"爷，没那回事，恨了我就不来了。"

元丰见自己担心多余，放下心，不再提这一茬，唠叨起家常，说起自己手脚麻疼的事。片刻，天黑了下来，下面响起鞭炮声，以及喧闹声。元丰道："新娘到了吧，你下去上桌吧。"

新娘是从学校宿舍里接过来的，穿过整条街道，迎回家里，相当于本村姑娘嫁人的程序。怀风走到后窗，探头看下去，大门处鱼群一样簇拥的人群，正是在做新娘进门的仪式，花伞之下，可见红色的衣裙，正是一个女人一生中最重要的时刻。

怀风坐回床沿，突然像被下了咒一样，双手掩面，浑身颤抖，片刻，终于哭出声来，指间湿漉漉的。他的嘴唇咬出了血，想来内心已经经历了一番难以启齿的搏斗。

元丰坐在身边，拍着他的背，作为男人，知道怀风这一关很难过。一阵哽咽的高潮过后，怀风的情绪平息，顺势仰卧在床上，失魂落魄。

元丰蹒跚下楼，到厨房盛了一碗米饭，一碗肉菜，上来叫道："你也不下去吃席了，就把饭吃了，听我的话，吃饱了，什么都能扛过去。"

怀风吸了一鼻子道："我吃不下去。"

"吃不下去更要吃，能把吃不下去的东西吃下去，你就成人了。"元丰继续叹道，"听我一句话，男人别把心思靠在女人身上，那样一辈子都抬不起头。"

怀风像死了一样，良久，猛然复活，扒起饭，一口一口往嘴里塞，就像填鸭子一样。如此好的宴席饭菜，他味如嚼蜡。他因思想搏斗，几乎是一整天没有吃饭，腹中空空却没有饿感，他必须吃下令他五味杂陈的、想呕吐的食物。不论任何东西吞进去，都是一种苦味。

师海婚事前夕，另有一件事不可不提。兆文曾对元丰提出要求："师海结婚是大事，我想告知娘，让她下来一趟。"元丰瞬间变了脸色，道："你叫她下来，除非我死了！"不管兆文怎么说劝，甚至动员师海央求，元丰不为所动，一副有她没我，有我没她的架势。

兆文的娘，曹氏名彩霞，正在山县屏南。具体缘由，得由一九六〇年大饥荒说开始。

一九六〇年，大饥荒，本来大队的口粮不够吃，大食堂一天只能吃两顿稀地瓜米汤。雪上加霜的是，大队的粮仓突然着火，余粮被烧得焦黑。闻着倒是一片香味，近看稻谷却成了炭。饥民不舍，泡水而食，能吃进去，却拉不出来。兆文二十岁出头，在岚口修水库，工地上倒是能吃得六七分饱，却要花力气，入不敷出，寻思回家看看光景。兆文一回来，就帮着一块抬尸体，饿死病死的人多，青壮年又都出工了，待在村里的，都是有气无力的，抬尸体太缺人手了。村西被称为百家墓的地方，长着几棵榕树，须根飘荡，树上栖息黑鸦白鹭，夜里不时怪叫，树中间有一个大坑，那些无主或者无力埋葬的死人，就扔在坑里。反正都是乡村邻里，死后鬼魂凑在一处还能互相照应。

家里也都在饿肚子。曹氏每日里去公社食堂洗碗，洗到最后能分一碗洗碗水，给兆武添点油水，自己平日里什么香蕉树根、树皮呀乱吃，道："儿呀，你几天定要回来一趟，我若走了，你好歹给我抬出去挖个坑。"兆文心中不忍，趁着夜里退潮，从村口下了滩涂，偷偷捉螃蟹去。有心者会问，增坂村就在海边，潮来潮去，那么多海味送到滩涂上，何至于吃树皮树根。原来彼时政策，一九五八年"大跃进"后，成立人民公社，一切吃喝都在大食堂。谁敢私自下海，搞小经济开小灶，就是搞资本主义尾巴，就是犯法。大队为了防止有人下海，日夜派民兵在堤坝看守。兆文偷偷溜到滩涂，趁着月色见港汊中鱼蟹满满，找了一篓子青蟹，见堤坝上民兵看守得紧，从下坂村上岸，从下坂山绕到寨顶山脚，回到家。家里，锅勺铁具都拿去炼钢了，家里也不允许开伙。捡了个残破的瓦缶，趁着夜色看不见炊烟，把一篓子青蟹煮熟。曹氏啃了一个晚上螃蟹，嘴都啃麻了，肚子里嘈嘈杂杂，道："偷偷弄这些甲壳，恐怕也扛不下去。"

恰好屏南人下来买粪碱。屏南是山县，番薯等粮食作物多，当时还没有化肥，每年到了施肥季节，便到处买肥料，那可是能不能丰产的关键。粪碱就是粪池墙边结碱的部分，把粪便淘空，把粪碱敲下来，这玩意儿虽呛人，臭不可闻，但肥力大，又便于运输。一伙屏南人像粪池鸟一样，这个粪池探探，那个粪池瞅瞅，看中的，便跟主人家讨价去了。银钗见了屏南人，便跟见了财主似的，对曹氏道："我去跟你说说，你跟着屏南人，去找条活路。"曹氏也是没有办法，哪里有饿不死的路子，便往哪里走呗，只用最后的气力点了点头。

　　找活路，说白了，就是再嫁。饥荒时期，沿海的农村妇女再嫁古田、屏南等山县农民，已成风气。究其原因，山县山林茂密，虽然也是农业合作社，吃大食堂，但是农民往往能在山窝窝里找块荒地，偷偷种些粮食，搞个人小经济，粮仓里倒是有私活，不但饿死的人少得很，而且还有粮食积蓄。滨海农民可没有这个便利，反而山县农民成为小香饽饽了。山县里许多娶不上媳妇的主，逢着此刻天时地利人和，倒是收了许多逃难度饥荒的妇女，成了家。

　　曹氏就是在银钗的撮合下，跟着收粪碱的屏南人走了。好听说是改嫁，其实是带了几件衣服，说走就走。那年月，人如草芥，命若游丝，哪有什么仪式。约了时日，兆文到屏南潆头桥头，接过屏南人的一担地瓜米。他一路流着泪、流着汗挑回来，后来泪水和汗水并为一起，那种涩的味道，兆文一辈子都记得。路上碰到挑腌海货进山城的同乡，同乡深知其中奥妙，叫道："兆文，这一担番薯米，可不好吃呀！"兆文深知这担番薯米是用娘换来的，可没有那么好吃。这一担米，帮家里扛过了难熬的岁月，曹氏就再也没有下来了。虽然说改嫁乃是时势所逼，彼时的风气，但毕竟不是什么风光事，兆文被人低看一头的屈辱，便是那时候开始的。是的，即便是人随口一问："兆文，你娘在上面过得可好？"也令兆文心生愧意。

　　曹氏再也没有下来过。后来兆文上去看过两次，除了想念，还有心知肚明的醉翁之意，挑了些粮食下来。后来曹氏在屏南又生了一个儿子。兆武在西陂塘失事，兆文托人捎过信，也不晓得曹氏如何的悲伤了。曹氏捎话下来，如果孙子成婚了，她想下来一趟。这散落的人世，谁不想用一桩喜事的团聚，来冲淡失落的一生呢！

　　元丰呢，柔中有刚。曹氏改嫁，一是形势所迫，二是也跟元丰有隙。元丰体质有病，为人懒散，急起来却很粗暴，还会动手，曹氏一直跟外人诉苦自家男人的不是。一对冤家，就此两散。元丰是铁了心再也不见。兆文没有办法，只好捎话上去，说明缘由，又说如今包产到户，家中添丁，再也饿不着了，让曹氏放心。

第十九回：械斗

池玉喜看着巧清，虽有小女人的轮廓模样，但一副认真的样子说要嫁给自己，又忍俊不禁，哈哈哈大笑起来，似乎被触动了哪根神经。

巧清嘴巴一瘪，眉头一皱，突然间眼泪就出来了，咽声欲哭道："你说过喜欢我的！"

玉喜急忙站起来，解释道："别哭别哭，我没取笑你的意思。我是说，你还小，为什么着急把自己嫁出去？"

"我不想每天就做饭、洗衣服、讨小海，还要抱弟弟，我想跟你一样过自己的生活。"巧清抹着眼泪道。

玉喜递给她一块毛巾擦眼泪，道："结婚的话，是要两个人互相喜欢，不是想逃避生活才结婚的。"

"可我就是喜欢你呀。"

"喜欢我什么？"

"喜欢你抽过滤嘴香烟，还有很多很多。"

玉喜轻声劝慰道："这个事等你长大，你现在实在太小了，你可以先把我当哥哥。喜欢不喜欢这事，你出去可不能乱说，你一说，人以为我耍流氓，可要坐牢的。"

劝了老久，把巧清的小倔劲给劝回来，破涕为笑不一会儿，巧清又哭了，道："不管你怎么说，我不是还得回去洗衣服做饭抱弟弟洗碗，每天有做不完的事，我不想这么过的。"

这个，玉喜也是没办法，别人家的女儿，他能有什么主意呢，只能叹道："也是，你这年龄，不该这么辛苦的。"

巧清的头突然扑到他肩上，道："我要是跟你一样，没爹没娘就好了。"

玉喜心有所动，眼中一热，摸了摸巧清的头，道："没爹没娘也有不好，没人疼没人爱，唉，你这可怜的孩子，你就说你想干什么，我能帮得上的。"

"我想回学校，你会帮我吗？"巧清精神起来，抬头问，乌溜溜的眼珠直盯着玉喜的眼珠。

玉喜心中一热，笑了。

就是这一个契机，让巧清重新回到学校。学校里晓得是巧清父亲作梗，才导致退学，相当不满，但也无奈，所以听到巧清要复学，欣然接纳，也有老师主动为她补落下的课程。八十年代的乡村教师，大多淳朴，有的把学生当成自己的孩子。

阻碍还是在于池根水。巧清告知要回校念书，周末可以回来干家务，要是不同意的话，就跟二姐一样寻死算了。池根水气得瞪大了眼睛，叫道："都他妈反了！"抄起棍子来把巧清的腿打得一截一截的青红。巧清一声不吭，一副打死也不妥协的架势。根水叫道："你上个屁，别想从家里拿一粒米！"巧月见了，躲在妈妈背后。雪来道："你把孩子都打死了,谁给你干活！"根水恨恨道："白养白养了，都指不上，将来我就指着来宝了！"

巧清把腿伤一截一截给玉喜看，玉喜想起自己小学没有读完，父亲去世，辍学，难免同病相怜，鼻子一酸道："你去吧，有我呢。"

巧清不安问道："你真的会帮我吗？"

玉喜道："放心吧。我有个事记挂着也好，否则整天不死不活的。"

巧清就这样打骂不行、油盐不进，一意孤行地住校去了。根水一头懵懂，想不清巧清用了什么法术。倒是巧月机灵，睁着滴溜溜的眼珠，跟踪巧清，被她查出是玉喜撑的腰，告知根水。

根水心里有气，也有疑窦一团，跑去找玉喜，问道："原来是你在背后搞的鬼，你对她施了什么法术？她还没有成年，你对她怎么了？"说的话相当难听。

玉喜回道："你别想多了，我就是看她是个孩子，说要是没爹没娘更好，我也没爹没娘，只想给她一点父母该给的关爱。你要是胡说八道，小心我不是好惹的。"

别看玉喜文质彬彬，凶起来两个眼珠射出的寒光也颇为骇人。根水也不是什么狠角色，自然也不敢放肆，只是警告道："好，最好别给我抓到什么把柄。我看你帮得了她一时，会不会帮得了她一世！"

玉喜哼的一声，在心里暗自赌了一口气！

现在，陈林两家的冲突，是摆在陈武功面前最大的问题，他必须解决，必须迎刃而解，否则，祖上几代建立的威望，将会崩塌。

他突然想起一个人，走上层路线，可以碾压林家。不管能帮到多少，只要有派出所为自己出面，站在自己的立场上解决问题，这一口气一定能出的。这是上策。

他站在前厅，花依然被复原在石条上，破掉的花盆被用绳子捆绑好。这样一是为了保留证据，二是等待解决之道。

石头从门外进来，看了一眼花台，又看了一眼沉思的陈武功，道："需要帮手的话，吭一声。"

石头指的帮手，当然是打架了。陈林两家之斗，已经传遍全村，村人认为，高潮还没到来，势必会有一场决斗。

陈武功点了点头，颇为欣慰，自己与石头之间，终于有一种心心相通的感觉。当初他就觉得，这个孩子身上有一种义气，不能等闲视之。

"哎，这点事，我还真舍不得你出手，但这心意我是领了。"陈武功道。

"新井的事，我是支持的，所以这场架得有我一份。"石头说罢，就走了。

前后脚，陈玉贵便进来了，接茬问道："怎么的，外头都说你在备大招了。"

陈武功笑了笑，接过陈玉贵递过来的烟，指了指花台，道："你瞧瞧，光天化日把我家糟蹋成这样，要是我在家的话，不得打断两条腿才解气。"

"你到底想什么招了吗！"

陈武功正踌躇要不要跟玉贵通气。按说，新井这事，玉贵是自己这一伙的，但是现在关系两家的矛盾，玉贵似乎也不能太信任。便道："大招肯定有，你也知道我脾气，必须是一招制胜的，老人头不制服，咱啥事也干不成。"

玉贵压低声音道："你先别动，老人头放出声，要谈。"

陈武功心中一动，感觉找到先机了，哼了一声，道："有什么可谈？"

陈玉贵道："既然他先提出，必然会先让一步。我看你还是以新井的大局为重，先给你打个底，七点到支部，不能马虎。"

支部原来是旧祠堂，青砖建筑，二楼的窗户亮着灯。陈武功特意迟了五分钟上来，老人头林德光和陈长富、陈玉贵和村主任林挺勤已到，正在吞云吐雾。林德光一见陈武功，便亲热道："武功呀，你可害惨我了，这受了寒，两天都缓不过来。"陈武功笑了笑，并不言语。玉贵道："咱们闲话不说，今天老人头诚意讲和，把话挑明了，咱们都往好处看。"

老人头林德光倒也利索，开门见山道："很简单，新井的事，我退一步，老人会不支持，不反对，你们跟村民承诺，若破坏了风水村中不太平，你们自己负责。以此交换，叫立夏就不要提一命换四命这一茬，莫再找我儿子们的麻烦了，这个你得做保证。"

陈武功一愣，心中惊诧，因为立夏的事他并不知。从老人头的话里揣度，立夏是下了战书的，而且老人头以为是陈武功的意思。这个条件，是没得话说的，相当圆满，陈武功宽了一口气，但并不流露神色。

"新井不管你同意不同意，我一定会做下去的。我那花台上的花盆，我也不知道是哪一代祖上传下来的，现在全村都晓得被砸了，我怎么跟祖上交代呢？"陈武功这一口气，还是咽不下去。

"你把我拖到井边折腾了一夜，我儿子砸你花盆替我出口气，这是一码换一码，没什么好说吧。"老人头道。

陈武功坚决不同意老人头的主意，定要有个赔礼赔偿的方案，告示村中。而对老人头来说，赔礼过于屈辱，坚决不同意。陈玉贵用手捂了捂，道："我是书记，听我说，你们两家各让一步，老人头出钱，买新花盆，我们支部代表老人头去换花盆，跟你祖上说个不是。这个总行了吧。谁要是不同意这个方案，谁就是不服调解，跟党支部作对。挺勤，你说有没有道理？"说罢，向陈武功挤了挤眼，示意陈武功够了。

挺勤道："书记英明，书记英明。"

陈武功心想：立夏那小子越来越不听话了，居然敢私自跟林德光去谈条件，回去得好好教训一下！

村中新井的人丁钱，可以收到一万多元。麒麟埕盐场出五千，余下不足，由林、陈两个老人会管理的村产资金中平摊。新井建在村西头，建圆井，与东头四角井方圆相应。从山上引下来，用竹管，在山脚蓄水；从山脚引到井里，用水泥管，这样一是增加流量，二是保证流水的稳定性，减少一旦漏水断水，便大骂修水师傅的情况。

这座寨顶山，增坂这一侧叫增坂岭；麒麟埕那一侧，叫麒麟岭。岭的北边是增坂，南边山脚下是小村王坑，接壤王坑是麒麟埕。增坂村的山地，不仅在北坡，还蔓延到南坡，也就是说，南坡是庄稼山地，由王坑、增坂和麒麟埕共有。虎爪泉在岭头南边，巨石之下涌出，水质清冽，泉眼大，分成几股激流涌出，状若虎爪。又传，此虎镇山，若虎爪枯竭，则此山灵性不再。世代在周边耕作农民，都以此泉解渴。

消息传到增坂村，一下子炸了窝。虎爪泉周围是增坂村村民的田地，一向视为增坂村的风水泉。而泉水之所以能够一年四季水流不断，也是得益于蔓延到山头的槠林的蓄水功能。在山上干活的村民最先发现，到了街上告知：麒麟埕正在虎爪泉围井蓄水，导入村井。祠堂坪上闲聊的人最多，很快成为消息的中心，先是老人在攀谈的多，后来拥进来很多青壮年，嚷嚷叫叫，群情激昂。为什么呢？因为麒麟埕与增坂村自古有隙，有过滩涂之争，又是两个人口最大的村庄，谁也不服谁，异常敏感。听得麒麟埕人占领风水泉，跟吃了枪药似的，纷纷嚷叫，让李怀礼出主意。

李怀礼叫道："快把十三太保叫过来。"

演武练兵的时候，叫师傅选了拳脚好的精壮小伙，组成十八罗汉，以壮声势。后来发现良莠不齐，怕丢了名声，便精选了实实在在的，组成十三太保。并放出风声，引以为豪。

十三太保叫来了七个，是安香、细弟、安五、毓文、安炳、猫腻和司令。七个后生仔在一块，拿着或者棍棒或者马刀，声势也颇壮，屁股后面跟着闲人，呼啸着上山，逶迤个十来米，气势汹汹。路人见了，也知道有好戏看，有的扔下眼前事，跟着上山，也有村狗兴致勃勃加入其中，汪汪直叫。一路飞鸟错愕，草木皆惊。

干活的七八个麒麟埕人见一团杀气从岭头下来，貌似自己触怒天威招来天兵天将，知道大事不好，都停下来。监工的陈庆官叫道："伏棉，你脚快，快点回村去叫人。"伏棉二话没说，箭也似的沿着溪流扑棱棱走了。

转眼间，杀气腾腾的一伙人已经到了。陈庆官大着胆子走到一个坎上，叫道："别动手，别动手，有话好好说，我们都是干活的，不关我们事。"安香他们见碰了一个软钉子，便下令众人把锄头、锤子扔到一边，把垒了一半的蓄水井推掉，叫道："这是增坂村的地盘，你们别动，再动就是跟我们对着干！"

陈庆官递根烟给安香，道："你知道我们麒麟埕是滩涂村庄，四面无山，你们要是还不让我们喝水，那不得渴死吗？小兄弟，我看你是个头人，能不能给主事人说说道理？"

安香个子不大，留着两撇小胡子，平时穿着喇叭裤，说话的时候两撇胡子会飞。他推开陈庆官的烟，道："我们老人头说了，虎爪泉是我们村的，你把水引走，就是把我们的风水带走。你们村渴死，不关我事的，你快回去吧！"

众人在后面叫道："快滚快滚，否则别怪我们不客气。"

陈庆官自然舍不得这样败退下去，争辩道："你们村吃的是北坡的风水，南坡的风水是王坑和麒麟埕的，虎爪泉，你不让我们饮水，它照样还是流到南边去，流不到北边的。"

安香道："你扯这些没用，反正有我们十三太保在，你们甭想吃我们的泉水。"

陈庆官道："我是在跟你讲道理的，有理走遍天下，还是请你们懂道理的主事人来谈谈吧。"

兆文不知道什么时候跟着上山了，从人群中冒出来，道："讲道理也行，这个道理就是，虎爪泉是增坂的，任何村子都不能干涉。你喝点泉水没关系，但是引到村井里，当成你们自家的东西，那不是当增坂村没人了吗，这个就是道理！"

增坂人仗着人多，齐声附和。

陈庆官不希望打架，但是嘴上可不饶人，道："你看王坑村，给我们麒麟埕一口母井，他们村也好好的，没破坏什么风水呀。"

兆文趁机卖弄口舌，道："王坑百年来，还是个小村，人口发不起来，为什么，就是风水被你们麒麟埕给占了，你们是占了大便宜了。"

正是掰扯的时候，只见南坡山下一群人上来，陈庆官回头一看，是救兵来了。

伏棉跑到山脚，还没到村，先到池塘上叫人。在王坑和麒麟垠之间的高垠，被开垦为池塘和菜地，是麒麟垠的两大产业，很多人在这里耕作，一听全都围上来，伏棉道："他们来了几十号人呢，你们先上去救人，我再去村里叫人。"立夏正在池塘，石头在菜园，两人为首，带了六七人赤手空拳上山来。

两边都有人手，各自站边，剑拔弩张，形势一下子紧张起来。安香道："你们是要打架吧，那我们就不客气了。"一个个握着手中武器，早就不耐烦，只等一声令下了。

立夏不知从哪里捡了一把锄头，握在手里，准备迎战。石头环顾左右，人少，手上没有武器，而且垒井的人也不是打架的，便道："我们是不怕你的，但我们人少，肯定吃亏，仗着人多的话，那是欺负人，不算好汉。你们要是有胆子的话，肯不肯文打？"

"怎么文打？"

"你们村有十三太保，我早就听到名声了，就是不知道厉不厉害。你们选出一人来，跟我们一个一个打，这样才知道哪个师傅教出来的徒弟厉害！"

"你们四大金刚来了吗？"

石头指了指立夏："我们来了两个，你们随便挑！"

既如此，年轻人的血性已被激发，十三太保也跃跃欲试。几个人争了一下，安香觉得司令比较凶猛，便让司令出战。立夏早就手痒，赶在石头之前摩拳擦掌出来。

司令皮糙肉厚，身板比同龄人要厚实一半，像一头野猪。立夏跟他同一个风格，相当于小一圈的野猪。两人对峙片刻，用了师傅教的架势试探几手，便缠斗一块，变成摔跤了。

其他的人本是来干仗的，现在演变成十三太保与四大金刚的比武，显然可看性更强，这一仗传出去，也有说头，纷纷搁下武器，凝神近看，两边的队友纷纷大声指挥，观众时而吆喝，时而安静，宛如山头一场盛会。

不多时，立夏便被司令一个抱摔，压在身下，后脑着地。按照规矩，这样就输了。司令昂然叫道："服不服！"立夏的脖子被勒住，红了脸，就是不松口。石头道："愿打服输，可以了。"司令便松了手，站起来拍拍身上的尘土，叫道："什么四大金刚，是土做的吧！"这边增坂村的看客齐声吆喝庆祝，声动四野。

第二轮出战的，是石头和安五。安五也是块头大，石头则瘦长，眼看两人不是一个等级。石头吸取了经验，不与安五纠缠。也是安五仗着个子大，疏忽了，被谨慎的石头一个绊腿，重重摔倒在地。

一胜一负，打成平手，对观者而言，等于白看，纷纷叫道："还有人吗？"正说着，少林从人后面走出来，叫道："还有我呢。"

少林也是在路上，听闻伏棉的消息，二话不说，直接跟两人奔上山来，恰赶上第三场决斗。既然少林出战，安香不得不亲自出手了，毕竟，他是十三太保的头人。安香与少林身材相当，都是十八来岁的精壮少年，不以力量碾压，各施拳脚功夫，不分胜负，有看头多了。

四大金刚之中，与其他人相比，少林是真心实意爱好拳脚的，在家里的沙袋上每日苦练，胳膊上肌肉一块块的，腿劈得老高，在梦中也会纵身跃起，把床板都踩断了。少林的拳脚，是有模有样的，实在的。在一圈扫堂腿后，一通操作，把安香撂倒在地，不服不行。麒麟垾这边齐声吆喝："赢了赢了！"欢声雷动，虽然阵势不及增坂的，但情绪更高。

兆文突然登高一呼，叫道："我们人这么多，跟他们比什么文，今天他们是来破坏我们风水的，我们要把他们打下山去，让他们不敢再来！"

安香因为打了败阵，也蔫了，不再领头吱声。增坂众人刚才气势被压了下去，现在听了兆文招呼，都应声附和，跃跃欲试。特别是几个十三太保，脸上没光，想用一场乱仗打破方才比武的结果，张牙舞爪前来。麒麟垾这一边的人，第一，人少；第二，没有武器，不是来干仗的，干仗是干不过，不过气势不能输。三个人一起摆开阵势，形成一道壁垒，立夏提了一把锄头，石头捡了一根棍子，少林则赤手空拳，严阵以待。三人杀气不小，逼到眼前的人也不敢轻举妄动，两边虎视眈眈地对峙着。其他的麒麟垾人纷纷后退。

立夏大声道："你们退后，我们三个人跟他们拼，至少也要他们三条命。"说罢抡起锄头画了一个圈，大有谁敢上前便爆头之意。石头慷慨道："你们回去跟老人头说，如果我死了，要养我娘！"少林则不言语，警惕地看着逼近的人群，挪动身子变换脚步。片刻，三个人便背靠背，对准三个方向；十三太保，则把他们围成了一圈。

兆文喊道："不要听他们虚张声势，什么四大金刚，一砸就烂！"众人也在后面大叫："打打打，十三太保，壮我威风！"

安香盯着对方，等待三个人露出一个破绽，只要他一下手，十三太保就会发动全面的进攻了。

老二像幽灵一样闪了进来，枝丫并没有觉察。等她从灶台中转过身来，吓了一跳：老二眼窝下陷，颧骨凸起，好像老了十岁。

"老二，看看我这件短襟衣裳，好看不好看。"枝丫拉了拉自己身上的短袖斜襟衬衫。

老二没有言语，目光呆滞。

"老二，你是不是吃得不好，都瘦了，我给你做个鸡蛋？"枝丫换了口气又问道。

灶台上土墙的窗口的光射进来，使得厨房像教堂，幽暗、神秘。从前，这种氛围给老二幻想的甚至暖昧的感觉。现在老二觉得这里像个洞穴，住着有毒的东西。

"你告诉巧云，我死了，是吗？"老二面无表情悄然问道。

"没有呀。"枝丫转而面无表情。

卧房里哇的一声，是孩子醒了。枝丫进去抱孩子，把尿湿的裤子脱下来，麻利儿换上。

老二冲进卧房，质问道："你敢当着孩子的面，发誓不是你吗？"

枝丫抿抿嘴唇，没有言语，麻利的动作掩饰内心的迟疑。

"为什么要这样做，你告诉我呀。"老二说出这话，极其难过。

枝丫把孩子抱了出来，把尿臊味的裤子丢进桶里。老二跟着，像一只家犬。

"从前，我把你当成最信任的人，有什么事都跟你说，你为什么会这样对我？"老二焦急地唠叨。

"你别逼我。"枝丫道。

"当你跟巧云说我死了，她到底怎么样？是不是吓坏了？"老二简直哀求道。

"你满心都是她，你都不想想我。"枝丫突然叫了起来，老二吓了一跳。

"这么说你是承认了，你要我怎么样，你以前是我最可靠的人，却没想到是一条毒蛇，我没想到你是这样的人，你逼走她干什么呢？"

"老二，我是为你好，你养不了她，女人自有活路。"

"放屁，养不养得了是我的事。"

"是哟，你放在我老爹老娘家里，是你的事。"

"我会回去负责任的，这不是你逼走她的理由。"老二道，"你就是心坏，最毒妇人心。"

老二面红耳赤，浑身的怒火被激起了，像一只斗犬，虎视眈眈。

"你想打死我还是干吗？"枝丫冷静问道。

"打死你有什么用，如果能找回巧云，我愿意打死你。我就问你为什么这样对她！"

枝丫盯着老二，突然间眼睛湿了，哽咽道："我猜得没错，你对我，是一点儿感情都没有。老二，你还不知道，这是你自己造的孽吗？"

"我怎么啦？"

"你就不该把一个女人交到另一个女人手里。"枝丫用袖子拭擦眼角，无限哀怨地盯着老二。

六斤跟月明一起睡，月明不到五点就起床做饭去了，六斤似乎在梦中挣扎，下意识摸了一下身边，空荡荡，而后被自己惊醒了。她一脸愕然，跑到船仔的房间里，抹着眼睛流泪。船仔还睡得迷迷糊糊，被摇醒，问道："怎么又哭啦？"六斤道："花手帕死了。"这下把船仔惊得全醒了。薄荷糖被贼仔丢了以后，花手帕便是他们的心头肉，每日里必看一下，甚至抱在怀里玩一会儿，也不嫌腥臭。

"怎么死的？"

"被妈妈宰了。"

船仔惊得从床板上跳起来："这么早就宰兔子了，妈妈怎么没说？"

"是我做梦的，梦见妈妈拿着刀，花手帕很可怜地看我，眼睛红红的。"

船仔不满道："我早就跟你说过，梦是假的，你不要拿来吓我。"

"不会假的，因为我昨晚听妈妈说，明儿要把兔子宰了，炖草药给全家补身子。"

两人慌忙穿衣下来，看看兔子窝，花手帕还在，只不过确实是危在旦夕了。月明还在厨房里忙活，如果消息属实，最早可能在早饭后动刀子。两个小鬼哭哭啼啼，鬼鬼祟祟商量，决定把花手帕放生了。

"如果被妈妈知道了，会挨打的。"六斤道。

"就说我一个人干的，跟你没关系。"船仔拍拍胸脯道，"我瘸腿，妈妈不能怎么打我。你说如果把我另一只脚打瘸了，我就走不动路了。"

"可是她会打你屁股，妈妈说打屁股不会伤筋动骨。"

"打屁股我受得了，屁股肉多，禁得起打，总比花手帕被宰了好。"

"哥哥真厉害！"六斤赞赏道。厉害包含着很多意思，勇敢呀，承担责任啦，功夫强啦，都叫厉害。

船仔用衣服把兔子包住，六斤在前面探路，两人从后厅悄无声息出来，径直往漳湾岭来。据贼仔说薄荷糖在漳湾岭跑掉了，他们想把花手帕也放生到漳湾岭。

这是清晨时分，黄黄的太阳把两个孩子的影子斜斜照在地上，到了坂尾的时候，有人叫道："船仔，你抱个兔子去哪里？"船仔斜了一眼，没有作声。六斤在后面脆生生回道："我们送它回家。"

过了坂尾，便到村外的路，露水打湿了他们俩的鞋子和裤脚。

"花手帕会找到薄荷糖吗？"船仔问道。

"会呀，就像我在学校里会找到你一样。"

"你会叫，可是兔子不会叫。"

"谁说的，我听见过兔子叫，不过声音很小，但它们自己听得见。"

到了岭下，两人已经跑得气喘吁吁，船仔在一处草丛把花手帕放下来，却舍不得松手。这一片茅草，沿着一条山涧，延伸到一片松林里，一片草木茂盛，也不知道还隐藏着什么动物。船仔道："不知道以后还能不能见到它。"六斤道："一定会的。"船仔问道："你怎么知道？"六斤道："你还记得以前吧，我们跟爹在塈里，有一只蟳夹住我手，爹折断了它的一个钳子，我看它疼，就把它放了，后来它就到我梦里来，还对我笑……"船仔质疑道："蟳怎么会笑？"六斤道："它把身子翻过来，底下就是一个笑脸。所以，放生的动物，都会回来看我们的。"船仔道："我希望花手帕不是在梦中回来，而是真的会回来，而且带着薄荷糖。"六斤摸了摸兔子的耳朵，道："听见了吗，花手帕，你要带着薄荷糖回来的。"

四只小手抚弄着花手帕，然后松开，花手帕往前蹿了蹿，用鼻子闻了一下草丛，然后回头，红色的眼睛看着两个孩子，似乎有些不舍。六斤道："你走吧，不要吃带露水的草，不要被野狸子吃了，去找薄荷糖。"一只鸟从草丛中扑棱棱飞起，花手帕突然钻进草丛，逃往它喜欢的幽暗的世界。

民兵队长李安民气势汹汹地登上麒麟岭，魁梧的背部宛若一只熊，结实、雄壮、自负。他背着一个鼓囊囊的军用挎包，背上挎了一把长枪。平日里他就是这样巡山的，防止偷砍风水林，防止偷挖花生、地瓜等，皆是他的职责范畴。若有作奸犯科的，远远见了他，就吓得屁滚尿流，否则那可不是闹着玩的。

安民看见七八个增坂村的后生仔围着三个麒麟埕的后生仔，一触即发，他动作熟练地举枪，朝天空发射，啪的声如裂帛，所有人都朝这里看。

他在村里祠堂坪听得十三太保上山保护风水泉了，鼻子哼的一声，收拾了装备，径直上山来。

他叫道："都他妈给我退下，谁不怕枪子就到我面前来。你们这些后生仔，以多欺少也不嫌丢了村子的脸，我还嫌丢人呢。"

安香等人见到安民动真格的，不知道葫芦里卖的什么药，都被对着自己的枪口吓坏了，纷纷退到一边。

对于村里请馆师，组成护村十三太保，安民一向嗤之以鼻，一方面觉得这些家伙不开化，都什么年代了还练花拳绣腿；另一方面，觉得多此一举，简直是对自己权威的蔑视。他一向以村里的武力形象自居，决不肯让十三太保抢了风头的。

安民继续以枪口指着"三大金刚"，叫嚣道："你们赶紧给我滚回去。告诉你们村里，不准建蓄水井，谁建我枪毙谁，你们就是偷偷建了，我也会拆掉。不要以为你们村子大就不服气，告诉你们，我包里可是有先进武器，分分钟把你们村给炸平了！"

安民有军人的威武，手中的枪更是盛气凌人，瞬间控制住了场面。石头晓得今天没有什么便宜可占，叫道："走。"

很多年后，人们依然记得安民宛如天神下凡的姿态，他是增坂村守护神的象征。在他眼里，什么十三太保，什么四大金刚，都是一伙小毛孩。关键是他的理念是最新的：什么拳头也比不上一把枪。

针对此事，麒麟埕村里有几派不同意见。主战派，以四大金刚为首的年轻后生，认为应该来一次决战，谁赢了谁有话语权。一方面原因是虎爪泉这一仗，他们没有准备，灰溜溜地下来，心里不甘。另一方面，麒麟埕是镇上第一大村，任由增坂村四处叫嚣，不可忍。增坂村的滩涂遍布滨海乡村与海岛周边，哪里一有纠纷，人马立即杀到，素有恶名，不战不行。麒麟埕与增坂村，自民国有一次并村大战，已经歇息了一个甲子，主战派都云，第二次大战势在必行。老人头林德光，则散布挖掘新井引发祸事的言论，可以说是主和派，希望村里能够放弃挖新井行为，以和为贵，敬神吃素，祈求平安。

这两派意见，都不能解决虎爪泉的问题，陈武功与陈玉贵都摇头。可以说，现在的话事权，已经到了年富力强的陈武功和陈玉贵这一代人手里了。陈玉贵主张汇报镇政府，请派出所来解决。陈武功一听就摇头了。族村的矛盾，政府也不好介入。陈武功道：

"如果上面能解决这个问题，我早跟上面打招呼了。"陈武功暗示自己有上层关系，但陈玉贵不相信，觉得他是放烟幕弹。有上面关系，为什么从来就没讲出来，哪个部门哪个领导，一问就含含糊糊了。陈武功觉得陈玉贵死脑筋，这种事，即便政府把虎爪泉使用权判给麒麟埕，又有什么用，你建了他来拆，还不是做无用功。两人同主任林挺勤在队部商议，一会儿互相嘲讽，一会儿相互探讨，林挺勤作为墙头草，两边和稀泥，忙得不亦乐乎。一会儿，却见一伙后生叫嚷着拥进门来，叫道："请了拳馆师傅教了那么久，还不是为了打仗呀，拳头痒得不得了了！"陈玉贵叫道："这种事由干部来解决，你们先出去，闹哄哄的像话吗？"后生仔可不满意了，道："干部管鸟用，我们在虎爪泉都被欺负成这样子，你们有法子没？"陈玉贵被呛得支支吾吾，陈武功摆摆手道："看你们这架势，我真是高兴，没有白请师傅。问题是，我们干一架，即便干赢了，虎爪泉就能归我们用了吗？"后生们问道："不干架，你们想出别的法子了吗？"陈武功道："干架是最后的招数，现在呢，我们要让他们心服，而不是口服，只有心服，我们才能喝得上虎爪泉的水，他们才不会捣乱。"

"法子想出来了吗？"

"刚刚想出来。你们先回去，养兵千日，用兵一时，有用得着你们的时候。"

敧头这才带着后生们出去了。虎爪泉的对峙敧头没有参加，心里还有些耿耿于怀。

队部恢复安静。陈玉贵问道:"你想出法子来了?"

陈武功道:"我有预感,一定会想得出来的。增坂村现在抓住我们一个把柄,我们呢,也得抓住他们一个把柄,他们应该是有把柄的。"

陈玉贵笑道:"预感?你说你这人,老是神神道道,无中生有,让我怎么信任你。"

三天后,陈武功动身来到碗屿。池根水正在窑里烧陶,农村里的坛坛罐罐,水缸、腌菜缸,还有一个最主要的用途,是骸瓮,即补葬的时候装死人的骨头,百年不化,棺材易腐但是骸瓮不朽,乃是灵魂的居所。池根水没有帮手,炼泥、制坯、干燥、修坯、施釉、窑烧,样样都靠自己,以前一边干活,一边责骂雪来的肚子不争气;现在一边干活,一边叫骂巧清不听话。他是一个成天骂骂咧咧的人。

邻居孩童来窑上喊:"根水叔,你家来客人了。"根水正在上釉,脱手不得,仰头问道:"哪个客人?"孩童道:"麒麟埕的亲家公。"根水放下釉刷,拔腿就跑,喊道:"小屁孩讲话吞吞吐吐,不清楚。"

屁颠屁颠到家,陈武功正在喝茶,根水用湿黑的毛巾擦了一把手,叫道:"亲家公亲自来,必定有事。"陈武功道:"天大的事。"根水大声道:"还不快给亲家煮蛋吃。"客人来了,煮四个清水平安蛋,乃是最高待客之道。雪来在奶孩子,道:"我又不能多出两只手脚,你有手有脚,下个厨房也不跌份。"之前雪来是不敢这么说话的,现在手里抱着个男娃儿,藏着掖着的脾气都上来了,有时甚至比根水还凶。根水气急败坏，道："这女人越来越不听管教了。"陈武功叫道："咱们不拘泥小礼，谈事要紧，你那张增坂村蛏埕的地契，还在吧？"

根水便把李兆庆来还钱赎回地契的事，说了一遍，道："我听你说，这契就不该还他，将来准有大用处，便一口回绝了。"陈武功竖起大拇哥道："回绝得好，现在麒麟埕与增坂村要对一阵，想用你这块蛏埕做文章，你可愿转让？"根水道："碗屿门前就是增坂村的滩涂，但凡讨小海过他们的蛏埕，都要战战兢兢，敢怒不敢言，真是在自家上茅坑，屎都要捧起来。你要是能治一治增坂，别说转让，就是无偿的，我也愿意。"陈武功呵呵笑道："有你这句话就好，我们以村产的名义跟你转让，无偿是不必了，还要溢价的。明天就来镇上做转让地契？"根水拍手道："好事好事，这事我要是在碗屿一公布，也是一条好汉了。就是不知道你怎么用这块蛏埕治他们？"陈武功胸有成竹道："这我自有妙计，一步步来，你将来便晓得。"

几日之后，三艘麒麟埕的船只开出拱屿码头，直奔碗屿。麒麟埕要到达碗屿滩涂，走海路，开船横渡五里洋，走陆路，则要穿过漳湾镇，绕海半圈。海路相当于直径，陆路相当于半圆。前一艘船，陈武功昂立船头，背后是几个生产队的队长划桨把舵，船顺风顺水，水花轻溅，自有一番气势。后两艘船是四大金刚以及众后生，手里拿着武器，有备而来，可谓气势汹汹。船到碗屿码头，潮水未退，池根水等人在码头迎接，看到三艘船的阵势，又是艳羡，又是激动。但他需要借着这个阵势，在村子里长自己的威望，便煞有介事地将他们迎上岸来，好像迎接的是一支自己的队伍，雄赳赳带回池家祠堂。

祠堂里已经摆了两桌酒，以老人头池长驱为首，五个村中主事的长者正在等候，见二十来人手持刀棍枪棒，杀气外露，面露惊惧站起来迎候，晓得带头的是陈武功，纷纷上前握手致意。池根水道："这是我亲家，兵强马壮地来了。今天我们两村结盟，以后荣辱与共，谁敢欺负我们村，麒麟埕就是靠山，我说得没错吧亲家？"一副自豪的样子。陈武功道："就是这个意思，村村结盟自古有之，套话咱们就不必说了，过了今天这个仪式，以后你们的仇人就是我们的仇人，我们的仇人便是你们的仇人，共进共退了。"长者们被陈武功诚意打动，纷纷颔首赞同，这才没有了生分的气氛，请诸位入座，饮酒吃菜。

碗屿村是闽南来的外来村，连话语都是两套，一套是本地话，一套是闽南话。自古受邻村欺负苦矣，特别是自己门前的滩涂作业，都受制于人，时不时发生纠纷而当受气包。碗屿村的人走出去，都感觉比别人矮一截。这是一个壮大实力的机会，自然壮了胆气。

众人放下枪棒，纷纷入座，就要举杯豪饮一通。陈武功突然站起，朗声道："饭菜可以吃，管吃饱饱的，酒一滴都不能沾，后面是要干大仗的。"池根水道："酒能壮胆，再说了，不喝也不是待客之道呀！"众后生附和，道："喝点酒打起来也带劲！"说罢拿着酒壶，跃跃欲试。陈武功把自己的杯子狠狠摔在三合板地上，啪地摔成碎片，狠狠叫道："谁他妈要喝就给我滚回去，我再强调一遍，我们是来打仗的，不是喝酒的。"声震房梁，虎威凛然，让人直起鸡皮疙瘩，众后生这才把杯子放下，埋头吃饭。陈武功对碗屿众人道："酒呢，等我们回请你们的时候再喝，喝个痛快！"众人也晓得陈武功是有威望的，赞叹道："好好好，这个主意好！"

村中妇人小孩路过，进来围观，便窃窃议论，宛如看一伙天兵天将。那些棍棒武器倚靠墙边，手贱的孩子便上前摩挲，池根水叫道："别动，那是打增坂人的玩意儿，弄坏了你们可赔不起！"根水语气虽然霸道而严厉，但是孩子们并没有停下手，根水不得不过去像对蝗虫一样驱逐。孩子们不满地吹着口哨离开，根水自己倒是情不自禁摸了摸枪，摸了摸棒，好像是什么神奇的宝贝。他对身边一个妇女道："叫一下雪来，把来宝抱过来。"家就在隔壁数十米，片刻就来了。根水抱起来宝，凑到后生仔的桌子上，叫道："这是我儿子来宝，跟哥哥们打招呼。"这一桌子都是年轻人，自然有血气方刚的气场，根水捏着来宝的小手，或者跟后生们握手，或者碰了碰胳膊，似乎能沾到什么光。后生们可不明白根水为什么抱一个婴儿过来串场，欹头问道："跟我们亲近啥？"根水道："让他瞧瞧你们的气概，学着点。"欹头笑道："学啥？我们只会打架！"根水道："有这一样就了不得了！"

雪来瞧着无趣，从根水手里把来宝抢了过来，道："你拿孩子来显摆！"

酒桌摆在祠堂大厅上，前对天井，后对祖像，既刀光剑影，又其乐融融。祖像之前的香炉上烟雾袅袅，祖魂降临，也见到了这一幕。

饭毕，下午一点十分，村民来报：潮水刚退，可以下土了。陈武功道："不急，今天潮水长，等有增坂人都下土了再报！"过了半小时，村人有报："增坂人下土了。"

陈武功带着人马出来，从码头走向下塘沿。沿江望去，一望无际灰色疆土，近岸全是密密麻麻的眼穴，招潮蟹四处觅食；接着是一片片的植被，或者是红树林，或者是稻米草，点缀其间；更为巨大的是灰色滩涂与白色的港汊交织的画面，不远处有个龟山小岛立在江中，俯瞰一切。远处，插着一人高的竹扦的滩涂则是麒麟埕的，那是养海蛎的滩涂。上天的造化也真是奇怪了，增坂村祖上买下来的滩涂，是长蛏和海瓜子的，而麒麟埕祖上置下的，则适合扦插海蛎。

从下塘沿下土，全片是增坂的滩涂，齐齐整整。陈武功带着二十来个人马，手里拿着家伙，鱼贯下了滩涂，软泥从脚底溢出，没了脚踝，渐至小腿。滩涂上三三两两增坂人正在劳作，见这阵势，纷纷停下活儿，既好奇又惶恐。一行人走到原属李兆庆的蛏埕，四角插上绿色旗子，那旗子上画着黄色麒麟。

李兆文正在邻埕锄蛏埕，把蛏泥用木锄搬到木橇上，推着木橇，把旧泥倒入港汊中，让水冲走。旧泥经过一年的海水沉淀，加上其他海生动物的繁衍，已经不利于蛏苗着床繁殖。旧泥锄走后，让新海泥出现，然后经过切细、打碎、抹光，才能成为新的蛏床。李兆文停下动作，看着麒麟旗插在增坂村的蛏埕下，心中虽然惶惑，还是忍不住上去要拔下来，道："你把旗子插在我们蛏埕上，什么意思？"

"你就是李兆文吧，我亲家池根水去年就是被你赶走的！"陈武功挡住他，朗声道，"这块蛏埕，池根水转给麒麟埕了，现在算是麒麟埕的蛏埕，埕契做得清清楚楚，你不要轻举妄动。"

李兆文道："埕契不管用，这是我们祖上的东西。"

后生仔们见李兆文独自一人就要拔旗子，踩着泥巴拥围上来，跃跃欲试。所谓养兵千日，就用在这一刻了。

陈武功道："我跟你说，今天谁拔了这旗子，谁就会没命，你好自为之。以后谁拔了旗子，就是我们整村的敌人！"

后生仔们虎视眈眈，只等陈武功一动手，立马开始。增坂耕作的人也围了过来，不过是五六个，是来观望情况的。石头认为兆文是上次虎爪泉对峙为首的，跟四大金刚道："他是带头人，今天逮住，往死里整！"

李兆文知道自己动手，便是找死，这口气又咽不下，转而冷笑道："你们懂得养蛏吗？"

确实，种蛏是一项技术活，虽然过程一说就明白，但实践起来是另一回事。不少连江、福清的蛏苗客来跟增坂人讨教细节。麒麟埕以种海蛎和养鱼为能，养蛏则技艺生疏。

陈武功冷笑道："我们不养蛏，我们养香螺！"

消息传到增坂村的时候，村民第一反应是派人到滩涂上求援，决一死战。传消息的是细弟，他脚下带着泥，肩上扛着木锄，在街头到街尾，消息便风传了。老人头李怀礼晓得这次麒麟埕有备而来，不知状况，让细弟去找李安民。李安民中午喝了人送的两斤米酒，正在家里睡，从鼾声中被叫醒，惺惺忪忪来到祖厅后楼，众主事人已经聚集。大伙商量的结果是，这次他们有备而来，打仗未必占便宜，如果李安民亮出枪炮武器，倒是可以压一头。之前，李安民作为民兵队长，抓民兵射击、手榴弹训练，确实有一手。后来，民兵解散，枪被收缴上去，但是李安民不知道怎么搞的，手上还留了把枪，以前有人说那是假枪，吓唬人的。但在虎爪泉惊天一枪，大家都晓得他的枪是真的，包里的雷管也是真的。李安民道："茶水在哪里，浓的。"人递过来一个大瓷缸，李安民咕嘟咕嘟牛饮一气后，抬起头来，道："他们多少人呀？"细弟道："到滩涂上的有二十来号，都是后生，全备武器，不知道还有没有人在碗屿，反正这次碗屿是向着他们。"李安民呼了一口气，道："滩涂不归我管，别找我，再说了，那么脏兮兮的地方，我这一身衣裳弄脏了怎么办！"他穿着一身草绿军服，领子挺括，分外珍惜。另外，他作为村里的自卫队长，负责全村和山上树林、作物的安全，不包括蛏埕。

海燕要吃醋烧江鲫，师海在街上打醋，听到细弟的消息，忙问道："我爹跟他们打起来了？"细弟道："我回来的时候，还在掰扯，没打。"师海忙把醋搁在柜台，就往蛏埕去。细弟后面叫道："你一个人干不过他们。"师海几乎是一路小跑，穿过下坂村、岭后村，到了斗门头，正看见兆文扛着木锄跟众人回来。师海见大伙没受伤的样子，松了一口气，道："没打吧？"兆文气呼呼道："他娘的，要不是那么多人，老子非得跟他们干起来！"众人回到村里，村中正准备人马去支援，兆文道："别去了，赶过去，潮水都起来了，没用，开会开会。"

香螺味美，把螺肉挑出来，放在蒜头酱油醋里一蘸，味道鲜美。但是本地的香螺是野生的，从来没有人养过。蛏子有很多天敌，包括海鳝、海鳗等，但此地最致命的，却是香螺。蛏子住在土面以下二十到四十公分的深处，靠一个洞孔与海水相通。蛏子有两个蛏脚，可以伸缩，每个蛏脚上有个小孔，一个进水，一个出水，吸收海水中的养分。蛏子就是靠着土里的洞孔与海水、空气相连。别看香螺长得人畜无害，却是个聪明的家伙，它用螺眼把泥面的蛏孔堵住，蛏子吸不到海水，便会钻出来，香螺则守株待兔，活活把蛏肉吸住吃掉。可以说，香螺是蛏子的头号天敌。

显然，陈武功的养香螺计划，则是想给增坂的蛏埕毁灭性打击。

兆文在队部慷慨激昂，直言麒麟埕的人欺人太甚，主张动用全村的力量，与之决一死战。又有人提议，此事是李兆庆卖蛏埕引发的，应该李兆庆挑头去处理。而李兆庆在台风事件之后，人已经处于半癫狂状态。人们七嘴八舌，各有见解。

师海往日里操心村里的事少，今天父亲卷入，不得不出面。他待众人聒噪完毕，道："别老整天提打打杀杀，打赢了也打不来钱，有什么用？麒麟埕用养香螺来恶心我们，显然因为虎爪泉用水之事，还是找他们谈一谈吧！"

李怀礼道："你这家伙，参了军，就不认祖宗了，蛏埕是祖上传产，虎爪泉是山上风水，有什么好谈，但凡蛏埕有一点落到别人手里，各个村落都会仿效来欺负我们，到时候麻烦就大了，我看，不跟麒麟埕干上一仗，其他村也是不服的！"众人纷纷叫好，群情激昂，似乎一种积蓄已久的热情被点燃了。

师海道："现在是改革开放，发展经济要紧，打打杀杀解决问题，都是老手段啦。"

李怀礼见师海当面顶他，不悦道："你不要看两天报纸，就以为读了大学了，增坂几千亩蛏埕，要守得住，不靠武力靠什么？农村的事，你懂尿！"

会上热火朝天，可对真正组织拔旗决战的队伍，意见却不那么统一。否决的人说这是李兆庆的私事，应该让李兆庆出头解决。这个时候，主和派的意见又抬头了。

事一踌躇，便请神来做主张，这是老祖宗留下的规矩。焚香点烛请降洞主上身蜜山，问洞主可否一战。蜜山嘶哑着嗓门，分明是洞主的声音，答曰："滩涂在增坂村的东北面，北面，利财不利于争。"又问："此事该如何解决？"答曰："和为贵。"

便请了两个嘴过去，邀请陈武功来谈判，要把蛏埕赎回来。陈武功倒也利索，只要把虎爪泉给他们用，就可以赎回蛏埕。又问了洞主，得知虎爪泉八米以下接水，不会影响风水，便让麒麟埝村在八米以外建井。这段纠纷貌似告一段落。

月明四点就起来烧水，前后灶要烧两锅。兆文也起来了，去把老蛇唤醒。老蛇摸黑去了一趟茅坑，提着裤子到前院看了看，见水还没烧好，便返回，左手提了杀猪刀，右手提了二胡，坐前院长凳上拉了一曲《补缸》。此刻还不到凌晨，兆文道："你这听得怪瘆的，吵人呢！"老蛇道："不烦，就当成鸡叫呗！"确实，此时鸡叫此起彼伏了。

老蛇一曲拉完，过了瘾，想起老二，道："老二有日子没见着了。"兆文道："提他干啥，他跟我不对付，爱上哪上哪去。"老蛇道："不是我说你，你对师海呀啥的，就是比他好。"兆文道："你以后就知道了，儿子不争气，就跟养个仇人似的，眼不见为净。"

水烧好了，两人麻利儿把猪赶出来，前后腿绑了，抬上架子。一阵凄厉的尖叫之后，猪血从脖子涌出，流到木盆里，在热水中渐渐凝固。猪的叫声也歇息了。

船仔和六斤都被猪的凄厉声惊醒过，但并没有完全醒过来，转个身又睡了。

凝固的猪血割成一块一块，送给左邻右舍，这是礼节。老蛇作为杀猪师傅，分到内脏。这只猪少见，没吃什么，近两百斤，该是给家里还债的。家里一屁股债，兆文是踌躇着，先还债呢，还是先给老爹做墓。元丰嘴上已经不说，但是兆文知道他惦记这件事，惦记到舍不得死掉。他不说，兆文心里知道，兆文也不提，作为儿子，老父八十了还没做墓，心里是有愧的，没有辙，他也不提，装作不在乎，但心里也是块石头。想做墓，但问题是，你一杀猪，债主不免前来，不还债呢，也说不过去。他想来想去，一团乱麻，不如先杀了再说吧。

天亮的时候，一头猪壳被拆成四扇，抬到街上去。老蛇执刀，割肉，过秤，兆文脖子上挂了一个几乎洗成白色的军用书包，解开金属扣子，收钱和找钱。一毛，两毛，五毛，几分的，到了下午，书包里满当当的，像个聚宝盆。用手一揉，松软而瓷实，有钱的感觉就是肚子饿了也元气满满，太阳也快落了满天辉煌。傍晚，只剩下一堆骨头，一坨肥熬，只等谁想要炼猪油，都可以贱卖了。

船仔满脸通红地跑来，哭丧着脸道："爹，六斤肚子疼！"兆文道："哦，叫大夫了吗？"船仔道："大夫来了，不顶用，叫你回去。六斤疼得满地打滚。"兆文脸色一沉，背着包紧着往家走。老蛇道："你忙去吧，这点东西我包干了。"说罢，拿起一旁的二胡，自顾自拉了起来。

听村里大夫的意见，赶紧借了一个四人抬的竹杠椅，兆文、师海连同两个街坊，四人一直抬到廉坑。廉坑紧挨着104国道，有班车，竹杠椅由两人抬回来，兆文用布把脸色苍白、已经疼得无力的六斤绑扎在背上，与师海一道上了车，甚是惊惶。

当晚就在县第二医院动手术，六斤得的是小儿急性阑尾炎。第二日，手术过后，人稍微好转，师海见无恙，便回家报平安。

临走时，看了看兆文背着的包，道："要不把钱让我带回去，这里人来人往多不安全。"兆文道："什么话，六斤刚做完手术，还不知道后面要花多少钱，你就别惦记了，空手回去吧。"师海道："那你小心点儿，医院扒手多。"

过了两日，怀风得知消息，买了罐头来探望。他一身警服，走进病房，房间都亮了。病友以及家属们都投来诧异的艳羡的眼光，有一个穿警服的亲戚，乃是莫大的光荣。六斤既兴奋，又陌生，从床上坐了起来，又被兆文摁下。小孩子，但凡身上有一点力气，便躺不住，但医生吩咐要注意伤口消炎，不能乱走乱跳。六斤扑闪着大眼睛道："怀风哥，你这衣服哪里买的？好精神呀。"怀风坐在床沿，笑了笑，道："街上买的呀。"六斤道："街上好玩吗？"怀风道："好玩得很，你病好了，我带你去。"六斤道："其实我已经好了。"兆文不悦道："怀风，你别招她，她本来就躺不住，你过来，我跟你说说话。"

两人来到病房外面，走廊的尽头，墙根有痰迹和烟头，窗外是车水马龙的大街，县城里最热闹的地方之一。怀风见兆文脸色颇为阴沉，不知道要谈什么，怯生生道："爹，你想说什么？"兆文看了看窗外，道："我想说的是，你以后不用叫我爹，是吧。这辈子过来，知道做人最难受的，就是做自己不愿意做的事情。你爹把你托付给我，但他又骗了我，你是无辜的，我必须养你长大，但这又是我不愿意干的事，如果说师海是我的心头肉的话，你就是我心上的石头。我相信你也过得不如意，因为我没什么好脸色给你过，我把对你爹的怨恨泼你头上去了……"

眼泪从怀风的眼里渗透出来。他被说中了痛处，不能自已，他的头转向墙角，忍不住抽泣。

兆文继续道："还好你自个儿长大，自己闯了一条生路，你不必觉得欠我什么情，咱们两不相欠最好。师海结婚，你也是没必要来，你来了难受，干吗呢？没必要。你可以学你爹，跑到台湾去，过上好日子，欠的什么情撒的什么谎，都不放心上，如果能这样，你就对了。还有，你这一身锃亮的，晃得我眼都难受。"

怀风擦了把眼泪，蓦地躬身跪下，朝兆文磕了一个头，走了。一个路过的护士被惊得差点掉了下巴。医院里每天都在上演人间悲喜剧，可是这样的一幕，还是初次见。

军用书包一天比一天瘪下去，六斤的恢复情况反反复复，直到书包确实是空了，医生宣布明日可以出院了。总共住了十六天，兆文都没让孩子出来上街，临走之时，兆文决定让六斤看看新奇。六斤已经央求了多次，像小鸟从笼子里出来，从西门走到南门，眼睛都不够用了。轰隆隆的货车，商店的各种招牌，小贩子的叫卖，均让她目不暇接，问七问八。电影院门口有屏幕广告，六斤站在前面就定住了，兆文拉也拉不走，道："六斤，你脚粘住啦？"六斤道："我再看一会儿。"就这样看了半个小时，意犹未尽，道："爹，我想吃东西。"两人到小东门，小东门热闹得很，小吃摊上，鱼丸、拌面、扁肉、锅边糊、肉丸，应有尽有，六斤吃了一碗锅边糊，还不够，眼睛盯着热气腾腾的餐台。兆文道："今儿你就把小肚子吃个够吧。"六斤乖巧道:"爹,你对我真好,你对船仔也能这么好吗?"兆文道:"也好呀,怎么不好啦!"六斤道:"那好,下次船仔生病,你也带他来吃。"兆文道:"呸,我的傻女娃,不生病才可以吃。"六斤又吃了一碗扁肉,叫道:"爹,你咋不吃?"兆文咂摸嘴道:"这么香的东西吃进去,回去吃啥都不香。"六斤听了,一脸懵懂。

逛到百货公司,里面灯火通明,玻璃柜台里奇珍异宝,六斤在门外都能瞅得见,便要进去。兆文道:"这里的东西咱们买不起,别去。"六斤道:"我就看一看嘛!"六斤矮小的身子在柜台下移过来,又移过去,像一把拖把,然后她在某个地方定住了,眼睛直勾勾地盯着一个缤纷的玩意儿。穿着黑马甲的售货员倒是和蔼,又懂得孩子的心思,道:"嘿,我拿出来你看看。"兆文想要阻挡,已经来不及。六斤把一个五彩斑斓的万花筒接到手里,听着售货员的指示套在眼睛上看,里面是从未见过的炫目图景。六斤激动得几欲掉泪,道:"爹,就买一个,好吗?"兆文为难道:"刚才说过只看不买的。"六斤道:"可是太漂亮了,就买一个,以后都不买东西了。"兆文问了价格,要一块二,他看了看书包,里面已经瘪得不像话了,就跟完全没有装东西似的。兆文俯身,认真道:"六斤,你知道吗,你这一场病,把整头猪的钱都花光了,现在爹的袋子里还剩不到一块钱,只够我们明天坐车回去。"

"可是我想要嘛。"六斤头一次这么任性道。她把万花筒攥住压在脸上,眼泪汩汩涌出。

兆文怕眼泪把万花筒沾湿了，忙小心地从六斤手里拔出来，递给售货员道："本来我们是买得起的，一大包钱，全给医院了。"

售货员笑了笑，接过去，道："这个呀，你今天不给她买，回头也要给她买，你看她多么喜欢啊。"

兆文硬生生拉着六斤出去，轻声抚慰道："下次买，好不？下次有钱了买。"

"你可别骗我，这句话我可记一辈子。"

兆文笑道："爹骗你干啥，你就牢牢记住了就是。"

"好，那买的时候记住，它叫万花筒，我要红色的，不是黄色的。"

六斤拉着兆文的手走出大门，在门口又回头看了一眼。后面是灯火辉煌的商店，前面是古木参天的八一五大道，路灯从树叶间投下，光影幽幽。

兆文出门辨了辨路，确定是朝医院的方向走。

"爹，我治病花了这么多钱，你心疼吗？"

"不心疼，只要你能活蹦乱跳的，有啥可心疼的。"

兆文一瞬间突然想起什么，嘴角掠过一丝苦笑，一种心悦诚服的宿命的苦笑。

第二十回：霸凌

　　这一年，对于师海来说，是极其重要的一年。他的很多大事，都在这一年完成，日后他多次掰起指头，回味无穷。这一年的最后一件大事，应该属于干塘。

　　年关的干塘，夸张点说，全村人都跑过来看。池塘边跟蚂蚁似的密密麻麻站满了人，有的人是专门观看、取经，更多的是路过的，扛着锄头的，挑着箩筐的，不免碰到他人，吵吵嚷嚷。不管如何，目的只有一个，看看师海的种草养鱼到底取得多大成效。

　　池水放闸一半后，鱼儿浮出水面烦躁不安，开始撒网，每网满满当当，不甘束手就擒的草鱼在网中乱窜，众人看得欢腾。等鱼上了筐，竹排撑上岸，众人一看，种草养鱼名不虚传，比较传统割草养鱼，三年鱼一年就养成了。众人惊叹道："师海发财了！"

　　师海穿着长筒雨套，站在塘堤指挥，颐指气使，宛如将军。一筐筐的鱼过秤，被挑到机耕路边，小货车运往城关农贸市场。偶尔有不服气的鱼，从鱼筐上蹦起，跳下车来，又引起一阵众人叫唤。年关时节，丰收是最令人愉悦的了。

干塘干了两天。第二日下午，塘堤上站着光脚丫的妇女、半大孩子，偶尔也有精壮汉子，腰上扎着竹篓，挽起裤脚，或者大冬天穿着短裤，呵着双手，跃跃欲试。塘里水已经抽干，只剩下最深的池塘有些泥水，大鱼基本弄完，还有各种沉底的货在淤泥里挣扎。师海看差不多了，叫道："捡去吧！"众人一拥而下，势如猛虎，淤泥四溅。按照习俗，池塘干完了，池底的小鱼、螺蛳、虾蟹，留给村人自由去捡、去掏、去摸，俗称"捡池底"。当然，也许还有鳗鱼、大鱼藏在哪个洞里，捡池底是其乐无穷的一项活动。

已有人陆陆续续来讨钱——这一年，师海养鱼、结婚，其间几番周折，大事全靠借钱、会钱，兆文家是有名的借钱大户。村里人来钱不容易，日常开支，全指着滩涂的蛏子、海瓜子，潮来潮去，年复一年。师海能借到那么多钱，也是仗着池塘的底子，所以还没干塘，就有债主上门问了，什么时候干塘——年关的钱更紧。等干了塘，更有人上门，师海回复，有本钱有利息，都别急，等我账算完了，有你们好年过。

对李福生来说，也是好事，他投在师海池塘里的本钱，按照养鱼的收益偿还，至少要翻两倍的。他一直在暗中观察，这一日中午从地里回来，瞅着吃饭的点直奔兆文家，讨问师海去处。一家人正在吃饭，月明道："上午穿了一身好行头，出去了，许是在祠堂（指的是小学）。"

师海结婚后，海燕还是住在学校，方便学校的生活，也方便上课。师海呢，成天在忙活，总不能指着海燕给他做饭吃，他多数在家里吃饭，晚上溜达到学校去。若是周末，海燕得闲，则会两人一块恩恩爱爱地吃一顿。总体而言，生活跟婚前差别不大。

　　"该我的钱，有搁家吗？"李福生问道。

　　"没有，孩子成家立业了，自己管钱。"兆文道。

　　"我看他鱼钱都收了，怎么没声音呢？"福生疑惑道。

　　"我儿是实诚人，不会少的，你去祠堂找找他。"兆文道。

　　师海确实在海燕这里。渔获交易几天折腾，清算完讫，他一身轻松，穿了件蓝色西装，里面是白衬衫，既帅气又矫情，问海燕道："这身行头，走出去，像个有钱人吧！"海燕腹中微微隆起，好在妊娠反应并不强烈，一切都可以自理，她打开一个饭盒里的豆酱炖肉，一阵香气扑鼻。她看了一眼师海，道："哪有规定有钱人该穿得怎样的？你今天穿得好像要见外宾。"师海道："对了对了，电视上领导人见外宾，他自己倒是朴素，身边的人就穿我这个样子，我就是要这感觉。"两个人坐下吃饭，两个铁饭盒，都是食堂的饭床上炖的饭，特别香。师海吃了一口，便从口袋里拿出一张存折，给海燕看，笑道："这还不算有钱人，还算啥？"海燕不经意扫了一眼，有九千六百三十六元。海燕笑了笑道："难怪这么开心，刨了借来的钱，还剩多少？"师海道："粗粗算了，把会钱什么都除掉，有剩个四千多，也是一笔大钱呀。对了，你想买什么，我给你买去！"海燕道："有了钱，也不是说非得买什么，缺东西了才买。"师海道："对对对，你说得对，你现在不买，以后想要了再买，但我有一件事要求你下。"海燕笑道："原来是要求我事，说吧，还懂得拘谨呢。"师海道："我求你借我四百块钱，过一两天就还。"

海燕一听愣了一下，确信没有听错，道："你确定？"师海道："我说得清清楚楚，你借我四百块钱，也别问，你不信任我？"海燕爽朗一笑，道："自家的老公都不信任，我还能信任谁？不过我箱子里就两百多，得去其他老师那里问问。"师海道："快去快去。去问问再吃饭，我着急进城呢！"海燕出去一趟，跟校长借了两百，紧着自己箱底掏出两百，师海接过，放在裤子口袋，把剩下的饭大口大口扒完，抹了抹嘴就走了。

前脚刚走呢，后脚福生就来了，问师海有没有搁钱在这。海燕倒也直白，道："他非但没钱搁这里，而且还从我这儿拿走四百块，进城了。"福生拍头叫道："哎呀，海燕老师，你被师海骗了，他那么多钱还跟你借钱，准是赌博赌输了，这回去翻本了。"海燕一脸茫然，道："不会吧，他不会去赌的。"福生道："哎呀，傻女子，他诈赌被三眼追得满山跑，这事谁不知道，赌博这恶习是改不了的！他娘的，恐怕我的钱是拿不回来了！"福生这一着急，一路叫唤过去，说师海卷钱赌博，输了还骗老婆的工资去翻本，转眼间满街的人都知道了。

当天，许多债主慌里慌张地往兆文家里赶。

建新路的一栋旧式砖楼，门口的招牌倒是很威严：《福建日报》海西记者站。师海探头探脑走了进去，主任办公室，一个四十多岁的男子戴着老花镜，在办公桌前看稿，他抬了抬眼皮，但不抬头，看了一眼师海，继续盯着方格稿子。他是记者站的站长，叫伊起浩。

"什么事呀？"他一心两用，目不转睛。

师海自来熟地在对面的木椅上坐下来，道："我是《福建日报》的老读者，几乎天天看。"

"然后呢？"他的眼睛又一瞟。

"认识了不少字，也看了不少故事，相当感动。"师海文绉绉的措辞，说起来相当艰难。

"我们报纸不登故事，就是消息报道。"

"对对对，消息报道，对我来说，就是一个学校，学了不少东西。"

"别说没用的，你就说你来做甚？"

"我想让你们写写我的故事。"

"我跟你说了，我们不写故事，写的是报道。你有什么可写的？"

"我是万元户！"师海斩钉截铁说道。

此地虽处于亚热带，但年前年后这一段冷得不行，坐着就更冷了。伊站长紧了紧棉衣的扣子，盯着师海的西装、白衬衫，宽大的脸却晒成酱色，怎么看也不协调。他不由自主地问道："你不冷吗？"

师海为了显得精神，西装里都没穿毛衣，自然会冷，但是为了这身行头，他能扛住，毕竟是火力壮的后生哥。师海不知道他为什么问这个，结结巴巴道："不……不冷。"

"万元户我们报道得也不少了，不稀奇，赚了钱，就打扮得人模狗样到处显摆，这样的人，我们不会都报道。"伊站长一脸蔑视。

师海没想到精心准备的这身行头坏了事，急忙叫道："不不不，我不是这样的人，我平时不打扮的。"

一个女记者背着相机进来，伊站长叫道："叶君薇，把这个不知道是真是假的万元户给我请出去，太影响我工作了。"

师海还赖着磨蹭，不肯走，被叶君薇干净利索地请到外面简陋的会客室，把站长办公室的门关上。

别看叶君薇脸上稚嫩，也是二十来岁的样子，但是大概有一米六五左右，在南方算是高大的女生，也许是记者职业因素，动作利落大方，师海瞬间倒是也听了她的，诉苦道："为什么别的万元户，你们就写得津津有味，我是万元户，你们就不写？这不公平呀。"

其时，万元户是个流行词汇，成为万元户是一种莫大荣耀，能传遍十里八乡的。

"我们没有不报道万元户的，但是呢，来我们这里说自己是万元户的人还蛮多的，假的也有，有些是赌博赌成万元户，我们不能报道的。我倒是想听听你的情况。"叶君薇把相机放在椅子上。

师海从口袋里取出存折，打开，道："来，相机拿过来，赶紧照一张，这是我万元户的证据，实打实的。"

叶君薇接过存折看了一眼，道："这个倒不是最重要，最重要的是，你是如何成为万元户的。"

师海硬把相机塞到叶君薇手里，道："你照，赶紧照，要是我钱一花掉，万元户的证据就没了。"

叶君薇笑了，存折一万出头，花个几十块就不是万元户了，这个人的思维挺一根筋。她依着师海的性子，拍了一张，道："你怎么就认为你这个万元户值得写呢？"

"我长期看你们报纸，也琢磨了一些门道。你们写的那些报道，都是有些看点的，我觉得我有看点，第一，我是部队转业，代表的是退伍军人，这个身份呢，很光荣的；第二呢，我是这里第一个用种草养鱼的技术，成为万元户的，不信你去小东门市场问一问，前几天的鱼，基本都来自我池塘里的；第三呢，我是看了你们的报纸，学的广东的种草养鱼技术，这个呢，是不是也值得一写呀？"

叶君薇眼神发光，是那种特有的职业敏感，叫道："如果是真的话，那值得一写。"

师海道："当然千真万确，就不晓得站长为什么对我有成见。"

叶君薇道："他呀，有点文人气，对你这种暴富的人没有什么好感。"

"他作为你的领导，你写的稿子是不是得由他过一手？"

"那必须呀，不但得过他，而且我们传真到福州，还得由他们遴选。"

"那……要不要我送点鱼鲜给站长，通融一下？"

"你想得倒是多了，我告诉你，站长是看稿子不看人呀，不管他对你印象如何，稿子要是出色，他照样往上推送。这一两年带头致富的典型是我们采写的热点，我看你这个，还蛮典型的。"

"那就太好了，你马上可以采访我，我就是打从娘胎里说开始都行。"

叶君薇笑了，她感觉这个万元户既世故又稚嫩，既老成又童真，活脱脱一个文学性的人物，写起来应该是很有料的。

"你倒是说说，你为什么那么想上报纸？"叶君薇笑道。之前她采写过的万元户，都是自己循着线索去找的，有的人还不愿意接受采访，怕露富。找上门来的，自己有兴趣的，这算是头一个。

"怎么说呢，我看报纸呀，看你报道的那些农村的人，种瓜能手呀，养鸡能手呀，我就想这些我也能做到，有一天我也得上报纸，成为自己崇拜的那个人。你说，我有这想法，是不是太狂妄了？但我没有办法抑制这个想法的。"

"狂妄？也挺好呀，说白了，我觉得，你就是个有野心的人。"

师海笑了，竖起大拇哥，道："你这个记者，真是有眼力，就这么几分钟，把我看透了。"

师海从小的口头禅就是：我要最大！我要最多！我也能！他什么都敢想敢做，被人称为有野心。被叶君薇一语说中，怎不心悦诚服。

虽然一来就碰了个软钉子，但是报道这件事还是比较顺利。这得益于师海所说的三点。看来，平时多看报纸，门道被看出来了，可见其用心。当然，还有一点是叶君薇提出来的，师海是目前所见的本地区最年轻的万元户，最年轻的，这一点让师海骄傲无比。拿到报纸的时候，他的存折里已经只剩下半个万元户了，但不影响师海登上人生顶峰的激情。虽然遗憾自己的万元存折照片没有登上报纸，让村里不服气的人颇有质疑，但是自己雄赳赳的照片印在报纸上，黑纸白字"退伍兵种草养鱼，成为最年轻的万元户"的标题，也让人心满意足。那张黑白照片,他站在池塘边,池塘里已经重新蓄上半塘水，黑白分明，他目光眺望远方，踌躇满志，显然想在明年有一番更大的作为。那是叶君薇让他摆拍的，他看了很多次。晚上他把报纸抱在怀里，就像抱着自己，对着枕边的海燕道："我已经觉得没有我办不到的事了。"

海燕在昏黄的灯光下凝视师海自信的脸，脸上的自信，好像整个世界被收纳其中。她用手指抚摩一下他的脸，把头埋在他的胸间。她喜欢自己的男人自信爆棚的样子，或者，当初她的心渐渐被师海俘虏，就是因他无所不在的自信，甚至是自大。虽说自己是个有想法的女子，不容他人使唤，但内心，更希望有一个这样的男人依靠。

"你说什么都是对的。"海燕在他怀里甜蜜地呢喃道，"只是不知道你这颗心，还有怎样稀奇古怪的想法。"

接踵而来的是当名人的苦头。先是大婶子过来，说是家里儿子病了，赶紧借点救命钱。师海第一次这么有钱，倒是阔气，抬手就借了。但此后络绎不绝，沾亲带故的算是正常，没有沾亲带故的，也有慕名而来，借钱的理由匪夷所思。酒醉说："师海，我可是一直都关心你，希望你发大财的，这不，你就发大财了，你不借我几块我过年买酒，怎么说得过去！"软磨硬泡，不见钱不撒手。他说的借，就是跟白要一个意思。多年没走动的镇上的远房堂伯母，闻讯赶来，说年后儿子要出远门做事，需要盘缠。师海都惊呆了，道："你怎知道？"伯母道："你这万元户的名头是窗口敲大锣——里外响当当了，还想瞒着我。想来祖上那一坛墓，风水被你吃了。"师海此时已经体会了借钱大军的苦楚，知道拒绝了，道："年后的盘缠，年后再说吧。"伯母道："年后的钱，谁能担保，年后你的钱要是被借光了，还耽误我儿出门。"

月明心疼师海，道："你到学校躲着，别回来了，我替你推挡着。等年三十鞭炮响了，再回，到时候谁再来借，我打断他腿！"师海依计而行，他毕竟是后生仔，人情世故方面，生涩得很，哪里该柔哪里该硬，尺寸把握不好。但是借钱的人追得可凶了，有时追到学校，师海不得不又躲到床底。

有一件大事，年前早就议定，乃是元丰的墓地。此事兆文虽装作床上的花枕头——置之脑后，钱一有着落，马上就动议了。过了年十五，请了风水先生，重新看了莲花心的地。先生说，地是好地，但是如今前面赤鉴湖的水有了变化，水口远了，而右边

516

斗门头的一潭水急进急出，进如猛虎，退如蛟龙，恐怕有几分凶险。元丰表面不动声色，心里着实激动，亦有主见，他晓得些风水，看准的，自信而顽固，道："这潮来潮去，水进水出，乃是如常。此水主财，汹涌一些，却是好事。"先生见主家自己有主意，便道："我的意见呢，并非我说的，是照书上说的，请勿见怪。"

墓地用了灰一百二十担，着实是一尊大墓，从山下看，敞敞亮亮堂堂正正，灰黄色，坐落山间，引人注目。元丰整个人精气神都不一样了，以前老是有心事的样子，或者心虚脚虚，双目无神，现在全身松弛下来，心中笃定神清气爽，一看便知是个有归宿的老人。

有一天，元丰从白枣树下挖出一个铁盒子，放在箩筐里，以草覆盖，一个人爬到山上墓地，转开墓门大石，把盒子埋在墓室里。那个地方，正是将来放棺材的。他嘘了一口气，似乎完成一件大事。

好日头的天气，元丰会拄着拐杖，登上墓头，手搭凉棚，眺望前方。原来浩浩荡荡的赤鉴湖，现在变成良田千亩，前方是一汪西陂塘堤坝内的湖水，葫芦带状；右边一汪是斗门的潭水，水满的时候，像一块月饼。

他深信这是一块棋盘，每个人都是棋子。棋盘变了，楚河汉界都变了，每个棋子的命运，又会发生怎样的运转？

数千亩滩涂，自古是一马平川，平静无涯，如古诗所言"日落海山僧罄寂，一行飞雁入洋芭"。这都是各村祖上真金白银买回来的。

不知何时，滩涂上不再那么光滑平坦，某些地方开始长草，像藓斑，先是一小块，后来不断地蔓延。赤壁港一带数百亩滩涂，原来是自然产海瓜子的区域，后来就长了一块又一块的荒草，四处蔓延，就荒了，成为一片烂滩。

荒草，是一种适合滩涂上生长的植物，叫大米草，又名食人草。

六十年代开始，为了巩固拦海堤坝，一位南京大学教授从美国引进大米草，在江苏试种成功。大米草耐海水、耐盐渍且能抵抗风暴潮，初期引进在利用它"保滩护堤、保淤造陆"的两大功能，为沿海地区积蓄后备土地资源。在福建沿岸种大米草的地方，台风袭击时，滩地都得到了保护，靠近福州的罗源湾也是由于种了大米草而提前围垦，受到水利部门的肯定。但凡事有利必有弊，作为外来物种，大米草的繁殖力太强，种子可以顺水漂流，随地蔓延，把滩涂变成荒地。它相当适应潮来潮去的生活，被海水淹没时，能吸收海水里的氧气，破坏海水环境。它根系发达，抢占生存空间极为猛烈，其所到之处，芦苇、红树林纷纷绝迹，花蛤、对虾、螃蟹、章鱼等小海水产也绝产，变成海上废墟。

今年海水好，在赤壁港部分滩涂，未被大米草覆盖之处，竟然有野蛏子繁殖，可见这一块地方，是良滩。

麒麟埕与碗屿结盟，互相约定，赤壁港由碗屿来开荒，开荒之后，租给碗屿滩涂养殖，前三年免租。赤壁港离麒麟埕太远，对碗屿而言，只是门前的事，不论是开荒还是养殖，时间成本极小，这是双赢的局面。

老人头池长驱牵头，设下分配方案：每户出一个男丁参与垦荒，将来分到租地时，算一份。若因为特殊情况，家中只有女人或者十八岁以下男丁参与，则算半份。若一家能出两丁，则算两份。碗屿人口少，多劳多得，鼓励多多出动。

池根水家里没有劳力，但对滩涂又觊觎已久，想有个万代基业，便去找池长驱计较，道："你看这好事儿是我揽的，是不是得奖励我一份？"

池长驱道："根水呀，你是做了好事。你看周边的村子，听说我们跟麒麟埕结盟，都高看一两分。以前呢，我们游神，他们还敢泼粪，现在路过，都会主动打招呼了，根水你是不是脖子也硬了。这个嘛，还是要承认你的功劳。但是，一码归一码，分滩涂，还是按照劳力来，乱了规矩我就不好办了。"

池根水皱眉道："你这绕一大圈子，还是给我个拒绝，不嫌舌头累。你看我们家来宝还在襁褓，我在窑里走不脱，为啥呀，人家订的骸瓮都是定了补葬的日期，不能拖的。这倒好，这好事是我牵的头，回头一份蛏埕也分不上，这也太没天理了。"

池长驱想了想，倒也是，这要是把池根水落下了，跟陈武功也没个交代。长驱沉吟片刻道："你家不是还有两个女儿吗？让巧清上，我给大家说明你的难处，给她算半份，可别叫巧月来，那太小了。"

池根水道:"长驱伯呀,你真是不了解我的处境,我现在是自己的女人、自己的女儿都使唤不了。骂不怕,打也不怕,我在家里越来越不顶事啦。就是巧清,被我打到腿青一块紫一块,萝卜变茄子了,就是死也要去上课,我吃奶的劲儿使出来,也叫不动的。"

根水边说边手舞足蹈,如果巧清在身边,他指定要打骂示范一番。池长驱笑道:"根水,女人不听话呢,硬的不行,就来软的,软硬都不吃的女人,我没见过。你打打骂骂的,就那两下子,女儿皮肉惯了,也就没威力了。"

"真的吗?我倒没想过。"根水愣愣道,"你说软的,是我求她吗?"

"你真榆木脑袋,你那巧清性子烈,是个狠角色,你哄她,疼她一点,说说亲热话,把她性子磨软,不就听话了,毕竟是你女儿。"

"这么软的活,倒是没干过,我试试。长驱伯,你行呀,连这都懂!"

"一九五九年,一九六六年,我有两次死里逃生,为什么,我有这门本事,知道怎么对付人,要不然,我能活下来?不过,我那些呀,都是运动来,运动去,在夹缝里求生。你这个呢,毕竟是家里人,没那么复杂,你别整天骂骂咧咧的,你要学会把她们当人。"

根水从这时候起,有点开窍,他觉得必须有一些手段,让自己重新夺回领导地位。回家后,见了巧清,他抑制住自己想骂人的嘴,换上一种平和的口气,这使得他说起话来特别别扭。根水道:

"巧清，你过来，爹跟你商量点事。"

巧清聪明得很，根水态度的转变，只不过是从狼到狐狸的转变，肚子里并未有好主意。不过她从未见过根水这样平等的甚至充满爱怜的口气，心中一暖，不由自主地走上前去。根水从来宝说开始，他希望来宝长大后，自己能有蛏埕继承给他。是的，拥有一块海上的土地，接受海水的赏赐，这是海边村民最踏实的事。要不然，各村祖上怎么会懂得一有钱便购置海产，造福子孙。自然，最后的话题是，希望巧清放弃上学，为自家赢得半份。

巧清拒绝的态度被融化了，她在一瞬间发现自己无法拒绝。因为父亲的口气，是跟她商量，她发现了自己的价值，也发现了父亲的苦衷。更多的是，内心的一种久违的暖流，使得她沉浸在其中。但是，开学，上学，一直是她既有的计划，坚强的决心，除非死了，否则一定要把初中上完。

"我想一想吧！"巧清说这句话，眼泪差点要出来。不会愤怒，而是感动，感动自己在父亲的眼里，终于是一个平等的人了。

根水见兜了一大圈子，依然没有说服，不禁有点恼怒，不过他还是吸取了教训，不再来硬的，只是道："你得想出法子，要不然弟弟长大了，会怪你的。"

现在玉喜是巧清的依靠。在不算长久的接触中，她发现，自己完全无法解决的问题，在玉喜手里，总是轻而易举就有了办法。她虽然有些不安，不安于玉喜为什么这样无条件地帮助她，但还是无限地信任。

她把苦恼告知玉喜。重点是，她说她感觉到父亲对自己的转变，使自己不忍粗暴拒绝。玉喜道："你爹现在晓得跟你来硬的，是行不通了。"巧清道："可是，我更怕他这样，这样我的心就乱了。"玉喜轻描淡写道："这不是什么难题。我去参加垦荒，把我的一份算你的，不就成了？"巧清难以置信，道："那……你不就没有了？"

"我不需要，我可不想以后还在滩涂上养蛏子。"

因为惊喜和感动，巧清突然抱住了玉喜，泣不成声。玉喜举起双手，道："别这样，你还是放开我……"巧清道："你让我抱会儿，我就不哭了。"玉喜道："行，你看眼泪都把我肩头打湿了。"

玉喜的家，现在成为巧清的庇护所。越是隐秘，玉喜越是以礼相待。巧清情绪平复了，抹着眼泪道："我就想知道，你为什么会这样帮我？"

"我说过了，你就是我，我无父无母，你虽然有父母，却跟没有父母一样，我帮你，就像在帮我自己。"

"就没有别的了吗？你一点都不喜欢我吗？"

玉喜没有回答，他觉得肯定和否定的答案，都是不妥的。跟一个尚未发育完成但是心思又成熟的十四岁姑娘谈这个，实在是顾忌多多。

"你是不是喜欢着别人？"巧清虽然小，但观察能力并不拙笨。

玉喜犹豫片刻，坚决地点了点头。

失望瞬间挂在巧清的脸上，她倔强而不服气地问道："她是谁？"

玉喜摇摇头道："你还是好好把学上完，这样的事，等你长大些再告诉你。"

巧清瞬间满脸委屈。她像赌气一样回来告知根水，玉喜可以代替她拿到一份。根水不置可否，满腹狐疑道："你可别干什么伤风败俗的事！"巧清没好气道："我想干都没机会！"

根水惊愕地看着巧清。那一瞬间，他感觉到巧清不再是个女孩了。

垦荒在农历二十二开始，毕竟村子小，组织了四十余人，对大米草开始整治。一批人先是拔出根系，拔不出来的，要用锄头挖出来。淤泥之中，动作不便，这又是力气活，自然是最累的。大米草若弃置港汊，随水漂流，搁浅之处，必定复活。便要装在筐子里，用木橇运至岸上，晒死。大米草深扎土中，密密麻麻，劳动量颇大。

增坂人见碗屿人在赤壁港开荒，踏着软泥过来叫道："嘿，这是增坂村的领地，虽然荒了，但还是增坂村的，你们这么干，要出人命的。"

碗屿的人回道："赤壁港是麒麟埕的，我们帮他们开荒的，有意见，你们找麒麟埕去。"

消息传回增坂村，群情激奋。李怀礼翻开族谱，上文有记载：村中滩涂，有西陂塘，漳湾塘……漳湾塘，东至官扈，西至斗门，南至门下港，北至赤壁港。子孙谨守，流传百代……

怀礼道："白纸黑字，这是有证据的。麒麟埕只不过中标了几年，就当成自家的，真是在我们头上拉屎了。"

根据增坂村的说法，赤壁港是增坂村与麒麟埕的交界滩涂，是增坂村的公产，十来年一直是产海瓜子的。增坂村的村产海瓜子埕，每年都在大厅公开招标，四邻八村以及本村的个人，或者集体，都可以投标。中标者则自行收割那一片的海瓜子。海瓜子可以通过去壳做成海瓜子肉，一粒粒稻谷大小而颜色金黄，味道鲜美而价格不菲，贩行山海城乡；也可以不去壳，直接投食鱼塘，作为饵料。麒麟埕作为养鱼大村，每年都是投标大户，十余年来，赤壁港都是由麒麟埕收割，很多不清楚投标内幕的人，会认为赤壁港就是麒麟埕的村产。加之几年前，赤壁港无人耕作，被大米草覆盖，海产绝迹，也就成了一块位置良好的荒滩。外人不晓得个中渊源，自然不知归谁属谁，也无从考证。

此事事关重大，话事人都聚在村部。书记李兆清的意思是，他跟公社打个招呼，让上级解决。这个方案很快被否决。第一，关于滩涂边界纠纷的问题，历来都有，一般来说，都是无解之题，但凡有政府介入，解决的方案就是封滩，两方谁也不准动，以后再解决。这种解决方案，两方都不会满意。第二，现在属于滩涂被抢，不以牙还牙，这个村子也太没出息了，不是民风彪悍的增坂村的作风。

李兆清，也是两头难，作为党政干部，他需要讲政治、讲法律；

作为宗族一分子，又必须与大伙同一立场，以意气来决输赢。李兆清主意被否，也在意料之中，他道："我的意见是出来了，你们不采纳是你们的事，我这就先走，不参加你们其他的决议。"

这是他一贯的作风，把能应付上头的活干了，其他睁一只眼闭一只眼。

大家商讨的重点，这件事是跟麒麟埕交涉，还是跟碗屿村交涉。碗屿村只是个傀儡，如果麒麟埕认栽，碗屿村自然不敢轻举妄动，这似乎是常理。若是跟碗屿村较劲，归属问题还是没法解决，麒麟埕倒是愿意坐山观虎斗，且暗中使劲。

正商议期间，李安民喷着酒气，突然闯进来，道："这么重要的事，居然不通知我，真是没把我放眼里了。"

说罢拍着桌子，显然对自己被忽略感到不满，更多的可能是为自己在村中的地位感到焦躁。

兆文道："上次你不是说滩涂不归你管吗，谁还愿意热脸对你冷屁股呢？"

李安民道："我想管就管，不想管就不管。碗屿这么屁股大的村子，居然还欺负到我们头上，你们还开会，开什么会，按我说，就是一个字，杀！杀他个片甲不留血流成河，看以后谁敢在太岁头上动土。当然，你们没有战斗过，不懂得那是什么场面，我懂，按照我在部队的经验，都不用商量什么。听好了，这件事，我挑头。"

众人见他酒喝得有点多，道："你先回去睡一觉，有什么事醒酒后再说。"

李安民道:"不要以为我说醉话,我喝酒没喝酒,都是这句话,这件事,我挑头,我来冲锋陷阵,我管定了。以后,你们得给我加工资,懂不,工资都不够酒钱了!"

李安民以干部自居,不事农活,也不经营生计,但爱喝酒。他当民兵队长、自卫队长,大队给他一份工资,实际上都不够他喝酒。他娶了个如花似玉的女人,姓游名香珍,古镇霍童的人家。当初她看安民气宇轩昂,谈吐不凡,又是军人出身,郎才女貌,满意得不得了。生了三个女儿,次第排开,各个肤白清秀,明眸皓齿,都是一等一的美人坯子。结婚几年后安民本性暴露,家道日落,他却只管自己喝酒,不顾家庭生计。家里锅碗空荡荡,女儿睁着扑闪扑闪的眼睛,盯着灶台。游香珍为了养活女儿,做了互助会的"会头",手里是有钱来来去去,可分分都不是自己的,挪用之下,不免拆东墙补西墙,讨债的人时不时登门。李安民嫌在家里,讨债者打扰清梦,有时喝了酒,就在小学里酣然大睡。夏天呢,有时候就在校门外青石板上横躺,鼾声如雷。

李安民除了喝酒,还喜欢摸女人屁股。做自卫队长时,庄稼成熟时在路口收取"看租",见有女人挑担子来,必定先摸人家屁股。有的女人骂骂咧咧,也有的女人道:"摸一下,少收一成。"如果有女人从禁山偷枯枝落叶下山,遭遇他手,那可就倒霉了。

李安民觉得自己对保护村庄居功至伟,多次提到加工资,但得不到肯定回复。现在借着酒劲,决定要建新功,立下军令状。

会议被这么一搅和，也开不出什么花样，任由他大拍桌子，说自己能耐，见过大阵仗，明天自己带头，用新式武器，踏平碗屿村，并让大伙明早在祠堂坪集合。大伙不知道他酒后所言是虚是实，权且作一半听。

次日，跃跃欲试的后生们倒是到了，却不见李安民的动静，大家觉得他昨儿说的果然是酒话。兆文倒把这事儿记在心上，他晓得碗屿的垦荒，陈武功在后面指使。而陈武功这个人的威严谋略，确实需要李安民的虎胆和枪弹去冲击，才能知道底细。李安民喝了酒宛如醉猫，不堪其用，但没喝酒时宛如天尊，威严无比，在虎爪泉可是一枪立下威望的。他径直到李安民家，李安民还未醒，老婆也不敢惹他醒来。兆文摇了摇他的胳膊，叫道："安民，昨天说的话，今天还算数吗？"

李安民从懵懂中醒来，伸了一个大大的懒腰，叫道："什么话呀？"

"你说要踏平碗屿村，都不记得了？"

"记得记得，芝麻大的一个村，收拾它分分钟的事。"李安民懒洋洋道。

"那人都在祠堂坪集合了，你这当头的还在被窝里，快走。"

李安民看着兆文，蓦然有了主意，眼里有一种奇怪的眼神，道："我这提不起精神头呀，要不然你给我去弄一斤酒，我提枪立马走。"

"喝酒不是耽误事吗，等打了胜仗回来，绝对给你打酒。"

"说什么话呢，武松不喝酒能打虎吗？酒是米的精髓，一下肚，我杀气就来，你好心不磨嘴的话，弄酒来，其他别废话。"

兆文想想也是，道："行，你东西先收拾了，我这就打酒去，可是没有配菜呀！"

"喝酒要菜，那就是不会喝酒！"

兆文二话不说，出门就打了一斤米酒过来，李安民也不说话，仰起脖子先喝了一气，喘了一口气，叫道："爽，有劲儿了！"把军装穿好，提了枪，又到楼梯底下一个匣子里神神秘秘地拿着几根东西，放在书包里，道："这玩意儿管用，根本不用舞刀弄棒的。"兆文晓得他从部队里学有一手，自制雷管、手榴弹啥的，估计是这一类的东西，顿时肃然起敬，道："先进，确实先进！"李安民收拾停当，把剩下一半的酒再一饮而下，走出门口没有两步，打了个饱嗝，酒劲上头，脸色潮红，兆文感觉有点不对劲，道："是不是要醉了？"

"你太小看我了。这时候只想来只老虎，我迎头就打！"李安民把枪高高举起，又恢复了一尊天神的样子。

李安民走到祠堂坪台阶上，比别人高一头，他觉得还不够高，叫人从教室里取了一张木头长桌，一个趔趄站了上去，严肃立定，器宇轩昂而又威风凛凛。他举起右手的枪，直指蓝天，似乎只要一扣扳机，就能把天打穿，极有派头的。这动作有模有样，一看就有出处，指定是他在部队看见过首长的阅兵讲话。祠堂坪上的后生，被李安民的派头激发虎胆，热血上涌，像一群马蜂，群起嗡嗡应和。

李怀礼皱了皱眉头，嘀咕道："狗都上树了！"他也走到台阶上，朗声对李安民道："安民，这事我看没那么简单。洞主说了，我村不利东，不利于海战，我总觉得贸然出动，不妥，不如再问问神明，有更妥当的法子没。"

李安民笑道："你听洞主的，洞主可曾有助过一拳一脚？"说得李怀礼哑口无言，直翻白眼。兆文劝道："老人头，你就撒手，看看是安民厉害还是洞主厉害吧！"

四辆三轮摩托车，一辆手扶拖拉机，载着五十来号人马，沿着机耕路，穿过下坂、岭后，突突突朝斗门头方向。车上旗子飘扬，旗上绣了一只蛤蟆，那是增坂村的风水林的模样。车声人声喧嚣，引得路人驻足目视，纷纷打听是哪里的人马，杀向哪里。李安民站在车斗上，挥舞旗帜，虎虎生威，冲着行人叫道："增坂，增坂！"行人惊悚侧目，视为天兵天神。

安民刚刚退伍回村时，一表人才，被视为才俊，村民敬重有加。多年之后，本性毕露，恶习丛生，提起懒惰，首当其冲，威望早已冰火两重天。但他自视甚高，并无觉悟，一直维持虚幻的尊严。而如今这大阵仗，又使他回到巅峰，宛如首长在军车上检阅部队，自有一番威严。他面色激动而冷峻，知道打好这一仗，对重塑自己的威望大有裨益。

落潮时分，碗屿村民们散落在赤壁港的荒滩上，脚陷滩涂，身上沾着泥巴，举步维艰。大米草像牛皮癣，有的地方成片蓬勃，有的地方稀稀疏疏，但若干年之后，它们会成为这片滩涂的主宰，使鱼蟹绝迹。玉喜把大米草码在土车上，吃力地推往高处，卸在潮水到不了的地方，晒死。他气喘吁吁，虫卵般的汗水从额头滑下，不得不用衣服拭擦，眼睛能感到咸味，但他心里却是一阵从未有过的轻松。往日郁积在心中的那份痛苦，确切地说，胸中剩下的隐痛和愤懑之气，似乎让汗水冲走了。参与集体的劳动，让人欢欣而满足，甚至，他想到自己的这份劳力，是为巧清代劳，不免另有一番愉悦。胳膊的皮肤有点痛痒，那是大米草叶片割伤的，星星点点若有若无的伤口，索性用咸土抹上，消毒止痒，也能带来片刻愉悦。休息的片刻，他停下来眺望远方，似乎看到自己十六岁出门远行的那种情景。

玉喜先是看见斗门方向一群蚂蚁似的人群，接着能听见喧哗，晓得是有些不同寻常的动静，但究竟为何，并不知晓。赤壁港上劳作的人看见玉喜停下远看，也纷纷驻足摆头，像被咒语定住了。

池玉太的娘卖了龙头鱼干回来，正走在增坂人前面，晓得风声，挑着两只空箩筐，跌跌撞撞跑到赤壁港堤，叫道："增坂人杀过来了，快跑，玉太你在哪里，快逃命呀。"

垦荒的人双脚陷在滩涂里，蒙了，不知道该跑还是不该跑，不知道该往哪里跑。池一龙见众人不知所措，倒显得最是冷静，道："不用跑，跑了还显得心虚。咱们这是帮麒麟埕干活的，要算账，该叫他们找麒麟埕人去。"

惊惶之际，只要有一人出头，众人便都听他的了。池一龙虽然懒散，也被人戳着后脊梁叫懒虫，但是口才好，算是村中话事人之一，也有地位的。但人不知他有做贼的根子，被公社抓了以后，关了半个月多，口碑大跌。回来之后，池一龙并不以为耻，称自己"盗亦有道"，只偷大村的，劫富济贫，打不过大村，偷它一两遭，亦是壮举。有人不以为然，认为他狡辩；也有人觉得解恨，因碗屿村被周边诸村欺压得紧，无可发泄。

俄而，李安民挥舞旗帜，领着人马旋风般杀到。拖拉机在机耕路停住后，他们沿着岸坝前进，耀武扬威，早已惊动周边。池一龙见人马真刀真枪，气息雄霸，立在泥里的两条腿都抖了，一股冷气从天灵盖往下，跟全身过电一般。饶是如此，他依然算是见过世面的，压抑住颤抖，挥舞双手叫道："我们是替麒麟埭干活的，无关我们事。"其他人也跟着叫道："无关我们事。"

滩涂上的人离着岸边，有几十米，李安民以手掌拢着嘴大叫道："管你给谁干活，都给我上来！"

滩上的人知道上来的后果，都立着不动。他们身后，是奔流的港道。正是涨潮的时候，港汊里的水流哗啦啦地奔腾，再过不到一小时，便会把这港面的滩涂全盘覆盖，变成汪洋。安香见他们不上来，僵持下去，倒是把杀气腾腾的气势给消磨了，便道："杀到下面去，看他们往哪里跑。"

李安民撇撇嘴，止住道："脏，不打那么脏的仗，看我的。"

李安民从军用书包里掏出一根东西，其实像是三根土黄色的大型鞭炮，被包扎在一起，前面露出一条导火索。有见识的，都晓得是李安民自制的雷管炸药。这玩意儿平日里可不常见，大伙便盯着他，痴痴等待。李安民把导火索引燃，冒着烟，高举起来，宛如天尊，叫道："看我把他们炸得稀巴烂。"众人见导火索在他手中燃烧，他却不着急，更觉得他胸有成竹，天然战神。李安民做足范儿，一副谈笑间樯橹灰飞烟灭之气，才把雷管奋力掷向滩涂，画出一道有力的弧线。滩上的人晓得是个厉害家伙，纷纷逃窜，可是脚又被陷在泥里，于是也有在泥上摔个四仰八叉，也有连滚带爬，头脸皆是泥。狼狈之状，不一而足。

雷管在滩涂上爆炸，砰然巨响，掀起泥浆，一阵鬼哭狼嚎。没有人被炸死，却有人被吓瘫了。玉太娘在另一头堤坝哭道："太儿，快跑过来，别被炸死了。"玉太才十六岁，顾不上什么，跌跌撞撞朝他娘的方向跑去。众人见了，一边警惕地盯着增坂人，一边跟在玉太后面，从南边仓皇上岸。

安香道："杀过去！"安民止住道："有我在，你别瞎指挥！急什么，等他们都上来，再杀过去，免得脏了手脚。"

一身泥巴的碗屿人，见增坂人没有杀过去，鱼贯上来，顾不得擦脸上的泥，活像一群鬼。玉太娘领着玉太，沿着田埂往村里跑，众人跟在后面，倒像是跟着一个妇人逃命去了。池一龙叫道："快点快点，他们不会甘休的。"话音未落，李安民吆喝一声，道："追！"众人早等得不耐烦，看这些人全部上岸逃窜，便蜂拥而上，看着前头人群由南边池坝进了村，尾随而进，大有关门打狗之势。

先是狗叫了起来，一只狗引起了几只狗，互为呼应，村里的气氛就乱了。几只关在栏里的鹅也被惊动，排着队，把头搁在栏杆上，睁着惊惶的圆溜溜的眼珠子，嗷嗷乱叫。巷子里散步的鸡被惊动，扑棱棱飞到断墙矮树上，有点站不住，直接扑腾下来屁滚尿流。荔枝树上一树的麻雀，被狗叫声惊起，如被捅了马蜂窝，又聚成一朵叽叽喳喳的乌云，飞往山上。粪池鸟从粪坑中惊飞，箭也似的飞到屋顶，站在瓦棱边观察一切。

安香追到村口，站在榕树根下，高呼道："看到身上有泥巴的，往死里打，挨家挨户砸过去，老人和孩子不要动。"众人齐声附和，喧嚣着扑进村里。

池一龙在院里，赶紧把两扇木门闩上，只听得外面喧哗连连，正踌躇着是先把泥巴洗净，还是找个地方躲起来，只听得哐哐两声，木门已被踹开，摇摇欲坠。司令带着几个人进来，在他面前晃着枪棒，做抽打状，把池一龙惊得钻进厨房角落，叫道："不关我们事，你们去找麒麟埕人。"司令喝道："谁到增坂村的滩涂上动手，我们就干谁，没那么多废话！"池一龙以手抱头，做示弱状，司令也不下强手，只用棒子敲着他的头。池一龙知道并村械斗的后果，打死打伤都是家常事，一并由村里负责，便抽噎道："别打我，我跟你们村里有亲戚。"司令倒是有了猫捉老鼠的闲心，笑道："说，跟谁有亲戚？"恰巧兆文听到喧闹进了门，池一龙眼睛一亮，如见救星，道："就是他。"

并村这样的事，兆文可不想袖手旁观，跟着车队来了，只不过这是年轻人当头的事，他跟着后头压阵，也插不上嘴。方才大伙儿呼啸进村，他落在后面了，这时候赶来，不早不晚，被池一龙认了亲戚。

司令道："兆文伯，这是你家的亲戚，你来收拾！"

兆文上去抽池一龙一巴掌，道："亲戚，现在说亲戚，早干吗去了。"他左右开弓，抽得池一龙的头像拨浪鼓。司令跟众人道："这儿由兆文伯收拾，我们走。"

众人风风火火开赴下一个战场。兆文也打累了，停下手，嘴却不停，道："你他妈给我乱认亲戚，毁我名誉，这嘴巴还是不能改！"

池一龙以手护住面颊，嘟哝嘴道："当年在门峡打石，我们是工友，半夜里我去食堂偷馒头一块吃，这不比亲戚更亲。你吃得吧唧吧唧满嘴香，都忘啦！"

"你这狼心狗肺，要不是这点情谊，我方才能让你认亲戚吗！"

"既然记得，刚才巴掌还打得那么狠！"池一龙抱怨道。

"我不打你巴掌，他们就打断你骨头，这个便宜，这个账你自己算算！"

池一龙哑口无言，蓦地想起什么，突然从口袋里掏出两角钱，道："还你。"

"你没欠我钱呀？！"

"上次去增坂收货（偷窃），不知道是你的家，收了两只兔子，后来路上丢了一只，这给你还上，免得欠你情，下手太狠。"

"哦。"兆文恍然大悟，接过来道，"没想到你做贼仔还这么讲究，也算一个好贼。不过还回来的那只兔子，不凑对，后来也跑了。"

"在你自家跑掉的，可别算我头上，咱们两清了！"

"别扯兔子了，你老实告诉我，麒麟埕和你们碗屿，还有什么阴谋！"李兆文打量房子，家徒四壁，都不知道哪里可以弄口水喝。

安香带领一伙子人，撞开一家屋子，玉太娘正在屋里，慌慌张张把两个箩筐搁在卧室门前，叫道："我们家没男人，你们赶紧走。"安香眼尖，瞅见卧室的门槛上沾着湿漉漉的泥巴，一把踢开箩筐，往里一探头，便见玉太躲在床底下。玉太娘一把拦在安香前面，叫道："不关他的事，他才十六岁！"

安香道："谁侵犯我们的滩涂，谁就要受罚，起开！"

床底下的玉太，见到外面声势浩大，知道逃不过此劫，吓哭了，道："不关我事，我什么都不知道。"

见安香就要揪出瑟瑟发抖的玉太，玉太娘猛然变了副样子，像个母豹一样扑上来，对着安香又拽又咬，声嘶力竭道："你们就懂得欺负女人孩子，算什么本事。"

安香急忙退让，道："你别惹我，我不打女人的。"

玉太娘道："你要打我儿子，先把我打死才行。"

众人来帮助安香，想摆脱玉太娘的胡搅蛮缠，安香喝止道："都闪开，别让人说我们十三太保欺负一个老娘儿们！"在玉太娘的疯狂进攻下，安香自己一边挣扎退让，似乎在躲避一场瘟疫，一边给自己找台阶，朝着玉太道："看你还是小屁孩，饶了你，下次再敢进入我村的滩涂，叫你小命不保。"退到门口，招呼众人道："走，打硬仗去，别跟女人小孩蛮缠！"

玉喜的院子更是连门闩都没有，更别说躲在家了。他跟着人群跑回家里，一喘息，又跑了出去，只听见一片打杀声音，又听有人喊："增坂人抄家了，快跑。"玉喜灵机一动，叫道："往教堂跑，教堂门厚！"一边跑一边招呼，四散惊慌的人很快得到引导，互相招呼，往教堂去。玉喜跑到教堂门口，摇手招呼。村里的场所，一是祖厅，一是教堂，大门最为厚重，易守难攻。但是祖厅的围墙矮，脚踩肩人就可以跳进来。教堂则是全封闭的，就连窗子都又高又小，可保一时无虞。姑姑见这么多的人进来，多数还是信佛，身上脏兮兮的，不知所措，拦又不是，不拦又不是，不知如何是好。玉喜在门口，百忙中劝慰道："姑姑，这是救人性命，天主会同意的。"姑姑立在天主像前，闭眼念起《圣经》，祈求天主谅解。

李安民虽然强壮，但跑步却不是他的长项，跑得气喘吁吁。带着众人进了村，晓得人都往教堂躲去了。安五叫道："快追，让他们全跑到教堂，就打不着了。"安民跑得腹疼，又因为早上喝了酒，脚步不稳当，弯着腰以手撑着膝盖歇息片刻，喝道："你懂个屁，让他们都跑进教堂，我自有办法。"

玉喜看见安民率领大队人马扑来，便把两扇大门一关，大门发出沉重的转动声，门闩一闩，教堂里顿时暗了下来。玉喜一颗心落定，虽也有忐忑，但他觉得这是最好的庇护所了。

大伙冲到门口，踹门，跟拳头打在棉花上一样。再看四周，教堂跟一个粽子一样，尖角朝天，毫无突破口，众人有些沮丧，只是一味吆喝。安民走到侧面，像个老猎手一样观察了一下，突然哈哈大笑起来，道："这是瓮中捉鳖，你们是逃不掉了。"

众人不解，李安民先捡起一块石头，侧墙上砸去，只见哗啦一声，二楼高的细长的窗户上，五色玻璃被砸裂，露出一个不规则的大豁口。安民微笑着，从军用书包里掏出雷管。众人这才晓得原委，顿时情绪高涨，叫道："炸死他们，炸死他们。"群情激昂振奋，带着必胜的呼啸，想来教堂里的人不知原委，却已经心惊胆战了。

安民不愧是训练有素的，动作之轻松就宛如在抽一根烟，引燃导火索后，还朝众人笑了笑，似乎不是在经历一场并村战斗，而是在小酌。众人被安民潇洒的姿态折服了，不知谁喊了一声："安民！"众人齐声吆喝，整齐有序："安民！安民！"大伙都知，这一管将会炸出增坂人的威风与智慧，比起任何一仗，更能震慑十里八村。整个荣耀，寄托在安民的身上，怎不让人深深折服。导火索上火苗游走，在安民手中宛如儿戏，走了一半，安民一个轻松自然的投掷，雷管便跟长了眼一样进了教堂，窗外留下一抹淡淡烟痕。

玉喜在教堂里，听得一声响，窗户炸裂，晓得增坂人会以窗户为突破口，忙指挥众人退后，一边仔细观察。只听见外面山呼海啸，气势逼人，自己双腿也在颤抖。猛然间见到冒着烟的家伙进来，晓得是雷管，叫道："赶紧躲开，趴下。"众人看着咝咝冒烟的家伙，都如老鼠般四处乱窜。玉喜先是条件反射般退后，后又想，不知道雷管的威力如何，会不会把教堂掀了，灵光乍现，不知从哪里来的一股勇气，突然上前，捡起雷管，心中越发镇定，顺着天光投射的窗户，轻巧地扔了出去。李安民正等好戏，突然见雷管又被扔出，众人发出惊叫。他暴怒如雷，叫道："他娘的，造反了都！"血气上涌，再次捡起雷管，正欲往五色玻璃窗投掷，一声裂响，伴着一声惨叫，整个人在烟雾中消失了。

爆炸使得地面颤抖，荔枝树簌簌地落叶，只有教堂顶部高高的十字架纹丝不动。

第二十一回：英雄

叶君薇改完最后一个字，揉了揉有点浮肿的双眼，由于兴奋，嘴里不由哼起"如果没有遇见你，我将会是在哪里，日子过得怎么样，人生是否要珍惜……"凡是在她出现的地方，几乎都能听到流行歌曲，这与她活泼的性格相映成趣。

伊站长站在办公室门口，不知站了多久，直到叶君薇唱到得意处一仰头，才惊觉，道："站长你怎么跟幽灵似的，吓我一跳。"叶君薇把手里的稿子交给站长。昨夜里突发的事件，连采访带写稿，一宿就过去了。伊站长也不说话，站着看稿子，题目是《军民鱼水情谊深，夜闯险滩救难船》。夜里八点多，县工商局"宁工缉3号"缉私艇，在三都澳执行任务返航，不慎中途触礁，船艇龙骨裂开五十多厘米，海水涌进锚链舱，严重威胁十五名工商人员的生命安全。驻三都港海军收到呼救信号后，陈大校带领医务、堵漏人员连夜航行救援，在护卫艇的引导下，十一点成功返航。

伊站长皱起眉头道："小叶，你这个有点问题呀。"叶君薇忙把头凑过来，道："啊，哪里呀，我可是每个细节每个数据都跟当事人验证过的。"

叶君薇师范学校毕业后，在寿宁县一个镇上小学当老师。因为爱好文艺，在报纸上发了几篇稿子，在当地声名鹊起。她一直不甘于待在小地方，刚好有一个远房亲戚在地委当专员，托了这层关系，借调到报社，算是如愿以偿。

"我说的不是稿子，是你的作风。"尹站长严肃道。

叶君薇愣住了，急得话都噎住了，道："你、你是不是听了什么闲话？"

伊站长摇摇头，慢条斯理道："你唱的歌，是不是台湾的歌曲？"

"是呀，是邓丽君唱的，很流行的，有问题吗？"

"问题很大呀，我们唱台湾人的歌，这是有政治问题的。当然了，你会说，又不是你一个人在唱，是呀，社会上的人唱，我们管不着，可是我们作为新闻从业人员，不能没有思想觉悟。"

叶君薇皱了皱眉头，舒了一口气，道："站长，你也太小题大做了吧，都在都改革开放了，歌还有这么讲究的？"

"哎，你是年轻，不知道运动的可怕。开放是开放了，但是也要讲究开放的分寸。我告诉你，你听的那些磁带，很多是台湾走私过来的，我们天天反走私，结果你自己用走私用品，这个一旦被人揭发，不仅你个人遭殃，组织上也要受牵连。知道事情的严重性了吗？"

"知道了，主任，以后不唱了就是。"

"哎哟，我也不是那么古板的人，唱歌也是可以的，唱我们自己的，就不会出问题，《牡丹之歌》，多大气，还有《泉水叮咚》，多动听，这些都是健康的。"

"那很土的，只有乡镇青年才唱这些。"

"你看，你的思想有问题，看不起农工，是不是，思想改造呀，永无止境！"

伊站长把叶君薇一顿改造之后，带回自己办公室，拿起一份文件传真，告知："报社提倡报道严打成果，我们希望做出一些有分量的英雄人物事迹，这是你的专长，你就重点做这个，其他的选题先放下。"

也许是叶君薇有英雄情结，喜欢做人物报道，特别是那些有成就的人，她写起来也文采非凡。这一点，伊站长也摸得很清楚，顺水推舟，发挥其长。

"上次海岛的枪决案件中，不是有一个孤胆追凶的警察吗，叫李怀风吧，可以作为典型，怎么一直没做？"伊站长问道。

"哎，他特别奇怪，很多人听说要做报道，都主动配合，他呢，顾虑重重，真心不可理解。不过他也没完全拒绝，我再追一下。"

"这说明他有心结，把他心结挖出来，就是很精彩的人物。做人物，不仅是事迹报道，更是挖掘有血有肉的感情，这一点，正是考验你的功力。"

公审海盗那会儿，叶君薇就要做李怀风的专访。李怀风睁大眼睛，似乎上报纸这件事是个坑，犹疑良久，拒绝了。什么原因，他不说，他就说，现在不合适，以后再说吧。叶君薇只好对事情做了普通的新闻报道，因有疑虑，还不敢突出李怀风。

但以叶君薇的性格，绝不肯给自己留个谜底，还是追问原因。李怀风终于吐露了口风，说自己还没正式调动到公安系统，这个报道出去，树大招风，怕出意外。叶君薇很奇怪，这个在自己心目中的功臣警察，怎么会如此谨小慎微？不由得有点可怜他。

李怀风自己有这个顾虑。去咨询李怀准，李怀准也是赞赏，道："你思虑得极对，所谓树大招风，你这还没进去，倘若其他人看你招摇，颇不顺眼，使了坏，那就坏事了，千万别出这个风头。"李怀准经历过各种整人运动，又晓得官场诡异，极为谨小慎微。李怀风以他为参谋，也可以说，疑虑的性格有一半传自于他。

这次叶君薇先是探听了一下，晓得李怀风调动手续早已完成，便理直气壮到办公室，提出深度报道要求，并且拿出省里的文件。李怀风还是没能做出决定，便再次问李怀准意见。李怀准道："既然有上头的文件，说明这个行为是符合政策顺应形势的，但是为了小心起见，采访后必须把稿件拿来我审查一遍，看看有无'地雷'。"怀风这才心里笃定，下定决心，再约叶君薇。

叶君薇见李怀风打来电话，不置可否，只说见面详谈，便觉得机会来了，再不可错过。李怀风道："你要聊是可以，但是不能有负面的东西，稿子我是要亲自审查的。"叶君薇道："你肯定以为我年轻，不知分寸，其实我在记者站里写人物报道，是第一把手。"李怀风道："你这么不谦虚的人，我更不放心了，总之你要答应我来审稿，我才能答应。"

"行，成交。"叶君薇爽气道，"先到公安局门口来张制服照，我们再找地方深聊。"

李怀风穿着制服，虽显文弱，但比以往穿任何服装都精神。他站在公安局牌子前面，侧身，冬日的阳光弱弱地照着，脸上的轮廓阴阳分明，更显棱角，甚至是英气逼人。以叶君薇的经验，显然对拍的效果颇为满意，叫道："太棒了。"李怀风道："都没看到照片出来，就自夸，您真是不谦虚。"叶君薇笑道："谦虚管什么用，好就是好，不好就是不好，以我经验来说，绝对是我拍过人像最好的，你等着瞧吧！"

李怀风建议在办公室里采访，叶君薇道："办公室里你一直不放松，不如在你们后院吧。"公安局后院是个篮球场，不是运动时间，静谧得很，墙边种着白玉兰，虽不是开花的季节，但是在暖阳之下，玉兰的叶子透着阳光，别有清香。叶君薇突然灵感乍现，道："你站在白玉兰树下，我再照一张。"李怀风不满道："照那么多干吗，又不是参加选美。"叶君薇道："我是摄影师，你听我的就是。你呢，在门口警徽下，照出的是一种气质；现在在玉兰树下，背景是柔和的，人物是阳刚的，这是另一种风格，哪种风格更完美，都不一定呢。"

叶君薇调整好角度和光线，咔嚓，按下快门，她一定觉得把一个公安人员所能展现的最美的瞬间给定格了。

随后坐在篮球场边的褪了漆的长椅上，叶君薇掏出笔记本，准备妥当，道："我总觉得你过于严肃，怕写出来的是官样文章，你先看看我这份报道，你就知道我们该怎么聊了。"她掏出一张往期报纸，指着标题给李怀风道，"我听说你老家是增坂村的，这个万元户，也是增坂村的，他聊得可生动了，你看看，做参考。"

李怀风眼睛一晃，看到一张熟悉的配图照片，正是李师海的。他像被一阵霜冻住，脸顿时冷了下来，拉得老长。叶君薇还没感觉到异样，李怀风已经站了起来，冷冷道："我不想接受采访了。"

叶君薇愣了一下，道："真的假的，你这人怎么这样！"

"对，我就这样，我不想跟这种暴发户相提并论。"李怀风把报纸扔在椅子上，留下一个无情的背影。

叶君薇气得浑身发抖。

暴发户李师海的境况，也不是很好。池塘第一年的丰收，引起了次年的争相入股。书记李兆清要一份，主任安城也要一份，老人头李怀礼的侄儿也要入股一份。还有以李福生为代表的各队队长，也要求入股。李师海是个很"独"的家伙，哪容得别人染指，先是一一拒绝，但却没有拒绝的资本。鱼塘是村产，头年的塘租，还是在李怀礼的默许下欠着的，次年轮到谁来养，还没着落呢。李怀礼道："师海呀，你要不同意的话，鱼塘重新投标，我看你未必中标。"李兆清劝道："你还年轻不懂事，咱们村是一家姓，说起来都是亲戚，什么话说破了都不好，和和气气大伙儿都分一杯羹，你要是倔，大伙撕破脸，以后就不好办了。"接着还有人把屎涂在师海家的大门上，表示对其警告。最终，池塘被分成六份，村里有头有脸有霸气的，各分了一杯羹。

种草养鱼也没有什么技术难度，师海养了一年，别人也会了，也用不着他过于操劳。师海心中苦闷，常去县里找战友刘厚贤消愁。刘厚贤转业后在农业局上班，热情外向，喜欢张罗。他在报纸上看到李师海的报道，惊诧万分，想不到自己眼中的说话都有点不着调的毛头小伙竟然有这等才能，成为名人，大加赞赏。战友聚会，多叫上李师海，引以为傲。

师海自己苦苦经营的成果，被村中要人给瓜分了，这个怨气，久久不散，连他自己也难以说服自己。刘厚贤不愧是机关干部，觉悟高得多，劝慰道："师海呀，以你的本事，干什么都能成功的，何必在一棵树上吊死？我们是改革开放地区，开放，不仅是政策开放，思想也要开放，要致富，不止养鱼一条道路吧。再说了，邓小平同志说，先让一部分人富起来，再带动其他人，你要做的是致富带头人，为我们退伍军人增光。"一番话说得师海从郁闷中自拔，精神头又回来了。师海笑道："我们都是受部队教育出来的，为什么你这觉悟就比我高呢，说起来一套套的，像官话套话，但听起来挺有用的。"刘厚贤道："我毕竟比你多念几年书呀。再说了，我在机关，文件呀，开会呀，每天都有学习的机会，思想一天天在长。你要肯学习的话，我以后多给你上点课。"师海道："上课就不用，你以后就告诉我，哪里还有发财的路子，有钱了，觉悟自然就提高，就不跟村里人计较了。"厚贤笑道："你这个见钱眼开的思想感觉有点危险，但是也符合邓小平说的，不管白猫黑猫，能抓老鼠的都是好猫。好，我就给你瞅着机会吧。"师海道："厚贤你这也对我太好了，我都不知道这是为什么。"厚贤道："咱们是战友呀，什么感情比得上战友的情感！"师海道："我说句话你可别不高兴，我成为万元户之前，你可都没理我。"厚贤道："你要是对别人说这话，别人可就生气了，我心大，不跟你生气，不过我也告诉你，现在你在我眼里，不仅是战友，更是人才。小平同志说，尊重知识，尊重人才，知识呢，你是欠缺了点，但我是看准了，你是个人才。"

师海听了，又重拾自信。回到家里，海燕瞅得清楚，看他的精神状态都不同了，晓得理由，道："你就是要跟厚贤这种朋友多交流，眼光才会提高，别跟家里置气，连我情绪都被你带坏了。"师海分辩道："啊，我有在家里置气吗？不可能吧！"海燕道："脸上跟结了霜似的，你自己能瞧得见吗？以前我大伯说，一个男人呀，自己无论在外面受多大的委屈，都不要把脸色带回家里，这才是靠得住的男人，我想这话说得很对呀，一定要找这样的男人，不知道现在找到了没有？"师海会意，忙露出一脸假笑，从背后抱着海燕的肩膀，道："哎，其实我就是这种男人，只不过有时候不小心，下不为例。"海燕脸上露出小得意，道："我妈说，男人其实是个孩子，是个学生，你得一件一件教他，我不知道你能不能做个靠得住的男人，但是做个学生，还算合格！"师海满足笑道:"这个评价很高,从认识你开始就跟你学,现在字还没学全呢,还得努力。"海燕摸着凸起的肚子,娇笑道:"只怕以后没时间教你,要教这个小的了。"师海把手掌摁在海燕的手背上,一起感受腹中胎儿的心跳,道:"我跟他一块儿学嘛!"

在海燕的鼓励下,师海多出去会友,不再有留在家中钻牛角尖的景象。刘厚贤有意让师海谋个公职,转正到城里,可能性呢,第一,是利用师海退伍兵成为万元户的名气;第二呢,刘厚贤有一定的关系。师海颇为踌躇,道:"只怕我不适合坐办公室的。"刘厚贤道:"你懂个屎,不是让你坐办公室,是让你做事情名正言顺。如果现在你有了一官半职,你就有了更多的资源,再者,你照样可以养池塘,别人也不敢跟你争了。总之,当官的好处,不是你混在村里能了解的。"师海一知半解,半信半疑。刘厚贤的父亲刘家栋是城南镇干部,小官也是官,严格来说,也算出自官宦之家;师海来自农村,三代贫农,自然对一官半职的理解不一样。

刘厚贤循循善诱,师海则是内在搏斗。有一天,两人到贵岐看望战友,贵岐是个港口,也是走私的重镇,码头渔船林立,窄窄街上有好多新奇玩意儿。不可避免,一行人巡视到江边,师海发现海边池塘试养对虾。其时,对虾还是餐桌上的稀罕物,人工养殖,只听过,不曾见过。师海十分好奇,看了老半天,连饭也顾不上吃,俄而下定决心,对刘厚贤道:"我不想去谋什么官了,再大也不稀罕。"

过了两日，叶君薇在报社接到李怀风电话，邀请她再次进行专访。叶君薇嘴唇露出一丝得意的笑，露出若隐若现的酒窝，但是语气却故作惊诧，不明所以，挑衅道："哦，你可真是六月天，说风就风，说雨就雨，这次可别放我鸽子了。"

放下电话，叶君薇欢快雀跃道："站长，搞定了，姜还是老的辣，还是你有经验！"伊站长推了推眼镜，不动声色道："阎王好打发，小鬼难缠嘛！"

叶君薇还是约李怀风在篮球场的白玉兰树下。不知道为什么，她对此地情有独钟。李怀风还是臭着脸，一副不情愿的样子。叶君薇道："你要接受采访就开心点，别搞得好像我逼你似的。"李怀风露出一丝勉强的苦笑，表明自己是配合工作的。

大队长曾剑亲自来做思想工作，并且是局长下的指令，当成局里的一次宣传任务，李怀风还有什么可拒绝的理由。曾剑人如其名，是个一脸正气的工作狂，办事雷厉风行。在李怀风入队之后，他就从侧面了解他的家庭情况，晓得一些内幕，这也是他的工作。警队的人员，不仅是政治思想上过硬，在家庭环境方面，必须有所了解。曾剑道："怀风，记者采访过你不喜欢的人，你不能因此反感记者呀，你这种主观情绪，对于工作是很不利的。"李怀风唯唯诺诺，吓出了一身冷汗。他相当珍惜这份工作，决不能再出纰漏。

"咱们先聊点家常。"叶君薇似乎在调解气氛，神秘笑道，"听说你和你们村的万元户李师海，关系还很亲密，可是上次你一见他的报道，就炸了，这里面一定有故事吧！"

"你别哪壶不开提哪壶，我们还是谈正题吧！"李怀风一脸严肃道。

"这也是采访的一部分嘛。"叶君薇现在有尚方宝剑，不怕李怀风跑掉，而她实在难以让疑问留在心头，调皮地笑道，"男人有什么秘密不能讲呢！"

"这不是什么光彩的事，我不知道你是来采访我呢，还是来羞辱我。"李怀风倔强回应道，说完羞辱两个字，两眼不由湿了一下，忙用袖子拭擦。

叶君薇愣了一下，迟疑道："行，你不说咱就不问，先从你小时候说起，这个是我们采访的必要，这些内容未必能写进报道，但是是我们必须了解的背景。比如，你先说说你父母亲。"

李怀风指了指头上，道："母亲在天上，我没有父亲。你还是问我自己吧。"

叶君薇凝视了他片刻，道："那你就说说你自己吧，想聊什么就从哪里开始聊。"

采访持续了三天，也就是三次，叶君薇的提问，自有一定的技巧，旁敲侧击，把李怀风的内心世界一步步打开。如果全盘记录的话，大概能写成一本书了，但是凝成一篇报道，也就四千多字，一个整版。

李怀风把原稿给李怀准审查，李怀准戴上老花镜，看了半晌，又摘掉眼镜，愣愣地盯着李怀风，似乎在看一个陌生人。

"唉，这篇文章呀，你既是一个英雄，又有令人心酸的身世，给我很不一样的感觉。这个记者比我更了解你呀。"李怀准叹道。

"有问题吗？"

"这么有感染力哪里顾得上问题，我想读者应该也是一样的感觉。"李怀准道，"怀风，你应该请这个记者吃个饭，这个文字可是费了心思的。"

李怀准常年跟文字打交道，一是有辨别力，二是对文字是有感情的。况且官样文件看多了，再看这种有血有肉的东西，自然被调动了情绪。

李怀风对怀准言听计从，回稿的时候，约叶君薇吃饭，以示感谢。叶君薇眨了眨眼睛道："这么说来，你是对稿子很认可？"李怀风道："我谈不上什么感觉，我的一个老乡长者，在县委办，他倒是蛮兴奋的。"叶君薇抱怨道："你可真麻木，我从来没这么费劲写过报道，连续熬了两个夜，改了七八遍，对了，你过来看看这个。"

照片已经洗出来了，确实，专业的人物摄影，使得李怀风见到自己，也心中一动，不信自己有那么俊朗挺拔。公安局门口那张，显出一种威严，而白玉兰树下那张，更有一种生活情趣。

"报纸上只能用一张，你喜欢哪一张？"叶君薇问道。

"都挺好的。"李怀风道。

"前一张呢，信息和气氛上比较符合报道，但是我又舍不得后一张，因为后一张更丰富，既有警察的风采，也有一种生活气息，会更生动，取舍不下，想请你做个裁断。"

"我真不晓得，还是你来呀。"

"行，我再想想，反正稿子没这么快上传。"叶君薇像是做一道人生的难题，估计还要踌躇几个晚上。

叶君薇是寿宁人，两人找了一家寿宁风味的小馆子。有一道主食是鼠曲草粑粑，吃得叶君薇满是童年的回忆，也打开了话匣子。怀风许久没有和姑娘这样子吃饭了，上一次这种气氛，还是跟海燕的，不禁心中一颤，一种苦涩的味儿涟漪般荡开，吃得是甜中有涩。

吃完饭，喝了点散装啤酒，两人走出来，孤男寡女走在街上，竟然觉得有些尴尬。倘若是一对情侣，则可以去看看电影，或者去体育场漫步，或者不顾忌别人眼光逛街，但两人仅是熟人的关系，还是顾忌碰到熟人。李怀风想要道别，但是话到嘴边，居然变成这样："我就住在斜对面，要不要上我那儿喝茶？"叶君薇可没那么多想法，雀跃道："好呀，正口渴呢，去去腥。"

到了宿舍，李怀风怕被人看见引起误会，还左右观察了一下邻居，心里怦怦跳，把叶君薇迎进屋里，然后把门关上，道："不好意思，我没别的意思，我是怕别人看见了误会。"叶君薇笑道："你可真是胆小，一个警察的身板，一颗小偷的心。"李怀风尴尬地笑了。屋里有福鼎白茶白牡丹，但是却没有像样的茶具，只好泡成大碗茶。叶君薇倒不介意，把案头收拾齐整了，坐下来喝茶。同处一室，倒是不知道聊什么了，气氛一度尴尬，喝了两杯茶后，李怀风怕有人串门，便道："天色不早了，怕路上不安全，要不你先回去。"叶君薇有点脸红,站了起来,怀风打开房门,看看左右无人,便侧身让叶君薇出门。叶君薇出了门,见李怀风紧张兮兮地招了招手,便要关门,失望道:"你怎么也不送我下去!"李怀风这才想起礼貌这一出,出门送到一楼门口。夜已经降临,一楼的路灯坏了,黑乎乎的,外面是华灯初上的八一五中路,叶君薇踏出门口,突然间回身,在黑暗中抓住李怀风的手,湿润着眼睛,有点哽咽道:"我怕现在不说,以后就没有机会说了,你是我的英雄!"

李怀风被这举动给惊着了,如一截朽木呆立不动。叶君薇见李怀风没有反应,羞愧难当,嘤的一声,一甩头朝门外跑去,汇入万家灯火之中。

李安民从医院出来,他的右手掌齐生生没了,成为村子里第二个无手的人。第一个无手是一个二十多岁的姑娘,她一岁的时候,因无人照看,从床上掉在地上,手掌伸到火盆里,烧没了。

派出所赶到碗屿的时候,增坂村的人已经抬着失去手掌、浑身乌黑淋漓的李安民撤退了。碗屿村的人,除了吓破胆,被踹坏几扇门窗,并无大损。

派出所警察过来,平息了争斗,做了善后处理,但是对于赤壁港归属纠纷,并无力裁决,建议上诉法院。

民国十二年(1923),增坂村与麒麟埕因为滩涂纠纷,打上了官司,县里裁决不下,打上了省城。打官司要花大钱,增坂村卖了一块山林，麒麟埕村卖了一块田地，换成黄金，打通关系，为打赢官司下了大本。官司结果，哪家也没赢，哪家也没输。事过多年，后辈相传，两村的讼师其实为同一家，吃了原告吃被告，成为笑谈。

陈武功坐在前厅，看着花坛，微风吹过，枝叶颤动，脑子里在下一盘大棋。是的，绝对是一盘大棋，下一步是怎么走呢？是防守，还是进攻，还是为进攻做进一步准备？

挖井等几件事之后，陈武功的声望大大增加，对于村中大事，街巷议论，人都问陈武功怎么说，等着马首是瞻。陈武功颇为自矜，甚至感觉责任在身。赤壁港一役，碗屿村也传出怨言：被增坂人追打，麒麟埕却无担责，感觉自己只是给麒麟埕做了棋子。麒麟埕是镇上赫赫有名的最大的村子，不能背上这样的臭名。而且，滩涂之争，是麒麟埕的事，必须出头的。

增坂村一众在碗屿村横行肆虐，见人打人见鬼打鬼，鸟兽皆惊。这种场面在十里八村远远传播，不论是恶名还是霸名，都使得人提起增坂，或是艳羡，或是恐惧，或是自豪。陈武功想起这些，心里就愤懑，好像本该是麒麟埕的风头，就这样被抢了。

玉喜因为舍命扔出雷管，而成为传奇。他觉得，炸断李安民的手的，应该是自己。有一瞬间，他甚至有点妒忌玉喜。他知道这是幼稚的想法，但他无法控制。他觉得打败增坂村最大的刺头的，应该是自己。种种的情绪，在他胸中郁积，化云成雨。

三月十八，潮满时分，陈武功带领四大金刚为首的二十来号人，前往码头。一行人行色匆匆，手持器械，脸有杀气。刚出门到街尾，立秋从店铺里溜出来，抓住陈武功的衣角，道："爹，我也要去。"陈武功沉声道："你还小，大一点准让你去，回去帮着看店吧！"立秋眼珠子滴溜溜看了下人群，松了陈武功的衣角。到了码头，分两条船，陆续上了船，陈武功所在的第一条船带路，往赤壁港方向开去。船驶离岸边之后，浪花反而小了，洋面浩大而平静，但有更沉稳的力量把船托起，让船显得更小了。两只船上的人奋力划桨，争先恐后，过横屿的时候，两只船并行，陈武功突然发现，立秋竟然站在第二艘船中，手舞足蹈，兴奋满满，朝少林叫道："你们谁让他上船的！"少林以手拢口，喊道："他说你同意他来的。"陈武功苦笑，真是甜苦参半，一方面深知，立秋小小年纪聪明机灵，能把别人玩弄于股掌，少林等人根本不是对手，此子长大，比起立春的懒散、立夏的野蛮，当是有一番作为；另一方面，这一番是出征，可不是去游玩，当下对身边立夏道："等下你好好照看弟弟，别让他有闪失。"立夏道："放心吧，我能让人动他一根毫毛吗?！"

潮水稍落，船到赤壁港，靠岸。池根水等人已在岸边等候。池根水上次在烧窑，没有亲历被追杀，一边是侥幸，一边是亏欠。垦荒这件事是自己张罗来的，才会导致无妄之灾，自然要出头化解。陈武功从船上抱了一坛老酒，坛口以红绸包扎，道："你们受惊了。本来呢，对付增坂人，是我们麒麟埕的事，但是远水解不了近渴，事发突然，来不及收拾他们。这坛酒呢，给你们压压惊，算照顾不周的一个意思。大伙儿放心，今天之后，赤壁港之争，与增坂人的纠葛，就转到我们手里，跟你们无关了！"众人忙打哈哈。

陈武功又道："让增坂人断手的那个池玉喜，今天来了吗，我想见一见。"

池根水环顾四周，道："没来，哦，没关系，他跟我们家好得很，你的意思我传达就是。"

陈武功道："这酒呢，一定要让他喝一杯，这种有勇有谋的年轻人一向我是喜好结交的！"

潮水继续回落，岸边露出穴沟，发出呕吐一般的声音。陈武功一声招呼，众人把船开回赤壁港的边缘，待滩涂露出，从船上取下两米高的界碑石，打在泥滩上。界碑石旁边插上麒麟埕的旗帜。也就是说，这单方宣布了赤壁港属于麒麟埕所有。

潮水退后，去蛏埕劳作的增坂人陆陆续续来了，早已晓得消息，都纷纷围过去，看个究竟。李兆文一马当先，赤壁港之战后，他就感觉麒麟埕一定有所行动，便招呼大家到蛏埕劳作，注意动向。对于此事，李兆文事事走在前头，也有一番身不由己。第一，师海是反对村与村之间的争斗的，觉得那是旧时的方法，应该按照法律来办事，自己不参与此类事情，还让兆文也别多出头；老二就别说了，孤魂野鬼似的，靠不上；船仔还小，所以这种事，李兆文必须出头，否则说不过去，说你们一大家子怎么没人参与呀。其次，李兆文喜欢吆五喝六，做出人头的样子，从小就这样。

他参与呢，就让师海可以心无旁骛地做事业。

众人见麒麟埕人立的界碑，均怒火上涌，前去理论，两方嚷嚷，各说各理，几欲动手。两艘木船搁浅在滩涂上，港汊边，麒麟埕的人除了几个下去立碑，武器与人员均在船上。陈武功在船头道："废话不多说，今天你们要是敢把分界碑碰一下，就别怪我们不客气。"随后手一招呼，船上诸人拿着武器跳下，虽在滩涂中艰难前行，却也气势十足。增坂人见状，纷纷后退，像螃蟹一般四散逃开，有的跑向港汊，有的躲到船后面去，有的朝岸上跑，跟麒麟埕人保持一定距离，像被狮子赶跑的鬣狗。这些干活的人，身上没有什么武器，自然不愿吃眼前亏。李兆文边退边道："你们以多打少算什么本事，等我们叫人去。"

陈武功叫道："你们随时约战，我们奉陪，谁敢动我们界碑，谁就性命难保！"

陈武功眼见增坂人的狼狈状，心中笃定。这次来，本来就没准备大战一番，只是给一个下马威，换句话说，是给碗屿人一个交代。蓦地，突然闻见一阵稚嫩的求救声，循声望去，只见一个小小的身子，正在咆哮的港汊里翻滚，被水流卷着往下走。越是退潮，港汊里的水越是奔腾，力量颇大。那不正是立秋吗！陈武功急忙从滩涂上几步滚到港汊里，也随之漂流，想要追上，厉声叫道："抓住岸边，抓住岸边！"立秋虽也会游野泳，但碰到这样的流水，加上慌张，实在是无法施展水性。但他似乎听到了陈武功的喊叫，小手数次扒到岸边，最后总算附着，冒出头来吓得大哭。最近的一个人跑过来拉起，捡回一命。方才他在停在港汊边的船上，不知怎么的，就掉进了水里，要不是运气好就不知给冲到哪里去了。立秋像个落水麻雀一样，陈武功把他紧紧抱在怀里，心情是失而复得，训斥道："以后别再耍小聪明，会出人命的，懂不？"立秋可怜兮兮道："爹，我冷！"

增坂人仓皇在远处集合，知道此时无计可施，相约回去报信商议。陈武功也乱了心情，众人等到潮水再涨，漫上港汊，淹到界碑，见增坂人并无动静，把船拖进港汊，顺水开回。

增坂人哪里受得了这等侮辱，次日安香便带了一伙人，去把界碑放倒，麒麟旗拔了，呼啸而回。麒麟埕闻讯，亦还以颜色，再次立上界碑，并打了几个在滩涂劳作的增坂人，号称再敢乱动，则取其性命。一来一回，十里八村都晓得两虎相争，引为大事，并等待分晓。

老二的魂被勾走了。

有一天凌晨，老蛇起床开门，看见老二直愣愣站在门口，吓得魂都掉了。老蛇晃过神来道："老二，你到底想干什么，我们家欠你什么吗？"老二眼睛勾勾的，什么也不说，就走了。

他夜里睡不着，心烧得厉害，经常睡了一觉后在村里游荡。

月明听了邻里建议，带他到下坂村霸爷家请神。霸爷供的神是高矮伯，也就是黑白无常，一个高，一个矮，专管鬼事。一炷香后，高矮伯上身，到阴间一查，是有个溺死鬼缠上他。当下霸爷给画了六张符，三张是烧符驱鬼，三张是化在水里养心，另有养心草若干。

老二心不在焉，任由母亲摆布，原本是很瘦的，现在瘦得剩个魂了，走路只见衣服在飘。吃饭吃不下去，月明怕他饿死，让他多吃两口，就想吐。月明心酸，道："老二，你到底想吃什么，我给你弄去。"问了几遍，老二才晃过神来，道："我想，我想……我什么都不想吃。"月明道："儿呀，这是魂儿还没回来。"三天烧了三张符，按照霸爷的意思，应该能把鬼魂驱走了。貌似有所好转，但又有反复。旁人说，有些溺死鬼很难缠的，需要抓一个替身，才会放过你。

月明拿着老二生辰八字去算命。算命先生道："这是你儿子吗？你们老两口可别指着他孝敬什么的，他是乞丐命，没法侍候你们的！"月明哀伤道："果真如此！"

当然，最不能忍受的是枝丫。有时候她低着头，在木盆里搓衣服，一抬头，就会看见老二像个幽灵似的站在前面。枝丫道："老二你别缠着我，我可不欠你什么。"老二幽幽道："你把她还给我，你把她和孩子还给我。"枝丫道："你自己看不住女人怪我呀。你要女人是吗，我就是呀，你要不要！"老二道："我要巧云，不要坏女人。"枝丫气得把水泼过去，老二视若无睹，神游他处。

枝丫受不了老二的阴魂不散，带着孩子回娘家，老二还是不时逡巡。年后过了十五，枝丫抱着孩子回来了。老二从码头上回来，飘飘荡荡就找枝丫，道："找到了吗？"枝丫怨道："老二你是我冤家呀，都不让我在家歇一口气，又来扰我！你的女人，丢了你自己去找呀，你把账赖在我身上算什么男人呀！"老二道："我想找，可是怎么找，世界比海还大。"

枝丫叹口气，道："你真是不到黄河心不死。本来我是不想理你了，我恨你，现在我心软了，我还是告诉你，以后你就别扰我。巧云和孩子，是被货郎拐走的，货郎把她们母女卖了。"

老二似乎被闷了一棍，从游魂状态惊醒，抓住枝丫的肩膀，结结巴巴问道："卖哪里了，货郎在哪里？"

枝丫推开老二，道："你想掐死我呀？货郎在邻村拐带孩子，被村民抓住了，招出了在三望村拐了母女俩，卖到福鼎乡下去了。货郎被关在猪圈里一个晚上，第二天准备送到镇上，哪晓得夜里跑了。"

老二弯着腰蹲下去，躺倒在地，两眼紧闭，口水流了出来。枝丫尖声叫了起来。

第二天，老二终于可以喝一碗米汤了，月明把一碗米汤喂完了，看见老二眼睛张开，是清澈的，整个意识清晰起来，道："溺死鬼终于走了，霸爷厉害。"老二道："娘，你对我这么好没用，我要离家了。"月明道："唉，你爹对你死心了，我还能不认你当儿子吗？在我肚子里待了十个月，是不是我的骨肉。娘知道福分薄，可也想知道，你为什么就待不住家？"

老二盯着娘，流出了泪，道："我也老大不小了，有自己要做的事，我天生就是不走正路的，娘也莫怪我，这是命！"

"不管你去哪里，过年过节，一定要回来。一家人团团圆圆的，家才是家。"月明摸了摸老二的颧骨，她信命。

农历十八，老二好转，有了些力气，到阿布店里理了个头，只留下短短的发根楂子，人更瘦了，洗了一遭，显得精神。阿布道："你这是要出门吗？"老二不置可否，道："哪一处不是家呢？"

老二提了一个袋子，步行到镇上。码头依旧湿漉漉的，靠岸的连家船忙忙碌碌，有在生炉子冒烟的，也有在篷上晒衣服的，几个船家的孩子正在礁石上撬海蛎，老二心里蓦地升起一种眷恋，又有一丝遗憾。袋子里是发硬的肉丸和年糕，晒干了做鱼羹，够吃几天的。

坤金闻了闻袋子里的东西，像孩子一样兴奋。老二呆呆看着坤金，沉思良久，掏出一沓钞票，道："怀风那里拿来的，算是你出船的费用，你去找个师傅，把船修一下。以后我不住船了，要去福鼎。"

"去多久？"

"不晓得，也许老长老长。"

坤金头脑简单，晓得老二的世界比他的大得多，比他的复杂得多，不再多问，只是遗憾道："好久不来，怪想你的。习惯了两个人一条船，你走了，空落落的。"

老二抽了一根竹篾，指头那般厚薄粗细，递给坤金，道："我央你一件事，你用竹篾抽我一顿。"坤金愣了，眨着眼睛，道："你都给我钱了，我抽你做甚！"老二道："坤金，我做错事了，很大的错，你抽我一顿，我心里才能好受些。别怕，你看，我身上都有自己抽打的伤痕，可是不够狠，不过瘾，求你帮帮我了。"

老二拉起自己的衣襟，腰上背上有一条条或红或紫的伤痕，似一个顽皮的孩子在墙上乱涂乱抹。

坤金是个老实人，举起竹条，依言怯生生打下。老二道："你这是挠痒痒，打重了，打狠了！"坤金加了一把力。老二闷叫着，强行忍住。

老二再次掀开衣襟，新鲜的伤痕像桃李芬芳。老二休息片刻，心中似乎卸了一块石头，突然想起什么，上了岸，在路边寻寻觅觅，连根拔了一蓬青草，又找了个残破的瓦缶，做了一个简易的花盆，固定在坤金的船篷上。

"坤金，如果有女人了，一定要守住，千万别离开她。"老二嘱咐道。

疍民婚俗，若是有男子要娶媳妇，则在船篷上放置一盆草；若是有女待嫁，则船篷上放一盆花。双方若是看上，则交换花盆，便是做亲成功。坤金孤身一人，脑子笨，没人张罗，自然也不会发出信号。

"这，行吗？"坤金犹疑问道，显然不太自信。

"每个人都有自己的缘，缘分来了，你躲都躲不掉。"老二摸了摸坤金的头，叹了口气，"我也是。"

老二在坤金船上吃了一顿肉丸鱼羹，坐上金蛇头的船，然后从金蛇头坐船到霞浦，再从霞浦往北。水路比山路要方便得多。

第二十二回：对决

　　可法的婚礼办了五十四桌，宅子不够用，因连着祠堂，便把陈家祠堂也开了摆上宴席，日夜喧嚣，比村里的修谱、迎神庆典还要热闹。好事人掰着指头，说解放后没见过这么大排场的婚礼，当属全村第一，获得远近赞叹。这个第一，也是匹配的，一是以陈玉贵的威望和富裕而言；其次，新娘子水仙一到村里，便获得一个"画中人"的外号。农村人家，讲究的，喜欢在卧室墙上贴画儿，或是林黛玉呀，或是尤氏三姐妹，这种美人儿只在画里见过，生活中不曾见。水仙到来当晚，看新娘的人把洞房的门都挤脱落了，人说今天终于见到贴画上的人了，"画中人"名称不胫而走。

　　新婚之后，陈可法在立春眼前消失好几天。本来呢，他们哥俩话说得来，特别是晚饭后，可法无聊，都来找立春出去散心，有事就请立春讨主意。立春这下倒是坐不住了，一大早心里有事，吃了饭也不去店铺里，就来找可法。可法刚起来，把木马桶提到粪坑里倒了，用墙角的雨水涮了涮，去了臭味，闻了闻，提回来。

恰巧立春见了，皱着眉头道："你怎么马桶都倒上了？"可法道："马桶不倒，夜里怎么尿？"

立春道："你这脑子是不是坏了？我的意思是，这是女人干的活，你还来劲了。"可法可是十岁了还要他娘喂饭的，典型的四体不勤。可法扒住立春的肩膀，凑近耳朵调皮道："我不倒，我媳妇倒？我可舍不得她身上有臭味。"

立春一把扯开可法，道："你可别把脏兮兮的手搁我身上呀。可法，我觉得你变了。"

可法并不理会立春的困惑，悄声道："你可晓得，水仙呀，浑身上下没有一处疤痕，抱着跟瓷器似的。这一点，我可要谢谢你。"

"谢谢我？"

"水仙是你帮我挑出来的，你可真有眼光。对了，你们家巧容，你是看上她什么？"

立春有一丝恼羞成怒，但又不便发作，哼了一口气，道："我他妈的不是来跟你聊婆婆妈妈的，我有大事。"立春从口袋里抽着一张旧报纸，打开，啪地放在桌子上。

可法正在吃早饭，瞄了一眼报纸，道："我哪有工夫看字，啥意思，你就说给我听。"

"看不懂没关系，你就看看这个人，增坂村的李师海，靠种草养鱼，成为万元户，厉害吧！"

"关我屁事！"可法吧唧着嘴，心不在焉。

"怎么就没关系啦？你看我们也在养鱼，是不是，养了多少年，也没成万元户，人家养一年，就成万元户了，这点你不能不服呀。"

"服了又怎么样，他一分钱也不会分你。你到底想说什么，就直说，别影响我吃饭。"

"这篇文章呀，我看了不下一百遍，越看越觉得他是个人才。我想去找他，跟他讨教一下……"

"增坂村跟我们麒麟埕可是水火不容的，你找他，你不嫌丢脸，人家都不定理你呢。"

"我也是这么想的，但是呢，一码归一码，吵架归吵架，学习归学习，我一个人去有点忐忑，你跟我一块去，学到了本事，咱们一块干，麒麟埕的万元户，就是咱们了。"

"我可没空，白天要陪着媳妇，晚上要抱着媳妇，哪有多余时间。"

"你……你跟我去一天，媳妇又不会丢。"

"那不行，她那么漂亮，十里八村都找不到一个，要是有人趁我不在来欺负，那我可受不了。"

立春愣愣地看着可法，看傻了，恨铁不成钢，怒喝道："重色轻友，重色轻友，重色轻友！"

可法连忙嘘的一声制止道："小声点，别吵醒她，她可是一夜没怎么睡。"

立春道："关键是，你还没有理想，像我们这种有文化的人，听小平同志的话，要带头致富，懂吗？"

"致富有那么重要吗？"可法摇摇头，"我觉得还是媳妇重要。"

"早知道帮你选个丑的！"立春恨恨道。

立春原以为可法是志同道合者，没想到一场婚事，把他底子都露了出来。他鼓起勇气，自己到增坂村寻找师海，未遂。他打听到师海家，师海出门了，月明问有什么事，立春也不敢说自己是麒麟埕的，也不说具体缘由，只是说自己看了报纸，慕名拜访。立春不确定师海的态度，也不知道师海到底是怎样一个人。在他眼里，师海是传奇的，有魔力的，他带着仰慕的、求师的态度而来。既然不遇，也不敢过多透露自己，悻悻而归。他时不时把那张磨出毛边的报纸拿出来读上一遍，报纸上师海的照片被折痕磨损，五官都变形了，但在立春眼里则是神像。在立春看来，师海身上蕴含的，不仅是养鱼的技能，更多是致富青年的典范，无限的前程与魔力，立春对其羡慕与憧憬，犹如单恋。

立春把不安带来的郁闷发泄到可法身上，对其冷嘲热讽，可法不为所动，整天守着"画中人"，无暇理会其他冷言冷语。两人的关系，冷到极点。

但是接踵而来的增坂村与麒麟埕的并村大战，又让两个人有了共同语言。

几次在滩涂上你来我往的小规模交锋，使得两村都不耐烦。对于增坂村来说，这是一场巨大的考验，涉及数千亩滩涂的安危。如果麒麟埕能够抢占赤壁港，那么别的村庄自然有各种各样的理由蠢蠢欲动。增坂村众头人商议，必须约一场决战，一战定乾坤，否则难以立威。事关重大，老人们自有分寸，适不适合战斗，取决于神意，再次请降洞主。洞主附身之后，紧皱眉头，沉吟良久，说了两条，一是吉人自有天相，正义必胜；二是风水在西而不在东。财金解析：第一，我们是保卫祖产，自然是正义之战，必有天佑；第二，风水在西不在东，即在山不在海，海战不利，这是洞主一直强调的，上次与碗屿之战，已经是以强敌弱，稳操胜券了，安民还是自损一手，乃是应验。于是群情踊跃，下了战帖，约在后山一战。

虽是预料之中，但陈武功还是很谨慎，陈、林两姓头人约在陈武功家里商议。林德光当着众人的面道："武功，并村事大，你爷爷辈并过一次，被逼离家出走，说起来是风光，实际上是剥了几层皮的。这回的争端，前前后后都由你主导，你可得为全村人负责呀。"陈武功明白，晓得林德光言语中明是提醒，暗是挑唆，微微一笑道："我何尝不知，并村是要死人伤人的，我也不是好战之人，若是有文斗的办法，那是最好，现在召集大伙，是出谋划策，你可有好办法？"说罢，目光直盯着林德光。林德光不得不接茬道："我一只脚都踏进棺材了，哪里还晓得办法，不都全指着你吗？"武功道："你不能出谋划策，也就别添乱。增坂村下战帖了，现在是麒麟埕全村的事，不是我一个人的事。我不是村长，也不是老人头，大伙抬举我，听我主意，是我的荣幸。战与不战，主意听大家的，主意决定了，将来如何，就莫乱责怪了。"

并村当是大事，有人非死即伤，陈武功自然不把责任都揽到身上。众人道："我们都听你的就是。"陈武功以退为进，道："那不能，此事必须慎重，我们在赤壁港惹的事，增坂村不约在赤壁港，却约在后山，蹊跷得很。"林德光道："约在后山宰牛场，这倒是常理，祖上就是这么干的。"陈武功沉吟道："我觉得没这么简单。要不然我们拖一拖，等他们势头消了，再求对策！"众人见陈武功如此谨慎，也都莫衷一是。

立秋小小的身子立在人缝中，支起耳朵听得明白，大人们意见此起彼伏，他的一颗小心却热情汹涌，挤到武功身前，道："爹，要打呀，他们把我拉下船，你要替我报仇！"

武功心里咚的一声。那天在赤壁港，立秋从船上掉到港汊了，差点被冲走，因不曾听立秋说是如何掉下去的，只以为是自个儿不小心。

"你确定是他们弄你下去？"陈武功问道。

"当然了，他们全是坏人。"立秋怕父亲不相信，急切道。

"当时怎么不说？"

"都快淹死了，哪记得说。"立秋委屈道。

众人听得义愤填膺，咬牙切齿道："增坂人这么歹毒，这口气咽不下去，打就打，怕他做甚！"

陈武功心中越是翻江倒海，面上越是不露声色。他沉默许久，似乎比谁都不在意立秋的遭遇，见众人吵吵嚷嚷，道："如果各位执意要迎战，我也不阻挡，只有一条，每户家中，至少要出一个成年男丁，以我家为例，立秋还小，但立春、立夏，是必须上战场的。"

场面安静了片刻，蓦地欢呼起来。终于，林德光也无异议了，竖起大拇哥点头道："以德服人，有先祖之风！"

立秋一番话改变了局面，正自兴奋，叫道："我也去，我们家三个兄弟都去。"众人笑道："你那小身子骨能打不成？"立秋道："我就去，我也要杀人。"众人笑道："勇气可嘉，将来也是一把好手。"武功又怜爱又可气，道："你别跟这儿捣乱，这不是过家家的游戏。"

立春被巧容驱使着，提了一个蓝色的铁壳开水瓶过来倒水，嘟哝道："立夏去就行了，我去干啥，我这手是拿笔的，不习惯舞枪弄棒。"

陈武功斜了他一眼，不屑道："你连立秋都不如。有谁天生会舞枪弄棒的，你的手是拿笔的，你是当了干部还是能作文书?！"饧得立春一脸丧气。立春道："我迟早能做出一番样子出来。成天打来打去，能打出什么花样来。"武功道："你懂尿，没有先祖们打下的滩涂，我们今天有这好日子过，门都没有。"

立春的心思，一是不喜欢打打杀杀称雄称霸，二是不想跟增坂村李师海建立敌对关系，他由此成为反战派。他去找陈可法诉苦，陈可法的心思，倒也与他不谋而合，道："我也不想去呀，要是卵蛋被人打了，那可就糟糕了。"农村人打架，最狠的是踢鸡巴，把睾丸踢伤，让人断子绝孙，因此有"打人打卵蛋"的俗语。陈可法新婚燕尔，有此顾虑。

"你能逃得过吗？"立春问道。

陈可法家中只有他一个青壮男子，其父为书记，必须对并村的事睁一只眼闭一只眼，装作不知，更别提参战了。

"逃不过，就跟在后面凑凑热闹，难道还到前面冲锋陷阵不成！"陈可法倒是心中早有算盘。

这也给立春指出一条路子，跟在队伍后面，把这事混过去，既应了差事，又不跟增坂人结仇，一举两得，他不由兴奋起来，对可法道："哎哟，你现在可是全村最珍惜老二的人。"

可法骄傲道："如果你媳妇有我媳妇俊俏，你就知道世上没什么比卵蛋更重要的了。"

一番话说得立春心里酸溜溜的，轻哼道："现在你不想再去北门街了？"

"我那是去取经，经取了，还去做甚。倒是你还想去？"

"我想个屁。"立春不悦道，惆怅地望着远方。

旧时宰牛，把牛牵到宰牛场，绳子捆住四肢，用黑布袋蒙住牛头，屠夫以斧头或者锤子重击牛头，牛会发出巨大哀鸣，脑干受害，挣扎之后，浑身抽搐，晕倒，屠夫以尖刀刺其颈部，牛血喷涌而出。牛通人性，其鸣凄惨，所以宰牛场须得在偏远之处。后山麒麟埭岭半山腰，有一片开阔地，自古便是十里八村的宰牛场。这一片地，腥气十足，走夜路的人，经过此处，常能听见怪叫，胆小者毛骨悚然，胆大者，则朗声念叨：我不宰牛，不吃牛肉，你们莫要怪错人了。

并村决斗的地点，也正是宰牛场。洋洋一块平坡，上下皆是庄稼地，沟壑南边接到山路，北边是一条山壑，长着巨大的甘草，底下黝黑，常常发出奇怪的叫声。增坂村的人从岭头往下走，麒麟埕的从下往上走，能摆开阵势决一雌雄的，就是宰牛场。

这将是一场事关威望、事关滩涂安危的战争，增坂村极为看重，请了麻桂师傅作为指挥，昔日的首领安民不能负此重任了。兆文觉得安民虽然不如昔日，但雷管的威力还是决定战局的，便来安民家取雷管。安民秃了一只手，喝酒喝得更凶了，醉的时辰比醒的多，又嫌弃村里没有给他英雄的待遇，兀自不满，怒道："打仗时就想到我，都没有想想我一只手值多少钱，我真是白牺牲呀！"兆文道："现在是替你报仇的好时机，你把雷管给我！"安民道："我的仇人不是碗屿人，也不是麒麟埕人，是增坂人，我要把雷管留着，回头把祖厅炸了！"兆文急道："你这话说得……哎，雷管也没什么了不起，我看就是比鞭炮更大点，我买鞭炮去。"

农历二十六，黄道吉日，日子是增坂村定的，宜出行。增坂村数百号人马，鱼贯上山，拥到岭上，阳光打从东边过来，万道金光洒在宰牛场上，乍看眼前一阵发黑。麒麟埕的人马也正从山下逶迤而来，几个队伍的尾巴，一直伸到山下池塘菜地，譬如几条大蛇，蜿蜒前来。估摸着，有一千号人，声势甚是浩大。

麻桂师傅手举旗子，叫道："今天是个好日子，看我旗子听我指挥，我高他低，以少胜多，必有胜算。大伙儿有胆不！"众人手举器具，齐齐叫道："有胆，有胆！"一时间山呼海啸，齐步走到宰牛场上方，排下阵势。虫豸飞鸟惊动，扑棱棱乱窜。两边山上，有下坂村和黄坑村的劳作农民，纷纷停下锄头，远远观看这百年不遇的阵仗。

宰牛场下，领头的是欱头，听到山上嚣张的呐喊，气不打一处来，叫道："紧着上，别让他们嚣张了！"跟在后面的后生加紧脚步，先是三四十人，后面一部分耐力差点的渐渐落下，接近宰牛场的时候，就剩下二十来号人，打前面去了。上次虎爪泉之战，欱头没有赶上，再加上立夏、石头、少林与十三太保单打独斗，输了一场，欱头恨不能自己上去扳回一局呢，一口气压在心头，急不可耐。

麻桂师傅见欱头的小分队快上宰牛场，喃喃自语道："好兆头。"令旗一挥，道："冲！"第一梯队冲到宰牛场，如群狼下山，欱头等人在宰牛场还未歇口气，人又少，被这气势一震，已被打散，四下退回。欱头逞一时之勇，哪知这种形势跟单打独斗不一样，舞了两下，手中长棍已被打落，不得不仓皇退后。这第一仗，就落了下风。麒麟埕的人马见前锋被打散，大部队紧跟上来，怎奈气势已输了，地势为阶梯状，没有开阔地，人多的优势发挥不了，如碰到猛虎下山，一碰即散。

石头看着阵势，喊道："散开，散开了打。"后面跟上的人，便往两边山坡跑动，如被倒腾的蚂蚁窝，以避免增坂人的锋芒。于是，人群开始各种追逐、驱赶乃至逃窜，形成散乱作战。

伢累提着一把红缨枪，红缨只剩一点样子，枪头锈黄了，听得右边一阵喧闹："打死他，打死他。"晓得有的打了，便冲了过去。他几次在滩涂纠纷，都因人少不敢动手，现在形势大好，该放开手脚扬眉吐气了。伢累听得被追打的声音熟悉，心中一凛，一个箭步冲上前叫道："我来追。"被追的人气喘吁吁，一个回头，果然是陈庆官，伢累的姐夫。伢累把增坂人抛到后面，低声叫道："叫你别来，你还真来凑热闹了。"陈庆官气喘吁吁道："每家每户要出人丁，我有法子吗？"伢累的姐姐嫁给陈庆官，肚子不争气，生了四个女儿，第五个才是带把儿的，才两岁呢。陈庆官是家中顶梁柱，倘若有个三长两短，这个家就塌了。并村之前，伢累偷偷传话过去，说是这次增坂村有胜算，叫姐夫别出头。

转过一个转角，前面就是一道土岩壁，再无可走之处，伢累看身后只听嚷嚷声，忙把红缨枪一把插在岩上，嘴里叫道："叫你逞能，插死你！"陈庆官会意，一脚踩着枪杆上，手脚用力，一跃爬上岩壁，远遁而去。伢累见姐夫上去了，嘴里叫得更加激烈。后来的人追上来，有人道："伢累，方才那个好像是你姐夫。"伢累道："有姐还怕没姐夫，就差一步戳死他了。"

欹头被驱下山，在阴影里歇了口气，日头从东来，把山坡照得忽明忽暗。他瞅准了明处的落单的增坂人，上去一顿追打，嘴里叫道："去你娘的十三太保！"瞅见人多，又逃窜回去。正巧被司令一伙人看见，冲上前去，叫道："你是来送死的吗？"欹头道："你是十三太保，敢跟我单挑吗？"司令道："今天不想单挑，只想弄死你。"欹头难敌群狼，边跑边叫道："有种来逮我！"司令被欹头引到路边，前头就是麒麟埂的人群，欹头叫道："快过来，这里有仗打。"一阵交锋后有的逃窜，有的追打。欹头声嘶力竭叫道："你妈的十三太保，给我滚出来。"

欹头是四大金刚中下手最狠的，这回来，是准备立功扬名的，至少要把十三太保搞死一个，实在不成卸个胳膊大腿。没有想到，乱战之中，根本没有他用武之地。你方人多，我方就逃，我方人多，你方就逃，根本找不到和十三太保交手的机会。

麻桂师傅指挥增坂的人马，占据宰牛场，形成一股股冲突，但凡有冲得远了，便招展令旗，呼唤回到大部队中。兆文在麻桂师傅身边，帮助传令，不亦乐乎。如此一来，虽然麒麟埂人漫山遍野，却如蚂蚁一样，群龙无首，有的索性就地休息。原是四大金刚率领四个部分，可如今人都散了，号令不举。只有宰牛场附近，你来我往地摆着架势，对打变成对骂。

陈武功并没有亲临战场，他和村中的头人，坐在陈家祠堂，静候佳音。对他而言，此次并村，最大的功绩，乃是以自己的感召力，号召了一千余人上山。他料定增坂村没有这么多人马，这边人多力量大，再由不要命的四大金刚率领，可以妥妥地立于不败之地。大伙儿抽着旱烟，烟雾袅袅，有一搭没一搭地聊天，但凡外面有一点儿脚步动静，便停下来，齐齐等待。厅壁上，一排排祖牌密密麻麻，突然啪的一声，一块祖牌倒了下来。陈武功上去查看，看看有没有老鼠在其间捣乱。周围并无动静，历代祖牌并肩站立，干干净净，如同接受检阅。他把倒下的祖牌扶了起来，仔细去看，却是自己爷爷的牌子。

可法和立春在人群后面，犹如隔岸观火，冷看一切。立春道："这哪里是大阵仗，这分明是捉迷藏。"可法道："真是不可信。你看，在祠堂里说要抛头颅洒热血的人，现在也是怕死得很。"两个看得兴致索然，可法拔出烟来，递给立春一支。立春看了看左右，道："躲一边抽去，要是我爹晓得我在这抽烟聊天，回去就是一顿啰唆，败了他名声什么的。"两人便躲进路边小沟，借着一丛芒草的遮掩，点了烟，爽爽地抽了起来。

"你后来去过北门街吗？"可法饶有兴致地问道。

"没有，倒是想去。"在这种场合下，立春倒是能敞开心扉。

"你这就不对了，家里有媳妇，孩子都快生了，心里却想着嫖，没想到你是这样的人。"可法一本正经指责道。

"嘿，你别忘了是你带我去的，还是你先来呢。"

"我那时候不是没结婚吗，再说了，我是去学本事的。"

"好，你倒是有理的，我现在跟你没有共同语言。"立春恨恨道，"娶了个媳妇，就全变了，我他妈的真想抽你！"

"我教你怎么做人，你倒是不领情了……"

话音未落，立春再也忍不住，昔日对他言听计从的哥们儿，现在居然教他做人的道理了。是可忍孰不可忍。立春先是给了可法一个巴掌，两人便扭在一起。立春喝道："今天要是不给你一个教训，我还真就不是男人了！"

可法被立春压在身下，可法的头朝着路面，突然叫道："牛。"

立春道："牛个屁。"可法道："你家的牛，立秋骑过去了。"立春道："别扯牛，你说你服不服？"可法道："好呀，我服呀，我服有什么用，你媳妇都不服呢！"立春道："我他妈的就是个男人，不会吃喝嫖赌，还算男人吗？你这个妻管严！"

可法看到的，确实是立秋。他晓得父亲不让他参与并村，但这难不倒他。他叫了软壳蟹，两人骑在牛背上，顺着池塘沿到了山下。立秋长期骑在牛背上，对驾驭有一定心得，看到山上密密麻麻的人群，喊杀声此起彼伏，兴奋不已，叫软壳蟹下了坐骑，给他捡了一截木棒当武器，道："你别上来，就在后面给我赶牛，我要去杀人了。"软壳蟹听话，折了一截艾草，抽牛屁股，妹坨便扑腾扑腾在山道上慢跑起来，堪能比肩战马。立秋一手提着缰绳，一手执拿木棒，威风凛凛上来。快到宰牛场时，妹坨突然吸了吸鼻子，打了一个响鼻，脚步也停了下来。立秋急了，叫道："狠狠抽！"软壳蟹又折下新的艾草条，使出吃奶的力气，狠抽牛屁股，妹坨嗡的一声狂叫，蹿了上去。

战斗持续半个时辰，增坂人完全占领宰牛场，阵仗凛然。以宰牛场为战场，麒麟埕人算是败退之军，散布四野，无法靠近。麻桂师傅令旗一举，单方宣布增坂村得胜。一时山呼海啸："赢了赢了！"增坂人马有序撤退。

宰牛场一时安静。立秋骑牛而来，上了宰牛场，叫道："我还没输呢。"立夏在一旁看得仔细，叫道："立秋，快下来。"打了许久，立夏看得明白，只要麒麟埕人再上宰牛场，增坂人从岩上扑下来，麒麟埕人必败无疑。几个麒麟埕的人见立秋上了，也跟了上来，一副不服输的样子。立秋更加嚣张，叫道："来打我们呀！"

已经笃定打了胜仗的增坂村人，见还有不服，回过头来。兆文道："不劳你们动手，看我轰他一炮。"他像安民一样，从包里掏出一捆鞭炮，点着，对准宰牛场扔了下来。一时间炸裂声响彻山谷，烟雾缭绕。老牛妹坨被鞭炮声一惊，突然原地乱跳，转着圈子。立秋被从牛背上抛了下来，未等他站起，而妹坨却跟疯了一样，蹄子乱踩，地上一个个脚印，烟尘滚滚。立夏惊叫道："立秋快跑！"他奔向前去，希望立秋能站起身来，逃脱妹坨的踩踏范围，但是在妹坨踩踏的尘埃里，立秋就像消失了一样。

直到一捆鞭炮响完，山谷里一片寂静，妹坨从疯狂状态停歇下来，摇了摇尾巴，用鼻子闻了闻周边的气息，眼里水汪汪的。立夏上前抱起立秋，身子已经软绵绵的，他吓了一跳，自出生以来，从来没有害怕过，但是现在他怕了。他拍着立秋的脸蛋，大声叫名字，但是立秋毫无声息。立夏颤抖着双手，放下立秋，咬牙切齿叫道："替我弟弟报仇。"欹头等人赶紧响应，呼喊着冲向宰牛场……

立春和可法甩了烟蒂，从草丛里钻了出来，看见山腰上又是一阵阵喊杀声，立春埋怨道："怎么又打起来了，回家吃饭都来不及了！"太阳明晃晃的，晃得他眼睛都酸了，叫道："可法，再来一根烟。"

祖厅里，陈武功等人有些焦躁，迟迟没有消息，不由到大门口张望，烟斗不安地敲着石狮子下的石础。

一个人从远处的榕树底下跑了过来，像一个铜钱大，众人皆投去目光，到了近处，只是一个孩子，众人皆感失望。却见孩子气喘吁吁，朝他们奔过来，陈武功感觉有异，忙迎上去，却见是软壳蟹。软壳蟹几乎是撞到陈武功身上，仰着头，眼泪汪汪上气不接下气道："立秋他，立秋他……"

陈武功脑子里轰的一声，一丝不祥的预感得到证实。他眼前一黑，一生中最黑暗的时刻来临。

怀风失眠了。有一丝冷风从门缝里钻进来，浑身纠缠，不得不把头钻进被子。这么一折腾，睡意跑了，困意仍在，脑仁子隐隐作痛。

自从失去海燕之后，对于女人，他是麻木的，甚至，是厌恶的。他不能去想女人的美，姑娘的柔情，一想就心颤，就莫名地慌和痛。甚至，有时候，他必须带着恨意去看待那些漂亮得令人心动的姑娘，在心外形成一道茧。

"我怕现在不说，以后就没有机会说了，你是我的英雄！"这是叶君薇临走时说的话，当时让怀风都蒙了，心中五味杂陈。现在，这句话一遍遍在静夜里敲击，似乎把那层茧敲软了。他也想把心打开，去接纳似曾相识的情感，但始终会有一阵心悸传来。

最令他不安的，是叶君薇的羞愧而逃，一个姑娘这样表白，自己毫无反应，这显然对她是巨大的伤害。愧疚渐渐升级，他想应该道个歉，可是，情感上的事，又如何说得明白呢。他犹犹疑疑，拖拖拉拉，这是他的秉性，戒不掉的。直到有一天，刊发他的事迹的报纸出来了，同事们争相传阅，前来道喜，他这才精神一振，决心了却这一道亏欠。

他下班前径直到记者站办公室，已经是熟门熟路了，连门卫都晓得他是报道过的人物，点头致意。他站在叶君薇办公室门口，叶君薇埋头看稿子，嘴里哼着粤语歌曲："万里长城永不倒，千里黄河水滔滔，江山秀丽，叠彩峰岭……"声音婉转，哼得颇有韵味，怀风静静听了两句，蓦然间心中一动：一个唱着歌的姑娘，是多么温暖。心中一热，虽然还隐隐作痛，不过被一阵柔情掩盖下去了。

叶君薇感觉身后有人，回头一看，愣住，问道："有事？"怀风倒是不知所措，道："报纸出来了，同事们纷纷跟我道贺，也许是你写得有点夸张吧，他们都对我刮目相看了，我想过来谢谢你，请你吃个饭。"叶君薇不动声色，面部冷静，道："如果有写得不对的地方，请多担待，饭已经吃过了，就不用了。"叶君薇冷静而陌生的表情，似乎像一盆冷水泼来，把他的热情浇灭了。怀风面部表情僵硬起来，道："真的不去？"叶君薇眼皮抬也不抬："心领了，我这活忙着呢！"怀风心中一凉，带着旧日的疼痛，捂着胸口走了。女人瞬息万变的那种背叛，让他刻骨铭心，不堪忍受。走到街上的时候，他觉得自己气喘不过来。他坐在大众影院的台阶上休息片刻，看着街上人来人往，突然特别想哭。

周六，他到文化馆礼堂看《射雕英雄传》。这部港台电视剧，每周播两集，一时间万人空巷。县里几个有彩电的单位，人群都满当当的，过来看的人，都得是熟人介绍，有单位的。前排有几张长椅子，后来的人和旁边的，都是站着。还有一些人坐在旁边的楼梯上，眼力好的，则索性到对面二楼的走廊上，高高俯瞰。快开始的时候，已经有点拥挤了，怀风环顾四周，为自己早来占到位子感到欣慰，蓦地看见叶君薇就站在人群中。也许是电视剧就要开始的兴奋，也许是在人潮人海中，怀风此时居然没有任何情绪的波动，只是像见了一个普通的熟人一样，自然地叫唤："小叶，小叶，过来坐。"

叶君薇也没多想，就如什么事也不曾发生一样，挤了过去，怀风把位置让给她。叶君薇喜滋滋道："那多不好意思。"怀风笑道："别客气了，我站着没关系。"怀风就这样站在旁边，把两集看完。散场的时候，怀风问道："下周还来吗？"叶君薇道："没有加班，肯定来，这儿是彩色电视机，看起来特别漂亮。"

下个周六，李怀风早早来占位置。这一次学乖了，带了一个书包占座，一边跟人道歉。等到叶君薇来的时候，两人可以并排坐着，在广告时间里，不咸不淡地聊几句，好像是认识了很多年的朋友。散场的时候，怀风想叫住她说几句话，又觉得太刻意了。又想下一周还要来的，便风轻云淡地告别。

第三周，李怀风如法炮制。到了电视剧开场，叶君薇还未到来，不免有些失望，不过还是攥着书包占着位置。大概过了不到十分钟，叶君薇才匆匆到来，李怀风心上一块石头落地，内心是少有的兴奋。散场的时候，两人并肩走出小礼堂，叶君薇歉意道："每次都给我占位置，真是难为你了。"怀风道："我老觉得欠你什么，必须给你做点事，可是你又不领情，唉！"叶君薇笑了起来，略带羞涩道："欠我什么呀，你什么也不欠我。"怀风突然鼓起勇气，道："那天你在我家说的那句话，可是真的？"叶君薇被怀风盯着，有点不好意思，微笑道："讨厌，我什么时候说过假话！"怀风不再说什么，一阵沉默，两人都有些心领神会。在八一五中路吃了两碗牛肉水粉后，身子暖和了点，肚子又胀，散了一会儿消食步，两人不约而同走进体育场。体育场是个多功能的区域，开运动会、公审大会、市民健身、恋爱集于一体，特别是夜晚，走进来就有一种暧昧的气氛。虽然是冬天，跑道里面的杂草并没有凋零，依然有些许虫鸣。

两人并肩走着，叶君薇的手不知不觉碰到怀风的手，这次怀风没有木讷，直接拉着她的手。

"我有个疑问，你不要生气。"怀风正色道，"我不确定你是不是真的喜欢我，因为我们接触实在不多。"

"你为什么那么没自信？"

"因为……我就不是个自信的人。"

"当我写你那篇报道的时候，你从无父无母，寄人篱下，到刻苦攻读，逃离农村，直至捉拿海盗，立下大功，从小到大，在我脑海里活过一遍。我能感受你的悲伤，我的心在流血。命运对你太不公平，你太孤独，你又太过勇敢，真的应该有个懂你的人陪伴你……"

星光点点，体育场里有着幽暗的光。铺着煤渣的跑道上，怀风紧紧抱住叶君薇，简直像勒住一样，令叶君薇喘不过气。巨大的温暖与悲恸，在怀风胸口起伏着，他的眼泪把叶君薇的肩膀都打湿了。

海燕的预产期临近，这也使得师海暂时中断自己的计划，整天伏在海燕的肚皮上跟孩子传话。师海有崭新的计划，来取代失去鱼塘控制权的失落。但是有什么比自己的孩子出生更重要呢！

月明已经预定好接生婆，手里接生过上百号婴儿，但师海撇了撇嘴，不屑一顾，带着海燕住进了地区二院，本县最好的医院。月明道："人手里接生过百号的娃儿，还救活了几个呢，只怕不比医院差，经验还要更熟。"师海道："娘，我赚了钱，就要过城里人一样的生活。你见过城里人哪个是叫产婆接生的。"月明道："我听说医院里常有抱错的，你可得长心眼。"师海道："娘，你要跟去的，生孩子的事，我还是门外汉。"

住进医院后，师海寻思着：要不要跟丈母娘打个招呼，趁机和解。海燕挺着肚子，闭目养神，听了师海的建议，道："你是哪壶不开提哪壶，这时候还让不让我舒心点？"但是师海呢，又很在意丈母娘的承认，不然，他老是有一种媳妇是偷来的感觉，道："现在生米已经造成熟饭了，熟透了，是个最好的机会，你们家的承认对我很重要。"海燕叹道:"我何尝不想?你要是不怕吃闭门羹,你就去吧。"师海道:"你放心吧,我觉得是时机了。"

婚后,海燕断绝了与父母的联系。其间,她父亲曾偷偷打了一个电话到学校,问海燕的状况,显然是挂心。但是海燕晓得,家里的大政是妈妈掌控,爸爸属于幕后通敌,这种牵挂对扭转局势无效。但在师海看来,觉得这是一个转好的信号。

师海提了一挂青蟳,倒是进了门,说了海燕已经临产的状态。海燕母亲阴着脸,听了,转身提了一把扫帚,照着师海的膝盖就打。师海瘸着腿被打出门。显然这件事对海燕母亲来说,是个侮辱,是上门要挟。海燕父亲只是看着,不置可否。哥哥海军听了声音,从房间里出门,在门外见了师海,全身上下仔细打量,道:"你就是师海呀。"似乎在看一件听说过没见过的宝物。母亲把那挂青蟳丢了出来,海军从地上捡起,递给师海道:"拿回去吧,我妈最讨厌你拿点小恩小惠来收买人心。我呢,我回头去看看我妹。"

师海一瘸一拐地回来,在医院门口揉了揉膝盖,以便能昂首阔步走回。海燕见他这么快回来,心知肚明,心疼道:"吃了闭门羹了吧。"师海道:"没有,绝对没有,已经比前次好多了。还有个好消息,你哥回头会来看你。"海燕摇摇头,苦笑着叹了一口气。师海道:"真的,如果你哥帮忙的话,和解还是有希望的。"

生产总体是顺利的。临产的晚上,孩子在肚里迟迟不出来,海燕每一次疼,叫声撕心裂肺。师海的意思是剖腹产,但海燕死活不肯,汗水淋漓地拒绝。月明在一旁着急,道:"若是产婆来,是有办法的。"阵痛持续了五个小时，孩子终于平稳落地，是个带把儿的。海燕筋疲力尽，几乎昏厥过去。师海焦躁得眼泪都快出来了，握着海燕的手道："要是我能替你疼该多好呀。"

几日后，母子平安归来。兆文喜当爷爷，兴奋得神经有点颠三倒四了。第一件事，要给孙子起名字。辈分是安，不能更改，兆文给孩子起名叫李安米。什么意思，就是希望孙子这一辈，都有白米饭吃，不再吃番薯条了。师海不悦，道："爹，吃个米饭什么的，这点出息也用不着用在起名字上。你要是正经起，不得找个先生看看五行什么的。"兆文道："用不着用不着，有米饭吃，五行什么都不缺。"师海道："你要那么说的话，不如叫安金。有了金钱，还没大米吃？"兆文道："我的孙子，名字就该归我取，你懂什么，有金钱不一定有福分，地主被枪毙多少懂不懂？"师海道："你都扯到什么时候去了。现在是新时代，不可能有那种事了。"兆文道："我还是就让他有米饭吃，保一辈子平安，比什么都重要。"父子俩口沫横飞，争执不下，只差要动手了。师海道："算了，我们都别争，让海燕取，她有文化。"来问海燕，海燕笑道："名字嘛，只是一个符号，两个大人争得面红耳赤的。我看就依爷爷吧。"兆文笑逐颜开，四处大夸儿媳妇懂事体。

次日，兆文一大早起来，去蛏埕涂蛏苗，对海燕道："我去给你挖两只章鱼回来，炖酒补补身子。"海燕道："爹，有鸡补着呢。"这里坐月子，习惯吃公鸡炖酒，一是可以补充营养，其二可以去除湿气。

"鸡是养的，没有野生的气力壮。"

江上的活物，要说补身子，一是鲈鱼，二是章鱼。章鱼气力大，加一把枸杞炖米酒，香得醉人，过劳的人，一吃，精神头马上就上来了。

兆文下楼，提起墙角的木锄，就要出门。六斤似乎发怔了一样，突然跑过去抱住兆文的双腿，叫道："爹，莫去。"

六斤很少这样纠缠着兆文，特别是当兆文出门干活时，兆文奇道："怎么啦？"

"莫去呀爹，你还没给我买万花筒呢。"六斤突然哭了起来。

"莫名其妙。"兆文摸了摸六斤的脑门，"那个下次进城给你买，我答应过你的，现在讨什么。"

"莫去呀爹，我们去后山救花手帕和薄荷糖。"六斤抱住兆文不放。

"是两只兔子吧，不是早丢了吗？"

"它们就在后山，我梦见它们被野狸追，它们说，你带着你爹来救我们。"六斤认真道。

"胡说八道。"兆文很少见六斤胡搅蛮缠，"你怎么越长大越糊涂了。"

船仔走了过来，佐证道："爹，是真的，花手帕和薄荷糖就在后山。"

兆文急着去滩涂干活，使劲儿挣脱六斤的纠缠。宰牛场一役，双方受伤多人，麒麟埕死一人，增坂村获得胜利，一时间威名远扬。现在兆文去滩涂，遇见各村人等，都会津津有味说起大战亲历，在滩涂上也是扬眉吐气。一般早上上滩涂，大伙儿会在村东元帅庙稍微抽根烟，一伙儿聚齐，边聊边往滩涂而去。兆文把六斤的手掰开，叫道："别不听话，爹有正事要干，你们紧着吃饭上学去。"

那老黑也不识时务，过来舔了舔兆文的鞋子，又咬了咬裤脚，无限亲热。兆文一时火起，把老黑踹了一脚，老黑大叫一声，委屈地躲在一边呜嘤呜嘤轻哼。六斤也被挣脱，啼哭起来。兆文趁机往外走，叫船仔道："不懂事，把你妹妹拉起来，洗把脸去。"

兆文这一走，再也没有回来。

村人到滩涂各处寻找，几艘船开到官厪各岛打听，其后报警，到镇上、县城贴寻人告示。但还是生不见人，死不见尸。搜寻工作持续数日，既无线索，亦无结果。村人最后见他的踪迹，是当天涂完蛏埕，他往艮面远处去锄章鱼，江海茫茫，人船绝少，再无踪迹。

第七天的时候，元丰给家神点了一炷香，拿着锄头和篮子，上了莲花心，来到自己的墓前。他站在墓前，远眺前方，斗门头的水正往江外急速流去，一炷香的工夫，池子由一块月饼变成一个鸭梨。他打开墓门，钻进墓室，用锄头撬开地面，挖出一个盒子。他把盒子放在箩筐里，盖上杂草，一路回来。有路人看见，叫道："元丰伯，你这去做甚？"他笑了笑，没有应声。

他年老了，但是年轻时的那一幕，一丝一毫也没忘记。

民国时期，怀风的爷爷李元洪是村里最大的地主。说是地主，其实也朴素得很，每天忙忙碌碌，比帮工还忙，吃得也不奢华，勤俭持家，也就是比寻常人家多十几亩山田，一大片滩涂。那时候元丰是他家的帮工，颇为得力，兆文还小，在他家放牛。一九四九年解放，风声很紧，元洪携家带口到霍童躲避，与友人权衡形势，数日后抱着一丝侥幸回来。他把一个盒子交给元丰，道："这是我辛苦一世留下的，你我交好，但我也不知道该不该信任你，但是不信任你，也信任不了别人了，这东西就托给你代为收藏。倘若我这一关不能幸免于难，日后你就交给兆镜。"那盒子里，是一只黄金蛤蟆，大概有小巴掌大，栩栩如生。蛤蟆乃是增坂村的风水之神，山后的风水林，便是蛤蟆的形状，自有渊源。元丰急忙接过，道："但有半分不按你说的，叫天打雷劈了我。"元洪道："你别说我，村子里我是最信你的。人活一世，为了万贯家财，殊不知，万贯家财一时又成祸害。这金蛤蟆呢，我也不晓得日后是福分还是祸害，但你听我说，只有形势转好，能光明正大拿出来的时候，你才能给兆镜，否则，你就是带到坟墓里，也不能给了任何人。"元丰拍胸脯答应了，埋到园子树下，此后也多了一桩心事。不久，元洪逃不过镇反运动，如自己所料，一命归西。家中财物，被遣散一空，兆镜为地主子女，能免一死，已是万幸，在其后的各种运动中，自然是被百般关注的对象。一九六六年"破四旧"，兆镜远逃台湾投敌去了，这金蛤蟆就成了元丰的一个秘密，也是一块心病。

他一直深信，元洪的魂魄在村子游荡。若等不到兆镜回来，他就要埋到坟墓里，到了阴间交还元洪。他也相信，只有信守承诺，才能消除前半生造下的孽。

他到了白枣树下，把盒子埋到原来的坑里，盖上砖头，再覆上草皮遮掩。师海正疲惫地回家，路过道："爷爷，你在做甚？"

元丰站了起来，对师海道："我那座墓，要换。"

"不是你自己满意的吗？"

"先生说得没错，水太急，势凶，这不，你爹说没就没了。这风水，一定要换的！"

师海怔在那儿，抬起头来，昔日坚毅的面孔现在一脸茫然。

图书在版编目 (CIP) 数据

黄金海岸：全 2 册．潮生万物 / 李师江著. —— 北京：
北京十月文艺出版社，2022. 5
ISBN 978-7-5302-2168-6

Ⅰ. ①黄… Ⅱ. ①李… Ⅲ. ①长篇小说—中国—当代
Ⅳ. ① I247. 5

中国版本图书馆 CIP 数据核字 (2021) 第 133076 号

黄金海岸　上　潮生万物
HUANGJIN HAIAN SHANG CHAO SHENG WANWU
李师江　著

出　　版　北 京 出 版 集 团
　　　　　北京十月文艺出版社
地　　址　北京北三环中路 6 号
邮　　编　100120
网　　址　www.bph.com.cn
发　　行　新经典发行有限公司
　　　　　电话（010）68423599
经　　销　新华书店
印　　刷　河北鹏润印刷有限公司
版　　次　2022 年 5 月第 1 版
　　　　　2022 年 5 月第 1 次印刷
开　　本　850 毫米 ×1168 毫米 1/32
印　　张　18.75
字　　数　360 千字
书　　号　ISBN 978-7-5302-2168-6
定　　价　96.00 元（全 2 册）
质量监督电话　010-58572393
如有印装质量问题，由本社负责调换。

黄金海岸（下）

阴阳守望

李师江 著

北京出版集团

北京十月文艺出版社

下部：阴阳守望

第二十三回：牛泪

　　时值八十年代中期，时代像一个儿童睁眼打量世界，每天都有新鲜的玩意儿冒出来。县城里，年轻人身着喇叭裤、蝙蝠衫、戴着蛤蟆镜，肩上扛着收录机，喧嚣过市，让古板陈旧的街道显出魔幻色彩。收录机里播放的，前几年是邓丽君、凤飞飞、刘文正、高凌风，现在谭咏麟、张国荣也有了。《荷东》《猛士》也在各个舞场喧嚣一时。迪斯科方兴未艾，霹雳舞又席卷而来，用眼花缭乱来形容毫不为过。

　　滨海乡村，也被这热气腾腾的潮流牵引，春潮涌动也不逊色。村里有了第一辆"凤凰牌"自行车，便吸引人观看，这两个轮子的东西也能直立行走，引起人们莫大的好奇，来学车的人也托了关系排了队。村里第一台录音机，乃至第一台电视机，都带来了魔幻的惊奇，改变乡村的视野。真正牵引乡民心动的，是某村万元户的出现，或者是某某村有人在干什么赚钱的新行当，成为有心人心之向往。

乡村里，上了年纪的中老年农民，比较本分，把自己的一亩三分地做好，儿女养得起，肚子吃得饱，对这些从饥荒年里扛过来的人来说，已是莫大的满足。而一些年轻人，心早已被改革的风吹动，眼里盯着外面的世界，野心勃勃地等待这个千变万化的时代带来宝藏。他们是乡村变革的生力军。

一九八四年，邓小平视察深圳，提出让一部分地区、一部分人可以先富起来，带动和帮助其他地区、其他的人，逐步达到共同富裕，后来又一针见血地指出，贫穷不是社会主义。

戴着村里第一个万元户的光环，师海自然是这不安分人群中的翘楚。他像饿狼一样捕捉致富的机会。他在报纸上看到邓小平的讲话，不禁拍案叫绝，可见给他的思想带来了触动。八十年代初期其实中国的"恐资病"还在流行，还是留恋平均主义，美化穷光荣、穷革命。敢提倡致富、以财富为荣，其实是一种石破天惊、不守常规的意识。这在改革开放多年以后，人人以炫富为荣的年代，实在是难以想象的。

得沿海风气之先，凡是广东、海南又有什么新奇的农业行当，便如被海风吹过来，自有人仿效。师海当时听说贵岐的渔民正在养殖对虾，确实如寻见了奇珍异宝一般，眼珠子都要蹦出来了。

八十年代之前，对中国普通家庭来说，吃虾绝对是一种奢望，市面上就没有养殖的对虾。追溯历史，一九七八年，改革开放的政策惠及水产养殖业，中央部署在广东的汕尾、台山、湛江及海南成立四大对虾养殖公司，希望以四大公司为龙头，完成出口创汇任务。刚刚起步的中国对虾产业主要以野生捕捞和围堰初级养殖为主，国有对虾养殖公司产量很低，同捕捞量比所占比重很小，人工养殖的瓶颈在于对虾的种苗人工繁育。一九八二年，湛江的虾苗场才突破了虾苗生产技术。种苗关的突破，极大地带动了中国沿海大规模的对虾养殖热潮。师海听闻到的闽东对虾养殖，已经是一九八五年，养殖模式由"鱼堰"转变为池塘，以人工饲料喂养，但也是在摸索阶段，没有成功的范例。为何说对虾养殖譬如珍宝？想想，市面上对虾一斤五六元，供不应求，而当时普通人的工资也就三四十元，养对虾无异于养黄金。

师海在碗屿村前的门前港租了一个池塘，十亩的咸水池，即是利用滩涂靠山地貌围起来的池塘，有一个闸门，潮涨潮落可以换水，保证活水。投了数万尾虾苗，在池塘边搭了个棚楼，备有简单的灶具，日夜看护、换水、投食，可以用废寝忘食来形容。一是本性使然，师海做事是极投入的；二呢，繁重的劳作，也能抵御家事带来的痛苦。大概养了不到四个月，觉得不对劲，放水一看，数万尾虾苗竟然不知所终。

不但血本无归，而且还输得莫名其妙，引起了家庭的骚动。元丰虽然又老迈了一圈，但心中自有乾坤。兆文的失踪，对虾的失踪，在他看来，都是风水的问题。所以，坟墓的迁移，刻不容缓。原来坟墓面对西陂塘，但西陂塘已经没有风水了，他的意见是移到山后，麒麟岭的一侧，吃五里洋的风水。坟墓不移，祸事还会接踵而至。

师海虽然不信鬼不信神，但事情串在一起，也让他意乱神迷。况且，在乡村这样的环境，关于风水的事，人人都说得有鼻子有眼，心志也不能不受影响。

兆文失踪，生死未卜，像一块石头，压在这个家庭的胸口。

报案，滩涂搜索，在镇上、县城贴出寻人启事，均无果。时间一天天过去，希望一天天渺茫，每个人都期待有一天兆文会冒出来，说自己只是好奇去哪里待了几天——以他"死人站"的性格，并不稀奇。但理智上，大伙儿都知生还的可能性绝少了。月明几日不睡，眼睛熬得通红，到了第七日，终于扛不住，夜里还在厨房十五瓦的灯下，缝补兆文的粗麻衣裳。兆文有两件黑粗麻布衣，都是暖天干活穿的，透气，一件穿走了，家里还有一件。正睹物思人，一阵困意袭来，趴在桌上打个盹。却见兆文猛然从门外走进，挟一股咸腥的风，还是穿那件黑色麻布衣，两手空空。月明俄而站起，道："啊，到底是回来了！"兆文道："被困赤壁港尾，差点挣脱不出来，饿成鬼了，赶紧来碗猪油饭。"月明心中惊喜，赶忙起身，却啊哟一声，身子一歪，从凳子上跌下，乃是一梦。回顾梦境，历历在目，晓得凶多吉少，不由恸哭。边垂泪边在蒸笼里取了一碗饭，用猪油拌了，放在桌上，插上筷子，点起三根香，哭道："你懂得回来，就不懂得为啥被困赤壁港尾了，你这死人哪！"

次日，月明、师海带了数人，去赤壁港尾找寻。退潮之后，赤壁港大米草丛生，如斑如藓，高处齐人。这里是荒芜地界，离耕作之地尚有距离，港汊相连，只有讨小海的经过此处，兆文不至于到这里呀。月明坚信梦中言说，趁着潮水没有来，众人便到大米草中搜寻，一边议论：若是兆文身在此处，则有可能在滩涂劳作时突然晕倒，被港汊流水冲到这里。这样的例子并非没有，曾有下塘人在日头下涂蛏埕，突然晕倒，顺着港汊流到十几里的官扈地界。海定生死，人难卜测！

功夫不负有心人，在大米草丛中，居然找到一把木锄，被人狠狠地插入草根里，成为草根的一部分，没有随水漂走。但周身已经被淤泥包了一层，不仔细还真看不出来。洗了，认了就是兆文的木锄，手柄上的握痕清晰可见。月明一把抱着木锄失声叫道："你丢一把木锄什么意思，人呢！"

人杳无踪影。

在月明心中，找到了木锄，就离找到兆文近了一步。她不甘心，在沿岸乡村到处打听。人们恍如见了一个疯子女人，见了上岸的人，就问东问西，滔滔不绝地问，只要是谁透露一点信息，就穷追不舍，简直成了一道风景。碗屿村一个妇人，叫丁班，讨小海回岸，被月明拉住，聊起，晓得缘由，心生可怜。启发之下，猛然想起那一日，上岸之际，见一个舢板船从港汊漂流而下，船上有五个男子，吵吵嚷嚷，似乎还有争执。当时她心里还奇怪，滩涂上只见劳作，何以有人吵吵嚷嚷。至于时间，虽不确切，但也能跟兆文失踪的时间大体吻合。月明如找到救星，握住丁班的手，讲述兆文的形象。丁班边听边回忆，道："对头对头，就是有这么个人。"月明又问其他四人，丁班就记得四人是年轻后生，说话吵吵嚷嚷的。这些个特征，让人从哪里下手。月明哭道："你当时怎么不问个究竟呀！"丁班委屈道："肚子咕咕叫，哪有心思管闲事。"丁班眼见舢板沿着港汊漂流而去，片刻被大米草掩映。

月明嘴上哭着"你这么狠心，怎么就不回来呀"，可是心里也明白，他是回不来了。自从托梦回来，她心知肚明阴阳相隔了。

报案之后，师海将此事寄托在公安手上。镇上派出所不敢怠慢，作为人口失踪案件报到县里，局长将其交付在李怀风手上。原因是李怀风是案发本地人，有助于了解案情。这也是婚后师海第一次见到怀风，他深知怀风对他的态度，但现在此事在他手上，他不能不出面。他到了怀风的办公室，道："我晓得你现在跟我不对付，不过爹的事，你好歹要当成自己的事。"怀风严肃道："我现在是公职人员，公对公办事，不会把私情放在里面。"师海道："怎么不能把私情放前面，现在是爹失踪了，不是普通路人。"怀风冷笑道："这个分寸用不着你交代吧。我怀风有情有义，绝不会跟某人一样，连兄弟的女人都下得了手！"师海被说得一阵子脸红一阵子脸白，但晓得这不是争论这题外话的时候，转移话题道："我觉得会不会跟麒麟垾的并村有关？"怀风道："你最好是提供线索，提供证据，乱猜疑的话，只怕会帮倒忙！"

丁班的证词，更让人觉得兆文是被人加害了。这些证词提供给怀风，怀风虽然一番激动，似乎找到突破口，实际上依然是一筹莫展。凶手是谁，动机在哪？茫茫滩涂上，简直如大海捞针。

便去塔山问一神婆。神婆远近闻名，能够替人到阴间讨寻故人，问询消息，俗称"讨故人"。神婆入定而去，紧闭双眼，以手擂八仙桌，伴以各色言语，以示到了阴间的行动。那情景，跟在增坂村庄无异，神婆——问及左邻右舍大姨大婶兆文之去向，神婆既是自己，也伴以路人的回答，一人分饰多角，惟妙惟肖。问到街边一乞丐，那乞丐瓮声瓮气道："兆文是我哥，前些日子里见是被官差押解，怕是在地狱受罪吧，哪里能寻得见！"月明听神婆的声音，是兆武的嗓子，忙问兆武何以乞讨营生。兆武抬头答道："我这孤魂野鬼，又没后人祭供，年节也没人烧纸钱元宝，我不讨饭，要饿死呀。"月明道："倒不是，只是找不到你骸骨，没有牌位，不知如何招魂回来。"兆武道："骸骨找不到啦，都被鱼吃了，我是眼睁睁看着鱼钻到我肚子里，吃干净我才走的。你若有心，我教你一法：我在西陂塘堤坝被水冲走，中元节，你到我落水处，点香三支，取水一瓢，叫道：'兆武，回家喽。'一路叫唤回去，我便能一路跟你回家。将水洒在家门口，阴曹官府也认了我是有主的鬼，可享元宝祭品，到那时便不用乞讨了。"月明道："晓得了，你可有兆文的消息？"兆武道："刚进来，须得到地狱受刑的，不用说，准是在吃热铁丸子，他那嘴巴可招来不少罪。唉，我俩兄弟都这么着急着死，不晓得爹有没饭吃。"月明得到确认，心中跟被钳子扭了一下，剧痛出泪，道："你可晓得他怎么死的？"兆武道："我问他了，这么着急投胎干吗？他想他死得冤，会到阎王爷那里投诉，指定还能还魂。唉，他死了还说这没谱的话。"
月明还要继续问询，神婆早已倦怠，退身时间已到，说："莫问了，
我要走了。"

月明叫师海告知怀风这个信息，铁定了是麒麟埠的人下的手。
怀风听了虽然心有所动，但还是不动声色，冷笑道："还万元户呢，
还上报纸呢，就信得鬼鬼神神这一套！"师海道："我是不信的，
我是接受过部队教训的，我不过是转达娘的意见。说得有鼻子有
眼的，你就不能当成一种可能性吗？"怀风道："哦，我跟领导汇报，
有这么一个去阴间的事，咱们把麒麟埠调查一遍——我还能在公
安待得下去吗？"师海道："你能不能别跟我置气，咱们心平气和
地讨论一下。"怀风道："我心平气和得很，你在我眼里，就跟一
块石头一样。"

师海道："村人的意见，并村的时候，爹是头人，跟报复有关。
麒麟埠有四个狠角色，号称四大金刚，凡事都由他们出头。这四
个年轻后生，跟证人提供的船上四个后生仔，年龄也吻合，至少
可以作为嫌疑人来调查，你看这个突破口如何？"

怀风道："这不用你说，我自会叫人下去查访。"师海道："不
用打草惊蛇，将他们四人分别调查，问当天的去向，可以问出破
绽的。"怀风冷笑道："这还用你教我，要不我这个位置让你算了。"

四大金刚被收审的消息很快传遍了村庄，群情涌动。若是谋
杀复仇，则必要村里出面，以命抵命。

先是听闻，调查中，四大金刚每个人对当天的行踪的描述口

供不一致，且有矛盾嫌疑，过了几日，又传出，四大金刚承认，兆文在收工之前被他们叫到船上，但只是问询他有没有害死立秋，之后便在赤壁港尾放他下船了。至于下船后的行踪，他们一无所知。

明摆着这是狡辩，众人只等警方的消息，待查出兆文受害之处，便倾村出动。不料，等来的消息竟是因无证据，四人已经被释放回家。

问怀风，消息果然属实。原因是，证据链不足。兆文活不见人，死不见尸，谋杀案难以成立，而目前的口供与证据，也无法直接证明四人有谋杀行为。过了时限，就得把嫌疑人放回去。

师海急了，道："就差最后一步了，你们公安局就这么没有一点法子，用点狠招不行吗？"怀风道："刑讯逼供，我们不允许。法律上的事，讲究证据，证据有了，自然会给出答案。"师海道："难道就这么完了，怀风你还记得你是谁养大的吗？你能读成书，是谁的牙缝里挤出来的学费？"怀风低下头，略感惭愧，叹了口气道："你别把气撒我身上，我比你更想要结果，这是一个干警的职责。事情当然不会这么完，但在没有新的证据，比如被害者的尸体，或者谋杀的工具之前，这个案件就难以进展。"

好似一艘大船，在即将靠岸时搁浅了。师海一拳砸在墙上，砸出一个血痕。

这一天，师海自己拉着一车稻谷去城里交公粮，他想起去年，是和父亲一起去的。他在前面拉，父亲在后面推。包产到户后，能吃上自己种的粮食，交公粮也是愉悦的。兆文道："师海，现在咱们的日子比屏南要好，回头送一担米给你屏南爷爷。"师海道："送啥米呀，大老远的，要送，直接送钱省事。"兆文道："你不晓得，一九六〇年我们一家，靠他的一担番薯米活下来，送一担米上去，那份心意不是钱能代替的。"兆文那份豪情，不言自明，在阳光下，那张古铜色的脸皱纹绽放，似乎好日子刚刚开始。一年过去，突然作别，不明不白，师海想起父子俩推拉板车，有一搭没一搭地聊几句的画面，不禁伤感得哽咽了。

村人原来寄希望于怀风，多少年出了一个公安干部，村里有指望了。现在风向一转，全骂他无用，说兆文养的是一只白眼狼。

陈武功陷入沉默之中，心中不知是悲，是苦，是悔，是恨！自己一手策划的轰轰烈烈的大战，竟然以立秋的死为结局，这是什么孽缘！有时候他看见老牛妹坨，就会想起立秋骑在它背上欢快的模样，不禁大拍胸口，一阵老泪洒下。

踌躇许久，这一日他下定决心，清晨牵上妹坨，穿过两边布满池塘和菜地的机耕路，不知者以为他去放牛。牵到王坑山脚，恰遇见算命的陈先生戴着墨镜、背着皮包、手持拐棍迎面走来，拐棍探路笃笃作响。妹坨见了陈先生，"哞——"，长长地叫了一声，停了下来。陈先生走上前来，举起手，摸了摸牛的额头乃至眼睛，道："哎，这头牛不能杀。"陈武功道："陈先生，牛是自己养的，有什么能不能杀的，更何况，这头牛有罪呀。"陈先生道："这头牛有灵，杀了造孽。"陈武功怒道："杀主之牛，还说有灵。陈先生你是算人算得准，可没听说你还能看畜生。"陈先生道："我目视不见，借以天眼。畜生天性更甚，我看得更清楚啦，这头牛是有情有义、洞悉恩怨的。以其灵气，更近乎遵循天道，不可能杀主。我劝你不杀，是对你好。"陈武功道："陈先生你慢走，好好算命去。畜生的事，留给屠夫。"陈先生无语，棍子在地上笃笃两声，默然而去。俄而，回头道："人畜轮回，牲畜的命也不可轻视！"妹坨朝陈先生方向又一声哞地长叫。

　　上麒麟岭，正是背阴，两边草露未消，将陈武功鞋面、裤脚均打湿，寒气使得他一哆嗦。多日来失子的悲痛，使得他的身体大不如前了，血气虚弱。爬了一段岭，便气头上喘，好似不干农活的城里人了。到了半山腰一段岭面上，已能看见宰牛场，阳光洒在上面，如一片金光闪闪的天堂。矮壮的屠夫在上面吆喝道："嘿，我到了！"陈武功挥了挥手，回应了招呼。靠近宰牛场，依稀能闻见牛的腥味。一阵山风拂过，妹坨突然不走了，鼻子呼呼地喘气，眼神亦露出恐惧。陈武功加了一把气力，妹坨被迫头一仰，叫了一声，无奈前行。步履已然不情愿了。走到最后一个山坳处，陈武功抬头，突然觉得一阵眩晕，不及细看，两个面目狰狞者已到眼前，一抬手，一张黑布蒙住了他的头。他眼前一片漆黑，但依然能感觉到来者持一把大锤，意欲砸其脑门。想要挣脱，却浑身无力，只能任其摆布了。危急间，又听得一个苍老的夹杂着喘不过来气的气息的声音道："是他儿子，不关他事。"两人听了老者的话，踌躇片刻，把蒙在头上的黑布一扯，陈武功双眼重见天日。定睛一看，周围什么人也没有。刚才一幕，如梦幻泡影，倒是额头上一阵冷汗确确实实。

　　眼前一阵响动，屠夫已到跟前，道："啥事耽搁的，等你好半天不见上来。"陈武功心中疑惑，刚才发生的事，自觉得只在数秒之间，忙问道："等我好久？"屠夫不甚耐烦，牵了牛，自顾上去，道："等了五六个字了，以为被鬼抓走了呢！"一个字五分钟，看来自己在梦境中有将近半个小时了，心中更加疑惑，道："这里可真有鬼？"屠夫道："麒麟岭，人都说夜路见过鬼，我可是没瞅见过。我这一身杀气，哪个鬼不怕我的？"

　　到了宰牛场，妹坨已然晓得死期临近，跪了下来，眼泪汪汪看着陈武功。阳光下，妹坨的眼珠反光，反射到陈武功眼里，陈武功眼前一晃，猛然想起，方才梦魇中那个病恹恹的老者的声音，就是老牛妹坨的声音。而两个将自己黑布蒙面者，乃是牛头马面。一阵寒意心中升起，顿时让恨意消融，陈武功去摸了摸妹坨的头，妹坨伸出鼻子，抵住陈武功的手腕，极尽哀求之意。陈武功心中一暖，对屠夫叫道："不宰了！"

　　过了数日，陈武功辗转找到陈先生，道："陈先生，这头牛，我既不想宰它，又不想养它，有什么妙法？"陈先生道："西北百里，有霍童山支提寺，乃是天下三十六小洞天的第一洞天，天冠菩萨现身说法的道场，把这灵物放生在那里修行，是再妙不过的归宿，也是你的福报！"得此指点，陈武功如法照做。胸中一团巨大的心结，悲、苦、悔、恨板结一块，似乎寻到一处孽缘的源头，弥散开来。

八十年代，支提寺有一头放生牛，性情温良，坐卧皆有灵性，在香客口中流传甚广。

一九八四年，骝屿岛出现了第一家红砖厂，接着半山也有一家，其后如雨后春笋，四处开花了。当时虽然刚刚兴起建红砖房，但公共建设需求量已经很大了，红砖供不应求，很是抢手。这门产业和技术，是从广东传过来的，以黏土为原料，在九百度的高温下，以氧化焰烧制，所以火候特别重要。火候不到，则烧不熟，过了火候，则易裂，所以观察火候的师傅最重要，是稀缺人才。

池玉喜应聘到骝屿砖厂当师傅，颇受欢迎。他在广东干过，观察火候这一道功夫过硬。白天干活，晚上吃住在简陋厂棚里，跟看厂的老头和一条黄狗厮混。厂工们没见过这么敬业的小伙子，十天半月都不回家一趟，打听得是孤家寡人，又给他介绍对象，均被拒绝，后来大伙觉得，玉喜一定有毛病。

对他而言，这一切都是形势所逼。

巧清初中毕业，考上了福安卫校。这个考学，也是池玉喜的建议，他认为女孩子呢，当个老师、当个护士，都挺好的。巧清还没去过医院，觉得医院是个特别高级特别神秘的地方，于是兴冲冲地报了卫校。到学校里拿到录取通知书那一天，她简直要哭了，不是跑到家里，而是跑到玉喜家，一头扑到玉喜怀里，说："你现在可以娶我了吧！"

玉喜像抱着一头小兽，不知该接受还是放下。他喘着气，巧清的发香沁入鼻息，那是一种熟悉的恐惧的气息，瞬间他胸中涌起一股海啸，体会到一阵莫名的难受乃至眩晕。是的，他用一年的时间，渐渐平息这种心痛，现在一夜回到解放前。他一把推开巧清，像推开一颗地雷。舌根的一点苦涩渐渐荡开，充满了七窍与胸腔。

他想忘掉在广东的那一场刻骨铭心的爱，失意的爱，但忘却是如此的不易——比得到更难。

巧清的热情令其难以招架。逼仄的环境使她心智早熟，她就像女人渴望男人一样任性，又像一个女儿希望得到父亲的庇护一样紧迫。

一年多来，对于他来说，巧清当然也是不可忽略的存在。是的，这个像精灵一样的半大姑娘，使得他从茫然无措的状态中踏实下来，虽然都是他帮她做了一切，但终归是心有着落了。至于说到爱，老实说，他是彷徨的，也是无力的。他甚至怀疑自己已经无法爱了，就像对女人过敏一样。

教堂的神父，大概一两个月来一次，他管理着附近村庄的五六个教堂。神父来的那一天，玉喜去做了告解，请求神父指明方向。神父并未给予答案，给他念了"赦罪经"：天主已经赦罪，平安回去吧。他在犹疑中挣扎。

巧清拿到录取通知书的消息令根水咆哮大怒。在他看来，能让巧清读完初中毕业、摆脱文盲，已经是极大的忍耐。念完了初中，赶紧收了心，帮着家里干活，过两年就嫁出去，便是最好的归宿。怎奈巧清已经养成倔强桀骜的性格，就是打死也不回头。根水觉得巧清肯定是被玉喜教唆坏了，再加上一些风言风语，便跑去跟玉喜算账，说他拐带幼女，不知廉耻。玉喜又是无奈，又是愤怒，继而心一狠，你既然栽赃给我，我就对着干罢了。

他答应巧清，如果她肯上卫校的话，等她毕业工作了，那时候就娶了她。那时年龄就顺理成章，谁也不会说风凉话，现在不是时候。根水肯定不会出钱供她念书，他承诺，只要她上一天学，他就供着。巧清横了心要抛家闯荡了，只想要更多的安全感，道："你口头说了，我还不放心，只怕哪一天你又反悔，我要你真的应承！"巧清跟了玉喜之后，依然比同龄女孩开窍不止一点点，"真的应承"，指的是身子给他——那似乎比嘴巴的承诺更牢靠。玉喜此刻在流言蜚语的风头上，哪里有这想法，正色道："巧清，这不是办法，天主会怪罪我的。我并非不喜欢你，只是要你多给我一点时间。"巧清又羞又急，呜嘤哭了起来。玉喜好生一顿安慰，直到她确信自己是真心实意地资助，就跟自己家人一样。

巧清读书去意已决，根水也只能骂骂咧咧，说读那么多书干鸟用，还不如留点书给来宝读。出发前几日，她便收拾仅有的几件行李、几册课本，还有跟小伙伴们玩的黄花鱼石等玩物。巧月眼巴巴地看着，突然间一阵痉挛，捂着肚子蹲下，直喊疼，满地乱滚，眼泪都哗啦啦了。根水抱着来宝，正逗弄着小鸡鸡呢，那是他的生活乐趣所在，跟谁都说来宝的小鸡鸡大，天赋异禀，传宗宝物。根水叫道："还不快带你妹去找郎中看看。"巧清背起巧月，巧月在巧清背上折腾来折腾去，被扛到了村医诊所，郎中压着她的腹部指认痛处，痛处却弥漫脐部周边。郎中不明所以，冲了一碗糖水给她喝了，巧月擦了眼泪，稍微缓和。郎中道："你这个也有可能是闹蛔虫，也有可能是肠胃溃疡，先拿几个宝塔糖吃下，再痛就去公社医院。"巧清又背着巧月回来，巧月虽然哼哼唧唧，倒是不那么痛了。巧月道："姐，你走了我可怎么办？"巧清没好气道："你该怎样就怎样，跟我走有什么关系。"巧月道："你走了，该干的活都归我了，也许我都念不成书了。"巧清道："我的一切都是我自己争取来的，你想要的东西，你自己去争取，别把屎盆子扣我头上。"巧月在背上嘤嘤地哭了起来，不知道是腹痛还是伤心。巧清缓和了口气，道："爹呢，就是吃硬不吃软，你要跟他死磕，他也没辙，你要怕他，就得什么都由他摆布。"巧月道："可是我就是怕他嘛！"两姐妹沉默了片刻，巧清道："我去找大姐说说，有些事她该回来主持下公道。"

巧清去了一趟麒麟垾，也算是跟大姐巧容作别。巧容见巧清考上了学，将来指定有不寻常的生活，替妹妹高兴，背上兜着孩子，在厨房忙碌起来。她帮不了什么忙，也不懂得外面的世界，只晓得做几道好菜慰劳。巧清给姐姐在灶膛添柴火，道："家里人更少了，往后你多回家一点，说点公道话，省得巧月受委屈了。"巧容道："我能脱开身，指定会回去，来宝可好？"巧清道："爹娘的心思都在来宝身上，他坏不到哪里去。我这一走，可能要苦了巧月，她也可爱待学校哩。"

立春回来，见巧清来做客，颇为兴奋，叫道："考上学了，就变了一个样，越来越像你姐了。"巧清觉得莫名其妙，自己是细条子，眉清目秀的，姐姐是粗壮的，特别是生了孩子后，胖了一圈，脸蛋也柔和得有点慈眉善目了，道："我可一点都不像我姐，我能吃她那么胖就好了。"立春笑道："嗳，不是你大姐，是走掉的二姐。"巧容瞪了他一眼，这是家庭的痛点，他倒是信口拈来。

立春掏出两元钱，道："你去读大书，我也没啥可以帮你，资助你一点盘缠路费吧。"巧清看了一眼，犹豫了一下，拒绝道："我倒是有办法，你要是有心的话，可以帮帮巧月，她是愁死了。"立春拍胸脯道："这些事包我身上，喜欢读书吧，好事，我最喜欢有文化的人，男女平等。"巧清瞪着水汪汪的眼睛，道："姐夫，这句话说得好听，那你可记住！"立春把胸脯拍得砰砰响，见巧清死命拒绝，便掏出胸前的钢笔，道："那这支英雄钢笔送你，可就比较合适了吧！"巧清见钢笔，也是喜欢得不得了，道："你要给我了，可是你自己就没有了。"立春道："这就是我的锄头，一个农民不可能只有一把锄头的。"巧清便笑纳了。巧容责怪道："既然给妹妹做礼物，拿一支旧钢笔做甚，臭烘烘的。"立春调皮道："半新不旧的好使得很，我看的书写的字都在上面呢，有灵气。"巧容道："诚心的话，就买支新的，妹妹读的可是新书。"立春道："钱都在爹那儿管着，我哪能说什么就有什么，你有这好心，便去爹那里要钱，他对你不都有求必应吗？"平日里小两口拌嘴，陈武功必都向着儿媳妇，立春怪有意见的。巧清听得不耐烦，道："别争了，旧钢笔好使，我就用着，谢谢姐夫了。"立春得意起来，道："嘿，你看，你哪个妹妹都比你善解人意！"那天，立春特别勤快，还自己亲自烧了一道鲤鱼，吃饭的时候，喝了半壶米酒，直喝得双颊泛红。

巧清出发那天，是玉喜送到县城车站的。早早的，坐着三轮摩托车，从碗屿出发，穿过西陂塘中间的横县马路，离家渐远，两天的心情逐渐明朗起来。到了县城，离班车出发尚早，阳光黄澄澄照着，天气燠热。玉喜买了一根冰棍给巧清，巧清爽爽吃了几口，美滋滋道："从来没吃过这么好吃的冰棍。"玉喜笑了。巧清蓦地把冰棍往玉喜嘴里一塞，玉喜只得咬了一口，道："好吃你就多吃。"巧清道："一块吃更好。"便举着冰棍，你一口我一口，越吃越有滋味。县城的车水马龙，是她向往而又陌生的氛围，她长期的压抑被打散，取而代之的是来到新世界的感觉，巧清叹道："离开家真好。"玉喜道："以后这不就都离开了！"巧清道："真想你能跟我一块走。"玉喜笑了笑，他此刻被巧清感染，心境大好，有一种甜蜜的感觉冲淡了原来的苦意。是的，原来但凡动一点柔情蜜意，便是一阵刺痛，现在这个刺激已经很钝了，甚至微不足道了。他何尝不想跟着巧清一块远走，又只怕一附和，巧清便顺水推舟了。

班车缓慢地开出车站。巧清在车窗不断地朝玉喜挥手，玉喜又买了一根冰棍，塞进车窗，巧清举着冰棍，噙着泪水，举手不断摇晃，直到视线被遮住。玉喜在车站里愣了许久。这一刻，他方才觉得巧清已然不是个女孩，而是个女人。那天他一整天都没怎么吃饭，也感觉不到饿，心里空落落的。

　　回来不久，玉喜就到砖厂上班了。像巧清一样，他也逃离了碗屿村的流言蜚语。

第二十四回：出生

　　并非情场失意者都如玉喜一样难以自拔，怀风很快就沉浸在甜蜜中。对于怀风，叶君薇不仅是喜欢，更有一种对传奇的仰慕。这一点让怀风特别受用。要知道，从小到大，怀风都在被人漠视甚至轻视的环境中长大，绝少有人对其尊重。

　　叶君薇喜欢跳舞，她带着怀风，到新华书店二楼跳交谊舞。这是怀风的弱项，而且，也许是长期在农村生活的原因，怀风对时髦的玩意儿表现出不自觉的陌生乃至恐惧，动作僵硬，学得很难。另外，他特别不适应在大庭广众之下的搂搂抱抱，这与他的观念背道而驰。霓虹闪烁、男女亲密无间，一走出舞厅，便回到灰白严肃生活，两者对比恍如两界，他不能适应这种骤然的变化，有时候他宁可买杯饮料在一边坐着，不下舞池。叶君薇就被其他男人带入舞池，他又着急了，坐立不安。叶君薇就逗他："你想我不跟别人跳，你就自己下来呀，跟这儿干坐着，不是白买票了！"怀风上下不得，两头为难，叶君薇倒觉得这是他可爱的一面。

婚期很快排上日程。怀风想在县城办一个婚礼，增坂村的人一个都不叫，表明他与这个村庄一刀两断。但这个想法被怀准质疑了，怀准道："你是喝寨顶的水长大的，怎么可能一刀两断？亲戚乡邻会怎么想？"怀准的质问，倒是激起怀风的一肚子委屈，道："小时候，他们都叫我'台湾仔'，我工作了，就叫我'阉猪仔'，没一个把我当人看，我请他们干什么，自取其辱？"没有亲生父母关照的养子，在村里自会被轻视一等，这种遭遇怀准倒也熟悉。怀准道："所以呢，你现在成为公安干部了，还娶了一个女记者，更该风风光光地让他们看一场，方晓得你出人头地，以后不敢轻视。"怀风撇嘴道："难道你不知，他们表面上好话连篇，一转头，全是风凉话。我们这样的人，他们永远觉得是弃儿，比自己的儿子贱几分的。"

　　怀准叹了口气，道："其实我何尝不知，村人有事求我们，我们兢兢业业办了，便是应该；倘若不能，便是忘本，便是忘义。我这大半辈子，何尝不是这么过来的。即便如此，又能怎样，我能绝情绝交吗？不能，我们确实是吃百家饭长大的，即便人人都认为有功，也是事实。你只能去想，农村人见识就是这样，在他们眼里，所有的政府部门，都是一个部门，你必须都搞定。这些年，能办的事，我办了，不能的事，我拒绝，做到自己的本分便是。外人的口舌评判，这是顾不了的。你现在年轻，觉得什么都可以丢掉，等你到我这岁数，便晓得，本不能忘，也丢不掉，把本丢掉，到时候想捡都捡不回来！"

婚礼在闽东宾馆举行,怀准一手操办,选了最风光的地点,负债在所不惜。怀准说了,不欠钱的婚礼,那都不叫婚礼。怀准那时候没有条件,所以在怀风身上弥补。师海叫了一辆三轮摩托车,带了十多个亲人上来喝喜酒,满当当凑了一桌。其他的桌面,怀风的同事,叶君薇的同事和娘家人,都是城里人,唯有这一桌乡亲是乡下上来,嗓门大,肆无忌惮,显得突兀。婚礼进行到高潮,新郎新娘过来敬酒,师海这才认得新娘就是当初采访自己的记者,叫道:"哎呀,亲上加亲!"叶君薇早已晓得,道:"那可不,哥你今晚多喝点。"怀风警惕地把叶君薇拉紧到自己身边,跟众人叫道:"我怀风能有今天,都是诸位伯叔哥弟的提携,这杯酒就代表我的心意。"这话,既是怀准要他说的漂亮话,也是实情。怀风为了攒学费,这里凑凑,那里碰碰,哪家都麻烦过。每次回校,这家拨几条咸带鱼柳,那家掏几勺蟛蜞酱,装在瓶瓶罐罐里带走,就算没钱买菜,一周也能扛过去。怀风在他们眼里,是贱孩子。贱孩子,就是你给什么他都能要,没有自尊或者推辞一说。

下座伯仗着当年给过学费让怀风上中专,且又是年长者,开口道:"怀风,你爹的仇,你得给他报呀,要不然你说你在公安局了,人说还不如曲蹄仔呢!"此时,这是嫌疑犯四大金刚被放走之后,村里议论纷纷,都说怀风不顶用。

怀风有点不悦,这都是哪跟哪呀,道:"今天我们先喝酒,完了再接那一茬儿。"下座伯摁住怀风的酒杯,道:"我们平时见不着你,今天来,一是给你贺喜,二是专程来跟你讨个数,你行还是不行，不行的话，我们按照自己的路数解决，拔起关公刀！"

　　怀风眼转向师海，他笃定今儿是师海做的局，专程跟自己讨说法来了。师海稍稍回避了他的眼神，又迎了上去。怀风不敢直面下座伯，对师海冷笑道："敢情你今天带了这么多人来搅局的？"师海漠然道："他们不相信这事你摆不平，上来讨个数，跟我带不带有什么关系。"怀风道："你是相信法律还是相信拳头？"师海道："我是部队培养出来的，当然等法律的说法。"怀风斩钉截铁道："如果相信法律的话，现在你去把爹找出来。你说他们杀人，杀死的人在哪里？只要找到，案件一定重启。可是现在法律上来说，爹是死是活都不晓得，又如何起诉人家谋杀呢。这就是我的答案，我先干为敬，你们随意。"怀风一仰脖子，把酒干了。怀风凑着师海的耳朵，咬牙轻声道："希望我以后不再看到你。"拉起叶君薇到了下一桌去。

　　下座伯抬头看了一眼怀风赌气的样子，小声道："翅膀硬了就忘了本，台湾仔还是台湾仔。"台湾仔其时当属贬义词，跟特务、叛徒等意思纠缠一起。师海看着怀风的背影，感到一种从未有过的倔强。

　　这小小的插曲，并未给新婚之夜带来更多不快。当然，酒席散后，怀风情绪受了点影响，愣神了片刻。叶君薇托起怀风的下巴，挑逗道："想什么呢？"怀风恍然悟到走神了，不该，道："想你呢！"叶君薇道："我就在眼前，你想我什么？"怀风动情道："你跟我亲热的时候，你喊'你是我的英雄'，我就十分兴奋。"叶君薇含情脉脉道："你是我的英雄！"怀风兴致勃然，道："你真是这么想的？"叶君薇道："当然，我的英雄！"怀风抱起叶君薇，像豹子一样咆哮起来。

秋冬的时候，怀风下来给爷爷元丰送硬炭。元丰道："怀风呀，大家都说你没屌用，是真的吗？"怀风早已晓得在村里的风评，无奈叹道："爷，我当了公安干警，就要按照公安的规矩办事，不能照着性子来，我何尝不想水落石出！"元丰道："你被规矩控制了，只怕你当官也当不大嘞！"怀风道："有个位置坐得稳就成，哪想过当官。爷，这堆硬炭是我细选的，脆得很，又耐烧，够过一个冬天。"元丰拿起一根细炭，轻轻砸在砖面上，果然一分两半，叹道："我活那么长，管啥用呢！"语露失望。怀风低下了头。

恰巧船仔从镇上回来，向怀风哭诉自己在镇上中学受人欺负。船仔考上九中，住在校边的出租房，周末回来。本以为到了中学，学生会文明一点，哪知道受人欺负更是厉害。毕竟是乡下中学，学生调皮野蛮的多，给船仔取诨号"铁拐李"，取笑羞辱为乐，这着实让船仔产生了厌学念头，每日里去上学，就跟要上刑场一样。怀风听了大怒，次日，一身警服，来到教室，老师和学生都吓了一跳。怀风咆哮道："从今天开始，你们谁再敢欺负李师汀同学，我就能把他送到牢里，看你们敢不敢！"那几个平时当头作乱的学生，脸都绿了。

船仔在班上地位顿时起来，过了一小段平静的日子。哪知道好景不长，怀风发飙的形象随着时间褪色，作乱的孩子胆儿又肥了。狗改不了吃屎的，他们便教唆别的学生，给船仔使绊子，偷他笔盒的东西，边看热闹边声称不是他们搞的。船仔陷入了比以前更惨的状态，似乎他有靠山之后，捉弄他就更有意思了。

怀风质问道："老师上次说答应我替你出头，怎么就不管了？"船仔道："他自己都被学生整呢，一转头黑板去写字，学生就用粉笔砸他。"怀风直感叹世风日下，他们读中学那个时候，大多数学生们还很珍惜学习机会，顾不上玩耍打闹的。

船仔有辍学的想法，对他而言，学校就是个监狱，谁不想出去自由自在。怀风劝道："船仔，如果你辍学了，就一辈子只能混在农村，一辈子被人欺负，到时候我想帮你都有心无力。"船仔道："他们才不会欺负我，只有同学会欺负我。"怀风道："是呀，到时候欺负你的，就是那些考不上学的同学。越没有文化的人，就越会欺负别人。你一个腿瘸了，就是他们欺负你的理由，就像我，生父跑台湾去了，就是被他们鄙视的理由。可是，我现在有单位了，我单位的人，一个也不会歧视我，明白吧，你必须到有文化的人群里，才有尊重。"船仔年纪虽小，但确实最懂得和最渴望尊重了。他像一只可怜的狗，左右不是，哭道："做人好苦呀！"

怀风使了些手段，把他调进城关的十中。那时候生源不多，也不严格，进一中是进不了的，但十中和五中，托点关系卖点人情，还是可行。就这样，船仔成了一个城里的学生。十中的风气，自然比九中好得多，学生也彬彬有礼多了。船仔仿佛从地狱来到天堂，平时在学校寄宿，周末到怀风那里打点牙祭。怀风的厨艺还可以，无师自通，自己下厨，做了特能下饭的豆瓣酱肉，船仔吃得嘴里吧唧吧唧响，肚子鼓囊囊，像只小蛤蟆。吃完了饭，贼眼还四周溜一圈，还在找吃的。看见玻璃柜里有一罐麦乳精，叫道："这个能吃吗？"麦乳精是怀风的朋友送来的。怀风给他泡了一杯，道："只怕你这小肚皮要胀破！"船仔吸了一口香气，道："不碍事，吃完饭正口渴呢。"没等凉，便狠狠嘬了一口，闭上眼睛，眼泪都出来了。怀风问道："烫着了吧？"船仔摇摇头，噙着泪水道："怎么有这么好吃的东西！"

后来船仔过来，都熟门熟路地泡麦乳精。麦乳精受潮，板结成一块，特别硬，船仔便抱着罐子，挖矿一般地掏。那认真劲儿，令怀风一动，想起当年自己四处找吃的的时候。怀风走过来，摸了摸船仔的瘸腿，道："老天送你一个瘸腿，指定要送一件礼物补偿给你的。"船仔听了一知半解，道："是麦乳精吗？"怀风笑叹道："当然是比麦乳精珍贵百倍的东西。总之，受过的苦不会白受，受过的欺负，也是有回报的。"

有时周末船仔回去乡下，怀风便会问道："你在我家可住得舒服？"船仔道："舒服得不得了。"怀风又问道："吃得可好？"船仔道："好得不得了。"怀风问道："学校里待得好吗？"船仔道："太好了，居然没人欺负我。"怀风笑了。

怀风深知，船仔的嘴巴像个广播，会在村里四处播报城里的事。

叶君薇也喜欢船仔，贪吃的、敏感的、对世界微微恐惧的孩子谁都喜欢。他瘸着腿脚串来串去的样子，像一匹受伤的小矮马。

但婚后的叶君薇并没有改变，仍保持婚前一样的工作节奏，不定时地采访，盯版到下半夜回来也有。不像别的女人，结婚后就顺理成章地生孩子。叶君薇目前还不想生，她以工作为重，必须打下一定的基础，才敢腾出时间来。怀风对这一点颇为不满，但也没有办法，肚子长在叶君薇身上。从某个角度来说，怀风是挺失落的：叶君薇喜欢他，崇拜他，但他妈的不听话，这个崇拜管鸟用。怀风毕竟在农村长大，熟谙一些舆论：倘若结婚一年半载，肚子不见动静，便有人对男人嚼舌头，说不顶用了，什么难听话都有。这才只是外部风评，在怀风心里，确实是想要一个孩子。他从未享受过家的温馨，家就像一个求之不得的梦，对他而言，造梦乃是心头第一所好。

六斤是最后一个知道父亲一去不回的。最初，大人跟她说，兆文只是出远门买东西，过几天就回来。六斤心里想：父亲买的东西里，一定有承诺给自己的礼物。她半信半疑地在门口等。接着，家里人来人往，各自问询，很快她就明白怎么回事了。她抹着眼泪哭了几日，又觉得爹不会死的。大人答应了小孩的事情，怎么能没兑现就死了呢，父亲这么爱自己，不会这样不守信用的。她拧着一根筋这么想，每天要吃饭的时候，都去门口张望。随着时间的流逝，她也渐渐习惯了没有父亲但都在期待的生活。

次年中元节，月明准备了香烛，道："六斤，你爹最疼你，咱们去领他回来。"母女俩来到赤壁港岸边，也就是拾到他的木锄的地方，月明点了香烛，烧了纸钱，袅袅火光中，对着海水道："夫君兆文呀，跟我回去，莫做野鬼，上老下小，等你归家吃饭！"话一出口，泪已滂沱。六斤也哭哭啼啼，稚声对着海水呼唤。随后取了一碗水，手执一根香，一路叫唤一路回。遇桥则云："过桥啦，小心掉下去。"过洞则云："过洞了，莫要惊。"如法炮制，兆武的阴魂，也被从西陂塘召回。午后三时，鞭炮声过，家宴开席，鱼肉笋蛋，月明已经准备多时。烛光之中，米酒斟上，中间两席位，乃是兆文、兆武兄弟二人，其他三面，乃是带回来的孤魂野鬼。一家老少，则在旁边静看。门口白烟袅袅飘过，突见本来蜷着的老黑站起来，摇着尾巴低头呜呜，鼻翼耸动。六斤眼尖，叫道："爹回来了，每次爹回来，老黑都这样舔他裤脚！"众人看老黑动作，确实是迎接主人的动作，皆又惊又喜。按照常理，狗是看得见人看不见鬼的。不晓得老黑与兆文之间，是靠什么阴阳交接。老黑嗷的一声，呜呜叫着，蜷缩到桌子底下。以往兆文回来，见老黑亲昵磨人，便会轻轻给它一脚，老黑便知亲热过度，乖乖打坐。

　　六斤既晓得爹回来，又看不见，噙着泪水看着空空如也的座席，惶然张望，显然是希望爹能给一点动静。元丰给酒席斟了第二巡，叫道："你们兄弟在世，就不和气，一个朝东，一个朝西，到了那边，可别这样。做人要帮手，做鬼也要帮手，才没人欺负。资圣寺和尚与我要好，我叫他初一、十五，给你们念经消罪，应可快活一些。"风俗称，横死的人罪孽更重，在那边过得很惨。若能赎罪，可过得快活。

月明扶着墙壁，哭唱一阵丧歌，泪水涟涟。用手帕擦了，搬出一大摞纸钱元宝，分成几堆，叫师海过来写了名字，这五万是兆文的，这五万是兆武的，还有一沓散钱，是给搬运的小鬼，一一写对名字，待酒过三巡，点火在堂前化了。月明哭道："兆文，你取了这钱，该赎罪的赎罪，该打点官府的打点官府，让自己有个自由身。你怎么就不能托个梦，告诉我你在哪里呢？你爱管天管地就不爱管自己，你不说，我们怎么知道？便是被人害了，也寻思要申个冤，你什么都不顾，孩子们想给整个明白都没有法子呀……"

师海拨弄着火海纸钱。原先他是不信鬼神的，自从父亲失踪后，他竟然也想从风俗中找个端倪。怀风说得清楚，只有找到证据，才能重启案件。证据证据，管它是鬼是神，只要能找出证据，便是王道。天花板的梁上，突然有一滴水滴了下来，滴到师海的脖子上。师海愣着抬头看了半天，梁上干燥得很，百思不得其解。

月明道："师海，老黑认得你爹，以后带它到滩涂上，说不准能寻着你爹。"

老黑就这样被师海带到虾塘，在棚里一块吃喝拉撒。

师海养虾的塘，第一年无缘无故，整池的虾失踪了，血本无归，给了他闷头一棍。但这一棍只让他颓了片刻，他走访贵岐养殖户，转了一圈回来，便梗着脖子，对海燕道："再给我一次机会，他娘的我肯定能成！"海燕一边上课，一边给孩子哺乳，虽有月明帮衬着带，也要两头忙，给孩子喂着米糊，道："你干就干，也没人拦着你，没见我忙着呢，咋咋呼呼地吓着孩子。"师海道："可是你的支持对我很重要。"师海想做事，谁也拦不住，可是心里还真把海燕一直当成真正的老师。海燕道："你就是要把天捅了，我也支持你了。自己选的男人，有什么不可信任的！"师海一把将海燕连同孩子抱了起来，师海心中，目前最成功的事，就是娶了海燕。海燕道："你别发疯，养殖破产了还这么疯，我看你是头一个。"师海把海燕放下来，附在她的耳边轻声道："不过我跟你说个认真的，要是这一次再出意外，我可就真的身无分文了，你可要心里有数。"孩子吃饱了，海燕用勺子把孩子嘴边的米糊刮下来，送到师海嘴里，道："你可真啰唆，当初我要嫁给你的时候，你不但身无分文，而且还负债累累，我说过一句嫌弃吗？"师海舔了舔孩子吃剩的米糊，看着母子俩，无比满足。这是父亲失踪后，唯一能补偿他情感缺口的场景。是呀，村里人也有怪师海无用的，说他不肯提刀去跟麒麟埕四大金刚决一生死。不管人们如何议论，师海只有一句：笃信法律！

祸不单行，第二年，师海的虾塘被台风搞垮了，海浪冲进来，带走一切的希望。师海在风雨中跌跌撞撞跑回家来，打湿的白衬衫上沾着泥水，肌肉与肋骨清晰可见，面色苍白，身已无力，软塌塌跪在海燕身前哭道："塌了，塌了，我去堵，水太大了，把我冲到海里，我真没用呀！"海燕正在找盆盆罐罐接屋顶上的漏水，闻言，把一个盆子扔在地上，揪起师海的头发，把师海像稗子一样拔起来，厉声叫道："李师海，我告诉你，塘垮了，跟我没什么关系，可你要是把自己往决口里送，有个三长两短，我可饶不了你！"师海哭了起来，道："可是我这么无能，又有什么用，老天为什么这样要我呢！"海燕冷冰冰道："当年我看中你，就是看见你身上的蛮劲，永不服输，如今怎么越活越小了。你是男人，你倒下了，一家老小怎么办？"

其实，师海并非抱怨命运，他不是爱抱怨的人。他只是心疼，那一池子对虾，凝聚了他的心血、一步步摸索的技术经验，以及开创美好生活的希望。

事不过三，似乎是世事的规律。直到第三年，师海的对虾养殖才得以成功，他也由负债得以翻身。对虾的高利润，使得师海又一次远近闻名。这一时期，中央对养虾业明确提出"以养殖为主，养殖、捕捞、加工并举"的方针。沿海各省市都有对虾发展任务，不论是民间还是官方，对养殖大户均极为重视，视为朝阳产业。故而寻访者络绎不绝。这次的成功，也是三年来第一次如此振奋，师海站在池塘上，对着茫茫大海跪了下来，不晓得是感恩大海的恩赐，还是对漂泊无依的父亲亡灵的一次告慰。

生前，兆文就把希望寄托在师海身上，认为其必能成大事。可如今，事成了，父不在，这是人生的遗憾。

这一日有个慕名者，上身穿的确良衬衫，下身穿蓝色喇叭裤，口袋上别着一支钢笔，头发如一团乌云压低，脸显得瘦长，文不文，武不武，不晓得哪一来路，到了师海的池塘，谦卑地把一盒八珍糕献上，算是见面礼。师海正用石灰清塘上来，肚子咕咕叫，毫不客气接过咀嚼起来，道："你是打哪儿来的？"由于来访者、取经者常有，师海也不以为意。来人道："我来自麒麟埕，叫陈立春。"师海一听，便晓得来人渊源，把咀嚼的嘴停住，警惕起来，便问来意。立春恭敬道："我很早就晓得你，三年前曾到村里去找你，你不在家，后来两村发生许多事情，不好意思找你，如今是特意来取经的。"立春掏出一张破报纸，跪了下来，极为隆重。那报纸是几年前报道师海成为万元户的报纸。师海心中一动，似乎还没有人这样崇拜过自己，道："别这么煞有介事的，你不就是来学点养虾的经验吗？这些天来的人可不少，一个个都想致富呀。"立春道："我跟他们不一样，我是来拜师的。你成为万元户那一年，我就激动得不行，你养了一年的鱼，比我养了十年的都赚钱，我便晓得你不是凡人。现在，你养对虾又成功了，我再也不能失去交结你的这个机会了，鼓起勇气厚着脸皮来的。"师海自矜道："养虾当然有门道，一点不通窍，就可能全军覆没。这些窍门呢，也是我的钱堆出来的，你说，我能随随便便掏出来吗？"

"我知道，经验是极为珍贵的，所以只要你提出要求，我能办到的都可以，只要让我跟着你学个皮毛。"立春唯唯诺诺，只怕师海不答应。师海的形象在他眼里，是有神的光环的。

师海心中五味杂陈，他心里有一座深渊，现在深渊里居然亮出一丝火光。他靠近立春的耳边，轻轻道："我的条件也很简单，你去帮我找到一个人，你想学什么我就说什么。"

他说了一个名字，立春惊得下巴掉了，道："这怎么有可能，公安都干不了的事，我怎么干得了。"

师海道："别人不行，恰恰你可以，只不过你情愿不情愿干这件事而已。"

"那有什么不情愿，放着帮你的忙不说，这事也是天经地义的。"

师海要立春找的，是兆文。

"你们村里的四大金刚，其中有一个是你弟弟，如果他是凶手之一，你愿意让他受法律的惩罚吗？"

立春凝神思考片刻，道："我一向是尊重法律的，若是凶手，便是受罚也是天经地义。可是公安那边已经排除了四人作案的嫌疑了。"

"公安根据'疑罪从无'的原则，其实对我父亲是不利的。说白了，就是李怀风那个书呆子，只懂得照本宣科，连杀死自己老爹的凶手都找不出来，再没有比这更窝囊的人了。从我的角度来看，既然四大金刚把我爹叫到船上问询，那么必然晓得我爹的下落，这是我的直觉，也是唯一的突破口。你肯不肯发个誓，倘若你晓得线索，必定要告诉我！"

"对天发誓，我一定不隐瞒的。"

既然如此，师海兴奋起来，道："既然如此投缘，那就坐下来喝一杯，你这个朋友，我就认了。"

"不是朋友，是徒弟。"立春得到认可，也十分兴奋，赶忙打起了下手。

闸门水流下，放着一个地笼，洄游觅食的鱼儿，难免误入其中。师海把地笼提了起来，里面是沙钻、濑尿虾、白条、青蟹等，一股脑儿放在锅里，抓了一把盐巴，烧两把火，焖熟了，便是下酒的菜肴。以往他一个人在窝棚里喝闷酒，老黑周旋在脚下分一点残羹，每当老黑呜呜叫的时候，师海总朝门口看去，希望能见到父亲进来。师海甚至对老黑喃喃道："你要是找到我爹，以后碗里的东西你先吃了，剩下我吃。"

两人在简陋的棚子里举杯，立春毫无保留地表达对师海的敬仰，询问师海成为万元户的心路历程，啧啧赞叹。立春看不起使用蛮力的人，认可知识就是力量，只有知识能够致富，师海则是完美的实践者，自己心中的灯塔。他也说了自己的苦闷，在家里说什么都不算，一切被父亲主宰，自己心中有梦想，但谁也理解不了，却被认为志大才疏、好高骛远。另外，两人都是和平主义者，对村里动辄械斗均表示不满，觉得那是封建的习气。但是，这场械斗却给两人留下无法弥补的创伤。

立春莫名其妙失去了一个弟弟。有时候他后悔，自己没有起身拉住奔往战场的立秋。可是，谁又能料到呢？他只能痛恨无休无止的村际的仇恨。

"我爹走后，我感觉我一个人在戏台上演戏，但没有观众，空空落落。"酒过三巡，师海红了脸，醉意上头，道，"他永远给我掌声，生前并不在意，现在才感觉到他对我如此重要。立春，这件事，只有你能帮我，帮我查出个究竟！"

他抓住立春的手，像抓住一根救命稻草。

多事之秋，元丰认定是墓地风水出问题了，又不想拖累儿孙，便思量着把墓地转让。师海不信这一套，心里只想爷爷折腾一阵，自会消停。

却说塌鼻见元丰建一座一百二十担石灰的豪华大墓，颇为艳羡，听说要转让，惋惜不已，转念一想，突然一拍脑袋，叫道："何不把你的墓地转给我！"元丰道："墓地不比其他，要合山才能用，跟你做转手买卖不同。"塌鼻道："我们是同一生肖，有何不可，叫个风水先生去看看！"风水先生看了，道："这墓正合适哩，就跟给你定造的。"塌鼻哈哈大笑道："我老婆是元丰给我引来，墓是元丰给我造的，瞧我这快活命呀！"先生道："海蜇觅食虾做目，你这命格，自带贵人呀！"说的是海蜇在水上漂流，虾会附着其上，做了海蜇的向导，互通有无，一道进食。塌鼻道："元丰只道西陂塘已干，墓前没有水口，这一道有何说法？"先生撇嘴道："又不是帝王将相的墓，何必要那么大的水口。我们寻常人家，只山下下坂塘这一片稻田池塘，水口便绰绰有余，可保数代发枝散叶，延绵不绝。"塌鼻笑道："元丰自以为懂风水术，其实是半吊子，倒把自己耽误了，费尽功夫全是为我做好！"先生又道："墓地对岸的笔架山，形似元宝，主财不主官，后世发财有财路，要当官恐怕当不上。"塌鼻笑道："正好正好，有钱走天下，无官一身轻，都合我意。"

塌鼻这边中了意，那边对元丰道："墓地我是满意，不过咱们是亲兄弟明算账，得说明了，毕竟是转让的二手墓，我只可给你一半花销。"元丰道："你这生意做了一辈子，精明到骨子里了，一说起钱来六亲不认了。我看呢，我给你一坛一百二十担灰的墓，你给我一坛一百担的，这总可以了吧！"塌鼻咧嘴道："可以，只要有赚头，我心里就不闹了。"

依陈先生的意思，塌鼻将四个骰子六点朝上，埋在墓顶，以保老肥夫妇的赌途顺遂。

元丰在麒麟岭方向找了一块地，吃五里洋的水口，一片浩荡。对面是第一重山官扈岛，后面山岛逶迤，重重接壤，直至福安境内。唯独后山不高，龙脊之力不能与前庭匹配，但也是无法，此地丘陵也就百米有余，将就而已，不能与高山大川相提并论。地是王坑人的，买卖也好说话，这是福分。若是碰到坐地起价的主儿，非要剥你一层皮方可。

两个月后，新墓既成，元丰十分满意。老人有自己的归宿，心中笃定，容光焕发，心中却知时日无多。自选了一个吉日，宜动土，点香拜了家神，念念有词，然后从后院白枣树下把盒子刨出，放在筐里，盖了野草，用一把锄头半挑着，喘着气儿上山。翻过岭头，到了墓地，打开墓门，点香之后，在正中地上掘了一个坑，把盒子埋进，覆土为盖，喃喃念叨："替你保管这么多年，一直交不到兆镜手上，只怕一旦泄露，便落到别人手里，现在，我就带到九泉之下还给你，以显诚信吧！"封了墓门，一颗心落地，依原路下山。已是日暮，一颗夕阳红通通实沉沉的，直坠江面，似乎扑通一声，天地刹那昏暗了。元丰下增坂岭，踏着犬牙交错的石阶，脚下一滑，连人带箩筐一起丢到路边沟壑草丛之中。那台阶是民国年间搭的石阶，右侧自然就形成一个排水沟，杂草掩盖也不知深浅。元丰挣扎起来，却发现脚已经不听使唤，动弹不得，要喊人，也是叫不出来，声若蚊虫，不由生起听天由命的慨叹，闭眼由他去。不知过了多久，醒来，天已大黑，隐隐见着呼喊声，又有火光影影晃晃，但是想叫，却又无力。不一会儿，火光与声音远去，山野回归黑暗寂静。恍惚间，只见两个巨人般的黑影踏步而来，山川震动，哐啷啷的铁链之声隐隐传来，元丰晓得是黑白无常拘魂来了。心中并不惧怕，倒是有几分向往。待了片刻，哐啷啷的声音从身边经过，又远远而去，心道："难道黑白无常只是路过？"不免一阵失望，又沉沉昏了过去。

再次元神醒转，缘于一阵狗叫声。微微张眼，只想确定是在阴间还是阳世，身边还是茅草气息，带着露水，晓得自己还未死。非但未死，此刻似乎回光返照，脑子澄明。当下听得那狗叫似自家的老黑，便从喉部发出呼呼的呜咽声，话喊不出来，呜咽声竟然发出，那是来自腹部仅存的力量。老黑闻声赶来，跳下草丛。众人尾随着赶来，元丰闭上眼睛，心中长叹：怎的还不死。

原来昨日天黑不见元丰回来，大伙兵分几路，往可能的地方搜寻，均不见踪影。又请将洞主上身，洞主说应在西边。众人便往墓地一路找去，怎奈天黑，元丰又不能言声，愣是错过了。村人又传，元丰这一家人，都是这么离奇失踪，指定是犯了哪一路邪神了。一时间风言风语有说许是祖上有过继的纠葛，没有捋直，也有说有乞丐愿没有还。指指点点，如猜谜，又如看戏。

一夜忙乱，天明的时候，月明突发奇想，对师海道："洞主说了，在西边，那指定不会错。老黑是有情有义的狗，比人要灵敏，自然更识得主人气息，让它找找去。"师海便带着老黑，又往墓地一路寻唤，这才寻得。

元丰大抵是腿骨脱臼，动弹不得。用木板担架抬了回来，两条长凳架着，放在前厅。一夜风寒受饿，奄奄一息，取了被子盖住。月明熬了米汤，加点盐，往他嘴里探着，流食进去一些。又遣人到六都请了青草正骨师傅。师傅来了，看看老人情状，摇头道："年纪这么大了，只怕是一正骨，熬痛不住，要丢命了，我绝对是不敢动手！"抱歉而去。

师海与堂兄叔伯正在商讨对策。元丰吞了几勺盐米汤，活了过来，眼神陡然有精光，嘴里嗷嗷叫唤，师海把耳朵凑近，元丰喘着气道："哪里都不去……把我抬到后厅，快……"抬到后厅，便是自知大限将至了。常理俗风，老人若摔一跤，半身不遂，便晓得离死不远，更不愿意离家，只在后厅，便是身心安稳了。

当下依言，后厅正中铺好床板，头顶祭桌，面朝东方海的方向。陆续有人来探望，顺便探听失踪的消息，心中晓得这是最后一面。元丰有时处于昏迷状态，时而回光返照，连来人都认得。

却说酒醉问询，挟带一股烟酒的香风进来，叫道："哎哟，元丰叔，你可认得我，一九六〇年我这条命还是你救的，不想你今天病得这么厉害了。"月明便问："他是谁，可认得？"元丰正处于神气犹在的时刻，微微笑了，嘴里发出干干的声息："酒……醉。"一九六〇年，大队粮仓失火，酒醉肚饿嘴馋，吃了烧成焦炭的粮食，屎拉不下来，疼得打滚。元丰用耳勺一点点从他屁眼里掏屎，好歹捡回一条命。这份恩情，自然流传。酒醉道："今儿啥也别说，你就说要吃什么，我去整给你吃，吃饱了上路，有福气。"元丰嘴唇微微张开，酒醉耳朵凑了上去，叫道："懂了懂了，你且等着。"去厨房把师海叫到一边，道："他想吃猪肘子。我也晓得，你是个孝顺孙子，老人要走，你是没有法子了，唯有让他吃得满足，满满意意地上路，便是尽孝。他要吃猪肘子，我最知晓，全村也知道我一个人能做，须得去镇上买食材，还要配冰糖、八角，炖个稀巴烂，才好下口。"高谈阔论一番，滔滔不绝，师海晓得他的意思，掏出两块钱，道："那就托付你了。"酒醉接过钞票，声音提高了数倍，胸脯拍得砰砰响，道："你且放心，绝对让你爷爷心满意足，你这份孝心是尽够了。"

到了下午，酒醉端了一小碗稀巴烂的肘子肉，香气扑鼻。师海喂到元丰嘴里，元丰尝了味道，却用舌头把食物顶了出来。师海大声道："这是你爱吃的肘子呀。"元丰仍然是否定的动作。师海凑近他耳边，一字一字道："你到底是想吃什么？"元丰喘着气儿，动了动嘴唇，师海扑上前去倾听，听得是"罐头"两个字。

师海便遣人到供销社买枇杷罐头。酒醉嘀咕道："上午刚说猪肘子，下午就说罐头，口味变得厉害，只怕是不久了。"端着猪肘子走了。不一会儿，枇杷罐头到了，其实也就是喂了一点汤汁，大概是对味了，精神起来，口齿清晰了点儿，哼哼道："怀风、船仔还回来不？"师海道："已经托人捎话了，今晚不到明早也会回来。"元丰心中笃定，呼了一口气，闭上眼睛。

次日，怀风才携着船仔从城里赶来。怀风回来就嚷嚷，怎么不送医院，是惜钱不惜命吗？师海两难，没有言语，他与怀风处于不尴不尬的关系之中。往日要是怀风这么谴责，他早就发飙了。月明道："到了这个地步，老人怎肯出门，且能陪着是最好的。"须臾，元丰又转醒，船仔和六斤在床边，小手抓住爷爷的手。元丰神情宽慰，对着师海、船仔、六斤道："一定要找到你爹……活着不能团聚，死了也要埋在一处。"船仔和六斤点头，哭了起来。怀风站在众人身后，一脸惶惑。月明忙把备好的咸粥又给元丰喂了两口，元丰示意怀风上前，握着怀风的手，道："怀风，你是这一家的人，莫要恨！"怀风似懂非懂，只能点头。元丰又问道："老二呢？"老二远走，未有音信，为了不伤老人心，月明道："已经差人去找了。"

次日，回光返照之时，又问老二。月明且搪塞着，道："老二是乞丐命，出远门了，没这么快。"岔开话题又问，"想不想让船仔奶奶回来看一眼？"元丰两眼无神，嘴唇发出哧哧声，表示拒绝。月明又问道："还想见谁？"元丰缓了两口气，嘴里轻轻吐出两个字："银钗。"

月明跑到塌鼻的水粉工坊，跟塌鼻央求道："公公想最后见一下银钗婶子，想来是有话要说。看在临终分上，有什么话就应承着，莫再置气，好让他宽心瞑目地走。"塌鼻满口应承，带了银钗过来。银钗是一脸不情愿，塌鼻劝道："你一辈子就一次，跟他说个好话，算是积德。"元丰见银钗来了，似乎挣扎要起身，只动了一下，哪里挣扎得起来。月明道："你莫动，省着力气说话。"元丰张口说话，却没有声音传出，嗓子哑了。月明又灌了一勺罐头汁液，凑近听得他道："我原是不想那样的。"银钗听罢，突然激动道："你是不想，可你做了。"塌鼻抓着银钗的肩膀，以防她激动。元丰也精神起来，眼巴巴支吾道："我要死了，可不可以原谅？"银钗突然流出泪水，似乎抑制住激动，一字一句瓮声道："你可知道，受骗的那天夜里，十八岁的银钗就死了，后面活着的，只是个皮囊而已。"元丰听得明白，闭上双眼，浊泪在干瘪的脸皮上游走，满脸失望。月明跪下抱住银钗的腿，道："婶子，你说句好话。"塌鼻也劝道："说句好话又不花钱，能丢你一块肉？"银钗泪流满面，道："十八岁的那个银钗已经死了，怎么原谅呢！"众人慨然，莫衷一是。元丰已然无神气，颓然闭目，气息微弱。

元丰在后厅躺了三天。月明只是在元丰耳边嘀咕道："你尽可放心，银钗已经谅解。"不晓得元丰能否听到。第三日上午，只听楼上咔啦一声，家神神牌掉落。元丰右手伸出两个手指，喉咙里发出一阵咿呀之声，一口气吐出，溘然而逝，表情宁静。耄耋之上，已是喜丧，按照村中风俗排场，做了道场，送魂归西。怀风请了假，给元丰送了葬。在送葬队伍里，他看见了海燕，抱着孩子，他有一种莫名的悸动，说不出是什么滋味。元丰的棺材进入墓穴，怀风环顾四周，对自己长大的乡村再无记挂，心中一松：想来以后可以不用回来了。

第二十五回：寻妻

　　巧清变了个人。在学校里求学一个学期，回到家脱胎换骨，宛如畏畏缩缩的花骨朵，一夜之后大大方方地开放了。学校里吃得好，她的整个身子实沉了，原来瘦得像个纸人，现在踏踏实实，有形有相，并且带来了文明世界的气质，举手投足有板有眼。她回到家里，似乎金鸡回到家鸡窝里，令人刺目而格格不入。根水看着自己的女儿回来，呆呆愣了片刻，还以为是来了什么贵客呢。

　　她变得爱洁净了。也许跟她学习护理专业有关。回到家里，一看到处都是脏的，简直不能插脚。她决心把整个家改变一下，简陋就算了，但是必须干净整洁，与外面的世界接轨。几天来，她擦洗桌子、木板墙、窗棂，清洗尿臊味的床单，清扫霉味的碗橱、陈年污渍的灶台以及天花板上吊着苍蝇壳的蜘蛛网。有一瞬间，她感觉绝望，东西好像洗不完，所有的东西都有陈旧的霉味。雪来看见巧清回来，却也不帮着忙活生计，甚是失望，叫道："巧清，你要把家给洗塌了！"

巧清没有理会，她觉得母亲是一个陈旧世界里的人，自己的反面教材，没法共同对话。

巧月倒是对巧清刮目相看，甚至艳羡。她把姐姐在外面买的衣服试穿了一遍，在镜子前面细细打量，问巧清道："姐，怎样才能让男人喜欢？"这可把巧清问住了，道："这么下流的问题，我怎么晓得！"巧月挤眉弄眼道："嘿，你就想不告诉我，你要是不晓得，怎么有人出钱让你上学呢，我可全听说了。"巧清骂道："胡说八道，我只是运气好，遇见好人而已。"巧月撇嘴道："哼，你就是不让我跟你一样好。这条裤子穿着屁股显翘，能不能让我穿着？"巧清打她的屁股道："还翘，不懂得害臊！"巧月一把躲过，道："你不教我，我也知道，我又不是傻瓜！"

来宝已经会走路，从前厅串到后厅，喜欢翻过门槛，再回来，衣服上沾满泥垢，像有年头的包浆。见谁手上有吃的，就会飞奔过来，抱着人家的脚强要，要不到就在地上撒泼。雪来若见了此情此景，便会央求道："给来宝来一点吧，要不然他会闹到半夜的。"根水更是彪悍，会叫道："不能给来宝嘛，你还有没有良心！"来宝仗着父母撑腰，有时候见人不从，学会咬人大腿，小小年纪，咬得甚狠，把人咬得嗷嗷叫却不敢还手。

来宝看见姐姐在收拾卧室，便赤着脚跑了进来，翻滚上床，木地板和床单上，便留下了黑乎乎的脚印。巧清气不打一处来，揪起来打他屁股，道："肮脏的东西，以后还敢不敢这样？"巧清觉得一切都要从头再来，特别是来宝，必须重新教育，改正恶习，才能正常成长。来宝本来是谁都不怕的，偏偏有点怵巧清，当下哇哇大哭，涕泪交流，叫道："打死人啦。"

根水抄了一把扫帚，从天而降。巧清先是被打得钻进床底，接着从床底被揪出来，逃到前厅，像一只被黄鼠狼撵着的母鸡，连爬带飞，鬼哭狼嚎。厝里的人都出来张望，根水骂道："旁人也不敢动来宝一根汗毛，你却敢出手打得他大哭，都不晓得自己几斤几两。"来宝站在卧室门口破涕为笑，他最喜欢爹爹替他出气。

根水本来就是一肚子气进来。缘由乃是：来宝还在母亲肚子里的时候，农村开始实行承包责任制，分田分地到户，按照实际人口。根水说我儿子快出生了，也算一份。队长拒绝了，说肚子里的孩子都算一份，这账就没法算了。来宝出生的时候，这田地就没他的份。根水不服，每年都跟队长乃至书记反映，希望把来宝的那一份补上。书记道，这土地是三十年一分，来宝生得不巧，等下一次吧。这意味着三十年里，来宝都是没有田地的主，根水咽不下这口气呀。虽然其他生产队也有这种状况，但根水觉得来宝没能算一份，简直没天理，横竖憋着难受。这不，今天又去队里说理，说队里某某老人今年刚刚去世，应该把他的田地让给来宝。队长说你这不是捣乱吗？没这道理的，你家来宝就是皇帝，这个头也不能开。根水沮丧而归，正碰上来宝求救，岂不是正找到出气的主了。

巧清缩到后厅楼梯下，看热闹的人也止住根水道："再打下去出人命了。"根水骂骂咧咧，道："去外面读书，读了一肚子坏水回来。我告诉你,你现在也过了读书的瘾了,过了年还敢再去,以后就别回家了。别以为你翅膀硬了。女孩儿不老老实实跟家干活,还他妈像话吗!"

像一盆冷水浇到头上,透心凉了。巧清原以为自己吸收城市的文明,在家中地位会上升,起到一个引导的作用。实际上,在根水看来,只不过是让她过一下读书的瘾,回家该干吗还是干吗。难怪,一回来,根水就叫她讨小海去。实际上,冬天鱼虾藏在洞穴深处,只有经验丰富的渔民,才能循迹锄到鳗须、章鱼,功夫不到、力气不够的人,徒劳无功。巧清当时就拒绝了,并且觉得奇怪。现在想来,根水是在试探她听话不听话。

哭了一阵,人散去,她内心一片荒凉,从后门出来,穿过村庄,爬上马路。村庄在马路和滩涂之间的斜坡上,因此上了马路,她心里舒畅些许。马路上一对情侣正骑着自行车,不是"凤凰牌"便是"永久牌",都是响当当的牌子,在农村都是稀罕的,结实而锃亮。男子骑行,女子坐在后座,骑到沙子上,车子左右摇晃,女子的手便抱住男子的腰,甚至不顾害羞低头紧紧抱住,长发遮住女子的脸。巧清的心情开朗起来,这就是她想要的新生活,离开那阴郁的村庄、阴郁的家,过上不一样的生活。时代,在快速前进,每年都有新鲜的东西出现,在这一年里,她见识了从未见到的东西,电视剧,电影院,城里人的恋爱,让人驻足许久的海报和广告,井井有条的城市生活……

半个小时后,她走到砖厂。远远就看见了玉喜,那一瞬间,她百感交集，她想紧紧抱住玉喜，告知自己的想法。她跑了过去，玉喜刚从砖窑下来，身上布满烟尘，甚至连脸上鱼尾纹里，都有尘土的积垢，砖厂的工作，使他粗糙了许多，年龄也一下子大了。她停住扑到他身上的动作，只是抓住他的手，哭了起来。如果现在玉喜是干干净净的，在房间里，她肯定已经歪倒在他的怀里倾诉了。她告诉玉喜，自己想离家，永远地离开，和玉喜去经营未来的生活。

玉喜苦笑，道："先到厂棚里吃点年糕，你怕是饿了。"

巧清是一门心思离家出走的，道："我不饿，我就想你带我离开，我讨厌那个家，我讨厌村子的一切。"

"那些人的嘴巴太坏了，可以把我吃掉。"玉喜为难道。

玉喜何尝不想带着巧清过日子。把巧清培养成人，成为一个有工作的人，已成为玉喜的指望。但他也有顾忌，风言风语总是说他教唆未成年女孩，这一点使他名声败坏，不但如此，根水还说惹急了，要报官，要追究他的法律责任。这个大字不识的农民在这件事上对法律却有精确的认识。玉喜无法不顾风评而无所顾忌，这是他的软肋。一切需要等待，他觉得，只有等到巧清毕业成人，这个魔咒才可以打破。

"不管你怎么讨厌这个家，你是离不开的。"玉喜又叹道，"就像我当年义无反顾地出去，结果不是又回来了嘛！"

"不，一定可以的，外面的世界那么大，那么精彩，为什么不行？"

"哦，你有文化，当然可以在外面生活，但血浓于水……"玉喜迟疑不定地劝慰，"对了，你可以到你大姐家住几天，我这儿得到年关最后一天才收工呢。"

巧清一脸惶惑，她希望从玉喜这里得到决绝的勇气，很显然，玉喜被舆论控制住了，玉喜的办法是以退为进，让时间来解决。

逃离，是很多年轻人的宏愿，可是，有几人能真正做到呢？老二算是一个，逃离等于摆脱束缚，等于自由，但并不等于幸福。迷恋逃离的人，只因内心晓得，逃离乃是一次重新出发。

老二从码头上岸，眩晕的感觉退去，便有一种天宽地阔的笃定，浪迹的旅程刚刚开始，决绝和无畏萦绕脑海。似乎明白与过去、与故乡的一刀两断，他想起诸多亲人，因为离得远了，自有一种与往日不同的况味。他最舍不得的是爷爷，也自知爷爷时日不多，不晓得还有没有下一次的见面，自然心生惆怅。至于父亲，他想，自己的离开，对双方而言，都是一种解脱吧。这父子的缘分，好像是有名无实的。与师海，情感的交织实在是太少了，世上有一种兄弟的关系，比陌生人还冷淡，大概如此。师海结婚那一天，老二有一种事不关己的态度，又嫌家里太闹，居然黑夜里跑到村外走了两圈。船仔还小，喜欢碎碎念，六斤自有可爱之处，老二甚是怀念。最关心自己的，当然是娘了。十来岁的时候，有一次发烧，睡得迷迷糊糊醒来，口舌干燥，月明给他剥了一个葡萄塞进嘴里，一股清凉甜蜜沁人心脾，他一睁眼是母亲在旁边。世界像子宫一样安全而温馨。那是他成长中绝少甚至是唯一的幸福的片段，以至于他很怀念发烧的感觉。

最后，脑海中闪过枝丫，他心中一阵五味杂陈，打住了念头。他走向第一个村庄，前路漫漫，寻觅之旅，也许如唐僧取经，谁知道呢。

福鼎车头村，他会永生记住自己的第一站。他背着铺盖，风尘仆仆，一双疑惑的眼睛四处睃巡，很快引起两只土狗的注意。土狗的叫声引来更多的狗，群狗仗势，对陌生人是绝不放过，一时间老二连吓唬都吓唬不住，狼狈逃窜。一个老乞丐救了老二，虽然他看起来脚力不行，但是手上有根棍子，对付村狗极有心得。

这一阵仗，让老二与乞丐成为朋友。老乞丐是安徽人，说一口带方言味的普通话，跟老二倒是勉强能交流。他姓包，老二问他名字，他说名字难听，就叫老包吧。一片乌云从东南边盖了过来，由细变粗的雨滴随之而来。老包带着老二拐拐走走，便到了村边一座大圣宫，一滴雨也没淋着。宫庙窄小，残败不堪，泥塑大圣手足剥落，露出木条支架，倒是两个黑眼珠奕奕有神。门口楹联"笑傲三界无生无灭，睥睨万世有勇有谋"气势十足。地上铺着一张破席，席上还有两张报纸。老包熟门熟路就往席上一躺，显然这里是他的窝。老包的生存能力让老二刮目相看。

老二问老包何以跑这么远来乞讨。老包自豪道："人往高处走，水往低处流，沿海改革开放地区，人自然阔气，想讨口吃的都懂得往这里跑。况且南边天气好，不冷，随便找个小庙，舒服得乖乖里个咚！"老二肃然起敬，道："你咋晓得这么多？"老包平日里低眉顺眼，这时候找了个拥趸，口才爆发，道："我跟别人不一样，我看报纸，国家的事都晓得。你知道吗，现在最有钱的地方，叫'亚洲四小龙'，满地都是钞票，人都懒得捡。其中有一个叫香港，我都想有一天讨到香港去。"

"哇，你都识得字？"

"没读过书，跟生产队会计学的，看报纸也不全，识得一半字，另一半靠猜，所以我看报纸特别来劲，比猜谜还有滋味。"

"你这本事，应该当个干部，当乞丐真是可惜了。"

"你莫说得那么难听。我们不叫当乞丐，叫做生意，也就农闲时节出来，完了还得回去秋收呢。我在家也是个人物，会说书，会算八字，会做道场，求我做事的都恭恭敬敬。你说得对，我要是命好，兴许能当干部呢，知道农业学大寨不，大寨的陈永贵当得总理，我咋就不能呢。可我就是有总理的本事，却是乞丐的命，你说有啥子办法！"

听君一席话，胜读十年书，老二对老包可谓五体投地，特别是孤身在异乡，遇见异人，自有萍水相逢之亲热，叫道："那我跟着你走，省得狗都欺负我。"

老包急切摇头道："那可不成，行乞生意不能合群，各有地盘，这是老祖宗的规矩。"

老二解释道："我不行乞，我自个儿有钱，我只是跟着你寻人而已。"老二便交代了自己的行踪。老包道："那行，既然不影响我生意，就搭个伴，也让你见识下我的本事。"

当晚，两人便在大圣宫借宿，闲聊许久，惺惺相惜。其后几日，老二跟在老包后面，老包一家一户乞讨，老二在后面观察家主，每一次都怀着希望，期待巧云会猛然出现。福鼎毗邻浙江，省际边贸发达，浙江的小商品产业发展很快，所以此地货郎特别多，浙江拿货，回福建各个村镇走街串巷，成为一个产业。遇见可以聊的大妈大婶，老二便打听有没有刚被买来的姑娘。

几日来走了方圆数里车头、坑里、蒋澳等几村，这一日宿在龙潭村的祠堂里。祠堂的小门没锁，两人摸黑进去，宿在戏台上，神像在暗处，从天井里竟能看见天上星星点点。此景此情，竟然不忍睡去。老包惬意地一声长叹，道："明日我们就要各奔西东了，我想送你一样东西！"老二从铺盖上一跃而起，道："这话怎么说？咱们搭伙，海蜇航行虾做眼，不是挺好的吗？"老包道："你寻女人，须得在福鼎地界，我呢，得往南走了，兴许有一日能到香港哩，我们村还没人到过香港哩。"老二愣了片刻，酸溜溜道："香港那么香，不会让臭烘烘的乞丐进去的。"老包笑道："但凡能到，没有我进不去的地方，管他龙穴鼠洞，我都自有法子。"

老二无奈，说实在的，相处几日，对老包百般依赖，实在难以割舍。

"送我一样什么东西？"老二眼巴巴问道。

"我们分手之后，嘿，规矩就变了，你也可以行乞，所以呢，我要教你一手乞讨的本事，三百六十行，行行都有门道……"

"那怎么行，我不能干那么丢人的事。"老二摆手道，"你们那儿，行乞算是一门生意，我们这儿算是丢脸面的行当。再说了，如果我找到我的女人，她看见我是一个乞丐，那还不如没找到呢！"

"嘿。"老包霍地坐了起来，拉下脸皮道，"这么说你是瞧不起我了！"

"那不是，我人还没老，也没断手断脚的，没理由干这个的。"

老包不说话了，重新躺下，显然极不爽。这一路老二对他言听计从，佩服有加，老包都觉得自己能耐可大了，居然有传给老二绝密衣钵的怜悯之心。现在老二不识趣，自然伤了他的心。

"你这一路奔波，不乞讨，是活不下去的。"良久，老包嘟囔道。

老二虽然心中冷笑一声，但并不与他争辩，只是无限眷恋道："如果你从香港回来，还是走福鼎这一条线，兴许咱们还能见面呢。"

老二在群星庇护下沉沉睡去。天亮醒来时，黄金一般的光线洒在屋顶，自己宛如睡在辉煌的宫殿，而身边的老包早已不见踪影。老二警觉，查看枕下的荷包，早已不知去向，几十元盘缠不翼而飞了。他呆呆坐在戏台上，胸口如中了一记大锤，嗡嗡作痛。

有一瞬间，他有想回家的冲动，想靠着娘的肩膀哭一顿。继而他又想起自己在滩涂上和巧云一起捉弹涂鱼的情景。眼前的残酷使他想起许多柔软的时光。

下午时分，老二一路寻到车头村的大圣宫。老包会不会在大圣宫歇息一夜，再往南走呢，这是他最后的一点希望。他最想的并非要回荷包，而是想质问老包，为什么对自己下得了手。大圣宫里空空如也，老包连个屁也没留下。

心力交瘁且疲惫至极，老二就在此时，觉得有一支冰箭射中心口，浑身发冷，那种冷来自身体内部。他把铺盖铺在地上，蜷缩起身子瑟瑟发抖。

一个老大娘蹑手蹑脚进了大圣宫，瞥了一眼刺猬一样的老二，并不以为意。宫庙是乞丐和流浪汉的庇护所，见怪不怪了。大娘把带来的香点了，跪在方形蒲团上，拿着签筒上下甩动，念念有词，意即她家老头子脚脖子肿痛，下不了地，各种求医问药，都不见效，问大圣什么时候有救。竹签在竹筒摇晃中唰唰作响，清晰、干脆，宛如神在谛听凝思，却迟迟没有下落。大娘抬起头来，目视神像。老二突然从铺盖里起来，跳坐上神台，身上簌簌发抖，嘴里发出嘘嘘声。大娘一见，晓得是大圣上身了，把签筒撇到一边，抱住老二的双腿，问道："大圣，你是想亲自回我吗？"老二神思恍惚，双目迷蒙，却点了点头。大娘道："我那老头，病有的治？"老二哑着嗓子含混道："过冬有贵人相助，自然无碍。"大娘听得清楚，道："大圣显灵，我这就放心了。我今许愿，老头子病好，我必然要重谢大圣，瓜果桃李，尽挑大圣喜欢的。"老二含混道："还愿请席，不要尽是水果，桃子都吃腻了，大鱼大肉的尽管上，我又不吃素。"大娘晓得道："那是那是，人只记得大圣爱吃桃子，倒忘了也是要喝酒吃菜的，有鱼有肉，一定记着，只求大圣保佑老头子病好。"

神魂退去,老二从神台上跌下,大娘赶紧扶住。老二面色苍白,恍如一梦,惊问大娘。大娘道:"方才大圣落你身上,你自己不知?"老二摇了摇头,站立不住,扶住神台,道:"不知为何落我身上,我这一身劲儿哪里去了。"大娘道:"你有神骨呀,不过神魂落身,要费你许多精力,可怜的孩子!"

老二浑身发冷,大娘把他带回家。老头子被日头晒得黑黑的,大娘喊他黑人。黑人托着腿靠在门槛上,脚脖子肿得快要胀破了,蓝色的,泛着油光。黑人指着自己的腿叹道:"以前有力气没田种,现在有田了,腿又不听使唤。自己没粮食吃还好对付,公粮没法交,可是不行的,命耍我呢!"大娘道:"大圣说过冬就有贵人相助,你莫着急。"黑人似乎不太相信,道:"大圣宽慰我呢!"

大娘的柴火房里堆着稻秆,老二一头扎进稻秆堆里,恰如钻进了一万床棉被里,再也不出来。大娘送来蒸地瓜做晚餐,他也不吃,只喝了一大罐滚烫的开水。老二道:"我不是乞丐,我不用吃。"大娘道:"承认是乞丐有啥了不得,每个人都有难处嘛!"老二道:"我不是乞丐,我病好了就走。"夜里,老二昏昏沉沉,在稻草堆里做了一个梦,梦见枝丫站在村口高高的老槐树上,不晓得怎么爬上去的,站在枝头,就如鸟儿站在电线上,但摇摇欲坠,显然不如鸟儿稳当。枝丫哭着叫道:"老二,回来救救我!"有一个身影往村外走去,那个背影确实是老二的。老二很想回头,但不知道那个背影为什么不回头。树下,站了一群看热闹的人,指指点点，或是在期望枝丫从树上掉下来。老二很着急，他希望梦中那个老二回头，但是没有。枝丫摇晃几下，像一块石头从树枝上倒头栽下。一阵群起的哗然声，老二伸手去接，哇的一声醒来。晓得是南柯一梦，一颗心还咚咚直跳，一身汗出，额上如同流水。

回想起刚才枝丫的险境，为之心痛：枝丫到底怎么啦？自己给枝丫带来了多少心痛？枝丫所受的失望，绝对甚于自己，对枝丫的恨意竟然消除不少。对一个陌路相逢的乞丐充满寄托，一定是自作多情。想到此处，若有所悟，原有的心结渐渐释然。他突然想起爷爷的话：草不能自拔，人可以自拔。

在从稻秆堆里爬了出来、汗出之后，竟然有一种病去如抽丝的身轻如燕之感。

师海指着立春带来失踪案的证据，但是立春带来了失望的消息。

立春倒是真心相助，有板有眼地去调查四大金刚。四大金刚很奇怪，立春怎么突然关心起这事来了，跟警察一样，问询什么时候离开兆文，当时兆文情况如何，比真警察还负责。这些大伙都不想提的事，他却认真严肃，还说自己就是代表公安的。石头等人留了个心眼，发现立春探听了消息，便往师海的池塘去了，这才晓得是个奸细。石头、少林、敬头三人把立春诓到村边小庙，捆绑起来拷问。立春说我查案是查案，到师海池塘学养殖是学养殖，一码归一码。三个人轮流抽了立春的嘴巴子，抽得爽了，就要给立春灌大粪。立春恐吓道："你们别过分，我爹会找你们算账的。"石头道："好吧，这笔账让你爹来算。"

叫来了陈武功，石头道："按规矩呢，这种奸细要吃屎的。毕竟是你儿子，现在你来做主，若是免除惩罚，将来我们有个三长两短的，这笔账就得你来负责了。"陈武功压住怒火，冷冷盯着立春，道："你搞什么鬼？"立春道："我想把事情查个清楚，说明白了，师海就不会老惦记着揪个谁报仇什么的，不是为他们好吗？"陈武功道："你算老几，你又没吃公家饭，查个屁，你要是搅出个麻烦，让他们再进去关几天，负得起责任吗？"石头道："我可告诉你呀立春，这事立夏也占一份，你想让你弟弟进去吗？"立春争辩道："不做亏心事，不怕鬼敲门，不是你们干的，害怕什么呀！"陈武功揪住立春的耳朵，道："我告诉你，这事在公安那里是一团烂账，一句话说不好，随时都有可能吃官司，你给我记住了，别再提一句，也不准再跟师海联系，懂了吗？"立春拗着脖子道："不，我跟他学养殖，我也要成为万元户，他是远近闻名的高手，难得的机会！"陈武功一巴掌甩过去，对着三个金刚道："你们处置吧，我看他是不见棺材不掉泪！"甩手走出庙门，留下一个冷冷的背影。

立春就这样被灌了粪，吐了好几天，觉得五脏六腑还是屎味。父亲那个冷冷的背影，给他致命的一击。他这才明白，自己从小到大，虽然与父亲磕磕碰碰，但总是在他威望的庇护下成长。现在，这种庇护烟消云散了。

他跑到池塘找师海诉苦，这也证明了他对父亲的反叛。师海沉默了半晌，立春着急道："你是对我失望了吗？可我真的尽力了。"师海叹道："他们那么紧张，恰恰证明是有问题的。"立春道："那倒不见得，他们是乡巴佬，不懂法律，被拘留一次怕了，只怕再被搞进去。对了，你真的对我失望了吗？"师海道："没有功劳也有苦劳，更何况吃屎比吃苦更难受，我也不能那么功利，该给你学的，你自然可以学去。"

到了年底，立春想邀人来年租池养虾。先是邀了可法，可法道："养那么大的池，就得住棚子，留老婆一个人在家，那可不行。"立春道："老婆又不会丢，你怕什么。"可法道："那可不行，我老婆是画中人，可不比你的，我得天天睡在身边才踏实！"立春气得只想骂娘，道："人人都在想成为万元户，就你怕来钱来得多，等我发了财，到时候你要合伙可就没机会了。"可法道："金山银山我不稀罕，有画中人我就满足了，何况她现在还怀孕了呢！"画中人体质弱，结婚后一直怀不上，到处求医问药拜观音，也不知是观音送子还是哪种偏方灵验了，居然怀上了，把可法高兴的，每天都要摩挲着老婆的肚子，视若珍宝。

立春四处邀人，激情演讲。先讲天下大势，国家形势早已从阶级斗争转向经济建设，改革开放势不可当，谁不发展谁就挨打；接着又以师海为例，树立榜样，本地农村的形势是滩涂利用率不高，科学养殖，可以四两拨千斤，是造就万元户的聚宝盆。讲自己的独门秘籍，从放苗、喂料到防疫的一系列养虾流程，均已掌握。

大多数人被立春的慷慨激昂所感染，只可惜没有本钱。陈细赖和陈长驱是这伙听众里既有兴趣又有实力的，血气方刚，跟立春情投意合，组成三人帮。陈细赖家是孵小鸡的，十里八村的鸡苗市场几乎被他家垄断。陈长驱家是收海鲜的，他们在立春的鼓动下，都想把自家的生意更新换代。

因为钱，立春和巧容闹了几天别扭，用皮带把自己吊在门梁上。巧容吓了一跳，把孩子放下，把他抱下来。立春装死，翻着白眼叫道："做不成虾塘，我还活着干什么，不如去死。"巧容只好像哄小孩一样好言道："你这样折腾不是办法，好好跟爹说去，爹也是通情达理的人。"立春捶着床板，叫道："没用的，我吃屎他都不管，还能管我创业？况且，他眼里就村子这么大，就懂得打打杀杀，哪懂得改革经济形势。我要是不出人头地，恐怕在他眼里都是一坨屎。"巧容道："我一个女人家，带孩子做家务，只晓得油盐柴米，你指着我有什么用，我跟哪儿会弄得了那么大笔的钱。"立春涕泪横流道："你跟爹说去，他听你的，你不说，就是见死不救，你还是我老婆吗？"

巧容无法，只好求助陈武功。陈武功沉吟半晌，道："巧容，那你的意见呢？"巧容道："男人，他想做什么，我想就让他去试试呗，要不然永远长不大。"陈武功取了两千元，道："这两千给你，算是你的面子，也算把家分了，以后经济各顾各的。我这边，还要给立夏娶媳妇。"

巧容把钱交给立春。立春哭道："你看，我在爹眼里就是一条狗，你才是个人。"巧容没好气道："没钱也哭，有了钱也哭，你能不能像个男子汉！我告诉你呀，爹可警告了，你以后别再掺和案子的事了，要不然腿被人打断他也不管。"

立春抹了一把眼泪，数着钱，道："我可以不管，但是师海不会这么罢休的，到时候可别冤枉我！"

相处几个月，立春便晓得师海的秉性，他每年都给信访办写信，督促官方完成对案件的侦破。信访办把信转给公安局，公安局再转到怀风手里，怀风则再次告诫师海，只有拿到证据，案情才能推进。如此反复，完成一个循环。对于这个结果，师海当然不满意，认为怀风不尽力，但是这案子又得依赖怀风，对怀风又怪罪又不能撕破脸。两人之间像隔着一块狗皮膏药，不撕掉难受，撕掉也不成。

直到有一件事让这对兄弟的关系彻底形同水火了。

得从船仔说起。船仔上城里念书后，作文突飞猛进，特别是买了一本《中小学生作文辞典》，学会了很多成语，更写得天花乱坠，深得语文老师喜欢。班里抽了四个人，要给老山前线的战士写慰问信，船仔成为之一，自然十分兴奋。放学时他写完一稿，发觉有个"功勋"的"勋"字不会写，便背起书包，转而去怀风的办公室求教。他一瘸一拐走到楼梯口，喘着气小眼睛一瞥，却见怀风送一个汉子出来，汉子伸手拦住怀风道："你别送了，我这就回麒麟埕。"船仔机灵，一听"麒麟埕"三字，忙把身子缩了回去，躲在楼角，小心眼开动起来。

这个消息很快传给师海。根据船仔绘声绘色的描述，可以得出以下几个结论：第一，那个汉子是麒麟埋人，农民样子，大概有五六十岁；第二，从怀风送他出门，互相道别的客气来说，此人与怀风颇为熟络，有相当密切的往来。

增坂村与麒麟埋村势不两立，怀风居然有亲密的熟人？怀风被人收买了？师海心里一阵猫抓的烦躁，他不愿意承认有这样的事实：怀风是这个家长大的，他叫兆文也叫爹！他只好求教于海燕，海燕愣了半晌，道："你就这么想吧，假设他被麒麟埋的人收买，那必须找到理由啊！他在这个家生活这么多年，是你爹腾出一口饭培养他，还让他上学，没有理由背叛呀！虽然他的性格有点怪，情绪不稳定，但人是好的，不可能突破这种底线。"海燕的话让师海稍稍安定，师海认定海燕的认知是高于他的，他挠了挠头，道："怀风如果想故意整我，只有一个理由，就是因为你。"海燕道："强扭的瓜不甜，这种道理他应该慢慢会懂，更何况他现在也找到更适合的人了，以他的文化素质，我认为可以消化这一桩事，你别以小人之心度他了。"

海燕的话只是暂时让师海平静下来，过了几天，又是疑窦丛生。换作昔日，以师海的脾气，他会直接到怀风面前，质问个究竟。今非昔比，与怀风周旋几年，晓得他已经是有社会经验的家伙，那种阴郁的气息，转化为含而不露的狡黠，自己贸然对质，只怕徒劳无功。他抑制住上门对质的冲动，突然意识到，要想破父亲的案件，先得解开怀风与麒麟埋的这个谜团。倘若有猫腻，则不攻自破。

这一刻，师海突然热血沸腾，自己被怀风搪塞了数年，郁闷不可言状。与其说自己代替公安破案，不如说，这是与怀风的一次对峙，在怀风擅长的领域的较量。这件事情的性质，从未有过，使他严谨起来。

可是，从哪里下手呢？师海一改往日风风火火行动在先的作风，冥思苦想。甚至，连海燕也不告知，对于怀风，他感觉自己比海燕更了解，是那种靠直觉洞穿的了解。

月明遵照神意，要还乞丐愿。神云：兆文、兆武凶死，必有孽缘。缘自元丰早年受病痛之害，神灵面前许愿，许愿而未还，所以有此厄运。因病痛而许下的乞丐愿，不论病痛是否好转，都是要还的。元丰已故，也无法验证有无许愿，但是早年元丰因病痛而无法劳作，这是事实。另外，有些人在神前许下愿，病痛有好转，但是后来就忘了，乃至给子孙留下后患。所以，当事人能否记得，已不重要。

月明穿上补丁衣服，背上缝补的布袋，沿村讨米。依据习俗，须得讨得十八村的米，方才奏效。断断续续乞讨数个月，中间也有人问询，月明一五一十将兆文、兆武的遭际说了，肝肠寸断，伤心处泪水涟涟。凑得一布袋大米，方得圆满。好在这种还愿的乞讨，只要家里有，人都愿意施舍一小杯米，因为米终究是献给神的，这种布施会得到福报。

月明将米卖了，换成钱，买了果品酒菜，上报恩寺还愿。报恩寺位于海西城郊双髻山下，相传旧为合邑人士报答亲恩道场，始建于唐代，随着朝代更迭，几度盛衰，中华人民共和国成立之初，被开辟为畜牧场，八十年代落实宗教政策后，寺产归还民间，有奉佛女居士发宏愿重兴报恩寺，集合信士众志成城，前殿后堂得以修复，大殿偏殿重塑金身，香火不绝。定日法师给写了疏文，详述前因后果，在药师佛前化了。月明问道："若得菩萨赦罪，何时能破解兆文的生死谜案？"定日法师道："殿中地藏菩萨相当灵验，你去求求，或可引你到阴世，自行询问。"月明依言，到地藏菩萨前烧香言愿，由女居士带到客房睡下，顷刻入梦。自觉得晃晃悠悠，飞升而起，如坐云中，有一菩萨，身材高大，端坐云端，在前引导。月明问询，菩萨道："我乃觉华定自在王如来，引你去苦海一探究竟。"俄而降下云头，只见一海，波涛汹涌，看海岛形状，却似乎是三都澳五里洋一带。只是水势凶猛，如同台风天，水中涌动，尽是诸多形状怪异之鱼蟹，全是铁身，或举螯子，或露铁齿，在海上飞走呼啸。海上有男子女人，成千上百，出没海中，被鱼蟹争相食啖。突围人群，躲避鱼蟹而四散奔逃，密集之处，又从波涛中涌出夜叉，齿牙外出犹如利刃，手持铁器，驱赶罪人，使之入鱼蟹之口。远处有船只，船上诸人撒网捕鱼，收网船中，见一大鱼身肥肚大，从甲板跳跃空中，肚子突然炸开，鱼子四溅，在空中化成小鱼，竟有翅膀，又是铁身，张嘴有尖利小牙，扑向船上诸人，咬住身脖，众人哭喊逃窜，叫苦不迭。旁边又有大船起火，火光之中船夫奔窜跳水，船下铁鱼密密麻麻张嘴等候，一片惨状。月明被苦海惨状震慑，心在颤抖，口不能言。又见海的中央，波涛一阵翻滚，露出一片巨大的黑色，显然是庞然大物潜伏海中。俄而两只黑角从浪中伸出，继而露出头部，打了个响鼻，两股水花喷出，像长出两只蘑菇，方才晓得是一头牛。看它眼睛，着实是善良。这才问道："这是什么？"觉华定自在王如来道："这是护海神兽，明察秋毫。时辰不多，你且别忘了初衷。"月明这才从恐惧中醒悟过来，叫道："兆文，你可在海中！"声彻云霄。未几，兆文的声音从海里传出，道："我不在这里还能去哪里，你又何苦来呢！"月明心中大恸，声音发颤，道："你在海里受苦遭罪？"兆文道："哪个人没有些个罪孽，油锅火海遭个几年，我就能脱罪了。"月明哭诉道："你这是在哪里受苦，能不能出来见我？"兆文道："我倒是想哩，可这实实地被压在海底，怎得脱身！也就是鬼月祭日，我才能出去招摇几天。"月明猛然想起，自己是来查案的，忙拭擦眼泪道："你到底是怎么死的？我和师海都在查访呢！"兆文长叹一口气，道："唉，死得确实是冤，想起来就憋气，还是不说也罢！"月明急道："你死了还是那脾气，你不说怎么死的，我们怎么替你申冤？"兆文道："有什么好申冤的，善恶自有回报，佛祖明察秋毫。叫师海干自己的事去，他可是干大事的人，别去烦扰他。"月明道："你这是要气死人，你到底是不是被人害死的，身在哪里，案情不破，儿女们心里怎么过得去！"兆文道："我向来都是自己的事自己解决，你怎的还不明白。哎哟，我再多说话，只怕要遭受割舌之刑，只怕顶不住……"觉华定自在王如来朗声道："时辰已到，去也。"话音未落，月明便从云端落下，手脚一抽动，榻中醒来，一身是汗。

月明忆起梦中之状，心疼，问定日法师道："兆文不曾造孽害人，何至于在苦海中遭受刑罚？"定日法师道："人生罪恶，却也难料，有时乃是无心之过，乃是定数。譬如滨海渔民，捕鱼为生，不算有罪，倘若捕了有孕的母鱼却不放过，也是有罪；若是捕了未成年的鱼蟹，食之无肉却不放生，也有罪过。总而言之，心中若无生灵，无怜悯之心，举手投足造孽而不自知。"月明失落感叹，道："他从来是不言苦痛，如今在阴间叫苦连天，不知有什么法子可让他消罪，少受些苦痛。"定日法师取了一部《地藏经》，道："念《地藏经》，可以消罪，回向给他，他可以少受苦痛。"月明道："我不识字，念不过来。"定日法师："念不过来，就念阿弥陀佛，权可替代。另外还有家人可会写字的？"月明道："小儿小女都在读书，会写字。"定日法师道："若能抄经一遍，顶念经一千遍。"月明喜道："那是真好！"

六斤已经上初中了，在九中寄宿。她听得父亲在阴间的消息，哭道："不会的，那不是爹，爹答应我要回来的。"月明拍着六斤的背道："听我说，爹消完罪，还是回来的，你要抄经，他就能早些回来。"六斤一次次意识到父亲走了，但是又一遍遍不承认，在自我制造的期待中，给自己留一点点希望。

她终于在母亲的怀抱中平静下来。她现在用另一个世界的父亲来代替那种希望。她相信，父亲迟早有一天会来看她，或者从天上来，或者从梦中来。那个灵魂的父亲，对她有不会改变的爱。

六斤在课间抄《地藏经》，别的孩子到操场上嬉闹，她不言不语，若有所思。那些不认识的字，连意思都不知道，看起来神秘，像是来自另一个世界。这使得六斤充满憧憬，经书能够通往另一个世界，是她和父亲隐秘的沟通。渐渐地，她迷醉于此，笔触更像是徒步，在跋涉，甚至上课了，她也没有觉察，她行走在秘境途中。直到后来，一只手伸了过来，把她的经书缴走。

初中部的语文老师黄步行深度近视，五十来岁的他教学十分严格，特别忌讳学生在课堂上抄通俗歌曲、看通俗小说，对此他采取最严厉的手段。他把缴来的书卖给租书店，也算是一点额外收入。他把六斤的经书一把抄到手里，眼睛盯着教材，继续踱步讲课，动作潇洒利索。六斤在其他同学惊讶的目光中，一脸惊愕和羞愧。在同学眼里，她是以胆小和沉默寡言出名的。

六斤到九中上学，每个周末要翻过下坂山，特别是下坡的时候，路边有一片松林，黑乎乎的，六斤需要母亲的陪伴，才敢翻过下坂山。后来，胆子大了一点，母亲送到山岭上，看着六斤往山下走。六斤走几步就一回头，或者边走边喊："娘，你还在吧？"月明回答："我在看着你呢，大胆走吧！"母女俩的声音清脆，一应一和，在山谷回荡。船仔很想帮助六斤，无奈他在城里，同样的上学时间，无法陪伴。船仔告诉六斤："有太阳的时候，你站在太阳底下，看松林里黑乎乎的，老感觉有鬼怪野兽。但是你索性走到树下，看看林子里，林子里也就亮了，没那么黑，里面什么也没有，这样你就不怕了。"六斤听信船仔的方法，依言做了，不过对林子还是很怕，老觉得里面藏着东西。船仔答应六斤，有空的时候带她去林子闯一闯。

夜里，黄步行老师上床刚刚入眠，宿舍门口传来轻轻的敲门声，轻得不像是人的敲门声。住在学校宿舍，周围古木参天，黄老师吓了一跳，战战兢兢打开门，低头才见六斤惶恐地站在屋外。

"把经书还给我，不然我爹会生气的。"

"你爹不是走了吗？"

"我爹真的生气了。"

"胡说。校门关了，你怎么进来的？"

"我爹带我来的！"

黄老师抽了一口凉气，把白天缴获的书找出来，甚至连封面写什么他都没仔细看，递给了六斤，把门紧紧关上。他这才发现，这个平时不说话似乎任何同学都可以欺负的女生，有一种可怕的轴。之后的经历，让黄老师明白一个道理：柔弱的人有可怕的力量。

第二十六回：情殇

"如果四大金刚确实是凶手，你还愿意帮我吗？"师海给立春一道难题。

也就是说，立夏必遭偿命的惩罚。立夏平时跟立春比较疏远，似乎跟路人一样，大概是性格导致吧。立夏性格暴烈，勇武好斗；立春则相对恬淡，对于村里的纠纷疏远，心思在别处。两个兄弟极少交流，形同路人。但是一说到立夏要偿命，立春一哆嗦，兄弟血肉之情油然而生。

"我绝对不信。"立春把头摇得像拨浪鼓，"我说过，杀人，他们没那胆，我是立夏的哥，我还不比你了解！"

"唉，看来你也是做不到公正。"师海感叹。

"那也未必，公正我还是可以的，你是我师父，我怎么着也能做到一碗水端平。"立春倒是自作主张，张口闭口师父。

根据船仔的描述，师海把那个麒麟埕人的样子，给立春说了一遍。立春道："这个年龄，这个样貌，麒麟埕的几个主事人倒是都像呀，我爹呀，书记呀，都符合吧。"

师海觉得事关重大，于是带着船仔往麒麟埭，偷偷指认其人。远远看见陈武功的时候，船仔叫了起来："就是他！"

师海回来时，腿都软了。他先是愤怒，继而是一种悲哀，深深的悲哀。虽说很想找到怀风质问，但是一种痛楚击倒了他。这是从未有过的感觉，他感觉自己变得不是自己，不再坚决果敢，而增加了优柔寡断。优柔寡断，这本来是怀风身上的，现在传染到自己身上了，而怀风身上，则多了一种冷酷、阴险，至少自己的印象如此。难道自己被这种冷酷击倒了？

"娘，怀风跟麒麟埭的人勾结一块。"师海向月明倾诉。月明看着他，像一只受伤的狮子，受了内伤，无处发泄。

怀风成长的一幕幕，在月明脑海中浮现。从五六岁流着鼻涕，冬天穿着一件绿色毛衣，袖口脱线，打结一次又一次，长年用袖口擦鼻涕，毛线打结，像一只脏兮兮的小猫；渐渐长大，懂得上山打柴，下滩涂敲海蛎，像一只听话的小羊羔；半大人时，为了争取上学，带着虾酱蟹酱，往返在家和学校之间，人在长高，却更瘦了，像一只瘦瘪瘪的黄狗；及至现在，终于自立成人，懂得收拾自己，一身的确良白衬衫、海军蓝的裤子，像一匹白马。月明的眼睛湿润了。

"不，怀风长大成人，更明理更文明，不会有这种坏心思。"月明坚决否定，道，"师海，你们不能还跟小时候一样拌嘴了，你爹不在了，更要团结。"

这话貌似在责备师海，其实是给师海一点安慰，使得他心里不那么难受。但就像挠了一下痒，并不能解决根本的问题，师海还是相信自己的直觉：怀风有问题。

师海也时常想起自己与怀风成长的一幕幕，更加心痛。如今物是人非，虽然村人对怀风多有非议，有些人求办事没有达到目的，怪怀风不力，但更多的人以怀风为骄傲。怀风已经不是一个人，更是一种象征，村人与外人聊天，说起村子里有人在公安，办过某某案子，均是自矜口气，似乎自己的腰杆子也硬了。因此，怀风代表的是一个系统的权威，一个村庄的靠山。他待人接物的交际能力乃至个人的能量，今非昔比。当然，自己并非害怕他，而是如果抓不住实在的证据，很难在对峙中找出怀风的把柄。现在找怀风办事的人特别多，怀风随便找出一个理由，你也不能说他什么。

立春倒是很主动帮他这个忙。他张口师父，闭口师父，也学了不少养殖的绝活，却还没帮过师父忙，过意不去。这次他倒是学聪明了，找了个借口，说是自己出租的池塘，跟塘下村发生纠纷，问父亲有没有公安部门的熟人。陈武功对立春并不上心，道："这事找镇上派出所解决，该怎么着就怎么着。"立春单刀直入道："没有点关系怎么搞得定，你不是跟公安局的李怀风很熟吗？叫他给我撑个腰！"陈武功定睛瞧了一眼立春，想不到他什么时候变得这般精明了。陈武功告知，认识李怀风，是上次经办四大金刚涉嫌杀害兆文一案而认识的。他觉得此人秉公执法，并不以权谋私，这次去找他，是因为两村因赤壁港告状的事。

关于赤壁港滩涂的归属问题，两村在县法院立案。其实，对增坂村而言，这一片村产滩涂的开发价值很低，这几年潮水偏移，产海瓜子式微，荒芜之下，更无用处。但争不争得回来，事关重大，甚至关系到滨海各处滩涂的安危。对麒麟埕来说，也关系到第一大村之村誉，利害关系不可小觑。对村民而言，打架在于拳头硬，打官司在于靠山硬。两村各自动用各处关系，只看谁的触角长。增坂村始祖发自杉洋李氏祠堂，杉洋李姓宗祖，则是唐末李氏旁支皇孙为躲避战乱，迁徙南下，在古田杉洋立足之后，开枝散叶，遍布各地。血缘之亲，乃是中国社会的基础单位，杉洋李氏老人会答应给增坂找省会的高官宗亲，施以影响。此案县法院一审下来，被判归还增坂，但是麒麟埕不服，继续上诉到地区法院，道高一尺，魔高一丈，各使高招。而陈武功拜访李怀风，一是咨询案情进展，二是套出增坂村找关系的路数。李怀风则表示，虽然村人来各种求助，但自己尽量不参与此事，要陈武功相信法律的判决。

陈武功还把立春给教训了一顿，告知这是村中大事，不可到处泄露秘密。立春嘴上承诺，心里不以为意，觉得这些人兢兢业业，干的事情却可笑。立春把事实告诉了师海，告知两边为了官司，什么人都找，什么手段都使，拉拢、策反、攀各种关系，这些从六七十年代各种运动中活下来的人，满肚子伎俩、无赖，立春称之为"阴谋的一代"。所以，想要拉拢或者套话李怀风，也是可以理解的。师海听了，久久不语。

这一边，船仔却憋不住了。船仔周末赌气，不上怀风那儿了。怀风觉得少了点什么。确实，船仔就是少年的怀风，怀风从中看到了自己，对于船仔的照顾，就是怀风对于自己往昔的照看。他心里空落落的，周末带了麦乳精来到船仔宿舍。船仔吃麦乳精就像老鼠偷食一样，有一种痴迷，那是对自己年少饥饿的一种补偿。船仔正在做作业，见了怀风，一脸惶然、委屈，忍不住用袖口擦着眼睛。怀风疑道："谁欺负你了？"船仔忍不住哭了起来，在怀风追问下，一把鼻涕一把泪回道："是你，你欺负我。"怀风一脸茫然，船仔道："你对麒麟埕的人那么好，却不给爹破案报仇，你是个坏人！"怀风大为吃惊，捋一捋前因后果,忙对船仔解释，无论什么人找自己咨询办事，自己都要笑脸相对，不然就被别人说有架子、忘本。麒麟埕人找自己，完全是公事。爹的案件，会根据法律来解决的。船仔脑子好使，渐渐明白怀风的意思。怀风告诫道："大人的世界很复杂，你还不会明白，好好专注自己的学习，以后才能自立而不受人欺负。"如此这般，船仔情绪渐渐平息，突然问道："你说的是真的吗？"怀风道："如果你不信我，还能信谁？你大哥会管你吗？"船仔一下子抱住怀风，委屈地哭了，鼻涕沾着眼泪有一尺长。

玉喜记得那年和巧清看的一部电影，是他一生中看的唯一一部电影。这种让心跳加速到窒息的事，一生只有一次就够了。

看电影，是巧清一直的愿望。车站旁边紧邻大众影院，每次送巧清去上学的时候，总能看见海报以及电影院里传出的歌声。巧清看着从电影院里出来的情侣，总是希望有朝一日，两人也能有这样的闲情逸致。在巧清眼里，看电影不仅是一种恩爱美满的体现，更是融入城市生活的标志。

巧清在上班一个月后，终于等到了这个时机。作为护士，她在二院实习，后来分配在二院，这是县城最好的医院，自然满意得不得了。她说自己刚到医院，每天闻着来苏水的气息，都快沉醉了。来苏水的气味，是一种城市的气味，不亚于任何一种香水，简而言之，是一种新生活的气息，与碗屿村里弥漫的海蛎壳的腥味、陈旧的木头发出的腐烂的气味，形成鲜明的对比。

第一个月发工资，意义非同凡响。她用工资买了两张电影票，这意味着自力更生的开始。对于玉喜来说，意味着两年初中、三年卫校的全额资助，可以告一段落。为此，玉喜三年来在砖厂兢兢业业，不敢出差错，一双修长的手变得粗糙了，像长了倒刺。身材也变得壮实，脸上转为古铜色。他平时懒得进城，一是忙，二是在工地上穿着粗破衣服，进城不习惯。他一个人，极少给自己买衣服，将就将就就过去了。每次到镇上邮局寄完钱，是他觉得最值得的时候，这意味着巧清能过上不比别人差的校园生活。而巧清日新月异的成长变化，确实给他带来极大的满足，最早是一个怯生生的农村女孩，怯生生地试探外面的世界；随着见识的提高，已经自信地融入日新月异的生活。她身上有一种机敏和大胆，很快能适应外面的变化，遮住自己的短板，这一点让玉喜觉得很是放心。玉喜甚至觉得，她的见识，远甚于自己。巧清在学校里孜孜不倦吸收新鲜的见闻，他被禁锢在砖厂里，封闭自己，一出一人，可想而知。毕业的那个暑假，巧清穿上了一条红白相间的裙子，令玉喜目瞪口呆，几乎不敢与之同行。要知道那个时候，女孩子穿裙子，已经是一种超前、时尚甚至可能被认为是堕落，而红裙子是潮流中的潮流，在任何地方都会形成焦点，要么被众人羡慕，要么成为众矢之的。当巧清穿着红裙子，倔强地走在苛责的目光中，玉喜觉得她长大到无比强大的地步。自己就像个园丁，把一朵花骨朵培育成迎风怒放的牡丹，鲜艳得让自己不敢直视。

看完电影出来，玉喜松了一口气。夜里八点多，惬意的晚风穿过大街小巷，点点灯火闪烁，影影绰绰的每个人，似乎都有自己的故事。八一五中路，两排白玉兰树下，两人从树下穿过，玉喜从未有过这般的轻松，或者浪漫。若干年后，玉喜想起空气中弥漫的白玉兰的香味，心便有一阵窒息般的颤抖，那是属于整个城市的气息。

"好看吗？"巧清的手指轻触玉喜的手指，问道。

"我差点睡着了。"玉喜不好意思但不能不如实交代，"不晓得这么个土得掉渣的片子，那么多人看。"

这部电影红火了很长一段时间，引得很多人拖家带口进影院，倒成了一个特别的旅行现场。一首烧嗓门的歌曲传遍大街小巷。

可是对于玉喜来说，不晓得这些人在演什么！

"看看，你跟不上这个时代了。"巧清笑道。虽然巧清也未必看得出多大意思，但是流行的东西，你总是不能说无感的。

"文化程度不够吧。"玉喜自我解嘲道，"我看那红通通的画面，倒是想起我的烧砖厂。"

巧清翘起嘴唇苦笑一下，随即用手指钩住玉喜的手指，央求道："去我宿舍吧！"

玉喜的脸热了一下。对于与巧清的关系，他一直是有压力的。一想到与巧清确认恋爱关系，他就想到如何面对池根水，如何面对村人各异的目光，甚至如何面对巧清的同学。现在，巧清毕业了，有工作了，自力更生了，这应该是一个成人的标志。他松了一口气：现在可以认可与巧清的关系，但是需要一个过程。毕竟，他在这方面是木讷、拙笨与惭愧的。

"这么迟去你宿舍影响不好吧。"玉喜倒是为巧清顾虑起来。

"可是，我有话跟你说。"巧清低着头道。

"这里说不好吗？"

"不，要私下里说。"巧清几乎是恳求道。

还好是夜里，要不然手指让巧清的手指钩着，玉喜指定不敢这样走在街上。巧清央求的声音，焦急中带着柔美，像个女孩又像个有风情的女人，玉喜的心中一动，某个开关被打开了。

二院宿舍在住院部后面，几排外墙陈旧的白灰楼，单身宿舍是新建的，没有卫生间。早晨，年轻的护士们端着红通通的塑料马桶陆续到达公厕，欢声笑语，是一道亮丽的风景。巧清用一个有盖的红色塑料桶当马桶，会在水龙头下刷得干干净净，好像一个刚买来的桶，这是她每天新生活的开始。宿舍是筒子楼模式，每人一个单间，但每个女孩子都能把空荡荡的房间收拾得多姿多彩。

玉喜环顾左右，跟着巧清后面闪进了房间。他一个大男人，此刻却谨慎如鼠，因为他知道进了房间会发生什么，他可不想让巧清有不好的名声。房间里有一种氤氲的香气，床单散发崭新的生活气息，这种温馨的环境，是玉喜没有经历过的，玉喜觉得陌生。

亮堂堂的灯光下，巧清眼巴巴地看着玉喜，两只手勇敢地抓住玉喜的手。眼里有一种复杂的、坚定的东西。保守的玉喜终于被融化，心旌摇荡，抓住她的手。这一刻，他看清楚了，几年前那个瘦巴巴像豆芽一样的女孩，现在终于有女人的样子了，有女人的果敢、女人的时尚、女人的风情和女人的追求。在思想斗争片刻之后，巧清突然跪在玉喜面前，低头叫道："你打我一顿吧！"

巧清泪眼涟涟，跪在地上，拉住玉喜的手，似乎满腹委屈。玉喜惊呆，问道："谁欺负你了？"

巧清抬起头，楚楚可怜道："我喜欢上林晓东医生，已经确定恋爱关系了。我一直想跟你讲，一直没有勇气。我知道我对不起你，但是没有办法，我想过更好的生活。我想等我可以赚钱补偿你了，再跟你说。我是个坏人，教堂的姑姑说了，我心中有恶魔，可是我除不掉，恶魔控制了我，你要是气不过，就打我一顿吧！"

玉喜心中咚的一下，被闷敲一下，不过瞬间就平复下来，看见涕泪交流的巧清，像一只可怜的猫，忍不住摸了摸她的头发，安慰道："别这样，本来我就当你是个妹妹，也觉得跟你相处不妥，你这么做，我倒是放下了。"

"真的？"巧清抬起头，清澈的眼里一阵惊喜。

"我什么时候骗过你。"

"你资助我的钱，我会慢慢还你！"

"你傻呀，我又不是借钱给你，我是愿意把你培养成人，然后远走高飞！"

玉喜深吸了几口气，便欲离开，怕待太久给巧清带来不便。巧清如释重负，在门口继续问道："你是真的不介意？"玉喜没有回答，反问道："你跟那个医生，是实习的时候开始好的吧？"巧清点了点头："原来你都知道，那我就放心了。"

夜里玉喜从城里往碗屿走，借着月光，路上安静极了。他先是掉了魂般，步伐恍惚。沿着国道到了廉坑，对面也有一个走夜路的，远远看见，叫道："对面是人是鬼哟？是人就叫一声！"玉喜没有回应。那人又道："是鬼哟，是鬼我就让你先走呀。"玉喜毫无觉察，如行尸走肉幽幽飘过。

玉喜在家睡了三天，方才觉得饿，身子轻飘飘像纸扎的。砖厂来人，唤他去上班，被他一口回绝了。他说，任务已经完成了，以后不用上班了。来人莫名其妙。他起床，到处找吃的，三叉街的池细作在洗红薯，玉喜抓一个在手里就着皮狼吞虎咽。池细作道："玉喜，你是魂丢了吗？怎么像个牲口呢。"玉喜没有回答，他头发乱糟糟的，眼里有迷乱的气息，吃红薯的样子好可怕，像只野兽。玉喜嚼了一会儿红薯，口渴，扑到井沿的水桶里喝了一气。池细作给他点了根烟，道："玉喜呀，你要是魂真的丢了，就到庙里拜拜菩萨。"玉喜手指颤抖，抽了两口，肚子隐隐作痛，默默走了回去。当他捂着肚子再次躺在床上的时候，眼泪终于流了下来。眼泪似乎是药，把脑子洗得清爽了，如晴空万里。

窗外有棵梨树。这里的气候不适合梨子生长，最好的年份也就长几个歪歪扭扭的梨子。但梨树却是鸟的天堂。小时候他躺在床上，总是在麻雀的叽叽喳喳中醒来。那些麻雀好像对他熟悉，也不怎么怕他。但他伸出手去捉，麻雀就不那么听话了。他总是幻想有一天，能有一只麻雀做他的朋友，能无所畏惧召之即来。这种情况不太可能，他却总觉得有可能。他记起，巧清第一次闯到楼上的时候，他的感觉就像来了一只听话的麻雀。这让他再也无法平静了。

也许巧清只是跟他开了个玩笑；也许巧清只是想考验一下他呢。他看清自己了：自己远没那么潇洒，让几年养大的希望挥手自兹去。后来他红着眼睛去了教堂，神父刚好轮值到碗屿村。他做了告解，说了自己的痛苦，请求神把巧清心中的恶魔带走。神父没有给予任何承诺，给他念了赦罪经，让他忏悔自己的罪过，告知："请赞美感谢天主，因为他是慈善的，他的仁慈永远长存，天主已宽恕你的罪过，平安回去吧。"回来后他的良心并未安宁，越来越多的不甘和纠结充斥内心，使他如蚂蚁上身，焦躁难忍。

有一天，他找到池一龙，请求解签。池一龙因为做贼仔被抓去之后，威望大减，人也低调许多。但由于会解签、会说书，在村里余威尚存，但不敢高谈阔论了。池一龙见玉喜来解签，眉头一蹩，问是哪个庙里，问财运还是前程。玉喜拿出一张红纸，看着道："观音庙，第四十七签，不问其他就问姻缘。"池一龙闭上眼睛，回忆片刻，吟道："一重江水一重山，谁知去后路有难。任君改求难得过，还有是非事不安。"释道："这是下下签呀，求财不利，家运不通，姻缘不成呀。玉喜，你这段日子，万事都要小心，姻缘的事，更是虚幻，莫要往心里去了。"玉喜脸色煞白，似乎不甘心，又抽出一张纸，道："再解一签，黄山公的，第三十六签。"池一龙道："玉喜，你是不是抽风了，哪有一口气问几个神的！"玉喜把一盒"大前门"塞到池一龙手里，急道："你先别问，把这支签解了再说，如若说得一样，我就死心了。"池一龙把烟盒放在鼻子下闻一闻，吸了一口气，沉吟道："月明散步到花栏，无策焉能剿灭奸，幸有貂蝉思定国，英雄难过美人关。诗文说的是王允献貂蝉，美人配英雄，如是女方主动，则更易成功。这一签看这姻缘，是可以成就的，而且是天作之合。但这签也有门槛，凡事要真诚正直，不可与坏人同流合污，并要全力以赴，方可成功。"玉喜似乎看到了一点希望，道："哪个神仙更准些？"池一龙笑道："我只是按照诗文，传达神意，哪敢胡言乱语。我倒是问你，你是信天主教的，怎么信佛了？"玉喜盯着池一龙，道："我信天主多年，但是天主只会让我忏悔，却不能问事，我若不问出个水落石出，我只怕要活不下去了。我今天问了三个神，只要有两个说得一样，我就听两个的，还有最后一支月老的签，你别嫌烦，帮我再解下，或者让我死心，或者让我采取行动！"池一龙仔细看玉喜面相，天庭饱满，自有英气，有日子不见，却发现颧骨突出，眼眶凹得厉害，眼神露出困兽的表情，叹道："唉，真的是英雄难过美人关，你曾救了全村人的命，我看你的命格呀，是一条建功立业的好汉，但软肋是女人，这辈子可能要为女人卖命的。"

玉喜颤抖着手，拿出最后的一支月老签，递给池一龙。那一片薄薄的红纸，似乎比他扛过的任何担子都重……

师海在一九八七年尝试养殖成功，一九八八年养对虾声名鹊起，一九八九年虽然对虾的出口量减少，导致价格下跌，但也赚了，一九九〇年又增加了一个池塘，赚得盆满钵满。师海成为风云人物，不仅在乡村，在整个县城，也是被津津乐道。最引人注目的，是他骑着一辆"铃木王"摩托车，价值两万，远远过来，人就知道是师海了。曾经有一次，摩托车被县城小偷偷走，报案后，警察在隔壁巷子里就找到了。摩托车太少了，小偷根本开不动。师海身上穿的一千多的金利来西服，也是被村人提起的标志之一。当时外出回来的年轻人，整一件西装穿穿，表示见过世面，但花一千的，就师海一个。师海喜欢被人称作"第一"，比如说第一个万元户，第一个穿千元西装的，第一个骑"铃木王"的。而他的兴趣之一，好像也是为了创造第一。只要有人说他第一，他就眉头绽放，全身细胞都活络起来。他还在乎另外一个第一，就是村里第一个搬到城里去的农民。

关于进城生活，除了生活本身带来的便利以及成就感之外，还有两个夙愿。第一，他去广东考察，看过别墅后，一直念念不忘，承诺也要给海燕带来一幢别墅。在有了钱之后，他多次进城考察，城里并没有真正的别墅。后来他看中了南漖新村的一幢带院子的三层小楼，已经是最接近的了。第二呢，当然还有他的另外一个小心思，这个回头细述。海燕最初对于回城，并不感兴趣。她本来就喜欢农村生活，虽然有诸多不便，但有自在的一面，养花种菜从未消停，带来了别样乐趣。师海晓得海燕的心思，告知选中的房子有庭院，种花种草绰绰有余。海燕舍不得学生，舍不得学校，两人一直在拔河。

有一件事促使他买了房子。这一天立春来诉苦。他们几个人养的虾塘，长毛对虾，到目前才四十尾一斤。长毛对虾的养殖周期是一百二十天，秋风以后气温下降，虾就不长了。按照目前秋风的时间，正常情况下最多长到三十五尾一斤。个头越大，价值越高，立春按照这个价位估价，满打满算，能保本都不错，弄不好就要赔钱。师海作为养殖的元老级人物，到立春的池塘看了看。立春问有什么法子，师海道："你要是养不下去，我把你这按照现在成本价接盘算了。"成本包括虾苗、饲料和塘租，合计一下八万块。立春一听大喜，这个烫手山芋可以甩出去了，回去跟合伙人陈细赖、陈长驱报喜。陈长驱想甩掉烫手山芋，十分兴奋，陈细赖却颇为犹豫。等师海过来交易时，陈细赖不干了，说要是八万的话，自己不都白干了，要求十万转盘。师海道："都说好的事，你们现在说提价就提价，这个不厚道呀。我是来给你们擦屁股的，你们当是财神来了。"立春也不晓得怎么说了，场面僵持不下，师海愤然离场。立春、长驱都责怪细赖。细赖道："立春，你别那么傻，他敢接盘，指定有赚钱的把握，只是我们不晓得秘诀。总不能让他吃肉，咱们连汤都没得吃一口。这事还是你继续做中间人，我们再谈。"果然不出所料，师海第二轮还是继续谈判，最后以九万七成交。师海接手之后，派自己的人员看管投喂，到了秋风起货时，竟然达到二十五尾一斤，成为高价虾。立春大为吃惊，对师海更是佩服得五体投地，追问秘诀所在。师海道："我们有约在前，如果你能找到我爹失踪的线索，我便倾囊相授。现在我可以给你全程参观，但不能告诉你为什么。说是秘诀，其实也不是秘诀，我说给你听，你也未必能做到。如果我没有这两把刷子，我就不是我了。"

　　师海光这两个池塘，赚了十五万。这笔意外之财，使之下手，有了这笔钱，他花三十万买下了那三层小楼。师海对海燕道："这是天要送我的礼物，不买不行了。"海燕原本是不怎么关心师海的生产，让他放手去做的，现在却忍不住好奇了，问道："当初你怎么相信这两个塘可以挣钱？"师海笑道："我一向都是向你请教问题的，今天终于轮到你来请教我了，我真是沾沾自喜了。这个说来，也算是我的独门秘籍。"原来立春他们计算对虾的生产速度，是按照专家的指导意见，也是其他虾塘的正常喂养方式，一天最多投食三次。一般认为，投喂过多，对虾会消化不良而引起疾病乃至死亡。但是师海却不相信专家这一套，原来他种草养鱼的时候，草鱼二十四小时都在进食，一点问题都没有。他想，既然草鱼二十四小时进食并不会撑死，那么对虾二十四小时进食必然也不会。通过在自己虾塘的试验，他发现，投食过多引起的死亡，并非是消化不良引起，而是有其他两个原因：一是饲料本身不干净，有问题；二是水底沉积饲料过多引起水质变化。因此，他采取二十四小时喂养，在饲料和水质上把关，虾的成长速度加快，并没有通常认为会出现的撑死现象。他对水质有超出寻常的敏感，每天巡查池塘，看颜色、闻气味，一看到水质异常，马上换水。这就是为什么他养的虾特别大，价位高，客商趋之若鹜。

海燕还在犹豫着搬家，但有一件事促使她下决心了。生下第一个男孩李安米之后，她怀了二胎了，计划生育开始抓得紧，随时有被抓去的危险。在花了两万块钱对房子进行装修之后，他们搬进了城里的新家。

养殖的成功使得师海从丧父的沮丧中摆脱出来，站在村中首富、县里都闻名的基础上，更大的野心在师海心头酝酿。

在传播手段有限的时代，时事国策仍能准确地传达到东南偏远的一个乡村。师海手捧报纸，被"以经济建设为中心"几个字鼓舞。这好像是他心中想说但不能明目张胆说的话，被国家政策明确地指示，铿锵有力，让他血液沸腾，兴奋不已。

而此刻的农村，也有放开思想搞活经济的政策，引进了一些措施。比如在一个地区专员的建议下，全县滨海开展茉莉花种植，增加副业收入。李兆清开了大会，动员大伙把山地的自留地都用来栽培茉莉花，种苗由政府免费提供。茉莉花见效快，一年就可以采摘。茉莉花茶在中国的主产地为福州，茶坯为绿茶，茉莉花用于提香，茶香与茉莉花香交互融合，有"窨得茉莉无上味，列作人间第一香"的美誉，在清代被列为贡品。中华人民共和国成立后，一直作为外事礼茶，改革开放后茶企众多，蓬勃竞争。茉莉花由村里统一收购，卖给茶厂，账目一月一结，使得农民有了现金收入。夏季正午，阳光热烈，茉莉花蕾将放未放，蓬勃之际，漫山遍野，花香馥郁。茉莉花具有晚间开放吐香的习性，鲜花一般在当天下午二时以后采摘，采摘后当晚付制，因此茉莉花茶的产区分布需交通便利、紧邻茉莉花产地。采花人头戴斗笠，星星点点，冒着酷暑劳作。也有采花老妇人中暑而直接昏厥，人事不知。所谓万事皆是苦乐参半。

茉莉花种植盘活了不多的山地，经济效益有限。对于增坂这样的村庄来说，如果能把海地利用起来，潜力应该大得多。李兆清多次指示师海，自己先富起来，应该想办法带动群众致富。师海对此也相当赞同，他清楚地记得，这是邓小平的话。原话好像是这么说的：一部分地区、一部分人可以先富起来，带动和帮助其他地区、其他的人，逐步达到共同富裕。师海还记得，这是邓小平一九八五年十月会见美国时代公司组织的美国高级企业家代表团时说的。

在天时地利的加持中，他的计划渐渐成形：围垦千亩大塘，规模化养殖对虾。

现在看来，这不是什么了不得的事，但在当时，这可是异想天开。首先，在海上围塘，本来是一件极有风险的事，有可能血本无归。师海目前租的塘，都是别的村子利用小海湾等地理条件因地制宜围的小塘，不可复制，最大几十亩，风险小。而建几百上千亩的池塘，相当于和海浪、台风等未知因素抢饭吃，几年的辛劳，有可能毁于一旦。其次，规模化的养殖，风险更大，一旦发生瘟疫疾病，将是全军覆没，这不是谁都能输得起的。所以，师海的这个想法，无疑是胆大包天的。

师海的大胆，也有自己的出发点。第一，在对虾养殖上，自己的技术已经成熟，各种情况都经历过，他相信自己的经验和技术，在全国也是一流的。他觉得进行规模化的养殖，已经水到渠成。第二，特别是这几年小赚一把、稳住阵脚后，他的野心渐渐萌发。租的塘太小，受限也多，还不稳定。人家见你赚得多，租金年年涨，你不同意，他租给别人去。如果能围垦成大塘，未来都是年产值数百万的收入。这种天文数字，当时没有几个人敢想象。

他很重视海燕的意见。海燕道："从我的角度，现在的日子都挺好，赚的钱也比别人多，不希望你去冒险的。"师海笑道："钱哪有嫌多的，我这些年碰到过的那些大老板，咱们这点钱在他们看来都是毛毛雨。"海燕道："你也想当大老板？"师海道："那可不，别人能当上，我怎么就不能了！"海燕道："我知道我劝你也劝不住，当然我也不想劝。你野心大，想干什么就去干，我是支持的，男人嘛，本来是应该跟狮子一样，心里有整片的森林。我唯一担心的是，这些年你人有点飘了，就跟我班上骄傲了的学生一样，做事嘛还是要稳一稳。"师海得到支持，大为振奋，道："有飘吗？"海燕道："那可不，把自己都当神了，连对我说话都嚣张了许多。"师海笑道："有这么回事呀，那我是无心之过。以后敢对你嚣张，你用鞭子抽我，就跟教训小学生一样，我在你面前永远是个小学生。"海燕抿嘴笑道："我可舍不得抽我这么棒的老公！"

师海所在的村二队，是大队，有五百多亩滩涂。这里有个概念必须清楚，五百多亩是可养蛏的使用面积，只占整个滩涂的十分之三，也就是说，倘若围成塘，则是一千七百亩左右。在师海的设想中，把这一千七百亩改造成大塘，原因在于自己生产队的，甚至有好多是五服之内的叔伯侄，比较好说服。本队拥有滩涂的村民，自然成为股东，一亩按照一亩算。而全村村民都可以投钱入股，按照围塘总体的造价，平均成一亩的股份价格。如此这般，一是响应了政策，带领群众致富；二则是前车之鉴，自由入股让村民没有闲话。对师海自己来说，第一，围成大塘形成养殖场，自己要主导控制，当领头人；第二，先让村民认股，剩下的股份，自己想办法承揽。

围塘的每亩造价在一千二百元，资金约需两百万。这是一个天文数字，也是一个巨大的挑战。制订方案、筹备动员等花了一年时间，在师海的影响力号召下，三百户村民入股，战友入股，县城公务人员入股，散股达到三分之二，还有三分之一摊到师海头上，个人要筹集大几十万资金。这是一场巨大的赌博，海燕看到这个数字，打了退堂鼓，道："咱们现在什么都有了，前几年你喝散啤还吧唧吧唧嘴，现在都喝得上茅台了，我看，没必要去冒这个险吧！"师海正在兴头上，道："你要相信，我现在人脉这么广，钱的事一定有办法。"海燕道："不管什么办法，终归咱家要举债的，孩子这么小，我心里没底嘛！"海燕现在带着两个孩子，虽然有保姆，但每天还是忙得跟陀螺似的，基本上围绕着孩子转。日子比她预想的要好得多，她乐在其中，不想有任何东西干扰破坏。

师海道："虽然你文化比我强多了，但终归是女人，胆儿肥不起来。我就告诉你一个办法，你想想，一千七百亩的虾塘，以现在的效益来算，是几百万的利润。按我的股份收入，我那时候就不是万元户，是百万元户了。你心里只要想这个，就没工夫发怵了。"

海燕苦笑。她了解师海，越冒险越兴奋，困难越大劲头越大。他不会去多想，都是先干了再说。他笃定一条：机会是干出来的。海燕这么说，也并非去阻止他，最多只是做个提醒，或者让他有时候也知道女人到底在想什么。

从一九九一年开始，师海投入了围塘的工作。以个人的力量征服海洋，这样的规模前所未有。他那时候不会去想，他已经没有回头的路了。

怀风的愤怒始于风言风语。有一天他上洗手间，蹲在蹲坑里思考人生，听见两个同事在外边一边小便一边议论自己，意思是说怀风虽说是警界标兵、模范英雄，终归是生不出孩子的东西。怀风那个气呀，又不能出声，怕撕破面子，只蹲着屎往外拉，气往里吞。

婚后，怀风本来就深感不满。他发觉叶君薇并没有那么爱他，婚前她多么可爱，像个小姑娘崇拜自己的英雄，甚至连房事的时候，都在扮演侍候英雄的角色。但是婚后，他感觉到她的尊重越来越少，对工作的热爱甚于对他。所以有一次发生口角，他突然恼怒道："你骗我！"叶君薇愣了，不晓得自己骗了他什么。要怀风说出，怀风又哑口无言。家庭的生活让他渐生失望，他也只好安慰自己：本来我在世上就孤零零的一人，就不能指望有谁真的对我好。指望越大，失望越大，还是把心收回来吧。

不管如何，如果有个孩子，也许一切是生活的转机，自己也许不会那么敏感。但叶君薇的执拗是怀风始料未及的。如果早知道是这么一个不通情理的女人，他是不会与之结婚的。但有什么办法呢，叶君薇对工作的重视，超出他的想象。特别是自己平白戴了一顶能力不行的帽子，这简直让他发疯。有一次口角中，他几乎到了失控的状态，像个孩子一样无助地哭了，他觉得自己长期建立起来的隐忍和自信，在一瞬间崩溃。

此刻他还没有意识到，没有原生家庭的父亲教他如何做一个男人，那么，他有可能要付出一辈子的代价，去参悟如何成长为一个成熟的男人。

他只好全身心投入在工作中，几年了，在他手上破获的案件数不胜数，走私偷盗、车匪路霸、贩卖假货，他的业务能力在实践中一步步得到提高。他很怕被人说成专业不对口、半路出家什么的，影响上进。每年被评为模范工作者，都是对这种能力的肯定。

八月的一天，巡查中抓到一对行苟且之事的男女，狗日的哪里都不去，就在公安局旁边巷子的石凳上干起来，形迹相当可疑。审问之后，果然来路不正，正是一对卖淫嫖娼的。男的穿得倒是挺清爽的，西裤皮鞋，喝了酒，脸色通红，坐在审讯室，就跟在自家一样，还喊着要水喝。从没见过这么嚣张的嫖客，细问之下，才知道是后岗在蜡笔厂的台湾老板。

八十年代中后期，已有台商过来走动，有钱，政府当成宝贝，都希望能过来投资。县里原来的一些国营工厂，比如棉纺厂、罐头厂等在市场竞争力不行，份额下降，国营企业面临发不出工资的困境。棉纺厂便把停产的一半厂房，租给台商生产蜡笔，这是最早的台商之一。大陆一穷二白，台商在大陆的生活相当资产阶级，甚至都有点肆无忌惮了。

那台湾人很嚣张，说自己跟该女子是有感情的，喝了水，支使民警给他出去买烟，要"牡丹"牌的。民警不搭理，他就嚷嚷不人道，不文明。怀风本来就不爽，火气噌地往上蹿，忍不住给了他一个巴掌，打击了他的气焰，下令男女罚款二十，各拘留十天。那台湾人跟杀猪般叫起来，大声抗议，说自己是台胞，你们没有权力这么做！怀风盯着他的脸道："你就是蒋介石，也得拘留二十天，想免罪，一点门都没有。"

八十年代，严打之后，办案还是比较粗放式的。那时候警察的权力比较大，动手教训一下嫌疑人，是常有的事，都不叫事儿。但次日，局长把怀风叫了过去，皱眉道："出问题了，这不是嫖娼那么简单，台办已经来电话了，这是事关对待台商的态度问题，事关两岸的政治问题！"怀风一下子惊呆了。这是怀风工作中最大的一次失误，他将为这一巴掌付出代价。

局里对怀风是尽量保护的态度。大队长曾剑提议，把怀风放到乡镇派出所待两年，既接受了处罚，对上面有交代，又能让他加强基层锻炼。

就这样怀风被派到海岛三都所当副所长。岛上生活比较枯燥，交通不便，对怀风而言，困难倒是没什么，怕的就是被当成贬职，回不去，得到领导的承诺，才走马上任。他亲自嘱咐局里同僚，千万不要说是犯了错误下去，坏了名声；又让怀准给增坂村乡邻发布消息，说到基层锻炼，两年后提拔。

坏事也有好的地方，自己跟叶君薇现在关系不佳，不如分开看一看，是否能回心转意。岛上的日子比较清净，特别是周末，自己没有回城，会有很多的空闲。有时候他会一个人走到岛上高处，眺望海上。小时候，听人传言，台湾金门的鸡鸣，三都岛上都能听得见。现在才晓得这是无稽之谈。但这种流言的流传，也说明了三都岛的前线位置。或者说，两岸关系多少有些剑拔弩张。可是不知几时，台商变得这么吃香，被当成财神爷供着。时势的变化，他措手不及。这时候他不免眺望对岸，茫茫云水相交之际，一脸茫然，又平添了惆怅。三都岛上布满相思树，有时候他在树下能站个半晌。相思树，又名台湾柳、相思仔，常绿乔木。幼苗阶段，叶子为二回羽状复叶，称为真叶。长大之后，叶柄变态成叶子，呈镰刀状，称为假叶。相思树防风、抗旱，极适合岛上生长。木质坚硬，可制桨橹。

三都岛在清末设有海关。三都码头是天然良港，水深浪静，只是多年来一直作为军港使用，没有开发成商港；但无疑是海上与陆上的最重要通道，因此打击走私贸易成为当地派出所的一个重要使命。

这一日例行清查上岸客船，发现有一人脸上脏兮兮的，穿着一件过大的黑色大褂，眼神躲闪，相当可疑。怀风凭着职业敏感，带到所里审问。没等那人开口，把他衣服拉开，里面露出"马尾监狱"的号服。那人一看露馅了，跪了下来，叫道："我招我招，坦白从宽，我晓得。"怀风叫警员小马去接一盆水，给他洗了脸上的机油尘灰，居然露出一张清秀白皙的脸。怀风心中一颤，居然看了有六七分神似自己，特别是那种张皇的眼神。而陪审的小胡也悄悄看了怀风一眼，验证了怀风的直觉。该小伙子姓关，叫得玉，是三都岛上东浒自然村人士，二十五岁。原本跟亲戚在连江、马尾一带海域与台湾渔船以物换物，以捕获的鱼，换取手表、丝绸等生活用品，再拿到福州黑市贩卖。参与走私贩卖活动半年之后，关得玉被海关和边防联合缉私队捉拿，关在马尾监狱，刑期三年。这日在监狱里梦见父亲病重，想要见他一面。醒来他掰指头一算，老父的七十岁生日快到了。老父是老病号，原来算命先生算过，七十是一个坎。自己是家中幼子，深得老父疼爱，想来这个梦境，是父子心有灵犀。趁着放风的机会，他逃跑出来，想回来跟父亲见一面，过个生日，再回去。即便是父亲有个三长两短了，也不会遗憾。他从马尾码头偷偷溜到船上，准备在三都岛登陆，然后再坐小船回家，想不到临到家了，被发现行踪。说着说着，涕泪交流。怀风打电话向县局汇报，县局指示就地羁押，等到马尾监狱来提人。

　　正是吃饭时间，怀风便打了面条，也打了一碗给他吃。关得玉呼噜噜几口吃完面，有了气力，叫道："不是坦白从宽吗？怎么没有从宽。"怀风问要怎么从宽，关得玉说："让我回去一趟，我看完父亲就回来。"怀风道："那怎么行，你现在是逃犯，哪能说回家就回家！"关得玉退而求其次，请求接他父亲来一趟，见个面。于情于理，这个似乎行得通，但必须请示。怀风到了所长办公室，所长正和指导员在抽饭后烟聊天。所长道："那就通知下去，叫他父亲来见一面呗。"指导员斜了怀风一眼，把牙签从嘴里拔出来，道："你们是不是没读过书呀，逃犯是一种现行犯，现在就处于犯罪实施期间，法律规定是不能见家属的！"所长附和道："对对对，还是指导员高明。"

　　怀风吓了一跳，差点又犯错误了。他现在可谓是惊弓之鸟。回来跟逃犯关得玉说明了政策，叫他死了那条心。关得玉非常沮丧，他冒着极大的风险，一路潜逃，就是为了见老父一面。第二天，关得玉又要求见怀风，他戴着手铐跪下来道："我知道你是好人，所以我只能求你。你让我见我爹一面，我一辈子感谢你。倘若这次见不到，我爹走了，以后这笔账，我肯定算你们头上。"怀风一听就火了，道："嘿，你还敢要挟我，你认为我吃你这一套吗？"关得玉抱住怀风的腿，央求道："绝对不是要挟，我说的就是我的想法，我又不是死罪，迟早会出来的。你们可以把我手脚都铐好，就让我跟我爹说几句话，这有什么不可以？"怀风道："不是我不答应，是法律，你懂吗？"关得玉道："法律也是你们执行。你帮我设身处地想想，你们就没有自己的爹娘吗？"怀风冷冷道："别跟我谈这些，你还有个爹念想，我连念想都没有！你就老实待着吧！"怀风一脚抽了出来，关得玉泪汪汪的，头都磕到了地上。

　　到了下午，怀风的火气消了，便悄悄过来，隔着铁栅栏说道："关得玉，你这狗日的，我最受不了人挂着涕泪要见爹见娘的。我告诉你，你现在得逞了，所长和指导员上县里开会去了。我现在是冒着风险，已经通知到村里，叫你老爹过来了。我就准你们见十五分钟，你把要说的话准备好。你要是敢出什么鬼点子，我他妈的能割你卵！"关得玉跪了下来，磕头道："恩人哪，我就没看错人！"怀风丢给他一件弃用的布衫，道："一会儿见了遮下手铐，老人家忌讳见这个。"关得玉起身，捡起布衫，眼睛湿漉漉盯着怀风，像一个少女泪汪汪看着情郎，道："李长官，你说你连你爹念想都没有，是什么意思？"怀风没好气地看他一眼，道："别哪壶不开提哪壶，管好自己的事，别给我捅娄子！"

就在这时，小马进来道："李副，有电话找你，医院的。"怀风一愣，问道："有说什么事吗？"小马迟疑道："应该是嫂子出事了。"怀风脑子里嗡的一声，瞬间一片空白。

怀风下调岛上，对叶君薇来说，确实是个遗憾。虽然处于冷战状态，但两人凑在一起，才算是个家。她总是喜欢家的感觉的，其中的温馨是其他东西无法代替的。现在一个人，多有应酬，相当于恢复了婚前的单身生活。但是有一点，让叶君薇觉得惊喜，那便是自由。原来叶君薇是喜欢跳交谊舞的，舞姿相当曼妙，很容易就成为焦点。其中获得的快乐与满足，不言自明。婚后，怀风反对她去跳舞，第一，怀风天性不喜欢交际；第二，看她有时候跟别的男人搭对，觉得不舒服，或者观念上还是不接受的。叶君薇迁就他的感受，当然也受不了他的抱怨，就去得极少了。现在，叶君薇又可以当舞厅皇后，无拘无束，有时候还会去跳迪斯科，实在是有一点惊喜。这种惊喜夹带着一丝罪恶感：难道我真的不喜欢婚姻生活？她恢复了快乐，但快乐中夹着疑惑，甚至恐惧。她直觉自己的放纵，迟早会出事的。

叶君薇确实是从舞厅直接被送到医院的。地上还留下一摊血，在霓虹灯下是一种诡异的颜色，倒是像极了一幅油画作品。城市不大，这摊血很快就传到大街小巷，添油加醋成各种版本。有的说是情杀，有的说是风化案件，怎样吸引眼球就怎样演绎。但有一样是不变的，主人公是一个风骚女人。

怀风到达医院的时候，血已经止住。主治医生陈军是认识怀风的，有一面之缘，见到怀风来了，忙招呼过来道："你说你，都怀上了还去跳舞，这不是跟孩子过不去吗！现在的情况出血止住了，但不确定胎儿能不能保得住。你们得做个决定，要么刮掉，要么继续保胎。"怀风道："从你经验来看，能给个建议吗？"陈军道："那说不准，出这么多的血，胎儿多半从子宫壁上脱落了。但是呢，也有出血后保胎保住的案例，所以为什么要请你赶快来做决定呢，每一种决定都有风险。"

怀风脸色铁青走进病房。出血使得叶君薇的嘴唇有点泛白，她怯生生地盯着怀风，似乎在等待一场暴雨。

"感觉好点了吗？"怀风盯了好久，问了一句。

叶君薇点了点头。怀风接着沉默了，他越沉默的时候，脑子里的风暴就越大，与之交往过的人都知道。同事都在背后说，怀风这人有点阴。

"你是不是怀疑我？"叶君薇终于把心病说出来。

叶君薇决定把生子计划延后之后，他们每次行房，都是有避孕措施的。按理来说，是不可能怀孕的。这次流产先兆的出血，是叶君薇始料未及的。她虽然有不适感，但总以为是熬夜或者应酬劳累导致，根本没往怀孕上想，甚至，压根儿就没想过。当医生告知是怀孕有日子的时候，她蒙了。接下来的问题是，她不知道如何向怀风交代。这比身体的伤痛更让她焦躁。

怀风盯着叶君薇，那种盯带着职业的习惯，像在审讯嫌疑犯之前的心理较量的那种眼神，使得叶君薇不寒而栗。叶君薇几乎要哭起来，道："我真的没有对不起你，我自己也是一头雾水。"

怀风叹了口气，道："既来之，则安之，我想来想去，还是采取保胎策略，也许有希望呢！"

叶君薇惊呆了，不晓得怀风的葫芦里卖的是什么药。她想起小时候，镇上来了个变戏法的，能从黑布里变出各种玩意儿。她一直渴望变出一个鬼来，因为她从未见过鬼，但是她又害怕，她怕鬼会朝她扑来。那种恐惧而期待的感觉，一直延续至今。

第二十七回：围塘

一九八七年七月，台湾当局废除了持续三十八年的戒严令，随后开放台湾民众赴大陆探亲。这一纸命令，意义非同寻常。

一九四九年，蒋介石带领百万军队，撤退台湾。百万是号称，实际的数字，多种版本，有说法是至少五十万。这就意味着五十万以上的青壮年与大陆家庭隔离。到达台湾后，脱下军装，只能领到一顶蚊帐、几件衣裳和几百元新台币的退伍金，够几个月的生活。许多人上无片瓦下无寸土，大多数没有受过高等教育，甚至目不识丁，徒有一具孤独灵魂。除了闽南籍士兵外，大多数人与当地的风土人情格格不入，被蔑称为"老芋仔"，思乡之情可想而知。由于两岸的紧张关系，将近四十年，有家归不得，无处问生死。余光中在题为《乡愁》的诗中写道："乡愁是一方矮矮的坟墓，我在外头，母亲在里头"，便是老兵的集体哀怨的写照。国民政府监察院院长于右任，在去世前不久，也写下这样的心声："葬我于高山之上兮，望我大陆；大陆不可见兮，只有痛哭！"

八十年代，台湾民间老兵返乡运动如火如荼，一九八七年母亲节，老兵首度集体以"母亲节遥祝母亲"的名义在台北国父纪念馆举行大会，合唱歌曲《母亲你在何方》："雁阵儿飞来飞去，白云里，经过那万里可能看仔细。雁儿呀，我想问你，我的母亲在哪里……"斯情斯景，在场者无不动容。同年五月，大批"荣民弟兄"聚集在"国军退除役官兵辅导委员会"门口，并且和辅导会的安全警卫人员发生肢体冲撞。重病缠身的蒋经国，在病榻上听闻消息，决定立即开放老兵赴大陆探亲，四十万老兵欢欣鼓舞。

福建与台湾一水之隔，除了老兵之外，还有逃难的，偷渡的。历史翻了新篇，旧账不算，探亲风潮一波接一波。不管在台湾生活成什么样子，总要做个衣锦还乡的面子。哪个村子有探亲的，便传遍十里八乡：打听带了多少金银回来，哪些个人有份，在台湾是干什么的。镇上有个老人回来，特别轰动。他是一九四九年到台湾，不是当兵的，只是想过去当学徒，赚点钱过两年就回来。没想到这一去，回不来了。现在到家的时候，父母已经亡故。他在台湾从事珠宝行业，给亲戚们带了很多金器，给父母修坟，一时轰动。

那些年，人们都掰着指头算谁有台湾亲戚；都到处打听台湾人何时探亲。李兆镜就是在这股热潮中回来的。当时人们说，如果兆镜不回来，说明他已经死了，也许死在海上，也许死在岛上，谁知道呢！他戴着黑色礼帽，穿着呢子大衣，呢子大衣脱了后，是衬衫和背带裤，一派太平绅士风度。他的样子，跟怀风神似，或者说，是二三十年后的怀风。人们这才醒悟，为什么怀风也上山下海，却一直细皮嫩肉斯斯文文，地主家的种就是不一样。

人们围到师海家里看李兆镜，像看猩猩。人们都得到奶糖和饼干等礼物。李兆镜说，早前自己曾经写了一封信，叫人从香港投递过来，是寄给兆文的，但始终没有收到回复。众人猜测，要么信笺被上面没收，要么兆文收到了，不曾声张。兆镜挂念的元丰、兆文都已不在人世，令他不胜唏嘘。又听得自己的孩子怀风已经当了警察，有了铁饭碗，又有几分安慰。

师海到大队支部打电话，打到三都所，让怀风回来。怀风听说父亲回来了，愣了半天没说话，好像断线了似的。师海道："养父不要了，亲生的也不要？"怀风突然恼怒道："我没有父亲。"说罢就把电话挂了。师海想不到他抽了哪根筋，又怕伤了兆镜的心，左右不是。只好告知月明。月明道："咱先稳住兆镜叔，你明天上三都岛一趟，把他劝回来。唉，怀风这孩子，心眼窄，一肚子委屈还闷着呢！"师海便跟兆镜说电话打不通，明儿亲自去叫。次日，师海辗转坐车到礁头，从礁头坐船过去，在所里等到了怀风，说明来意。怀风依旧是气咻咻的，执意不见。师海道："以前还苦巴巴地指着你爹回来，亲口对我说的，都忘了吗？"

大概是十二三岁吧，师海和怀风到后山砍草柴，那时候两人都瘦，但是身手敏捷，若是高处岩壁上有别人够不着的柴草，师海便让怀风踩在自己肩膀上。柴草稀有，但兄弟齐心，总有意想不到的收获。怀风在高处看见一个气球飘过来了，叫了起来，师海便一马当先叫道："追去！"两人像两匹劣马，在坡地上七扭八歪地追赶。每一次台湾的空飘气球出现，都像一个节日，零零散散在山坡、村边的村民，四面八方向气球下端聚拢。气球下吊着的或是传单，或是食物。在他们追逐气球的生涯中，仅仅得到过一次饼干。但饼干到手后，他们又被传言震慑：村干部曾经通知，台湾空飘过来的食物，都是有毒的，不能吃。两人半信半疑，犹豫不决，师海胆子大，道："我先吃一点，如果肚子痛了，咱们就别吃。"在师海尝试后，两人把饼干吃到欲仙欲死。饼干是怀风记忆中最好吃的东西。怀风突然问道："你说我爹会不会回来？"师海笑道："你爹回来，那也是特务。"怀风道："管他是不是特务，我爹要是回来，指定有吃不完的饼干！"师海道："你就美滋滋地想吧！"怀风那时候会把台湾的传单放在床头，每隔几天就看一次。传单上是一家三口享受饭菜的幸福生活。

记忆也把怀风的思绪扯到过去，他幽幽道："此一时，彼一时！"师海道："难道那时候是你爹，现在就不是你爹了吗？你官当得越大，越不可理喻了！"怀风突然激愤道："师海，你懂个屁，你有一个爹，什么都支持你，你哪里晓得，从小到大，我就是我自个儿的爹！现在凭空给我一个爹，我不认！"

师海无奈，铩羽而归。他确实不了解怀风的心事，这个阴郁的家伙，从小就期盼他爹，有什么理由不见呢！

月明又不忍心，跟兆镜说怀风出差了，只要回来了，便晓得快速回来。兆镜得空，便去霞浦松山祭拜妈祖。原来当年偷渡过去，九死一生，自省乃是妈祖保佑，才得以安渡。有学者考证，妈祖的母亲是松山人，妈祖生于松山，因此视湄洲天后宫为"本宫"，松山天后宫为"行宫"，香火甚旺，朝拜者络绎不绝。

兆镜从松山回来，已过三天，仍然没有怀风消息。问月明，月明闪烁其词。兆镜谈起当年偷渡情景，自己一人摇橹，过于劳累，在船上睡着。船被打翻，漂在海上，筋疲力尽，只是心中默念妈祖，放松全身，任自漂流，把命托付妈祖了，不想竟然得救。这次上妈祖故里行宫供奉，心愿已了。行宫里有一个常住先生，解签写疏，见兆镜绅士打扮，晓得是贵人，问要不要算命。兆镜说自己的命是妈祖所赐，已然满足，不必再算。算命先生说，你不看我也得说两句，你这人呀，坎坷流离，老有福报，但有福无分。说罢以为兆镜会继续追问，兆镜虽心有所悟，却不追问。回来后见怀风还不现身，心有所感，当下问月明道："我看你跟师海躲躲闪闪，毕竟有事瞒我，我这一世，几回从鬼门关回来的，什么都吃得消，但说无妨。"月明见瞒不过，只好说了实情。兆镜长叹一口气，道："当初虽时势使然，终究是抛下弱妻孤子，做了背弃之人，所以回来的时候，心里也是惭愧，不知道家中还剩几口，也不知道认不认我，现在想来，惴惴不安，都不是没有缘由。"月明劝道："等等几日，怀风一定会回心转意的，哪有不肯认父亲的儿子呀。"

每日里各家来请兆镜，虽是农家饭菜，自有情分。各人又给出主意去说服怀风，看看他认不认。兆镜心中踌躇，颔首不语。

过了两日，叫师海带着，去找叶君薇。师海只晓得怀风与叶君薇关系不融洽，具体不详。叶君薇倒是大大方方，将关系和盘托出。

那次舞厅出血后，叶君薇不知所措，心中也有愧疚，在怀风要求下，采取保胎策略。只不过刚刚出院两天，又一次大出血，保胎失败。身体受到重创，脑子逐渐清醒，突然想起什么，便问怀风究竟。怀风瞒不过，终于吐露，是他故意把避孕套刺了个洞，期望暗度陈仓。叶君薇顿时心凉，不日，便提出分手。哪晓得怀风也似乎心有所感，没有过多拒绝。两人都不想闹出动静。一是离婚在当时还是很大胆的举措，甚至会影响工作进步；二是一旦声张，劝阻的、看热闹的自然都来，风言风语，两人无力应付。因此，不办离婚证，也不声张，慢慢消化。等哪一方要结婚了，再办离婚证。两人甚至懒得进行财产分割，只想快快地离开对方。怀风收拾了行李，住到所里去，就好像准备去出一次长差。

兆镜送了一根沉甸甸的金项链给叶君薇。这是他来之前就备好的礼物，送给儿媳妇，倘若有儿媳妇的话。叶君薇说不能收，说已经事实离婚。兆镜道："这根项链没人收，我这心就更空了。"叶君薇不忍，便道："那我暂且代收下，将来怀风有了新人，我便转交。"兆镜道："可有怀风的照片，让我带着。"叶君薇在房间搜索一回，道："他的照片都让我给丢了，就剩下结婚证，反正我们也用不着了，你拿走吧。"兆镜取过结婚照，端详良久，道："是我儿子！"

又寻找怀风他娘的尸骨之地，二十余年过去，当年的乱坟岗竟然不知所终。当初由兆文主持，草草埋在寨顶岗，后也无人祭拜，早就荒芜，化作尘土青山，灵魂随着岁月苍茫而逝。当事人不在，没有确切地址，月明回忆模糊，当时兆文也想要找一个坐标埋葬，比如大树什么的，倘若日后兆镜回来，也能寻着。可惜大炼钢铁时期，树木全砍了，山上光秃秃的，后来说是埋葬之处，附近该是有一块大岩石的，以为记号。这个说法得到塌鼻的佐证。后山是土质山，但大岩石却有几处，一些不能种地的岩壁坡面，杂草丛生。雇人寻了几日，终是没有踪迹。兆镜每日抱着期望上山，又失望而归，如此反复，几天便失去精神，面露憔悴。又去下坂村请教黑白无常高矮伯，可以拘得亡灵问问，到底何处。高矮伯上身，到阴府查了档案，回道：因长年无后人祭拜，无钱消罪，魂灵已发派边远苦寒之地劳作去了，不得踪迹。兆镜悲戚，问若现在烧钱，可以赎罪否。高矮伯说可以代存阴间银行，记上姓名，若对上人头，可能有用处。便买了五千万纸钱，写上疏文，详记其人前生后世：曾生于地主之家，家业繁茂，做了十余年大家闺秀；后被抄家，受人欺凌冷落十余载，惶惶如鬼。亡时凄恻，夫逃子幼，上辈不在，乃做野鬼，无主收留，重罪难赎。今有夫家归来，大献元宝，又有幼子已经成人，从警做官，望在阴间能得救赎，早日消罪投胎，云云。兆镜口授疏文，早已老泪纵横，泣不成声。继而火光冲天，旋风回旋，成堆元宝灰飞烟灭，任那高矮伯到阴间疏通去了。

悲戚两日，兆镜越发孤零零。月明便劝道："既然怀风不懂事，不认你，你何不走一趟去见他，当面也许就认了。"兆镜道："我是没脸认他。不管怎么说，我终究是抛妻弃子之辈，万夫所指。我自从海上捡回一条命后，万事看淡，如今晓得怀风还活着，还做了警察，已经是宽心得不得了，感谢老天对我如此宽厚。其他的事，不能强求，福报不能透支！"其心意如此，却又每日里拿着怀风的结婚照端详，或者隔两天问师海，有没有怀风回心转意的消息，回程日期一拖再拖。

每日和师海忆旧，问询怀风成长中的点点滴滴，干了哪些活，吃了哪些苦，上学的学费又如何筹措，体会其无助困苦，常常眼圈发红，声音哽咽。师海忍不住道："我跟怀风一起长大，但没想到他是这么绝情的。"兆镜道："不怪他，这些苦熬的恨，忘不掉。"这加重了师海的疑心：难道怀风是因对自己的恨而导致对兆文一案不出力？

但后来有一件事，让师海的疑心消除一些。

海燕的哥哥海军，也是退伍兵，转业安置到外贸公司工作，本来是做业务员，跑南闯北，不亦乐乎。在当时就业困难的环境下，这个金光闪闪的铁饭碗，也让父母相当满意。但改革开放风起云涌，经济建设的风潮席卷每一颗不安的心，就在领导准备对海军提干的时候，海军出乎意料地吐出承包小东门经营部的要求。承包，就意味放下铁饭碗，自主经营，自负盈亏。领导提醒他："你这是冒很大的风险，可得想清楚。"海军的政治觉悟很高，道："不是说党员要带头搞改革吗？我是党员，吃现成饭没意思，要响应党中央号召，领导你可不能阻挠我呀。"领导被将了一军，不再劝阻，海军递上承包合同，算是一只脚下了海。

经营了半年，业务倒是顺风顺水，可是一件事打破了这个局面。在一次公安清查活动中，被查出经营过一批假烟。而海军，则以参与贩制假烟活动被拘了进去。海军无助，只好求助于搬到城里的海燕。这种事情，当务之急只有找关系了，海燕想亲自去找怀风，姻缘不成情意在，总是可以帮忙的。但被师海挡住了。师海不是阻挡此事，而是要自己出面。他想考验怀风会不会帮忙，如果不会的话，则证明了怀风有可能因怀恨自己而导致在兆文案件中不出力。如果肯帮忙的话，则证明没有私人成见。怀风听了情况，没有答应或拒绝，只说知道了。两天之后，海军就被放出来。他被认定没有主动参与贩制假烟的活动，而是被进货商欺骗，但是依然因无意中贩卖假烟而被罚了一大笔钱。这已经是最轻的处罚了。这让师海的疑心消去大半。

由于货品被没收，停业整顿加罚款，海军元气大伤。为了缴罚款，海军向师海求助。师海道："咱们是大舅子归大舅子，借钱归借钱，借款是要有条件的。"海军道："我晓得，按照民间借贷，两分利息，等我东山再起，一文不少给你。"师海道："说到利息就见外了。钱可以不还，但有一个条件，央求你想法子让丈母娘认我这个女婿。"前文说到，师海搬到城里，有一个念想，就是让海燕和她妈和好。他老觉得，丈母娘不认的女婿，婚姻名不正言不顺，是一个心结。这事，落到海军头上，最是靠谱。海军是他娘的心头肉。

海军道："钱还是要还，这个忙呢，是好事，我得撮合。不过也不能让妈来求你是不，你得先给台阶。如此这般，可好？"师海兴奋道："行行行，只要认我这个女婿，做牛做马都行。"

其实，随着时间的推移，母女之间的偏见与赌气，已经渐渐淡化，更多的是挂念。只是母女都是心气很高的人，缺乏一个契机。海军早已告知母亲，这次的事件全靠师海，要不然你得送几年牢饭。师海便以看望海军的名义，提着礼品到家看望。这次没有被扫地出门，师海旗开得胜。

师海忘不了兆镜离开时那苍凉的背影，比二十多年前偷渡逃命时更加孤独。那时带着期望，现在带着绝望：妻子尸骨不见，儿子近在咫尺却难以谋面。师海当时想：如果自己是怀风，绝对不会让兆镜这样孤独地走。此刻，他才知道，怀风这个怪物，是自己最不了解的，别看一块穿开裆裤长大。他的身体里藏着多少恨，这是师海永远理解不了的。

兆镜曾提起金蛤蟆的事，道："我曾与你爹说，在你爷爷手上的金蛤蟆，我已给他，'文革'结束后，形势不紧张了，为何不拿去换钱以资生计！"师海摇头，说根本就没有金蛤蟆的事，金蛤蟆只是一个传说。又问月明，月明也从未听兆文说过。兆镜坚决道："金蛤蟆千真万确有的，请的是南门的金器师傅做的，我爹托付在元丰叔手上，是想给我留一条后路。我既把妻儿托付给兆文，也就把金蛤蟆委托给他，现在此物消失，不是在元丰手上，便是在兆文手上。"因为兆文早年有赌博的习惯，又寻思是不是给赌进去了。月明不悦道："兆文不是这样的人，这件事我定会托神问清楚，好让你知晓。"

兆镜直言，勾起月明伤感，一个人夜里哭道："你这死鬼，走得不明不白，还丢了一屁股说不清道不明的烂账。生前糊里糊涂，做鬼了还糊里糊涂，也不说自己死在哪里，也不说谁害了你，你还让不让别人活呀。有心的鬼都会托梦，你连托梦都不会，做这样的鬼有什么意思，你还有脸投胎吗？六斤为了你少遭罪，抄经手都抄出茧了，你就不吭一声，给孩子一点安慰吗？你这死鬼，就是放个屁也好呀……"哭着哭着，月明又回想起数年不见音信的老二，又接着儿哭道，"老二你这个没良心的，几年也没有音信，你总怨这个家里没人疼你，你是我身上的一块肉，我能不疼你吗？你跟你爹是冤家，现在你爹走了，你连消息都不晓得，你这是上哪儿了呀，你这个不孝子……"

偶尔有走江湖的回来，说在哪处见过老二，有说已经赚大钱了，又有说听得老二的消息，在当乞丐呢，没一个准儿。不过好歹给了月明一个念想，也多了几分挂心。

月明一个人在家时，想起兆文，常这样哭泣，如同拉家常。后院老蛇为了避免骚扰，拉起二胡，自然心中也有愁怨，两人一唱一和。

如果说有一个人，什么事都不做，光做一件事，抽烟，抽了一年，人肯定不信。但玉喜就是这么个人。目光涣散，脚步游离，走到哪里都云雾缭绕，宛若神灵。屋里被烟熏得全是去不掉的烟草味，棉被被烟头烧了一床，老破屋都差点灰飞烟灭。原来抽的是好烟，带过滤嘴的，后来改成两角一包的鹭江，抽得脸都蜡黄了。很少人看见他正儿八经地吃饭，倒是很多人看见他吃生食，在码头上把螃蟹的螯子折下来，嚼萝卜干一样，又在野外烧把火，地瓜呀，弹涂鱼呀，凡是随手能捉到的，往火里一丢，也能骗个肚子。人说，这人变成野人了。又说，没爹娘的人真可怜。

最初，巧清回来找过他，见他砖厂的工也辞了，啥事也没做，一副颓废的样子，噙着眼泪道："玉喜，是我害了你。"玉喜落拓不羁道："说什么话，我本来就把你当成下一辈，没那意思，以后别提这一茬儿了。"巧清道："这些年你都是为了我……"玉喜道："我闲着也是闲着，你就当我助人为乐呗，你碰到个雷锋，算你命好，跟其他没关系。"巧清道："连砖厂都不去了……你不会就这样颓下去吧？"玉喜朗声笑道："你小女孩子呢，怎知道大男人的心思，男子汉要做的是男子汉的事，替人打工总不是长久之计！"拍着胸脯，若无其事，好像已经把不快给消化了。总之见了巧清，玉喜总要做一副潇洒的样子，硬生生把丢掉的脸捡回来。有一次巧清回来，拿了一沓钞票给玉喜。玉喜说："你没欠我钱，你要不拿走，我就当纸钱烧了。"巧清扭头走了，玉喜点了钞票，很认真地一张张烧掉。后来，巧清就很少回来了。或者，偶尔回家惊鸿一瞥，也不过玉喜的耳目，忘掉过往，各顾前程，将无情当作有情。村人背后议论，有的说玉喜偷鸡不成反蚀一把米，现在把烟当老婆了；有的说巧清这个女孩，从小心便比别人多一窍，是个厉害角色。

玉喜再一次引起众人的议论，是因为又干了一件让人震惊的事。他在赤壁港的港道边上开始围塘。围塘是一个工程浩大的事，一个人就如一只蚂蚁搬家一样，极为缓慢，甚至徒劳无功。玉喜叫上兴中、玉妹两个小伙一块干，玉妹他娘惊呼道："你这是不要命了，要是被增坂人看见，还有命呀，咱们就是饿死也不能干这事呀！"几年前增坂村人因为赤壁港之事杀到村里，至今说起来村人仍然心有余悸。玉妹、兴中听了劝告，便缩回去了。玉喜也不勉强，便一个人开干。有那好心肠的人，劝他都劝不过来；更有那看戏的，便等着看玉喜哪一天缺胳膊少腿地回来。

增坂村和麒麟埕村，为了赤壁港滩涂告状告了三年，使了各种上层关系，财力自不必说。两边的老人会各显财大气粗，都说请了后台很硬的律师，都有恃无恐，各自传达了必胜的决心，以期对方知难而退。从县里告到地区再告到省高院，各种不服，最后高院根据现场情况，判决如下：赤壁港滩涂已经长达十年以上无人耕作，海草荒芜，无法进行滩涂贝类养殖，已经属于荒滩。海上荒滩、海域所有权都是国家的，使用原则依照国家法律规定：谁开发，谁使用，谁受益。总之而言，现在任何人都有权在上面开发种植。

确实，特别是告状这几天，大米草的蔓延，已经使赤壁港跟别处荒滩一样。三年的官司，两村各用其力，成为一件毫无意义、没有任何价值的举措。所谓世事弄人，徒劳无功。

这就是玉喜围塘的理由。但是对于增坂村而言，法律是法律，祖上打下的江山是江山，没道理可讲的。

冲突必不可免。几个锄蛏埕的增坂人发现了玉喜的举动，叫嚣着过去阻止。有附近讨小海的碗屿人，见玉喜要吃亏，劝阻道："莫打他，他没爹没娘，人又疯了，只是在这里消遣而已，你们看他一个人能围得起来吗？"确实，茫茫滩涂，一个人在其间搬土围堤，简直是在做无用功。围几个月，大潮一来，恐怕又成原样了。

玉喜根本没有停下来的意思，几个回合嘴上往来之后，增坂人就动手了。玉喜寡不敌众，明显吃亏，但仍然倔强不服，同村人在一旁劝阻观看，也是无奈，才晓得玉喜原来根本就不是围塘，是一心寻死而已。

其时师海正在七号池塘的简易棚休息。凌晨，天刚刚亮堂，空气清新，他便把池塘仔细巡逻一趟。接着他带领雇来的伙计们喂完饲料，待到虾吃饱，他再巡场，观察一遍。海燕说，师海对对虾的关心，比对孩子要多几倍。师海不承认，但无可否认，他花在对虾上的时间和细心程度，确实要甚于任何事。看养殖的书籍，与实践的结合，使他成为这方面的专家，这个专家比水产研究所的专家还要实在。由于土质的退化和饲料的沉积，虾塘一年比一年不好养。去年的一次虾的病变，由于师海观察不够细致，发现时已经有对虾空肠空胃，再用药时已经来不及，损失一半。

虾病的传染非常迅速，病变主要在肠胃，从透明的虾身看，健康的肠道有"直、粗、实"这样的特性，当肠道出现"弯、细、空"三个特性之一时，就说明肠道已经亚健康。另外一个是观察粪便，肠道消化吸收良好时，粪便呈"短、粗、散"三个特性，如出现"长、细、黏"三个特性之一时，说明肠道消化吸收功能开始减退。这种理论说着容易，但实际观察又是另一回事，有时候完全靠经验和直觉。通过实践的磨炼，师海现在能观察到病变早期的症状，比如肠道和肌肉之间的连接开始模糊，粪便虽然正常大小，但是变绿、变红、变黑，这是轻微的肠炎，治愈率高，其原因很有可能是塘底土质差或者水质问题，便要换水。对虾生长期内，师海一天也不敢放松，一日，在观察完水质、粪便以及虾群活动状况后，在简易棚里打了个盹，迷糊中他看见父亲走了进来，还是那种爽朗的口气道："师海呀，赤壁港那边打起来了，你要去主持下公道。你什么都比我强，就是替天行道这方面不如我。"如此家常一般，师海竟然没有感觉父亲不在人世。眼皮一动，醒转，鬼都不见，声音却在耳边回荡。

师海带着安香几人往赤壁港来，果然见打成一团。玉喜一虎难敌群狼，村人又不敢相助，叫道："我是按国家法律来围塘的，你们有种就把我打死，乡亲们给我做证，几个人动的手，我要几个人偿命。"增坂人不吃这一套，就像鳄鱼揪住一头羚羊，在淤泥里死命翻滚。

师海道："别打了，都什么时代了，还用拳头解决问题，实在是野蛮不化。"师海如今是远近名人，说话颇有分量。大伙停了下来，各说各理。师海道："你们要是听我的，我来分析分析。原来的滩涂纠纷，都是意气用事，掰扯不清，以至于酿成伤亡。我父亲不明不白走了，可能就是械斗的结果。现在是个新的时代，上一代人的做法，让它过去，现在听法律，按照法律办事，总是有好处的。赤壁港这么些个荒滩，大米草一人多高，你们谁有本事围起来，就谁用，别整天没事打架。"玉喜浑身乌七八黑，拍手叫道："土匪窝里，终于有一个文明的人了。"师海道："你也莫阴阳怪气，增坂村人，懂理的人还是多的。"玉喜道："这些人把我打成落水狗，我说一句还过分吗？"参战的增坂人叫道："师海，你站的这个立场，可要负起责任！"师海道："我当然负得起责任，法律做保障。你们想守住赤壁港，只怕出力不讨好的。"

一场风波被师海化解。村里众头人后来也参议过此事，都觉得既然法院判了，赤壁港也难以守住，便鼓励村人去围垦。但是大多数增坂人的蛏埕已经忙不过来了，哪里还顾得上围垦，况且赤壁港只有一处靠着小山，几乎四面无依，围垦的风险巨大，鼓励效果不大。而兆文托梦给师海的事儿也被人传闻，有人对师海道："你爹要你主持公道，是为自己人说话，你倒是为碗屿人说话了，事儿搞反了。"师海道："你不了解，我做的，我爹都认为是对的。"

师海在部队受过教育，是唯物主义者。他不相信鬼魂托梦，但他相信，他和父亲之间有一种直觉的交流，不论是生前还是死后。

玉喜继续像工蚁一般劳作。他似乎想把自己的生命耗在此处，直至死亡。但大自然是无情的，不会因为你的决心而给你赏赐，浪大的时候，该打垮的还是打垮，让你见识到蚍蜉撼树的可笑。没有人相信玉喜能成功的。玉喜只不过是想做一件知其不可为而为之的事，以证明自己的生命里到底有什么。

围垦大塘从一九九一年开始。筹集的资金有一百多万，缺口在五十万上下。筹集资金，医生李怀安一人认领一百多亩，起到模范带头作用。李怀安早年是乡医，后来到城东开诊所，又找了个门路做医药批发，几年赚了不少钱。他是个务实的人，对于农村的土地纷争，不提倡打打杀杀，主张以法律为准绳，以经济建设为中心，不该意气用事。这一点与师海甚是投缘，两人相谈甚欢，因此他对师海特别信任，支持了个大手笔，两人相差十来岁，也成为莫逆之交。

千亩大塘，计划先围外堤，坝底基座达十米宽，呈梯形，前所未有的塘坝。外堤合龙后，里面再分割成百亩池塘，以港道相邻，池塘各建坝口，便于海水进出。此等蓝图，浩浩荡荡，前无古人，出现在师海的构思中，才满足他的野心。就像他年少时，在西陂塘滩涂造垫，需要成片才能满足。他喜欢大的事物，喜欢不可企及，喜欢梦想，喜欢充满挑战。挑战，就如真气注入他的体内，能量无限。施工现场，有福安工人三百多，加上自己本村青壮年三十多，工地一派繁忙喧嚣。没有机械，全靠手工，日头之下，海风之中，身上晒出盐花，劳累自不必说。方圆数里村庄有人专门现场观看，这等阵势，看看能整出个怎样的翻天覆地。此间有苦有乐，无须细表。

本村三十余青壮年，其中有食堂人员、财务、工地监察等，滩涂上如过节一般，从未这般热闹。如此一年，外堤初见规模，如长龙卧波，昂首扬尾。却说这一日下午，工棚食堂里正准备晚餐，突然间同乡李细柳一头跑了进来，大喊："打死人了，打死人了。"追他的是两个漳湾人，也是有名有姓的主，一个叫三赖，一个叫刘登云，紧追进来，旁若无人。那三赖，五十来岁，脾气跟二十来岁一样，叫嚣道："你今天就是跑到凌霄殿，也得吃我一顿打！"手上拿着棍子，照着李细柳一阵横扫，细柳腿部吃痛，杀猪般号叫救命。李安香等几个小伙子冲进来，叫道："在我们地盘上还敢打我们的人，不要命啦。"三赖手狠嘴贱，笑道："你当谁都怕你们增坂人？敢动我们试试！"

增坂人为了保护滩涂蛏埕，留下好斗之名，四邻小村都十分忌惮。但漳湾人不仅不怕，反而还想压一头。

十几分钟后，三赖鼻血横流，脸上青肿，一只脚已经瘸了，被刘登云连背带拖出去，嘴上还在叫嚣："有种把我打死。"

事件的起因，乃是李细柳叔伯在赤壁港围荒滩，用竹竿做了标记，围垦刚刚开始。但是漳湾人也在这一块围垦，且不认可李细柳的标记。几个回合的口角纠纷，终于发展成斗殴。这场火星引发的大火，成为师海在围塘中感到最棘手的问题。

众人晓得，这两人铩羽而归，指定搬救兵去了。但增坂人有三十来个，还包括十三太保在内的热血小伙，也不怕事，兵来将挡，水来土掩。不到两个小时，漳湾人杀到的时候，他们却傻眼了：漳湾人兵分三路，分别从门下村、机耕路、碗屿村三路杀来，大概有三百多号人，手里拿着各式农具兵器，杀气腾腾，阵势吓人。兵分三路，其实就是断了增坂人逃跑的路线，朝海滩杀来。他们不动外地人，见了增坂人就打。五十来岁的怀归喊道："我是食堂切菜的，不关我事。"却也被一阵乱打，后来留下终身残疾。

众人被打散，四下乱窜，漳湾人紧追不舍，有的跑往村里，被堵住狂揍；有的跑到滩涂上，陷入其中，也被瓮中捉鳖。其中有二十来个小伙子，见状，从宿舍床底抽出护身钢管，找不到钢管的，将啤酒瓶底打碎，握在手中自卫。这一群人被逼到二屿山脚下，背部靠山，围成弧形，手执利器，与之对峙。这阵势，倒是漳湾人也不敢轻易进攻，只不过仗着人多，步步相逼。福安数百民工散布堤坝观看，井水不犯河水。李安香大声叫道："你们转告师海，如果我们死了，大塘里给每人安置五千，我们准备拼了。"

三赖两人打进食堂的时候，师海正在堤坝上监工。他一心牵挂围塘大计，自然想息事宁人，想待漳湾人过来，商讨和平方案。但是没有想到他们一到，已是箭在弦上，根本没有商量余地。三赖远远瞅见"铃木王"停在堤坝上，便循迹过来。"铃木王"的名气跟师海的名气一样大，只能是师海的不能是别人的。果然见到师海就在工人群中，三赖眼尖，一把抱住师海，高声喊道："头在这儿呢，我抓住他了。"师海想要挣脱，却被抱得紧紧的，一千来块钱的大衣都快被撕裂了。三赖只想死死抓住师海，等援兵到来，故而如鬼魅附身。突然间只听一声大叫，三赖条件反射般放开双手，蹲下身来，原来被老黑一口咬住脚踝，疼得龇牙咧嘴。师海脱身，赶紧混入工人群中。工人们遮掩着他，往堤坝尽头方向撤退。

却说漳湾镇上，有镇干部听见街上敲锣集合人马，要到大塘上杀增坂人，且片刻便组织起浩浩荡荡人马，心知大事不妙，想要阻挡，已不可能，急忙报警。警方当即报告公安局，确定了方案。第一步迅速组织人马到现场，阻止事态扩大；第二步到岭后路口拦住增坂村的增援人马，防止并村械斗。

增坂村得到报信，马上敲锣通知男丁人手，前去增援。人马聚集在码头榕树下，两辆三轮摩托车已在等候。车斗坐不下，有的就扒在车沿上，两辆车像两只张牙舞爪的螃蟹，突突突在机耕道奔驰，杀气腾腾。到了岭后，却发现一辆警车横在路上，两个警察威风凛凛在车头叫道："都给我回去，要不就全抓起来！"那时候村民还是十分怵警察的，车停下来，都没了主意。只有兆庆心里着急，朝警察道："我们的人被打了，你不让我们去增援，明显是袒护漳湾人！"两个警察见兆庆不服，便掏出手铐铐了兆庆，杀鸡儆猴。兆庆平时木讷，但被激怒后便天不怕地不怕，不晓得是手铐触动了他的哪根神经，突然疯狂起来，大声怒号，索性把手铐当武器，对着警车车窗乱砸，两人根本控制不住。大伙叫道："兆庆又疯了！"兆庆像一只被摁到架子上的猪，不断挣扎反抗，气势犹如其大战台风。

另一边，所长亲自带队，十来个警察把车停到岸边，赶到现场时，二十来个小伙子，正被漳湾人逼到山头上，当头一个人最凶，乃是三赖的儿子，名叫刘天目，手持一把斧头，凶神恶煞般。现在，山头上的人还有力气，还有拼命的架势，再熬些时辰，缺水缺食物，指定熬不住，束手待擒。那警察一来，山上的人来精神了，似乎来了靠山，便是打死拼死，也有见证，跃跃欲试往下反攻。山下的人见到警察，乱了计划，也急欲速战，以求报仇，形势反而紧张起来。此时天色昏暗，一旦短兵相接，想控制也控制不住，叫嚣声中，周所长朝天开了一枪，鸥鹭惊飞。两个警察控制住刘天目，制住其煽动行为，其余的爬上山来，后面的警察，上山控制住增坂人。周所长喊道："漳湾的人听着，我们现在把增坂的人押回去，一切都回所里解决，你们放心，一定会给你们一个公道。"即便如此，还是僵持了一会儿，所长当机立断，举着枪，在前头领路，一个警察护着两三个增坂小伙，押到路边，上车关到所里。当夜，又怕漳湾人来闹事，直接押解到县城看守所。

师海在围塘工人掩护下，从堤坝驾船逃逸。三赖等援兵到来，找不到师海，便拿老黑出气，狠狠一棍子打中老黑右后腿，老黑边叫边逃。三赖还要追赶，工人们护着狗道："别跟狗过不去哟。"老黑逃得一命，但一只脚瘸了，变成残疾狗。

在村中，被押到派出所的，有司令等五人被放了回来，说其他人被押到县城看守所了。这倒是个好消息，在警方手上总比在漳湾人手上要安全得多。五个人连夜去塘里"浸水"。所谓浸水，就是在塘堤未建完成时，受不住潮水压力，要开坝进水，两边压力平衡，直至被潮水浸没。五人开坝浸水时，被刘天目带着几人候着，又打了一架，各自负伤而归。原来刘天目被警方制住后，心中不甘，晓得晚上池塘肯定有人值班，管他是谁想揍一顿解气，便带着一伙人守株待兔了。

次日，派出所通知师海作为代表，到派出所谈判解决问题。不去嘛，又躲不过，去吧，又怕是鸿门宴，被漳湾人包围。总算是颇有人脉，叫了一个检察院的朋友，开了检察院的车下去，以壮声威。谈判完赔偿事宜，增坂村十九个人还是被拘留。时逢年底，天天有家属来师海家中，问询解救事宜。大伙儿觉得围塘闹的事，肯定是师海做主的。师海一边应付，一边跑关系，年关的时候，这关了两个月的十八个人终于被放出来。兆庆因为打砸警车，被继续关押起诉。

这一风波令师海深感自己管理不当。大塘是长久基业，引人注目，指不定哪天又闹一出大事件，麻烦先不说，连生产都耽误了。自己备有十几个强壮劳力值守池塘，就是防止惹是生非的，不过年轻人性情冲动，遭到挑衅，总能惹出大事出来。思前想后，不由想起父亲。父亲虽然见识不如自己，但是农村的事，倘若问他，总能问出一些主意，至少能给予启发性建议，故而其又有智多星一称呼。

夜里，他沿着长堤查看有无决口。月色如水银，冷冷投在江上，正在慢慢涨潮的水面，如万蛇漫游，宏伟的堤坝正在接受考验。老黑跟在他的后面。父亲走后，他习惯带着老黑，他总能从老黑身上感受到父亲的痕迹。比如老黑蹿出去热切地叫喊，那是父亲收工回来了；比如老黑把耳朵贴在裤脚上磨蹭，那是多日不见的动作；比如老黑蜷着身子肆无忌惮地打盹，那是父亲在一边乘凉。

在拥有一定的社会人脉之后，师海通过各种关系，要求重启父亲失踪一案的调查。但未能如愿，重启调查需要有新的证据，或者说，最重要的人证。现在兆文在法律上只能算失踪人口。一个人失踪十几年后重新出现，这样的案件并非没有。

作为儿子，师海也算颇有名望，却不能给父亲申冤，这是他心头隐痛。经历了这么多世事，他也明白，个人的能力是有限的，一方面强并非面面俱强，有时候你只能隐忍。月明理解师海的内心，也安慰道："你爹从来心高气傲，有事不愿麻烦子女，想来，泉下有灵，他也是理解你的苦衷，等他赎罪完毕，他会给我们一个交代的。"这些经历让师海明白，表面上叱咤风云的人，有时候是极其脆弱的。

恍惚之间，老黑似乎看见什么动静，一阵嗷嗷激叫向前追去，连师海都追不上，渐至声影全无。师海并不在意，夜行的田鼠、海鸟甚至螃蟹，都会吸引老黑兴奋半天。它在池塘上太寂寞了，能和一切的动静玩耍，自得其乐。良久，老黑回来，亲热地舔了舔师海的裤脚，然后跟着师海亦步亦趋，如同正在行军的队伍。

次日，师海想到了一个主意，让刚刚出狱的李安民来大塘主持治安工作。这个主意遭到海燕的反对，海燕认为安民劣行累累，靠不住，但师海认为安民守信用，自己的直觉一定是正确的。安民从部队退伍，懂得纪律性，现在，大塘的管理，最重要的是执行一套规定，安民是最合适的。

且说安民，在与碗屿村一战被炸断右手后，自恃功高，要求村里补偿，每每要挟，村中出纳躲避不及。这一幕被酒醉看在眼里，发觉可以做文章，便给安民做军师。酒醉的那张嘴，那个凛然的气势，确实有过人之处，配合上安民残缺之身，真是绝妙的组合。村里每年都有滩涂、池塘的租金，年底算账，那酒醉携着安民来闹事要钱，振振有词，软硬兼施，老人会真是扛不过，便让出纳给了些伤残费。有了钱，两个人的日子便飞上了天，聚在酒醉家里喝酒。酒醉是烹调高手，买了稀罕食材，"溪滑"炖人参、二都蚶、熨斗蟳、爆炒章鱼，温了红酒，两人从日当头喝到日落，相识恨晚，十分投机。面红耳赤之际，酒醉便筹划长久大业，以安民的断手为由头，一个唱白脸一个唱红脸，再以村中头人的猫腻事儿为要挟，可保费用源源不绝，两人酒足饭饱的好日子，只怕刚刚开始。

喝到夜色沉沉，酒醉送安民出来，两人相互搀扶，惺惺相惜，恋恋不舍。经过大厝巷，深一脚浅一脚踩着不平的石板路，酒醉邀功道："安民，你这下半辈子就靠我了。"安民不悦道："你靠我才对。"酒醉道："瞧你这话说的，都不晓得自己几斤几两，没我这两把刷子，你那手就是白断了。"安民醉眼斜横，道："放你妈狗屁，占我便宜还瞧不起我，晓不晓得我是民兵大队长！"酒醉呵呵笑道："还当自己是民兵大队长，你就是个活宝！"两人仗着八分醉意，两分力气，争执不下，动起手来，安民就那么一推，酒醉的头就咚的一声闷响，柔柔地倒在砖墙上，再也起不来。安民去拉他，自己却被带了下去，也瘫坐在墙脚，鼾声就起来了。

酒醉就这样辞别了酒肉世界。作为村里头号的美食家，吃过大多数人没吃过的东西，在醉意中变为酒鬼，人们认为也是有福的。因为村里的饿死鬼实在是太多了。酒醉的家属把安民告官，认为安民是酒醉之死的凶手。在饥肠辘辘的年代，酒醉一生中还是喝了无数场酒，烂醉也不计其数，但没有说自己醉死的。公安来了之后，认定安民也是处于醉酒状态，虽然有争执，但不能确定安民就是酒醉撞墙的罪魁祸首。安民在经过几次的调查审问之后，突然间心生绝望，承认自己是推了一把酒醉的。

安民以过失杀人罪论处，情节较轻，被判两年有期徒刑。后来人们问安民，为什么要主动担责。安民说自己在村里没有受到一点尊重，不想待了，想去一个国家的单位。监狱呢，好歹是一个有组织有纪律的地方，比农村好多了。他在监狱过得相当不错，表现良好，屡次立功。本来他想继续在监狱待下去，但是刑期不允许。

安民被师海委以重任，担任大塘的安保队队长，他简直不相信自己的耳朵。对他而言，回到村子里，就像坐牢房；倒是在监狱里，他成了狱警和犯人都重视的楷模。师海对安民也有要求，第一，戒酒，只要喝上了酒，皇帝老儿他都管不着。这一点倒好，安民说自己在监狱里已经戒酒了。原来长期酗酒，脸上的肉都耷拉浮肿了，现在倒是结实干净了，回到军人的状态。第二，他的任务是维护养殖场的治安和纪律，对养殖场人员一周进行一次队列训练，实施部队的纪律体系。安民又恢复了往日的威严。

师海所用的人马，都是村中选拔的，原来在队中与自己共事过，比如出纳李秀树、会计李师玉、食堂总管李安僧。而安民，则是他最得意的用人，化腐朽为神奇。计划中的千亩大业，是靠人干出来的。人马安置妥当，围塘工程有条不紊，他的蓝图越发清晰。

第二十八回：天网

八十年代末至九十年代初期，计划生育如火如荼。师海这个年龄的人，还是接受不了独生子女的观念，几乎都在忙着超生。即便师海搬到城里生二胎，也是不胜其扰，但比住在农村的，境况要好得多。像立春家里，巧容怀上二胎后，两人为了避免被抓，有段时间都住到池塘的窝棚里。为了防止计生人员循迹而来，又养了两只凶神恶煞的土狗。夜里一有动静，狗就叫起来，夫妻俩从被窝翻身而起，抱着孩子狼狈逃窜。听狗声平息，再回来睡个回笼觉。

最惨的是可法。他娶了画中人，虽然一时美名传扬，但却生不出孩子，倒一下子又成为笑谈。有人说可法不行，有人说画中人中看不中用。画中人确实是美，又懂得穿衣，总有一种与乡村格格不入的气质，即便是在寺庙烧香，也引人侧目。到哪里，可法都跟得紧紧的，便是被人瞧一眼，也怕脸上被剜个洞。拜了各处观音、服了各种偏方，肚子不见动静。夫妻俩心中忐忑，便结伴到六都找花公花婆看花树。民间相传，阴府之中有一片花海，漫无边际，每棵花树都对应世上一个人。负责看管这片花海的，是一对夫妻，男的为何二郎，女的为张九娘，俗称花公花婆。六都的花公花婆庙，最为有名，每年的十月初十为其诞辰，祭拜者众。当下花公花婆上身神婆，那神婆去阴府看了可法的花树，道："莫急莫急，分明红花白花都有，只是节气未到，还需好好呵护，才能开花。"花海里的花只有红白两种，红花代表女孩，白花代表男孩，即意指可法儿女双全。两人当下欣喜，听花公花婆的指点，开始服用养胎汤药补品，画中人脸色红润，转而肚子有了动静。第一胎生的正是女儿。满月之时，便去花公花婆庙里，感谢花公花婆对花树的呵护，也请求花公花婆浇灌白花树，早日开花。神婆闭上眼睛，给已开放的白花唱了《扎花根歌》：甲桂乙葵丙靠松，丁靠寺院戊靠城；己土靠林庚靠路，辛金扎在绣楼亭；壬靠河岸癸靠水，小儿扎根君须明。又道："你的祭品和元宝，花公花婆已经收了，只会精心浇灌白花。你们自己呢，还得趁热打铁，不可辜负花公花婆的辛劳。"可法信入骨髓，五体投地，泪流满面。画中人刚坐完月子，吃了十二头公鸡，元气恢复，连连拜谢。

　　画中人连续生了两胎女孩，趁热怀上第三胎，正遇上九十年代初期计划生育最严厉的时候，夫妻俩不得不当了超生户，各处奔逃。村部的围墙上写着白灰标语，触目惊心："外出的叫回来，隐瞒的挖出来，计划外怀孕的坚决引下来，该结扎的拿下来。"各村的祠堂、大厝、小学的围墙上，标语各有千秋，言简意赅，表明了控制人口的决心："今天逃避计生政策，明天回家财产全无""一胎上环，二胎结扎，超怀又引又扎，超生又扎又罚""超生罚款你不缴，拘留所里见分晓"。陈玉贵已经从村支书的位置上下来了，即便没下来，他也待不住，计划生育工作乃重中之重，上头指示：村支书是第一责任人，村主任是第二责任人。夜里只要一听到狗叫，人们马上低呼：兰军来了。全村乱作一团散乱，所谓叫嚣乎东西，隳突乎南北。

作为镇计生办主任，兰军在当地的知名度，比县长、县委书记都响得多。计生工作摊子大、问题多、任务重，头上两把刀，这是人所共知的，自从前年接手计生办主任后，她面临着两个问题，人难管、"账"难交。正式工、临时工、外单位借用工，乱成一锅粥，谁也指挥不动谁，浑水摸鱼，她进行人事改革，对计生员实行工资绩效制。在她的努力下，去年计生率提高了八个百分点，成为全县楷模。但是漳湾镇的计生率也才百分之八十八，离全县最佳的百分之九十四还差六个百分点，婴儿性别比为100∶130，想进入全县的计生工作前列，还有差距。对兰军来说，今年只有一个目标，就是第一。今年必须在出生合格率和征收社会抚养费上达到双项第一，这是兰军被县里点名表扬、事迹上了《闽东日报》后，对领导立下的军令状。

冬季的抓捕工作尤其重要，年底成绩好坏在此一举。夏季抓捕，很多人连夜躲在野外，天气暖和，待上一夜并不难。冬季可以利用天气寒冷的优势。那时候农村常住人口稳定，出外打工者绝少，跑了和尚跑不了庙的。兰军先通过广播做动员工作：计划生育是国家政策规定的，谁也跑不了。控制人口是国家走向现代化和工业化的突破口，过多的人口是社会的巨大包袱，只有人口比例与社会经济协调发展，社会才能进步，人民才能富裕。为了国家富裕，为了子孙后代，大家的觉悟一定要提高起来，抛弃传宗接代、多子多福的封建思想，未来的养老，国家来管，用不着自己操心……兰军的声音清脆有力，响彻各个乡村，听者或者毛骨悚然，或者五味杂陈。

夜里突袭是抓捕的常规手段。车子开到村头，计生队员便简装突进，直奔已经摸查过的超生户。村民躲避计生员，一靠人，若有车子到达村口，便有放哨者赶紧通风报信，邻里亲友互相敲门警醒；二靠狗，这比人还要可靠些。冷飕飕的夜里，可法把脚丫子在被窝里暖和起来，刚迷糊进睡梦，便被一声狗叫叫醒。他抬起头直起耳朵，狗声成片。可法轻声急道："米粒，该起来了。"别人喊她画中人，可法私下喊她米粒。因那画中人全身如瓷器般白嫩光滑，可法常在灯光下细细赏看，爱不释手，有一日竟发现右大腿内侧有一颗红痣，米粒大小，如雪地一瓣梅花，煞是可爱。可法便喊她米粒，别有情趣。

画中人嘴里哭叹道："我真是不想起来了！"身子还是条件反射般麻利儿，起身穿衣。可法把睡着的小女儿背在背上，拉着画中人做贼般熟练地看了一眼巷子，便朝南边去了。麒麟埕村大路在北边，南边是池塘和田野，过了池塘，才是王坑村与后山。可法溜到池塘，看到影影绰绰的人影，显然不止自己一个人。这样的逃亡并非一次，也算熟门熟路，只是画中人肚子已大，如此往复，疲惫至极。

这厢仓皇出逃，那厢村里狗叫声更盛，又传来抓猪声、拆门声、哭喊声，村子里已是沸腾。没有超生的家庭，有人则躲在窗口侧耳倾听，听到哪个妇女撕心裂肺地叫喊，便晓得哪家成瓮中之鳖了。抓到的妇女，连夜被车送到卫生院稳住，做结扎手术。而跑得快的家庭，也不能幸免，家里的猪都赶走，粮食抬走，实在无可收拾，家具乃至锅碗瓢盆也不能幸免。兰军的原则是，一定要让逃跑者付出代价。兰军受到重用的诀窍也在于此，快、狠、准。

可法见仓皇人影，叫道："哪个？"原来是陈细赖，细赖已经生了三个女儿呢，也是不生儿子誓不罢休的。便问细赖去哪里，细赖道："王坑有个表舅，去他家看看找个角落窝一晚上。你也去王坑？"可法道："不去不去，兴许王坑也有抓人哩，岂不是自投罗网。"便往寨顶山走，又遇见陈长乐两口子，奇道："没听说你们怀上了！"长乐媳妇道："没怀上呢，不是连抓带普查嘛，这个摸一下，那个摸一下，谁受得了。"便问陈长乐往何处去，陈长乐道："我们躲避几个小时，等狗不叫了就回去。"可法道："我听说的可是内部消息，计生组现在会杀回马枪，回去不靠谱！"长乐道："夜里风大，你可别把画中人冻坏了。"

过了池塘，便往山上走。手电筒的光束摇摇曳曳，惊起一些野物乱窜怪叫，甚是吓人。画中人走在前头，说着话壮胆，问道：

"你怕吗？"可法道："换作往日，谁敢往这里走；只跟计生队一比，什么都不怕了。"握着手电筒照着画中人身前，道："你怕吗？"画中人道："你不怕我就不怕。"

不过是滨海丘陵，海拔一两百米，四十来分钟就到了山顶。山顶的石头小庙，供着马施罗三位仙姑。两人到了庙里，关上庙门，无风无雨，心中落定。到小庙躲避，两人来了三四次了，熟门熟路。画中人已疲惫不堪，在角落里躺下，道："要是就在山上住下，也是落个轻松。"可法晓得她的心事，道："等生下孩子，我们住得远远的。"

画中人连续生下两个女儿，已经引起公婆不快，面有嫌弃，常有指桑骂槐之语。可法在父母与村人面前也抬不起头，又护着爱妻，夹在两头，做人郁闷。只是一心记得花公花婆说，自己有红花也有白花，便笃定第三胎是个男孩子，指着翻身。另，因画中人美貌过人，又孤傲少言，常有村人淫眼荡语调笑，每每不快，所以才有离群索居的想法。

门被风吹得咯吱响，可法抚弄画中人的肚子，道："我好像摸到孩子在动。"画中人道："那可不是，我一走动，他就安静，我一躺下来，他就动了，他喜欢闹腾呢。"可法喜道："这么顽皮，指定是个男孩。对了，咱们应该早点给他取名字。"画中人道："取名是你们男人的事，我哪晓得！"可法沉思道："他是'庆'字辈，只要把他安安全全生下来我就满足不过了，不如叫庆生，你觉得好吗？"画中人道："你觉得好我就觉得好。"可法喜道："行，就叫庆生，怪好听的。"又贴着肚皮轻声道："庆生，你别踢你娘，等你从肚子里出来，我带着你有的玩的，我给你当马骑，你可开心。"画中人苦笑了，道："似乎听了你的话，在我肚里动了两下。"可法道："这个孩子不寻常，着急见世面了。"夫妻俩这么一唱一和，也不觉冷了，似乎山野小庙变成一个温馨的卧房。倒是二丫在可法怀里惊醒，啼哭起来。画中人安慰道："有弟弟了也不冷落你，莫哭莫哭。"可法道："小女子不要娇气，现在庆生比你要紧呀。"怀上庆生之后，要躲避计生，婆婆这才答应帮着照顾大丫，二丫跟着游击战。画中人在希望中情绪稍安，问道："我们须得天亮回吗？"可法道："那必须是，天亮才能万无一失。"可法把画中人的脚放在自己怀里，给她搓热。

下半夜越发冷，画中人被冻醒，惊觉自己面部有东西蠕动。可法打开手电筒，才发觉她流了鼻血。可法让她含水仰卧，止住血，但画中人脸上已是着实不堪。可法最不忍心妻子变得丑，忙取毛巾擦拭，道："下回再上来，要带条被子。"

如此谨慎小心，加上村人自发地放哨，终究是躲过冬季严查。庆生在腹中愈加活跃，新生命似乎已经融入了家庭，给惊惶的生活带来无限希望。那希望就像叶尖上的露珠，清晰可见，唾手可得，但也异常脆弱。年关的时候，兰军发动了一场奇袭，史称"年关会战"，技术含量十分高。当时计生队三三两两，手提礼品，喜气洋洋，村人以为是串门走亲戚的客人，不以为意。这次会战取得了意想不到的效果，导致兰军得了一个"女诸葛"的头衔。可法夫妻扛了七个月，功亏一篑，而且，这个案例作为典型，被广泛宣传：计划生育，人人平等！

陈玉贵眼见儿子儿媳被拉走，欲哭无泪。陈武功拍了拍陈玉贵，道："玉贵呀，这事呀，要怪就怪你自己。"陈玉贵转头道："我，我造了什么孽？"陈武功道："'破四旧'，你最积极，临水奶娘的木像，就是在你手里毁掉的。你不毁，能有今天吗？"陈玉贵道："武功，你这是落井下石，我执行国家政策，为什么账要算我个人头上！"陈武功道："现在他们执行的，也是国家政策呀。我不是幸灾乐祸，我也为可法伤心。我是要你知道，自己做过什么事，心里要有本账。"其实，可法在生一胎女、二胎女的时候，村里就有传言，说陈玉贵造的孽，独陈玉贵自己蒙在鼓里。

可法弯着腰，打着哈欠，在茅厕里坐着一动不动，跟睡着一样入了神。等一愣神，差点掉进坑里。他起身之后，还要照顾更加受挫的画中人。昨日，他觉得自己还是少年，今日，已经垂垂老矣。他感觉被打入人生的谷底，只不过他没有想到，这才是他不幸的开始。

师海与海燕住在城里，生了两胎都是男孩，请了先生取的名字，分别叫李安楠、李安椿，又想生个女的，没想到第三胎还是个男孩，取名李安树。李安树出生的时候，大塘竣工，所谓双喜临门。正是师海要大显身手的时候，大喜，满月酒摆了四十八桌，所谓踌躇满志，门庭若市。

新塘好养，这是常识。一九九三年，师海头年大塘养殖，遭遇了养殖以来的最大失败，全军覆没，颗粒无收。原因是碰到对虾的全球性灾难，白斑病毒，也被专家称为对虾的"艾滋病"。白斑病毒的可怕之处在于传播不可控，水平传播可以通过消化道传播，垂直传播亲虾和虾子都存在埋伏感染，在虾的卵巢中都能检测到杆状病毒的存在，另外的传播渠道，比如水中的病毒粒子可经鳃腹膜的微孔进入虾体，并引起鳃和全身的病变，比如发病虾池的底泥中也存在病毒，也是一种传播路径。总而言之，只要池塘里有一只对虾感染病毒，整个池塘都会被感染。感染的宿主在两天内出现白斑，四天内死亡率达到百分之百。最大的问题是，专家对此病毒，根本没有有效的药物，包括此后多年，并无解药。

早在一九八八年，中国的对虾产量达到了二十万吨，跃居世界第一，此后五年，迅猛发展，一直保持首位，并且供不应求，出口美国、日本和西欧国家，占据中国水产出口的半壁江山。但是，经过七八年的迅猛发展，滨海的生态养殖环境利用到极限，自然生态失去了平衡，严重病害暴发，也是天意。一九九三年，白斑病毒从北到南席卷而来，损失惨重，全国出口量降到八万吨。一九九四年至一九九五年白斑病在泰国、印度、朝鲜、日本风行暴发，一九九六年斯里兰卡百分之八十的养殖场破产。

闽东滨海对虾养殖遭遇有史以来最大的流行性病毒，冷冻厂倒闭，对虾加工企业关门，昔日繁忙的充满生机的一条产业链，彻底瘫痪。师海每天看《水产报》，跑水产局请教专家，寻找解救之道，像一只热锅上的蚂蚁。

年底的时候，还是门庭若市，络绎不绝。只不过往年是提着烟酒礼尚往来的客人，今年是来讨债的。师海倒也没什么变化，对每个客人笑脸相迎，递烟敬茶，谈笑风生。谈到钱的时候，师海倒也干脆，道："要钱没有，要命有一条，如果相信我的话，等我来年翻身，一分利息都不少。"来得最勤快的是福安的工头，三十万工程款拖着，本来说是等虾塘收获时还的，可如今这个承诺变得遥遥无期，工人也没法过年呀。师海道："你跟工人说，我不是赖账，是十年不遇的天灾，你们便是把我弄到牢里，钱反而更没着落，但只要我在，我就记得你们的债。"工头道："我什么话都说了，可他们哪管什么道理呀，我跟家是待不住呀。"师海道："要不你来我家过年得了。"工头垂头丧气，师海反而给他鼓劲，好像欠债的是工头。

　　只有海燕听见了平静的海面下的风暴。她很少见师海做梦的，现在常见他梦呓惊醒，可见内心波澜之巨。海燕道："你有什么便说出来，别窝在心里，会闹出病的。"师海终于吐露内心，道："我在想明年大塘要不要找人接盘。"是呀，对虾肯定是不能再养了，整个池塘一夜之间死虾漂在水上密密麻麻的景象，想起来都心有余悸。你知道虾病了，但没有对症的药物，没有任何办法，昔日自信满满的专家在这场疫灾面前也束手无策、吞吞吐吐。现在，一个池塘里只要有一只虾染上病毒，或者塘底淤泥里有一只未清理的宿主，整个池塘便会遭殃，谁也不敢再冒风险。海燕道："那行呀，你那么多朋友，问问谁愿意养，把塘租拿来先还一部分债，也是不错的选择。"

　　当夜无话，次日醒来，海燕催他出门，会会朋友，整天接待债主，确实不是一件省心的事。但师海在愣了一会儿神后，却改变了主意，道："不行，我不能转手，这千亩大塘，是我一手打造的，我必须握在自己手里。"海燕从来没见过师海这么善变，想来是他的理智与情感在大搏斗呢，心疼道："你怎么决定我都支持你，但是有一点，有压力必须说出来，我终归可以参与一点意见的。"师海道："我想好了，只要你跟孩子都在这个家里，都好好的，我什么压力都能顶得住。对付讨债的，我实际上没压力，不就是钱嘛，钱我见得也比别人多，有来有去，不是个大事。大塘是我的心血，我的舞台，我的舞台必须由我自己唱戏，要不然我能去哪里撒欢呀！"海燕道："行，这才像个男人。那就好好过年，今天过年没有茅台喝，喝本地自酿的米酒。"师海道："我喝什么都香。"

　　尽管如此，年后师海要转手大塘的谣言还是传了出去，人心浮动，觉得师海的人生已经崩盘，讨债者更凶。师海只好住到大塘。此时的大塘，员工已全部遣散，只剩下安民。对了，还有老黑。安民呢，师海叫他别来了，发不起工资了。安民说，这么大的塘，没人管怎么行，每天自愿在大塘巡逻，俨然一副首长视察的雄姿。

　　安民在大塘安保的这一两年，确实滴酒不沾。现在这孤零零的时节，师海准许他喝一点酒暖暖身子。安民心里踌躇，也问道："听说你要转盘这事，不靠谱吧？"师海也不相瞒，道："有过这一念头，仅仅一个闪念。"安民语重心长道："师海呀，这可是一片祖宗打下的江山，现在在你的手里，改造得这么好，你可不能甩手不管。只要你在，我给你守住，任何人都打不进来！"师海听了，心中一动，自己改变转盘的主意，就是在潜意识中有一种使命感，不过一直没想清楚使命是什么，现在听安民一说，似乎豁然开朗。滩涂乃是祖上基业，数代传承，正因为村人都有这样的信念，所以寸土必争，也给人留下了四处逞能争霸的印象。改革开放之后，沿海居民也晓得传统的养殖效率不高，对滩涂进行一轮新的改造。自己正值这个浪潮，本来肩负带领村人致富的使命，未想出师不利，但又怎能轻言放弃呀。想到此处，忙敬安民一杯酒，道："安民，你说得对，这个大塘，我必须干下去。"安民兴起，道："我没看错你呀，你就是部队培养出来的钢铁汉子，不怕失败，永不放弃。今晚我醉一次，明天就不喝了，对了，还有老黑，我们三兄弟一定要撑住，直到胜利。"昔日的两个互相瞧不起的人，此刻惺惺相惜，情谊绵绵！兴头之上，安民把老黑叫唤过来灌酒，老黑通人性，也喝，喝得兴奋。它被漳湾人打瘸一只腿后，所有的人都更加呵护它，简直把它当成大塘的功臣了。夜里喝高的老黑不晓得被什么吸引，跑到荒滩上，次日才发现，陷在淤泥里，一命归西。师海伤心不已，把它葬在后院的枣树下。

　　两人凑在一块，大事干不成了，干点小生计倒是可以。他们在闸口布下笼网，潮水进出，便有鱼蟹入瓮。师海骑着"铃木王"，后面挂两筐渔获，到县城东湖市场换点生计钱。昔日洁净锃亮的"铃木王"，现在沾满淤泥，风尘满脸。这不影响师海的心情，他跟市场里的小贩闲聊，最近哪些渔获好卖，入乡随俗。贩子们笑他："你不当养殖大王，倒来抢我们生意了。"师海不以为意，道："我这人呀，就是什么都能干，你看我做生意，不比你们差吧。"不管心里多么烦躁，师海总是谈笑风生，他似乎天生明白，乐观是一切机会的源泉。乐观开朗，笑脸相迎，让自己像一朵花一样到处绽放，终有回报。有时候他会觉察到，这个乐观，乃至故作乐观，好像是父亲遗传给他的。如果此时父亲在世的话，一定是他最坚实的后盾。

　　九月的一天，师海在东湖市场被两个陌生人带走。师海记得，初时自己并不慌张，身背几十万债务，他已经习惯了各种遭遇，兵来将挡，水来土掩，讲理说理，不讲理就要无赖。来人将他带到一套小房子里，告知自己受人委托，来催债的。哪一笔债呢？农业局的一笔，三十万。这笔钱，说来是最不担心的一笔钱，围堤时的资金缺口，师海本来想以自己房子为抵押，到银行贷款，但是战友刘厚贤热心，说自己单位里有借用款，手续简单，银行借贷还要评估。当时一些有创收的单位，都有小金库，这些钱可以用来投资或者借贷，用于员工福利。刘厚贤此举，两头好。当时的担保人是刘厚贤，经办人是崔主任。没想到对虾养殖血本无归，没有办法，在刘厚贤的周旋下，只好以续借为由，延长借贷周期。时至今日，因为局长的一纸命令，要把呆账坏账整理一下，崔主任这才慌了神，绕过刘厚贤，叫了社会的催债人员，逼师海还钱。

时限为三日，两人对师海寸步不离。师海的境况一目了然，现在生活都成问题，海燕停薪留职，也是没有收入的，靠着师海在市场上用大塘海鲜换点钱补贴家用。昔日仗义的朋友，有的跟自己一起落魄，也有的退避三舍，想借钱是没门了。师海也晓得其中道理，不去纠结，只有等自己东山再起，人气才会回来。

　　如此困了两日，不能睡觉，把师海搞得心烦气躁。第三日，在师海的坚持下，崔主任来了。崔主任道："师海，我这是身不由己，你不给钱，我就没法跟局长交代，事情要是公开了，咱们只能按照合同办事，把你房子没收拍卖了。"师海晓得多说无益，道："既然只有局长做得了主，我当面跟局长谈，你的责任也就转移了吧。"

　　借钱的事，局长是知道的，但是续借的事，局长不晓得，这是崔主任慌张的地方。崔主任想想，这事不摊开，自己也做不了主了。次日，局长、刘厚贤都到齐了。天热，刘厚贤买了个西瓜，用菜刀切了，先让大伙消消火，以便好好交谈。师海见局长来了，想到有转机了，吃了片西瓜，润润嗓子，游说道："局长，你也知道，去年的对虾市场全军覆没，人算不如天算。不过呢只要我人在，这笔贷款就在，跑不掉，你说你们现在把我弄起来，我怎么翻身？"局长道："咱们不谈过去，就谈你准备怎么还钱？"师海道："千亩大塘是我的靠山，从哪里跌倒当然从哪里爬起来，局长，你就看着我东山再起，利息一分不少，绝对不给你们添麻烦。"局长道："哎，你这江湖气息太浓了，我意思是说，你有靠谱的新项目吗？"师海脑子迅速开动，想到局长是有水平的，师海不敢敷衍。崔主任见他欲言又止，道："师海，你在局长面前不要乱打包票，也别说新项目是罗非鱼，我都知道你罗非鱼试验失败了，才跟你要钱的。"确实，师海用一个池塘在试养罗非鱼，罗非鱼既能生活在淡水中，也能生活在不同盐分的咸水中，适应能力极强，但对气温有要求，一场倒春寒，死了不少，可以算是失败的尝试。之前，师海还以罗非鱼的项目说服了不少人，现在几乎不提了。

"不是罗非鱼，是养黄蛏，黄蛏在福州市场每斤的批发价在十块以上，绝对是一个赚钱的品种。"师海道，"这回赚钱是跑不了的。"

众人听了，面面相觑，就连刘厚贤，也没听说过师海的黄蛏计划。

事情还得从前些日子说起。有一日，福州海鲜商人林超豪来到东湖市场，打听李师海。李师海诧异，接到市场旁边的拌面小吃店坐下，忙问究竟。林超豪说，自己是福清人，在福州台江市场做海鲜批发。前两天，他看到一个流动贩子的蛏子，个头特别大，从来没见过，问了，晓得是海西的贩子，因去福州走亲戚，顺便带了一筐蛏子去市场碰碰运气，他说蛏子是从师海这里贩的。林超豪便循迹找来，问师海养了多少这种蛏子，有多少他都包了。

师海愣了半天，才反应过来。这个蛏子是怎么回事呢？原来，师海在闸口边上的滩涂乃至池塘里面，发现一小片一小片野生的蛏子，个头特别大，是普通海蛏的两倍，淡黄色，蛏肉肥嘟嘟的。拿到市场上批给小贩，比起其他的蛏子要贵一些，也没当回事。

哪晓得小贩精明且四通八达，流通到福州，居然引起客商上门。

师海当时满脑子全是鱼类新品的养殖试验，虽然心里感慨福州市场的灵敏、开阔，但并无想法。此刻被局长逼问之下，脑子里迅速转动，心想闸门周围的隔年蛏如此肥大，必定是受益于池塘里的肥水。同样道理，如果把蛏子养在池塘，以肥水养育，全天候吸收养分，自然也能养出成倍大的蛏子，在市场上独树一帜。对局长，他没有说是自己的偶然发现，只说自己已经试验成功，几个月后可以预订蛏苗投产。

"所以，我有一个建议，就是局长可以信任我，再给我贷款三十万，明年保准翻身，对我们都有好处。"师海脑子飞快，兴奋之处已经可见蓝图了。

"唉，我从来没见过你这样的人，说着还债就转到借债去了。"局长长叹一声道，"你的前景可能十分美妙，但我们这是公家的钱，没法任性。这么着吧，我没心思听你讲故事，这笔款呢，你要是不能还的话，咱们就按照合同来，该拍卖房子就拍卖。"

"局长，你将心比心，我家里有老婆，有四个孩子，你把我房子卖了，我住哪儿去呀！"

"师海呀，你虽然算是个名人了，但还年轻，你知道老天给予成功的机会，就一次，你不珍惜这一次，以后就没机会了！你原来住哪儿，就该回哪儿去，农村人还是农村人！"

师海脑子嗡的一声，突然抄起还带着西瓜汁的菜刀，左手张开放在桌上，狠狠剁向自己的小手指……

残酷的人生不仅来自时代洪流的裹挟，也来自人性的选择。年轻人像一个婴儿刚刚张开睡眼，一阵风来就迅速长大，辨识能力赶不上五光十色的变化，只凭着感觉和欲望便一头往前冲。那是希望的时代，也是冒险的时代。年轻人的命运，都扒在一辆快速前行的货车上，在颠簸中欢腾。

医院里的护士工作，对一些人来说，是封闭的、单调的，但对巧清来说，却是开放的，有无尽的可能性。她有狗一样的嗅觉，每个病人都好像一个窗口，得以窥探外面的世界。就如当初她从一个过滤嘴的烟嘴，便晓得玉喜身上有不凡之处。她的心是躁动的，如一只小豹子，跃跃欲试。

从院长对那个病人的态度，她便心中一动，晓得是个重要人物。病人举止的谦和果断，浑身散发一种淡淡的烟味，很高级的香味。只一个下午，巧清便了解了此人的来龙去脉。他是马福贤县长，当地口碑特别好的一个官，能干、敬业，但是好人并非好运相随。在他的妻子刚刚生下女儿时，便被诊断得了重症肌无力。做了胸腺摘除手术后，病情有所缓解。但是五年后突然肌肉病变萎缩，只能卧床。当时还在团委的马福贤县长，勤于政务，将家庭托付给母亲和姐姐。更要命的是，有一天，上初一的女儿放学淋雨回来，高烧不退，还伴有腹痛腹泻。经过医院的检查，医生认为得了急性非何杰金氏淋巴瘤。如此残酷的疾病落在十来岁的女儿身上，马福贤呆住了，到处筹钱送到北京医科大学附属人民医院化疗。一年后，先是家中母亲心力交瘁，住院后心脏病发作而亡，自己连最后一面都没见着，接着是化疗了一年的女儿病情急转直下，最终不治。他捧着骨灰盒下了飞机，但是不敢告诉妻子。直到两个月后，妻子得知女儿先她而去，悲痛之下昏迷不醒，后因呼吸严重衰竭，在遭受十来年的病魔摧残之后，终于撒手归西。一年之内，失去三个最重要的女人，马县长终于扛不住，刚处理完后事，便住进了医院。

即便在医院里，马福贤还是公务缠身，通过秘书传达各种决定。巧清心思细腻得很，他知道县长威严之下，需要的是一种抚慰，从他疲惫与些微的焦躁中可以看出。从某种程度来说，从细微表情观察人的内心，似乎才是她的专业。对马县长，巧清有崇拜，因为她之前从未接触过这样的官员，或者只是听说，恍然如梦。另一方面，以其权威自若的样子，觉得他既像自己理想中的父亲，又像自己想依靠的那个人。在照顾马县长的日子里，巧清每天都是兴奋的，似乎在爬一座高楼，每登上一层，都有新的风景。她感觉，生命中最令人激动的，就是认识与了解更高层次的人，眺望精彩的风景。

出院的时候，巧清已经跟马福贤建立了默契的、良好的关系，像一缕春风拂过水面，只有春水知觉。其后的某一个夜里，巧清送了一碗燕窝给马福贤，两人有了实质的亲密关系。这轻描淡写的一夜，是巧清人生中重要的时刻。日后她回想起这一夜，也为自己的成熟、果断惊诧不已。想来这种早来的成熟果断，也是受了马福贤的熏陶。她喜欢他那种说一不二、不管别人反对不反对自己定了就上马的果断。更关键的是，这一步给予自己的自信，是任何课堂上都学不到的。巧清虽然讨厌自己的家庭，但不得不感谢父母给予自己一副姣好的面容。她继承了母亲的一张苦瓜脸，到了她身上，已经不是苦瓜了，在生活的滋润下，是一张鹅蛋脸，虽然与母亲的轮廓极为神似。她想，母亲身上的清苦气息，那不是天生的，是生活锻造的，是父亲的打骂给予的，是多年来家中不育男孩的压抑造就的。巧清还善于打扮，她总能把自己拾掇一番，从人群中脱颖而出，这是她天然的本领。她可以把一个月工资全部用来买喜欢的服装，衣品良好。在一夜惊喜之后，她果断地和林晓东医生分手。跟林晓东，她是倒追的，在众多的竞争者中勉强上位。要分手，倒是容易，随便找一个暧昧的借口。只不过，她毕竟年轻，用了很长的时间来平息这些风云突变。

她现在期待在适当的机会，当上县长夫人。万事俱备，只欠自己张口了。但是，马福贤在消失了两周之后，突然低调宣布结婚，结婚的对象是当地剧团的演员舒艳霞。

确实，在马福贤身上，此刻上演着比戏剧更精彩的人生。后来，关于马福贤的艳闻，流传在坊间，大伙才晓得来龙去脉，当然，细节也未必完全真实。但谁又能保证，所谓真实的纪实，又一定真实呢？任何文字，也不能把人的内心一一勾勒，真实与否，大概只能凭心揣摩了。舒艳霞跟马福贤有过一面之交，在马福贤捧着女儿的骨灰下飞机的时候，意想不到的是，接机的是舒艳霞。当然，她是以个人名义接机的，这令马福贤十分感动。舒艳霞的倾心安慰，使得马福贤从悲痛中纾解，十分倾心。之后，如出一辙，在一夜激情之后，坠入情网。算起来，跟马福贤交往的，有三个女性，除了舒艳霞和池巧清，还有一个陪马福贤打网球的女生。马福贤压力大，运动方面靠打网球来排解。从某个角度来说，沉浸在丧女丧妻丧母之痛的马福贤，只想无尽地拥有温柔的安慰，但因缘造化，他也成了香饽饽。舒艳霞首先发难，提出结婚的想法。马福贤根本不想在丧妻不久就有此举，屡次躲避舒艳霞。有一天，舒艳霞说自己生日，一定要马福贤到场。马福贤到了舒艳霞家里，舒艳霞晓得只有这么一个机会，再次提出结婚的通牒。马福贤断然拒绝。舒艳霞当场举起水果刀，扎向自己的手腕，鲜血渗出，艳如桃李。舒艳霞坚决道："你要是不答应，我今天就死在这里给你看，你身边已经有三个女人死了，再加我一个！"这一招击中了马福贤的要害，是的，死亡的阴霾缠绕着他，让他心惊胆战，他不想再有这么一出了。他无力地抱住了舒艳霞。次日，舒艳霞到马福贤家，马福贤拿出一摞欠条，那是为了妻子和女儿的治疗费，跟各个企业家借的钱。马福贤道："我现在虽然是县长，但欠着一屁股债，你愿意跟我一起承担吗？"舒艳霞一把撕掉欠条，道："这些债撕掉就没有了，没撕掉，也是用来障人耳目的，谁敢跟你要钱！"马福贤长叹一声，晓得遇上一个能制住自己的人了。舒艳霞要求大办婚宴，明媒正娶，马福贤极力反对。权衡之下，两人选择了低调地旅行结婚，不摆酒，婚后低调宣布。

因为舒艳霞的到来，马福贤的仕途也发生了翻天覆地的变化，这是后话，暂且不表。

马福贤的婚讯，像一巴掌狠狠打在巧清脸上。她请假在家，休养了一个月都缓不过来。确实，在马福贤家里，马福贤也给她看过一沓欠条，感叹说自己虽然风光得很，其实不过是个穷鬼。巧清当时心里也嘀咕，这么些债，什么时候能还得完呀。相比舒艳霞的举动，看来自己道行确实是浅，不但浅，而且稚嫩。后来她慢慢想通了，这是棋逢敌手，愿赌服输，但是，输也不能输个精光。于是恢复元气之后，她再次到县委楼办公室找马福贤喝茶。马福贤心知肚明，把巧清调到了县委办招待所当主任。

招待所是巧清更大的舞台，虽然她的专业是内科护理。一年后，巧清与一名港商闪电结婚，移居香港。

这是她梦寐以求的结局，离开，离开自己厌倦的村庄、小城，去更广阔的世界里，让自己的能量迸发。当音像店里响起"外面的世界很精彩"的时候，她总会驻足倾听，确实是心境的写照。如果没有自己的野心，她也许是一个农村少妇，困守于此，她太讨厌那一片困住自己少年时光的海了。走之前，她觉得唯一要告别的人，是玉喜。

玉喜花了一年多时间，硬是在赤壁港围了一个三十亩的小塘，当真是奇迹。在养殖大潮中，他养了海鲈鱼，没什么经验，只是凭借海边人的本能。九月的时候，鲈鱼出现了"游水"现象，抢救不及，功夫白费。正是窘迫之时，玉喜穿着满是泥浆的破衣裳，正在修补池堤塌陷的地方。他几乎整年都在池塘里，把池塘当成了命了。

巧清走到塘堤上，叫道："我要去香港了。"玉喜从泥泞中拔脚出来，走上堤坝，道："香港呀，好地方呀，去玩几天呀？"

巧清喜气洋洋道："我是要嫁到香港去，我终于可以离开这个地方了，玉喜，你替我高兴吗？"

玉喜愣了一下，抬头看见巧清披着浅红披风，一抹红唇，在这荒野之中，如若桃花。他想起初见她时，是一个楚楚可怜的小女生。玉喜仰头，眼睛被阳光刺了一下，他遮住眼道："高兴呀，你有今天我能不高兴吗？"

"如果没有你，我现在可能还要在这里讨小海。玉喜，我真想帮你做点什么，可是你一直拒绝，我真的很难受。"

"我一个人吃饱，全家不饿，没什么需要帮助的。"玉喜道，"你看我现在有这么大的一个池塘，我白天跟它在一块，夜里也想着怎么经营，真的是好得不得了了。"

"听说你养亏本了？"

"那不正常嘛！鲈鱼那么贵，一下子都能养成，谁不去养。我把池塘修好，去问问菩萨，明年该不该再养！"

"对了，你怎么改信佛了？"巧清问道。

当地人，把信神信鬼信佛统称信佛，与基督教、天主教对应。

"其实也没那么对立，天主让我赎罪，佛教叫我种善根，我感觉都是同一个道理。只不过，神佛能够有问必答。我自己还是不够强大，许多时候需要靠神的指引。我记得姑姑那时候让你信天主，你去做礼拜吗？"

"我现在就信我自己。"巧清道，"姑姑说我心里有魔鬼，可是有时候魔鬼就能带你实现理想呢！"

"那也有道理，不过，能拯救你的是神，不是魔鬼。"

"我们不谈这些了，明天就要坐飞机了，就像天使一样。我要走了，你没有话跟我说吗？"

玉喜看她欢呼雀跃的样子，好像又是一个小女孩，只不过比刚见时乐观、时尚、自我，她与自己显然是两个世界的人了。

"如果过得不如意，那就回来吧。"玉喜道。

"那不可能，绝对不可能。"

巧清爽朗而自信的声音在滩涂上传得很远，使得耕作的人都转过头来。玉喜不由得心里一阵满足：倘若巧清跟着自己，一定不会有这么快乐。想到这一点，他突然觉得自己所有的绝望与煎熬，都有所值。

那确实是巧清一生中最为欢快雀跃的日子。她自己也永远记得第一次进入义序机场，熙熙攘攘的人群，一个个脸上都挂着太阳。海西是个经济落后的地区，没有什么工业，在全省经济总量排最后一位，走出去，就是最好的前途。机场大巴上，每个人的眼里，都充满对外面世界的憧憬。巧清通过候机厅玻璃窗看见飞机，心里感叹，真是一只从未见过的大鸟。在阳光下，机身反射着刺眼而热烈的光芒。巧清浑身充满了力量，感觉长了两只翅膀，天空就在眼前。

第二十九回：深渊

月明眼前一亮，身边梵音阵阵，天上云朵重重，虽是村庄模样，但花园毗连，飞鸟呼应。但见花丛中人影晃动，叫道："兆文！"兆文从花丛中走出，手持花锄。月明喜道："从未见你喜欢种花！"兆文道："我已经脱罪，离开地狱，如今在此做了园丁。六斤为我抄经四十九遍，超度洗罪，我可是一一晓得。抄经七遍，我在地狱疼痛锐减，通体舒畅，忙问鬼差缘由。鬼差说，阳间幼女，为你抄经减罪呀，你这鬼命可相当好呀。鬼差又说，幼女心诚，抄经一字不差，效果极好，投胎有益。我说，这闺女没白疼。脱罪之后，可自由走动，原先我还能找着六斤，现在怎么找不着了？"月明长叹一声，道："唉，真是孽缘，六斤如今到你到不了的地方了。"

六斤念到初三，日夜为父抄经，快到中考的时候，一日夜间自习回来，突发高烧。高烧退后，却貌似得了癔症，自言自语，又说见到人家见不到的东西。这种状态，自然耽误了中考。医院看过，民间诊所看过，都没什么成效，又四处求神，各种说道。有一天月明带她去后山慈圣寺烧香，慈圣寺建在山坳之中，竹林掩映，清幽至极。两面白粉防火墙，夹住前殿后殿，一方天井，天井上种着兰花、美人蕉。殿中大佛，慈眉善目，微笑看着此中一切，爱意缭绕。六斤注视金身大佛，突然对月明道："我到这里，心里舒畅得很，想住下来。"月明陪她在香客房中住了两日，见她神志如常，每日欢笑。住持道："她喜欢，就让她住下来吧。"于是月明让她做了小居士，每隔些日子，送些米面豆腐上去。六斤每日抄经画佛，浇花种菜，又喂食林间松鼠，自得其乐。

又问："老二在你出事前出走，我本以为他出去一段便回来，可如今七八年过去，不见踪影；又有人说他在某处出现，当了乞丐，又有人说早就被人打死了，我这每日里总是牵挂，你可知道什么消息。"兆文道："我在这里，怎么晓得。"月明道："你不得知，我倒就放心了，八成还活着。"

如家常般闲聊一阵，似乎未觉察阴阳两界，侥幸沟通。月明突然道："差点把要事给忘了。你既已脱罪，我就放心。只是你缘何而死，葬身何处，又不说明，师海年年给你去信访，渴求申冤呢。"兆文沉吟道："唉，旧事别提了，你们且放宽心活去。"月明急道："你怎么做鬼做糊涂了，有冤申冤有仇报仇，这是人理常伦，你倒是好，不明不白地走了，屁也不放一个。你就说，你是自个儿掉海里，还是被人害的？"兆文道："我在海里干了几十年，能掉海里？我告诉你呀，我自个儿的事，我自己解决，别耽误孩子做大事。"月明道："这事是孩子的心结，不弄个明白，他能活得轻松？"兆文道："我要是说出来，师海为了这事冲动，一报还一报，哪有了结？那地狱之苦我是晓得的，让孩子多一重罪过，将来多一道惩罚，你忍心吗？"月明忍不住哭了起来，道："做鬼都这么倔……兆镜从台湾回来了，你知道吗？他说有一个金蛤蟆在爹手上，他许下给你的，你不曾拿到？"兆文跳脚道："这死人到现在还在骗我，我问过爹，根本没有影的事。幸好他没死，他要死了，我让他再死一次。"月明觉得自己要招架不住了，道："这事我不管，但你不说明白你的死因，我算白来一趟。"兆文道："又不是什么风光的事，你快回吧，否则回不去了。"月明道："你也得告知真身在哪里呀！"兆文道："滩涂茫茫，怎能说得清楚。对了，你看到那一队人了吗？我得跟上去了。"月明忙问为何，兆文道："他们是脱罪的鬼，可以去投胎了。"月明急道："兆文，你去什么样的人家，好歹给我个提醒，让我来生可以相认的。"兆文道："唉，我未必想去投胎呢，再做人意思不大，累死累活也就混个吃，我想去问问还有没有别的门路。"月明急道："你不想做人，难道想上天！"兆文道："你说对了，我去找找门路。你要是再不走，就走不了了。"伸手把月明一推，月明一阵眩晕，五脏六腑翻滚，哗啦啦一口污物吐出……

　　最初是贵妹嫂发现的。她过来借铁钳子，见月明趴在桌子上，已然昏迷。桌上是还没吃完的白色伞菇。贵妹嫂晓得缘由，跑出去叫道："月明吃了去阴菇，准备到那边去找兆文了，不晓得回不回得来！"家里并无他人，邻里围了过来，只见人已昏迷，口有白沫，叫唤不应。众人一边去通知师海，一边三轮车送往镇卫生所。待到师海、六斤到来的时候，已是做了灌肠洗胃，人幽幽转醒。师海道："娘，医生说那是有毒的蘑菇，什么去阴不去阴，没那回事，以后不能犯傻了。"月明道："我见到你爹了。"师海道："医生说，那是幻觉，这种蘑菇的毒性会产生幻觉。"月明并不听师海争辩，只是对着兄妹详述了那种情景。六斤听得分明，两眼冒光，道："娘，爹真的到无量世界了。那云朵重重，乃是大圆满光明云，大慈悲光明云，大吉祥光明云，大福德光明云，大功德光明云，大皈依光明云，大赞叹光明云。你听见的微妙之音，乃是檀波罗蜜音，尸波罗蜜音，羼提波罗蜜音，毗离耶波罗蜜音，禅波罗蜜音，般若波罗蜜音，慈悲音，喜舍音，解脱音，无漏音，智慧音，大智慧音，狮子吼音，云雷音，大云雷音等，爹摆脱苦痛了。"月明道："六斤，就你晓得你爹。"师海道："若真这样，爹说了他怎么死的？"月明道："他说了，不是淹死的，就是不肯说谁害了他，不肯麻烦子女，自己了断。"师海道："这气性倒是像，娘呀，你这次是鬼门关走一回，不可造次了。"

六斤得知父亲已在极乐世界，在寺中抄经念经，似有通灵，心有喜悦，不知不觉，虚度青春，已然三年。这一日听香客说道消息，说是碗屿村村民玉喜，今年池塘丰收，建了新房，归根结底，原来是靠了一个魂灵庇佑，又言极其灵验，已经传遍十里八乡。言者无心，听者有意，六斤心中咯噔一声，似乎钟磬敲响，心中一激灵，忙问详情。

玉喜前两年养鲈鱼，一直亏损。问了神求了签，池一龙看了签事，断言其运事如狄青下山，必有数难，其后成功。玉喜信以为真，第二年照样收拾池塘，先是加固坝堤，而后撒上石灰，给池底消毒。正忙着，发现一只蟳从塘底爬出，只长一个钳子，个大壳厚，动作有力。待走过去，那蟳宛如成精，又从原路退回，钻进淤泥洞中，瞬间不见踪影。玉喜有经验，顺着洞穴挖开淤泥，想来是个寄居多年的老蟹，有个经年老窝。挖到底部，碰一硬物，挖将出来，竟然是一个骷髅，其余残骸，拼凑起来，乃是一具骸骨。玉喜并不害怕，也不声张，因听说一些传闻说法，心中倒是有了讲究，便去请教池一龙。池一龙道："这是你要发财啦。如此这般，明年必然成功。"原来滨海习俗，若是行船遇见死尸，如获至宝，将尸首掩埋祭拜，迎奉魂灵到船上，那无主孤魂，将成为这艘船的守护神。玉喜听池一龙建议，便将骸骨收拾入瓮里，在池边建了一方小坟，烧香念咒，让这个无主的魂灵成为池塘的庇佑。

也不晓得是事不过三，还是魂灵庇佑，第三年玉喜的海鲈鱼大获成功。不但还了旧债，还在自留地上盖了水泥平台房子。他的老房子在几次台风的摧残之下，已经摇摇欲坠，赚了钱的第一件事，便是盖新房。吃上梁酒宴时，池一龙醉了，有人问玉喜前两年养殖大败，这一次却大获成功，有何秘诀。池一龙邀功，便说了，要是没有自己的主意，玉喜可起不了房子。那池塘守护之魂便传开了。附近也有养小池塘的，便也跑来烧香，求其庇佑丰收。

玉喜每日守护那里，见有人来烧香拜祭，便赶开。玉喜认为那魂灵法力也是有限，不能随便他用的。

玉喜对这一方游魂的力量是如此信任，以至于师海来相求打开坟墓对骨殖取样时，玉喜听他一开口就拒绝了。风水之气，岂能说动就动，动了，兴许明年就不灵了。师海说："你开个价，我就取一块骨头。"玉喜摇头："这个不是价钱的事，风水的事怎能乱动。"师海又说："要不，明年你鱼塘有损失，我负责赔偿。"玉喜说："那更不行，这不是明年的事，这是年年都保佑我的。"师海急了，道："那你要怎样才肯答应？"玉喜说："倘若是你的祖坟，别人说动就动，你答应吗？"师海道："这墓里又不是你爹，也不是你爷，只是一具无人认领的骸骨，跟祖坟不可同日而语。"玉喜笑道："确实，它虽不是我祖坟，可比祖坟重要得多。我祖坟能不能保佑我，我不晓得，但它能，我一年扫几次呢。"

师海这些年觉得自己能耐大了，可是连一个小村庄的村民都搞不定，急了，道："这是公安要办的案子，你不配合，得负法律责任！"玉喜倒是被激起了硬气，道："我就不信，我守着自己的东西，犯了哪条法！"不欢而散。次日，安民晓得，想要立功，更是带了人来要挟，挥着自己的断手要复仇，玉喜吃软不吃硬，只说自己会用命来守护的。

这事就更僵了。

六斤得知不顺，亲自赶往赤壁港，找到坟前烧香祭拜。那墓地虽小，却也是前案后山一应俱全，后面一株樟树掩映，使得与路面幽幽隔开。墓面干干净净，想来是打扫得勤快，碑前插着参差不齐的香根，受到不少人朝拜。六斤点上香火，烧了元宝，跪下念念有词。良久睁开眼睛，却见玉喜站在旁边。玉喜本是来赶人的，见她虔诚入神，竟不忍打扰。六斤不动声色，微微笑道："您就是玉喜哥哥吧！"玉喜不由自主点头，六斤转身跪道："感谢你，救了我爹。"玉喜当然知晓她是谁，也晓得她的来意，皱眉道："你怎么晓得是你爹？"六斤不紧不慢道："我为我爹念经念了三年，阴阳相念，心知肚明，外人难以言说的。"六斤转而对着墓碑，闭目呢喃，似乎与父倾诉。

玉喜不再打扰，日暮来看，六斤如石像跪立，丝毫不动，闭目如入定，双唇微动，念着绵绵不绝的经。玉喜道："再跪下去，人受不了的。"六斤告一段落，睁眼道："我为父念经多年，从未像今天这般亲近，他就在我身边听我抚我，这样的宠爱我已经有十年不曾有了。"玉喜心中一动，似乎勾起一点遥远的回忆。

六斤请求去玉喜家看看。她参观了玉喜的水泥房子，两层，虽是简单的装修，在当时已经是十分阔气的。特别是在土墙瓦房的村子里，显得鹤立鸡群。当时农村房子，最大的敌人是台风暴雨，而玉喜的房子显得如此牢固而令人放心。六斤道："您真是心善的人。"玉喜道："何以见得？"六斤道："心不善的人，没有这么大的福报，也住不上这么好的房子。"六斤在寺庙住久了，无你家我家之风，登堂入室，如在自家。见灶台碗筷未洗，便挽起衣袖洗刷，又见搭在椅子上的衣裤，又自动洗起。玉喜阻止，六斤道："你别见外，我在庙里待久了，无分别心。这样的房子，不该脏乱的。"玉喜道："既然这样，你就跟我家吃了饭，赶紧回去，我不跟你谈其他的。"

六斤吃了饭，不愿意走，原因非常简单，她感觉这也是父亲魂灵来过之地，眷恋不已。玉喜也驱她不得。六斤在厅中念经，连夜不休。后半夜玉喜起来，见她还在打坐，劝她休息。六斤道："我这就是休息，你睡得可好？"玉喜道："你在我家，我怎么睡得着！"六斤笑道："我一个女子，不偷不抢的，你怕什么！"

六斤便与玉喜聊起父亲，滔滔不绝。邻居家里，女孩子都不曾得到这般宠爱，唯独六斤小时候家里对她几乎有求必应。去祖厅看戏，父亲会让六斤骑在脖子上，比其他人高出一头，那是极大的骄傲。家里有好吃的，父亲主持，也是先让六斤来一口，其他人依次排后。家里没钱，但父亲答应六斤买这买那，只等有钱了再买。六斤怀揣着希望生活，心里美滋滋得不行，跟同学炫耀：我爹以后会给我买这个，买那个。六斤一场病，去了一头猪，邻人倒是可惜，说养这个女子费钱，父亲连眉头都不皱，道："那猪就是我们家女子的。"六斤就在弥漫着爱意的氛围里生活，哪想到有一天，她放学回家，父亲就再也不回来了。起先，她不相信父亲消失，甚至连一声告别都没有，她相信父亲有一天会回来的，只是和自己开了一个玩笑。时日推移，她找到了另外的念想，便是父亲的魂灵，与自己彼此牵挂、通灵。她说，父亲所经之处，必定有檀香烟味弥漫，气息如丝如缕，抚她脸庞。

六斤叹道："你绝对不会想到有一天父亲突然不见了，没有给你留下一句话，那种遗憾，在心里能挂一辈子。"

玉喜回味良久，嘴边淡淡苦笑。那一年，玉喜父亲跟着漳湾船队出海，然后就再也没有回来了。不久，玉喜就成了孤儿了。

"其实，你的遗憾，我又何曾没有。"玉喜慨叹道，"这么多年来，也没有对人说过，妹子，你学的是佛家的经，真是能把人心给化了。"

往事钩沉，玉喜点起一支烟。他的心扉从未如此打开过。

陈武功在南门兜转了一圈，问了路，才找到陈先生的铺子。一块木板做成匾额，中间画八卦，周围写着算命、风水、看相、八字、择日、取名。陈先生并不在，一个黑胖的妇女坐在柜台后织毛衣。陈武功问起陈先生，黑胖妇女伸出一只手道："一律两元。"

陈武功交钱进了里屋，幽暗，陈先生坐在小窗子前，头发已经白了，原来胖乎乎的脸也塌了。陈武功道："陈先生好多年没有走街串巷了。"陈先生微微笑道："那种辰光，一去不返。"笑意中似有阳光。陈武功坐下，报了立夏的生辰八字。陈先生掐指算了，道："甲日生人遇见庚戌，夹煞持丘，七煞入墓。这何须算，你是有事即发，才来求证吧！"陈武功一把抓住陈先生的手，道："先生，你是神人，我知晓这是难关，又知道你道术不浅，可有办法改运？"陈先生道："既犯墓煞，天命难违。我虽目盲，却是半世逍遥，如今被一个女人掌控，动弹不得，也是命有此关，哪有什么道术，你是高看我了。"

陈武功脸色煞白，呆呆看着幽暗之处，似乎想从暗中看出什么。十年来，他胸中隐藏的秘密，他时而侥幸地想，会随着时间流逝，无踪无影。但几天前从公安局里听到消息，秘密像一只小野兽四面奔突。

陈武功道："十年前，去宰牛场的路上，我遇上你，你叫我放生那头牛，你说能得到福报，为什么我不能把福报给我儿子呢？"

陈先生道："那你得去问牛呀。"

十年来，老牛妹坨一直在寺庙边上待着，有时候会跑到树林子里，但懂得回来，似乎知道寺庙才是它的归宿。它吃草越来越少，越来越多的时间卧地谛听，或者任由香客参观议论。陈武功到来的时候，它正卧在龟岩下，现在它好像都懒得吃草了，并非已经吃饱。它都能看得见肋骨了，骨架像岩石一样突出。它似乎认得陈武功，怔怔地看着，偶尔打一下响鼻，显然老得不成样子了。陈武功跪在牛边上，他在牛眼里看到自己的影子，苍老、疲惫、无奈。他愣住了，也许是很多年没有照镜子观察自己，也许是自己原来的形象在自己心里根深蒂固。现在简直不相信自己已经苍老到这个地步。确实，向一头老牛求救，这不是自己原先干出的事情。他对着老牛耳朵喃喃诉说，也许怕老牛听不清楚，他整个人靠在牛身上，倚着牛角，远远看去，也似乎在跟牛搏斗。

一个僧人拿了一桶黄豆出来，准备给老牛补一补。他看见老牛的眼里亮晶晶的，泪槽清晰可见，但眼睛已经动不了了。陆续有僧人出来，双手合十为老牛念经超度。陈武功把牛眼合上，默默离开支提寺。

让石头和立夏一起出走，是陈武功的主意。石头能结婚，陈武功功不可没。石头的母亲是半个疯子，又不会操持此事，婚事从头到尾，完全是陈武功促成。陈武功完全把石头当成自己的孩子，凡是立夏有的，他也必为石头张罗。他分不清楚这是一种怎样的心态。特别是在立秋走后，他感觉自己雄心衰弱，但又希望自己的血液可以流淌在年轻人身上。石头在婚后，也变得更加理智和稳重，其实他是一个讲道理、有想法的孩子，比立夏要理智许多。陈武功感觉，石头更像自己的孩子，或者说，自己理想中的儿子。

石头是被说服的。他哪儿也不想去，什么也不怕。但是陈武功告知，他得知的消息，这次有性命之忧，先跑路再说。倘若风声不紧，还可以回来。两人结伴，好歹有个照应，便是路上遇到什么，也有个商量。

这样他们就悄悄地登上去往长乐的大巴，目标是长乐县金峰镇。一路的旅途倒是顺利，旅程不过两个多钟头，汽车在104国道上颠簸，先是爬上飞鸢岭，而后在丘陵与海边间次而行。一路的惊奇，一路的忐忑，一路的不知所措，两人如同走在钢丝上。他们第一次走出了那片村庄，已经不再青春，都当了丈夫当了爸爸了，回想起更年轻时的冲动，一片茫然。

陈武功有个堂姐远嫁金峰镇。立夏叫姑姑。

闽江从长乐北境穿过。沿着曲折而漫长的河岸线，一路经过猴屿乡、潭头镇、金峰镇、梅花镇，皆是侨乡风貌。路边村落，居然立起三四层的别墅，哥特风、洛可可风与中式风格在此共存，散发着彼岸与财富的信息。立夏睁大了眼睛，看着与众不同的世界。石头则双目无神，似乎这一切与之无关。

长乐、福清、连江，是著名的移民地域。严格地说，是"偷渡之域"。此地沿海乡镇，自古渔业被视为安身立命的行业，也是只能温饱度日的劳作模式。西风东渐，一些不甘于传统劳作的人，心中涌动着离开家园寻找致富机会的欲望，漂洋过海，开始到南洋、北美谋生。顺着族谱回溯，几乎家家都有一部长短不一的移民史。而真正意义上的"偷渡"，二十世纪七十年代就已零星开始。第一批去美国的人，寄回美元，建起楼房，刺激了其他在贫困线上挣扎的人们。偷渡的主要目的地是纽约，也有欧洲。几乎每家每户的孩子，念完初中，就着手开始偷渡到彼岸，开始打工生涯。四十岁以下的男人，如果没有"出去"，就会被当地人耻笑。当时偷渡费用大概二十万元人民币，蛇头行业非常发达，分工明确，各司其职，送到目的地结全款。路线各不相同，途经国家非常之多，根据一个美国专家考证，偷渡者绕经的国家，总计有四十二个。偷渡成功者，文化程度极低，只能做刷盘子之类的厨工。大概工作三年，能把偷渡费用还完，接着赚钱寄回来盖房子。

姑姑家的两个儿子，都在美国，家里老人和妇女带孩子。对于他们的来意，姑姑自然心知肚明，对于来路，自然也不问。管他什么来路，到这里的目的只有一个，就是偷渡挣钱，报名之后，等待蛇头的消息。有时候是白天，有时候是晚上，说走就走。姑姑跟立夏讲了表哥在纽约的状况，一个在餐馆炒菜，一个是帮厨，这套小洋楼大表哥去了三年就盖了。你到了那边，唐人街都是老乡，表哥自然会给你安排工作。立夏心中生了许多憧憬与莫名其妙的失落，人生关口，取舍是不由自己决定的。未来的命运，如同风筝，但没有线。

三天之后，陈石头打道回府。他放不下他娘，也放不下老婆孩子。

怀风在岛上待了两年。偏远的岛屿，日复一日的潮起潮落，他有时候反省自己的人生。生活是一团麻，面对大海的时候，不由自主会解开许多疙瘩。有时候他会想起叶君薇，口头协议的离婚坚决又草率，导致两人再也没有联系过。怀风有时候想找个借口，联系一下，听听她的声音，或者问下近况。之所以能产生这样的想法，怀风觉得自己的心被海水浸润了，软了，也宽厚了。他打过一次单位电话，但是叶君薇不在，他挂断了。他怀疑自己的行为也许会适得其反，导致叶君薇的反感，无事献殷勤会让人觉得别有企图。但怀风并无企图，他只是想，自己应该学会珍惜一些过往物事，否则会有一无所有的空虚。他只好在报纸上寻找叶君薇的报道，通过报道想象她所过的生活。他想，反正快要上调回城了，到时候总可以创造机会见面的。

他是在回城两个月后，被调查，乃至逮捕归案。那个时间，他正准备被提拔，晋升之路新的旅程就要开始。可以说，从被审讯开始，他整个人就蒙了，丝毫没有抵抗，或者说，没有一点点的抵抗力，问什么说什么，一说出口就知道自己完蛋了。一种熟悉的宿命的悲哀涌上心头，他深感到被命运之神玩弄的那种无力，他放弃任何侥幸的希望。

从小到大，他总是被这样的命运悖论笼罩：当自己感觉攀上人生巅峰的时候，总会被命运来一巴掌。或者说，一个声音对他喊：你没有资格享受命运赐予的礼物。

无妄之灾，始于自己的麻痹，还是愚蠢。

对师海来说，怀风的这一桩事，同样是一个难以接受的命运的巴掌。

一具骸骨，像一颗埋了十年的地雷，炸了，炸出了一群凶手。更没想到，炸出一个相濡以沫的兄弟。

他无法接受这个事实。但是，审讯，乃至法庭的判决，一个个口供，一条条证据，都在无情地呈现事实，呈现案情的来龙去脉，以及叵测的人心。

师海不晓得，六斤用了什么法子，让玉喜同意了取骨殖样本。过了玉喜这一关，公安同意重启调查。当天，师海摆下祭品，请了道士烧香跪拜，向魂灵说明原委，开墓取骨。在法医的见证下，连同师海的头发，一齐送往当时技术最好的沈阳军区总医院，做

DNA 亲子鉴定。鉴定结果，骨殖样品与师海有亲子关系。案件重启，师海要求局长又另外安排人马重新调查，这一突破口打开，案情迎刃而解。重新调查四大金刚，立夏和石头闻风而逃，抓住了歆头和少林。在证据面前，公安人员采用了心理战术，案件很快揭晓。

十年前秋日，大潮，江水上涨之际，江面上黑白相间，黑的是滩涂高埠，白的是水，一道道或如匕首，或如弯刀，或如阔斧，贼光闪闪。劳作的人三三两两都上岸，等待滩涂重新被江水掌控。那时候的四大金刚，血气正旺，有架要打，有仇要报，做梦都会流口水。四大金刚驾着一片舢板，沿着涨潮的港道，截住了正要上岸的兆文。兆文被四个小鬼缠住，不能走脱，倒是也不惧，上了小船。当时的对话，两个人的口供是一样的。

立夏问道："立秋是不是你杀的？"

兆文道："我没杀任何一个人，立秋是被牛踩死的，这谁都知道。"

立夏不耐烦道："我想知道的是，鞭炮是不是你放的。"

兆文道："鞭炮是我放的，怎么啦，放鞭炮有罪吗？"

立夏说："那你就是凶手！"

立夏手里握着一把柴刀，举了起来，夕阳还很热烈，从水里反射出来的亮光直晃眼。当时的船已经漂到赤壁港的荒滩处，四处荒凉杳无一人。兆文心里有一阵寒意，他举起木锄大声道："别动手呀，我要拼你们还是绰绰有余的！"话音未落，他的后脑勺挨了一船桨，扑地倒下，再没起来过。

这一桨是谁干的，尚无定论。少林说是歆头，歆头说是石头。但后来动刀子的，每个人都有份，立夏开头，一人来一刀，这是规矩，谁也跑不了。

四个人把船搁浅在荒滩上，开始挖穴，别人一看，还以为是在挖章鱼洞，挖得挺深，以防浮起。四大金刚回去的时候，既是满足的，又是惊惶的。

这一幕对于师海来说，既是痛心至极，也是不愿面对的。早先，师海不愿干涉村中械斗，便是不愿冤冤相报，伤及无辜。但想不到这事竟落在父亲头上，此等无常，令人心塞。

在这冤冤相报的轮回里，能获得什么？全家的灾难。岁月留下难以消化的苦涩。

审讯的细节，师海没有告知母亲，也没有告知船仔和六斤，对家人的保护，他只能做到这一步。

根据坦白从宽的原则，歆头坦陈，李怀风收了贿赂，包庇了凶手——收了麒麟埕村中老人会的一块纯金铸造的光饼。专案组顺藤摸瓜，没有遭遇到抵抗，便取来物证。那块巴掌大的金光饼，夹在一本书里。那本书中间被挖空，藏得很隐蔽，书名是《兽医学概论》。

监狱坐落在城北，空旷的田野边上。长长的走道里充满铁锈的气味，幽暗的冷冷的空气里飘着金属的寒意。师海还没来得及消化这一切，而怀风，似乎已经接受了这样的命运：从英雄到囚徒的转变。师海在会客室里看见怀风戴着镣铐走出，眼里是夜游动物的幽光，还带着一丝任由命运摆布的倦意。

"你来干什么？"怀风嘴角微微冷笑。

听说有家属来探望，怀风心弦动了一下。他第一个想到的是叶君薇。如何面对叶君薇呢，他脑子一片空白，不管如何，但总归还有个人念想着自己。当他看见师海，心里苦笑了一下，反而轻松了。

一股热流涌上喉头，却是屎的味道，师海想吐。

"来看看你。"师海淡定。确实，他是以家属的身份来探监的，实际上，应该是仇人。

"你就别黄鼠狼给鸡拜年了，有话就说。"

"你为什么这样做？难道真的是为了一块金子？"师海单刀直入。

"哼。"怀风撇了撇嘴，道，"你想猜我的心思？我看你心智还不够，你的眼里就是钱，就是万元户，你又怎么懂得，这世界上有各种各样的爱与恨。"

从怀风不屑的眼神里，师海印证了自己的猜想，他问道："你是不是恨我，才这么干？"

怀风愣了片刻，突然哈哈大笑道："你终于知道自己干了对不起我的事，你懂得反省了？"

师海气得脸都紫了，狠狠道："反省个屁，我就知道你是个小人小见识。忘恩负义到你这个程度，我也是开眼了。"

"是呀，以前总是你让我开眼，现在我终于让你开眼了。我告诉你，有一种人呢，被逼得没办法了，就必须狼心狗肺才能活下去，懂吗？"

"你自己都承认狼心狗肺了。"师海的心在颤抖，换作十年前，他恨不得撸起袖子狠狠教训他一顿，"行呀，你信不信我写信给你父亲，我让他知道他有个什么样的儿子。"

"那我就谢谢你了，你让他知道，他生了这样一个坏种。"怀风情绪嚣张，发泄着深深的怨恨。

"你看你头发都白了，你其实没那么无畏！"师海冷冷道。

师海看着激愤的怀风，从他眼睛里，似乎可以瞧见内心有个黑暗的深渊。这个深渊里，住着一只魔鬼，魔鬼让他放弃自己的父亲、义父、兄弟、妻子，乃至所有的家人。他到底需要什么？这是师海无法想通的。这一点，也让师海脊背发冷。

海燕哭了。

与师海认识后，她从来没有为任何事情焦急犯愁到哭鼻子的地步。她捶着师海的胳膊，又不敢用力，眼圈猩红，泪水绷不住。师海躺在病床上，手上扎着纱布，安慰道："这有什么大不了的，我们村里都这样。"海燕用打湿的手绢拭了眼圈，带着哭腔道："身体发肤，受之父母，你怎么可以随便摧残，以前，你是你父母的，现在，就是我的，就是我和孩子的，你没有权利这样做。我要警告你，你要戒掉农村带来的坏毛病。"师海只好唯唯诺诺，诚心保证。

在农村，一言不合，便自残身体，发誓赌咒。师海这种做法，确实是乡村带来的恶习所致。

"你知道吗，我听说要拍卖我们的房子，就急了，我怎么跟你和孩子们交代呀。"师海解释道。

"胡说，房子收回去有什么大不了，回农村住我都行。"海燕道，"身外之物，哪有身体重要。"

"唉，我当时脑子一热，一个确实是急了，也没其他辙。"师海反省道，"另外你知道吗，我被囚禁了两三天，我快疯了，什么事都干得出来。怎么说呢，我最讨厌被别人控制。"

师海的小拇指被自己砍掉，刘厚贤马上将他送医院，做接指手术。

师海的莽撞之举，事实上也是一出苦肉计，也为师海迎来了养殖事业的转机。局长为其震慑，经过全面调查，认为师海的养蛏计划值得期待，决定再贷款十万元，助其起死回生。师海又以池塘为抵押物，贷款农业扶持款项二十万元，开始养蛏事业。

蛏蚵，本是增坂村滩涂的传统养殖项目。只不过，原来在蛏埕上散养的蛏子，靠的是涨潮时海水带来的海藻等营养成分作为养分，海水好的话，蛏子就长得好；海水不好的话，蛏子就长得稀疏，完全是靠天吃饭。这样天然海水养的蛏子，叫海蛏。年份好的海蛏，个大的也就四十粒一斤。而师海在闸口流水处讨的蛏子，个大饱满，米黄色，达到二十粒一斤。关键是，海蛏的价格一斤在五块钱以下，而黄蛏的价格，批发价就可以十元以上。

蛏蛏为了躲避天敌，一般藏在软泥里，靠两根触管伸到水面进食，靠近腹部的一根是进水管，靠近背部的一根是出水管。一进一出，把养料吸收了。蛏子喜欢的养分，便是海水里的海藻，包括蛏苗喜欢吃的金藻，稍微长大后吃的角毛藻和硅藻，二十四小时吸收养分。

藻类主要靠碳铵、过磷酸钙等化肥培植。在海水里撒上肥料，培养海藻，这样蛏子就可以日夜吸收丰富的养分，不仅个头成倍，而且养殖时间极大缩短，效率不言而喻。比起原来靠海水的自然藻类，可谓是天壤之别。

对海产养殖的天赋敏感，加上四处拜访养殖高手，使得师海短时间内掌握了饲养规律，养殖面积在逐步扩大。讨债事件之后，师海患上一个毛病——失眠。晚上难以入睡，甚至需要靠安定，才能短暂入眠，早上早早就醒来。所以，每天凌晨，他就会出现在大塘，沿着塘堤观察蛏子的长势，饲料池的水色变化。逛了一圈，做了记录，差不多一两个小时过去，回来吃饭。好在他虽然失眠，精力还是旺盛，对于养殖，每天都冒出各种各样的想法。这些奇思妙想，乃至执念，或者伴随他的一生，成为他此起彼伏的人生的一个动因。

那一年的养殖获得初步成功，大塘欠款连本带利被还清，可以说，这是一个新的开始。次年，每个股东每一亩的收益提高，过年的时候，收到股金的村民，买了鞭炮在师海家门口燃放，那是极大的礼遇。

　　事后复盘，师海在养虾失败后，想过各种鱼类的养殖试验，就是没有想过养蛏，而养蛏，却是祖上百年来的滩涂养殖的基业，真有"蓦然回首，那人却在灯火阑珊处"之感。不过，当时没有一个人想过养蛏子，在于人们并不知道黄蛏的价格如此之高。可以说，是无意中先有市场，再有产业，这种良机冥冥注定，不可复制。师海以豆浆为主要肥料养的蛏子，个大肥实，颜色嫩黄，与众不同，堪称独门绝技。师海日后被人称为"养蛏大王"，首先他是第一个人工池塘养蛏子，其次，养的蛏子色泽个头优良，别人难以做到，市场上人们一看，就知道是不是大塘的蛏子，极具辨识度。

　　正是这一年，父亲的遗骸被发现。当他看见玉喜如此执着于魂灵的守护时，不禁想，是不是父亲的魂灵，也在守护自己的成功呢。当然，这只是情绪的闪念，他所有行动主旨，还是依据科学规律的，那才是他真正的信仰。

　　跟玉喜的争执，也是旷日持久的。

　　既然能确定是父亲了，应该把坟迁回来，所谓落叶归根。不但村人如是说，月明也是每每叨念。但是玉喜有他的道理，对他而言，这不是骸骨，是宝贝，谁挖到便归谁的。当初给你取样鉴定，已是人情。

　　村中老人说，这是天经地义的事，不从的话，村里给你出力。

意思是对付碗屿小村，出动人马强行拿下。师海晓得，玉喜是倔的主，硬来的话，会拿命来拼的，拒绝了。月明也多次上门求情，玉喜死活不肯，反而让她清明可以过来祭拜。

师海只好求助法律。当地法院第一次判决死人骸骨归属的案子，于法于理，倒是支持师海这一方。在玉喜缺席审判之后，师海获得取回骸骨的权利。但对玉喜来说，只有一条道理，这方坟墓，已经保我两年丰收，决计不能再落入他人之手。

师海申请强制执行。月明请先生讨了迁坟的日子，这一日，全家老人，还有一众村人，跟着执法人员，鱼群般开往赤壁港。玉喜早已得到通牒，也有准备，执一把锄头站立，犹如长坂坡的赵子龙。碗屿村中也知有大事件，大人小孩齐齐出来围观，站成高矮不一的一排，宛如过节看花灯。

执行庭的两个法警怕出事，把两边人马隔开，对着玉喜念了法院的判决书，并问玉喜是否认可。玉喜把锄头往石头上一蹾，道："你们判得没有道理，我不听讲。今天你们这么多人，要是跟我讲道理的话，我就按照道理来办；要是不讲道理的人，谁敢动一下墓，我就跟谁拼。"

师海道："我本来就是来讲道理的，法律就是最大的道理，你对判决书有意见，可以给两位法官讲一讲。"

玉喜道："讲道理的话，我不信任你们，我只跟六斤小妹讲。"

六斤噙着眼泪走了出来。在确认父亲的骸骨就在这里之后，她又不禁痛哭几日。这才发现，原来自己十年来，一直还有隐隐的希望。对于迁坟一事，她也矛盾不已，她觉得玉喜是个仁慈之辈，不忍为敌。

六斤道："玉喜哥，你是好人，我只希望能够和和气气地讲道理。"

玉喜对着众人道："这骸骨判给谁，你们谁同意都没用，只有一个人管用，就是住在这个墓里的人，这才是真的道理，对吧？"

准备开坟的人都沸腾了，都叫道："你这不是耍赖嘛，死人怎么问呀。"

玉喜示意众人安静下来，对着六斤道："昨日你父亲托梦对我说，这个坟不必迁回去了，就在赤壁港这一带，接受众人香火，也把这里当成家呢。我说，这样正好，只不过跟我说了，别人不信，可怎么办？他说，你放心，我跟我小女子招呼去了，她最能懂我心思。所以，想必你也得到你父亲的托梦了吧？"

六斤听罢，愣住了。左思右想，昨夜得知今日必有争执，心中彷徨，一夜就没合眼，哪里有什么梦！

今天跟着师海来的，有数个后生仔，五服之内的叔伯兄弟，早已经觉得这事不用扯皮，有法律判决，于情于理于人，都是占上风的，不服就干，拳头早已经痒痒的。再看六斤的表情，一脸茫然，便晓得玉喜是胡说八道，便叫道："别扯鬼话了，时辰已到，开坟。"举着器械，不耐烦地往坟墓冲过去。玉喜见有人动手，拿着锄头守在墓门，道："谁敢动，先过我这一关。"

剑拔弩张，有短暂的一瞬间空气是凝固的，人群是凝固的，没有任何声音，好像在等待一个石破天惊的血腥场面。碗屿的看热闹的人群中，有一个女孩，突然挣脱妈妈的怀抱，跌跌撞撞地跑向六斤，几乎像摔跤一样扑到六斤跟前，把手上的一个万花筒递给六斤，嘶哑着嗓子道："早就想买给你的！"

六斤像从梦中惊醒，接过万花筒，愣了片刻之后，猛然间醍醐灌顶，抱住小女孩，恸哭道："爹！"

第三十回：婴灵

有过几次，老二真的想过回家。

家就是你无尽旅程中的一把椅子、一张床。在你疲惫的时候，便是你的天堂。可以说，在最初的几年里，老二没睡过一个好觉。他真的怀念在家里睡到日上三竿时，母亲已经干了很多活了，然后上楼催促：老二，你也该起床干点活了。虽是斥责，回想起来，却如此温馨。回家，意味着放弃寻找，这念头就会像一个耳光打在脸上：巧云与孩子不知是死是活，在哪里受苦，自己怎么有脸回去！

内心数次交战之后，他横下一条心，找不到，就永远找下去。后来他渐渐悟出，寻找乃是自己的归宿。

他几乎走遍福鼎的每个村落，山路逶迤的自然村，几乎与世隔绝的海岛。他也适应了这样的心情变化，每到一个村落，带着希望在村头打听，又远远看见一户人家，有个女人的影子，便怀着千般期待过去，失望而回。他见过无数个像巧云的女子，导致巧云的模样越来越模糊。希望与失望的交织，已经成为生活中重要的滋味。

他做过林场伐木工，在盐场干过小工，甚至在寺庙里待过，干一两个月，继续行走。最艰难的时候，他就回忆起和巧云的点点滴滴，在滩涂上捕捉鱼蟹，在棚屋里谈心。那些回不去的岁月，稍纵即逝的甜蜜记忆，成为他的慰藉。

接着，他把搜寻的范围扩大，包括寿宁、柘荣、霞浦这些邻近县区。

有一年，在流坑村，他遇上祠堂正在演戏，寿宁的北路戏。他忍不住手痒，去后台耍两手，结果被戏老板看中，于是在戏班子里待了几个月，在后面要么吹笛子，要么拉二胡，敲锣打鼓，样样也都上手。在戏班里，老二的生活有了翻天覆地的变化，他有了乐趣，有了寄托情绪的音乐，更有了同伴，总而言之，他有了归属感，觉得戏班就是自己的家。更大的妙处，是跟着戏班子在各个村庄寻找。他是个流浪汉的时候，到各个村子，不是被狗撵，就是受人白眼。戏班子不一样，在乡村里，其实颇受尊重。散戏之后，到了饭点，轮值的各家各户就来拉戏班人员吃饭。根据家家户户的人丁分配，这家请走两个，那家请走三个，礼貌十足，人情俱在。又是远道而来的客人，又是为村里带来喜乐的演员，饭菜自然是高规格的待客之道。特别是山村，只怕客人留下不好印象，家家必须有肉，没有碰上猪肉，就宰杀自己的鸡鸭。家中小儿，知道戏班有人来家吃饭，便晓得有鱼有肉，便如过节一般。

在戏台下打闹嬉戏，也不看戏，只等散场，便到后台抢人回来吃饭，一路神气活现。待客人吃完，便上桌风卷残云，畅快之至。戏班里，有家属，有学徒，虽颠沛流离，睡戏台，却也受礼遇。比起风餐露宿，不晓得好了几倍。老二曾想，要是找到巧云，带着她一起在戏班里生活，也是不错的选择。巧云的声音那么好，学一学，说不准能演个青衣花旦。这样想着，仿佛见了巧云上了戏装身着戏服的样子，心中一动。又想起此刻她不知被卖到哪个乡村，不免一阵苦涩。

在寿宁凤阳古镇，戏演了三天，这一日老二到一东家吃饭。东家姓刘，是个屠夫，极为好客，做了上好的猪头肉、冬笋酸菜、鼠曲草饼，饭桌上弥漫着香味。厨房的幽暗破旧与饭菜的香味对比，可见山里人之好客。老二跟着戏班走山过海，山村吃饭就是一个香，滨海村庄的饭桌，就是一个腥，各有千秋。老二两口饭菜下肚，便跟往常一样，打听起附近人家，有没有被拐骗来的妇女。巧的是，刘屠夫也是行走各村各寨，说是在西面五里的外表村确实有一户人家，买来的媳妇，两兄弟共用，都有点发神经，闹得四邻不安。老二一听心中一紧，放下碗筷就往外表村走。在外表村，他差点回不来，村人都很忌讳外来人，特别是来看那个媳妇的。在见了一眼那个女人之后，老二在棍棒的胁迫下仓皇而逃。那个女人不是巧云，老二又宽心又失望，想起巧云处境，心中莫名滋味。那个女人茫然而无助的眼神一直留在脑海里，她看见老二，眼里似乎有一点希望，随着老二的逃窜，那点希望很快熄灭。那张脸老二就连梦中也会时常闪现，有时候变幻成巧云的脸，老二实在受不了，但又没有办法。

后来再到凤阳演出，问起屠夫，说是那个女人，放了一把火，把屋子全烧了。

戏班在春播或者夏收的时候解散，秋冬又集结，下半年演出繁盛，春节则供不应求。如此往复，老二在寻觅途中，遭遇四个戏班。老二吹拉弹唱，样样都精，又不计较，自然受欢迎。第四个戏班，是霞浦班，最华丽，霞浦乃是闽东文化昌盛之城，剧团最为繁华，样式讲究。

那一日，在咸村演出，演前要"破台"，演员们三三两两都被东家拉去吃饭，"打鼓佬"老汤叫住老二，问他能不能客串下"吊客"。老二爽快答应了，打鼓佬赞道："好后生！"天色已暗，老二扮演成吊客，妆容惨白，手拿哭丧棒，老汤口含朱砂，点一盏油灯，在鼓声之中引导吊客走遍剧场各个角落，老二手舞足蹈，上蹿下跳，把"鬼"引出。

如果大戏班到一个新的戏台，或者有武行在演出时摔伤后，都要举行"破台"形式，驱赶鬼邪，以保平安。

走到戏台暗处，一阵风来，油灯火焰突然蹿起，老汤晓得鬼被引出，喷出一口朱砂。鬼被制伏，吊客把鬼引出剧场，往外走去。至此仪式结束，老二在野外走了一遭，回主人家也不能卸装，倒头就睡。

次日，散场之后，老汤收拾好后台，不知从哪里弄了一只米烧兔，油纸包着，一打开，酒糟香味扑鼻，乃是山村的好货，邀老二喝酒，以表道谢。米烧兔的香味，吸引来四个十来岁的男孩女孩，那是戏班的家眷儿女，边学戏边长见识，嚷嚷着要吃。老汤给每个孩子撕了一小块填住嘴巴，叫道："都玩去，再贪嘴我这酒就没的吃了。"孩儿们一哄而散，咀嚼着到戏台下捉迷藏去了。

酒是当地地瓜烧，下口如刀，入肚如烧。老二抿了一口，紧皱眉头，如同被抽一嘴巴。老汤笑道："什么东西都要尝一尝，尝一样少一样，酸甜苦辣都尝了，一辈子就嗝屁了。"他一口酒下肚，抚了抚肚子，松了一口气，一身清爽。

老二问道："酒有那么好喝？"

老汤笑道："酒对你来说，只是酒，对我来说，却是药。"

老汤喝了两口，精神一振，似乎换了个人。他问道："老二，我看你这人，心好，做事不计较，跟鬼精的年轻人不一样。"老二道："我是外行出道，剧团里有吃有喝又能吹拉弹唱，走东走西，我已经满意得不得了，做点事还有什么可说的。"老汤道："这是其一，其二呢，我看你是有历练的人，懂得勤勉是有福报。"老二被老汤说中心事，眼窝子一酸，差点一腔热泪就掉下来。这些年，这些苦，这些煎熬，希望、失望与绝望交替的折磨，对命运的抱怨、愤怒与自省，只有自己晓得。一个人在内心上演的狂风骤雨，居然被老汤看出端倪。

老二酒上了头，终于把自己的心事和盘托出。老汤笑道："原来也是姻缘的苦，真是同病相怜，怪不得我一眼能瞅出你的心。"

同是天涯沦落人，老二也不问老汤有何悲苦，只不过一张嘴却关不住，一肚子委屈冒了出来，不由得号啕大哭。老汤看着老二哭成一坨屎，笑了，拍拍肩膀道："差不多行了，把气哭出来，别把刚喝的酒给哭出来，那多可惜。不过，这事你跟我说就对了，我好歹比你多走几个地方，见识了人情世故，消息比你多，我晓得，寿宁的横坑、坑底、云山几个地方，大多数都是买来的媳妇，那里打探，多有门路。"

不多时，一阵哭哭啼啼传来，老汤见女儿汤阿青跑过来，连忙抄起一根棍子，叫道："那个兔崽子又欺负你啦？"跑过去抱住，替她出头去了。老二见了，心里升起莫名滋味。

戏剧告一段落，老二一腔热情，按照老汤的指点，探访几个乡村去了。

家家有本难念的经，这是常理。倘若家中有一道过不去的坎，那可就要散了。

画中人在镇卫生院被强制引产后，抬回家中。一般女人休养数日，下身血止，便能下床。该喂猪、该做饭、该讨海，也得强撑着去，农村里容不得娇贵的身子。可这画中人，下身出血两周了，依然不止。可法问乡医，说是宫腔感染没有痊愈，拿了药片吃，夜里发烧梦呓。如此，半个月了，依然不见好转，灶台都上不了。婆婆都看不下去了，怨道："生不了崽，还借这由头休养，哪家女人敢懒成这样的。"两个女儿只能托付给娘，可法也不敢还嘴，像老鼠一样畏畏缩缩地照顾画中人。

有一日夜里，画中人从梦中惊醒，尖叫一声。可法连忙起身，拉起了灯，却见画中人泪水涟涟，忙问是何噩梦。画中人泣道："庆生来找我了，是个小人的样子，有鼻子有眼睛，眼睛乌溜溜转，小手小脚乱蹬，会说话，问我为什么不让他出生。我的心都碎了，他质问我的样子，又可怕又心疼，可法呀，我不想活了。"可法听见"庆生"二字，心中一紧，眼泪都快掉了。毕竟是男人，咬牙道："你是日有所思夜有所梦，咱们忘了这一茬儿，好好把身子养起来。"画中人道："不是的，是真的，他的样子我是想不出来的，可怜的咱们的孩子呀。"可法哀求道："你别说了，是我没保护好你们娘儿俩。倘若用我的命来换他，我也是一百个愿意。唉，我这心里像被挖了一块，空荡荡的，你就把那名字也给忘了吧，就当是一场幻觉。"这人落魄了，连耗子也来欺负，两只耗子在房梁上玩耍打架，肆无忌惮，落到床脚兀自不惊，探头探脑。可法把耗子赶跑，哄着画中人睡着。不一刻，那画中人又惊叫坐起，双手挥舞，叫道："庆生，你别怪娘。"可法开灯道："又怎么啦？"画中人道："你看看庆生，缠住我了。"可法道："哪有什么庆生！"画中人道："你看不到吗？他骑我脖子上，抓我的脸，掐我的鼻子，也不下来哩，他在怪我呀。"可法道："唉，你这是中邪了。"

此后，画中人便如中邪，一会儿说庆生在我背上，一会儿说庆生正躲在房梁上，似真似幻，每日惊惶不已。鼻子时不时流血，便说是庆生抓的，说得有模有样。请了白云观的道士，那道士一身青袍，眼窝深陷，目光如炬，捉鬼捉妖倒是远近闻名，轻易也是请不动的。道士一进门，便说阴气重，抬头望向房梁，桃木剑直指，一声呵斥，叫道："妖孽，还不快走，你那仇怨，跟你父母无关！"画中人闻声大哭。道士一顿吆喝之后，开始闭目作法，口中念念有词，良久睁开眼睛，道："终于被我赶跑了。"可法道："真的是庆生？"道士长叹一口气道："那是婴灵，怨气极重。怨气越重，越难以说服，又极顽劣，道理不明，油盐不进。他在腹中早已成形，已懂父母言语，心中认定自己是家中一员。最后时刻，投胎不成，怨气化魂，不晓世事，只懂得对母亲下手。万千鬼魂，以婴灵最难制服！"可法一听，两腿一软，坐地不起，有如被一棍子打断腿骨。

道士当下留下十八道符，又有桃木剑和镜子，用红绸绑住，挂在门口，以防邪物再来。村人议论纷纷，都寻思成形胎儿被强制流产的不在少数，为何独独画中人的婴灵阴魂不散？事后都怪可法，婴儿尚在腹中，他已经给取了名字，又隔着肚皮与婴儿说话逗弄，导致早早认主，哀怨有加。

烧符两日，画中人心神稍定，却又不甘，第三天突然发作，把桃木剑和镜子扯了，把符扔了，哀叹道："这些烂东西把庆生吓跑了，庆生，你回来，我知道你只想要娘！"可法哭笑不得，叫道："我跟你说没有庆生，那只是我一时糊涂，胡乱起的名字。"画中人道："不，你给他起名字的时候，他在我肚子里笑呢，我肚脐眼一颤一颤的。"可法心中，酸甜苦辣咸，百种滋味一齐涌来，哭不得笑不得叫不得。又见画中人闹着，鼻子又流血了，拿了凉水给她冷敷，手忙脚乱。画中人也越来越不听话，鼻血一流，乱抓乱抹，说是庆生抠的，直抹得满脸血红。

立春过来看望，看到画中人如此惨状，心中骇然，道："可法，画中人上面出血，下面出血，还不去医院！"农村人生病，只要不是急病大病，极少有去医院检查的想法，一般就在乡医那里将就，另外，去医院，到底是多大的费用，也令人却步。可法转过头来，眉头紧蹙，双眼猛眨。立春晓得他的处境，握住他的手道："去吧，检查检查，这么好的一个女人，都成一片纸了。"

半个月后，画中人的检查结果出来：鼻咽癌。当时人们对癌症还知之不多，可法听了医生的解释之后，回来发现自己尿了裤子。甚至，他也不知道隐瞒。农村，对于诸如此类的绝症，或者老年人的大病，叫棺材病。意思是，不用花药钱了，要花棺材钱。

画中人被病痛折磨两月，神志涣散，听了自己的病情，恰如听别人的闲事一般，无动于衷。良久才反应过来，突然兴奋道："这样真好，我可以去见庆生了，他说话越来越伶俐了。"可法心中凄凉，道："你就舍得丢下我吗？"画中人道："舍不得又怎么样？庆生他是要我走呢。"

可法看墙头的花草，看孩子的脸蛋，都没有了颜色，只剩一片黑白。他的生活鲜艳的部分被夺走了。天很低，就压在他的头顶上。路人的笑声他听不出来，他只听出瘆人的嘶哑。在一片阴暗中，他脑海中只浮出一粒白的颜色，那白就是一点点的希望，白变得耀眼，好像是他能抓住的一根稻草。他打开抽屉，从结婚证下找到一些皱巴巴的纸币和硬币，双目无神地走出去。作为一个没什么本事赚钱的男人，对于这样的痛击，他几乎无还手之力。画中人道："去干吗？"可法道："买药。"画中人幽幽道："何必呢！"

　　陈玉贵在巷子里看见可法像游魂一样走了出来，他吸了两口烟，叫道："又去哪儿？"可法抬头一看，像是见了陌生人，不回应。陈玉贵吭声道："别费劲了，你娘有话说呢。"

　　画中人不能生个孩子传宗接代，陈玉贵两口子对画中人甚是不满，渐渐冷淡，乃至指桑骂槐。可法自然站在画中人这一边，顶住父母的话头，自然与父母疏远。偏偏他又不能自立，腰杆子硬不起来，父母均觉得他不听话又扶不起，是一个不吃奶的巨婴。

　　他母亲叫贵妃，一脸福相，操持家中经济内政，营算诸事。她看见可法进来，像一根蔫了的茄子，道："看你偬，能偬到哪里去。"可法自小被娘宠爱，这么一听到声音，眼泪顿时下来，跪下道："娘，我撑不下去了。"贵妃眼珠一转，笑了起来，道："你不是娶了媳妇忘了娘吗？你不是各种能吗？现如今又要找娘吃奶了。哎，你以前多乖呀，娘说娘腰酸背痛，你给捶捶，你那小拳头就来了，娘叫你往东，你就不会去西，后来你是怎么着就顶撞娘来了，是不是媳妇指使？"可法哭鼻子道："娘，我没跟你对着干，我就是讲道理的。她也没做错什么，你为什么就给她白眼了。"贵妃摸了摸可法的头，道："我的傻儿子，她要是能给我生个孙子，骑我头上都行；生不了，就是她的错，理就是这个理，放在哪里都认这个理。你还显摆，说你媳妇好看，好看能当饭吃吗？还以为媳妇挑得好，满村炫耀。"可法嘟囔道："是立春给我挑的。"贵妃道："我就说，他倒懂得自己挑好的，连生两个带把儿的。"可法道："立春媳妇是他爹挑的。"陈玉贵正站在窗边抽烟，一听炸了似的，道："那你是怪我没给你去挑？你不是说，这事儿，你自己做主吗？"可法道："我没怪你呀，我只是说实际情况嘛！"陈玉贵道："那也是瞎猫碰见死老鼠了。"

贵妃摸了摸可法的衣领，油渍滑腻，叹道："你看，衣服都不洗，身上有一股臭老鼠味儿，哪有这样的儿媳妇。我管你的时候，从小到大，都是一身干净……"本来画中人是把家收拾得干干净净的，自从病倒后，一切都停滞了。看看可法的衣着头发，确实跟流浪汉相当接近。可法顾不上这些细节，道："娘，我想……"

贵妃打断他的话，道："我晓得你要说什么，我就跟你说实话了。画中人你别再折腾了，老天判了她死刑，你要认命。你得往后想，你怎么给咱家传宗接代。我现在说句话，可能不中听，但是正道，画中人既然不中用了，是坏事也是好事，你别瞎折腾，听娘的话，娘给你再物色一门媳妇，咱们家的香火，还有的续。"可法一听，都呆了，结结巴巴道："再物色媳妇？哪里还有钱！"贵妃眉头一抖，叫道："你要糟践倒是没有，要是添香火，我跟你爹的老本，也是舍得的。"

可法与父母的矛盾，本质上是钱的事。他虽然分家，实际上经济账一塌糊涂，还是靠父母的支持。

陈玉贵道："武功说我命中要断香火，那是小瞧我，你要是能给我争一口气，把本儿拿出来，也值得。"

可法眼睛闪着希望与疑惑，道："够不够呀，你们可别瞎糊弄我，我再也经不起折腾了。"贵妃抿嘴笑道："没出息的孩子，一听说给你物色媳妇，就来了精神。"

贵妃走到房间，古式的梳妆桌下，有一口红木箱子，锁眼周边蝴蝶铜饰，古香古色。贵妃用铜钥匙开了，解开一个红布包，里面整整齐齐一沓钞票。贵妃道："信了吧，我告诉你，你就是娶一百个媳妇，也别忘了娘，娘才是你的靠山。"

可法黯淡的眼睛亮了，像个小奶狗一样讨好道："娘，以后我都听你的。"

贵妃得意地笑了。玉贵在门口瓮声瓮气道："下次看媳妇，我去给你把关！"

船仔进城读书，虽然还是难以融进同学，好在没人欺负，成绩也不错，语文是他的长项，特别是喜欢文学，并且因此跟一个同学黄杰交好。两人在中学里偷偷学写古诗，互相应和，活像两个小老夫子。

船仔后来上了医学院。本来他的志愿跟黄杰一样，是想上中文系，舞文弄墨的，活得潇洒。但他崇拜怀风，请教怀风的主意。怀风说，百无一用是书生，自古以来皆如此，你就考中文呀，也许将来当个老师，也许当个秘书，就你这样子，难免成为被人歧视被人欺负的角色。船仔一听就打了退堂鼓，他对自己的处境相当敏感。怀风道："你这样子呀，很多工作都不合适，只有一样，当医生，身体缺陷也不碍事，重要的是，只有别人求你，你不用求人，活得舒坦。"

船仔毕业的那一年，陈案爆发，像一颗地雷，把踌躇满志的船仔震得涕泪交流。这一次见到怀风，是在监狱的会客室。昔日怀风制服笔挺，两条裤痕像两条真理，如今见到的却是一身号服，耷拉着头。船仔不能接受这样的场面，乃至这样的结果。他见到怀风的那一瞬间，先咬着嘴唇，脸憋得通红，然后眼泪就无声无息地流下来了。

怀风见是船仔，像孙悟空一样一抖擞，下意识将手铐缩在袖子里，一脸若无其事的表情，笑道："我正思量着，你分配该有着落了吧，去哪儿呀？"

船仔摇了摇头，怀风道："不会不成吧，我都打好招呼了！"之前船仔的实习医院，县中医院，也是怀风找关系安排的，有望毕业后就分配在那儿。

船仔叫了起来，道："我哪儿也不去！"怀风惊讶道："你疯了吗？工作不是那么好找的。"船仔道："我的天塌下来了，我哪儿也不想去。"

在医学院期间，船仔经常跟怀风通信，无事不问。可以说，父亲走后，怀风给他建立了人生观、价值观。

他们像两只鱼鹰，对视着，脸上挂满了心事。怀风低下头道：

"你别听师海他们的，我没做错什么，我还要出去呢。"船仔脸上的肉挤在一起，特别委屈叫道："你都不是人！"

船仔那张无助的脸，茫然、崩溃、绝望，怀风心中涌起一股热流，几乎要带出胸中块垒。他仿佛看到自己，是的，那就是十几年前的自己的脸。

十六岁那年，怀风在县城读高中。跟船仔一样，瘦瘦的，个子不矮，穿着一件过大的衬衫，走在路上像个幽灵飘呀飘。每个周日下午，带着一玻璃罐腌制蟛蜞酱和一袋地瓜米。学校食堂是免费蒸饭的，每个人把刻着自己名字的铝制饭盒，搁在蒸笼里，有的饭盒是米饭，有的是地瓜米，怀风的几乎顿顿都是地瓜米。按照兆文的话说，能顿顿有地瓜米，已经是了不起的生活了。但在同学中，难免有自卑感，偷偷摸摸躲在食堂角落吃完。这脸面还是小事，更重要的是，地瓜米不是米，就是晒干的地瓜条，吸油，不经饿，经常吃完一两个小时，肚子又咕咕叫。见到一点油腥味，便馋得不得了。即便如此，周末怀风还要砍柴下地，然后四处求问，才能凑得一袋地瓜米。

那是一个周六，怀风省了一顿早饭，从学校匆匆回来。他徒步经过单石碑、大桥头、烟亭，到了四都，要穿过一片竹林，那个竹林里吊死过人，阴森森的，听闻闹鬼的消息，怀风一阵快跑，冒出一身虚汗，眼前一黑，晕了过去。等他醒来的时候，身边蹲着一个中年短须汉子，正给他掐人中。怀风醒来，闻到一股香味，不由自主轻唤："饿。"汉子背的一个面粉袋子里，装着一串光饼。

他解下一个递到怀风手里，怀风狼吞虎咽，汉子道："你慢点吃，没气力吞能噎死。"怀风把半个光饼嚼进去，回过神来，眼巴巴看着汉子，不知所措。汉子道："看你样子是个读书郎，怎么会饿成这个样子，唉，这一身骨头都扎到我了。"怀风听到这么充满怜悯的慨叹，眼窝子一热，忍不住将自己的处境一股脑儿倒了出来，又道："不管如何，我是要把书读完，才能有出路，要不然就跟活在棺材里一样的。"那汉子眉毛一挑，赞叹道："难得又会读书，又有志气，真是让我喜爱的，我这人热心，倒想助你一臂之力，只是可惜……"怀风见短须汉子是农民打扮，却比一般农民要精神，显得有见识，不禁好奇问道："可惜什么？"汉子道："可惜我们两村是世仇，这帮衬是名不正言不顺。唉，你们村这是要出人才啦，只可惜村人有眼无珠，不晓得倾力培养。"

怀风百感交集，一边吧嗒吧嗒掉眼泪，一边把光饼啃完。

汉子纠结许久，又道："咱们这么有缘分，我还真舍不得擦肩而过。我这人最看中人才，不如这样，你跟我儿子一般大，咱们结个暗亲，就当是我半个儿子。这事就天知地知你知我知，回头你有过不去的坎，我扶你一把，如何？"

怀风正是艰难时刻，不仅物资匮乏，难以维持，精神上更是无依，当即跪了下去。汉子抱他起来，喜道："早上出门喜鹊叫，今天果然有大喜事。日后你必定大有成就，不能忘了今日。"当下互相留下约定，恰似一出恩义戏，却是怀风人生中实实在在的一个机缘。怀风譬如在艰难的跋涉中找到一个拐杖，一座靠山。此后的读书生涯中，他借力而行，鬼神不知。他的人生之路注定在黑暗中延伸。

监狱会客室，阳光从高高的铁窗进来，灰尘在光圈中飘荡，宛如天上的消息。船仔静静地听着，睫毛闪烁，像做一个梦。梦的主角，是怀风。

怀风低沉道："我没有什么违规之举。他只不过要求我，不要对四个人进行刑讯逼供，该怎样就怎样。他们四个人口供一致，案件到这里，就卡住了。我唯一做错的，是收了他村里的黄金光饼。我说不要，我不贪财，更不能拿他的东西。他说，这就是一个意思，你必须收下。我明白，我收下就代表我还记得当年的情，我不收下，他就不放心。我往这里想了，就收下了，当时想找个时机再送回去。我就错在没有执行。"

船仔一直在流泪，不知道是为怀风，还是为父亲。

"可是，你都不念我们家的情吗？"船仔问道。

怀风长长地叹了口气，无法言语，良久他抓起船仔的手，握在自己手心，道："我是吃百家饭长大的，我要还的人情太多了，这辈子我恐怕是还不完了。是呀，我做什么，都不能满足他们恩赐的心理，在他们眼里，我永远是那个没爹没娘的'台湾仔'，只有他，稀罕我，看好我，相信我是个人才。我的心，长年如一座古墓，阴暗、冰冷，偶尔，有一束阳光照进来，那就是他对我的尊重。我没法拒绝他。船仔，你已经长大了，你帮我想想，如果你是我，该怎么做。"

监狱里这一瞬间寂静得骇人。你能听见某种声音引发的空洞的回响，让监狱显得更大、更浩荡。船仔咬住嘴唇。这个问题对他来说，太难了。

"不要丧气，你的人生刚刚开始。如果有答案了，就来告诉我。"这是怀风最后说的一句话，然后示意狱警谈话结束。

走出监狱的门，船仔并没有直接回家，而是往后山走，沿着盘山的小路，他走到金涵水库堤坝上，俯瞰监狱，像一座园林，又像一所校园。操场的草坪上，红色的羊蹄甲开得正旺。

船仔觉得整个生活跟他开了一个巨大的玩笑。而这，仅仅是开始。

船仔分配到古瀛洲乡医疗站。先是从县城颠簸一个多小时到霍童镇，然后提着行李箱在宁屏路上拦车。三轮车，或者拖拉机，只有这两种车是开往古瀛洲的。黄土路，碰到下雨天是极难走的，有时候乘客不得不下来推车。一路颠簸过来，人已散架，一脸苍白。船仔记得自己刚下车的那一瞬间，整个世界是寂静的。古瀛洲真是个宁静得不能再宁静的地方。

屏南、政和两县的溪流交汇而下，穿越群山万壑，早就一路风光，经过古瀛洲，抵达霍童，这一段称为霍童溪，最后到达八都入海。古瀛洲乡就在溪流旁，房子临山而建，层层叠叠，石基木房，甚至有明清古建，别有一番趣味。乡辖区有九个村，五十九个自然村，只有一个医疗站，原来医疗站只有两个人，石站长当医生，他的妻子玉珍姐当护士，现在加了船仔一个医生。

一开始，船仔沉浸于此，古瀛洲宛如世外桃源，让他忘掉纷乱的世事，或者说，他这个年龄不能消化情仇恩怨。清静一段后，恍然发觉，古瀛洲真是太安静了，与世隔绝。外面的世界日新月异，这里的生活就如时间凝固了一样，石阶古道默默无语，几百年的包浆与凹痕，诉说的是世外桃源的故事。古瀛洲乡管辖有一百多平方公里，有时候去自然村出诊，船仔出去一趟，来回就是一天。他腿脚不便，自然走得慢，拄着拐棍，在逶迤的山道中上下，有时候感觉自己是个野人。唯一的好处，是民风淳朴，看了病感恩戴德，给他无限的温暖。在乡里，他有时候被叫去东家吃一顿，西家吃一顿，盛情难却。尽管如此，来自内心的寂寞，还是侵蚀着他，夜里，河谷两岸的高山跟天色一起压下来，苍茫的林木散发原始的亘古的气息，偶尔的鸟兽的怪叫，使得苍凉穿透耳膜。

　　他给黄杰写信："我感觉像到了一个空旷的监狱，白天行医倒是日子好过，晚上空虚就会压下来，像大山一样压下来，喘不过气来。说是过原始人的生活毫不为过。我带来的几本书也看完了，故意忘了，再看一遍。结果怎么着，发现这样训练下去，练成健忘的毛病了。你快来看我吧，这里风景倒是绝佳，'山入瀛洲方显峻，水出洪口已尽奇'，值得一看，定然会让你写出新诗……"

　　霍童溪，为县城境内最大的河流，称之为海西的母亲河。环三都澳滨海山岭之间，有八条大河流相汇，使得三都澳的海水盐度比起外海低了些许，成为大黄鱼的产卵福地，也使得咸淡水交汇处的滩涂海鲜异常美味。霍童溪的入海口在八都，海鲜极为有名，码头上疍民船林立，在桥头马路边形成一个集市，鲈鱼、海鳗、海蛎、土丁、海蛏、淡菜、泥螺、竹花蛤、虾蛄、鲍鱼、血蚶、小红章鱼、钉螺、黄花鱼、弹涂鱼，眼花缭乱。路过司机下车捎带一把，就是贪图咸淡水海鲜的美味。

入海口码头不仅是海鲜集市，也是个木材、山货等商品的交易集市。屏南、政和一带木材极多，但运输困难，便由霍童溪上游入水，顺流而下。由于上流激流众多，水势湍急，木头只能一根根顺流而下。到了古瀛洲，水势宽阔，再捆绑成排，顺流而下，到霍童、九都、八都等地上岸。这一路水路，造就了驾木人的一项绝技：独木冲浪。即手持一根竹竿，以作平衡，站在独木之上，于激流之中斩波劈浪，运行自如。这成为霍童溪上的一道力与美、巧与勇并存的景观。

古瀛洲村民憨头，大概十几岁，就成为驾木人。憨头呢，顾名思义，说得难听点人有点傻，人情世故不太晓得，说得好听点，就是纯朴，善良，谁让他干啥，他脑子不想，二话不说就干。正因如此，他的大名倒是让人忘了，只留下这个诨名。当然，他爹死得早，也许根本就没给他取名。他跟着病恹恹的母亲一起过日子。人憨，干不了什么事，只能被别人支使才能跟牛一样凭一身蛮力干活。还好有一身水性，十几岁开始，便被人带去水上冲木，东方不亮西方亮，平衡能力居然超群，好一个浪里白条。就靠这个绝活，置下几分薄田，与母亲共度时日。

一九九八年，古瀛洲开始旅游开发，独木冲浪成为一个表演项目，憨头便成为表演者之一。憨头站在独木之上，在激流间上下出没，便成为一个最聪明的、最伶俐的人儿。有人说，憨头是鱼精变的。

　　一天夜里，憨头腹痛，他娘跌跌撞撞来找船仔求救。船仔平日里到家给他娘看过病，晓得憨头的身体状况，一看这个平时如铁打一般的汉子，疼得跟抬上架子的猪似的，断定他是阑尾炎，医疗站没有做手术的条件，必须马上出去。憨头娘听得事态严重，一把跪下来磕着响头，哭哭啼啼求船仔救命。船仔道："你莫干没用的，我马上叫车。"

　　那天夜里下着雨，机耕路泥泞，永顺的拖拉机在蹒跚前行，犹如螃蟹在滩涂中挣扎。夜黑咕隆咚，除了雨声，静得一塌糊涂，拖拉机的突突突声就如虎豹呼啸，冲出山林。船仔抱着憨头，虽然披着雨衣，但该湿的也差不多湿了。憨头一会儿疼得鬼叫，一会儿似乎昏迷过去。拖拉机的速度不太理想，能否救得一命，只能靠天了。船仔只能祈祷，拖拉机不要出毛病，好歹能一步步挪到医院。两边是静夜群山，他心里涌出一种悲哀：生命何其脆弱、偶然，换作以前这里还不通车，一个人在家里生病，说没治就没治了，太悲哀了。身处这样的环境，他不晓得这种悲哀的根源在哪里，只不过与自己的青春、悲情紧紧相连。他抱紧憨头的头，希望自己心脏的跳动能够减少他的苦痛。

　　这种悲哀的感觉，很长一段时间笼罩着他，或者与他自己的命运，也有相通之处吧。他又如何能主宰自己呢？憨头是捡回一条命了，把船仔当恩人，欢天喜地，时常到河中摸溪鱼，给船仔添加伙食。又知道船仔不善烹调，便做熟了送来。当然，不只是憨头，其他的村民也热情，对医生极其尊重，送各种山珍土货，以谢恩情。船仔一方面享受这种温情，一方面心中空空荡荡，孤寂不知所往。

这一日憨头送了两只溪滑过来。溪滑身如鳗鱼，夜里上岸，身上会分泌一种黏膜，沿着草丛滑上山去觅食，天亮之前会沿着原路滑回溪中，擒之不易。须得夜间觅到溪滑的路径，将草木灰撒在其中，断了黏糊糊的归路，使之迷路，便能在附近捉住。溪滑在本地被认为有强身壮阳的滋补功能，弥足珍贵。

船仔正给翡翠拿药。翡翠说，你记笔账，等我老全回来。这山里日子紧巴，有些村民一时拿不出药费，是可以记账的。好在村民纯朴，碰上赶集拿山货换了钱，立马过来还账，算是山乡医疗站的一个特色。翡翠的男人老全是个篾匠，大多游村走乡在外做活，几乎不着家，翡翠带一个孩子，里里外外一把手。

船仔见溪滑滑溜溜，道："这个我处理不来。"翡翠一把将篮子抄了去，叫道："好东西，我来弄，你过来吃就是。"

村民热情，船仔也是经常这家吃一顿，那家尝一口。晚上下班后，船仔过来，溪滑炖酒，香气飘满整个木楼，饭是地瓜米夹米饭。山里田地少，白米饭珍贵，待客的时候掺杂着煮，已是大方。船仔碗筷一顿操作，吃得爽了，大呼过瘾。翡翠道："把这一条也吃了，多补身子。"船仔道："你吃吧，甭客气了。"翡翠道："我吃了上火了怎么办！"翡翠说罢，突然把自己衣裳解开，露出圆滚滚的奶子，把船仔的手摁了上去，一双媚眼瞥着。屋子里的灯光是黄色的，窗外一片黑暗。

　　船仔惊慌失措地跑了出来。他的心跳得厉害，像一匹瘸马从石板路逃回祠堂。猝不及防的羞耻折磨着他。但是其后的两天里，他躺在床上一闭眼睛，老是浮现出两只圆滚滚的奶子，越来越大，越来越白，占据了脑袋。翡翠从医疗站经过的时候，他躲着她的眼神，翡翠的眼神是挑衅的、肆无忌惮的，叫船仔无处可躲。三天后的夜里，翡翠来敲房门，船仔犹豫了片刻，终于打开，翡翠扑了进来，一把抓住船仔的裤裆。船仔哆嗦着叫了起来。这是船仔的第一次，他伏在翡翠的奶子上，几欲想哭。翡翠三十岁，身上有蓬勃的活力，像个母亲也像个情人。窗外是无边无际的黑暗，房间里黑乎乎的，但空气中弥漫着不安的暧昧。翡翠深深地吸了一口气，感叹道："不愧是吃海鲜长大的，卵浆腥味就是足。"

　　翡翠走的时候，拍拍船仔的脸蛋道："我就是看你整天愁眉苦脸的，你是我们这里的宝贝，你得开心。"船仔像做梦一样说不出话。翡翠到了门口，道："你可别以为我跟别人也这么随便，我是尊重你，心疼你，你要我，随时招呼的。"

　　船仔就这样陷入两难的境地，他迷恋于这神秘的性，犹如大山中的一盏灯火，又感到羞耻不安。每一次完事后，他总是想，这样不好，以后再也不了。但是过了几日，他又忍不住。在医学院的时候，他喜欢上一个女同学，但自卑，不敢表达，后来委托一个同学向女生表白，遭到赤裸裸的拒绝。船仔就更自卑了。他已经预知自己在情路上将极为坎坷，甚至是一条死胡同。谁愿意嫁给一个瘸子呢？如今陷入一个不明不白的沼泽，欲罢不能，自是两难情境。生活给予别人的是一杯酒，给自己的却是一杯酸掉的酒。这时候他突然想起怀风，想起怀风说的一句话：我这样的出身，一开始就注定了跟别人不一样的人生。

自己与怀风原来那么亲密，也许因为都活在别人轻视的目光里。

第三十一回：画魂

　　一晃来宝十来岁，机灵顽劣，池根水眼里满满都是他。池根水去交公粮，拖着板车，来宝在后面推车，这是根水最满足的时候。根水道："来宝，你要是累呀，你爬上车。"来宝道："我不累呢，爹，到了镇上，我可要吃两碗冰豆花。"根水道："有的有的，爹兜里的钱你都吃完回来。要上坡了，你可得加把力。"来宝道："我早上吃得饱饱的，气力大得很。"

　　日头从五里洋照射过来，晃得眼晕。根水一口气拉车到坡顶，停下来，用挂在车把式上的毛巾擦汗，叹道："还是我儿子顶用，都能帮老子了！"

　　四个女儿，嫁的嫁，走的走，都不在身边了。

　　巧月初中毕业后，并没有像巧清一样继续上学，但是她像巧清一样早熟。她早恋了，跟着一伙镇上的男同学混在台球厅、录像厅，抽烟，夜不归宿，但不清楚哪一个是她男朋友，好像她的男朋友是一群人。她迷恋上这种生活，得益于根水对她的三不管。

根水懒得对这些赔钱货花心思，他的心思集中在来宝身上。反正迟早要嫁出去，管她变驴变马。只不过家里活顾不过来又找不到巧清的时候，就会叫骂："又死哪儿去啦，都他娘的别回来吃饭了。"

巧月会偷巧清的裤子穿。巧月看上了，就会对巧清道："姐姐，这条裤子款式真不错，我穿得比你好看，不如给我穿。"巧清道："你想得美，我的钱又不是捡的。"巧月道："不给就不给，有人给你出钱，你还这么小气，你撒个娇不就又有一条新裤子了吗？"不久，巧清的裤子就失踪了。

巧月精于时尚潮流，懒于家务干活，还有一个原因是，她对自己的皮肤、身材、容貌着实爱惜，干农活人会变粗，讨小海皮肤会晒黑，这些道理她似乎天生就懂，振振有词。凡遇见她不愿意干的事，她就会肚子痛，长久以往，你会认为是装痛，实际上不是，是痛得打滚，汗都下来。有一次巧月腹痛，被巧清送到医院，到了麻醉室，巧月叫道："姐姐我不痛了，回家吧！"巧清当时还在医院上班，对麻醉师下令道："麻醉吧。"于是巧月的阑尾就这样被割了。后来巧月就极少叫痛了，也许是被割怕了，也许是割了就不痛了。

巧月十八岁那一年出嫁了。新郎是她的初中同学刘细兵，家在漳湾镇上。他身材结实，一双小眼睛笑眯眯的，不过凶起来的时候特别可怕，当初是初中生里的孩子头，靠打台球赢了不少伙食费。毕业后他混了几年，后来浪子回头，在中学附近开了一家台球厅。巧月结婚四个月后，就产下一女。尘埃落定，巧月终于认定巧清跟自己不是一路人，不再对自己恨铁不成钢，姐妹俩的瓜葛好像就少了。其实，巧月的结婚，也有跟巧清对着干的意味。巧清鄙薄巧月不上进，就跟镇上青年混，没出息劲儿。巧月的意思是，我就混，怎么啦，不也很时髦很快乐嘛！

根水倒是不图彩礼，只求快点滚蛋。在来宝出生前，满家满屋子都是女人，也是根水对女人过敏了。巧清、巧月出嫁，他就跟割了身上的瘩子。现在家里只剩下来宝，清爽多了。

漳湾粮站在码头以里，粮站门前一株大榕树，榕树下面码头延伸进来的内河，涨潮时河水翻滚，宛如沸腾，拍打着两岸石壁。交公粮的板车沿着河堤排到粮站门口，十里八村的农民或者坐在板车沿上，或者坐在板车上，或者坐在石栏杆上，扇着斗笠草帽，汗珠滴在石板路上滴答作响。这棵大榕树可救了他们老命了。交完公粮的，则兴高采烈拿着收条，一身轻松，像得了大奖一样，跟老乡们道别先回，或者有心思去买碗豆花，把焦渴的五脏六腑安慰一下，有了回去的力气。

粮站工作人员老陈有一张腮帮子特别大的圆脸，笑起来像个弥勒佛。他一边神气地叼着大前门香烟，一边拨拉着算盘，放一把木椅子坐在磅秤旁。在交公粮的日子里，他像个大明星一样被人议论着、讨好着、孝敬着，一颦一笑皆惹人注目。

排到根水时，已近中午，老陈叫道："麻利点，快下班了。"下班是个很时髦的词，表明了自己的身份，农民才没有上下班之说。根水忙把板车推进来。老陈拿起一把带槽的刺刀插进麻袋。

来宝大声呵斥道："你戳破我的袋子了。"老陈斜了一眼叫道："哪来的小鬼头，胆子不小。"根水忙道："我儿子，好帮手哩。"老陈把刀槽里的谷子扔进嘴里咯吱咯吱嚼了，叫道："湿了吧唧的，回去再晒两三天。"

根水连忙跪下，道："老陈你不能这样，我这拉一趟不容易。"老陈指了指后面的队伍："谁容易啦！谷仓发霉，赔得起吗？下一个。"

老陈气势很足，根水一哆嗦，晓得无望，灰溜溜地拉车退出。队伍中同村的三愣悄悄道："你让来宝凶老陈，他能给你过吗？"根水道："不是来宝的原因，是我没买烟。"

村里有一个说法，如果买包烟偷偷塞给老陈，一定能通过。但问题是没有买烟，也有可能通过呀。根水想，不花这冤枉钱，给来宝买冰棍买豆花，不更好吗？就是这一念之差，现在他要把一车粮食运回家。

来宝却硬气，叫道："不要就拉倒，我们吃东西去。"来宝的目的，是来镇上寻新鲜玩意儿的。来宝一来劲，根水也被感染了，扔下一车谷子，带着来宝吃冰食去了。

半个月之后，根水因为拒交公粮，被关进学习班去了。根水也不是不想补交，他还没那个胆。这个胆呢，主要是来宝的胆。来宝说："咱们再送，他要是再不收，咱们又得弄回来，要的话自己来收。"根水脑子抽了，居然听一个十来岁孩子的话。另外，根水不知道粮站征收完毕，已经不再收粮了。这么一耽搁，他就被拘留了，美其名曰到学习班学习。

被拘的时候，根水被吓得尿都滴下来，进去了，倒是也不慌，同一房间还有人各种聊天，也有饭吃，倒是心平气和下来，觉得如果一辈子被关在这里，活得更轻松了。后来听得人说，这里吃的每一顿饭，回头要算饭钱的，这才觉得纠结起来。

皇帝不急太监急。巧容闻讯，到镇上打听，晓得要交罚款与公粮款项才能捞人，便跟立春商量。立春没好气道："你找爹商量商量呗。"原来父亲什么事都袒护巧容，立春早已不满。巧容道："爹都颓了，你不劝劝他，还麻烦他。"

确实，陈武功今非昔比。其他不说，光是少林、歆头两家人来讨说法，就让他头疼了。两家不满为立秋报私仇而获罪，更要命的是，他策划了立夏与石头的逃亡，置少林和歆头于不顾，让两家人更是火上浇油。石头没几天就回来了，他放不下家，放不下母亲和妻儿，躲在家里缠绵几日就被抓了。陈武功想想，也奇怪了，自己就为立夏和石头着想，却顾不得少林与歆头，感情这东西真骗不得人，自私乃是天生的。毕竟心中有愧，被两家人上门骂着，也不还嘴，默默忍了。倒是其他邻里见着这样一个威严的头人，沦落成受气包，晓得原委的不落忍，替他分辩：当初摩拳擦掌要去复仇，陈武功可没指使，是四人自己跃跃欲试，要逞威能。

两家骂也不过瘾，便将粪便泼在门上。陈武功的叔侄倒是不满了，要愤起算账，陈武功却阻拦住，叫人散开，用水泼洗，脱下衣裳，蘸水擦拭门板，也不闻香臭，似乎那过往过错与怨恨都沾在门上。好在现在麒麟埕水已经管够了，让他冲洗吧。
一九八八年，在村委和乡贤的努力下，接通了自来水，只一瞬间，
夜半在四角井排队的岁月一去不返。人们想起为了水源而几乎火
并的事故，恍如隔世。但是有些人挑水惯了，还是习惯早起，把
水缸加满，有的说没有挑水身体反而疲乏，有的说还是习惯井水
的味道。

　　立春头些年养殖是赚了些钱，陈武功到处筹集立夏的偷渡费
用，当然赚的钱就留不住了。立春也是心里有气，这边养殖又要
投入，也是捉襟见肘的状态。养殖方面，他们几个人跟着师海亦
步亦趋，在养蛏子初次尝到甜头后，更是把师海当成神，相信他
能开天辟地。但是立夏出走偷渡的信息传开后，师海心头一凛，
不乐意了。

　　"立夏偷渡的费用，你没少出吧？"师海质问道。

　　立春没有说话。他不想撒谎，也不想说实话，脸僵硬着，像
一块刚打下来的花岗岩。

　　"你学我的项目，学我的技术，赚了钱，然后帮助我的仇人逃
跑，你觉得像话吗？"

　　立春想答也答不出来。支支吾吾了一阵子后，问道："我也没
办法呀，如果你是我，你会怎么做？"

　　师海道："以后不要叫我师父了，听得心里怪疼的。"

　　以后师海就对立春爱理不理。如果说立春之前在师海面前如
一个跟班，是一个弟子，现在则像一只癞皮狗，死乞白赖。立春

觉得丢脸不可怕，可怕的是没有学习的偶像，他常对合伙人说一句话，师海吃一锅，咱们总能吃一碗，重要的是咱们别跟丢了。师海一脸嫌弃，甚至大塘的人都一脸嫌弃，他依然过来遛一遛，跟投食的工人聊天。他总怕大塘里用了先进的技术而他不晓得，落了后腿。

如果这件事还有余地，另外一件事，就导致师海对他彻底厌恶了。掌握了肥料养藻投喂蛏子的原理后，立春经济吃紧，为了节约成本，用粪肥养藻，他的池塘弥漫着一股臭味。在原理和效果上，都行得通，但是在直觉上，行不通。说你的蛏是吃屎长大的，谁敢下口！尽管蛏子的长势不错，但是师海认为这是行业耻辱。这种行为使得师海后来下决心做一件事，把自己的蛏子做成独一无二的产品，注册商标，跟其他人的蛏子区别开来。这是后话。

立春对巧容说："你要钱要得不是时候，我现在到处借钱投产，没得办法。那巧清不是都嫁到香港去了，能耐大，跟她要几百块不是拔根毛的事吗？"巧容没好气道："你以为香港是隔壁村，想去就去呀。再说了，我爹跟巧清不对付，说她是狐狸精，要是拿她的钱，我爹宁可待里面。"巧清跟根水杠了好几年，两人根本就是三观不合，脾气不通，谁也看不上谁，说是父女，谁知道上辈子结了什么怨，不晓得是来报恩，还是来报仇的。即便巧清在医院工作时，回来扭着屁股一股时髦气，在根水看来都不是正道，捏两张钞票给家里，根水就没正眼瞧。巧清也是一股子气，好，你不需要我，我还乐得个轻松呢，不再给家里献殷勤，乃至逃得远远的。

"巧月呢?"立春把皮球再踢出去。

"那自顾不暇呢,算了,不麻烦她了。"

巧月的近况,巧容不想了解太清楚。每个人有每个人的命,帮不了她忙,问得太多还徒增烦恼。只是有一次巧月来借钱,巧容便晓得她日子过得不怎么样。嫁过去时,好歹看上他家境可以,但家境好不好,是他父母的本事。生了孩子后分了家,一切都要靠自己了。那刘细兵靠着台球厅可以赚几个钱,但他自己喜欢打牌赌博,手气好的时候家里杀鸡宰鸭,吃得热气腾腾;手气不好的时候,锅冷碗冷,连吃饭都成问题。巧月带着孩子,也过上没着没落的生活。巧容问她悔不悔,巧月硬气,梗着脖子,鼻子翘翘的,道:"巧清看不起我,你也看不起我。我自己选的路,前面便是断了,我也跳过去。你有没钱,说一句便是。"巧容心疼道:"妹子,我没瞧不起你,我是心疼你。我的亲事是爹做主的,你们都是自己选择的,既然铁了心,那就往好里看吧。你姐夫现在还在筹钱投资池塘,来得不是时候。"巧月道:"没有就干脆说,还绕这么半天。我以后不求人了,自个儿找门路去。"巧月的决绝让巧容心疼,心疼她年纪小,不知道能不能扛住一个摇摇欲坠的家。

爹的事,巧容心知只能扛在自己肩上。虽然根水嘴上说"你们统统都出去,我有来宝就够了",但是来宝那么小,除了惹事之外,其他的忙哪里帮得上。好在巧容现在有些自己的门路,她寻思着,一家一家地凑,好歹捞出来再说。

按照老汤的指点，老二在寿宁几个村子搜寻一遍。确实如老汤所言，这些村子的媳妇儿，很多是外地买来的。老二挨家挨户打听、张望，也曾被警惕的村民追打，瘸着腿走了一个月，一家一家排查。老汤说，很多东西用眼找不到，必须用心。

还是无果。但老二把这当成一种修炼。也许自己此生就在寻找中度过，但每一次寻找都是希望，都是在接近巧云。无数的夜里，他自言自语，跟命运之神对话：你是把我当成唐僧吗？你是要我经历九九八十一难吗？我经历之后，你能让我取到真经吗？哦，命运，如果你有心的话，可能兑现你的承诺？

正愁不晓得下一步如何，老二想起老汤的话，不管找没找着，都希望去老汤那儿一趟。老二想起老汤殷殷以盼的眼神，感觉必有要事。在剧团的日子里，他和老汤结成莫逆之交，两个人生都栽倒在姻缘上的男人，或许多了一层天涯沦落人的共情。

他赶到霞浦半月里村的时候，老汤已经病倒了。他的食欲减少，吞咽困难，每天靠浇一点地瓜烧下去，人又会精神一点。有时候呕吐，呕吐的时候会把老二赶开，不让老二看见。但是老二还是见到他呕吐的血迹。老二想起，老汤在剧团的时候，就背着人鬼鬼祟祟的，看来病日已多。老汤见了老二，没有得病的沮丧，反而开心死了，叫道："我没看错人，我没看错人。"他像是得了一个宝贝。女儿阿青已经懂事，虽然老汤好的时候，把她疼得像个宝贝，撒娇撒泼什么都会，但是老汤病倒了，她一下子变得懂事，端茶送水的。

老汤道："你晓得我要你来做甚？"老二点了点头。他心里明白，老汤自知时日无多，必有事情托付。萍水相逢，老汤相信自己，便是缘分了。老二也不晓得老汤的底细，也没什么亲戚，只有邻里老人偶尔过来看看，判断老汤什么时候死。如果没有女儿，老汤将是个死了都没人知道的孤家寡人。老二觉得老汤眼里的活力与热情，完全拜女儿所赐。

那一日，精神头好了，老汤像个平常人一样，深吸了一口气，叫老二过来。老汤演练了一套狗拳，真的像一只被打瘸腿的狗的动作，然后让老二一招一式地练。老二对武道并无兴趣，敷衍几下，道："您还是歇着吧，我这个也不上手。"老汤严肃道："这是我唯一能给你的东西，你别看不上，年轻时我一对三基本拿下。你一定要学，学会了我才放心。"他画出图画，躺在床上一招一式指手画脚。老二也不敢怠慢，照猫画虎。

老汤的最后几天，实在是疼。按照当地的土法，去高山的山民那里买了鸦片膏，服下止疼。老汤指了指阿青，老二明白，点了点头。老汤还是把老二的头抱在怀里，嘀咕道："不管是跟着你流浪，还是去唱戏，一定要给她穿得干干净净，漂漂亮亮。她以后如果上台，可以唱个青衣。我认定你了，老二。"老二握着他的手，给予他信心。他又把女儿叫到身边，嘀嘀咕咕说个不停，那些话已经说过多次，他也不晓得是忘了，还是自然地重复。但心里明白，这样跟女儿说话的机会不多了，说一句是一句。

老汤下半夜要起夜一次，老二要扶他起来，把尿壶架在他身边。

那一天凌晨老二醒来，突然感觉老汤还没起夜，摸了摸鼻息，已经没了气息。

"打鼓佬走了！"次日消息一走，戏班的人从远近跑来相送。邻里老人也赞叹："有福有福，某某人都疼了一两个月，他就疼了几天，是福报。"

守灵两日，全程是老二与阿青。老二见老汤表情松弛，与生前几日的痛苦狰狞一比较，心里倒是松了一口气，死了比活着舒服多了。阿青虽然对死的领悟不深，意识中也明白以后父亲不能陪伴自己了，哭哭啼啼中，困了便靠在老二怀里，又对老二多了一份依赖。小孩跟小狗一样，没了主人便下意识去寻找新的主人。

老汤早把棺材备好，把墓地建好，花了他全部的积蓄；看病的钱，一个子儿也没掏，他没有看病的习惯，只晓得生死由生死簿定了。墓地在九龙岗，老汤请了六个风水先生，定下的宝地。有人说，你没个正经后代，穷讲究啥！老汤笑笑不语，把女儿疼得胜似男儿。别人都相信风水只传男丁，独独老汤相信女儿能受益。除了在有生之年照顾阿青之外，老汤觉得这是最好的赐予了。棺材抬到龙首路顶，只差一个岔道小坡，突然间棺材绳断了。抬棺的短须汉子胸有成竹，叫道："阿青过来，你爹有话跟你交代。"老二和阿青在前头穿着麻衣举着道符招魂，阿青转身过来，抬棺汉子叫道："你爹有什么交代你的话吗？"阿青点点头："很多。"汉子道："跟你爹说你都记住了。"按照汉子指使，阿青对着棺材跪拜道："爹，你交代的我都记住了。"汉子把绳子打结系好，一声"起"，抬起棺材，没走两步，另一根绳子又咻咻两声，渐次崩断。汉子道："哎哟，都快到墓地了，还有那么多事。老二，你也来表白下。"老二跪在棺前，叩首道："老汤，我会照顾好阿青的，你放心，即便是去找巧云，我也会带着她，不会交给别人的，你就放心去西天吧。"棺材这才又被抬起，晃悠悠荡了两下稳住，短须汉子一手扶杠一手抹了一把额头虫卵般的汗滴，叫道："老汤你生前讲究，死后还这么讲究。我跟你说，今天是你运气好，才能凑齐一班青壮劳力抬棺材，平时里大伙都打工做事去了，村里没几个抬得起棺材，这你也知道，知足点吧！"棺材被顺利送进墓穴，老汤一劳永逸就到那个世界去了。

丧事结束，老二在家中收尾家务，却来了一个泼皮，自称是老汤的远房侄儿，质问老汤到底留下什么家底儿，老汤无子，家底应该由他继承。老二也正想离开，被吵闹一日，凌晨便偷偷带着阿青逃出了村子。

老汤确实给老二留了点遗产，不是什么金银财宝，而是一个寻妻名单：横坑、漈下、哈竹尾、悠远坵、墓里、北墘……这些村庄遍布寿宁、屏南的深山之中，买妻成风。

走了两日，风餐露宿，兴奋劲一过，阿青不干了。老二便跟阿青讲道理，自己的生活就是寻找，寻找，寻找，你跟着我，就必须适应，适应，适应。阿青不悦道："不，我走不动，我想住下来，我想跟伙伴玩儿，我想唱戏。"老二道："等我找到了，便住下来，能闲下来谁也不愿意奔波的。"阿青晓得老二寻妻的事，想了想，突然道："她都不要你了，你还找什么！"老二似乎被当头棒喝，蒙了片刻，道："要不要我都得找呀，我得告诉她我活着呀。"阿青嘤嘤哭了起来，道："她就那么重要吗？我就不重要吗？我要回家。"

老二没辙了。平时老汤挺宠她的，所以小姑娘伶牙俐齿，说是说不过她的。小姑娘在长桥镇的小客栈里，哭着哭着就睡着了，连饭也没吃。老二买了两块土豆饼，放在她身边，自己也疲乏得很，一倒头就着了。次日醒来，发现阿青和土豆饼都不见了。

老汤曾郑重其事拉着老二的手交代：阿青交给谁我都不放心，就你我放心，我不管她是什么命，但是你要让她有好命的。老二想起老汤的眼神，脖子背后冒出冷汗。

可以说，在养殖技术的追求上，师海是一个精益求精甚至钻牛角尖的人。早晨六点钟必到池塘，取样观察蛏子的生长状况，雷打不动。他的脑子里，会产生各种奇思妙想，然后立马执行。在大塘，他像一个帝王，说一不二，池塘便是他的疆土。对于别人，他的眼光是严厉、果断，对于蛏子，他的眼光充满柔情、细腻。毫不夸张地说，他是把蛏子当成自己的孩子。想想也可以理解，正是这种肥嫩的蛏子，独一无二的品种，将他从人生的绝境里救出，他怎能不赋予其极深的情感。在别人眼里，蛏子只是一种海产品，一种谋利的商品，他在此之上有一种偏爱，所以对蛏子舍得投入。

早先养殖，把豆浆或者碳酸氢铵等肥料直接撒在养殖池，这种喂食的方法简单、快速，但也有副作用。蛏子并不直接吃这些肥料，吃的乃是海水中的海藻。海水一进到养殖池里，饿急了的蛏蜻很快就把海水里的藻类吃光了。这时候即便再放进肥料，由于海水里没有了藻种，很难繁殖，肥料沉积多了产生氨氮，对水生生物有毒害，导致病害。师海在观察病蛏后，请教了专家弄清原理，以他的养殖经验，很快想出应对方案，在养殖池旁边配个饵料池，连同养殖池按时供水，就像专门的厨房。

　　在饵料池里施肥培藻，则是养殖中的重要环节与核心技术。一般有机肥、无机肥和化肥，都可以培养海藻。但是，碳铵、过磷酸钙等化肥会破坏蛏塘底质的自净能力，而且化肥营养单一，培养的硅藻不稳定，在试验中被师海否定，或者，只能作为辅助肥料。师海独辟蹊径，主要购买大豆磨成豆浆，作为有机肥培养硅藻。他说，我自己喜欢吃豆浆，我要用最喜欢的食物来喂养蛏子。豆浆的好处，一是营养丰富，培养的藻类肥效持久；第二，池水中没有被藻类吸收的豆浆，可以作为有机碎屑直接被蛏子吸收，做到"肥水不流外人田"；第三，在春季和冬季气温较低、光照不足，培藻较为困难，这时候豆浆可以作为藻类的替代品。如此一来，池塘的蛏子不论在什么季节，都在吸收营养。攻克了这个技术，蛏子减少了病害，保持了稳定的生长速度，蛏子个个饱满、色白、肉嫩，主要销往福州市场，在本地亦成为送礼佳品，师海"养蛏大王"的名声不胫而走。

大塘的股份遍布城乡，城里公务员群体，也出现了一股投资热，许多人都托关系，购买一些大塘的股份，可见其受欢迎程度。师海成为炙手可热的人物，到处都有人在谈论，报纸在报道。晚上的应酬，天天排满，几乎都是明星一般的待遇。确实，他的手上操盘着上至高官下至百姓的切身利益，能不成为谈资吗？

城市，也随着经济的发展，在日益繁华、喧嚣。过一段日子，便有消息在市民中传开，最大的保龄球馆开了，最豪华的酒楼开张了，最大的娱乐会所开张了，虽然大多数人无缘消费，但是津津乐道一下，也能过瘾；又说某某朋友去哪里的消息，如何之繁华，如何之铺张，说起来也有沾光。

这一日，聚会的有公路局的张发明局长、政协的何主任以及若干陪从。张发明是新来的股东，又跟师海初次见面，酒逢知己，喝了个舌头打结。按照惯例，第二场是必须去唱歌的。海鲜楼旁边就是海之都娱乐会所，名流暴发户云集，也是个撑场面的地儿。师海是个大老粗，不会唱歌，硬被拉去，那就继续喝酒。又不时有新朋旧友过来敬酒，说敬仰的话，继续往肚子里灌。师海的酒量是不错，他爹也是能喝点酒，但是没酒喝嘛，没试过底线，师海好像是个无底洞。后来包间进来一溜儿小姐，香风阵阵，嗲声嗲气，师海不解风情，又不懂得跟小姐调笑，只是被一味敬酒。后来他终于醉倒了。这一次酒醉，让师海付出巨大的代价。

次日中午，师海从大塘回来，昨夜的酒意还没有退去，腹中焦渴，便喝了一碗清粥，肚子舒服很多。吃饭的时候，海燕还能闻到他嘴里的酒气，道："以后别喝那么多，别以为贪杯就不会耽误事。"师海笑道："喝点酒能耽误什么，我早上照样六点起床。"师海抹了抹嘴巴，抽了一根饭后烟，便上床午休片刻。虽然他睡眠不好，但午休倒是习惯，即便中午有事不能回家，他也会在车上打个盹，下午便会精神抖擞。在卧室里，他扯下秋裤，一甩，秋裤里突然甩出一条小小的蕾丝内裤，黑色。那一瞬间，他和海燕都愣住了。之后他张了几次嘴巴，但一个字也说不出来，真正体会到什么是百口莫辩。让他最感可怕的，是海燕的眼神，从来，师海做什么事，海燕都是包容、赞许、鼓励、信任，即便在最困难的时候，也是百分之两百的信任，现在，是惊疑、愤怒，这是不曾有过的。师海后来说，当时海燕愤怒的眼神，有狮子一样的力量，闪电的尖锐。本来师海以为自己是无所畏惧的，那一瞬间，师海知道自己心有所惧。

对师海而言，这是一次绝对的哑巴亏。在包间里喝醉之后，应该是被几个人抬到楼上休息，便不省人事。司机李秀宝通知家里，师海喝醉在外过夜，这也是常态。早上起来后，穿衣起来如常，唯不知道的是昨天谁给自己脱了衣裤的。

海燕在当天就出走了，不知所往。虽然之前各种分辩，但千言万语归为一句话，黄泥巴掉进裤裆里——不是屎也是屎。师海呆呆地看着那一片薄薄的小裤衩，差点被噎死。

叫人去丈母娘家探听，也没有海燕的消息。想来也是，海燕不是那种跑娘家的女人。师海也不敢让丈母娘知道，要不然事态就更复杂了。

海燕走后，家里留下四个孩子，虽然有阿姨带着，但也不晓得究竟，都问妈妈去哪里了。师海觉得家里空落落的，像一座宫殿，没有了帝王。这才晓得，海燕是这个家真正的主人。自己主宰的王国在大塘，而只把这里当成一个客栈。海燕的出走，使得师海重新对家与事业做了审视，这个家没有海燕绝对是不行的。

那晚陪师海喝酒的朋友，都晓得给师海惹了大祸，齐齐来道歉，或者分辩当晚情形。师海恼羞道："跟我道歉有啥用，当务之急是把她找回来呀。"从出走的情况看，海燕拿了一个皮箱，取了一些换洗衣物，应该是准备出远门。众人出谋划策，有的安慰说海燕是个内心强大的人，绝不会寻短见；有的说她会不会跑海军那里去了。师海一拍大腿，叫道："怎么不早提醒我。"他心中想，这个事情只有请海军来解决，别无他人。

海军在大地方发财呢。

一九九二年初，邓小平南方谈话后，大批官员和知识分子投身工商界，发生了继八十年代后的第二次下海经商潮。根据人事部统计，一九九二年，辞官下海者十二万人，不辞官却投身商海的人超过一千万人。下海潮涌动之时，人们不再回避"钱"字，见面道一句"恭喜发财"成了口头禅。海军看到《人民日报》的相关文章引用了中国俗话"要发财　忙起来"，大受鼓舞。他热血沸腾，转让了承包的小东门经营部，前往淘金热土海南。

一九八八年四月，海南省正式成立，这个中国的第二大海岛被推向了改革开放的最前沿。此前，海南只是隶属广东省管辖下的一个行政区。作为中国最大的经济特区，海南岛当时就像被哥伦布发现的新大陆一样，因为特区之"特"，吸引了数十万热血青年从天南海北来到这里。闯关东、走西口、下南洋，他们与中国历史上著名的几次人口迁徙潮一样，有一个响亮的名字："闯海人"。海军出发前，喝了饯行酒，对着朋友们说道："如果再不做一个闯海人，我就晚了，行不行我都得去拼一拼。"由于这一番豪言，当初劝他好好经营小东门经营部的亲朋都闭了嘴，等着海军即将上演的财富悲欢剧。

海军到达海南的时候，海南房地产的热潮已经到达顶峰。他在海口逗留几日后直接去往三亚，三亚还有市场空间。满大街都是买卖房产的人，操着全国各地的口音，凭几张房地产图纸就能卖出金山银山。海军在这股热潮中，挣到了第一桶金。

"地产市场太热了，感觉不像真的，热得使人害怕。"海军在这时候，说了这么一句经典的话。正是这一点害怕，让他及早收手，保住了战果。

一九九三年六月，中共中央、国务院发布《关于当前经济情况和加强宏观调控的意见》，采取紧缩政策，促使经济"软着陆"。经济整顿一开始，海南房地产热浪就应声而落，数千家开发商卷款逃离，遗留下大量荒芜的土地和空置的商品房，遍地都是烂尾楼。

海军把手头的三套别墅转手给一个内蒙古老板后，转身带着一百来万资金来到深圳，结交商业朋友，再次寻找机会。几年的发展，逐渐站稳脚跟。

师海心想，海燕是不是跑海军那里去了。打电话问了，海军倒是一副商人的利落，他是一点海燕的消息都没有。师海说："你能不能回来一趟，这件事现在只有指望你了。"海军一副见过大世面的样子，倒是责怪师海小题大做，拍了胸脯道："行，这事包我身上了，我正好也要回来看看形势。"

海军回来，已经是名动一方的著名商人，《闽东报》将他作为勇闯商海的退伍兵典范做了报道，也算是家喻户晓。海西工业基础薄弱，企业家极少，能到外面做企业的，那更是少之又少，海军在深圳创立了公司，也算是凤毛麟角的企业家。海军回来，戴着衣锦还乡的光环，提了个醒目的大哥大，成天应酬，他爱交朋友，政界、商界、江湖的朋友，多多益善。按他的说法，白道黑道都有朋友，那才算真有朋友。海军这么说，自有他的道理，他当时正春风得意，拿下了一个全国著名服装品牌的皮带生产授权，正在寻找合适的厂址。早先，他只是认识该品牌的老总，有一天他接到老总的请柬，参加一场宴会。他心思敏捷，心想又不是公司年庆，为何宴请？多方打听下，才晓得是老板五十岁生日，只有亲近者得知。海军心想，这是一个不可多得的机会，又去打听老板的喜好，然后急速定制了一个红珊瑚做成的艺术品，兼具祝寿与艺术品的功能。功夫不负有心人，果然老总在一堆平常贵重的礼物中，看到了海军的用心之作，相当有印象。其后海军提出代理其品牌皮带的想法，老总觉得以海军的用心，这事能成，签订授权。海军提起此事，津津乐道，席间朋友都夸海军精明，胆大心细，是个人才。

师海可不满意了，道："海军你回来倒是应酬开了，都没管海燕的事呢。"海军挥了挥大哥大，道："你看，前天地区招商局的局长请我，昨天县长请我，今晚还有海西首富彭总请我，都有项目在谈，这是身不由己呀。"师海道："我没叫你不应酬，我是说，你给我打听打听，海燕到底会在哪里。"海军喝了一口浓茶，把昨日的酒意消去，滋润嗓门道："嘻，你真是越活越小了。她一个大人，能有什么事？你想想，你跟她结婚这么多年，你带她去哪里玩过吗？带她去见识过世面吗？没有吧，她一直在锅碗瓢盆、换屎换尿中度过吧。她早就跟我说了，什么时候走得开，去看看长城，去看看桂林山水，这不，你出了这档子事，不正给她这个机会，你着什么急呢，玩够了，她自个儿会回来。"

师海一听，也有道理，道："要是能像你这么说的，那倒是好呀，你确定她能自个儿回来？"海军道："这我给你打包票，回不来我赔你一个妹妹。"师海道："你赔我我也不要，我只要海燕。她现在对我是误解太深，憋着一肚子气，你怎么确定她会回来？"海军道："她要不要你是其次，有四个孩子在，她会不回来吗？"这么一说，师海笃定了一些，道："她要是回来，你可得帮我搞定。"海军道："那肯定呀。这一点我要批评我妹，小心眼。男人要干大事，这点事不能放在眼里，实话告诉你，我公司那边，专门培养了几个小姐伺候客户，顶得上一个公关公司呢。"师海急道："我可是啥也没干，天上掉下一条内裤来呀！"

对海军来说，这次家乡之行，收获重大。在当地政府的招商游说下，他决定把皮带厂定在家乡，为家乡的吸引投资做模范带头作用。正逢国企改制之时，本地的一些国营小厂经营亏损，比如棉纺厂、罐头厂等，处于停产状态。海军此刻回乡投资，正是极好的时机。

人如蝼蚁，生死谁定？

可法寄居到寨顶山马施罗庙中，一是在村中无容身之地，实在待不下；二是住在此地，还能找到关于画中人的回忆。夜里，他一闭上眼睛，马上就想起画中人靠在他怀里，一边取暖，一边憧憬庆生出生后的样子。以前不觉得画中人的声音好听，现在画中人走了，才感觉她的声音也好听。从来不像普通村妇一样骂骂咧咧，总是细声细气，带着幽兰的气息，想起来比听起来更美。

可法想得细细的，吸一口气，有时候抹了把眼泪，然后入睡。他只有希望自己做的梦能重现所思。

他只有一块门板睡着，有时候硌得腰酸，但比哪里都睡得舒坦，既没有父母气急败坏的叫骂，也没有亲戚朋友的催债。

他曾经寄希望于现代医疗技术。即便是一点点的希望，他也要让她起死回生。他偷了父亲的一万积蓄，再加上亲戚借的一万，携着两万带着画中人到省城军区医院。父亲的钱是准备给他再娶的，借的钱也是以再娶的由头。带着最后的希望，他把钱花光了，做了两个疗程的化疗，最后把画中人的命运交给运气。

画中人最终还是走了，走得十分凄凉。可法认为那是画中人自己不想活了，她要去找庆生。画中人在最后弥留的日子里，一会儿说庆生就在床头，一会儿说庆生正坐在自己肚子上玩耍，活灵活现，可法相信是真的。她处于阴阳两世的临界状态，既能跟可法说话，又能跟庆生交流。她恋恋不舍，又舍不得可法，又舍不得庆生，左右为难。但是绝症推了她一把，她选择了庆生。她最后对可法道："你给我烧纸的时候，一定要烧一个轿辘（木制的婴儿车），我可以推着庆生去玩儿。"

陈玉贵差点被儿子气死了。他也得了一场病，他骂可法："你这孽畜，你糟蹋的钱，够娶两个媳妇了！"自此心灰意冷，视他如仇人。亲戚来家要他还钱，他道："可法借的钱，归他还，他不还，你打断他的腿，我也不吭一声。"可法也并非无赖之辈，可是一点也没办法，面对讨钱的亲戚，只是应诺："我正筹谋做事，有钱就还。"众人不信，说你能做什么。可法道："我到山上养鸡，鸡生蛋，蛋生鸡，终归能还你们的。"

可法跟立春借钱，说要在山上开养鸡群。立春道："你如今这个样子，我是没钱也要帮你。养鸡这事你根本没干过，不靠谱，要不你到我塘里帮着养虾，日后还可以弄点股份，也算一份正事。"可法道："如果寨顶山能养虾，我愿意去养。"立春道："你糊涂了，山上养什么虾。"可法道："我总觉得，画中人的魂儿在寨顶山上，我必须去陪她。"立春叹气道："画中人活着的时候，我叫你一起养虾，你说夜里要守着她，不能让别的男人有机可乘，现在她死了，你还要陪她，我看你是有了这个女人，世界都不要了。"可法道："我觉得她没有死呀，她跟庆生去了另一个地方而已。"

立春道："你也晓得，我现在赚一点钱，也给我爹弄去给立夏还债了，人眼瞅着也是个成功的养殖户，实际上裤兜里叮当响。不管如何，我好歹给你凑几百养鸡，你这鸡如果养成了，我就恭喜你，钱也不用还了；若是养不成，以后你再养鸭养鹅，也别再跟我借钱了，好不？"可法拍着立春的肩膀道："我就知道，就算全世界把我抛弃了，你也不会抛弃我，我没白交了你！"

可法在山头的树林子边，圈了一圈，养了一群叽叽喳喳的小东西，整个山头都热闹起来。一个月后，这群小东西灰飞烟灭，大部分被林子里的动物叼走了，还有的做了野鸡，为寻一线生机而不知所终。也有人上来巡视，看看有无还债的可能性，可法指着树林道："这下可能要找野狸子追账了。"

养鸡不成，可法倒适应了小庙生活。有香客上来抽签，可法熟看解签本，也能说个一二。又有人上来画乩求神，可法也帮助扶乩笔，熟悉诸多法事。有一日，梦见画中人携着庆生来见，却如常人一样，不再是病恹恹的样子。庆生虽是婴儿状，却也能牵着手在地上走，也能跳到画中人的脖子上，如猴子一般。想来母子团聚，各自都安好了。画中人道："上天怜悯我们母子，不入地狱，又因我说悲悯天下女子生子不易，便到人间助人求子。"可法一觉醒来，欣喜异常，便如得了一家团圆一样。自己在庙中晨起点香，便觉得画中人母子正在门口端详，亦享受香火；自己在门外的棚子里做饭，便觉得画中人在一旁注视，庆生在一边玩耍。心念一起，阴阳通灵，那孤寂的日子也活色生香了。

一日，去拜访半山的资圣寺的树鹏师父。树鹏师父在资圣寺上院，去了不见人，等了半个时辰，便回来了。树鹏师父不在寺里，便是下山去采购用物。资圣寺依山而建，分为上下两院，上院在后，下院在前，前低后高，中间石阶相通，围墙石灰斑驳。树鹏师父早年是个孤儿，浪荡半生受尽冷眼，后来看破红尘来到资圣寺，住持三通和尚让他住在上院阁楼，学解签等诸多佛事。三通住持圆寂之前，把住持封印传给他的干女儿清桂，清桂做了住持，但与树鹏师父不和，屡次想把树鹏赶出寺庙。树鹏不为所动，住在上院，自然而然，上院的香火归树鹏，下院的香火归清桂，面上井水不犯河水。但是树鹏师父解签解得好，自然有香客塞些许酬金，倘若被下院清桂看见，便是一道冷眼射来。正所谓"红尘之外有红尘"。

可法将梦中景象说与树鹏，又说起画中人生前种种事迹，激动之处，眉飞色舞。又将照片拿出来，树鹏师父连连惊叹，道："你那亡妻，一看这样子便晓得是送子观音下凡，到人间遭一劫难，修行之后再度他人。"当下告知可法，王坑村有一画师，画神画人皆栩栩如生，与自己交好，报自己名字，可将画中人画出来，拿来供养。可法喜不自胜。几日后画像拿到，确实一个右手抱着娃娃的观音，面容眼神，皆如画中人再生。可法一见，几乎泪崩，双脚不动都看痴了。其后把画像做框，供养在马施罗庙塑像前面。若是有人来求神，可法便不厌其烦介绍，声名不胫而走，有躲计划生育的、不孕不育的都来烧香磕头。可法每日里也如同妻儿就在身边，甚至唠唠叨叨对画中人说话，有事便商量。每日供香，又每逢节日供上果食，又说庆生口牙不全，做了些软食是给庆生的。寂寥山中，一个人过得风风火火，自得天伦之乐。

第三十二回：红楼

翡翠到医疗站，还了药钱，大声道："老全回来了。"言外之意，船仔晓得，不由脸上一红，自觉得心中有愧，紧接着一阵一阵悲哀泛出，酸酸的味儿。

翡翠倒是眉飞色舞，男人回来了，手上有点活钱了，嘴里能有点酸辣味儿，怎么不开心，叫船仔晚上到家吃饭，船仔哪里敢去，慌里慌张叫了起来："不行，我中午的剩饭，晚上得吃完。"翡翠看船仔慌乱样子，轻声道："胆小鬼，胆子再大一点才男子汉！"晃着紧绷绷的屁股，出门去了。

老全回来，正是秋收之后，谷物已经进入粮仓。秋闲时节，天高气爽，抱着孩子亲亲热热，村里四处走走，有老人闲坐的门前闲聊几句，说点外面物事见闻，怎不惬意。到了晚间，酒足饭饱，搂着婆娘熟门熟路干了一通，抽了口事后烟，叹道："这粮仓的谷子，全由你一人拾掇，真是难为你了。"翡翠光着身子在被窝里笑道："我一人怎么行，全赖憨头帮着哩！"老全道："我就说了，你怎生出个三头六臂来了呢。有没拿什么谢谢憨头呢？憨头是憨，咱也不能欺负他，给人说难听了。"翡翠嘻嘻笑道："拿米拿钱我也舍不得，不过哩，他也没白干，干一天活，跟我这儿睡一晚，他可满意哩。"老全听了，松一口气，又怪自己没有及时回来，道："本来我是要回的，但是东家把亲戚邻里的篾匠活全拉过来，我就给耽误了。"翡翠道："你干你的活儿，有钱赚怎不好赚。我家里头对付得了，实在忙不过来，叫憨头一声，他分分钟过来了。不过呢，他就是憨，夜里睡觉也不是真睡，我就让他捅肚脐眼，他当真男女就是这么回事哩。"老全皱了皱眉头，不满道："这样也不地道。万一他以后结婚成家，还不晓得生孩子怎么生呢。既然睡觉，就好好睡，也不亏欠他，否则岂不是欺负老实人，咱们心里也过意不去。"翡翠晓得老全是心善的人，万事皆求顺遂，无愧于心，便答应道："行行行，我听你的！"

山中闭塞淳朴，自家女人陪人睡觉，就当请人喝酒吃饭，馈赠成分多于礼义廉耻。明面上礼义廉耻也有规矩，暗里默认，约定俗成。

一晃到了春耕时节，有一天夜里，天色暗暗，乡村早已进入沉寂，憨头从翡翠屋里头跑出来，直奔船仔住处，叫道："翡翠的肚子破了，快去救救她！"船仔提着裤子跟着出去，到了翡翠家，砰砰敲门，翡翠大骂："憨头你个呆子，你的肚子才破了，快滚！"

船仔这才晓得，憨头在翡翠屋头睡觉，觉得跟往常不一样，以为把翡翠的肚子顶破了，不由分说，赶紧提着裤子求救。憨头一脸委屈，还在嘀咕道："真的破了，真的破了！"船仔一腔烦闷，道："憨头，回去吧，女人你不懂的。"

船仔难受了好些日子，这才晓得，自己对翡翠动了情了。他决定结束这种生活。

船仔给黄杰打了电话："你快来，来救救我。"

黄杰终于在一个周末来了。船仔欢天喜地，陪他游古瀛洲风光。两人走到上村，正是刚刚营建的旅游公司的总部所在地，到综合办公楼去要一杯开水，在走廊上碰到一个正在看着窗外写生的年轻人。问了，原来是旅游公司的总经理，叫谢觉。谢觉的办公室里，有一墙的图书，船仔叹为观止。也许是三个人同为毕业不久的大学生，互相报上名字，居然谈得十分投机。谢觉道："虽然我在这里忙得不可开交，但是心中也是空落落的，偶尔画画，聊以解闷。"谢觉便陪着两人，沿路游览介绍。古瀛洲风景，第一部分为惊水瀛洲，水上一路漾洄，两岸奇峰、怪石、异洞、叠瀑、深潭、古树，品味独木冲浪和急流闯滩。又有九曲三十六峰惊而不险的独特韵味，山、水、人融为一体。岸边群猴出没、鸟唤丛林、船喧古岸、黛色凝葱。第二部分渔溪胜景，峡谷风情。在金钟渡村溪口，沿古驿道而上，四十里内就有"勒马回朝""金钟覆地""半卷珠帘""鱼溪圣井""双虹饮涧""黄蜂出洞""新娘下轿""龙珠浮印"等八大自然景观。第三部分登石笋凌霄，为山石自然风光，将军顶观云海看日落日出。第四部分明清古村落，沿溪边峭壁而建的明代古民居建筑奇特，古朴秀雅，似"鱼鳞千叠，衡宇高低"，楼台倒影，交相辉映。沿村内横空铺就的古老石桥、石街拾级而上，山风徐来如入天街。武圣庙，尹公宫里的古壁画，村前的石旗杆，清代的戏台，古风扑面。此地闭塞，何以有如此之多的古代建筑？原来此地历史悠久，明清时期，古瀛洲是蕉城通往外地的古驿道和商贸集散地，一度繁华，古田、屏南、松溪、政和、寿宁等县的各类山货，从山路集中此处，再由水路运出；由水路运来的海货、食盐，也在此分散往各个山区。因此商贾云集，自古繁华。公路修通之后，水路要塞逐渐凋零，但依稀可见繁华残迹。

　　船仔刚来不久，并不了解，一路听得谢觉介绍，心潮澎湃，又叹为观止，方晓得自己处于一个充满历史感的古迹之中。回到综合楼吃了饭，当晚夜聊，这里的旅游刚刚起步，谢觉聊起将来的宏图，热血沸腾。这种创业的热情感染了船仔，也使得他的内心充实而又充满憧憬。门外阴冷，山风阵阵，狼嚎鸟惊，屋内青春热情，酒逢知己，彻夜相谈。船仔有一疑问：谢觉何以年纪轻轻，就掌管这么大一个项目。谢觉倒是一声苦笑，说起来缘由。

　　谢家乃是霍童镇的大户，祖上经营盐业，富甲一方。到了解放初，谢觉的爷爷一辈，由于赌博而家产败尽，又因霍童溪发大水，百年不遇，将临溪的祖上大宅冲走。解放后评成分，居然没有评为地主，连富农都不算，因祸得福，家族虽败落但元气不落，大族家风犹存。却说谢家有一能人，叫谢天，乃是谢觉的叔叔。其父谢左明有了谢天，想再生一个，叫谢地，但谢天母亲早亡，谢地未能如愿出世。八十年代初，谢天与父亲一同到周宁卖铁补锅讨生活，改革开放初期，他机智聪明，一眼窥见商机，通过关系承包了劳动服务公司，合法买卖自行车、缝纫机等紧缺商品，赚了第一桶金。谢天自称有天大的胆，成为改革开放后的第一代"倒爷"。八九十年代全国最有名的倒爷是牟其中，他在一九八九年用国内大量轻工产品，从苏联换回四架图－154民航机。这笔颇具新精神的跨国生意，使他一夜之间名闻遐迩，也刺激着所有倒爷的想象力和胆略。其后，谢天又携着父亲，到了省城，以同样的手法承包了"福建日报读者服务公司"，在更大的市场里继续倒卖。在省城，谢天因"投机倒把，买空卖空"的罪名被收审，在狱中待了不到一年。出狱后，阴差阳错前往重庆，跟重庆一个区长的女儿好上，并且来信跟老家的发妻说，自己因为经济原因又要入狱了，赶紧办离婚手续，否则殃及妻儿。在重庆，谢天干了三件事，一是与发妻离婚，与区长女儿陈惠结婚，生子。陈惠当时大学刚毕业，被谢天的翩翩风度与见多识广所折服。第二，利用区长的关系，接手一个钢铁厂，与陈惠共同经营，成为富豪。第三，给父亲撮合了一门婚事，与一个退休女教师结合。

一九九八年初，谢天参加了厦门投资洽谈会，与蕉城政府签订了古瀛洲旅游开发的三十年协议，回来鼓动族亲兄弟参与投资，他占股百分之五十一，任董事长，任命兄弟叔侄各司其职。不到一年，投资花了几十万，开始运营皮划艇漂流等项目。但其间发生了一件事，古瀛洲出美女，谢天风流不改，与上村女子米初兰相好，出入形同夫妻。这引起发妻的不满。原来发妻后来晓得谢天在重庆已经再婚，也是无奈，但回到家乡，还当是夫妻。自然看不惯，发妻便到上村来闹，要把米初兰从谢天身边赶走。那米初兰一句话就把发妻气回去，道："人家重庆的都没闹，你哪有权利闹？回去瞅瞅离婚证。"发妻一怒之下，给重庆的陈惠打电话，说了谢天在旅游中心又娶了老婆。陈惠带着孩子，鞭长莫及，但有一样，谢天回来后，她掌管着钢铁厂，一怒之下中断追加投资。谢天这边投资落空，只好骗兄弟说自己投资迟点会到，让各位先把能投的钱都投进来。终归纸包不住火，谢天无钱可续，拍拍屁股，出外找钱去了。此时家族企业的弊端暴露无遗，企业职责与家族长幼交叉运行，乱成一团。屋漏偏逢下雨，适逢漂流项目与村民发生冲突，身为总经理的姑丈被村民拿刀赶到山上，旅游公司可谓是风雨飘摇。此时谢觉刚从中央美术学院毕业不到两年，签约深圳画廊，正回家写生创作。从小他就被培养成有胆识、有行动力的孩子，现在是家族中受教育程度最高的，唯一可以仰赖的人，大家都希望他能临危受命。但是谢觉并不想接这个摊子，他沉浸在画画的世界里，被超写实的绘画潮流卷着，一路狂奔。但是他的画家梦还是中断了，他被三叔谢思敏说服了。三叔是七步镇的镇长，也是家族中职位最高的，谢觉小时候多受三叔教诲，不能拒绝。但是他提出要把族亲都清理出管理团队等一系列措施，又动用官方与民间力量，平息了村民的逐利竞争，在餐饮、住宿、漂流三个方面的运营，使得公司具有输血功能，开始进入良性循环。

次日，三人恋恋不舍告别，又因对文艺皆有同好，五指成拳，拜了把子。黄杰老大，谢觉老二，船仔为老三，约定再聚。

月明在门口包粽子。她要包很多，她想让每个子女都能吃得到。门里门外，弥漫着粽叶清凉的气息。整个村子都在节前的忙碌中，就连炊烟，也有粽子的香味。一只绿皮青蛙不晓得什么时候跳上门框，在挂着的艾草上休息片刻，再用力上跳，发出簌簌的声音。月明被惊动，侧目而视，她从来没有看见青蛙爬得这么高。

"兆文，你回来啦，你是回来过节还是有啥事？"月明叫道。

月明到前厅祭桌上点了香。祭桌上边的木柱，挂着兆文的牌位，那是兆文在家中唯一的踪迹。有时候风一吹，牌位摇晃作响，月明也会嘀咕一句："兆文你又想琢磨什么了！"现在香火袅袅中，月明又跟他拉家常，似乎兆文就从未离开人世："兆文呀，你是有啥事要说吗？端午的节祭是会有的，纸钱元宝也少不了，你是不是着急没钱花了？对了，我记得你原来是爱赌的，在那边可不能乱赌，天晓得赌鬼会不会再下地狱。不过，我也晓得你是大男人，不会为这点鸡毛蒜皮的事回来一趟。可是有什么大事呢？你化身了一只青蛙过来，我也听不懂，叫我咋办呢！"

对于月明，邻里也有嚼碎嘴的，说不跟儿子进城享清福，成天在家里跟鸡鸭猪打交道，对着空气跟兆文唠唠叨叨，如同幽灵。但也有表示理解，金窝银窝不如狗窝。有人同情她，关键是她太孤独了，师海进城了，老二失踪了，船仔异地上班了，六斤有善种慧根，躲在庙里做善事，只剩她孤零零地、倔强地留在老宅。有人听见她在闲聊，进去一看却没人，便说她得了癔病。

青蛙在门框上停留一夜，一动不动。清晨月明以为死了，凑近查看，吐了一口气。青蛙觉察，睁开眼睛，湿漉漉的，小小的眼珠子藏着深深的黑暗。

屏南传来消息，师海的奶奶走了。按照习俗，改嫁等诸如此类女人，须得落叶归根，与原配合葬一处，否则阴魂不宁。但爷爷临走前交代过，不得把奶奶和他合葬一窟。这可为难到师海了。合葬，违背爷爷的遗愿；不合葬，不合礼俗，运下来也没什么意义。叔侄等争论不下。月明道："这事还是你爹来定。你爹既然回来，指定有话要说。"想想也是，兆文魂灵回来，应该不仅是悲戚，更有难言之隐。便去请人去阴，到地府找兆文，那去阴婆找了半个时辰，不见影子，问了亲朋邻里，均说兆文有些日子不见踪影，好不容易找到一个地府兵曹，翻了生死册簿，道："增坂村李兆文，功德已经圆满，不做鬼了，你就是把地府翻遍也找不着。"又问："何以功德就圆满了？"兵曹道："门道是有点多，功德既有自己修的，也有家人帮的，你若有钱财，我也可以帮你打点做出来的。"去阴婆出来，脸色苍白，回魂附体，睁开眼睛，道："他投胎去了，这一趟可把我累得丢了三魂七魄了。"月明听得消息，激动不已，给了双份酬谢，欢天喜地回去，似乎兆文会在家等她。

终归是没有良策，师海将奶奶棺材接下来，只在爷爷墓坪上搭了阴楼，权且放着，从长计议。

一阵热闹过后，月明把六斤从寺里召回，道："这些年，你抄经念佛，给你爹做了莫大功德，如今你爹已经投胎去了，你已尽孝。我看你这把年龄，也该回来谈婚论嫁，别把自己给耽误了。"六斤道："娘，婚嫁的事，我还没想这一出呢。"月明道："你想不想，由不得你，娘有一件事求你。"说罢扑通一声跪下去，这可把六斤吓傻了。

月明有一件心事，便是船仔的婚事，她心中早有主意。船仔瘸了，老婆不好娶，她想让六斤来做一种"交换"婚姻。这其实是一种"传统"，孩子因为贫穷或者身体缺陷娶不到女人，父母经常会使用姐弟交换的模式。

六斤听了，道："娘，这都是老皇历了，便是我愿意，船仔也是不愿意的，他有自尊。"月明道："什么自尊不自尊，我一看他颓靡的样子，就晓得是女人的事犯愁。问他有没有找着对象，他不应，便晓得是有难言之隐。其实，你们很小的时候，我们考虑过这个问题了，我觉得只有你能帮他。你们从小就黏一块儿，我想你应该是不落忍的。"六斤道："船仔愿意，我便任你安排吧。"月明道："唉，这是我最大的心结呀，六斤你可算是为父母尽孝的女儿了。"

月明便四处寻找可交换对象。门下村倒是有一对，哥哥脑子稍微有点木，除了下地蛮力干活，其他事情想不通，妹妹伶俐，瓜子脸，一双眼睛乌溜溜的，颇为俊俏。媒人知会后，有了意愿，月明便把船仔叫回来，告知原委，准备去相亲见面。船仔责怪道：

"娘，这事你怎么不提前告诉我，我好有个心理准备。"月明道："什么准备不准备的，这事我来张罗就是。你那腿脚，就是做父母的不小心搞瘸的，我心里有愧呀。我给你娶上媳妇，添上人丁，就算是补偿了。"船仔叹了口气，道："唉，娘，人家未必看得上我。"月明道："你要有信心，情况我都托媒人说了，你除了腿脚有点问题，其他哪一样比人差，况且还能拿工资哩。只不过，可能会委屈六斤一些，到时候你可要谢谢六斤。"

六斤见船仔穿着新衣，准备相亲，悄悄道："哥，你真要去吗？"船仔在镜子中端详着自己的新西装，确实，不走路的话，他还算一表人才。船仔道："我能怎么样，娘都安排了，我要不去，怎么收场！"六斤眉头一皱，疑云涌现，船仔安慰道："你且放宽心，我顺便帮你去考察一下，也许她那个傻哥哥没那么傻呢。"六斤嘟嘴道："总归不是正常人。哥呀，你真是在山里待傻了，不再是我心中的那个船仔。"船仔道："你说得也对，山里那么闭塞，我一去就傻了。"

船仔跟着媒人，一路上胡言乱语，那媒人都皱着眉头。又到了对方家里，船仔嘴㖞眼斜，流出哈喇子，尽拣难听的话说。见了人家哥哥，便道："就你这傻样子，也想娶我妹妹，被我妹妹卖了都不晓得。"见了人家妹妹，又嬉皮笑脸道："你倒是细皮嫩肉的，这样的姑娘嫁给我，我每天抽打一顿，日子该过得很爽的。"说得对方一家人面面相觑，心里嘀咕被骗了，媒人也颇为尴尬。最后船仔又瘸着腿，表演了一顿抽风，口吐白沫，着实恶心至极。

这一桩姻缘自然黄了。船仔安慰月明道："等我回城了，有一份体面的工作，自然会找到媳妇，娘你就甭操心了。"月明有些悲观，道："有体面工作还是不放心，或许还得靠你妹妹。"六斤知晓哥哥的伎俩后，捶着哥哥的肩膀道："怎么不早告诉我，我还以为你真是傻了。"船仔道："让你早知道，怕是露馅了，被娘识破。唉，我对娘的操心也是没辙，要不然也逼不了我演这么一出，简直把我见过的癫痫病人的症状全演了一遍。"说罢，又演了一遍给六斤看，六斤闭上眼睛笑道："我不看不看，多恶心。你这么聪明，我看娘的担心是多余了。"船仔道："我不着急，我一句正经话你倒是听着，你要是碰到自己喜欢的人，紧着把自己嫁出去，省得娘老是把你当我的筹码，只怕以后会越来越麻烦。"六斤道："我哪有什么喜欢的人，对什么人都无动于衷。"船仔道："你别躲寺庙里面，便是修行，也得到人群中去，才晓得自己心中所想。"

月明最不操心的就是老二了。出走十年，她该操心的都操过了。后来，她操心不起了，便把念想交给了神，这下子解脱了。算命的说，老二是乞丐命。她相信。她把老二交给外面的世界。在过年团圆的时候，她会去问神，老二还活着吗？老二在哪个方位？老二在吃哪种饭？问完了她就踏实过年，人间的饭菜，阴间的饭菜，该做的一应俱全。

虽然无须去讨小海了，但是月明还会每隔一段去一趟，一是念旧，二是习惯了腌蟛蜞酱下饭，否则嘴里无味。她正把一篓子的蟛蜞倒在木桶里，间杂着一两只大货，大门外响起一声如天外

817

传来的声音："娘，我回来了。"

老二牵着一个十岁左右的女娃站在门口。老二已经不是原来的老二了，但是轮廓没有变。

月明咬了一下手指，疼。她叫了起来："老二，你是真的回来了。"

老二向月明介绍，带回来的女孩叫阿青，是他的女儿。月明狐疑地看了一眼，问道："饿了吧？"

老二点点头。月明麻利儿捡起几只海鲜大货，上灶台去了。一切平静，似乎老二只不过出外干几天活回来，紧着吃饭呢。灶膛的火光映照她的脸，那忙碌而快活的表情，就像从前为一家人操持伙食的样子。其实村里已经用上了煤气灶和电饭煲了，但是月明舍不得那口土灶，在土灶前忙活，好似一家子都在。

老二携着阿青狼吞虎咽，一切都没有变，好像只是一次梦游回来。月明坐在桌前，看着他们吃，自己不吃，一脸满足。

"老二，如果是别人的孩子，一定要还给别人。"显然，老二没有带老婆，没有讲自己婚姻，却带回一个这么大的女儿，月明难免心存疑窦。

"娘，你相信我，我今天能回来，就是因为找到了女儿，你就踏实当她作孙女吧。"

"行，你没做亏心事就好。"月明也话不多，慈爱地看着阿青吃东西。

老二一口气吃到饱，摸了摸肚子。以往这个时候，通常有父亲的一顿叫骂：吃得还挺多，就是不干活，养头猪都比你强！老二抬起头，问娘："爹呢？"

月明愣了片刻，道："是呀，你该去看看你爹了。"

兆文的墓前，有数不清的蜡烛、香头，层层叠加，颇有年份。先是附近养池塘的，都来祈求保佑；后来出海打鱼的，得了怪病的，出门找活路的，都来祈福。为什么？远神不如近鬼。

老二在香炉前点了香，袅袅升起。他虽然心中悲戚，但没有眼泪，长久地流浪，他已经习惯把悲伤藏在冷静之中。他脑海中浮现父亲的形象，虽然一脸嫌弃，却倍感亲切。

玉喜见有人烧香，过来查看。这一方坟墓、池塘和他的生活，已经息息相关。正因如此，他和兆文一家，也有家人一样的亲近感。特别是在迁坟风波之后，他对师海兄妹刮目相看，觉得师海事业能做那么大，是有原因的。

"这是我们家老二，老二出去十年回来，这是跟做了一个梦似的。"月明向玉喜介绍老二。

玉喜有听过老二与巧云的风波，知他也是情路坎坷的男子，出去漂泊十载，不晓得是痴人还是狂人，不禁好奇端详，似乎想瞧出他异于常人的端倪。老二在墓碑前给父亲下跪，麻木而悲切道："爹，不孝子回来了！"磕了三个响头，站起，突然回身，眼神大变，变得欣喜而凌厉，跳上墓面，四处游走，嘴里嘘嘘有声。月明和玉喜都看呆了。月明叫道："老二，你怎么啦！"玉喜道："有癫痫吗？"恰好池塘边有几人路过，玉喜叫了，闻声赶来，玉喜道：

"过来搭把手，把他制住了。"

老二要够了，立在墓头上，叫道："尔等听着，我已经成神，要住在庙里！"声音大变，月明惊呆数秒，叫道："是兆文，是兆文。"众人这才晓得是兆文上身。

玉喜与众人赶紧下跪，叫道："晓得晓得。"

月明问道："数月前去阴，说你功德圆满，投胎去了，还是未去？"

老二发出兆文的声音，道："可以投胎，但我投胎做甚，我舍不得这一片滩涂，还是落地为神。"

"什么神？"

"当然是镇塘大将军，你没见这一片都归我管吗？"

"我没不信，你生前就想管七管八的。对了，老二回来了，你晓得吗？"

"老二就是你自己。"

"我是兆文，我是大将军，我哪里是老二。"

"可是你就是降在老二身上呀。"

"你们要给我雕泥身，否则我无处安落。"

玉喜等人跪地，供奉数年，如今见了真身，均冒出一身鸡皮疙瘩，不敢起身。此次现身，远近轰动，渔民主动集资，在坟墓边建庙，塑上古装泥像，将军官服，五官却全依兆文，一脸麻子均在。村人来跪拜，道："原来那一脸麻子甚是刺眼，如今是神了，每颗麻子都有威严。"

有一件事不能不提，却说玉喜等人筹划建庙之事，先问师海，他要不要出大头。在众人心中，谁出大头，或许镇塘大将军会另加护佑，师海有这个权利。师海道："我尊重习俗，虽然我希望我爹已经成神，但我实话告诉你，我是无神论者，我是靠科学养殖的。"既然这么说了，便由玉喜他们做主去了。

　　月明待兆文退身，才记起还没问他父母亲是否合葬一事。老二悠悠转醒，体力耗得厉害，如同喝醉方醒。众人问方才状况，均处于懵懂状态，一问三不知。月明告知父亲神魂落他身上，老二一脸惊愕，双手紧抱自己。又问以往，方晓得老二原来也有被大圣落身过，身有神骨，容易招神。而兆文成神，内外之事通晓，却不晓得自己落在儿子身上，也是奇事。

　　逼近年关，巧月与刘细兵一场大战，杀得鬼哭狼嚎。细兵收入本来就不稳定，还跟人赌球，把孩子的尿布钱输个精光。两人貌似因钱起冲突，实际上积怨所致，两人的经验和本事，难堪家庭重担。巧月在镜子里看到自己被打肿的脸，想起公公婆婆跟家常儿戏一般的眼光，脑袋里突然炸起一个念头：我为什么要在这里生活下去？

　　巧月的出走，细兵原来以为只是几天的事。气消了，自动回来，毕竟还有孩子在家，权且由奶奶照顾，作为妈妈必定放心不下。他没料到巧月的决绝。

　　巧月没有回娘家。她晓得回娘家谁也指不上，说不定还遭一顿幸灾乐祸的讥讽。倘若巧清在家，也许可以诉说下心事，虽然巧清可能会先来一顿臭骂："谁让你没出息，早早就嫁到乡下，自讨苦吃。"但好歹是姐妹，更有社会经验，必定会给指条明路。但巧清去了香港，鞭长莫及。她像一个无家可归的孩子，最后她抓住一根救命稻草，到一个同学的姐姐的"新加坡发廊"里当小工。新加坡发廊在小东门，县城最繁华的地方，人来人往，光鲜亮丽，全新的世界，使得巧月忘记了自己的不幸。

巧月就是在新加坡发廊认识黄春芽的。黄春芽穿着貂、丝袜和裹住小腿的半高女靴，虽然不漂亮，但整个人的气场，使得发廊蓬荜生辉。她要把微卷的头发做成大波浪。巧月小心翼翼地装发卷，眼前好像出现一个新世界。是的，黄春芽就是一个新世界。巧月猜不出她是干什么的，但能看出她有钱、大方，见过大世面。两人年纪相仿，巧月带着艳羡与之聊天，她问巧月在做什么，巧月一时间忍不住哽咽着，眼泪慌里慌张出来了。确实，自己现在无家可归，年都不知道哪里过，跟黄春芽这种衣锦还乡的人一比，不能不悲从心来。黄春芽见她处境可怜，说道："你我聊得挺投缘的，你要是不嫌弃，跟我回家过年吧！"

黄春芽住在黑水村。从县城坐中巴，沿着104国道往北走了三十公里，右拐到一条黄土的机耕道，车的底部就沾满各种泥巴，再走五公里，下车，过了一座石桥，对岸就是黑水村。桥下水流清澈，只不过河沙含铁量高，看上去是黑水，故而得名。一路过来，沿途皆是破落古村，土墙黑瓦，一色苍凉。进入黑水村，却让人眼前一亮，沿着河边的两排水泥平台房子，三层四层不等，门庭敞亮，九十年代末期，这简直是一个奇迹。巧月一进村子，就惊呆了，她不敢相信，在这片山水之中有这么富裕的地方。就说镇上，有三四户人起平台房子，已经是翘楚，走起路来鼻子朝天。而在黑水村，这似乎是寻常事。巧月有点蒙，她不晓得这个奇迹是怎么产生的，只觉得进入一个梦。

黄春芽家是三层小楼，新建的。她的旧家在不远处的老村，土墙小屋，已经变成了鸡舍。她的高跟皮靴踩在家中的水泥地面，咯噔咯噔，声音在房间回荡，多年后这一幕一直回荡在巧月的脑海，足见给她的震撼。她会抽烟，吐出的烟圈极为漂亮，一如她的自信与淡定。她家里除了父母，还有弟妹，现在一切她说了算。她对巧月道："我们村不兴外面的姑娘进来，你就说是我表妹。"巧月到了黄春芽的房间里，黄春芽打开录音机，卡带吱吱地响，流行歌曲在房间飘荡，宛若仙境，巧月听了一整天。

过年村里相当热闹。附近乡村的小伙子们衣着光鲜，拥到黑水村，访亲交友，寻芳猎艳，热闹非凡。黑水村的姑娘确实是水灵，一个个皮肤好，又会打扮，真的是艳压十里八乡。有的人说水质好，也有的人说风水好，还有的人说，黑水村的祖上，是古代随着皇帝南逃的宫女流落到此，繁衍下来的。可以说，别的村落的春节，是赌博的集会，黑水村的春节，是一个青年男女的集会，他们像发情的野猫喧嚣一片。

春节里，巧月跟着黄春芽到各姐妹家吃饭，一家家都有豪门之感，酒桌上排场满满，甚是豪放。巧月虽是生了孩子，但身材恢复得很快，看上去还是女孩，又说是黄春芽的表妹，便与众姑娘以姐妹相称。巧月置身其中，有一种熟悉的陌生感。此情此景，她疑惑，但也不敢问，只是越来越信赖黄春芽。

过完了春节，这些村落里的男男女女鸟儿出巢，村落又恢复了宁静。剩下的农人恢复了日出而作日落而息的节奏。黑水村一排排亮丽的楼房空了，在村落间像假的。巧月在几经犹豫之后，舍弃家的羁绊，跟着黄春芽出去了，到新世界去了。用黄春芽的话来说，这是缘分。她第一次看见黄春芽，就觉得是跟自己意气相投的女人。

海西经济总量落后，也许真的太小了，有野心的人都想走出去。但是出去之后，再重新打量，就会发现，家乡的机遇还是有的。就在巧月出去不久，巧清回来了。

巧清嫁到香港，跟着丈夫经商数年，历练不少。三年后，丈夫死于车祸，巧清接管了公司，总资产达到数亿。丈夫死后，她以港商的身份回到福州，热衷于社会活动，兼职当地女企业家商会副会长等职务。这次她回海西，事出有因。

其时，海西海关截获了一辆港商的走私船，倘若放行，国家将有一千万元的损失。这艘走私船正是巧清公司的。巧清火速回来，通过关系约到时任海关关长郑佩琪，塞给她四十万红包，郑佩琪不收。巧清一咬牙，又追加了四十万。郑佩琪这才收下，并且与巧清成为闺密。巧清时髦得很，经常把郑佩琪带到美容会所，掏知心话。巧清道："关长，脸部的保养人人都会，不算稀奇。咱们不仅要做脸部保养，更重要的是做臀部美容，最美的屁股，才是女人的资本。"在这方面，郑佩琪被巧清的奇谈怪论折服，跟着巧清打造美臀。

郑佩琪好财，巧清又塞给她八十万，她才把自己的丈夫、时任市长的崔华秋介绍给她。崔华秋此人，在民间声誉并不佳，但是在官场上却顺风顺水。早在基层的时候，便有绯闻，但并不影响仕途，可见有一手。据悉，崔华秋在见到巧清的第一眼，便惊为天人。可见巧清当时已晓得如何精心装扮自己，加之底子就好，比别人多了一份妩媚洋气，又见过世面，该大方便大方，该柔媚便柔媚，自然鹤立鸡群不同凡响。

郑佩琪后来对崔华秋的行踪发生怀疑。其实，崔华秋经常在外面有些绯闻，郑佩琪一直是睁一只眼闭一只眼的态度，但是这一次不知为什么，心里却犹如蚂蚁在咬。她掌握了崔华秋幽会的场所，亲自出马堵在现场，目睹的一切果然证实了自己的猜想：和崔华秋一起在床上的，正是巧清。

这正是她心痛的原因：自己为了钱财，引狼入室，焉能没有后悔之意。巧清对她传授的美容之道，正是用来勾引自己丈夫的资本。

巧清不慌不忙从床上起来，一边穿衣一边悠然道："佩琪姐，崔市长工作太累，偶尔放松一下，你盯得这么紧，大家都很累呀。"

郑佩琪差点被一口气噎死，缓过神来，叫嚣着要告发奸情。崔华秋冷冷道："巧清就是我的情人，而且是我们的财神爷，你如果不要钱，可以去纪委告我，咱们一块儿进去，你以前吃的那些钱，也一块吐出来。"其实，郑佩琪因为走私一事，已经与崔华秋是一条绳子上的蚂蚱了。在两人的一唱一和之下，郑佩琪被将了两军，咬着牙冷冷看了半天这一对男女，竟无语退出。

其后，郑佩琪默认了崔华秋与巧清的关系，只是规定崔华秋不准夜不归宿。郑佩琪与巧清认了干姐妹，两人经常一起出入省城，大肆购物。在微妙的关系中，铁三角关系形成，巧清有了大施拳脚的空间，亦成为当地商界的风云人物。

巧清从香港回来之后，与家里的关系极淡，或者说，尽量撇清原来的关系。关键是，父母见了她，很陌生，她见了父母，也陌生，完全是两个世界的人。既然原来是为了逃脱这样的环境，现在何苦再沾边呢。她给父母起了一座三层楼的新房，跟玉喜的新房子并排，面向滩涂潮水。这样巧清就更加心安理得地撇开自己的乡村了，她讨厌的乡村，离开的时候，她甚至想，以后能脚都不沾一下就好了，自己的鞋子可不爱沾这样的泥土的。在社交场合，她极少提到自己的出身，若被人问起，便转移话题敷衍过去，极力维护自己的港商身份。

改革开放之后，中国的经济便被卷入世界的经济潮流中。

早在一九七八年，一场世界性的经济危机便席卷全球。其时中国刚刚改革开放，未受波及。但其后，世界性的经济危机，就如女人的例假一样准时，每隔十年便来一次。一九八八年的经济危机，造成通货膨胀，加上当时国税地税不分离，地方的钱难以抽上来，中央政府经济吃紧，便开始发行国库券，暂且渡过了经济危机。这次经济危机，导致了其后的经济改革，计划经济向市场经济改变，并且在一九九四年实行国税地税分离，以便把主要税收交给中央，统筹安排。这样，一九九八年世界性的经济危机如期席卷而来，地方政府便陷入了困境。这时候，一根救命稻草破土而出——房地产经济终于名正言顺地抬头，也像一根毛竹，在地底蛰伏多年后，噌噌噌往上长。从此，地方政府的卖地经济，席卷了神州大地，造就了多少中国的顶级富豪，又造就了多少的人间悲欢。

海西的房地产市场，先是从旧城改造开始。

海西古称蕉城，一说是旧城如芭蕉形状，故而名之。有考究者依照城墙遗址画图，发现根本不似蕉叶。又有一说，便是海西城墙是由"纯石"筑成的，有"固若礁石"之意，称为"礁城"，也作"焦城"，名字不美观，故演绎为"蕉城"。一九三九年国民政府因怕日军轰炸而居民不及撤退，将城墙拆除。城墙旧址，基本上就是后来的环城路。

环城路南门外的体育场，低处原来都是滩涂，后来金马海堤合龙后，变成田野荒地。建成的体育场，就是拜围垦东湖塘所赐，成为附近学校、市民健身所在，也成为罪犯公审或者枪毙的地方。

现在，成为旧城改造的绝好地块，紧挨南环路繁华地段，又相当开阔，房产价值极高。

海军的嗅觉，早已敏锐地嗅到了这一块。早年在海南捞到的第一桶金，使他更是胸有成竹。他劝师海参股，跟他一起竞标。师海道："我只会养殖，房地产这个行业不懂。"海军道："你不懂我懂，你还不相信我吗？"

师海道："当年你到海南，要不是跑得快，也是底裤都赔掉，说实话，我还是不敢信你。"海军道："现在跟那时候不一样，你没看《新闻联播》吗？国家鼓励房地产全面市场化，这是大方向，即便将来有泡沫，现在也是大赚的前期呀。"

师海和海军，大概是少有的几乎每天都看《新闻联播》的人。他们都希望从新闻里看到自己的商业前景，他们也都知道，没有邓小平，就没有他们。邓小平去世的那天晚上，他们俩都哭了，然后打电话互相安慰。

"我主要是看有关农业的新闻，其他看不出所以然。"师海诚实道。

"唉。"海军道，"虽然你现在也算是本地的企业家，但我看就是一农民，地地道道的农民。"

"行，你就把我当成一农民吧，做个发家致富的农民。我自己看不懂的东西，我是不会去投资的。"师海笃定道。

两人都是退伍兵出身。海军在心里鄙视师海一道，人确实从农村出来了，但滨海农民的基因，离不开滩涂活儿，稍微高端的行当，便兜不住。

"行行行，海燕也回来了，你以后就过老婆孩子热炕头的日子吧。"海军嘲讽道。

海燕出去了十几天，走了好几个城市，北京、上海，都走过了，都是平时嘴里唠叨但是根本没时间去的地方。别人以为她负气出走，猜想种种不测，她一回来，眉宇间的一丝怨气云散天开，不见踪影，只不过当成旅游回来了，一切正如海军所料。师海见海燕回来，松了一口气，又见她丝毫不谈"蕾丝内裤"事件，似乎根本不存在这一回事，心疑女人的平静下面，必定隐藏着风暴。不能让家庭潜藏这样的风暴。师海导演了一个洗白的剧本，他把那天喝酒的人，还有娱乐场所的老板都召集到家，大家统一口供，向海燕解释现场状况。要是那个小姐没有离职，也会把小姐带过来解释。好在老板可以提供当时的状况描述，一切都是在师海不省人事的情况下发生的，小姐做做样子也是为了拿到小费。众人济济一堂，替师海辩白，又像在演戏，闹哄哄的。海燕原以为是池塘股东到家商议大事，听了一半，才晓得主题是一条内裤，忍不住气往上冒，叫道："你们还让不让我过日子了，刚神清气爽一点，你们又来提那些脏事，嘴上能不能留点德呀！"众人见这戏砸了，看了一眼师海，灰溜溜散了。师海两头不讨好，支吾道："我只是想解释一下，还我清白……"海燕道："别再跟我提那些乱七八糟的事儿，你一个大男人，想做啥就做啥，不用看我眼色，以后记得别把脏东西带回来就行。我顾这个家顾孩子，难道还要顾着你！你不用跟我解释，我的心里不装这些烂事。"海燕出去一趟，师海觉得她更加独立、强大。自此之后，晚上连出去应酬都不敢，每天忙完活儿便回来吃饭，在家里喝茅台，像一个乖学生。海燕不得不赶他出去，道："你一个大男人，该应酬就应酬，缩手缩脚的干什么。晚上跟家里窝着，你不舒服我也不舒服。"师海这才渐渐放开，每次回来前都把全身上下审视一番。

既然师海扶不上墙，海军也懒得把他从滩涂里拉出来，做强做大。他自己竞标体育场的项目，尽管有上层关系，但是结果不尽如人意，该项目落到台湾人林良辰手上。海军咽不下这口气，跟身上的肉被咬了一口一样，痛苦不堪。叫了兄弟们喝酒，喝到烂醉，痛哭流涕，这下引出一个兄弟。

此人叫游小龙，小龙这个名字是他自己改的，容易叫得响嘛！游小龙是海军的初中同学，性格孤傲，浑不吝，独来独往，常做一些令人匪夷所思之事。他寄宿在学校，运动鞋放在窗台上晒，被人偷走。搜寻无果，就去偷别人的运动鞋。在操场跑步时，又被人认出来，受到处罚。他不服气，在学校偷自行车，又被保安抓住，自此被学校开除，早早进入社会。后在104国道拦截小车，劫持车主四十八元钱，被判了三年。监狱就像一所大学，游小龙突然开了窍，悟到"一个好汉三个帮"的道理。出狱后，纠集了一伙兄弟，做了渔霸，就是强买强卖渔民的海鲜，对鱼塘收保护费。其他渔民养殖户都希望师海管一管。虽然师海也不堪其扰，但是九十年代，对付这样的渔霸，真的是没有办法，报警解决不了根本问题，而且还导致报复。硬的不行，就来软的，师海后来打听，游小龙跟海军是同学，便请海军出面，处理此事。海军其时还在经营外贸公司营业部，请小龙吃了一顿，并劝其"上岸"，干点高级的活儿，做渔霸是吃青春饭，迟早还得进号子。

在海军的熏陶下，游小龙进了烟草行业，并且开了窍。在海军去海南之后，游小龙也成立了"小龙商贸公司"，实际上是一家烟草批发店，却让小龙大发横财。原因是小龙在福州结识了晋江市烟草公司的一位负责人，轻松取得七匹狼在本地的专销权。之后，七匹狼成为畅销品牌，小龙也获得丰厚利润。实际上，更多的利润，来源于香烟走私。当年的烟草管理不够严格规范，不少烟草经营户都经营走私烟，小龙是这方面的好手。

小龙对海军道："不就是被台湾人抢先拿到吗？咱们拿回来就行了。"海军道："小龙，这事儿不是打打杀杀能解决的，这是大项目，涉及面很大的。"小龙道："我才不管他什么大项目不大项目，我只知道强龙斗不过地头蛇，在海西这一块，我想吃的，便是在别人嘴里，我也能要他吐出来。"

小龙敢说这话，并非吹牛。这两年，海西最火的娱乐场所是迪吧，原来汽车站对面的泰坦尼克迪吧几乎夜夜爆满，生意极其红火，这引起小龙的眼红。小龙在对面开了帝豪迪吧，但是档次和生意和泰坦尼克都没的比。小龙派小兄弟到泰坦尼克去闹事，最终引起火并，泰坦尼克的老板被判刑入狱，小龙却一点事也没有。冲突之后，小龙低价收购了泰坦尼克，改名帝豪，延续火红的状态。迪吧能赚钱，主要是小龙疏通了一些关系，在里面可以卖摇头丸，这是最大利润所在。

小龙拍了胸脯，不晓得用什么手段，一顿操作之后，台湾人林良辰果然在海西待不下去，放出转手的信息。那年月，社会日新月异，出乎寻常的事此起彼伏，人们惊叹着，然后又习惯了。像一列火车，毫无道理地穿过森林，卷起狂风落叶，倏尔平静，人们又在等待着下一列火车。

海军在南漈山脚下有一栋别墅，造价超过三百万，有一个室内游泳池，称为"红楼"。红楼内安排有厨师三人、服务员四人和保安九名，达官显贵经常出入其间。这是坊间知道的。不知道的是，里面还严格培训了几个美女，专事陪酒等类。和所有高层的关系，海军都在这里完成。当地居民带着艳羡、好奇的眼光，打量出入的人们，并不晓得其中的利害关系；对于海军来说，这是从大城市吸收的一种经营模式而已。在小龙的帮助下，海军利用关系，很快从林良辰那里获得了体育场的开发权。这一次的操作，如神来之笔，开启了他在本地的房地产之路，并把重心从实业转向地产。

但是，抢来的饭，都没那么好咽下。命运从来都是在你最得意的时候，埋下了伏笔。

第三十三回：报恩

二〇〇一年，一纸布告出现在古瀛洲：古瀛洲村已经规划为水电站库区区域，即日起停止生产、建设等各项活动，否则不予赔偿。

谢觉要疯了。

他苦苦经营的古瀛洲景区日趋完善，游客渐多，除了本地游客，更有稀少的北京、上海的背包族慕名而来。谢觉见到远道而来的游客，都兴致勃勃，问游客从哪里晓得讯息。游客说，是从旅游BBS上看到的，被溪边吊脚楼映在水中、深山古民居的风情吸引，"一线童溪，彭谢度生"，如远古村落的活化石，又让人觉得是隐藏世外的桃源，在大城市里喧闹多了，想来一探究竟。只不过路途遥远，不算方便，来的都是那种旅游或者摄影的达人。谢觉这才晓得网络是个好东西，他有了一个更为先进的宣传旅游的计划。有的客人因为这里独特的风俗景观而在旅游中心住了下来，细心体会，谢觉又在接待上下功夫。至于景区中的设施完善，他是按照五十年以上的规划来做的，虽然跟政府的合同只有三十年。

闽东多山，群壑之间，溪流蜿蜒，瀑布垂挂，多的是小水电站。现在，三都澳的第一大溪流，蕉城的母亲河，也躲避不了被开发的命运。

库区的拆迁办由市委办主任牵头，集结各单位生力军，组成一支能动脚、能动手、能动嘴的队伍。黄杰作为年轻干部，被抽调在拆迁办，是一次考验，其表现事关前途。拆迁办先期进行动员工作，普及拆迁政策。当然，重中之重是和旅游公司的谈判，它的顺利，将起到模范带头作用。谢觉的态度相当强硬，在黄杰等人面前，他平举双手，道："兄弟，你就把我铐起来，送牢里去，否则我只会跟你们反抗到底。"黄杰抓住谢觉的双手，不禁惭愧流泪。

第一次认识之后，他们三人又数次在这里相聚，一次次吟诗作画，赞叹这世外桃源的美好，憧憬着诗意的人生。想不到如今相遇，却是宛如敌手。

黄杰低头道："兄弟，我也是没有办法，接了这个差事。"谢觉道："我不怪你，我是说与其被别人抓走，不如你来下手，我还甘愿些。"黄杰道："我们不是来抓人的，我们是来谈判的。"谢觉道："没什么可谈的，签了三十年的协议，现在一女二嫁，还要毁掉整个古瀛洲，我不服！"黄杰摇了摇头，退了下去。他觉得自己来跟谢觉谈这个事，太扎心了。其他的干部上来跟谢觉聊，谢觉根本不搭理。其他干部只好怂恿黄杰道："只有你跟他说得上话，还是你来吧！"

黄杰又被推到前沿，如此几次，谢觉也急了，道："叫你抓我，又不抓，这样来回车轱辘话，有什么用。"黄杰哀求道："你也晓得，这是省里重点盯的项目，你这是螳臂当车。"谢觉一腔正气道："对，我就是要螳臂当车，知其不可为而为之，我都不晓得你为什么要这样做。你还记得你给古瀛洲写下的文字吗？"确实，在他们共处的几年，留下了不少诗文，其中黄杰的一篇关于古瀛洲古民居的散文，还上了《福建日报》，一时间引为快事。黄杰叹了口气道："我不像你，浑身都是本事。我要是有一口饭吃，何必来做这个差事。"谢觉斜了一眼道："你这不是吃饭，是吃屎，将来凡是对水库建设有功的人，都会成为历史的罪人。"自此兄弟之间生了嫌隙。

　　那黄杰两头不是人，便来找船仔帮忙。船仔其时已经从古瀛洲村锻炼结束，分配在市中医院内科。船仔住在医院旧宿舍，一栋墙体掉灰的老楼，墙外是穿城而过的溪流，风大的时候，会有淡淡的腐臭味儿飘上来，船仔住了一个月后，就习惯了。黄杰约好了，夜里悄悄过来，昏黄的廊灯下敲门，像一个地下工作者。船仔迎他进门，也不问来由，道："我正想找你，关于抵制古瀛洲水库，我们鹤峰诗社已经采取了行动，刚好你可以做内应。"原来船仔好写旧体诗，加入了本地的鹤峰诗社，该社成员，一是旧体诗爱好者，二是爱乡守土人士，平日里发掘本地文史资料，家乡奇观，赋诗作文，引以为豪。社员多数在古瀛洲摄影赋诗过，对古瀛洲风景多有赞叹，如今古瀛洲要被毁，自然激愤异常。众人想筹划一次行动，联合民意，不要因为一时的利益，而损毁这世外桃源。

船仔将活动计划告知黄杰，让黄杰要告知他们政府方面的每一步计划。黄杰叹道："谢觉这一摊我两头受气，你这里又来一道死命令，简直要置我于不忠不义的境地。"船仔道："拯救古瀛洲是正义行动，你所作所为，只会青史留名。"黄杰道："别提青史了，谢觉现在只认为我吃屎，你还是劝劝他吧。"船仔道："现在谁都处于特殊环境之中，难免有误会，等这事过了，就好了。谢觉，我是力挺他的抵抗，他正准备打官司呢！"

　　谢觉请了律师，筹备官司。他的三叔谢思敏出手了。谢思敏此时是七步镇书记，镇长仍是这个乡村大家族里最大的官儿，颇有威严。谢思敏把谢觉请到七步镇，在镇上最好的酒店吃了一顿饭，语重心长道："从小到大，我晓得你是最听我的话，也许以后你不会再听我的话，但请最后听一次：把官司撤了，好好谈补偿方案。"谢觉把筷子一摔，道："我以为你会给我支持，没想到倒戈了。你忘了当初是谁劝我来管旅游公司的？"谢思敏道："当初我劝你入局，现在又劝你出局，我是有愧的。但你要知道，我现在压力很大，各种方案都想过了，最好的结果不过是商讨补偿方案。"谢觉冷笑道："你是从你乌纱帽的角度来考虑的，但我不认为你的乌纱帽比古瀛洲更重要。"谢思敏道："难道你真的认为你能扛得过？"谢觉道："我不考虑扛不扛得过，我有道理，我就得告，况且建水库的事民意并不支持，只要努力，项目并不是没有下马的可能。"谢思敏道："看来把你送去读大学，是把脑子读傻了。"谢觉道："古瀛洲现在是我的理想，即便是蚂蚁撼大树，我也会撼到底。"

至此叔侄翻脸。家族分成两大派，一派支持谢思敏，一派支持谢觉，总而言之，支持谢思敏的占绝大多数。他们觉得自己家族里出一个科级干部，相当不容易，这个正科级干部正朝着处级干部前进，光宗耀祖的事还得靠他，千万别把他的仕途搅黄了。

谢觉为了避免家族的干扰，拒绝接听家里的电话，拒绝回家，他年轻气盛，眼光远大，有决心一条路走到黑。

怀风出狱的时候，正是秋日，秋老虎的太阳甚至比夏日更甚，监狱外的稻田里沉甸甸，风里是一阵成熟的气息。怀风走出监狱的门，吸了一口灼热的空气，有一瞬间，他有一种回到乡下劳作的冲动。

监狱门口接他的是船仔。他现在已经是一个大人，就像怀风参加工作回村的样子，穿着一件略显宽松的衬衫，喉结滚动，如果不走路，看不出瘸脚。从前，船仔像个小屁孩跟在怀风后面，有时哭着鼻子。现在，是两个男人的对峙。

怀风当然有一种陌生的感觉，他不习惯船仔成熟的样子。

"如果你是我，你该怎么做？"怀风问道。

这是船仔第一次探监时怀风留下的问题，至今一直没有回答。

船仔没有回答，也许谁也不想面对这样的问题，那是无法选择的选择题。他抱住怀风的肩膀，在他耳边有力道："我恨你，但也爱你，你可怜的命只有我能体会。"

两个人加大了拥抱的力度，眼睛也湿了，就像两个相依为命的家伙。

船仔问师海要不要一起去接怀风。师海咽不下那口气，拒绝了。叶君薇也不会来。船仔明白，能够容纳怀风的，只有自己心中那一块柔软的地方。他爱恨交织，像在心尖上涂满了辣椒。

怀风从船仔的耳郭往前看，看见有一个人朝他招手。那人坐在轮椅上，熟悉而又陌生，一个壮实的女人扶着轮椅。他走过去，在几步之后他就认出来了，那是陈武功。而他万万想不到，陈武功是坐在轮椅上的。

陈武功中风半年有余了。有一天他夜里站在天井之上，兰花的香味沁入鼻息，在意识中那是祖先的气味。兰花的清新让他觉得自己老了。他一阵耳鸣，又似乎听到一阵细细的"爹"的声音，他恍惚间以为是立秋在某个暗处叫唤。一阵眩晕之后，他跌倒在地上，他那双有力的脚再也不能走动。还好他有一个强有力而孝顺的儿媳妇，巧容推着他四处走动的时候，他也能感觉到那是自己腿脚的延伸。

看见怀风向自己走来，陈武功欣慰地笑了，他心里的石头在渐次落地。怀风跪在轮椅前，陈武功抓住他的胳膊，叫道："体格壮了，这牢饭没白吃！"确实，三年监狱里的生活使得怀风更加壮实。怀风苦笑，在农民的眼里，体格乃是第一等大事。怀风摸着陈武功的膝盖道："怎么会这样？"陈武功笑道："是老天看我从前走路走得太多，现在惩罚我了。你看，以前我进城，都是徒步，来去一阵风，别人走两个小时，我一个半小时就成。我第一次遇见你在四都，你都走不动路了，我那时候腿脚跟铁铸的一样。上天是公平的呀，怀风！"陈武功情绪高涨，脸色铁红，嗓门又大，似乎在开庆功宴。一阵自言自语后，他语气黯淡下来，拉着怀风的手，低沉道："怀风，你到底恨不恨我？"怀风忍不住眼圈红了，无数的阴差阳错涌上心头，他摇头道："不，我怎么恨也恨不到你头上。"陈武功两眼放光，道："说真话？"怀风道："我恨你什么呀，把我当成儿子一样疼的，只有你。"陈武功道："那你叫我一声。"怀风看着他的眼睛，道："爹！"陈武功抓住怀风的手掌，遮在自己脸上，突然号啕大哭，像个孩子一样。从怀风入狱之始，他的心结就落下了，如今得开，宛若大赦。轮椅后面的巧容，头一次看见公爹像个婴儿一样。确实，人老了越来越像孩子了。

陈武功掏出四个红色的鸭蛋，递给怀风，泣道："吃吧，吃了以后有好运。今天的日子我看了，也是好日子。"

怀风已然一无所有，连住所也没有，船仔收留了他。增坂村的乡邻、旧同事等早已听闻消息，都来祝贺，或者送了红线扎的线面，贴着红纸的鸡蛋，还有的包了红包，每个人都来热聊一番，打听怀风今后的出路。那股热情，仿佛怀风建功立业载誉归来。

有一天来了一个男子，见了面就抱住怀风，号啕大哭一番。怀风觉得面熟，但是又想不起来。来人自我介绍道："要不是你，我连我爹的最后一面都见不着了，我的恩人呀，这些年我一直在打听你，想给你磕个头呀！"

怀风这才想起来，他就是三都岛上东浒村的关得玉。那一年他从马尾监狱逃出来，被怀风的派出所干警抓住，所幸怀风心中一软，违规让他见了父亲一面，回到马尾继续坐牢。等他出来时，父亲已经走了。他已无憾，念念不忘怀风恩情，须得一谢，方能放下。

关得玉在监狱里，认识了一些走私的狱友，暗地里交流经验，收获颇多，一心想出狱后把走私做深做大。出狱后得知老父临终有遗言：切不可在外晃荡，可以回到岛上养殖糊口，陪伴母亲。关得玉孝顺，此后收心收手，进入方兴未艾的海上网箱养殖。母亲给他抽签，问是在外头还是跟家有饭吃。神的旨意，在家更好，这下他便死心塌地告别了走私业。

关得玉硬要给怀风磕个头。他说这头不磕，睡不着觉。又道："现在你我都坐过牢，想必你也不嫌弃我，一定要到我渔排做客，海鲜管吃个够。"

怀风自由自在待了几日，突然有一种想重回监狱的感觉。空，空落落的，感觉像断线的风筝。特别是见了叶君薇之后，他感觉这个风筝彻底断了。这时候他才知道，自己潜意识中，原来还是希望在叶君薇那里有一个归宿的。怀风入狱后，叶君薇去探监一次，对怀风态度相当温柔，大抵希望他勇于改造，不要自暴自弃。这一点安慰的力量，对跌入谷底的怀风来说可想而知，乃至产生了尚能抓住最后一棵稻草的幻觉。独身的日子里，叶君薇先是掉进了舞池，对节奏狂热的热爱，使她几乎成为那一百平方米空间的皇后，满足了她作为女人的幻想。当然，也许她不晓得自己要什么，只知道迷幻的灯光里有一个梦。越来越多的人都知道了她离婚的消息，先是惊叹。因为那时候离婚，是一件惊世骇俗的事，她也是一个让人百思不得其解的女人，或者胆大妄为的女人。一些朋友给她张罗，说趁现在还年轻再找一个，女人很容易变老的，但是叶君薇并不为所动。对于相亲的事，要么拒绝要么敷衍，她的眼睛是朝天上的，没有一个看在眼里。有一天她在迷离的灯光中被另一道眼光吸引，那一道眼光从额前的长发中瞥过来，击中了她的灵魂。叶君薇来看望出狱后的怀风，坦然告知自己正和一个艺术家相处。怀风恭喜之后，眼神就黯淡下去了。

李怀准劝他写报告上去，像写小说一样，把真相写出来，表明自己虽然职务犯罪，但是情有可原，看看能否在相关单位谋个闲职。怀风付之一笑，不想自取其辱。怀风最受不了的是别人的热情。热情也可以理解为幸灾乐祸，也可以理解为隔岸观火，总之，透着虚假。因为一个出狱的一无所有的人，实在是没有什么值得祝贺的。有一瞬间，他突然想到死。他这短短的一生，有过身世的苦难，也有过爱情的快乐，到底是跟海燕的初恋，还是跟叶君薇的婚姻，更让他刻骨铭心呢？平心而论，他的答案是前者。有过大部分孤独的时光，但也享受过短暂的像来自冬日暖阳般的父爱，那来自陈武功。有过人生得意的巅峰，他穿着白衬衫，夹着皮革公文包，走到村口，村民们刮目相看；他穿着制服，走在街道上，自豪从灵魂中散发，心中暗暗念叨从此以后不再恐惧。现在这一切结束了，在热情而带着可怜的眼光中，是不是一死了之更为坦然？

客观地说，是关得玉救了他，是救命还是把他从颓靡中救出来，这个不论。恍惚中他辨认出来，在这些来看望他的人中，只有关得玉无亲无故，但最见真心，那颗真心他能看得见。他像一个黑夜中迷路的孩子见到一点星光一样。更重要的是，他想躲起来，在一个与世隔绝的地方躲起来。他传呼了关得玉，告知自己憋得慌，想到他的渔排上躲一躲。关得玉欢喜得屁滚尿流。

大黄花鱼也称大黄鱼，与小黄花鱼、带鱼、乌贼，为传统四大海产。中国黄海南部到台湾海峡北部，包括吕泗洋、岱衢洋、嵊山渔场、猫头洋、洞头洋、福建的官井洋直至闽江口，为中国大黄鱼第一地理海域。每年鱼汛，沿岸渔民享受海洋的馈赠，大黄鱼的吃法可谓多样，有雪菜大汤黄鱼、海水蒸大黄鱼、红烧大黄鱼、椒盐鱼条、生熏大黄鱼、家常炖黄花鱼、糖醋黄鱼、黄鱼羹等，而松鼠黄鱼则是宴席佳肴。早时候，大黄鱼不易保存，大部分鲜销，其他去内脏盐渍后清洗晒干制成"黄鱼鲞"或制成罐头。鱼鳔可干制成名贵食品"鱼肚"，又可制"黄鱼胶"，又是名贵药材。闽浙有的渔民能捕到数十斤的大黄鱼，消息传来，鱼贩子闻讯而来，价格几十万甚至上百万，一夜暴富，主要在于鱼鳔的药用价值。

对于海洋的馈赠，人们认为理所当然，疯狂地攫取而不思对自然的感恩。从二十世纪七十年代中期，鱼汛逐渐减少，其原因在于机帆船和探鱼仪在海洋捕捞业的广泛使用。一九七九年冬天至一九八〇年的鱼汛，在闽江口外越冬场捕获的大黄鱼仅五六万吨，此后，福建地区大黄鱼资源也急剧下降。八十年代，官井洋的鱼汛捕捞节日逐渐退出历史舞台，零星的渔船能捕到小鱼群，已是新闻，把大黄鱼当饭吃的日子一去不返了。

世事凋零，常有英雄出没，力挽狂澜。时有一人，名唤刘家富，对于大黄鱼群的濒临灭绝，他比谁都更着急。他在一九六九年毕业于上海水产学院渔业资源专业，毕业后任连江县水产局渔业资源调查员。七十年代，他就想到，如此捕捞下去，大黄鱼迟早会灭绝，并萌生了一个念头：通过人工育苗的途径保住大黄鱼资源。

但是更多的人对这种想法嗤之以鼻。大黄鱼是深水鱼，冬天栖息在水深六七十米的地方，即便是暖冬，也在水深三四十米处，一到浅水区立即爆肚而死，养殖是绝不可能。刘家富当然晓得这是个天大的难题，但他决心攻克。他从一九七五年开始着手准备海水鱼类人工育苗研究工作，利用在闽浙沿海继续从事渔场情报工作，收集大黄鱼标本，了解哪些可以用于人工繁殖。当时海西三都澳内的官井洋还是全国唯一的内海湾大黄鱼产卵场，为了研究需要，他从连江县水产局调到海西地区水产局，负责海淡水鱼类养殖技术推广工作。经过努力，一九八五年春，"大黄鱼人工育苗初试"项目立项，项目经费一万元，使得人工繁育工程可以走出第一步。

人工繁殖需要亲鱼，可是野生大黄鱼一出水面，鱼鳔膨胀爆裂，或者鱼鳔把内脏从口部挤出，无法直接作为亲鱼。对此，刘家富设计两条路线，一是从产卵场采捕性腺发育到第Ⅴ期现成成熟大黄鱼，进行采卵、采精并人工授精，获得的受精卵运回育苗室进行人工孵化、育苗，并将以此养成的子一代培育成亲鱼。但从幼体到性腺成熟要两年，加上催产与批量育苗技术试验，需要四五年时间。二是直接从海区捕捉小规格野生大黄鱼，经过保活、驯化和培育后，第二年可做亲鱼试验。经过双管齐下，一九八七年最终育出一百多尾全长二十毫米以上规格的鱼苗，催产成功，到一九九〇年，全人工繁殖技术基本成熟。一九九二年，刘家富组织注册了"海西地区水产技术推广试验场"，成为科技部挂牌的、资产达五百多万元的大黄鱼试验和服务基地，开始为养殖户提供服务。一九九三年有一姓张的养殖户养了七亩池塘的大黄鱼，赚了八十多万元。一九九六年，三都澳海上网箱养殖大黄鱼的热潮形成，网箱达到一万多个。数十亿的产业，使得大黄鱼成为当地收入的标志性产业。而刘家富，则被称为"大黄鱼之父"。

而关得玉回来，正赶上这个热潮。第一年他经验不足，用了霉变的饲料，用药不及时，损失不少。第二年有了经验，则把第一年欠的债都还了，算是上了道。

在青山岛附近的海面上，以泡沫塑料为浮体，木板为主的渔排，宛若一座海上浮城，随着海风轻轻摇摆，又似一个巨大的摇篮。卖汽油的、买菜的、买卖饵料的船突突突开过，留下一道白得耀眼的浪痕，亦使得渔排微微荡漾。其余时间，这里是宁静的，耳目所及只有海风、海面与远山海岛。怀风到了渔排，深深喜欢上这种与世隔绝的宁静，全身心都放松下来。关得玉每天忙活各种海鲜菜肴，怀风道："我也是海边长大的，这些不稀奇，你就做家常菜吧。"关得玉道："你知道吗，我在牢里什么都好，就有一样，吃的都是白菜，吃不到腥味，受不了。我出来后，一个月，天天把鱼蟹当饭吃，后来我发觉，海鲜的味道，就是自由的味道，每天不吃海鲜，就感觉不到自由，所以你要仔细品味，就能品味出不一样的感觉。"这么一说，怀风觉得有理，细嚼慢咽起来，果然别有一番滋味。

怀风道："这样住下去，我都懒得动了。"关得玉道："你能待得住，都是我的荣幸。"怀风帮助关得玉投料喂鱼，买买食材，让自己融入渔村的生活。

中秋，关得玉带怀风上岸，在自己老家过团圆节。家家户户人丁聚拢。关得玉剩一个老母在家，桌上还摆着一双父亲的碗筷，倒也是其乐融融。怀风怅然。节后，他给师海打了一个电话，问其台湾生父那儿有无联络。师海在电话里沉默片刻，道："这事三言两语说不清，你要有心，就来找我一趟。"

出狱后，师海并未见过怀风一面。师海心中自有深深的心结，怀风亦可理解，不见比见面更好。师海托言船仔，如有什么需要帮助的，尽可开口。怀风苦笑，他想他就是死，也不会跟师海开口。更何况师海现在如日中天，众人拥戴，春风得意之时，自己怎能自取其辱。但是父亲这个事，从来都是师海交接，他不得不亲自询问。

约在师海的南潦别墅，司机已把奔驰车停在别墅外。怀风没有进去，让司机唤师海出来。其实怀风很想看看师海的别墅，或者想知道他现在过的是什么样的生活，后来他才醒悟，自己不想进去，是因为不忍见到海燕。

怀风坐在副驾上，师海坐后排，哥俩从上车开始，就没说过一句话，只是互相点了个头，嘴里发出"嗯"的一声。那一声，既代表好久不见，又代表熟稔已久，既代表问候致意，又代表话不投机。两人的沉默与呼吸，更像一场语言的对峙。车开了十几分钟，开到郊外的宁古路，怀风这才开口："去哪儿？"师海懒懒道："到了便知。"似乎在对一只苍蝇说话。

道路弯弯曲曲，坑坑洼洼，两城之间运送板材的货车，把路面蹂躏得不忍直视，奔驰车躲避坑洞，逶迤而行，甚是艰难。不到一个小时，到了青林寺，师海领怀风到长生塔中，根据号码打开一穴储间，道："你爹就在这里。"

里面安置的，分明是一尊静静的骨灰罐，山水纹。怀风思索片刻，道："我问的是生我的那个爹，在台湾的。"

"就是他。他当时想见你一面，跟你说说话，你不给机会；现在你想见他，他说不成话了。"

怀风脑门像被闪电击中，鼻子都抽搐起来。

牢房岁月，对怀风而言，恰如在寺庙修行，一遍遍地回味往事，一遍遍地咂摸爱恨，原来有些解不开的结，确实是化了。当然，他知道自己禀性难改，与自己内心战斗，努力让自己不再那么狭隘。正是这般努力，他才透过海上的雾气，仿佛能看见对岸父亲若隐若现的容颜。他的心动了。

李兆镜回到台湾，不久即查出肺癌晚期。弥留之际，联系了师海，希望能够告知怀风，到台湾见最后一面。其时怀风已经入狱，师海无奈，亲自办理探亲证往台湾探望。他耿直，做不得拐弯抹角的事，到了台湾，把事情原委和盘托出。兆镜听后无语，也许一时理不清头绪，也许被其中的恩怨搞糊涂了，长叹一声，告知后事：希望死后骨灰能被带回家乡。怀风出狱之后，若有心，则让他寻找母亲遗骸，最终合葬。如无心，数年之后，则将骨灰撒到海上。

骨灰罐上，嵌着一张照片，怀风凑近端详。微凸的颧骨，眼窝里的寂静，分明就是另一个自己，有一瞬间，他看到这张照片的灵魂。他把骨灰罐抱起来，突然大笑，笑声癫狂，如痴如傻，继而笑声拖长，带着绝望和颓丧，似乎在面对一个叫命运的人。那笑声，师海后来想起来，竟然有些可怕，讲给海燕听。海燕说，怀风习惯把事儿都藏在心底，当他歇斯底里的时候，唉，你也不知道是哪些东西在他心里爆炸了。师海说，他当时真的怕怀风傻了，变成一个真的傻子。海燕说，他现在经历这么多事，一肚子苦水，也许变成傻子日子更好过些。

怀风回到渔排，对关得玉说，自己想清净一下，到岛上去住几天。岛上老家只有关得玉老母住着，村里大多青壮年都在海上忙活，倒是清静，安静的时候，更像空落落的坟地。怀风待了三天，关得玉不放心，驾着小舢板回来看他。四周不见，问老母亲，母亲道："他哪儿也没去，把自己关在房间里，饭也不怎么吃。"关得玉打开房间，见了怀风，譬如见了怪物一般，嘴巴合不拢了。怀风被拉到镜前，这才发觉，三天来，自己已经变了样。白头发从发根儿长出来，齐刷刷一截，像从地上冒出来的雪，顶着一团原来的乌云。若是满头银发，也是常见，偏偏是根部一截，如杨树林被刷白一段，就特别怪，再加上形容憔悴，颧骨突出，不像个人，活生生是个鬼。

关得玉哭道："恩人，我是哪里慢待你了，你到我家要变成这般样子！"怀风两眼无神，低声道："不关你事。"关得玉抓住他的手道："你这头发再白下去，只怕我赔不起。唉，我从牢里出来，心里只想以后万事难不倒我，你也是坐过牢的，还有什么事这么愁呢，你说出来，便是要深海淘宝，我也给你淘去。"怀风舔了舔干巴的嘴唇，道："你真想知道？"关得玉道："是呀，你是有文化的人，什么事不比我想得透，怎么连我都不如呢。"怀风惨笑道："因为你见了你爹一面，我连一面都没见。"关得玉若有所思，叹道："唉，那也是。当时我都想了，如果被抓进来，就再逃一次，总归一定要见一面老父。不管如何，总归都是过去的事呢，你别再跟自己过不去。你不能再待这儿了，跟我回渔排吧。"怀风抬头道："回渔排有个条件，你要让我干活。"原来关得玉把怀风当祖宗伺候，不让他动一根稻草。

关得玉道："行，只要你答应我头发不白下去，有的是活儿干。"怀风道："一定要让我不停地干，干到死！"

老母做了鱼干稀饭，怀风吃不下去。关得玉道："再不吃就饿死了。"像给婴儿喂药一样，撬开怀风的嘴，硬灌进去。老母亲目瞪口呆，不晓得怀风属于哪一路巨婴。

在改造池塘之前，师海身上的标签是"开拓者""养蛏大王""致富带头人"，乃至人大代表，等等，全是正面形象。即便身边的人，见他有蛮霸作风，也是见怪不怪，谁让人有本事，有胆识呢！但是，在赢利数年后，师海宣布，未来几年，蛏塘的收入将不分红，用于改造池塘，直到改造成功。这下子炸锅了。城里的股东，还没话说，只当是长线投资；村民最是不爽。农民吧，最要紧的是眼前的利益，所以就炸锅了。他们提出来，养得好好的池塘，每年都有红利，为什么要改造？

只有师海看到了隐患。第一是池塘外围，一直受到台风的威胁，几乎年年都有被冲破的决口。虽然是养蛏不比养鱼，养鱼如果有了决口，一池的鱼就没了；蛏子大部分藏在土里，损失比较少，但也得年年修。必须把临海的长堤以条石砌成，十几米宽的石堤，不惧潮水台风，成为百年基业。第二，改造池塘内部，这是重中之重。几年的养殖，池塘土质恶化。师海晓得，人工投饵培养藻水的方法养蛏，这就好比一个人吃、睡在同一个房间，难免会产生污染，养殖时间长了，池塘底质硬化，蛏的品质也逐年下降。死蛏每年有各种原因，如果长期这样子下去，产业会垮掉。数年前对虾的白斑病使得师海心有余悸，也成为他的心病，或者说，一回回忘不掉的噩梦。看到死蛏发白的壳嵌在土里，他的恐惧就从脑后蔓延。虽然他本质上是一个农民，略微识字的农民，但是他明白，大自然不会让你永恒索取，你一味索取，它就会报复，给你致命一击，这是他亲历过的。这种恐惧像潜伏在体内的寄生虫，时不时就给你神经来一下，让你出一身冷汗。甚至有一天，他梦见干干的池塘，泥土里嵌满蛏子壳，那是死去的蛏子的尸体，是累累白骨，触目惊心，那是天灾带来的集体死亡。他惊出一身冷汗。他很少做梦，也绝少怕过什么，但大自然的报复，他无法不畏惧。在大塘养殖成功后，官扈岛一带又围垦了一千多亩，现在总共有三千亩，家大业大，管家需要更强大的神经。他患上失眠，用了各种办法，没用，最终还是靠安眠药。他要强，总是一副举重若轻的强大，不让人知道其实夜夜惊惶，靠着安定强行入眠。在无数次的思考权衡之后，他很自信地做出决定，至于这种决定的依据是什么，他说不上来，但是，就像他当年用豆浆来喂饲蛏子一样，他相信自己的直觉。他的奇思妙想又一次发挥作用，把每个池塘分成两边，一边是深水池，养鱼，一边是浅水池，养蛏子，形成立体良性养殖。

在村祠堂的股东大会上，师海的想法遭到激烈的反对。对于第一点建造石堤，股东没有什么反对意见；意见主要集中在第二条。本来养得好好的，年年都有分红，为何突然多此一举，成败未卜。师海开始演讲具体计划：把三千池塘改造为十多个池塘，清除池塘底部的淤泥，每个池分深水池和浅水池。深水池从海区直接进水，蓄水达两米，养殖鱼类；浅水池蓄水八十厘米，养殖蛏苗。巧妙地运用水位差，让水循环流动起来，养鱼的肥水流向养蛏的池，作为蛏苗的食物，蛏子吃完后水就变清，再排向大海。师海把自己的想法画成了一张图，按照这个养殖模式，可以把养殖成本降到最低，一年算下来，可以养两万多担蛏，按每斤八元计算，纯利润确实能达一千多万元，而且鱼还是额外收入，改造后的养殖模式完全生态化，不会出现以前的种种问题，可以长久赚钱，翻倍分红。水产业不稳定，这种模式可以像工厂流水线一样，做成百年老店。鼠目寸光的人，都没有资格再做股东！

股东们被这数据吓住了，闭上了嘴巴。除了对师海的信任，现在没有别的意见。有一瞬间，师海体会到一言九鼎的分量。

工程如期进行。外堤由条石码成梯形堤坝，上宽九米，下宽十二米。有人对此提出异议，师海强调，第一，这是百年基业，既然做，就是往好里做，台风海浪奈何不得。第二，堤上须能行驶货车。

池塘加深清淤的工作，就没那么顺当了。第一年三百亩池塘的改造，大量的淤泥从闸口出去，随着退潮的海水，覆盖到周围蛏埕。次年，周围蛏埕绝产，引起麒麟埕等村民的纠纷。村民结伙成群上大塘索赔，打闹不可避免。师海虽不出手，也在静观其变，这样的纠纷，很难有个完美的方案。直到招来警察，经过一番调解权衡，师海下定决心：照价赔偿！

他让会计去一一测量受损蛏埕，按照去年的收成来赔偿户主，赔偿达到上百万。

从战略上来说，这是认输的一招。在村与村之间的斗争中，是万万不可退却的。你退一步，别人就会得寸进尺，退着退着，你的东西就没了。一些村子原来是海地的，过了几代，就没了，为什么？势力单薄，被人强取豪夺去了，只能干巴巴眨眼睛，就当祖上没有开创这一块基业。师海这种示弱的方法，引起诸多村民的不满。斗争本来会让村民团结，激发村族的自豪感和凝聚力，代代津津乐道，类似于传统，虽然有死伤，但愿意承受。这很像西班牙的斗牛传统。人们的不满来自这一传统被废除。况且，今天让你赔蛏埕损失，明年指定不晓得赔什么呢！按照惯例，赔不赔干一仗再说。你一句话倒是认栽了，村子的脸可丢不起。

对此，师海有两条标准：第一，钱能解决的事，千万不要用人命去硬拼。第二，以后解决一切纠纷，以法律为准绳。现在大塘虽然也是村产，但毕竟是一个公司，要按照公司化管理。

如此师海在村中又有了一个绰号：败家子。师海耳闻，虽然生气，但也无法，唯一的，他就是要保证自己在大塘中的权威。他相信改造好之后，钱就跟流水一样来，到时候大家自然闭嘴。这雄心勃勃的征程刚刚开始，师海根本没去想前方等候他的是什么！

阿青的到来，改变了六斤的生活。她从寺里出来了。

阿青牙疼，六斤带她到城里看牙。在南门大圣弄里的黄医生牙科诊所，黄医生道："这乳牙都松动了，你在家里给她拔了就好了。"六斤道："我一把草都不忍拔,哪里敢拔牙齿!"黄医生笑道:"我是想教教你,省得你下次拔牙又要进城。"六斤道："我不成,这活儿还是有劳你,对了,可别把她弄疼了。"黄医生道："又拔牙又不让疼,你这个当妈的可真称职。"六斤笑道："我还没结婚呢,我当什么妈呀!"就在笑声中,黄医生手中的钳子一抖,牙齿出来了。黄医生道："不疼吧!"阿青点了点头。六斤道："黄医生,你真是高明,你是故意逗我们吧。"黄医生道："我可没逗你们,我认为你很适合当一个妈!"六斤笑道："那你给介绍介绍呗!"黄医生道："你这么心善人美,还不好介绍嘛,要什么条件的,跟我说。"六斤道："其他不论,就像你这样对孩子好的。"

阿青在街上目不暇接,要去看电影,六斤便带她去了。看了不到一半又说电影院太黑,不想看了,还想上街,六斤又带她上街,纵容她。两人亲密无间地聊天。

六斤对月明道："娘,我问清楚了。阿青不是老二的女儿,她的爹人家叫老汤,是戏班里打鼓的。"

月明对老二道："老二,你得说实话,阿青不是你生的吧。"

老二皱眉道："娘呀,你要是不想要阿青,那我就带走。"

月明道："不是那个意思。孩子我是喜欢的,但她是谁的骨肉,这个得分明呀,拐来骗来的孩子,咱们也不能要呀。"

老二摇摇头道："娘,随你心吧。我已经撒过弥天的谎了,现在都不愿意张口了。"

老二回家,寡言少语,与别人格格不入。有时候他跑到滩涂上,沧海桑田，昔日与巧云捕捉弹涂鱼的地方，已经变成偌大的池塘。他站在池塘上，用记忆对抗现实。

在长桥镇，阿青失踪了，一天一夜后，才在小庙里找到。满身泥土，脸上脏兮兮的，也不知道在哪里滚了一回。老二抱着她哭了。回到小旅馆，把她全身上下洗净。在褪去衣服时，老二眼前一亮，瞥见了她脖子上挂的一块坠子，正面是雏凤纹饰，背面有印章"林"字，正是母亲托自己送给巧云的定亲之物。

他的眼泪滚出来，像受了极大委屈的孩子找到娘一样。

阿青并不晓得银坠的来源，只晓得记事起，就挂在自己脖子上。老二返回去跟戏班众人左打听右打听，得来鸡零狗碎的信息，大致拼成了这样的一个来龙去脉：阿青是老汤在某个村子抱养的，大抵是有一户人家，生了男孩，这个女儿不受待见，被父亲打，母亲就将她送人了。孩子身上有一件饰物，那是母亲留下的纪念。

老二心里是酸甜苦辣，但是想见巧云的念头还是油然而生。在收集到的信息中，完全没有来自哪个山村的信息，也许老汤是故意瞒去。老二决定再次出发，他拉着阿青的手要继续走，阿青问："又去哪里？"老二道："找你妈去！"阿青突然一口咬住老二的手，老二叫了起来，阿青逃开，两眼是凶狠与恐惧。老二看出那恐惧的出处，长叹一声，改变了主意。

巧云与阿青，都是老二内心的结。他并不想让任何人知道。母亲认为阿青不是他女儿，他也不想解释。对老二而言，人生就是由秘密构成的，秘密就像人的器官一样，与生俱来。

枝丫，也算是老二的秘密吧。

枝丫是在老二回来的第二天见到的。她笑呵呵的，脸上肉嘟嘟，但肉有点下垂，把五官都拖累了。她看见一个少年郎向她走来，似曾相识的面容，正是自己期盼已久的爱人。她呵呵笑着，口水都像屋檐的雨流下，又被习惯性地吸了上来。她从门口迎上去，在老二面前摇着脑袋端详几眼，突然抱住老二，咯咯地笑了。老二疑惑之间，倒是像被羞辱似的，尖叫起来。老蛇从屋里冲了出去，见了老二，愣住了。

"她又犯花痴了。老二，你回来啦！"

老蛇把枝丫抱过去，用袖子擦了她的口水。枝丫笑嘻嘻地进屋去，还朝老二做了个鬼脸。

老蛇给了老二一根烟，问老二这些年都去哪了。老二倒是不想倾诉，问枝丫的状况。老蛇告知老二，枝丫疯疯癫癫已经数年，道："唉，早知道会这样，其实当初你哄哄她，兴许就好，她就是犯花痴。"

老二在门口仔细看了看枝丫，她也嘻嘻地笑，中年胖妇的外形，少女一样的表情，在幽暗的厨房里，那样怪异。老二看了看墙上，杀猪刀还挂在那儿。杀猪刀看上去也老了。

第三十四回：赴会

六斤嫁给了黄医生。黄医生是个离异男人，本来是让六斤给介绍女人的。六斤媒人也没做成，倒把自己给介绍过去，道："黄医生，你看我行不？"黄医生嘴巴都笑歪了，道："那真是天下掉下个林妹妹，我就有个问题，你怎会看上我这个老男人？"六斤道："我觉得你心好，对一颗牙齿都那么细心，是我想要的，挺好的。"

因为娘跟催命似的，六斤觉得自己像一件无用的家具，必须处理掉。婚礼相当隆重，完全是师海的主意。他不允许妹妹的婚礼寒碜，而且亲朋好友也多半是冲着他来的。黄医生没有想到拔牙能给自己带来妙处，更加兢兢业业，把牙齿当儿子来照顾。

黄医生跟前妻有个女儿，被前妻带走了，成了孤家寡人，现在喜得黄花娇妻，喜欢得屁滚尿流，上班路上，接受街坊祝福，直把眼睛给笑没了。黄医生道："六斤，以后我把钱都交给你，你来持家。"六斤道："不成不成，钱多脏呀，千人万人摸过，我可不揽这么脏的物事。"黄医生露出微微暴露的门牙道:"你傻呀,管一张存折就行了。"六斤道:"我也不管,耗心。"黄医生无奈道:"行行行,你管生孩子吧!"

婚后,六斤成日带着阿青玩耍,把阿青当自己孩子了。黄医生起初还觉得其乐融融,后来见六斤肚子没有动静,觉得不妥,弯弯曲曲跟月明说了意思。月明便把阿青叫回来在小学读书,也让自己有个伴。月明跟六斤道:"你这是怎么回事,该去求求菩萨。"六斤道:"菩萨都在我心里,何必去求!"

两人婚后住在太尉巷的老房子里,一出巷子便是人民医院。这一日,六斤买了一袋葡萄,准备回家细细品尝。她喜欢吃水果,一大堆的水果放在茶几上,人家觉得要几天才能吃完,她会像老鼠一样耐心,一个小时后只剩一堆残渣。吃了水果她就不用吃饭了,在黄医生看来,六斤是一个需要他去慢慢了解的物种。六斤在人民医院门口看到一个弃婴,一群人在围观,六斤看到的一瞬间,眼泪就出来了。她把弃婴抱回家,那是个裂唇的女婴。

第一时间她把船仔叫唤了过来。船仔仔细看了,除了是裂唇,身体并无其他毛病。纸箱里有出生年月,正是满月后的婴儿,啼哭声音甚是清亮。船仔道:"你要领养她?"六斤哭道:"昨夜我梦见一只兔子,想来就是花手帕,似乎被什么追着,惊慌失措,一头撞到我怀里,把我惊醒。我一整日心生纳闷,见了这个婴儿,便哭了。"船仔若有所失,道:"这也奇了。有一件事,我还未曾告诉你。我在古瀛洲的时候,有一日台风,我所住的祖厅破败,地动山摇，我努力睡去，蒙眬之间，突然梦见两只兔子蹿到我的门前，我醒来，门外咚咚咚有敲门声，觉得奇怪，起床推门，却寂静无人。回头看，一声巨响，屋顶掀开，一根梁柱斜斜插到床上。当时我心中慌乱，并未细想，只是觉得诡异，现在看来，难道真是……"六斤道："那指定是花手帕和薄荷糖呀！"船仔道："我心里有这么想，可是我是唯物主义者，不相信这种通灵之说。"六斤道："什么唯物不唯物的，万物有灵，哪是一个唯物能解释清楚的。那两个小东西，是来报恩的。"船仔不敢说话，指了指婴儿。六斤道："我指定要养她。"

　　黄医生是断然不肯的。自己没生孩子，还抱养一个弃婴，搁哪个男人都不愿意。黄医生苦口婆心地劝，不顶用，看上去柔和的六斤，这时候执拗起来，像一块又硬又臭的石头。黄医生找船仔帮忙，船仔道："我这个妹妹，看起来人畜无害，可认定的事，十头牛都拉不回来。你娶了她，就得有接受的心思。"黄医生道："可是这事，搁你头上你肯吗？"船仔道："我未必肯，所以我未必敢娶我妹妹这样的姑娘。"黄医生道："我知道你疼你妹妹，但你我都是男人，你不妨胳膊往外拐一拐，替我想个权宜之计。"船仔道："很简单，你随她，日子就好过了。"黄医生诅咒道："船仔，我希望你永远娶不上老婆。"

　　黄医生也不是吃素的。他曾经想过把孩子扔了，但转念一想，自己把孩子扔了，六斤会把自己也给扔了。他转而求丈母娘。月明倒是通情达理，她的心思跟黄医生一样，哪有自己不生孩子抱养弃婴的，她专程上来做工作。六斤一直强调，那孩子就是自己小时候养的兔子花手帕，她从孩子的眼睛里可以看出来。月明叹道："当初养了两只小东西，原来是造了一段孽缘呀。"六斤道："娘，不是两只兔子，船仔早没命了。"月明也是信鬼神，听了船仔的事，道："莫不是你们把两只兔子养成精了，阿弥陀佛！"相劝的结果是，六斤同意把婴儿放在塔山孤儿院去，她若愿意，可以前去照看。

黄医生对丈母娘千恩万谢。黄医生只想，若是自己生了孩子，六斤便顾不上弃婴了。月明也有同样心思，对黄医生道："你别整天只顾你的牙，多求求菩萨才是正事。"黄医生道："我是讲科学的，这种事，只能医院解决，我是没问题的，她呢，我说了不下百次了，就是不肯跟我上医院看看。"月明道："医院是医院，菩萨是菩萨，各有分工。你若有愿没还，便是搬进医院，也是生不出来的。日前莲花寺的画中人观音，极为有灵，你若不去，我帮你去一遭。"

却说画中人画像，被可法奉为菩萨，有邻近村妇，闻得画中人生前极爱孩儿，成神之后，庇护儿童必有心得。或有儿童疾病，便来求神问卜，能晓得个一二，渐渐得名。也有身孕的妇人，不惜蹒跚上山，抽签问是男是女，能否安然降生。可法解签，头头是道，中个六七分，风靡开来。那些个不中的，也不怪菩萨，却怪自己心不诚。世间的事，就是个心思，有画中人问个一二，心里有底，又觉得这个神仙能将心比心，便四下闻名。香客多了，却也有人不满意，说这是马施罗的庙，你这搞得热热闹闹，鸠占鹊巢，是人是神都不会乐意。每日里香火烧的，到底是谁来收呀。

有信徒提议，给画中人建个新庙，省得跟马施罗挤成一堆。增坂村的中医师李师拳，颇懂得山川掌故，晓得山腰莲花坳原来有一座古寺，在明代毁了，现在夷为田地，建议在此地重修莲花寺。可法去看了，不错，背山面对五里洋，边上有泉水，正可饮用。比起在山顶上，总要到下面提水，不知方便了多少倍。李师拳邀人各村筹集善款，甚是踊跃。

画地开基，先把土地平整。动工初始，可法看见忙碌的工地，激动不已，让树鹏法师写了一疏文，其文概述：以后咱们有自己的庙了，不必再寄居在马施罗庙中，生前你就喜欢独处，怕村人打扰，怕邻居闲言碎语，如今快要梦想成真。此庙的规划目前虽然简朴，但是也足够我们一家三口享受天伦之乐。我很怀念以前你夜半时分给我做的鸡蛋线面，那是我吃过的最香的面条，以后半夜饿醒的时候，脑子里都是那种香味。在寨顶，我故意留了半碗，半夜醒来吃，就当成你做给我吃的，吃着吃着，酸甜苦辣都涌了上来，不由就流泪了。面是凉的，泪是热的，就着吃。不知道到了新庙，你要是有灵，就变一碗线面给我，我便晓得一家在一起。诸如此类，可法口授，树鹏作文。树鹏道："我作疏文多年，没见过这么婆婆妈妈、细细碎碎的，都不晓得会不会被神仙耻笑。"可法道："跟我妻儿说话，难道还正儿八经、客客气气的？"树鹏道："行，你会不会被神仙笑话，我且不管。"可法道："神仙也不是铁石心肠，也晓得人间悲喜的。"

高兴归高兴，迫在眉睫的事，乃是建设资金捉襟见肘。李师拳走江过湖，见多识广，对可法道："现今募捐范围要扩大，甚至要到城里去，光靠说个莲花寺不行，须得有话头。"可法道："我近日倒是看些论道的书，话头我可以书上找找。"师拳道："那没得用，这个话头得你自己来找。"他悄悄跟可法耳语片刻。可法皱着眉头，道："神仙可准？"师拳道："神仙有心没力，有灵没钱，现在你我就是神仙。"

有一日，施工现场，可法对众人道："我昨日梦见此处有声，说是已在地下埋藏五百年了，现在要回人间造福了。"众人听得古怪，按照可法所指掘下去，不久即碰到一硬物，小心挖出洗净，却是一古佛头。众人深信此地乃古寺遗址，佛头乃前寺遗迹，重建也是天命了。此事传开，信徒纷纷前来观看佛头，惊奇不已，瞬间风传。

可法去找好友立春，手上拿着起寺通告，上有佛头照片，如此云云，立春这些年虽说养殖有赔有赚，但一身光鲜，没事还戴个金丝眼镜，看得出也是有钱有面的角色。每天晚上包车出入县城消遣，日子过得火热。立春摇头道："可法你可别诓我，你要发佛财，我不拦你，你也别指望来我这捞财，我可是个文化人，读过唯物主义的。"可法道："啧啧啧，瞧把你急的，好像行善就没文化似的。我告诉你，这是有利于全家、造福子孙的事业，功德碑上记一笔，我看你养殖也需要这运气吧。"立春道："你这话跟别人说管用，跟我说不管用，你晓得我们池塘都信哪个神吗？李将军，就是李师海他爹变的神。可是李师海自始至终，也没进去烧一根香磕一个头。我呢，永远跟着李师海走。"可法道："你倒是把李师海当神了，我看他也有不灵的。这不，你可别误会我的好意，我是想这么好的彩头应该让你先知，你不取这个彩头，以后可别怪我。"立春道："我信的是科学。你这佛头，我到小东门旧货市场，一百块能买仨，这就是科学。唉，可法，你可不知道，你可把我害惨了。"可法道："你这说不捐就不捐，现在捐的人都主动上门了，可说我把你害惨了，又是哪一出呀。"立春叹道："现在我是一屁股屎，没法擦干净了。当初你带我下了水，可你自个儿上岸了，唉！"

城市的生活对立春的诱惑越来越大。整个海西，特别是改市之后，晚上霓虹灯如火如荼，令立春痴迷。新的酒楼、大厦、娱乐设施开张，他不管消费没消费过，都如数家珍，介绍起来，搞得跟常客似的。他以此为学识，不再以村人自居。夜生活肯定是离不开城里了，深夜叫了部三轮车回到村里，碰到有出来解手的老头，问道："不是贼吧。"立春气鼓鼓道："我，立春呢！""哦，立春，打麻将回来？""是。""多少钱？""五块。""哇，能打死人呀。""人死不了，死钱！"

五块钱麻将，一个晚上输赢能好几千，立春可阔气了。村里人玩五角钱麻将还闹腾不休呢。巧容不喜欢立春打麻将，但管不了他。陈武功瘫痪后，立春孝顺了许多，端屎端尿也会，但一个无可争议的事实是，他的腰杆子也硬了。对于父亲的指令，他可以点头哈腰，但坚决不执行。那有什么办法呢，一个坐在轮椅上的人，除了一口气，真实的权力已经瓦解了。陈武功道："立春，你是个男人，你得顾这个家！"立春点头，可一到晚上，心中便被一片亮堂带走，那是城市的灯火，灯红酒绿的繁华。打麻将是他最经常的活动，也是借口，娱乐场所也是他的最爱。"海之都夜总会"当时是最有名的会所，立春经常出没，呼朋唤友，特有面子。他在里面邂逅了一个叫阿娇的女子，特别投缘，一来二去，玩出了感情，搞得立春神魂颠倒。阿娇苗条清秀，吹气如兰，没有那么多风尘味，倒是有邻家妹妹的亲切感，立春觉得她似曾相识。立春爱显摆，一副斯文老板的派头，在女人面前做出深不可测的样子，也搞得阿娇对他又崇拜又依赖。这惺惺相惜出了巨大的成果，就是阿娇的肚子大了起来，去医院查了，一张怀孕单子亮在立春面前，立春瞬间都软了。阿娇要立春娶了她，这可把立春吓坏了。抛妻弃子，背离家庭，他有这个心也没这个胆呀。叫阿娇去医院打了，阿娇不肯，不管如何，她想生下这个爱情的结晶。立春又是感动又是无奈。阿娇让立春拿出方案，否则就摊牌了。这可把立春摊到烧烤架上了。

　　遇到此事，立春倒是谦虚了，让可法给出出主意。可法道："我已跳出三界外，不在五行中，这红尘的事，我不惹。"立春道："你跟我张口闭口就要钱，还不惹红尘。我告诉你，这事你有法子，我回头给你捐赠个千把块倒是实在。"可法道："你要问我我也得问画中人去，她给你预卜下，这孩子要不要得！"立春道："我就问你，你说我该怎么办。实话告诉你，我现在要是拿不出法子，小命可能难保。"可法道："哇，阿娇那么厉害，那我可对付不了。"立春道："不是你来对付，你帮我想个法子，看看找谁对付。"可法道："那你未必听得了我。"立春道："你且给我主意。我知道你虽然行事古怪，但是出的主意呀，往往别有道理，我看好你。"可法道："那就好办了，我看只有一个人帮得了你，就是你老婆。"立春张大了嘴："她，行吗？"可法道："我跟你讲个道理。第一，这些年，你的哪一屁股屎，不是她帮你擦干净的？第二，最重要的是，对付女人，只有靠女人，这个道理，如果不把你当亲兄弟，我可不告诉你！"

立春道："你确定不是耍我？"可法道："看你听不听，我在山上读书读了这么多年，别人当我是神仙，就你把我好心当成驴肝肺。"立春咬了咬牙，道："行，我就当你神仙一回！"

二〇〇〇年海西成为地级市后，下设蕉城区与东侨区。东侨作为新区，拥有的是原来拦海造田的土地，发展房地产与工业势在必行。原围垦西陂塘所形成的千亩耕地，是建设工业园区的突破口，征地工作开始。时值二〇〇四年，按照粮价推算的补偿政策，一亩赔偿地价一万九千八百元。村民觉得赔偿价格太低，多数不愿签字，物价在噌噌噌上涨，只有粮食没怎么涨，这一点谁都心知肚明。只有少数人急等着用钱，或者抱着无所谓的态度，把钱领回来。但政府的工作还是相当有效，与村委签了字，并不影响征地的进度。这是滩涂区域征地的开始。政府平整土地的工程似乎没有耽搁，相当迅速，村里大部分的钱还没被领，推土机已经开了过来。

世事变幻，几家欢乐几家愁。西陵塘工业园区征地在西部，将来通过打通两个小隧道，便可与城区相连。但是，普通的老百姓没有觉察，征地具体工作焦灼而漫长。与农民的交涉可以打持久战，征地初始，与国道相连那一块田地，已经被围墙围了起来。可以说，这一块小一百多亩的地，是工业园区的先锋之作。因为原来隶属农业局和园林局，所以征地的工作并无动静。这一块地的征地转让运作，完全是在市长崔华秋手上完成。而这块地的主人，则是已经在政商界长袖善舞的池巧清。

巧清在厘清了自己与市长、市长夫人的三角关系之后，开始把自己的魅力与商业才华发挥到极致。她自己感觉，这种能力与生俱来，或者说，在第一次见到玉喜的时候，这种能力就有了萌芽。实际上，她现在成为市长最亲密的女人，她称之为"最美的相遇"，崔市长深以为然。坊间传闻，她利用自己的专长，按摩很有一手，还会照顾男人的养生，这两样使得市长相当受用。她问市长自己是不是他最爱的女人。崔华秋遇上的女人手指头加脚指头肯定数不过来，却对巧清心悦诚服，道，我现在是离不开你了。巧清对这一点自矜而自信，让男人离不开自己，便是她引以为豪的能力之一。崔华秋说，也许只有我下台，才会失去你。巧清捂住崔华秋的嘴巴，不许他说不吉利的话。但是崔华秋的话里，也许有第六感官的作用哩。巧清她能很清晰地看见自己野心的生长，这一点使得她深信自己的不同凡响，她心安理得地与原生家庭、原来的同学划清界限，周旋在政商的上流社会。在与崔华秋打得火热之际，她在福州成立了宏大投资集团，经营范围包括工业、农业、商业、旅游业、房地产业以及对外贸易，成为其资本运作平台。在海西吸引投资的政策下，宏大集团最大的一笔投资，是与位于山东总部的中国重汽集团合作建设改装厂，成立福建专用车有限公司。为了使得该项目落户海西，崔华秋数次携带巧清赴北方数城市考察，在政府支持下，项目很快落地，并且开始征地，占地一百五十亩。公司开始工程建设，那边征地工作还在处理扫尾问题，这边一年后工程已经竣工，次年通过重汽集团质量能力验收，即日新产品下线。这个号称总投资一亿元、年产五千万辆车的项目，时为海西引进的最大工业项目，圈内颇为注目，巧清成为政商界的风云人物。精通消息的人当时有玩笑话：当年增坂人千辛万苦围了西陂塘，最终受益的是碗屿人。

　　来找巧清的人特别多，各种冒出来的远亲、久不联系的同学，不是找钱就是找门路。巧清巧妙地避开他们。巧清有自己的一套哲学，所谓成功者，就是避开低端人群，让自己的上升通道通行无阻。简单而言，就是人往高处走，与可怜巴巴的人划清界限。巧清觉得那些衣锦还乡的人真是可笑。但有时候，巧清会想起玉喜，一丝少女时期的涟漪荡在心间。玉喜事业挺成功的，他是一个孤傲的人，巧清没有理由再去打扰他。在辉煌的时刻，她倒是希望玉喜能来找她，但这种情景是不可能的，她只能幻想一下。究其根源，她觉得玉喜是在她接触的男人中，唯一一个干干净净的灵魂，孤傲而悲伤，她不由自主产生敬畏之心。但这仅仅是某些瞬间走神的感觉。大部分时间，她在谋求一个巨大的帝国，填满她的心。

曾经有一次，她怀上了，是崔华秋的。崔华秋希望她生下来。他们的关系，既有利益的结盟，又有互相依赖的情感。巧清也想过，生下来，反正自己没有过孩子。但在理智地思考过之后，她还是决定打掉。第一，自己的事业蒸蒸日上，无暇做一个产妇。第二，孩子生下来，一定会打破目前的三角关系，节外生枝，显然不利于集团的发展。最重要的是，自己对孩子的渴求并不强烈，她觉得也许再过十年，自己才会有做母亲的心态。现在，集团就是自己的孩子。崔华秋深表遗憾，他说，巧清，我没见过你这么温柔又狠心的女人！

巧清见过巧月一次，在闽东大酒店。当时巧清陪着领导，与巧月擦肩而过。巧月衣着时髦，但是一种村镇的气息扑鼻而来。巧清条件反射地皱了一下眉毛。她只晓得巧月的婚姻并非和谐，并不知她真正的生活。她用极短的时间跟巧月打了一个招呼，留下手机号，希望巧月回头给自己回话。后来她并没有等来巧月的电话。她也不强求，她知道每个人有各自的命运，无须联系的时候，便是命运还不需要交结。自己的姐妹们，各自飘零，或生或死，性格使然。更何况，她知道，巧月在自己面前，也是有泪往自己肚里吞的主。

在黑水村，从八十年代以来，就有一句老话："生女建平台，生男当奴才。"建水泥平台的房子，是当时最奢华的。黑水村，只要有女儿的，邻里牵带，出去一年，家里就能建平台房子，台风暴雨再也奈何不得。相反，男孩长大成人，没有出去混，靠几分田地，吃饭都成问题，父母还要攒钱给娶媳妇，做牛做马，是有此一说。可以说，黑水村的繁华，就是家家户户的女儿创造的。

关于女孩子出去干活，又有一个顺口溜："一等女漂洋过海，二等女去港澳台，三等女深圳珠海，四等女就地下海。"黑水村的女孩漂亮，出去简称"出国"，在外做的是"小龙女"。黑水村第一代小龙女漂洋过海，主要去新加坡、马来西亚和中国台湾，接着牵帮带，办理旅游签证或台湾通行证，来来回回，等邻里亲戚女孩长大成人，继续出去，形成传统。

黑水村成为东南丘陵中的一个致富村。黄春芽给家里建了三层水泥平台房子，又给哥哥娶了媳妇，自己也攒了一笔钱，她决定上岸，考虑自己的婚事。虽然小龙女口碑不好，但是因为家境富裕，又懂得打扮，在附近找个帅小伙并非难事。夫家唯一担心的，是这个姑娘还会不会生孩子。毕竟是吃皮肉饭的，有的把身子折腾坏了，这是常有的事。

巧月有幸遇到黄春芽，她的第一件豹纹大衣是黄春芽送的，那一年虽然没有冷到要穿皮草的程度，但那一年流行豹纹皮草，黄春芽把自己刚买的送给了巧月，巧月哭了。她的第一次出国手续也是黄春芽托关系办的。顺便说一句，因为小龙女们频繁出国，时间又紧，为了能够顺利，常常以身体贿赂。出入境的工作人员也有机可乘，常常以各种理由吃豆腐，连开房间都是小龙女买单。这些民间传闻，不知真假，但是成为当地的笑谈，也是一道风景。到了异国，也需要人员牵带，找到蛇头组织，有得活干。在巧月自己买得起豹纹大衣的时候，已经把黄春芽当成自己的贵人。

　　黄春芽是在婚前检查的时候，查出艾滋病的。这在当时的小地方，可是一件不得了的事。虽然是内部消息，但还是传了出去，传得又不准确，只晓得此女是风月行业。民间一时恐慌，防疫站里验血的人数暴增，据内部人员透露，上至官员，下到市民，各种角色都有。验血时怕碰上熟人，皆戴口罩，鬼鬼祟祟，乃是一时风景。

　　黄春芽最后的时光是这样度过的。疾病和恐惧已经击垮了她，她已经相当虚弱，有精神的时候，会回顾自己短暂的一生。她被村里安排，住在村子对面的一间被遗弃的旧瓦房里。瓦房离村庄大概三四百米，村里派人看着，让黄春芽不再进入村庄。她要做的，就是等死。村人视艾滋病如洪水猛兽，并不深究如何传播，只是连看一眼都觉得危险，说个话也能传染似的。巧月是唯一敢靠近黄春芽的。她一日三餐送饭。值守人员要她送饭后即离开，这是命令。但是巧月不离开，巧月怒吼道："说说话能死吗？！"

　　值守人员不让巧月进屋，物事从窗户递进递出。巧月就在窗下跟她对话。黄春芽自言自语道："我就这么死了吗？好不甘心呀，我想结婚，想生孩子，想带着孩子去公园，想有一个男人真正可以依靠。巧月我可以不死吗……"

巧月泣不成声。她不知如何回应，只是把手伸给黄春芽。黄春芽拉住她的手，像拉住救命稻草。黄春芽哭道："巧月，你结过婚，告诉我，躺在自己男人的怀里是什么感觉，你告诉我呀……"

值守人员过来把她们的手掰开。

黄春芽又道："我家人想我吗？哭吗？有人想救我吗……"

巧月又回答不出来。黄春芽从窗户看去，可以看到自己的家，耀眼的三层小楼，有她的闺房，闺房里有她购置的一切时髦的玩意儿。但她再也不能回去了。

黄春芽又问道："现在流行歌曲是什么，我想听一听。"巧月便答应去买最新流行歌曲的磁带，她把录音机带过来。瓦房没有电，巧月给她备足了电池。黄春芽听着歌曲，巧云也在窗下听。那些流行歌曲，在山野之间响起，突兀怪异，但能把她们带往外面的靡靡世界，那是她们向往的世界。巧月想起，自己刚认识黄春芽时，也是在她房间里听流行歌曲，不断地听，一些梦想和希望，就那样浮现。"外面的世界很精彩，外面的世界很无奈……"这些平白的歌词，不知道给她们的生活带来怎样七彩的幻想。现在，黄春芽听着歌曲，会是怎样的心情，巧月想不出来。她只听到歌声中，偶尔传来她病痛的呻吟，或者是愤怒的长啸，像鬼哭狼嚎，巧月的心不寒而栗。

黄春芽凄惨的叫声日后在她脑海中久久回荡。她忘不了黄春芽最后把一枚金戒指脱了，放在她的手掌心，并留下遗言。看见巧月点头，黄春芽的眼里有了光。

不惧死亡的光。

师海绝不肯让自己处于舒适区。这也是海燕的看法。说白了，就是有点自虐倾向，如果哪一天赚钱赚得很舒服，他肯定就想搞点不让自己舒服的法子。

师海以此自矜。对他而言，创新是唯一的途径。养蛏技术是他开创的，原来在大塘养殖的小伙子，现在分散在各处，自立门户，又加上在塘湾、铁基湾等四处开辟池塘养殖，原材料用豆浆、尿素等，养得好的不计其数。海西的海湾池塘开发满了，又有往福清、连江开辟养殖场，其后又往广东一带，可以说是，星星之火，已经燎原。对于师海来说，继续创新，开创别人不能轻易复制的模式，是他的梦想。在村民眼里，号称野心家的师海从来没有失败过，对他的宏伟蓝图，大家丝毫没有怀疑。但在池塘改革三年之后，危机终于爆发。新建了条石大坝，池塘固若金汤后，师海对养殖大刀阔斧地试验，第一年先改造了三百亩池塘，养了二十万尾大黄鱼，想用大黄鱼的肥水养蛏。结果事与愿违，养大黄鱼的水要清，根本无法给蛏施肥，结果鱼没有养好，蛏也颗粒无收，村民们一分钱没有拿到。第二年，师海又改养梭子蟹，还是没法与蛏配合。第二年村民仍然没有分红，大家嘴上不说，私底下有人开始悄悄嘀咕了。第三年，私底下的嘀咕变成风言风语，师海在村民心目中的地位开始动摇。这时候，有人提出来把池塘分了，师海去做他的试验，其他人去正常养殖蛏子。

师海的肺要气炸了。这么多年来，村民把他当成神，他自己也把自己当成神。说一不二，脑海里的创意，宛如天意。但是如今他那年产一千多万的梦想，在村民心中变得虚幻了。他不但生气，而且痛心。凭着他的权威，一般人不敢在他面前提出异议，这次代表村民提出分塘意见的，是李师南医生。当初最艰苦的时候是李师南支持他，与他成了忘年交。李师南不仅是最大的股东之一，而且是自己的精神动力。师海在惊愕之际，意识到自己的统治力受到了严重的质疑。师海质问李师南何以不相信自己的宏伟蓝图。李师南道："我相信你迟早会成功，但是我们投资进去，作为股东，是求财过日子的，蓝图不蓝图不重要。三年了没分红，不仅是我，村民都等不及。况且呢，我年纪大了，眼前的利益最重要。"师南说得实实在在，道理清清楚楚，意思是师海可以自己去实现梦想，但别带着村民去做梦，村民要的不是梦，是分红。师海痛心道："你们鼠目寸光，我没有办法改变，但是分塘，想都别想，这里每一亩塘都是我付出的心血，必须在我手上。"

其时，村民们质疑，还有一个背景。在颗粒无收的状态下，师海自己在盖别墅。村民们觉得财务有问题。师海听闻，去找那些放话的人，当面对骂，什么难听的话都骂出来。好了，一场混乱的意气用事的口舌之战后，师海与几个股东朋友分道扬镳。骂架归骂架，经济的问题还是要解决，一部分人想把塘分出来自己养，师海则认为自己是这一片海地的国王，寸土不让。权衡之下，师海放出招来：分塘是不可能的，但是你们可以把股份拿出来租给大塘，按照市场的价格，每亩八百块，以后池塘的收益分红与你们无关。

这样，李师南等人就换成每年拿租金了。与师海的关系，也是今非昔比。师海暗暗下了口气，一定要成功，找回自己的权威，一定要让那些认租金的人后悔。

令师海恼火的是，连海燕都反对他。海燕认为师海的想法没有科学依据，立体养殖这个概念是没有错，但凭什么你就认为养鱼的水就能养蛏呢，养的蛏有原来那么肥吗？师海有自己的自信，自己在养殖上，是个发明家，一系列的成功，已经表明了自己的奇思妙想都是可以成为现实的，自己的自信，是大塘里最重要的资产，是不容置疑的。海燕还觉得，试验就搞一小块试验，非得搞个几百亩，代价太大了。但是师海一冒出想法，就感觉会成功，必须大跨步试验，否则不是自己的手笔。这是几年来的成功，以及天马行空的野性使然。海燕以前从来是无条件相信他，并且是自己主内不主外的态度，现在不论是股东还是亲戚，都把不满间接传达到海燕耳边，海燕觉得师海有性格缺陷，不得不指出。但这激起了师海更大的激愤，连老婆都不相信自己了，留给自己的只有不撞南墙不回头一条路了，这事一定得干成。

只有立春对师海亦步亦趋。师海没给过他好脸色，他也不在乎，时不时过来问候,东张西望,像一只觅食的蜥蜴。伸手不打笑脸人,甭管这只蜥蜴怎么不识相,师海终究要打个招呼,尽管是不耐烦的招呼。但是立春毫不在意,一口一个师父。师海被人质疑的时候,倒是来问立春,对自己的蓝图怎么看。立春道:"师父的想法哪有不行,农民嘛就是鼠目寸光,我等着您打他们脸呢!"师海又觉得立春孺子可教。立春他们三个人自己养蛏,倒是稳打稳扎,每年都有小成,日子逐渐滋润。立春有一样本事,随便做什么,都把自己做成老板,费力的事情都由别人做,自己指指点点,即便在塘里也是衣着光鲜。他的合作伙伴常常道:"立春,你就不能下来动一指头土吗?"立春道:"嘻,这哪里是文化人干的事,我这身衣裳值多少钱你晓得不!"合伙人叫道:"我就晓得你留一身干净衣裳要去哄女人,你迟早会出事的!"

立春最大的本事,就是可以当孙子,也可以当大爷,更可以当个情种,自由切换。现在,他要当的角色,应该是一个尿货。

陈武功在轮椅上,凝重的脸色,乌云翻墨,比没有瘫痪之前更加可怕。他说:"你是不是认为我脚动不了了,就打不了你了?"立春摇了摇头,给爹递上了扁担,皱着眉头跪下来。小儿子在旁边瞪着眼睛,比看戏还要用心。祖孙三代上演如此一幕,儿子日后说起,还是一脸懵懂。陈武功把扁担在地上蹾了蹾,叫道:"我要是打断你的腿,还脏了我的手,把扁担给你媳妇,她要是能打死你,我就当没生你这个种。"

巧容生气了一个晚上,呆呆的,不知道有没有哭。按理说,老公把外面的女人肚子搞大了，哪个女人都得哭呀号呀打呀闹呀。巧容不兴哭，像入定了一般。也许她借这个机会，思考了一下自己忙忙碌碌的半生。立春握着扁担进入黑乎乎的卧房，递给巧容。巧容把扁担扔到床底下。

"你是想要这个家，还是想跟野女人一起过？"巧容终于开口了，嗓音嘶哑。

"我要这个家呀，我不要能告诉你吗？再说了，她有背景，我能罩得住她吗？"立春哭哭啼啼。

"那你还是想要跟她？"

"对天发誓，我见了她都心惊胆战，她不是想要我死就要她死。"立春像一个外面受到伤害的男孩，在向母亲哭诉。

次日，有阴雨，像牛毛一样，冷得像是能钻到人皮肤里去。陈武功的轮椅在天井前，他十分淡定地盯着兰花，对巧容说："去吧，该怎么着就怎么着，有我呢！"仿佛他还是当年那一位有勇有谋能文善武的村中将才。巧容点了点头，走出门，也没带伞，她话不多，有事会先动手再动口。陈武功瞅着低眉顺目的立春道："还不快跟去！"立春正踌躇，巧容回头冷声道："你别去了，不顶事。"

这次是鸿门宴，跟阿娇讲条件的。巧容反反复复打听，才找到宾馆的房间。她不常进城，家里一大堆事呢。就是进城，也是匆匆忙忙，到下尾街买中草药、农具、节日用品，百货什么的很少去。这是她头一次进宾馆，有一点好奇，她也不晓得为什么要约在宾馆，不晓得也不去想。但她倒是想见见勾引自己老公的是个怎样的女人。所以见到阿娇，她还是仔仔细细看了一番，同时也瞅了一眼阿娇后面的戴着墨镜的哥们儿，阿娇说那是她哥，巧容觉得不像。阿娇的声音倒是好听，虽然是本地话，但说的是城关的口音，特别洋气。阿娇指着自己凸起的肚子，说十万块，一口价。阿娇轻声细语，嘴唇像鲫鱼在吞水，巧容被阿娇年轻而娇艳的容颜打动了。她没有开口，直接上前抓住阿娇的头发，踢她的肚子。墨镜哥哥冲上来，巧容腾出一只粗壮的胳膊，抓住墨镜的脖子，墨镜很快被甩到墙角。阿娇尖叫连连，下身出血了。墨镜从来没见过这么粗壮而凶猛的女人。巧容抓住阿娇的头发，往死里打。局面在失控，两个女人纠缠一起，天王老子都拉不开了。墨镜冲出门，像一只虾弹出去，尖声大喊：杀人啦！

立春后来知道真相，低着头问道："你不怕把她打死了坐牢吗？"巧容瓮声道："我哪有空想坐牢不坐牢，打死了再说。"停了片刻，又道："她本来就该死嘛。政府如果讲道理，也不会让我坐牢！"立春以前觉得巧容很土，不懂法律，村气十足。但是土归土，土办法能解决问题。讲法律，就纠缠不清了。这是生活的微妙之处。立春长叹了一口气。

陈武功对巧容的表现相当满意，似乎在他预料当中。他安慰巧容："女人打人是不会有罪的。没打死？没死好，死了她都不知道怎么疼！"纸包不住火，出了此事，既已风传，邻里便来探望巧容，又为之叫好，打到城里去了，真给咱们村长志气。陈武功骄傲道："我一个儿媳妇，顶我十个立春。立春是个没用的货，倒是巧容，像我的气性！"扬眉吐气之情状，如当年并村得胜归来。

阿娇被拉进医院，倒是解决了问题。医检报告并非流产出血，而是经期出血。简而言之，阿娇并未怀孕。

立春觉得自己在女人面前就是一只猴子。这只猴子后来许久不敢进城，过灯红酒绿的生活。消息传闻，有人在城里四处等他，打算一见他就往死里打。

第三十五回：逃脱

怀风每天早上醒来，便帮助关得玉巡逻渔排。网箱里偶见的死鱼和病鱼要挑出来，观察病症情况，破网要补，脏网要换。特别是鱼苗阶段，网脏容易得病。虽然每个网箱里都放了海鲫鱼，清理残食污物，但是一段时间后还是要换网。另外，看看哪儿有不牢固的地方，及时修补。原来网箱的木材用的是当地的杉木，造价低，后来有些资本，用的是进口的巴西铁杉木，可以在海水中浸泡十几年不坏。护理得当，可以抵抗十级的正面台风。中午喂饲料，冬季中午一点投料，夏季下午三点投料。这样一来，一天也就忙忙碌碌地过去了。关得玉说，在海上做渔排，也相当于坐牢，与世隔绝，只是这个牢，坐得心甘情愿。

天黑下来，海上的茫茫长夜，无依无靠，所有的黑暗与缄默，都在等待海上日出的那一刻。关得玉怕怀风寂寞，请怀风去海上歌厅。两个人驾着渔船，马达声轰轰作响，朝着灯光开去。一九九八年的时候，养殖进入繁荣期，海上出现娱乐城。城里的小姐傍晚时分纷纷从码头下海，成为一道亮丽风景。大概是海上灯红酒绿别有风味，吸引得一些陆地上的客人也来海上消费，再加上财大气粗的养殖户，夜里的渔排上也歌舞升平。现在国际黄鱼价格下来，昔日繁荣现已不再，只留下几间歌厅和麻将室。怀风也就是去看看热闹，打了几圈麻将，对关得玉道："跟这些人打不来。"打道回府，再也没去。

这一年，关得玉的养殖颇为不顺。先是大黄鱼出现了白鳃病。最初是零散地死鱼，在饲料里用了药，不顶用，病情传播得厉害，应该是病毒散布这一带的海水里，网箱之间交叉感染，无法除尽。按照惯例，最后一个办法，整体迁移。这是没有办法的办法，花费巨大。雇了九条船，把两百筐的黄鱼整体迁移，九条船合力，从不同方向，把网箱像一座浮城，缓缓驶向畚斗湾，在已经固定的桩上固定下来。畚斗湾有流速较快的洋流，没有相邻的渔排交叉感染，是黄鱼养病的好场所。光这一趟折腾，就花了两万多块钱。幸好在洋流的冲刷下，白鳃病菌自然消退，死鱼减少，渐趋稳定。怀风参与了这一切，晓得养殖这一行，赚的时候多，赔的时候也惨，是个风险行业。

出鱼的时候，养了十六个月，有两斤多，能有小赚。赶在台风季节之前，陆续出了一百六十筐。夜里，大黄鱼出水，金光闪闪，煞是可爱。大黄鱼很奇怪，若是白天出水，身体不黄，晚上出水，则跟披了龙袍一般。养鱼人十几个月的辛苦，看到这一身龙袍出水，满眼黄金，那酸甜苦辣也值了。不到半个月，出口鱼价大涨，关得玉闭眼算了一下，如果晚个十二天出货，可以多赚二十万。他肠子悔青了，三夜都睡不着，气急了就抽自己嘴巴，脸凹下去，骨头凸出来，整张脸变了形。后悔对身心是极有杀伤力的。这回倒过来怀风劝他，他道理听不进去，只号道："我白白丢了二十万，造孽呀！"比二十万被人偷走还惨。

怀风回城的时候，整个人都黑了。在海上生活，海风和阳光在一个月内，就能把黄色人种变成黑色人种。船仔有点认不出了。但是很显然，更健康了。船仔道："你如果无所事事，怕闷出病来，还是干点什么吧！"怀风点头道："活着总该干点什么，我心里有个眉目了。但是有一件事我得先干，我得把我娘的骸骨找出来，跟我爹合葬了。"船仔盯着怀风，愣了半晌，道："你终于像个人了。"怀风无语，如今船仔已经长大成人，阅历颇多，讲的话也多有机锋。怀风叹道："要是可以当人的话，谁也不想当只狼，战胜自己的心，谈何容易。"

船仔道："找骸骨这件事，我到鹤峰诗社打听打听，也许有个眉目说头。"

鹤峰诗社是个文人异士云集的存在，包括写古诗词的，当地风俗研究的，当地文史考古的，古建筑研究保护者，当地摩崖石刻搜集者，环境保护者等。船仔加入社中，与诸多社员成为好友，如入珍宝丛林。社员虽然各有所长，但有一个共同点，就是对家乡生态的关注与保护，对于工业化进程颇为不满。这也是船仔对于工业征地耿耿于怀的原因之一。有一社员，笔名鹤岩居士，对本地这一带的历史颇有研究。船仔请他指点，如何寻找怀风之母的骸骨。鹤岩居士对此事十分用心，开始实地考据。

黄杰原来也在鹤峰诗社，与船仔是最为年轻的一批社员，写诗作赋，互为酬唱，一时为好。船仔曾想，有黄杰这样的好友相伴，乃是一生幸事。古瀛洲水库一事，社员认为破坏霍童溪生态，又要以淹没古瀛洲奇美风光为代价，决定到政府门口集会讨说法。哪晓得当天晚上，诗社成员要么接到领导打来电话，要么亲戚打来电话，或被警告，或被劝说阻止，集会宣告流产。此事相当蹊跷，但还是没有不透风的墙，后来得知，此事乃是黄杰告密。船仔回忆起以前点点滴滴，黄杰对仕途看得紧，把进步看得比任何东西都重要。想起自己与其相交数年，原来价值观如此悬殊，真是最熟悉的陌生人。又是愤怒又是心痛，强忍情绪，写下绝交书。社里成员晓得黄杰所为，均避而远之。

鹤岩居士对史料钩沉，给出答复："饥荒年，人死得勤，每个村都有自己的埋场。扛尸的没力气，埋场都靠村不远。增坂村的埋场，便是村西万人坑，有几棵大榕树，须根垂地，跟上吊绳似的，怪阴森。当时饿死、病死的，讲究的，用薄木板钉个盒子，埋了，立个石碑砖碑，不讲究的，直接埋了，立个木牌子。那木牌子不是给人看的，是给阎王爷看的，晓得来龙去脉，好入生死簿。怀风之母现在找不到，便是因为当时插的是木牌子，现在哪里找，别说牌子，便是尸骨都未必能保存下来。那野狗饿了，到处刨，难保不被刨哪里去……"船仔道："你别说那么多，你就说有没有史料能找到他母亲？"鹤岩居士道："历史都是记载有名有姓的人、有功绩的人，草根之民，死得多冤枉，都不会有什么线索，我只能肯定在万人坑，再具体的事，就没法考证了。"船仔道："那等于没说。"鹤岩居士道："那也未必，后面的事，人力肯定是做不到，但是人上有人，你晓得吧！"船仔道："你这人，就喜欢把话说得让人不懂，你就直说吧。"鹤岩居士道："我有一朋友，精读易经，通鬼神之事，人称大明王，在溪岭路开了一家算法事铺，他很有法力，这种事他兴许有办法。"船仔道："掰了半天，原来你是做广告的，那就算了吧。"

但是怀风却对此感兴趣，道："只要有办法，我管他是人还是神。"船仔道："我记得你以前不信这些。"怀风道："以前我只相信我自己，现在我不信自己，只信别人，只要大明王有法子，总比没有头绪的好。"

大明王长得真不像人，处于鬼神之间，脸颊瘦削，眼露精光，又似胡人，似乎这种人就该以阴阳之事为营生，让人增加可信度。大明王道："这种事，人力不能及，只能招魂来问。招魂这事，极为伤身，我已经多年不干，今天听你寻母心切，我就再破戒一回。"

次日，来到村中，在月明家中设下祭坛，大明王身着黑红宽袍，手持招魂幡。招魂幡倒也简单，乃是一条竹枝，尾部系着纸符。大明王令怀风跪在案前，叩首，宛如罪犯一般，不能抬头。焚香点烛，大明王念念有词，持着招魂幡左右走动。

看热闹的邻居，也纷纷聚拢。见怀风，有的妇女嘀咕道："他怎么有脸回来？"有男子道："不管如何，他还是这边的人。"女人又道："他早就把增坂忘了，没事哪回来过。"男子道："莫挑拨离间，他做了错事，根还在这里。"关于兆文一案，怀风的名声是坏了，被人称为"叛徒""白眼狼"，他也几乎没在村里露面过，人说，这个人彻底叛离增坂了。如今现身，自有一番争论。

大明王走动之中，突然招魂幡瑟瑟抖动，有经验的人晓得，那是魂兮归来，一时安静下来。大明王哑声叫道："怀风，你娘姓甚名甚，出生庚辰，报与神明。"众人这才晓得，招来的魂并非他娘的魂，而是找人的游魂。

怀风愕然，不晓得有这一套程序，道："我四岁娘便走了，姓名庚辰，从未听人说过。"那竹枝簌簌动了一下，纸符翻飞，大明王借着游魂道："真是不孝子，母亲生你骨肉，你把母亲忘个一干二净，无姓无名，叫我如何去找，忘本之人，莫过于你。"

围观村人也嘀咕道："原来连他娘的姓名都不知，确实是头狼呀。"又有人道："他四岁就没了娘，又没人告诉他，忘了也是常事。"不服的声音又响起，道："终归长大了，要去探知才是，便是一只狗，也晓得。"

月明也在一旁，不晓得想起什么，两眼便湿润了。

怀风被问得冷汗直冒。他似乎在十几岁的时候，有跟老人问询母亲名字，后来似乎因为委屈，想忘记生父生母这一茬儿，便刻意忘了，只当自己是一只石头里蹦出的猴子。如今再去回忆，脑子里没有一丝踪迹。

月明在旁边插嘴道："他娘姓陈，名唤如意，年岁倒是没人去记，应该是跟我不相上下的。"

　　怀风复述一遍，大明王一声长叹道："既找你娘，可有信物真事？"怀风又蒙了，道："四岁之前，实在记不得一丝一毫。"大明王道："便是你记不得，长大之后，也不能问个一二吗？她是孤魂野鬼，无人认领，年节又无宴请，到处流窜，没有信物真事，哪能拘请得来，还以为是抓她服罪呢！"怀风听了，号啕大哭，既是触景生情，又觉得娘做鬼比自己还可怜，转头问月明道："你可知道？"

　　月明以手拭眼角道："平日不问，现在一时哪里想得出。"

　　怀风哭喊道："我想起来了，我娘是被批斗斗死的，求求你帮我找到。"大明王道："批斗打死的鬼，千千万万，既不是私事，她怎可信。"怀风转头问月明，道："娘，你帮我想想。"月明终于忍不住涕泪交流，咽声道："你晓得你娘是被斗死了。晓不晓得养父兆文也是被麒麟埕人打死的，你既不给他申冤，还庇护他人，如今你晓不晓得良心悔恨！"

　　怀风没想到这一茬儿没完，又提起那一茬儿，愣住了。也才明白，月明表面平和，实则这一道坎始终嵌在心里。

　　看热闹的也悄声附和："是呀，那胳膊往外拐也拐得太大了，听说是为了财，也真是养了白眼狼了。"

　　怀风头俯得更低，只低声嘶叫道："求求神明，把我娘招来吧！"大明王闭目，面无表情，似乎不予理会。怀风又转头向月明，道："娘，你也不认我了吗？"可怜巴巴的表情，像个八九岁的孩子。月明眼皮一紧，泪珠涨破，顺着皱纹成涓涓细流，抱着怀风的头道："你就是我们家结的一颗苦果呀！"

大明王端坐椅子，吐出长气，如牛出水咆哮，声势甚猛，招魂幡上一阵抖动，继而静止。他的额头汗珠细密，似乎十分劳累，闭上的眼睛良久睁开，有气无力道："走了，走了，被你气走了。这一遭可要了我半条老命。"

过几日，怀风再次上溪岭路。大明王病了一场，初愈，道："不行不行，那拘魂的神明被你一气，把我都给连累了，我是怕了，你找别的路子吧。"怀风未明其意。大明王道："那来生世界，比今生世界更有情有义，人爱魂灵，年岁祭祀，魂灵有主，有道可循。想来你娘那孤魂野鬼，无主认领，无享祭品，四处流窜，野性不驯，相当于人间的小偷乞丐，见到来拘魂的神明，只晓得逃窜。她是有后人的，但又成野鬼，所以神明震怒，拂袖而去。即便神明肯为你去拘，那也要信物信言，使她相信人间有亲相认。倘若她不信，只当是又要拿到油锅火海去赎罪，如何肯来——你们读了书，懂得敬爱领导，但不懂敬爱鬼神，敬爱魂灵，这是谬误之处。"怀风听了，心中惶惑，又求大明王。大明王道："我是决计不干这活计了，身体吃不消，找到你娘的魂，方法有多种，你可以另请高明。但有一样，必须有信物，让她人性复苏。"怀风道："她那年早走，我连她的样子都记不得，哪能找到什么信物。"大明王道："你不记得，可问他人，比如问你的小名，有什么她牵挂的事，这些能唤起记忆。"怀风听得母亲之魂犹如野人，顿时泪涌。

他原是不信鬼神的，只是想风俗的事风俗来办。现在被卷了进来，那魂灵之事倒是越来越真实。他问自己，为什么会变得如此唯心，为什么不相信自己了！

二〇〇四年八月底的一天，公安局突然接到省公安厅通知，要求协助抓捕一名嫌犯，但嫌犯究竟是谁，通知上并未明确。抓捕行动还动用了福州市刑警大队，他们同海西市公安局一样，事前也不清楚到海西要执行的是什么任务。

此次行动规格之高十分罕见。两百名公安人员兵分三路，一路进入海军家里，一路进入海岸地产，另一路则封住南潆的别墅"红楼"。

海岸地产是海军近年经营的主要资产。借着地产行业的崛起，他左右逢源，如鱼得水，既能搞好上层关系，又能当地头蛇，不可谓不春风得意。体育场项目，他获得数千万利润，成为地产的第一桶金。

经验和关系使得海军有恃无恐，在操盘本地最大的地盘东湖名苑，手法更是惊人。在当年东湖塘拦海造地的成果上，海军圈了三十八万平方米的要地，临河临湖，三面见山，东面看海，可谓山海大观。海军的神奇之处在于，这块地只以正常价格的三分之一就拿到手了。更为蹊跷的是，这座楼盘名义上是由当时最负盛名的两家房地产公司开始，但时隔不久，却变为海军独立开发，内幕不得而知。此地块项目总投资将近三个亿，其中两家国有企业出资一亿五千万，向农行和建行贷款五千万。海军的公司并未有贷款资格，或者贷款额度不能超过比例，这些贷款，却分别贷给其他房地产公司，再转到海军名下。也就是说，实际上海军没有出资一分钱，就开发了海西历史上最大的房地产项目。海军能在商界如鱼得水，他的别墅红楼，也起着最大的作用，是交织关系的一个枢纽地区。在海西这一块地盘上，海军既是强龙，也是地头蛇，上头关系海军全能搞定，下面纠纷游小龙出马，一一平定。东湖名苑的开发，使得海军的盛名达到顶点，虽然毁誉参半，但不能不服。

这一切在省公安厅的行动中戛然而止。海军在机场被捕，游小龙在红楼被捕。

关于被捕的原因，也有多种版本的说法在海西流传。有人说他因走私案被捕，有人说他因组织黑社会团伙被捕，也有人说他是因受到福州某走私大案牵连被捕，更多的说法则是海军在海西红楼腐化了一大批紧要人物，引起上头的注意。但是这些说法，虽然有一定的关联性，但是不是最重要的原因，不得而知。海军生意的背后牵连的大量东西，光靠着猜测，是挖不尽的。

海军的父母惊慌失措，像两只养尊处优的鸡被黄鼠狼袭击，哀求海燕和师海尽力营救。师海通过各方渠道，得知这一次是公安厅的行动，还有来自更高层的指令，什么事都做不了，谁也不敢找关系。海军的母亲惊呆了，神通广大的海军，目空一切的海军，怎么一犯事，连转弯的余地都没有，这没道理呀。捞人虽然没捞到，师海却通过通天人物，打听到一个听起来比较可靠的原因：二〇〇〇年海军改造体育场的项目，把台商林良辰用不良手段逼退。那林良辰回到台湾，向自己的亲戚某政界高官诉苦，但也无法，鞭长莫及。此次，恰逢台湾某领导人明年上半年要访问大陆，双方人员正在进行紧密沟通。于是高官将此事和盘托出，指出大陆某些地方的投资环境极其恶劣，让一些台商极为伤心。这个，才是此次抓捕如此兴师动众，乃至没有回旋余地的原因。

这个消息虽然也没有实证，但解释似乎最为合理。家人都相信了这个说法，同时也就死心了，涉及破坏两岸关系、破坏投资环境以及高层介入，那就没有回旋余地了。这下两个老人也踏实了，只能求神拜佛能活命轻判。

红楼从此沉寂，变成一座普普通通的别墅。只是因为它占地比较大，别墅前的草坪上有两株大槐树，与周围的别墅区别开来。导致慕名而来参观的市民也容易找到，从铁门外看进去，冷冷清清，草坪荒芜，堆满落叶，萧条之状，实在是没什么景致可看的。

当然，这一桩案件不是孤立的，还引起了本市官场的一场地震，涉及重要官商，包括红极一时的池巧清。不过说到池巧清，不愧是个有天赋异禀的人物。有一日她在商场买点东西，猛地听到旁边有个十来岁的女孩的声音，如此熟悉。转头一看，更是大吃一惊：那眉目、那神态、那声音，极像当年的巧云。也许是血缘之间的神秘呼应，巧清心里怦然而跳，似乎一个复活的巧云在她面前。那个小姑娘便是阿青，当日六斤带着阿青来逛街。池巧清便与六斤搭讪，追问阿青的来由。六斤没有心机，便说了是哥哥带回来的干女儿。六斤和母亲都认为阿青只是老汤头托孤，跟老二并无血缘关系。巧清没有透露身份，但是一听六斤介绍，她也晓得当年增坂村的老二与巧云的来龙去脉，心中早有几分端倪。便求与老二相见详聊。六斤打了手机联系，老二随戏班在外地，须得过几日回来。巧清便给阿青买了许多礼物。

过几日见面。老二见到巧清，也有似曾相识之感，毕竟她跟巧云，也有几分相似。但如今巧清的装扮和气质，一种浓浓的时髦又稳重的气质，又让老二觉得陌生。巧清亮出自己的身份，并且询问阿青的由来。老二心里一咯噔，好似埋了十几年的地雷，碰上一个人来点导火索了。老二支吾着，说是捡来的孩子。巧清脸上骤冷，道："小时候，跟巧云一起玩，一起睡，她夜里梦呓的声音我都记得。阿青那孩子，就活脱脱一个巧云的模样，说句话就生生把我记忆勾出来。你甭支吾，你就告诉我实情，否则我上报公安，你是有罪受的。"

老二像是找到了知己，蓦地擦了一把眼睛，叫道："说给你听又能怎样，又找不到她。"

巧清像哄受伤的孩子，语气放软，道："你说嘛，在这里，没有我办不到的事。"

老二边说边鼻涕眼泪一块儿出来，泥石流一样一阵又一阵，巧清不断给他递上纸巾，如抗洪救灾。对老二而言，是挺难的，揭开一块贴了多年的狗皮膏药，肉疼心疼。

他们在巧清所住酒店的二楼咖啡厅，窗外阴雨蒙蒙，不算什么好天气。巧清一字一句听着，表面不动声色，内心翻江倒海，她的眼前出现了一片阳光，嘴唇不禁喃喃轻叫：姐姐！

这是巧清极少的动情之时。大部分时间，巧清是冷酷而严肃的。商场如战场，她不得不谨慎、细心、无情，她知道身边看不见的敌人都在虎视眈眈。即便是来宝进城来跟她要钱，她也能冷语拒绝。她晓得这个弟弟被爹宠坏了，还有赌瘾，给他钱便是害他。那来宝便要挟道："好，你这么无情，我回去跟人说，我没有你这个姐姐。"巧清对弟弟笑了笑。她希望有一天，弟弟能说出不这么可笑的话。但在这一天来临之前，她不再纵容。

确实，她的警惕并非杞人忧天。福建处于改革开放的前沿，在经济的快速发展中，这些年出现的大案，比如"厦门走私案""福州首富跨国贩毒洗钱案""黑社会头目案"等，都是顺藤连根拔，导致官场地震就没有停歇过。海军被捕之后，紧接着公安局局长陈阵在开会之时，被有关人员带走。陈阵只有几个月便要退休，归田养老。其后传出消息，在陈阵给自己建的活人墓里，开墓进去，搜出大量金条和三百万现金。人们这才知道，海军背后的靠山，正是陈阵。很显然，拔出萝卜带出的泥，远不止陈阵。因为陈阵的能量，还不足以让海军撬动这么大的地产蛋糕，山外有靠山。果不其然，其后，崔华秋市长就被带去调查了。

之前，就有文章披露了海西民间倒"标会"的风潮。二十五亿资金的民间标会之所以全线崩溃,是因为出现了如火如荼的赌场。赌场长盛不衰,是有看不见的保护伞:公安局长及其顶头上司。标会的标王是当地一些最大的黑社会头子,据称,这些黑社会头子通过给靠山经常不断地送金钱和美女,使得靠山们为黑社会标王大开地下赌场保驾护航。

崔华秋正是因为标会事件被陈阵带出,他是陈阵的顶头上司。

到巧清睡不着的时候了。这些年,她的公司,一路都是崔华秋开绿灯,要查,问题少不了。她的号称项目总投资一亿元、年产五千辆的专用车公司,如今举步维艰,濒于破产。公司人士确认,工厂实际投产两年间,共卖出改装车三百余辆,车价自四五万元到二十万元不等。现在公司最大的资产,其实是一百五十亩的工业用地。当初圈地建厂之心,昭然若揭。

曾经,在床上,她附在崔华秋的耳边道:"如果有一天,我是说如果,你出事了,会让我也下水吗?"崔华秋很不悦,道:"你怎么说这么丧气的话,我能出什么事,我做的事情大家都在做。"巧清吹着他的耳朵道:"看你又生气了,我是说如果嘛,考验一下你嘛!"崔华秋转怒为喜道:"你别担心,我一人做事一人担,绝不会拉我爱的人去垫背。"巧清认为崔华秋是爱她的,也相信这是自己理想的选择,但是,她更知道,男人在床上的话不能信。

她四处打探消息,冷静之下隐藏焦躁。每天都有各种各样的消息传出来,哪个部门还有大鱼没被抓,该轮到谁了。后来,来自内部的消息,让巧清知道自己已经进入公安的视线了。

后来发生的一切，被坊间津津乐道，人们既不齿巧清的以色谋权，又被她的大胆聪明折服。在公安人员的手机信号布控中，巧清一直在市区活动，只要等命令下，随时传讯搜捕。实际上，巧清的手机充足了电，被偷放在一辆出租车上，三天后才被发现。而巧清本人，已经金蝉脱壳，逃到香港。

她在海西，留下一个传奇的背影。

第三十六回：弑父

在海西地区，除了"标会""倒会"事件卷走民间的财富之外，还有一样东西，更是像秋风扫落叶一样，彻底地搜刮每个人的钱袋。

这就是刚刚传进来的香港六合彩。

二〇〇四年初，也是六合彩刚刚传进来不久，那一年春节，碗屿村游神。初一游大圣，天气不太好，有牛毛细雨，黑暗里感受不到，但被灯光一照，便看见密密麻麻地在空气中。七点神像从祖厅起步，前头鸣锣打鼓开路，轿子两边人群拥簇。走一小段，便停下来，供等候的人群点香烧元宝敬神。走不多时，只见阿木从远处飞奔而来，边跑边脱扯衣裳，直至上身赤裸。方才阿木正在打麻将，突然间浑身燥热，嘴里嘘嘘有声，朝锣鼓处飞奔而去。打麻将的人便知上身，推倒麻将，道："真神来了，看神去！"阿木跳上轿身，闭目扭身，如金蛇狂舞，抬轿的人更起劲了。有赌徒在轿前问道："今晚六合彩，请大圣定夺下押注！"大圣还真给力，凝神片刻，给出三个数字，意思是在三个数字之中。赌徒若获至宝，但有人信有人不信。随后开注，果然被猜中，一时喧哗。

初三游洞主，也有本尊真神上身，六合彩赌徒如法炮制。更为神奇的是，这一次也中了。全村哗然，更多的人参与进来，引以为盛事。到了初五，游的是奶娘陈靖姑，几乎全村的人在等待神仙猜注。猜注一出，全村都疯了。

却说来宝，读书不成，赌博确实是个人精。好不容易念到初中，把一个小个子女老师欺负到哭，学校要他去道歉受罚，来宝不干，不去学校了。池根水心疼儿子，儿子受委屈，自己必要跟儿子站一边，儿子不去上学，行，不上了，识个一箩筐的字也够用了。为了这事，巧清还跟父亲争执过，后来巧清明白了，每个人有各自的性情，各自的命运，强求不得。她想供来宝读书，将来走出农村，至少是个有文化的人，这件事她太一厢情愿了。来宝就这样回到村里游手好闲，胆子大，还有根水撑腰，惹事是一把好手，赌博是一把好手。二十来岁，龙精虎胆，整日在家睡觉，根水夫妇还当八九岁的孩子来呵护疼爱。给他说过一门亲事，对方先是有意愿，后来打听了一下来宝的路子，又推了。

来宝成为六合彩赌徒之后，生活更充实，每日猜注，不亦乐乎。猜注方式各异，说起来可笑，或者看电视节目，比如《天线宝宝》，比如烹饪节目。如果在电视节目中，看到人物说的话或者某个动作暗示了某种生肖，当晚便押此生肖。再比如，今年家里来了许久不见的贵客，那么今晚可能就押这个客人的生肖。种种自创方法，不一而足。另一派就是求神求鬼了。初五奶娘猜注之后，全村沸腾，大伙纷纷打电话往城里赌头报注，结果线路堵塞，大部分人电话打不进去。来宝聪明，不打赌头电话，把电话打给城里的亲戚，叫亲戚押注。这一把，也押中了。那一年的春节，碗屿村沉浸在狂欢之中。

来宝就在这次之后，在村里当起了二赌头。也就是村民可以到来宝这里押注，来宝再上报城里的赌头，抽取一定佣金。根水觉得儿子终于有一份踏实的工作，深感欣慰，虽然这份工作也有风险。六合彩这事，只能是地下工作，派出所睁一只眼闭一只眼的话，可以干；但是派出所有行动的话，分分钟抓进去。来宝自称在派出所有门路、保护伞，村民们就更信赖他了。平日，他在新建的楼房里接着电话，记下赌资，还有各色人拜访，也算是鱼有鱼窝，蟹有蟹道，各自通天。来宝本来是赌徒，光做赌头，虽然有赚，但并不能解赌瘾。好在他脑子聪明，有时候吃准了有些大注不准，不想往上一级赌头上报，自己吃了。这就相当于用别人的钱来赌，别人赌的是中注，他赌的是不中注，概率还高，暗自得意。

猜注的活计，靠电视节目、报纸信息、客人或者在路上碰到一只动物，乃至六合彩通书，这样的猜法，已成平常，越来越不靠谱。村民最信赖的，其实还是鬼神的暗示。说来也奇怪，过年的迎神三连炮之后，再难有如此胜景。以后再问神，大多不准。村民自有解释，首先，过年的迎神上身，来的是本尊，平日里上身的，有可能是本尊的侍从，自然不准；其次，事不过三，头几次问神明，神明重视，掐算得紧，后来已经稀疏平常，自然是应付。但村人自有妙计，便找那些没被人打扰过的鬼神，比如刚死的人，或者偏远的古墓，自信更有灵验之处。却说村里有个懒散壮汉叫老丹，原先是做生意的，为人不清楚，把客户的钱昧了，直接逃回家里，坐吃山空。老婆也带着女儿跑了，自己一个人在家，手里有几个钱的时候，呼朋唤友，喝酒喝到半夜，倒是当做了个神仙。他痴迷于六合彩的猜注，纠集了下塘、雷东、门下等五六个志同道合的泼皮，在骝屿山七秀峰上寻找一座古墓，打开墓室，把棺材抬出，打开，枯骨犹在。众人也不惧，点了香，齐齐拜下，希望能把这孤寂野鬼祭起。早在棺材边上放置一纸，纸上写下四十九个数字。半炷香工夫，忽见"25"的数字，似乎被水沾了，颜色有变。众人疯狂大喜，也顾不得把棺材抬回去，呼啸下山。当晚凑了一万多，孤注一掷。来宝见来了这么大的注，心中暗喜，别人押中，他赌不中，概率要大得多，便不上报。

　　该是来宝倒霉。按照另外一个角度的概率，他多次瞒报得手，也该有被报复的一次。来宝得到开注的信息，脸都绿了。按照赔率，自己要赔个六十多万，绝对是个天文数字。他跌跌撞撞地下楼，叫道："爹，不好了。"根水道："孩子，什么事呀，有爹呀。"来宝颤声叫道："爹，你有六十万元钱吗？"根水道："你把爹卖了也没那么多，你是怎么啦？"根水看来宝腿都站不住，揽起他，像一只猴子抱住一头大象。来宝哭道："我肯定会被他们打死的。"

他娘从门口进来，也听见了，道："谁要打死你呀，还不快叫公安管管。"言者无心，听者有意，来宝此时没那么慌张，脑袋瓜滴溜一转，道："就是，现在除了公安，没人能救我了。"

来宝冷静下来，擦了把鼻涕，拨了报警电话。二十分钟后警车就到了，来宝像找到了救星，一五一十把押注名单摆在警察面前。来宝要求警察给自己戴上手铐，自告奋勇地上了警车。随后，押注的人也都被传唤到派出所，做了笔录，或者警告，或者罚款，在村里早就沸沸扬扬。这一出自导自演的抓赌戏码，来宝演得得心应手，好像他天生就是个演员。最重要的是，这一出让今晚的押注作废，把来宝从泥沼中救了出来。来宝被罚款后，从派出所出来，有如重生。

但人世间的事，好像都没有这么好糊弄，几天后，逃过一劫的来宝就失踪了。

海燕警告师海，你现在所谓的这种改革，这种探索，很有可能是一场梦游，你会把大塘带入绝境。师海不服气，说即便是绝境，我也会坚持下去，绝境之后，必定有另一番世界。海燕叹道，好吧，你有这般勇气，我倒是愿意陪你走入绝境。唉，这些年的成功，你终究是要还的。

海燕要去干涉丈夫的事业，说明这事儿确实看不过去了。

那一年，师海让李师南等一部分人，由股东变成出租户，由分红转为租金。第二年，他就终止了这一行为，这种行为会造成挤兑风波，导致股东没有向心力。团结就是力量，这不团结会丧失师海的权威。允许股份转卖，但不允许转为租金。而师海，则继续做鱼蛏混养的试验。池塘养殖数年后导致蛏子不好养，试验不成功也导致收入锐减，无奈之下，师海只好两年分红一次，且分红较少。比起海岸线上方兴未艾的其他蛏塘，养蛏大王效益名不副实。昔日的弟子，分布在四处，养得风生水起。师海要是听说谁养的蛏子比他的大，比他的还漂亮，就会顿生恼怒。导致后来，海燕吃饭也不能提蛏塘的事，一提师海便放下筷子。

村里对师海也有意见。作为村里的领袖人物，似乎对村里征地的事不太上心。师海有他的苦恼，他是市人大代表、政协委员，早早就被告诫不要参与抗征事件。而且，他自己塘里的事焦头烂额的，也没有精力参与谋划。当然，因为被征用的池塘，跟师海并没有关系，他也不好插手。

后来师海倒是有理由，道："我们家船仔都豁出去了，还不是没用。"

船仔为征地的事，一方面是义愤填膺，另一方面是鞠躬尽瘁。他通过谢觉联系到一个记者朋友，将征地之事来龙去脉，写成洋洋万言，准备在有影响力的媒体上公之于众。记者听得这一消息，颇有兴趣，稿件上报之后，回复：因全国各地征地纠纷太多，上级已经命令不准报道此类事件。不过记者给船仔一个建议，既然公众媒体不准报道，你可以发表在博客自媒体上，让有影响力的博主转载，也有效果。

正是这个主意，让船仔彻底失去了工作。客观地说，还有一个原因，就是船仔有一段感情也出了问题。当时他跟一个护士宝琴在恋爱，但是谈到实质性问题的时候，宝琴的父母见到船仔是个瘸子，死活不同意，硬生生把这一对拆了。宝琴先是跟船仔情投意合，到没了主意，直到后来被父母控制，已经不理会船仔，这一切使得船仔伤心欲绝。在这种心境下，院长对船仔发出警告：别再掺和征地的事，否则做停诊处理。船仔一怒之下，辞职，也省得让自己和院长都左右为难。

月明也责怪师海没有关心弟弟妹妹。先不说船仔丢掉铁饭碗，让月明痛心；便是六斤，看似乖巧，也不是省油的灯。六斤抱养了一个豁嘴的弃婴，自己还怀不上孩子，牙医黄医生实在忍无可忍，争执之下，六斤同意把弃婴送到城郊的塔山福利院。六斤放心不下，每日里往塔山福利院跑，有时候便住下几天，帮着做事，倒是心甘情愿、得心应手。在不断交锋之后，黄医生突然明白，六斤根本就不是一个想跟自己生娃过日子的女人，她由着自己的性子。黄医生试探性地提出分手的时候，六斤毫不犹豫地答应了，她现在的心思完全是在婴儿身上。这样，六斤很顺利地由黄夫人变成福利院的义工。

还有老二，月明希望师海把老二带到池塘里，也做一份养殖的活儿。但是老二待不住，一听到村子里有嘀里嗒啦的曲儿响，就竖起耳朵，跟狗一样警惕。他在塘里待不住，非得跟戏班出去浪荡。长兄为父，月明就怪师海没有调教。师海倒不勉强，觉得人各有志。从另外一个角度来说，师海也不愿意老二待在塘里。

诸多村民股东，对师海敢怒不敢言，又找不到可以规劝的人，便有了主意，让师海的爹兆文来说道说道。于是到玉喜池塘边的李将军庙，点香明烛，把兆文的魂灵祭起，念念有词，又告知这几年在师海的折腾之下，众人都拿不到什么分红，却还要任师海折腾下去，种种苦衷，众人七嘴八舌，希望兆文能管管自己的孩子。当时老二在塘里吹箫，猛然间就丢了魂，沿着长堤像疯马一样跑过来。老二在李将军庙前跳上桌子，脱了上衣，闭上眼睛，如牛喘气。那伢累跟兆文年龄相当，叫道："兆文，是你吗？你认得我吗？"老二睁开眼睛，变了声音，道："你从小到老都是这一副矮矬模样，我怎么会不认得！"听得声音，正是兆文那刻薄口气。伢累大喜道："今天请你来有重要的事。师海现在是霸王，谁的话也不听，蛏塘折腾得，我们都分不了几个钱。大伙的饭碗放在他手上，你作为他爹，还能劝劝吗？"老二眉头紧皱，道："叫师海来。"

早有人在塘里道："师海，你爹喊你了。"师海惊愕起来，满腹疑问，来人道："真的，你爹的口气，你爹的声音，去一下不会亏掉！"

师海来到庙里，见老二装模作样，有心揭穿，道："老二，你要什么把戏！"老二闭目哑声道："儿呀，你要听爹一句话。"众人都叫："师海，真的是你爹。"师海认为老二在演戏，一伸手要把他揪下来，老二反手往师海双肩一拍，师海便跪了下去。众人"啊"地惊叹。师海心中一颤，抬头问道："你是我爹，你可晓得你是被谁害死的？"老二不耐烦撇撇嘴，道："哪壶不开提哪壶。四个麒麟埕的毛头小伙，我没当他回事，谁想心那么黑，号称四大天王，嘿，还天王呢，现在不是服服帖帖该枪毙的枪毙，该坐牢的坐牢！"师海道："四个凶手，还有几个没被抓的，你晓得不？"老二伸出右手食指，高高竖起，道："一个，就一个，迟早也被捉。"师海道："都逃美国去了，怎么抓？"老二撇嘴道："弹涂鱼还能游大海？！"

师海心里暗暗吃惊，老二蔫不唧的，可没这么高的表演天赋，那说话的鄙夷口气，全是父亲的样子。这件事老二也算有听闻，如要验证，须得说一件老二不晓得的事。

"十六岁，我跟你去赶海，我贪心，涨潮才过港，被港汊流水冲走，你可记得？"

老二突然眼角湿了，还以一种伤感的口气道："怎能不记得，你不知当时我心里多惊惶，想都没想跳下去追你，涨潮的流水太急了，我想要死就父子两人死了。"

"后来怎么上来你晓得？"

"还不是你命大，快流出港汊口，你抓住一块棺材板，救命的棺材板，我随后也抓住了，头才露出来。不是那块棺材板，我们两个都没了。"

这件事，老二肯定不知。师海确实被镇住，一瞬之间，他意念动摇，难道人真的有灵魂，难道死得这么不干净？原先他相信父亲死就死了，这是事实，其余的，是人心作祟，现在，他感觉确实是在跟父亲对话。

伢累在一边道："兆文，你和师海说说，该怎么养蛏的事，我们都指着分红呢。"

老二严肃道："师海，你听我说，养蛏有规矩，该进料就进料，该收成就收成，正常地养，不要想一出是一出，有我保护，指定年年有赚。"

伢累等人不由自主鼓掌，叫道："兆文，你死了跟活着一个品性，还把大伙的事当自己事。"

这大概是第一个教师海养蛏的人。师海恼怒道："你讲得那么容易。塘堤的死蛏、淤料越堆越多，将来发病怎么办？吃三年五年可以，你想吃上几十年上百年，能行吗？"

"我们祖上养蛏百年了，蛏子有大年小年，甚至有些年份绝收，都是正常。只要有潮涨潮落，水进水出，其他都不是事。"

"你说的是老掉牙的皇历了，以前是海水养殖，现在是饲料养殖，能混为一谈吗？科学方法、立体养殖，这些你都没听说过吧！"

"说这些都没用，养殖靠的就是海水，活的海水，那些池塘，不都是靠我看护才得好收成！"

父子阴阳辩论，引得一堆人把小庙围得满当当，又窃窃议论。

"这回亲爹显灵，总算有人管管师海了！"

"那师海油盐不进，跟狮子一样傲气，只怕也不管用。"

"爹的话都不听，那真是没心肝了。"

"以前他活着的时候，都是他爹听他的，没有他听他爹的。"

"师海就是个孙悟空，没有紧箍咒他老子的话也不会听。"

玉喜匆匆赶来了。他看阵势，便晓得情况，趁着父子对话缄默的间隙，问道："今年你生日，塘主大伙凑了一大桌请你，你可来吃过食？"

老二叫道："那自然吃过，我不吃还给谁吃！"

"好吃不？"

"好吃呀，一年比一年有的吃，如今生活大好！"

"哪个最好吃？"

"猪蹄又香又软，不塞牙，一大盘全吃了。"

玉喜大喜，道："晓得晓得，以后年节都有猪蹄。"

"弹涂鱼味道不如以前。"

"哦，现在弹涂鱼是养殖的。"

"嘿，那还别怪我这牙口挑剔，养殖的蛏子好吃，养殖的弹涂鱼不好吃。"

"那可不，以后给你吃野生弹涂鱼。"

伢累在一旁笑起来："兆文还是喜欢猪蹄，以前大队里吃水粉，猪蹄冻全进他嘴了。"老二恍然之中，突然道："我怎么聊到吃的了。师海，这里塘主都请我听我，年年丰收，就你当我不存在，现在作茧自缚，还不快求我！"

师海凛然道："这蛏塘的江山，都是我一手打下来的，我从来没见有人敢教我的！"

众人的私语如苍蝇嗡嗡叫，混浊一片，蓦地嗡嗡声止住，只听老二尖声叫道："气死人，气死人，我要走了。"

伢累忙叫道："兆文，别走别走，好不容易父子相聚一趟，多聊聊嘛，神仙哪能动气呢！"

老二叫道："神仙更受不得气，没的说，走了走了！"

老二头伏桌上，忽而转醒，神仙已经走了，一脸懵懂。师海看着老二，还怔在那里，不晓得眼前是真是幻。

伢累盯着兆文的神像叹道："你还跟以前一样性急，就不怕其他神仙笑话呀！散了散了，师海是老子也说不动，神仙也说不动，最最霸了！"那口气，既是揶揄，又是无奈！

此事传到村里，月明不安，特地吩咐师海下来一趟。一连几天细雨，从横线马路到村里的一段机耕路，被拖拉机碾得坑坑洼洼。师海坐奔驰小车回来，车是好车，被陷进坑里，跟翻身的乌龟一样，动弹不得。师海下了车，步行回家，骂骂咧咧村干部不作为，路都修不好。月明看着师海脚下泥泞，道："你别怪任何人，这是怪你在村里没人气，走一步都困难。"师海晓得母亲的逻辑，什么都跟时运联系起来，那套玄学自己对付不了。他不应声，视察了一下老房子。月明不肯进城住，老房子点点滴滴都是记忆，可是买不来的，师海只好把老房子加固，原来颤巍巍的木楼梯，现在结实得很。师海拍了拍木梯，一阵微微颤动，他最担心的是月明会从楼梯上摔下来。

月明数落师海，道："你爹都跟你说道了，你还不听，他现在是镇海将军，管的是整个滩涂的池塘，逢年过节，各村人都祭请，威望最大，功劳也大，你是儿子，连你都不听，他脸往哪儿搁呢？我看你是什么都孝顺，就这一点不地道。"

师海听了半晌，忍不住道："我根本就不信这一码。"

月明急了，道："你还不信，根本就是不孝。去年我去问画中人菩萨，说我将来走了，能不能也到她那庙里去，菩萨说去是能去，只不过依照惯例，还得在地府走一遭，平日里多吃素，多念经，种善因，便能早日过去。依你这架势，将来我到你爹的庙里，还吃不上你的祭了。你口口声声说你孝顺，你说这是孝顺吗？"

师海这才发现，母亲看来生比今生更重，不可小觑。若是敷衍，便如要她的命。只好认错，问娘要怎么做。月明道："你得把他的威望树起来，将来我去那里他才不会怪我，你晓得你爹最爱的是面子！"

师海皱着眉头，默认了。

怀风创办的海鲜加工企业，名字是让叶君薇取的。第一，怀风觉得叶君薇爱看书、写文章，有文化；第二，也试探一下她对自己创业的态度。叶君薇欣然答应，想了一个晚上，说就叫"海明威"吧。怀风叫人查了一下，发现"海明威"已经被注册了。叶君薇一不做二不休，道，那就索性叫"老人与海"，这个绝对不会有人注册。果不其然，怀风的海鲜加工厂就叫"老人与海水产有限公司"。

叶君薇问怀风可晓得"老人与海"的意思。怀风腼腆道："我应该知道你的用意，是要鼓励我，人可以被毁灭，但不可以被打败。"叶君薇吃惊不小，道："你现在的水平可让我刮目相看呀。"怀风不好意思道："监狱里有一样好处，就是可以安安静静看会儿书。"叶君薇道："你喜欢这个名字吗？"怀风道："当然，正合我意，我想自己什么都没有了，也得把这口气活出来，正是这个意思。"

叶君薇道："看来监狱是个让人长进的地方。"

怀风笑了，道："以前你总是看言情小说，老是纠结爱与不爱，现在一出口就是《老人与海》，看来舞厅也是让人长进的地方。"

与怀风分手之后，叶君薇在舞厅认识一个诗人，络腮胡子，长发，善于吃香喝辣却是不食人间烟火的气质，叶被其身上的矛盾气质所迷，同居了两年，或者说，叶君薇养了他两年。后来诗人飘然而去，据说是北漂了，没有音讯。诗人走后，叶君薇重新审视自己的人生，由少女蜕变为女人。她不再去舞厅，也少出去应酬，也看书，但不看言情小说，看文化散文，看名著。在报社的工作，也由台前转入幕后，主要是审稿。有一阵子她很想辞职，但临门一脚，才想起自己貌似能做很多事，实际上都做不了，这才罢休。

叶君薇道："我是不去舞厅才长进的。现在想起来，真觉得奇怪，我原来怎么会那么喜欢跳舞呢。"

怀风道："这没什么奇怪的，我原来还真以为自己是个英雄呢。"

两人相视一笑。

师海拿了二十万，通过船仔转给怀风作为启动资金。这让船仔相当奇怪，师海一直对怀风耿耿于怀的。师海道："一码归一码，爹的事，我无法原谅他。可是，敢创业嘛，他就是一个男人，我是真心想助力他。"怀风拒绝。船仔道："你需要钱，不要意气用事，做生意嘛，就务实一点。师海是真心的，不是施舍，他对所有创业者都有一份敬意。"怀风便收下，写了个借条。

开业的时候，来祝贺的关得玉可开心了，道："叫你养黄鱼你不干，原来是想卖黄鱼，总算跟我做半个同行，我打心里高兴。"怀风喝了点酒，道："兄弟，我干这一行，都是托你的福呀。"关得玉奇了怪，怀风悄声道："我看你卖鱼卖后悔了，三天吃不下饭，我就想如果我来收购，你以后就没有肠子悔青的机会了。"关得玉激动道："你是真认我这个兄弟了，同是吃过牢饭的，感情就是深！"他原来晓得坐牢是不光彩的事，现在却觉得和怀风都是从牢里出来，都是翻身的咸鱼，无比荣光。

叶君薇则忙来忙去，兴奋的劲儿比得上当年怀风评上英雄。船仔看在眼里，对怀风道："以后什么事多跟嫂子商量，她对你还是上心的。"怀风冷静道："都离婚了，上什么心。"船仔道："感情这事，跟离不离没关系，跟两个人的状态有关系。你现在比以前更像个男人……"怀风打断了船仔的话，道："别跟我谈感情，你还是管管自己，现在别人都对你指指点点，你到底心里怎么想的。"船仔闭眼凝思片刻，睁开眼睛道："我会遵从内心的，别人怎么说不关我事，我又不靠他们吃饭。再说了，这个世界这么操蛋，我为什么要遵从。"怀风道："你气头越来越盛了，不晓得谁得罪了你。"

辞职后，船仔在下尾街开了一间私人诊所。下尾街在老城区深处，墙根挨墙根的老房子，幽深的巷子，密集的居民。开业时候，一连十天，免费医疗。别人觉得船仔是做广告，船仔嗤之以鼻，道："我根本就是鄙夷医院的做法，反其道而行之。"

生意是不错，白天到黑夜，每天看近百个号，流行病期间更要看一百二十多个。饶是如此，船仔中午时间都要休息一两个钟头。诊所旁边，沿巷子是小炒店、理发馆、民俗用品店、杂货店、按摩店，一派烟火，来往乡音唱和，三教九流。船仔原来是在自己的店里休息，后来去按摩店休息，候诊的病人眼巴巴地盯着按摩店，一点半船仔准时出来。老年病人会劝道："医生，那种地方不规矩，还是少去呀。"船仔笑道："你有所不知，最不规矩的不是那里，而是看上去规矩的地方。"病人道："莫非你也去里面'放水'了？"船仔傲然道："我年纪轻轻，没有结婚，不放水，我也会生病的。"也有病人道："看你不是什么正经的医生。"船仔道："我看好你的病就是，管我正经不正经。"

船仔认识按摩女阿秋之后，就没有再叫别人了。别人只晓得她叫阿秋，只有船仔知其真名郭金秋。阿秋忙的时候，船仔就静静躺在按摩床上，闭目养神。老板娘说："瘸脚医生，我给你叫其他漂亮姑娘。"船仔道："不用不用，跟漂亮没关系，我只是想跟阿秋聊天。"阿秋来自大别山地区，高中没毕业就出来打工，只是想让哥哥能把大学读完。阿秋说，哥哥大学毕业，自己就不干这一行了。船仔问："想去干什么？"阿秋说："回去找个人嫁了算了，不爱没着没落的日子。"两人无所不聊，倒是话能说到心里去。时间长了，船仔发现，跟自己沟通最深的人，居然是阿秋。阿秋不像别的姑娘，说话藏着掖着，带着风尘女子的套路，对于船仔的愤世嫉俗，阿秋也深表共鸣。

船仔一直觉得阿秋有似曾相识之感，但一直想不出来。有一天中午他迷糊中醒来，发现阿秋过来给他按摩，恍惚中突然灵感一闪，才发觉阿秋有点像翡翠，更年轻的翡翠，他想起自己在古瀛洲山乡的荒唐岁月，甜蜜而酸楚的感觉涌了上来。

船仔道："阿秋，你要是不嫌弃我瘸腿的话，以后跟我过算了。"

船仔的瘸腿，阿秋按摩了无数次，阿秋认为那条腿十分健康，强健有力，就是走路有点拐。

阿秋睁大眼睛，不可置信，道："你开玩笑吧？"

船仔道："没有开玩笑，我一向实话实说。当然，任何一个女人，都不愿意找一个瘸腿的男人，面子上说不过去。"

阿秋道："不是这个，我是说，你不想想我是做什么的，你怎么可能会要我，这个太违背常理了。"

"唉，只有违背常理的事，我才觉得是真实的。"

"你不觉得我这样的女人不干净吗，怎么能做妻子？"

"我是医生，干净不干净我自然知道，你身体很干净，心也很纯净，我再喜欢不过。"

阿秋觉得船仔或许只是一时之间可怜自己。多次交流之后，阿秋了解船仔确实是特立独行、不惧俗流的人，他之前的经历亦可看出端倪。按摩房里幽暗，仅有光线从木窗投入，窗外是成片的瓦片屋顶，有的瓦片上长出一丛丛"死不了"，闪烁着黄黄红红的花儿。两人在幽暗中窃窃私语，有点像地下人员的秘密接头。

后来阿秋就到诊所当实习护士了。按摩店的女老板叫道："瘸脚医生，没有你这么抢人的！"船仔笑道："你别咋咋呼呼的，你那是铁打的营盘流水的兵，缺了哪一个不行呀。以后有病，来我这儿，不收你钱！"老板娘叫道："呸呸，你才有病！"

接着就传出船仔和阿秋处对象，城市小，人都晓得阿秋的出处，风言风语，背地里不免鄙夷两句，或者明里到店里看看阿秋，撇一撇嘴。话传到月明耳朵里，月明便把阿青托付邻居，上城一趟。她到了诊所，船仔正忙呢，她便眼睛一眨不眨地盯着阿秋，像在马戏团里看猴子，阿秋被看得脸红，又转铁青。等船仔闲下来，月明便叫他到里间，问："那个姑娘是你想娶的吗？"船仔清了清嗓子，道："娘，我晓得你是来干吗的，我的事你最好别管。从前你给我介绍的，是很好，但我不稀罕，现在呢，我喜欢的，你又不合意。怎么说呢，这都是命。我已经决定，以后我的事自己管，娘你最好别插手。"月明抓住了船仔的手，道："你什么时候嘴变这么碎了，我就问你是不是想娶她！"船仔挑衅地、坚定地点了点头，等着母亲的迎头痛斥。月明道："既然想娶，那就快呀，这种好事，还不让娘知道，我得赶紧找日子呀。"船仔愣道："娘，你了解阿秋吗？"月明道："我还用了解，我看她那个样子，就晓得今年娶了，明年就能抱孙子！"

船仔愣住了。

在门外偷听的阿秋，由于听不懂本地话，只听见母子俩口气冲，话赶话，越听越绝望。

池来宝被推进墓室，墓门的石板一关，里头黑乎乎。来宝吓得求饶，求饶没用，又破口大骂，要挟，说你们要是把我搞死，指定逃不了。老丹的声音从外面传来，道："来宝，我们现在没打爆你卵，已经看在同村的情分上了，就在里面等死吧！"

来宝双手双脚被捆绑，动弹不得，又觉得身边有虫子作怪，左右扭动。他幽闭恐惧、痛哭流涕，求饶，做尽了花样。老丹等人不理，在畲家废弃牛棚里点火打牌。一夜过去，来宝被拉了出来，一见天光，眼睛受刺，叫道："哎哎眼睛疼，你们快放了我吧！"下塘村的苏道德道："如果想活命，你就说。"来宝哭丧着脸道："说什么？"苏道德一巴掌拍过去，道："还装傻，我告诉你，要装傻你只有两种死法，一种是关在墓里当活死人，还有一种是吊在树上被蚂蚁咬死。"来宝涕泪交流道："我说我说，先给我口水。"

来宝润了润嗓子，把自导自演抓赌一幕说了出来。老丹胸有成竹，道："我们算好了，我下的注，总共赔六十三万，你给我们，大家还是朋友，你不给，就算买你这条命。"

来宝蜷着双腿跪下，道："我给我给，可是你们得放我回去筹钱呀。"老丹道："那你想多了，你能叫人拿到钱，就在这儿，一手交钱一手交人。没钱，那就不客气了。"

池根水就这样，被电话叫了上来。来宝知道，爹没钱，但是爹来了，自己就有的救，自己是爹的命根子。上头的人看到池根水确实是一个人上山，招呼了一声，池根水便看到像粽子一样的来宝。来宝道："怎么不弄点东西给我填填肚子，都饿死了。"池根水喘着气，道："我这着急得失魂落魄，哪想你一天没吃的，来，爹去给你挖个红苕。"

老丹喝道："婆婆妈妈的啰唆什么，给我干正事。"

根水晓得究竟，皱着眉头问老丹："我这几年投资有几亩池塘，合起来也能换十几万，要不回头我转给你。"

这些年来，周围村庄，有点闲钱的，都在投资围塘，把荒滩或者蛏埕围起来出租养殖，收取租金。

老丹破口大骂："我要的是红钞票，我要你池塘干什么，你让我去养塘？老子这双手是不沾泥的！"

来宝给父亲出主意，现在要这么多钱，只有三姐巧清有办法，让父亲找巧清一趟。只要能救儿子，根水便是上刀山下火海也行，吩咐道："你们不要折磨来宝，他还只是个孩子，给他点吃的，我指定给你们想办法弄钱来。"老丹吩咐道："我告诉你，我们只要钱，就是我们应得的那份钱，如果我看见你不是一个人拿钱上来，来宝的命可就没了。"

根水屁颠屁颠下山，来宝一看爹走了，突然号啕大哭起来，道：

"爹，你不会不管我了吧！"根水又回来搂住他道："爹宁可没命也舍不得你这条命。"来宝眼睛一亮，抹了眼泪道："老丹，我爹去找钱，只怕没有成算，因为我姐经常说要我吃苦头，不给我钱；如果我去找我姐，说我爹的命在你们手里，那成算就更大了。"老丹不耐烦道："我才不管你们谁去拿，只要把钱给我拿到就是了！"根水道："那就按来宝说的做，巧清如果不救我，那就是不孝，这口锅她背不起！"

来宝被解了绑，浑身放松，活动了手脚。老丹喝令来宝，把根水绑在一棵松树上，动弹不得。老丹叫道："今儿赶紧把钱拿上来，放了你爹。要是不来，你爹被饿死，我告诉你，那可是你亲手弄死的！"来宝信誓旦旦道："爹，你等着我！"根水道："你甭着急，我没事。下山后先填饱肚子，小东门的鱼丸你最爱吃，上次我进城回来没给你带够，你吃饱了再找你姐，这个做婊子的！"

当地农人粗俗，管不成器的女儿都叫作婊子，并无实意。

老丹望着来宝，站在领头山道："你可别耍花招，但凡我看见上来的不是你一个人，你爹就没命了。而且，只要我这六七个兄弟在，你的小命也在我们手里。"

来宝下了山，搭了一辆过路三轮车，进城先吃了一通，那叫一个狼吞虎咽。血涌上头，几乎就想当场睡着。他抹了抹嘴巴，打了巧清电话，一直没接。用自己手机打，没接，这情有可原，因为编了各种理由跟巧清要钱，巧清已经拒接。但是自己用公用电话，也没接，这他妈的太没道理了。平日里看巧清一副高傲清冷，就觉得有气，现在更是怒火上涌，心里骂道：这个做婊子的，你不接可以，可是爹要是有个三长两短，可就算你害死的了！

人也累了，一气之下，钻进一间桑拿房，洗了澡，本想叫个小姐按摩下，躺下去时发觉累了，睡意如山倒，便进入梦乡。桑拿房里，日夜不分，来宝便睡了一个长长的要命的觉。

直到次日，一直没找到巧清。来宝心里越想越气，这个做婊子的，不仅慢待我，还想坑死老爹。他想起这个姐姐好像天生和自己对着干，生意做那么大，明明可以让自己一家衣食无忧，却偏偏为难自己，害得自己还要去赚钱。外人都说，你们家巧清的钱几辈子都吃不完，你们还在干活，是故意做给我们看吧！你说这样的姐姐存在，多气人。现在关键时刻，手机不接，行踪不明，老爹的命都不管，真是个害人精！

根水被抬下山的时候，已经是死的，路上颠儿颠儿又活过来，气若游丝。到家请了下塘神医白瞎子来看。那白瞎子远近闻名，据说有起死回生的医术，但岁数大了，出门不便，是坐竹轿子抬来的，这是习惯。白瞎子一搭脉，叫道："快扶我上轿子去。"众人忙问有的救没，白瞎子急急忙忙上了轿子，留了一句话："准备后事吧！"白瞎子的话，没人不信的。

村人有种猜测，根水是被冻死的。也有说，是被绑在那儿，血液不通，瘀堵而死。不管什么死因，已经不重要了。重要的是，他现在这一口气，接不上来了，连一口粥都吞不进去了。

世间的事，既有凑巧，亦是命定。家里围着邻居，议论这一出因六合彩而引出的悲剧，谁是谁非，尚无定论。就在此刻，门口出现的一个人，却让人炸了，惊愕之下，纷纷躲避，譬如碰上瘟神。但好奇之心，却又让人不忍远离，又凑近看，恰如晒谷场被人惊扰的麻雀。又有嘴快的，叫道："这是不是巧云，不是死了吗？"

巧云回来了。她变了，脸上带着麻木，常年专注于劳作带来的孤独，对于周遭的喧闹与惊奇并不在意。虽然二十多年过去了，但是她的轮廓样貌依然被村人一眼认出。母亲见了她，也觉得是不像寻常人，支吾道："你是巧云吗……还是鬼？"

巧云没有说话，一颗泪滴了下来，那是她全部的语言。她看见躺在后厅的根水，跪在床下，叫道："爹，我回来了。"

根水奇迹般地睁开眼睛，甚至侧了下身子，那一瞬间，有复活的迹象。但是有经验的人，都明白，那是回光返照。

"巧云，是你呀，是你带我到阴间了吗？"根水微动干裂的嘴唇。

"不，我活着，你也没有死。"

"刚才我听到外面的鞭炮声了，那是送我走的，我知道。"

"爹，我们都活着。"

"哦，来宝呢？"

围观者呼唤来宝过来。根水看见了，脸上露出笑容，像孩子一样的笑容。他嘴唇张了张，只有巧云听得见，巧云把耳朵凑近，根水说了最后几个字，然后嘴唇依然翕动，但再也发不出声音了。他混浊的眼睛亮了十来分钟，又渐渐暗淡，熄灭，接着喉咙一阵咕噜声响动，像是在嘶吼。那是胸中最后一口气呼出。

他走了。一串脆生生的鞭炮声在村中炸响。

第三十七回：违章

　　师海有看新闻看时事的好习惯，《新闻联播》是他每天必看的节目。二〇〇八年，他在电视上看到两个节目。多年后他回忆起，这两个节目真是奇妙的组合，将他的命运推进不可控制的境地。

　　那是个人与时代的撞击。

　　第一个节目是中央电视台的《致富经》，里面的主人公就是自己。第二个节目是当地新闻，省委、省政府正式批准的海西《环三都澳区域发展规划》。师海记得自己看到这个新闻，几乎盯着电视，想把每个字都吃进去。接着他脑子嗡的一声，然后空气中有一粒子弹，轻盈地，无声无息地进入自己的脑海。

　　先说《致富经》，这个节目将他带入声誉的顶点，成为当地的名人。如果说他很早就是当地的名人，只是限于行业水产圈以及人大代表、政协委员这些圈子。现在，有央视的加持，增加了一份自信，他成为家乡一张家喻户晓的名片，走起路来，都觉得多了几个翅膀。

在节目中，作为养蛏大王，师海向记者袒露心迹。自从改造池塘，试验立体养殖，追求工厂化效益之后，大塘连年亏损，自己基本处于众叛亲离的境地。不但旁人，连自己的儿子李安椿都看不顺眼了。

李安椿自小喜欢在池塘野地玩耍，可能遗传了父亲的基因，极为爱好弄鱼养虾。李安椿从中专学校毕业后，就来父亲的养殖场工作，满怀雄心壮志要干一番事业，从最基层干起，一直做到了副经理职位。自小在他心目中，只崇拜两个人，一个是刘德华，一个就是父亲。但是对父亲一直言听计从的李安椿，看着父亲大把大把地往池塘里砸钱却没有成效，他有些不太赞成。池塘改造了四五个年头，养蛏没有很好的收益，还要把更多的钱花在池塘改造上，拆了东墙补西墙，钱如哗哗流水只出不进，家里的两套住房做了抵押贷款，还亏欠四百多万元。李安椿也支持改造，但他觉得企业经过几年折腾，就像是个病恹恹的人，应该放缓脚步积蓄力量，有了现金流再改。虽然李安椿有自己的看法，但对于父亲，他既敬又怕，不敢公然反对，只得表面服从。慢慢地，他开始有了抵触情绪，随着日积月累，这种不满的情绪，终于变成了对父亲权威的公然挑战！

二〇〇五年六月的一天，李师海和几个股东在家里开会，李安椿也在其中。一直对父亲有点抵触的儿子，总认为自己的想法是对的，听着听着就开始心不在焉。刚好海燕叫吃饭，李安椿实在听不下去，趁机溜去吃饭。

父亲大谈改造计划，儿子借机左顾右盼，这就像是无声的抗议。父亲主持的会议还没有开完，儿子却提前退场，这让师海觉得在股东们面前脸面扫地。空气刹那凝固了，差不多沉寂了一分钟后，师海拿起一个茶杯，摔在地上，拍案而起，怒斥儿子："如果现在我不是你父亲，只是你的老板，你还会这样不礼貌吗？"

　　而李安椿此刻对父亲的不满也发泄出来，当着股东的面，父子谁也没给谁面子，大吵一架。正在气头上的师海扬言，从今往后，再不许儿子踏进渔场一步。李安椿年轻气盛，用脚狠狠地踹了厨柜，夺门而出。

　　这是李安椿第一次对抗父亲。他觉得自己长大了，一肚子合理的经营理念，父亲那一套根本是异想天开。自己英雄无用武之地，不发泄一通说不过去。

　　之后的很长一段时间，父子俩都没有再讲话。父亲不让儿子去场里上班，安椿就和父亲打起了游击战。师海早晨都是差不多六七点到渔场逛一圈，九点以后就回城了。安椿便九点出发，再到渔场处理工作。他比父亲理性，晓得父亲像一头老驴，倔，油盐不进。自己一次血气方刚的代价，就是现在跟老鼠一样偷偷摸摸地工作。

　　师海强势的外表之下，并非没有感受，他时常呆呆看着望着眼前的一千多亩池塘，一看几个小时，与旁人无交谈。到二〇〇六年，年赚一千多万的宏伟蓝图不但没有实现，反而负债将近一千万。师海筋疲力尽，心力交瘁。一向心宽体胖的他开始变得不爱说话，脾气也异常暴躁。

二月一天，因为一点小事就把在场里做工的海燕的叔叔给辞了，海燕知道后，心里责怪师海现在简单粗暴，不近人情，在渔场近乎一个暴君，心里也有积郁的怨气，一连几天都不跟他说话。这一场冷战，让师海的郁闷达到极点，终于在一个清晨，收拾衣服离家出走了。

消息是通过司机告诉海燕的，说师海已经住进了酒店。妻子不理，儿子反目，渔场欠债累累，出去眼不见心不烦。师海后来告诉记者，其实自己当时已经到达崩溃边缘，随时都有一走了之的想法。但他不认为自己有什么问题，也很清楚，摆在自己面前的路，只有往前走，没有回头路。

这一次出走长达两个多月。正好快到端午节了，海燕借着节日也找个台阶下，给他打电话："外面多自由也不如家里有老婆伺候过得好，回来好好过个节，别给人再当笑话了！"师海有家不回，日子一长，衣服不会洗，饭菜不可口，开始想家了，可自己是个爱面子的人，想回家又不好意思回。海燕的一番叫唤，终于让他回来，坐在沙发上不言不语。后来还是孙女的一声叫唤，打破了沉默，他终于开口，夫妻恢复了交流。端午夜宴，李安椿端着一杯酒，跟父亲认错道歉，道："爸，我错了，其实这段时间我们之间这样子互相煎熬着，我不知道你难不难过，反正我心里很难过。"师海矜持片刻，保持了作为父亲的威严，但他心里其实翻江倒海，眼皮一热，只差滴下泪来了，随后也把酒干了。这一杯酒下肚，父子之间也结束了一年的零交流。

当然，一切的心酸煎熬，都是为了衬托最后的成功，要不然又怎可称得上《致富经》呢。师海向记者介绍，这些年屡试屡败问题都出在鱼的身上，这种鱼既要能生产肥水，生长季节又要和蛏子一致，而且经济价值要高，为了找到一个合适的鱼种，他苦苦找寻了好几年。终于，二〇〇六年的一次漳州之行，让他的事业有了转机。

二〇〇六年八月，师海在漳州市进鱼苗，朋友跟他介绍了一种叫黑鲷的鱼。黑鲷又称海鲫鱼，口感鲜甜，经济价值也很高，市场价可以达到每斤三十元，黑鲷还喜欢吃青苔，有"清道夫"的美誉。

李师海买了六十万尾黑鲷，放进两个池塘试养。几个月后，奇迹发生了，养黑鲷鱼的池塘不但干净，与之相邻的蛏池的产量也明显不一样。收成之时，没放鱼苗的池子一亩只能收三千元，试验鱼苗的池塘一亩能收到一万元，蛏子的质量特别好，产量高。这正是师海苦苦寻觅的鱼种，踏破铁鞋无觅处，得来全不费功夫，就是这个无意发现，让他一朝翻身。

记者款款深情地结语：经历了八年的漫长等待，事业的挫折与艰辛、众叛亲离的压抑和痛苦，八年的陈酿，已经化作成功的美酒。二〇〇八年，三千多亩池塘全部改造完毕达到生态模式，共收获了三万担蛏，赚了一千多万元，加上黑鲷鱼产值一千多万元。李师海一举还清欠农户七年的分红。

这个节目的播出，是师海的高光时刻，他成为该市第一个上了央视专题报道的企业家，"养蛏大王"的名声传遍万里，慕名讨教经验技术者踏破门槛。

他一遍遍地观看自己的节目，直到看到这条新闻：省委、省政府正式批准海西《环三都澳区域发展规划》，功成名就的喜悦退去，头皮一阵发紧。

海西市作为福建的"老、少、边、岛、贫"地区，是经济总量最落后的一个地级市，改革开放以来，当地政府是不服气的。为什么？因为政府觉得自己养了个天生丽质的女儿，就是因为特殊的历史原因才找不到好人家。

海西位于福建东北部沿海，地处长江三角洲、珠江三角洲、台湾三大经济区的中间位置，北接温州，南连福州，西傍南平，东望台湾，是中国海岸线的中点。

虽然坐拥得天独厚的天然资源，但受历史、地理和军港等综合因素影响，国家层面战略的政策扶持和资金支持一次次擦身而过，闽东丰富的山海资源一直未能得到充分有效的开发，被称为中国东部沿海的"黄金断裂带"。

改革开放之初，霞浦三沙与广东深圳，都是临海的小渔村，一个靠近台湾，一个毗连香港。深圳一日千里，创造出深圳速度，而福建三沙还是一个寻常海边小镇。更别提"东方的阿姆斯特丹"三都澳港口，作为军事要塞，不能作为商港来开发，一直是当地人的遗憾。

商业港口不能发展，当地政府一直在临海工业这一块动心思。二〇〇八年九月，福建省海西市人民政府、福建省发展和改革委员会正式批准海西《环三都澳区域发展规划》，标志着环三都澳区域深水港口岸线资源的开发进入真枪实弹状态。说白了，就是向海要地，滩涂填海，发展工业，让海西经济迎头赶上。

规划出台后，海西突出以项目带动为抓手，大力实施临港先进制造业集聚、战略性新兴产业崛起、传统产业改造提升、现代服务业发展"四大产业振兴计划"，先后引进十多家大型央企，承接三百多家浙南企业投资。大唐火电、海西核电、中海油海西工业区、中科院海西高新技术示范园、中国火箭研究院等一批投资上百亿元人民币的大项目，相继于此建成或落地建设。与沿岸居民、滩涂资源、环境的冲突，自然不可避免。

山雨欲来风满楼，师海洞若观火。二〇一一年，一纸大塘乃是违章用地，责令填平的通知下来，师海晓得，工业的车轮终于碾到自己身上。那一天，他特意再次走到外围石堤上，看着用条石砌成的大堤，十余米宽，经历过台风巨浪，并无损伤。他曾经跟人打赌，如果在他有生之年，这条石堤会被台风巨浪击垮一个口子，他愿意出一百万给工人做福利。在柔软滩涂上，有一道这样的石堤，是神奇的，是划时代的创举，他称之为自己的海上长城。他踏在长城之上，感受石条的硬度，心中升起的是两个字：英雄！从小到大，他在自己的心目中都是英雄，即便是在儿子们面前，他也要保持一种英雄的威严，更何况在他人面前。现在，面对这一张薄薄的违章通知，他不晓得面对一个庞然大物，自己还是不是一个英雄？

这个填海造地的工程，是目前福建省最大的镍合金项目，项目主台湾义联集团是亚洲第二大、世界第七大的不锈钢生产企业。这个项目被官方誉为"闽台合作的重大项目"，占地数十公顷。项目分为两期，第二期项目用地，就包括师海的大塘用地。

师海在一个深夜，拨通儿子李安椿的电话。电话通了，但对方没有声音。

"你在吗？"师海严肃发问。

"哦，在。"安椿是慵懒而警惕的声音，带着刚醒过来的床气。

"为什么接我手机不说话？"

"我以为你打错了嘛！"

"是父亲的手机，即便是打错了，你也应该先出声，不是吗？"

"我这不是怕自作多情嘛，以后我懂了。"

"你以为我永远不会打电话给你吗？"

"我不知道，我们已经很久没通过话了。"

"你觉得这样应该吗？"

父子的关系，那次和好后也是不对付的。这是不联系许久后的谈话，不论说什么，师海都要先确认父亲的威严。

李安椿是个自小桀骜不驯、相当淘气的孩子，当然也有许多奇思妙想。因为家境比较富裕，海燕怕孩子染上纨绔的习气，反而在金钱上对孩子管得很严格，决不让他形成高消费的习惯。所谓物极必反，"八〇后"的孩子，在市场经济的社会氛围中，已经对消费相当有追求，不免会绞尽脑汁。高二的时候，学校要求交八块钱材料费。李安椿眼睛一眨，计上心头，跟海燕说要交十八块钱材料费。海燕事后长了心眼，打了个电话问老师，才晓得有猫腻。班主任老师也不客气，在班上把安椿作为反面教材杀鸡给猴看，道："安椿你可够厉害的，昧家里的钱，还好你家有钱，这辈子够你昧的，不过以后可别拿着学校的名义呀！"

安椿虽然顽劣，却是好面子的，当时恨不得钻到厕所里去。羞怒交加，心一横，直接退学，怎么说都不去了。十七八岁的孩子，不上学，放到社会上，分分钟就可能变成祸害。便到大塘的销售部门做销售，在福州市场待了一年。后又被师海劝说，花了高价，到一个大专学校，又读了一年，实在不耐烦，回来跟父亲算了一笔账："你花了十几万块钱，我在学校根本学不到什么。不是我不爱学，是那些老师讲的，根本就是纸上谈兵，他们没做过一天的买卖，就讲销售，我一听，全是不着调的理论，听不进去，如果听进去，只会越来越傻。我打个比喻，就跟那些股评家一样，自己不炒股，整天推荐别人炒股，其实就是骗子。我的大多数同学，也就是在这儿混个三年，拿张文凭而已。我也不是爱读书的料，跟这儿上课多半就是睡觉，我已经能看见我在这儿待三年后能成什么样，只不过越来越无用而已。我们花个十几万，费我三年时间，人越待越傻，不是一笔好买卖，还不如让我直接到社会上去锻炼一下。"师海说："你能说出这一番话，我还是欣慰的，说明书没有白读，还是有脑子的，那就继续读下去吧，好歹读完了。你爹小学文凭都没有，你也不能在学问上这么子承父业！"安椿道："我这脑子可不是学院里读出来的，再待几年，我可就没这脑子了。"父子俩一番争论，师海的强势没能压住安椿，安椿还是从学校里出来了，决定转到一所叫社会的大学。父子俩也在较量着心气。

安椿心里清楚，父母亲是怕自己变成寄生的富二代，他决定不跟父亲的事业发生任何关系，自己出去创业。在上海，他和一个伙伴决定合伙做生意。伙伴的父母很谨慎，打电话问师海，询问安椿的底细。师海不想让安椿依仗父亲的身份而获得丝毫便利，又对安椿的桀骜不驯念念不忘，于是跟对方道："你就转告安椿，做事要先做人，把做人学会了再想做事！"既然连父亲的评价都不高，这桩合作后来就黄了。安椿伤心父亲所为，深感委屈，便憋着一口怨气，依旧在外浪荡，寻找机会！

"你知道打虎亲兄弟，上阵父子兵吗？"师海问道。

"你半夜把我弄醒，就是跟我谈学问吗？"

"万事都有源头，你明白了这道理，我才能跟你谈进去。"

"什么事你就直说吧，绕着弯子不嫌脑子疼吗？"

"你得回来了！"

"我不会回去了，我这辈子也不会依赖你的。"

"你是彻底不想听我的话了？"

"有一天我证明我有价值了，我自然会回去的。"安椿冷冷道。

玉喜既是村子里的头人，也是怪人。

首先，村人对有钱有能力的男人保持单身相当看不顺眼，即便其岁数增长，跨过中年，眼角皱纹越来越粗，鬓边见白发。有一个堂嫂子，眼见这介绍那介绍都不成，太监比皇帝着急，约好了一个女子，正是三十几的年龄，模样俊俏，带了一个孩子，觉得合适得很，便先斩后奏，先带了女子到玉喜家中做客，喝茶之后便直说了，偷偷问玉喜满意不满意。堂嫂子还有一个心思，晓得原来玉喜喜欢过巧清，这女子的模样，比巧清不差，甚至还有几分相似，故而堂嫂子心里有几分成算，敢擅自做主。玉喜一听，两眼放光，瞬间脸红气粗，捂着胸口貌似有人掐住脖子一般叫道："别说别说，快走，快带人走。"堂嫂子惊呆了，以为是被人放了蛊，叫道："你怎么啦，我是好心呀。"玉喜喘气道："你们出去，我就好了。"堂嫂子惊慌失措。后来村人传言，玉喜命犯桃花，没有姻缘的宿命。

玉喜专注于养殖，成为富户。在财富积累之后，又带领村民围垦滩涂荒地，扩大养殖面积。碗屿村的一部分人，都在玉喜的带领下，成为塘主。玉喜醉心于养殖，是把池塘当成老婆了。

早在二〇〇〇年，就有消息说，政府决定征地，包括碗屿村在内的村庄和滩涂，缘由是一个巨大的钢铁集团入主海西，利用港口条件，运送澳大利亚铁矿石，打造钢铁城。第一期用地规划已经立项，到了二〇〇三年，项目中止。据说是钢铁集团老总遭遇不测。

接着是鞍钢与福建省三钢的重组谈判，从二〇〇六年就开始接触，当年还跟福建省签署了一份合作框架。到了二〇一〇年，鞍钢计划在海西建设一个一千万吨的钢铁基地，并于二〇一一年六月获得工信部的批准。选择福建，是出于接近市场，同时还可以以福建为基地，将鞍钢的业务辐射到中国台湾、东南亚一带的考虑。福建省内的需求也是很大一块儿。市场前景、区位优势都不错。后鞍钢因资金原因放弃该项目。

当关德镍合金项目再次卷土圈地之时，村民们再一次问卜诸神。玉喜将李将军既当保护神，又当父亲，抽签问了，说镍合金项目是逆水行舟，阻力多多，必然难成，不必多忧。玉喜相信李将军，让全村人不必担忧，这次必然会跟前两次一样引资失败。

很快玉喜便看到政府的规划图。不但碗屿、下塘等四村，而且自己的池塘，包括李将军庙，都在拆迁的规划内。李将军自我打脸，玉喜觉得事态重大，便决定请李将军真身下来再问。求神多年，李将军信服四方，但大伙晓得，抽签准确的概率不如请真身问询。真身落到别人身上，不如落到老二身上说得准。

养殖户求神问卜的事儿多，买鱼苗蜇苗要问是否好养，台风大潮是否重创池塘，疫病是否有救，诸如此类，若是听说有上身到老二身上，更是问者云集。老二也深得大名，渊源被人传来传去，亦有人唏嘘老二的命运。

老二总是随着剧团演出，不定时回家，所以不得已，李将军平时就只能落到别人身上。有人合计，老二常年不归家，是因为没娶上媳妇，便有人建议张罗此事，但知情者道出内幕，老二心中有人，只是缘分不及，不必张罗此事。

等到老二回家，请了过来，养殖户递上好烟，道："老二，你们剧团工资好高，像你这样行家里手，一个月大几千的，应该攒了不少钱吧！"老二吐了一口烟道："工资高是不假，可花得也不少，抽烟、喝酒，每一项都得花个几百，再加上小赌一下，基本上剩不下钱，就图个快活。"旁人道："跟家娶个媳妇，好好过日子，总比外边浪着强。"老二道："家待不住，你不晓得外边自由自在的妙处。"

闲话不多说，香烛备好，那李将军落老二身上已经熟门熟路，不多时召唤来了。玉喜道："上次某日抽签，言说镍合金项目不成，可是如今征地通知都到了，连李将军庙也要拆了，做何讲解？"老二掐指算了，作李将军口气道："抽签那一日我自去游玩，黑狗看家，是它做的主意。"玉喜问事，如聊家常，乃是他与李将军心心相印之故，便即问道："你又去哪里玩了？"老二道："这三都澳水底，有一头神牛，潜伏千年，看护海域。我能和它相通，一段时间，常要去聊天问候。"众人听了，都咋舌。这头神牛，传说已久，原来真有其事。也有一种说法是神龟，据说神龟一翻身，便要海啸的。现在可以确认是神牛了，神牛一怒，滨海有灾，这是共识。玉喜忙问："既有神牛，可需我们供奉？"老二道："神牛不食人间烟火，吸海澳精华，只不过它说，现如今这海水有时候都滚烫了。"众人惊奇，议论道："什么火能烧得海水滚烫，这可不是什么好征兆。"

玉喜转到正题，道："征地的事儿，如今已是板上钉钉，有没有解法？"老二闭目掐指，苦思良久，道："这事儿他们也没那么容易，是一番好胜负，费心得很呢。"玉喜问道："那该如何做？"老二道："譬如有人要来强买你的东西，要贱价卖给他，你能怎样，争取不卖呀，争取高价呀，熬到他撑不住，你就赢了。"玉喜问："你便是不说，我们也要争取。现在每亩池塘赔偿金是四万，白菜价呢。关键是，熬着有用吗？"老二道："事在人为。"玉喜道："你能帮忙吧！"老二道："那当然，自己的庙都要被平了，我能不出力？我会召集各路土地神仙，阻拦此事。"玉喜道："从来你断事，都很果断，包括前两次钢铁企业入主，你都斩钉截铁否决，这次这么纠结，看来来头大了。"老二颔首道："事不过三，往后海地越来越难保了。"

退身之后，玉喜邀老二到家中进补。玉喜家干干净净，整整齐齐，老二叹道："每次到你家，总感觉你家是有女人操持的。"玉喜笑道："女人，这辈子是不可能了。我自己爱干净爱收拾，不过一个人过日子，也乱不到哪里去。"玉喜给老二炖了章鱼，加点黄酒，香气扑鼻，补充元气。老二倒不客气，夹住一只连头带脚塞嘴里，整个嘴唇都黑了。玉喜道："巧云有时回来的……"老二瞬间停住咀嚼，嘴角有乌汁渗出。玉喜又道："你就没想过……"老二手一摆，止住玉喜的话，道："别说了，喝酒。玉喜，我们年轻时候，常常会犯下不可饶恕的错误，无法弥补，那就只能忘了，不要老提，是不是！"玉喜道："对对对，这我懂！"老二道："你看你这一提，我这心里一咯噔，这么好吃的章鱼都没味了。"玉喜道："来来来，这儿有我珍藏的五粮液，喝上三两，保管你什么都忘了！"老二这些年确实是没少喝酒，而且还有瘾，闻了一口，就已经陶醉，道："其实在我没醉之前，我还是要问你，你为什么不可以重新开始，每次到你家，我都以为你开始新生活了。"玉喜笑道："这事我得先问你呢，你比我年轻，还稀里糊涂地过？"老二道："我嘛，自从见了巧云之后，就当我已经死了。你没见我现在，行尸走肉，吃喝嫖赌，活一天算一天。你不一样呀，你养殖搞这么好，图啥呢！"玉喜叹道："人呢，活着总有一个最美妙的时刻，就定格了。往后再折腾，就没意思，不如不折腾。感情这种事，很复杂，有时候我们不明白怎么回事，它已经控制了我们，这种状况你一定深有体会。"老二咧开嘴道："这么多年来，第一次有人说的话，让我感觉像三伏天吞了冰豆汤一样爽快。"玉喜道："但我对你行尸走肉这一说法不敢苟同，能享受美酒美味，绝不是行尸走肉。"

对老二而言，那一幕他实在不想回忆，那种痛，是会死人的。他听说巧云回来，是在根水的葬礼上。当时老二就有不祥之感。他与巧云的私会，是在巧容出嫁的时候，当时村里也是鞭炮作响。现在却是葬礼，热闹依旧，气氛翻转。老二顾不得那么多了，连夜跑了去，在守夜的氛围中见到了巧云。如果时光倒流，他是后悔这一次见面的。回想起来，巧云给他的印象就是两个字：陌生。

她已经成了一个中年妇人，长期的劳作使她变得黑瘦，完全没有昔日的神采，老二第一眼以为认错人了。同样，巧云一直相信老二死了，老二的出现让她惊诧、怀疑，老二说那是枝丫骗你的，巧云只是不信，哭着求他道："死了就是死了，反正你在我心里已经死了，求求你别来扰我了！"巧云的表情与言语，像一把匕首，插在他的心脏。

他回到家，觉得自己已经死了。确实，该死，应该如巧云认为的那样，死去。往后余生，只不过是一个躯壳而已。

老二叹了一口气，道："真是好酒，要是没有酒，这些年我连行尸走肉都不能做了。"

玉喜碰了老二的杯子，道："行，咱们不谈伤心的。我就问你，你父亲上身的时候，你有知觉吗？"

老二道："那种感觉，就跟做梦一样，有些事记得，有些事不记得，但我当时说的话都是不由自主。"

玉喜道："李将军说要抗争，我也不知如何做起，村人又捧我做主，我也不知如何做起。"

老二道："我看若是扛不住，你用补偿金在城里买房，也是不错的选择。"

"养鱼十几年了，习惯了，别的事不会干，也不喜欢干，养的鱼就跟自己生的一样，潮起潮落，就跟身体装了闹钟一样。如果有希望，怎么舍得离开。就跟你离不开戏班的生活一样，这都是命呀！"玉喜叹道，"师海应该有法子吧？"

老二道："师海去年就请了律师团队，一年一百万，是北京的，也有背景，够扛一扛。他好斗，不会束手就擒。"

玉喜道："了不得，就看他的了！"

莲花寺在可法的住持之下，渐趋完整。庙宇完善，又得布施，山下的小路经过拓宽硬化，利于善男信女往来，成一方自在世界。可法也声名在外，交友甚广，见识多多。他常在寺庙，俯瞰前面三都水域，潮起潮落，感慨人生。女儿已经长大，父母也老了，要他回家，他舍不得三界外，不忍回红尘，只道各自安命。

原来可法上山养鸡，立春觉得可法固执、幼稚，现在觉得可法是个睿智之人，特别是参悟佛法之后，多有玄机，更加佩服，引为参谋。这一日，立春上山，给可法带了几只章鱼。原来可法虽然当了和尚，却不忌口，有肉吃肉，另外因小时候吃鱼多，海鲜也忌口不了。他偷偷地吃，若是被人发觉，便称自己的修炼在心，酒肉穿肠过，佛祖心中留。不羁心性，倒也为居士理解。

立春的池塘，在师海的大塘后面，一齐划入镍合金项目第二期用地。立春也焦虑，想问问可法，这次的征地会不会成功。可法道："你不是相信科学吗，这回怎么求神拜佛了？"立春道："我不想求神，我是来问你。你知道吗，现在我有什么解决不了的问题，我马上就想到你，你应该感到很得意。"可法道："我得意什么呀，四方信众都问我呢，我得意得过来嘛。这事你该问师海，你不是成天把他挂在嘴里吗？"

立春道："当然问过他，不过他的意见跟我不一样。"可法道："你们是拴在一条绳子上的蚂蚱，何来不一样？"

立春道："他想死扛，鱼死网破。我呢，可不想那样，我只希望能多赔点钱，到城里做点体面的生意，现在一亩四万的价格，是白菜价呀。"

可法仔细地端详立春，像刚刚认识一样。可法笑了，道："立春呀，难怪师海一直把你当成跟屁虫，你果然是个虫子。"

立春哈哈大笑，道："你居然把我当成虫子？你都不知道我这些年赚了多少钱。"

可法颔首道："对呀，虫子才只想自己赚几个钱，除了钱之外就看不见别的东西了。"

"那师海呢，他不是为了赚钱吗？他还欠了一大屁股的债呢！"

"据我所知，他是把事儿当事儿来做，才花费大力筑成'海上长城'，想做百年基业。现在他反对征地，是想把这块基业留下去。这叫干一行，爱一行。听说他每天都在池塘里走一遭，要不然就吃不下饭，他的魂都在这片滩涂里了。你能跟他比吗？"

"我也不是不爱这一行，怎么说还是靠天吃饭的，谁不想到城里做点稳妥的生意呀。师海野心大嘛，他也是想赚更多的钱。"

"你小看他了。就按照现在的赔偿标准，他个人的赔偿金下辈子都吃不完。"可法道，"每个人的心都是不一样的，立春，你只盯着一点钱，做不成事呀。"

"你这站着说话不腰疼，吃着四方供奉，指手画脚，但凡有去干一点生计，你就不会说这种话了。"

"我虽不干营生，却也是心系一方水土，我现在想的事儿，比你的大多了。"可法看着前方一片白花花的江水，似乎无限惆怅。

两人一顿争论，连求神问卜的事都忘了。立春气急败坏下山，道："可法，没想到你把我看扁了。你这么多年偷嘴还不是我给你弄，现在倒是说我没出息，以后你嘴馋就别指望我了！"可法道："你应该跟着师海学点骨气！"

第三十八回：招魂

　　海西，在临海工业紧锣密鼓的布局中走向未来，而指引这座城市回望过去的，乃是一条古官道，名曰白鹤林古官道。这条古官道，开辟于南宋年间，从市区公园南漈山脚出发，向白鹤岭行进，通往罗源、福州省城，是古人应试、通商必经之路。岭路崎岖，接山连海，陆游称：双岩、白鹤之险，其高摩天，其险立壁。石阶上有百年行人磨出的凹痕包浆，古意盎然。

　　这一日，船仔与鹤峰诗社同人，到古官道收集摩崖石刻。碑文石刻，有二十余处，大概从南宋到民国，研究碑文，揣摩时事，题跋背景，对于无多史迹的小城来说，是一大文物盛事。船仔对于研究和保护历史文化古迹这一行当，颇为用心，经常从诊所逃出去半天寻访古村名落。

　　同行数人，把石刻拓下来，印成册，资以研究。诗社有一人，是职专古文老师，叫龙秋，也即鹤岩居士，性情洒脱，论起桀骜不驯，只怕比船仔有过之而无不及。龙秋提倡说："白鹤岭摩崖石刻的研究非一日之功，慢慢来。当务之急，乃是老城区璧山街的保护，政府要以改造为名开发，那里的晚清民国院落，是这座城市的底色，一拆，城市就没有历史了。"众人觉得有理，当下商议联名到文物局请求保护事宜。龙秋颇有领袖风范，做了头人，船仔起草文件。

　　船仔的业余活动，大致如此，病人来诊，老婆阿秋看着，情况不明，手机问诊，也算是一大特色。

　　婚后，阿秋很快变成一个合格的护士，倒是夫唱妇随，和谐得很。只有一样，名声不好。毕竟是小城市吧，阿秋的出处，被人传得一清二楚，不免受背后鄙薄。船仔颇有不羁之风，别人越是鄙薄，他越是得意，道："你说你的风凉话，哪晓得我们的欢乐。"倒是越爱护阿秋。婚后生了一个女儿，健康得很。后来又躲出去，生了第二胎，男孩，使了些手脚，也没罚超生费便进了户口。月明喜欢得咧开嘴，叫道："再生，再生！"船仔道："娘，知足吧，阿秋也生累了。"月明道："越生越容易生，这娘是过来人，生了我给你养。"其时她身体已经不太行，腰椎间盘突出，时常引发眩晕，一个人住大家都有点儿担心。船仔自有主张，觉得家庭有两个孩子，是最适合的，没让阿秋再生。

　　船仔颇有古风，医德尚好，有碰到村里贫困老者看病，都不收人家费用，这样诊所反而热闹，收入不错。他不仅顾自家，还要关照憨头一家。憨头不是在古瀛洲吗？话题得由拆迁说起。

　　且说古瀛洲移民，在方案没有达成一致的情况下，诸多村民没有搬迁。二〇〇六年的春天，春雨不断，到了六月六日看起来六六大顺的好日子，连日暴雨引发的山洪，被围堰挡住，迅速上升的水位很快淹没古瀛洲上下两村。幸而苍天有情，洪水发生在白天，村民们及时撤离，人命得以保住，但是等他们回来，房屋与家产几乎尽毁。有的房屋整座全部流走，回来剩下一片平地。这一次洪水，既是天灾，也是人祸，村民哭天抢地，大喊不服。同时，洪水也引起下游霍童镇和九都镇的洪灾，史称"六六洪灾"。村民有的背井离乡，有的房屋受损程度较轻，修理后重住。当地文人痛心古瀛洲美景的消失，叹道：如果我们把这个"惊"字当成害怕来理解，冰心题词的"惊水瀛洲"四字简直就是一语成谶。如果村庄有命，古瀛洲当属于水命，因水而繁华，因水而寥落，因水而生，因水而死。

憨头在洪水来临之际，背着老母亲慌慌张张跑上山。他有的是力气，并不吃力，山路又熟，跌跌撞撞一口气爬到半山腰，好像洪水会吃了他。正在一棵树下喘口气，老母亲一指前头，示意憨头过去，憨头一看，前方是父亲的坟墓，树木遮掩，但憨头却认得一清二楚。老母亲像只干巴巴的落汤鸡，嗫嚅道："如果活不成，就扔这儿，跟你爹在一起，不用背下山了。"憨头道："死不了，水退了我们就回家，政府会来救我们的。"

憨头下山，房子已经倒塌。家家户户，各种哀号，看看还有什么剩下的，一片惨状。天空雨收云走，各自不顾。憨头向船仔求救，船仔找了一辆车上去，把母子接了出来，进城找了间旅馆住下。船仔道："你也回不去，明儿我给你找间房子，往后在这里找个卖力气的营生。"憨头倒是没什么意见。家没了，独木冲浪的活儿也没了，政府把同意移民人口安置在六都的一块地方，名为新瀛洲村。每个人赔偿两万，再加点耕地赔偿，这些钱用来起房子肯定不够，退一万步，起了房子在前不着村后不着店的新瀛洲村能干什么？况且憨头有什么脑子，现在有船仔依靠，他只能言听计从了。倒是老母亲，被折腾得头晕脑涨，迷迷糊糊躺在床上问："憨仔，这躺的不是家吧，什么时候回家呀。"憨头道："娘，家没了，这到城里了。"母亲没听他的，又道："我这头疼，你到后屋弄几个葱头煮了喝。"

憨头租住下尾街一间民房，船仔又给找了个搬运的活计，混口饭吃，倒是和谐。只有一样，那老娘住不惯，迷迷糊糊，一心只问地头在哪里，要出去种菜拔草。有一次憨头回来，老娘居然跑没了，找了半个城才找到，说是回家去看一看。后来好歹晓得家已经淹了，自己住城里，回不去了，便觉得自己快死了，要回村里去死，一直念叨这事。又说自己死了，一定要埋到老伴的墓里，否则死不瞑目，憨头连忙点头。憨头去问船仔，此事当如何，船仔说，现在都是火葬，将来她走了，你把她烧了，骨灰带回去就是。憨头晓得娘是不肯火葬的，说是你可别把我给烧了，魂烧没了，你让我怎么去找你爹。正是这一纠结，带来了麻烦。

那一日憨头跑到船仔店里，一来就忍不住落泪。船仔边给病人看诊边问道："什么事，是不是你娘又病了。"憨头浑身脏兮兮的，脸上像喷了墨汁，道："不是病了……是没了。"船仔愣了神，惊叹道："还是走了，那你别伤心，做了仪式，拿去火化。"憨头哭道："我已经拉回去了，可是又拉不到家！"一个粗汉子，像个孩子一样呜呜大哭，鼻涕眼泪都出来了。

　　船仔抽了两张面巾纸，把憨头的脸擦干净，倒了一杯水，让他喝下去。一口热水熨帖了喉头与肚肠，憨头口舌终于顺了。原来昨儿清晨叫娘起来吃饭，起不来了，一看没气了。这才想起昨夜娘怎么也没起夜。虽然预料其时日不多，但真的走了，脑子轰的一声，也就蒙了。一瞬间自己成了没娘的孩子，那惶惑袭来，只想起娘生前嘶哑叫道："一定要拉我回去，跟你爹埋在一块。"娘的声音在脑海回荡，驱出他的倔劲，把娘用被子裹了，放进门外板车，又压了硬纸皮，径直往古瀛洲方向拉去。一路沿着104国道，过金涵、廉坑、六都、七都也不饿，累了就停下来哭一场。天黑了，走不到霍童，便在九都停下，吃了点东西，就着一棵树下胡乱过夜。那些狗警觉，不知道是闻了味儿还是怎么的，对着板车虎视眈眈，一阵阵狂吠。憨头不敢分心，靠着一夜守着打盹。想着娘生前被驱逐到城里，没有一日过得安心，死后还如此颠沛流离，被狗欺负，不由伤心上头，哭一阵又瞌睡一阵。次日，拉到宁屏路转村道，一看傻眼了，茫茫水面，拦住了去路，水库已经全面淹没了回村之路。

　　进也无法，退也无门。天热，板车上发出阵阵的异味，一群黑虫萦绕上头，如黑云缠绕。憨头给娘磕了三个头，叫道："娘，我也是没办法了，爹的墓就是水面的另一头，你要是有灵，就自己蹚过去吧。"向山民借了把锄头，挖了坑，埋在山边一棵乌桕树下。走的时候，乌桕树上停着一只斑鸠，翘了翘尾巴，憨头抹了一把眼泪回来。

回来后，睡了一个长长的觉，醒了又睡，不想起来，等起来时发觉过了一天一夜。梦里娘追着骂他：你这个傻子，把娘丢在半路上，我养你这个大块头有什么用。醒来耳边还缭绕着娘追问的声音，就像小时候娘拿着柴火打自己一样。憨头又悲又惊，不由向船仔求救。

船仔摸了摸憨头的头发，道："这么大的事，你一个人折腾，这是受惊了，给你吃点珍珠粉。告诉你呀，如果你娘的魂回来追着你骂，她还不如直接蹚过水库找你爹去，是不是，所以呢，都是你自己吓出来的。"

夜深人静，船仔写下《瀛洲之殇》的文章，悼念一条河流的命运，发在新浪博客。这些年，博客成为他抒发郁闷、书写乡愁的一个阵地，虽然关注者不多，但他知道有一个人会定期浏览他的博客，并且留言。他就是在上海的谢觉。

谢觉现在是个企业家，准确地说，是个商人。

为什么呢？因为他做的是钢贸生意，说白了，就是做买进卖出的生意，公司的资产估值最高峰上亿。

根据坊间说法，海西籍的人占领了上海钢贸市场百分之八十的份额。"海西帮"的上海商会，财大气粗。

最早在上海从事钢贸行业的，是海西地区的周宁人。周宁是个国家级贫困县，山高路陡，不靠海，交通不便，没有什么支柱产业，老百姓要想求个人发展，只能往外走。周宁人中，有补锅卖铁的这一路传统，类似于莆田有泌尿科方术的老手艺一样，走南闯北，消息灵通，嗅到市场先机，发展成钢材贸易的生意。从九十年代开始，这些嗅觉敏锐的周宁人进入上海，最早只有几十家小企业，经营的是上下水管道的小店面，随着上海巨大市场的吸引，以及老乡亲戚的拉帮带，到了二〇〇〇年，周宁人在上海的企业就有三千家，就业人口有两万人，几乎都与钢贸有关。二〇〇三年后宏观经济转好，福建、海西蕉城等各县市的人都往上海拥，形成声势浩大的"海西帮"。到了二〇一〇年，光周宁人在上海的企业，达到一万家。

周宁人之所以可以在上海钢贸圈占有如此巨大的份额，除了肯吃苦、敢拼敢闯之外，更重要的是当地人比较团结，喜欢"互帮互助"。由于钢贸行业属于大宗商品交易，需要的资金量之大可想而知，如果依靠散兵游勇式的经营，就很难做强做大，而周宁人喜欢依靠裙带关系发展，一旦资金不够就可以找到老乡先垫付。周宁籍的钢贸商之间经常会"串货"，也就是如果有人找到客户但没资金买货，就可先拿"空头支票"到老乡那里提货，等客户付钱后再让老乡去收钱。这种现象在福建人中间很常见，但在浙江或者其他地区钢贸商之间就很难形成如此紧密的纽带，个体之间相对比较独立。在抱团发展中，融资是非常关键的。周宁人极力维护着资金链的安全，一旦在资金方面有困难，其他人都会帮忙。也正是因为这个原因，外地人很难挤进周宁人的钢材市场，"上海钢材"，基本上成了"周宁人"的代名词。

谢觉到上海之后，开始专心作画，弃商从艺。后来恰逢弟弟谢知来上海经营钢贸公司，管理能力不逮，搞得公司一团糟，谢觉又跑去救火，救着救着就卷进去了。公司越来越大，出不来了，又从画家转入商界，脱身，别想了。特别是二〇〇八年后，国际金融危机全面爆发，中国经济增速快速回落，出口出现负增长，大批农民工返乡，经济面临硬着陆的风险。政府为了应对危局，推出了进一步扩大内需、促进经济平稳较快增长的十项措施，从二〇〇八年第四季度到二〇一〇年底，投资四万亿。"四万亿计划"实施后，对钢贸市场影响极大。银行求着人家把钱贷出去，那时只要有一张海西的身份证，靠着市场的担保公司，分分钟可以贷到五百万以上的贷款。周宁乃至海西的人都疯了，大字不识几个的农民光着脚丫就到上海开公司，年底就开着宝马回来了。据说宝马公司根据数据搜索，发现用周宁县身份证号码买宝马的人暴增，便派人去周宁考察是何等聚宝之地，结果发现只不过是个人口稀少、空空荡荡的贫困县。为什么空空荡荡呢，连一半的公务员都辞职下海做钢贸了，平日里县城能剩下多少人？

谢觉心大，早先自己做钢贸公司，后来转而做钢贸市场。什么叫钢贸市场，就是操盘者利用钢贸的背景，用民间拆借资金和贷款，在上海郊区圈一块地，土地产权证办完，就以土地作为抵押贷款，盖起市场。盖好之后，所有的店面只租不卖，吸引老乡地缘客户入驻，开办公司。同时钢贸市场又做担保公司，只要过来开公司的老乡，贷款必须是担保公司来运作，手续上一条龙，贷款后收取担保金。这就是为什么一个农民只要一张身份证，就能在上海开公司。钢贸市场的融资能力相当惊人，假设一个钢贸市场拥有四百家商户，每个商户贷款一百万元，每笔贷款收取百分之三十的保证金，这样市场的沉淀资金就有一亿两千万。更何况，一般商户都贷款五百万元以上。

就这样，谢觉成为亿万富翁。

二〇一〇年底回来的时候，谢觉开的是保时捷。他回老家镇上过年，大家都把好车开回来，停不下来，镇上只好把中学操场开放当停车场。乡亲们到操场上看车，看谁的车最贵。金钱的气味笼罩在古老的镇上，挥霍的气息在酒桌、麻将桌和娱乐场所蔓延。大年初三，谢觉把船仔找出来，到城里做了饭局，随后到宝马会所唱歌。朋友多，船仔受不了喧闹，走出包间透口气。谢觉跟着出来，红光满面，道："怎么啦？"

"太热闹，有点受不了。"船仔不好意思道。

"今朝有酒今朝醉，你还是要洒脱一点。"谢觉道，"你在小小的城市里待得太久了，应该出去，见一下世面，不要像黄杰，迷恋一个小得不能再小的职位，不能自拔。"

船仔不悦道："你怎么能把我跟他比呢！"

"我的意思就是说，你要把自己打开，不要钻进故纸堆里出不来。"

"钻故纸堆有什么不好，我喜欢。我倒是觉得你变了。"

谢觉喷着酒气，并没有醉。在上海，他几乎天天应酬，酒量相当好，道："我也觉得自己变了，你倒是说说，变得如何？"

"怎么说呢，有点膨胀了，你可别生气。"

"这倒是正常，钱多了，手下人多了，都开好车了，恨不得让人知道，整个氛围就这样，我也不能免俗。俗也有俗的好处嘛，多快乐！"

"我就是有点可惜，你是那么好的一个画家，现在不画了吧！"

"我现在的想法，比当画家要大得多。你知道吧，我刚在北京宋庄花五百万租了个艺术馆，玩艺术吧，就得有个场所，我还签约了一批艺术家。我自己呢，也没闲着，做装置艺术，我已经做了一个，准备参加威尼斯双年展。还有一个装置，是以后我要做的，光是创意，你听一下，就知道是世界级的。"

谢觉说得眉飞色舞，倒是把船仔的好奇心给撩起来了，急忙拉他到静一点的转角处。一个推销摇头丸的小姐凑过来，被谢觉赶开，洋洋洒洒道："我现在要做一个作品，叫《项链》，你知道用什么做吗？用女人体内的金属，这是个世界级的创意。"船仔愣是听不明白，道："女人体内怎么会有金属？"谢觉笑道："亏你还是医生。这个你不懂，我将来做起来，你会目瞪口呆的。我一直没忘记，我对这个世界是有话要说的。"船仔听得稀里糊涂，只觉得谢觉心比天大，像个大闹天宫的孙猴子。

　　区委书记吴幼仁半夜两点从市委办公楼出来，才觉得肚子饿，忙叫秘书小钟去弄几块蒸蛋糕来填肚子。小钟出去半个小时才姗姗返回，递了过来，吴幼仁还没拿到嘴里肺就气炸了，把蛋糕一把扔出去，道："买个蛋糕都买不好，明天给我滚蛋！"小钟吓得脸都绿了，支支吾吾说不出话。

　　本地有一种蒸蛋糕，酥软膨胀，口感极好，不上火，但是小钟买的是烤蛋糕，火气大。当然也难怪小钟，半夜两点了，哪儿还有蒸蛋糕，能买到蛋糕都不错了，还没容小钟解释呢，吴幼仁就炸了。

　　小钟感觉，吴幼仁最近像个鞭炮，一点火星就着。

　　吴幼仁的火也不全是自己的火，谁不愿意心平气和地过日子。他现在是双面胶。市委书记谢长江，显然也是压力重重，冲他咆哮了一通："一个养殖户有那么难搞吗？！海西现在是一个千载难逢的发展机会，省里也高度重视，一上马，就是上亿的税收，开天辟地的发展。这么大的事，能卡在一个养殖户手里，我跟上面汇报都会是个笑话！"吴幼仁等他说完了，这才解释道："我们第一期的征地，也碰到刺头，想想办法也都能搞定。现在这个人呢，他不是一个普通的养殖户，他有公司，有律师团队，就是不签；如果强征呢，他们养殖场里有大量人手，引起纠纷，很容易把事情闹大，稳定又是重中之重。更何况他们不是普通的农民，还懂得搞舆论，骨头不好啃呀。"一听说"稳定"二字，谢长江的怒气便消下来。也打这以后，谢长江便对这个养殖户重视起来。

"他叫什么名字？"

"李师海，增坂村人，他的大塘有一千多亩，集体所有制，注册了公司，第二期用地要征他们三百多亩。"吴幼仁如数家珍。

"他的诉求是什么？"

"就是不想被征，想一直养下去，说什么做成百年企业！"

"反了都，不知道土地是国家的吗？"

"跟他讲这个道理呢，他就犯浑了；跟他讲拆迁，他就讲法律。现在他要反告政府，说他们公司用地是合法的，要发起让政府放弃拆迁的诉讼。"

"那……"谢长江的手抬了一下，没有拍桌子，随即缓缓放下来，道，"专门开一次会，研究怎么对付李师海，我要求依法、依照国情、不给舆论留下口实地处理好这件事情。我就不信，你们这么多脑袋，比不上一个养殖户农民！"

池塘拆迁的事，本来是基层镇上干部执行，啃不动的骨头，才报到区里。现在区里也啃不动，吴幼仁指望市里能接手，但很显然这个烫手山芋市里没有准备接过去。

据吴幼仁分析，李师海现在有几个撒手锏，第一是，有律师团队做法律援助。第二，他的儿子李安椿在负责公关舆论，与全国几大媒体都有关联。第三，大塘每天都有人专门值班，一有动静便有人出现，很容易造成群体事件。现在的环境，社会稳定是第一，这种事件舆论都是一边倒，领导追责大有可能。以至于谈不得，动不得，谁也负不起责任。

"市里的意思，是这块地肯定要拿下。告状什么的，没用，土地是国家的，这一条基本国策，你搞不出名堂。"吴幼仁推心置腹地摊牌，"咱们作为朋友来讲，还不如把诉讼撤了，赔偿上面做做文章。要不然面子都撕破了，斗个你死我活，那不好吧。"

吴幼仁数次要宴请李师海面谈，师海说谈话可以，吃饭也可以，但是必须我请客。吴幼仁只好答应，只说以简单为要。偏偏师海又要排场，说这么大的领导，怎么能简单，岂不是说我不礼貌。吴幼仁没有办法，抱着赴鸿门宴的心情,但饭局又是自己约的。吴幼仁的态度，是不卑不亢，既真诚，实话实说，又不能丢了政府的威严。

"你这是话里有话。"师海开怀笑道，"你们要征我的地，我斗一斗还不能吗？我这个人呢，就是好高骛远，不服输，遇到越大的事就越来劲。要不然，我怎么能带领村民搞这么大的池塘。"

"我不是说你怕事。我是说，如果咱们谈不成，市里下决心要给你下马威，你的背景未必经得起检查，你经得起，你父母、老婆、儿子未必经得起，是不是，那时候再同意，未必就有现在这个优惠条件了。这可不是我要挟你，这是我告诉你可能的后果。书记已经指示，你们一堆人的脑袋，还不如师海一个农民嘛，所以呢，各种各样的想法都冒出来。"

一般的人，被说到这个，难免脊背发凉。师海只是微微一笑，道:"我只记得一条,我相信法律。我这么多年来,没做犯法的事,如果有,法律该要我怎样,我都认,坐牢的准备我都有。但是要我不战斗,是不可能的。"

吴幼仁后来几次,就不吃饭了,都找李师海喝茶。不聊征地的事,聊家常,聊他的朋友圈,聊他的兴趣。师海说,我这个人兴趣很多,看电视,看书,有空也去旅游,在自己的别墅种花种草,但是归根结底,真正的兴趣就是养殖。一天不到池塘,闻闻泥土的腥味,我就跟少吃一餐饭似的。吴幼仁有一个感觉:师海是软硬不吃,你给他台阶下,他就往上爬,你跟他说书记对你都头疼呢,他就认为自己和书记平起平坐了。吴幼仁有时候心里恨得直咬牙,面上还得谦和。

后来吴幼仁就不去了,动员机关、单位所有师海的朋友,轮番上阵。他就不信,轮番的软磨硬泡,不能把他的心磨软了。不过有时候吴幼仁也侥幸,师海的池塘不在第一期的规划区域,要是在第一期,时间那么紧迫,这块骨头又不好啃,那可就棘手了。

月明没有想到,儿女之中,最乖的六斤,成为她最头疼的一个。

跟黄医生离婚后,六斤进了孤儿院当义工,这下踏实了,好像这一座五十年代的砖楼才是她的归宿。对于那些被父母丢弃的婴儿、儿童,六斤照顾起来得心应手。院长开玩笑,说她像是生过一群孩子的母亲。特别是兔唇女婴,吮吸不便,吞咽也有障碍,六斤精心照顾有加,使得她成长很快,并且在她十二个月的时候,六斤筹款为她做了唇裂手术。那女婴小名叫花手帕。

月明到处给六斤算命，增坂村的问签、羊尾村的算卦、八斗村的瞎子看命、城里继光路的小鸟算命，总体而言，就是一看姻缘，二看红白花，结果不一而足，希望与失望并存。月明总是想，把她交给一个男人手里，自己的心就落定了。后来到资圣寺得树鹏师父启发，算《三世经》，树鹏问了生辰八字，翻书言道："她前世是福州一富户女主，住衣锦坊，倒是没有做什么为富不仁的大坏事，就是一样，吝啬，上门的化缘僧人、浪子、乞丐均不理会，善心不发，结下见死不救之孽缘。业力流传，因果不虚，死后到了地府，方有悔悟，受了一番磨难修炼，许下菩萨心，得以转世。今世唯有一个愿，便是行善。"

月明叹道："真是神准，这才找到缘由。她前世虽然造孽，但也不能罚她姻缘吧！"树鹏道："她既是行善菩萨命，姻缘就很薄了，你见过哪个菩萨稀罕人间的姻缘。"月明抹泪道："子嗣如何？"树鹏道："你说有便有，你说无便无。"月明道："此话怎讲？"树鹏道："她把天下可怜孩子，都当成自己孩子，你说她是有还是无。"月明抹泪道："她老了可怎么办，没有人养的。"树鹏道："儿孙自有儿孙福，你不必操心那么远的。"

月明信《三世经》的，听完心凉了半截，又道："下世如何？"树鹏道："经书中确实有说下世，但不宜相信，下世靠的是今世的修炼，定数便是未定的。"

花手帕长到三岁后，除了唇上有痕，说话含糊，嘴里像有个鼓风机，其他都正常，聪明得很。六斤偶尔带回来，让月明看看。月明相处了，也是喜欢。老人都喜欢孩子，阿青也已经长大，出门学艺了，月明便让六斤带着花手帕住家算了。六斤道："那可不行，还有其他的孩子，我照顾惯了，都舍不得。"月明又舍不得老宅，便孤零零一个人待着了。

有一日，花手帕在孤儿院操场上爬高，突然摔下，头刚好砸到台阶上，先是哭不出声，开声之后，撕心裂肺。厨师黑毛正在厨房后门择菜，一抬头，跑上去抱起，血正往外冒呢，急忙把外衣脱下来捂住。六斤正在洗衣服，跑过来一看，口太大，得上医院，便道："黑毛师傅，你紧着抱到路边，我去拿一件外衣来。"黑毛匆忙抱到山脚下马路，六斤也赶了来，打了一辆出租车。花手帕死死抱住黑毛，不脱手。她在福利院长大，不认生，谁对她好就腻谁，方才摔得那一顿委屈，黏上了黑毛。六斤道："黑毛师傅，要么你跟我上一趟医院。"黑毛平时就不怎么说话，此刻左右环顾，支支吾吾急道："我……不能去。"六斤道："你看她现在赖上你了，到了医院你就回来，不碍做菜的。"黑毛像抱着个烫手山芋，道："不行，我不能……见人的。"六斤这才看黑毛的外衣，血迹斑斑，道："哦，你这一身，确实跟杀了人似的，怕警察逮你吧！行，你回去把衣服扔洗衣槽我回来洗。"六斤好不容易把花手帕抱过来。在医院里打了破伤风针，做了包扎，并无大碍。

说也奇怪。那黑毛师傅，寡言少语，交谈都不太利索，长得也有点凶相，独独花手帕却喜欢。不知道是不是缺少安全感，花手帕喜欢男人，福利院的男人本就少嘛。每日里见到黑毛师傅在厨房忙活，便过去叽叽喳喳，还跟着打下手。黑毛看孩子跟他亲，也憨憨地逗笑，没有人不喜欢孩子的。黑毛原来不爱跟人交谈，能一句话说清楚的，绝不说两句话，也因为跟花手帕处得好，六斤也能跟他聊上。原来以为他性格有点怪，孤僻，后来发现其实也蛮正常的。

"花手帕跟你挺有缘分的，就喜欢来你这厨房捣乱。"六斤道。

"我也蛮喜欢她。"黑毛憨笑道，"给我看头上的疤，说还疼。"

"她是跟你撒娇呢。"六斤道，"如果你嫌她吵，就叫出来跟小朋友玩。"

"不吵不吵，她现在不来我这儿，我都挂念了呢。"黑毛笑起来有一种羞涩，或者说警惕，好像怕被人看出真实感情。

"你说你是外地人，我怎么听不出外地口音。"六斤打趣道。

"我……可能这里待久了。"黑毛不好意思道，"我也不会说话。"

"你有老婆孩子吧？"

"哦，这个……不好说。"

"有就有，没有就没有，有什么不好说。"

"原来有老婆，后来跑了，这算有吗？孩子跟着爷爷奶奶生活。"

"哦，怎么就跑了？你没打她吧？"

"没有没有，我不在家，她就跑了……这个，别提了吧。"

六斤觉得他虽有难言之隐，但还算是老实的、有感情的人，花手帕与之相处，也还算放心。

那一日，六斤带一个孩子去诊所看病回来，已经天黑，寻花手帕，说是花手帕在黑毛那里玩。又去黑毛处，又听说黑毛带花手帕出去了。天黑了带出去，这是之前没有过的事。关键是，黑毛不用手机，无法联系。黑毛为什么不用手机呢，就是让人联系不了吗？六斤突然想起黑毛说话那种躲躲藏藏的气息，心里打了一个激灵。

巧月出走之后，没多久刘细兵也离家了，在城里混社会。加入一个叫"南门兜太保"的团伙，经常在体育场一带聚会斗殴混世。南门兜太保操持的面很广，收南门兜保护费，在市场强买强卖，乃至后来垄断城里的肉皮生意。细兵晓得要卖力，只有卖力，只有卖狠，才能出人头地。在身上有了四十九个刀疤，右胳膊差点被卸下来之后，细兵当上了头。右胳膊受伤之后，他住院二十多日，吃了三只猫才恢复过来。小弟们来到医院，称呼"细爷"，开启了细兵的至尊岁月。细兵当年在台球桌上就喜欢叱咤风云，如此一脉相承。好景不长，在单石碑环岛的一场火并中，细兵单挑对方，把对方搞残废，判了三年。

细兵在狱中，巧月才来探望。这是数年来的第一次相见。昔日的仇怨，在狱中消散，夫妻还是夫妻。巧月不动声色道："我想再生一个孩子。"细兵恼怒，道："你等我坐牢了，才来找我，又要孩子，这不是故意为难我吗？"巧月道："我懒得为难任何人，你要是不跟我生，我就跟别人生，我只要孩子，才不在乎跟谁生呢！"细兵怒喝道："你敢！"

这个孩子是在狱中怀上的。其中少不了细兵利用余威，使了钱，托了关系，得以戴着手铐造人。细兵得知怀上了，道："也好，等我出来就能叫爸爸了，这牢坐得值。"巧月道："得意个屁，我就借你个鸡巴而已，出来了也别找我。"巧月出去以后，就学会了说粗话，不说难受。

其时，巧月有了积蓄，在城里买了房，把女儿小敏也接上来住。自己什么也不干，每天就是打牌，和姐妹们逛街喝茶，接送女儿上下学，给女儿做可口的饭菜，以弥补过往岁月的缺失。后来，大着肚子去买菜，经常会在小区的梧桐树下休息，享受点点阳光从树丛洒下来，带来秋天的暖意。她坐在摇椅上，一边听胎动，也恍然听到天上传来撕心裂肺的声音。当然，四周还有些流言蜚语，这个独身女人的肚子怎么大起来了呢。

细兵出狱后，外面已经天翻地覆，社会已经不属于他了。更年青的一代形成帮派，更加狠辣的头儿占据了江山，原来自己的手下，也分崩离析，投靠新人。贩卖摇头丸，控制娱乐场所、赌场等新式的敛财方式，已非当年控制肉皮市场可比。他只能利用昔日"细爷"的名头，当起有名无实的元老，实际上已经是无用之人。年轻时不要命的气性丢掉后，人就废了。混社会跟当运动员一样，都是吃青春饭的。

好歹没有离婚，细兵就住进巧月家里。果然如他所料，他出狱，就有了大胖小子，长得极像他，宽额憨面。奇怪的是，这孩子，既不姓刘，也不姓池，却姓黄，叫黄春树。刘细兵询问究竟，巧月道："你别问七问八的，你要行，就给我好好陪春树玩，不行就给我滚蛋。"细兵现在已经是江湖老兵，没什么活路，脾气不能大，只得过起带着孩子吃软饭的日子。

　　巧月有点积蓄，但有积蓄也禁不起坐吃山空。巧月开始加入互助会，可以用闲余资金吃利息。后来她索性做会头，运转资金。其时，上海的钢贸企业，吸引了众多的民间资本，巧月也搭上这股东风，扩大互助会的数量，将资金通过中间人，到钢贸市场获得更大的利润。春树上的幼儿园，也是全市最好的国际幼儿园。巧月打扮入时，虽然不免带着一股风尘味，但也是有钱的主。这种身份，也给她做会带来益处。

　　春树三岁那年，巧月带着他去给黄春芽上坟。黄春芽的坟就在黑水村山后，墓碑十分简单，就写她的名字，空前绝后，好似从石头里蹦出来的。周围长满荒草，似乎没有什么人打理。坟墓的位置，可以眺望到村里她的房子。三层的平台房子依然醒目。巧月一边烧纸，一边哭道："姐，你看见了吗？孩子已经渐渐长大，很快乐，我带着逛公园，逛街，教他学字，都是你想要的生活。姐，你安心，你没有的下半辈子，我替你过着……"

　　春树看着坟前的火堆，飘零的纸灰，不清楚，一向坚强粗鲁的妈妈怎么哭了。

巧月永远不会忘记，黄春芽带着自己第一次坐上飞机，在机场，黄春芽说："巧月，你不出去，你永远不知道自己要什么。"那句话，几乎把巧月的人生打开。虽然对两人来说，这都是一条不归路。

也可以说，是黄春芽的死，把巧月从这条不归路上拖了回来。

巧月无法把黄春芽从自己心头忘记。黄春芽在装饰得洋里洋气的闺房里，对她说："女人一定要自立，没有自立，任何人都不会把你当回事。你别看我爸妈我弟弟对我恭恭敬敬的，因为我现在赚钱，要不赚钱，在我们这儿，女儿跟屎一样贱的。你想想，你为什么被老公胖揍，因为他以为你离开家，就活不了。"

这话使得巧月茅塞顿开。黄春芽甚至成为她的导师，一个小学没有毕业，见识过各种男人和人间冷暖，三句话就爆出一个粗口的导师。后来巧月即便见了巧清的成功，也不以为意，那是亲姐姐的成功，跟自己无关。

"你再去生个孩子，带他逛公园，带着他长大，每年到我的坟前告诉我，我一定能听到。这是我渴望的生活，你替我完成。"这是黄春芽最后对她说的话。巧月记得她绝望的眼里透出一丝光。说完，黄春芽从枯干的手指上，脱下一个金戒指，那是她身上的最后一件饰器，也是给孩子的礼物。

关于寻找母亲骸骨这事，怀风还得感谢叶君薇。

怀风求神问卜，心心念念，叶君薇听了，有点不敢相信，道："你是越活越没文化了，神棍神婆说什么，你就信什么，我都怀疑你脑子被谁换了。"

"鬼神呢，从前我是不信，现在呢，我是谈不上信，也谈不上不信。只不过自古以来，民间既有这种做法，又是有鼻子有眼，我姑且入乡随俗，万一真能找到呢。骨灰合葬之事，既是我爹的遗嘱，我自当努力去做，也不说他到底会不会知道，但得我安心吧。你说世界上有没鬼魂呢，人死了，是不是一切都消失了，现在科学我也觉得不能完全搞清楚，更何况我心里是盼着有鬼魂这件事的，好歹跟我爹还有一息相通，虽然怎么看也是痴心念想。"怀风愣了片刻，道，"你说也奇怪，我上心这事以后，就不时会梦到我娘。我也忘了我娘长什么样，所以梦中老是模糊的，或者听到了声音，或者看见了她的身影，就是没看清样子。"

"从前，你爹活生生地从台湾回来，你硬是不见；如今死了，你却痴痴想念，也不知道是谁在你心里下了蛊。"叶君薇叹道。

怀风叹息良久，道："因为我和解了，跟自己和解，跟这个世界和解。可是这个和解的过程，付出的代价是多么大，心里想要的很多，却终归得不到了。"

叶君薇颇为欣慰，以一种好奇的眼光看着怀风，包含欣赏，道："可是当初那么固执，也不知道是怎么啦！"

"我现在想来，也是不可思议。回溯当初，一个心里充满怨恨的人，你是不了解他的世界的。"

这一番倾心相谈，两人达成共识。蛇有蛇道，兔有兔迹，鬼神的事就让鬼神来操持。请教村里信士，月明道："方圆十里，唯有画中人菩萨，最是耐心。信众有麻烦事相求的，其他的神有不耐烦，她凡是能做到的，全力以赴。但神仙也不是万能，阴间世界，鬼神交杂，找你娘这种孤魂野鬼，无人祭奉，已经成乞丐疯子，神志不清，六亲不认，最是难找。既然有神仙提醒，先找信言信物，你不妨求索，但有线索，画中人菩萨那是必定能做的。"

叶君薇想起，怀风他爹拿到怀风的照片时，眼睛闪着泪光，感叹道，他娘那时候常说，豆芽菜，要是能长大成人，娘就是拿命换也值得。她恍然道："这么说来，你娘是叫你豆芽菜？"怀风一头懵懂，道："这我可从来没听说过。"去问月明，月明苦思良久，像从记忆的仓库里掏出一两个碎片，道："对对对，你出生的时候，奶不够吃，你娘到处给你找奶。谁家有哺乳的妇人，你娘便去给她洗衣服洗碗，等她喂完奶，你娘便把你从背上翻过来，叫道，给我豆芽菜也来一口，接着人家的乳头嘬几下。那时候，连大人都没得饭吃，哪能出奶，一口奶都金贵得很。你长得细瘦，脖子细长眼睛大，可不像个豆芽菜嘛。你娘给你叫了个贱名，指望你能活下去嘛！"

怀风听罢，拭了眼角，道："豆芽菜，那就当成信言看看。"

月明陪怀风、叶君薇上了莲花寺，径直先向画中人菩萨点了烛，进了香。菩萨雕像栩栩如生，双目有神，嘴角微笑，对人间有情。佛龛边柱对联曰："佛国三千银世界，仙家十二玉楼台。"香烟袅袅，一派祥和。

去找可法师傅，跟他说了缘由。可法欣然道："这个不难。我妻子生前便有一颗仁心，话不多，但左邻右舍有事相求，都默默做了，也不言声。死后成仙，又修炼有了法力，但善心耐心不减，这事找她，最是得力。"然后坐下，问了怀风生辰八字、住哪在哪，记了事由，写了洋洋疏文，准备化去。明白了怀风身世，可法也是一番慨叹，安慰道："此事交由我妻，她必然感动，定能办到。你爹在台湾死了，按理说魂在台湾，也能招得回来。我妻善心广大，别说咱们国家的台湾，就是马来西亚、新加坡、加拿大、美国，那些死在异乡的魂灵，她全都找回来过。"

大约三个月后，怀风对此事已经淡忘。有一日，忽然入梦，来到一处花园，白玉为墙，牡丹遍地，远处云涛起伏，金光闪耀，似一番从未见过的世界。一个菩萨笑脸指引，正拾级而下，花丛中透出一个稚嫩的声音："娘要去哪？"菩萨道："娘去帮人做事，你在花园好生玩耍。"稚嫩的声音道："娘爱帮人这帮人那的，就是不帮我捉虫子。"菩萨笑道："你好生待着，回来给你捉金龟子玩儿。"怀风目视一切，心中通透，也不问言，跟着菩萨，只往云下一踩，却已到郊野乡村，野草掩路，满是荒凉，与方才情景，不可同日而语。到一村口，轻声呼唤，只见一个蓬头垢面的女人走来，手里正拿着不知从哪里捡来的残羹剩饭，手抓着一口一口往嘴里塞。菩萨道："增坂村的李家女人，你且过来。"那枯瘦妇人怯生生走近身来，道："我这是讨来的饭，不是偷来的，你莫罚我。"菩萨笑道："你听着，以后你不用吃这残羹剩菜，自然有人供你，你可愿意？"妇人道："你又要耍我，然后把我骗到地狱替人受罪，我不干，我不干。"面色惶恐，似乎被骗多次，转身欲走。

菩萨道："豆芽菜，我把你的豆芽菜叫来了，你怎又走了，上次你答应我不再疯癫的。"妇人听了"豆芽菜"三字，定住，睁大眼睛，道："我的豆芽菜在哪，你可别用豆芽菜骗我。"菩萨笑盈盈指着怀风道："这就是你的豆芽菜。"妇人狐疑看着怀风，嘴巴嘟囔道："你又骗我了，我的豆芽菜没有这么大，他脖子细细的，眼睛大大的，会叫，娘，我又饿了，不是这个样子。"菩萨循循善诱道："你傻呀，人间多少年过去了，阴间定格，人间息息相生，你的豆芽菜长大了，你在世的时候，不就是希望豆芽菜长大成人吗？"

怀风先是如看戏一般，知那人是母亲，却不敢相认，实在是太陌生了，甚至看着样子比自己还小。待看到她又惊又怕又迟疑，猛然间眼睛一热，跪了下来，道："娘，我就是豆芽菜。"

妇人不敢相认，却坐在地上，掩面嘤嘤而泣，似悲似喜，不知所措。

菩萨道："时辰不多了，把要事说清楚。豆芽菜要寻你的骸骨，重新下葬，在家中挂生死牌，以后你年节就能吃得祭奉银钱，不用到处乞食了。"

妇人抬头看怀风，眼含疑问。怀风看见妇人背后，有不少的流浪汉与乞丐聚拢，似乎都在等候怀风的答案，似乎他们也能分一杯羹。怀风坚定地点了点头，妇人眼中有惊喜，嗫嚅道："我七月十五回去点灯。"

菩萨道："怀风你可听清楚了。"怀风似懂非懂，不由自主点头。菩萨微微一笑，只觉得一阵风从头上掠过，身子似乎跌落一处，双脚不由自主落地，从床上转醒，依然能感受到自己双脚蜷起，顿足床上。

叶君薇问怀风，可看清娘的模样。怀风回忆梦境，他娘蓬头垢面，一副乞讨模样，不甚清晰。但是突然记起一个场景：自己被娘背着，在合作社前面经过，盯着柜台玻璃罐的食材。接着他凝神静气，似乎想起更多的情景，似乎开了天眼。叶君薇不信，道："也许是你想象的？"怀风道："不，我感觉越是想念我娘，真切的记忆就会越多，有些场景我是想象不出来的。"叶君薇道："那也有可能是意念作用，我绝对不相信鬼神那一套的。"

怀风突然问道："有娘陪着长大是一种什么感觉？"叶君薇道："很平常的感觉呢，因为我又不知道没有母亲的生活会是怎样，就我来说，我倒觉得像是戴了个紧箍，什么事都有人管着，不自由。"怀风笑道："你这个说法我倒是同意，没有戴紧箍的孙猴子，这辈子肯定要摔大跟头的。"

七月十五，皓月当空，村野宁静苍白。村西大榕树，乌黑肃穆，垂下的根须如同上吊的绳子。树枝上点点白鹭，在月光下星星闪闪，本是美景，无奈在万人坑，实在是只有阴森可言，而这里的白鹭，也成为不祥之鸟，或者被人视为无所归依的魂灵，敬而远之。当夜戌时，月明陪着怀风，身后跟着一众族人，屏息静气拥簇着到万人坑。虫鸣雀跃，蛙声起伏，更显得荒草土堆间寂静瘆人。除了远处有萤火虫闪耀，并不见一个鬼影。

众人默默站立，偶有窃窃私语，都在议论怀风的梦境灵不灵。怀风的梦传进村里，众人议论纷纷，推敲细节，都在等待一个究竟。人说，六十年代饿死的人多了去了，堆在那一片，多少人使了各种法术找不到，就他还能找到他娘？又觉得怀风是痴人说梦，危言耸听。因为那种数十年无人理会的野鬼，是寻不着的。

静立良久，有人不甚耐烦，几欲回走，月明突然道："怀风，来了。"往前一指，前方幽幽蓝火，先是像豆粒那么大，后如兔子般长大。月明道："怀风，快上前做记号，别把你娘吓跑了。"怀风深一脚浅一脚跑过去，在鬼火面前立了木棍，叫道："娘，真的是你吗？"鬼火跳跃，似乎在呼应。众人觉得神奇，也不害怕，要拥过去，月明止住道："别过去，让他们娘儿俩谈谈心。你们阳气太重，会把她吓跑的。"又叫人把备好的酒菜供上，香烛点好。怀风跪地，说不出话，只是想起娘做人凄惨，做鬼也凄惨，痛哭流涕，哽咽如兽吼。树上被惊醒的鸟雀，也惊叫不已。

一阵风吹过，树叶哗哗响动，野草低头，在月光下如万兽蠕动，俄而，风过如同撒种，周围各种星星点点的鬼火，也一并燃起，长大，摇曳舞动。

众人惊呼，今晚野鬼点灯，要讨饭吃了。那一边，祖厅的洞主突然上身，指出：万人坑野鬼出现，有故人的家庭须得去献祭，倘若将它们遗忘，只怕万人坑的惨剧重演。消息很快传出去，那些有亡灵在万人坑却无法认取的，纷纷提了酒菜香果过来，点香叨念名字，过来取食，以后懂得回家，保佑子孙。一夜之间，万人坑火光闪耀，烟雾袅袅，亡灵盛宴令鸟雀不安，树上惊鹊盘旋，树下哭声一片。这些昔日饿死、批斗死、病死的草草埋葬的野鬼，今日终享后人祭品，也不管是不是对号入座了。

从那以后，怀风的时运似乎好了起来。首先，他跟叶君薇，在毫无征兆的情况下，怀孕生子。其实他们俩也没说复合，只不过在操劳此事中不知不觉就走到一起。倒是怀孕，成了促成两人复合的信号。怀风担心叶君薇是高龄产妇，"奔五"路上，生产有风险，建议中止妊娠。叶君薇呢，倒是不担心，这么多年来，她坚持健身养生，原来的一些老毛病没了，各项指标还好得很，坚持要生产。天道慈悲，有惊无险地生下一个女儿，怀风老来得女，高兴得屁滚尿流，对着父母的生死牌祭拜流泪。两人因为怀孕之事而分，也因怀孕而合，此中真意，不可言说。其次，怀风的事业稳扎稳打，当上了本市水产协会的会长，算是一个人生的巅峰。要知道，身上有一个头衔，那可是一种社会的承认，对村人来说，都是"官"。

第三十九回：抗镍

但是怀风这个会长，也不是一个虚职，面临镍合金企业进入三都澳的事宜，就够他喝一壶了。

镍合金生产对于渔业的影响，水产协会的专家，研究得最清楚。镍合金生产存在三种污染：一是大量的二氧化硫排放；二是硫酸水的排放将给地表和海洋带来巨大影响；三是被酸洗下来的重金属氧化物废渣，含有铬的化合物和镍的化合物，这些氧化物在硫酸根的作用下都成为毒害性物质。尤其是铬的化合物对环境和水质的破坏性非常大，这些有害性物质对环境的污染是长期的，如处理不当，将对鱼的环境、人的健康带来极大危害。

如果产业入驻，污水废水没有严格处理，渔业，将面临灭顶之灾。工业与渔业的博弈，正在考验着这一代的水产人士。

对于该项目，海西市政府给予了高度重视。二〇一〇年十二月，海西市成立福建关德企业有限公司镍合金项目协调推进小组。市发改委、国土局、环保局等部门相关负责人成为小组成员，共同研究和推进产业与环保兼容的战略。

　　也正是这巨大的压力，让不说话的怀风和师海，有了对话的契机。对付这样的一个庞然大物，怀风格局更大，毕竟他是知识分子，师海本质上是个农民。师海当然希望水产协会有更大作为，追问进度。怀风胸有成竹道："我们这边由原会长刘家富牵头，联合了十二个科研机构和一百四十名专家学者，联合署写下呼吁书《关于保护三都湾生态海洋和官井洋大黄鱼产卵场的紧急呼吁》，准备递送中央各大部委和省厅局，应该能引起中央重视。"师海道："这么大的事，你们就写个文绉绉的呼吁书，没其他招了？"怀风不服道："你看看我们投送的各个部门，全国人大环境委、国家海洋局、国家环保局、农业部、福建省政协、福建省环保厅等，只要有其中一个发话，这个项目我看就成不了。"

　　师海摇头道："你们知识分子，就会这文绉绉的把戏，没用，这个项目来头不小，你指望这些部门，名头是挺响，我看不管用。"怀风觉得师海只不过是强行压自己，不服道："那你说说要怎么办？"师海道："你们得自己去呀，去打官司呀，实打实地做事，别人才会晓得你们的决心。"怀风不屑道："你那是农民做法，不成不成，我们的做法比你管用。"师海道："那我跟你打个赌，你那个要是能成，我在全村人面前称你比我能，行不，我知晓村人的认可是你的心结。"怀风振奋道："行呀，有啥不可。我要是输了呢？"师海道："你输了我还能怎样，我意料之中的事，输了你就继续想招呗，你要学点我这不服输的精神。"

师海确实是不服输的。他的第一个官司，要求放弃拆填大塘的诉讼被驳回。理由是大塘公司没有诉讼主体资格。大塘成立公司之初，有围垦批文，办理了海域使用权证。证件刚好二〇一〇年到期。二〇一〇年，海岸功能调整，基于对总体工业布局的考虑，政府不让续登，使得海域使用权证被注销。没有使用权证的大塘公司，不构成诉讼主体资格。

虽然一审被驳回，师海还是坚持上诉，认为这至少可以为后备策略赢得时间。从上海回来的安椿，接管诉讼公关事宜，胸有成竹。在这一场鸡蛋碰石头的战役中，安椿有的只是初生牛犊不怕虎的勇气，只要战斗，就有机会。

安椿本想在外出人头地，做一番事业给父亲看看，但是听到父亲说"我现在需要你"这句话，他犹豫了，一种久违的热流把他的心融化了。在远方，他能够把父亲看得更清楚：一个干了一辈子养殖的渔农，突然要面临失业，无所事事，何等悲凉！他只犹豫了片刻，便到网上买了火车票。

同时，他也明白，父亲把他当成一个男人了，他必须有一个男人的担当。

早些年，福利院就有带孩子到医院看病，在医院丢掉的事，所以这次六斤难免一场心神不定。

那一晚是黑毛去看在酒店当厨师的儿子，当时花手帕也吵着要去，便被黑毛带走了。回来时还高兴坏了，吃了不少零食。只要再迟一点，六斤便选择报警了。因为黑毛很少出去的，特别是晚上出门，所以给她造成一种携童潜逃的错觉。

"都什么年代了，你怎么不弄个手机。"六斤心有余悸道。

"我懒得跟人联系，用不着。"

"你儿子怎么也不来看你？"

"他忙，不耽误他。"黑毛似乎很甘于孤零零的状态。

这次的经历，让六斤更加信任黑毛，两人谈得更加深入。原本黑毛是一个不愿意袒露内心的人，但是多么喜欢孤独的人，潜意识中也都是在寻找知音的，他也愿意跟六斤袒露某些心事，也许是出于对花手帕共同的爱吧。

时长日久，内在的心事自然水落石出，这使得六斤陷入有生以来最大的矛盾。

六斤本来是个心无挂碍的人。一个心无挂碍的人有了心事，那自然是了不得的事，也自然是无计可消。六斤现在最亲的人就是花手帕这个小人儿，童心童真。六斤问道："以后不要去黑毛伯伯那儿玩，好吗？"花手帕道："不，我要去，我要给他帮忙。"花手帕学着给大人择菜，真是太可爱了。

"为什么喜欢黑毛伯伯？"

"就是喜欢。"

"我们到别的地方住好吗？"

"不去不去，我就要在这里。"

花手帕跟黑毛似乎有缘分，这事让六斤相当纠结，感到冥冥之中的天意。有时候，她似乎下定决心，但随即土崩瓦解。黑毛有时候在太阳下洗菜，洗着洗着手脚就停住，六斤叫道："你又在想什么了！"黑毛惊觉道："我儿子做的一道菜，叫'大黄鱼吐银丝'，都在市里获奖了。"看黑毛一脸幸福感，六斤胸口如遭一个闷雷。

六斤打电话给老二，说要跟父亲的魂灵通话。老二道："你想他，便到他庙里烧点纸钱，跟他念叨念叨。"六斤道："没这么简单，我有事要求爹，须得他亲口对我说。"老二叹道："我也不晓得，他为什么要降我身上，搞得我出去了，又被叫回来。"六斤道："哥，爹生前跟你不亲，死后弥补，这是你的福分，你要珍惜。"

兄妹俩携手到将军庙里，见父亲塑像栩栩如生，眼神如电，六斤早已跪下，泣不成声。老二道："爹最疼你，你哭什么呀。"六斤眼泪还是吧嗒吧嗒地流，道："就是因为他最疼我，我才觉得对不起他。"老二不明所以，刚好碰到玉喜过来。玉喜两鬓的白发都长出来了，人显得更精神，老二便跟玉喜聊了起来。玉喜道："正想找你呢，这庙保不住，你得问问你爹，搬哪儿合适，他有没有主意。"老二道："你们不说要抵抗吗？"玉喜道："抵抗个屁，我不收补偿金，他们照样给池塘吹沙。不仅池塘，这庙，村子呀，全要拆迁。村里干部天天给我做工作，软的相劝，硬的威胁，我孤身一人，也不晓得能做什么，一百个不愿意又能怎样。你哥那边是二期的征地，我看也保不住。"

香烛供上，李将军上身老二之后，六斤便跪在面前，自报家门，道："爹，我是六斤，你晓得不。"老二先是一脸威严，眼神注视前方，之后低下头，注视六斤，眼眶突然湿了。六斤心中一动，眼泪吧嗒吧嗒掉下来，嘴里咕哝着，向爹诉说心事，继而哽咽道："爹，我该怎么办？"老二抬起手来，抚摸六斤的头发，继而把手重重在眼眶抹了一把，六斤记得，小时候自己哭鼻子，爹总是用大手摸了过来，把眼泪鼻涕一把擦去。老二缓缓道："我女六斤，你一心种善根，去修善果，来世必有福报。善恶自有天道来管，你不必记挂，爹不怪你。"六斤一头伏在蒲团上恸哭。

"既然跟你爹说好了，且退下，我问点正事。"玉喜一把将六斤托了起来，站在一边，自己跪在老二身前，问道："这庙要被征地了，想必你也晓得，我想迁出去，你有意愿住哪儿？"老二突然眉头舒展，鼻子呼呼出气，叫道："呵呵，他们哪里敢拆庙，拆不了。"玉喜惊喜道："真的吗？"老二嗤之以鼻："敢，我给他们苦头吃。"一副不屑的样子。

消息就这样传出去。玉喜的赔偿款都拿来了，李将军居然说无恙，众人有的相信李将军，觉得法力无边，征地还有变数；也有的相信政府，政府第一期工程拿地，十拿九稳，李将军恐怕是说了醉话了。

迁村征地的消息传出后，碗屿村躁动不安，各家各户大兴土木，要么把新房子加层，要么把年久失修无人居住的老房子修复，甚至把猪圈也给搭建成像模像样的小间，一切旨在增加赔偿房屋面积。另一方面，以玉喜为首的村民，则在跟拆迁方争取安置房的位置。据说，政府的安置点在漳湾镇西郊，但这令村民不满，认为那地方前不着村后不着店，没有田地，不知道安置之后靠什么活着。

池一龙坐在石阶上，盯着路上来来往往的人。本来，村里青壮人丁越来越少，夏天夜里，只有老人聚在石板路口唠嗑，偶尔瞄一眼小卖部里的古装电视剧。谁要是来小卖部买一包面条还是一盒罐头，老板都要用抹布拭一拭，免得有心眼的人说放了八百年是不是过期了。现在突然回来许多青年人，村里似乎有了活力，池一龙盯着，他全身器官老化，只是目力极佳，远远见有人过来，似曾面熟，也就胡乱打个招呼："嘿，你是谁谁家的娃吗？"

池一龙是因为走不动了。他把纱布打开，让溃烂的脚脖子到脚面暴露在阳光下，透透气，也许这样舒服点，但对于治疗毫无用处。他的烂脚病是自带体质，特别是上了年纪后，年年治，年年烂，周而复始。但他已经走不动路，除了烂脚，还因为脚被人打瘸了。

池一龙原来曾经做过贼，后来被公社抓了，吐了贼赃，只是被抓了数日，不曾受伤。后来不能偷了，倒是学会占卜算卦，游走各村，赢得了薄名，能经营生计。最有名的一次，在镇上陈家大厝，进去后逡巡一周，叫道有没有人问卜。老少围了过来，各问生计。其中有一个刘大虎，病了许久，浑身只是酸痛，干不了农活，各种草药，偶有见效，又不见长效，其妻扶他出来问卜，看有没有诡事作孽。池一龙算了一卦，道："此事有碍，碍在你家女人身上。"附着刘大虎的耳朵，道："你的妻子左乳下是不是有一颗黑痣？"刘大虎大骇，慌忙跪下心服口服叫道："神仙救我！"这一次让池一龙名声不胫而走。池一龙的好运走了数年，有一次，在麒麟埕村看风水，跟人说厝有碍，要先去碍，主人才能平安发展。逡巡四处，说是天井边上的石臼下有钱币，乃是建房师傅留下的手尾，肯定当初起宅时对东家有怨隙。主人撬起石臼，果然底下有钱币，但主人也不是无脑，看那钱币，是一九八五年发行的硬币，而古厝却是民国时的了，主人叫道："骗子胡说八道，明明是你自己放进去的。"一顿起哄，被人打折了腿抬了回来，自此以后都拄着凳子挪步。

不会走路，对池一龙来说，致命的打击就是不能去买食物。每日里早上，挪到路口，叫住路人，或者央求买个包子，或者央求买半斤肉菜。偏偏他又计较，有时候又问人："这一点菜这么多钱，你是不是算错了？"有时候又嘀咕有人短了他的钱，那些上街的邻里村妇，都不愿意给他使唤了。加上村里人丁稀少，有时候他就在门口大喊："谁帮我去买个馒头，我已经快饿死啦。"呼天抢地的，煞是可怜。

教堂的姑姑看他可怜，征询道："不如你信我们天主教，叫兄弟姐妹来帮你。"池一龙没的选择，由一个神棍变成天主教徒。信天主教的村妇，便轮值帮他买早餐买菜，他好歹能够吃饱，在太阳下晒着肿胀的烂腿。

即便如此，池一龙也觉得时日无多，在路上遇见玉喜，叫道："玉喜，村子啥时候搬迁？"玉喜道："还不清楚，只晓得附近五个村子都要迁移，日期没定吧。"池一龙叹道："没想到临死还碰上这一遭，不知道坟地要不要拆迁？"池一龙独身一人，今世孤单，便想在来世奢华一趟，前几年有些钱，便在七秀峰上把墓修了，即便没有子孙，将来做鬼也阔绰自在。玉喜道："村子搬迁是因为工业污染，人怕污染，鬼不怕污染，坟墓没人动的。"池一龙松了一口气，道："那么做鬼就放心了，只是可怜怎么不早点死。"

信天主教的妇女兰琴最是虔诚，听信姑姑的吩咐，照顾池一龙最是勤快，甚至帮池一龙用草药清洗烂脚。池一龙使唤她最勤快，那一日便要她扶着，亲自到村边宫庙，问卜大圣。兰琴急了，道："你信了主，怎么又来问神？"池一龙道："天主只能祷告，不能问事，我这有个难题，问问神，问完再信天主。"兰琴哭啼道："没你这么不诚心的，回头姑姑晓得，准得怪我一番。"池一龙道："天主和神仙都在天上，是朋友，不矛盾，我就抽最后一签，以后再不信神。"池一龙问了一签，自己什么时候死，自己看了解签，分明是还得三年，不由悲从心头起，哭道："三年，村子早就搬迁出去了，这是存心不让我死在家里呀！"兰琴见他伤心得涕泪交流，生了怜悯之心，也不责怪他了，自己擦了一把泪道："现在有兄弟姐妹照顾你，死在哪里都一样，都到天国去了。"池一龙道："天国那么大，谁知道落在哪一个角落。我在老宅出生，除了在拘留所待过几日，一辈子也没离过老宅，叶落归根，人死必须死在这里。

死在村里，好歹有族亲抬棺材，死在外面，谁知道会不会扔出去被狗吃！"

来宝把爹给害了，全村得知，名声不好。老丹放出话，说是来宝亲自把根水捆绑树上，与己无关，一伙人神出鬼没，派出所也不能立案，奈何不得。后来村人得知来龙去脉，都觉得来宝自作自受，可怜人自有可恨之处。就你这德行，今天不坑爹，明天也会坑。来宝暗暗下决心，要将老丹一军。来宝有心候着，那一日瞅见老丹一伙人夜半三更在炖鸭子，热气腾腾，知道来历，便偷偷报了案。

原来老丹等人组成团伙，弄了个三轮车，四处偷盗鸡鸭，俨然成为一门生意。为何？这些年快速地城镇化，农村人口特别是青壮年，大量拥向城市，村落空心，多是妇女老少。村里大多不让养猪，便在房前屋后养鸡养鸭，家家户户如此。这些人到村里，面对老人妇女，便为所欲为了。在楼屿村，老丹一伙人夜里开着三轮摩托车进村，把一户人家的几十只鸭母往车里赶。屋里头是七十多岁的夫妇，闻声战战兢兢推门，倒被窃贼两句要挟，退了回去。片刻，老太太不死心，推开一条门缝央求道：能给我留五六只生蛋吗？如此勾当，传了出来，有心人都把鸡舍鸭舍又加固了。但是没用，这伙人到处踩点，恃强凌弱，越偏僻的村庄，偷得越猛，村村通把道路修得好好的，方便来去，即便报案了，也是没有办法。

派出所果断出动，把老丹一伙端了锅。一经审问，这伙毛贼胆子倒是小，一秃噜把所偷的村落一一列出，繁华如麒麟埕、漳湾镇，偏僻如小岭、山羊尖，都曾一一涉足。民警李安全怒道："你们他妈的还有良心吗？山羊尖整个村只剩下四个老人，八颗牙齿，你们也能偷得下手，做贼都没规矩了！"叫了被偷的家属过来，道："你们谁想揍他们去揍一顿，我就当没看见！"

来宝要求警方将这伙人按照杀人罪处置。警察李安全道："这事你得有证据，今儿我先把偷鸭子的事解决了。"来宝道："你们警察好没道理，人命还不如鸭子重要吗？"李安全道："当初你承认是你自己捆绑的，你爹冻了一夜，你不报案，你上哪了？"来宝道："我困了，在桑拿房睡着了，我怕他们撕票，不敢告呀！"李安全道："就凭你这句话，没把你当凶手抓起来就不错了。你要替你爹出气，就上法院，找到证据去起诉。"

来宝在派出所里受了气，回到村里，散布消息，说老丹一伙人已经被告发抓起来，要为自己的父亲偿命，不日会判死刑。说得神乎其神，自己都高兴了，聚众喝起酒来，似乎大仇已报，道："我父仇已报，该是成家立业的时候了。"他娘雪来在灶台惊喜道："儿呀，你终于懂事了，你爹要是听见了，会活过来的。"

来宝原来口碑不佳，附近找对象挺有难度，现在机会来了。随着娶媳妇礼金越来越贵，越来越多的光棍着实是一辈子没有希望，国际中介嗅到商机，做起了到越南、缅甸买媳妇的生意。来宝只花了三万多，买了个越南媳妇，叫阮氏草，偏瘦，倒是精神。

据说中介就赚了两万多，阮氏草娘家只得到几千块钱。阮氏草不会说汉语，干家务不行，只是吃海鲜比较拿手，完全是放开架势吃。雪来不满意，来宝道："只花三万块钱，你就知足吧，我才不管她如何，能生孩子就行。"雪来道："你倒是快点生，可别让跑了！"原来各村都发生过越南媳妇放鸽子事件，导致赔了夫人又折兵。来宝防了一手，跟中介订了一个协议，要是新娘不生孩子就跑了，原价返还。所以娶过来后，来宝一直严加看管，媳妇出个门遛个弯都会跟随，自己出个门就要娘看好，锁门，好不容易等待怀孕，才放下心。雪来求神拜佛，终于生了一个男娃。来宝终于敢出去混了，人说："来宝，不怕媳妇跑掉啦？"来宝道："现在跑掉，我也赚了，三万块买个娃，不亏呀！"

有了孩子，是一大欢喜，姐姐们一起来庆贺，但也有忧愁，来宝好吃懒做，不事经营，坐吃山空，派老娘日日到姐姐家里化缘，也不是长久之计。那雪来倒是护着来宝，三番五次往巧容、巧月家跑，道："弟弟给咱家传宗接代了，你们都得担当他的生活。"一次两次还行，多次如此，大家不堪其扰，逐步推诿。雪来便哭爹喊娘，说你爹走了，你们都反了！

那一日池一龙碰到来宝，叫道："来宝，过来我问你一事。"来宝笑嘻嘻走近，道："老不死的，叫我有事？是让我升官还是发财呀？"池一龙道："你要是能当上官，那可不得了，官帽大得很呢！"来宝原来还选过村主任，这些年村里有征地、赔偿各种活儿，村干部的职责越来越重要，主任也算是肥差，竞争比较厉害。

雪来给来宝拉票，挨家挨户，说来宝要是当了主任，保管你们鸡犬升天。又做可怜样，说你们可怜他爹走了，投他一票，他爹会感谢你们的。到人家里死缠烂打，好说歹说，要人答应。后来不晓得给谁告了，说来宝有过做六合彩赌头的前科，被抓过，政审通不过。

来宝笑道："你这个老头尽拣好听的话说，坏得很。官我是当不成了，你还是说说有什么发财的门路，好歹你有两下子。"池一龙浑身上下都是病，喘了气道："发财的门路，远在天边，近在眼前，我有一桩好差事给你做。"来宝凑近了，池一龙喷着口臭道："听说有一种药，吃着人就睡着了，吃多了，睡下去，就醒不来了，你能弄到不。"来宝道："这我晓得，医生跟我熟得很，怎弄不到，不晓得这跟发财有什么关系。"池一龙道："你帮我把这事弄了，我有钱给你呀，我这老房子，拆迁也有赔偿，赔偿的钱给你！"来宝道："你当我傻子，这钱我怎么拿得到，我拿这钱，还能做人嘛。况且，我帮你搞这事，就是杀人呀，我没事杀人干吗！"池一龙急道："来宝，我看你没干过好事，就干一回行不，我跟你爹是有交情的，做人要积德呀。"来宝道："你要死，找根绳子吊上去，一分钱都不用花。"池一龙道："你年轻，不懂，这死有讲究，舒舒服服地死，在那边也舒舒服服的，上吊死，到了那边，是要进地狱受苦的。帮帮我这孤苦老头好吗？全村我觉得就你有这个胆识。"

来宝被夸了一下，不由动了心思，道："如果你这么急着死，倒也是件好事。但是我这个人呢，仗义疏财，不要你钱，你就把你当年走江湖的招数，教我两把便是。"池一龙道："你要听哪些，我说给你便是，不过你可别透露出去，败我英名！"来宝道："让你成名那一次，你能预测到那人妻子左乳下一颗痣，为何这么神奇？"池一龙道："这倒不神奇，我一进老宅，一眼瞥到妇女在哺乳，窥见那颗痣了，后又晓得是那人妻子，便有此说。你听我说，算命八卦，自有易经原理，但是必须辅以障眼术，才能让人相信，须得眼观六路耳听八方，讲出故事。"又掏心掏肺，说了许多实用伎俩。来宝叹服道："行呀，你这老头，做了我师父再死，两全其美呀！"池一龙道："既然你听得入耳，那就跪下来给我磕三个头，做我徒弟，然后再听话！"

二〇一一年十月，第一期镍合金项目在海西漳湾临海工业区奠基动工。根据此前规划，三十万吨镍合金项目总投资金额为二十一亿元。工程预计可在二〇一四年六月竣工投产。二期工程前期工作正在加快推进，两期建成投产后可年产高镍合金六十万吨，年产值可达一百亿元，每年可贡献税收六点五亿元，并可安置就业一千两百人。对于工业一穷二白的海西来说，这是一个大手笔，也是临海工业布局的新开端，令人振奋。

电视新闻报道，这是本市对台招商引资工作的重大成果，也是宁台经贸合作的一个重大突破。

李将军的庙没有保住，这使得李将军的威信受到损害。当务之急，是给神像找个地儿寄宿，日后问清楚了再设新庙。玉喜认为，李将军是不愿离开这片池塘的，想挪到师海的渔场办公场所。玉喜问师海："你这里守得住吗？"师海道："只要我命在，池塘就在。"玉喜道："李将军的神像，我看就放在你渔场里。"师海犹豫道："渔场当作寺庙？这个不合适吧！"渔场是简易建材搭的，有食堂，有办公室，有宿舍，放一尊神在那里，确实有点不对味。万一再碰上求神问卜，更是不便。

玉喜道："是你爹有什么不合适的，你腾一间办公室，我每天过来烧一炷香供着。等他什么时候自己发话了，我们再迁移。"

师海无奈，道："房间倒能腾出一间，就是他过来，千万别搅和我的事。"

腾出一间办公室，做了小庙。玉喜三天两头来进香。那边的庙已经被推倒，依照月明的意愿，坟墓里的骸骨，也放回老家祖坟。

农场里多了一尊神，气氛变得不一样。工人有时候风大雨大出去投食，都要在神像面前嘀咕一下，保佑平安，或是祈求带来好运气。渔场的工人，时时都有警卫，以防拆迁方突然袭击，都来拜一拜，以期佑护。有风声说拆迁队会突然袭击，实际上一切还算平静。

有一日，三眼夫妇居然登门上来，师海相当警觉，进了别墅的大门，竟然没有迎进屋里，就在前院问其来意。

三眼夫妇这么多年，倒是恩爱。他们在乡下以赌博出名，进城之后，也是经营这一业务，承包各种老人会，从事赌业，懂得经营关系，游走在黑白两道，一直红火，乃至于子承父业。三眼曾对村人感叹，这个行业，只要懂得经营，不管旱涝，是保收的，比三百六十行哪一行，都稳妥。三眼夫妇也买了几十亩蛏埕，是大塘的大股东。师海与其少有来往，大概是道不同不相与谋，只不过在村里的红白喜事中偶有交集。

三眼道："听说你爹的庙被拆了，神像无处安放，我寻思安置在元南岗庙中，与仙师一处，可好？"

师海道："我只晓得你经营赌场，哪里还经营宫庙？"

三眼颇为得意，呵呵笑道："要是没有神仙保佑，哪有今天的事业！"便一五一十从元南岗三仙庙说起来。

原来增坂后山元南岗，多是黄土，独独有一块巨石，切口平平，有一层楼高，犹如雷劈。石上有一古树，虬根盘绕石上，各种形状，宛如神迹。此地风俗，若有古树树洞，巨石成穴，都认为有神仙居住。三眼因赌六合彩，到处求神问卜，想到这块巨石。诸位会想，村中那么多神仙，三眼为何会想到僻静之神？还是因为六合彩问鬼神，贵在新。城里、村中神仙，早被人问了无数次，不耐烦，不上心，被第一次问的神仙最准，有此一说。故而赌民挖空心思，想到人所未想之神。

这一块无人理会的石头，三眼能想到求神，缘于之前其父在此耕作，有一日从石上摔下，居然分毫不损，回去后一直感叹有神护佑。后来，又有山下神龙寺的住持在石下搭了棚子闭关，也有一点意味。这些年，土地抛荒，此地被草木掩映，更显荒凉。

来此的小路,也被草覆盖。三眼夫妇披荆斩棘过来,晓得无人来过,心中欢喜,虔诚许愿,请神仙点明,若是中彩,必然给神仙盖庙。要不说三眼有财运,这一注,只一注,赢了个盆满钵满,三眼夫妇不敢食言,还愿建了庙,塑了仙师像,开辟了从莲花寺进来的小路。此事传出,一直有六合彩赌徒来烧香求卜,香火不灭。三眼想,如果把镇海将军也请进来,肯定更加兴旺。

师海道:"这些事我不掺和,你问玉喜去。我只告诉你,以后你可别来我家,也别跟我联系。"

三眼道:"哟哟哟,你怎么这么说话,咱们乡里乡亲的,门都不能串,师海,你变了。"

"你懂什么,我跟政府打官司呢。"

"打官司跟我有啥关系?"

"我说了你也不懂,反正你别来我家,等我这事了了,你把我门槛踏破,我也不赖你。"

三眼夫妇听得话有玄机,似懂非懂,嘟嘟囔囔不服气地走了。

师海诉败,但不屈服,明知必败而向更高法院起诉。有关部门对师海全家展开司法调查,追溯任何可能犯罪的踪迹。这一点还好,一家的政治面貌,可以说是清白的,没有犯罪的导火索。同时,师海命令儿子们不得出入娱乐场所,不接触三教九流,以免被人挖坑。师海洁身自好,他晓得任何一点违规的举动,都有可能造成牢狱之灾,虽然自己表面上风光无比,每天都有代表官方来说劝说和的官员朋友。三眼经营赌场,这种人要是跟自己掺和一手，难免有把柄，师海索性与其绝缘。

二〇一一年底，市委书记谢长江卸任，履职省政协，二〇一二年，新书记上任，是原来的市长、副书记金凯旋，毕竟对本土知根知底，有利于工业发展的一以贯之。金凯旋以加快临海工业发展，培养临海产业群为目标，大刀阔斧加速前进。他比前任更为激进与坚决，一是前任打下了基础，他必须百尺竿头，更进一步；二是前任的状态是在本地功成身退，他必须勇往直前，建功立业。当然，他面临的问题，也更棘手。

此时，关于镍合金企业给当地海洋、环境带来的潜在危害，已经在民间发酵。数百年来，人们吃的是三都澳的海鲜，大黄鱼一旦被污染，祸及人类自身。当地人了解到，这个企业是在泉州、厦门遭到拒绝后在此立项的，更加愤慨。

七月，烈日当空，有一和尚身着赭色僧服，立于市政府大门前。胸口和后背处，白底黑字书一"镍"字，打上一个红叉。前身贴一对联："海西文明古，拒绝重金属。"后背贴一对联："海国斯文地，岂容人作孽。"手上则举一个长长的白布横批："反对海西镍合金项目。"其人身形瘦削，脸上颧骨突出，眼神坚毅深邃，深藏无常之法。在市政府大门石狮的映衬下，分外瘦削，俨如一把骨头。

他就是陈可法。

少有人在路上走，有也是躲在伞下。路人先是宛如看见一个怪物，孤零零立着，短短的影子铁一样投在地上，高举双手，有如受难。后来渐渐有人驻足，端详和议论，拍照。太阳弱了之后，便有人围观，有的人说，他的嘴唇已经干出泡了。

太阳确实毒辣，这是可法没有预料到的。但是他没有回头路了。他不能去买瓶水放在身边。这是一个道场，自己修炼过的最大的道场。额头的汗流进眼睛，刺痛，他必须忍住。先是嘴唇干，后来喉咙也干，好像一个火药炮筒。太阳白花花的，使得他的眼睛出现了幻觉。他看到画中人在空中，抱着孩子，对着他笑。多年来，这样的画面在他心中，已经不是幻觉，是真相。你信什么，这世界便会有什么，造化不过如此。他朝着阳光会心微笑，他的这一场一个人的修行，得到了画中人的赞许。

不论是画中人生前还是死后，他们都是如此会心和谐。生前，人说他是个软蛋，听老婆话而忘了外面的世界，他不在乎，他觉得老婆就是世界。死后，他从梦境或者回忆，能洞悉妻子的心意，亦能心心相印，后来，他悟到，其实自己想做的，便是妻子想要的，心领神会，何必猜测。悟到这一境界，便是天人相隔，也如咫尺之遥。

市政府里有人进进出出，并不在意，每个人都在忙自己手上的一摊。后来保安大叔在人们的授意下过来干涉。可法嗓子都冒烟了，问道："你可晓得我站了一个下午是啥意思？"保安道："我瞅你一个下午了，正好奇呢，还有人喜欢晒这大日头。"可法指了指胸口，道："这是啥字认识不？"保安上下端详，道："我认识的字不少，就这个字没把握。"可法道："这个'镍'字，是个有害的字，不懂不怪你，这玩意儿要来坑咱们这海了，你说我该不该抵制。"保安道："是该抵制，可是你到别的地方去抵制，这地儿归我管，你别为难我，我工资不高，混口饭吃。"可法道："你懂得这道理了，那我便回吧。"

可法买了瓶水，先让嘴唇湿润，然后抿嘴一小口一小口往喉咙里倒，体内如枯树慢慢回春。

过了两日，家里捎来消息让他回家一趟。父亲陈玉贵已经没有年富力强的精神，也许是可法的人生轨迹，让他认命。陈武功碰到他，老是笑道："玉贵呀，你这是自己造的孽，你把奶娘像都'破四旧'了，怎么可能让你传宗接代呢。"玉贵嘴里不服气，道："那你是造了什么孽，把自己造到轮椅上呢！"虽如此，但玉贵被说了多次后，心里竟然默默接受了。因为事出有因，因果相报，只能认命。陈玉贵与陈武功，这一对老冤家，临老了，倒是更亲切，在墙根下能互相拌嘴唠嗑，年轻时他们在意的东西，已经烟消云散。

可法一身僧袍回来，陈玉贵看了一眼，已是厌烦，转过头去道："你这回给我捅天大的娄子了。"可法倒是宠辱不惊，平平静静的，把寺里种的可用来炖汤滋补的金线莲放在草药筐里。陈玉贵道："镇里的干部说了，你的照片，都传到国外去了，给政府造成很大麻烦，要追究起来，我们都要坐牢的。"可法道："爹，你当年那么能干，现在怎么一吓唬就蔫了。"陈玉贵道："你别以为这是吓唬，当年多少人说错话被批斗，现在你是做了大错事了，唉……"

可法道："爹，要坐牢也是我去坐，在寺里，在牢里，对我来说，都是修行，我不在乎。"陈玉贵道："你正经事干不了，净搞这些不靠谱的。你可听好了，领导的意思是，我带你去认错，以后乖乖做人，不在外乱说话，兴许还有的救。"可法道："爹，你跟领导说，这个儿子已经不是你的儿子了，你管不了他，他是佛祖的，找佛祖算账去。"陈玉贵嘿嘿冷笑："你既然是佛祖的，便跳出三界外，何必又去城里惹是非。"可法道："佛祖不是不管事，苍生有难，佛祖也是坐不住的。"陈玉贵道："自小到大，没见你有这么大的能耐，还能普度众生了。"可法道："爹，我晓得是对不住你的，但是一个人自有他的天地。我不入地狱，谁入地狱。"陈玉贵道："地狱是迟早要去的，这回，恐怕要先去监狱。"可法道："自从我和画中人在马施罗庙中苦度寒夜，我已经不惧在任何地方修行。相反，越困苦，我越觉得有滋味，监狱大概不会算最差的环境吧。"陈玉贵道："唉，六十年代我走对了路线，现在看来，即便路线走对也得被你拉下水了。"

父子俩不欢而散。但是也有收获，便是玉贵晓得，可法已经入魔，非自己所能说服，事情再往下发展，只能父子划清界限了。

莲花寺本是清静之地，只有香客居士，烧香求愿，虔诚肃穆，因可法惊世骇俗之举，氛围突变。

这一日来访的是三人，一个自称鹤岩居士，乃是鹤峰诗社的成员，真名龙秋，是职业学校的一名古文老师；一个叫水哥，瘦瘦高高，是个水果贩子；还有一个长得比较粗壮，一看就知道是个干粗活的，在城里打工，并无正当职业，叫张改。三人都是环保组织"家乡守护者"成员。三个人曾在万达广场、市政府前拉横幅反对镍合金项目。此次相聚，心领神会，美其名曰会师莲花寺。

坐下喝茶，先从龙秋老师的名字说起来，众人问龙秋这个名字是真名还是笔名。这下正中下怀，龙秋喜欢说文解字，卖弄炫耀，回道："你们一定以为没有龙这个姓，实际上龙姓还是大姓，全国有两百八十万人姓龙的，我们祖先是御龙氏，是舜的大臣，远古就有的……"龙秋说得滔滔不绝，众人听得都有些不耐烦。可法道："那你一定是秋天生的。"龙秋道："错了，我是七月生，正是大夏天。但是为什么叫秋呢，我是一九八一年生，那是夏天，刚好夏收，是拦海造田之后第一年的水稻收成，我爹呢，第一，看见了成片水稻心里激动呀，能吃上一顿饱饭啦，可是头上顶着太阳，跟火烧火燎似的，他有文化呀，取'禾'取'火'，那一年的景象就历历在目了。"水哥听了不耐烦，道："龙哥，你个鸟名字也能说这么多，我一句也听不懂，咱们聊点正事吧。"

龙秋道："水哥，你要提高点素质，守护家乡，归根结底是文化的事。"

水哥道："我没文化，我就知道要干他娘的，把这些黑心企业赶出去。可法师父，你说说呗！"

莲花寺面对五里洋，退潮时分露出一大片滩涂，只有一条港汊如白龙连接远海，而其东北角，一片黄土裸露的平地，即是正在动工的镍合金工地，隐约可见几条钢铁巨臂在移动。可法指着前方道："这一江水，只怕要坏了，这是黄金海岸的风水。"

当下众人商量环保举措。龙秋对民间反镍浪潮深抱期望，因此，他算是乐观派。水哥则没有什么理论素养，摩拳擦掌只想行动。张改为人木讷，不怎么说话，但有一颗赤诚的心，忠心耿耿支持环保行动。

环保组织决定下一步加强网络方面的宣传，加大影响。他们也谈到李安椿在大塘组织的反征地运动，讨论要不要联合。后来李安椿给他们回复，说他们进行的是纯公益的维权，而自己将来进行的可能是利益维权，两者可以有共同的诉求，但是不要掺杂在一块，以免对"家乡守护者"组织不利。

他们四个人在莲花寺前照了一张合影。若干年后，这张合影显得如此意味深长。

现在大塘与民间环保组织的共同诉求，便是要求镍合金企业拿出省里的环评报告。在反拆迁上书失败后，大塘算是给企业出了一个难题。按理来说，应该把企业周围六公里范围之内的村庄迁移，再开始施工，但这对于企业的发展进度来说，太慢了，他们采取了统筹的措施，一期施工与迁村并举，保证了进度。有关方面委托了不少人给师海捎话，要求撤回环评诉求。师海好不容易抓住一个把柄，岂肯后退，对任何对方放出的软话、狠话，油盐不进。

刚过完年，师海的酒意还没退去，便传来消息：春节之后，拆迁办的第一炮，便是对大塘实施强行拆除。师海一听，好比好酒上头，浑身来劲。也许，他潜意识中等待的，就是这一招。据说，这是金凯旋书记亲自召开的秘密会议，号称"迅雷行动"。

师海从初三开始，便开始布置阵势。主要股东都要到场，拆迁当天，村里的所有股东必须到场，最消极的防守，就是人肉防守。当然，也做好打硬仗的准备，武器备好，要打，就把阵仗打大。李安椿也调动了媒体资源，争执一发生，第一时间传给全国各地。初五，师海在村中祠堂做了一场演讲，希望全体股东乃至村民严阵以待，保卫祖产。

师海注意到一个细节，按照常理，拆迁组是初七上班，应该初七来强拆才对，为什么非要放在初六？为什么要让员工加班？师海很快从股东那里获得消息，对方问过风水先生，认为初六是个好日子，宜动工。师海听了，突然喜上眉梢，哈哈大笑。师海立马放出风声，说大塘已经做好打硬仗的准备，各方支持力量也在纠集，大有一呼百应之架势。

只有海燕担心，劝道："千万不要动手，一定要讲道理呀。"海军入狱之后，海燕突然明白，个人的强大敌不过嚣张带来的报复，而师海的乐观，像雄鸡一样的好胜心，正是她所恐惧的。师海平生第一次碰上这样的大阵势，没有畏惧，只有兴奋，道："我是兵来将挡，水来土掩，有一句话，战争让女人走开，你还是不要掺和了。"海燕担忧道："这可不是小打小闹，这一动就要出大事的，你这么来劲，是无知无畏呀。"师海笑道："你还是不了解男人。好斗是男人的天性，别人欺负你，你不迎头应战，难道还有第二条路？躲不开呀，我得干呀！"海燕道："我可不管天性不天性，我要你完好无损地回来。"师海安慰道："放心，我是讲策略的，不是有勇无谋之辈。"

风声出去，不论是有利益瓜葛的，还是看热闹的，纷纷过来看望。师海每日风风火火，踌躇满志。独有一人让师海颇为不满，便是立春。立春的池塘毗连大塘，唇亡齿寒，能扛到现在，完全是大塘在前面顶着。师海道："平时没事的时候，像狗一样围着我，现在要出大事了，连个影子都不见。"

这句话倒是点出立春的本性，遇事能躲则躲，没事了再来找补。

话传到陈武功耳朵里，这个常年在轮椅上指点江山的老头可挂不住脸了，把立春招来臭骂一顿。立春争辩道："我也没躲呀，这不春节嘛，谁不猫起来打打麻将什么的。"陈武功道："麒麟埌的脸都让你丢干净了，别讲没用的废话，跟我上大塘一趟。"立春劝道："爹，我去就是了，这不是您掺事的时候，您就消停点。"陈武功瞪圆眼睛道："我有大事要办，你不听我的？"立春就从了。

立春推着轮椅来到大塘，师海不得不迎了出来。陈武功道："我们父子俩代表麒麟埌，帮你守塘来了！"师海哭笑不得，道："这年轻人来就行了，你这样子还来做什么。"又讽刺立春道："立春呀，这事还要你爹带你来，莫非春节期间躲在家里吃奶？"众人笑了。陈武功道："你别看我这样，如果现在拆迁队来，我敢冲在最前面。"师海一想，也有道理，转而为喜道："那倒是，你们看看，走不动的人都来支持我们，可见我们是多么得人心呀，赶紧拍个照片，传出去！"众人纷纷鼓掌，陈武功像个英雄般，脸上现出少有的顾盼自雄的表情。虽然两个村乃至两家人，有各种恩怨未解，但此刻同舟共济的气氛形如一家。

陈武功朗声道："听说镇海将军在这里，我去烧炷香拜一拜。"师海听了，心中滋味莫名，父亲之死，跟陈武功有莫大关系，看他口气，此刻是来和解，又怎能和解呢！陈武功似乎有备而来，也让他不能拒绝，便道："船仔，你带他进去吧。"

船仔今天正好来大塘看看形势，既是显示自己对环保运动的一贯关注，也算是对大哥事业的关心。他比师海更为敏感，心中也是有些不悦，不过并不表露，也没有做出欢迎的姿态，不声不响把陈武功引到神像之前。

三眼要求把镇海将军引入元南岗小庙中，被玉喜一口拒绝。那个庙是为六合彩而起，将来镇海将军被利用猜注六合彩，那可太不像话。再说了，镇海将军的庙，怎能建在高高的山上，来巡海都不方便。但将军本身又没发话，要建在哪里，暂时以大塘办公室为庙，也算为反对征地贡献神力。

立春点了香，让陈武功插在香炉里了。陈武功硬要下来，在蒲团上跪拜。立春道："爹，你腿都没知觉了，没法跪呀。"陈武功道："啰唆什么，你扶我下来就是。"陈武功被扶下来，几乎是扑在蒲团上，嘴里念念有词。良久，方才抬头。旁边静静站立的船仔问道："你是有事求我爹吗？"陈武功似乎回过神来，惊惶道：

"哦，我祈祷他能保佑池塘。"船仔道："我刚才看我爹笑了一下。"陈武功看了神像，五彩木身，表情纹丝不动，惊道："真的？"船仔道："是呀，也许他觉得可笑吧。"陈武功再次合掌跪拜，十分虔诚。船仔看见他的眼角有泪痕，泪痕深陷在褶皱里，要不是反光，根本看不出来。

朝阳刚从海面上升起，众人穿着棉衣抵御江面上的潮气，到日上三竿，众人望眼欲穿的推土机一直没有出现。众人紧张了这么些个时辰，也都松下来，热情像雪糕有点被晒化了，忐忑不安，"怎么还不来，是不是又有什么鬼点子！"又纷纷猜测："莫非是改了日期，趁我们不备再来。"师海看这一个上午也差不多过去了，笑道："好了，不用紧张了，我们赢了。"众人道："没那么乐观吧！"师海道："我跟你们打个赌，金凯旋不会再来了。"

果不其然，虽然几日后大塘一直严加看守，推土机却始终不来。消息也传来，便是"迅雷行动"已经取消。师海相当痛快，连日出去喝酒庆祝。众人问他为何能神机妙算，师海哈哈笑道："他既然还要请风水先生看日子，说明心是虚的，还是怕干出大动静来。"

第四十回：捉凶

谢觉回来了。这次是戴着手铐，被警察带回来的。与上次开着保时捷众星捧月地回来，不过两三年之遥。

白云苍狗，世事如浮云，变幻莫测。时代的一粒尘埃，砸在你头上，纵使你是孙悟空，也逃脱不了被压在山头的命运。

二〇一二年，周宁的一个钢贸老板，欠下了约二点五亿元的银行欠款人间蒸发。周宁商会当时为了保全贷款信誉，筹资替他堵上了窟窿。但是，该老板的跑路，只不过是第一块多米诺骨牌倒掉，也成了钢贸行业债务危机的序曲，随后不断有媒体曝出钢贸商卷款跑路，甚至因无力还款而自杀的新闻。

有几个事实可以看到钢贸这艘大轮船触及的礁石。二〇一二年三月到九月，螺纹钢的价格从五千三百元一吨猛跌至三千三百元一吨。相当于最底层的支柱被撤掉了。建立在上面的庞大建筑开始摇摇晃晃，就要坍塌崩溃了。房地产调控等政策，让用钢企业的还款周期进一步延长。钢贸企业那条靠银行支持的资金链越来越紧。银行着急的时候到了。

别的不用说，清点仓库里的钢材数量，银行就束手无策。仓库里的货很难查，二〇一一年六月末，上海用于质押的螺纹钢是库存的二点七九倍。看见了吧，一吨钢材至少被重复抵押了二点七九次。更让银行害怕的，是围绕着钢贸贷款这个融资平台的杠杆式操作。其中种种复杂手法，不一而足。总之，当钢价大跌时，反向的加倍打击也就随之而来了。四两拨千斤，变成了千斤压四两。

银行给钢贸企业的贷款采用"联保"模式，比如四家联保，一家还不上账，其他三家要替他还，否则都不能续贷。曾经"一家出事、其他帮补"的互保模式，变成了"一损俱损"的大杀器，周宁钢贸商面临着集体坏账危机。两年之后，有"钢贸大王"之称的肖家守和钢贸圈的"带头大哥"、联保融资模式的首创者周华瑞，都遭遇债务官司，名下资产遭到查封，标志着钢贸泡沫彻底破碎。

二〇一二年后，银行收贷的力度越来越大。钢贸企业已经很难受了。各家企业自身难保，只能各展神通，饥不择食，商业信誉，早就顾不上了。不少人打上了用信用卡套现的主意。但银行发现以后，这条路也堵住了。周宁县的身份证，前几年可以卖上五十万。现在，却连个信用卡都办不成。

谢觉，就是被这时代的狂流，又冲回原点。

船仔在看守所见到他的时候，谢觉丝毫没有身陷囹圄的恐慌，反而表现出一种得胜回朝的喜悦，导致船仔想安慰他却不知如何开口。谢觉看船仔一脸尴尬，倒是安慰道："我在这里生活蛮好的，早上有牛奶麦片粥，中午可以好好午睡下，妈的，终于可以过上不用天天喝酒应酬的日子了。"船仔道："如果你需要什么……"谢觉打断他的话，道："我告诉你，我在这边是比较特殊的，他们不会对我怎么样，得好好伺候我。你应该知道，这年头，欠钱的人就是大爷，欠得越多，就是越大的爷。对了，我晓得你在外面土地维权，有什么需要帮助的你告诉我，我还是有门路的。"

谢觉因为银行断贷，公司崩盘，被高利贷集团控制，要是不还钱，免不了缺胳膊少腿。情况危急，还好他在海西这边的银行，也有欠债，他的叔叔赶紧通过这边的银行报案，本地公安出动，以控制欠债人为名，到上海把他从高利贷集团手里抢过来，关押本地，进入这边的司法程序。这无疑是救了他一命，至少没有了缺胳膊少腿的危险。

船仔不由笑道："你都这样了，还想着帮我，真是没见过你这么讲义气的。"

谢觉道："别看我身在这里，但还神通广大着呢，海西的事，我也是了解很多，小心我出去了找他们算账。"

船仔道："环保的事，一时也奈何不了。我倒是有一个案子，侦查了一年了，一直在心里，不敢透露出去。你见多识广，想请你参谋参谋。"

船仔低声对谢觉嘀咕了半天。谢觉脑子转得快，道："可以了，报案，关键是，你得找到真心帮你的公安人员。我这次之所以能回来，还是靠的靠得住的人。"

船仔当即打定主意，道："行，听你的。我进来看你一趟，总得帮你点什么忙吧？"

谢觉道："这样吧，我给你列个书单，你给我带几本书进来。这几年太浮躁，都没看书了，闲着也是闲着，不如把牢房当图书馆吧。"

钢贸的危机，也随着谢觉的脚步，波及海西这座小城。海西的大量民间资本，这些年都靠钢贸市场腾挪逐利，钢贸老板一跑路，资金便杳无踪影，导致海西的互助会开始一轮新的"倒会"风潮。

倒会也不是一下子就倒，而是慢慢倒。在上海钢贸市场资金越来越紧缺的情况下，民间资本的利息也越来越高，导致很多人明明知道有风险，还是想最后捞一把。乐观者心里都认为，自己不是倒掉的最后一张多米诺骨牌。侥幸的心理，使得形势越紧张，投入的资金越多，逐利的戏码在疯狂上演。

传统的标会，是标会的日子里，会咖们集中在会头家里，大伙将会标金额写好，折起，摆到桌上，齐活了，会标一一亮相，最高者中标。后来，随着电子付款的普及，会操作的会咖就不用聚集，电话沟通，电子转账，不再出现会咖云集的景象。但是一些上了年纪的会咖，特别是想中标的，以及想了解各种行情的，还是喜欢到会头家里聚集，打听各路消息。

　　那晚会咖先来巧月家里，没人。按说往常这个时候，巧月应该在家里等待部分会咖的聚集。大伙打手机寻找，也打不通。先前大家还不以为意，但一天后巧月还处于失踪状态，也找不到孩子的踪迹，会咖已经断定，巧月跑路了。

　　巧月的家被破门而入，能值点钱的东西，都被人搬走，其他的被砸个稀巴烂。细兵回来，还差点跟人动手。他根本不相信巧月潜逃这个消息，作为老公，他根本没有感到一点异常。巧月还说，过几天带孩子一块去旅游，见见世面。他相信巧月一定是碰上什么意外。会咖说："你行，你得替我们负责会钱。"细兵申明，自己完全不管她标会的事，两人经济各自独立。后有朋友提醒细兵道："家被砸了都算小事，你得赶紧脱离干系，否则妻债夫还，你就摊上大事了。"随着激愤越来越大，细兵赶紧隐匿。他第一次惊叹，巧月藏得这么深。

　　不只是细兵，最亲近的亲朋好友，都是咬牙往肚里吞。巧月手上有十来场会，又称有上海老板的门路，亲朋有钱，都愿意拿到她这里获得高利息。根据众人的损失数据，被卷走的会钱，在一千万以上。

　　巧月的卷款逃走事件只是窥豹一斑。海西倒会事件，整体涉及几十亿资金，民间金融危机全面爆发。有人以非法集资罪被通缉，有人当了老赖，有人坐了牢，更多的是普通老百姓的血本无归。市里成立了清会办，断断续续几年时间，才使这波风浪走向平静。

而标会这种传统的融资手段，也在一段时间内销声匿迹，人们谈之色变。

巧月就这样凭空消失了。有的人说，她躲到东南亚一带去了，也有人说，她可能投奔巧清去了。人感叹，这姐妹俩，一个比一个精，美如天仙，滑如泥鳅。

清明节的时候，船仔带着怀风回去扫墓祭祖。兆文的骸骨被移到祖墓，扫祭倒是方便。年复一年，草木青青，去年除掉的草，今年又长出，生生不息。土地抛荒，连上山的路都断了，必须带着柴刀披荆斩棘而行。二十世纪八十年代，山中荒草少而村中人口多，每一块地都能养活人，现在调了个过儿，村里一片寂寥。老人死了，都找不到抬棺的人。逢年过节，那些操心的老人都吩咐后生："我死了你可要回来抬棺呀，指望着你！"后生道："别指望我，现在都是火葬，奔驰灵车直接给你弄火葬场去。"大部分老一辈人反对火葬，认为灵魂会被烧死，道："我死也不火葬，你们就趁夜偷偷把我抬山上去。"后生们被缠得没办法，道："行，我抬，不答应你还真怕鬼来找我！"

怀风在墓前点了蜡烛，再烧了香，船仔道："你有什么话跟爹说两句吧。"怀风嗫嚅道："爹，我们给你扫墓来了。"船仔道："爹又不是傻子，怎么不知道我们来扫墓，也许，他想知道你的心诚不诚。"怀风看了一眼船仔，船仔瘸着腿，正在墓头锄草，像一只老山羊。怀风道："船仔，是你自己心里的疙瘩还没下去吧。"船仔道："是呀，你知道我这人，爱憎分明，眼里揉不得沙子，觉得心思不正的朋友，宁可不要。你呢，确实是一粒疙瘩，但我能不要吗？你真是让我难受。"

怀风擦了把汗，叹了口气道："我以为时间会抹平一切，看来在你这里，还是不行。"船仔道："原则性的问题，时间是不能解决的。一个人心术不正，时间只会让他遗臭万年。"

船仔说得越来越严肃，把一件家事，上升到永恒的主题上，让怀风有点喘不过气。怀风招呼他下来，递给他一根烟。船仔拒绝了，但依然陪着怀风坐下休息片刻。山中一些地方升起袅袅烟火，也有的地方传来哭声。怀圣的娘每年到老头子坟上，都要哭一场，老头子走后，她就没上桌吃过饭，待遇比家里的狗有得一拼，她在坟头哭叫着老头子快点把她也带走。哭声使得青山多了一层幽怨。而南面吹来的风，氤氲中有着海洋的湿润，带着来自太平洋的神秘的消息。

"我已经说过了，如果你是我，你该怎么做。"怀风幽幽道，"可是，你也不能给我答案。"

"现在我可以给了。"船仔道。

"哦？"

"现在你有一个机会，可以让你赎罪。至于肯不肯把握，就看你的态度了。"船仔淡淡道。

"你说吧。"

"现在不想说，现在你在爹的墓地，这不是合适的谈事地儿。"

"什么时候说？"

"回家好好吃饱饭再说。这件事没那么容易，你得有勇气。"

整座山对怀风来说，再熟悉不过，少年时代在此谋生，留下苦涩而甜蜜的回忆。以前他只想离开，再也不要踏进来一步，现在呢，才发觉，所有的苦，都可以酿成岁月的甜。蜂蜜的前身，是不是一些很苦的东西？

那天扫墓回去以后，船仔和怀风在家整了些酒，两人相谈许久。船仔小时候，像个跟屁虫一样崇拜地看着怀风，只觉得怀风就代表外面的世界，先进的生活。现在他们把酒相谈，在船仔眼里，怀风却是一个有致命缺陷的人。

"这是你重生的一次机会。"船仔郑重其事道。

"如果我做不到呢？"

"做不到就彻底死了。"船仔道。

"从前我是对你最亲的，觉得你就是另一个我，想不到现在对我最严苛的，也是你。"怀风叹道。

"越是在意的人，我好像越严苛。"船仔沉吟道，"所以我经常在思考一个问题，我是该爱这个世界，还是恨这个世界。"

怀风绝少去麒麟埕的。对他而言，这是一个不可言说的村落，埋藏着不可告人的秘密。有几次他因工作关系去过，也是不声不响，不打扰任何人。总而言之，不想在这个村落留下任何踪迹。

私认陈武功为义父之后，已数十年过去，自己已经从少年变为人父，现在是第一次过来看陈武功。陈武功在轮椅上惊呆了。数十年来，他习惯了以这种隐秘的方式，心中有这么一个儿子，亦随着自己的命运起起伏伏。但是他登门探望，这无异于惊天响雷。

陈武功眼角流泪，下巴抖动，不晓得是惊愕还是激动。这一点点泪光，让他看起来瞬间老态毕露。否则，不管如何，他都是一副顾盼自雄的样子。

陈武功坐在轮椅上，怀风坐在泛褐色的竹椅子上。这一次，他们像一对真正的父子，春光投进大厝，天井石台上花香隐隐，花盆都老得不像样子了。天井上两只白色鸭子懒懒地扇着翅。多年来，这是唯一的一次，他们成为真正的拉着家常的父子。但怀风心里明白，这也可能是唯一的一次。

"心里还有疙瘩吗？"陈武功问道。

陈武功的疙瘩，指的是怀风丢掉公职这个事情。按照村人的说法，就是官帽子，读书奋斗，就是为了这一顶帽子，帽子掉了，就白瞎了。

怀风笑了笑，云淡风轻，道："都是生不带来，死不带去的东西，不放心上。"

陈武功道："你变了。"

"是呀，我现在相信一些既定的东西，比方说，算命先生说我是薄情人，谁对我好，我就对谁薄情，以前不信，现在是信了。"

"哪有这么回事，我心里你是顶好的人，有情有义。"

"只怕你以后不会再这么说我，或者说，以后不会再认我是儿子了。"怀风动情道。

陈武功觉得话里有话，道："有什么苦衷？"

"没有什么，我只是告诉你，我的这一生都像被安排好的一样。如果我知道是哪个神安排的，我会质问，为什么要把这些残忍的戏码安排在我身上。"

陈武功不再细问。他珍惜这样的父子情深的时光。特别是老了后，他的眼里有一种孩子一样的天真，柔和的、能欣赏世间天伦情深的光芒。对于世事，他有所妥协，这种妥协，既是顿悟，也是沉渣泛起的因缘。

这次见面的时间并不长，没有聊什么具体的事，乃是务虚的聊天。怀风带来两大纸袋包装的大黄鱼，够他吃上一段的。陈武功前几年算命，问寿限。算命先生说：再吃两船大黄鱼，阎王爷便招你走了。此后陈武功吃大黄鱼，都在细看有没有鱼子。吃一袋鱼子，就相当于吃一船黄鱼了。

怀风走的时候，忍不住跪下磕了一个头。

陈武功愣在那里。他目视怀风的离去，是一种骄傲、甜蜜而惆怅的情绪。他历经风霜，人世起伏，知道怀风磕的这个头没那么简单。他有风暴来临前的压抑感。

抓捕行动是由市公安局的吴厚栋大队长亲自实施的。说来也有渊源，吴厚栋跟李怀风是一块进的公安局，两人住单身宿舍时还搭伙过。换句话说，如果怀风没有入狱，现在大队长这个位置也许是怀风的。吴厚栋在怀风入狱后，曾去看望，说你怎么会这么蠢呀，你又不贪财，那玩意儿你能收吗？那不是黄金，是定时炸弹，没那玩意儿，你什么事也没有。怀风说，我比谁都清楚，你知道什么叫阴差阳错吗，我算是体会到了。两人相对叹息。怀风出事后，吴厚栋接手了滩涂埋尸案，干得漂亮，水落石出。怀风对此并无芥蒂，他觉得吴厚栋干了他想干但没干成的事，所以他对吴厚栋说："谢谢你！"吴厚栋原来没听出意思。明白以后，两人会心一笑。公安的天职，就是将罪犯绳之以法。当时怀风下不了手，现在吴厚栋替他下手，心坎一块石头也落地了。

怀风出狱之后，吴厚栋跟他保持着联系，前同事、朋友的情谊不减，是交往很淡，但是情感很稳固的那种。怀风情绪多变，而吴厚栋属于情绪稳定、简单正直之人，一件事想通了，便会执行到底，不受情绪影响，没有官僚职场中的圆滑作风，这一点与怀风互补。

至于报案，也有不同说法。有的人说是船仔报案，也有的人说是怀风报案，总之，这是兄弟俩之间的秘密，外人莫能体会。

这件事外面传得风风火火，有如千里追凶，惊险交加，实际上平静得很。吴厚栋带着警察，到了塔山福利院，径直找到黑毛，叫道："陈立夏！"黑毛转头，看见这么一拨人马，早已心如明镜，举起了双手，戴上迟来的手铐。对着福利院许多惊愕的脸，黑毛没有多说一句话。工作数年，他说过的话，加起来都没有一箩筐。

他也知道，无须多说，过几天案件传出来，自然能解开大伙的疑问。黑毛只是抱歉地朝大家苦笑一下，笑容里亦有释然。

经过这么多年流落异国他乡、化名黑毛隐匿生活，他的性格与年轻时判若两人。青年的立夏，虽言语不多，但争锋不让。现在，一切都放下，连自己的生命都不在乎。他的眼角有一滴泪，也许是对家小的眷恋，也许是对在福利院岁月的遗憾。

当年他偷渡，路线是从太平洋绕到南美，再从南美进入美国，在机场海关，就要入境时因神情不对，被检查人员盘问，最终功亏一篑。在美国监狱逍遥度过两个月之后，他被遣返，流落在南美国家苏里南。进退两难，在苏里南一家餐馆待了五年。后来实在是思乡心切，惶惶无主，做了假身份偷偷潜了回来。在苏里南五年，是煎熬的五年，也是修行的五年，立夏性格大变。

那一年，对于陈武功来说，确实是不祥之年。他瘦了许多，原来胳膊还有年轻时劳作出来的肌肉群，像老去的山丘，现在胳膊肉耷拉下来，连同老皮成了累赘物。立夏被抓的消息传来，他闭上了眼睛。他也许无数次想过这样的场景，但依然不相信这是事实。立夏这些年在福利院做厨师，其实藏身挺紧的，虽然不是快活日子，似乎也可以安稳地过下去。但是天网恢恢，似乎一切都在冥冥之中。此案之中，船仔为父查凶的消息传得很远，人们津津乐道。据传言，船仔获得蛛丝马迹，是先从陈武功身上察觉的。陈武功在镇海将军神像前流泪祈祷，让船仔心中一动，灵感迸发。他研究过陈武功的性格，能让陈武功流泪祈求，除了为立夏赎罪，寻找半世安宁，其他事情，他是不会的。陈武功的举动，让船仔嗅到立夏的气味。船仔开始侦查，用了非常手段，这个过程的训练，使船仔仿佛成为一只猎狗。

陈武功听得这个消息的时候，整个身子软了。他流下无奈的泪，脑海中浮现的，竟然是那一头在支提寺安详离去的牛。

他被击倒。这是他一生中唯一的一次，被自己的软弱击倒。他几天吃不下饭，威严之相也脱形了。在农村，吃不下饭，意味着老人要走了。家里人开始有了心理准备，觉得陈武功的气数已尽，悄悄准备后事。邻人来看望，虽是好话劝慰，但皆流露出对英雄暮年的惋惜之色。特别是陈玉贵，过来叹道："想不到你要比我先走。"陈武功眼神灰暗，嘴角嗫嚅着，轻轻吐出："那也不一定。"口气里有那种不屈服的执拗。几日后，陈武功突然要了一碗饭，大概是用了最后的气力，颤颤巍巍以手抓饭，塞进嘴里，艰难地咀嚼、吞咽。也不要菜，也不要别人喂，就一口一口，像填鸭子一样。

民间环保的声浪越来越大，有一段时间让官方疲于招架。退休老干部上访是被止住了，毕竟老干部的退休金还是单位发，单位对其是有管控能力的。同理，水产协会的行动也无疾而终，使得怀风又被师海嘲讽一番。但是民间环保者，利用博客、微博大事传播他们的声音，特别是后来微信传播，鼓荡起越来越迅猛的社会浪潮，是极大的不稳定因素。

书记专门召开了全员参加的宣传会议。首先，对自己的人员做了思想动员。镍合金征地，是合法审批，中央、省委支持的项目。污染排放的问题，是经过严格控制，通过环保要求的。而这次引进的企业，是临海工业的开端，关系到海西经济的腾飞，百年难遇的振兴机会。所以，自己的人员先要坚定信念，做好工作。会上，宣传人员将重点环保运动的对象向各个部门做了一一分析，可法和尚是属于以前计划生育政策下，生不出男孩有怨，现在借环保名义泄恨。龙秋老师，本来在学校就是个刺头，不务正业也是借环保来惹是生非，发泄不满。水哥和张改，他们老家都是在福安，海和镍合金所在地，他们与海和发生的纠纷，引发到海西来。总体而言，这些人都是有问题的人士，借机闹事，没有什么正义可言。此外，大塘的反征地力量，与本地环保势力也有千丝万缕的联系，与全国媒体有直接的联系，要紧盯他们的行动。还有一些外来的势力，比如一个从外地回来的本地作家、维权人士，在微博上谈论镍合金对三都澳污染的问题，要采取一切办法让他删除，消除不良影响。

为了稳定舆论，宣传部门开展了市民代表考察台湾镍合金业的活动，组织了十几人团队的市民代表，到台湾的镍合金企业进行参观，带回环保上可以把控、无污染的正面消息。八月，开展了一项"书记与网友面对面"的活动，针对网上议论较多的镍合金项目污染问题做了交流，选择回答了上百个问题。这些举措通过党政媒体的进一步宣传，在舆论上有效地抑制了激进的反对言论。

对于书记与网友的活动后，吃了诸多苦头的龙秋，怀着一腔义愤写下了"七问书记金凯旋"，发在微博等网络媒体：

第一，作为海西人，请问我们可以质疑建设在我们的家乡的义联镍合金项目吗？

第二，如果不可以质疑，请告诉我们为什么。如果可以质疑，请接着回答剩下的五个问题。

第三，同样在八月份的"书记与网友面对面"活动中，你承诺，"决不把降低环保门槛作为招商引资的优惠条件，决不在接受发达地区产业转移时接受污染转移，决不以牺牲环境为代价换取一时的经济增长"。你说得那么好听，为什么做的却是另一套，大张旗鼓去引进这样一个国际上都公认的重污染的项目？

第四，如果你去医院动一个手术，医生尚且要提示你动手术的风险，对于义联镍合金这样一个大项目，你真实全面地告诉过你治下的人民，上马镍合金项目可能造成的不利后果了吗？

第五，来源自福建政府网的文章中提到，对已经投产的罗源湾的宝钢德盛镍业、海西福安市的鼎信镍业两家企业进行实地考察，结果均发现存在重大污染问题。你怎么就那么肯定义联的项目是安全可控的？

第六，你说一个大项目不可能完全没有污染，但你问过海西人民是否需要这样一个以破坏环境为代价的大项目了吗？海西最大的发展优势，就是环境优势、物产优势以及地近温州、福州和台湾的地缘优势。在交通及其他基础设施大幅改善的今天，海西正应以旅游、文化、餐饮、娱乐等绿色产业为发展方向，进一步完善基础设施，加强环境保护，以吸引周边的人口来此消费，推动第三产业的发展。如此才是健康的可持续性的发展。这样的发展战略如果拿来讨论，海西人民我相信多数都会拥护。

第七个问题，以上所说的发展战略，周期长见效慢，在你的任期上不容易见成果，为他人种树自己却乘不到凉。而引进义联这样的大项目见效快，能迅速出政绩，请问这是你主要的考量吗？

以上是全部七个问题。

你的工作作风我早有耳闻，而义联项目在海西遭遇阻力也让你很头疼。你当然知道为什么那么多老干部会反对上这个项目，因为他们和我以及我的许多朋友一样，是海西人。这里是我们的家乡，我们无路可逃。而你就不同了，镍合金以及另外一些项目造成不可逆的破坏时，你可能早就拿着漂亮的政绩高升了。

但愿那是我对你的不实的臆测，你就是一个为海西人民服务的好官。那就希望请你在收听到我以上的不中听的话之后不要给我小鞋穿。

　　但如果真的要给我小鞋穿，那也无妨，谁让你权力很大，而我又无路可逃呢！

　　"七问"一文，虽然不是气势磅礴的檄文，甚至体现出作者在环保运动中被抓穿小鞋后的各种谨慎与中气不足，但还是在环保主义者中流传。特别是微信流行之后，在市民之中流行较广，影响深远。

　　压力从教育局压下来，先是校领导车轮战做龙秋的思想工作，好好当个老师，别再给社会添乱。龙秋倔呀，你来说服他，让他提高政治觉悟，为了大局，他也有一套道理，反过来说服你，跟你谈人性，谈环保，谈家乡。定力不强的领导，都有可能被他说服。接着是他的各个单位的各种亲戚过来劝服。龙秋翻了翻白眼，不屑一顾，觉得连对话都没必要。在得罪了一圈亲朋好友之后，龙秋也没有好下场，被教育局调到偏远乡村坑尾乡小学任教，离市区有四五十公里。

　　被穿小鞋，这在龙秋的意料之中。他以志士自居，并未消沉，反而激起斗志，窝在乡下上班，继续在微信公众号上发环保文章，不屈之心昭然。有一日，邻村有人，仰慕其德行，特地烤羊备酒，邀其入席。在这乡野僻地，遇上知音，又是美酒佳肴，龙秋一反郁闷，侃侃而谈，乡民附和，吃个酒足饭饱，理所当然。酒席之后，骑着摩托车沿着乡道回去，到了三岔路口，居然遇上查酒驾的交警，一时惊愕，但已无退路，以醉酒驾驶被抓。这种村道，八百年也不会有交警查酒驾，龙秋冷静一想，拍了拍自己脑袋：中计了！

已经达到醉酒程度，可以入刑。虽然取保候审，但已经是孙悟空被戴上紧箍了。

民间的反对浪潮，与官方的宣传行动的博弈，依然抵挡不住镍合金的第一条生产线的试投产。这标志着镍合金这个项目的成功实施。但在二〇一五年，博弈进入一个冷却期，政府不再对第二期用地采取强制措施，似乎处于一个偃旗息鼓的状态。原因有几个，第一，镍合金企业见到民间的抗议声太大，想做冷处理，况且企业本身从海外进口红土矿有配额限制，规模一时也上不去，二期暂缓。第二，二〇一五年算是新环保元年，这个春天并不寂静，政界、学界、产业界、媒体乃至普通公民，都认真思索着、讨论着中国的环保路线。中央的政府工作报告，也再度提出将环保产业打造成新兴的支柱产业。环保成为焦点有其必然性。作为"十二五"期间国家重点发展的七大新兴产业之首，环保行业在过去的三年里处于政策和投资缺失的密集"补课"中。目前该行业已经到了一个更严峻的阶段，其关键词，按照陈部长的履新表态，就是"铁腕执法""改革治污机制"，这不能不使涉及污染的企业有所收敛。

但这种氛围并不代表官方就放弃了征收的目的。二〇一五年下半年，区委书记余幼仁即将高升，调到市里。履职前夕，他还想做最后一次努力，找师海长谈一次。余幼仁动情道："在我的任内，没有完成征地工作，是我的无能，也是我最大的遗憾，老李，最后能不能卖我个面子，按照最好的条件，把协议签了？"

征地以来，师海与各个部门打了不下十来场官司，屡败屡打，针锋相对。在这漫长的博弈中，师海唯独与余幼仁形成亦敌亦友的关系。敌，是客观的，两人处于博弈的两个阵营；友，说明还是谈感情的。之前，大塘要求省环保厅拿出镍合金的合规评估报告。这个官方是拿不出来的。之前说过，镍合金项目是先生孩子再拿结婚证，在周围村子没有搬迁的情况下，先动工，是不合规范的。当时余幼仁是直接推心置腹跟师海谈，一切都是为了临海工业的快速发展，为了节约时间，官方采用双管齐下的策略，情有可原。明摆着说，规范的环评报告是不可能拿出来的，你就放我们一马，别揪着这个，关于征地赔偿的条件，我们也会对你特殊对待。不可否认，余幼仁是一个既能讲政治，又能讲情感的官儿，即便是在说服中，也能保持对师海的尊重。兴许就是这一点，师海居然被他说服了，撤回了省厅的环保评估出示请求。

为了这事，师海还跟儿子安椿吵了一架。安椿认为，出示评估报告这件事，是官方的软肋，抓住就等于抓住主动权。但师海这时候谈感情了，他说必须给余幼仁一个面子，这是他个人的事。还是师海说了算，父子俩又有一两个月不说话。

接下来的继续谈判，官方也买了这个面子，征地价格在一步步上升，最后由每亩四万涨到十二万。当然，对政府来说，这不是明面上的涨，而是采取其他贴补的方式，特事特办，要不然其他人的池塘也涨到十二万，政府可不会做这样的买卖。很多人包括股东，觉得这样的条件不错了，也等待协议谈成。但是最后还是没有谈成。当然这件事师海并非没有给余幼仁面子，面子是给了，同意，但是要征索性把一千两百亩全征了，一次性付款，总价达到一亿多。余幼仁道："你要是这么办，还不如直接拒绝我。政府现在招商引资，到处贴补，其实是个穷光蛋。"师海笑道："那就别怪我了。你要征这些池塘，就是割我的肉，我想我就舍生取义吧，一刀砍断，长痛不如短痛，你们非得要小刀割肉，那不成呀。余书记，我已经是依了你，但你吃不消，那就没话说了。"

包括李安椿在内，对师海的拒绝都很吃惊。因为大伙看到时代的潮流，三都澳的临海工业布局势不可当，被征是迟早的事。能够涨到每亩十二万，也算是利益维权的一个高峰，过了这个村，恐怕就没有这个店了。但师海偏偏是罚酒敬酒都不吃。

这不仅是一些股东的遗憾，更是余幼仁的遗憾。他一直认为，师海这个举动是一个错误，未来一定要吃后悔药的。离任前的最后一次会面，他觉得应该努一把力。

对于余幼仁的努力，师海照样是油盐不进，道："这是缘分的事，强求不来，你现在高升了，以后还有进步的机会，没必要啃我这身老骨头。"

两个人约定的地方，很平民，很接地气，是一家很小的姜母鸭店。这是一道闽南菜，传至台湾等地，本市只此一家，食材为鸭、姜母、腐竹、洋白菜，滋而不腻，气血双补，师海去厦门吃过一次后，爱上了这种口味。两人约在这种小店，也代表了一种不寻常的关系。

咀嚼着姜母鸭，两人嘴里啧啧有声，似乎是两个少年在自家狼吞虎咽。余幼仁道："今天跟你谈话，我不代表政府，代表我自己，掏心掏肺的。我只说一句，时代的潮流是不可逆转了，海西正处于千载难逢的机会，这些地方将来变成工业区，这是板上钉钉的事。但是我离开了这个位置，我敢打包票，你绝对不会有这么优惠的条件，所以，要是我在你这个位置，我会考虑抓住这个机会，对得起自己也对得起股东。"

师海嘴里吐出一块骨头，道："你跟我谈到了一个很高的层面，是的，我相信你说的话，你天天招商引资，怎么不知道未来的走向。但是我这个人就有一个特点，大家大都认可的观念，我就未必认可。时代潮流呢，有这个事，但是潮流都是人制造的嘛，没有毛泽东，就没有新中国嘛，没有邓小平，就没有改革开放嘛。我凭什么就不能也创造一个潮流呢，你搞你的临海工业，我养我的传统农业，我们世世代代都要吃海鲜嘛，需要就是潮流。"

余幼仁道："哦，你觉得你是可以开创潮流的人。是呀，你开创了养殖的技术，建立了股东制度，这是你的创举，但你凭什么就认为，你的池塘可以独立于工业布局呢？"

师海道："还是你理解我，我有法宝，我的法宝就是法律。我天天看新闻，知道国家未来的法律建设会越来越健全，只要法律在，只要我们的律师团队在，你们就没法强征。"

接着师海还列举了外国人天天研究《新闻联播》，来制定对话策略，好像《新闻联播》是一张宝藏地图，只有他们少数人掌握。余幼仁只能摇头苦笑，现在他觉得要说服师海，已经是不可能的事了。

余幼仁道："行，我知道你的如意算盘了。对了，如果当初政府肯给你一次性付款，你愿意兑现吗？"师海道："我既然说出口，当然就会兑现。这种谈判，你不能搞分期付款这种事，要不这个领导经手，下个领导就不认，这是常有的事，不能拖，一拖就把自己拖入泥潭。"

师海补充道："我还相信，时间会改变一切。你别看镍合金现在被当财神一样供着，过几年就未必了，我只不过是以不变应万变而已。"果不其然，二〇一六年，政府引来了一个更大的金娃娃。镍合金二期征地的事，就更冷却了。师海终于松了一口气。他的百年养殖大业，正按照自己的预想，逆流继续。

余幼仁临走前留了一句话，道："师海，咱们撇开工作不谈，我最后就送你一句话，你要记住，你是鸡蛋，不是石头，别把自己想太硬了。"师海抹了抹嘴上的油，沉吟片刻，笑道："是鸡蛋还是石头，得碰一碰才知道嘛！"

第四十一回：跳塘

　　船仔这些年跟六斤联系不多，但兄妹心连心，无声胜有声。兄妹俩有事一通电话，只说半句话，便心意明了。船仔觉得世上再也找不到跟妹妹一样和自己心意相通之人。对于六斤的离婚、到福利院做义工，诸如此类不合常规之举，船仔觉得在妹妹身上都是合情合理的。她不是凡间俗世的人，她行至善之道，走在皈依内心的路上。与之相应，六斤对于船仔的愤世嫉俗，也心心相印。她晓得船仔也是至真至纯之人，眼里揉不得沙子，心中容不下半点虚假，他辞职，甚至找一个出身风尘的妻子，六斤明白，这些都是他内心真正的选择，那是漫漫求真之路。在别人眼里，这兄妹俩都是怪物，但兄妹俩却惺惺相惜。

　　船仔没有想到，有朝一日，六斤却像一个埋伏的地雷，在自己的心中炸开。他不敢相信，这是自己最亲的亲人作为。船仔先是震惊，是愤怒，接着不敢相信，他整夜睡不着觉，或者睡着睡着霍地起身，心意难平。一个最亲密的人，变成一个最不可思议的最可恶的人，放在谁身上都受不了。他不知道最残忍的事，为什么会发生在兄妹之间。

就像一粒坚硬的沙子，硌在心里，不挖出来是不行的。毕竟自己不是蚌，沙子也不能变成珍珠。

对船仔来说，替父追凶这事儿干得太完美了，他甚至认为是父亲在暗中保佑。这么多年，他参与了很多事，保护母亲河，保护滩涂环境，保护古城建筑，每一件都是公共的事。唯独逮捕黑毛这件事，算是一件私事，也让自己十分充实，觉得在家族中是有用的。冤有头债有主，审判之日，乃是大快人心之时。但在审判庭上，六斤突然出头，愿意以被害者家属身份，给黑毛谅解减刑。连审判员当时都惊呆了，连问六斤是不是处于正常状态，说的话负不负责。六斤艰难地点头，她的理由是：黑毛还有孩子家人，让黑毛立夏有机会过妻子团圆的生活。

更令船仔痛心的是，六斤似乎很早就晓得，黑毛就是立夏，而她隐忍不发，有意助他隐藏身份。一想到这里，船仔内心就在灼烧，他说不清楚是什么，痛心、愤怒，似乎还有一种被背叛的痛苦。船仔稍微平静后跟她说道："爹被害的时候，凶手们有没有想过爹也有妻子也有儿女，你是不是疯了！"

六斤泣不成声。她无法解释，她只不过按照内心的想法来做，也是处于煎熬之中。她在福利院见到黑毛时，她的心怦怦跳，体内有两个人儿在搏斗。一个说，你还是不是人，杀父之仇举手可报，为何不行动？另一个是宽恕的声音，像佛主一样悲悯众生，还想让黑毛延续这躲躲藏藏的日子。后来她有了选择性的思维，见到黑毛，就想起他见到儿子时开心又骄傲的样子；又想起花手帕缠着黑毛问七问八的样子，而刻意忽略去刻骨铭心的恩怨。后来外人议论，都说李兆文死的时候，六斤还小，未曾有刻骨铭心之痛。但船仔不同意这说法。

六斤嘤嘤道："我也焦心呀，可是是爹答应我这么干的。"

师海和老二，只是觉得六斤不可思议。将杀父仇人，绳之以法，天经地义，哪有替对方掩护甚至谅解这种道理。因为他们与六斤并无精神交集，只是唏嘘，并不言语。月明见一家子陷入纠结，特别是船仔，简直容不得妹妹的样子，倒是埋怨起兆文来，道："你都到那边去了，还让儿女们吵闹，你自己来管一管吧。"

船仔记得秋日的下午，一家人乘车到了大塘，走向神龛的房间。如今那个房间，被信徒们打扮得既像小庙，也像办公室，不伦不类，但并不影响人们问卜的诚心。除了年节，一家人极少这么齐全地聚集，更没有这么一脸心事地聚集。月明走在前头。老二是极不情愿来的，面无表情，好像只是一个工具。船仔和六斤从未这样冰冷相对。师海对弟弟妹妹们这样的纠葛比较疏离，一到池塘他就凑进养殖工人中去了。

老二对于这一套已经相当熟稔，点了一炷香举在额前，嘴里念念有词，那香燃到一半，真神落身，老二抖擞一下，双眼迷离，如在梦幻。鼻中气息加重，家人期望的目光一时湿润。兆文原来每日干活回来，夜里鼾声震得老房子都哆哆嗦嗦，平日里，也是气喘如牛。

船仔颤声道："爹，原来加害你的三个人已经被处置了，你可知道？"兆文点了点头，喃喃道："晓得，一家子高高兴兴的，说这些干吗？"月明的眼睛湿润了，道："你还知道一家子！"船仔不想偏离话题，道："你在下面可见过他们？"兆文闷声道："他们在十八层地狱，整天在油锅里炸，我见他们做甚。"

船仔小心道："现在第四个凶手也抓到了，可是六斤却要替他求情，而且说是你同意的，你声明一下。"

六斤跪倒，道："爹，我对不起你。"

兆文无语，似乎有许多话哽咽在咽喉处，发不出声。

船仔道："爹，你最疼六斤，什么都给她吃，可是她却掩护凶手，我心里梗着，吃不好睡不好，爹你给说句话呀！"

六斤泪如雨下，怯生生的，显然不管她如何有自己的理由，却只能落下最大的不孝了。月明道："孩子们为了你的事，都不安生，你说句话吧！"

兆文嘴唇哆嗦，欲言又止，突然间传来一声浓重的叹息，兆文的眼泪出来了，混浊的泪水。

兆文伸手搭住船仔的肩膀，叫道："你妹妹的心是豆腐做的，见不得刀光剑影，你莫责怪她！"

船仔道："爹，可是……"

兆文摁住船仔的嘴巴，道："兄妹不要吵嘴，像从前一样和气，切记切记。"

那口气，和兆文生前一样。船仔不禁想起一家人在油灯下吃饭的场景。那时候船仔和六斤，可能会为两个蟹钳子争执，或者为一小块瘦肉而赌气，兆文就会对船仔说："妹妹小，不要跟妹妹争吵。"

一旁看热闹的秃头养殖工道："都成神了，也这么婆婆妈妈地流眼泪。"另一个眯眼养殖工道："不论什么神，终归是他们的爹。"秃头道："这么看来，神跟人没啥两样，只是咱们看不见神而已。"眯眼道："有儿有女的神，跟无牵无挂的神怎能一样。"

一家子被昔日温情打动，都忍不住哽咽起来，继而不能自已，哭声一片。兆文纠结，叫道："我见不得你们哭哭啼啼，走了走了。"不再言语，片刻便退身去了。老二这一次转醒，身体大为疲倦，喘气休息良久，走到神像之前，轻声道："爹，你以后别再落我身上了，我想过自己的日子。"

这确实是老二最后一次上身。或者说，他想独自上路了。

他做了决定后，对月明道："娘，我这次是去了，也许就不回来了。"月明这些年对老二是苦口婆心，劝他再成家立业，过个安生日子。怎奈老二脑子里的一根筋是歪的，怎么也拗不过来，只是守护着阿青，等她成家就心满意足了。后来月明晓得认命，儿孙自有儿孙命，强求不得。月明道："你这是要去做甚？"老二道："我以前在寻找巧云的路上虽然辛苦，甚至连一口吃的都找不到，心里却好像有个满当当的太阳，充实得紧。我现在想通了，我还是要出去寻找。"

月明听了，直摇头，道："你不是找到了吗？人家已经成家了，你还找什么？"

根水去世，巧云回家，连同诀别与奔丧，一并办了。老二听了风声，五味掺杂，跑去见了巧云，巧云却两眼无神，只说老二是死了，不信这活生生的老二。老二后来想通了，她只有相信老二是死的，才能继续她的相夫教子的日子。想到此处，老二长叹一声，多年相思竟成一股云烟飘去，便一心陪伴阿青长大。月明清楚，如今阿青已经成婚，交给另一个男人，他又生了飘零之心，一如浮萍之宿命。

老二认真答道："娘，我就想找到那个二十岁的巧云，等候着我的巧云，不管能不能找到，我就喜欢找呀找，就当她在某处等我罢了。"月明没想到老二人到中年，竟生了痴心，过来人都晓得，痴心是拉不回来的，不禁感伤道："你要是在路上，病了，可怎么办，谁照顾你。"老二倒是笑了，道："娘，如果死在路上，我都是觉得幸福的，因为做了鬼也可以继续在路上。"月明垂泪道："你也是我怀胎十月生出来的，也是一块肉，怎么就不像我的儿子。"

老二在走之前，最后一个告别的，不是母亲，也不是女儿阿青，而是坤金。

但已经不是那个蜷缩在船舱里的坤金，而是在墓里，也许他的游魂正在海上。

当年老二回乡下去找坤金，坤金成家了。坤金见了老二，叫道："你没死呀。"老二道："死了还怎么回来。"坤金道："哎，我觉得你是个神人呀，我以为这辈子娶不着媳妇，你把花盆搁我船上，我媳妇就来了，真的没见过这么灵的。"坤金的媳妇叫花蛤妹，可能是脸上长了许多星星点点的斑，有这诨名。花蛤妹一家原来在澳里的江边，澳里的几家连家船发了"曲蹄瘟"，她父母连夜呕吐不止，死了，花蛤妹连同幸存者逃往他处，遇见坤金的船只，花蛤妹就径直钻到坤金船上，把花盆取了下来。坤金年纪不小了，两人忙着在船舱里造孩子，经过不懈的努力，生了个湿漉漉的孩子。那日风雨大作，浪大风高，船只差点被打走，孩子的名字叫岸。托孩子的福，不久逢着政府的连家船上岸政策，向每户渔家免费提供集体用地六十平方米，花蛤妹和岸住上了政府建的房子。但是坤金住不习惯，没有摇摇晃晃，他便睡不安稳。坤金在家里睡的一张床，就是吊床。但他依然嫌吊床太稳当，很多时候还是去船上睡，潮水一来就去打鱼。与以往不同的是，有妻有子，他心里多了一份实在，满脸笑意，气力更多。以前他不懂卖鱼，现在也懂了。这里面的区别在于叫价，以前买家见了坤金，叫道："曲蹄金，你这一篓子八角钱我收了。"坤金便糊里糊涂给了，没有亏赚的概念。他不会算账，也不懂价格贵贱，大抵是一张嘴，换多换少都可以糊口。现在有三张嘴吃饭，他慢慢觉悟，开始有多少的概念，继而学会识数，寻思着这些钱给孩子买什么，给媳妇买什么，竟然开窍了。岸渐渐长大，唯一有一样，就是跟坤金一样，有点痴，不如别的孩子那么灵光，经常被孩子们欺负，哭哭啼啼回来，孩子们叫他"曲蹄岸"。坤金感觉下一辈还是低人一等，甚是苦恼。恰好老二回来，便向老二诉苦。老二道："我弟弟船仔瘸脚，小时候也被同学欺负，我没理他，他自己能找到化解之道。"坤金道："那不行，我可不想我儿被欺负一辈子。"老二道："那你也不能整天护着他。这样吧，让他去学几套拳头，别人便奈何不了他了。"坤金喜道："这个好。"老二问了，拳头师傅说太小，生活不能自理，带着不灵，过几年来吧。

二〇〇六年八月台风桑美登陆闽浙，风力达到十级以上。坤金躲在家里的吊床上，心中担忧码头上的船有没有被打翻，那不但是吃饭的家伙，还是自己身体的一部分。台风消停，坤金便戴着斗笠飞奔码头，只想看看船只还在不在。台风桑美之所以厉害，有许多出人预料之处，其中一点便是有回南风。这一点连气象部门都始料不及。当台风再次杀回马枪时，坤金正在破损的船上收拾家伙。停在码头上的船只，夜里像被打乒乓球一样打了一个晚上，次日船主都陆陆续续来收拾，这一阵回南风，才是人员损失的关键。两日后，坤金的遗体在海边被发现，当时共发现三具遗体，发胀浮肿，衣物早被打碎，脸朝下，已经被鱼蟹啃得认不出面目。按照习俗，叫来了岸，岸对着三具遗体叫了声"爹"，其中一具千疮百孔的面部有血块喷出，才认定是坤金。

老二后来按照坤金遗愿，送岸去学霍童拳头。三个月后，老二再次去看望，岸拳头没有学到，却学了一手剃头的手艺。拳头师傅原来是个练家子，后来这个行业被淘汰了，便兼做剃头师傅。岸到了那里，对学拳头没有感觉，笨手笨脚，却对剃头热衷，师傅便觉得他更适合学后一门手艺。阴差阳错，老二也认了。岸长大后在城里先是当剃头学徒，后开了一家小小的理发馆。人虽有点憨，但并不影响做本分生意。花蛤妹也被接到城里去了，母子已能自立。

老二备了酒，到了坤金坟前，与坤金干了三杯，倒在坟前，渗进干土，奔黄泉而去。老二叹道："坤金，你一辈子小心，怕台风，防台风，却死于台风，也是宿命。你怕岸受人欺负，但他不是学拳的料子，没学成，但学了剃头，现在看来，学一门手艺比学一套拳头更好，况且他们母子现在在城里生活，没人晓得他是'曲蹄岸'。时代也变了，没人歧视'曲蹄'了，有人欺负也有警察管着，你就放心吧。你一辈子被人欺负，不晓得下面有没有鬼欺负你。你喜欢住在海上，我每年中元节，都给你烧一艘纸船，不晓得你能不能收到。那船只可比你生前的舢板强多了。我晓得你喜欢睡船上，喜欢晃着睡，所以叫师傅做圆底船，又能晃又不会翻。你也晓得，我是个爱自由的人，待不住的，现在花蛤妹和岸能够自立，我也放心，也要出去了。我最无助的时候都是跟你在船上度过的，想起来真的美好，时光一去不返，来生我们再相聚了……"

坤金的坟很简单，在蹈屿山脚下，面对潮涨潮落，能看见港湾船只。老二想，即便是鬼，见了这番景象，似曾相识，亦是宽慰。

这可能是老二一辈子说过最多的话。是对鬼说的。

池玉喜一步步地体会到师海的护塘决心。池塘被夷为平地，变为厂房，他的心越来越空虚，甚至后悔当时没有拍下照片供自己怀念。他多次梦见自己依然在塘堤上劳作，醒来后一腔怅然。自己在池塘里下了十几年的心血，为了护堤，在堤坝上种下咸麻秆，一眨眼，咸麻秆就超过人高，郁郁葱葱，每年春来发新芽，竟如一排排少女，别有韵味。塘边不知何时，长出一株榕树苗，大概是哪只鸟儿屙下的树籽。玉喜还纳闷榕树能否在咸水里长大，不料榕树才不管咸水淡水，一个劲猛长，恰好是个纳凉的场所。常在鱼塘里觅食的鹭鸶，也将它作为老巢。傍晚时分，鹭鸶站在枝上颤颤巍巍，玉喜总觉得这些家伙是自己的亲人一样。池塘里的淤泥，有一种别样的味道，咸的，那一点腐烂的气息，不喜欢的可以说是臭味，喜欢的，可以说是香味。玉喜睡觉的时候，指间都会残留淡淡的泥香，放在鼻子下，带入氤氲的梦乡。现在，他的梦里再也没有这种味道了。心里空落落的，像被谁掏走了。他想，师海掌管数千亩池塘，此种滋味，比他更是深切，是故全心全意抗争，甚至以命相搏，可以理解。

闲起来，是一件特别难受的事。他有早起的习惯，一天的时间那么长，该如何度过。他走在村中丁字街口，惶惶然的老农也三三两两聚在这里，坐在泛着包浆的长木凳上。以往，这时候本是他们在土地上刨刨垦垦的时光，但是田地、土地全扔了，没着没落。有的担心农具没地儿放，有的寻思将来水泥地上能不能种点什么。玉喜的心境，倒是能与他们相通。

大伙见了玉喜，便谈论迁址事宜，这件事玉喜代表村民一直在争取，甚至得罪了村干部，得罪了领导。连来宝也加入玉喜的行列，如果不是到城郊火车站，便不签字。来宝本来是个刺头，现在帮助乡亲们丈量拆迁房面积等事宜，以一副凛然正气，给人们带来不少好印象。玉喜呢，本来在村里威望颇高，这下被村民更是寄予厚望。玉喜晓得，自己迁移之后，将会成为一只丧家犬，惶然无主，也不晓得要做什么营生，而这个姓池的村子也将离散，不会再有人聚在池家祠堂举行家族盛事。这是自己为村民做的最后一件大事。老农们虽然对搬迁往何处无感，反正离乡背井，不晓得会不会过得习惯，但是离城近，对子女们来说，可以有个好营生。他们对玉喜的期望很高。玉喜被师海的抗争精神感染，亦承诺，为乡亲们的权益将尽力到底。

乡亲们也深知，玉喜也受到巨大的压力。比如半夜里，突然窗户玻璃被人砸烂。这里面隐藏着威胁。玉喜夜里睡觉时，枕头下也藏着武器。村民们也为玉喜担心，玉喜倒是不怕死，笑道："我也是见过世面的，这点小伎俩吓唬不了我。"凛然之气，使得村民深受鼓舞。

但谁也没想到，玉喜博弈的下场，却是以村民最不愿意接受的方式。玉喜是在金海岸桑拿中心被抓的，罪名是嫖娼。公安人员对他进行了极为具体的审问，并将消息公之于众。第一，他不是第一次嫖娼，仅在半年之内，就有四次，说明是个惯犯。第二，他的手机里至少跟两个以上的失足小姐保持联系，生活作风极为放荡。消息传到村里，村民们简直不相信这一切，但是事实又摆在面前，当谈论起玉喜的时候，变得无话可说。

玉喜在村中曾被认为救世主，但现在人们只能摇头叹息。

在镍合金附近的临海工业园规划中，二〇一五年最新引进的冶金产业园四十万吨铜冶炼基地项目总投资近五十亿元，建成投产后，年产值约一百六十六亿元，可提供约一千个就业岗位。该项目是中铝公司和福建省人民政府战略合作的重点项目之一，同时也是中铝公司、中国铜业积极投身"一带一路"经济建设，大力实施"走出去"战略，加快沿海布局，做强做大铜板块的战略性举措。项目的开工建设和成功运营，对于企地双方加快推进转方式、调结构、促转型，实现优势互补、合作共赢，具有十分重要而深远的意义。

而二〇一一年建址原西陂塘围垦地块的时代新能源科技公司，是国内率先具备国际竞争力的动力电池制造商之一，属于新兴科技行业，经过数年的发展，年产值数百亿，正朝着独角兽上市公司路上狂奔。数万工人从内地汹涌而来，给城市与周边乡村增添不少活力。昔日平静的增坂村，在一轮抢建之后，村里住进了四千人口，全国各色的商铺饭馆林立，充满了魔幻色彩。厂区与城区的道路上，每逢上下班车流密布，在隧道中便秘一般通行不得。锂电池产业也带动了上下游产业，三屿滩涂数千亩围垦正在进行，规划与一汽大众合作的电动汽车城。可以说，依赖围垦滩涂和新型交通的工业布局，正在将本市打造成一座经济狂飙的新兴城市。在新兴产业和市民的骄傲感面前，养殖业等传统行业，已经不值一提了，甚至没有存在感了。

二〇一五年，临港工业区填海造地工程开始落实，临港工业区冶金产业园Ａ区、Ｂ区填海造地工程由市发改委批准建设，增坂村七号塘、九号塘位于该项目的区划范围内。

二十世纪八十年代开始，政府鼓励农民围垦沿海荒废滩涂。七号塘便是由师海发起，号召第六队和第二十队部分村民围垦而来，这个塘由出钱出力围垦的第六队、第二十队部分村民所有。九号塘是历史遗留下的责任滩，虽然没有明确的归属性文件签订，但从解放后，到后来的改革开放，政府都是把其划分给增坂村第六队和第二十队全体村民所有。李师海是这两个塘的重要股东之一，也是其最早养殖的池塘。

政府提出以三万九千元一亩为补偿标准，但第六队和第二十队的村民并不满意，他们认为政府在这个项目上的一系列举措均不符合国家规定。师海认为基层官员们对政策理解不够，没有理解"市场"的意义，几年前养殖塘租金一千元时，补偿金额是三万九千元，如今租金涨到了三千，补偿金额没有提高，他无法接受。也有部分农民不愿意池塘被征，靠着这两个池塘，年纪大的人可以负担自己的生活，不需要子女供养，这是他们生存的尊严。两队村民希望师海出头，给他们取得合理的赔偿。

二〇一五年十一月，村民们写信，指出临港冶金产业园Ａ区、Ｂ区海洋环境影响听证会忽视村民代表意见，最终通过环评报告。

一百二十七位村民签字按红手印，他们认为在未与村民签订补偿协议的情况下，政府便挂牌出让海域使用权，不符合《福建省海域使用权出让规范流程》，然后由四五十位中老年人前往省海洋渔业厅，进行上访，投递诉求。

这次的上访并无结果。

但师海凭借以往的经验，与新任区委书记付岩磊的谈判仍在持续中，到了二〇一六年五月份，达成初步协议，达成意向赔偿金每亩七万。师海之所以领起这个头，有一个原因是，近年来大塘连年亏损，村民股东变成两年才拿一次红利，他的威望有所下降，他必须重塑头人的形象。当然，更重要的，是他自己的内心战斗的欲望。由于大塘征地，他跟政府打了十几场官司，屡败屡战，征地问题也在拖延中，他像个打了三百回合，仍然未分出胜负的选手，不免渴望通过一次战斗，来打探到对方的力量。

风云突变。区里的谈判结果报到市里，被市委书记金凯旋否决了。他的鼻子哼了一声，叫道："又是李师海！"这一声闷哼意味深长。几年来，由于李师海这个硬骨头，镍合金第二期的征地一直没有完成，这是他心里的梗。他心里有气，觉得这件事不能随师海，助其气焰，灭自己威风。后来知情的旁观者回忆起来，倘若不是两个男人有斗气的成分，这件事的谈判就不会激化成这样的后果。当然，金凯旋否决的理由是："如果这次依了他的意思，下次大塘的征地补偿，他会把条件抬到天上去！"

另外，从全局政治的角度来看，也不应该答应。现在几乎各个乡镇重中之重的工作，都是在征地，特别是城郊的几个乡镇。现在你开了一个坐地要价的口子，造成不良影响，其他地方村民仿效，能闹就能涨价，其他镇区的工作就不好开展。

冶金产业园的项目推进，时间上安排得很紧，征地一结束，必须吹沙填海，连开工、省领导下来剪彩的日子都定好了，由不得拖延的。作为地方一把手，金凯旋面对困境，也有自己强势的风格。当年他去视察某公路进展，负责的干部居然比他更迟到达现场，他一怒之下，就把负责干部免职了。这是他执政的风格，雷厉风行，化繁为简，也让很多手下望而生畏，相当谨慎。他明白，一旦失去风格，自己将寸步难行。强征虽然有一定风险，但是这是眼下最安全的办法。师海的行为证明，政府越是退一步，他就越前进两步，你跟他说好话，他就爬你头上来。虽然他算是个企业家，实际上是典型的野蛮思维，不知分寸，不知进退，只有吃到苦头了，才能晓得一二。作为本地行政一把手，在与师海的博弈中忍辱负重，他心里也是憋着气的。他命令："全力克服阻力，工作按照原计划推进，如期开工乃是最大的政治，任何人也不能阻挡临海工业化的进程！"说白了，就是一切按照原计划、原来的时间规划前进，遇山开路，遇水架桥！

这厢，师海也感觉到山雨欲来风满楼的气氛，也在有条不紊地布局。五月十三日下午时分，师海正在村中祠堂跟两个大队开会。他代表村民提高赔偿的要求被否决，消息已经传来，现在没有别的路子，大家就是团结一致，坚持到底了。师海要求每户人家都来签字，不接受个人赔偿，大伙拧成一股绳齐进退，以防被各个击破。村里大会正在进行，就在这时塘里传来消息：吹沙工人已经往七号塘吹沙填海了。

师海闻言，愣了一下，即刻体会到这次对方的强势。他像个弹簧一样跳起来，血都从脖子冲上来，脸红通通的，叫道："欺负到我们头上来了！都跟我走！"他是个沉稳的人，从未有如此急切的时候。会议即刻中止，几十人分头坐车，赶往现场。

这也是市里在几年来征地中遇到的最激烈的反抗。这次冲突中，师海曾率领乡亲们跳进池塘，被岸上的李安椿拍了下来，剪辑成两分钟的短视频，在微信等自媒体上发布，其后点击量超过千万，甚至被转到海外网站，影响巨大。

经过几年的运营，负责大塘公关的李安椿，也拥有了自己固定的媒体网络。跳海事件之后，安椿充分利用了媒体的便捷，建了微信群，小伙子把塘里的动静及时传到群里，守塘运动相当于面对海内外的一次直播。这导致政府的压力很大。首先，这个工程虽然是央企与省平台公司的合作，有背景，但是万一事情闹大，遇上更大的阻力，那可是临海工业大布局的一个损失。其次，这个工程在征地中也有一些漏洞，比如征用滩涂面积超过国家的规定，征地方便采用分块征用的手段，做了些表面文章，这些问题现在被闹事者大肆做文章，舆论上相当不利。再次，冲突的视频，倘若被境外势力利用，造成不良影响，这个责任也不小。总之，金凯旋觉得，这次征地的阻力，放在全国也是屈指可数的。征地问题没解决，舆论问题又突出出来，这些问题一个个被放大，本地成为热点，又吸引了环保志愿者前来。总之，形势相当不利，特别是对招商引资形成负面影响，一定要消除。

谈判还在进行，区委书记、镇委书记，一拨一拨地车轮谈判，但金凯旋只有一个要求：怎么谈都可以，就是不能退让。

却说憨头在埋葬老母之后，梦中一次次见老母回来倾诉，说要回家。他向船仔诉苦，十分头疼。船仔初始只以为憨头心中内疚，日思夜梦，心神不安，给他服用安神药。哪知不管用，人像痴了一样，连运货都丢三落四走错地方，被人索赔。憨头咬定他娘回来不让他安宁。船仔想了许久，道："人鬼殊途，越亲近越有害处，你娘之所以能回来，是因为这儿住久了。你挪一个地方，保管她不会跟着。"船仔便把憨头介绍到大塘去，当养殖工人。这个活儿憨头还行，主要是气力活，搬运饲料，在养殖池里捞青苔，诸如此类。做得久了，居然也熟练。大塘是集体宿舍，也不晓得是憨头娘不认路，还是宿舍人气旺，鬼居然不来了，睡了几个好觉，憨头像是重新活过来一样。

但是好了伤疤忘了疼。憨头好了一阵子，便想起娘的游魂无依无靠，四处游荡，又不懂得回老家去。他脑子笨，但想通了这一茬儿，便认定了，又伤心得不行。后来听得镇海将军有灵，鬼神两界有威望，每每闲时，跑到神像面前，嘀嘀咕咕，旁人也不晓得说什么。恰有一天玉喜过来，先前以为憨头在神像面前捣乱，后来问了，才晓得是来祈求的，便道："你还真是憨，你不点香，镇海将军哪里晓得在不在。他指定是有灵的，我来给你抽一签。"玉喜便给他抽了一签，解签道："你娘并非不懂得回去，而是有个难处。"憨头执着，想了半个月，突然想通了，找到玉喜道："我娘怕水，应该是小时候落水了。我还年轻时，倘若洗脸把脸埋进脸盆，我娘就会叫道，小心淹死。"玉喜道："解签说的，应该就是这个意思。"

　　自此，憨头便懂得点了香，和镇海将军又是一番磕头祈求，絮絮叨叨，语焉不详，但旁人能听个大概，便是从他娘葬身之处，往屏南走，过公路桥，便能到达他爹的墓地，用不着水路，求镇海将军带着他娘走回家。众人也想，大概是憨头跟别人没的聊，跟镇海将军说话也能解闷。

　　且说护塘运动后，有一日憨头神龛前打扫，嘀嘀咕咕，突然间两眼发呆，赫赫有声。其时养殖工刚在食堂吃完饭，剔着牙，三三两两在水槽洗碗闲聊，听见了动静，过来一瞅，叫道："上身了。"众人晓得老二走后，镇海将军一直没有找到落魂的肉身，这下子到憨头身上去了。

　　众人便把李安楠叫来。护塘之后，师海、安椿父子精心组织护塘运动，也深知必有风险，便让李安楠专心负责大塘养殖，不参与任何纠纷。李安楠的性格也符合当个专业人员，他对人际关系什么的，比较不擅长，没有继承父亲身上的豪气和霸气，对养殖却相当专业，属于技术型人才。他跟养殖工人打成一片，可以成天待在池塘，寻思一些创新计划，比父亲更有亲和力。

安楠过来，见到憨头痛苦万状，张牙舞爪，口沫浮在嘴边，像个吐泡的螃蟹，道："这是发痧了，赶紧给抓一抓！"出纳李秀树仔细端详两眼，道："不是发痧，初次落身就是这么纠结！"民间确实有这么个说法，初次落身，肉身与神灵不服，磨合之中，相当难受。安楠将信将疑，问道："你是谁？"

憨头脸部狰狞，极其痛苦，一字一字道："镇海将军！"

安楠又问："我是谁？"

憨头眼睛睁开一条线，道："我孙子。"

安楠又问道："你走的时候我还小，现在如何认得我？"

憨头道："年节我都回家，看着你们的。"

众人叹服，镇海将军显灵了。秀树道："自动上身，肯定有事，你就说吧。"

憨头道："有难！"

安楠道："我们家？"

憨头道："叫师海不要跟政府作对，搞不起！"

憨头说罢，好像溺水的人被拖出水面，大口大口喘气。众人晓得镇海将军已走，皆被征服。

传话给师海，师海其时正与官方对峙当中，持续了近二十天，四方震动，本地居民纷纷声援，心气正旺。对父亲的劝诫，师海显然不信。那秀树看得真切，道："这个倒是我亲眼所见，不得不防，要不是他能洞察，不会上身的。"

师海笑道："即便你说的是真的，你想想，他一个老人家，他懂得律师团队吗？他懂得什么叫维权吗？他懂得什么叫法制健全吗？所以说，即便他活着，他也会这么劝我！"

村民中，还是有一派站在镇海将军这边，在他们看来，神总是比人厉害的，先知先觉。但现在师海是一呼百应，根本没有别人商量的余地，只有一条路走下去，谁也无法阻止。守塘的团队，每日误工费、伙食等，大概消耗一万多元。帐篷里太热，老人受不了，搬来了电扇，煮了绿豆汤，并不懈怠。

每过两三天，便有四方慰问团队，带着水果饮料，前来助威。玉喜、立春等带着村中老人前来感谢，一则这些村庄也受征地之苦，逆来顺受，并无讨价还价余地，如今师海的行为，总算为他们出了一口气。二来，这些年环保知识的普及，他们也深知，引进金属冶炼工业，对家乡水土不是什么好事，师海抗争，自然是滩涂的守护者，荣辱与共。也有各地的环保者，过来鼓舞士气。

这一日，来的是李氏宗族理事会的李佳凡。增坂李姓源自古田杉洋李氏宗祠。杉洋族人，闻得消息，派了代表团队，前往池塘慰问。以往宗族盛会，师海都是作为座上宾，与李佳凡也是熟络。师海刚刚从镇上谈判回来，闻着同宗拜访，在池塘边鸣鞭炮欢迎。烟雾起处，主客相迎，紧紧握手。

师海感觉莫名荣耀，道："这么热的天，大老远赶来，真是客气。"

李佳凡握着师海的手，紧紧不放，道："我们九个村的宗族分支，都已风闻你的壮举，深为赞叹，都吩咐我，要代表宗族声援。我说，我们杉洋与增坂，同气连枝，我自然要跑一趟。"

旧时，增坂人挑螃蟹去古田贩卖，有时会在山路途中被山匪劫去钱财，进退不得，便会跑到杉洋村中，只说自己是增坂李姓，便能得到当地村民救助。宗族连理，可见一斑。

师海规定，护塘场所不能饮酒，只好以茶代酒，以示盛情。

李佳凡又道："这年头，像你这样敢干的不多了，你现在是我们李家的荣耀，有什么我们能帮得上的，尽管开口。不过呢，我们是自家人，又有一点担心，怕是也有风险！"

师海坦然道："不瞒你说，从大塘维权，到现在生产队池塘维权，我没有怕过。我心里有底。"

李佳凡道："难道有后台？"

师海笑道："后台还真没有。要说有的话，就是《新闻联播》。我几乎天天看，明白国家的走向，法制建设越来越健全，对我来说越来越有保障。你别看现场乱糟糟，我们一板一眼都是按照法律办事，能动口的事绝不动手，合理维权，很有讲究的。"

李佳凡道："如果大家都按规矩，那自然是好事。但征地种事，复杂得很，恐怕你还是小心为妙。"

师海道："这个你放心，我也做好了最坏的打算，你也晓得我这个人，浑身都是胆子。"

李佳凡道："这样一天天扛下去，也不是办法吧？"

"都在谈判，他们比我还着急呢。现在临港公司吹沙工程已经超期了，我这里花个百来万，跟他们扛到底，输赢不重要，我只要讨个说法，为什么征地的价格，就是你们说了算！"

李佳凡竖起大拇哥道："师海，我刚一见到你，就晓得你是个非同凡响的人物，果不其然。我这眼睛虽小，贼得很！"一时间，师海的威名达到顶峰，他自然目空一切，觉得世界在自己掌握之中。

怀风到池塘里探望过几次。他的水产协会在反对镍合金的运作中，无功而返，也被村民低看了一截。在村民眼里，他是个不孝之子、白眼狼、吃过牢饭的，他一生最大的痛，便是从未被村民高看过，不论多努力，还是个"百家饭仔"。现在即便算是个不错的企业家，衣冠楚楚，村民依然用眼白看他。

师海踌躇满志、指挥众人守塘的样子，让他想起他小时候就敢做头人的气质。不论是当年六七十年代模仿大人分派批斗，还是后来滩涂挖大壑，他都是野心满满，志得意满，从不知什么叫失败。人的气质真的是天生就决定了。与之相比，自己的大半生似乎都在干不愿意干的角色。尽管如此，怀风从谨慎的天性出发，还是为师海担忧，但是每一次的提醒，都会遭到师海的不屑。当然，怀风也没有特别的理由，只是直觉。

怀风最后一次找师海谈天，护塘运动已经进行了二十天。当时是晚上，怀风径直到师海家里，记得是海燕来开别墅的大门。因为当时护塘搞得风风火火，家里也有点风声鹤唳，海燕打开别墅的门，还张望了一下，问道："没别的人吧？"海燕的不安全感让怀风心中隐隐不悦，说不清道不明的滋味。怀风摇了摇头。海燕问道："有要紧事？"怀风点了点头。

师海穿着短袖睡衣睡裤坐在沙发上，除了《新闻联播》，他还喜欢看各种时政军事节目，茶几下放着抽不完的中华烟。怀风坐下来，师海依旧是眼不离电视，全不把怀风的紧张当回事。

怀风知道自己怎么劝师海，师海也是不会听的。他过来只是如实告诉师海一件事。

晚上，大队长吴厚栋闷闷不乐，找怀风喝闷酒。怀风觉得，吴厚栋比自己更胜任公安的职务，他理性、沉稳、话少，办事有原则，从来没有情绪化的时候，像这样喝闷酒，相当反常。怀风问究竟，吴厚栋只是感叹："没想到我也要走你的路子了。"怀风吓了一跳，自己的路子是从公职到监狱呀！吴厚栋解释道："不是，我多半也要离开公安队伍，也许以后跟你混了。"问他原因，他说现在还不宜公开，也还没有辞职，不宜透露。他喝了八成醉，临了，对怀风道："你让师海悠着点！"

怀风虽然摸不着头脑，但是觉得事情严重。在公安系统工作过，晓得能说的越少，事越大。

师海倾听的间隙趁机把脚指甲剪了，笑道："不要拿这没头没脑的事吓唬我，现在谈判也差不多了，能出什么乱子！"

跳海之后，谈判就一直在进行之中。由于影响重大，又是央企与省里合作的项目，省里派了副省长曲北方协同海洋与渔业厅等三位厅级干部，坐镇市里指挥此事，并且作为谈判的后方。谈判的先锋，是区委书记付岩磊。与之相当，师海这边派出的谈判先锋是安椿，他自己坐镇后方，亦有回旋余地。省委相关部门将此事定性为"李师海为首的跳海事件"，在其斡旋下，全国主流媒体都没有出现此事的报道，但是自媒体的发酵影响强大，为了尽快解决问题，区委书记提出恢复每亩七万补偿的方案。这个方案被师海否决了。师海的意思是，原来这个条件你不干，现在我们付出搏命的代价，还有两个人住在医院里，这笔账必须算呀。如此进行拉锯战，价格逐渐谈到十万。师海问了村民，觉得还算满意。这边付岩磊便去征询，等待高层意见。至于官方这边，也有不一样的心思，区、镇一级的靠近基层的领导，跑在最前线，只想扔了这个烫手的山芋，自然希望退让。但是市级、省级的领导，考虑的是项目推进的全局，这一个提高赔偿，路人皆知，对几千亩的征地会有怎样的效应？所以付岩磊带回来的谈判条件，这里又要经过权衡，看是否提高价格为最恰当的解决方式！

对师海来说，很简单，官方要是同意条件，为村民争得最大利益，便同意签字，撤回关于征地方化整为零的违规征地方式的官司。如果不同意，自己这边永不妥协。而现在正在等待最后的回音，师海自然不把其他的建议放在眼里。

"我没必要小心什么，我已经让所有的事，都进入法律的渠道，我还能防着天塌下来不成！"师海道。

怀风并不想跟师海争执这个，那不会有什么结果，他只是把吴厚栋的话转达到便可。怀风把不解说了出来，道："你说吴厚栋为什么会离开公安局，他那么热爱这一身制服！"

师海道："官场的事，谁说得清楚。"

怀风想想也有道理。可是这跟师海又有什么关系呢。怀风天生敏感谨慎，师海都笑他胆小，这件事两个人是没法一块深究的。怀风提起另一茬儿佐证，道："我听村民说镇海将军又上身，而且都急哭了。"

这件事说来，也是沸沸扬扬。守塘村民中，有一派老者更加相信镇海将军，又去抽签，那签抽的都是下签，与师海的威武乐观形成极大反差。老者们便去找憨头，让镇海将军上身。憨头头一次上身之后，元气大伤，躺了三天，十分难受，拒绝过来。老人们便点上香烛，祈求元魂现身说法。也是奇怪，半炷香工夫，憨头便从池塘里一身泥巴跑来，一屁股跳上祭桌，几欲塌掉。问起守塘的凶吉，有何良策，镇海将军突然叫道："师海呢，师海呢？"众人道："师海在守塘，一时半会儿到不了这里，你有话我们捎过去！"镇海将军突然流泪，哽咽道："师海快逃！"

这消息传出，众人均觉得不祥。

师海又听怀风提到这一茬儿，依然不悦，道："活了这么一大把年纪，你觉得，我们是该信法律，还是该信鬼神！"

怀风无言以对。

第四十二回：溃败

六月十八日，清晨，海燕照例给师海做了清粥，在南漖路口买的特制肉包，再加一杯牛奶，一碟咸菜，一碟花生米。师海以前不喝牛奶，是海燕强令喝的。儿子都成家了，别墅里就住着两口子，显得清冷。但是海燕必须把三餐都做到位，让饭桌有生气。

海燕道："昨夜里我睡不好，噩梦连连，你今天到塘里，要是有什么冲突，不要冲在前面。"师海笑道："我是文斗，不是武斗，能有什么冲突！"海燕道："你是这么说，就像那次跳海，脑子一热，就扑通下去了。"师海道："那个不一样。特殊情况。现在塘里那么多年轻人，严阵以待，动手的事轮不到我。"海燕道："这话你可记住呀。奔六十的人呢，别当自己还是壮小伙，要把自己当老人看待。"师海笑道："行行行，等这些事搞清楚了，我就把大塘重任交给安椿，到时候陪你游山玩水去。"海燕道："我倒是指望有这个福气哩。瞧你忙得跟陀螺似的。"

不过十分钟，车到疏港公路。这条路师海走了三十来年，西陂塘围塘成功，从一条沙土路，到现在成为高速北口的延伸路，对路边风物，师海比对自己的指纹还熟悉。清晨路上车辆绝少，到了斗门头那一段，太阳从海面照射过来，红得有点刺眼。天倒是青色的，干净得没道理可讲。在善因寺路线，两辆警车突兀地停在路边，四个警察把车拦住，问明是李师海之后，出示证件与拘捕令，把师海和秀宝押上警车。拘捕的罪名是聚众扰乱社会秩序。

师海没有任何抵抗，被带上警车时还带着微笑。

这是近年来海西市最高级别的一次抓捕活动。有关方面在经过权衡之后，觉得必须采取强有力的行动，才能保证工程的进展。这个行动既要合法，又要迅速有力，在得到更高层的支持后，迅速实施。安椿等人是在家中被捕的，总共被捕十一人，都是护塘运动的主力。为了防止互相报信，几乎是在同一时间行动，这需要周密的部署和实施。后来得知，这个名单在村委中商讨时，初定的是二十几个人，后来经过筛选，确定十一人为主要负责人。只要把这十一个人拿掉，七八十号人的护塘组织应该会瓦解。

这一招令村民乱了手脚，人心惶惶。原来只听师海的命令，井井有条，目下群龙无首，到底听谁的，也是如无头苍蝇，你一言我一语。现在面临的形势就是，吹沙的施工队虎视眈眈，只要守塘人员一退缩，吹沙马上进行，前功尽弃。守还是要守，但是风声传来，还要继续抓人。老人李锡文见过世面，凭借旧有的威望，号召大伙在老厝碰头开会。既然开始抓的是青壮年，那就让青壮年躲避下风头，主要由老人与妇女继续坚守。原来守塘的队伍有七八十号人，现在变成三四十号人。

吹沙施工队见群龙无首，蠢蠢欲动，却见老人妇女咄咄逼人，人肉围墙挡住，叫骂连天，兆庆拿着武器，目光狰狞，只要谁一动便上前拼命，施工队不得不继续等待上级指令。

这厢，在师海等人被控制之后，区里开会，必须采取代价最小的措施，解散守塘的队伍。次日，镇书记杜甫带着海燕、安楠一起到池塘。显然，师海和安椿被捕，使得海燕也乱了分寸，现在一心只想父子俩能够出来。在书记的指使下，海燕央求乡亲们撤退解散。因为书记承诺，乡亲们散了，父子自然会被放出。李锡文道："你们把人先放出来，我们就撤，我们信不过你！"众人齐声道："先放人！"杜甫道："按照程序，是应该你们先撤，这是领导的意思，我们才能放人出来，你们也不要让我为难。"

原来安椿建了一个"增坂保卫战"的微信群，守塘的图像与视频，通过现场的年轻人传到群里，再传给外面的媒体。其中一个最重要的自媒体，是个微信公众号，就叫"海西生态"，有数千个粉丝，运营者是龙秋，以及张改、水哥的合作。跳海事件在本地群众中沸沸扬扬，这个公众号功不可没。警方抓捕安椿以后，解散了"增坂保卫战"的微信群，可是群众护塘的图片信息还是传了出来。

经过观察，发现老人妇女的人群里，还有一个稚气未脱的青年。他是李锡文的侄儿，叫李秀玉，一九九〇年出生，他考虑到人员中没有人拍视频图片，还是坚持守候一线。安椿被抓后，他在微博中联系到了龙秋等人，继续向他们输送现场图片和消息。

过了两日，杜甫拿着一台笔记本电脑过来，对大伙道："我这里有师海在拘留所的视频，师海已经命令你们撤退了！"众人怕影响士气，不让他打开。李锡文道："我们不看，你只要把人放出来，我们一分钱也不要求赔偿！"杜甫道："你们怎么还是不懂，你们撤走了，不再耽误工程开工，我跟领导请示，他们才有可能出来。你们赖在这里就要他们能出来，这是做梦，你们赶紧醒醒吧！"不管杜甫如何解释，众人咬定一个条件，人放出来，就散了。

毕竟是群龙无首，众人最终还是被驱散了。

帐篷即刻被撤下。紧接着吹沙工人开始作业，等待许久的水沙冲进池塘，很快就凝结，而池中的蛏子还未收成，将被永远地埋在地下。护塘运动宣告以失败结束！

这是海燕一生中最大的危机。这么多年过来，师海像一座山一样，说一不二，她只需要支持、鼓励。父子俩一块进去，她不得不独自面对困局。好在跟师海相处几十年，耳濡目染，她也有临大事而不慌的气度。刚进去，区委的人来动员，说只要你们去说服村民撤出池塘，被捕者就出来了。她想，对女人而言，没有什么事比老公孩子出来更重要。但是，村民们要先放人再撤退，无果。清场行动之后，以为会被放出来，但也没有音讯。

她只能拼命打电话，向平时师海交好的朋友请求救援。才发现平时朋友遍天下，出了事想帮你的人却少，能真心帮的，就更少了。当然，这也是客观的，这么大的事，谁能帮得了！张发明局长是师海旧好，多方打听，安慰海燕说没有关系，过几天应该就能放出来。怀风倒是提醒，放不放出来再说，先把看守所里关系打点好了。再托人打听，找到中间人，传递消息，把必需的药品、衣物送进去。又晓得，师海第一天进去，里面没人认识，还被排挤，第一个晚上睡了地板。书记还给看守所打了电话，此人要与同案隔离关押，因为隔间关押的人是可以互相传话的，围墙顶上有一段相通，还可以把物件互相扔递出去。书记的意思，就是防止他在看守所还指挥同伙搞出事来。后来熟悉的狱警安排了，才有床铺睡，稍加照顾。海燕晓得后，心疼不已，晚上睡不着，每天与怀风等人在家中开会，判断事件的发展。

海燕毕竟是女人，对怀风道："吴厚栋那边，你早该问清楚一点。"怀风无奈道："他是公安，要职业保密，这一点我可以理解，他能提醒你小心一点，已经算是情法两顾了。"海燕想想也对，又道："你是干过公安的，吴厚栋既然提醒，也该重视起来。"怀风道："师海原来那脾气你也知道，以为自己占着法理，天王老子都没放在眼里。"海燕想想也是，又数落起师海的一些官场朋友，平时胸脯拍得砰砰响，这时候都没了影子。海燕平时落落大方，不求人不责人，独立自爱，如今却像个祥林嫂，怀风也只能理解，是心忧师海，乱了分寸，心中只有苦笑。

师海后来才晓得吴厚栋那天的遭遇。市里当时布置全市最精锐的警力实施抓捕，但是吴厚栋对拘捕理由提出质疑，觉得这属于征地纠纷，况且也无暴力冲突，轮不到刑警这么高规格出动。况且，这件事有可能成为自己警察生涯的污点，所以据理力争。书记不容置疑，道："你知道对手是什么人吗？是我们啃了几年啃不下的硬骨头，形成一股势力，聚众闹事，煽风点火，无所不用其极，已经严重阻碍本地的工业发展了。这是政治任务，懂不懂，你不讲政治，可以离开你的职位！"吴厚栋考虑之后，决定还是退出行动，当然他也知道自己职位不保。

怀风后来再找离职后的吴厚栋了解，才晓得这次市里敢动手，是因为有上面的指示，有尚方宝剑呢。所以，既然人进去了，必然获罪。想想也是，师海这几年对抗政府，政府迫于舆情与稳定，处处忍让，已经是不能再退了。于是，大家深感事态之重。家庭会议天天在开，可是也没有可行的方案，多是在等待消息。后来传出的消息就是，如果师海同意签订七号、九号塘的赔偿协议，人则可以取保候审，先放出来。

对于师海，以聚众扰乱社会治安的名义被拘捕，是符合法定程序的。但是师海本人心里早有准备，他心里笃定自己是无罪的，自己的所有行为都符合法律规范，这是经过自己的律师论证的。所有口供上，他油盐不进，面带骄傲，丝毫不承认自己组织聚众的行为。他相信几天之后，自己就能大摇大摆地走出去，到时候反攻倒算。因此，从其他人嘴里获得师海的罪证，成为警方的一个策略。

比如，秀玉被捕后的第一件事，便是录口供。警察本想先给他个下马威，道："你们是不是想通过闹事，要挟政府达到增加赔偿的目的？"

秀玉虽然年轻，但毕竟是闯过上海滩的，也晓得江湖上的门道，晓得这口供有诱导性质，便回道："不是！"

"李师海是不是每天给你们工资，让你们来阻止吹沙工程？"

"不知道，我没收到。"

"你什么都不知道，那为什么在那里聚众妨碍施工？"

"你想想，如果是你们家的房子，赔偿方案还没有签订，就直接拆你家，你不会反抗吗？这种事情肯定会发生在你们身上的。你们从我的角度想一想，我不守着，还算人吗？"

秀玉的口才甚好，反而耐心地说服警察，把警察给惹烦了，道："你别岔开话题，我们还是说你的事！"

秀玉一直否认，笔录一直没有完成。三个小时后，副队长牛利民走进来视察进展，秀玉像见了救星一样，喊出牛利民的名字。牛利民道："你怎么认识我？"秀玉道："我们在上海吃过饭，我是李秀群李总的堂弟！"既然有这渊源，牛利民便允许秀玉用自己的手机，跟李秀群通了电话。李秀群明白了情况，问秀玉有什么诉求，秀玉说没别的诉求，就想先吃饭。承蒙关照，秀玉这才先吃了快餐继续笔录。整个笔录持续了十个小时，有一半是秀玉在跟警方人员说道理。

两个月后，警方把安椿和秀玉叫来对质。缘由是两人的口供不一致,在安椿的笔录里,是安椿让秀玉当"增坂保卫战"的群主,在秀玉的笔录里,是秀玉自己要求当群主的。两人对质之后,被安排一起吃水果,聊了半个小时。原来秀玉的羁押期已到,叫他写好了保证书,就可以取保。但是秀玉原来跟安椿还有小伙伴一块商量,如果利益维权成功了,大伙儿痛痛快快喝酒,如果失败了,就一直扛下去,不能服输,写保证书这件事太戻了,因此不愿意服软出来。安椿劝说秀玉道:"不用你亲自写,我给你写保证书,你签字就可以,这样不丢脸!"秀玉道:"我出去没用,不如我来给你写保证书,你出去,你出去后我们才有翻身的希望。"安椿笑道:"你想得太简单了,你们都可以出去,我们父子是不可能出去了。你出去后还有任务,你就让两个队的老人,去镇政府走正常的维权通道,呼吁把人放出来。这个只有一线希望,没有办法的办法了!"秀玉道:"我的笔录里没有一句对你爸不利的话!"安椿道:"这个我晓得,你没有别人未必没有,但我不会怪任何人,其他人不一定有经验。官方只是要明确他组织扰乱社会秩序的罪名,但是这个不是最重要的,最关键的是只要我爸不服软,他是不可能出来的。"安椿给秀玉写了保证书,保证出去以后不闹事,不宣传负面消息,有问题走正规渠道,签了字,两人各回拘留室。不过秀玉并未如愿出去,几天仍然不见动静。他也不去追究,所有办案人员都不会把话说满,说放你出去意思就是说跟领导请示放你出去,绝对不会把责任摊在头上,所以出尔反尔也是正常的,没什么奇怪。秀玉根据自己的知识,判断最多关押十个月,倒也没什么，只不过自己孩子刚刚出生不久，有十个月见不到了。正当他放下心来长住看守所时，却通知放他出去了。他才晓得，是家里姐姐替他签了池塘征地的协议。

秀玉是第四个放出来的。每一个出来，都是安椿去给他们写了保证书，然后家里人在征地协议上签字。安椿觉得现在最重要的，就是让这些兄弟们先出去。但是这些人又都因为师海父子被关押，不愿意先出去，警方不得不派安椿去做工作。安椿安慰他们道："你们先出去吧，我在号子里好好想一想，等我出去，必然会想出好办法！"十个人陆续取保候审，骨头最硬的，在里面待了十个月。

师海在看守所中，得到关照之后，日子过得还可以，早上吃牛奶麦片，晚上可以服安眠药，单间，可以看电视。

他和安椿于六月八日被刑事拘留，六月二十二日被批准逮捕。

对于这种结局，他有心理准备，并无畏惧，埋在他心中的是愤懑。公安局副局长要来见面，他拒绝了。守塘之前，他与律师团队合计过，只要不主动引起冲突，以守护自己财产为己任，在法律上是没有问题的。肯定是他们搞错了，他想！

可以看电视，这是他每天唯一与外界的交流。他从《新闻联播》上感受到了力量，更觉得自己是正义的，是被冤枉的。他从八十年代养殖开始，就关注报纸、电视新闻，解读信息，包括各种农业政策、水产惠民政策、养殖政策，给了他无限的发展机会。

虽然只有小学文化，但他庆幸自己加强了学习，又娶了个能当自己老师的妻子，比起一般的农民，会解读政策，更会实践。他很清楚地看到，村里有的农民，之所以发展不起来，是因为没有文化，没有解读政策的能力，做什么事都是落后一步，只能随大溜，赚小钱。后来，他不仅关注农业政策，也关注政治、经济和军事，关注"两会"，以自己的能力解读，去判断这个国家的走向，也为国家的经济、军事发展而自豪。总之，他是把新闻当成圣旨来读，没有质疑的。法律的逐步健全，是必然的走向，这是他在新闻中看到的，是自己维权的一个强大的后盾。

每次看完电视新闻，他就元气满满，觉得自己虽然身陷囹圄，但是前景一片光明。

令他不安的是，所有的信息都被切断。他不晓得自己被捕，在外面造成多大的影响，也不晓得，有什么人在营救自己。区委书记付岩磊来跟他谈了一次，好言劝他："你只要同意征地签字，答应以后不闹事，我会尽全力让你取保候审。老李呀，你要是跟政府较劲，阻碍工业发展的大局，你绝对错了。"

师海没有听进去。一看见有人理会，他就来劲了，只要有对手，他就浑身充满力量，觉得有希望。他害怕没有对手，那会很寂寞。他心中有一股劲，不愿意屈服。好像这一屈服，自己一辈子坚持的、相信的东西就倒塌了。他想起前区委书记吴幼仁的话："你是鸡蛋，不是石头。"他抓了抓自己的拳头，心中笃定，我还是石头！放风的时候，他会看看露出一角的天空，偶尔有飞鸟掠过。他羡慕它们此刻的自由，但他相信，自己受困此处，乃是为了获得更大的自由。被关得越久，自己出去就越有资本。

所谓潮起潮落，一进一出。师海进去，正逢海军出狱。海军在狱中表现良好，还立了个三等功，减刑一年半，在狱中已经想好复出计划，只等东山再起。他出来之后，与海燕商讨师海之事，进言道："师海不识时务。虽说人生靠打拼，那也不能跟政府拼呀，顺应潮流他都不懂，亏他还看书呢。留着青山在，不怕没柴烧，我看不管怎么样，还是把人弄出来再说。"海燕也是这个意思，怎奈师海倔得很，硬是不肯签字。海军道："这种倔的人，活着就为了那口气，自己下不了手，你来替他就可以了。"

虽然度日如年，但时光还是易逝，不知不觉，师海已经被关押了三个月。拘留期本来没这么长，但检查方以案情复杂，需要进一步侦查为名，一次次延长拘留期限。每一次羁押期到了，师海以为可以飞鸟脱笼，一次次落空，他也变得耐心了。但是，三个月，毫无信息交流，确实把师海的气焰压下去了。他变得沉默，隐隐感觉到有一只手在操控自己的命运，并不按照以往的套路。他一辈子我行我素自由自在，都在做自己喜欢的事，从未像现在这样被拘束。当他仰望天空时，他就会想起大海，拂面的海风，黝黑的滩涂，鼻子尽情呼吸，似乎能吸到咸湿的气息，那一刻会有置身滨海之感。回过神来，恍然身陷牢笼，会问自己：我怎么会在这里？我为何在这里！拘留室的墙壁上，床板上，有各种各样的歪歪曲曲的图案，那是以前被监禁者留下来的。他端详着，能看一两个小时，似乎在与之交谈。后来，他忍不住自己用指甲抠，也能抠图案。先是抠出尖锐的图案，像匕首，也像长矛，后来渐渐缓和，抠出的图案是波浪，是鱼形。他没想到，自己这辈子还有时间做这种无聊的事，好像回到三岁的状态。再关下去，只怕成为嗷嗷待哺的婴儿。那一天，他收到妻子来信。拘留期间本是不允许与外界通信的，现在是征得区委的同意，来信也已经被领导审查过。他看见海燕娟秀的文字，恍然间闻到与海燕初恋的气息，岁月的发酵的芳香，突然间眼眶一热，忍不住用手掩面。海燕来信，先是言及思念，在家无一日不想着师海，期待团聚，又怕他在里面有个三长两短，每日睡梦中不得安宁。随即话锋一转，回到正事，区委书记承诺，如果能签了七号、九号池塘的合同，他就能出来。人生苦短，没有什么比生命健康重要，希望他能签一份委托授权书，其他的事情由海燕受托周旋，以便尽快被取保。师海看完，长长叹了一口气，用指甲在墙上深深画了一道痕。

签字那天，区委书记付岩磊专程过来。师海缓缓拿起笔，迅速在委托书上签下自己的名字。他对付岩磊道："我不会认输的。"付岩磊笑道："你没有输，只是你有了政治觉悟，你做了对全市的发展都有意义的事情。"

对师海来说，七号塘和九号塘的斗争，只不过是自己千亩大塘斗争的一场演习。演习失败了，还有机会，拳头缩回去，是为了打出来更有力。自己授权也是给妻子，是妻子给自己一个台阶，出来后又是一条好汉。

海燕代替师海，签了征地协议。对于征地办公室来说，这个签字意义重大。师海都签字了，其他几十户的村民，就容易了。

市里召开会议，商议师海父子取保候审事宜。各种意见都有，占了上风的是反对派的意见，要求师海连带把大塘的三百亩征地也签了字，才能取保候审。理由是，首先，大塘的三百亩作为镍合金的第二期用地，将来政府也是必须要完成的征地工作，现在把师海放了，将来征这一块只怕难度更大。既然抓进来了，索性一次性搞定，将来省事不少。其次，大塘与市国土储备中心有个官司，还悬而未决。大塘养殖场认为，滩涂涨潮为海，退潮为地，也可以看作耕地，按照如今保护耕地的政策，征为工业用地是违法的。这个官司虽然在省中级人民法院败诉了，但是大塘还有一次向高级法院起诉的机会。倘若案情有转机，将来地方政府还有不少麻烦。现在如果师海签字了，事实上这个官司就不存在了。这个建议最后得到一致确认，又把皮球踢到付岩磊身上。付岩磊硬着头皮，厚着脸皮，再一次进来跟师海博弈。他先跟师海道歉，然后道："不是我说话不守信用，上次是书记专门跟我说的，你能签字就取保，但现在是全市开会的决议，可以说是大家的意见，你必须把大塘三百亩签了，否则大伙儿都晓得这块骨头啃不下。"师海气得倒是冷静了，道："我总算见识到你的无耻了。"付岩磊苦笑道："你看，你算是见识到我的难处了。就我这个位置呀，算是基层的头，事情有得干，权力又不够，做好了理所当然，做不好被老百姓骂个狗血喷头。你骂我，这都算轻的了。"师海道："你就告诉我，这一切，从抓捕到现在食言，是不是都是金凯旋幕后指使，跟我对着干，是不是？"付岩磊道："你这倒是冤枉书记了，抓捕那天他都在省里出差，他对你敬重，所以索性放手这件事。对你所有的行动，都是一个包括省领导在内的委员会开会的意见。为什么？这是省里的项目。"师海道："那这笔账，我就只能算在你身上了。"付岩磊长长叹了一口气，道："这件事，你还是要以大局来看，计算到个人恩怨没有意义。这是时代的浪潮，我们都是浪潮中的一个小浪花，发展必然有阵痛，有些人必须做出牺牲。当年你把滩涂产业化的时候，那也是对原生态的一种打破与重建，也有农民不愿意，最后还不是做出了牺牲。同样道理，现在海西的工业发展，需要你们养殖户做出牺牲。这是大势所趋，不是要跟谁置气，要和时代和解，这一点你如果想通了，就用不着这么辛苦了！"师海道："你是领导，你会说大道理，我只是告诉你，我不会签字，我死在这里也不会签字的！"付岩磊道："你别动怒，你需要的是好好想一想，不着急，要看大局，识时务者为俊杰，这句老话绝对没错。"

　　这一次的出尔反尔，也让海燕颇为失望。她已经把家里做了一遍大扫除，迎接父子归来，没想到等了一场空。她晓得师海的脾气。现在要他签大塘的合同，那相当于要他的命。她只能从长计议。牢里无声，消息传到外面，牢外的声援运动也此起彼伏，但都是在民间。

龙秋、水哥和张改，在这次事件极为活跃。龙秋作为生态环保战士，觉得师海利益维权，与自己的环保行动有部分吻合，所以必须声援。水哥和张改，则是觉得自己家乡在污染项目入驻之际，自己没有能耐像师海一样挺身而出，如今的声援，也算一种弥补吧。三人与安椿、秀玉保持联络，在"海西生态"的公众号中，炮制了两篇重头文章，一篇是关于"跳海"始末，一篇是"大搜捕"行动。这个公众号有两三千个粉丝，基本上是本地人，再加上转发传播，影响不小。其实从去年开始，因为有记者来采访镍合金对环境污染事件，几个环保志愿者与村民都上镜了，并且各种发微博，福安地方政府在压力下，对受访者进行一些惩罚，包括一个写微博的村民陈一龙在乡镇无证驾驶摩托车被抓，村长进来谈判，说只要不发微博，就可以放出来，后来看到微博并未删除，便拘留五日。凡此种种，龙秋气不过，写下了《打击环保志愿者开始了吗？》的文章。特别是师海父子被捕之后，这几个人的兴风作浪让宣传部门极为恼怒，也有精力来收拾他们了。龙秋酒驾摩托车事件，原来只是取保候审，相当于一只鞋子还没有落地，现在看到被贬到乡村小学的龙秋发动舆论进攻，制造矛盾，公安便下令收审。这个在龙秋的意料当中，他时时以志士自居，献身的激情与兴奋充满心间，一进去，好似如愿以偿，反而踏实了。

龙秋进去以后，"海西生态"的微信公众号断更了。本地的声音消停一段时间。水哥由于搞环保，把自己原来的小生意中断了，在外面混了好几个月，与全国的环保志愿者有了联系，后来自己申请了一个公众号，和张改一起，继续写重头文章，呼吁放师海出来。在其他环保志愿者的转发下，掀起不小风浪。对当地政府而言，临海工业的发展，也可以说是如履薄冰，必须消除一切潜在的地雷，这两个钉子，得想办法拔掉的。

水哥的入狱，从他本身来说，算是咎由自取。水哥七月份在自己的家乡喝酒唱歌，与人发生冲突，把对方打成轻伤。当时的派出所的解决方案，是双方达成谅解，水哥做出了经济赔偿。在为师海发声后，此案被重提，水哥以寻衅滋事罪被起诉。此事传出后，水哥的家人请求援助，一个远在山东的律师，做了免费公益律师，律师提出辩护理由：

四个月之前，水哥等人只是与受害人发生口角，受害人进行谩骂，继而水哥与其发生轻微肢体接触。事后，水哥等人对其行为很后悔，并去医院进行探望受害人。之后达成了赔偿协议，对受害人赔偿了五万元的综合损失。受害人也表示了谅解。公安机关对其中一名参与人进行了治安拘留处分。此后，各方均对此事的处置没有异议，事情就此了结。在时隔四个月后又以涉嫌犯罪对水哥进行刑事拘留，显然于法于理难以成立。且其以往没有刑事前科，是个积极投身环境保护的志愿者，曾经获得过较高的环境保护的荣誉、奖项，在全国的环保界有较高的声望。多年来一直在为家乡的环境保护进行呼吁并发表了若干相关的文章，对社会有积极的贡献和较大的社会影响力。作为环保志愿者，必然要影响到一些排放不达标的企业，也必然会给政府环保部门的工作造成一定的被动。现在事已过几个月，当事人已经获得赔偿，公安机关已经处理完毕，这个时候再对水哥进行刑事处罚，难免会在环保界、在社会造成各种猜测，包括会误以为水哥是因为"做环保"而受到了打击。综上所述，本辩护人认为，水哥的行为已经经公安机关做出了处理，且不足以构成寻衅滋事罪。建议公安机关立即解除对水哥的强制措施。

律师的辩护并未取得效果，水哥被判刑一年两个月。

如果说水哥被判刑有自讨苦吃的成分，张改的拘留则具有戏剧成分。张改原来在一家工厂打工，声援环保之后，该工厂辞退了张改。张改并未屈服，打零工养家。有一天，闹市区的小东门商厦的一楼花店起火，火势蔓延到二楼，二楼的幼儿园顿时陷入危险，出口也被火势所断，十分危急，有些孩子已经被烟呛得口吐白沫。张改正好来接女儿，于是爬上二楼，把孩子一个个从窗户扔出来，下面的家长用被子接住。消防到来之后，采用云梯救出其他孩子，没有造成重大伤亡事故。显然，这一家幼儿园在消防安全方面，并不合格，这使得家长们相当后怕，质疑当地教育局是如何给予办学资质的。张改领一帮家长，到教育局质问，行动鲁莽，有冲撞国家单位的嫌疑，最后以寻衅滋事罪被拘留。

当然，因为失火事件，教育局后来确实也展开了调查，语社科科长等人被查出受贿情况，被立案调查，这是题外话。

对这些硬茬儿，在拘留期间，海西采取的态度是疏导教育。

比如，肯定他们的环保态度，接受他们对环保的监督，但是指出他们的方式比较激进，有违规犯法之处，必须接受惩罚。特别是宣传部部长指出，要将他们的怨恨情绪疏导出来，改造他们的二元思想，不要认为发展工业就是不好的，官方提倡的，就该反对，任何事情都是可以一分为二的，可以辩证地探讨与商量的。经过这些教育，他们的思想基本得到改观，出去以后，即便不是说化敌为友，发表言论，亦能保持着客观的、商榷的态度。从这一点来说，官方采取了灵活的、进退有据的方法，为其后的引进、打造千亿产业打下了良好的舆论环境。

　　船仔也是钉子之一。他寻求与谢觉的合作。谢觉因钢贸泡沫的经济问题而入狱，但很快被保释出来，监视居住。谢觉便寄居在城南报恩寺，为寺中设计修建禅房茶室，总算是有点回到画家本行。谢觉认识许多"公知"，他建议船仔在微博发文，让有影响的人物转发评论，把事情传播出去。

　　宣传部门为此颇为头疼，微博的影响力可想而知，必须制止。卫生局的领导也曾对船仔提醒，现在上面压力很大，如果再发布有关言论，我们也要吃不了兜着走。船仔反问，我发布言论跟行医有何关系！领导说，你不能以为是个体行医就能不讲政治，我们发这个牌照给你，就是保证你政治可靠的。船仔道，我哥我侄儿都被关进去了，我讲一下真相还不行，这是哪儿的政治。现在把他们放出来就是我最大的政治！

卫生局的人来诊所检查了两次，提出医疗器械、场所卫生等不合格的警告。船仔也明示：如果合理的警示，我尽量改进，如果是非要让我关门，我也认了，我就不信你们能管住我的嘴。

过几日，网络上传了一片奇文，写海西市一个瘸脚医生，在下尾街自营诊所行医，妻子是自己去洗浴房里找的小姐，嫖娼嫖成了老婆，孩子都不知道是不是自己的。瘸脚医生，年轻的时候就以行医的名义，跟村妇勾搭成奸。现在，他以环保斗士、传统文化捍卫者的身份，来洗白自己，其实就是一个道貌岸然的流氓。由于这篇文章文风奇趣，讽刺与诙谐并存，读起来十分过瘾，一时在微信传播开来。

城市小，有一件事传开，人们口耳相传很快就晓得。来诊所看病的人，都变得面目可疑，时不时盯着阿秋看，看得她心里发毛。没有看病的人，也特意从门前经过，逗留片刻，指指点点，看猴似的。诊所是夫妻店，阿秋负责取药、打针等护士的工作，这么多年夫妻已经相当和谐。但是这一篇文章，打破了这种和谐。船仔没有想到对方以文会武，以其人之道还治其人之身。他自己受得了。他有点放浪形骸之风，退一万步，是个声名狼藉但内心真诚的人。但是阿秋跟孩子不行呀。人们交头接耳，面露鄙夷，这样的压力在小城市里，是一种雾霾一样的存在，能让人的压抑与日俱增。晚上，船仔对阿秋道："要不你回老家一段，清净清净。"阿秋也看到那篇文章，她一直抑郁，船仔知道，那是她的痛。在结婚后的很多年，阿秋一直很怕自己的经历引起船仔的不适，导致始乱终弃的结局，但是没有这段经历，他们又未必能相逢，真是难以言说之缘分，因此夫妻要是小有拌嘴，阿秋总是说："你是不是嫌弃我……"这时候船仔不得不捂住她的嘴，解释半天。当然，船仔坦荡的个性也让阿秋相信他的真情实意，但阿秋就是自己不放过自己。

"你觉得我给你丢脸了吗？"阿秋问道。

船仔一把抱住她，道："你又把我的意思拐跑了。我是说，我惹的麻烦，被别人泼了脏水，怕你心里受不了。"

阿秋流着泪，许久不说话，突然道："是谁那么坏呀。"

船仔冷笑道："还有谁，就是我的老同学黄杰嘛，他可算立了大功了！"

黄杰在区宣传部，现在已经是科级干部。在这些年的民间环保维权运动中，黄杰一直站在一线，纠偏纠错，为工业上马保驾护航。比如有些别有用心的人，拍了一些海上生物的畸形图片，认为这是今年污染的结果，黄杰专门写了一篇辟谣文章，得到上司的有力赞赏。相对于环保派的生态论，他是典型的发展论，认为没有发展一切都没有意义；为了发展，必要的牺牲是可以的。为此，他在报纸和公众号上发表以此为核心的言论，有力地回击了生态论者的保守的观点，可以说，是一颗冉冉上升的新星。年底同学会上，黄杰纵横捭阖，踌躇满志，宣称："美国总统的执政能力，也就相当于中国的科级干部。"他认为中国基层官员在征地和维稳的工作实践中锻炼出的能力，在世界的公务员中首屈一指。众人或赞或讽其能力堪与总统媲美。船仔本来不想去参加的，架不住同学的召唤，默默坐了一会儿，实在看不过，顶道："美国总统拍马逢迎的能力肯定不如科级干部。"众人哈哈大笑。黄杰满面春风的脸就黑了，两人旧恨添了新伤。

"这个文章没有署名，怎么晓得是他？"阿秋问道。

"我的那些个陈年旧事，当初我们睡一个被窝，和他掏心掏肺说的，除了他，没有别人知道。"

"有没有可能他告诉别人写的？"

"他的遣词造句，我熟悉得很。以前他文章写得呆板，我跟他说要贴着人写，要说人话，这口气，这诙谐劲儿，算是我手把手教出来，现在我可算搬了石头砸自己的脚了！"

"当初是朋友，现在也不至于会这么坏！"

"也难怪他，现在我们是两个阵营的，价值观也不同，肯定是做一辈子敌人了。他要是能打垮我，就是立一大功！"

阿秋其实是个坚强的女人，但在今晚她如此的无助，缩在船仔怀里，流的眼泪比以往都多。她说："也许我回去了，就不想再来了。"一个异乡的女子，由听不懂本地话，到适应了本地环境，有时候还能说点本地话，跟老街坊邻居交流，可是如今全被这篇文章给毁了。

次日，阿秋给孩子们准备完午饭，突然消失不见。后来船仔才明白，她去干了一件自己想干却不敢干的事。阿秋堵在黄杰的家门口，看到黄杰回来，就把手机里的这篇文章给他看，质问是不是他写的。黄杰反应过来，冷笑道："就算是我写的，可是你有证据吗？你没有证据,在法律上是不成立的！"黄杰的话没有说完，阿秋就把一包粪便泼在黄杰的门上，恶臭弥漫了整个走廊与客厅。

谢觉对船仔说："我想过许多法理上的招数，但都没有泼粪这一招直接有效，而且深有寓意。阿秋真是个天才！"

五天后，船仔去拘留所把阿秋接回来，道："谢觉夸你做得很对，只是让你受苦了！"

阿秋道："这点苦不算什么，我不回娘家了，只要我们一家人在一起，才不管别人说什么呢！"

船仔抱住阿秋道："你能这么想，是最好的结果。不过孩子在学校受到的伤害，可能得让我们一辈子去呵护了。除了勇敢，别无他法。"

船仔接到阿秋后，两人直接从拘留所奔幼儿园接小孩去。

泼粪事件传了出去，文章的作者也为人所知，是非曲直，任人评说。船仔与阿秋，也由此坦然。

秀玉出来之后，给大伙带来了安椿在里面的决定。大伙明白，这次的利益维权算是失败的，现在最好的结果是能把人弄出来。秀玉带着老人们到镇上，提出诉求，同意以三万九的价格签订协议，希望把被抓人员放出来。今非昔比，已于事无补。

老人们去问了梨花洞主，求教营救之法。梨花洞主签中明示，救星在西方。老人寻思，恍然大悟，在西者，宗族源头所在杉洋也，与他们本有的想法不谋而合。李锡文率领几个腿脚利落的老人，包了车前往杉洋而来。到了，先到凤林山下拜了李家宗祠。那祠堂始建于唐天祐二年（905），是县一级文物，正门两侧石鼓一对，上有匾额"李氏宗祠"，门帘"俎豆千秋垂庙貌，簪缨万世仰宗风"乃民国时福建省省长兼督军李厚基撰书。祭拜认祖之后，祠堂会客厅中李佳凡接待了众人，规格不低，当下商讨营救之事。李锡文道："现在正规的渠道都用过了，没用，只有求救于上面的高人。"李佳凡翻开谱系的重要人物，道："有一个同宗李成吾，在省委组织部工作，应该可以一用。"李锡文道："多大的官？"李佳凡查了一下备注，道："记录时是处级干部，如今四年过去，有否转到副厅级未可知。"李锡文道："处级恐怕不够。"李佳凡不满道："多大的事也得一步步地走，你说是不是，你找李佳凡，李佳凡找李成吾，他们在省城有同乡会、同宗会，但凡是一家人，总是有门路的。你要是心急可吃不了热豆腐！"

谈了务实，又谈务虚。李锡文道："先祖榕波公从杉洋迁到增坂，至今有五六百年，人口倒是发展到四千多，就是一直没有出现大官。晚清、民国时期闹纠纷，无官不利，只能逞勇斗狠，问了神明为何出不了大官，神明说，后山不高，龙骨无力。又问有何良策，说在后山仙艮顶种两株榕树，以壮龙骨。如今榕树已是百年榕树，冠盖如云，可还是没有省部级的官员出现。你们这里山体巍峨，照理来说，应该是有官相的风水。"李佳凡道："我们这里当然有大官儿，民国的时候比较多，不过现在出的有钱人不少，你瞧，这乡里的公益建设，都离不开他们。"李锡文道："有钱还是不如有官。按照池塘的股份算，师海算是有钱了吧，没有上亿也有几千万，还不是说征地就征地，说进去就进去了！"

在李锡文看来，乌纱帽胜过一切，这是典型的农民思维。

相谈甚欢，午饭后，一行人带着满满的希望回来。

却说秀玉被捕，村里形势还是紧张，有便衣在逡巡。李怀象便躲到莲花寺，手机什么都不用。他晓得寺里的可法住持是环保斗士，非常仗义。可法果然对李怀象另眼相看，得知处境，拍着胸脯道："躲在我这儿，他不敢动你一根毫毛。"自从"驱镍"运动后，可法声望日隆，各地的媒体记者、环保人士前来采访，莲花寺也成为一个环保人士的云集之所。可法心里不觉膨胀起来，觉得自己影响力大得不得了。李怀象白天回去干活，晚上来寺里居住。还是走漏了风声，这一日，半夜，狗叫，果然有人来寺里敲门。可法便让李怀象躲进画中人佛像的龛桌底下，布幔遮住，悄声道："画中人菩萨保佑，尽可放心。"可法开了门，果然来了两个派出所的。可法也不遮掩，开门见山道："你们是找增坂村的李怀象吧！"两个警察倒是愣住，道："他在哪里？"可法道："他前两天在这里，可不巧，今天已经走了。"警察问："去哪里？"可法道："听说去北京上访了，你们赶紧截访去吧。"警察不信，进来四处查看，可法气了，道："人家就守着自己的池塘，不明不白就遭罪了，你们这样抓他，心里没有一点惭愧吗？"两人不语，寺里各处照章巡查一遍，道："你以为我们愿意这半夜三更来这山旮旯，就是抓赌抓嫖，都比这强。我们这是工作！"两人找不出什么东西，临走时道："我告诉你呀，以后你这庙里别藏污纳垢的，否则你也吃不了兜着走！"可法急了，道："你们才是污才是垢呢，脏东西！"看来这两个警察很有可能不是正式工，素质堪忧，骂骂咧咧道："看来你也是欠收拾！"可法盛气凌人道："收拾吧，收拾出事你可别赖我，知道不！"

高个儿警察叫道："你的名字早就上名单了，等着吧！"外面马达一声轰鸣，车子朝山下呼啸而去。可法骂道："早知道你们上山，老子就不修路了！"

过几日，有林业局的人来视察，与原来的卫星图片相比，寺后院林木有毁坏迹象。原来可法为了扩建寺庙，用挖土机把后面的荒地整平。山地久荒，长了诸多油梧、灌木，一并清除。调查之后，可法被传唤到森林公安，受训诫并接受处罚。可法晓得其醉翁之意不在酒，道："你把我叫去，无非是叫我写保证书，不让我搞环保，不让我提意见，我才不上当。"

一周之后，可法和尚因为毁坏林地两立方米以上和拒不执行处罚规定，被逮捕，判拘役五个月，并责令恢复原有的林地。被拘捕相当突然，可法来不及告诉任何人，那一瞬间，他才晓得，他现在虽然交际广泛，声名远扬，不过这些都救不了肉身。

他被捕的那天早上，特别寂静，山谷里空荡荡的。莲花寺像浮在雾中。

第四十三回：沧海

年底，大伙都以为，师海父子会被放出来过年。当然，没有什么法律依据，根据的是人道主义猜测。就因为守护池塘被关进去，最后人也服软了，签字了，大半年了，也该放人出来吃年夜饭了。

立春买了礼物，来家里看望海燕，打听师海的状况。海燕说："我当然希望能放他出来过年，哪怕是过完年再关进去，也比这好。"立春迟疑了片刻，问道："那你说，师海会顶得住吗？"所谓顶得住，就是说大塘的征地能够不签。如果大塘的三百亩签了，毗连的立春的池塘也唇亡齿寒。即便退后一步，能够顶住后增加补偿，立春也能水涨船高，祸福同享。立春为了壮胆，在池塘里养了两只大狼狗，每次有人靠近，大狼狗就叫起来，声音特别大。不过他心里知道，这些是虚张声势而已。

海燕道："按师海的脾性，他是要死扛到底，这么多年过来，你见他屈服过谁。我都捎了消息，劝过他几次了，命比池塘重要，你别把老命折在牢里。他就是不听吧，一直认为自己是有道理的，那口气服不下来。见他这样，我心也是乱成麻，不晓得怎么收场。"

立春听了，唏嘘不已。要是换成自己，早他妈的服软了。师海能成大事，真不是普通人的意志。立春劝道："对呀，还是身体要紧，先出来再说吧，出来了，他定能掀起风浪。"海燕道："要是能出来，我就不让他再掀什么风浪了，他只是我老公，不是什么神人！"

立春连连点头，道："还是人要紧。在看守所里待这么久，也不知道他每天都在想什么！"

带着一丝的希望，海燕等到了年三十，两父子还是没有要回家的迹象。一家三代人凑在别墅里，有两人在牢里，既热闹又冷清。海燕强打精神，给孩子们创造祥和的气氛，不去提那档子事。可是脑海中还是不由自主地浮现出父子在牢里冷清索然的场面，外面鞭炮声声，焰火冲天，海燕忍不住鼻子一酸，进了洗手间偷偷抹了半天泪。

安楠和安树两兄弟也是乐观之人，撑起家中祥和的气氛。安树在银行工作，师海也尽量让他独善其身，不要卷入征地的斗争。只不过在征地期间，领导也曾让安树劝劝师海。安树试过了，回道："我劝过老头了，他不可能听我的，叫我少掺和这种事。"领导倒是没有为难安树，让他安安分分地做个国企员工。

安楠接管了大塘，统筹养殖和销售。自从镍合金第一期投产后，如山的工业废渣堆在海边，如大塘隔着一条沟渠。在空中航拍，就像一座巨大的煤山。有害元素通过雨水渗透到海水里，这是可想而知的。塘里的蛏子暂时还不知道受到什么影响，但现在出去的蛏再也不打"师海牌"的名声。这个品牌已经由一个驰名商标变成客户有意避开的品牌。现在运输到福州市场，只是以普通的蛏子做批发销售，尽量避免说出出处。但是安楠接手的这一年，财务上居然出现了转机，一改数年来连连亏本的局势，总共赚取利润两千万。这一战绩，得归功于安楠灵活的销售政策。比如说在蛏子的生长期，市场上根本没有蛏子可买，安楠便把四十粒一斤的新蛏投入市场，让市民尝鲜，获得不小的收益。这样一方面缩短蛏子的生长周期，提高蛏塘的利用价值，另一方面错峰销售，避开丰收期的竞争。而师海，就是要把蛏子养到最大最肥，保住原来的品牌特点，反而束缚了手脚，在养殖技术变形的情况下，投入产出不成正比，连年亏损。两者相比，师海坚守的是养殖为王，安楠秉持的是销售为王，大概这就是两代人思维的差异吧。

对于师海连年亏损的情况，怀风也是心藏疑惑，问安楠："央视里不是说，你爹养殖的蛏子与黑鲷的混养获得成功，蛏子吃黑鲷的排泄物，循环利用，节约了饲料成本，怎么还能连年亏损？"安楠道："那就是我爹的一个梦而已，白日梦，不知道是我爹骗了编导，还是编导要编出一个好故事骗观众，我从来就没见过黑鲷和蛏子养殖成功过。"怀风道："既然不成立，他为什么还要说得跟真的一样。"安楠道："那是他的一个梦，他的梦没有醒呀，他从来不承认失败，我说他异想天开，他就说创业路上所有的行动，都是异想天开的，不是一个个都成功了吗？也许，因为太过自信，他混淆了现实与梦想吧！"

原来师海主持大塘的时候，安椿的意见，也是油泼不进，无用武之地。现在安椿自己主持工作，能实现自己的想法，是因为父亲进了看守所，真是世事难料，阴差阳错。

怀风道："也许他能坚守在里面，就是因为他有梦呀，不管这个梦是不是白日梦。"

次年六月，师海与安椿被押解到法院，进行关于大塘补偿协议的协商谈判。这是第三次了，安椿看到这次父亲的表情不一样了。师海一向是精力旺盛的，两眼熠熠生辉，即便在牢狱中，也是中气十足。但是这一次，他的眼神有些无力、颓丧，并且叹了一口气，这在安椿看来，是头一次，也让他心头一震：像雄狮一样的父亲，精神出现危机了。

这次法院也下了最后的通牒：组织、扰乱社会秩序罪肯定是板上钉钉了，如果愿意签赔偿协议，服罪态度好，可以考虑缓刑，如果强硬对抗，则只能实刑，到时候想改口都没人帮你。而且，拘押至今，已有一年，以案情重大、复杂而反复延长的羁押期已经到头了，前面只有两条路可走，要么缓刑给你出去，要么开始实实在在地坐牢。

谈判之前，付岩磊也给安椿做思想工作，道："百善孝为先。你父亲已经这把年纪了再让他坐牢，有个三长两短，你这辈子后悔都来不及。我是过来人，晓得什么是孝顺，你必须把你爸安全送出去，什么都没有这个重要，这是你当儿子的义务。"这一番推心置腹的话，虽然醉翁之意不在酒，却入了安椿的心。他突然想，这样扛是为了什么，必须用几年的牢狱之灾来表现自己的勇气吗？

时间已经不允许安椿再踌躇了。回到看守所后，他给母亲和兄弟写了一封信，信中说明父亲的精神状态不容乐观，再让他坐牢，肯定是送了老命。让母亲召开家庭会议，赶紧做出决定，并知会大塘大股东。海燕召集大塘股东开了股东会议，告知大家师海在里面应该已经精神崩溃，必须由股东做出同意三百亩征地的决定，亦换取他取保候审。在海燕的要求下，大股东们做出了书面决定，同意签订合约。师海在里面再次收到海燕的信件，以及大股东们的意见书，他的双眼已经混浊了。石灰墙上，原来那些千奇百怪的图案，全被画成波涛的样子，好像他已经被淹没在波浪之中。原来说话中气十足，现在已经迟钝，动作迟钝，说话迟钝，脸上的皮肤也松弛了。以前他很少做梦，是最近才开始做梦。有一天他梦见父亲在海上行走，对，就是他画的那一片波涛。父亲如履平地，背对着他，在翻滚的波涛中前行。他叫起来："爹！"明明能听得到呀，但是父亲没有回头，显然不想搭理自己。他想追上去，也觉得自己可以踩着波涛前行，一抬脚，踩了个空。醒来的时候，脚还动了一下。醒来就睡不着了，他想了很久，也想不出个所以然。

付岩磊进来的时候，他正伏在墙上，专注于刻画波涛，好像一个专业的画师。他抬头认了一下，好像不认得付岩磊，继续画着。付岩磊把海燕的信交给他，对他缓缓说道："老李，不要再为难自己了。土地都是国家的，谁也搬不走，你又何苦呢！"出乎付岩磊的意料，这次师海没有任何愤怒与反抗。他看完之后，只是很慢地、一字一画地在授权书上写下自己的名字。然后看着付岩磊，轻轻道："你看到了吗？我死了。"付岩磊看他签完字，一块石头落了地，叫道："老李，你活过来了，你要过上好日子了，这回我保证你能出去。"师海没有应他的话，继续自言自语道："我真的死了。但是我不服！"六月三十日，父子被放出来。

师海走出看守所时，眼睛被刺眼的阳光晃了一下。一年多了，他没有呼吸到这么自由的空气，看到这么天宽地阔的阳光，他看到海燕和一群亲人在迎接自己时，他的脑子里嘣的一声，一根紧绷的弦似断了。

区法院二〇一七年七月做出判决。判决书表示，李师海为了迫使政府提高补偿标准，组织、策划、指挥他人对重点工程项目临港工业区填海造地工程进行阻挠，其聚众扰乱社会秩序，情节严重；李安椿通过网络媒介发布阻工信息，进行舆论造势，煽动村民阻拦施工，均已构成聚众扰乱社会秩序罪。李师海判处有期徒刑三年，缓刑三年；李安椿判处有期徒刑一年零两个月，缓刑一年六个月。

玉喜嫖娼被抓后，来宝不得不当起谈判的头。

玉喜在村中声望顿减，人们想不到他是这样的人。只有来宝为玉喜喊冤，道："他没娶老婆，你让他去哪儿泄火，真他妈的只许州官放火不许百姓点灯。"又对村民道："玉喜这点事不算什么，他是为咱们赔偿的事才被抓把柄，你们别被舆论带歪了！"

玉喜被放出来的时候，也写了保证书，不准再为拆迁发声。

负责碗屿村的是镇上的刘立志主任。刘立志家在城里，两头跑，听说在镇上有一个相好的，坊间只是这么风闻。来宝跟踪了几日，终于找到了他与相好同居的证据，并拍下了视频。来宝把视频发给刘立志后，刘立志马上跟来宝见面相谈。来宝胆子大，不但不怕，而且相当得意，抓住别人把柄的感觉太爽了，比他小时候跟孩子打架，踢别人裤裆还爽！

刘立志见了来宝，便亲热道："其实我们可以成为朋友的。"来宝一听就放心了，脑子里一片光明，一条康庄大道从脑门通向无限的远方。多少年了，他没有受到别人的尊重，像一棵野草在成长，潜意识中他觉得自己必须长成大树。现在，一个在迁村现场颐指气使的领导，突然跟他称兄道弟了，他的内心有一种化学反应。

他想起池一龙临走前告诉他的话，或者是，把自己走江湖的要诀告诉他："摸人心思，牵牛鼻子！"

来宝抽上刘立志递过来的中华烟。那种吞云吐雾的感觉，就像玉皇大帝端坐云端。

刘立志说，碗屿村的迁村，我已经做了最大的努力，很有可能落在火车站周围，未来的一个人流中心，这个已经是最好的结果。以后其他地方的迁村，比如三屿滩涂、铁箕湾滩涂，都不可能到城郊地段，因为海西城郊已经没有地了。至于赔偿方面，也是充分保护了村民的利益。刘立志道："来宝你自己说说，你那个猪圈，凭良心说，一头猪都没养过，就是盖起来要赔偿的，也照样给你赔偿，我这够意思吧！"

来宝心不在焉地听着，岔开话题道："刘主任，你这日子过得好呀，城里睡一个，镇上睡一个，听说镇上那个也是干部呢。"

刘立志尴尬地笑了，道："你真是见笑了。说句实话，这种现象，也不单是我，我这个已经很寒碜了，你就别拿我开涮了。"

来宝正气凛然道："可是玉喜，连个老婆都没有，找了下小姐，你们就抓他，公平吗？"

刘立志讪笑道："这你也怪不得我呀，是吧，上面的压力，上面的行动，我也只是一颗棋子而已。"

"所以我必须讨个公平，旱的旱死，涝的涝死，这世界就不能平均下吗！"

正气凛然地聊了许多大道理，最后来宝开了价，五万块把视频买走。刘立志还价还到三万，成交！

迁村在即，玉喜放心不下的是镇海将军的庙。政府紧盯着大塘三百亩，迟早征用，大塘养殖场势必存在不久。他好说歹说，请了憨头来落身。不晓得是憨头不情愿，还是镇海将军情绪低落，上了身，竟不像从前那样神气活现，指点江山，恰似蔫了的茄子。玉喜道："时间不等人了，你就说说你要去哪儿合适，你就说句话嘛！"将军没有吭声，眼角默默地流出泪了。玉喜道："你是心疼儿子在牢里吗？"将军幽幽地叹了口气，不言语而去。憨头转醒，眼角犹有泪痕。

玉喜无奈，心里也知，师海遭此大难，连成神的父亲都不安。他自己自幼无父无母，倒是不甚想念，自从将军帮助自己养殖成功，心里却把他当成了父亲，即便是自己一个人吃饭，也似乎想着他在身边，日子得以有念想。想着迁村之后自己就要到城里，也不晓得要干什么营生，人神两隔，心里边不是滋味。

当夜睡梦中恍惚觉得有人在耳边道："鸡公山的将军洞，是个好去处。"醒来，余音犹在，恍然觉得那是将军的声音。玉喜激动得泪流满面。次日往鸡公山岛考察。岛屿位于三都澳东冲口东冲水道与小门水道之间，地处罗源、蕉城、霞浦三界，离西岸最近一公里。岛上只有一个自然村，人口不到两百。登上制高处，果然在两块巨石中有一个三角形的石洞，从洞口眺望海面，海阔水急，天高云淡。洞口有烧过的残烛以及酒杯，但洞中并无神明。显然，当地村民认为洞中有神，在此祭拜祈求。玉喜大喜，心想，镇海将军看上这个地方，必然自有想法，自己不要画蛇添足，就将石头做了简单的整理，洞外小路平整好，等待黄道吉日，把将军恭送到此。

却说憨头听得镇海将军要走，心中郁闷。他平常少言寡语，跟工友也聊不来，只是常和神像嘀咕。神像栩栩如生，也跟他一样静默，可以心交。憨头但觉得一阵风扑来，昏昏欲睡，自己身上陡然一颤，魂儿脱离了身体，悠悠荡荡，在云雾之间飘荡，不知要飘向何处。又觉得身边有一人相伴，乃是镇海将军，问道："要去哪里？"镇海将军道："你看下面是何人！"憨头定睛一看，只见下面屋舍闹市之中，自己的老母亲正在人群中蹒跚穿行，抓住一人便问道："我儿你可有看见？"憨头见此情景，眼眶一热，也好似自己有了神力，快步跨到母亲面前，叫道："娘，我在这里！"老母亲道："孩子，你让我找了一天，两天，三天，四天，我记不清几天了。你怎么不把我送回家，自己又跑哪里去，让我好生着急。"憨头泪流不止，紧紧抱住娘。耳边镇海将军道："你时间紧迫，速速行动。"憨头知晓自己身处灵界，叫道："娘，我这就送你回家！"带着娘如暴风骤雨狂走，脚底生风。到了野外，稻田青青，和风吹拂。娘高兴起来，叫道："快到家了吗？"憨头道："快了快了！"娘指着远处道："那一人在田里拔稗草，可是你爹？"憨头道："娘，爹已经……"娘兴奋道："你爹当年在田里干活，我去送饭，肚子里怀着你。到了田埂，你就踢我肚子，你爹说，这孩子将来出来，肯定是干活的行家里手。孩子，现在你爹肯定是在家等着你干活呢！"憨头明白娘已是魂灵，却想不到死后脑子这般清爽，什么都记得，不禁悲喜交集。到了古瀛洲，一片茫茫绿水，娘恐慌道："这如何渡过？"从前沿溪而行的小路，已经淹没在水下，憨头道："娘，你就跟这儿回不到家吗？"娘道："是呀，我又不是鱼，怎么游过去，我即便是鱼，也不敢游的。"憨头便带着娘，沿着宁屏路往上走，过了峡谷大桥，绕到古瀛洲，只见水茫茫，山头仍在，村庄不见，他娘愣愣地道："你爹回来，也没得去了。"母子俩呆呆看着水面，茫然无措。他娘此刻变得眼尖，突然见到一个影子从水面浮出，翻滚着游往岸边，叫道："你爹在水里，他肯定是回水下的家！"他爹生前确实跟憨头一样，是个浪里白条。憨头细看，确实是爹的样子，猛地叫了一声："爹！"浑身一颤，醒了过来。旁边围着众人，叫道："憨头，你是魂魄游到哪儿去了！"

那山、那水、那人，那呼唤，历历在目。憨头想起方才的景象，号啕大哭！

福建，自古就被北方人认为是个岛屿。为什么？交通不便。入北境更多由海上通行，是故有此错觉。如果李白入闽，可能《蜀道难》就会改写成《闽道难》。原来海西地区成为全省经济总量最小的地区，在于交通不便。世纪之初，沈海高速海西段贯通，高速桥跨越滩涂，如蜈蚣蜿蜒。其后，因车道过窄，运力不足，又建高速复线。二〇〇九年，温福铁路贯通。这一切，使得海西的发展成为可能。这几条大通道建设，可将三都澳港口的经济腹地拓展到浙南、闽东北和赣东，进而通过江西的交通体系，使三都澳的腹地延伸到湖南、湖北、四川、重庆，三都澳即成为沟通内陆省份与沿海乃至国际经济联系的一个出海口。

根据海西环三都澳海湾城市的总体规划和"向海、临海、跨海"的城市发展战略，当地政府着力构建环三都澳的港口群、产业群、城市群和风景带。以环三都澳区域的综合开发，带动全市山海、城乡联动发展。在港口开发上，就是致力于把三都澳建成一个产业港、物流港和储备港。在产业发展上，就是要积极引进和提升钢铁、石化、能源、重型机械、船舶修造、电机电器等产业，在环三都澳区域着力规划和培育形成五大临海产业集群。在城市建设上，就是要加快实施金港、铁基湾等围垦工程，推进宁心城区向海拓展，同时加速跨海连接三都岛、溪南、东冲半岛和漳湾、城澳、白马港区的开发建设，逐步形成环三都澳城市组团。

环三都澳区的闭合交通也在紧锣密鼓地展开。沿海的交通，平地很少，重点在于，一是在丘陵中打隧道，二是在滩涂建桥梁。增坂的后山，已经在高速贯通中被打了"增坂隧道"，以及铁路隧道，从风水而言，这是抽筋蚀骨的举动。每当火车通过，洞中轰鸣山体晃动。又有外地商人，看寨顶位置极好，一览四周，风光尽在眼底，便提议出资在寨顶建四面佛，供四方香客朝拜。老人又请梨花洞主察看，被洞主否决：说仙艮山是增坂村主山，寨顶立佛，施压主山，对村中不利。

又有一条临港公路，从城区通往高速北口，经过王坑，以隧道穿增坂后山而过，元丰的坟墓，在隧道征地范围之内，不得不迁坟。月明便叫了风水先生，另选他处，这且不提。却说工人在施工中，也就是平整空坟之时，挖土机挖出一个金疙瘩，金疙瘩藏在一个铁盒子里。村民听闻消息，得知可能是元丰墓葬之物。去问月明，月明道："我爹下葬之时，并未听说有陪葬物品，但曾传闻，他从怀风的地主爷爷处，曾接受了一只金蛤蟆，后来未曾见过，难道是此物？"族人道："那金蛤蟆，是咱们村的镇村之宝，与槠树林形状相仿，不能让外人得去。"族人便带人去找工人索取。现场工人说，确实挖出一个东西，但是被两个内地工人眼疾手快拿了去，已经连夜逃跑回去了。族人不信，与工人发生纠纷，甚至动手，引得派出所前来解决，不了了之。

众人又叫怀风下来，说这金蛤蟆，应该是你爷爷手上的宝物，你爷爷当时是大地主，被枪毙之前，把重要物品遣散，才到元丰手里，想必是要传到你爹手里，不晓得怎么会在元丰的墓里了。你要是孝顺，就得想办法拿回来，那是村庄的吉祥物。

怀风便上来与师海商讨。

师海刚刚保释，像是换了个人，许多朋友为他接风洗去霉气，他一一拒绝。从某个角度来说，看守所是一所最深刻的学校，使得智者成为哲学家，愚者成为疯子。师海在看守所，居然神奇般地把白酒给戒了，也可以说是被动戒的，但是现在可以说滴酒不沾。当然，海燕也不让他出去。在看守所里待了一年多的人，目光难免呆滞，家中的一切都显得陌生，连花园里开的一朵花，都要瞅上半天，那眼神，好似碰到前世的情人。

师海在家里一贯穿着睡衣睡裤，觉得轻松、舒坦。但不熟悉的人到家，就觉得他像个精神病患者。享受了几日家庭的温馨，他的身体和语言，似乎才渐渐复苏。

"听说是个金蛤蟆。曾经听闻，我爷爷让你爷爷带出来，将来传给我爹。我爹去台湾，告知那个金蛤蟆在你爷爷手上，转赠给你爹，带我长大。可是后来不晓得怎么，你爹并没有得到，也不晓得怎么进了你爷爷的坟墓。我思来想去，这个坟是新建的，应该是你爷爷自己带进去的，可是他死了，怎么又能自己带进去呢？"怀风像个侦探，把自己的逻辑摆了出来。现在他对找到这个根源比找到金蛤蟆更在意："你爹没有得到金蛤蟆，一直对我爹耿耿于怀，觉得我爹骗了他，这也是我这辈子悲剧的根源，所以我很想了解，到底是怎么回事。"

师海并没有说话。他和从前没有两样，只是思维有点迟滞，况且这些讲古的事情，他不太理会。

"我想了很久，这件事的秘密只在你爷爷身上，金蛤蟆肯定是他生前放进去的。我那时候就听说，他时不时到自己的活人墓去转一转，当时只以为他满意自己的永生厝，现在想来，可能是要把金蛤蟆埋在里面。可是他为什么要埋在墓里呢，因为那时候我爹去台湾了，他指定对我爷爷有承诺，如果送不到我爹手里，就送到阴间还我爷爷，你觉得我这个逻辑对吗？"

师海心不在焉。或者，这个太复杂的逻辑，把他弄蒙了。他答非所问，道："怀风，我现在觉得你说得也对。"

"什么也对！"

"我原来跟你说，男人愿赌服输，别哭哭啼啼的，现在我想，我可能错了，你哭哭啼啼有你的道理。"

原来师海觉得怀风不像个男人，怨天尤人气太重，做男人就不该这样。经过这一番大难，他突然有所反思，大概觉得自己对怀风也太残酷了。

怀风愕然道："你真的这么想……我现在跟你说的是金蛤蟆的事！"

他站起来道："以前我都不会回忆，到了看守所以后，我想起了许多过去的事，我感觉对你……粗暴了。"怀风惊喜道："海燕，师海现在有人情味多了，这牢没白坐……"话一出口，又觉得不妥，不自觉掩住了嘴巴。海燕早已觉察，笑道："你想说什么就说，现在还有什么好忌讳的，你们这番样子，倒让我想起在增坂小学的日子，多少年了，那时候是刚刚改革开放哟！"怀风掰了掰指头，叹道："三十几年过去了，跟一阵风似的。"有一个人来看望师海，他们倒是不敢怠慢。那人便是调到市里去的余幼仁。余幼仁在区委书记任上，一直没有搞定与师海的征地合同，是其仕途的一个遗憾。卸任的时候，他跟师海有过鸡蛋石头论。师海当时还不服气，认为有可能自己才是石头。一来二去，两人成了故交，余幼仁此番前来，倒不是来幸灾乐祸的。

他进门，就看见师海胖了一圈，虽然胖的肉是松垮的，但人显得圆润，甚至还多了一分慈祥，便叫道："看守所伙食不错呀，气色倒是不错。"

师海苦笑道："你这是专程来笑话我的吧！"

余幼仁叹道："笑话倒不至于，你受了苦，终究我还是要来看望一下。照老例，不代表政府部门，代表我个人。从个人角度出发呢，主要是怕你心里过不去这坎。"

师海喝了口茶，道："我就是想不明白，我这到底是哪儿错了？"

余幼仁道："你这是不识庐山真面目，只缘身在此山中。现在我们整个城市的发展和布局，你也看到了，改革开放以来，福建的地级市，就我们海西没有大发展，因为没有工业呀。而现在是千载难逢的机会，向海要地，布局临海工业，特别是发展高科技的独角兽企业，振兴海西经济，这是不可阻挡的趋势。要发展呢，就会有牺牲，女人生个孩子，还有阵痛呢，我们的城市现在重生，怎么会没有痛楚呢。所以说，不是谁想搞你，想斗你，而是你被时代的车轮碾在下面，你反抗得越厉害，就伤得越重。所谓识时务者为俊杰，你要是有发展的眼光，就应该投资更为新兴的产业，不必守着养殖呀什么的。投趋势的人，才是最有眼光的。你眼里的千亩池塘，在别人眼里，是一大片厂房，是上市企业的基地。结果你当了钉子户，你想把时代车轮的轮胎扎破，那不是太高看自己吗？"

这一番雄论，把师海说得叹气，道："我只是想跟你们当官的斗一斗，想我一个农民，也不比当官的差，你这么一说，我他妈全错了？"

"对呀，没有人想跟你斗，也没有人跟你对着干，每个人只想做好自己的事。你现在明白了吧？"

"明白了。"

"这口气咽下去了？"

"心里更难受了！"

"你要是难受，说明你还是停留在一个农民的见识上，认为跟人打架输了，输不起，你要是想通了，转变思路，你还会迎来事业的第二春，现在是我们海西千载难逢的大发展时期，机遇就是留给你们这些手上有钱的。"

"可是我只懂得养殖呀。"

"可是你原来连养殖都不懂呀！"

这一番推心置腹的谈话，给师海深深的震撼。余幼仁走后，他坐在沙发上，久久不语，似乎收获颇多。海燕还在给师海收拾衣服。他进去一年了，有些衣服该扔掉，有些衣服还能穿，但是长久不用，必须全洗一遍。也许是他的保释太突然了，家里没有做好迎接他的准备。海燕想，明天要带他去商场逛一逛，一来是重新适应下外面的世界，二来选几件精神的衣服，有个新的面貌。他现在特别不愿意动，也许是所里待久了，恋家；也许觉得坐牢是一种耻辱，不愿见人。一切都要重新开始，她必须让他逐渐适应外面的环境，重新做那个不知失败为何物的男人。

她听见窗外花园里扑通一声闷响，忍不住道："哪里的野猫又来折腾了。"话一出口，觉得声音不对，推开窗借着花园的地灯定晴一看，"哇"的一声叫了起来，脚一软，顺势扑上前去……

次日，消息是从别墅路口的包子店先传出来的，因为他们昨儿看见了救护车进出的过程。

"养蛏大王李师海跳楼自杀了。"

这个消息爆炸性地传开。关于跳楼的原因，众说纷纭，有的说是被逮住一年，心中不服，以死明志；也有的说是得了抑郁症；有的人说当场就死了，也有的人说只是深度昏迷，还在抢救。

西陂塘围垦的地，在工业园区和新能源等公司的蚕食下，还剩下靠近斗门头的一块地，规划用来建设仓储物流基地。大型的挖土机在平整土地，像一只只巨大的螃蟹，笨拙地挥舞铁钳。想想这一大片厂房林立，工人如蚂蚁的地域，三十多年前还是鱼蟹的天地，千百年人们过着潮涨潮落的生活，不禁让人感慨人进海退的速度。

大海，有没有愤怒过呢？

这一天，来了三四十个妇女老人，在重机械之中阻挠施工。来者是麒麟埠的人，究其缘由，还得回到拦海造田的时代。西陂塘围垦成功后，八十年代分田，把这一块分给麒麟埠。对麒麟埠来说，这是一块鸡肋——耕种呢，要翻过一座山，太远不便；不耕种呢，每年还要上缴公粮。当时麒麟埠的田地倒是不缺，有五里洋的围垦田地，当时的书记，根据村民的意见，便弃之不要，也省得交公粮。这块地后来就被政府的部门收了。如今麒麟埠的村民看到这块地开发了，便不认当时书记的协议，要求有所赔偿。每天雇用一辆中巴，把人载到这里示威，就跟上下班一样准点。

来的人群中，为首的正是陈武功。老骥伏枥，志在千里，为村庄争取福利的事，怎能少了他。他是当时的见证者。他说村书记并没有征求全体人员的意见，自作主张，对土地采用不耕种不交公粮的虚无政策，但并没有把土地的使用权交还政府。陈武功坐在轮椅上，每天被人搬上车，搬下车，在平整的土地上推着对峙挖掘机。他在轮椅上，表情淡然，摇着蒲扇，像心中有三军的诸葛亮，不生不死，不怕死不怕斗，这个角色没有人比他更合适了。

镇政府束手无策，要是强行动手，不小心把垂垂老矣的老人弄倒几个，便收不了摊了。但是谈判，绝无可能，这块地算是村中已经放弃，有了权主，再谈赔偿的事，又是个大窟窿。镇政府找区里开了会，把中巴车的司机给逮了。

那司机可叫冤了。人家出钱喊我载人，我能拒绝吗？公安说，你载的是什么人，你是载人聚众，阻拦施工，扰乱社会秩序的，是要坐牢的活。把司机关了几天，再也没有司机敢载他们过来了。

釜底抽薪，断了车路，但并不能阻止他们的步伐，他们翻山过来。原来山路已经荒芜多年，后来两座寺庙出资修路，现在石阶和水泥路，好走得很。早晨七点就过来，一行人拥着一辆竹轿子，坐在轮椅轿子上的人，正是陈武功。巧得很，给陈武功抬轿子的，正是少林、立夏、敛头等四大金刚的儿子，这是陈武功钦点的。山路一颠一颠的，他没有衰老的感觉，依然如大将军般镇定，偶尔说一句含糊其词的话。

如此，施工又停了几日。对政府而言，这个已经不是什么大的问题了。几日之后，领导终于决定，调来队伍清场。清场的过程非常顺利。整个过程中，没有人去理会陈武功。谁也不会对一个轮椅上的人动手，也无须动手。陈武功扯着细弱的嗓子，指挥，鼓劲，嘶叫，也许没有人听他的，但他还是奋力把自己当成一个指挥千军万马的将军。后来整个现场安静下来了，空空荡荡的，人们才发现一辆轮椅还在，轮椅上的人已经不动了，但仍保持着指挥的架势。

立春搬到城里以后，无所适从，天天去老人会打麻将。在麻将场跟一个美艳妇女勾搭上之后，又被骗了五万块钱，这回怕巧容骂，怕孩子骂，咬着牙往肚里吞。后来有牌友来电，叫他凑麻将咖，他赌气道："不去不去，都是他妈的套路！"

接着他被万达广场的广场舞吸引住，但是再也不敢和搭讪的女人有什么瓜葛，虽然心里痒痒的。池塘被征收后，他的魂好像断了，他希望师海快点恢复，给他指出一条明路。

师海跳楼之后，他到家里看过一次。经过治疗，师海已经恢复知觉，但大脑受到伤害，智力大概像七八岁小孩。问他什么，连摇头点头都比较困难。吃饭从要喂饭，到可以自己吃，但是只会夹自己眼前的那一道菜。相对原来估计的变成植物人，现在已经是最好的结果了。

至于跳楼的理由，已经不重要了，无人能说得清。怀风回忆起当年，李怀准给师海介绍工作，师海后来不干，对怀风说："你把我关在那房间一天，我就会疯掉的。"就师海这种气性，怀风想到他被关了一年多，不禁直冒冷汗！三四十载，一言成谶！

立春看到师海变成这般，心中一阵酸楚。他一向把师海当成指路明灯，没想到他却退化成儿童。人生的玩笑，有时候是不是开得太大了。

不过他希望，下一次去看师海的时候，他能够恢复得再多一些。他现在就像一个新生的孩子，智力再次成长，几年之后，又是一条好汉！

立春在万达广场闲逛，突然看到广场上，阮氏草正带着孩子，跪在地上，身前是一张乞讨帖，上书：老公入狱，生活没有门路，讨钱做路费回越南。

立春叹了一口气，赶紧给巧容通话，巧容道："哎呀，肯定又跟我娘吵架了，赶紧带她回来先，别把脸都丢尽了。"

这事得从来宝说起。来宝自从敲诈刘立志得手后，发现了一条新的营生。村子拆迁后，他们住进城郊金马小区，本来生活也是不错。来宝再一次行动，帮附近一个渔村的农民维权，在一个干部的办公室垃圾桶里，发现了一个安全套的壳子。脑子灵光的来宝抓住这个把柄，再次套出端倪，又敲诈了一笔。事不过三，第三次他抓住一个公务员有别墅的消息，以不明财产来源为由勒索，反被公务员抓住证据报了警，以敲诈勒索被捕。这样一来，家中没有了主心骨，雪来与阮氏草不和，导致阮氏草有回家的想法。

巧容把阮氏草母子安顿了，便悄悄跟巧清联系。巧清当年潜逃出去后，极少回来，也更没有再以企业家的身份参与活动。因为有所顾忌，只跟巧容一人有联系。巧清便道："既然来宝进去了，我们就把孩子养起来吧！"

巧容又问："你晓得巧月的消息吗？"

巧清停顿了半晌，道："就不要去操心她了，就当她死了吧！"

等到巧容谋好了办法，阮氏草却带着孩子远走高飞，不知去向。后来直到来宝出狱，依然没有阮氏草的消息。村里议论，来宝是自作孽不可活，有因必有果。

师海跳楼这件事引起极大的震动。对村里来说，事情绝对没有那么简单，他是村庄的偶像和牌面，没有谁比他更有决断，更有魄力。他跳楼，是不可思议的，一定有怪力乱神作祟。增坂人觉得多事之秋，要请神决断。村里老人如临大敌，请了梨花洞主真身上身。洞主腾云驾雾匆匆而来掐指细算，有了端倪，说西陂塘闸口有鬼作怪。那闸口是增坂村的水脉出口，既有龌龊，势必不得安宁。既然是鬼的事，又问了下坂村的黑白无常兄弟，那黑白无常道："当初建造西陂塘时，有淹死的鬼魂，都回不去，聚在西陂塘口，当了阴间的渔民，兴风作浪。如果他们上岸回村作祟，是水质受害，无鱼可打，怪罪于人。"众人这才想起，原来西陂塘闸口钓鱼的人多，那青头鱼喜欢逆着水流奋勇前进，海钓的人就在水流中把活蹦乱跳的青头鱼钓上来。如今水质被破坏，青头鱼已经几乎绝迹。难怪那些鬼也没的吃了。

众人请黑白无常施法，黑白无常道："这些野鬼最是桀骜不驯，难以劝服，当中一个领头的，乃是叫兆武，领着野鬼回村作怪。他哥哥已经成神，威震一方，请他哥哥劝服，最妙不过。"

玉喜一直在想，镇海将军为什么想去鸡公山岛，那里水流湍急，村中人极少。想来想去，只想出一个原因：工业区可能辐射岸上的每一个村庄，只有在孤岛上，才是最安全的。想到这里，他不由仰天长叹！

增坂村人请玉喜带着大家去将军洞请神。众人到达将军洞，刚点上香烛突然海风大作，一团乌云顷刻间飞到岛上，一片黑暗。狂风中，众人差点被吹到海上，都紧紧抱住石头，只听得风声、浪声、石头翻滚的声音大作，有人还思量这回躲不过了。只不过十分钟左右，乌云飘过，风停天明，众人缓过气来，再看神像，早已不见，想来是被吹到海上去了。

众人不明所以，以为天意，不敢怠慢，朝天跪拜。

水哥出狱的时候，安椿、龙秋和张改一起去接他。三人在监狱外照了一张相片，注明每人被拘留或者入狱的日子，作为纪念。水哥道："可法和尚如果在就好了。"龙秋道："他已经被迫云游去了。"

可法和尚入狱时，统战部和民宗局把莲花寺收了回来，派了一个外地和尚，接管了寺庙。可法出狱后，寺庙已经不属于自己，于是背着画中人的神像，云游四方去了。那一天，安椿去送行，只见他背着一个背篓，背篓后面放着画中人木像，还有一株在寺里栽种的桃花苗，正开着花呢，徒步前行。安椿问他去何处，他说，既然此地不留人，自有留人处。此次与画中人苦行，算是一次修行，哪里有缘分，以后就落脚哪里，不必担心了。

四人道别，相约无论未来做什么，都要以守护海西、监督环保为己任。

二〇一七年，国家海洋局组建了第一批国家海洋督察组，并于当年下半年分别进驻辽宁、海南、河北、江苏、福建、广西，开展了第一批以围填海专项督察为重点的海洋督察。二〇一八年，中国出台了最严围填海管控措施。国务院下发《国务院关于加强滨海湿地保护严格管控围填海的通知》，要求"除国家重大战略项目外，全面停止新增围填海项目审批"。通知提及，近年来，我国滨海湿地保护工作取得了一定成效，但由于长期以来的大规模围填海活动，滨海湿地大面积减少，自然岸线锐减，对海洋和陆地生态系统造成损害。根据二〇一七年中央第五环保督察组向福建省委省政府的督查反馈结果，二〇一〇年以来，福建省累计审批填海项目三百八十二宗，使用近岸海域九千零六十二公顷，侵占部分沿海湿地。此外，海西环三都澳湿地水禽红树林自然保护区列入国家重要湿地名录，二〇一一年以来，围海养殖造成保护区湿地面积减少近一百七十公顷，局部生态系统遭受破坏。事实上，无论是围垦养殖还是之后工业化的大面积填海，破坏生态都是海西海洋经济的原罪。

在中央政府"绿水青山就是金山银山"的环保理念下，越来越多的人开始意识到环保的重要性，改变已经在发生了。在政府处理了几起违规填海的事件之后，在环保与发展的冲突中，政策已经向环保倾斜了。海洋不属于某个工业区，也不属于渔民，而是属于世世代代的子孙。

这座滨海城市，土地稀缺仍是难以避免的困境。如今的沿海区域，码头建设正如火如荼，不断有卡车驶过。临港工业、码头物流、产业新城……新区拔地而起，市政填海项目正吹沙进行。如果说传统养殖与现代工业之间是此消彼长的矛盾，那么长久以来的人海之争，似乎并无任何胜利者。

安椿带领几个人来看望师海，他们心中昔日的英雄。

"明天开庭，爸爸能去吧？"安椿问道。

"就是背也肯定要背过去的。"海燕说。

出狱后，安椿代父亲将市国土资源局、第三任蕉城区漳湾镇政府告上法庭，主张在羁押期间受到刑事案件的压力才让海燕出具授权书，请求法院撤销《海域使用补偿协议书》

诉状称，当时师海的身体和精神状态不乐观，经家人极力劝说，最终向妻子出具授权委托书，海燕代表增坂大塘与市土地收购储备中心签订了《海域使用补偿协议书》，补偿标准为每亩四万两千元。

"我听说这个官司打不赢的。"水哥道。

"打不赢也要打下去，难道还有退路吗？"安椿道。

海燕在家中宴请了众人。师海比以前似乎要兴奋一些，目光有神了。众人向师海敬酒，师海也能举起举杯，喝一些饮料。安椿突然有了新的发现，对海燕道："妈，你看爸爸今天会夹好几道菜了，以前都是只夹自己眼前的一道菜。"

"他会好起来的。"海燕自信道，"作为一个男人，他从来就没有让我失望过！"

次日，早早起来吃完早饭，一家人准备去开庭。师海突然怔怔地走到门外，站了一会儿，说："车怎么还没来？"海燕觉得有点异样，问道："你要去哪里？"师海含糊道："还能去哪里，我得去看塘呀。"一家人顿时很欣喜，至少师海对重要事情的记忆已经恢复。赶紧叫司机开车过来，恰好怀风也过来了，海燕对安椿道："你们去开庭，我和怀风叔叔带你爹去塘里。"

车从城里开出来后，空气变得清晰。怀风看了一眼师海，觉得他胖了。在看守所里一年多，再加上住院后的康复，居然胖了一圈了。原来脸部的棱角柔和了，倒是有一副弥勒佛的样子。怀风道："师海真是胖了。"海燕道："可不，我们仨都胖了，谁也回不到年轻时的样子了。"怀风道："还记得当年我们在小学里吃饭，喝散装啤酒，师海贪杯，叫他少喝点，他说，听说这玩意儿能长肚子，让我肚子长一点，也像个当官的样子。"这一番话，让海燕想起过往，突然间笑了。那笑里，有淡淡的苦涩，有往事回望的清新。

　　下了车，站在码头上，熟悉的咸湿的海风吹来，师海撸了撸头发。这是他一贯的动作。此时早潮涌起，闸门水流进来，浩浩荡荡。一个赶早潮的渔民提着篓子，脱下连裤长靴上岸，怀风晓得他是讨小海捉章鱼的，问道："有章鱼吗？"渔民道："今天太热，章鱼全死在窝里了，只能捉青蟹。"确实，一年比一年热了，那些蛰伏在滩涂洞里的章鱼，恐怕轮不到涨潮，洞里已经变成火锅了。

　　此时，塘上非常安静，水满满的，泛着湿热的气息。若是往常，师海一下码头，便开始一个小时的巡塘。如今他站立不动，看着远处一塘接一塘的海水，泛着白光。几只白鹭落在有鱼群游动的角落。怀风指着千亩水域道："师海，这是你这辈子奋斗的池塘，还没有被征走，你晓得不？"师海似乎没有听见，一动不动，不晓得他那受过伤的脑海里想什么。怀风道："你是想不起来了吗？"海燕掏出纸巾，道："他会想起来的，你看。"怀风看师海，嘴抿着，眼睛，红红的，湿湿的，像一个婴儿受了委屈即将张嘴啼哭，那是他康复以来，甚至是这辈子从未有过的神情。

2020 年 5 月 29 日第一稿

2020 年 8 月 26 日第二稿

2020 年 9 月 23 日第三稿

2021 年 3 月 11 日终稿

后记：山海血脉

1

写毕此书，童年的乡村生活浮现脑海，像隐藏在身体里的秘密被释放。

增坂村依山傍海，南靠寨顶山，北临西陂塘。从我记事开始，妈妈几乎每天都去讨小海，涨潮时回来，竹篓子往木盆上一倒，招潮蟹、蟛蜞等便乌压压爬着，一个顶着一个，一群压着一群，有的嘴里还吐着泡沫，发出极细微的唧唧声。偶尔有钳子又大又红的招潮蟹，便用细线拴着，当玩具。这些蟛蜞个头比较小，一个一个吃，吃不出花来，便洗完，倒在石臼里，砸成酱，加了盐巴腌制成蟛蜞酱。蟛蜞酱有一种说不出是香还是臭的咸腥味，长年累月地吃，会觉得生活很苦，或者，那就是生活的味道。

在出蛏子的季节，妈妈的竹篓里便是蛏子，那时候的蛏子是自然生长的，肉身清瘦，躲在半透明的蛏壳里，一顿饭下来，桌子上的蛏子壳堆成山，嘴里还是吃不爽的感觉。当然还有钉螺、弹涂鱼、白条鱼、青蟹、章鱼，运气好的时候会捡到鲎，它的血是蓝色的。

村口即滩涂，讨小海就相当于每天上菜市场，一天不去，桌上就没东西。就连玩具，也是黄花鱼脑石、串螺壳之类，这让我小时候以为人类的生活都是这样，靠海为生。海鲜这玩意儿，偶尔吃，颇为鲜美；顿顿吃，天天吃，年年月月吃，会令人绝望。特别是闻到每餐必有的蝤蛑酱，会觉得那是世上最清苦的气味。

不过最好吃的是土丁冻。寒冬腊月，土丁躲在泥层深处，讨小海的人在滩涂上手握木锄，顺着针眼大的通气孔把土挖开，把小拇指大的土丁一个个找出来，这可是耐心活儿。所谓土丁，肚子里都是泥土，挖土丁的人上岸后，会直接到水井边，把土丁放在筐子里踩（那时候没觉得脚踩有什么不卫生的），边踩边用水冲，把肚子里的土挤出来，把圆滚滚的土丁踩成一条细绳。接着在有些粗糙的石板地上摩擦，把土丁表皮的土褪去。制作土丁冻并不复杂，把土丁放在滚水里煮熟，放点葱花、味精，盛在碗里，正值寒冬，一夜之后，就变成一碗土丁冻。好吃的土丁冻，咸淡适宜，既有胶质的口感，又保存着鲜美的海味，再加上葱花的提鲜，吃的时候还不觉得，许多年之后，很久没吃了，想起来是一种悠远的童年的香味，带着滨海的乡愁。

台风是经常来的，对村庄来说，是提心吊胆的灾难。台风来之前，村里都会敲锣提醒。孩子们并不怕台风，反而觉得台风天特别好玩。台风来了,各家的荔枝树、石榴树就会落果,孩子们可以在树下趁火打劫,是一件乐事。台风过后,村庄一片洁净,原来成堆的海蛎壳都没了踪影。

猪肉,过年了才有的吃。家家都会养一头猪,过年前夕,凌晨杀猪声起,令人精神一振。每一家杀猪,都会把猪血做成血豆腐,与左邻右舍共享,所以别人家杀猪,你也能吃到猪血。猪血也顶好吃,虽然比起猪肉,还差那么一点点意思。在我能开始听一些故事的时候,我就问二伯一个问题:皇帝是不是天天吃猪肉?

村子里滩涂之间,有一道土堤坝,堤坝下面就是海,堤坝上面围起了几口池塘,分给生产队,养的是草鱼、鲢鱼、鳙鱼等淡水鱼。负责养鱼的人,挑着青草扔在水面上,草鱼便聚集过来,嘴巴露出水面,吧唧吧唧地吃草。扔一个石头下去,它们便打个水花。过年的时候,我们家家户户按照人口,能分到自己的份额。我们家大概能分到五六条,块头很大,做成酸辣的鱼汤,正逢寒天,过不久就变成鱼冻了,可以慢慢吃,鱼肉被冻住之后也特别结实,接近于猪肉的口感了。鱼冻是我小时候能吃到的口味极佳的菜肴,回忆起来会有甜蜜的滋味。

面朝大海,自然是没有田地的。背靠的寨顶山,山上有一点梯田,还有一些山地种番薯,这便是全村人的口粮。寨顶山是典型的福建小丘陵,海拔两百米,既然山地都种了粮食,就没有什么荒地,柴火是不够的,每年都要买柴火,有的人到北山打了柴,用船载回。这就是典型的"八山一水一分田"的乡村。四年级的时候，我离开乡村，到蕉城上小学，乃至后来离家越来越远，这样的生活也渐渐淡忘，深深地埋藏在记忆里。

2

大约二〇一〇年，我已经在北京生活了十年。由于懒散，便辞了职，过上了自由写作的生活。但我觉得自己是一个空心人。大学毕业后，我在福州、北京、广州都生活过，但在每个城市，自己都是个局外人。或者说，在创作中，我只能浮光掠影地写点自己漂泊的感受，并不能抓住它们的根。一个作家，没有一个扎根心中的家乡，写作是不成立的。

当时我四处游走，意识到回到县城体验生活，是写作的必由之路：县城连接乡村和大都市，是了解中国社会的核心所在。不了解县城的生活，便不了解中国。

有一次和朋友游走到霞浦，无意中听到一个真实的滩涂凶杀案件。心中一动，这是一个绝好的家乡素材。继而再想，滩涂，这是一块没有被人浓墨重彩书写过的文学地理，正是我心目中寻找的新大陆。是的，滩涂的劳作历史，承载了父辈们一生的劳作和战斗，承载了我的童年记忆。在我阅读的文学中，我是极羡慕作家有自己辨识性的文学地理故乡的，比如东北的黑土地、林海雪原，西北的白鹿原，陕南商洛，西南的绝美湘西，藏地景观，文化与地域特色交融在一起，文字从土地上滋滋生长。是的，我确定，闽东滨海滩涂就是我要耕耘的地方。

小时候父辈们滩涂劳作的场景浮现眼前，那是一幅湿漉漉的画面，我的记忆被慢慢打开，就连自己小时候去滩涂捉螃蟹被困在泥巴中的场景，也从遗忘的角落回来了。山海的血脉，连接到我的创作宏图中来。

那时，海西发展了东侨新区，开辟了南岸北岸公园，成了一个视野开阔、风景绝好的海滨小城，不再是原来在山海夹缝中的巴掌大的地方。而绝大多数住在高楼上的人，不会意识到自己住的地方，原来是一片潮起潮落、鱼虾出没的海洋。因此，我要写的，将是一部滨海城市的发展史与滩涂的消亡史。这是一个庞大的题材，我不敢贸然动笔。

二〇二〇年五月，我完成这部长篇初稿时，离我开始构思这部题材，已经十年了。十年之中，我还写了许多其他的作品，但无时无刻不在酝酿和搜集《黄金海岸》的素材，寻找原型人物。说句实话，原先我对滩涂的劳作乃至开发，是绝对不了解的，从父母、村人、朋友的采访开始，素材在核心故事上一点点地积累，人物逐渐增多，关于民俗、乡村传奇和时代变迁的素材也在丰富之中，但一直觉得自己在写作技术上还不能驾驭。二〇一五年，该写作项目入选了中国作协的定点写作项目，我觉得必须动笔了。在我写了几万字之后，我感觉格局还没养成，这不是我想象中的那种年代更迭、人物众多的小说，而只是一个悬疑小说的结构。我决定放弃这一版本，重新构思，养大格局。

小时候，我最早看的一部小说，是《三国演义》。为什么呢，因为家里只有这么一部书，是我父亲收藏的，繁体版本，破破烂烂。我从小学三年级开始看，很多字都不认识，跳着看，看个一知半解，算是对贫乏的课外生活的一种补充。后来，《三国演义》成为我逃避现实生活的一个精神避难所，每当自己被现实煎熬得要死要活的时候，随便翻开一章，进入里面的英雄世界，跟痛苦躲猫猫。因此，这本书也扎根在我心中，成为一个念想：能不能把现实主义小说写成像《三国演义》一样人物众多、精彩纷呈的小说呢？演义小说是一种类型小说，运用了类型小说的技术，在我研究和实践了类型小说的奥妙之后，我觉得是可行的。因此，对这部小说，我不是定位为现代主义小说，而是现实主义与类型小说的结合，而现代主义，则更多渗透在观念之中。在结构上，上部《潮生万物》采用的是《三国演义》的三线交织结构，下部《阴阳守望》采用的是《水浒传》的扇形结构。算是向传统小说取法与致敬之作。在风格上，现实的脉络继承《诗经》、杜甫的现实主义传统，超现实部分承接《楚辞》、李白的浪漫主义渊源。

一个建筑设计师说，一个好的设计，也可以是一个平庸的设计。我认可这种说法，采用了最稳妥的结构。

二〇一七年四月，我觉得必须开始重写了，再拖下去，可能没有毅力完成了。我躲在九华山下的小城池州开始闭关写作。与此同时，或者更早，我的身体开始报复我了。免疫力低下导致的过敏性咽炎，一闻二手烟就过敏发作，我在吃消炎药和不断复发的恶性循环中气急败坏地苦熬时日。我开始意识到不能再参加朋友的聚会和饭局，从此我过着孤绝的生活，朋友圈在缩小，几乎与世隔绝，终日在脑子里与小说中的人物为伍。

二〇一八年夏天，我开始进入小说的后半部。我的父亲走了。父亲是我的素材源泉之一，亦是我精神上的庇护。他终于不能熬到等我能够心情放松地陪伴在他身边的时候。其后不久，我自己动了一次气胸手术。经历了相当痛苦的一段时间后，才把小说的下半部写完。可以说，写作期间，是我身体状态最差的时候，后来一边坚持锻炼，一边完成余下的部分。

这部小说从构思、搜集素材到完成，掐指一算，竟然历经十年。以前我不相信十年磨一剑的说法，觉得夸大其词，觉得十年可以做很多事呢。而现在，我明白，十年，有时候就是一瞬间，我的心也只能用在一件事情上。

关于故乡的创作，余华讲过一个《一千零一夜》的故事。讲一个巴格达富翁，坐吃山空，最后一贫如洗。有一天他梦见一个智者跟他说，你想发财吗？就去巴格达吧。他到了巴格达，不但没找到财富，而且被当成小偷抓了起来。法官问他一个外地人为什么来巴格达，他如实讲述。法官哈哈大笑说，说我要是像你那么傻，就去巴格达三次了。我曾三次梦见有人对我说，如果想发财，就去巴格达吧，在巴格达有这样的一座房子，房子里有这样的一座花园，在花园的喷水池下面，有无数的金银财宝。这个法官提到的房子，正是这个人的房子。他回来之后，挖开喷水池，又变成了一个富翁。

余华说，这个故事的真正意义在于，你只有离开了最熟悉的地方，再回来，才知道真正的财富在哪里。

对我而言，回家乡的十年，亦是我找到笔下故乡的时光。《黄金海岸》中的那些风物、那些人物、那些故事、那些信念，我以一个时代的时间和心力，记下他们的光芒，记下回不去的家乡——在临海工业的崛起中，他们与海的命运交织，宛如史前化石。

这一块海西热土、闽东老区，随着独角兽工业的崛起，正在发生前所未有的巨变。人与海的矛盾与平衡，现在与未来都在上演。而我记录的是改革开放四十年的沧海桑田。对我而言，笔下的每个人物，都是我的孩子，我寻找他们现实的质地，精心打磨，赋予故事的意义，赋予命运的启发。他们是虚构的，都是庞大故事的组成部分，请勿对号入座。而这一块热土，保守与发展，守护与开发的博弈，亦在继续，人与自然的平衡依然是重中之重的探讨主题。

向所有我采访过的乡亲、朋友、亲人致谢，没有你们，我对家乡的认知是一片空白。

写完此书，我也从《黄金海岸》的世界里走了出来，重新打量现实世界。我将开始新的旅程。

2021 年 3 月 12 日

图书在版编目 (CIP) 数据

黄金海岸：全 2 册 . 阴阳守望 / 李师江著 . -- 北京 :
北京十月文艺出版社，2022. 5
ISBN 978-7-5302-2168-6

Ⅰ. ①黄… Ⅱ. ①李… Ⅲ. ①长篇小说—中国—当代
Ⅳ. ① I247. 5

中国版本图书馆 CIP 数据核字 (2021) 第 129961 号

黄金海岸　下　阴阳守望
HUANGJIN HAIAN XIA YINYANG SHOUWANG
李师江　著

出　　版　北 京 出 版 集 团
　　　　　北京十月文艺出版社
地　　址　北京北三环中路 6 号
邮　　编　100120
网　　址　www.bph.com.cn
发　　行　新经典发行有限公司
　　　　　电话（010）68423599
经　　销　新华书店
印　　刷　河北鹏润印刷有限公司
版　　次　2022 年 5 月第 1 版
　　　　　2022 年 5 月第 1 次印刷
开　　本　850 毫米 ×1168 毫米　1/32
印　　张　16.25
字　　数　320 千字
书　　号　ISBN 978-7-5302-2168-6
定　　价　96.00 元（全 2 册）
质量监督电话　010-58572393
如有印装质量问题，由本社负责调换。